HAYMON verlag

Lebensabende und Blutbäder

Inhalt

Prolog

Einmal, kruzifix, einmal nur, dass auch ihm etwas gelingen könnte und er nicht immer nur Spott und Hohn ausgesetzt wäre. Einmal nur, dass das gleißende Rampenlicht auf ihn fallen täte und er sich ein Stück vom unvergänglichen Ruhm abschneiden könnte. Einmal nur, dass auch er zehn, fünfzehn Minuten ein ausgewachsener Star sein könnte, Himmelherrgottnocheinmal, einmal nur, das tät ihm so gut!

Oder einmal wenigstens, dass er doch noch einen Fall ruckzuck und ohne gröberen Ansehensverlust lösen könnte, bevor er endgültig in den Lebensabend hinüber gleitet: Hinfahren zum Tatort mit der Fips. Hinschauen, wer im Blutbad liegt. Schlüsse ziehen (die richtigen!). Im Hirn kombinieren, wer der Täter sein könnte. Den Verdächtigen unter Druck setzen, sodass der aus seinem Lügengebäude herauskriechen muss, bevor es über ihm zusammenbricht und ihn unter sich begräbt. Die anschließende Verhaftung natürlich im Blitzlichtgewitter, wo denn sonst. Vielleicht, dass die Schwarzhaarige von der „Zeit im Bild 1" persönlich am Tatort vorbeischauen könnte, die taugt ihm nämlich schon gewaltig. In ihrem Beisein das Tätergfrast dingfest machen und von oben bis unten fest verschnüren. Aus Gründen der Pädagogik vielleicht ein zwei Gnackwatschen, so viel Spaß muss sein. Abschließend die feierliche Übergabe vom Verbrecher an das Landesgericht (im Blitzlichtgewitter!). Später als Belohnung die Ordensverleihung beim Klestil in der Hofburg, das Große Verdienstkreuz am Band bitte, danke. Dazu ein Bussi von der Gattin, küss die Hand, die ist auch sehr rassig. So schaut ein großer Augenblick aus, genau so.

Einmal nur, dass alles genau so hinhauen könnte, wie er es damals in der Gendarmerieschule oben in Linz gelernt hat! Einmal nur, dass ein Fall ihm nicht von vorne bis hinten entgleitet und zum Festival der Peinlichkeiten ausartet! Einmal nur, dass er den richtigen Täter fassen könnte! Und einmal nur, dass er deswegen im Jahrbuch vom „Der Kriminalist" lobend erwähnt werden könnte, samt einem Foto von ihm mit der schwarzhaarigen Reporterin, plus ein ausführliches Interview:

Geh sag, Biermösel, wie hast du es denn angestellt, dass du die zwei gefährlichen und den ganzen Ort terrorisierenden Rotzbuben letztendlich unschädlich gemacht hast?

Ganz ehrlich, Biermösel, hast du sofort gewusst, dass es sich bei den zwei Handtascherlräubern um zwei Rotzbuben handelt?

Jetzt einmal für das Lehrbuch, Biermösel: Nimmst du wirklich nie ein Protokoll auf, überhaupt nie?

Unter strengster Amtsverschwiegenheit, Biermösel: Was war denn eigentlich drinnen in den zwei Handtascherln, welche die zwei mutmaßlichen Rotzbuben dem deutschen Sextouristenpärchen gestohlen haben?

Und jetzt unter uns, Biermösel! Sind sie wirklich schon über siebzig, die zwei deutschen Sexmaschinen, wie du sie mutmaßlich – Nicht mutmaßlich! Keinesfalls mutmaßlich! – Na gut, wie du sie halt nennen musst.

Kruzifix, Biermösel, sag! Wie war es genau?

Sinnieren

Wenn er das wüsste!

Das hätte sich der Biermösel auch nicht träumen lassen, dass sein Lebensabend wie ein hinterrücks abgefeuerter Komantschenpfeil auf ihn zuschießen würde, blitzschnell und ohne Vorwarnung. Kaum dass er die Gendarmerieschule oben in Linz mit katastrophalem Erfolg verlassen hat und auf dem Posten herüben in Aussee in den Staatsdienst eingetreten ist, hat er auch schon wieder Anspruch auf die Frühpension, fünfunddreißig Jahre vergehen heute wie nichts.

Jetzt steht er beim Fenster auf seinem Gendarmerieposten und schaut deppert auf den See hinaus, über dem schon wieder das Sauwetter herinnen hängt. Er schaut deppert, wie er die letzten Jahre immer wieder und mit der Zeit immer länger geschaut hat. Am Anfang immer nur ein, zwei Minuten am Tag, weil wenn die Gendarmerie jung ist, dann jagt sie das Bundesverdienstkreuz am Band und sucht das Feuergefecht im Außendienst. Aber mit der Zeit ist er immer länger beim Fenster stehen geblieben und hat immer depperter auf den See hinausgeschaut, wie sich die Feuergefechte nie eingestellt haben und das Bundesverdienstkreuz am Band letztendlich im Samtkissen hat liegen bleiben müssen. Und seit ein paar Jahren schließlich meidet er den Außendienst überhaupt, weil er es sich unten herum komplett vertan hat, das depperte Sauwetter dauernd, das depperte!

Wie er jetzt so auf den See hinausschaut, da denkt sich der Biermösel, dass es das auch noch nie gegeben hat, dass in dieser Gegend einmal nicht eine Wetterkapriole die nächste gejagt hätte, auch nicht jetzt im Spätsommer. Oder soll er schon sagen: im Frühherbst? Da müsste man einmal eine genaue Unterscheidung treffen, denkt sich der Biermösel, was jetzt genau in dieser Gegend ein Frühherbst ist und was ein Spätsommer.

Vielleicht obliegt es ja ihm, fasst er eine leise Hoffnung seinen nahenden Lebensabend betreffend, dass er diese Frage zur Zufriedenheit aller beantwortet und so vielleicht doch noch in die Geschichtsbücher eingehen könnte, wer weiß denn schon, was kommen wird?

Naja, denkt sich der Biermösel jetzt und hört auf, deppert auf den See hinauszuschauen, dann schreibt er halt das Frühpensionsansuchen. Weil wenn nicht jetzt, dann wieder nie. Und wenn das passiert, dann kann er es erst recht wieder nicht bei der Schule drüben ins Postkasterl hineinschmeißen. Und dafür hat er sich dann auch wieder nicht sein Leben lang für das Staatsganze zerrissen, dass er einen Tag länger arbeiten täte, als es der Gesetzgeber, der Trottel, von ihm verlangt!

Das mit dem Schreiben freilich war nie die große Stärke vom Biermösel. Die einzigen Buchstaben, mit denen er was anfangen kann, sind die in der kräftigen Rindsuppe von der Roswitha drüben im Auerhahn, wo sie neben den Fettaugen im Suppenteller schwimmen. Aber mit Buchstaben einen Brief schreiben? Lieber täte er noch heute alleine als Vorhut und ohne kugelsichere Weste in einen Mischwald mit zehn, zwölf schießwütigen Waidmännern aus der komplett skrupellosen Jägerschaft vorstoßen, als dass er freiwillig einen Brief schreiben möchte. Darum hat er die alte Olivetti damals vor fünfunddreißig Jahren gleich zu Dienstantritt ganz oben auf die Stellage gestellt, dorthin, wo auch der lange Arm von der Anni samt ihrem Besen am Stiel nicht hinlangt. Kein Wunder also, dass sich augenblicklich ein wahrer Staubsturm entfaltet, wie er sie nach all der Zeit wieder einmal herunternimmt und auf den Schreibtisch stellt. So voller Dreck ist die Olivetti, dass er erst einmal eine volle halbe Stunde lang die ganze Raucherlunge heraushustet, na bumsti! Lange tut er es sowieso nicht mehr.

Die Olivetti, meine Güte! Andere schreiben heute schon mit dem Computer, aber für den Biermösel seine Ansprüche tut es die Olivetti immer noch, sie muss es tun. Er hat sie damals vom alten Biermösel übernommen, wie der ihn oben in Linz eingeschrieben hat, und keine Frage, dass er vom Alten auch die immense Schreibschwäche gleich mit dazu übernommen hat. Bis heute gibt es jedenfalls keine Schreibkraft von Weltrang, die mit Nachnamen Biermösel heißt. Dazu kommen erschwerend die dicken Wurstelfinger, die der Biermösel selbstredend auch vom Alten mit übernommen hat und die einen flüssigen Schreibprozess sowieso schon im Keim ersticken, wie das Kamel zum Nadelöhr passen seine Pratzen zur Olivetti. Da könnte er das Pensionsansuchen genauso gut mit der Motorsäge in ein Buchenscheit hineinschnitzen, schneller ginge es auf jeden Fall. Weil kaum dass er es anschlägt, klemmt auch schon das E, und wie bitte soll er jetzt seinen Namen als Absender draufschreiben, wenn das schon wieder so anfängt?

Die gewisse eklatante Schreibschwäche schleppt der Biermösel seit seiner Volksschulzeit mit sich herum, und das Leiden hat sich auch in der Hauptschule nicht zum Besseren gewendet. Also hat er sich nicht ärgern dürfen, dass er auch später auf der Gendarmerieschule oben in Linz kein Dichter mehr geworden ist. Und wenn er heute wo was hinschreiben muss, das dann auch noch den gewissen offiziellen Charakter hat, dann schmeißt er die Nerven sowieso schon weg, noch bevor er überhaupt seinen Absender oben rechts hingeschmiert hat. Oder gehört der oben links hin? Da hast es, fängt das Theater schon an!

Der Gedankenfluss klemmt obendrein. Da wird jetzt wieder nur der Griff in die Lade helfen. Ob ihm die Anni schon draufgekommen ist, fragt er sich, dass er mehr Flaschen Marillenschnaps im Schreibtisch gebunkert hat als Handschellen und Schießprügel? Und ob sie in der untersten Schublade schon die Mon Chéri entdeckt hat, die er für den Fall der Fälle immer für sie bereithält? Wundern täte es ihn nicht! Schließlich kennt die Anni als Paradezugeherin jede Lade in Aussee, da werden ihr auch seine intimsten Geheimnisse nicht verborgen bleiben.

Er denkt sich jetzt: Soll sich doch die Anni um das verstaubte B kümmern, wenn sie morgen zum Aufwischen kommt. So lange wird das Pensionsansuchen auch noch warten können. Bis morgen sollte er auch eine neue Mon Chéri besorgt haben, weil die alte, kommt er jetzt drauf, ist auch schon wieder zwölf Jahre abgelaufen. Wenn er aber als Mann in den besseren Jahren die Anni mit einer steinharten Mon Chéri überraschen täte, dann wäre das gewiss der Todeskuss für seine Liebespläne, Kruzifixnocheinmal, es ist einfach furchtbar mit ihm!

Da stellt sich der Biermösel noch einmal zum Fenster und schaut deppert auf den See hinaus. Dabei sinniert er mit der gewissen Routine der erfahrenen Gendarmerie über die gewisse Rotzbubenproblematik, die ihn möglicherweise noch in gröbere Turbulenzen bringen wird, falls er sie nicht umgehend zu lösen imstande ist.

Die zwei deutschen Sexmonster auf Operettenurlaub haben ihm gerade noch gefehlt! Sofort hat er sie an ihrem deutschen Wetterfleck als nördliche Nachbarn identifiziert, wie sie gestern bei ihm angeläutet haben. Sofort war ihm als erfahrener Gendarmerie klar, dass die zwei von der Reeperbahn oben in Hamburg sein müssen. Sofort war ihm weiters klar, dass sie dort auch hingehören, so wie er sie dauernd abgebusselt hat und so wie sie ihn dauernd getätschelt hat. Da war einem wie ihm, der das Menschengeschlecht in seinen ganzen Auswüchsen kennt, sofort klar – reinrassige Sexbestien! Schön langsam fragt er sich wirklich: Gibt es denn überhaupt nichts anderes mehr als immer nur Sex, Sex, Sex auf der Welt? Nur schwer kann er sich beruhigen, wenn er an die immer weiter um sich greifende Sexproblematik denkt und wie sie die Welt immer tiefer mit sich in den Abgrund reißt. Dass die Sexsucht so um sich greifen muss, Herrgottnocheinmal, das macht ihm dann doch ganz gewaltige Sorgen.

Naja.

Unangenehm wäre das jedenfalls, lenkt der Biermösel den Gedankenfluss wieder auf das Berufliche, wenn ihn das Problem mit den Handtascherln (neben allen anderen Problemen) kurz vor der Zielgerade seiner beispiellosen Laufbahn doch noch ins Schleudern bringen täte. So richtig eine Lösung will ihm aber um diese Uhrzeit auch nicht mehr einfallen. Dafür ist der Tag schon wieder zu weit fortgeschritten, als dass er noch Lösungen parat halten täte. Da wird es gescheiter sein, lenkt er den Gedankenfluss weiter auf das Wesentliche, wenn er jetzt gleich zur Roswitha in den Auerhahn hinüberfährt, weil schön langsam kriegt er einen schönen Hunger zusammen, aber einen sehr schönen. Aufs Klo muss er aber schon noch vorher. Aufs Klo muss er praktisch dauernd in letzter Zeit. Die paar Tropferin aber, die er sich letztlich abringt, müssen natürlich wieder in die Hose gehen. Eins, zwei, drei, vier, fünf sind es heute, und ausschauen tun sie wie die olympischen Ringe da vorne drauf auf seiner guten Lodenhose. Unwürdig ist das Altern schon ein bisserl, denkt er sich, wie er das Hosentürl zumacht, ein Star wird er so jedenfalls nicht mehr werden.

Und jetzt Feierabend!

Mopedfahren

Der Biermösel sperrt seinen Posten drüben in Aussee zu und lässt die ganzen Sorgen der Ermittlung fürs Erste hinter sich. Allerdings: Wenn er jetzt unvernünftig wäre und ungeschützt in die Kälte hinaustreten und auf seiner Triumph Fips durch die Wetterkapriolen zur Roswitha in den Auerhahn hinüber reiten täte, dann vertäte er es sich unten herum womöglich noch mehr als komplett. Und weniger täte der Doktor Krisper nämlich nicht brauchen, als dass ihm der Biermösel neben dem Blasenkatarrh und den Abschlagproblemen auch noch ein Nierenbecken voller Eiter auftischen täte, küss die Hand! Ein Autowrack ist ein Neuwagen gegen den Körper vom Biermösel, sagt der Doktor Krisper gerne, und dass er beim besten Willen nicht sagen kann, was ihn noch zusammenhält. Vielleicht ist es das Bratlfett?

Also wirft er sich auf Rat vom Doktor Krisper den gewaltig dimensionierten Wetterfleck vom Tripischowski drüben in Ischl über und knöpft ihn sich von oben bis unten schön brav zu, bevor er die Fips besteigt, die vor dem Posten steht wie dem John Wayne sein Bronco vor dem Saloon. Unter diesen unwirtlichen Bedingungen lässt der Biermösel dann die Heimfahrt schön kommod angehen, alles andere wäre wie glatter Selbstmord auf Rädern. Im dicht besiedelten Ortsgebiet mit seinen vielen Straßen, die sich dauernd kreuzen, schaltet er sowieso ungern in die Zweite, außer er muss Blau fahren und mit Engagement einem Täter nachstellen. Die Erste klemmt zwar ein bisserl sehr im Getriebe, aber für die tempierte Fahrt bei schwierigen äußeren Bedingungen ist sie ideal, du meine Güte, wie eine Wand steht der Regen heute wieder vor ihm. Jetzt im Frühherbst, wo es temperaturmäßig schon wieder ganz gewaltig anzieht am Abend und die Straßen durch das herumliegende nasse Laub sowieso mehr ein Blutbad sind als ein Verkehrsweg, muss er als Gendarmerie schon ein bisserl ein Vorbild auch sein und mit Hirn fahren. Sonst fängt er sich am Ende als strikter Helm-Verweigerer bei einem riskanten Lenkmanöver noch eine Delle an seinem Dickschädel ein, die dann auch der Doktor Krisper nicht mehr auswuchten könnte. Und mit einem ruinierten Schädel will er dann auch nicht in den Sonnenuntergang von seinem Leben hineinreiten, nicht mit einem von vorne bis hinten ruinierten Schädel. Genügen eh die schwarzen Vorhänge, die ihm die Seele verhängen, und sind eh die Hirnaussetzer genug, die ihm der Marillenschnaps beschert. Da will er sich den ruinierten Schädel als Beilage gerne ersparen.

Dann nimmt der Biermösel sogar noch Tempo weg, wie er mitten im Ortsgebiet am Postkasterl vorbeifährt, das an der Schule angebracht ist, neben der wiederum das Einfamilienhaus vom Mallinger steht, diesem natürlichen Feind jeder Straßenverkehrsordnung. Was der schon alles aufgeführt hat! kommt dem Biermösel regelmäßig das Grausen, wenn er an den Mallinger und seine zahllosen Verkehrsdelikte denkt. Der Deutschlehrer in Ruhe ist dem Biermösel schon lange ein Dorn im Auge. Und er ist ihm endgültig nicht mehr grün, seit er ihn vor ein paar Jahren nach der beispiellosen und von ihm verschuldeten Katastrophe drüben im Mischwald an der Abzweigung nach Goisern aus dem Straßenverkehr gezogen hat. Allerdings leider nicht so endgültig aus dem Verkehr, dass bei ihm nicht immer noch eine gewisse reinliche Person ein und aus gehen könnte, von der er selbst gerne hätte, dass sie bei ihm ein und aus gehen würde, wenn er nur endlich den richtigen Zeitpunkt finden und ihr die Mon Chéri schenken könnte. Ärgern tut ihn das mit dem Mallinger und der Anni, aber so! Was bitte hat denn der, was er nicht hat (die Lehrerfrühpension!). Und was bitte kann denn der, was er nicht kann (Deutsch!).

Na und! Kann er vielleicht Mopedfahren? Der hat ja nicht einmal mehr den Führerschein seit dem furchtbaren Unfall damals, bei dem der Rosenkranzbeter sein junges Familienglück ausgelöscht hat, was ihm letztendlich auch der Biermösel nicht gegönnt hat, das nicht. Andererseits: Aus der gewissen Erfahrung heraus weiß halt auch keiner besser als er, dass das Glück immer nur als kurzer Sonnenstrahl wärmt, der sich für einen Augenblick durch die gewaltige Wolkendecke zwängt. Dann ist es gleich wieder finster und kalt im Leben. So und nicht anders ist es.

Jetzt, wo er den Mallinger hinter sich lässt und aus dem Ortsgebiet hinausbiegt und die Bundesstraße in Richtung Goisern nimmt, da schaltet der Biermösel sofort in die Zweite und lässt es ganz schön tuschen, die alte Fips, sie tut es immer noch, sie muss es tun. Der Wetterfleck flattert dabei in den immensen Luftwirbeln, die sich in seinem Windschatten bilden, wenn er endlich die gewisse Aerodynamik eingenommen hat und mit der Nase praktisch den Tacho streift. Das imponiert ihm dann schon immer ganz gewaltig, dem Biermösel, der

Rausch der Geschwindigkeit ist wahrlich nicht der schlechteste. Und bald kommt er sich überhaupt vor wie einer von den Rockerbrüdem, wie er die Dritte auch noch riskiert, warum denn nicht! Der Fahrtwind ist herrliche Musik in seinen Ohren. Wie der Blitz in der Pfanne jagt er über die Bundesstraße. Dahin fliegt er mit einem geschmeidigen 60er, ein Wahnsinnsgefühl ist das, es ist einfach unbeschreiblich!

Dass er dabei die erlaubte Höchstgeschwindigkeit um gleich zehn km/h überschreitet, das ficht ihn nicht an. Eine Vorschrift hat einen Biermösel noch nie angefochten! Am Anfang vielleicht ein bisserl, wie er noch das Bundesverdienstkreuz gejagt hat, da hat er noch einen Minimalrespekt gehabt vor der Staatsgewalt, aber später immer weniger. Das hat ihn der alte Biermösel gelehrt, dass der Respekt immer nur in die eine Richtung fließen darf, nämlich zum Biermösel her. Das ist ein Naturgesetz, hat der Alte gepredigt. Himmelan fließt kein Fluss, hat er gedichtet. Niemals darf der Respekt vom Biermösel und von der Gendarmerie wegfließen, hat er sich wiederholt.

Soll er? Aber freilich! Heute fährt er die Fips aus und schaltet in die Vierte auch noch, heute scheißt er sich überhaupt nichts! Er rast dahin wie früher der Nurmi über die Aschenbahn, unaufhaltsam wie der rollende Donner, ein Weltklasseerlebnis. Wenn der Biermösel dann nur noch Gas geben braucht und in der gewissen Aerodynamik tief über den Tank gebeugt fast einschläft; wenn er in die pechschwarze Nacht eintaucht und die Straße geradeaus führt und keine Kurve seine Fahrkünste herausfordert, dann kommt er immer ganz gewaltig ins Sinnieren, und fast löst sich dann der Geist von der Jammergestalt. Die Gedanken schießen ihm dabei im Schädel nur so hin und her. Es sind Gedanken an die Anni, die dann in ihm arbeiten, und die quälende Frage, warum es mit ihr – und mit keiner anderen auch nicht, Kruzifix! – nie etwas geworden ist. Er studiert, warum ihre zwei Rotzmäderln nicht von ihm sind, wo er doch immer so gerne was Kleines gehabt hätte! Und er fragt sich, warum er überhaupt – was das familiäre Glück und auch alles andere Glück der Welt angeht – so am Leben vorbeigegangen ist, aber so!

Was die stetig sinkende Geburtenrate vom Staatsganzen anbelangt, traut er sich heute fast zu wetten, wird er die Kastanien auch nicht mehr aus dem Feuer holen. Dafür passt es unten herum einfach hinten und vorne nicht mehr, als dass er noch was Kleines zusammenbringen täte. Und wo die Frau wäre, die ihm noch was austragen täte, fällt ihm aus der Hüfte heraus geschossen auch nicht ein, weit und breit sieht er keine, die von ihm ein Kind empfangen möchte.

Stattdessen nur Demütigungen und Niederlagen, wenn es um die Liebe geht! Die Liz Taylor, muss er sich eingestehen, die Liz Taylor unter den Gendarmen wird er nicht mehr werden, wenn sein imposanter Negativlauf bei den Damen weiter anhält. Eher wird er auf ewig die Mutter Teresa der Gendarmerie bleiben, eine brave und keusche Ansammlung von Knochen und Haut. Vielleicht, dass er bei der eine Chance gehabt hätte, sinniert er jetzt, vielleicht, dass ihn die Mutter Teresa geheiratet und ihm was ausgetragen hätte, unten in Kalkutta?

Da freilich wirkt schon der Geist aus der Flasche, die er immer im Wetterfleck mit sich trägt, und er fragt sich mit Grausen, ob es wirklich schon so weit ist, dass er sich die Mutter Teresa schönsaufen muss?

Der Marillene wärmt zwar und tröstet. Er balsamiert die Seele und bettet sie in wohlig duftende Rosenblätter. Aber er treibt ihm auch die Tränen in die Augen, wenn er daran denkt, wie sein Leben hätte ausschauen können, wenn er nicht die komplett falsche Abzweigung in Richtung komplett falscher Berufswahl genommen hätte.

Weinen muss er jetzt, wenn er daran denkt, wie sein Leben hätte ausschauen können, weinen und noch einmal weinen! Und wenn er an seine verpasste Lebenschance in der Bierfahrerei denkt, dann kommen ihm immer die Radinger Spitzbuben in den Sinn, die seine Lieblingsband sind. Und wenn ihm die in den Sinn kommen, dann ist er nicht mehr zu halten und er schwebt auf der Fips dahin und singt gegen die Waschküche an, die ihm die Gesichtshaut gerbt. Mit einer immensen Inbrunst singt er dann, die ihm die salzigen Tränen noch gewaltiger aus den Drüsen herausdrückt, und die Rehe und Hirsche und Fasane in den tiefen Wäldern entlang der Bundesstraße dürfen sich anhören, wie der Biermösel schmettert:

Was mir so am Bier gefällt:
Bier gibt's auf der ganzen Welt!
Bière sagt der Franzos' zum Bier.
The englishman says beer statt Bier
Der Pizzamann nennt's Bier Birra
Cerveza sagt der Spania

wenn er sich ein Bier bestellt
Bier gibt's auf der ganzen Welt!

Und tschinbumm, na Gott sei Dank, streut es ihn aber so her! Ein abgebrochener Ast wird ihm fast zum Verhängnis, der natürlich wieder mitten auf der Straße herumliegt, wo denn sonst! Wer weiß, ärgert er sich, wer den wieder hat liegen lassen? Können denn die Leute überhaupt nicht mehr aufpassen?

Ein reaktionsschnelles, in das gedehnt-falsettartig gesungene „Biiiiiier" hinein ausgeführtes Ausweichmanöver lässt sein Vorderrad auf der nasskalten, stark belaubten Fahrbahn seitlich wegrutschen, da ist er noch Herr der Lage, Akrobat Schön am Zweirad. Dann aber verfängt sich das depperte Vorderrad hauruckartig in besagtem Ast und die Gesamtheit aus Fips, Biermösel und Ast rutscht ungebremst in Richtung Straßenbankett, stoppt dort allerdings augenblicklich ab, weil sie – die Gesamtheit – sich in einem Begrenzungspfosten verfängt. Da staucht es ihn – noch auf der Fips, noch aerodynamisch – so unvermittelt her, dass es ihn über die Fips, den Ast und den Begrenzungspfosten hinweg endgültig aus der Aerodynamik hinaus in die gestreckte Flughaltung und anschließend bäuchlings auf den Asphalt katapultiert, wo er zwar mit den mächtigen Pratzen die gröbere Energie abfedern kann, jedoch nicht zu verhindern vermag, dass er noch vier, fünf Meter mit der Nase das Straßenbankett pflügt. Dann endlich Stillstand und Ruhe, heiliger Bimbam! Ein Sinnbild?

Der Scheinwerfer von der auf dem Kopf stehenden Fips leuchtet ihn jetzt an wie der Derrick im finsteren Wald den Mörder. Er trommelt mit den Fäusten gegen den Asphalt und muss sich wieder einmal selbst schimpfen, weil er sich das dauernde Herumliegen auf den Straßen wirklich ersparen hätte können, wenn er nur damals Bierfahrer geworden wäre!

Wie er jetzt versucht, sich wieder zu sortieren (liegt ja eh genug Blödsinn auf den Straßen herum heutzutage, da muss nicht er auch noch blöd herumliegen!), stellt er sich wieder vor, wie erfüllt und reich sein Leben hätte sein können, wenn (wenn!) es nach ihm gegangen wäre (wäre!)! Dann wäre (wäre!) er nämlich erst gar nicht in den Staatsdienst eingetreten, weil weder der Staat noch der Dienst ihn je interessiert haben, das ist er vom Charakter her einfach überhaupt nicht. Wenn es nach ihm gegangen wäre, dann hätte er einfach beim Bundesheer unten in St. Michael den Lastwagenführerschein gemacht und dann sofort drüben in Ischl als Bierfahrer angefangen, wie die Stelle frei geworden ist, das war doch seine Lebenschance!

Er ist sich noch heute sicher, dass er das Zeug zum Bierfahrer gehabt hätte, wo er doch hinten und vorne die Berufung gespürt hat. An eine Frühpension hätte er als Bierfahrer nie gedacht, und in die reguläre Pension hätten sie ihn mit nassen Fetzen treiben müssen, so sehr hätte ihn die Bierfahrerei ausgefüllt, aber so sehr!

Freilich hätte täte wäre würde, flucht er innerlich über die verpassten Möglichkeiten, wie er den unfallverursachenden Ast mit einem gewaltigen Fußtritt in den Mischwald hinaus katapultiert. Vorbei ist vorbei, findet er sich letztlich mit seinem Schicksal ab, wie er die Fips wieder anwirft und abermals die gewisse Aerodynamik einnimmt und langsam wieder auf Touren kommt – Erste, Zweite, Dritte, Vierte!

Der alte Biermösel hat es immer abgelehnt, dass der Biermösel was aus seinem Leben macht (und Bierfahrer wird!). Ohne dass er ihn gefragt hätte, hat der Alte ihn auf der Gendarmerieschule oben in Linz eingeschrieben, da war sein Leben praktisch schon verwirkt, noch bevor es überhaupt begonnen hat. Nasse Augen kriegt er noch heute, wenn beim Auerhahn von der Roswitha der Bierwagen aus Ischl vorfährt. Seine Uniform möchte er um die Erde schmeißen, wenn er sich anschaut, was für ein Unwürdiger heute den Bierfahrerberuf mehr schlecht als recht erfüllt. Von Ausfüllen kann ja sowieso keine Rede mehr sein, wenn ein Muselmane wie der Ramzi aus Ägypten mit seinem Turban aus Seide das Bier ausfährt, gänzlich ohne Liebe zur Arbeit und komplett ohne Bezug zum Produkt! Was, hadert der Biermösel mit dem Schicksal, was ist denn das für ein Bierfahrer, der nie beim Wirten sitzen bleibt und sich den Schweinsbraten nicht vergönnt, weil er das Schwein insgesamt meidet? Was in Dreiherrgottsnamen ist denn das überhaupt für ein Mensch, der direkt vor der Himmelstür steht und dauernd an der falschen Glocke läutet?

Einmal, schwört sich der Biermösel jeden Tag in der Früh beim Aufstehen, einmal wird er dem Muselmanen das Bremslicht zertrümmern, wenn er wieder mal bei der Roswitha im Hof steht und ausliefert. Dann wird er ihm auf der Triumph nachstellen, wenn er wieder nicht schnell genug bei Frau und zehn Kindern daheim sein kann, der Familienmensch! Dann wird er ihn in dem finsteren Waldstück vorm St. Christophorus-Marterl überholen und an den Straßenrand winken. Dann wird er ihn aussteigen lassen und ihn mit dem gewissen Blick aus den Adleraugen heraus in die Enge treiben. Und dann wird er sich anschauen, wer von ihnen beiden der Charles Bronson ist und wer der Peter Fonda. Weil ungestraft nimmt dem Biermösel keiner seine Lebenschance weg!

Dann ist es immer das Gleiche, wenn der Biermösel in der Vierten dahintuscht auf seiner Fips, mit der Schnapsflasche in der Hand und dem dauernden Sinnieren im Kopf. Dann weiß er immer nie, ob ihn der Geschwindigkeitsrausch schon am Auerhahn vorbeigetragen hat, oder ob es gleich soweit sein wird, dass er den Auerhahn anfliegt, das dauernde Sinnieren, der depperte Marillene!

Nicht erst einmal, dass er der größten Sünde der Gendarmerie anheimgefallen ist und unaufmerksam war. Nicht erst einmal, dass er infolgedessen auf einmal drüben in Goisern am Hauptplatz vorm Sündenpfuhl von der gachblonden Discowirtin gestanden ist, weit über das Ziel hinausgeschossen, wie ein besoffener Abfahrtsläufer am Hahnenkamm, der nicht abschwingen kann. Zeit wird es, denkt sich der Biermösel, dass er endlich einen Orientierungspfeil schnitzt und auf der Straße aufstellt, Zeit wird es wirklich, dass er sich dafür einmal Zeit nimmt. Holz haben sie ja genug, die Roswitha und er.

Aber heute biegt er gerade noch rechtzeitig ab und nimmt die langgezogene Schleife hinüber zum Auerhahn. Und weil er gerade so einen gewaltigen Schwung draufhat mit der Fips, und weil die Bremsen sowieso die Achillesferse sind von dem ganzen motorisierten Package, fährt er gleich ums Wirtshaus herum und hinten durch das Saisongemüse hinauf dort in die Gegend hin, wo hinter dem Auerhahn auf dem Schießstand der gewaltige Buchenscheiterstoß steht, der von einer Wellpappe zugedeckt ist.

Er zieht noch eine Schleife um den imposanten Turm und steuert ihn von der Südseite her an. Und dann kracht es schon wieder gewaltig, wie ihn der Buchenscheiterstoß ruckartig abbremst, so ein Blödsinn! Aber in der fast kompletten Finsternis war der Biermösel noch nie ein Star beim Abschätzen von einer Entfernung, die seinen Schädel vom unmittelbaren Einschlag trennt. Da darf er sich jetzt nicht wundern, dass es ihn schon wieder gewaltig herstaucht.

Wie lange der Buchenscheiterstoß noch so mächtig in die Höhe ragen wird, wenn das so weitergeht mit ihm, das weiß dann auch allein der Wind. Ihm aber ist grosso modo nichts Gröberes passiert, darf er erleichtert feststellen, wie er endlich vom Moped hinunterfällt. Außer, dass ihm der Schädel doch sehr gewaltig brummt, eine Wetterfleckkapuze ist halt doch kein Vollvisierhelm.

Dann schiebt der Biermösel die Fips unter die Wellpappe hinein, er wird sie heute nicht mehr anwerfen. Heute braucht nämlich einer wie er nicht den nassen Zeigefinger in den Wind halten, damit er weiß, dass die immense Regenfront nicht mehr abziehen wird. Also holt er lieber gleich das Plastiksackerl aus seiner Wetterflecktasche und zieht es der Fips sorgfältig über den Mopedsitz. Weil da täte der Doktor Krisper wieder schön schimpfen mit ihm, wenn er so unvernünftig wäre und sich bei seinem Zustand unten herum morgen in der Früh auf einen nassen Mopedsitz setzen täte.

Und jetzt passt's!

Schweinsbraten

In der Wirtsstube im Auerhahn kehrt augenblicklich eine gewisse angespannte Ruhe ein, die sich langsam mit einem gewissen gehörigen Respekt vermischt, bevor dann auch noch die gewisse Angst dazukommt, die nackte Angst vorm Biermösel.

Wie die Leute am Stammtisch den gewaltigen Donner des Einschlags hinterm Wirtshaus vernommen haben, hat sich sofort ein jeder von denen zusammendividieren können, dass das der Biermösel auf seiner Fips gewesen sein muss, der den Buchenscheiterstoß wieder um ein Eckhaus weiter in Richtung Goisern hinüber verschoben hat. Vom Zeit-Weg-Diagramm her passt auch alles, weil recht viel später als Viertel über sieben kommt der Biermösel selten von seinem Posten nach Hause. Und jetzt ist es gleich zwanzig nach, das muss er sein!

Blöd ist das freilich, sehr blöd! Der Zeitpunkt könnte wirklich nicht ungünstiger sein. So geschrien und gelacht haben sie gerade wegen der ganzen Gaudi und den Gerüchten, die sich schon wieder über den Stammtisch gelegt haben wie das Sauwetter über das Ausseerland. Aber leider ist die Gendarmerie immer der natürliche Feind von einer jeden Gaudi, vielleicht ist das ja auch ein Grund, warum sie gar so unbeliebt ist. Und insbesondere in Gestalt vom Biermösel mag die Gendarmerie es überhaupt nicht, wenn gelacht wird auf Kosten von den anderen. Jedoch nichts anderes passiert auf einem Stammtisch, auf keinem der Welt!

„Wer hat denn bitte schon wieder den Heiligen Christophorus an der Abzweigung nach Goisern über den Haufen gefahren und in den Mischwald hinauf geschossen, wer bitte schön kann denn dem armen Heiligen so was antun?", lautet die lustige Frage zum Tag, und der Biermösel wüsste natürlich gleich eine Antwort darauf: Mutmaßlich einer von euch Bleifußtretern mit weit überhöhter Geschwindigkeit, wie ihn die Erfahrung lehrt. Und mit Sicherheit einer mit zehn, zwölf Promille im Blut, was ein nicht minder verlässlicher Erfahrungswert ist. Zum mittlerweile achtunddreißigsten Mal im heurigen Jahr ist der Heilige heute früh schon wieder geköpft worden. Der Wahnsinn, weiß keiner besser als der Biermösel, regiert die Straßen ebenso wie den Stammtisch. Danke, muss er sich da wieder sagen, das hätte er als Bierfahrer auch haben können!

Kaum, dass er die Wirtsstube betritt, begrüßt den Biermösel die gewohnt eklatante Duftwolke über dem Stammtisch, und sofort graust es ihm wieder, aber so. Die Autoverkäufer, die Versicherungsmakler, die Jäger und die Politfunktionäre – alle sind sie besoffen vom Bier und vom Duft der unwürdigen Berufe, dem Sir-Irisch-Moos. Man müsste sie alle miteinander zusammenbinden und so wie sie sind in die Sickergrube werfen, denkt sich der Biermösel jedes Mal, wenn er hereinkommt, dann hätte der Sir-Irisch-Moos-Terror endlich ein Ende.

Der Biermösel zündet sich eine Johnny ohne Filter an, damit es nicht gar so stinkt da herinnen. Dann setzt er sich ganz am anderen Ende von der Wirtsstube – im größtmöglichen Abstand zu den Dreckschweinderln! – in seinen Winkel, wo er schweigend auf die Roswitha wartet und auf das Fleisch, das sie ihm jeden Abend auftischt und das natürlich ein Schweinsbraterlfleisch ist, was denn sonst.

Der Biermösel ist wie der alte Biermösel ein Einsilbiger, weil er im Reden auch nie besser war als im Schreiben. Er wäre ein guter Trappistenmönch geworden (wenn auch lieber Bierfahrer!), mit dem lebenslänglichen Schweigen hätte er sich gerne angefreundet. Und wenn er sich anschaut, wie weit er es bis dato finanziell und sexuell gebracht hat, dann gibt es wahrscheinlich weltweit keinen Trappistenmönch, der so brav lebt wie er, nicht einen! Nur gegen das Beten hätte er revoltiert. Beten heißt ja auch wieder nichts anderes als reden, und nichts verträgt ein Biermösel weniger als das Wort zu viel. Schon als kleiner Biermösel hat er beim Kreuz-Schlagen statt „Im Namen des Vaters und des Sohnes und des Heiligen Geistes Amen“ immer nur „Eins zwei drei vier“ gesagt, das ist ja beim besten Willen kein Beten! Hätte der Mallinger damals unten in Medjugorje „Eins zwei drei vier“ gesagt, bevor ihn der Segen von der Heiligen Jungfrau gestreift hat, dann hätte sie ihn mit Sicherheit nie von seiner Trunksucht befreit, in die er nach seinem fürchterlichen Unfall abgeglitten ist, auch in hundert Jahren nicht.

„Danke Roswitha, stell her das Braterl, danke. Gut schaut es wieder aus, wirklich sehr sehr gut!“

Meine Güte, die Roswitha!, denkt sich der Biermösel jetzt zufrieden, wie er den ersten flaumigen Knödel teilt und ihr nachschaut, wie sie zurück in die Küche huscht. Gott sei Dank war die so gescheit und hat sich das mit dem Touristenwahnsinn erst gar nie angefangen. Alle zehn Wurschtelfinger kann sie sich heute abschlecken, dass sie sich ausschließlich auf die Verköstigung von den Wirten und ihrem Saisonnierpersonal als Zielgruppe spezialisiert hat. Die essen natürlich alle immer lieber auswärts als im eigenen Saustall, wo meistens ein Chinese auf der Flucht das Schnitzel herauspaniert. Freilich, der Chinesenschotter dazu ist meistens nicht ganz schlecht, gibt auch der Biermösel gerne zu, weil ja gewissermaßen der Schuster bei seinem Leisten bleibt, wenn ein Saisonnier-Chinese auf der Flucht den Reis aufkocht, so wie das drüben beim Seebachwirt der Aushilfskoch Mao Tse Tung (nicht verwandt nicht verschwägert!) macht. Jedoch ein Wirt, der das Schnitzel mit einem Reis serviert, der gehört nach der reinen Essenslehre vom Biermösel sowieso hinten am Schießstand vom Auerhahn erschossen. Nur schwer kann er sich beruhigen, wenn er an ein Schnitzel mit einem Reis dazu denkt, nur sehr schwer.

Da fällt ihm ein: Ob der Mao Tse Tung vielleicht einer von den zwei mutmaßlichen Rotzbuben gewesen sein könnte, die in den Handtascherlraub verwickelt sind? Als Gendarmerie hört der Biermösel nämlich nie auf zum Ermitteln, auch nicht beim Essen. Und diese illegalen Sylanten, kombiniert er jetzt im Hirn, sind ja oft nicht sehr vermögend, da ist der Griff nach einem fremden Handtaschen schnell getan, der Schritt ins Kriminal gedankenlos gesetzt.

Was aber, sinniert sich der Biermösel jetzt was zusammen, wenn der Mao zwar keiner von den zwei Rotzbuben ist, aber stattdessen in das mysteriöse Verschwinden von den Kampfhunden vom Seebachwirten von vorne bis hinten verwickelt ist, das ihm auch seit geraumer Zeit den Schlaf raubt, weil es einer Lösung harrt, was dann? Schließlich hat auch der Biermösel schon gehört, dass der Chinese das Schwein meidet und den Hund verschlingt, da wäre ein Anfangsverdacht durchaus gegeben!

(Wie so ein Hundsbraterl wohl schmeckt?, schweift der Biermösel sofort in Gedanken noch ein Stück weiter ab. Gar nicht schlecht wahrscheinlich, läuft ihm schon das Wasser im Mund zusammen. Aber ob sich auch ein Bratlfett ausgeht, nagt gleich wieder der Zweifel an ihm, wenn der Mensch einen Hund ins Rohr schiebt anstatt ein Schweinderl? Das glaubt er dann eigentlich wieder weniger!)

„Sehr gut, Roswitha, wirklich einmalig das Krusterl! Und bitte, ein Bier noch, sei so gut, und einen Marillenen!"

Gott sei Dank war die Roswitha erst recht so gescheit, dass sie den Auerhahn nie zu einer gesichtslosen Bettenburg ausgebaut hat, für was denn! Der Biermösel und die Roswitha selbst haben oben unter dem Dach jeweils ihre Schlafkammer, die genügt, die muss genügen. Dem Biermösel sind die eigenen vier Wände sowieso wurscht, seit er auf der Gendarmerieschule oben in Linz in einem Schlafsaal mit hundertvierzig anderen stinkenden Schweinderln hat schlafen müssen. Da bleibt das Intime außen vor, da entwickelt die Kreatur kein Sensorium für eine Privatsphäre, unmöglich! Und jetzt, kurz vor seinem Lebensabend, wird er auch auf der Raiffeisenkassa keinen Bausparvertrag mehr abschließen und sich auf Kredit ein Einfamilienhaus hinbauen, wo weit und breit keine Familie in Aussicht ist! Hat er es bis jetzt ohne eigenen vier Wände in seiner Kammer oben ausgehalten, wird er es auch noch aushalten, bis er in die ewigen vier Wände hinüber auf den Friedhof in Ischl zieht, wo seine modrigen Biermösel-Knochen dereinst neben den Knochen vom alten Biermösel verfaulen werden, wenn es dann so weit sein wird, oder besser: neben dem, was von den Knochen vom Alten dann noch als Rest übrig geblieben sein wird. Viel werden sie da nämlich nicht mehr eingraben müssen, befürchtet der Biermösel nach den Daueramputationen, denen der Alte ausgesetzt ist – der depperte Zucker, der depperte!

„Danke Roswitha, wirklich ganz einmalig. Und jetzt alles miteinander noch einmal, ja freilich, was glaubst denn du?!"

Wenn er tot ist, wird es ihm nämlich wurscht sein, ob seine letzten eigenen vier Wände seine einzigen eigenen vier Wände geblieben sein werden. Sowieso drauf geschissen auf den Wahnsinn mit den eigenen vier Wänden! Hauptsache, denkt sich der Biermösel, er hat Kost und Logis bei der Roswitha. Und was die Vorteile von der Kost anbelangt, so machen sie die Nachteile von der Logis mehr als wett. Weil mehr schlafen, als man verträgt, ist bei weitem nicht so schön wie mehr essen, als man verträgt. Also aufs Schlafen auch geschissen!

„Ah! Danke Roswitha, so eine Freude hab ich wieder mit dem Nachtmahl! Und geh bitte sei so gut, einen Doppelten noch, gell!"

Wenn du jetzt ihn selbst und die Roswitha hernimmst und in Salzburg drüben im Museum im Spiritus ausstellst, denkt sich der Biermösel oft, und wenn du dann zwei Japaner aus Sapporo fragst, was die zwei zueinander im verwandtschaftlichen Verhältnis darstellen könnten, dann kommt unter Garantie keiner von den zwei Japanern aus Sapporo drauf, dass sie ein Fleisch und ein Blut sind! Der Biermösel misst nämlich über einen Meter neunzig und wiegt auf dieser Länge keine fünfzig Kilo. Und die Roswitha ihrerseits kriegt wiederum keinen Meter fünfzig in der Höhe zusammen, dafür aber hundert Kilo in der Breite, so viel werden es schon sein.

Das Fett freilich, das der Roswitha anhängt, das kommt natürlich nicht vom raffiniert gedünsteten Saisongemüse, für das sie berühmt geworden wäre in der ganzen Welt bis hinauf nach Berlin. Es ist schon der Schweinsbraten, wegen dem ihr die Leute die Tür einrennen und wegen dem sie selbst bald nicht mehr durch die Tür passt. Ein Schweinsbraterl, das die Roswitha in Knoblauch und Kümmel ertränkt, herrlich! Ein Schweinsbraterl, dem die Roswitha die letzten zehn Minuten in den vier Wänden vom Ofenrohr noch einmal Vollgas einheizt, weil ein Schweinsbraterl ohne Krusterl ja letztlich wie ein Bierfahrer ohne Kapperl ist – drauf geschissen auf ein Schweinsbraterl ohne Krusterl!

„Aber freilich Roswitha, freilich nehm ich noch einen Nachschlag, und selbstverständlich trink ich noch eines, und einen auch noch!"

Wenn die Gendarmerie im Biermösel am Abend aus dem Dienst nach Hause kommt und er zum Gast wird, dann braucht ihn die Roswitha heute natürlich nicht mehr fragen, was er zum Essen will, nach fünfunddreißig Jahren geschwisterlichen Zusammenlebens hat sich das eingespielt. Was die Essgewohnheiten – aber nur die! – anbelangt, ist ja der Biermösel in den Augen vom Doktor Krisper eine medizinische Sensation. Was alles andere betrifft, sagt der Doktor Krisper, ist die medizinische Sensation eher die, dass der Biermösel noch lebt. In seinen Aufzeichnungen führt der Herr Doktor den Biermösel nicht nur als seinen schwierigsten Patienten, sondern auch als den „dünnsten dicken Gendarmen" der Welt, weil der Schweinsbraten bei ihm einfach äußerlich nicht anschlagen will, während er aber in seinem Inneren gewaltige Verheerungen anzurichten imstande ist. Seine Feinde gehen dann sogar noch einen Schritt weiter und nennen ihn den „dünnsten dümmsten Gendarmen" der Welt, und das tut dann richtig weh. Auch wenn er sich nach fünfunddreißig Jahren im Dienst eine dicke Haut angezwitschert hat, die ihn für die Alltagsschweinereien von den Leuten unempfindlich macht – seine Seele kann der Mensch nicht so einfach ins Rohr schieben und zehn Minuten Vollgas geben, damit das Butterweiche ein Krusterl kriegt und ihn gegen die wirklich groben Verletzungen schützt. So eine Seele kriegt der Mensch einfach nicht hart!

„Aber freilich, Roswitha! Freilich, freilich, freilich! Stell her!"

Die Roswitha! Nicht erst einmal, dass er sich furchtbar gekränkt hat, dass ausgerechnet sie seine Schwester sein muss! Wie wenn ihm ein Wirt den weltbesten Schweinsbraten vor die Nase stellt und ihm dann die Hände abhackt, so gemein kommt ihm das vor!

Freilich, der Ausschlag, der sich bei ihr die Schenkel hinten hinauf bis zum Gesäß ausbreitet, gegen den ist die Lepra eine leichte Nagelbettentzündung. Da müsste der Herr Doktor Krisper doch endlich einmal eine Salbe bauen, die das Nässende dauerhaft eindämmt und den Juckreiz die ganze Nacht über in die Schranken weist, damit sie einmal durchschlafen kann und nicht dauernd vor Schmerzen herumschreien muss. Aber sonst ist die Roswitha perfekt! Er kennt sie, er mag sie, und über das Schwein weiß sie alles. Da soll er nicht gekränkt sein, dass ausgerechnet sie seine Schwester ist?

Jetzt schiebt der Biermösel den Teller ein Stückerl von sich weg, rülpst einmal ordentlich und steckt sich den Zahnstocher in den Mund. Er sitzt gemütlich in seinem Winkerl und schaut deppert in die Wirtsstube hinein, wie er nach dem Nachtmahl immer wieder und immer öfter in die Wirtsstube hineinschaut. Gerne schweift er nach dem Essen in Gedanken und Blicken ein bisserl ab, das Schauen und das Abschweifen sind gewissermaßen seine Hobbys. Allerdings schaut ein Biermösel natürlich nicht wie der Esel im Stall, wenn er schaut. Ein Biermösel hat natürlich schon den gewissen Blick aus den Augenwinkeln heraus, und seine Sehwerkzeuge sind zusammengekniffen wie beim Chinesen, fast wie der Mao Tse Tung nicht verwandt nicht verschwägert schaut er, wenn er schaut, hintergründig und geheimnisvoll, einfach nicht zum Durchschauen.

Auf der Gendarmerieschule oben in Linz war er der Klassenbeste im Schauen und Beobachten, wenigstens in dem einen Fach war er der Star. „Adler“ hat ihn folglich der genannt, der ihm wohlgesinnt war (der Grasmuck), „Blindfisch“ die breite Masse, die ihn verachtet hat, aus der reinen Bosheit heraus. Das Schauen aber hat er über all die Jahre hinweg perfektioniert, auch wenn er jetzt kurz vorm Lebensabend natürlich doch schön langsam die Gleitsichtbrille vom Meisteroptiker vertragen könnte, jünger wird ja auch er nicht.

„Einen noch, Roswitha!“

Wenn der Biermösel die Geruchsterroristen am Stammtisch beobachtet, dann nimmt sein geübter Blick immer den Umweg über den

Spiegel, den er schräg oberhalb im Herrgottswinkel neben die Himmelmutter hingehängt hat, und zwar in dem speziellen Winkel, dass er die ganze Gaststube im Adlerauge behalten kann, fast so wie der russische KGB früher den Archipel Gulasch im Auge behalten hat (Da fällt ihm ein: Gut möglich, dass er sich heute noch ein kleines Gulasch zum Drüberstreuen vergönnen wird, sehr gut möglich!). Und jetzt fragt er sich natürlich, wer von denen dort drüben am Stammtisch ein bis zwei Rotzbuben daheim im Stall stehen hat, die allein oder im kriminellen Verbund für den Überfall auf die deutschen Sexmonster, als die er sie mittlerweile bezeichnen muss, verantwortlich sein könnten? Der Überfall *muss* geklärt werden, feuert er sich innerlich an, sonst dreht er noch durch. Tut ihm eh schon wieder alles weh unten herum vor lauter Ärger und Sorgen! Und arbeitet ihn eh schon wieder das Nachtmahl so gewaltig her, dass eh schon wieder ein jeder weiß, wie das gleich ausgehen wird. Bald wird es wieder so weit sein, dass das ganze Nachtmahl als Wind hinten hinausfahren will, weil er praktisch alles Feststoffliche zu Gas verarbeitet. Eine sehr seltsame Laune der Natur, über die er sich gar nicht freut (und sonst auch keiner!). Gleich wird ihm wieder das erste Junggesellenlied auskommen, na Bravo! Und auch wenn er es in das Schwafwollpolsterl hinein singen wird, das ihm die Roswitha immer zum Draufsetzen auf die Holzbank legt und das ein paar Dezibel vom gewaltigen Donnergroll schluckt – es wird sich wieder nicht vermeiden lassen, dass sich alle den Hals nach ihm verdrehen und ihn deppert anschauen, nur weil er die Komantschen pfeifen lässt.

„Schaut's mich nicht so deppert an!"

Vielleicht kommen die Schmerzen aber auch nur von der unverhohlenen Feindseligkeit und Häme, die vom Stammtisch zu ihm herüberschwappen, weil bei ihm öfter als bei anderen die Natur über den starken Willen obsiegt. Wenn einer ansonsten so vorbildlich und klösterlich lebt wie der Biermösel, dann ist er ja bei der breiten ausschweifenden Masse nicht nur beliebt. Wenn er dann auch noch lieber die ganze Zeit bei seiner schwergewichtigen Schwester daheim verbringt als bei den leichten Mädchen im Puff von der bachblonden Discowirtin drüben in Goisern, dann braucht er sich um die blöde Nachrede keine Sorgen mehr machen. Der billige Kalauer auf Kosten von denen, die im Sex keine Stars sind, ist ja ein Dauergast auf jedem Stammtisch der

Welt. Und im ganzen Ausseerland gibt es keinen Stammtisch, wo nicht jedes Mal wieder der billige Kalauer auf Kosten vom Biermösel die Runde machen täte, der da lautet:

„Nur Bier, nie Möse!“.

Auch wenn er jetzt kurz vorm Lebensabend doch schon die gewisse Reife erlangt hat und nicht mehr dauernd dem schnellen sexuellen Abenteuer auf der Triumph hinterher fahren muss – weh tut das schon!

Aber weil es draußen jetzt schon ganz zugezogen hat und er kurz vor der Zeit im Bild 1 schon so eine schöne Bettschwere beisammen hat, von ihm jetzt abschließend zur ganzen Sex-Problematik nur noch zwei Worte:

Drauf geschissen!

Sollen doch die da drüben am Stammtisch ruhig lachen über wen sie wollen, er zettelt wegen so was keine Wirtshausrauferei mehr an, er ist heute ganz Gandhi.

„Ja freilich Roswitha! Einen noch, kruzifix!“

Hauptsache, denkt er sich jetzt mit schweren Augen und legt sich auf die Ofenbank, Hauptsache, er sieht jetzt gleich die Schwarzhaarige in den Hauptnachrichten, die ihm wegen ihrer monströsen Mähne so gut gefällt, weil er an den Frauen das Rassige liebt, das Wilde und Unzähmbare.

Und da ist sie auch schon! Und sie redet gleich wieder davon, dass das ganze Land mehr oder weniger bis zu den Augenbrauen in der Sickergrube steht, womit sie einem wie ihm aber nichts Neues mehr erzählt. Und wie ihm die Roswitha mit ihrem fraulichen Instinkt endlich die ganze Flasche Marillenen zum Bier dazustellt, weil sie das dauernde hin- und herrennen mit ihren Krampfadern und dem nässenden Ausschlag auf der Innenseite von ihren Schenkerin auch nicht mehr so gut verträgt und sie sowieso weiß, dass er nicht ins Bett geht, bevor er die Flasche ganz ausgezwitschert hat, da denkt sich der Biermösel, dass ihn heute sicher nichts und niemand mehr rausbringen wird aus der Roswitha ihren vier Gaststubenwänden.

Schon gar nicht, wenn es draußen das ganze Land in kleine Fetzen zerreißen täte. Und erst recht nicht, wenn ein paar Rotzbuben die gesamte Bundesregierung entführen täten und er – Biermösel, Inspektor – zusammen mit dem Grasmuck, Inspektor, als Mitglied vom Katastrophenschutz seinen Dienst für das Staatsganze antreten müsste!

Weil – „Freilich, Roswitha, stell her!“ – drauf geschissen auf das Staatsganze!

Und – „Danke, Roswitha! Wirklich einmalig!“ – drauf geschissen auf die gesamte Bundesregierung!!

Die Nacht dann natürlich – furchtbar! Alles ein einziger ausstrahlender Schmerz unten herum, und die Luft herinnen in den vier Wänden von seiner Schlafkammer – zum Kampfhunde-Vergasen! So unsagbar gewaltig sind heute die Junggesellenlieder, die er hinausschmettert, so enorm die Dichte ihrer Abfolge, dass sich dem Kreisky sein tiefer Bass heute wie ein Mäuseschrei gegen die Koloratur vom Biermösel anhören täte. Da will er nicht ausschließen, dass sie ihn heute sogar drüben in China hören. Gebe Gott, dass sie ihn nicht auch schon riechen können!

Wie ihm jetzt ein weiterer sehr schöner auskommt, aber wirklich ein sehr schöner, klammert er sich an die Erstkommunions-Bibel, die auf seinem Nachtkasterl liegt, und er denkt an das Dichterwort:

„Windbauch, Windbauch, alles ist Windbauch!"

Es werden nicht nur die letztendlich doch acht Portionen vom Schweinsbraterl gewesen sein, die ihn gar so herarbeiten, und nicht nur die in der Summe vierundzwanzig doppelten Marillenen, die ihn am Schlaf hindern. Es wird wohl auch die fünfte Cremeschnitte ihren Beitrag leisten, die es nach dem Gulasch zum Drüberstreuen dann doch noch unbedingt hat sein müssen, wie die „Zeit im Bild 1" schon lange vorbei war. Alles das miteinander und übereinander sucht sich jetzt in den Irrungen und Wirrungen vom Biermösel seinen Gedärmen einen Platz nahe am Ausgang, den wiederum die renitenten Knödeln versperren. Alles gut eingeschmiert vom Bratlfett und nur zögerlich aufgeweicht vom Marillenen. Einer von den Fäkalkünstlern, denkt sich der Biermösel, wie er sich den schmerzenden Bauch hält, hätte heute eine schöne Freude mit ihm, wenn er ihn mit seinem Säbel anstechen könnte. Eine gewaltige Sauerei täte der Inhalt vom Biermösel heute ergeben, als Wandgemälde sicher ein Gedicht!

Kann es sein, fragt er sich, dass er das Zeug zum Kunstwerk hat?

Es zwickt und drückt ihn unten herum jedenfalls überall, und wurscht ob er sich auf die eine Seite dreht oder auf die andere, der Biermösel und sein Körper finden heute einfach nicht zusammen. Wie der Kampfhund und die Siamkatze im engen Käfig sind die zwei heute miteinander, wie der Arsch und der Friedrich. Und wenn er nicht bald aus den Federn kommt und das Fenster aufreißt, kann er sich aussuchen, ob er an den Gasen ersticken oder am inneren Aufruhr zugrunde gehen will, such es dir halt aus, Biermösel!

„Windbauch, Windbauch, es rumort gewaltig im Windbauch!"

Dass es jetzt draußen über den gewaltigen Baumwipfeln auch noch blitzt wie bei einer Radarkontrolle und donnert wie beim Geröllschlag, das jagt ihm dann zusätzlich noch die große Angst ein, weil er gar so alleine in seiner Kammer liegt und niemanden hat zum Anhalten. Nur die kalte und gefühllose Gespielin Einsamkeit liegt wieder bei ihm unter der Decke, seine treue Begleiterin. Sie streichelt ihn mit ihren eisigen Fingern, wie sie es schon damals im Schlafsaal oben in der Gendarmerieschule in Linz getan hat, wenn er am Wochenende immer als Einziger daheim geblieben ist und aus seinem Kofferradio das „Wunschkonzert der Volksmusik" gehört hat, während die anderen allesamt ausschweifen gegangen sind.

Verachtet hat er seine Kameraden damals, weil sie ihr Geld zum Fenster hinausgeschmissen haben, wo er vernünftig war und auf die Triumph gespart hat! Aber wie dann nach und nach ein jeder von denen in den Hafen der Ehe übergesetzt hat, während er immer noch alleine war, hat es ihm schon gedämmert, dass er wieder einmal auf das falsche Pferd gesetzt hat, aber auf das komplett falsche! Ein Moped haben sich die anderen dann nämlich auch alle gekauft, nur dass sie auch eine Braut hinten drauf gehabt haben, mit der sie die Überfahrt genommen haben! Und er? Die Einsamkeit ist nach wie vor seine Gattin, der Schmerz immer noch seine Geliebte.

Da muss der Biermösel gleich wieder an den Lebensabend denken, von dem er sich im Detail gar nicht ausmalen möchte, was der an Sinnleere alles bringen wird. Aber wenn die Nacht lang wird, dann geht der Mensch erst recht ins Detail. Und was er jetzt dort im Detail sieht, das lässt ihn schaudern:

Er und der Grasmuck und wie es heute ausschaut auch die Roswitha und der Mallinger samt Bürgermeister werden gemeinsam einsam übersetzen ins Siechenheim nach Goisern. Wahrscheinlich alle miteinander in eine Kammer gepfercht neben der vom alten Biermösel, oder besser gesagt: Neben dem, was von ihm dann noch als Rest übrig geblieben sein wird.

Das wird nicht mehr viel sein, malt sich der Biermösel jetzt den Rest vom alten Biermösel in allen Farben mit Schwerpunkt Blutrot aus, weil die moderne Chirurgie ja heute lieber absägt, als dass sie heilt!

Da wäre der Biermösel gerne in den Tiefschlaf gefallen, weil er das alles nicht mehr sehen will, was er sich zusammenphantasiert. Eigentlich wäre er am liebsten gestorben, weil er sich nach dem erbärmlichen Leben den katastrophalen Lebensabend ganz gerne ersparen täte.

„Windbauch, Windbauch, wer hat den gewaltigsten Windbauch?“

„Na wer schon!“, wüsste der Mallinger drüben in seinem Einfamilienhaus ohne Familie die Antwort. „Der Biermösel hat den gewaltigsten Windbauch, pfui pfui pfui! Und schreiben kann er auch nicht! Und den Führerschein hat er mir auch weggenommen!“

Aber der Mallinger will nicht schadenfroh sein. Er will sich nicht weiden am Unglück anderer und nicht auf Liegende hintreten, das tut man einfach nicht.

Außerdem: Seit drei Jahren im erzwungenen Vorruhestand, steht er ja selbst heute keinen Deut besser da als der Biermösel. Mal abgesehen von der wirklich schönen Lehrer-Frühpension vielleicht, die natürlich ein echtes Zuckerl ist.

Schlafen kann er aber trotzdem nicht.

Sein Leben ist ihm entglitten, seit man ihm die Buchstaben weggenommen hat, die er als Deutschlehrer drüben in der Schule in Ischl zusammenbauen durfte – A ein Apfel, B eine Birne. Heute muss er sich damit begnügen, dass er alle paar Tage im Flachdachrefugium des Puffkaisers Schlevsky oben am Berghang Nachschau hält, während dieser seinen schmutzigen Geschäften im deutschen Osten nachgeht, eine sinnleere Hausmeistertätigkeit. Und neuerdings wartet er auf den Beginn der Deutschkurse für Ausländer, die er sich bereit erklärt hat zu übernehmen, unentgeltlich natürlich, übermorgen geht es los. Ein kleiner Silberstreif am Horizont, gewiss.

Doch dazwischen?

Leider muss er sich eingestehen, dass er sich vielleicht eine Spur zu sehr mit seiner Playstation zerstreut und darauf eine Spur zu häufig die Nordkurve des Nürburgrings durchfährt, welche die gefährlichste Kurve im gesamten Formel-1-Zirkus ist.

Es juckt ihn immer noch zu sehr in seinen Handgelenken, als dass er reinen Herzens von sich behaupten könnte, sein fürchterlicher Unfall damals wäre ihm eine Lehre gewesen und er hätte die „Faszination Geschwindigkeitsrausch“ für immer hinter sich gelassen. Leider.

In langen schlaflosen Nächten wie dieser sehnt er sich sogar manchmal wehmütig nach den Zeiten seiner Trunksucht zurück, die auf den Horrorcrash folgte. Damals konnte er zwar auch nicht schlafen. Doch fiel er wenigstens hin und wieder in tiefe Bewusstlosigkeit.

Es sind nun aber nicht die wie leiser Nebel über das Ausseerland schleichenden Winde des Biermösel, die dem Mallinger heute so sehr zusetzen und ihn im nervös-fiebrigen Hin und Her halten. Es ist auch nicht das von Fehlern strotzende Pensionsansuchen des Biermösel, über dem er brüten und in dem er mit der Lupe prüfen würde, in welchem Wort kein Fehler ist. Das hat er ja noch nicht verfasst, der Biermösel, und seine Winde allein wissen, ob und wann er es je tut.

Es ist ein immer wiederkehrendes Bombardement visueller Reize, welches ihm sein Hirn zermartert und ihn keine Ruhe mehr finden lässt. Grauenhafte Schlachtenbilder sieht er immer wieder, vor denen er im Geiste stets Zuflucht im Klassenzimmer seiner alten Schule sucht, wo er den Erinnerungen des schrecklichen Crashs damals zu entfliehen versucht.

Vergeblich!

Zwar stellt er sich dort vor die grüne Tafel und zählt brav die bunten Buchstaben, die er zuvor feinsäuberlich darauf gemalt hat. Wenn er mit dem Zählen der Schäfchen auf der grünen Wiese durch ist und er trotzdem nicht einschlafen kann, dann zählt das Buchstabenzählen zu seinen Geheimrezepten. Und ein paar Geheimrezepte kann der Mensch durchaus gebrauchen nach diesem Parcours an Prüfungen, über den der liebe Gott ihn gejagt hat – fehlt nur noch, dass ihn ein Wal verschluckt!

Doch wie jede Nacht hat der Mallinger in seinen Träumen noch nicht bis F wie Ferrari gezählt, da taucht auch schon wieder der C wie Christophorus mit seinem giftgrünen Dodge Viper draußen vor der Schule auf, dreht auf dem Asphalt davor ein paar angeberische Kreisel und lässt die Furcht einflößende Acht-Liter-Höllenmaschine noch einmal kräftig aufheulen, bevor er schließlich das Klassenzimmer in der Art betritt, wie die Heils Angels das Bierlokal betreten.

Der Chris (wie der Mallinger den Heiligen mittlerweile vielleicht ein wenig zu amikal nennt) ist so unfassbar groß gewachsen, dass er in diesen furchtbaren Träumen überhaupt nur durch die Tür hereinpasst, weil er seinen abgerissenen Schädel lässig unter seinem rechten Arm mit sich spazieren trägt. Aber auch aus diesem heraus vermögen ihn die Augen des Heiligen so vorwurfsvoll und hasserfüllt anzusehen – wie der Landesschulinspektor den Analphabeten –, dass sich der Mallinger aus Angst vor diesem Radaubruder und seinem bösen Blick immer die

Ferrari-Bettdecke bis über beide Ohren hinaufzieht, nur um darunter die Donnerstimme des Heiligen umso deutlicher zu vernehmen, die ihn beständig an das unverzeihliche Unglück seines Lebens erinnert:

„Mallinger!“, schreit der randalierende Heilige dann, der gerne mal die Fassung verliert. „Weil du nicht Auto fahren kannst, haben sie mich an der Abzweigung nach Aussee auch noch aufgestellt, du Scheiß-Typ! Und jetzt fährt mich jeden zweiten Tag einer von euch besoffenen Bauerntrotteln über den Haufen und reißt mir den Schädel ab, immer und immer wieder! Hättest du *damals* nicht aufpassen können, du Pfeife?“

Verzweifelt versucht der Mallinger den gewaltigen Hieben des tobenden Heiligen auszuweichen, der ihn mit dem 2-Meter-Lineal in kleine Stücke zu säbeln versucht. Wie ein Sumoringer wirft er sich im Halbschlaf hin und her, sodass sein Bett mittlerweile aussieht wie das mit sechs Schweinderln überbelegte Zwei-Mann-Zelt auf einem Ministrantenlager.

Doch kaum ist er den wütenden Angriffen dieses ungehobelten Klotzes entkommen, fliegt ihm in einem nächsten Traum auch schon der nächste Schädel um die Ohren. Diesmal ist es der von seiner Gemahlin Hertha, die damals neben ihm auf dem Beifahrersitz im Audi Quattro gesessen ist.

Und dann hört er in dolby surround wieder das Krachen der Karosserie, die zusammengesetzt einmal sein ganzer Stolz war, bevor sie in kleinen Fetzen im Mischwald zu liegen kam, so wie viel früher schon der Ferrari vom Niki in der Nordkurve des Nürburgrings.

Christophorus, oh Treuer, behüt’ uns am Steuer.

Damals! Immer wieder damals!

Bis vor fünf Jahren war das Glück doch selbstverständlicher Gast in seinem Leben, wie der Herrgott im Winkel. Zwar hat auch die Hertha nicht ausgesehen wie ein Boxenluder (blond, willig und nymphoman). Dafür war sie zu rotbackig und grobknochig, zu sulzig waren ihre Füße und zu durchsichtig ihre Haut. Aber sie hat ihm den schmerzhaften Stachel Einsamkeit aus seinem Gesäß gezogen, als sie vor bald fünf Jahren drüben in Gosau „Ja“ gesagt hat, „ja, ich will“. Und auf den Tag genau neun Monate später hat der Storch den kleinen Niki gebracht – Hallelujah! So eine Punktlandung gefällt dem Herrn.

Aber Obacht! Wo viel Licht, da auch viel Schatten. Das Unfaire und Unsinnige, das Unverständliche und nicht Steuerbare sind die unmanierliche Verwandtschaft des Glücks, die man besser nicht in sein Haus hereinlässt, weil sie sich den Schmutz nie von den Schuhen streift. Das weiß auch ein jeder, der schon einmal glücklich war. Außer der Biermösel vielleicht, der das Glück überhaupt nur aus den Sissi-Filmen kennt.

Der Biermösel hätte damals natürlich die Autoindustrie nicht ungeschoren davonkommen lassen dürfen, sieht auch der Mallinger heute ein, wenn er sich nach dem Crash bei der Rekonstruierung des Unfallherganges nur die Mühe gemacht und die Verschuldensfrage gestellt hätte. Anstatt alles dem nassen Laub auf der Straße in die Schuhe zu schieben und den unerwarteten Spätwinter im Frühsommer in die Pflicht zu nehmen, hätte er sich auch fragen können:

Darf denn die Autoindustrie einem wie dem Mallinger so eine 300-PS-Allrad-Maschine aus Sindelfingen überhaupt andrehen? War denn nicht absehbar, dass ein so gehemmter und unsicherer Mensch wie er aus Gründen der Kompensation seiner Minderwertigkeit ständig das Gas durchtreten würde wie früher der Niki? Und wieso hat denn die Bezirkshauptmannschaft einem so schmalen und kleingewachsenen Deutschlehrer mit so dicken Brillengläsern überhaupt einen Führerschein ausgestellt, einem bekennenden Marienverehrer obendrein, der beim Rasen stets auf die schützende Hand der Jungfrau vertraute, weil er sich vorbildlicher Rosenkranzbeter nannte mit Schwerpunkt „Segensreicher"?

Schon viel früher hätte der Biermösel diesen ortsbekannten Raser aus dem Verkehr ziehen müssen, der stets blind den Kräften des Himmels vertraute, nachdem er den Turbo gezündet hat, weil ja ohnehin der heilige Christophorus als Medaillon vom Rückspiegel herabbaumelnd als Beschützer bei ihm mitfuhr. Kann denn da in Dreiherrgottsnamen etwas schief gehen, hat sich der Mallinger frohen Mutes gefragt, als er damals solcherart doppelt und dreifach abgesichert im nagelneuen Quattro mit seinem jungen Glück die Schwiegereltern drüben in Goisern besuchen wollte und er seine Lieblingskurve samt Kompression an der Abzweigung nach Goisern – eine Kurve, schöner und gefährlicher als die Nordkurve des Nürburgrings! – im wahnwitzigen Geschwindigkeitsrausch nehmen wollte, schneller und verwegener als alle anderen vor ihm, kann denn da etwas schief gehen?

Alles, wie er heute weiß, aber auch wirklich alles!

Denn natürlich konnte der Mallinger diese Rakete unter seinem schmalen Arsch unmöglich bändigen. Und natürlich schaute er augenblicklich blöd aus seinem Steireranzug, als er nach diesem Vollgasrausch plötzlich oben im Mischwald saß, ganz und gar vom rechten Weg abgekommen, alleine und noch immer angeschnallt in seinem tiefer gelegten Schalensitz, aber allzu weit neben dem dazugehörigen und völlig zerknüllten Allrad.

Den kleinen Niki hat es zuvor schon hinauskatapultiert in die herrliche Natur, wo er im weichen Mischwaldlaub liegen blieb. Noch bevor er ein einziges Kart-Rennen gewinnen konnte (wie es sein Plan für den Erstgeborenen war), musste er Gottes weites Erdenrund schon wieder verlassen, ungetauft und mit angeschissenen Windeln.

Und den abgerissenen Schädel von seiner geliebten Hertha fand der Biermösel dann überhaupt erst am Ostermontag drüben im Zuständigkeitsbereich des Grasmuck in Goisern, nachdem ihr Körper zuvor in seinem eigenen Zuständigkeitsbereich herüben in Aussee vierzehn Buchen gefällt hatte, bevor er (in Teilen) an einer Felswand zum Erliegen kam.

Und er selbst, die selbsternannte Rennfahrerhoffnung eines ganzen erwartungsfrohen Landes, das seit dem Lauda keinen Weltmeister mehr hervorbrachte?

Zunächst schien es, als wäre er Hauptdarsteller eines göttlichen Wunders gewesen und gänzlich unbeschadet seiner Havarie entstiegen. Nach erster ambulanter Versorgung brauchte er weder Salbe noch Tinktur.

Doch ließ sich bald nach der Trauerphase nicht mehr verheimlichen, dass er während dieses Hochamtes der Zerstörung, während dem sein Quattro wie eine Flipperkugel unkontrolliert durch den Mischwald geschleudert war und sich Hunderte Male überschlug, wohl irgendwo und irgendwann ganz fürchterlich mit dem Kopf angeschlagen sein musste.

Denn seit damals stottert er wie ein alter Steyr-Traktor, was – unter anderem – ein Grund für den Entzug der Lehrberechtigung war.

Und seit damals – Aber pssst! Davon hat er auch dem Doktor Krisper nie etwas erzählt, sonst würde der ihn für geistesgestört erklären! – hört er dauernd die Stimme des Heiligen, der Klartext mit ihm redet:

„Mallinger! Du Mörder! Du Bleifuß! Hättest du damals nicht aufpassen können, du Arsch mit Ohren?“

Gleich ist es halb vier Uhr morgens, die Stunde des ersten Rosenkranzes, die Stunde der einsamen Seelen und vorbildlichen Beter. Der Mallinger hat sich aus seinem klitschnassen Bett herausgeschält. Er hat ein paar Minuten kalt geduscht, einige flotte Kniebeugen gemacht (flott, flott muss es gehen!) und sich dann seinen Morgenmantel übergeworfen, den er aus dem Marienwallfahrtsort Medjugorje mitgebracht hat.

Obwohl er im Grunde die entspannte Ferrari-Schalensitzhaltung der vornüber gebeugten Rosenkranzhaltung vorzieht, kniet er nun vor seinem Bett und betrachtet in ruhiger Meditation das Bild der Heiligen Jungfrau, das dort neben dem Bild vom Niki in seinem 76er-WM-Ferrari über seinem Bett an der Wand hängt.

Zwar ist auch die Heilige Jungfrau kein Ferrari, wenn man sie sich genauer anschaut, ja, sie ist noch nicht einmal ein Boxenluder. Aber sie hat Klasse, freut sich der Mallinger in seinen nächtlichen Betrachtungen immer wieder über die Mutter Gottes, sie hat eine Aura. In puncto Strahlkraft, versinkt er in stiller Bewunderung, kann dieser Frau einfach keine das Wasser reichen, nicht einmal der Niki.

Da muss der Mallinger plötzlich kichern. Verschämt zwar, weil er weiß, dass man vor dem Bildnis der Heiligen Jungfrau kniend nicht kichert. Aber es fällt ihm gerade wieder ein, wie er vor einem Jahr auf dem Busbahnhof in Attnang-Puchheim eigentlich den Shuttle-Bus zum Oktoberfest nach München besteigen wollte, um sich dort endgültig zu Tode zu trinken. Nach dem fürchterlichen Crash damals war seine Seele in ein schwarzes Kellerloch gefallen, wo sie sich mit dem teuflischen Verführer Suff verschwägerte.

Aber dann: War es Zufall? War es Gnade? War es der Föhnsturm, der ihm zusetzte? Oder war es schlicht ein lange vorbereiteter Schachzug der Heiligen Jungfrau, dass sie ihn irrtümlich in den falschen Bus stolpern ließ?

Plötzlich fand er sich nämlich inmitten einer Schar fröhlich singender Nonnen aus Polen wieder, allesamt Mitglieder des Rosenkranz-Sühnekreuzzuges, allesamt keine Boxenluder im engeren Sinne, dafür jede Einzelne von geselligster Natur.

Er nahm in diesem fürchterlich stinkenden und brustschwachen Reisebus mit kaputten Bremsen ganz vorne neben dem kettenrauchenden Fahrer Platz, und los ging die fröhliche Fahrt hinunter in den balkanesischen Wallfahrtsort, wo er schließlich am Ende jener launigen Reise *„Dominique Dominique“* in einwandfreiem Polnisch singen konnte, während die polnischen Nonnen ihrerseits akzentfrei *„Resi, i hol di mit dem Traktor ab!“* brüllten, die Chemie zwischen ihnen hatte einfach gestimmt. (Auch wenn er sich den Fahrer nicht zum Freund machen konnte, dem er – angeblich! – während der gesamten Fahrt ständig ins Lenkrad griff, und den er – angeblich! – fortgesetzt anfeuerte, doch endlich schneller zu fahren, schneller, schneller, schneller!)

Als kleinen Freundschaftsdienst, vielleicht auch ein wenig aus Mitleid, schleppten ihn die lustigen Nonnen dann noch vor das Bildnis der Heiligen Jungfrau, Haufen Elend, der er war, nichts weniger als dem Tode geweiht. Sein Hirn war bereits ein löchriger Schwamm, mit dem die Anni keinen Teller mehr hätte waschen können. Und seine Leber war schon hart wie eine alte Semmel. Doch die Heilige Jungfrau hat ihn nur angeschaut, immer nur angeschaut, die kann vielleicht schauen, die Heilige Jungfrau! Damals wie heute liegt kein Vorwurf in ihrem Blick, keine Abscheu vor seinem niedrigen Leben. Sie ist einfach nur reine Gnade und mütterliche Nachsicht. Anders als den Heißsporn Christophorus bringt diese Frau so schnell nichts aus der Ruhe. Und schön, denkt er nun beim Betrachten ihres Bildes, schön ist sie auch, so schön.

Hat er es am Ende auch ihr zu verdanken, dass sich für ihn nun doch noch zwei Silberstreifen auf dem Horizont abzeichnen? Erst vorige Woche hat ihm die Gemeindeverwaltung trotz seiner unbestreitbaren gesundheitlichen und psychischen Probleme die Deutschkurse für Ausländer übertragen, die er sich zuvor bereit erklärt hat kostenlos zu übernehmen.

Und dann erreichte ihn gestern dieser Anruf des Puffkaisers Schlevsky, der ihn jetzt auf seiner zum Doppelbett ausgebauten IKEA-Couch „Mystique“ um sich schlagen lässt wie früher in der Ausnüchterungszelle des Biermösel.

In einem seiner sechzehn Straßenschiffe werde er gleich morgen früh in Aussee ankommen und bei ihm anläuten, hat ihm der Schlevsky telefonisch auseinander gesetzt. Und weiter: Dass er sich bitte seinen Terminkalender freischaufeln und abseits des regulären Deutschkurses für Ausländer alle verfügbaren Deutschstunden für eine gewisse blonde Person reservieren möge, die nicht älter sei als ein junges Kitz.

Solche Anrufe des Puffkaisers sind an sich nichts Ungewöhnliches, schließlich verwaltet der Mallinger den Haustorschlüssel seiner Flachdachvilla während der Zeit seiner Abwesenheit. Ungewöhnlich aber war diese gewisse Aufgeregtheit und bis dato gänzlich unbekannte Nervosität in der sonst so festen und sonoren Stimme des Schlevsky, die jetzt auch auf den dünnhäutigen Mallinger abfärben. Angehört hat sich der sonst so Weltgewandte, als würde ihm sein Puffkaiserreich in kleinen Trümmern um die Ohren fliegen und er gerade nicht wissen, wohin seine Reise geht. Als wäre er Teil der fürchterlichsten Massenkarambolage der Formel-1-Geschichte, aus der ihm auch der Professor Sid Watkins nicht mehr heraushelfen könnte – Feuer! Feuer! Feuer!

Rauswischen und Reinstecken

Das hätte sich das Frl. Anni in der – man muss es leider sagen: total verschissenen – Kindheit auch nicht träumen lassen, dass ein einzelner Mann seinen Nassraum so herrichten kann, aber so! Ausschauen tut es da heute wieder, wie auf dem Scheißhaus von einer indischen Slumfamilie komplett ohne Manieren, ein Alb! Zwar gewöhnt sich eine Zugeherin von Format mit der Zeit an jeden Nassraum, und die Anni wischt ja schon raus, seit sie sieben ist. Aber dem Biermösel seine Anlage am Gendarmerieposten in Aussee herüben – heiliges Kanonenrohr! Schaut ihr irdisches Fegefeuer so aus?

Das Land ist so schmutzig, die Leute sind solche Schweinderln heutzutage, pfui pfui pfui, dass die Anni jetzt schon um halb drei Uhr aus den Federn hüpfen muss, um die Nachfrage halbwegs bedienen zu können, husch husch husch, schnell muss es natürlich auch gehen.

Sie wischt die getäfelte Toilette vom Stararchitekten Wollatz genauso umstandslos heraus wie die angebrunzten Fliesen vom Biermösel, da darf eine Putzfrau keinen Unterschied machen, nach unten hin kennt eine Putzfrau keine Grenzen.

Selbst die hohe Politik in Gestalt des Bürgermeisters zählt sie zu ihren Kunden, und auch dem sein Klo, darf sie verraten, ist eine einzige Urinwandmalerei. Man möchte ja nicht glauben, was sich in der Politik alles zuträgt!

Das Ia-Schweinderl aber ist im Klerus zu finden, Dank sei Gott dem Herrn! Der Herr Pfarrer bucht sie praktisch jeden zweiten Tag, und das gewiss nicht ohne Grund, auch das darf sie verraten. Dem sein Klo ist ein unheiliger Tempel der Siebtechnik. Und die Bettwäsche vom Hochwürden ist jeden Morgen mit den Ergüssen aus seinem Wedel gesegnet, oh du Fröhliche!

Als Putzfrau braucht man schon einen guten Magen auch.

Der Gendarmerieposten vom Biermösel aber ist ein Kapitel für sich. Kein schönes Kapitel freilich, darf sie verraten. Den hat sie schon rausgewischt, da hat noch der alte Biermösel auf die sehr eigenwillige Art der Biermösels Dienst geschoben und uriniert, selbst die Decke ist bei denen dauernd voller Tropferin, du lieber Himmel! Fast möchte man meinen, die Biermösels machen eine olympische Disziplin daraus. Gewinnen täten sie auf alle Fälle, jedenfalls wenn es um Geruch und

Ausbreitung der Verheerungen geht. Goldmedaille her, Bundeshymne ab, Heimat bist du großer Söhne.

Trotzdem: Die Anni beschwert sich nicht, sie macht es ja auch gerne. Als Frau weiß sie schließlich, dass sich ein Mann lieber das Bärli abschneidet, bevor er sich beim Abschlagen hinsetzt. Also versuch einem Esel das Kopfrechnen beizubringen, der wird das auch nie lernen!

Und was sie von ihrer Schwester Hanni hört, die drüben in Goisern das Männerscheißhaus im *Chez la Blonde* von der gachblonden Discowirtin herauswischt – da möchte sie in hundert Jahren nicht mit ihr tauschen! Was die Versicherungsmakler und Autoverkäufer und Politiker und Jäger heutzutage imstande sind alles aufzuführen, das ist gelinde gesagt das Schattenreich.

Da steht die Anni ja mit ihrem langfristigen Reinigungsvertrag für die örtliche Schule fast privilegiert da im Vergleich zu ihrer Schwester. Natürlich hat sie den Job damals vor fünfzehn Jahren auch nicht nur wegen ihrer Qualifikation gekriegt, die sie ausspielen hätte können. Da hat sie schon auch ihre flinke Zunge am Bürgermeister spielen lassen müssen. Nur mit der reinen Qualifikation kriegt heute selbst die beste Zugeherin keinen Job mehr. Da muss man sich als Frau vor der Politik schon noch ein Stück mehr erniedrigen, damit man nicht endgültig abrutscht in die Armutsfalle. Freilich hat sie sich nie mehr wieder vor so etwas Grauslichem wie der Politik erniedrigen müssen, pfui pfui pfui. Dem Bürgermeister sein Bärli hat es weiß Gott ganz schön nötig gehabt. Aber als Frau weiß sie auch nur zu gut, dass der Mann in den schwer zugänglichen Regionen einfach aus Prinzip nicht putzt, da muss dann immer die Fachkraft ran.

Du lieber Gott im Himmel, diese Klobrille!

Nein wirklich, die hätte sie jetzt lieber nicht anheben sollen. Da kann sie von Glück reden, dass sie sich heute wieder kein Frühstück hat leisten können und sie sich nach dem Aufstehen wieder nur schnell, schnell ein paar Mon Chéri in den Mund geschoben hat, die sich jetzt in ihrem Magen umdrehen, so eine impertinente Klobrille!

In der Schule hat die Anni dann wenigstens den ansonsten so spröde wirkenden und ganz in sich selbst versponnenen Deutschlehrer Mallinger von einer anderen, von der gewissen privaten Seite her kennen lernen dürfen, wie er noch im Besitz seiner Lehrbefugnis war.

Normalerweise graut ihr ja heute vor den gewissen privaten Seiten der Männer schon mehr als vor ihren Scheißhäusern, sie ist ja kein sexsüchtiger Teenager mehr. Aber als Putzfrau darf sie nicht wählerisch sein. Da muss sie stattdessen froh sein, wenn ihr einer die paar Scheine bar auf die Hand dazulegt, die ihr trotz 120-Stunden-Wochen und 30 Jahre Alice Schwarzer jeden Monat aufs Existenzminimum fehlen.

Der Mallinger hat ihr so leid getan damals, nachdem er im Geschwindigkeitsrausch seine Familie oben im Mischwald ausgelöscht hat. Der war ja in der Folge seelisch komplett verkrüppelt. Und körperlich hat er mehr ausgeschaut wie ein Biafra-Kind als wie ein Mann. Einen Arsch in der Hose hast bei dem mit der großen Lupe suchen müssen, gefunden freilich hättest nichts. Also hat ihm die Anni hin und wieder einen Knödel oder eine Palatschinke in der Tupperware aufs Lehrerherrenklo gestellt, als kleine Aufmerksamkeit gewissermaßen, und ein wenig auch, weil sie selbst einsam war.

Aufs Herrenklo hat sich der Mallinger damals oft und gerne zurückgezogen, wenn ihn die Seelenpein übermannt hat und er im Unterricht vor den Schülern nicht weinen wollte, weil die ja heutzutage jede Schwäche von einer Erziehungsperson ausnützen und ihn „Mörder!" gerufen und ihm „Bleifuß!" nachgeschrien haben.

Aufs Klo gehen erweckt in Aussee keinen Verdacht. Aufs Klo rennt in Aussee praktisch dauernd einer, weil er es sich unten herum komplett vertan hat. Freilich keiner so regelmäßig und mit solchen Folgen für Mensch und Umwelt wie der Biermösel, heiliger Meister Propper, auch geruchsmäßig ist es bei dem wieder unter jeder Sau. Manchmal, denkt sich die Anni, wäre sie wirklich lieber Tagelöhnerin im Kohlebergbau in der Ukraine als Zugeherin in Österreich, die Leute sind einfach solche Schweinderln, pfui pfui pfui!

Mit zunehmendem Alter fällt ja der Brotberuf auch der Anni immer schwerer. Wenn selbst die Wäscheklammer auf der Nase nichts mehr hilft und es ihr dauernd schwarz vor den Augen wird, träumt auch sie trotz aller Liebe zum Beruf von der Frühpension.

Soll sie dem Biermösel einen Duftbaum hereinhängen, überlegt sie jetzt kurz. Aber dann fühlt er sich am Ende wieder in seiner Ehre gekränkt, wenn sie ihm mit dem Zaunpfahl vom Duftbaum winkt, verwirft sie den Gedanken gleich wieder. Bei einem Mann weiß man als Frau ja nie, wie man ihn anfassen soll. Und als Zugeherin muss sie erst recht ein Gespür für die Eigenheiten ihrer Klientel haben. Sind ja alle verschieden, die Menschenkinder. Nur am Ende im Todeskampf und vorher am Scheißhaus sind sie alle gleich.

Fürs Erste belässt es die Anni jetzt lieber beim Gedanken an den Geruchsfresser. Fürs Erste genügen ihr die Schwierigkeiten, die sich mit dem Mallinger bezüglich ihrer Lebensplanung samt Lebensabend aufgetürmt haben. Da darf sie es sich mit dem Biermösel nicht ganz verscherzen. Schließlich ist auch der trotz allem ein Mann. Und schließlich kriegt auch der einmal eine staatliche Pension.

Warum sie letztlich am liebsten mit dem Mallinger ihren Lebensabend verbringen täte? Wegen seinem sexuellen Startum vielleicht und seinem amourösen Glamour? Geh, hör auf!

Wegen seinem sexuellen Startum und dem amourösen Glamour folgt eine Putzfrau heute keinem Mann mehr als Zugeherin in sein Einfamilienhaus, weil es das schlicht und einfach nicht gibt, sexuelles Startum und amourösen Glamour bei einem Mann.

Da kann sie jetzt fast befreit auflachen, wenn sie an so was Blödes denkt. Der kleine Lachanfall tut ihr gut. Er lenkt ihre Gedanken von den Wandfliesen ab, an die sie sich dann gleich ranmachen muss. Gütiger Himmel, die können weiß Gott auch einen Citrusduft vertragen!

Aber vorher muss sie sich kurz aufrichten und ein paar Mal kräftig durchatmen. Sie muss sich mit einem halben Kilo Mon Chéri in Stimmung bringen, weil sie beim Biermösel einfach nicht mehr ohne Stimmungsmacher auskommt. Und in solchen Momenten ist sie dann ganz froh, dass ihr die ganzen Versicherungsvertreter und Autoverkäufer immer eine Mon Chéri schenken, nachdem sie sich mit ihnen abgegeben hat.

Na gut, jetzt ist es also heraußen, dass sie nicht nur die bekannteste Zugeherin in Aussee ist, sondern auch eine Lustige. Keine Professionelle zwar, aber eine Regelmäßige. Was soll sie aber auch machen, wenn das Geld aus dem Brotberuf hinten und vorne nicht reicht und es die Zwillinge einmal besser haben sollen auf der Karriereleiter?

Natürlich, sie hätte sich auch andere als den Mallinger vorstellen können! Der war ja wirklich kein Routinier im Sexuellen, das ist er bis heute nicht. Dafür ist er äußerlich zu hektisch und innerlich zu unrund, in der Planung ist er zu einfallslos und in der Ausführung zu überstürzt. Da wird die katholische Kirche viel ruiniert haben, ist sich die Anni sicher. Sie kennt ja auch den Pfarrer von seiner gewissen privaten Seite, und auch der ist bei Gott kein Latin Lover.

Nein nein, einen Spaß erlebt man als Frau mit einem innerlich so verbogenen Mann wie dem Mallinger beim Sex nicht. Schon gar nicht, wenn er es dauernd in seinem Ferrari-Schalensitz machen will und sie beim Sex immer „Niki“ zu ihm sagen muss – „Schneller Niki, schneller, schneller, schneller!“

Aber einen Spaß erlebt man als Frau sowieso eher, wenn man einmal im Jahr zum Urfahraner Jahrmarkt nach Linz hinauffährt und sich dort eine Zuckerwatte leistet oder eine Schaumrolle, spätestens beim Sex mit einem Mann hört sich der Spaß mit einem Mann immer auf! Sie ist ja schon froh, wenn sie einer nicht zerreißt wie einen Putzfetzen und ihr das Bärli hineinsteckt wie den Klobesen in die Muschel.

Im Vergleich zu den impotenten Altwagenhändlern und geistesgestörten Jägern, die eine Frau sowieso unter einem Gebrauchtwagen ansiedeln beziehungsweise unter einem Sechzehnender – ansehensmäßig! –, im Vergleich zu denen war der Mallinger weich und einfühlsam wie das dreilagige Cosy, und er hat sie auch nie mit einer Mon Chéri abgespeist, wie die anderen alle, die immer nur nehmen und nie geben. Der Mallinger hat immer cash bezahlt.

Jetzt aber doch! Wo der überall hinwischeln kann!, wundert sich die Anni immer wieder über den Biermösel und setzt sich endlich den Mundschutz auf, bevor sie sich wer weiß was alles an Bakterien und Erregern einfängt. Wer will schon ausschließen, dass da beim Biermösel nicht die Cholera unter der Klomatte lauert und unter seiner Klobrille sogar die Pest?

Da wäre es ihr schon lieber, wenn sie sich die Schlafkrankheit einfangen täte, die würde sie mit Kusshand annehmen. Über ihren ganzen Problemen kriegt sie einfach seit Jahren kein Auge mehr zu. Da wäre sie jetzt ganz froh, wenn sie einmal den tiefen Schlaf finden könnte, gerne auch als Krankheit.

Die Bilder und die Details von den ganzen Scheißhäusern fressen sich ihr neuerdings ebenso hartnäckig ins visuelle und geruchsmäßige Gedächtnis wie die Bilder von einem verarmten Lebensabend im Siechenheim drüben in Goisern, der ihr unweigerlich blüht, wenn nicht der Mallinger doch noch vernünftig wird und seine Boxenluder-Hochglanzmagazine beim Fenster hinausschmeißt, die er dem Schlevsky immer aus seinem Flachdachneubau stiehlt und die ihm ein völlig falsches Bild vom Aussehen von einer Frau vermitteln.

Dazu die Sorgen! Diese Einsamkeit! Keine starke Schulter weit und breit, an der sie für ein paar Augenblicke Ruhe finden könnte. Kein warmes Nest nirgends auf der Welt, in das sie sich vertrauensvoll betten könnte. Weit und breit keiner, der ihr mal die kalten Füße wärmen oder ihr durchs Haar streichen und ihr sagen würde, dass sie auch etwas wert ist. Keine Zärtlichkeit, kein sanftes Wort, kein Lächeln. Keine kleinen Aufmerksamkeiten, die das Leben für eine Putzfrau erst schön machen. Seit Jahren keine neue Strumpfhose, seit Jahrzehnten kein Ausschlafen am Sonntag. Stattdessen immer nur der harte und vom Selbsthass geprägte Sex der Männer, immer nur der!

Dass gerade im Sexuellen jeder Mann glaubt, dass er ein Star ist! Beim Autofahren, denkt sich die Anni jetzt, als sie sich bekreuzigt und an die Bodenfliesen macht, beim Autofahren sehen die Männer eher ein, dass es nicht zur Meisterschaft reicht (außer der Mallinger, der Hirschmann, der immer noch glaubt, dass es bei ihm zur Weltmeisterschaft reicht!). Beim Sex aber glaubt ein jeder, dass er ihn erfunden hat. Dabei machen sie keinen Unterschied, ob sie eine Zündkerze wechseln oder eine Frau verwöhnen („Verwöhnen!" Hahaha! Jetzt ist er aber im Anmarsch, der Lachkrampf. Obwohl er ihr gleich wieder im Hals stecken bleibt, als sie sich niederkniet, die Bodenfliesen einsprüht und in medias res geht!).

Die meisten Männer treten ja an wie die Abrissbirne gegen den Stahlbeton, wenn sie sich einer Frau nähern. Sie glauben allesamt fest, eine Frau gehört in der Mitte gespalten wie ein Scheit Buchenholz.

Jetzt tut ihr das Lachen fast weh. Es rüttelt sie und schüttelt sie. Sie robbt hinaus aus der gelben Hölle und rettet sich vor den Bodenfliesen und den Gedanken an die Männer zur Geheimlade des Biermösel. Sie hat den Rubikon endgültig überschritten und kommt ab jetzt nicht mehr ohne seinen Marillenschnaps aus. (Da schau her! Da liegt ja immer noch die abgelaufene Mon Chéri in der Lade!)

Dankbar ist sie für jede Pause, die sie herausführt aus dem Tal des Todes. Die paar Minuten Müßiggang in ihrem Leben werden ihr jetzt gut tun. Der Marillenschnaps ist die erste Flüssigkeit heute, die ihr keinen Brechreiz beschert. Ah, tut der gut! Oh, einer ist keiner! Ohahah!

Schon spürt sie die entspannende Wirkung, gleich setzt sie die Flasche direkt an, oral ist ja ihre Spezialität. Da soll sie aus so einer Flasche Marillenschnaps nicht alles herausholen?

Soll sie ehrlich sein? Natürlich reicht auch bei der Anni das Einfühlsame und Weiche alleine nicht aus, um aus einer Episode etwas Ernsthaftes werden zu lassen. So einfach ist sie dann auch wieder nicht gestrickt, und nur auf der Gefühlssauce schwimmt sie schon gar nicht daher!

Der Mallinger ist ja nicht der Einfache mit seinen nächtlichen Marienerscheinungen und seiner Angst vor dem heiligen Christophorus, der ihm immer den Schädel abreißen will. Und mit seinem Überbiss und seinem verbrannten Ohrwascherl schaut er ja auch nicht aus wie der junge Udo Jürgens. In ihren Augen spinnt der ja komplett mit seinen Heinz-Prüller-Formel-I-Büchern, die sie ihm immer extra Seite für Seite abstauben muss. Und dass ein bald 50-jähriger Mann kleine rote Matchbox-Autos sammelt, das will ihr auch nicht ins Hirn, wo er ja nicht einmal mehr einen Führerschein hat seit der Katastrophe damals und er ihr also nicht einmal die weite Welt bis Salzburg hinüber oder Linz hinauf zu Füßen legen kann!

Es war schon diese spezielle Ausbuchtung in seiner Hose, die sie fasziniert hat. Diese gewisse gefällige Krümmung, die sich weithin sichtbar abgezeichnet hat und die einen Mann für eine Frau erst interessant und sexy macht. Dieses Versprechen starker Männlichkeit. Dieses Bündel Geldscheine, das er immer in seiner Cordhose zusammengerollt mit sich herumträgt. Gibt's doch nicht, hat die Anni sich immer gedacht, dass so eine schöne Pension nicht für zwei reichen soll. Lächerlich, dass er damit nicht auch noch die Ausbildung von der Manu und der Jennifer bezahlen könnte. Eine wie sie kann ja von solchen Summen bestenfalls träumen. So viele Arbeitgeber sie nämlich hat – angemeldet mit Pensionsanspruch ist sie bei keinem. Da muss sie schon Danke sagen, wenn sie einmal in den Genuss der Mindestrente kommen wird. Wo aber bei der ein Genuss sein soll, das weiß weder die Anni noch die Bundesregierung, diese Bagage, nächstes Mal wählt sie wieder die Kommunisten!

Die Anni setzt sich jetzt kurz auf die Bierkiste, die der Biermösel immer am Klo stehen hat. Sie raucht sich eine rote Pall Mali ohne Filter an. Die sind als Einzige in der Lage, das Gleichgewicht des Schreckens zu den Stinkereien des Biermösel wieder herzustellen. Sie hustet sofort einen gelbgrünen Schleimbrocken herauf und spuckt ihn in die Klomuschel hinein. Dort schwimmt er, und die Anni denkt sich: So schaut mein Leben aus, genau so! Wie ein grüngelber Schleimbrocken im Scheißhaus vom Biermösel.

Da köpft sie noch eine Flasche aus der Lade vom Biermösel und leert sie in einem Zug bis zur Hälfte. Sie beobachtet wieder den Schleimbrocken und denkt dabei wieder an Selbstmord. Wie soll sie auch nicht ständig an Selbstmord denken, fragt sie sich, wenn sie immer nur die wertvolle Gmundner Keramik von den feinen Herrschaften abstauben darf und das Fischmesser polieren und das Sternparkett rauswischen!

Wie nicht die Kommunisten wählen, wenn sie nichts hat außer Probleme hinten und vorne und einen drückenden Schuh links und rechts? Fehlt nur noch, dass sie sich als eine von den Gruppenpuppen im Puff von der gachblonden Discowirtin drüben in Goisern vorstellen muss, um sich die Butter aufs Brot zu verdienen, das fehlt gerade noch! Im Moment weiß sie wirklich nicht, wie sie das Messerset für die Manuela und die Jennifer verdienen soll, das die zwei in der Hotelfachschule drüben in Ischl brauchen.

Gekränkt ist sie als Frau obendrein zutiefst, weil der Mallinger neuerdings einem komplett unrealistischen Frauenbild anhängt. Bevor sie ihn über den Verlust von der Hertha zu trösten begonnen hat, hat er zwar die Grobeinteilung von einem Frauenkörper gekannt. Aber wie eine nackte Frau bei Lichte besehen ausschaut, das hat er nicht gekannt, da war er defizitär.

Seit bei ihm aber überall die Hochglanzmagazine herumliegen, sagt er ihr frecherdings, dass sie in seinen Augen nicht ausschaut wie ein Boxenluder.

Herrgott im Himmel, das weiß sie selber auch! Sie ist halt keine blonde Sexpuppe mehr, sie ist jetzt eine ergraute Putzfrau! Ihre Nägel sind eingerissen; ihre Haut ist gerötet von all den Flüssigkeiten, mit denen sie dauernd in Berührung kommt; ihre Lungen sind von den Putzmitteln zersetzt; ihr Kreuz ist ruiniert; ihre Knie sind kaputt; ihr Geruchs- und Geschmackssinn unwiederbringlich zerstört.

Am liebsten möchte sie den Biermösel bitten, dass er den Puffkaiser Schlevsky erschießt, weil wegen dem seinen grauslichen Zeitschriften sogar ein Deutschlehrer wie der Mallinger anfängt, Ansprüche an das

Äußere einer Frau zu stellen, und er ihr als Partner für den Lebensabend zu entgleiten droht.

Da braucht die Anni jetzt dringend noch einen Schnaps, bevor das sprichwörtliche Schweinderl Biermösel hereingeschneit kommt und sie auf seinem Klo kniend vorfindet, verrotzt, verweint, physisch und psychisch angeschlagen von dem, was seine Anlage ihr visuell und geruchsmäßig antut.

Aber weil er in seiner Lade keinen Schnaps mehr gebunkert hat, reißt sie halt seine längst abgelaufenen Mon Chéri auf und schluckt die knochenharte Bonbonniere. Im Magen werden sie sich dann schon auflösen und den Alkohol freigeben. Wenn nicht, hilft sie halt mit ein wenig Lauge nach.

Am liebsten täte sie sich jetzt sowieso mit dem eigenen Putzfetzen erschlagen, weil ihr Leben gar so verschissen ist, aber so.

Damit hatte der Puffkaiser Schlevsky aus dem deutschen Osten vor zwei Tagen nicht rechnen können, dass der Komet „Chaos“ in sein Leben einschlagen und ihm einen verfrühten und in dieser Form nicht geplanten Lebensabend bescheren würde. Seither versucht er zu rekonstruieren, wie es möglich war, dass er neuerdings ohne Gattin, dafür aber mit einer Schwierigen von der Platinblonden-Nachwuchsakademie drüben in Russland am Hals dasteht, von der er Unterwelt-Routinier sich am Tingeltangel in Strudelwasser an der Scheiß-Oder ausgerechnet eine rosarote Zuckerwatte hat andrehen lassen, er erkennt sich selbst nicht wieder! Kurz vor seinem Lebensabend ist er volley in die rue de gac eingebogen, mit Vollgas und ungebremst. Die gewisse Struktur in seinem Leben, die hat er verloren. Er kommt sich vor wie der Tom Hanks in seiner Raumkapsel, zu der die Bodenstation keinen Funkkontakt mehr sucht.

„Houston, Houston, der Schlevsky hat unos, dos problemos!“

Als er nun in dieser lauen Spätsommernacht seinen Ferrari F50 mit offenem Verdeck auf der Deutschen Autobahn in Richtung Aussee hinunter lenkt, um zu vergessen und sein Leben neu zu ordnen, als die Lichter der ostdeutschen Landschaft ein letztes Mal an ihm vorbeiziehen, da ziehen auch die Geschehnisse der vergangenen Tage und Wochen noch einmal an seinem inneren Auge vorbei, und er fragt sich, warum alles so unsagbar dämlich hat kommen müssen.

Komm rein, rein, rein in mein Leben, du räudiges Schicksal, ich mach dich fertig, peng peng peng!, schreit er innerlich. Doch in Wahrheit muss er sich natürlich eingestehen, dass es das Schicksal ist, das ihn angeschossen hat wie der Jäger die Wildsau. Wer die Liebe, diese kapriziöse Schönheit, wer ihre Launen kennt und ihre unverhofften Bockssprünge, wer sie zu bändigen weiß und ihr gewachsen ist, der soll sich bei ihm melden unter:

Schlevsky, Vollidiot, Berlin-Wannsee.

Halt! Ab morgen bitte unter: Schlevsky, Vollidiot, Altaussee.

Die Liebe, resümiert er nun beinahe lyrisch, die Liebe ist des Menschen Glück, des Menschen Ende. Heute noch ist sie wohlig-warmes Himmelbett, in das man sich vertrauensvoll schmiegt, morgen schon schmerzhaftes Nagelbrett, das einen mit kaltem Stachel durchbohrt.

Mal ist sie wie die kunterbunte Frühlingswiese voll duftender Blumen, dann wieder wie die kalte unwirtliche Mondlandschaft oben am Himmelszelt. Sie ist ...

Ach leckt ihn doch alle am Arsch! Ist er ein Dichterfürst oder ein Puffkaiser?

Aber der Reihe nach:

Mit seiner einstmals geliebten Gattin Jocelyn ist der Puffkaiser immer wieder gerne von Berlin nach Strudelwasser an der Oder hinübergefahren, diesem Fliegenschiss des Teufels auf der Landkarte, wo ihnen aber das gewisse Ausflugsmotel idealer Zufluchtsort für ihre Liebe war, weil den gewissen Charme für die gewissen Stunden versprühend und mit frischen Handtüchern ausgestattet und einem Tigerfellbezugbett, von dem er sich dann gleich selbst eines in den Flachdachneubau in Aussee unten stellen ließ, wohin die Jocy allerdings auch als Gesunde nur einmal mitgekommen war, später nie wieder, weil ihr die Einheimischen dort unten einfach zu primitiv waren, wie sie anmerkte, eine Spur zu eng denkend innerhalb ihrer Gebirgswelt.

Ganz anders dagegen immer die Atmosphäre in Strudelwasser an der Oder! Offen und weit der Geist wie die Landschaft. Am Balkon stehend in seiner nackten Herrlichkeit, das Glockenspiel und die mächtige Requisite zum Trocknen in den sanften Wind gehängt, frisch geduscht nach dem Nahkampf mit seiner süßen kleinen Jocy-Maus – da hat er Mensch sein können, der Tiger.

Diese Weite! Wer gut sieht, der kann an klaren Tagen vom Balkon dieses Motels aus bis hinüber nach Polen schauen. Und wer immens gut sieht – wie dieser verrückte Gendarm dort unten in Aussee mit seinen Adleraugen! –, der könnte sogar bis nach Nowaja Semlja hinauf spähen. Dorthin, wo der Russe seine Atomwaffen bunkert und von wo aus er die denkbar schärfste Trägerrakete gezündet und in seine Umlaufbahn geschossen hat – die Ivana, sein Schicksal.

Dabei ist es noch keine Woche her, dass es seine Jocy infolge des Scheiß-Brustkrebs von vorne bis hinten zerlegt und er den Boden unter den Füßen verloren hat.

„Streu meine Asche vom Balkon unseres Motels aus in den Wind!“, hat sie ihn angefleht. „Von dort, wo wir immer so glücklich waren!“, hat sie ihm die Tränen des Abschieds in die Augen getrieben, kurz bevor sie in der Charité während der x-ten Chemo zugrunde ging.

Ihr Wunsch war ihm natürlich Befehl. Er konnte schließlich nie Nein sagen, wenn die Weiber etwas von ihm wollten. („Kauf mir den Ring" hat sie sich ein früheres Mal gewünscht, „den ganzen!", hat sie ihn angefleht, „nur für mich alleine!", hat sie gewinselt. Heilige Scheiße! Einen ganzen Ring kaufen? Für sie alleine? Spanisch hätte es ihm vorkommen müssen, dass er bis dahin noch nie von einem Schmuckdesigner Wagner aus Bayreuth gehört hat. Als er dann letztlich die Vorausüberweisung für den ganzen Ring für sie alleine tätigte und sie ein paar Jahre später unten in diesem Scheiß-Bayreuth gestanden sind, hätte bei ihm die Skepsis obsiegen müssen. Alle waren sie wegen diesem Scheiß-Ring gekommen, den er der Jocelyn gekauft hat: Der Zieh-du-zuerst-Franzi aus München; der Bondage-König Detlef aus Herne-Süd; Barnabas mit den drei Eiern und sein Freund „Deep" Fritz aus Hamburg-Altona samt Ewald „Bums" Knittelfeldinger aus Österreich – buchstäblich alle sind wegen dem Scheiß-Ring angestanden, aber nur er und die Jocelyn durften auch hinein. Als sie endlich an der Kassa vorbei waren, hat er immer noch geglaubt – gehofft? –, dass es sich um eine Auktion handeln würde oder um etwas Ähnliches! Und als sie schließlich alleine in der vierten Reihe gesessen sind, da hat er immer noch gehofft – gefleht? –, dass er der Jocy den Ring vielleicht im Rahmen einer Modeschau überreichen sollte.

Aber dann das! Fette Weiber auf der Bühne, die sich die Seele aus dem Leib brüllten wie Gebärende im Kreißsaal; Pauken und Trompeten wie bei einem Scheiß-Nazi-Begräbnis; das Personal auf der Bühne in Fetzen gehüllt wie im Mittelalter. Und im Saal eine Stimmung wie in einem Trappistenkloster, wenn nicht draußen alle „Schiebung!" und „Skandal!" gerufen und herinnen die Jocelyn mit „Bravo!" und „Yippieeiyeah!" und „Lauter!" dagegengehalten hätte. Doch am schlimmsten: Er hat nicht und nicht gewusst wohin mit seinen Füßen. Das lange Sitzen war und ist er einfach nicht gewöhnt, seine Gefäße gleichen ja zerrissenen Strumpfhosen. Um halb drei Uhr morgens dann endlich die Erlösung und erste Pause. Und da spätestens hat er verstanden, was die Jocelyn gemeint hat, als sie sagte, er solle ihr den „ganzen" Ring schenken.

2.769.300 Deutschmärker hat ihn dieser Höllenritt gekostet, und wegen einer Venen-Notoperation musste er anschließend vier Monate in der Charité verbringen. Doch die Jocelyn hat so eine Freude gehabt mit diesem verdammten Ring – dem ganzen! – von diesem Wagner – der tauben Nuss! – in diesem Bayreuth – dem Hundeschiss auf der Landkarte. Also hat auch er eine Freude gehabt, letztlich und trotz allem auch er.)

Also „Tschüss, Arrivederci und Auf Wiedersehen, innigst geliebte Jocy-Maus. Eine so Biegsame und Fügsame wie dich werd ich nie wieder finden!" Das waren seine Worte, als er ihre Asche dann vor zwei Tagen in den Wind streute. Und als Abschiedsgruß sandte er ihr noch ein paar selbst gedichtete Zeilen hinterher:

Deine Seele, Jocy, spannt
weit ihre Flügel aus
fliegt übers weite Land
als flöge sie nach Haus.

Wer weiß, dachte er da bei sich, die Cohiba in der linken Hand, den Rémy-Martin-Schwenker in der rechten, wer weiß, ob er nicht doch das Zeug zum Dichterfürsten gehabt hätte?

Jetzt, da er im Ferrari an Luckenwalde vorbeifliegt und er alter Sack sich noch einmal vorkommt wie der junge Tony Curtis, weil der weiße Seidenschal schön geschmeidig im Fahrtwind wedelt, jetzt fragt er sich natürlich, ob vielleicht alles ganz anders gekommen wäre, wenn er Vollidiot den Ort des Abschieds und der Trauer umgehend und für immer verlassen hätte und nicht noch einmal aus alter Gewohnheit – und tiefer Wehmut! – auf den Tingeltangel gegangen wäre, wo er früher seiner Jocy aus der Schießbude dieses Scheinasylanten namens Tschu En Lei (nicht verwandt nicht verschwägert) regelmäßig kleine Präsente herausgeschossen hat und sie ihn sogar einmal auf den Knien um einen zwei Meter großen Stoffwauwau angefleht hat: „Den will ich!", hat sie gebettelt. „Schieß ihn mir heraus!", hat sie an seinem Hosenbein gezerrt.

„Geschenkt, Jocy, geschenkt!", hat er gesagt. Und schon hat er ihr das Teil mit der Smith & Wesson herausgeballert, peng peng peng, plus einen Strauß roter Rosen für sie als Draufgabe und Zeichen seiner Liebe gleich mit dazu. Denn er ist ja, bitte, im tiefsten ein Romantiker, dass die Uschi Glas gegen ihn wie eine total versaute Rockerbraut wirkt, innerlich.

Dabei hat er vor zwei Tagen sofort gespürt, dass alles schief gehen würde, als er sich wie immer freundlich bei diesem Tschu um das Luftdruckgewehr angestellt hat. Der aber stand nur in seiner Bude und war ganz Konfuzius. In aller Seelenruhe hat das Gelbgesicht von einem Knochen fasrig-zähes Fleisch heruntergekaut, von dem der Schlevsky heute – in der Rückschau! – mit Sicherheit sagen kann, dass die Sau einen Hund gefressen hat, diese verdammten Asiaten hält er einfach im Kopf nicht aus!

Er, der ständig bereite und aufs äußerste gespannte Tiger, hat diese ausgestellte Gelassenheit des Tschu natürlich nur als nackte Provokation empfinden können, wo er doch mit der fernöstlichen „Morgen ist auch noch ein Tag“-Denkschule einfach überhaupt nichts anfangen kann und auf den Weg sowieso scheißt, ihn interessiert nur das Ziel, und das hieß: 10 Schuss – 1 Euro.

Hätte ihm der Scheiß-Chinamann nicht nach handgestoppten zwei Minuten vierzehn endlich das Luftdruckgewehr ausgehändigt, dann hätte ihn der Schlevsky mit der Smith & Wesson aus seiner Schießbude herausgeschossen wie damals den Stoffwauwau für die Jocelyn, natürlich ohne Strauß Rosen als Draufgabe.

Das Gescheiteste freilich, weiß er jetzt in der Retrospektive, als er an Wittenberg vorbeifliegt und ihm die Kälte langsam ins morsche Knochengebälk dringt, das Gescheiteste wäre zu diesem Zeitpunkt natürlich gewesen, wenn er sich selbst mit der Smith & Wesson durchsiebt hätte, denn: Rückblickend war ja im Grunde weit und breit kein Massaker absehbar, der Anlass für das folgende Blutbad nicht wirklich zwingend. Nur dass er als Puffkaiser halt seit den Lehrjahren oben an der Reeperbahn diese gewisse Schusstechnik verinnerlicht hat, die das immens schnelle Links-rechts-links-rechts-Schauen vorschreibt, bevor man anfängt, aus der Hüfte heraus zu ballern.

Und siehe da! Als er endlich das Gewehr in der Hand hält und nach links schaut, um sich zu vergewissern, dass er nicht angegriffen wird, da schaut er plötzlich in einen rosaroten Berg Zuckerwatte, und hinter diesem Berg steht die Ivana, sein Schicksal.

Bitterfeld zieht links an ihm vorbei, als er den Ferrari weiter Richtung Süden tritt, er aber schaut nicht mehr hin. Das verdammte Links-rechts-links-rechts-Schauen hat er sich endgültig abgewöhnt, wenigstens das! Den Rémy Martin allerdings wird er sich nie abgewöhnen können, schon gar nicht in diesen schwierigen Zeiten des Wandels. Schön langsam wird es obendrein ganz schön huschi huschi, je näher er diesem verfluchten Alpenland kommt, da darf er sich ruhig ein bisschen wärmen.

Nie, ärgert er sich gleich wieder fürchterlich, nie in seinem Leben war er ein Süßer! Keine Torte hat er je angerührt, keine Cremeschnitte, keinen Punschkrapfen, nichts! Und dann lässt er Extremtrottel sich von diesem blonden Gift ausgerechnet eine rosarote Zuckerwatte um 100 Euro andrehen, nur weil sie ihn angeschaut hat wie die Unschuld vom Neuen Lande, aus ihren nordseeklaren Augen heraus, und er – aber da erzählt er ja nichts Neues – einfach nie nein sagen kann, wenn die Weiber etwas von ihm wollen!

Wie ein komplett sexualisierter Zwölfjähriger, der zum ersten Mal die Pamela Anderson im Körperprofil sieht, stand er vor ihr und hat plötzlich rosa gesehen, jedoch nicht wegen der Zuckerwatte, sondern wegen der Gefühle!

Gefühle, Herrgottnocheinmal!

Gefühle wie damals vor zwanzig Jahren oben in Hamburg, als ihm die one and only goldblonde Schwalbe Jocelyn über den Bordstein geflogen kam und schon eine Woche später vom Tiger im Hafen von Saint-Tropez in den Hafen der Ehe geführt wurde. Ein einfaches weißes Kleid hat sie getragen, das ihr der Moshammer in München auf den geschmeidigen Katzenkörper geschneidert hatte. Und auch er, muss er sagen, machte gehörig was her in seinem weißen Brioni, den er auch jetzt trägt, da er sich im Rückspiegel betrachtet und darin vielleicht einen Mörder sieht.

Eine unverbindliche Fernbeziehung mit der Platinblonden, rekapituliert er nun, da er an Luckewalde vorbeirast, einen regelmäßigen Wochenendfick mit ihr hätte er Routinier locker organisieren können. Jedoch war die ganze verdammte Seifenoper auf dem Tingeltangel zu diesem Zeitpunkt längst nicht mehr steuerbar, weil er natürlich sofort gemerkt hat, dass auch der Tschu En Lei, dieses stille Wasser, ein Schlitzauge auf die Ivana geworfen hatte!

Gefährlich hat er ihn aus seiner Schießbude heraus angeschaut, aus dem tiefsten Inneren seiner Gelassenheit heraus. Gewiss, da hätte der ganze abfahrende Zug in Richtung Hölle vielleicht noch gestoppt werden können, und er ärgert sich noch immer fürchterlich, dass er in der Folge einfach die Contenance über Bord geworfen hat und heißgelaufen ist wie ein Teekessel, wo er doch sonst so kühl ist, dass er kalte Pisse pisst.

Doch hatten ihn die Götter zu diesem Zeitpunkt längst auserkoren, um ihn auf glattes Parkett zu locken und ihn unter schallendem Gelächter stürzen zu sehen. Weg von all dem, hätte sein Impuls sein müssen, weg weg weg! So wie er damals als Dreizehnjähriger seinem Impuls folgte, als er entschied: Weg aus Furzenbüttel! Weg vom Frisiersalon seiner Mutti! Hin zu den Hurenhäusern oben in Hamburg!

Was aber wäre ein mit allen Butterflymessern bestückter Kosovare von der Reeperbahn gegen einen stoischen Chinesen mit Leberschadenhaut, über den plötzlich die Sturmflut der Eifersucht hinwegschwappt? Ein laues Mailüftchen wäre der dagegen, die Rote Armee ein Nähkränzchen im Vergleich! Plötzlich sprang das Gelbgesicht nämlich aus seiner Schießbude heraus und warf sich ihm von hinten an den Hals wie früher der Louis de Funès im Nachmittagsfilm, und zack zack zack schlägt er mit der Handkante auf ihn ein wie ein kleiner Japaner, der aus seiner Forelle Sushi macht.

Frage: Wie anders hätte er sich von dem auf einmal gänzlich unstoischen Reiskorn befreien sollen, wenn nicht durch eine immens schnelle und ruckartige Links-rechts-links-rechts-Drehbewegung, die den Scheinasylanten ungespitzt in seine eigene Schießbude zurückkatapultiert hat, da war er endlich wieder ganz Konfuzius, der rabiate Tschu.

In diesem Augenblick aber ist dem Schlevsky die Bredouille bis zu den Augenbrauen geschwappt, so wie dem Chinesen das Blut. Und nur der bewundernde Blick der Ivana hat ihn kurzzeitig vergessen lassen, dass er sich kurz vor seinem Lebensabend in einem Paragrafendschungel verheddert hat, aus dem er nur mehr sehr schwer herausfinden würde, es sei denn im Sarg als Sträfling aus der Anstalt in Moabit.

Da war der Moment im Leben des komplett versauten Puffkaisers gekommen, dass er zum ersten Mal nicht an den kleinen Tod gedacht hatte, sondern an den großen Abgang!

„Also steig ein, russisches Mädchen!“, hat er der Zuckerwatteverkäuferin den Arm gereicht und sie zum F50 geführt, der ihr gleich mächtig zu imponieren schien. „Um den halbtoten Chinesen sollen sich die Freiwilligen vom Roten Kreuz kümmern!“

Wie aber bekommt ein staatlich beeideter Puffkaiser eine siebzehnjährige Russin, platinblond und wie geschaffen für den Bordstein, dauerhaft aus Russland heraus und zum Zwecke der Gestaltung eines von gegenseitigem Respekt getragenen Lebensabendes zu zweit nach Österreich hinein, ohne dass das Staatsganze ihm sofort unterstellt, er wolle sie dort als Schwalbe aufstellen? Und – problemos, auf einmal muchos problemos! – was macht er alter Sack überhaupt mit einem noch so perfekten russischen Körper in Aussee, wenn dieser nur Russisch spricht? Die paar Brocken Polnisch, die er beherrscht und mit denen er sich über ihre gemeinsame Flucht und Zukunft verständigt hat, werden ihm nicht weiter helfen, wenn ihn in Aussee der Alltag einholt und er sie in die Drogerie um ein Hühneraugenpflaster schicken muss. Herrgott, diese verdammten Prada-Schlüpfer sind ihm einfach eine Nummer zu klein!

Solche und andere Probleme schwebten bis gestern über dem Schlevsky wie das Schwert des Damokles. Doch jetzt, wo er das Ferrarischiff an Dessau vorbeisteuert, da sieht die Welt schon wieder denkbar freundlicher aus, denn die Lösung seiner Probleme trägt einen Namen:

Mallinger. Meister der deutschen Sprache in Wort und Schrift. Zwar würde er den lieben Herrn Lehrer aus jeder Orgie ausschließen, weil der buchstäblich ohne Sex ist und er ihm ohne weiteres zutraut, dass er beim schönsten Rudelfick zum Rosenkranzbeten anfängt. Doch für seine Pläne ist er ideal. Denn er wird und muss der Ivana den Grund- und Aufbauwortschatz „Haushalt“ beibringen.

Also jetzt schon recht entspannt vorbei an Nürnberg (gute Würste! Sehr gute Würste!), bald Ingolstadt, dann Traunstein. Der Verkehr wird nun schon deutlich stärker, jetzt, wo der Morgen graut. Jedoch Gott sei Dank nicht so sehr am Pannenstreifen, auf dem er selbst unterwegs ist, da geht es noch recht flott dahin.

Ah! Herrlich, dieser Fahrtwind, der ein gutes Stück die eigenen Winde vertreibt. Seit seine süße kleine Jocy-Maus ihm nichts Warmes mehr auf den Mittagstisch stellt, hat er sich nur noch schlecht ernährt. Jetzt rumort es ganz ordentlich in seinem Magen, schlimmer vielleicht sogar als im Magen dieses Bullen da unten in Aussee, dem ständig ein Furz auskommt, wenn er ihm ein Knöllchen verpasst, und der dabei immer röhrt wie ein alter Otto-Motor beim Anlassen in einer kalten Garage.

Aber ist es nur die Ernährung?

Ist es nicht doch auch schon der Kuss des Alters, der ihn gar so pfeifen lässt? Zur Sicherheit setzt sich der Schlevsky die Pudelmütze von der Jocy auf, weil ihm der Fahrtwind die zunehmende Kälte ganz gehörig um die Ohren bläst und ein Tiger kein Eisbär ist. Sie hat ihm das Häubchen mit den Quasten noch während ihrer letzten Chemotherapie in der Charité gestrickt, rot-weiß-blau gestreift, in den Farben des HSV.

Ganz sicher wäre sie jetzt auch zufrieden mit ihm, dass er unter dem Brioni-Beinkleid brav die lange Unterhose trägt. Zwar ist diese das Sahnestück der Peinlichkeiten, wenn man bedenkt, dass er der Puffkaiser ist. Genauso gut könnte er mit einem selbst gestrickten schwarzen Rollkragenpullover samt zerrissenen Jeans und einem Taschenbuch von dem Warmduscher Paulo Coelho in der Hosentasche herumlaufen. Doch der Staat, das ist ohnehin nicht mehr er. Und auf der Deutschen Autobahn, weit weg von seinen Puffs und im Schutze der dunklen Nacht, kann er sich das Volltrottel-Outfit leisten. Da sieht ihn keiner. Da braucht er nicht mehr darzustellen, als er ist.

Als er endlich die Grenze nach Ösiland überquert und er Deutschland für immer hinter sich lässt, da muss er noch einmal an seine süße kleine Jocy-Maus denken, die ihm so sehr fehlt. Sie führt ihn nicht mehr durchs Leben und zeigt ihm nicht mehr den Weg. Wie ein betrunkener Esel auf zugefrorenem See taumelt er ohne sie dahin. Er kann sie nicht mehr fragen: „Jocylein, wo ist denn jetzt bitte die Abzweigung nach Aussee, ich kann sie nirgends finden?"

Also breitet er selbst den Baedeker über dem Lenkrad aus und setzt sich die Gleitsichtbrille auf die Nase. Doch sofort bläst ihm der Fahrtwind die Straßenkarte ins Gesicht, wo sie ihm an der Brille kleben bleibt, und er fragt sich: Muss denn wirklich alles schief gehen?

Über eine Strecke von gut vier Kilometern sieht der Puffkaiser aus dem deutschen Osten dann gar nichts mehr. Schließlich, kurz bevor er sich im Ferrari unter einem 40-Tonner selbst begräbt, kann er sich doch noch von der Straßenkarte befreien.

Solcherart dem sicheren Tod entronnen – wieder einmal –, erblickt er in der Ferne plötzlich die Berge der Alpen vor sich, beschienen von den ersten Strahlen der morgendlichen Sonne, rot und intensiv.

„Schön ist das", denkt sich der Tiger und spürt plötzlich Wärme und Frieden in sich aufsteigen, „herrlich und majestätisch."

Falscher Zeitpunkt

Leicht ist er ja nicht aufgekommen, heute in der Früh! Aber Gott sei Dank sind die Tabletten, die der Doktor Krisper für ihn zusammenbaut, heutzutage alles andere als schlecht. Der Biermösel hat ja sowieso großes Vertrauen in alles, was von Berufs wegen in Weiß herumläuft, egal ob in einem Arztkittel oder in einer Küchenschürze. Daher geht es ihm jetzt alles in allem nach dem Katerfrühstück bei der Roswitha und den vier, fünf Kilo Medikamenten wieder relativ, danke. Früher, ohne entsprechende Medikamentierung, hätte so ein ein klein wenig aus dem Ruder gelaufenes Nachtmahl unzweifelhaft den Umzug in die ewigen vier Wände am Friedhof drüben in Ischl bedeutet. Aber durch die neue Medizin hat er die Ausnahme zur Regel machen können, da will er die Schulmedizin schon auch einmal loben.

Noch einmal aber will er dem Doktor Krisper die Kampfgase in seiner Kammer nicht mehr zumuten, fast war er ja selbst schon im Schattenreich! Seine Pupillen waren schon gefährlich geweitet, und alles um ihn herum hat sich gedreht, weil er es wegen der ganzen Schmerzen unten herum einfach nicht und nicht mehr zum Fenster geschafft hat. Die Roswitha hätte ihm helfen können, freilich, aber die wollte nicht. Lieber hat sie sich ausgesponnen und ihn dem Erstickungstod ausgesetzt, weil er ihr gestern nach dem Nachtmahl den Ausschlag nicht mehr einschmieren hat können, beim besten Willen ist sich das nicht mehr ausgegangen!

Kurzum, es ist alles wieder ein bisserl sehr blöd gelaufen in der letzen Nacht. Und sein Negativlauf setzt sich ungebremst fort, wie es jetzt ausschaut, da er seinen Gendarmerieposten in Aussee betritt. Gerade vorhin ist er kurz vor acht noch beim Supermarkt hinein- und mit einer neuen Mon Chéri (haltbar bis 2012) unter dem Wetterfleck wieder herausgehuscht. Dabei hat er sich innerlich schon so auf die Anni gefreut und war er sich so sicher, dass er sie heute packen wird.

Und dann das!

Wie er die Tür aufsperrt, findet er die Schreibtischlade mit seinem Geheimdepot sperrangelweit geöffnet vor, und die rosaroten Papierln von den abgelaufenen Mon Chéri liegen über das ganze Büro verstreut herum. Und wie sich ihm der Tatort in der ersten Ad-hoc-Gesamtbetrachtung darstellt, hat die Anni auch noch seine letzten zwei Flaschen Marillenschnaps alleine gezwitschert. Das würde jedenfalls schlüssig erklären, warum sie immer noch auf seinem Klo kniet und von dort aus abwechselnd die „Internationale" anstimmt und dann wieder in einen Lachkrampf ausbricht. Einen schönen Rausch hat die jedenfalls beisammen, heiliger Strohsack, aber einen sehr schönen, jetzt um halb neun Uhr in der Früh.

Frage an Radio Biermösel: Wenn die Anni bei mir um halb fünf Uhr früh zum Rauswischen anfängt und jetzt immer noch nicht fertig ist, liegt es an mir? Richte ich wirklich so eine ungeheure Sauerei an, dass es nicht schneller geht?

Peinlich ist das schon ein bisserl, denkt er sich jetzt. Aber auch das neben dem Marillenschnaps zweite probate Mittel gegen die Peinlichkeit ist momentan seinem Zugriff entzogen. Weil wenn die Anni zwischendurch aufhört zu singen und zu lachen, dann nimmt sie auf seiner Bierkiste Platz, die er natürlich auch auf dem Klo gebunkert hat. Blöd ist das, weil er ja selbst nicht hinein kann, solange die Anni dort drinnen ist. Dabei drückt es ihn unten herum schon wieder gewaltig gegen die Beckenbodenmuskulatur, fast wie die immensen Wassermassen, die gegen die Staumauer in Kaprun drücken – ein Weltklassebauwerk ist das, auf das er als Österreicher nebenbei bemerkt mehr als stolz ist! Fast ist er versucht, als Radikalpatriot mit der Bundeshymne gegen die Internationale von der Anni anzusingen, Heimat Heimat, große Söhne! Aber bevor er so was Blödes tut, schaut er lieber nach, was ihm die Roswitha heute als Jause eingepackt hat. Eine Überraschung ist es nicht, dass es fünf dick beschmierte Bratlfettbrote sind, dafür eine schöne Freude. Als kleine Überbrückungshilfe und Gusto auf den kalten Schweinsbraten, den sie ihm jeden Tag als Mittagessen einpackt, ist das Bratlfettbrot nach wie vor unerreicht.

Ohne Flüssigkeit dazu will und kann er das Gottesgeschenk aber nicht hinunterschlingen, da wäre ihm schade drum. Also schaut er lieber der Anni zu, wie sie auf seinem Scheißhaus mit dem Klowedel hineinfährt in die Klomuschel und wieder herausfährt, und wieder hinein und abermals heraus, und so weiter und so fort. Da erinnert sich der Biermösel auf einmal unverhofft an sein erstes und bisher einziges sexuelles Abenteuer, an jene kurze Minute, die ohne Zweifel der bisherige Höhepunkt in seinem Leben gewesen ist.

Das Rein und Raus von der Anni ihrem Klobesen bringt den Biermösel jetzt dermaßen in Fahrt, dass er – da schau her! – auf einmal sogar bescheidenste Anzeichen einer Minimalsterektion verspürt. Ein sanftes Kribbeln samt einer wohligen Wärme macht sich dort unten herum breit, wo sonst nur der kalte Eiszapfen hängt. Und zum ersten Mal wird er sich wieder seiner Möglichkeiten als Mann bewusst, seit die Annemarie Pröll Olympiasiegerin geworden ist und sie ihn mit ihrem Arscherl in ihrem weißen, hautengen Schianzug mit den roten Streifen dran so begeistert hat – Lake Placid 1980, er weiß es noch, wie wenn es gestern gewesen wäre.

Die Pröll hat ihm immer am meisten getaugt, neben der Marie Therese Nadig, aber die war Schweizerin. Später stand ihm die Petra Kronberger sehr gut zu Gesicht, auch die war eine sehr Saubere und Brave. Allerdings hat die keine dramatische Mähne gehabt wie die Pröll oder die Nadig. Die blonden kleinen Locken von der Kronberger waren nicht so ganz nach seinem Gusto. Lieber hat er es gewellt und dramatisch, rassig und dunkel, so wie bei der Anni.

Kreuzkruzifix, Anni! Wenn die das Wallhaar einmal offen tragen täte wie dieser grausliche Puffkaiser Schlevsky sein Schlohhaar, wer weiß, was aus ihr hätte werden können! Elegant führt sie den Klowedel, wie früher die Pröll den Schistock; aerodynamisch sitzt sie auf seiner Bierkiste und federt weich auf und ab, wie wenn sie in Kitzbühel durch die Mausefalle reiten täte.

Wenn er sie jetzt so anschaut, dann kann sich der Biermösel gut vorstellen, dass die Anni auch eine andere Karriere als die der Putzfrau und Lustigen hätte einschlagen können. Vielleicht, fragt er sich, vielleicht hätte ja sie das Zeug zur Olympiasiegerin gehabt anstatt der Pröll, wer weiß? Allerdings ist das Leben natürlich immer nur für eine Olympiasiegerin gerecht und nicht für eine Zugeherin, das weiß auch ein jeder, der schon einmal Olympiasiegerin war. Außer vielleicht der Biermösel, der die Streif in Kitz zwar auch in 2.05.26 meistern täte, jedoch in Jahren, Monaten und Tagen gemessen!

So wischt die Anni halt immer noch die Scheißhäuser in Aussee heraus und schmettert linke Kampflieder in den Lokus hinein. Mal lehnt sie über der Klomuschel, mal zwängt sie sich hinten uni sie herum, mal stützt sie sich darauf ab. Immer aber hält sie den Arsch nach Mekka gerichtet, genau zu ihm her. Da wird er unrund, der Biermösel, da spürt er den Jagdtrieb, den längst versiegten, und die Gelegenheit scheint ihm auf einmal günstiger denn je. Der verlockende Apfel Anni hängt überreif am Baum, denkt er sich, und wartet nur noch darauf, von ihm gepflückt zu werden.

Aber je überreifer der Apfel und je günstiger die Gelegenheit, desto stärker baut sich beim Biermösel immer der innere Druck auf, der dann immer auf ihm lastet. Er ist nämlich mittlerweile der Einzige in Aussee, der die Anni noch nicht gepackt hat, und da wird man schnell zum Außenseiter. Sicher, am guten Willen ist es nicht gescheitert. Er hätte ja wollen. Aber hätte auch sie?

Dass sich eine Putzfrau von sich aus einem Gesetzeshüter von Rang mit ihren illegalen Nebenbeschäftigungen an den Leib wirft, das erlebt man vielleicht in einer Bananenrepublik, nicht aber in einem perfekt geölten Rechtsstaat wie dem österreichischen, der sowieso alles Lustige verbietet. Also wird es jetzt schon auch ein bissen an ihm liegen, dass er den ersten Schritt tut und die Sache endlich zu einem für alle Beteiligten befriedigenden Ende führt.

Wie aber soll er die Nuss Anni knacken mit seinem löchrigen Nervenkostüm? Wie soll er sie packen, ohne dass er sich vorher einen Mut anzwitschert? Und wie soll er sich jetzt einen Mut anzwitschern, wenn die Anni auf seiner Bierkiste sitzt und der Schnaps nur ihre Leidenschaft befeuert, nicht aber seine? Kann ihm denn in Dreiherrgottsnamen keiner einen Tipp geben?

Da hört er:

- Giacomo Casanova an Radio Biermösel! Giacomo Casanova an Radio Biermösel!
- Was ist?
- Hör zu, du Schlaffi! Die ist doch eh schon nass wie ein Schwimmbad! Also schaff endlich eine Atmosphäre!
- Wie?
- Hau eine Musik rein!
- Welche?
- Ist doch wurscht!
- Eine Polka?
- Irgendwas!

Meine Güte, dass er nicht selbst draufgekommen ist! Wozu sonst wäre es gut gewesen, dass er von ihrem ersten Sensationserfolg an jede Kassette von den Radinger Spitzbuben gekauft hat, wenn nicht für diesen einen

Moment? Und schon freut er sich darauf, dass er mit der Anni gleich im Taumel der Lust liegen wird, begleitet von den beschwingenden Klängen von seiner Lieblingsband, die u. a. folgenden Welthit produziert hat:

„Es ist immer dasselbe
wir Männer dürfen nix
ham wir mal eine Gaudi
schreit's Weibi: Kruzifix!
Du kommst sofort nach Hause
und trägst den Müllsack raus!
Und wenn du mich besteigen willst
ziehst erst die Socken aus!"

Also Socken ausziehen, Biermösel! Aber vorher natürlich die Schuhe, du Depp! Und überhaupt täte er jetzt den Kassettenrecorder brauchen, damit er die Atmosphäre auch umsetzen und das Feuer auch anfachen kann! Der aber steht natürlich auch auf dem Klo, auf dem noch immer die Anni sitzt! Oft genug kommt er ja stundenlang nicht mehr herunter von der Muschel mit seinen Problemen unten herum! Da ist der Mensch froh, wenn er sich Wege erspart. Also hat er von der Bierkiste angefangen über das Taschenmesser bis zur Musikberieselung alles auf seinem Klo deponiert und es sich dort – eigentlich recht proper, wie er sagen muss – gemütlich eingerichtet. Ohne Musikberieselung aber wird das jetzt wieder nichts werden mit der Anni!

Erschwerend fällt ihm jetzt auch noch ein, dass er Narr ja heute in der Früh die Hose wieder nicht gewechselt hat, obwohl er sich das schon seit Wochen fest vorgenommen hat! Und mit den fünf olympischen Ringen auf der Hose vorne drauf erstickt sich jede Offensive von selbst im Keim, mit seinen Problemen unten herum wird der Adler sowieso nur schwer auf der Anni landen können!

Da will der Biermösel den Akt „Anni" lieber fürs Erste schließen und sich auf das Wesentliche konzentrieren: Koste es, was es wolle; koste es den kompletten Verlust der Reste an Ansehen und Respekt, die er vielleicht noch irgendwo und bei irgendwem genießt – er MUSS in den nächsten Sekunden aufs Klo, er muss, er muss, er muss einfach, bevor wieder alle Dämme brechen! Und sieh da, der Zeitpunkt scheint jetzt nicht einmal ungünstig. Weil wie es ausschaut und wie es sich anhört, ist die Anni jetzt über seiner Klomuschel und über ihren ganzen Sorgen einfach zusammengesackt und eingeschlafen.

Wenn er sich also wie auf Samtpfoten zu ihr hineinbewegt und sie von der Muschel hinunterschieben kann, dann schafft er es vielleicht noch, sich zu entleeren, ohne dass sie gleich wieder alles von vorne herauswischen muss.

Aber! Die Anni mag es gar nicht, wenn sich ihr einer von hinten nähert! Solche Angriffe erkennt sie auch, wenn sie die Augen geschlossen hat, und den Biermösel riecht sie sogar. Also schreit sie wie am Spieß, wie der Biermösel auf einmal bei ihr auf dem Klo steht, obwohl er ja gar nicht mehr sie will, sondern nur noch den Zugang zu seiner Schüssel. Wenn sie aber weiter so schreit, wird der Biermösel bald nicht mehr lange an sich halten können, weil ihn jede Form von Geschrei allzu sehr aufregt! Also versucht er ihren Schrei mit der rechten Hand zu ersticken, bevor bei ihm alle Dämme brechen.

Dann ist es auf einmal still. Denn der sonst so tapshändige Biermösel wirkt augenblicklich so stark und männlich auf die Anni, wie er sie mit der einen Hand von der Kloschüssel hochhebt und mit der anderen sein Hosentürl aufmacht, dass die Anni zu Butter in seinen Händen wird. Und sofort wünscht sie sich, dass er ihr endlich den Rock hinaufschiebt und zur Sache kommt. Weil genau genommen, denkt sie, hat sie die Mon Chdri ja eh schon bekommen.

„Also mach einfach, Biermösel! Mach es mir endlich!"

Aber in den entscheidenden Momenten sind die Männer natürlich für nichts zu gebrauchen, und die Anni muss natürlich wieder alles selbst in die Hand nehmen. Wie sie aber den kleinen Biermösel in die Hand nehmen will und wie sie ihm tief in die Hose hineinfährt, merkt sie, dass das Schweinderl ganz nass ist, es ist einfach unbeschreiblich!

Zwar weiß die Anni selbst nur allzu gut, wie es ist, wenn die Beckenbodenmuskulatur nicht mehr so tut, wie man selber will – ihre Zwillinge waren eine sehr schwere Geburt. Da hat eine Maus gekreißt und einen Gebirgszug geboren!

Aber wie sie sich jetzt die Überschwemmung anschaut, in der sie steht, fragt sie sich doch: War das mit euch Männern wirklich alles so geplant, lieber Gott?

Nur jetzt nicht lachen, versucht sich die Anni selbst zu beruhigen. Nur jetzt kein falsches Wort, weil er sich angewischelt hat. Gib ihm lieber das Gefühl, dass es trotzdem schön war mit ihm (Lüge!), und sag ihm, dass du noch dringend die Fenster putzen musst (Wahrheit!). Aber um Gottes Willen: Fang jetzt nicht an zu Lachen, wenn du das hier lebend überstehen und nicht erschossen werden willst. Ein Mann ist in solchen Momenten ja ganz und gar unberechenbar!

Die Anni bewegt sich langsam vom Biermösel weg und macht auf business as usual sowie gute Miene zum bösen Spiel. Innerlich freilich hat sie sich in diesem Moment endgültig vom Biermösel als möglichen Ernährer im Lebensabend verabschiedet.

Lieber sterben, als mit dem seine Pension teilen! Der hat schon sehr eigene Probleme, resümiert sie, wie sie anfängt, die Fenster zu putzen. Dabei beobachtet sie ihn vorsichtig aus den Augenwinkeln heraus und sieht diesen Menschen in der tiefsten Sickergrube seiner Unwürde auf seiner Bierkiste sitzend und einfach vor sich hin starrend.

Da ist sie dann doch sehr froh, dass sie ihm den Duftbaum nicht hereingehängt hat. Das hätte ihn womöglich noch mehr verletzt.

Plötzlich aber denkt die Anni nicht mehr an den Biermösel und seine Probleme. Denn durch die frisch geputzten Fenster schieben sich wieder ihre eigenen Probleme in den Vordergrund, als sie mit ansehen muss, wie der Puffkaiser Schlevsky in seinem amerikanischen Straßenkreuzer drüben vorm Einfamilienhaus des Mallinger einparkt. Das heißt, er versucht erst gar nicht sich einzuparken, weil ein amerikanischer Straßenkreuzer und eine österreichische Parklücke, das passt nicht zusammen. In Wirklichkeit ist es auch gar kein Amerikaner, den er da steuert, sondern ein Ferrari und also ein waschechter Italiener. Aber so viel zur Straßenverkehrsordnung hat die Anni vom Biermösel schon gelernt, dass sie weiß: Es ist alles amerikanisch zu nennen, was größer ist als eine Triumph Fips!

Da spürt die Anni die Panik in sich aufsteigen. Als Frau, die das Leben in all seinen Ausbuchtungen kennt, weiß sie nur allzu gut, dass noch nie etwas Gescheites herausgekommen ist, wenn ein Puffkaiser mit seinem Ferrari auf einen Deutschlehrer mit seinen Heiligenerscheinungen trifft. Da bleibt ihr jetzt gar nichts anderes übrig, als sich wieder an den Biermösel zu wenden, der nach drei schnell gezischten Bieren auf seinem Klo Gott sei Dank schon wieder die gröbere Scham über Bord geworfen hat.

„Biermösel", fragt sie, „kannst du bitte den Schlevsky für mich erschießen?"

Da steht der Biermösel von seiner Klomuschel auf und schaut die Anni mit sehnsuchtsvollen Augen an. Er blickt beim Fenster hinaus und erkennt den Grund ihrer Sorgen. Er sagt:

„Anni, hör zu. Gerne täte ich den Schlevsky für dich erschießen. Aber leider hab ich die Doppelläufige drüben im Auerhahn gebunkert. Und nur mit der Glock alleine werde ich den hageren Gesellen nicht treffen."

Was aber könnte der Biermösel der Anni als Kompensation für das vorhin Erlebte sonst noch anbieten, wenn nicht das erlegte Haupt des Tigers? Die frisch gekaufte Mon Chéri vielleicht, die er jetzt in den tiefen Taschen von seinem Wetterfleck ertastet?

Da muss er sich freilich selbst eingestehen:

Falscher Zeitpunkt, Biermösel! Aber komplett falscher Zeitpunkt!

„Duden!“, hört er den Schlevsky von draußen nach ihm rufen, und er würde ihm gerne antworten, doch das kann er nicht.

Der Mallinger hat sich mit seinem Seidenpyjama „Saint Marie“ an einer Bettfeder seiner Ausziehcouch „Mystique“ verhängt. Wie eine Schildkröte rücklings auf ihrem Panzer liegend, zappelt er mit den Füßen und versucht sich zu befreien, während der angekündigte Besuch von draußen gegen die massive Eingangstür tritt und nicht aufhören will, nach ihm zu rufen. Alles in allem keine guten Vorzeichen für einen professionellen Umgang mit der mediengeilen Öffentlichkeit der Rennsportwelt, ärgert sich der Mallinger und strampelt dabei nur umso heftiger. Wenn jetzt auch noch ein Paparazzo einen Schnappschuss von ihm machen würde, bliebe seine Karriere als Rennsau womöglich auf halbem Wege stecken.

„Duden!!“

Der Schlevsky hat sich, nachdem er den F50 leer geräumt und sein Gepäck oben im Flachdachrefugium notdürftig verstaut hat, wieder in Fasson gebracht und ist nach dem kühlen nächtlichen Ritt nun auch wieder halbwegs gut drauf. Er trägt einen seiner blütenweißen Reserve-Brionis. Dazu die leichten Bergschuhe, die er im Alpenland stets den Gucci-Schlüpfern vorzieht. Wenn er aber noch lange in der Kälte vor diesem Namensschild warten muss, dann dreht er durch!

„Duden!!!“

Hm, „Duden“ steht da also neuerdings drauf, kommt der Schlevsky nicht umhin, beständig auf das neue Namensschild an der Tür des Mallinger zu starren. „Duden“ anstatt wie früher einmal „Emmerich Mallinger“.

Der Schlevsky gerät darüber gehörig ins Grübeln und fragt sich: Will der Blödi solcherart einem Anschlag marodierender Schulabbrecher entgehen, denen er mit schlechten Noten das Leben versaut hat? Will er sie allen Ernstes auf eine falsche Fährte locken, indem er jetzt „Duden“ statt „Mallinger“ an seine Haustür nagelt?

„Duden!!!!“

Vielleicht, überlegt der total versaute Puffkaiser, vielleicht wollte der Mallinger aber auch nur „Dutteln“ statt „Duden“ auf sein Namensschild schreiben. Eine österreichische Bezeichnung für Titten, die ihm als Deutschem ob ihrer ausgesprochenen Weichheit immer sehr gut gefallen hat. Mit Wehmut erinnert er sich, dass er seinen ersten Puff in Sparwasser an der Oder als Reminiszenz an seine geliebte Jocelyn sogar „Two Duttels" getauft hat. Vielleicht ein wenig unpassend, wie er heute in der Rückschau gerne zugibt.

„Duden!!!!!"

Oder, fragt sich der Schlevsky, wollte der Mallinger einfach „Tuten und Blasen" da hinschreiben, und einer seiner ehemaligen Schüler hat im Zuge eines schlichten Vandalenaktes das „und Blasen" vom Schild gerissen, sodass nur noch das „Tuten" daran hängen geblieben ist? Was zur Hölle aber wäre die Aussage, wenn einer „Tuten und Blasen" an seine Eingangstür nagelt? Und warum ausgerechnet der Mallinger, der doch gerade *davon* nicht die mindeste Ahnung hat. Der kann ja noch nicht einmal „Tuten" richtig schreiben!

Duden also, seufzt der Schlevsky ein wenig resigniert und kratzt sich am Arsch. *Damit* wird er fertig. Wenn er sich aber nicht bald die Haare föhnen kann, stirbt er an der Mittelohrentzündung, noch bevor die Ivana überhaupt ein Wort Deutsch gelernt hat. Also ein letztes Mal: „Duden!!!!!"

Nachdem sich der Mallinger doch noch aus der selbst gebauten Falle befreien konnte, schlüpft er schnell in seinen Morgenmantel, den er vor zwei Jahren anlässlich des Wunders seiner Heilung in Medjugorje käuflich erworben hat. Auf dem Rücken dieses Mantels zeigt sich die Heilige Madonna in strahlendstem Lichte, und in den Revers wurde nur für den wahren Kenner sichtbar ein klitzekleines Originalstück vom heiligen Grabtuch aus Turin eingenäht, was den Preis in der Kurzarm-Version schließlich auf wohlfeile 7.777 Euro hochgetrieben hat. Das aber war es dem Mallinger wert, denn die Sieben ist eine heilige Zahl, und – Frage an Herrn Jauch – wer ist schon heiliger als die Heilige Jungfrau?

Wärmen tut das gesegnete Teil jedoch überhaupt nicht. Also friert und fröstelt der Mallinger wie ein Huhn ohne Federn, als er dem Schlevsky endlich die Türe öffnet. Und dieser gewährt ihm als Strafe für das lange Warten nur 20 Sekunden Zeit, um sich für die auf dem Programm stehende Reise nach Nang-Pu in den Sonntagsstaat zu werfen.

Weil so ein Ferrari F50 natürlich nicht für eine ausgedehnte Urlaubsfahrt mit reichlich Übergepäck gebaut wurde, und weil auch die

Ivana trotz ihres Flüchtlingsstatus mit jeder Menge unnützem Zeug (fehlte nur noch, dass sie ihr Schlauchboot mitnehmen wollte, Herrgottnocheinmal, diese Weiber!) dagestanden ist, als er sie nach dem Gemetzel am Tingeltangel in Strudelwasser an der Oder von ihrer provisorischen Unterkunft abholen wollte, hat er die kleine Zuckerwattemaus gestern Abend einfach in den IC Ludwig Erhard verfrachtet, der sie planmäßig heute Morgen um 9.30 Uhr aus Berlin-Lichtenfels kommend in Attnang-Puchheim absetzen wird (oder „Nang-Pu", wie diese verdammten Ösis ihren Verkehrsknotenpunkt nennen!).

Und weil so ein Lebensabend mitunter zeitlich sehr begrenzt ausfallen kann, darf der Mallinger mit dem Deutsch-Unterricht für die Ivana keine Sekunde Zeit verlieren und wird unmittelbar nach Ankunft und noch während der Rückfahrt mit der blonden Russin den Grund- und Aufbauwortschatz Deutsch durchackern.

So jedenfalls sieht es sein Plan vor.

Doch selbst wenn dieser Scheißzug erst in fünf Jahren in Nang-Pu ankommen würde – der Schlevsky muss jetzt sofort von hier weg!

Seit er nämlich vor dem Einfamilienhaus des Mallinger steht und an seine Tür klopft, spürt er den Blick aus den eiskalten Augen dieses verrückten Bullen in seinem Rücken, der ihn von seinem Gendarmerieposten aus beobachtet, und dieser Blick brennt wie Feuer. Als würde ihm ein Adler langsam und genüsslich alles Fleisch von seinen Schultern fressen, so ungefähr fühlt sich das an. Also hopp hopp hopp in die grüne Cordhose gehüpft, drängt der Schlevsky den Mallinger zum Aufbruch, und schnell schnell rein in den Lodenrock geschlüpft!

Doch Gemach!

Als der Mallinger nämlich sein Haus verlässt, sieht er davor das feuerrote 520-PS-Geschoss des Schlevsky mit 5.0-Liter-V12-Motor geparkt, das in weniger als vier Sekunden von Null auf Hundert beschleunigt, feine Sache! Dazu trägt der rote Renner aus Maranello Felgen aus Magnesium samt Radnaben aus Titan, und die wuchtigen Einlassöffnungen für den Kühler machen aus dem ohnehin gewaltigen Brummer einen brünftigen Stier. Als der Mallinger den Wagen ehrfurchtsvoll betrachtet und mit der Hand über den mächtigen Heckflügel streicht, läuft ihm bereits das Wasser im Mund zusammen, denn mit einem F50 kann selbst die Heilige Maria samt ihrer ganzen einmaligen Aura nicht wirklich mithalten, muss er sich eingestehen.

Sofort spürt er das Kribbeln wieder in seinem Bleifuss, und er beginnt am ganzen Körper zu zittern. Kurz überlegt er, ob er nicht besser vor diesem Werk des Teufels fliehen soll, weil ihn eine böse Ahnung beschleicht, dass es wieder nicht gut ausgehen wird, wenn er so eine Höllenmaschine besteigt. Doch zu spät: Ehrfurchtsvoll nimmt der Mallinger im tiefer gelegten Sitz der tiefer gelegten Karosserie neben dem reichlich tief gelegten Charakter des Schlevsky Platz, und ebenso ehrfurchtsvoll murmelt er in seinen Bart hinein:

„Wawarumm! Wawarumm!"

„Alles klar?", fragt der Schlevsky irritiert.

Schon beschleunigt der Puffkaiser den Boliden auf hundert Sachen, kaum dass er ihn mit einem satten Donner gestartet hat, und schon sieht der Mallinger die Tachonadel bei 150 zittern, kaum dass er auf die Uferpromenade hinaus biegt. Das gefällt dem Mallinger und imponiert ihm sehr, denn seine heimliche – und leider unausgelebte – Leidenschaft ist nach wie vor der PS-starke Einspritzmotor.

Als ihm schließlich der eiskalte Fahrtwind im offenen Ferrari die blassen Wangen rot färbt; als es ihn hineindrückt in den Schalensitz wie den Astronauten beim Start in seine Raumkapsel; als der Tiger endlich das Ortsgebiet hinter sich lässt und mit 220 auf die Bundesstraße in Richtung Goisern hinaus biegt, da hat der Rausch der Geschwindigkeit den Mallinger wieder fest im Klammergriff, und er kommt sich vor wie der junge Niki Lauda, wild, ungestüm, ein Weiberheld durch und durch. Insgeheim überlegt er bereits, wo er auf dem Armaturenbrett die Marienmedaille anbringen *würde* und wo an der Mittelkonsole der heilige Christophorus platziert sein *müsste,* wenn er denn mit diesem Boliden einmal selbst die Kompression an der Abzweigung nach Goisern durchbrettern *könnte,* als der Schlevsky bereits am St.-Christophorus-Marterl vorbeijagt und dieses einige größere Steinchen vom Straßenbankett abbekommt, weil der Schlevsky natürlich keine Begrenzung kennt und die Straße in ihrer vollen Breite und darüber hinaus nützt.

„Wawarumm!"

Schnell merkt der Schlevsky, wie ihm der Mallinger an seiner Seite langsam auf den Sack geht, weil dieser auf dem Beifahrersitz wie ein 5Jähriger jedes seiner Manöver mit ganzem Körpereinsatz nicht nur mitlebt, sondern virtuell sogar ständig dagegenlenkt, immer früher als er selbst schaltet und später als er selbst bremst und dabei insgesamt so tut, als würde er – Herrgottnocheinmal! – den roten Renner aus Maranello besser lenken können als er!

Schon nach wenigen Fahrminuten hält der Schlevsky diesen *Simple* an seiner Seite nur sehr schwer aus, und er fragt sich bereits, ob es wirklich eine gute Idee war, dass er nach all dem Chaos in Strudelwasser an der Scheiß-Oder ausgerechnet diesen Zuckerarsch über das schlichte House-Sitting hinaus in sein Leben hereingeholt hat, denn:

Wenn dieser Schafskopf noch einmal „Wawarumm" sagt, reißt er ihm den Schädel ab!

Endlich in Nang-Pu angekommen, schickt der Schlevsky den Mallinger sofort zum Bahnhofsvorstand, damit er ihn erstens von seinem Ferrari wegbekommt, den er nicht aufhören will zu berühren, und er zweitens bei diesem nachfragt, wann denn der verdammte Zug aus Berlin nun endlich kommen wird, bald ist es nämlich halb elf vorbei!

Als ihm der Mallinger schließlich meldet, dass der Zug drei Stunden *plus tard* ist, fehlt nicht mehr viel, und der Schlevsky hätte nicht übel Lust, den Mallinger in die Bahnhofsvorsteherbude hineinzuschießen, wie er dies erst vor ein paar Tagen mit diesem verdammten Tschu En Lei, nicht verwandt nicht verschwägert, in Strudelwasser an der Oder getan hat.

So was von scheißkalt ist es obendrein in dieser Alpenrepublik, dass er nun sogar gezwungen ist, mit seiner Herrenhandtasche auf das in Biermösel'schen Dimensionen versaute Bahnhofsscheißhaus zu verschwinden und sich dort im Münzklo noch einmal die lange Unterhose anzuziehen, er hält diese verdammte Kälte einfach nicht aus! Kann gut sein, denkt er sich mit heruntergelassener Hose, dass er überhaupt bald durchdreht, wenn sein Negativlauf anhält und links und rechts seines Lebensweges nur noch Probleme wachsen – wo zum Teufel ist denn hier das Klopapier?!

„Duden!", schreit der Schlevsky den Mallinger an, als er endlich mit etwas breitem Gang aus dem Klo herauskommt und seinen Reisegefährten schon wieder bei seinem Ferrari kniend vorfindet.

„Duden!"

„Ja, Schlevsky?", fragt der Mallinger leise.

Da kratzt sich der Schlevsky am Arsch und geht einfach Richtung Bahnhofsrestaurant.

„Gott im Himmel!", seufzt er. „Was soll ich mit *dem* jetzt drei Stunden lang anfangen?"

Ein Bahnhofsrestaurant mag nun zwar ideal für einen Lehrer sein, der kulinarisch so anspruchsvoll ist wie die Kuh auf der Wiese. Für einen bekennenden Gourmet wie den Puffkaiser aber ist es die Hölle. Hätte er nicht den Baedeker verloren, und fände er ohne diesen aus der beständigen Nebelsuppe hinaus, die sich schon wieder über das Land gelegt hat, dann würde er bis zur Ankunft der Ivana einfach noch auf einen Sprung zum Bocuse nach Lyon hinüberfahren und dort vierzig Stück Schnecken verdrücken, wonach ihm nämlich nach all der Aufregung der Appetit stünde.

Stattdessen ist er gezwungen, mit diesem Bambiküsser Mallinger schlichte Bahnhofskost zu speisen, und der bestellt auch gleich ein Wiener Würstchen ohne Senf, ohne Krenn, ohne Ketchup, ohne Kirschpfefferoni – kurz: ohne allem, was ein wenig Spaß machen könnte, wenn man ein Wiener Würstchen essen muss! Der Todsünde der Völlerei, denkt sich der Schlevsky im Angesicht seines Gegenübers, ist dieser arme Wurm gewiss nicht verfallen, und er sieht sich ein paar Minuten lang an, wie der sein Würstchen häutet. „Praktisch denken – Särge schenken!" Genau so ein Typ ist das, schüttelt der Schlevsky den Kopf, und er fragt sich, ob diese Niete wohl jemals Freude in seinem Leben empfindet?

Plötzlich übermannt den Puffkaiser ein Gefühl tiefen Mitleids mit einer so verschwendeten Existenz. Er blickt den Mallinger mit sanften Augen an und fragt sich: Gönnst du dir denn überhaupt nie etwas? Geißelst du dich am Abend, bevor du dich auf den nackten Betonboden deiner Garage wirfst, auf dem du ohne Zweifel schläfst? Siehst du dir im Internet den „Osservatore Romano" an anstatt www.boxenluder.de? Blätterst du während des Morgenschisses in der Bibel anstatt in der „Bild"-Zeitung, und malst du anschließend Heiligenfiguren aufs Hinterglas? Bist du blutleerer Sack denn zu *irgendeinem* Exzess fähig?

Schon ist der Schlevsky versucht, ein Gebet für den Mallinger in Richtung Himmel zu schicken. Doch weil ihm keines einfällt, will er ihm wenigstens eine kleine Lehrstunde in Sachen *savoir vivre* erteilen, bevor er hoffentlich bald anfangen wird, der Ivana Deutsch-Nachhilfe zu geben. Zur Demonstration wahrer und ungetrübter Sinnenfreuden bestellt er sich das große Würstel-Allerlei (vier Burenwürste, vier

Käsekrainer, drei Bosner, sechs Currywürste, sechs Bratwürstel, sieben ungarische Paprikawürste) inklusive jeweils ein Kilo Beilage samt einer Extraportion Fett satt, im sicheren Wissen, dadurch dem ohnehin allzu kurzen Leben wieder ein Stück unbezahlbares Glück abzuringen. Ein kulinarischer Höhepunkt, von dem er noch seinen Enkeln erzählen könnte – wenn er denn welche hätte!

Als er aber das rotbackige, fetthaarige, überhaupt fette und insgesamt total hässliche Kind am Rock der völlig überforderten rotbackigen, fetthaarigen, fetten und überhaupt total hässlichen Kellnerin hängen sieht, die seine Bestellung aufgenommen hat, ist er wieder ganz froh, dass er sich mit 20 Jahren im Zuge einer Wette mit seinem Rivalen Tony „Die Zunge" Stompanato selbst die Samenleiter durchtrennt hat. Eine Wette, erzählt er nun stolz dem Mallinger, während er anfängt, das Würstel-Allerlei in sich hineinzuschaufeln, eine Wette, die natürlich auch schlecht hätte ausgehen können, gewiss! Letztlich hat er aber wie alle anderen Wetten auch diese gewonnen, lebenslängliche Unfruchtbarkeit als Preis freilich inklusive! Und wenn er heute daran denkt, geht selbst ihm noch ein Furz in die lange Unterhose, der sich gewaschen hat. Schließlich war er nie ein Feinmotoriker mit den Händen, und schließlich ist ein Butterflymesser kein Chirurgenskalpell. Doch mit dem Sieg bei dieser Wette – und weil er Tony Stompanato als Draufgabe auch gleich noch „die Zunge" herausgeschnitten hat – konnte er sich dessen Puffkaiserreich einverleiben. Und den ständigen Ärger mit den verdammten Kindern hat er sich obendrein erspart, wenigstens den.

Als sich die drei zähen Stunden, von denen er die restlichen zwei auf dem Klo verbracht hat, weil er mit dem Mallinger einfach nichts mehr zu reden wusste, endlich ihrem Ende zuneigen, lässt sich der Schlevsky von der rotbackigen Fett-Kellnerin den Rest des großen Würstel-Allerlei einpacken. Schließlich steht heute noch ein Candlelight-Dinner auf dem Programm, und soweit er seine Lage noch irgendwie überblicken kann, hat er bestimmt nichts Ordentliches zu Futtern in seinem Kühlschrank oben im Flachdachrefugium.

Dann endlich die Ivana!

Ein sechs Stunden verspäteter Personenzug, da sind sich der Schlevsky und der Mallinger ausnahmsweise einmal einig, ist natürlich eine Schande für eine so wertvolle Fracht. Und augenblicklich ärgert sich der Schlevsky, dass er für sie nicht doch den Orientexpress gechartert hat. (Hat er natürlich auch schon einmal, den Orientexpress gechartert! Er und die Jocy ganz alleine in diesem Juwel der Eisenbahngeschichte, Berlin-Stambul tour-retour. Und weil sie damals im Frühling ihrer Ehe waren, hat das Personal den Orientexpress nach ihrer Rückkehr sofort in *Orgienexpress* umbenannt, hähä, so und nicht anders war das damals!)

Nun wird es freilich eng im F50! Kofferraumtechnisch ist dieser Bolide nämlich nicht besser ausgestattet als ein Katzenklo. Und so versteht es sich aus der Sicht des Schlevsky von selbst, dass der Mallinger in dieser Konstellation den Platz auf der Rückbank zugelost bekommt, während er selbst und die blonde Russin vorne Platz nehmen, die Sitzverteilung muss schließlich stimmen, wenn man eine Überlandfahrt antritt.

Bevor der Schlevsky aber einen Kavaliersstart hinlegt, zerrt er den Mallinger zwischen all den Taschen und Koffern und Säcken, unter denen er ihn zuvor begraben hat, noch einmal nach vor und trägt ihm mit entschlossenem Blick auf, sofort mit dem Unterricht zu beginnen und der Ivana das erste deutsche Verbum in all seinen Möglichkeiten herunterzukonjugieren, „also, Mallinger. Fang an!"

Da fängt der Mallinger an und sagt:

„Ich komme. Du kommst. Er sie es kommt. Wir kommen. Ihr Kommt. Sie kommen", und dann fügt er noch hinzu:

„Du verstehen?"

In das peinliche Schweigen hinein, welches auf diese erste Deutsch-Lektion im Leben der Ivana folgt, zerreißt es den Schlevsky endlich doch noch vor Lachen. Ihm personifiziert Sexuellen steht nämlich sofort das Schweinische an „Sie kommt" bildlich vor Augen, als er die Ivana neben sich in ihrer ganzen blonden Herrlichkeit anschaut und sich vorstellt, wie sie heute Abend bei ihm auf dem Tigerfellbezug sozusagen „kommen" wird.

Weil das aber im Wortschatz des Quasi-Heiligen Mallinger noch nicht eingetragen war, dass eine Frau „kommt", wenn sie im Glutofen der Lust dahinschmilzt, kommt er sich erst recht wieder wie der unnötige Esel im Stall zu Bethlehem vor, als der Sex-Insider Schlevsky einfach nicht mehr aufhören will zu lachen.

Da flüstert er beleidigt in seinen Bart hinein:

„Wawarumm! Meine Zeit kommt noch!"

Nang-Pu retour

Die Fahrt zurück dann aber – herrlich! Ein Wetterchen zum Eierlegen! Die Wolkendecke hat zur höheren Ehre der neu Zugereisten vorübergehend aufgerissen, und die Sonne zeigt zu deren Begrüßung ihr schönstes Perlweiß-Lächeln. Dazu singen die Vögelchen in den Bäumen am Waldesrand wie früher der junge Heintje, unschuldig und engelsgleich, süßer die Vögel nie klangen.

Strudelwasser oder überhaupt die ganze Gegend dort dies- und jenseits der Oder kannst du vergessen im Vergleich zu dieser wildromantischen Landschaft, denkt die Ivana sogleich auf Russisch, während sie mit verträumtem Blick die vorbeiziehende Flora und Fauna betrachtet. So etwas Einmaliges wie dieses herrliche Land hat sie in ihrem ganzen Leben noch nicht gesehen! Eine Landschaft breitet sich vor ihr aus, die gleichermaßen ein Balsam für das Auge wie für das Gemüt ist. Ihre Blicke streichen über die satten Wiesen und die fruchtbaren Felder – hurra! Sie sieht majestätische Bäume und kristallklare Bäche – vallera! Und all die hohen Berge und tiefen Täler – juchheissassa!

(Kleiner Wermutstropfen vielleicht, dass die Reise Richtung Schicksal geht. Aber wer weiß das schon in diesem Augenblick? Also ist das Fahrvergnügen noch ungetrübt. Jedenfalls in der vorderen Sitzreihe. Zumindest auf der Fahrerseite.)

Das Ausseerland präsentiert sich der Ausflugsgemeinschaft als sorgfältig gepflegter Lustgarten des Paradieses, während der Schlevsky ordentlich Gummi gibt und den Ferrari noch ein Stück ambitionierter als bei der Hinfahrt über die Bundesstraßen zurück nach Aussee jagt, wobei er die Straßenverkehrsordnung links liegen lässt, was einigen anderen Verkehrsteilnehmern gar nicht gut bekommt:

Das junge Rehkitz sowie die alte Wildsau, die der Schlevsky gerade über den Haufen fährt – sie hätten ja ausweichen können! Der arme Bauer, den er gleich darauf mit seinem Traktor in den Straßengraben hinunter drängt – er hätte ihn ja nicht aufhalten müssen!

Dem pflichtbewussten Grasmuck aber, den man auf Sissi Voss umtaufen möchte, weil er gerade wieder mit zwei Schutzbefohlenen von der Straßenmeisterei den Sankt Christophorus in sinnloser Detailarbeit aus dem Mischwald herunterholt (summa summarum Crash Nummero 36 im heurigen Jahr, danke!) und ihn wieder dort aufstellt, wo er hingehört, dem steckt der Schlevsky mit ausgesuchter Höflichkeit einen Euro fuffzig als Spende für die heilige Mutter Kirche zu. Er ist nun schon wieder deutlich besser aufgelegt als gerade noch vorhin am Bahnhof in Nang-Pu.

Der Mallinger schläft einstweilen.

Die vergangene Nacht, diese grausame, und die sauerstoffgesättigte Luft, diese gesunde, haben ihn in einen sanften, wenn auch extrem unangenehmen Schlummer auf der Rückbank des Ferrari entgleiten lassen. Er fügt sich in die Rolle des Gunter Philipp, der im Heimatfilm immer nur den Trauzeugen spielen darf, während der Schlevsky in die Rolle des jugendlichen Verführers und wilden Draufgängers schlüpft, die immer dem Peter Alexander vorbehalten blieb.

Solange er den Mallinger schnarchen hört, will der Puffkaiser getrost seine Schalthand anstatt auf den Schaltknüppel auf die Venusgrotte der Ivana legen. Und die Tingeltangel-Ivana soll ihrerseits die Zuckerwatteverkaufshand auf seinen Knüppel legen, aber nicht auf den Schaltknüppel, sondern auf den Tigerknüppel!

Die Landschaft ist so viel schöner als dieser Mann, muss die Ivana nun bei erster näherer Betrachtung des Schlevsky feststellen. Und es fällt ihr unangenehm auf, wie alt der schon ist. Um die Augen kriegt er bereits Krähenfüße, muss sie feststellen, und hässliche Altersflecken zieren seine Hände.

Da war der Pavel aber schöner, erinnert sich die Ivana wehmütig an ihre große Liebe Pavel, doch der ist ja leider schon lange tot. Und nach all ihren leidvollen Erfahrungen im deutschen Osten weiß sie heute nur zu gut, dass sie vom gütigen Schicksal nicht in die mit Goldsand ausgelegte Kristallbucht der Superreichen gespült wurde. Als Ostflüchtling muss sie dankbar sein, wenn sie einer aus der Armutsfalle befreit und ihr einen Job anbietet. Und im Vergleich zu ihrem alten Großmütterchen, das mit ihren bald 118 Jahren noch immer Krautköpfe in einer aufgelassenen Kolchose unten bei Rostow am Don pflücken muss, um sich das tägliche harte Brot unter die unleistbare Butter zu verdienen, hat sie es vielleicht mit dem Herrn Doktor in seinem weißen Anzug und seinem roten Ferrari gar nicht so schlecht erwischt.

Wenn er nur endlich aufhören würde, an seinen Zähnen herumzusaugen!

Doch steigert sich der Schlevsky im Gegenteil wegen all der fasrigen Fettreste des Würstel-Allerleis in seinen Zahnzwischenräumen immer weiter in einen desto aussichtsloseren Kampf, je verzweifelter er diesen führt. So sehr er auch mit der Zunge, den Fingern einzeln, der Hand im Ganzen und schlussendlich mit den verschweißten Enden der Schuhbänder seiner Wanderschuhe – Zahnstocher lehnt er aus Prinzip als schwul ab! – darin herummeißelt, er bekommt diese verdammten Fettbrocken einfach nicht heraus!

Das wiederum zwingt die Ivana, sich in Gedanken schon den breiten Gehweg auszumalen, der sie auf ihren 17-cm-Stilettos kerzengerade Richtung Tod einer schwierigen, vielleicht sogar von Anfang an aussichtslosen Episode führen wird.

Schon bereut die Ivana, dass sie ihre heiße Affäre mit dem Tschu En Lei nicht verwandt nicht verschwägert in Strudelwasser a.d.O. für diesen alternden Landarzt aufgegeben hat, und der kleine Kobold Zweifel nagt an ihrem hübschen Ohr:

„Kann es sein, dass du überhaupt einem grandiosen Irrtum aufgegessen bist?"

Was genau ist denn der überhaupt für ein Arzt?, fragt sie sich. Zahnarzt und Tierarzt und Frauenarzt schließt sie nach dem während der Fahrt Erlebten aus.

Seine rechte Schalt-Hand unter ihrem Röckchen an ihrem Schatzkästchen sowie das hektische Herumgerubbel daran ohne Lustgewinn für sie gehen ihr jedenfalls schon gehörig auf die Nerven. Wo an einer Frau das gewisse Kribbel-Knibbel-Knöpfchen ist, das weiß er scheinbar nicht, der Herr Doktor!

Wirklich blöd nur, dass sie kein Wort von seiner Sprache spricht. Dann würde sie ihm nämlich sagen, dass er sich bitte die Zähne putzen soll. Und sie würde ihn fragen, ob er nicht anstelle von diesem fürchterlichen Shubidu Jack zur Abwechslung mal die Don Kosaken spielen könnte, heiliger Breschnew, bald springt sie aus dem fahrenden Wagen.

Aber dann!

Gerade, als die Ivana die Tür des Boliden öffnen will, bricht ein weiterer seltener Sonnenstrahl durch die mittlerweile wieder aufgezogene Wolkendecke und schiebt auch gleich die Gewitterwolken weg, die sich zwischen dem Schlevsky und der Ivana begannen aufzutürmen. Denn dieser Sonnenstrahl trifft ausgerechnet den goldenen Wetterhahn, den ihm der ortsansässige Stararchitekt Benito Wollatz auf sein Neubauflachdach draufgesetzt hat.

Als nun die Ivana erstmals dieses einmalige, weit über dem See thronende und weit über das Ausseerland hinaus strahlende Architekturerlebnis in seiner ganzen Herrlichkeit sieht, stoppt der Schlevsky den Ferrari, legt ihr sanft den rechten Arm um ihre zarte Schulter und deutet mit der linken Hand zum Gebirgskamm hinauf.

„Mein", sagt er mit stolzgeschwellter Brust. „Alles mein!"

Da ist die Ivana sofort wieder deutlich besser aufgelegt! Im Vergleich zum Altpapiercontainer nämlich, in dem sie als illegale Zuckerwatteverkäuferin auf dem Tingeltangel in Strudelwasser an der Oder zusammen mit dem Tschu En hatte nächtigen müssen, ist sogar dieser Flachdachneubau schöner als die Eremitage!

Der Mallinger aber war währenddessen in einen weiteren seiner furchtbaren Träume abgetaucht: Er schlenderte durch das Ferrari-Fahrerlager und bereitete sich auf den Grand-Prix von Europa auf dem Nürburgring vor und freute sich auf das oftmalige Durchfahren der berüchtigten Nordkurve. Dabei atmete er den betörenden Duft von verbranntem Gummi, und der Geruch von Rennbenzin stieg ihm zu Kopf. Unzählige Boxenluder zerrten an seinem roten Ferrari-Rennoverall und wollten seine private Handynummer. Und eine Heerschar von Reportern schließlich bedrängte ihn mit der seltsam anmutenden Frage:

„Mallinger, du Schaf! Was ist denn los mit dir?"

Dann übertrugen Dutzende TV- und Radiostationen seine Antwort live hinaus in die ganze Welt, die er ein wenig undeutlich in seinen Bart hineinnuschelte.

„Meine Zeit kommt noch."

Doch dann, als sich die Boliden endlich zur Starrunde formieren sollten, war die Rennsau Mallinger plötzlich nirgends mehr zu finden. Er hatte sich hinter einem Bridgestone-Reifenstapel versteckt, weil er sich so vor den aufheulenden Motoren gar so fürchtete.

Keine guten Vorzeichen!

„Mallinger, du Schall Komm endlich raus da!", hörte er plötzlich Bernie Ecclestone nach ihm rufen. Doch da merkte der Mallinger, dass er in seinem verwirrenden Traum gar keine wilde Rennsau war, sondern nur ein verlorenes Schaf mit dicker Wolle dran, das über eine grüne Wiese lief, während Gott nach ihm suchte.

„Mallinger, du Schaf!“, hörte er Gott nach ihm rufen. „Wach endlich auf!“ Und er spürt seine zupackende Hand, die ihn an den Haaren reißt.

Da endlich merkt auch der Mallinger, dass es gar nicht Gott der Herr ist, der nach ihm ruft, sondern nur der Schlevsky, der den F50 vor seinem Einfamilienhaus eingeparkt hat und ihn unter all den Schachteln und Kisten von der Ivana endlich unsanft hervorzerrt.

Als der Mallinger ausgestiegen ist und sich den Schlaf und den bösen Traum aus den steifen Gliedern schüttelt, ritzt der Schlevsky auch schon eine Spur verbrannten Gummis in den Asphalt, und der Mallinger schaut seinem unglaublich sexy Hinterteil nach.

Kaum dass der Ferrari von hier weggedonnert ist, taucht er schon am gegenüberliegenden Ufer der Seepromenade auf und schraubt sich mit einer Leichtigkeit die Serpentinen zum Flachdachrefugium des Schlevsky hinauf, wie das eben nur ein Ferrari kann.

Da plötzlich spürt der Mallinger eine solch intensive Sehnsucht, das kraftstrotzende Hinterteil dieses roten Renners noch einmal zu berühren, dass darüber selbst der Konsalik schreiben möchte.

Migräne

Seit die Ivana denken kann, schießen ihr stets horrende Schmerzen in ihr süßes Köpfchen, sobald es auch nur nach Regen aussieht. Vermutlich eine Sache der Gene, leidet doch auch ihr geliebtes Großmütterchen unten in Rostow am Don schon seit 107 Jahren unter den gleichen elenden Schmerzen, herrje, da steht ihr ja was ins Haus!

Denn spätestens, als der Schlevsky den Ferrari betont cooli-wooli die Serpentinen zu seinem Refugium hinauf lenkt und dabei kein einziges Mal die Wolkendecke durchbricht, merkt die Ivana, dass in dieser Gegend stets das Sauwetter über die Hitze und den blauen Himmel triumphieren wird.

Die Aussicht aber, den Rest ihrer Teenagerjahre mit Migräne in dieser permanenten Waschküche an der Seite dieses eigenartigen Mannes (Orthopäde?) verbringen zu müssen, verstärkt nur noch die Schmerzen.

Mit dem fürchterlichen Schlaghammer in ihrem Kopf hören sich zudem die nicht enden wollenden Sauggeräusche aus seinem Mund an wie kleine fiese Ratten, die an ihrem Trommelfell nagen.

Erschwerend kommt hinzu, dass ihr der Tiger trotz seiner Probleme mit den lästigen Wurstresten in seinem Mund ständig die Zunge in den Hals stecken will und dabei seine rechte Hand wahlweise an ihrem Ausschnitt zu platzieren versucht, zwischen ihren Beinen, an ihren Lippen, dann in ihrem Haar, an und in ihren Ohren, an ihrem Nacken, auf ihrem Knie, und so weiter und so fort.

Das ist ja nicht zum Aushalten!

Weil sie ihm nun zwar auf Russisch sagen könnte, dass er sie gefälligst am Arsch lecken soll, er sie aber nicht verstehen würde, bleibt ihr wenig anderes übrig, als seine Angriffe mit der bloßen Hand abzuwehren, wobei sie sich aber so ungeschickt anstellt, dass sie ihm mit einem rechten Schwinger unversehens die im Biss schon etwas lockeren Dritten aus dem Mund schlägt, Hölle auch!

Und als der Tiger zu retten versucht, was nicht mehr zu retten ist, schleudert er sein Gebiss erst recht mit einer hektischen Links-rechts-links-rechts-Greifbewegung beim offenen Ferrari in die sattgrüne Landschaft hinaus, und jetzt schlag nach bei Murphy – was schief gehen kann, geht eben auch schief!

Blitzumfrage unter Puffkaisern; Wie fühlt man sich, wenn man plötzlich ohne Zähne mit einer platinblonden Sexbombe im offenen Ferrari sitzt, die man eigentlich in Kürze auf dem Tigerfellbezugbett erzittern lassen wollte wie die kalifornische Erde? Fühlt man sich wie der junge Tarzan nach einem belebenden Bad im kühlen Gebirgsbach? Oder wie eine alte Gurke, die drei Wochen zu lang unter der Sonne Afrikas gelegen ist?

Um die bereits auf halbem Weg hinauf zu seinem Flachdachneubau deutlich in Schieflage geratenen Verhältnisse wieder geradezurücken, zieht der Schlevsky die Ivana nun zu sich her und drückt ihr mit aller Kraft seine flache Hand auf ihre Nase und den Mund. Und erst als er den Ferrari über den aufgeschotterten Kies vor seinem Bungalow jagt und diesen mit einem sechsfachen Kreisel einparkt, schenkt er der widerspenstigen Russin das Leben.

Nun schön blau im Gesicht, könnte die Ivana im nächsten Karneval ohne weiteres als Pflaume verkleidet auftreten, ohne dass sie sich dafür noch extra schminken müsste. Doch anstatt auf den Karneval nach Köln würde sie nach dieser Nahtoderfahrung ohnehin lieber nach Hause zu ihrem Mütterchen laufen, hinauf nach Nowaja Semlja, wo sie die glücklichen und unbeschwerten Tage ihrer Kindheit verbrachte, die ihr plötzlich so schmerzhaft und unwiederbringlich verloren scheinen.

Die friedlichen Tage des Lichts, als die Sorgen kleine süße Vögelchen waren, die nie lange blieben; als sie Kind sein durfte und eine rosarote Schleife im Haar trug und weiße flache Ballerinaschühchen zum Kirchgang; die Zeit, als sie mit Ken und Barbie spielte und sie davon träumen durfte, dass auch sie einmal einer lieben würde, zärtlich und einfühlsam, mit ganzem Herzen und bis an das Ende ihrer Tage exklusiv sie.

„Damit wir uns richtig verstehen", sagt der Schlevsky zur Ivana und holt sie aus ihren rosigen Träumen zurück in die Wirklichkeit.

„Ich Schwanz, du Fotze! Capito?"

Und auch wenn sie natürlich nicht verstand, was der Tiger *gesagt* hat, so kapiert sie doch einigermaßen, was er ungefähr *gemeint* haben könnte, als er ihr den Mittelfinger (Schwanz!) in ihr kleines Nasenloch (Fotze!) hinauf schiebt, beinahe bis zur Großhirnrinde.

Da war der Ivana dann wirklich zum Schreien zumute. Man bedenke, sie hat ja auch noch Migräne!

Biermösel, quo vadis?

Wie eine Wand steht der Regen wieder in Aussee. Und der Biermösel steht, die Hände tief in seiner noch immer nicht gewechselten grünen Cordhose versenkt, auf seinem Posten und schlägt hart mit der Stirn gegen die Wand, immer und immer wieder, kein Steirerhut dämmt den Aufprall der Denkerstirn. Er zermartert sich das Hirn, wie er die leidige Handtascherl-Problematik lösen könnte. Dann nimmt er überhaupt Anlauf und rennt vor Wut mit gewaltigem Karacho Kopf voran gegen die Wand.

Da brummt ihm dann der Schädel doch ganz ordentlich, und im Kreuz verschiebt es ihm ein paar Wirbel. Jedoch vertreibt der immense Schmerz für kurze Zeit die lästige Frage, die ihn nun schon seit Tagen begleitet und auf die ihm einfach ums Verrecken keine Antwort einfallen will:

Wer hat denn bitte den deutschen Sexbestien, als die er sie mittlerweile bezeichnen muss, die Handtascherln gestohlen? Und wer ist denn bitteschön so deppert und stiehlt dem Seebachwirten seine Kampfhunde?

Wie er sich jetzt schmerzgeplagt mit eingezwicktem Ischiasnerv seinem Schreibtisch nähert, in der gebeugten Demutshaltung, in der sich die Mutter Teresa den Sterbenden nähert; wie er dabei in die Lade greifen will, um mit einem kräftigen Schluck aus der Flasche den gröberen Schmerz im Schädel abzutöten und durch seine entspannende Wirkung die Verschiebungen im Kreuz zu korrigieren, da schaut ihn auf einmal von hinter dem Schreibtisch herab der alte Biermösel an, der dort als Ölgemälde hängt, zusammen abgebildet mit dem Kreisky, der sein Idol ist.

Da hält der Biermösel schaudernd und immer noch tief gebeugt inne wie der Sünder vorm Himmelstor, und er weiß augenblicklich, dass er jetzt nicht wieder einfach zur Tagesordnung übergehen und sich schön langsam anzwitschern kann, bis es endlich Feierabend wird und er zur Roswitha hinüberfährt und sich das Schweinsbraterl vergönnt. Im Angesicht dieser überwältigenden Ballung an Erfahrung und Kompetenz, die der Alte auch als Gemälde noch immer ausstrahlt, spürt er auf einmal den Druck des Erfolges, und er kleiner Wurm mit seinen großen Schmerzen fragt sich, wo er als niedrige und verschwendete Existenz (die nie Bierfahrer werden hat dürfen!) überhaupt im Vergleich zum Alten heute steht und in welche Richtung sein Leben insgesamt geht.

Biermösel, fragt er sich. Quo vadis?

Zwar hat er damit rechnen müssen, dass in der Sache mit den mutmaßlichen zwei Rotzbuben nichts weitergeht. Und mittlerweile kann er getrost davon ausgehen, dass ihn auch dieser Fall wieder nicht ins Rampenlicht befördern wird.

Aber ärgern muss er sich darüber schon ein bisserl, wenn er heute vor dem Alten diese ernüchternde Zwischenbilanz ziehen muss, weil viele Chancen werden sich ihm nicht mehr auftun, kann er ruhig einen Ausblick wagen.

Aber irgendwelche Rotzbuben müssen die Handtaschen ja gestohlen haben! (Frage: welche?) Und irgendwo müssen sie ja sein, die Rotzbuben! (Frage: wo?)

Der Biermösel nimmt die Hände aus den Hosentaschen und richtet sich mit einem gewaltigen Krachen seiner Rückenwirbel auf. Dann greift er sich gegen die blutige und geschwollene Stirn. Und wie er sich im Spiegel anschaut, fragt er sich, ob er es dieses eine Mal vielleicht doch ein bisserl übertrieben hat mit der Selbstzerstörung. Dann setzt er sich auf die Bierkiste am Klo. Er nimmt die patentierte Denkerpose ein, während der er den Kopf in den Händen abstützt und mit den Augen die Bierdeckel anstarrt. Dabei denkt er sich:

Das ist halt immer ein Blödsinn mit den Ermittlungen! Ein dauerndes Hin und Her ist das immer, drei Schritte zurück, keiner nach vor! Fällt dir denn überhaupt kein Verdächtiger ein, fragt er sich, wie er in der gekrümmten Demutshaltung aus dem Scheißhaus hinaus das Bildnis vom Übermächtigen anstarrt. Denk halt einmal nach, feuert er sich in seinem Angesicht an, denk nach!

Na gut, denkt sich der Biermösel, genehmige ich mir halt ein schnelles Bierchen und denk ich halt nach! Also:

a) Der Bub vom Fleischhauer Brunner, *eventuell?* Kann er sich *im Grunde* nicht wirklich vorstellen, obzwar der schwierig und uneinsichtig ist. Allerdings hat er dem Rocker erst vor zwei Wochen im finsteren Waldstück an der Abzweigung nach Goisern aufgelauert und zur Räson gebracht! Der Biermösel kann die Rockerei aus Prinzip nicht leiden, er hat sie noch nie leiden können. Schon gar nicht, wenn sie in Gestalt vom Rockernachwuchs glaubt, ihn auf der Fips mit einer PUCH Monza frecherdings überholen zu können. Er hat ihm sehr eindringlich mit zwei Gnackwatschen erklärt, dass man einen Auspuff nicht aufbohren und die Gendarmerie nicht überholen darf, und zwar nie! Und wie er ihm dann noch mit der Glock auch sehr eindringlich einen Patschen hinten und vorne geschossen hat, wird auch diese Ausgeburt der Rockerei verstanden haben, dass man lieber brav ist als schlimm, also falsche Fährte, Biermösel, denk lieber noch einmal richtig nach!

Na gut, denkt sich der Biermösel, genehmigt er sich halt noch ein Bier und geht er halt überhaupt im Geiste das gesamte Einwohnermelderegister durch und stößt er halt dabei auf den linken und den rechten Verteidiger der A-Jugend-Mannschaft, die so genannte Flügelzange.

Da kriegt er auf einmal Ohrensausen, wie er an die zwei denkt, und das muss jetzt was heißen, wenn er Ohrensausen kriegt, da ist sich der Biermösel ganz sicher. Aber was? Dass er auf der richtigen Spur ist vielleicht? Er hat noch nie Ohrensausen gehabt, und er war noch nie auf einer richtigen Spur, das wäre jedenfalls ein Kausalzusammenhang, eine Kette, ein Indiz. Also weiter, Biermösel, denk nach!

Na gut, dann halt weiter: Beide Verteidiger tragen die Haaren in langen Zotteln. Beide tragen weiters weite Hosen, die ihnen beim Arsch hinunterhängen. Beide tragen jeweils einen Ring (ganz) im Ohr sowie einen Ring (halb) in der Nase. Beide sind obendrein gewaltige Haschbrüder, aber ganz gewaltige. Beide sitzen tagsüber lieber im Caféhaus von der gachblonden Discowirtin drüben in Goisern herum, als dass sie in die Schule gehen und fürs Leben lernen. Also ein Drogendelikt?

Je mehr er in diese Richtung gedanklich ermittelt, desto schlimmer wird das Ohrensausen, also weiter, Biermösel, weiter, weiter, weiter!

Na gut, er sitzt ja eh auf der Kiste, also hat er eh Zeit genug, und also denkt er halt noch weiter nach, weiter und immer weiter, auch wenn es jetzt eigentlich schön langsam Zeit für die Jause wird. Aber er denkt: Beide kommen aus Hoteliersfamilien (nachlassendes Ohrensausen). Beide haben schulische Probleme (zunehmendes Ohrensausen). Beide sind miteinander verwandt, weil Brüder (sehr starkes Ohrensausen). Beide gehen in die Hotelfachschule drüben in Ischl (immenses Ohrensausen) – Das müssen sie sein!

Kleiner Wermutstropfen vielleicht, dass die zwei – er vermutet, dass Hasch im Spiel war! – beim letzten Heimspiel im eigenen Strafraum so vehement gegeneinander gerannt sind und sich dabei den Schädel jeweils so blöd eingeschlagen haben, dass sie seitdem mehr Kandidaten für den Spiritus im Museum drüben in Salzburg sind als Verdächtige im Handtaschenfall.

Und weg ist das Ohrensausen!

(Warum er den Mallinger als Täter kategorisch ausschließt? Wer Ohren hat zu hören, der höre: Dem Mallinger fehlt es an Leidenschaft. Wo bei anderen Blut fließt, fließt bei ihm lauwarmes Schmelzwasser. Der Mallinger hat keine Freunde, er hat keine Kumpels. Weit und breit kein Ganoven-Edi, der für ihn plant, und kein Räuber-Hans, der mit ihm ausführt. Wer also hätte mit ihm zusammen den Raub begehen sollen? Der heilige Christophorus an seiner Seite vielleicht, die zwei? Aber wie hätten sie vom Tatort flüchten können, wo keiner von den zwei einen Führerschein hat? Wie?)

Na gut, seufzt der Biermösel, wie er letztendlich die ganze Kiste Bier ausgezwitschert hat und er trotzdem wieder nur so klug ist als wie zuvor. Wenigstens hat er das Schreiben an die Pensionsversicherungsanstalt endlich verfasst, und also ist er mit seinem Tageswerk trotzdem nicht ganz unzufrieden. Er belohnt sich mit den Schmalzbroten, die schon lange auf ihren Verzehr warten. Dann zieht er mit den Schmalzfingern den Brief aus der Olivetti heraus und geht ihn noch einmal von oben bis und durch. Und ohne dass er sich selbst loben will, muss er doch sagen, dass das Schreiben im Wesentlichen fehlerfrei ist. Er liest:

E. E. Biermösel
Aussee
Andi Pensonssicheranstahlt
Wien
I möcht bite die Penson danke!
Biermösel

Bravo!

Da wirft er sich zufrieden den Wetterfleck über und steckt sich den Brief in die Innentasche. Mit so einem Erfolgserlebnis im Rücken setzt es sich leichter den Schritt, den er im Zuge der Ermittlungen schon längst hätte tun sollen, wie ihm jetzt endlich klar wird. Er muss jetzt ganz einfach hinüber nach Goisern und den Kontakt mit dem Alten suchen.

Wie der Biermösel dann in seiner Not auf der Triumph sitzt und in der Wetterkapriole wieder die gewisse Aerodynamik einnimmt, muss er sich freilich wieder so ärgern, dass er nicht Bierfahrer geworden ist, aber so!

Die ganzen verschwendeten Jahre im Gendarmeriedienst wackeln vor seinem inneren Auge wie die Karotte vor dem Esel. Die Gendarmerieschule oben in Linz werden sie nicht mehr nach ihm benennen, so viel traut er sich heute schon zu prophezeien, da braucht er keine Hellseherin sein. Was nämlich die Aufklärung seiner Fälle anbelangt, hat er statistisch gesehen nur eine magere Bilanz vorzuweisen, eine sehr magere. Drum scheint er in den Ranglisten von der Gendarmerie immer nur dann im oberen Drittel auf, wenn diese alphabetisch geordnet sind.

Wenn er jetzt auf der Fips nach Goisern hinüberfahrend Bilanz ziehen müsste, dann täte er dafür sicher nicht bis nach Goisern hinüber brauchen.

Jedoch bleibt ihm für das Bilanzziehen eh wieder keine Zeit, weil – du meine Güte! – da vorne schon wieder ein Sechzehnender im Todeskampf auf der Straße herumliegt, das Geweih komplett verbogen, das linke Auge total zugeschwollen!

Heilige Maria, die Zeit hat sich der mutmaßliche Rotzlöffel, der das angerichtet hat, natürlich wieder nicht genommen, dass er nicht nur auftischt, sondern auch wegräumt. Immer muss alles schnell, schnell gehen heutzutage. Soll vielleicht er jetzt absteigen und den Fall zu Protokoll bringen, fragt er sich, wie er sich abrupt einbremst auf der Fips und sie auf dem nassen Asphalt schlingernd gerade noch im letzten Moment vor dem Hirsch zum Stillstand bringt. Dafür brennt es ihn eigentlich eine Spur zu sehr unter den Nägeln, als dass er dafür auch noch Zeit hätte, verwirft er den Gedanken sogleich wieder. Soll er also schnell schnell den Sterbenden bis hinter die Ortstafel hinüber schleppen und den Fall dem Grasmuck aufladen, den er sowieso im Zuge seiner Dienstfahrt besuchen will? Dafür schaut der Hirsch dann wieder eine Spur zu schwer aus.

Herrgottnocheinmal, Hirsche, Rehe, Fasane! Über den Haufen gefahren, über den Haufen geschossen, tranchiert, gerädert, röchelnd im Straßengraben, mitten auf der Straße verendend! Leid tun sie ihm alle nicht! Leid war's ihm in seiner ganzen Laufbahn immer nur um die Wildschweinkadaver, die er gerne hinüber zur Roswitha gebracht hätte, damit sie das Fleisch ins Rohr schiebt, um die Wildschweinderl war ihm wirklich leid. Aber um die Hirsche? Was bitte kann denn ein Hirsch, was er nicht könnte?

Wie er letztlich doch absteigt und sich die Sauerei genauer anschaut, muss er sich wieder so ärgern, dass er sich dauernd mit so einem Blödsinn herumschlagen muss infolge einer komplett misslungenen Berufswahl.

Dabei hat er am Anfang in der Gendarmerieschule fast Lunte gerochen, wie sie seinen Jahrgang zum ersten Mal auf den Schießplatz hinausgejagt haben. Da hat er sich noch vorstellen können, dass Gendarm sein vielleicht sogar einen Sinn haben könnte. Gedungene Mörder zur Strecke bringen; marodierende Banden zerschlagen; Wilderer im Wald über den Haufen schießen und Haschbrüder in ihren Opiumhöhlen ausräuchern – herrlich! Zwar hätte auch diese Aufgabe vom Sinngehalt her nicht an die Bierfahrerei herangereicht, das nicht. Aber wenigstens kann ich herumschießen, hat er sich gedacht.

Stattdessen hat ihn Aussee mit dem eisigen Handschlag der Wirklichkeit begrüßt (wie früher der Gromyko den Kalten Krieg). In der Folge hat er sich seine ganze Karriere lang mit Unterhosen- und BH-Diebinnen namens Gachblonde Discowirtin herumschlagen müssen. Zechpreller vom Schlage eines Fleischermeisters Brunner und Tischlermeisters Rodriguez waren sein tägliches Brot! Und immer wieder feine Damen der Gesellschaft, die geglaubt haben, die Monatsblutung alleine als Ausrede erspart ihnen den Gang ins Gefängnis, nachdem sie den Ehegatten mit dem Fleischschlögel zur Räson gebracht haben, nicht selten für immer.

Und jetzt halt wieder ein Hirsch im Todeskampf, der ihn mit seinem verbogenen Geweih aus seinen verschwollenen Augen heraus anschaut, wie wenn er ihn um den Notarzt schicken möchte.

Was täte der Alte machen?, fragt sich der Biermösel jetzt in der Stille des Waldes vor dem Hirsch stehend.

Der alte Biermösel hätte sicher eine Lösung parat. Der hätte auch in der Handtaschenproblematik das Prekäre sofort erkannt und alle Register gezogen, um den Fall umgehend zu lösen, notfalls sogar mit dem Ede Zimmermann oben in Mainz als Hilfssheriff.

Liegt vielleicht überhaupt eine Chance darin, fragt sich der Biermösel jetzt, wenn man die Alten und Weisen zurate zieht? Den Ede

Zimmermann oben in Mainz, wenn man in Deutschland nicht weiterkommt mit den Ermittlungen? Oder den Alten drüben in Goisern, wenn man in Aussee herüben ansteht?

Da merkt er, wie ihm der Hirsch schön langsam ganz gewaltig auf die Nerven geht, weil der einfach nicht aufhört, ihn mit seinen großen braunen und verweinten Augen anzuschauen. Was will er ihm denn sagen? Dass er sogar im Todeskampf auf der Straße liegend noch besser dasteht als er selbst? Dass das Hirschgeweih auf seinem Schädel sogar komplett verbogen noch besser ausschaut als sein Steirerhut? Dass im Wald drinnen eine trächtige Hirschkuh auf ihn wartet, wohingegen er selbst ...

„Da kann sie heute lange warten!“, sagt der Biermösel auf einmal eingeschnappt zum Hirschen, setzt sich auf die Triumph und tritt entschlossen den Kickstarter.

Dann zieht er die Glock aus seinem Halfter und schießt – Habe die Ehre! – den Hirschen mit seinem ehedem prächtigen Geweih per Gnadenschuss endgültig über den Haufen.

Sollen doch andere auch einmal alleine schlafen müssen!

Was vom Menschen übrig bleibt

Setz Kinder in die Welt, sie werden es dir nicht danken!

Solcherart verbittert, bereut der alte Biermösel seit ihrer Geburt jeden Tag, dass er selbst Kinder in die Welt gesetzt hat. Seit ihn nämlich sein Rotzbub damals nach der Zehenamputation infolge Alkohol- und Tabakmissbrauchs (plus den Zucker als Draufgabe!) vom Krankenhaus unten in Gmunden herauf ins Siechenheim nach Goisern gebracht hat, hat er nichts mehr von ihm gehört.

Der Zucker war und ist das Grundproblem vom alten Biermösel, die Grundfeste allen Übels, gewürzt mit einigen Nebenproblemen, die es auch ganz schön in sich haben. Er hat also im Grunde nur darauf warten müssen, dass ihm die Götter in Weiß früher oder später alles abschneiden, nur die imposante Nase haben sie ihm noch dran gelassen. Mit der kann er jetzt den Marillenschnaps riechen, der sich im ganzen Siechenheim ausbreitet und so für ein paar Augenblicke die Gerüche des Alters vertreibt, den beißenden Duft des Todes.

Eine wirkliche Überraschung ist das jetzt für den alten Biermösel, dass sein Bub doch noch einmal auftaucht. Keine Überraschung ist es freilich, dass er komplett besoffen ist und den Grasmuck mit sich im Schlepptau hat. Den Grasmuck hat er nie mögen. Der ist keine Gendarmerie in seinen (herausgeschnittenen) Augen. Der war nie ein aufrechter Sozialist, eher ist der ein Klerikaler.

Eine abenteuerliche Fahrt war das damals auf der Fips, erinnert sich der alte Biermösel mit Grausen an den Tag, an dem er hier einziehen hat müssen. Ein Fingerzeig für das kommende Elend war dieser Ritt, wie er in der Rückschau sagen muss. Aber wie lange ist es her?

So sehr er sich auch bemüht, die verlorenen Jahre zu finden – es will ihm nicht mehr gelingen. Seit er auf Knien in der Dämmerung von seinem Leben herumkriecht und die verlorene Zeit sucht, tut es auch sein Hirn nicht mehr so wie früher. Der längst vergangene Glanz seines Lebens blättert langsam ab. Kalkablagerungen berieseln die schönen Erinnerungen mit feinem Staub und begraben sie allesamt unter sich. Die Depression tut ein übriges. Sie schmiegt sich mit ihrer schweren Gestalt an seine Seele und rauft dort mit der Einsamkeit um seine Gunst. Nur selten noch vermag er mit dem inneren Auge im Buch seines einstigen Ruhmes zu blättern.

Doch heute zieht er es sowieso vor, die Tabletten zu nehmen und zu schlafen, der leise Dämmer ist sein Exil. Manchmal noch schiebt ihn der Siechenheimgärtner Georgij aus Berg-Karabach hinaus in den Garten, aber immer häufiger sträubt er sich dagegen. Er sieht ja nichts mehr, seit sie ihm vor drei Monaten die Augen auch noch herausgeschnitten haben. Darum ist der Marillenschnaps eine willkommene Wiedererkennungshilfe. Er riecht obendrein gut und öffnet für ein paar Momente noch einmal die Türen, durch die er in die üppig ausgestatteten Räume seiner Vergangenheit blicken kann.

Dort sieht er den Helden, der er einmal war. Den höchstdekorierten Gendarmen, den das Land jemals hervorgebracht hat. Vom Kreisky persönlich mit dem Bundesverdienstkreuz behängt. Ein Gemälde haben sie von ihm und dem Alten angefertigt, am nächsten Tag war es im „Der Kriminalist" abgebildet, samt Interview. So schaut ein großer Tag aus, genau so. Wenn es denn irgendwo irgendjemand aufgehoben hat, so wird das Gemälde als Erinnerung an ihn bleiben, wenigstens das.

Der Biermösel selbst ist ganz froh, dass er gut getankt hat, wie er um die Ecke biegt und den alten Biermösel im Rollstuhl ganz alleine in einer Ecke vom Siechenheim sitzen sieht. Nüchtern hätte er diesen Anblick vielleicht nicht überlebt. Er sieht:

Das Bundesverdienstkreuz am Revers von seinem speckigen Sakko des Alten, wenigstens das haben sie ihm noch nicht weggenommen. Und auch das Konterfei vom Kreisky trägt er noch auf seiner Anstecknadel, den Kreisky hat er immer so gerne mögen.

Aber sonst?

Die haben ihm ja fast alles weggeschnitten! Viel ist jedenfalls nicht mehr übrig geblieben vom eigenen Fleisch und Blut.

So steht der Biermösel also vor dem alten Biermösel. Und im Angesicht von diesem Niedergang, der dem Originaladler die Flügel ganz gewaltig gestutzt hat, mag dem Biermösel gar nicht mehr einfallen, warum er jetzt eigentlich gekommen ist. Er fragt sich vielmehr, ob das überhaupt der alte Biermösel ist mit den zwei schwarzen Piratenaugenbinden im Gesicht.

Da wünscht er sich, dass der Alte seine Anwesenheit vielleicht nicht bemerkt und er sich samtpfötig und für immer davonschleichen könnte, weil so einem Niedergang natürlich kein Mensch gerne zuschaut.

Da aber fragt der alte Biermösel auf einmal in die Stille hinein und ohne dass er seinen Rotzbuben zuvor überhaupt begrüßt hätte:

„Verträgt denn die Roswitha die neue Salbe?"

Wenigstens reden kann er noch, keimt leise Hoffnung im Biermösel, dass beim Alten doch noch nicht Hopfen und Malz verloren ist. Wenigstens die Zunge haben sie ihm noch nicht herausgeschnitten!

Dass der Alte aber gleich so ins Persönliche geht, wenn er mit ihm redet, das hat der Biermösel dann auch noch nie erlebt. Geredet hat er nämlich nie viel mit ihm. Lieber hat er ihm Zuckerbrot und Peitsche verabreicht, als dass er viel mit ihm geredet hätte. Die Gnackwatsche war seine Peitsche bei Böse-Sein, ein kleines Bier war sein Zuckerbrot bei Brav-Sein.

Oft in seiner Kindheit hat der Biermösel geglaubt, dass er die ewigen vier Wände drüben in Ischl noch vor der Erstkommunion beziehen wird, wenn die Pranke vom Alten auf ihn niedergedonnert ist. Was seine Halswirbel heute noch zusammenhält, das weiß auch der Doktor Krisper nicht. Vielleicht ist es ja doch das Bratlfett.

Die neue Salbe jedenfalls, von welcher der Alte jetzt redet, die hat der Biermösel natürlich schon längst auf den Oberschenkeln und dem Gesäß von der Roswitha verteilt. Und dass sie geholfen hätte, kann er eigentlich nicht behaupten, nicht einmal als Notlüge. Aber dass er ihm jetzt erzählt, wie hundselendig sich der Ausschlag von der Roswitha ständig noch weiter ausbreitet, und wie er sich schön langsam über das gesamte Hinterteil und das breite Kreuz hinauf bis zu den fleischigen Schultern verteilt und er von dort über die schwabbeligen Fettarme wieder herunter läuft dorthin, von wo das ganze brennende Übel seinen Ausgang nimmt, das will er dem Alten gerne ersparen. Das im Detail zu schildern und als Problem auszuwalzen wäre eine schlichte Angeberei angesichts der Probleme, in denen der Alte selber steckt. So ein schwerer Ausschlag ist ein leichter Heuschnupfen gegen den Krankenbefund vom alten Biermösel. Dagegen sind ja sogar seine eigenen Probleme unten herum ein Fest des Lebens.

Nur dass er schön langsam wirklich aufs Klo müsste. Also fragt er den Alten:

„Geh Papa. Wo ist denn da das Klo?"

Aber wie der alte Biermösel nicht reagiert, merkt der Biermösel, dass der Alte nicht nur komplett blind ist, sondern auch halbkomplett taub, und er fragt sich:

Bleibt ihm denn gar nichts erspart?

Wenn der Adler doch bald landen könnte, drüben in Ischl, wo die ewigen vier Wände auf ihn warten, wünscht sich der Biermösel jetzt, wie er seine Pranke in die vom alten Biermösel hineinlegt, die noch ein Eckhaus größer ist als seine eigene. Wenigstens die zwei Totschläger haben sie ihm noch nicht abgeschnitten, denkt sich der Biermösel wehmütig. Die zwei Klodeckelhände, mit denen der alten Biermösel das Biermösel-Baby immer in die Luft geschleudert und wieder gefangen hat (meistens jedenfalls), oft genug fünfzig Meter in die Höhe, so dass er geglaubt hat, er streift den Kometen. Die riesigen Pratzen mit den riesigen Fingern, aus denen er das erste Stück vom Schweinsbraterl empfangen hat wie das Vogerl im Nest den Wurm. Die starken und sicheren Hände, die ihm immer den Weg gewiesen haben. Und auch wenn sein Weg bisher vielleicht nicht nur mit Höhepunkten und Glücksmomenten gepflastert war:

Dass er der Bub vom alten Biermösel ist, das treibt ihm jetzt gewaltig die Tränen in die Augen, so stolz ist er darauf, und gleichzeitig macht es ihn so hilflos.

Auf einmal zieht ihn der Alte mit seiner Pranke zu sich herunter, Kopf an Kopf steht er vor ihm, Mund an Ohr, und er lässt ihn nicht mehr los.

Da muss der Biermösel nur noch lauter schluchzen, sodass sich nach und nach die ganze Belegschaft vom Siechenheim einfindet und sich im Kreis um den Alten und den Biermösel herum aufstellt.

Dann nimmt ein jeder den neben sich an der Hand, wie im Hochamt beim Friedensgruß stehen sie da. Ein jeder spürt die Wärme von seinem Nachbarn, und das tut so gut im Alter, wenn man sonst nichts und niemanden mehr hat, so gut tut das im Alter.

Und wie sie eh schon alle zusammen furchtbar nasse Augen haben, sodass es zum Herzzerreißen ist, fängt der Grasmuck aus dem Nichts heraus auch noch „Wahre Freundschaft soll nicht wanken“ zum Singen an, der Gefühlsmensch! Und da stehen sie dann überhaupt alle bis zu den Knöcheln im Sturzbach, der sich aus den alten Augen ergießt, ein herrliches letztes Gemeinschaftserlebnis im Angesicht vom unausweichlichen Niedergang ist das.

In diesem Augenblick täten die meisten von ihnen wahrscheinlich am liebsten sterben, weil sie etwas viel Schöneres nicht mehr erleben werden da herüben im Siechenheim in Goisern.

Der Alte aber will den Biermösel gar nicht mehr loslassen. Er will ihn gar nicht mehr hergeben. Er drückt ihn immer nur noch stärker an sich mit seiner gewaltigen Pranke, und der Biermösel hat das starke Gefühl, dass er ihm vielleicht was auf seinen Weg mitgeben will. Ein Vermächtnis womöglich oder einen Tipp für die Ermittlungen. Oder vielleicht gar einen Hinweis, wo seine Ersparnisse liegen?

Aber wie sich der Biermösel endlich aus dem Klammergriff vom Biermösel befreien kann, fragt der nur:

„Verträgt denn der Kreisky den Herzschrittmacher?"

Da wird dem Biermösel schlagartig klar, wie lange er den Alten schon nicht mehr besucht hat, und er schämt sich so fürchterlich, dass er ihn einfach loslässt und geht, ohne dass er noch einmal zurückschaut.

Aber es gibt ja eh nichts, was zum Anschauen sich lohnen täte.

Dass es so dahingehen muss mit dem Menschenleben!

Dass es ein solches Dahinsiechen ist, wenn man im Lebensabend steht! Das ist dann schon furchtbar.

Der Biermösel kann die Tränen kaum bändigen, wie er auf der Fips im strikten Regen wieder heimfährt nach Aussee herüber. Wer weiß denn schon, sinniert er wehmütig, wie oft er den Alten noch sehen wird? Ob er noch drüben sein wird, wenn er selbst mit dem Grasmuck ins Zweibettzimmer einziehen muss, weil er die Abzweigung in Richtung erfülltes und glückliches Leben endgültig nicht mehr gekriegt hat? Wird er sich anhören müssen, wie der Alte aus der Nachbarkammer das letzte Gramm von seiner Lunge heraushustet, und wird er sich vielleicht sogar live mit anschauen müssen, wie sie ihm die Arme auch noch abschneiden, dann die Ohren, das Kinn, die Nase, am Ende überhaupt den Schädel?

Muss es denn wirklich immer am schlimmsten enden? Gibt es denn gar nichts, was man mitnehmen könnte hinüber zum Herrgott, wenn es denn so weit ist?

Vielleicht, denkt sich der Biermösel in der gewissen aerodynamischen Haltung, die er wieder eingenommen hat, vielleicht bleibt ja der Katalog seiner Ermittlungstechniken als Vermächtnis, den er allzu lange vor sich hergeschoben hat, ohne dass er auf ihn zurückgegriffen oder ihn geöffnet hätte. Viel früher schon hätte er beherzigen sollen, was der alte Biermösel ihm an Ratschlägen in diesen Katalog hineingeschrieben hat, nämlich:

Die Liebe kommt immer vor dem Blutbad!

Oder: Stille Wasser sind immer still!

Oder: Trau keinem über drei, vier!

Oder und vor allem: Wenn einer nicht freiwillig mit dem Geständnis herausrückt, dann musst du ihn selbst mit der Androhung von glühenden Zangen dazu bringen, weil der Mensch halt so gebaut ist, dass er freiwillig gar nichts herausrückt, schon gar kein Geständnis!

Dieser Ratschlag fällt dem Biermösel jetzt wieder ein, wo er an glühende Zangen denkt, weil die Kälte ihn ummantelt wie der Iglu den Eskimo. Und wie er jetzt hineinbiegt zum Auerhahn und hinten herumfährt auf den Buchenscheiterturm zu, und wie es wieder kracht und er mit seiner Stirnseite die ganze Energie abfängt, die bei so einem Einschlag halt unweigerlich frei wird, da ist er auf einmal wieder vollends nüchtern, und er weiß endlich, wie er die Täter aus dem Bau locken wird, in dem sie sich versteckt halten, jetzt weiß er es endlich!

An der Art, wie der Biermösel die Wirtsstube betritt – wie der gefährliche Bruder vom John Wayne nämlich –, erinnert sich die versammelte Prominenz am Stammtisch natürlich sofort wieder an die Art, wie der alte Biermösel früher immer die Wirtsstube betreten hat, wenn ihm die Klärung von einem Verbrechen unter den Nägeln gebrannt hat. Wie der psychisch labile Bruder vom King Kong ist der immer hereingekommen, erinnern sich die Älteren unter ihnen, da ist ja der Biermösel ein Waisenknabe dagegen!

Die gewisse Wirkung freilich, die verfehlt auch der Biermösel nicht. Wie er jetzt in die Wirtsstube schaut, entschlossen, verkniffen und böse, da weiß sofort ein jeder, dass jetzt die seit Generationen gefürchtete Biermösel'sche Extra-Spezial-Pädagogik (BESP) auf dem Programm steht, da legen alle miteinander die Ohren an.

Die BESP geht von der folgenden unverrückbaren Wahrheit aus: Bevor das Böse freiwillig zum Guten kommt, kriegt der Derrick einen neuen Harry. Daher lautet der erste Lehrsatz der BESP im Groben:

Wenn der Unhold (der Drückeberger, der Räuber, der Dieb, das Gfrast, der Rotzbub – kurz: das Böse) nicht freiwillig zum Biermösel (kurz: das Gute) kommt, muss das Ordnungsorgan den Täter gewaltig verunsichern, ihm auf den Pelz rücken, ihm auf die Zehen treten, ihn unter Druck setzen, bis er die Nerven wegschmeißt und einen Fehler macht. Jedenfalls ihn so sehr einschüchtern, bis er einfach nicht mehr aufhört zum Zittern. Und bis jetzt hat die Menschheit noch keinen verlässlicheren Auslöser für das Zittern gefunden als die Angst, die nackte Angst vorm Biermösel.

Der Biermösel gibt also deutlich zu verstehen, dass er heute noch im Dienst ist, wie er sich an die Ausschank stellt, anstatt direkt zum Futtertrog zu wandern und sich aufs Schafwollpolsterl zu setzen.

Dort an der Ausschank steht er breitbeinig und immer breitbeiniger, und von dort aus schaut er in der gewissen Weise provokant und herausfordernd mit zusammengekniffenen Adleraugen (fast wie aus den geheimnisvollen und unergründlichen Schlitzaugen vom Mao Tse Tung nicht verwandt nicht verschwägert drüben vom Seebachwirten schaut er) hinüber zum Stammtisch, über dem natürlich jetzt die gewisse angespannte Ruhe liegt, seit die Gäste dort den Biermösel draußen mit der Fips gegen den Buchenscheiterholzstoß donnern gehört haben. Er hat sie jetzt alle direkt oder über den Umweg Spiegel im Auge und kombiniert in Hinblick auf die Rotzbubenproblematik folgendermaßen:

Der Bürgermeister: ein würde-, aber auch kinderloser Geselle. Also keine Rotzbuben.

Der Wirt von der Post: kein Kind aus erster Ehe. Ein Rotzbub herüben in Aussee aus zweiter unglücklicher Ehe. Drei Rotzbuben drüben in Goisern aus einer dritten, dramatisch gescheiterten Verbindung. Immerhin.

Der Wirt vom Adlerhorst: fünf Rotzbuben von ein und derselben Gattin. Auch sie todunglücklich. Auch er.

Der Wirt von der Mühle: vier Rotzmäderl (scheiden mit Sicherheit aus!). Ein Rotzbub Willi, der sogar jetzt mit am Stammtisch sitzt und schon säuft wie die Großen, obwohl noch ein Taferlklassler. Dem haftet das Unglück schon jetzt an wie der Kuh im Westernfilm das Brandzeichen, weiß der Biermösel. Aber leid tut er ihm nicht.

Macht summa summarum zehn Rotzbuben, die er mehr oder weniger unter dringenden Tatverdacht stellen und unter Sperrfeuer nehmen muss, was soll er denn sonst tun?

Die Roswitha hält augenblicklich inne, wie sie mit dem Schweinsbraterl durch die Schwenktür von der Küche herauskommt. Sie schaut auf die Uhr, die über der Ausschank hängt und brav tickt. Dabei hört sie den leisen Schlag vom Pendel, so still ist es jetzt, so gespannt ist die Ruhe. Die Roswitha bringt den Schweinsbraten auf Samtpfoten wieder zurück in die Küche und stellt sich dann heraus zum Biermösel an die Ausschank. Der nickt unmerklich mit dem Kopf und gibt ihr zweimal mit allen fünf Fingern von seiner rechten Hand ein Zeichen, langsam, fast stoisch. Die Roswitha versteht sofort und nickt zurück, auch langsam, aber nicht stoisch. Dafür ist sie zu nervös, weil sie weiß, was jetzt kommen wird.

Auch die Falotten am Stammtisch wissen das und sind auch nervös. Sie schlucken und schwitzen, wie die Roswitha dem Biermösel 2 x 5 = 10 Schnapsgläser auf die Ausschank stellt, natürlich die 4-cl-Gläser. Die Dielen vom Holzboden knarren, wenn einer vom Stammtisch seine versteinerte Haltung minimalst ändert, weil er kurz daran denkt, zu flüchten. Aber es bleibt natürlich beim Gedanken, weil sterben will keiner so einfach. Und jeder kann nur zu gut die Glock in seinem Halfter sehen, wie der Biermösel jetzt immer noch ein Stück breitbeiniger bei der Ausschank steht und den Wetterfleck zur Seite schiebt wie der Clint Eastwood den Poncho.

Die Roswitha füllt ihm die Gläser und hofft inständig, dass trotz fehlender Gleitsichtbrille alles gut ausgehen wird. Der Biermösel greift mit der gewissen Entschlossenheit ein Glas nach dem anderen, hebt es, schaut es an, schaut die Runde an, fixiert einen jeden der Anwesenden mit dem stechenden Blick, und dann kippt er den Schnaps hinunter, ruckzuck, den ersten, den fünften, dann endlich den zehnten.

Jetzt, wo er die nötige ruhige Hand hat, nickt er langsam und stoisch, und die Roswitha schenkt ihm noch einen letzten ein, diesmal in ein 2-cl-Glas. Sie stellt es ihm auf die Ausschank. Dann schaut der Biermösel den Wirten von der Mühle an und schüttet sich den Schnaps hinter den Zaun. Der Wirt von der Mühle kennt den Biermösel jetzt auch gut genug, um zu wissen, dass er seinen Rotzbuben, der neben ihm sitzt, jetzt vorschicken muss, damit der Biermösel an ihm ein Exempel statuieren kann und sich wieder halbwegs beruhigt, Heilige Maria hilf?

Der kleine Willi geht – zitternd wie ein Lammschweif, die Hose gestrichen voll, mit dem dringenden Wunsch, nie geboren worden zu sein – hin zur Ausschank. Dort empfängt ihn der immense Klammergriff der Biermösel'schen Pranke um sein Genick. Dann packt er unter Höllenschmerzen das Schnapsglas in seine zitternde Hand und geht mit dem Leergebinde vor, hinaus Richtung Schießstand, der hinter dem Auerhahn liegt und auf dem der Buchenscheiterstoß steht.

Eine Stimmung hängt jetzt über dem Ausseerland, wie damals im Wilden Westen um zwölf Uhr mittags, eine sehr gespannte Stimmung. Der Biermösel pfeift wie der Herr nach dem Lumpi, und sofort parieren alle am Stammtisch und rennen ihm nach. Mit seinen geschulten Lauschwerkzeugen kann er das eine oder andere Stoßgebet vernehmen, und er ist es zufrieden.

Der Willi hat sich schon in hundert Meter Entfernung aufgestellt, wie der versammelte Stammtisch im Schlepptau vom Biermösel herauskommt. Der Rotzbub hat sich das Glas auf den Schädel gestellt und hofft mit zusammengekniffenen Augen, dass es schnell gehen möge. Da stellt sich der Biermösel breitbeinigst in den Schlamm und lässt die Arme in der gewissen Art entspannt am Körper baumeln, die seine absolute Bereitschaft signalisiert, locker und immer lockererer baumeln die Arme. Dann schaut der Biermösel die Wirten aus den gewissen Augenwinkeln heraus an, und jeder versteht, was er mit diesem Blick sagen will:

WER?

Aber es kommt keine Antwort.

Noch ziehen sie es alle vor, feige in der Tiefe von ihrem Lügengebäude zu verharren. Noch glauben sie, dass sie so seinem Zugriff entkommen.

Da weiß der Biermösel sofort, dass er heute mit der bloßen Andeutung von der Pädagogik nicht weit kommen wird, er wird sie schon zu Ende führen müssen. Und obwohl es schon ziemlich dumper geworden ist, reißt er auf einmal die Glock mit einer immens schnellen Bewegung aus seinem Halfter, schraubt sich mit einem dreifachen Kreisel in den nassen Lehmboden hinein und feuert schließlich aus der Hüfte heraus das Glas vom Schädel vom kleinen Willi, der in der Folge wie ein Sack nach vorne fällt, mit dem Gesicht hinein in den kalten Dreck, ohnmächtig bis dort hinaus.

Der Schusshall verteilt sich im angrenzenden Wald und verstummt schließlich ganz, bevor der Biermösel die Glock langsam wieder in seinen Halfter zurücksteckt. Dann ist es still, und nur das Schlagen von der Uhr aus der Wirtsstube heraus kündet vom Verstreichen der Zeit.

Der Biermösel greift nach den Johnny in seiner Brusttasche und nach dem Feuerzeug, und er zündet sich eine an. Langsam, stoisch, ohne unnötige Hast, komplett mit sich im Reinen, sodass ein jeder sehen kann:

Der Biermösel ist der Herrscher über die Zeit, der Zuchtmeister der Fehlgeleiteten. Und ein jeder soll verstehen: Er wird sich heute keinen Haxen mehr ausreißen und keinen Stress machen wegen der Rotzbubenproblematik, er nicht. Jedoch soll sich auch ein jeder von ihnen über eines im Klaren sein: Wenn die zwei Rotzbuben nicht bis übermorgen, zwölf Uhr mittags, verschnürt und mit einem schriftlichen und unterfertigten Geständnis bei ihm oben am Gendarmerieposten abgeliefert werden, kann sich ein jeder mit einer Mindestphantasie ausmalen, was der Biermösel herüber in Aussee nüchtern anzurichten imstande ist, wenn er besoffen schon so schießt wie der Cary Grant drüben im Wilden Westen!

Ansehen und Respekt

Über dem Auerhahn liegt Ruh'.

Die Väter von den Rotzbuben sind allesamt nach der Demonstration von der Biermösel'schen Pädagogik mit nach innen gekehrtem Blick und schlotternden Knien heimgegangen, da hat sich der Rauch aus seiner Glock noch gar nicht vollends nach Goisern hinüber verzogen. Die Roswitha hat dann gleich zugesperrt, worauf hätte sie warten sollen? Nur der Biermösel sitzt noch immer herunten in der Gaststube und tunkt das Bratlfett auf; das heute wieder übrig geblieben ist und das ihm die Roswitha immer als Betthupferl auftischt.

Ob seine heute demonstrierte Pädagogik gewirkt hat?, fragt er sich innerlich. War ich hart und bestimmt genug? Bin ich angemessen entschieden und nachdrücklich aufgetreten und genieße ich kurz vor meinem Lebensabend überhaupt noch das gewisse Ansehen, das den mutmaßlichen Verdächtigen die nötige Angst einjagt, damit sie mir die Wahrheit über die Rotzbuben auf dem Silbertablett servieren?

Er weiß es nicht.

Und wie das mit dem Ansehen und dem Respekt sein wird, wenn er dem Staatsdienst, dem Trottelwerk, den Rücken gekehrt haben wird und ohne Gendarmeriekrusterl herumlaufen muss, das will er erst gar nicht wissen.

Verzweifelt wehrt er sich gegen die inneren Bilder der Nacktheit, der Entblößung, indem er doch noch eine Flasche Marillenschnaps aufreißt. Aber obwohl er die Flasche gleich bis zur Hälfte auszwitschert, dringen genau diese Bilder immer wieder durch den Nebelschleier vor seinem Hirn in seine Augen, und er sieht:

Dass ihm die Rotzbuben den Gehstock wegnehmen werden, wenn er dereinst ohne Uniform um den See herumspaziert, buckelig und mit offenen Venen. Halb blind wird er sein, wie es ausschaut, und von Hören wird auch keine Rede mehr sein können. Sie werden ihm den Wetterfleck ins Wasser schmeißen und ihn mit Kuhscheiße bewerfen, wenn er bald keine Autorität mehr sein wird, der man eine Kiste Marillenschnaps auf den Posten vorbeibringt, um eine unangenehme Sache halbwegs angenehm aus der Welt zu räumen. Keiner wird sich mehr vor Angst in die Hose scheißen, wenn er pädagogisch wird. Die Rotzbuben werden ihm das Bremskabel von der Fips durchschneiden, sodass es ihn herstreuen wird und er sich den Schädel ruiniert. Die Anni wird ihn auslachen und überall herumerzählen, dass er sich in ihrer Gegenwart angewischelt hat, dass alle Dämme gebrochen sind, dass bei ihm immer die schwache Natur über den starken Willen obsiegt. Und sie wird weiters erzählen, dass seine Mon Chéri schon über zehn Jahre abgelaufen war, du meine Güte! Der Grasmuck wird schnell Anschluss finden drüben im Siechenheim in Goisern. Der wird sich um die Heiligen kümmern, die dort überall herumstehen, der passt sich halt an wie der Frosch dem Laub. Nur er selbst wird alleine bleiben. Er wird sich nicht anpassen und sich an keinen Tisch zusammen mit anderen setzen. Lieber wird er allein in seinem Zimmer bleiben.

„Kommst du dann?“, schreit die Roswitha aus ihrer Kammer herunter. „Kommst du dann und schmierst mich ein?“

„Ja“, schreit der Biermösel zurück, „ich komm dann und schmier dich ein!“

Da schaut er noch einmal beim Fenster hinaus und sieht jetzt die Blitze über dem Gebirgskamm zucken, in dessen Schutz der Auerhahn liegt. Und die mächtigen Bäume da draußen, die sich in den gewaltigen Stürmen wiegen und sich vor ihm verbeugen, während die Blitze zuckend sie erhellen, die jagen ihm jetzt sogar ein bisserl Angst ein und machen ihn nachdenklich.

Er denkt: So mächtig stehen sie da draußen, die gewaltigen Baumriesen, so stoisch wie ein Chinese. Stark und entschlossen trotzen sie den Gewalten der Winde, welche die Natur in ihrer unermesslichen Vielfalt für sie bereithält, aus Süden und Norden, aus Osten und Westen setzen sie den Bäumen zu. Gar unbesiegbar scheinen sie, die Herrscher des Waldes. Und doch kann keiner von ihnen verhindern, dass ein Blitz ihn spaltet und ihn vernichtet, wenn seine Zeit gekommen ist.

So ist sie halt, die Natur, denkt sich der Biermösel und trinkt jetzt die Flasche ganz aus. Sie spaltet dich einfach und macht dir den Garaus, gerade wann es ihr gefällt.

Naja.

„Kommst du dann?“, hört er die Roswitha noch einmal schreien.

„Ja, ich komm dann“, schreit er noch einmal zurück, und er denkt sich:

Wenigstens die Roswitha ist ihm noch geblieben. Wenigstens die.

Befreiungsschlag

Na gut, es nützt ja alles nichts!

Neben dem ganzen Stress mit den Handtascherln darf er auch das Problem mit den verschwundenen Kampfhunden nicht ganz aus den Augen verlieren, bald zerreißt es ihn wirklich hinten und vorne! Während er also hofft, dass die Saat von seiner Pädagogik aufgehen wird, muss er halt zwischenzeitlich die geballte Aufmerksamkeit auf das andere leidige Problem lenken, in medias res gehen und den Befreiungsschlag suchen. Zu abgeschmackt und ungustiös ist die Sache mittlerweile, als dass er sie noch länger der züngelnden Flamme der Gerüchteküche anvertrauen möchte.

Wer hat denn bitte dem depperten Seebachwirten schon wieder einen seiner grauslichen Kampfbellos gestohlen, diesmal einen mit Namen „Möse", lautet die drängende Frage an allen Stammtischen im Ausseerland. Zum mittlerweile sechsten Mal in diesem Jahr, dass der Dieb zugeschlagen hat, wie eh schon wieder ein jeder weiß. Und je schneller der Biermösel diese Frage selbst beantwortet, desto lieber wird es ihm sein, weil: Viel Zeit hat er ja wirklich nicht mehr!

Nach sorgfältigem Abwägen aller auf der Gendarmerieschule oben in Linz auswendig gelernten (und gleich wieder vergessenen) Strategien zur Herbeiführung einer Lösung in einer so verzwickten Angelegenheit hat sich der Biermösel schlussendlich für das riskante, jedoch immens zielführende Mittel der Observierung entschieden.

Lieber hätte er es sich natürlich leicht gemacht und den Seebachwirten einfach erschossen, damit er ihm nicht mehr mit seinen dauernden Abgängigkeitsanzeigen auf die Nerven gehen kann. Aber dieses zielführendste aller Mittel sieht der Gesetzgeber in so einem Fall als Lösung nicht vor (leider!). Also wird er jetzt wohl oder übel in das Kostüm vom Chamäleon hüpfen und unerkannt observieren müssen.

Wichtig bei dieser Technik ist zunächst einmal, dass man vom Ziel der Observierung nicht sofort als schwarzer Mann im weißen Schnee enttarnt wird, sprich: Man muss sich schon ein bisserl wie die Blume vor der Blumentapete bewegen können, damit das was wird, samtpfötig und geschmeidig. Darum hat er sich einen deutschen Wetterfleck aus orangenem Plastik übergeworfen und ein Geschirrtuch von der Roswitha um den Schädel gewickelt, das er mit der gelbfarbenen Carrera-

Schibrille fixiert, die er bei einem Preisausschreiben von der Raiffeisenkassa anlässlich vom Olympiasieg der Pröll 1980 gewonnen hat. Wie eine komplett aus dem Ruder gelaufene Muselmanin auf Schiurlaub in Lech am Arlberg schaut er jetzt aus, bravo! Aber beschweren darf er sich darüber nicht. Die Wege zum Ruhm rechtfertigen schließlich jedes Mittel, sogar die perfekte Wandlung zum Chamäleon.

Und los geht's!

Operation „Chamäleon“: Zeitwegdiagramm samt Observierungsprotokoll des verdächtigen Mao (wie MaoAm-Kaugummi-Klumpert!) Tse (wie Tsedern des Libanon!) Tung (wie Dung!), nicht verwandt nicht verschwägert.

Im Hirn festgehalten vom E. E. Biermösel, in seiner Gesamtheit.

Ziel: Überführung des mutmaßlichen Scheinsylanten durch überraschenden Zugriff, vermittels dem diesem der Besitz von einem Beweisstück (Hundefleisch, Hundeknochen. Gebraten, gebacken, geselcht – wurscht!) zur Last gelegt werden kann. Aufgabe schwierig bis sehr schwierig. Als Chamäleon aber lösbar.

08.00 Uhr: Nach furchtbarer Nacht nur sehr schwer aufgekommen, sehr sehr schwer. Furchtbare Nächte häufen sich.

Vorboten? Wenn ja, wofür? Ruft das Siechenheim mit leiser Stimme nach ihm?

Observierungsort: Möglichst in der Nähe des Mao, gleich in der Nähe vom Kampfhundezwinger, gleich hinter dem Wirtshaus vom Seebachwirten, von wo aus durch Fenster Blick hinein in Küche und folglich auf Mao erheischbar.

Chamäleon hinter Holzstoß (Fichte) versteckt. Dabei feststellen müssen: Das Holz ist wegen der dauernden Wetterkapriolen auch über den Sommer (Sommer?) nicht ordentlich getrocknet. Conclusio: So lange kann der Mensch in dieser Gegend einen Fichtenholzstoß gar nicht stehen lassen, als dass er irgendwann trocknen täte. Er persönlich zieht aber sowieso Buchenscheiterholz vor, er und die Roswitha haben ja genug.

08.02 Uhr: Kurzzeitig Grund für Hier-Sein wegen Abschweifung über Holzproblematik vergessen.

08.03 Uhr: Wetterbericht: Furchtbar, ganz furchtbar. Über den deutschen Wetterfleck lässt sich im Prinzip nach drei Minuten reiner Observierungszeit schon sagen, dass man ihn wegschmeißen und verbrennen kann. Die dabei gewonnene Hitze wird das Wärmste daran sein.

Observierungsbeginn nach allen notwendigen Vorbereitungen wie Unterleiberl schön tief in die Unterhose stecken (nicht vergessen: beides auch wieder einmal wechseln!) und so weiter: 8.04 Uhr.

Früherer Beginn nicht zwingend notwendig, weil Mutmaßung dahingehend gerechtfertigt, dass Sylant bei Sauwetter tiefen Schlaf im warmen Bett auf fauler Haut früher Arbeit in kalter Luft vorzieht. Einschätzung allerdings nach Erstbeobachtung durch Küchenfenster bereits um 8.05 Uhr vorbehaltlich falsch und revidierungsbedürftig. Mao vielmehr mutmaßlich bereits seit 4 Uhr früh auf krummen Säbelbeinen. Zeitliche Einschätzung = Resultat der Erspähung von vier Kübeln geschälter Zwiebeln zu seinen Füßen. Rechnung wie folgt: 1 Kübel Zwiebeln = 1 Stunde Arbeit (Beobachtungswert der geleisteten Arbeit der Roswitha im Auerhahn). Also mutmaßliche Auferstehungszeit des Mao: 4.00 Uhr früh maximal plus minus x, noch vor dem Hahn!

Frage an Doktor Krisper: Kann es sich ein bloßfüßig in der Gasthausküche herumlaufender chinesischer Scheinsylant in der dauernden Waschküche vom Ausseerland auch unten herum komplett vertun, aber komplett? Wenn ja: Sind die Menschenkinder letztlich doch gleicher als sie scheinen? Sprich: Ausseer = Chinese *nach innen hin,* obwohl wie Schwein und Hund *nach außen hin?* Sprich: Mao bienenfleißig nach *außen hin.* Wie es in einem Menschen nach *innen hin* ausschaut, bleibt meistens im Verborgenen.

Frage: Was verfolgt er mit der tränentreibenden Erdenknolle, die er schält und schneidet, für einen Plan? Bereitet er damit die Sauce zu, in der er den Hund dünstet? Und noch einmal die Frage: Wie schmeckt so ein Hund? Wahrscheinlich – und hier wiederholt er sich gerne – gar nicht einmal schlecht! Beherrschung jetzt notwendig, um Glock nicht gegen Hund in Zwinger zu richten, den Hundekadaver nicht in Küche zu schleppen und den Mao nicht zur Zubereitung von Hundebraterl zu zwingen. Beherrschung im Leben überhaupt sehr sehr wichtig, Kreuzkruzifixnocheinmal!

08.30 Uhr: Eintreffen von nächster eklatanter Regenwand. Tropfen sehr nass und sehr schwer, selbst für Chamäleon ungewöhnlich. Ziel, Frühpension lebend zu erreichen, zu jetzigem Zeitpunkt komplett unrealistisch.

12.03 Uhr: Von Müdigkeit übermannt. Eigener Wille vom eigenen Fleisch besiegt. Innerlich wie äußerlich in Mittagsschlaf verfallen.

Vergleichbare Fähigkeit weltweit bisher nur noch bei Wildpferden in Texas und Eseln in Albanien festgestellt.

14.10 Uhr: Bei Aufschrecken aus Tiefschlaf leider Feststellung unausweichlich: Schon wieder Kampfhund aus Zwinger verschwunden, so ein Blödsinn! Verdachtslage gegen Mao erhärtet. Schlinge um Hals des Verdächtigen zieht sich zügig zusammen, Zeit wird's! Beweisführung allerdings problematisch, weil Zeugenaussage von eigener Person unmöglich, da Mittagsschlaf anheim gefallen. Leider, leider!

14.30 Uhr: Heißhunger löst Kälteschauer ab und vicus versus. Lage sekündlich dramatischer! Lage schon SOS!

Zusätzliches Gefahrenmoment aufgetaucht. Gruppe von Rotzbuben und Rotzmäderln aus Volksschule schart sich um Chamäleon. Da nicht als Exekutivorgan erkennbar und also nicht furchteinflößend, Dauerbombardement mit Drecksgeschossen ausgesetzt. Zerstäubung von Horde nur durch ruckartiges Ziehen von Glock erzwingbar. Lage umgehend beruhigt, Kindern wichtige Lektion erteilt. Deutscher Wetterfleck erweist sich gegen Drecksgeschosse als gar nicht einmal so schlecht. Geschirrtuch am Schädel nach Bombardement allerdings Fall für Hauptwaschgang.

15.54 Uhr: Dramatische Wendung. Mayday, Mayday, Mayday! Ausbruch von Sylant aus sicherem Verhau.

Frage: Flucht?

Zusatzfrage: Wohin?

Mao auf einmal außerhalb von Gasthaus unterwegs. Durch abgetragenen Steireranzug und Tragen von Hut samt Gamsbart als Chamäleon II getarnt, sehr gefinkelt. Verdächtiger schleppt zwei Kübel Zwiebeln an langem Besenstiel mit sich, Besenstiel über Schulter gelegt, Gewicht gleichmäßig links und rechts verteilt, alles gut ausbalanciert, wie beim Chinesen üblich. Einmalig!

15.54 Uhr: Aufregung und Dynamik! Hast und Unruh! Verdächtiger flüchtet Richtung Schule.

Aufnehmen von Verfolgung sowie Observierungsaufrechterhaltung Gebot von Stunde! Sylant auf säbelbeinigen Wandersfüßen fast schneller unterwegs als Chamäleon auf Triumph in Aerodynamik! Einbremsen von Triumph vor Schule gewagtes Manöver, weil weit und breit kein Buchenscheiterstoß vorhanden!

Jedoch sowieso keine Zeit für Feinheiten von Abbremsung, daher Fips intuitiv gegen Hausmauer gesteuert und mit Schädel abgefedert. Dann unter Fenster geparkt (wie John Wayne den Bronco vor Saloon)!

15.59 Uhr: Erspähung von Mao in Stiegenhaus von Volksschule. Fortgesetzte Entziehung von Zugriff durch Gesetz. Mao schleppt Zwiebelkübel in 2. Stock hinauf.

Frage: Mao = Kopf von Schlepperbande?

Wenn ja, warum?

16.00 Uhr: Überschlagende Ereignisse!

Auftauchen von weiterer höchst verdächtigter Person in geheimer Mission in Schulgebäude:

Schwarzer Neger mutmaßlich aus Afrika. Mit Sicherheit Drogenkurier (lt. Richtlinie Innenministerium VI-09/03: Schwarzer Neger = ungeschaut Drogenkurier!). Situation spitzt sich zu. Sowohl schwarzer Neger als auch gelber Mao verschwinden in Klassenzimmer. Zuspitzung spitzt sich zu, weil:

Auffällige Muselmanin (nicht er!) in langem Rock samt Kopftuch samt Sehschlitz taucht auf und verschwindet ebenfalls in Klassenzimmer. Innerliche Frage nach erwünschtem Ruf nach Verstärkung durch Grasmuck wie folgt beantwortet:

Erwünscht, ja! Möglich, nein, weil schlicht und einfach keine Zeit mehr für so was!

16.01 Uhr, punktgenau: Unter strikter Aufrechterhaltung von eigener Tarnung Einmarsch von eigener Person in Klassenzimmer. Erste Rundum-Adler-Observierung ergibt folgendes beängstigendes Bild:

Nach außen hin Klassenzimmer, wenn auch gegenüber früher nicht mehr wiederzuerkennen. Keine Holztische, alles aus Plastik (Plastik! Plastik! Gibt es denn heute überhaupt nichts anderes mehr als überall immer nur Plastik?)

Nach innen hin mutmaßlicher Treff von kriminellem Verbund. Tafel an Wand mit verdächtigen Zahlenreihen beschrieben. Vermutung: Abrechnung von Einnahmen aus krimineller Tätigkeit. Zusätzlich Landkarte an Wand mit Salzkammergut samt kleinem deutschem Eck darauf angebracht.

Vermutung: Aufteilung von Revier von Kriminalverbund.

16.03 Uhr: Möglichst (!) unauffällig und aus der gewissen Gewohnheit heraus in der hintersten Eselsbank hinter orangenem Plastikvorhang Platz genommen. Auflistung von Anwesenden nach erster Adhoc-Momentaufnahme wie folgt:

1 x Bundespräsident Klestil als Foto an der Wand. Schlecht schaut er aus, sehr schlecht! Gattin Margot aber sowieso wünschenswerter, weil rassiger und mit dramatischer Mähne ausgestattet.

1 x Mao (gelb)

1 x Neger (schwarz)

1 x Muselmanin (Nicht er! Die andere!)

1 x schwer feststellbar: Geruch lässt Mutmaßung Richtung Haschbruder aus karibischem Raum zu. Bunte Pudelhaube deutet aber eher auf Kitzbüheler Gegend hin. Lange Zottelhaare darunter wiederum eher auf Frau als auf Mann. Bart im Gesicht wieder eher auf Mann als auf Frau.

Sehr sehr schwer feststellbar.

1 x Blondine, ins Platinblonde gehend, vermutlich aus Schweden. Nach außen hin Voraussetzung für Beruf als Amme gegeben. Kalkweiß in Gesicht. Magenverstimmung nicht ausschließbar. Ursache für Magenverstimmung unbekannt.

Obwohl nicht sein Typ, weil nicht rassig, Heirat mit ihr erwünscht. Allerdings jetzt keine Zeit für so was (leider!). Berufliche Karriere augenblicklich wichtiger, privates Glück hinten anstellen!

1 x rundes Tellergesicht, weiblich, mit brauner Lederhaut und glatten, wie mit Schweinsschmalz eingeschmierten, kohlpechrabenschwarzen Schnittlauchhaaren, sehr sehr rassig! Art Norwegerpulli übergeworfen, aber schlecht gestrickte Ärmel, weil nicht vorhanden. Person in Gesamtheit *nach außen hin* sehr ähnlich Tischlermeister Rodriguez, daher vielleicht: Nachfahrin der Mayrs aus Peru?

16.05 Uhr: Mao packt Jause aus Staniolpapier aus! Zeitpunkt von Zugriff auf mutmaßliches Beweisstück (Hundefleischstück, Hundeknochen) jetzt günstig wie nie! Erster Blick auf Jause von Mao bestätigt: Fleisch mit Knochen!

Also Zugriff! Jetzt, schnell, sofort!

Auf einmal tumultartige Zwischenfälle! Auch Haschbruder will Zugriff auf Hundefleisch. Haschbruder nur durch Ziehen von Glock in Schranken zu weisen. Erwünschter Biss in Fleisch muss Haschbruder trotz mehrmaliger Aufforderung „Biss, Mann! Hey, Biss, Mann!“ rigoros verweigert werden, da Beweisstück.

Mao wirft Zwiebel durch Gegend. Platinblonde verliert Kampf gegen Übelkeit. Ursache für Magenverstimmung liegt nun auf Tisch: Würstel-Allerlei.

16.06 Uhr: Der Mallinger taucht auf. Frage: Was will denn der da?

16.07 Uhr: Sicherstellung von Beweisstück einzig durch Sprung aus Fenster im 2. Stock möglich!

Kaum gedacht, schon vollbracht!

Intuitiv Fips zuvor richtig geparkt! Mit gespreizten Beinen Landung auf Sattel Gebot der Stunde! Folgen von Landung allerdings für unten herum so schmerzhaft wie Deutschprüfung für Schreibschwächling oder Karfreitag für Christenheit:

„Aaaaaaaaauuuuuuuuuuuaaaaaaa!"

16.08 Uhr: Abbruch von „Operation Chamäleon". Befreiungsschlag trotz furchtbarer Schmerzen Erfolg auf ganzer Linie, da Beweisstück sichergestellt und Anklage des Mao durch Justitia nur noch reine Formsache.

Fips Erste, Zweite, Dritte, Vierte, dann Aerodynamik!

Ziel: Schweinsbraten im Auerhahn.

Aber dalli!

Ende Gedächtnisprotokoll E. E. Biermösel

Liebesnacht

Nun weiß keiner besser als der Schlevsky, dass unverhofft oft kommt und dass auch schon Kaiser gestorben sind, Puffkaiser zumal. Also ermahnt er sich: Ab jetzt bitte keine Fehler mehr!

Der Tiger legt sich also mächtig ins Zeug, um die Risse zu kitten und die Verwerfungen zu bügeln, die sich zwischen ihm und der widerspenstigen kleinen Russin leider aufgetan haben,

seit auf dem Tingeltangel oben in Strudelwasser an der Oder alles so hoffnungsvoll begonnen hat. Nun heißt es, das Feuer der zwischenzeitlich eingefrorenen Beziehungen wieder anzufachen. Schließlich hat er sie gestern Nacht zur Strafe in den Heizkeller gesperrt. Da muss er nun ganz tief in die Mottenkiste der Verführung greifen und ein paar Geheimwaffen auspacken, als da wären:

Das romantische Candlelight-Dinner gerade vorhin war ein gelungener Auftakt (wenn es auch vielleicht ein Fehler war,

die Reste des Würstelallerleis aus Nang-Pu nur durch die Mikrowelle gejagt und nicht ordentlich im Rohr aufgewärmt zu haben). Dazu ein Tröpfchen aus Andaluz, in dem die Cleopatra gebadet hätte – typischer Tempranillo, preiselbeersüß und erdig, reichlich Sattelleder, wilde Nase, tolle Balance, elegant und verführerisch. Eine gelungene Ergänzung, perfekt für den romantischen Abend zu zweit.

Aus seiner streng limitierten Hi-Fi-Anlage mit den 4-x8000-Watt-Bassboxen trällert der gute alte Shubidu Jack auf Dauer-Repeat mit Samtesstimme seinen romantischen Welthit „Shabadab Shabadab Shabadab dab dab“ – ein Klassiker der erotischen Anbahnung, wem es gefällt!

Er selbst liegt entspannt auf dem Serengeti, dessen Hydraulik er erst voriges Jahr aus Anlass seiner 20-jährigen Ehe mit der Jocy generalüberholen und also wieder auf Hochtouren bringen ließ (was sinnlos war, da sie ohnehin nicht mehr mit ihm nach Aussee kommen wollte), sodass es sich nun wieder um eine wirklich anspruchsvolle Spielwiese handelt.

Er liegt darauf in bequemer Rückenlage, in der linken Hand die Cohiba, in der rechten den Rémy-Martin-Schwenker, und wartet auf die Ivana, der es aber dem Vernehmen nach gar nicht gut geht.

„Ivana?“

Der Ivana imponierte es dann trotz aller Anlaufschwierigkeiten bei der gestrigen Herfahrt und trotz dem ganzen Chaos heute Nachmittag im Deutschkurs für Ausländer schon *sehr* beim feinen Herrn in dessen Neubauflachdachvilla:

Das riesige Tigerfellbezugbett Marke Serengeti; die elegante übrige Möbelage; die gut bestückte Bar; die Gmundner Keramik in den antiken Stellagen; die herrliche Aussicht durch die riesige Glasfront auf den herrlichen See hinunter (wenn mal keine Wolkendecke herinnen hängt!) sowie die weißen Teppichböden Marke „Flauschi", auf denen sie in den 17-Zentimeter-Stilettos wandelt wie auf einer Landschaft aus Zuckerwatte – summa summarum doch etwas ganz anderes als die stählerne Kälte auf dem atombetriebenen U-Boot der Nordmeerflotte nahe Nowaja Semlja, auf dem sie aufgewachsen ist. Alles in allem trotz Verständigungsschwierigkeiten und kleiner atmosphärischer Störungen auf dem Weg hierher keine schlechten Vorzeichen für ein gelungenes Beisammensein mit dem alternden Herrn Doktor.

Allerdings! Ein *solches* Candlelight-Dinner hat sie dann selbst in den Chaostagen des Postkommunismus nie erleben müssen – Würste, Würste, allerlei Würste!

Jetzt sitzt sie seit einer Stunde auf dem Klo und kämpft gegen den starken Brechreiz an. Vergeblich. Schon schießt es wieder aus ihr heraus wie die gewaltigen Wasserfontänen aus den Schleusen der Staumauer nahe Rostow am Don.

„Wuaaarrgh!"

Um sich ihr gleich in seiner ganzen Pracht darzustellen, hat sich der Schlevsky für diese eine entscheidende Liebesnacht einen Tigertanga übergestreift, er kann es sich noch leisten. Seine Schenkel sind trainiert und schlank, und sein Popotschiarschi ist immer noch knackig wie ein frisch gepflückter Apfel. Der Bauch ist gänzlich ohne Falten, dafür ist die Brust voller Haare. Kann sein, dass die Waden ein wenig schmal geraten sind, aber das ist Geschmackssache. Seit er nach der lebensbedrohlichen Venenoperation infolge seines Besuchs in Bayreuth Stützstrümpfe tragen muss, fällt das ohnehin keiner mehr auf.

Gott sei's gedankt hat er gestern doch noch die Reserve-Beißerchen im Nachtkästchen gefunden (neben dem Konsalik). Diese sitzen zwar im Biss ein wenig locker, weil er während der letzten Tage des Wandels ziemlich abgenommen hat. Aber sie werden den Mindestanforderungen genügen und ihm heiße Küsse mit der Ivana bescheren, sobald die blonde Versuchung mit der im Tigermuster gehaltenen Combinaige an ihrem perfekten Körper, die sowohl schnitt- als auch stoffmäßig alle Stücke spielt, hoffentlich recht bald aus den Nassräumen hereingeschneit kommen wird.

Herrgott, wo bleibt die denn?

Generalfickwedel (hihi) Schlevsky steht jedenfalls Gewehr bei Fuß und wartet auf seine ganz persönliche Ost-Offensive. Er hält seine mächtige Panzerfaust im Anschlag, und die zwei gut gefüllten Kanonenkugeln im Gehänge darunter warten nur darauf zu explodieren.

Damit er seinen Angriff nicht schon nach dem ersten Treffer beenden muss, hat er sich als besonderes Zuckerl gerade vorhin noch den Zauberstab mit der geruchslosen und (wichtig!) geschmacksneutralen durchblutungsfördernden Venensalbe des Doktor Krisper gut einmassiert, Hölle auch! Als Idee sicher nicht schlecht, wenn man gleich mit einer unersättlichen 17jährigen Sexgöttin in den Ring steigen wird und selbst nicht mehr der Jüngste ist. Allerdings kann es sein, dass er an der Salbe nicht gespart hat. Schön langsam wird es nämlich ein bisschen sehr heiß da unten herum, und der Schlevsky beginnt sich unrund auf dem Serengeti hin und her zu wälzen.

War es ein Fehler?, fragt er sich bange.

„Zu wenig und zu viel ist des Narren Ziel", hat er jedenfalls mal irgendwo gelesen (er glaubt beim Konsalik), und jetzt hat er irgendwie das sehr schmerzhafte Gefühl, dass dieser Lehrsatz auf ihn gemünzt sein könnte, denn – heiliges Kanonenrohr! – ein atomarer Brennstab ist ein Eiszapfen gegen das, was dem Tiger nun zwischen den sehnigen Schenkeln hängt.

Geänderte Rahmenbedingungen erfordern nun nichts weniger als eine geänderte Strategie. Nicht mehr der schnelle Endsieg kann jetzt sein Ziel sein. Vielmehr wird er auf Zeit spielen und warten müssen, bis die Feuersbrunst über seinen Gockel hinweggezogen sein wird. Am liebsten würde er sich freilich mit der brennenden Lunte Arsch voran in den bereit stehenden Sektkübel setzen, du heilige Scheiße, aber da hört er schon die Klospülung, und gleich wird der Russe seine schärfste Trägerrakete zünden und diese zu ihm ins Serengeti gehüpft kommen, die Ivana, sein Schicksal. Und ausgerechnet jetzt weiß er Extremtrottel nicht, wie er ihr seinen rot glühenden *cazzo di ferro* verpassen soll! Der brennt wie der Dornbusch in der Bibel, und er fühlt sich mittlerweile an, als hätte ihm ein Esel einen geblasen, Hölle auch!

Mit extrem niedrigem Blutdruck und kaltem Schweiß auf ihrer Pfirsichhaut gesellt sich schließlich die Ivana zu ihm. Doch unter diesen für beide prekären Umständen will der Tiger zunächst lieber den einfühlsamen Liebhaber geben und sich in der ersten Runde des nun eingeläuteten Liebesgerangels mit zärtlichem bis wildem Küssen begnügen.

Mit routinierter Hand tastet er sich langsam in die Gegend vor, wo ihre wilde und ungestüme Lustgrotte liegt. Und als er seine Hand an ihrem Schritt platziert, ihr die Combinaige vom Leibe reißen und den Vorstoß wagen möchte, weiß er, dass dies trotz allem seine Nacht werden wird, denn: Er ertastet keine Binde an ihrem Wolga-Delta, was seine Ur-Angst ist, wenn er mit den Weibern ins Bett geht. Und als er weiter vorstößt, lauert dort auch kein Tampon, was sein Ur-Horror ist.

(Seltsam, denkt er sich. Irgendwie konnte er sich nie vorstellen, dass eine Russin auch die Regel hat. Da ist die Russin anders, war er sich immer sicher. Anders als die Jocelyn jedenfalls, die praktisch nonstop die Tage gehabt hat. Teils natürlich vorgeschützt, so blöd ist er auch wieder nicht, dass er das nicht gemerkt hätte. Teils aber schon auch tatsächlich. Jedenfalls sehr oft, wie er sich jetzt mit leiser Irritation erinnert. Heiliger Scheiß-Vollmond, die Jocy hatte eigentlich *immer* die Regel!)

Ein fürchterlicher Verdacht nagt plötzlich in ihm und raubt ihm die Konzentration auf die Ivana, von der er jetzt ohnehin nicht sagen könnte, ob sie sich schreiend seiner hektischen Umarmung entwinden oder ihn näher an sich heranholen will:

Kann es denn sein, fragt er sich, dass die Jocelyn den Geschlechtsverkehr mit ihm ... äh, ... *gemieden* hat, weil sie ihn äh ... nie *genossen* hat?

Um die Selbstzweifel zu vertreiben, rammt er ihr als kleine Vorhut drei Finger in die Lustgrotte und stellt die Hydraulik des Serengeti auf „Rodeo“, sodass es sie beide darauf hin und her wirft wie auf einem mittelverrückten Bronco irgendwo in Texas.

Die Ivana aber schreit dabei so laut und windet sich so heftig unter ihm, dass der Schlevsky darüber kurzfristig die Sicherheit im Liebesspiel verliert, die ihn sonst so auszeichnet, und er fragt sich: Ist es tatsächlich Lust, was sie gar so in Wallung bringt und gar so laut schreien lässt?

Weil aber auch bei ihm von „ruhig Blut!" nach wie vor keine Rede sein kann, heißt es weiter auf Zeit spielen. Und so wechselt er Routinier kurzerhand vom Fingerspiel zum Zungenspiel. Er nähert sich gerade ihrem Puderdöschen, wo er sie mit seiner weithin gepriesenen Turbo-Zunge verwöhnen will, als er dort – jetzt aber doch! – ein einzelnes rotes Haar entdeckt, das sie vergessen hat zu entfernen.

Zutiefst angewidert bricht der Schlevsky die Offensive ab und wälzt sich beleidigt zur Seite. Er fragt sich:

Kann es sein, dass auch sie schummelt und keine *wirkliche* Platinblonde ist? Zusatzfrage: Kann es weiters sein, dass er doch nicht im Besitz der unumstößlichen Alleinwahrheit ist, die Frauen betreffend? Und schließlich die Abschlussfrage: Kann es vielleicht überhaupt sein, dass er Weiberheld sein ganzes Leben lang das Opfer einer furchtbaren Selbstlüge war, seinen Umgang mit dem anderen Geschlecht betreffend?

Um solch düstere Gedanken erst gar nicht aufkommen zu lassen und um das Nützliche mit dem Angenehmen zu verbinden, schiebt er der Ivana eine Hand voll Eiswürfel in den Mund, auf dass sie ihm damit genau dort gleichermaßen Freude wie Kühlung verschaffen soll, wo die Durchblutungscreme noch immer auf Vollgas arbeitet und der Motor auf Hochtouren läuft, tak tak tak tak!

Doch konnte der Schlevsky nicht damit rechnen, dass die Ivana als Erste überhaupt in seiner langen Karriere Widerstand leistet wie der Scheiß-Russe in Stalingrad und sie dieses rotglühende Geschenk der Natur einfach nicht und nicht in ihren kühlenden Mund aufnehmen will.

Erschwerend kommt hinzu, dass sie das Gleichgewicht auf dem außer Kontrolle geratenen und immer heftiger rotierenden Serengeti bald nicht mehr halten kann. Plötzlich wird sie wieder weiß im Gesicht wie ein sibirischer Eisbär, und sie ringt mit dem Schlevsky gleichermaßen wie nach Luft, während er versucht, ihr die Perücke vom Kopf zu reißen, mit der sie zu verheimlichen sucht, dass sie in Wahrheit keine Blonde ist, sondern eine Rote durch und durch! Und als sie ihm als Reaktion darauf eine weitere Ladung des aufgewärmten Würstel-Allerleis samt Tempranillo in den Tigertanga hineinkotzt, fragt sich der Schlevsky abermals:

Muss denn wirklich *alles* schief gehen?

Erst jetzt – zu spät freilich! – läuft sie wieder wie der geölte Blitz auf die Toilette zurück, wo sie – in der Rückschau! – besser überhaupt geblieben wäre.

Gut, weiß nun auch der Schlevsky, den Abend kann er vergessen. Das Serengeti ist – anders, als er es geplant hatte – zu seinem ganz persönlichen Stalingrad geworden, und er wird sich wohl überlegen müssen, wie das mit ihm und der Ivana weitergehen soll.

Zunächst aber wohnt jedem Ende auch ein Anfang inne, und der Tiger ist letztlich ganz froh darüber, dass ihm der Mageninhalt der Ivana in seinem Tigertanga endlich die ersehnte Kühlung verschafft. Und er ist weiters froh darüber, dass er jetzt, da die Russin sich zurückgezogen hat, endlich auch keine Rücksicht mehr auf die gewisse Atmosphäre nehmen muss.

Als Erstes will er daher diesen verdammten Shubidu Jack entsorgen und für immer aus dem Fenster werfen, der ihm mit seiner öligen Sauce und diesem ständigen „Shubidu Shabada Shibidu" ohnehin schon seit Jahrzehnten auf den Sack geht. Jedes Mal, wenn er es mit den Weibern im Bett zu tun hatte, musste er sich diese Zuckerscheiße anhören. Da will er nun lieber „Es fährt ein Zug nach Nirgendwo" auflegen, was seine eigentliche Lieblingsnummer ist.

Auf die Don Kosaken aber, die er sich kurzfristig auch zugelegt hatte, weil er der Ivana musiktechnisch eine Freude machen und ihr während des Liebesspiels ein Gefühl von Heimat vermitteln wollte, auf die scheißt er. Wie er überhaupt mittlerweile auf alles Russische scheißt.

Herrgott, es nützt einfach nichts!

Das Russische war und ist das Grundproblem mit der Ivana, die Achillesferse seines Planes. Wenn das mit ihnen beiden noch ein halbwegs harmonisches Zusammensein im Lebensabend werden soll, denkt er jetzt, als er sich endlich doch mit dem Arsch voran in den Sektkübel setzt, dann muss er die Widerspenstige endlich zähmen. Und der Mallinger wird ihr neben dem vorgeschriebenen Deutschkurs auch noch ein wenig Extra-Unterricht erteilen müssen, möglichst im Fach „Benimm"!

Wenn das aber alles nichts nützt, dann kann er sich eigentlich auch nicht mehr vorstellen, dass sein Lebenszug irgendwo anders hinfahren wird als nach Nirgendwo.

Mit ihm allein als Passagier.

Mehr, Biermösel! Mehr, mehr, mehr!

„Kommst du dann?", schreit die Roswitha im Auerhahn schon ein bisserl verzweifelt von oben in die Gaststube herunter. „Kommst du dann und schmierst mich ein?"

Aber der Biermösel kommt einfach nicht und schmiert sie auch nicht ein, weil er in der Gaststube herunten auf seinem Schafwollposterl im Winkerl eingebüselt ist.

Wie er endlich aus dem Schlaf hochfährt, schaut er deppert auf die Pendeluhr, die über der Ausschank hängt. Und dort sieht er, dass auch schon wieder zwei Stunden von einem neuen Tag vorüber sind, der erste Tag vom neuen Monat. Diesmal ist es der September, wieder einmal. Und es ist endgültig Herbst geworden.

Der Biermösel reibt sich den Schlaf aus den Augen und streckt sich ordentlich durch. Er weiß natürlich, warum die Roswitha heute gar so drängend nach ihm schreit. Am Ersten von einem jeden Monat holt sie sich immer die frisch angerührte Salbe vom Doktor Krisper, die ihr immer so gut tut, so gut tut ihr die. Die frisch angerührte Salbe lindert das Brennen und hemmt das Nässende auf ihrer Haut, immer an den Tagen nach dem Ersten geht es der Roswitha so gut.

Der Biermösel tunkt noch ein Stück Brot in die Pfanne. Dann zieht er es langsam und sorgfältig um die Ränder herum, sodass ihm das Fett von den gewaltigen Wurstlfingern tropft. Bevor er jetzt aber lange herumscheißt und das Brot zuerst isst und sich dann vielleicht die Finger abschleckt, schiebt er sich das ganze Zeug mitsamt den Fingern in den Mund hinein, und dann hat er endlich alles brav aufgetunkt und kann getrost hinaufgehen zur Roswitha in ihre Kammer, die dort oben geduldig auf ihn wartet.

Die Roswitha! Sie ist natürlich kein Teenagertraum mehr, das weiß der Biermösel auch. Das war sie nie, und das wird sie auch nicht mehr werden. Genau genommen ist sie eigentlich nicht zum Anschauen, stellt er sich bildlich vor, was ihn gleich erwarten wird, wenn er in ihre Kammer tritt. Einen Arsch hat sie wie ein Brauereipferd, ein Gesicht wie ein Mondkalb, und ihre Gehwerkzeuge gleichen denen von Flusspferden.

Jedoch die inneren Werte! So einen guten Menschen findet man heute kein zweites Mal auf der ganzen Welt, nicht von Aussee bis nach

Dschibuti, nicht von Goisern bis Isfahan. Wenn die Roswitha nur halbwegs so eine gute Haut hätte wie sie eine gute Haut ist, denkt sich der Biermösel oft, dann bräuchte sich der Doktor Krisper um ihren Ausschlag keine Sorgen mehr zu machen. Und er selbst bräuchte ihr das Hintergestell nicht mehr dauernd einschmieren von oben bis unten, von Ost nach West, das fällt auch ihm mit zunehmendem Alter immer schwerer.

Aber es läuft ja eh im Staatsfunk auch heute wieder nur ein Blödsinn, und seine Hände sind eh schon schön schmierig vom vielen Bratlfett. Also schaut er halt jetzt hinein zu ihr in die Kammer und erbarmt er sich halt ihrer.

Wie er eintritt, liegt die Roswitha schon bäuchlings auf ihrem Bett. In Erwartung seines Kommens hat sie sich einen Polster untergeschoben, sodass der Steiß ansprechend in die Höhe ragt. Die Unterhose hat sie sich auch schon ausgezogen, die Decke schon zur Seite geschoben, nackt und bereit liegt sie vor ihm.

Na gut, denkt sich der Biermösel und setzt sich zu ihr ans Bett. Dann greift er halt nach dem frischen Salbentegel, der auf dem Nachttisch steht, und dann fährt er halt mit den Fingern tief hinein und fängt er halt an, ihr eine schöne Portion von der Politur großflächig aufzutragen, das nötige Handwerkszeug dazu hat er ja.

Die Roswitha ist dabei immer wieder überrascht, wie feinfühlig der Biermösel die Salbe zu verteilen imstande ist, rücksichtsvoll und einfühlsam wie eine Sterbebegleiterin schmiert er an ihr herum. Zunächst weitläufig an den Rändern vom gewaltigen Arsch, dann immer weiter zum Zentrum hin.

Und wie er sie dann wie jedes Mal fragt, ob ihr das eh passt, wie er an ihr herumschmiert, und wie er sie weiters fragt, ob er ihrer Meinung nach eh genug Salbe aufträgt, oder ob sie mehr davon haben will, und wie er dann endlich mit seinen dicken Fingern schon sehr nahe beim Zentrum von ihrem Arsch herum schmiert, da spürt die Roswitha wieder dieses ungestillte Verlangen und so eine immense Wut in ihrer Fut, dass sie ihren Arsch unter dem Biermösel seinem einfühlsamen Einschmieren hin und her wiegt und auf einmal ganz fürchterlich zum Seufzen und zum Stöhnen anfängt, bevor sie dann überhaupt flehentlich in die tiefe finstere Nacht hinausschreit:

„Mehr, Biermösel! Mehr! Mehr! Mehr!"

Davon hat natürlich bei der Anni nicht die Rede sein können, dass sie heute Nacht von irgendetwas außer Geld noch mehr gebraucht hätte, schon gar nicht von ihrem körperlichen Elend.

Gerade von ihrem letzten Auftrag bei den Ramzis nach Hause gekommen, wo sie der seit gestern elffachen Mutter ein wenig unter die Arme gegriffen hat, will sie sich nur noch halbwegs aufrecht bis zum Sofa schleppen, ohne dass sie umfällt wie ein Sack und am Genickbruch stirbt, es ist zum Jammern. Ihre Hände sind rissig und tun ihr weh von der scharfen Lauge; das Kreuz schmerzt vom dauernden Bücken; die Knie sind geschwollen wie eine Extrawurst in einer zu engen Haut; die Augen sind entzunden vom feinen Staub und der ätzenden Luft, der sie auf den Scheißhäusern beständig ausgesetzt ist; und heute tun ihr sogar die Zähne wieder weh und der gesamte Kiefer – das werden die Spätfolgen sein von den vielen Nebenjobs, die sie zusätzlich noch verrichten muss. Dass sich jetzt auch noch die Hämorrhoiden melden, als sie sich endlich auf das weiche Sofa fallen lässt, das macht dann auch keinen Unterschied mehr. Wenn sie jetzt von einem Felsen in ein Tal hinunterspringen täte, dann käme dabei das Jammertal heraus, weil sich genau der Jammer und das Tal dort unten treffen täten.

Dazu die ewigen Sorgen mit der Manuela und der Jennifer!

Alle zwei drüben in der Hotelfachschule mit Lernschwierigkeiten wie früher der Biermösel in der Gendarmerieschule, obwohl beide hoch begabt. Die Schulpsychologin Magister Fichtner hätte die Anni gern einmal gesprochen, schreibt sie in einer Schulmitteilung, die die Anni jetzt auf dem Tisch liegend vorfindet. Aber als Magisterin verdient die sicher das Hundertfache von der Anni und arbeitet bestimmt nicht ein Zehntel von ihr, also kann die leicht mit wem reden wollen, die Anni hat zum Reden einfach wirklich keine Zeit. Jetzt ist es schon halb drei, und sie ist gerade erst nach Hause gekommen. Um halb vier hat sie schon wieder den ersten Termin (das Bahnhofsklo!). Da vergeht einem das Reden, sie weiß wirklich nicht mehr, wo ihr der Schädel steht.

Wohin die Reise ihrer zwei Töchter geht, das weiß sie auch nicht mehr. Von oben hört sie nur laute Musik. Früher haben sie Ausseer Tracht getragen und Blockflöte gespielt, und um halb acht waren sie im

Bett. Heute spielen sie nur noch diese Rockmusik, und vor halb zwei Uhr in der Früh ist nie eine Ruhe.

Die Anni zieht sich die Strumpfhose aus und sieht die Laufmasche, wie sie die Füße für ein paar Minuten hochlagern will. Da kommt die Manuela herunter ins Wohnzimmer und fragt, ob sie eine o.b. mini hat, weil es bei der Jennifer das erste Mal so weit ist.

Kalkweiß ist die Mann, muss die Anni feststellen. Und aus dem Mund riecht sie nach Erbrochenem!

„Bist du vielleicht ecstasysüchtig?“, fragt die Anni ihre Tochter.

Und die sagt: „Geh Mama! Ich doch nicht!“

Wie die Anni dann endlich ein o.b. für die Manu aus ihrer Handtasche kramt, fällt ihr ein, dass bei ihr die Regel auch schon längst überfällig ist, und sie denkt sich: Du heiliger Eisprung! Wenn der Mallinger nichts damit zu tun hat, wer dann? Ist es mit dem Biermösel neulich bei ihm auf dem Posten im Marillenschnapstaumel doch zum Äußersten gekommen? Oder war es gar der Pfarrer neulich im Messweintaumel?

Das würde der Anni zu dem ganzen Jammer dazu gerade noch fehlen! Lieber erhängt sie sich an ihrer eigenen Strumpfhose, bevor sie einen kleinen Biermösel austrägt! Und eher wirft sie sich vor den Bierwagen vom Ramzi, bevor sie einem kleinen Geistlichen das Leben schenkt!

Go, go Hobo! Hobo, go, go!

Konfuzius sagt: „Lausche stets aufmerksam den Geräuschen deiner Umgebung, während du auf dem Weg zu deinem Ziel bist. Sie verraten dir deine Bestimmung." Das sagt Konfuzius.

Vor zwei Jahren hörte er das laute Hupen eines Reisebusses des Rosenkranzsühnekreuzzuges, das Quietschen der Reifen, den Schrei des Fahrers, der ihn dann doch über den Haufen fuhr, so knapp vor seinem Ziel Deutschland. In der Folge war es ihm wohl von der Vorsehung bestimmt, in diesem Aussee zu verweilen. Das will er gerne hinnehmen in aller Demut. Aber jetzt ist Schluss mit Unlustig. Was er heute hört, das macht ihn froh. Was er jetzt riecht, das macht ihn trunken! Er ist wieder unterwegs, und frohen Mutes singt er in die Nacht hinaus:

„Go, go Hobo! Hobo, go, go!"

Aaaaaaaah! Dieser meterlange orangene Funkenflug, der sich wie ein Komet von den Rädern löst! Dieser wunderbare Duft alter hölzerner Schwellen, die er unter sich vorbeirasen sieht! Herrlich, das monotone Rattern der Räder über die Schienen, tatak tatak tatak, und das brutale und gefährliche Zittern, wenn seine Garnitur über eine Weiche rast! Wie sehr hat er ihn vermisst, den heftigen und lebensgefährlichen Windstoß, wenn ein Gegenzug an ihm vorbeirast! „Go, go Hobo! Hobo, go, go!", singt er. „Auf in den Süden!" Er, Mao Tse Tung nicht verwandt nicht verschwägert, ist wieder unterwegs. Nur dieser beständige feine Nebel von Pisse und – Pflatsch, Pflatsch, Pflatsch! – dieses Geräusch von dicht an ihm vorbeifliegender Scheiße verleidet ihm ein wenig die Reise.

Wieder ein paar Argumente mehr, dass diese Reise seine endgültig letzte sein soll!

Nur Zentimeter neben den messerscharfen Rädern des Erste-Klasse-Waggons hat er es sich den Umständen entsprechend relativ bequem eingerichtet, danke, er kann nicht klagen. Er reist ohne gültige Fahrkarte in diesem Schacht unterhalb des Waggonscheißhauses, in dem normalerweise der Auffangbehälter hängen sollte. Den musste er aber leider entfernen, als er am Bahnhof in Nang-Pu seine Reise antrat. Aber für einen erfahrenen *Refugee in permanence* heißt überleben ohnehin improvisieren. Und Gott sei Dank ist er auch mit seinen 45 Jahren noch immer fit wie Genosse Deng Xiao Ping als junger Hüpfer. Seine steinharte Bauch- und Rückenmuskulatur lässt ihn locker und auch über weiteste Strecken die notwendige Körperspannung halten, während er Hinterkopf und Fersensporn auf den Längsverstrebungen jeweils auf münzgroßen Flächen gebettet hat. Sein Restkörper schwebt dabei parallel zur Radachse nur einen halben Meter über dem Abgrund, wie eine Hängebrücke über den Gelben Fluss. Jetzt schlägt er sogar noch lässig die Beine übereinander, das linke über das rechte, und entspannt verschränkt er den linken Arm hinter seinem Kopf. Mit der rechten Hand hält er ein Streichholz gegen das Waggonrad und zündet sich damit eine selbst gedrehte getrocknete Zwiebelschale an, die er neuerdings raucht, seit er sich keine Zigaretten mehr leisten kann. Dann zieht er den Express-Brief seines Bruders aus der Hosentasche heraus, der ihn noch knapp vor seiner Abreise erreicht hat und den er jetzt endlich im Schein der Glut seiner Zwiebelschale Zeit und Muse findet zu lesen:

LotKleuz-Notragel Stluderwassel a. d. Odel.
Deutschrand in Helbst 2003
Riebel Riebel Bludel Mao Tse Tung, eng velwandt nicht velschwägelt! Bin sehl tlaulig. Das Reben in del Flemde blicht mil das Helz. Habe ich dil im Sommel geschlieben, dass ich habe gefunden Schwalzalbeit in Schiessbudenblanche? Schon wieder velrolen! Und viere viere Zähne auch, zusammen fünf, dazu Nasenbein dlei Zentimetel in Hiln geschoben, fulchtbal!
Schrimme schrimme Mann mit weiße Anzug mich schragen harbtot, Sau deppelte. Und volhel el mil ausspannt affaile! Ich mich hängen an schrimme Mann wie Bluce Ree, um zu letten was zu letten ist, abel el mich mit sehl schnerrel rinks-lechts-Dlehbewegung schießen in Schießbude, schrimm! Bülgelkliegsähnriche Zustände in Osten von Deutschrand. Du bessel breiben in Aussee, gute Ruft, gute Menü, sehl saubel, hiel vier vier Brutbad dauelnd.
Denke immel an Mutti in Shezuan, gute Mutti immel gut kochen Hund mit Leis. Vier alm in Shezuan, abel grückrich, nicht wahl?
Danke fül Hund „Möse" du mil schicken expless, viere viere danke! Essen hiel fulchtbal, immel nul Cullywulscht. Abel Freisch von die „Möse" sehl gut, sehl saftig Hund immer vier vier gut, wenn mit Leis und Ketchup. Abel ich wiedel zulück worren nach Shezuan zu Mutti! Odel zu dil nach Aussee? Aussee gut?

Eigentlich wollte er diesen Brief schon gestern in der ersten Stunde des verpflichtenden Deutschkurses für Ausländer lesen. Doch auch dorthin gab ihm dieser verrückte Seebachwirt zwei Kübel mit Zwiebeln mit, die er schälen und schneiden sollte, bald fällt ihm wirklich die Hand ab! Aber wie es jetzt unter dem Waggon hängend aussieht, wo ihm schon wieder ein schönes Stück Scheiße um die Ohren pfeift, hat er das Pech ohnehin gepachtet.

Heute, als Flüchtling in den besten Jahren, kann er zusammenfassend sagen, dass er es zu Hause in Shezuan wohl auch nicht schlechter erwischt hätte als in der Fremde und insbesondere in diesem scheißkalten Aussee, wo er während der letzten zwei Jahre als Illegaler für diese kulturlosen Schweinefresser tonnenweise Zwiebeln schälen musste. Dabei war es zunächst der Reis, der seinen Alltag als Flüchtling prägte, seit er vor bald fünfzehn Jahren an einen total überforderten Nebenerwerbsschlepper geraten war, der ihn zunächst in die genau verkehrte Richtung von Shezuan in die Innere Mongolei hinauf gebracht hatte (wo er zwei Jahre in der Yak-Branche als Illegaler Reis für die Hirten aufkochen durfte), danke herzlich! Aus der Mongolei schaffte er es auf abenteuerlichen Schleichwegen schließlich doch wieder retour nach China und dann wenigstens in die *halbwegs* westliche Richtung über Kasachstan, Kirgisien, Georgien, Usbekistan (wo er jeweils ein Jahr in der Kantine eines Erdölmultis als Illegaler Reis aufkochen musste, was denn sonst!) endlich in die Türkei und so zumindest in die Nähe von Europa, wo er vier Jahre in einer Kebab-Bude hinter dem Ofen stand und sich um die – genau! – Reisbeilagen kümmern durfte!

Weil er sprachbegabt war, saugte er dabei die jeweiligen Landessprachen auf wie der Reis das Wasser. Wenn sie nächstes Jahr den UNO-Generalsekretär wählen, dann wäre wohl keiner besser dafür geeignet als er. In seinem Lebenslauf würde dann noch zu lesen sein, dass er von der Türkei zwar relativ flott hinauf nach Bulgarien flüchten konnte (ein Jahr in der Werkskantine eines Rüstungskonzerns – erraten! – Reis aufgekocht), von wo es aber über Mazedonien, Serbien, Kroatien und Slowenien (wenn diese Mückenschisse auf der Landkarte zusammengeblieben wären, hätte er sich auch ein paar Jahre erspart! Aber natürlich: Jeweils ein Jahr in der Cevapcici-Branche fürs Reisaufkochen zuständig, so verrinnt die Lebenszeit) relativ zäh nach Ungarn ging (ein Jahr in einer Gulaschbude), wo er nach dreizehnjähriger würdeloser Odyssee endlich an den in Flüchtlingskreisen berühmtberüchtigten „Sepp Schlepp the depp" geraten war, der ihn letztendlich entgegen der Vereinbarung anstatt nach Deutschland hinauf zu seinem Bruder hinüber zu diesen Bauern nach Österreich brachte und am Ende einer abenteuerlichen Fahrt auf der Autobahn bei Salzburg aus dem Ford Transit warf.

Dort stand er dann halb verhungert mit den anderen drei Überlebenden der Reisegruppe (von ehedem 88, die sie gemeinsam die Flucht angetreten hatten), wo ihnen der Betrüger „Small German Corner! Small German Corner!" zurief und mit seinen Armen in die Richtung deutete, in die sie laufen sollten.

Weil er mittlerweile mit allen Sprachen gewaschen war, wusste der Mao sofort, dass sie am kleinen deutschen Eck angelangt waren, und er malte sich bereits in familiärer Vorfreude aus, dass es nicht mehr weit sein konnte bis zu seinem Bruder nach Strudelwasser an der Oder hinauf, in der Relation natürlich.

Als sie verbliebene Viererbande in ihrem erbärmlich schwachen, ausgetrockneten Zustand aber anfingen zu laufen, da fuhr ihn Schoßkind des Pechs natürlich dieser Autobus des Rosenkranz Sühnekreuzzugs über den Haufen, bis oben hin angefüllt mit fröhlich singenden polnischen Nonnen. Und seither weiß keiner besser als er, was Konfuzius meinte, als er sagte: „Wer Pech hat, der hat Glück auch keines." Sagte Konfuzius.

Nach zweijähriger Rekonvaleszenz oben im Krankenhaus in Linz, während der es ihm infolge einer schweren posttraumatischen Störung die ehedem seidigen Spaghettihaare zu widerlich borstigen Locken aufzwirbelte, und nachdem sie ihm endlich doch noch das nie gewechselte und lästig juckende Ganzkörpergipskorsett abnahmen, in dem schon mehr Läuse wohnten als Schlitzaugen in China, da war er überzeugt, dass es in einem Menschenleben eigentlich nicht mehr blöder zugehen könnte als in seinem. Doch weit gefehlt!

Wer hätte schließlich gedacht, dass ihn als Autostopper ausgerechnet ein verrückter Wirt aus Aussee auflesen würde, der ihn halb Erfrorenen in einen Steireranzug steckte und ihm eine illegale Lebensstellung als – Überraschung! – Zwiebelschäler anbot? Da kann er nur sagen, dass der verfickte Konfuzius verdammt Recht hatte, als er auch sagte:

„Manchmal ist das Leben dämlicher als Scheiße!"

Sagte Konfuzius auch.

(Doch halt! Gestern Nachmittag, als er in dem völlig aus dem Ruder gelaufenen Deutschkurs für Ausländer dieses kleine platinblonde Luder in der Bank hinter sich sitzen und sich die Fingernägel lackieren sah, da dachte er plötzlich, dass sich das Blatt doch noch zu seinen Gunsten wenden könnte! Diese süße kleine Torte sah wirklich zu nahrhaft und saftig aus – wie der Hund „Möse" –, aber hallo!

Jedoch wurde ihm schlagartig gerade durch ihren Anblick die ganze Aussichtslosigkeit seiner Lage in diesem Land bewusst, denn: In der ganzen Hektik seiner Tagesplanung war es ihm natürlich abermals nicht gelungen, sich nach all den Monaten voller 20-Stunden-Tage im Sklavenjob endlich wieder mal zu waschen! Erschwerend für einen vielversprechenden Flirt kam hinzu, dass er wie immer keine Schuhe trug, weil er sein einziges Paar schon vor vielen Jahren irgendwo verlegt hatte – er glaubt in Mazedonien – und ihn unter seinen Achseln seit Anbeginn der Flucht das Salz der Schweißränder in seinem nie gewechselten T-Shirt ganz fürchterlich kratzte. Da war auch ihm klar, dass er mit seinem speckigen Steireranzug, der ihm am sehnigen Leib flattert wie die rote Fahne im Wind, und mit seinem hartnäckig bakteriellen Körpergeruch, der das Kainsmal eines jeden Flüchtlings ist – der Stress! Die Angst! Die Hektik! Die ungesunde Ernährung! –, selbst als Ex-Gigolo die blonde Sexbombe nicht mehr in die Kiste kriegen und flachlegen würde, das war das *eine* Problem. Das *andere* Problem war, dass er gar keine Kiste hatte, sondern bei diesem Wirten in der 100-x-100-cm-Nirosta-Abwaschanlage der Gasthausküche schlafen musste! Und dort im kalten Stahlbad wäre selbst dann keine Stimmung aufgekommen, wenn er die heißen Flammen am Gasherd hätte lodern lassen und der blonden Schönheit – eine Dänin? – den Landstreicher-Welthit von diesem Shubidu Jack vorgesungen hätte!)

„Go, go Hobo! Hobo, go, go!", singt er nun also entspannt und alleine unter dem 1.-Klasse-Waggon vor sich hin, begleitet nur von der Musik der donnernden Eisenräder. Er zündet sich noch eine getrocknete Zwiebelschale an. Doch in diesen frühen Morgenstunden, da es überall auf der Welt immer am kältesten wird, wärmt auch der tief inhalierte Rauch nicht mehr, und er zittert wie ein einzelnes Reiskorn im Wok.

Schnell macht er ein paar Dehn- und Streckübungen, während der Zug mit vermutlich weit über 180 Sachen dahindonnert. Dann dreht er sich wieder auf die linke Seite und verteilt dadurch sein Gewicht vorübergehend auf linken Fußknöchel und linken Ellenbogen. Fröhlich singt er, weil jetzt alles vorbei ist und er Aussee endlich hinter sich lassen kann.

Wer weiß schon, meditiert er nun beinahe versöhnt über sein Leben, wozu es letztlich gut war, wie alles gekommen ist? Fernöstlicher Mystiker, der er ist, mag er im Nachhinein sogar dankbar sein, dass er sich eine Affäre mit dieser Blonden im Deutschkurs erspart hat und weiter das Lied der Freiheit und der Ungebundenheit singen darf. Denn nun liest er im Schein der Glut seiner Zigarette den Brief seines Bruders zu Ende, und soviel er diesem entnehmen kann, sind die blonden Frauen Europas schlimmer als fünfzig Jahre Kulturrevolution!

Ach mein Bludel! Riebeskummel ich habe auch so vier. Kulzzeitaffäle mit vier bronde Sexgöttin aus Lussrand ist aus schruss volbei. Wal heisse Kiste mit heisse Lakete Ivana, abel sie sich nach Brutbad retztendrich fül schrimme schrimme Mann in weisse Anzug und lote Fellali entschieden, vierreicht aus wiltschaftrichen Übelregungen helaus, vierreicht deswegen. Bronde Flauen immel nul sehen Gerd Gerd Gerd! Gibt es in Westen nichts Wichtigeles ars Gerd, Gerd, Gerd? Bin sehr tlaulig, muss immel vier weinen, immel weinen. Wirr wiedel zulück zu Mutti. Hab ich schon geschlieben, dass Essen hiel ganz schrecht? Fleundschaft!
Dein Bludel Tschu En Rei eng velwandt nicht velschwägelt.

Da ist er letztlich mehr als froh, dass er die Hände von dem blonden Gift gelassen hat! Liebeskummer kann er sich in seiner Situation wahrlich nicht leisten. Hätte er sich verliebt, wer weiß, ob er dann gestern diesem durchgedrehten Volkspolizisten in Muselmanin-Verkleidung entkommen wäre, der ihm plötzlich und aus dem Hinterhalt heraus kommend das beste Stück seines gebratenen Hundes aus der Hand gerissen hat.

So aber kann er jetzt in aller Ruhe und ohne lästigen Anhang den Befreiungsschlag wagen. Deutschland als Ziel hat er abgehakt, jetzt will er nur noch in den Süden. Der EC Marco Polo von Nang-Pu nach Afrika soll planmäßig in vier Tagen um 15.34 Uhr in Tripolis ankommen. Schon freut er sich auf ein paar unbeschwerte Tage am Strand. Er war schließlich immer der „Das-Glas-ist-halb-voll-Typ“, und aufgeben tut ein Flüchtling höchstens einen Brief in die Heimat!

Darum will der Mao jetzt nicht mehr ausschließen, dass nach all dem Zirkus in der westlichen Welt dort unten bei den Unterentwickelten doch noch eine Karrierechance für ihn bereitliegen könnte. Er wird sich, so ist sein Plan, noch einmal umschulen lassen und von Zwiebelschäler auf Menschenschmuggler umsatteln. Im Menschenschmuggel soll das ganz große Geld auf der Straße liegen, hat er gehört, und mit seiner Erfahrung und seinen Sprachkenntnissen müsste es für ihn ein Leichtes sein, sich dort unten endlich ein sicheres Standbein aufzubauen. Bald ist es nämlich höchste Eisenbahn, dass auch er sich ein paar Scheinchen zur Seite legt und sich endlich ein solides Finanzpölsterchen schafft. Trotz seiner in den letzten Jahren beinahe zum Hass gesteigerten Abneigung gegen den westlichen Revolver-Kapitalismus wird auch er mit seinen 45 Lebensjahren nicht mehr umhin kommen, für seinen Lebensabend private Vorsorge zu treffen. Pensionsjahre im viel gerühmten Drei-Säulen-Modell des Westens konnte er als Reisaufkocher und Zwiebelschäler über all die Jahre nämlich keine sammeln. Da wäre er sogar in der Volksrepublik mit ihrer grundsoliden Basisversorgung heute besser dran!

War es vielleicht überhaupt ein Fehler, dass er vor 15 Jahren den langen Marsch angetreten hat, fragt er sich nun, als er die Zwiebelschalen ausdämpft und sich wieder auf die andere Seite dreht, um ein wenig zu schlafen.

Eine unendliche Müdigkeit übermannt ihn plötzlich nach all den Jahren der sinnlosen Reisen, und die Nacht senkt sich bleischwer auf seine Lider, als die Stationen seiner Flucht noch einmal an seinem inneren Auge vorbeiziehen, in rasendem Tempo, wie die Schwellen des Gleiskörpers unter ihm.

Aber was ist denn nun schon wieder, was muss er hören?

Das dumpfe Dröhnen des Signalhorns, das der Zugführer in die dunkle Nacht hinaus bläst, reißt ihn plötzlich aus seiner Erinnerungen, und die glühenden Funken der nun blockierenden Räder verbrennen ihm das Gesicht.

„Höre stets auf die Geräusche deiner Umgebung“, erinnert sich der Mao wieder der Lehren des Konfuzius. „Sie verraten dir deine Bestimmung.

Und er fragt sich:
„Nähere ich mich denn schon wieder einer Gefa…
Aaaaaaaaaaaaaaahhhhhrr!!“

Dass die Leute nicht aufpassen können, das versteht er einfach nicht! Kann denn der Volltrottel im Lokomotivführerhaus nicht hupen, sodass ihn der andere Volltrottel im Autobusführerhaus hören und er rechtzeitig abbremsen kann? Ist denn wirklich nicht mehr genug Platz auf der Welt, dass sich alle gegenseitig über den Haufen fahren müssen, immer und überall?

Das hat dem Biermösel jetzt fast ein bisserl die morgendliche Sitzung verleidet, weil es immer so blöd zugehen muss auf der Welt, aber wirklich so blöd! Weil ihm jetzt aber auch nach der Rückkehr vom Klo noch ganz schön die Zeit lang ist, schaut er sich am Schreibtisch sitzend immer wieder die schrecklichen Bilder in der Zeitung an, die er sich gerade vorhin beim Klausner Otto unten in der Trafik gekauft hat. Und auch wenn die Fotos natürlich in ihrer Blutopernhaftigkeit mehr als grauslich sind, so muss er doch sagen: Man schaut sich so was dann schon immer wieder gerne an! Vor allem, wenn es weit weg passiert ist und das alles nichts mit einem selbst zu tun hat.

Soweit er also jetzt den Fotos und ein wenig auch den Bildtexten entnehmen kann, muss es ganz ordentlich gestaubt und gekracht haben, wie gestern unten in Kärnten kurz vor der Grenze nach Italien und kurz vor Sonnenaufgang ein Autobus voll mit einem Haufen polnischer Rosenkranzbeterinnen in den IC Marco Polo voll mit einem Haufen braver österreichischer Touristen gerast ist, beziehungsweise umgekehrt.

Da wäre der Biermösel natürlich froh gewesen, wenn er auch den ausführlichen Bericht dazu ohne Kopfweh und bis Mittag hätte durchackern können. Aber was er bildlich sehen kann, sagt ihm eigentlich eh alles. Ein Bild in der Zeitung sagt ja meist sowieso mehr als tausend Buchstaben. Und die sehr ansprechenden Bilder heute sagen, dass es ein furchtbarer Unfall gewesen sein muss, aber ein ganz ein furchtbarer!

So ein Gemetzel auf der Landstraße erinnert den Biermösel dann leider auch immer wieder schmerzhaft an die eigene Fehlbarkeit. Jawohl, auch er ist fehlbar! Anstatt nämlich gestern seinen Triumph der Ermittlung als Chamäleon einfach nach Hause zu fahren, hat er das Beweisstück vom Mao Tse sofort vernichtet, sprich:

Weil er wegen der ganzen Observationsoperation so einen gewaltigen Hunger zusammengekriegt hat, hat er den gebratenen Hund einfach gegessen.

Also wird er den Fall „Mao T. T. n. v. n. v." jetzt einfach zu den Akten legen und Gras darüber wachsen lassen. Zu der ganzen leidigen Hundeproblematik daher von ihm abschließend nur noch zwei Worte:

„Mir wurscht!"

Wenn der Mao die restlichen Bellos vom Seebachwirten auch noch fressen will – bitte, seinen Segen hat er! Man sieht ja eh jeden Tag in der Zeitung, wie schnell so ein Menschenleben zu Ende gehen kann, da will er dem Mao diese kleine Freude nicht vergällen.

Ihm ist jetzt wichtiger, dass er sich ermittlungstechnisch ganz auf die Sache mit den Handtaschen konzentrieren und nebenher vielleicht ein bisserl anfangen kann, auf sich selbst zu schauen und das Leben zu genießen. Also steht er in der gewissen entspannten Genießerhaltung beim Fenster auf seinem Gendarmerieposten in Aussee und vergönnt sich ein paar dick beschmierte Schmalzbrote. Er zischt ein paar gut gekühlte Biere dazu und schaut deppert beim Fenster hinaus, wie er jetzt schon zwei Tage nicht mehr beim Fenster hinausgeschaut hat, weil es sich schlicht und einfach hinten und vorne nicht ausgegangen ist. Er schaut dabei dem Regen zu, wie der in alter Gewohnheit gegen das Fenster peitscht. Und als Musikberieselung für die gewisse entspannte Atmosphäre vom Klo her hat er sich natürlich wieder die Radinger Spitzbuben ausgesucht, wen denn sonst? Und die singen wieder, dass es so eine Freude ist:

Xund xund xund xund xund schaun wir aus!
Das liegt sicher am Bauernschmaus!
Und ein bisserl am Schweinsbraten!
Dass wir alle so xund aussehen!

Na ja, ein Welthit halt, seufzt der Biermösel zufrieden und reißt sich ein paar Nasenhaare aus. Dann steht und schaut und wartet er wieder entspannt darauf, dass die Saat von seiner Pädagogik aufgehen wird und die Väter mit ihren jeweiligen Rotzbuben einzeln oder im Verbund eintrudeln und den Handtascherlraub gestehen.

Er wartet auf seinen Triumph des Wartens.

Auch wenn sich bis jetzt noch nicht viel getan hat (außer, dass er sich vorne auf der Hose ganz schön angepatzt hat mit dem Schmalz von den Broten, Herrgottnocheinmal!) und die Lage ruhig ist wie in einem Pharaonengrab – er kann warten. Hat er nämlich bis gestern warten können, dass sich endlich ein Fall zu seiner vollsten Zufriedenheit löst, wird er auch noch bis heute zwölf Uhr mittags warten können, dass dieser Fall eintritt, da ist er ganz Gary Cooper.

Es weiß schließlich keiner besser als die Gendarmerie, dass letztlich doch immer die Gerechtigkeit über das Verbrechen obsiegt. Und aus der gewissen Erfahrung heraus weiß keiner besser als er, dass der Herrgott gegen die Sünde die Hölle gestellt hat, gegen die Wetterkapriolen den Wetterfleck, und gegen das Verbrechen ihn selbst, den Biermösel.

Da erkennt ein Blinder den Plan dahinter!

Zwar will er sich jetzt nicht eins zu eins mit Gott vergleichen, weil der ist ein anderes Kaliber als er, und der hat andere Mittel. Aber auch er hat ein Kaliber (eine Glock 0.9 mm), und auch er hat seine Mittel, um einen Täter dingfest zu machen. Und das vernünftigste von den ganzen depperten Mitteln ist halt immer noch das Warten.

Na ja, seufzt der Biermösel. Naja, halt ja.

Nur unglücklich ist er ja nicht, denkt er sich jetzt beim Warten, dass er bald aus der Verantwortung der Täter-Ausforschung und -Dingfestmachung entlassen wird. Der Druck von der Verbrecherseite her ist heutzutage schon sehr gewaltig. Die meisten Leute, kann er aus der gewissen Erfahrung heraus berichten, leben ja neuerdings nach der Devise: „Es gibt keine Guten, außer sie bluten."

In den modernen Chaostagen von unserer Zeit scheinen ja die Verbrecher mittlerweile schon die größte Berufsgruppe überhaupt auszumachen. Er jedenfalls kann über „Verbrechen, aufgeteilt nach Berufsgruppen" berichten, dass es dabei ungefähr so ausschaut:

Sehr sehr brav bis sehr brav sind meistens noch die wenigen übrig gebliebenen Schichtarbeiter in den Industriegebieten im Allgemeinen. Gut möglich, dass die vom harten Arbeiten einfach zu müde sind, als dass sie nach der Sirene noch Leute abstechen oder Banken ausräumen könnten. Vielleicht ist es aber auch so, dass die Banken immer schon zu haben, wenn ein Schichtarbeiter sie ausräumen will, er weiß es nicht genau.

Sehr brav bis brav sind auch noch die Polarforscher, weil die sich sehr weit vom Schuss weg aufhalten, gefolgt von den Kosmonauten, weil detto.

Schon weniger brav sind die Wirten (löbliche Ausnahme: die Roswitha!). Und über die Hotellerie will er sich schon gar nicht mehr weiter auslassen, da geht ihm nämlich die Hutschnur auf, wenn er an die ganzen Probleme in der Hotellerie denkt.

Die Pfarrer schließlich, naja, da sind schon auch ganz schöne Falotten darunter, nicht alle Pfarrer sind brav. Und über die Restbevölkerung kann er im Prinzip sagen, dass er grosso modo jedem alles zutraut, so und nicht anders schaut es in der Restbevölkerung leider aus.

Kein Wunder also, dass der Biermösel am liebsten im Mittelalter Streifenpolizist gewesen wäre (wenn auch lieber Bierfahrer!). Vielleicht, denkt er sich oft, dass das Mittelalter die beste Zeit überhaupt für die Gendarmerie gewesen ist. Wie soll denn die Exekutive heute noch einen Respekt genießen, fragt er sich beizeiten, wie soll sie heute leisten, was früher Streckbänke und Kellerverliese geleistet haben? Vorbei die seligen Zeiten, als glühende Kohlen auf die Fußsohlen von den Tätern sie noch davon abgehalten haben, den falschen Weg einzuschlagen.

Na gut, denkt sich der Biermösel weiter, der Rechtsstaat mit seinem ganzen Paragraphendschungel – als Idee vielleicht nicht schlecht! Aber wer hätte denn schon einmal einen Paragraphen so warnend in die Welt vom Verbrechen hinüberleuchten gesehen wie früher den lodernden Scheiterhaufen? Und was bitte kann denn heute der Strafprozess leisten, was früher der kurze Prozess nicht auch hat leisten können?

Naja, denkt sich der Biermösel und reißt sich noch ein paar Nasenhaare aus. Er kann jedenfalls warten, bis die Rotzbuben auftauchen. Er hat – trotz der Raucherlunge – den langen Atem.

Wie er sich jetzt das Hemd und alles miteinander schön in die Hose steckt, und wie er sich dann auf die Couch legen will, die neben dem wärmenden Holzofen steht, und wie er sich schon darauf freut, dass er einen gemütlichen Vormittag verschlafen wird, weil bei dem Sauwetter sogar den Verbrechern die Freude am Verbrechen vergeht, da ist der Bürgermeister der Letzte, mit dem der Biermösel rechnen täte, aber such es dir aus!

Wie der Sünder beim Himmelstor, der weiß, dass er um einen Arschtritt vom Petrus nicht herumkommen wird, rutscht der auf einmal auf seinen Knien bei der Tür herein. Von der Größe her täte er somit das Täterprofil hinsichtlich Rotzbub erfüllen, erwacht im Biermösel augenblicklich wieder der Ermittler. Aber er ist es trotzdem nicht, schließt er die Ermittlung gleich wieder ab, das ist einfach ausgeschlossen.

Warum aber, fragt sich der Biermösel und schlüpft in seine Bergschuhe, warum mischt sich der Volkstribun heute schon so früh unters gemeine Volk, wie er das noch nie getan hat? Vielleicht, weil demnächst ein neuer Volksentscheid ins Haus steht und der Bürgermeister zittert wie seine Alkoholikerhand, dass er infolge seiner komplett aus dem Ruder gelaufenen Flächenwidmungen die Absolute verlieren wird? Zuzutrauen ist es ihm, dass er deswegen bei jedem vom Volk einzeln und auf Knien vorstellig wird und unterm Teppich um die Hand von der Stimme anhält, ein Mensch von unterstem Niveau ist das. Wenn der Bürgermeister eine Wohnung wäre, sucht der Biermösel nach einem passenden Vergleich, dann könnte man über ihm ein Kellerloch vermieten, so ein tiefes Niveau hat der, ein Mensch gänzlich ohne Würde ist das.

Nur schwer kann sich der Biermösel beruhigen, wenn er diesen in der Knolle gefärbten Säufer sieht! Auf hundert Meter Entfernung leuchtet seine Nase wie das Bremslicht von seiner Fips. Ein Trinkspecht ist das, wie der Mallinger früher einer war und der Biermösel selbst noch heute einer ist. Das, bitte, wäre aber schon die einzige Gemeinsamkeit, die den Dorfkaiser, den Biermösel und den Mallinger verbindet, der Alkohol und der jeweilige Umgang damit. Und vielleicht noch, dass sie alle drei die einzigen Junggesellen mit einem gewissen Ruf sowie einer diesbezüglich unterschiedlichen Erfolgsgeschichte im Ort sind.

Aber anstatt dass der Bürgermeister sich seinem Alter gemäß in Würde damit abzufinden täte, dass er übrig bleiben wird, wie das der Biermösel schön langsam, aber sicher und der Mallinger mit Abstrichen tun, bildet sich der immer noch ein, dass er das Zeug zum Star hat! Mit seinem Angeber-Allrad tuscht er jeden Tag mit weit überhöhter Geschwindigkeit hinüber nach Goisern und zieht eine elende Schleimspur vor der gachblonden Discowirtin, die an ihre Disco *Blondi* und ihr Puff *La blonde Vlies* angeschlossen auch noch das Tagescafe *Chez la Blonde* betreibt, wo sich die Hautevolee von den Autoverkäufern und den Versicherungsvertretern gegenseitig auf die Goiserer steigt. Und dort passt er auch hin, der Bürgermeister, weiß der Biermösel auch ohne die gewisse Erfahrung im Umgang mit den ganzen Tagedieben, die sich ihre grauslichen Schnauzbärte tönen und ihre blonden Haare föhnen! Dorthin, wo die Luft schwanger ist vom Sir Irisch Moos, meine Güte, er könnte sich Tag und Nacht nur anspeiben, wenn er an die ganzen Tagediebe denkt!

Der Biermösel traut dem Bürgermeister Daumen mal Pi alles in allem alles zu, was Gott verboten hat, weil die wahren Meister vom Bösen sich letztlich immer in der Politik finden. Schau dir den Pontius und den Pilatus an, fällt dem Biermösel gleich ein Beispiel ein, die unseren Herrn Jesus Christus blindlings erschossen beziehungsweise abgestochen haben (genau weiß er es nicht mehr)! Oder denk an den Nero, der ohne Not und mir nichts dir nichts eine Feuersbrunst nach der anderen entfacht hat! Beziehungsweise schweif nicht ab, sondern bleib im eigenen Land und erinnere dich an den Hitler, die depperte Sau (nur schwer kann er sich beruhigen, wenn er an den Hitler, die depperte Drecksau, denkt. Nur sehr schwer).

Bind den Politikern so wie sie sind einen Mühlstein um den Hals und wirf sie alle miteinander in die Gosau, wäre dem Biermösel seine Medizin gegen die Krankheit der Politik. Der Politik kann er nämlich beim besten Willen keine gute Prognose stellen, für die Politik im Allgemeinen sieht er einfach sehr sehr schwarz.

Mit einer immens reduzierten John-Wayne-Bewegung winkt der Biermösel den Bürgermeister schließlich nach langem Warten, während dem diesem schon sicht- und hörbar die Knie ganz gewaltig wehtun, zu sich her. Gebeugt wie der Quasimodo nähert sich der Tribun seinem Schreibtisch. Der Biermösel aber lässt ihn trotz vernehmbarer Höllenqualen in seinen zwei Kniescheiben noch immer nicht aufstehen oder gar niedersetzen. Der soll ruhig auf den Knien bleiben, denkt sich der Biermösel, und zwar genau wegen der vernehmbaren Höllenqualen! Er selbst macht es sich derweilen an seinem Schreibtisch gemütlich und kombiniert langsam und ohne unnötige Hast: Der Bürgermeister war auch im Auerhahn neulich, wie er pädagogisch geworden ist. Und er macht heute ganz den Eindruck, wie wenn er seine Pädagogik nach Punkt und Beistrich verstanden hätte. So gewaltig schwitzen tut er wegen seiner Nervosität, und so immens zittern wegen seiner Gewissensbisse (und der Höllenqualen in den Knien!), dass der Biermösel seine Vorurteile gegen die Politik gleich wieder bestätigt findet.

Aber er hat keine zwei Rotzbuben zu Hause im Stall stehen! Und bei der Kinderlosigkeit wird es auch bleiben, wie ein jeder weiß, der sich ein bisserl mit der Politik beschäftigt, weil er seit einer nie näher bekannt gewordenen, jedenfalls verlorenen Wette mit dem Schlevsky drüben im Sündentempel von der Gachblonden komplett zeugungsunfähig ist, aber wirklich komplett. Was also will er dann von ihm?

Da fixiert der Biermösel den Bürgermeister aus seinen gewissen Augenwinkeln heraus und schweigt. Er legt die Füße auf den Schreibtisch und lehnt sich im Sessel zurück und hört nicht auf zu schweigen. Er dreht die Flasche mit dem Marillenen am Schreibtisch langsam nach links, dann dreht er sie wieder langsam nach rechts, all das tut er schweigend. Er schraubt den Verschluss von der Flasche auf, dann schraubt er ihn wieder zu, und dabei schweigt er.

Bald merkt er, wie seine bewährte Foltermethode zu wirken anfängt, weil der Tribun die Flasche nicht mehr aus den Augen lassen kann. Seine Pupillen weiten sich gefährlich, und seine untere Kinnlade verliert jeden Halt, sodass der Biermösel erste Reihe fußfrei mit ansehen muss, wie dem Bürgermeister das Wasser im Mund zusammenläuft, ein wirklich grauslicher Anblick. Da wendet er den Blick lieber ab und schaut schweigend auf die Uhr, und auf der sieht er, dass es gleich zwölf Uhr mittags ist, aber die Rotzbuben noch immer nicht da sind.

Da stürzt der Bürgermeister nach vor und schnappt nach der Flasche wie der Ertrinkende nach dem rettenden Ast. Aber mit nichts anderem hat der Biermösel gerechnet als genau mit dieser verzweifelten Handlung, und wie die Kugel aus dem Colt schießt seine Hand nach vor. Er zieht die Flasche immens schnell zu sich her, greift sie am Hals und haut sie dem Bürgermeister mitsamt seiner Pranke und mit voller Wucht über den Schädel. Dabei schweigt er. Dann beugt er sich ruckartig nach vor zu ihm, greift den Falotten am Kragen und fixiert ihn mit seinen messerscharfen Adleraugen.

„Was?!“, schreien diese Augen den Bürgermeister an. Er selbst schweigt.

„Ich war es!“, hält es der Bürgermeister nicht mehr länger aus, und er bricht innerlich zusammen, sodass es aus ihm herausbricht. Genau so, wie es die Biermösel'sche Pädagogik im Plan vorsieht.

Er war es, jammert der Bürgermeister, der vor vier Tagen stockbesoffen aus Goisern heimgefahren ist und dabei den Sankt Christophorus über den Haufen gefahren hat. Ein frevelhaftes Vergehen, wie er einräumt, das er jetzt aber sehr bedauert und gerne gestehen möchte.

Du meine Güte!, denkt sich der Biermösel, der gerne über das Sexuelle spottet in Situationen, in denen er die Glock in der Oberhand hält. Das frevelhafte Vergehen wird mit Sicherheit schon vorher bei der gachblonden Discowirtin im Puff passiert sein! Aber darüber will er sich jetzt gar nicht weiter auslassen. Lieber freut er sich auf einen sehr schönen Biermösel'schen Tatausgleich, der gleich ins Haus steht, weil der Bürgermeister sofort fragt, ob er denn wegen so einer Lappalie ein Protokoll aufnehmen wird?

Das glaubt er eher nicht, der Biermösel!

Und noch bevor er dem Bürgermeister die Bedingungen diktiert hat, unter denen sich das Verbrechen aus der Verbrechenskartei tilgen lässt, noch bevor es dort überhaupt hinein schlüpfen kann wie die Maus in ihr Loch, dreht sich dieser schon zur Tür und klatscht in die Hände wie eine Ballettlehrerin, und sofort kommt sein Schoßhund, der Seebachwirt, mit zwei schönen Kisten Marillenschnaps hereingestolpert, die er dem Biermösel auf den Tisch stellt, eine jede Kiste gut gefüllt mit zehn Flaschen vom allerfeinsten, danke herzlich.

Das, liebe Freunde, wird ihm aber in diesem Fall nicht genügen!, lässt der Biermösel den Bürgermeister mit stoischer Ruhe spüren. Schließlich muss auch er endlich anfangen, an den Lebensabend zu denken und sich ein bisserl was anderes als Schnapsflaschen auf die Seite zu legen. Eine gewisse Summe, deutet er mit der gewissen reduzierten Gestik an, eine gewisse ansprechende Summe hätte er heute schon noch gerne dafür, dass er schweigen und das Landesgericht nicht darüber informieren wird, was für ein Verbrecher der Bürgermeister ist. Und dann noch eine gewisse Summe extra dafür, dass er auch die Parteizentrale vom Bürgermeister nicht darüber in Kenntnis setzt, dass ihr Bezirksobmann ein größerer Schluckspecht ist als weiland der Figl. Und nein, lässt er den Bürgermeister mit seinem Angebot einer bargeldlosen Regelung eiskalt abblitzen, einen auf ihn überschriebenen Baugrund akzeptiert er nicht, auf den scheißt er nämlich!

Wie sich der Bürgermeister und der Seebachwirt dann nach Übergabe der gewissen Summe schon in der gebückten Haltung, in der sie hereingekommen sind, langsam wieder zur Tür hin bewegen und der

Biermösel schon an der ersten Flasche schnuppert, dreht sich der Seebachwirt noch einmal zu ihm um und fragt leise, ob er auch was sagen darf Und ein kaum wahrnehmbares Nicken vom Biermösel, das in seiner Güte vollkommen ist, ermutigt ihn dazu.

„Der Mao ist abgängig“, hört der Biermösel den Seebachwirt flüstern.

Der Mao ist also abgängig!, rekapituliert der Biermösel gedanklich an seinem Schreibtisch sitzend mit einem tiefen innerlichen sowie äußerlichen Seufzer. Er könnte im Augenblick gar nicht sagen, was ihm mehr wurscht ist, als dass der Mao abgängig ist.

Der Seebachwirt aber geht ihm schon so auf die Nerven mit seinen dauernden Verlustanzeigen. Erst verschwinden in seinem Dunstkreis die Hunde, dann auch die Hundefresser. Sagen möchte der Biermösel dazu aber trotzdem nichts, weil er mit dem Trottel nichts reden will. Dabei könnte er ihm durchaus einiges darüber erzählen, was er aus der gewissen Erfahrung heraus (und nach der Observation als Chamäleon) über den Chinesen als solchen, abgängig oder anwesend, zu sagen hat:

Dass er nämlich gerade vorhin am Klo in der Zeitung gelesen hat, dass sich zwischen all den fürchterlich zugerichteten Leichen vom Rosenkranz-Sühnekreuzzug aus Polen und den Touristen aus der Heimat unten am Bahnübergang in Kärnten auch ein mehrfach zerschnittener, komplett in Exkrementen und Urin eingeweichter Chinese befunden hat. Ein polnischer Chinese mit eingezwirbelten Schnittlauchhaaren in einem Steireranzug unten in Kärnten, stell dir das vor, Seebachwirt! Aber das braucht dich nicht weiter zu überraschen, würde er ihm sagen, wenn er mit ihm reden täte, weil so ist er halt, der Chinese. Er ist überall und nirgends, er ist geheimnisvoll und unergründlich. Mal ist er da, weiß keiner besser als der Biermösel, dann ist er fort, und manchmal ist er auch abgängig. Heute noch kocht er in Aussee Reis zum Schnitzel (nur sehr schwer kann er sich beruhigen, wenn er an ein Schnitzel mit Reis denkt!), morgen schon sitzt er in einem Reisebus aus Polen. Er lässt sich einfach nicht fassen, der Chinese.

Es ist ja nicht einmal ihm gelungen!

Falsche Adresse

Die Anni hat es sich in der Badewanne vom Stararchitekten Wollatz zusammen mit ihm selbst recht gemütlich eingerichtet. Nach all den Schweinereien, die sie während der Woche in den Nassräumen ihrer übrigen Klientel erleiden muss, ist der zweiwöchentliche Termin bei einem so kultivierten Herrn wie dem Wollatz für sie so befreiend wie das tiefe Durchatmen für den Asthmakranken im Kiefernwald.

Die Wanne, so viel darf sie verraten, ist so groß, dass sogar der Hirsch darin Platz hätte, von dem der passionierte Jäger das Geweih über dem Spiegel im Badezimmer angebracht hat. Ein Haufen frischer Fichtenzweige sorgt für das nötige Ambiente und den entsprechend angenehmen Duft. Und eine Seife hat er auch.

Das weiche Kissen in ihrem Nacken schließlich rundet die Sache beinahe zum Wellness-Erlebnis ab und sorgt für die gewünschte Entspannung, während sie geduldig warten. Vor zwei Stunden schon hat ihm die Anni die Stimulanz verabreicht, und jetzt hoffen sie beide (er gewiss ein bisschen mehr als sie!), dass sie endlich zu wirken beginnt und ihm das Blut in sein Bärli schießt.

Bis jetzt vergeblich!

Also lässt die Anni sich einstweilen von dem 96-jährigen Parkinson-Patienten mit dem Ladyshave die Beinhaare bis hinauf zur Bikinizone rasieren, der steht halt drauf, was soll sie denn machen? Seit sich ihr der Mallinger entsagt, weil er neuerdings einem total unrealistischen Frauenbild nachhängt (Stichwort: Boxenluder!), und seit sie auch den Biermösel als möglichen Lebensabendpartner vergessen kann (Stichwort: Dammbruch!), brennt bei ihr gewaltig der Putzfetzen.

Da will sie gerne in Kauf nehmen, dass ihr der Stararchitekt bald die Füße abschneidet, wenn er so weitertut. Solange er sie aber in seinem Testament erwähnt, will sie auf ihre Füße gerne verzichten.

Als die Anni jetzt den dritten Martini kippt und ihr dadurch die Krampfadern gehörig anschwellen, als ihr deswegen der Zittergreis Wollatz immer öfter und immer tiefer mit dem Ladyshave in die Beine hinein säbelt und sich das Wasser schon tiefrot färbt, da läutet in ihrer Handtasche draußen im Vorzimmer das Diensthandy, und ganz unglücklich ist sie nun nicht darüber. Sie fragt:

„Bringst du mir bitte das Handy herein, Benito, bist du so gut?“

„Certo", antwortet der Stararchitekt, noch immer mehr alter Triestiner Cavaliere denn neuer Ausseer Geldadel. „Certo bring ich dir das cellulare."

Mit letzter Kraft quält der Wollatz seinen schmalen und zittrigen Körper aus der Wanne. Und augenblicklich ergießt sich das Wasser aus jeder Falte seiner runzeligen Haut auf den Fliesenboden, den die Anni gerade vorhin herausgewischt hat. Wie ein begossener Pudel latscht er vom Badezimmer hinaus ins Vorzimmer und macht gleich wieder überall so eine Sauerei auf den frisch gewienerten Böden, dass sich die Anni am liebsten mit dem Ladyshave den Kopf abschneiden möchte.

„Gibt's denn so was, du Schwein im Training?", schreit sie dem Wollatz nach, während sie sich die Verheerungen ansieht, die er an ihren Beinen angerichtet hat.

Als sie das Handy entgegennimmt, ist sie aber gleich wieder halbwegs versöhnt, weil er ihr einen weiteren Martini einschenkt. Und als er ihr das Handy reicht, sieht sie auf dem Display eine 0049-Nummer leuchten.

„Deutschland ruft", schnurrt ihr der Wollatz sogleich mit rollendem „Rrrrrr" ins Ohr, und er setzt sich zu ihr an den Wannenrand.

„Braucht dich denn der Schröder auch schon, damit du bei ihm endlich aufräumst?"

„Schön wär's!", seufzt die Anni. Mit dem feschen Kerl würde sie gerne die Pension teilen. *Seine* Pension natürlich, sie selbst wird ja nie eine kriegen.

Es ist dann aber doch nicht der Schröder am Apparat, als die Anni abhebt, sondern ihre Tochter Jennifer. Und die sagt, dass die Mama schnell nach Hause kommen soll, weil die Manu hat was gefressen, und jetzt geht es ihr gar nicht gut.

„Du meine Güte", schreit die Anni.

Schnell, schnell hüpft sie aus der Wanne und trocknet sich und den Wollatz ab. Sie steckt ihn in seinen Pyjama und bringt ihn zum Bett. Sie legt ihn hinein und deckt ihn bis oben hin zu. Sie macht ihm ein Kreuz auf die Stirn, damit er mit Gottes Segen einschlafen mag. Und sie bekreuzigt sich selbst, auf dass sie die Barschaft erben möge, falls er morgen früh nicht mehr aufwacht. Dann dreht sie die Lichter ab und verlässt in großer Sorge den Bungalow, wo sie jetzt trotz allem gerne geblieben wäre, um an der Schulter vom Wollatz endlich zehn Minuten Ruhe zu finden. Aber kaum hat sie die eine Ecke herausgewischt, ist schon wieder die andere dreckig! Die Probleme hören in ihrem Leben einfach nie auf.

Als die Anni zu Hause ankommt, muss sie sich zu allem Überdruss eingestehen, dass sie in den letzten Monaten und Jahren einfach wirklich zu wenig Zeit für die Erziehung ihrer beiden Töchter gehabt hat. Andererseits wüsste sie beim besten Willen nicht, wie sie das Geld für die Messersets verdienen soll, die ihre Zwillinge für die Schule drüben in Ischl brauchen, wenn nicht durch noch einmal 45 Wochenstunden mehr!

Heute freilich würde sie sich mit dem Messerset am liebsten selbst abstechen, weil sie so blind war und die Not ihrer Töchter einfach nicht gesehen und den Hilfeschrei einfach nicht gehört hat. Wie aber soll sie denn ihre Hilfeschreie verstehen, fragt sich die Anni, wo heutzutage schon alles auf Englisch sein muss, sogar die Hilfeschreie!

Live fast, die young, steht auf dem Leiberl von der Jennifer, das sie schon seit Wochen trägt. Und nie ist dieser Hilfeschrei der Anni aufgefallen, weil sie in der Früh halt auch immer schwerer die Augen aufkriegt. Jetzt sieht sie auch zum ersten Mal den Ring, den sich die Jennifer in die Nase gehängt hat wie eine Kuh, und all die Stifte, mit denen sie ihre Ohren durchbohrt. Sie sieht, dass die Jenny die roten Marlboro auf Lunge raucht, und dass sie sich die Haare grün färbt. Sie sieht die zerrissene gelbe Strumpfhose und die schweren schwarzen Stiefel ohne Schuhbänder, in denen sie herumlatscht.

„Mein Gott“, schreit die Anni jetzt beim Anblick ihrer Tochter, „du bist ja ein richtiger No-Futon-Typ geworden!“ Sie glaubt jedenfalls, dass das so heißt.

„Die Manu liegt oben im Zimmer und stirbt“, sagt die Jennifer jetzt leise.

„Was muss denn noch alles passieren?“, schreit die Anni. „Muss ich ein Kind auch noch verlieren?“

Wie die Anni ins Kinderzimmer gelaufen kommt, sieht sie die Manuela in ihrem Bett liegen, und da treten ihr schon die Augen hervor. Sie hat sich in einen rotgesichtigen Blasebalg verwandelt, der aus dem letzten Loch pfeift. Und sie atmet wie ein Kessel, dem gleich der Deckel wegfliegt.

„Ja was ist denn mit ihr passiert?“, schreit die Anni die Jennifer an. „Was hat sie denn getan?“

„Sie hat was gefressen", sagt die Jennifer und zeigt der Mama eine Tablettenschachtel. Und sie gesteht, dass die Manu doch ecstasysüchtig ist und sie halt geglaubt hat, dass da in der Schachtel welche drin sind.

„Aber das sind ja gar keine Ecstasy!", schimpft die Anni. „Das sind ja Viagra! Wo habt ihr denn die wieder her?"

„Die haben wir gefladert", gesteht die Jenny und deutet auf zwei Handtaschen, die auf dem Tisch liegen.

Da fängt die Anni an zu schluchzen und fällt wie ein Sack zur Manu hinein ins Bett. Sie schließt ihre Tochter fest in die Arme und weint verzweifelte Tränen. Die Jennifer setzt sich dazu und streichelt der Mama sanft über den Kopf.

„Warum habt ihr mich denn belogen?", schluchzt die Anni. „Warum? Warum? Warum?"

„Die sagen Hurenkinder zu uns", antwortet die Jenny. „Und Missis Propper."

Weil ihn der Doktor Krisper natürlich immer sofort verständigt, sobald er selbst zu einem außergewöhnlichen Krankheitsfall mit möglicherweise kriminellem Hintergrund gerufen wird, wirft sich der Biermösel sofort den Wetterfleck über, kaum dass ihn im Auerhahn drüben der entsprechende Anruf ereilt hat.

Nach kurzer Fahrt im strikten Regen stößt er als Ermittler zu dem ganzen Theater bei der Anni dazu, da graut schon wieder der Morgen. Am meisten aber graut ihm bei der Vorstellung, was alles hätte passieren können, wenn die Manuela noch zwei oder drei Viagra mehr gefressen hätte. Da hätte er sich nämlich um eine auf der Olivetti getippte Todesmeldung nicht mehr herumschwindeln können!

Nach einer ersten Ad-hoc-Analyse vom Sachverhalt war auch dem Biermösel als erfahrenem Ermittler sofort klar, dass die Jennifer und die Manuela die zwei mutmaßlichen Rotzbuben sind, nach denen er während der letzten Tage in mühsamer Detailarbeit und ohne die geringste Mühe zu scheuen Ausschau gehalten hat. Bravo!

Ganz glücklich kann er darüber natürlich nicht sein, weil er mit seinen Vermutungen und Mutmaßungen davor wieder einmal ein bisserl sehr danebengelegen ist, aber ein bisserl sehr sehr! Wie er aber die Viagra auf dem Tisch sieht und die Handtascherln daneben, kann er sich wenigstens damit trösten, dass er in Hinblick auf den Verdacht

„Sexroboter“, als die er die zwei deutschen Schweinderln mittlerweile bezeichnen muss, mehr als richtig gelegen ist. Also will er sich über die Fehleinschätzung hinsichtlich Geschlecht der Täter nicht weiterärgern, genügt eh, dass die Anni mit den Nerven komplett am Ende ist, warum also sollte er sich da auch noch ärgern.

„Ich hab Töchter herangezogen“, wirft sich die arme Anni in einer Art Selbstgeißelung vor, „die Touristen überfallen und den ganzen Ort in Angst und Schrecken versetzt haben!“

Sie ist darüber so parterre, dass sie sich gleich in allen Punkten schuldig bekennt und sich bereit erklärt, noch einen Kredit (noch einen!) aufzunehmen, um den entstandenen Schaden zu begleichen. Sie will sich auch gar nicht dagegen wehren, wenn der Biermösel in Ausübung seiner Pflicht jetzt gleich die Behörden verständigt und diese ihr die Zwillinge noch heute Nacht wegnehmen werden.

„Aber schau, dass sie in ein gutes Heim kommen!“, fleht sie den Biermösel an, „sie sind ja im Grunde keine schlechten Menschen!“ Dann streckt sie dem Biermösel die Arme entgegen, damit er ihr die Handschellen anlegt. Und schließlich hält sie ihm überhaupt die Schläfe hin, damit er die Glock zieht und sie erschießt. Aber der Biermösel sagt nur:

„Geh red nicht so blöd daher, Anni. Red doch bitte nicht so blöd daher.“

Dem Biermösel zerreißt es fast das Herz, wie er die Anni Rotz und Wasser weinen sieht. Er weiß, dass sie härter arbeitet als jeder andere im Ort. Und er weiß auch, dass sie ihren zwei Mäderln trotzdem nicht jeden zweiten Tag ein neues Handy oder irgendeinen Dreck vom Elektromarkt drüben in Gmunden kaufen kann, wie das sonst alle mit ihren verzogenen Rotzbuben und Rotzmädeln tun. Und ganz sicher wird sie sich auch diesen Herbst wieder keinen neuen Wetterfleck vom Tripischowski drüben in Ischl leisten können, das wird trotz ihrer gewaltigen Anstrengungen einfach wieder nicht drinnen sein.

Da lässt der Biermösel die Glock lieber im Halfter stecken und zieht stattdessen das Kuvert mit den 10.000 Euro aus dem Wetterfleck, die er vom Bürgermeister und vom Seebachwirten im Zuge vom Biermösel’schen Tatausgleich als kleinen Baustein für seinen Lebensabend erpresst hat. Er legt der Anni das Geld in die Hände und umschließt diese sanft mit seinen riesigen Pranken. Er schaut ihr tief in die verweinten Augen und sagt noch einmal:

„Ich bitt dich, Anni, red doch nicht so blöd daher."

Und weil die Manuela mit dem auf Hochtouren arbeitenden Blutdruck in ihrem Körper sowieso schon Strafe genug erleidet, bittet der Biermösel die Anni nur noch, dass sie ihm die zwei Handtascherln aushändigen und in Zukunft einfach den Mund halten soll, falls noch einmal wer davon redet.

Da hat auch der Doktor Krisper endlich den gröberen Überdruck aus dem Körper von der Manuela abgelassen und beziffert ihre Überlebenschancen mittlerweile mit knapp 100 Prozent (weil sie jung und im Grunde gesund und stark ist). Und als herbeigezogener neutraler Schnellrichter stimmt er dem Vorschlag vom Biermösel zu, dass sie alle miteinander die ganze depperte Geschichte einfach vergessen sollen.

Nur: Er kann als eingetragenes Parteimitglied und aus der gewissen Verantwortung heraus natürlich beim besten Willen nicht das Haus verlassen, ohne dass er den mahnenden Zeigefinger erhebt und den beiden Heranwachsenden im Auftrag der Frau Unterrichtsministerin eine Broschüre zum Thema Drogen und Doping auf den Nachttisch legt, sein Leibthema. Und in dieser Broschüre, erklärt er jetzt der Jennifer mit eindringlichen Worten, schreibt die Frau Ministerin sehr übersichtlich, dass der junge Mensch vom Haschisch und vom Ecstasy besser die Finger lassen und lieber brav sein und die Blockflöte spielen soll. Ja, fährt der Doktor Krisper fort, die Frau Ministerin bittet die Jenny und die Manu vermittels dieser Broschüre einfach inständigst, dass sie zu den ganzen blöden Drogen in Zukunft einfach überhaupt „Nein" sagen sollen, „Nein, Nein und noch einmal Nein! Okay?"

„Okay."

Da ertrinkt die Anni fast im Tränenmeer!

Von so einer großzügigen und verständnisvollen Seite hat sie einen Mann auch noch nie kennen lernen dürfen, geschweige denn zwei. Und sie schämt sich auf einmal so, dass sie in letzter Zeit nicht nur gut über den Biermösel gedacht hat. Sie weiß jetzt, dass der wirklich nicht geizig ist und mit nichts zurückhält, auch nicht mit seinem Geld.

Da fällt die Anni dem Biermösel um den Hals und busselt ihn von oben bis unten ab, und das tut ihm gut.

Weil der Biermösel aber nahe am Wasser gebaut ist und ihm dermaßen gefühlsdurchtränkte Situationen immer sehr zusetzten, muss er dringend einen Ausweg suchen, der den Übergang zur Tagesordnung erlaubt oder ihn zumindest einen entsprechenden Eindruck vermitteln lässt.

Und weil jetzt die Manuela einerseits eine sehr ansprechend gestaltete Broschüre von der Frau Bundesministerin in Händen hält und die Anni andererseits eine sehr ansprechende Summe von ihm, die Jennifer aber ihrerseits gar nichts, greift er in seiner Not nach der Mon Chéri, die er immer noch im Wetterfleck mit sich herumträgt, und hält sie ihr hin, damit auch sie nach dem ganzen Schlamassel eine kleine Freude hat.

Wie ihn die Jennifer aber aus ihren schwarz umränderten Augen heraus anschaut, und wie ihn die Anni aus ihren geröteten und verweinten Augen heraus anschaut, und wie ihn der Doktor Krisper (der Barzahler!) über seine Doktorbrille hinweg mitleidig anschaut und vorwurfsvoll den Kopf schüttelt, da weiß auch er:

Falsche Adresse, Biermösel! Aber komplett falsche Adresse!

Heimkehr

Brrr! Brrrr!! Brrrrr!!!

Damit musste die Ivana wohl rechnen, dass der Tiger sie gereizt bis auf die Knochen aus seinem Bau expediert und gleich wieder heruntersperrt in das Tiefkühlkellerloch, wo seine Jägertracht über dem Heizkessel hängt. Nach seinem ganz persönlichen Waterloo im Serengeti musste er einfach den Starken markieren, damit er sich vor ihr nicht vollends zum Idioten macht. Darum hat er ihr auch gleich die Heizung im Heimwerkerraum abgedreht, Strafe muss schließlich sein. Na gut, sieht auch die Ivana ein: *Das* hat keiner gerne, wenn ihm eine in den Tigertanga kotzt.

Eine Atmosphäre klirrender Kälte herrscht hier herunten, und die Ivana muss zu Recht fürchten, dass sie es sich unten herum schnell und komplett vertun wird, auch und gerade weil sie jung ist. Sie neigt ja leider zur Unvernunft und trägt trotz der Minusgrade nichts weiter als die hauchdünne Combinaige an der glatten Pfirsichhaut, die ihr der Schlevsky eigentlich vom Leibe reißen wollte, bevor dann aber wieder alles ganz anders gekommen ist. Dazu läuft sie barfuß über den Betonboden, weil er ihre Stilettos zusammen mit dem Shubidu Jack aus dem Fenster geworfen hat. Und so träumt sie nun bei sibirischen Temperaturen von der langen Kamelhaarunterhose, die sie in seiner Herrenhandtasche gefunden hatte, als sie nach Zigaretten stöberte.

Die wäre jetzt genau das Richtige für sie!

Allerdings: Besser – und jetzt träumt sich die Ivana in eine längst vergangene Zeit und Welt –, besser noch wäre die sechzehnfachgewalkte Lodenhose vom Pavel, mit der dieser den Heizungsausfällen auf dem Atom-U-Boot getrotzt hat, damals, als sie noch alle glücklich waren zu Hause in Nowaja Semlja.

Ach Pavel, oh Pavel!, flüstert die Ivana nun auf Russisch. Liebst du mich denn noch, dort oben im Himmel? Siehst du mich, dein kleines süßes Reh? Siehst du, wie ich mir einen roten Pavianarsch friere, weil es hier herunten so verdammt kalt ist, kälter als in Sibirien. Pavel, ist es wenigstens warm da oben im Himmel? Ist es schöner als hier in Aussee?

Ach, ich will ja gar nicht jammern, sucht die Ivana ihren Optimismus wieder und spricht weiter in die Dunkelheit hinein mit ihrem

Pavel. Hast du mich vielleicht jemals jammern gehört oder fragen, wozu das alles gut gewesen sein soll, dass mich das Schicksal hierher verschlagen hat? Noch lebe ich ja, und du bist tot. Und der Tod, der richtige Tod im Bärengehege, das weißt du, Pavel, besser als ich, der ist bei weitem schlimmer als der langsame Tod, den ich mir bald in diesen Wetterkatastrophen holen werde, wenn ich nicht schnell von hier wegkomme. Denn es ist grausam hier, Pavel, nass und kalt. Ganz anders kalt als zu Hause in Nowaja Semlja, wo die Ivana ihre 24 Geschwister zurückgelassen hat.

Jetzt, in ihrer einsamsten Nacht, denkt sie ständig an sie, zumindest an jene, an deren Namen sie sich noch erinnert. Am meisten aber denkt sie in dieser ausweglosen Situation an ihr geliebtes Mütterchen, die Wladimira, die sich immer noch den Buckel krummrackert auf den Atom-U-Booten der Nordmeerflotte und vielleicht die bekannteste Heldin der Arbeit, Neigungsgruppe Rauswischen, der Sowjetunion überhaupt war. Allein unter Genosse Breschnew, erinnert sich die Ivana nicht ohne Stolz, wurden ihrem Mütterchen bis heute unerreichte 17 Verdienstklobesen in Bronze und neun Verdienstputzkübel in Silber überreicht. Dazu wurden ihr 23 Verdienstklopapierblätter in reinem Gold zwar zugesagt, jedoch nie feierlich überreicht, weil das Reich des Bären natürlich in diesen Zeiten weit und breit kein Gold lagernd hat, woher auch nehmen, wenn nicht stehlen!

Dafür muss sich ihr Mütterchen heute mit umgerechnet vielleicht 34 Cent auf die Hand begnügen, im Monat natürlich, Essensmarken exklusive, die hat ihr der Putin neuerdings auch gestrichen.

Kein Wunder, denkt die Ivana nur positiv über ihr Mütterchen, kein Wunder, dass sie nebenher eine Lustige hat werden müssen. Allerdings, und jetzt muss die Ivana erstmals weinen, mit Sicherheit die traurigste Lustige der gesamten Sowjetrepubliken. Denn da müsste ihr Mütterchen schon einen ganzen Kübel Klebstoff schnüffeln, um sich an eine einzige lustige Minute in ihrem Leben zu erinnern, so unsagbar traurig verlief das Leben von ihrem Mütterchen.

Mütterchen!, ruft die Ivana. Warum sind sie so weit weg, die Tage der Kindheit, als ich mich an dich, Mütterchen, schmiegen konnte, wenn du am Abend wie tot von der Arbeit am Atom-U-Boot nach Hause gekommen bist? Warum sind sie so schnell vergangen, die Tage, da ich Kind sein und an deinem Rockzipf hängen durfte? Gewiss, wir hatten nichts, Mütterchen, aber wir hatten uns, und du warst bei mir. Warum also sind sie so unwiederbringlich verloren, die Tage der langen Winter, an denen wir alle 25 Kinder 24 Stunden am Tag schlafen konnten, in unserem Bettchen mit den dicken Sibirientigerfellbezügen (den echten!), die ganz anders waren als die von diesem Mann da oben, der mich hierher gebracht hat. Längst vergangen auch der Tag, an dem du mir den ersten Wodka eingeflößt hast, oh Mütterchen, wie warm war es mir da plötzlich, wie warm in diesen bitterkalten Nächten auf Nowaja Semlja, wie wohlig warm war es mir nach diesem Wodka! Mütterchen, ich vermisse dich so sehr. Ich weine um dich, mein Mütterchen, bitte halte mich fest, bitte wärme mich, wenn ich bald wieder heimkommen werde zu dir. Ich werde bestimmt noch einmal heimkommen, Mütterchen, das werde ich bestimmt, irgendwie und irgendwann werde ich – *heimkehren.* Warum soll das denn nicht sein? Das ist doch alles möglich. Und das ist nicht bloß möglich, das ist sogar gewiss!

Die Ivana spürt mittlerweile ganz gehörig den Klebstoff, den sie hier im Heimwerkerkeller des Tigers ertastet hat und der sie nun wie in einem Nazi-Propagandafilm stottern lässt. Sie schnüffelt den Klebstoff gegen die Kälte (sinnlos) und gegen die Angst (geht so). Sie macht sich Hoffnung mit dem Klebstoff (bald wird sie mehr brauchen) und verscheucht damit ihre depressiven Gedanken, die sie verfolgen seit jenen seltsamen Ereignissen oben in Strudelwasser a.d.O.

Warum soll sie also, wenn sie erst den ganzen Klebstoff geschnüffelt hat, nicht wirklich noch einmal heimkehren dürfen, fragt sie sich. Denk doch bloß, Ivana, feuert sie sich an, wie das sein wird, wenn um dich herum wieder lauter Russen sein werden. Denk doch bloß, dass dann alle um dich herum keine Außerirdischen mehr sein werden, die Ausseerisch reden und sich diese komischen grünen Decken umhängen und Hüte mit komischen Bärten obendrauf tragen! Denk doch bloß, wie das sein wird, wenn alle wieder Breschnew-Mützen tragen, und zwar die echten!

Allmählich schießt ihr auch leichtes Fieber in das hübsche Köpfchen und reicht dort oben dem Klebstoff die Hand. Bald wird das Zittern ihres perfekten Körpers zu einem Beben. Wie die kleine Matroschka auf einer der 8000-Watt-Bassboxen vom Schlevsky hüpft sie im finsteren Kellerraum auf und ab. Wenn sie so weiterhüpft, denkt sie, kann es gut sein, dass sie bald zum Pavel hinaufhüpfen wird in den Himmel, der für die Ivana weiß Gott nicht immer voller Geigen hing.

Pavel!, fantasiert die Ivana, als sie endlich den Lichtschalter ertastet und die Lodentracht des Schlevsky über dem Heizkessel entdeckt, Pavel, rette mich!

Sie kann nun nicht mehr aufhören, an ihre große Liebe Pavel Romanowitsch zu denken! Dieses herrliche Bild von einem Mann von einem Taucher auf einem Atom-U-Boot der russischen Nordmeerflotte. 1994 Spartakiadesieger im „Rückenschwimmen über 1000 Kilometer" durch die bitterkalte Nordsee bei minus 2 Grad ohne Gummianzug! Weiters Jahrgangsbester auf der Akademie unten in Rostow am Don im „Schnell-im-Taucheranzug-Atombomben-am-feindlichen-Objekt montieren" (ein Praxiskurs)! Dazu unerreicht im Kursus „Auslöschen-sämtlicher-Lebensformen-zum-Wohle-der-Sowjetrepublik-im-Umkreis-von-300.000-Quadratkilometern" (ein Theoriekurs, glaubt sie jedenfalls. Früher aber lebten mehr Menschen auf Nowaja Semlja, darauf würde sie ihren süßen Arsch verwetten). Und dann natürlich diese Uniform und diese riesige Kappe auf seinem Kopf, die im Durchmesser größer war als der Schreibtisch vom Obersten Sowjet! Summa summarum und grosso modo war der Pavel nicht nur ihre große Liebe damals, sondern auch eine erstklassige Partie mit Pensionsanspruch schon in zwei Jahren. Ihre gemeinsame Hochzeit war nur noch eine Frage des gesetzlichen Alters. Bei ihm wäre es ja gegangen, er war ja schon 40 damals. Doch sie war erst vierzehn. Und das war sogar in den Chaostagen des Postkommunismus und in den Herrschaftsjahren des Verbrechens zu jung, um heiraten zu können, trotz ehrlicher und aufrechter Liebe.

Pavel!

Wer weiß denn schon, fragt sie sich jetzt in der Rückschau und mit der zweiten Tube Klebstoff in der Hand, wer weiß denn, fragt sie sich, als ihr schon Frostbeulen an den Zehen wachsen, wer weiß, fragt sie sich abermals und weiß plötzlich nicht mehr, was sie sich eigentlich fragen wollte. (Ein bisschen blond kommt sie sich mit ihrer Perücke schon manchmal vor. Dabei ist sie doch in Wahrheit rot wie das kommunistische Manifest.)

Ah, fällt ihr jetzt wieder ein, was sie sich fragen wollte: Wer weiß denn schon, wie alles gekommen wäre, wenn der Pavel ihr nicht zu ihrem 14. Geburtstag etwas *ganz Besonderes* schenken wollte?

Plötzlich hat er den Druck der Jugend gespürt und gemeint, er könne sich seiner Ivana nicht mehr ganz sicher sein (der Ivan! Der Sergej! Der Wolodja! Der Wladimir! Der Sergej II, der Leonid, der Romantsew! Okay, ein paar Episoden hatte sie schon, wenn er wochenlang am Atom-U-Boot Dienst schob, aber nie etwas Ernstes!). Und er wollte ihr nicht wieder nur einen Gutschein für zehn Kilo Fischstäbchen schenken, wie all die Jahre zuvor. Zu ihrem 14. Geburtstag, nahm er sich fest vor, sollte es nichts weniger als ein Pelzmantel werden!

Doch woher nehmen, wenn nicht einen Tiger stehlen und anschließend häuten?

Oh Pavel!, weint die Ivana nun. Idee gut, Ausführung schlecht, weil tödlich! Den Erlebnispark samt Zoo unten in Workuta hatte er sich als Ziel ausgesucht und war dort mit seiner Kalaschnikow im Anschlag und mit dem Todstecher in der Hand sowie mit einem exakt aufgezeichneten Plan eingedrungen, jedoch leider ohne Hirn im Schädel, wie das die Art der Männer ist. Im Gehege des Zoos wollte er die gesamte versammelte Tigerfamilie ins Blutbad schicken, und aus dem Fell der Frau Tigermama wollte er seiner Ivana von der Schwiegermutti einen ansehnlichen Mantel schneidern lassen, einen gekauften hätte er sich ja trotz all seiner Verdienste und Auszeichnungen bei diesem Gehalt in hundert Jahren nicht leisten können!

Oh Pavel, besoffener, mutiger Pavel, warum warst du so dumm dumm dumm? Du hättest doch wissen müssen, dass ein russischer Zoo in einer russischen Winternacht kein teuer ausgeleuchteter Gucci-Laden unten in Milano ist! Und du hättest sofort weglaufen müssen, als du gemerkt hast, dass du an der falschen Tür geläutet hast.

Plötzlich stand der Pavel nämlich im Schlafzimmer der Frau russischer Bär, und die war ein anderes Kaliber als der sibirische Tiger: vier Meter 50 groß war sie, und 8000 Kilo schwer, also pass auf, oh Pavel, so pass doch auf!

Doch zu spät. Die Frau Bär hat ihrem Pavel mit dem rechten Zeigefinger einen Scheitel gezogen bis hinunter zum Schambein, sodass sie ihn in zwei schöne Hälften geteilt hat. Und weil auch die Tiere in den russischen Zoos nicht jeden Tag frisches Fleisch zum Fressen bekommen, war die Bärin natürlich hungrig (wie ein Bär) und hat den Pavel tranchiert, in seinem eigenen Blut aufgetunkt und ihn bis auf die Knochen verspeist.

So jedenfalls stand es damals geschrieben in der „Prawda“, und die schreibt die Wahrheit.

Mütterchen, oh Mütterchen!, ruft die Ivana. Grüß mir meine Babuschka unten in Rostow am Don. Sag ihr, die platinblonde Perücke made in Czechoslovakia, die sie mir zu ihrem 114. Geburtstag vermacht hat, sie tut es immer noch, sie muss es tun! Grüß mir weiters mein Schwesterchen Ninotschka, die die Jüngste, die Hübscheste, die Anmutigste von uns allen ist, die einzig wirklich Blonde. Grüß mir meine beiden Brüder Wladimir und Iljitsch unten in Tschetschenien und sag ihnen, sie sollen endlich aufhören, sich die Schädel einzuschlagen, oh Mütterchen, der Krieg bringt doch nur die Leute um!

Grüß mir vor allem aber auch das Meer, Mütterchen, die ungestüme und wilde Nordsee, sie ist wie mein Schatzkästchen, die ungestüme und wilde Nordsee, immer ungestüm und wild.

Und – Mütterchen! Mir ist so kalt! – grüß mir unsere Heimaterde, die gute alte Neue Erde.

Irgendwann werde ich wieder in einem russischen Bett schlafen, träumt die Ivana in dieser fremden und feindlichen Gegend vor sich hin. Und in der Nacht, wenn ich aufwache, wird mein Herz in einem süßen Schrecken plötzlich wissen, dass ich ja mitten in der Neuen Erde schlafe, daheim und zu Hause. Und ringsum, da schlafen Millionen russische Herzen und pochen in einem fort leise: Daheim bist du, Ivana, daheim bei den deinen!

So wird es kommen, ist die Ivana überzeugt. Und es wird mir ganz warm ums Herz werden, dass die Krume des Ackers und das Stück Lehm und der Feldstein und das Zittergras (Uiiiii! So kalt ist mir!!) und der schwankende Halm der Haselnussstaude und die Fichten und die Bäche, dass das alles russisch sein wird, wie ich selber zugehörig zu mir, weil es ja gewachsen ist aus Millionen Herzen der Russen, die eingegangen sind in die Erde und zu russischer Erde geworden sind, denn – Nastrowje! – wir leben nicht nur ein russisches Leben, wir sterben auch einen russischen Tod. Jawoll, so und nicht anders ist es!

Mütterchen!, beruhigt sich die Ivana langsam wieder. Da hängt ja einer dieser grünen Fetzen über dem Heizkessel, wie sie ihn hier alle tragen, sogar der Staatssicherheitsdienst. So ein Wetterfleck ist kein sibirischer Tigermantel, Mütterchen, er ist hässlich und unförmig. Aber uiiii, ruft die Ivana plötzlich begeistert, hier sind ja auch warme Socken und feste Schuhe! Und uiii, da ist ja auch ein Fenster, Mütterchen, das mach ich jetzt auf! Und da draußen ist Erde, hurra, denn es ist ein Kellerfenster, so ein Glück, da steig ich gleich hinaus!

In dreitausend Tagen kann ich wieder bei dir sein, Mütterchen, wenn ich mich gleich auf die warmen Socken mache, denkt die Ivana.

Was aber ist es für ein Land, in dem dieses Aussee liegt? Ist es Libyen? Ist es Disneyland? Uruguay?

Manche meinen ja, sein fürchterlicher Crash damals wäre vorhersehbar gewesen, weil sie auch meinen, dass er überhaupt nicht Auto fahren kann. Andere meinen, er würde seine Verehrung für den Niki Nazionale vielleicht ein kleines bisschen zu weit treiben, weil er sich vor einem halben Jahr mit der rechten Gesichtshälfte auf die heiße Herdplatte gelegt und sich das halbe Gesicht sowie das ganze rechte Ohr weggeschmort hat. Der Biermösel wiederum meint, ein katholischer Deutschlehrer ohne Führerschein und eine wilde Rennsau mit Perspektive – das geht nie im Leben zusammen! Und die Anni meint, er solle sich zusammen mit seiner schönen Lehrerfrühpension lieber um sie und ihre Zwillinge kümmern und seine so genannten „Spinnereien" hintanstellen.

Aber was weiß die Anni? Was wissen die anderen? Und was weiß denn schon der Biermösel?

Er selbst ist überzeugt, dass ihm – gemessen an seinen fahrerischen Fähigkeiten – sehr wohl ein Boxenluder als Gefährtin im Lebensabend zusteht anstatt einer Putzfrau. Er ist weiters davon überzeugt, dass er sehr wohl der legitime Nachfolger vom Niki sein kann, auch als katholischer Deutschlehrer, und dass unter all den Kurvenakrobaten und Schönwetterfahrern nur er imstande sein wird, die Kurve an der Abzweigung nach Goisern doch noch im Vollgasrausch zu bezwingen. Ja, er ist heute mehr denn je davon überzeugt, dass sich der Höllenritt im Audi Quattro *damals* sehr wohl ausgegangen wäre, wenn er nur ein etwas renntauglicheres Chassis mit einem in Nuancen stabileren Fahrwerk und härteren Stoßdämpfern zur Verfügung gehabt hätte – einen feuerroten Ferrari F50 mit Sport-Life-M811-Stahlgürtelreifen von Semperit zum Beispiel, der selbst in den dramatischsten Kurven auf der Straße klebt wie ein Kaugummi an der Schuhsohle, und der heute Nacht ungenutzt oben beim Schlevsky in dessen Garage steht.

„Beweise?", richtet sich der Mallinger in einer imaginierten Pressekonferenz an die fragende und seiner Meinung nach zu Unrecht skeptische Reportermeute.

„Könnt ihr gerne haben, Freunde! Noch heute Nacht!"

Schon rast. er als kleines Warm-up im Autodromo Enzo e Dino Ferrari mit über 300 Sachen auf die Piratelle-Kurve zu, bremst sich vor der schwer einsehbaren Schikane Aque Minerali in weniger als zwei Sekunden auf unter 50 herunter, vierter Gang, zweiter, und gleich beschleunigt er im königlichen Park von Imola wieder hinaus auf die lange Gerade, die ihn vorbei an Start und Ziel und an den jubelnden Massen endlich hinauf zur gefürchteten Tamburella-Kurve bringt, da zittert die Tachonadel schon wieder bei 230, zu schnell, Mallinger, zu schnell! Und dann, nach der zweiten Zwischenzeitnehmung, als er sich an seine persönliche Bestzeit heranzutasten beginnt – wird ihm Imola schon wieder zu langweilig!

Seine Aufmerksamkeitsschwelle ist die eines kleines Kindes, sein Konzentrationsvermögen schwerst gestört infolge der damals beim Crash erlittenen Kopfverletzungen. „Dieser italienische Bambinokurs", wie er sich immer über den Grand Prix von San Marino ärgern muss, fordert seine enormen Fahrkünste einfach nicht entsprechend heraus!

Der Mallinger richtet sich auf und macht ein paar schnelle Rumpfbeugen und entspannende Beckenkreisel. Er reißt die Arme weit in die Höhe (als würde er einen Pokal stemmen!) und stimuliert seinen Kreislauf mit rhythmischen Pumpbewegungen der Hände.

„Das kannst du besser!", feuert er sich an.

Er zwängt sich wieder in seinen Ferrari-Schalensitz vor dem 200-x-300-Flachbildschirm an der Wand und wechselt im Menü seiner Playstation auf den Nürburgring, dessen berühmt-berüchtigte Nordschleife nicht erst seit und nicht nur wegen dem fürchterlichen und beinahe tödlichen Feuerunfall vom Niki im Jahre 1976 seine absoluten Lieblingsstrecke im gesamten Rennzirkus ist.

Auch die delikaten Witterungs- und Streckenverhältnisse in der Eifel machen diese Strecke zu einer perfekten Blaupause für seine Pläne: Die unverhofft einfallenden Nebelbänke dort; der kurzerhand einsetzende Flutregen; das stets diffuse Licht – all das erinnert ihn nur zu gut und mit wohligem Schaudern an die Wetterverhältnisse während seiner stets mehr als gewagten Fahrten über die nassen Bundesstraßen des Ausseerlandes hinüber nach Goisern, und er bekommt sofort eine Gänsehaut, wenn er an die wenigen Minuten seines Lebens denkt, während der er sich als richtiger Mann fühlen durfte, stark und mutig und verwegen.

Doch nicht nur vom Wetter, auch vom Streckenprofil her, von der Kurvenbeschaffenheit und dem wechselnden Rhythmus der Beschleunigungs- und Bremszonen hat die alte Arvus-Strecke die größte Ähnlichkeit mit seinen früheren Höllenritten hinüber nach Goisern – die Hohenrain-Schikane, die Döttinger Höhe, das Kesselchen und die Fuchsröhre! Streckenabschnitte, die höchste Konzentration und Fahrkunst verlangen und deren Namen jedem Kurvenartisten auf der Zunge zergehen.

Und dann natürlich die Nordkurve! Sobald er diesen Namen nur hört, schießen dem Mallinger sofort die Glückshormone in den gedrungenen Körper. Die Nordkurve des Nürburgringes ist die mit Abstand gefährlichste Kurve im ganzen Rennzirkus überhaupt, die ungekrönte Königin der Kurven. Sie ist schwerer zu durchfahren und kann mit mehr tödlichen Unfällen aufwarten als all die anderen Kurven auf all den anderen Rennstrecken der Welt (oder all die anderen Babykurven, wie er sie abschätzig nennt: die Lesmo und die Parabolika auf der *so genannten* Hochgeschwindigkeitsstrecke von Monza; die Eau Rouge in der *so genannten* Hölle der Ardennen – allesamt nur: lächerliche Babykurven!).

Ganz anders die Nordkurve des Nürburgringes! Wer sie mit Vollgas zu nehmen versucht, wie dies der Niki damals tat, als sein Wagen nach rechts ausbrach und er beinahe im Feuer umkam, der spürt den Atem des Todes (sagt der Heinz Prüller). Vor allem aber: Die Nordkurve hat – welch glückliche Fügung! – genau dasselbe Profil und die gleichen Radien wie seine ewige Herausforderung, wie der schmerzhafte Stachel in seinem Fleisch, wie der Ort seiner bittersten Niederlage und seines für die Hertha und den kleinen Niki letztendlich tödlichen Scheiterns. Die Nordkurve des Nürburgrings ist wie die Abzweigung nach Goisern.

Es ist still in seinem Einfamilienhaus, und es umhüllt ihn die tiefe einsame Nacht, sobald der Mallinger den Dolby-surround-Ton seiner Playstation abschaltet und er nur noch Konzentration und höchste Anspannung ist. Die Nordkurve des Nürburgrings ist so gefährlich, dass er sich nun sogar ein Sankt-Christophorus-Medaillon an die Playstation klebt, bevor er den Wagen über die alte, 25 Kilometer lange Strecke jagt. Kaum, dass er nach einer lockeren Aufwärmrunde Start und Ziel passiert hat, fliegt er schon mit 240 Sachen Richtung Norden, und er imaginiert sich das heftige Rütteln und Schütteln zwischen Döttinger Höhe und Antoniusbuche während der über vier Minuten dauernden Fahrt Richtung Nordkurve über das endlose Waschbrett der holprigen Straße mit ihren unzähligen Bodenwellen. Schon fängt er wieder an zu zittern, und vor Aufregung verliert er die Kontrolle über seinen Speichel, der ihm aus den Mundwinkeln auf seinen Pyjama hinuntertropft. Die Bodenmarkierungen ziehen rasend schnell an ihm vorbei, als er den Motor auf 19.000 Umdrehungen hochtreibt, da hat er schon wieder 300 Sachen drauf, zu schnell, Mallinger, zu schnell! Im schnellen Linksbogen fliegt er Richtung Tiergartenschikane und erreicht die erste Zwischenzeitnehmung im Karussell, sehr schöne Fahrt, alles kein Problem, alles mit Vollgas.

Dann – Vorsicht! – ein beinahe zu scharfer Kurvenanschnitt bei Breischeid, wo er mit den linken Rädern auf die Grasnarbe gerät – ist das aufregend! – und es ihn beinahe zerbröselt, zu schnell, Mallinger, zu schnell! Nun erahnt er nur noch die Strecke vor sich, weil er im Menü seiner Playstation auf „Sauwetter" gewechselt ist. Er rast im Blindflug durch die Gischt, die sich vor ihm auftürmt. Er ist ganz Konzentration, als er mit akrobatischen Lenkmanövern und mit Vollgas den Fliehkräften trotzt, die an ihm zerren. Und er ist ganz Niki, als er auf dem gefährlich glatten Terrain endlich den Eingang zur Nordkurve erreicht, mit Vollgas natürlich, und selbstverständlich bereits im Geschwindigkeitsrausch. Mit ungeheurer Kraft drückt es ihn in seinen Schalensitz hinein, es presst ihm das Kinn gegen die Brust, und kurz wird ihm sogar schwarz vor Augen, als er den Boliden endlich in die Kurve hineinlenkt, zu schnell, Mallinger, zu schnell! Doch er geht nicht vom Gas, er bremst nicht, der Mallinger bremst niemals. So wie er auch damals nicht vom Gas gegangen ist und nicht gebremst hat, als er den Audi Quattro über eine Bodenwelle peitschte und dieser für endlose Sekunden *off ground* war, bevor er sich schließlich aus der Kurve an der Abzweigung nach Goisern endgültig Richtung Mischwald verabschiedet hat – Christophorus, oh Treuer, behüt uns am Steuer!

Es ist still, als der Mallinger realisiert, dass es ihn schon wieder in der Nordkurve zerbröselt hat. Wütend springt er aus seinem Ferrari-Schalensitz. Wütender und gedemütigter beinahe als der Niki 1977 nach seinem verlorenen WM-Titel in der Regenschlacht von Fuji. Kurz fragt er sich, wie das nun wieder passieren konnte, wo er sich doch dem Heiligen überantwortet hatte und sein Medaillon am Bildschirm klebte.

Nach einer kurzen Schrecksekunde und einer schnellen kalten Dusche aber, und nach einem langen Blick zum Bildnis der Heiligen Jungfrau Maria beruhigt sich der Mallinger wieder, und als er das Medaillon des Heiligen vom Fernseher nimmt, kommt wieder seine Zuversicht zurück.

Soll er sich denn wegen dieser ein klein wenig missglückten virtuellen Generalprobe am Simulator von seinem Plan *in realo* abhalten lassen?

Sicher nicht! Alleine der Gedanke, morgen als gefeierter Star in den Deutschunterricht für Ausländer zu kommen, als derjenige, der die Kurve nach Goisern endlich *trotz allem was dagegen sprach* als Erster und Einziger im Geschwindigkeitsvollrausch genommen haben wird, zerstreut jeden Zweifel an seiner Mission. Und die Vorstellung, dass die kleine Blondine mit dem unruhigen Magen aus der ersten Reihe sehr bald wissen wird, dass er *kein* stotternder, auf Sicherheit bedachter Deutschlehrer mit einer sehr schönen Frühpension ist, sondern eine rasende, keine Gefahr scheuende Rennsau (und der Schlevsky mit seiner vergleichsweise dezenten und defensiven Fahrweise ein alter Schlauch gegen ihn!), diese Vorstellung ist einfach zu süß und letztlich jedes Risiko wert.

Da greift der Mallinger in seinen Einbauschrank und nimmt den vor drei Jahren ersteigerten und seither unter einer Plastikplane mottensicher verstauten roten Original-Weltmeister-Overall vom Niki mit dem gelben Agip-Emblem auf der Brust, das ihm immer so gut gefallen hat, heraus. Als er sich das Teil vor den durch die zahlreichen Kniebeugen und Beckenkreisel vermeintlich immer noch recht ansehnlichen Lehrerkörper hält und schließlich hineinschlüpft, trübt allerdings das in den letzten Monaten der Sinnleere und Langeweile gewachsene und doch sehr vorlaute Frühpensionswohlstandsbäuchlein den ansonsten tadellosen Gesamteindruck.

Du lieber Himmel, der Zippverschluss klemmt! Und im Schritt und am Arsch zwickt es ihn nun doch ganz gehörig!

Wie die gepellte Wurst fühlt sich der Mallinger, als er sich bückt, um in seine Nike-Rennschuhe zu schlüpfen – Poing! Da reißt auch schon die erste Naht am Arsch. Dann steckt er seine Rennhandschuhe in den Vollvisierhelm mit der rot-weiß-roten Bemalung und dreht im ganzen Haus die Lichter ab. Entschlossen tritt er hinaus in die eiskalte Nacht.

„Wawarumm!“, feuert sich der Mallinger an, als er die ersten Regentropfen spürt. „Meine Zeit wird sehr bald kommen!“

Und als er die Türe zusperrt, hält er es auch gar nicht mehr für übertrieben, dass er erst vor ein paar Tagen sein Namensschild ausgetauscht hat, aus Angst vor allzu forschen Fans und Autogrammjägern, die sehr bald sein Einfamilienhaus belagern werden.

Blutbad, unvermeidliches

Als hätte er nicht immer gewusst, dass ihm die lange Unterhose noch gewaltige Probleme bereiten würde! Kaum, dass er drüben im Himmelreich angekommen ist, zeigt die Runde der versammelten Nachtclubkönige an ihrem Pokertisch unter Vorsitz von Tony „Die Zunge" Stompanato aus Köln auch schon mit dem nackten Finger auf ihn, weil ihm das heiße Teil halb beim Arsch hinunterhängt.

Um die eigenartige Spannung ein wenig zu lösen, fragt der Schlevsky: „Tony, du hier? Was hat denn dich gefällt?"

„Die Sommergrippe", sagt der Tony nur, und schon lachen sie wieder alle.

Die lange Unterhose ist nämlich bei weitem das Schlimmste, was die harten Jungs hier seit langem zu sehen bekommen. Exakt, seit der Idi Amin Dada aus Uganda zum Pol Pot aus Kambodscha in den Hängekäfig über den glühenden Kohlen gezogen ist, wo die beiden seither gut gelaunt „Mensch ärgere dich nicht" spielen und fortwährend und akzentfrei „Hoch auf dem Gelben Wagen" singen – es ist einfach die Hölle!

In einem solchen Klima kann und will sich der Schlevsky die lange Unterhose unmöglich leisten. Also muss er unbedingt noch einmal zurück ins Leben, um sie für immer im Herrenhandtäschen zu bunkern, noch einmal zurück ins Leben! Hin und her, und her und hin, Rushhour im Schattenreich. Schon trifft er jemanden, den er zu kennen glaubt:

„Jocy? Bist du das?"

Uff! Geschafft!

Seine Seele ist wieder in seinem Körper gelandet. Als blutiger Klumpen Fleisch liegt er auf dem ehedem schönen Tigerfellbezugbett und betrachtet röchelnd die Sauerei um sich herum. Jetzt aber schnell aus der langen Unterhose raus und in den Brioni geschlüpft, bevor er sich endgültig aus diesem Leben verabschiedet. Doch ist das in seinem Zustand leichter gesagt als getan.

Und schon wird ihm wieder schwarz vor Augen!

Dass ausgerechnet er es sein würde, der das Blutbad nimmt, damit hätte er noch vor einer Stunde nicht gerechnet. Und dass es ausgerechnet dieser nachgemachte Affe Mallinger sein würde, der ihm das Blutbad einlässt, das nimmt er nun beinahe persönlich.

Eher hätte er damit gerechnet, dass dieser verrückte Bulle mit seinem Schießgewehr heraufkommt und ein paar ausstehende Strafmandate per Genickschuss eintreibt. Oder auch, dass der Kofi Annan samt einer Abordnung von Amnesty International auf einem Radpanzer zu ihm herunter ins Exil geritten kommt und ihm aus dem großen Buch der Genfer Flüchtlingskonvention vorträgt, nur weil er neulich auf dem Tingeltangel in Strudelwasser an der Oder einen Scheinasylanten ein wenig gröber angefasst hat.

Aber nein! Stattdessen steht plötzlich der Mallinger in einem roten Ferrari-Rennoverall mit lässig unter den Arm geklemmtem Vollvisierhelm bei ihm im Schlafzimmer und fordert die Schlüssel für seinen F50, weil er, wie er wörtlich sagte, endlich die Kompression an der Abzweigung nach Goisern mit Vollgas durchfahren und die Schmach tilgen muss. „Sonst glauben immer alle, ich kann nicht Auto fahren!"

Hat er schon jemals so eine gequirlte Scheiße gehört?

Für einen kurzen Moment lang vermeinte er in ihm einen berühmten Schifahrer zu erkennen: die unglaublichen Hasenzähne und das verbrannte Ohr samt schütterem Haar auf der Schädeldecke. Dazu die kleine Wohlstandswampe und keinen Meter sechzig groß.

Erinnerte er ihn an den Klammer? Oder war es der Maier? Außer ein paar Schifahrer gibt es ja in diesem Österreich niemanden, der berühmt wäre. Aber letztlich wollte es ihm doch nicht mehr einfallen, an wen er ihn erinnerte. Vielleicht lag es auch daran, dass der Mallinger sogar ein wenig sexy aussah in seiner Verkleidung, dass er ungewohnt ambitioniert und zielgerichtet wirkte, voller Optimismus und Entschlossenheit, bevor er ihn mit einem letzten „Wawarumm!" und einem fürchterlichen Schlag mit dem Helm in die Bewusstlosigkeit schickte.

Herrgott!, flucht der Schlevsky nun vor sich hin, hilf- und kraftlos in seinem Zustand des Hinüberdämmerns, während er sich auch der Unterhose nicht und nicht entledigen kann. Herrgott, warum muss denn ausgerechnet ich die Hauptrolle in dieser Scheiß-Seifenoper spielen? Hätte mir dieser Idiot nicht einfach die Elefantenbüchse an die markante Stirn setzen und das Hirn wegblasen können? Dieser verdammte Deutschlehrer in seiner Extremrage, extrem unstoisch, wie ein randalierender Chinese? Stattdessen drosch er wie ein Berserker mit seinem Vollvisierhelm auf ihn ein und klopfte ihn weich wie ein

Wiener Schnitzel, als er ihm die Schlüssel nicht sofort und freiwillig aushändigen wollte.

Warum ich?, schreit der Schlevsky immer wieder und hadert mit seinem Schicksal. Doch nur noch ein paar Hirschkühe draußen im finsteren Wald hören sein Klagen. Und mit der gewissen Einsicht, die der nahende Tod stets als Werbegeschenk mit sich führt, wenn er einen für sich gewinnen will, in der Gnade dieser Einsicht sagt er sich nun sogar:

Ich hab es nicht anders verdient. Also nehm' ich meinen Hut und sag Adieu.

„Jocy?"

Immer kälter wird es dem Schlevsky von den Zehen herauf, weil ihm der Mallinger mit einem furchtbaren Helmtreffer wohl auch die Schlagader am Schenkel zerfetzt hat.

Aber ist es nur der innere Verlust des warmem Blutes, der ihn gar so zittern lässt, oder zieht es da auch ganz gehörig vom Keller herauf?

„Ivana?", schreit er. „Ivana!"

Mehr fällt ihm augenblicklich nicht mehr ein auf Russisch. Und sie hat es umgekehrt auch nicht viel weiter gebracht mit ihren Deutschkenntnissen.

Warum, hadert der Schlevsky mit sich, hat er diesen verdammten *Saint Hermain* überhaupt angerufen und ihn mit einbezogen in die Planung seines kurzfristig angebrochenen Lebensabends? Hätte er ihn doch einfach am Bahnhof oben in Nang-Pu erschossen, als es ohnehin zu eng geworden war in seinem F50!

„Ivan ...mmpf..a!"

Hölle auch, was ist denn nun schon wieder? Fallen ihm jetzt die Reservezähne auch noch heraus?

Aber natürlich! Total zerbrochen, kotzt er die zweite Garnitur Beißerchen in sein Bett, und als er sich an die Schädeldecke fasst, um sich wenigstens das Haar zu richten, bevor er hinüber geht, spürt er einen tiefen Riss in seiner Kopfhaut. Da erinnert er sich, dass ihm der Mallinger ja auch noch den ausgestopften

Wildsauschädel aufgesetzt hat, quasi als Dankeschön dafür, dass er ihm letztlich und schweren Herzens doch den Schlüssel für seinen F50 ausgehändigt hatte.

„Ivana!"

Aber auch die hört ihn nicht mehr. Auch die ist mit Sicherheit lange weg, entschlüpft durch das Kellerfenster, durch das jetzt die kalte Luft heraufzieht. Und er selbst wird auch nicht mehr lange hier sein. Stirbt er nämlich nicht an den Verletzungen, so wird er halt an der Kälte zugrunde gehen.

Der Schlevsky beobachtet, wie sein Blut langsam über die Kautschukunterlage (auch er war nicht mehr ganz sicher während der Nacht!) auf den herrlichen Bettvorleger läuft und schließlich dem ehemals stolzen und blutrünstigen, heute ausgestopften Tiger aus der Walachei in sein weit aufgerissenes Maul hineintropft. Der eine Tiger, weiß der Schlevsky, ist nun beinahe so tot wie der andere. Bald werden sie beide vereint sein in den Himmeln der Ewigkeit.

„Ivana!"

Nichts.

„Herrgott Ivana! Hilf mir wenigstens aus der Scheiß-Unterhose heraus!!!"

Nichts.

„Du rote Sau!"

Nichts. Nicht einmal ein leises höhnisches Kichern aus irgendeiner Ecke hört er, von wo aus sie sein unwürdiges Verenden beobachten würde. Dann halt:

„Jocelyn!"

Wieder nichts.

Traurig klingt der Schrei des Tigers, und voller Wehmut erstickt er. Dass er so einsam sterben muss im eigenen Blutbad! Keine Hand weit und breit, welche die seine halten könnte. Keine zärtlichen Finger, die ihm das Haar aus der Stirn streichen. Keine Augen, die ihn tröstend anlächeln würden. Und am schlimmsten: Keine warme Stimme, die ihm versichert, dass er nicht alles falsch gemacht hat in seinem Leben, alles nicht.

Vielleicht, überlegt er nun, da ihm die Tränen der Erinnerung in die Augen steigen, vielleicht ist ihm sein größter Fehler überhaupt schon viel früher passiert, damals, als er weggegangen ist aus Furzenbüttel?

Und in der Stunde seines Todes denkt er plötzlich an die Frau, die ihm letztlich von allen am nächsten gestanden war, und aus dem Meer seiner Erinnerungen taucht noch einmal der Ort seiner wunderbaren Kindheit auf. Er sieht den Frisiersalon seiner Mutti in der Hamburger

Erhardstraße, und als er sich zur Seite dreht und die Augen schließt, atmet er plötzlich die unvergleichlichen Düfte ihres Ladens, den Geruch des Haarwassers, des Rasierwassers, der Haarsprays, und in Gedanken schmiegt er sein Gesicht noch einmal in den gestärkten Friseurmantel seiner Mutti, während er sich an ihr Bein klammert und unter ihrem Mantel Schutz sucht. Dann hört er noch einmal den hellen Klang des Türglöckchens, und er sieht die alten Männer, die immer zum Gruß ihren Hut hoben, sobald sie eintraten.

„Tach, Frau Schlevsky", sagten sie. Und dann zu ihm:

„Na Rudi, du kleiner Hosenscheißer, alles klar bei dir?" Dann beugten sie sich zu ihm herunter, zogen ihn launig am Ohr und steckten ihm einen Pfennig zu oder zwei.

Als der Schlevsky an das satte, einfallende Sonnenlicht denkt, das sich während der warmen Sommertage stets im Glas der Eingangstür brach, kann er beinahe noch einmal die feinen Haare sehen, die der Windhauch durch den Laden wehte, wenn ein neuer Kunde ihn betrat. Und dann hört er leider auch wieder diese Scheiß-Operettenmusik, die seine Mutti immer spielte und ohne die er vielleicht wirklich Friseur geworden wäre und sich das alles hier erspart hätte:

„Wiener Bluuuuuhhht Wiener Bluuuuhhhhut! Dadadadam dadadam dadam dadam!"

Diese schwulen Operetten! Er wäre nie fortgegangen aus Furzenbüttel, wenn er nicht immer diese Zuckerscheiße hätte hören müssen und seine Mutti ...

„Mutti?"

Nach all den Jahren, während der er keinen Furz lang an sie gedacht hat, hegt er plötzlich zärtliche und warme Gefühle für seine Mutti, und er ist ihr trotz allem dankbar, dass sie ihm das Leben geschenkt hat. Denn auch wenn er jetzt mitten in der Zielkurve zu verrecken droht, so war es doch ein wunderschönes und erfülltes Leben. Und jetzt, da es nicht mehr lange dauern wird und sich schon die Glasglocke der ewigen Ruhe über ihn stülpt, jetzt tröstet ihn die Erinnerung daran, wie wunderbar friedlich es immer war in ihrer Straße nach dem getanen Werk des Tages, wenn ganz Furzenbüttel zu Hause vor dem Fernseher saß und auch er mit seiner Mutti die „Wünsch Dir Was!"-Show schauen durfte. Er denkt an die Männer, die vor ihren Häusern standen, HB rauchten und Bier tranken und sich über den HSV unterhielten.

Keine Operettenmusik war mehr zu hören, wenn die Nacht sich über Furzenbüttel legte und Mutti zu ihm an sein Bettchen trat. Sie beugte sich über ihn und zog ihm die Pyjamahose an. Dann zog sie ihm das Deckchen herauf bis zum Kinn und zeichnete ihm mit dem Daumen ein Kreuz auf die Stirn, das ihm Mut machen sollte, wenn die Angst vor der dunklen Nacht ihn übermannte.

Sie sagte: „Die Nacht ist gar nicht schwarz und finster, mein kleiner Liebling, sieh doch, dort oben am Himmelszelt leuchtet der Mond und passt auf dich auf." Und dann sang sie für ihn, so schön und warm und weich, wie wirklich nur seine Mutti es konnte:

„Turaluraluralu" – Himmelarsch! Jetzt muss er aber wirklich weinen! – „Turaluraluralu, nur der Mann im Mond schaut zu." Und er schloss die Augen und schlief friedlich und ohne Angst ein.

Er schloss die Augen und schlief friedlich und ohne Angst ein. Herrgott! Wie sehr wünscht er sich, dass er das jetzt könnte! Augen zu und durch. Aber er scheißt sich so an vor dem Sterben, der Schlevsky mit seiner Ummantelung aus Stahl um seine Seele, die ihm nun wegschmilzt wie die Eiszapfen an seinem Flachdach, wenn dann im Sommer in dieser Scheißgegend doch einmal für ein paar Tage die Sonne durchkam. Und solcherart gänzlich ungeschützt gegen all die Gefühle der Angst und Einsamkeit wünscht er sich nichts mehr, als dass seine Mutti jetzt bei ihm sein und ihm die Hand halten und sie noch einmal, ein letztes Mal „Turaluralu" für ihn singen könnte.

„Mutti! Mutti!", schluchzt er leise vor sich hin.

„Warum hab ich dich verlassen?"

Abschied

Eine Spur mehr Leben noch ist im Biermösel, obwohl auch der schon fast erfriert, wie er in dieser mehr als kühlen Nacht, die ihm aber durch die Begegnung mit der Anni und ihren Zwillingen auch das Herz gewärmt hat, mit seiner Fips um den See herumtuscht, in der Ersten, weil die Bodenbeschaffenheit und die nächtlichen Sichtverhältnisse praktisch eine Einladung zum Blutbad sind. Kaum ist der Sommer vorbei, ärgert sich der Biermösel, grüßt auch schon wieder der böse Geselle Winter vom Berghang herunter und vereist mit seinem kalten Atem alle Verkehrswege in dieser Gegend, was denn sonst!

Aber das ficht ihn heute nicht an. Er schaltet in die Zweite und ist zufrieden mit sich und der Welt, weil jetzt endlich alles vorbei ist. In der Sache mit den verschwundenen Kampfhunden ist überraschend und ohne sein Zutun Ruhe eingekehrt. Und die leidige Sache mit den Handtaschen hat er sogar richtig aufgeklärt. Auch wenn ihn die speziellen Umstände der Aufklärung leider leider auch in diesem Fall daran hindern werden, als Star den Weg in die Hauptnachrichten zu finden, so ist er jetzt doch sehr froh, dass er den ganzen Ballast endlich abwerfen und die „Causa Handtaschen“ zusammen mit der „Causa Kampfbellos“ endgültig ad acta legen kann, bravo.

Weil er aber nach dem heute Nacht Erlebten in einer gewissen innerlichen Vorweihnachtsstimmung ist, jetzt im September, will er wenigstens das Glück von der Anni perfekt machen und gleich anschließend, noch bevor er heimfährt zur Roswitha in den Auerhahn, hinauf zum Schlevsky fahren und den Unruheherd in einem ernsten Gespräch ersuchen, den Mallinger mit seiner bekannten Charakterschwäche nicht wieder zu allem möglichen Blödsinn zu verführen, insbesondere nicht zum Alkoholmissbrauch und zum Bleifußtreten, damit er sich nicht ruiniert und stattdessen der Anni mit seiner schönen Pension den Lebensabend versüßen kann.

Er selbst wird sich von einer erträumten Zukunft mit der Anni wohl oder übel endgültig verabschieden müssen und ihr eine letzte Träne nachweinen. Aber es nützt halt alles nichts: Der Mallinger hat letztlich einfach die viel schönere Pension (auch wenn er nicht Moped fahren kann!)

Innerliche Vorweihnachtsstimmung freilich übermannt den Biermösel auch deshalb, weil über Nacht natürlich schon wieder der erste Schnee gefallen ist und er sich vom kurzen Sommer verabschieden kann. Bald wird wieder das Christkind kommen und ihm wieder nichts bringen, denkt sich der Biermösel, wie er in die Dritte schaltet und mit einigem Lustgewinn noch immer um den See herum fährt. Bald wird er mit der Roswitha wieder in der Wirtsstube im Auerhahn sitzen und mit ihr alleine und ohne Kinder und Enkelkinder „Stille Nacht, Heilige Nacht" singen und „Süßer die Glocken nie klingen". Wer weiß denn schon, fragt er sich auf einmal, vielleicht werden das ja meine letzten Weihnachten als Gendarmerie sein? Und wer weiß, hört er nicht auf zu fragen, vielleicht werden es auch seine letzten Weihnachten im Auerhahn sein, bevor er sich aus seinen vier Wänden oben in der Kammer verabschieden muss und drüben in Goisern im Siechenheim die Kerzen am Gemeinschaftschristbaum anzünden darf und von der Heimleitung vielleicht eine Mon Chéri als Geschenk bekommt, eine abgelaufene? Und wer weiß, geht er noch einen Schritt weiter beim Wissen-Wollen, vielleicht werden es ja seine letzten Weihnachten überhaupt sein?

Er weiß es nicht.

Trotz der gewaltigen Waschküche, durch die er reitet, nimmt er dann wieder die forciert aerodynamische Haltung ein, schaltet in die Vierte und gibt ordentlich Gas. Er will die ungeplante Nachtschicht schleunigst hinter sich bringen und nach dem Gespräch mit dem Schlevsky endlich ein verdientes Frühstück bei der Roswitha zu sich nehmen. Er hofft wirklich inständigst, dass sie sich an die Kost-Logis-Abmachung zwischen ihnen beiden hält und sie nicht das ganze Bratlfett selbst gegessen hat, das hofft er bei dem Hunger, den er mittlerweile beisammen hat, wirklich sehr sehr inständig. Am liebsten täte er jetzt auf der Stelle eine halbe Sau essen, selbstverständlich eine tote und gebratene, mit einem schönen Krusterl drumherum.

Aber zuerst müssen die zwei Handtascherln entsorgt werden, bevor sie vielleicht wieder ein Rotzbub stehlen könnte oder – noch schlimmer! – ihn irgendwer mit ihnen sieht. Da täte er am Ende noch in den Geruch falscher sexueller Ausrichtung kommen, wenn ihn einer mit zwei Handtascherln sehen täte, und das braucht er jetzt im fortgeschrittenen Alter auch nicht mehr, nicht das Kainsmal falscher sexueller Ausrichtung! Genügt eh, wenn alle „Nur Bier, nie Möse!“ über ihn sagen, genügt eh, dass er auch diesmal wieder nicht bei der Anni hat landen können.

Also bremst er sich jetzt ganz hinten beim See abrupt ein. Genau da im See sollen die Handtaschen ihre ewige Ruhe finden, hat er entschieden. Genau da wird er sich von den Werkzeugen des Bösen verabschieden, den Auslösern von der ganzen blöden Geschichte, die er sich wirklich gerne erspart hätte.

Aber, muss er sich jetzt selbst ein bisserl den Wind aus den Segeln nehmen und die Kirche im Dorf lassen:

Gott sei Dank ist ja nichts wirklich Horrendes passiert!

So ein Handtascherlraub ist ja im Vergleich zur Verbrechensexplosion in anderen Regionen vom Bundesgebiet ein Komantschenpfiff im Wald. Da kann Aussee ja wirklich von Glück reden, dass es nicht zuletzt dank seiner Umsicht und dank seiner gewissen Erfahrung weder Chicago geworden noch zu einem Wintersportgebiet verkommen ist, in dem sich dauernd alle Besoffenen nur die Schädel einhauen und sie ein Blutbad nach dem anderen einlassen. Da kann Aussee wirklich von Glück reden, dass die Blutbäder als solches praktisch keine Rolle mehr spielen, seit die Biermösels hier den Sheriffstern tragen.

Weil die Pflicht als Gendarmerie ihn aber zwingt, in eine Handtasche hineinzuschauen, bevor er sie wegwirft, holt er jetzt doch den Ausweis aus dem Damenhandtascherl heraus und liest ihn mit der gewissen Routine der erfahrenen Gendarmerie von unten nach oben, weil die interessanten Sachen in einem Ausweis natürlich immer unten stehen, und von unten nach oben steht da:

Ausweisnummer: 9993 Jddsle909
Sozialversicherungsnummer: OEsJF3949SVR
Erlernter Beruf: Frisöse
Wohnort: Furzenbüttel (Anmerkung Biermösel: Haha! Hihi!)
geb. 1922
Augenfarbe: blau
Haarfarbe: blond (Anmerkung Biermösel: Lüge)
Größe: 161 cm
Name: Maria *Schlevsky* (Anmerkung Biermösel: Da schau her!)

Sind die zwei eventuell sogar verwandt, fragt sich der Biermösel jetzt, der Schlevsky oben am Gebirgshang, und die Schlevsky herunten in ihrer deutschen Regenhaut? Dazu vielleicht von ihm nur zwei Worte: „Mir wurscht!“

Er wird sich jetzt nicht noch eine zusätzliche Aufgabe um den Hals hängen und vielleicht eine Verwandtschaftszusammenführungen auch noch organisiert, er nicht!

Nichtsdestotrotz wird dem Biermösel das ganze persönliche Drama dieser weiblichen Sexbestie, als die er sie mittlerweile bezeichnen muss, augenblicklich klar. Und sofort nach Studium von ihrem Ausweis erschließt sich ihm der ganze Kosmos der verzweifelten Ausschweifungen, in dem die Dame als Trägerin von diesem Namen automatisch gefangen sein muss, und er ermisst die gesamte Tragik ihrer sinnleeren Existenz.

Ist es möglich, fragt sich der Biermösel jetzt im Angesicht von dieser Erkenntnis, während er einen ordentlichen Schluck aus der Flasche nimmt, ist es möglich, dass die schlichte Namensgleichheit zwei Menschen zu Gefangenen von ein und derselben Krankheit macht, obwohl das eine Sexmonster laut Ausweis aus Furzenbüttel stammt, der andere Sexsüchtige aus Berlin?

Sex! Sex! Sex!, schreit der Biermösel abermals innerlich aus sich heraus. Gibt es denn wirklich nichts anderes mehr als immer nur Sex?

Kopfschüttelnd schaut der Biermösel noch einmal deppert zum See hinaus und driftet ein wenig ins Sinnierende ab. Sind vielleicht alle Schlevskys besessen vom Sex und gehen solcherart am Leben vorbei, fragt er sich, weil es letztlich doch der Name ist, der die Menschen gleich macht? Sollte es also möglich sein, dass dann alle Biermösels gute Triumph-Fips-Fahrer sind, wirklich alle? Sind alle Teresas Mütter und kann jeder Wolfi gut Cello spielen, wenigstens das? Und – Kruzifix! – sind letztlich alle Ramzis fehlgeleitete Bierfahrer ohne jede Berufung? (Nur schwer kann er sich beruhigen, wenn er an fehlgeleitete Bierfahrer ohne jede Berufung denkt!)

Vielleicht, schließt der Biermösel den Ausflug ins Sinnierende ab, vielleicht ist es ja wirklich so. Aber wenn ja, warum? Und seit wann? Kann jedenfalls gut sein, dass er darüber einmal mit dem Doktor Krisper redet, wenn er in die Pension hinübergeglitten sein wird und dann für die Roswitha (Haben alle Roswithas einen Ausschlag?) die Ringelblumensalbe holt. Der Doktor Krisper kennt sich ja mit dem Menschengeschlecht ebenso gut aus wie er selbst. Mit dem wird er die Fragen erörtern.

Dann schweift der Blick vom Biermösel vom See hinauf zum Flachdachneubau, der den Gebirgskamm ziert wie früher das Indianerzelt den Wildwestfilm.

Der Schlevsky selbst wird am besten wissen, wenn eine Verwandtschaft von ihm Urlaub in Aussee macht, dem wird er also nicht extra davon erzählen müssen. Darum steckt er den Ausweis von der Schlevsky jetzt einfach wieder zurück in die Handtasche und wirft alles miteinander weit in den See hinaus.

Dann wischt er mit der gewissen Routine den Sitz von der Fips mit seinen dicken Fäustlingen ab, die er Gott sei Dank immer im Wetterfleck mit sich führt, auch jetzt im Spätsommer, und er muss sagen:

Ärgern tut ihn das jetzt im fortgeschrittenen Alter natürlich nicht mehr, weil er ja mittlerweile die gewisse innerliche Ruhe gewonnen hat. Aber Kruzifixnocheinmal! Kaum stehst in dieser Gegend einmal fünf Minuten deppert herum, schneit es dir schon wieder die Fips bis obenhin zu!

Das wird ihm jetzt wieder gar nicht gut tun, weiß der Biermösel, wenn er auf dem feuchten und kalten Mopedsitz die Fahrt hinauf zum Schlevsky in Angriff nehmen muss. Da werden wieder alle schimpfen mit ihm, wenn sie dann mit den fürchterlichen Konsequenzen konfrontiert sein werden!

Und Vollgas!

Blutsuppe

Dem Biermösel ist nun keine Blutsuppe, wurscht welcher Blutgruppe, fremd. Er denkt nur:

Gemetzel an den beiden Linienrichtergattinnen anno 1978 (Cordoba!) infolge einiger fragwürdiger Abseitsentscheidungen beim Derby. Da hat es auch ausgeschaut wie im Sauschlachthof, und die Anni hat vier Tage geputzt und einen 25-Liter-Kanister Meister Propper gebraucht, bis man die Mannschaftskabine wieder hat betreten können.

Er denkt nur: Die erste Gattin vom Seebachwirt, die sich am Tag nach der mit allem Pomp zelebrierten Trachtenhochzeit sofort selbst mitsamt ihrer Goldhaube in den Kampfhundezwinger geworfen hat, weil ihr schlagartig (durch einen extremen Schlag vom Seebachwirten in der Hochzeitsnacht!) klar geworden ist, dass die Eheschließung mit diesem Seelenkrüppel ein gewaltiger Fehltritt gewesen ist. Ein relativ schnelles Einsehen zwar, jedoch trotzdem zu spät. Die Kampfhunde haben ganze Arbeit geleistet, eine selbst gebastelte Höllenmaschine leistet nicht halb so eine ganze Arbeit wie diese Kampfhunde. Nur die Goldhaube haben sie wieder ausgespuckt, die war einfach nicht zum Fressen.

Er denkt nur: Der Chef von der Forstverwaltung, der nach einem dreiwöchigen All-inclusive-Urlaub in Bangkok mit 36 Kilogramm Plus auf seinen ohnehin schon stattlichen 130 Kilogramm Körpergewicht zurückgekommen ist. Wie er am darauf folgenden Montag mit der ganzen Lebensfreude von einem gut Erholten ins Büro gekommen ist und sich mit dem ganzen Fett von einem dramatisch Übergewichtigen auf den gasgefederten Schreibtischsessel gesetzt hat, war die Explosion infolge Gaskompression natürlich unausweichlich und in ihren Auswirkungen rektal fatal. Aber ohne Blutoper geht es anscheinend sowieso nicht mehr im Leben, davon ist er nach 35 Jahren im Dienst vollends überzeugt.

Oder er denkt nur, wie er jetzt die Fips zum Flachdachneubau des Schlevsky hinlenkt: Bei dem Sauwetter lässt aber auch kein normaler Mensch das Fenster offen stehen!

Ein offenes Fenster herunten im Keller ist meist schon der Bote vom Ungeheuerlichen, das gleich kommen wird. Keiner lässt bei diesen frühwinterlichen Kapriolen das Fenster aus Jux und Tollerei offen stehen!

Dazu lässt die tapsige Fußspur im jungfräulichen Schnee, die vom Kellerfenster wegführt, den Biermösel messerscharf schließen, dass hier einer keinen Schlüssel gehabt haben und durch das Kellerfenster ausgestiegen sein wird.

Als Frage notiert er im Hirn: Wer?

Als Zusatzfrage: Warum?

Als Fleißaufgabe: Wann?

Der Biermösel steuert die Triumph weiter um das Architekturerlebnis herum nach hinten zum Eingang, und was er dort vorfindet, lässt ihn gleich noch ein Spur mehr erschaudern:

Die Flachdachneubauhaustür steht auch sperrangelweit offen, und was soll das anderes bedeuten, als dass wieder etwas Immenses passiert sein muss, was denn sonst!

Darauf deuten nicht zuletzt die Reifenspuren hin, die sich da tief in den Schotter eingegraben haben, das können nur die durchdrehenden Reifen von einem Flachdachfluchtauto gewesen sein! Der Adler im Biermösel schaut einmal genauer hin und weiß sofort, dass es ein roter Ferrari mit schwachem Überdruck in den Sport-Life-M811-Stahlgürtelreifen von Semperit gewesen sein muss, soll ihm einer das Gegenteil beweisen.

Dass auch das Garagentor geöffnet ist und der besagte Ferrari vom Schlevsky fehlt, untermauert seine Theorie.

Als Frage notiert er im Hirn: Was kostet so ein Ferrari? Zusatzfrage: Wer soll das bezahlen, wer hat so viel Geld?

Der Biermösel muss den Schlevsky jetzt umgehend informieren, dass er in Gefahr ist, wenn er Fenster und Türen so weit offen stehen lässt. Die Pflicht als Ordnungsorgan und Mitglied vom Katastrophenschutzbund gebietet es ihm obendrein, dass er den Schlevsky schleunigst über die eine oder andere Sicherheitsvorkehrung informiert, die eine Gefahr von ihm fern zu halten imstande sein wird.

Eine erste Ad-hoc-Mutmaßung schließlich ergibt folgenden möglichen Tathergang:

Der Biermösel kann sich gut vorstellen, dass der Schlevsky die vorige Nacht durchgemacht hat und weitschweifig ausgeschweift ist, sodass er jetzt mit einem gewaltigen Kater im Bett liegt und wahrscheinlich mit sechs, sieben Weibern dazu. Die laute Musik von einer Platte, die hörbar hängt, deutet auch auf nichts anderes hin. „Es fährt ein Zug nach Nirgendwo" hört der Biermösel immer wieder so einen Narren schreien, was soll denn das heißen? Da haben die Radinger Spitzbuam aber wirklich die viel besseren Hits, muss er sich gleich wieder ärgern, und wie um sich aufzumuntern, stimmt er gegen den Gesang aus dem Schlevsky seinem Flachdachneubau eine zünftige Polka an:

Warum kann denn mein Weibi
nicht einfach sein wie Bier
Es motzt nie, es schimpft nie,
es schreit nie: Wasch Geschirr!
Es redt nix, es will nix
Es kauft nie teuer ein
Warum kann denn mein Weibi
nicht einfach wie Bier sein?

Naja, denkt sich der Biermösel zufrieden und klopft an die Haustür vom Schlevsky, ein Welthit halt!

Weil aber der Schlevsky, so vermutet der Biermösel, wenig überraschend bei dem ganzen Lärm und nach so einer mutmaßlich durchzechten Nacht natürlich nicht auf sein Klopfen reagiert, wagt er sich auf eigene Faust immer weiter in den grauslichen Neubau vor. Samtpfötig schleicht er sich in die Höhle vom Tiger hinein, in den Vorhof der Hölle, in den Tempel der Ausschweifungen, immer schön das Ohrwascherl an der blöden Musik.

Er erreicht die Wohnküche und findet dort die Reste von einem mutmaßlichen Würstel-Allerlei im Kühlschrank vor. Danke, denkt sich der Biermösel, die wird er sich jetzt vergönnen. Das wird ihm jetzt gut tun, er hat ja schon so einen Hunger.

Dann erreicht er das Wohnzimmer, das unbeschreiblich ist. Obwohl: Die Aussicht auf den See hinunter ist schon sehr gewaltig. Da könnte er sehr gut sehr lang und sehr deppert schauen.

Und wie er endlich das Schlafzimmer erreicht, hört er auf einmal abwechselnd eine sehr schwache Stimme „Ivana" sagen, dann „Jocelyn", und dann wieder „Ivana", und wieder von vorne „Ivana" und „Jocelyn".

Was soll denn das jetzt wieder heißen?, fragt sich der Biermösel.

Das letzte „Jocelyn" freilich hört sich schon sehr, sehr schwach an, wie der Biermösel feststellen muss. Und wie er eintritt, weiß er dann wirklich nicht, wovor ihm mehr grausen soll: vor dem fürchterlichen Bett. Oder vor dem zahnlosen Tiger, der komplett ohne Würde darauf herumliegt, schon mit mehr Blut neben dem Körper als in ihm drinnen. Gerade dabei, sich die lange Unterhose anzuziehen, wie es ausschaut, weil ihm wahrscheinlich auch sehr kalt ist. Kein Wunder aber, muss ihn der Biermösel gleich ein bissen schimpfen, wo er ja Tür und Fenster sperrangelweit offen stehen hat lassen!

(Die lange Unterhose schaut aber wirklich tadellos aus, schweift der Biermösel beim Ermitteln kurz ein bisserl ab, warm und wohlig scheint ihm die zu sein. So eine lange Unterhose hätte er auch gerne, die täte ihm unten herum sicher sehr gut tun. Vielleicht verrät ihm der Schlevsky ja, wo er die gekauft hat, wenn er ihn fragt.)

Dann aber muss der Biermösel erkennen, dass der Tiger ja in seiner eigenen Blutsuppe liegt. Und wie der Schlevsky den Eindringling sieht, richtet er sich noch einmal – ein letztes Mal! – auf und starrt den Biermösel mit weit aufgerissenen Augen an. Er hebt langsam die eine Tatze und benetzt sich mit der Zunge noch einmal die trockenen Lippen. Er reißt die Augen immer noch weiter auf, sodass sich der Biermösel jetzt denkt, dass er vielleicht schon im Schattenreich herumwandelt, jedenfalls mehr drüben als herüben. Lange tut er es jedenfalls nicht mehr, ist sich der Biermösel sicher. Kein Mensch der Welt hält es lange ohne Lebenssaft im Körper aus, auch ein eiskalter Puffkaiser nicht. Also nähert sich der Biermösel mit seinem Ohr den Lippen vom Tiger, weil er hofft, dass er ihm doch noch verrät, wo er die lange Unterhose kaufen kann. Aber da sackt der Tiger in sich zusammen, und mit dem letzten Seufzer, den er dabei aushaucht, entfährt ihm ein abschließendes:

„Mutti“.

Na bravo, denkt sich der Biermösel. Was soll denn das jetzt wieder heißen?

Der Biermösel schaut sich die Leiche von hinten bis vorne und von oben bis unten an. Und was er bei der ersten Ad-hoc-ruck-zuck-Leichenanalyse sehen muss, macht ihn fast sicher, dass der Schlevsky nicht von alleine gestorben ist. Ebenso täte er seinen gesamten Besitz darauf verwetten, dass er auch nicht am in der Gegend weit verbreiteten Selbstmord zugrunde gegangen ist. Die ganzen blauen Flecken hinten und vorne bringt sich nicht einmal ein biegsamer Chinese selbst bei, da muss schon was anderes passiert sein.

Froh ist er jetzt, der Biermösel, dass er doch noch ein bisserl Zeit bei der Anni und anschließend am Seeufer vertrödelt hat und erst zum buchstäblich letzten Seufzer vom Tiger eingetroffen ist. So ein Todeskampf ist nämlich auf den leeren Magen gar nicht schön anzuschauen. Außerdem hat der Biermösel oben in Linz in der Gendarmerieschule die lebensrettenden Sofortmaßnahmen weder begriffen noch verinnerlicht, sodass der Tiger sowieso gestorben wäre, auch wenn er sich seiner angenommen hätte, vielleicht sogar ein bisserl früher.

Der Biermösel sieht in der Folge anhand der Ad-hoc-ruck-zuck-Tatortanalyse sofort, dass der Schlevsky vermutlich das Opfer von einem gewaltigen Liebesdrama geworden ist, weil nur das Liebesdrama ein solches Blutbad anzurichten imstande ist. Da müsste ihn schon seine 35-jährige Erfahrung einen ganzen Blödsinn gelehrt haben, wenn hinter dem ganzen Schlamassel nicht eine Frau steckt, die bis oben hin angefüllt war mit einem schönen Haufen voll rasender Eifersucht. Aus einem noch zu klärenden Grund, kombiniert sich der Biermösel jetzt was zusammen, muss die betreffende Dame keine andere Möglichkeit mehr gesehen haben, als dem Schlevsky ihre Liebe dadurch zu beweisen, dass sie (oder ein Komplize, oder ein gedungener Killer) ihn mir nichts dir nichts von hinten bis vorne erschlagen hat. Im Groben, wagt der Biermösel also eine erste gewagte Ad-hoc-ruck-zuck-Gesamtanalyse des Tatherganges, im Groben wird und muss es sich also ungefähr so abgespielt haben:

Das Opfer Schlevsky hat sich bei einem Pfingsttanz (ev. Ostertanz, ev. Maibaumumschneiden) im heurigen Frühjahr (ev. Spätfrühjahr, ev. Frühsommer) eine Einheimische (ev. eine aus Goisern) angelacht, mit der er sich unter zahllosen falschen Versprechungen (Lügen, hinhaltenden Vertröstungen, was die Scheidung von der Gattin anbelangt, und so weiter) ein Verhältnis angefangen hat, das er an seiner entsprechenden Gattin vorbei hier herunten in seinem Puffkaiserferienflachdachneubau gepflegt hat, mit Schwerpunkt Sex und Ausschweifung. Die einheimische und anfangs sicher sehr blauäugige Episode wird in der Folge erkannt haben, dass sie vom Puffkaiser keine Liebe erwarten kann (sondern nur Sex und Ausschweifung). Daraufhin wird sie, weil sie die Chancen für ihr Leben davonschwimmen hat sehen, ihren Bruder (ev. Onkel, ev. Vati) über ihr unglückliches Leben informiert haben. Der wird die Schande, die auf seiner Schwester (ev. Nichte, ev. Tochter) gelastet hat, mit einem Holzschlögel bereinigt haben, um die Spur auf eine Frau zu lenken. Anschließend Kellerfenster und Eingangstür geöffnet (das ev. könnte auf ein Tätergespann hindeuten!). Dann Flucht im Ferrari vom Schlevsky; hinter mir die Sintflut; schau nicht zurück; wen interessiert, was gestern war; und so weiter und so fort.

So und nicht viel anders wird es sich abgespielt haben, ist sich der Biermösel sicher, wie denn sonst! Braucht er eigentlich nur noch ausfindig machen, welche verzweifelte Dame aus der einheimischen Bevölkerung mit dem Schlevsky in letzter Zeit ein Verhältnis gehabt hat (ev. welche nicht?). Weiters, welche von denen einen Bruder (Onkel, Vati) hat. Und wenn er dann auch noch draufkommt, warum sie/er ihn ausgerechnet mit einem Holzschlögel erschlagen hat (Tatwerkzeuge bedeuten immer was, hat er in der Gendarmerieschule oben in Linz gelernt. Nur was, das hat er vergessen), dann ist der Fall praktisch im Handumdrehen gelöst.

Einer Erwähnung im „Der Kriminalist" sollte dann endlich nichts mehr im Wege stehen. Und auch wenn das natürlich nicht schön anzuschauen ist hier, fragt er sich insgeheim doch: Wer weiß, ob dieses unverhoffte Blutbad nicht vielleicht die lange erhoffte Wende in seiner Karriere bedeutet? Gut täte ihm das schon.

Bevor er jetzt vom elfenbeinenen Nachttischtelefon des Schlevsky aus den Dr. Krisper anruft, um ihn von der Anni weg zum grauslichen Neubau herauf zu beordern, damit er die Leichenstarre vom Schlevsky feststellen kann, muss er noch kurz die Roswitha informieren, dass sie sich keine Sorgen machen braucht, weil er vergangene Nacht nicht nach Hause gekommen ist, und dass er heute wieder regulär und verlässlich wie immer um Viertel über sechs die Triumph gegen die Buchenscheiter lenken wird.

„Aber freilich Roswitha, darauf kannst du dich verlassen!"

Die Roswitha hat sich aber natürlich die ganze Nacht über Sorgen in Hülle und Fülle gemacht und überhaupt nichts geschlafen, weil es nach über 35 Jahren die erste Nacht war, während der ihr Bruder nicht nach Hause gekommen ist. Und außerdem hat der Ausschlag deutlich stärker genässt, weil der Biermösel sie natürlich nicht hat einschmieren können, sagt sie mit einem gewaltigen Vorwurf in ihrer Stimme, der ihn schon befürchten lässt, dass sie ihm nie wieder ein Schweinderl braten wird.

„Wo warst du denn?!", schreit sie ihn an. „Warst du vielleicht drüben im Puff bei der Gachblonden und hast dich dort befriedigen lassen, du durch und durch ordinäres Mannsbild?"

Dem Biermösel fehlt aber augenblicklich die Zeit, die haltlosen Anwürfe auszuräumen, weil er jetzt endlich merkt, dass die Geräuschkulisse, die ihm schon die ganze Zeit so lästig im Ohr liegt, von draußen vor der Tür zu ihm ins Schlafzimmer hereinschwappt. Vom Dienstfahrzeug hinterm Haus her tönt der Lärm, von dort her, wo das CB-Funkgerät auf seiner Fips anschlägt.

Er legt also den elfenbeinenen Hörer auf und geht hinaus. Wer wird denn das jetzt wieder sein, fragt er sich, wer um alles in der Welt funkt mich denn um diese Zeit schon wieder an?

„Grasmuck Grasmuck an Biermösel Grasmuck Grasmuck an Biermösel hörst mich kruzifix hörst mich kruzifix heb ab Grasmuck Grasmuck an Biermösel Biermösel hörst mich hörst mich kruzifix heb ab heb ab Biermösel Grasmuck Grasmuck an Biermösel Biermösel hörst mich kruzifix! Grasmuck an Biermösel!"

Ah, denkt sich der Biermösel, wie er endlich die Fips erreicht. Das wird der Grasmuck sein!

Der Grasmuck schildert in der Folge, dass der heilige Christophorus, den er gerade vor ein paar Tagen in einer buchstäblichen Nacht-und-Nebel-Aktion wieder aufgestellt hat, abermals auf seiner Seite herüben in Goisern (Gott sei Dank!, denkt sich der Biermösel) im Mischwald liegt. Jedoch steht ein roter Ferrari (Obacht Obacht!, denkt sich der Biermösel) mit einer Leiche ohne Schädel auf dem Fahrersitz auf dem Biermösel seiner Seite drüben (Kruzifix!, ärgert er sich).

„Roger, roger", sagt der Biermösel ins Funkgerät und startet die Fips. „Ich komme."

Dankt Christophorus?

Okay, okay, er weiß natürlich, dass man so etwas nicht sagt, er ist ja keine Matschbirne, die überhaupt nichts schnallt!

Und er weiß auch, dass er dieses Wort nicht einmal denken soll, weil das Zeichen des Leidens ausschließlich IHM alleine vorbehalten ist und man nicht fluchen soll, auch und schon gar nicht als ausgewiesener Heiliger, wie er einer ist, alles klar, er hat's ja kapiert! Und ja doch, er weiß auch, dass es nicht an ihm ist, zu Dingen seinen Senf dazuzugeben, die ihn einen feuchten – Entschuldigung! – Dingsbums angehen, weil natürlich ER in seiner göttlichen Herrlichkeit und dreifaltigen Einmaligkeit alles genau so und keinen Deut anders geplant und eingefädelt hat, wie er es halt für richtig hält, da macht er auch keinen Aufstand wegen! Und ja, ja, ja, er weiß natürlich auch, dass auf SEINEM weiten Erdenrund genug Blödis herumlaufen, die sich ihren – „Entschuldigung!" – Arsch abschneiden würden, wenn sie innerhalb der Heerscharen der Ewigkeiten einen auch nur annähernd so exponierten und bei der breiten Masse der irdischen Doofis ähnlich angesehenen Posten wie den seinen einnehmen könnten, der Dummheit sind ja in einem Menschenleben keine Grenzen gesetzt!

Aber Fixhallelujanocheinmal – jetzt ist es endlich heraußen! –, dass er für die hundsverfickte Arschsituation, in der er sich seit seiner verdammten Enthauptung – *wahrscheinlich* um das Jahr 250, *wahrscheinlich* unter Kaiser Decius – befindet, auch noch dankbar sein soll, weil er nun bis in alle Ewigkeiten hinein ein Heiliger und als solcher auch noch für das stetig wachsende Verkehrsressort zuständig ist, das kriegt er einfach nicht in seine abgeschlagene Birne hinein!

„Warum ich?", zermartert sich der Chris ein ums andere Mal das Hirn im weiland abgeschlagenen Schädel, nun, da er erst letzte Nacht u. a. in Kärnten unten zwischen eine Zugsgarnitur und einen Reisebus voll mit polnischen Nonnen geraten ist und völlig zermantscht wurde. Und da er jetzt wieder mal hier im Mischwald an der Abzweigung nach Goisern heroben liegt, nachdem erst vor einer halben Stunde wieder dieser Scheiß-Typ Mallinger mit wieder weit überhöhter Geschwindigkeit daherkam und bei seinem neuerlichen Höllenritt wieder alles schiefging, aber auch wirklich alles!

„Warum zum Teufel musste ausgerechnet ich ein Heiliger werden, ha?“

Und nicht etwa, ärgert er sich im nassen Laub liegend, da die Frösche über ihn hinweghüpfen und die Ameisen über ihn hinwegkriechen, nicht etwa, dass er einer von diesen kaum angerufenen und einen auf fauler Willi machenden Schönwetter-Heiligen wie der Hypolyth oder der Alphons Maria di Liguori sein könnte, was er ja noch *irgendwie* ertragen könnte, weil nach diesen Beckenrandschwimmern kein Hahn kräht!

Nein, der Jesus Christ Superstar musste ihn nach seiner verdammten Bekehrung ja gleich in die Mannschaft mit den vierzehn auserwählten Nothelfern stellen, wo er seither als der volkstümliche Heilige den Libero für die breite Masse der Bleifußakrobaten geben soll, ein lupenreiner Skandal ist das!

Dabei war er doch einst ein megakühler Radaubruder mit Namen Reprobus, der Verdammte, der gewaltig die Sau raushängen ließ wie all die anderen Spaßbrüder auch, die ihm im Laufe der Zeit über die Stiefel gelaufen sind und sich einen ganzen Scheißdreck um die Zehn Gebote geschert haben. Wie all die anderen Rabauken, die ihre Zeit in den Muckibuden des Orients vertrödelt und sich ansonsten einen echt geilen Lenz voll sinnloser Schlägereien und Sex'n'Drugs gemacht haben. Und die heute trotz aller begangener Exzesse natürlich genauso erlöst wie all die langweiligen Jungfrauen drüben im Gemeinschaftsraum des Himmelsreiches herumhängen, selbstverständlich befreit von jeglicher Sünde, weil die Sache mit der Hölle natürlich der Superschmäh von den Pfaffen überhaupt ist, da ist einfach nichts dran an der ganzen Story!

Oh Mann! Wenn er gewusst hätte, was seine bescheuerte Bekehrung an bitteren Konsequenzen für sein ewiges Leben nach dem Tod mit sich bringen würden, hätte er in irgendeiner heißen Strand-Disse auf Zypern oder Kreta dem lieben Herrgott den Tag gestohlen, einen auf wilder Ballermann und geiler Partyhengst gemacht und nie wieder seinen Arsch von dort wegbewegt.

Aber nein! Als Wandersmann durch die Wüsten und Erkunder des weiten Erdenrundes (auch wenn er damals natürlich noch wie alle anderen glaubte, dass das Erdenrund eine Scheibe ist!) wusste er ja nie, wohin mit seiner überschüssigen Kraft. Darum warf er passionierter

Zehnkämpfer ständig mit dem Diskus um sich, sprang in jede Sandkiste, lief auf flinken Sohlen über Hürden und suchte hinter jedem Baum einen, der im griechisch-römischen Ringkampf vielleicht stärker war als er.

„Du oder ich?", lautet stets seine Frage, wenn er wieder einen von diesen Kuttenbrunzern traf, die stärker sein wollten als er. Und dann hat er sie alle verprügelt, diese Schmalspurcornettos und lächerlichen Fahnen im Wind, die ihm damals in die noch unasphaltierten Gassen gelaufen kamen und sich bescheuerte Namen wie „Master of the Universe" gaben, wenn sie mit ihm in den Ring stiegen. Nur dass dann bald keiner mehr mit ihm spielen wollte und sie alle mit vollgeschissenen Hosen vor ihm davonliefen, das machte dann echt keinen Spaß mehr!

Schon begann er Fett anzusetzen, und die Hornhaut an seinen Sohlen drohte ihm bereits abzufallen, als er dann jahrelang nur am Ufer von diesem reißenden Fluss herumlag und nichts weiter tat, als Steinchen ins Wasser zu werfen, McDatteln mit süßsaurer Sauce zu fressen, sich am Arsch zu kratzen und zu warten, ob vielleicht doch noch einer daherkommen würde, der es mit ihm aufnimmt und ihm zeigt, wo genau der Hammer hängt.

Er war schon ein echter Vollsack mit einem schönen Schwimmreifen um die Hüften geworden, als tatsächlich eines Tages dieser Dreikäsehoch daherspaziert kam, alles in allem nicht größer als sein kleiner Zeh, aber lässig die kleinen Händchen in die Hosentaschen gesteckt und fröhlich „Kumbaya, my Lord" pfeifend. Und weil es damals (oh selige Zeiten!) über all die Flüsse der Welt noch keine stark befahrenen Autobahnbrücken samt Glatteisgarantie im Frühherbst gab, fragt der kleine Hosenscheißer frech: „Was liegt an, Mann? Kannste mich vielleicht mal hinüber machen ans andere Ufer, oder geht bei dir gar nichts mehr, du alter Schlauch?"

Sagt der einfach alter Schlauch zu ihm!

Aber anstatt ihn an den Ohren zu packen und ihn über den Rand der Erde hinauszuschießen, wie er es bei allen anderen getan hätte, schultert er diese halbe Portion und bringt sie wie der Briefträger die Post mit ein paar flotten Kraultempi hinüber ans andere Ufer, ihm war einfach so was von scheißlangweilig!

Hätte er gewusst, was er sich in der Folge an Scherereien einhandelt, wenn er sich mit Zwerg Bumsti auf ein Zwiegespräch einlässt, hätte er sich gleich die Zunge herausgerissen und in den Arsch gesteckt. Aber der kleine Prinz schaut ihn plötzlich an wie der junge Aristoteles und sagt:

„He du! Ein Rätsel: Was glaubst du, wen du gerade getragen hast, ha?"

Mann, er hat echt nichts kapiert! Er hat den Wurm nur mit offenem Mund angestarrt und sich den Schorf vom Arsch gekratzt.

„Okay, ich verrat's dir!", sagt der Kleine schließlich. „Du hast gerade mehr getragen als die Welt. Du hast den König der Welt getragen."

Jetzt ist es so: Normalerweise geht ihm ja die Hutschnur auf, wenn sich einer vor ihm aufbaut und den König der Welt raushängen lässt! Aber die Rotznase erhöht noch einmal die Dosis und sagt:

„Mann, *ich* bin's! Der Jesus Christ! Hast du's endlich geschnallt, du Doofi?"

Und als er ihm endlich die Löffel lang ziehen will für all seine Frechheiten, sieht ihn der selbsternannte Jesus Christ einfach ganz ruhig an und – wie soll er sagen? – war dabei ganz peace, right?

Da schmolz ihm der stählerne Pilum dahin, mit dem sein Herz ummantelt war, und er sank vor dem Milchgesicht auf die Knie. Er weinte sich die Augen raus und beichtete ihm sein Leben. Und dann schob er Supertussi den Satz raus, den er – in der Rückschau! – besser nie gesagt hätte:

„Dir will ich dienen, oh König der Welt."

Und schon war er heilig!

Aber als wäre das alles nicht ohnehin schon zum Im-Kreis-Gehen, hängt ihm sein neuer bester Freund, der Herrscher der Welt, nicht nur diesen Allerwelts-Klein-Puschi-Namen Christophorus um dem Hals, sondern weist ihm auch gleich diese verfickte Zuständigkeit für diese verdammten Autofahrer zu. Und seither steht er an jeder zweiten Linkskurve auf dieser Erde als Marterl herum, und er baumelt von jedem zweiten Rückspiegel als Medaillon herab, und es freut ihn so was von gar nicht, echt zero!

Einen Sack voll Kreuzigungsnägel könnte er heute fressen, wenn er sich als Mitglied des *inner circles* beim himmlischen Mittagessen zum Beispiel dieses Igelschnäuzchen Hildegard von Bingen ansieht, die sich als Heilige nur um die Müslifresser in den Tante-Emma-Läden da unten kümmern muss! Und warum kann nicht er mal einen auf cooler

Flo machen, ärgert er sich über den Streber, der immer den Superman spielen und mit seinem Segen alle Flammen löschen darf, wenn wieder irgendwo eine Chemiefabrik in die Luft fliegt? Und warum kriegt immer nur der heilige Nikolaus den ganzen Applaus, weil er den kleinen Pamperstrágern im Advent die schönen bunten Sachen bringt und sie ihn alle dafür lieben, während er immer nur als Watschenbaum und Sündenbock herhalten muss, wenn sich wieder mal einer dutzendfach überschlägt und sich dabei den Schädel abreißt, so wie der Mallinger gerade eben, der nun als Torso im komplett zerknüllten Ferrari des Schlevsky sitzt, während er selbst ein paar hundert Meter von ihm entfernt hilflos im nassen Laub liegt und sich das Gejammere dieser sehr sehr blonden (und sehr sehr leckeren) Russin im grünen Wetterfleck anhören kann, die sich scheinbar im Mischwald verirrt hat und ihn beständig auf Russisch fragt:

„Wo bitte geht es denn hier nach Nowaja Semlja?"

Soll sie der Blitz beim Scheißen treffen! Er kann sich doch nicht um alles kümmern!

Lieber würde er den heiligen Osterhasen spielen als den Schutzpatron für diese doppelt und dreifach blöden Autofahrer wie den Mallinger, den er ja trotz seiner Heiligkeit doch wieder nicht davor bewahren konnte, wie die angestochene Sau ins eigene Unglück zu rasen. So sehr konnte er sich zuvor gar nicht in sein Unterbewusstsein schleichen und ihm in seinen schrecklichen Alpträumen mit „Rübe ab!" drohen, als dass der kapiert hätte, dass er nicht Auto fahren kann und besser für alle Zeiten keinen Fuß mehr auf ein Gaspedal setzt!

Stattdessen kommt der Schafskopf unbelehrbar vor einer halben Stunde wieder viel zu schnell um diese Kurve geschossen. In einem Ferrari diesmal, aber wie *damals* ohne jedes Gespür für die Beschaffenheit der Straße und die Möglichkeiten, die diese Kurve bei diesen Witterungsbedingungen zulässt. Kommt also entfesselt um die Kurve geschossen wie der Furz aus dem Kanal, diesmal in einer seltsam roten Rennmontur steckend anstatt wie *damals* in einem grünen Steireranzug. Kommt also immer näher, dieser Spaßaffe, und geht einfach nicht vom Gas, der geht einfach nie vom Gas, sodass er auf dem glitschigen Terrain und in der Nebelsuppe mit dem linken Hinterrad – was vorhersehbar war! – auf das Straßenbankett gerät, wo ihm wiederum ein abgebrochenes Stück vom Geweih des Hirschen, den vor einigen Tagen an einer Stelle nicht weit von hier dieser verrückte Biermösel mit seiner Glock über den Haufen geschossen hat, den Reifen aufschlitzt, was wiederum zur Folge hatte, dass der Ferrari am Scheitelpunkt der Kurve unweit der Bodenwelle, vor der ihn der Grasmuck erst vorgestern als Statue wieder aufgestellt hat, spontan nach links ausbrach.

Und dann war im Prinzip wieder alles wie *damals:* Der Mallinger begann hektisch an seinem Lenkrad herumzufuhrwerken und wie verrückt dagegenzulenken, in dem wie immer irrigen Glauben, dass solch hektische Manöver ein Beweis seiner Reaktionsschnelligkeit wären und seine Fahrkünste unterstreichen würden. Doch war er „zu diesem Zeitpunkt nur noch Passagier", wie der Heinz Prüller in seinen Live-Übertragungen im Staatsfunk den Zustand des völligen Kontrollverlustes richtig beschreibt, der zwangsläufig immer dann eintritt, wenn ein katholischer Deutschlehrer einen roten Ferrari steuert.

Dabei musste der Mallinger doch spätestens seit seinem Crash *damals,* als er die Tonne Fett namens Hertha neben sich auf dem Beifahrersitz in den Tod schickte und den Nachwuchs-Niki gleich mit dazu, dabei musste er doch wissen, dass aus ihm nie eine Rennsau werden würde! Vielleicht aus Rotkäppchen oder einem Kilo Hackfleisch, dass man eine Rennsau machen könnte. Aber aus dem Mallinger? Never ever!

Mit zerfetztem Reifen schlitterte er zunächst den Straßengraben auf der rechten Seite der Straße entlang, bevor ihm ein Erdwall einen unverhofften Linksdrall verpasste, der den Ferrari direkt zu ihm auf die Mischwaldseite herüberschoss, wo es ihn an einem betonierten Straßenbegrenzungspfeiler abrupt stoppte, es ihn in die Luft wirbelte, wo er 14 gehechtete Saltos mit sieben Schrauben schlug, bevor er selbst, der Chris, vom Heckflügel des F50 so schwer touchiert wurde, dass er – als Vorhut gewissermaßen! – in den Mischwald heraufgeschleudert wurde, von wo aus er sich dann sozusagen erste Reihe fußfrei die Fortsetzung des Actionschockers anschauen durfte:

Der Mallinger in seinem Ferrari krachte nach all den Saltos gegen die erste Buche, von der er quasi wie ein Tennisball mit ungeheurer Wucht ein letztes, ein allerletztes Mal hochgeschleudert wurde, bevor es den roten Renner aus Maranello in Rückenlage zwischen die Bäume warf, wo es dem Mallinger endlich den Schädel abriss und der Wagen mit der verbliebenen Restenergie des Crashs in einem letzten Aufbäumen, wie ein sterbendes Tier, mit einem elenden Krächzen noch ein paar Mal vor und zurück schaukelte, bevor er endlich arg zerrupft im aufgewühlten Erdreich stecken blieb, während der Schädel des Mallinger im Sturzhelm noch langsam einige hundert Meter bergab kullerte, Richtung Zuständigkeitsbereich des Grasmuck, wo er schließlich in eine gut getarnte Erdspalte plumpste, in der gerade ein Erdhörnchen schlief.

Nun, gerade zwei Stunden, nachdem ein Anruf bei der Gendarmerie eingegangen war, steht ein paar Meter von ihm entfernt dieser Grasmuck wie eine Dose Tomaten bei Aldi im Regal herum und schaut sich kopfschüttelnd den Ort des Unfalls und den Ferrari an (und fragt sich, was der wohl kostet). Und als jetzt auch noch dieser Biermösel hinzustößt, wünscht sich der Heilige Chris wirklich nichts mehr, als dass er damals bei irgendeinem Scheiß-Pferderennen sein Gespann an die Wand gesetzt und sich dabei den Schädel gespalten hätte!

Stattdessen hört er nun die beiden Einfaltspinsel über das Wetter reden und sich über die eine wichtige Frage unterhalten, wer es sich von ihnen beiden unten herum mehr vertan hat (als wäre das eine olympische Disziplin, für die es irgendeinen Pisstopf zu gewinnen gäbe!). Er hört sie über „das Wunder Schweinsbraten" reden und wie lange genau das Fleisch im Rohr bleiben muss („auf Vollgas", wie sie es nennen!), damit das Krusterl auch schön knusprig wird. Er hört sie weiters über schwarze, gewellte, rassige Mähnen und über fette Ärsche reden, und wie sehr sie beides lieben würden („Viel Arsch, viel Freude", lautet ihr Motto). Und er hört sie die Vorzüge der Triumph Fips einerseits (Biermösel) und die der Triumph Knirps andererseits (Grasmuck) loben.

Da spätestens verdammt der Chris den fürchterlichsten Crash überhaupt, den Urknall, den ER in seiner göttlichen Einmaligkeit *damals* gezündet hat und mit dem wohl alles Elend begann. Er verflucht den Tag, an dem ER das Licht aufgedrehte und die Sonne und die Erde und die Menschenkinder und in weiterer Folge all den Wahnsinn auf den Straßen der Erde geschaffen hat. Und er verflucht das Wort, das am Anfang war, weil er den beiden noch immer bei ihrem Dialog-Pingpong zuhören muss, unterbrochen nur jeweils von tiefen Seufzern und langen Zügen aus ihren Schnapsflaschen:

„Naja, halt ja."

„Ja freilich, halt ja."

Da fragt sich der Chris: What the fuck bitte hat ER sich in seiner göttlichen Herrlichkeit gedacht, als er die beiden erschaffen hat?

Könnte er noch einmal von vorne anfangen, würde er so sinnlos und oberflächlich wie dieser Schlevsky leben, den er gerade fröhlich „Turaluraluralu" singend und bis auf die Knochen erlöst drüben in den All-inclusive-Wellness-Bereich des Himmels hereinstolpern sieht. In seiner langen Unterhose, die ihm halb beim Arsch hinunterhängt und die natürlich jeder Beschreibung spottet. Sogar das schallende Gelächter der Heerscharen des Himmels würde er in Kauf nehmen, die nun kurz mal ihre Posaunen weglegen, um mit nacktem Finger auf diese Witzfigur zu zeigen, weil er seit dem Luis Trenker der Erste ist, der in der langen Unterhose in den Himmel kommt.

Der Chris würde im Prinzip alles in Kauf nehmen, wenn er sich sein Dasein hier an der Abzweigung nach Goisern ersparen könnte.

„Naja."

Auftunken und Einschmieren

Über dem Auerhahn ist Ruh'.

Freilich nicht sehr lange. Weil schon zuckt wieder der erste Blitz und schlägt in den Buchenscheiterstoß hinten am Schießstand ein, an dem der Biermösel gut versteckt die Fernsehantenne montiert hat, damit er sich als passionierter Schwarzseher die Rundfunkgebühr erspart. Und sofort fängt – als Strafe vielleicht? – das Bild im Fernseher an zu wackeln, wie wenn die Welt endgültig und verdientermaßen untergehen täte. Wenn aber das Bild im Fernsehen zum Zittern anfängt, dann muss man sich innerlich auf das Äußerste vorbereiten. Das weiß auch ein jeder, der sich ein bisserl damit beschäftigt. Dann dauert es oft nicht mehr sehr lange, und man ist tot.

„Naja", seufzt der Biermösel und kratzt sich hinterm Ohrwascherl. „Naja gut, so ist das halt."

Die „Zeit im Bild 1" ist schon längst vorbei, und die Schwarzhaarige mit ihrer dramatischen Mähne hat im Wesentlichen wieder nichts berichtet, was ihn wirklich interessieren täte. Nur eine komplett aus dem Ruder gelaufene Postenbesetzung streng nach Parteibuch da, und ein nicht einmal mehr verschleierter Anschlag auf den Rechtsstaat dort.

Das furchtbare Blutbad aber beim Schlevsky oben und die unmittelbare Klärung durch ihn, Biermösel, Inspektor – es war dem Staatsfunk wieder keine Erwähnung wert. Ein bisserl persönlich nimmt er ihnen das mittlerweile schon, aber bitte. Das Leben ist halt kein Wunschkonzert, kann er aus der gewissen Erfahrung heraus berichten. Vielmehr ist es voller Enttäuschungen und Niederlagen.

Naja, denkt sich der Biermösel wieder und kratzt sich noch immer hinter dem Ohrwascherl. Dann schaut er sich halt heute den „Musikantenstadl" im Fernsehen an und nimmt er halt nicht an der Ordensverleihung an ihn in der Hofburg teil. Im Prinzip findet er sich ja damit ab, dass es mit dem Bundesverdienstkreuz am Bande nichts mehr werden wird. Nur hätte er den Abend jetzt wirklich lieber mit der Gattin vom Präsidenten in der Hofburg vertrödelt, oder sehr gerne auch mit der Annemarie Pröll in ihrem Kaffeehaus in Kleinarl. Zur Not hätte er den Abend auch lieber mit der Marie-Therèse Nadig aus der Schweiz verbracht und im äußersten Notfall sogar mit der Mutter Teresa aus Kalkutta. Selbst die zwei Spaßbremsen wären ihm jetzt lieber gewesen als der Moik aus dem „Musikantenstadl“, den Moik und den „Musikantenstadl“ mitsamt dem ganzen Staatsfernsehen hält er wirklich nur sehr schwer aus.

Seit sie das Schlechtwetterprogramm mit den Wildwestfilmen am Vormittag abgeschafft haben, kann er über den Staatsfunk nichts Gutes mehr sagen, und den Moik verträgt er sowieso nur als Schwarzseher. Also dreht er jetzt lieber mit der Fernbedienung den Ton vom Fernseher ab. Wenn nämlich der „Musikantenstadl“ läuft, dann ist es das Wichtigste, dass du den Ton abdrehst, sagt sich der Biermösel immer. Außerdem schaut er halt lieber, als dass er zuhört, weil er einfach besser sieht, als er hört. Und weil er jetzt ganz alleine in der Wirtsstube sitzt und am Stammtisch drüben keiner mehr ist, den er mit seinem gewissen Blick aus den Augenwinkeln heraus in die Enge treiben könnte – so wie er das mit dem Mao Tse und dem Bürgermeister gemacht hat! –, treibt er halt mit seinem Blick den Moik im Fernseher in die Enge, meine Güte, was soll er denn sonst machen?

„Bringst mir noch eins, Roswitha?“

Alt ist er geworden, denkt sich der Biermösel über den Moik, wie er ihn gerade in die Enge treibt. Alt und nicht mehr zum Anschauen ist er. Gescheiter aber ist er über all die Jahre nicht geworden. Und da sieht dann wieder einmal sogar der Blinde, wie weit er und der Moik in der Entwicklungsstufe auseinander klaffen. Sogar er ist nämlich noch einmal ein schönes Stück gescheiter geworden im Zuge von dem ganzen Theater in den letzten Tagen, ein wirklich furchtbares Theater war das, in der Rückschau vielleicht das bei weitem furchtbarste Theater in seiner gesamten Laufbahn überhaupt.

„Roswitha!“

Zeit jedenfalls, zufrieden Bilanz zu ziehen. Zeit (und Holz) hat er ja genug. Also zieht er halt zufrieden Bilanz und geht er halt die Fälle noch einmal der Reihe nach durch:

Für die Ermittlungen und die Ruckzuck-Lösung im Fall „St. Christophorus-Abschuss Nummero 36 durch den Bürgermeister“ darf er sich bei aller gebotenen Bescheidenheit auch einmal ein bisserl selbst loben. Da ist ihm wirklich die Saat aufgegangen, bravo. In der gewissen Manier hat er den Bürgermeister gewaltig unter Druck gesetzt (freilich wegen einer anderen Sache – kleiner Wermutstropfen!), sodass der letztlich sein Gebäude der Lügen hat verlassen müssen, bevor es über ihm zusammengestürzt wäre, das reinste Meisterstück. Vielleicht, dass jetzt doch noch einer vom „Der Kriminalist" anruft und mit ihm ein Interview machen will. Möglich ist es auf jeden Fall.

Dass er das Geld vom Bürgermeister der Anni für ihre zwei Mäderln gegeben hat, anstatt dass er es selbst drüben im Puff von der Gachblonden verprasst oder – noch blöder! – auf ein Sparbuch bei der Raiffeisenkassa gelegt hätte als Baustein für den nahenden Lebensabend, der wie ein Komantschenpfeil auf ihn zuschießt – das kaschiert in seinen Augen auch, dass er in der „Causa Gestohlene Handtascherln" nicht immer ganz sattelfest gewesen ist. Da ist er sogar zeitweise herumgeirrt wie ein rauschiger Esel auf glattem Sternenparkett, muss er sich selbst ein bissen schimpfen. Der Turm in der Schlacht war er in diesem einen Fall wahrscheinlich nicht. Aber dass die zwei mutmaßlichen Rotzbuben in Wirklichkeit der Anni ihre zwei Mäderln sein könnten, bitte, wer rechnet denn mit so einem Blödsinn?

Interessiert hätte ihn in der ganzen depperten Geschichte nur, ob der Schlevsky die Maria Schlevsky gekannt hat, das wäre vielleicht von Interesse gewesen. Aber andererseits: Dass er sich auch in dieser Causa letztlich das Protokoll erspart hat – da darf er kräftig durchatmen und erleichtert „Uff?" sagen wie der Indianer im Zelt. Und überhaupt: Nicht auf jede Frage hält das Leben eine Antwort bereit; nicht ein jeder Ast treibt aus; und nicht ein jedes Schwein landet im Rohr (wo es hingehört). Letztlich bleibt halt im Leben so manches ... na, wie soll er sagen ... in der Finsternis verborgen und wird das Licht der ... na ... der Dingsbums ... niemals ...

„Geh Roswitha! Bring mir noch einen, sei so gut!"

Leider kann er in dieser Sache auch die betreffende Schlevsky Maria nicht mehr befragen, ob sie im Umkehrschluss den Schlevsky gekannt hat. Gestern meldet nämlich der Seebachwirt, dass die zwei deutschen Sexberserker, wie er sie mittlerweile nennen muss, ohne Bezahlung aus seinem Hotel verschwunden und seither – erraten! – *abgängig* sind! Da muss jetzt, am Ende vom Tag, schon auch einmal die Frage erlaubt sein: Was ist denn eigentlich los auf der Welt, dass früher oder später wirklich ein jeder unabgemeldet verschwinden muss?

Schön langsam hofft er wirklich inständig, dass er den lästigen Wirten irgendwann in Notwehr erschießen wird können, weil ihm der schon so auf die Nerven geht mit seinen dauernden Abgängigkeitsanzeigen! Und er hofft weiters inständig, dass es sich beim unabgemeldeten Verschwinden von der Schlevsky Maria samt Begleitung um eine schlichte Zechprellerei handelt und nicht wieder um ein Gewaltdelikt, weil er sich schon beizeiten auch fragen muss:

Gewaltdelikte! Gewaltdelikte! Gibt es denn auf der ganzen Welt nichts anderes mehr als immer nur Gewaltdelikte?

„Roswitha!“

Die „Causa Blutbad im Flachdachrefugium oben am Gebirgskamm“? Ein wirklich einmaliges Blutbad war das, ein ganz ein einmaliges. Da hätte „Der Kriminalist“ ruhig Fotos machen können, ein so ein schönes Blutbad sieht selbst die Gendarmerie nicht alle Tage. Und schon gar nicht mag es der Gendarmerie gelingen, jeden Tag eine so unglaubliche Blutbadtat mir nichts dir nichts aufzuklären, wie das letztlich ihm in vorbildlicher Manier gelungen ist (Da hätten sie schon von ihm auch ein paar Fotos machen können!)

Hätte er – in der Rückschau betrachtet – ahnen können, dass ausgerechnet der Mallinger sich als kaltblütiger Killer entpuppt, der mutmaßlich im Zentrum von einer kriminellen Vereinigung gestanden ist, die sich in der Volkshochschule getroffen und sich mittlerweile in alle Winde verstreut hat, weil neben dem Mao Tse auch eine platinblonde mutmaßliche Amme abgängig ist? Hätte er rechtzeitig eingreifen und das Blutbad verhindern können?

Nein, kommt der Biermösel nach langem und sorgfältigem Abwägen – „Roswitha, einen noch! Oder lieber zwei!“ – zum einzig richtigen Schluss. Nein, nein und noch einmal nein, es war einfach nicht zu verhindern. Wenn nämlich das Blutbad einmal eingelassen ist, dann kann selbst der stärkste Installateur den Hahn nicht mehr zudrehen. So ist halt einmal die menschliche Natur, rekapituliert der Biermösel aus der gewissen Erfahrung heraus, dass sie sich gegenseitig auslöschen muss, sobald sie sich in die Quere kommt, da kann selbst er nichts dagegen tun.

„Magst noch das Bratlfett aus der Rein auftunken?“, fragt die Roswitha den Biermösel, wie sie mit den zwei weiteren Doppelten daherkommt.

„Freilich mag ich das Bratlfett noch auftunken, was glaubst denn du?“, sagt der Biermösel. Und dann schiebt sie ihm das Schafwollpolsterl unter, auf das er sich brav draufsetzen soll.

Von draußen kriecht nämlich bei den Fenstern schon wieder die feuchte Kälte herein in die Wirtsstube, so wie der Geruch vom frischen Schopfbraten heraus aus der Küche kriecht. Dort heizt die Roswitha dem Schweinderl gerade noch einmal zehn Minuten Vollgas ein, wegen dem Krusterl. Und der Biermösel schaut derweilen durch die zugezogenen Vorhänge hindurch den Blitzen bei der Arbeit zu und lässt die Welt außen vor.

Die Fips, ist er zufrieden, steht wettersicher geparkt unter der Wellpappe, der kann nichts passieren. Und er selbst wird heute sowieso nicht mehr hinausgehen, so wie es jetzt ausschaut, lieber bleibt er heute herinnen in der warmen Stube. Am Samstag bleibt er einfach am liebsten herinnen, wenn alle anderen draußen ausschweifen gehen. Sollen sich die anderen draußen die Schädel einschlagen und im Alkoholrausch gegen Bäume und Heilige rasen, sagt er sich immer, er legt sich lieber auf die Ofenbank und zieht weiter Bilanz:

Dass er den Schlevsky im Blutbad ersoffen aufgefunden hat? Dazu von ihm abschließend vielleicht nur noch zwei Worte: „Mir wurscht!"

Es ist ihm nämlich nicht leid um den Schlevsky, ehrlich nicht. Er hat den Schlevsky nie mögen. Ein Gendarm aus Aussee mit Charakter und Grundsätzen, wie er einer ist, und ein Puffkaiser aus dem deutschen Osten ohne Anstand und Benimm, wie der Schlevsky einer war, das wird keine Lebensfreundschaft, das passt einfach hinten und vorne nicht zusammen.

„Da, tunk brav auf!", sagt die Roswitha, wie sie die zweite Rein mit dem Bratlfett herstellt und einen halben Laib Brot mit noch einem Marillenen dazu. „Ich geh schon vor und wart dann auf dich."

„Jaja", sagt der Biermösel und bricht das Brot. „Geh du schon vor und wart dann auf mich."

Jetzt, wo die Roswitha vorgegangen ist und auf ihn warten wird, fällt ihm auf, dass er die ganze Zeit schon an die platinblonde mutmaßliche Amme aus dem Deutschkurs denken muss, und wie gern er der den Arsch heute einschmieren täte anstatt der Roswitha. Die wäre weiß Gott besser dran, wenn sie ihm verfallen wäre anstatt dem Schlevsky, hadert er jetzt ein bisserl mit dem Schicksal. Ihm hätte sie in die Hände fallen müssen, ihm, ihm, ihm! Aber sag den Weiberleuten sie sollen den geraden, sicheren Weg zusammen mit ihm beschreiten, schon kratzen sie mit ihren langen Fingernägeln Serpentinen in die

Landschaft und ziehen den Zickzack-Kurs vor. So sind sie halt, die Weiberleut'! Stur und uneinsichtig sind sie. Geheimnisvoll und unergründlich. Fast wie der Chinese.

Na gut, denkt sich der Biermösel noch einmal und zieht die Rein heran. Dann geht er halt wieder zur Roswitha hinauf in die Kammer, wo sie sich wahrscheinlich gerade auf ihrem Bett aufbockt und das Gesäß himmelwärts richtet wie der Ramzi das seine beim Gebet. Sie wird den roten Kopf in die weißen Hände stützen und das rot-weiß-rote Liedbuch der Parteigranden vor sich auf den Kopfpolster legen, und daraus wird sie ihm gleich „Brüderlein fein" vorsingen, weil er genau das für die Roswitha ist – das Brüderlein fein.

Da wischt sich der Biermösel eine Träne aus dem Auge, weil das dann schon auch immer sehr bewegende Momente sind, die er mit seiner Schwester erleben darf. Und wenn er sich anschaut, wo so mancher andere in dieser ganzen blöden Geschichte gestrandet (oder verendet) ist, dann hat er es vielleicht mit der Roswitha an seiner Seite gar nicht so schlecht erwischt.

Naja, denkt sich der Biermösel. Naja gut.

Da reißt es ihn augenblicklich aus seiner Bettschwere, wie er den Moik im Fernsehen weiter in die Enge treiben will und sich stattdessen auf einmal fragt: Sind das jetzt vielleicht die Radinger Spitzbuam beim Moik im Fernsehen?! Kann es denn in Dreiherrgottsnamen wirklich sein, dass das die Radinger Spitzbuam sind? Ist es denn möglich, dass die da drinnen beim Moik tanzen, hüpfen, springen und singen und er sie nicht hören kann, weil er die depperte Fernbedienung nirgends findet, Kruzifixnocheinmal, darf denn das sein?

Na freilich darf das sein!

Wie er nämlich die Fernbedienung unter dem Schafwollpolsterl endlich findet, verabschiedet der Moik die Radinger Spitzbuam schon wieder, und der Biermösel ist einmal mehr um den Höhepunkt in seinem Leben umgefallen.

Es war ihm halt einfach wieder nicht vergönnt.

Da schaltet er den Fernseher überhaupt komplett aus und setzt sich wieder auf sein Polsterl auf der Bank. Ein bissen eingeschnappt ist er jetzt schon, weil es der Herrgott dort 4ben in seinem Winken wieder nicht so eingerichtet hat, dass er die Radinger Spitzbuam hat live hören dürfen.

„Deine Wege sind auch sehr unergründlich!“, wirft er dem Herrgott mit einem scharfen Blick aus den Augenwinkeln heraus vor. „Kenn sich einer aus bei dir!“

Da richtet sich der Biermösel auf und kratzt sich am Ohrwascherl, weil ihn da drinnen schon die ganze Zeit irgendwas so deppert juckt, das ist aber lästig! Und wie er mit dem vierundvierzig Deka schweren Zeigefinger in die Ohrmuschel hineinfährt, holt er einen aber schon sehr gewaltigen Patzen Ohrenschmalz heraus, da muss er sich selbst wundern, was alles in so einem kleinen Ohrwascherl drinnen Platz hat. Schön schimpfen täte der Doktor Krisper wieder mit ihm, wenn er sehen müsste, was für ein Schweinderl er ist und wo überall er sich nicht waschen tut.

Und wie er mit der Ohrenschmalzkugel auf dem weißen Tischtuch anfängt zu spielen und sie hin und herrollt und her und hin, da blitzt es draußen ohne Unterlass, und ein rollender Donner nach dem anderen schiebt sich vom See her auf den Auerhahn zu, so dass es gewaltig schnalzt und man überhaupt meinen könnte, dass der Herrgott, der narrische Teufel, jetzt endgültig mit der Welt abrechnen möchte. Und wie sich das Ohrenschmalz schön langsam auf dem weißen Tischtuch verteilt, weil er sich gar so blöd spielt damit, ist in der Zwischenzeit das Bratlfett im Reindl auch schon schön braun geworden, und der Biermösel denkt sich:

Na da schau her! Genau dieselbe Farbe, das Bratlfett und mein Ohrenschmalz.

Was wohl herauskommt, überlegt er jetzt, wenn ich beides ein bissen zusammenmische und mit einem Schuss Marillenschnaps versehe? Vielleicht, dass das Zeug besser schmeckt als die Wundersalbe vom Doktor Krisper, und er damit sogar der Roswitha ihren Juckreiz vollends in die Schranken weisen könnte, wenn er ihr die Mixtur hinten aufträgt? Ist am Ende doch das Bratlfett das allein selig machende Allheilmittel der Menschheit? Und kann es vielleicht sein, dass er doch noch die eine Zauberformel gefunden hat, die ihn aus dem Schatten herausholt und ins Licht hineinstellt? Möglich ist es.

Aber wie er jetzt das Ohrenschmalz zum Bratlfett in die Pfanne hineinlegt, und wie er den Marillenen dazuschüttet und sich dann alles miteinander anschaut, das Bratlfett, den Marillenen und sein Ohrenschmalz, da denkt sich der Biermösel:

Geh sei doch bitte nicht so deppert! Lieber trinkst du jetzt alles miteinander aus, bevor du eine Salbe daraus machst und die Welt damit rettest!

Und wie er alles noch einmal gut durchmischt und sich gemütlich zurücklehnt, und wie er die Rein in die Höhe hält und den Mund weit aufreißt, so dass alles schön hineinstürzt wie das Überwasser in Kaprun hinunter in die Tiefe, da donnert es draußen noch einmal gewaltig, und er weiß sofort, dass der imposante Buchenscheiterturm, den er in monatelanger Arbeit aufgebaut hat, in sich zusammengekracht ist und die Fips unter sich begraben hat.

Da zieht er langsam den Vorhang auf die Seite und schaut auf den Schießstand hinter dem Auerhahn hinaus. Und auf einmal sieht er im schwachen Lichterschein, der von der Roswitha ihrer Kammer auf den zusammengebrochenen Buchenscheiterstoß hinunterfällt, wie die sehr blonde mutmaßliche Amme aus dem Deutschkurs vom Mallinger ganz verwirrt von dort hinten wegrennt, wie wenn sie den Weg suchen und nicht finden täte. Und er beobachtet, wie ihr dabei ein wirklich sehr schöner grüner Wetterfleck im Wind wachelt wie sonst nur bei ihm, wenn er auf der Fips die gewisse Aerodynamik einnimmt.

Aber, denkt sich der Biermösel und kratzt sich noch einmal hinterm Ohrwascherl. Wundern tut ihn sowieso überhaupt nichts mehr.

Löcher, noch und nöcher

Für Tina und Coco

Inhalt

Prolog

Einmal, Kruzifix, einmal nur, dass auch ihn die gewisse vorweihnachtliche Stimmung ummanteln und er sich von Strass und Lametta blenden lassen könnte!

Einmal nur, dass auch er den Heiligen Abend mit einer rassigen Schönheit auf dem Schaffell vor ihrem offenen Kamin verbringen und dabei Lebkuchen mit Streusel essen könnte! Einmal nur, dass er nicht stattdessen immer als Einziger alleine unterm Christbaum herum liegenmuss, komplett besoffen und einsamer noch als der Herr Jesus Christus zu Ostern oben am Kreuz!

Oder einmal wenigstens, dass er den weihnachtlichen Bereitschaftsdienst rechtzeitig an den Grasmuck abtreten könnte! Einmal nur, dass er dann das letzte Fenster am Adventkalender von der Schnapsmanufaktur Tötschinger erst am 24. aufreißen und den Jackpot in Ruhe zwitschern könnte! Einmal nur, dass er dann von allen Sorgen befreit den Posten zusperren und zur Weihnachtsgans im Auerhahn hinüberfahren könnte, die selbstverständlich ein Weihnachtsschweinderl ist, was denn sonst! Dann noch sieben, acht Besoffene Kapuziner mit viel Schlag zum Drüberstreuen, weil ihm die katholische Symbolik gerade zu Weihnachten schon auch sehr wichtig ist. Anschließend der Roswitha noch den Beschwerdekatalog vorgetragen anstatt dem Evangelium nach Matthäus. Dann hinauf in die Schlafkammer, wo als Betthupferl der Lebkuchen auf ihn wartet, und endlich im Halbkoma zufrieden einschlafen, Herrgottnocheinmal, so schaut ein perfekter Heiliger Abend aus, genau so.

Einmal, Kruzifix, einmal nur, dass ihm das Weihnachtsfest nicht komplett aus dem Ruder laufen und sich zu einem einmaligen Fest der Verheerungen auswachsen täte! Einmal nur, dass der Komet in die Punschhütte vor der Kirche einschlagen und alle dort versammelten blondierten Trotteln und toupierten Trampeln mit in den Abgrund reißen könnte! Einmal nur, dass die richtigen Leute zu Weihnachten im zugefrorenen See absaufen und nicht immer die falschen!

Oder einmal wenigstens, dass die depperte Seebachwirtin anklopfen täte, bevor sie ungefragt zu ihm auf den Posten hereingeschneit kommt und ihn aus seiner vorweihnachtlichen Ruhe reißt! Einmal nur, dass sie sich dabei die Stiefel auszieht und nicht den ganzen Dreck hereinschleppt und alles überschwemmt! Einmal nur, dass sie dann nicht mit ihren Fingern vor seinem Gesicht herumfuchtelt und hysterisch schreit wie die von den komplett rücksichtslosen Jägern angeschossene Wildsau, nur weil sie schon wieder ein Problem hat:

„Biermösel! Die Rotwildproblematik drüben an der langen Geraden im Silbertannenwald!"

„Was ist mit der?"

„Dort wird noch was Schreckliches passieren, das prophezeie ich dir!"

„Und wie kommst du drauf, du Prophetin?"

„Weil die Hirschkühe und Bambis dort alle als Ragout auf der Straße kleben, noch bevor die Jäger sie überhaupt abknallen können!"

„Und warum ist das so?"

„Weil es dort dauernd zu furchtbaren Kollisionen zwischen Autos und dem ungeschützten Rotwild kommt!"

„Und seit wann ist das so?", kichert der Biermösel, der genau weiß, warum und seit wann das so ist.

„Seit du im Spätherbst den 18-Ender und Anführer vom Hirschrudel erschossen hast, du gottloser Geselle, im Blutrausch und in der Komplettrage!"

„Und weiter, Herrgottnocheinmal!"

„Das ist nicht der Sinn dahinter!"

„Und was wäre der Sinn dahinter?"

„Dass wir Wirten den Gästen ein frisches Wildbret auftischen können!"

„Was aber wäre der Sinn dahinter", fragt der Biermösel ruhig, „wenn ihr depperten Wirten den Gästen ein Wildbret auftischen könnt, wo doch die Roswitha drüben im Auerhahn den Schweinsbraten zu immer neuen und immer lichteren Höhen führt?"

„Red nicht so blöd daher, Biermösel!"

„Fall um und stirb, Seebachwirtin!"

Eisbär

Der Biermösel sitzt auf seinem Musentempel am Gendarmerieposten in Aussee herüben und gibt sich der Muse hin, so wie er sich in den letzten Jahren immer wieder und immer häufiger der Muse hingegeben hat. Am Anfang von seiner beispiellosen Karriere zwar auch schon sehr oft, aber noch nicht so oft wie jetzt in diesen besinnlichen Tagen vor Weihnachten. Wenn die Gendarmerie nämlich jung ist, dann jagt sie draußen in der frischen Luft die Volksgesundheit im Breitensport und scheißt auf die heimelige Besinnlichkeit vor Weihnachten. Sobald die Gendarmerie dann aber alt und buckelig geworden ist, frisst sie immer unmäßiger und trinkt sie immer häufiger in extremis, sodass sie in der Folge praktisch dauernd und nicht einmal ungern am Klo sitzen bleiben muss und sich der Muse hingibt, na gut, denkt sich der Biermösel und kratzt sich verschämt hinterm Ohrwascherl, jetzt kann er ja verraten, dass es sich um gar keinen richtigen Musentempel handelt, auf dem er so niedergeschlagen sitzt, sondern um sein Scheißhaus, aber zum Nachdenken hat er trotzdem genug.

In der gebeugten Denkerhaltung und mit dem Duftbaum von der Anni in der Hand, den sie ihm zum Abschied aufs Scheißhaus hereingehängt hat, in der klirrenden Kälte, die ihn da herinnen ummantelt, weil natürlich keiner an eine Heizung gedacht hat, wie sie den Gendarmerieposten vor hundert Jahren erbaut haben, da überlegt er zum Beispiel, warum in dieser Gegend die Winter eher immer noch kälter und immer noch länger werden, anstatt wie von der Wissenschaft vorhergesagt vielleicht doch einmal ein, zwei Monate kürzer und drei, vier Grad wärmer, mit dem 5-Volt-Heizstrahler unter seinem Arsch wird er jedenfalls Gevatter Tod nicht mehr lange draußen vor der Tür halten können. Kaum hat nämlich in dieser Gegend die Sonne einmal kurz den Zenit gestreift, macht der Biermösel jetzt die Sonne für einige seiner Probleme verantwortlich, geht die eigenwillige Dame auch schon wieder ihrer Wege und verabschiedet sich zu den Elefanten hinunter in den Süden, kaum hat sie einen kurzen Sommertag lang ein bisserl Vollgas gegeben, lässt sie ihn auch schon wieder im Stich, aber gut, denkt der Biermösel jetzt nicht nur positiv über die Sonne und die ganze übrige eigenwillige Damenwelt, lasst ihn doch alle miteinander einfach im Stich!

Gesundheitlich geht es ihm im Vergleich zur Herbstsaison auch noch ein bisserl schlechter, danke, ein bisserl schlechter geht es im Winter immer noch. Zu den ganzen depperten Problemen unten herum haben sich in letzter Zeit auch noch ein paar Probleme weiter nördlich hinzugesellt. Ein furchtbar zerstörter Schädel quält ihn seit einem ebenso fürchterlichen wie würdelosen Unfall zu Allerheiligen, der ihn verkehrt herum gekreuzigt an einer Vogelscheuche drüben im Acker vom Brunner-Bauern hat enden lassen. Fast wie der Erlöser selbst ist er dort oben gehangen, nur halt verkehrt herum, sodass ihn die Leute dann doch nicht als Religionsgründer angebetet haben und ihm nachgefolgt sind wie das Hirschrudel dem 18-Endet. Aber Herrgottnocheinmal, muss er sich erst einen Polster unter einen roten Wetterfleck stecken, sich einen weißen Bart wachsen lassen und dauernd „Ho! Ho!" schreien, damit auch ihn einmal wer anbetet und ihm nachfolgt, wenigstens die Meinen Kinderlein?

Ein denkbar unwürdiger Ausklang von einer furchtbaren Herbstsaison war das jedenfalls, oder soll er sagen: ein denkbar unwürdiger Auftakt für eine nur umso furchtbarere Wintersaison? So kommt es dem Biermösel jedenfalls vor, seit bei ihm immer alles noch blöder läuft und er sich neuerdings sogar einbildet, dass er hin und wieder Stimmen hört. Also hat er sich nicht wundern dürfen, dass ihm der Doktor Krisper nach der eingehenden Untersuchung wegen dem Unfall tief in die Augen geschaut und ihn dann gefragt hat, ob sich bei ihm zur Grunddepression vielleicht auch noch die Winterdepression dazugeschoben hat oder ob das Problem tiefer liegt, „bist du vielleicht überhaupt schon ein Borderliner, Biermääässsel?", hat er gefragt, und dann hat er ihm als einzig probates Mittel gegen die Borderlinerei die gelben Tabletten verschrieben, „gelb wie die Sonne müssen sie sein", hat er versichert, „dann lacht die Welt dich wieder freundlich an!"

Aber der Biermösel rutscht nur immer noch schwerer auf seinem Musentempel herum, je mehr er von den gelben Tabletten frisst, und er versinkt nur immer noch weiter in seiner Klomuschel, je länger er jetzt mit seinen äußeren Adleraugen die sanitäre Räumlichkeit abtastet, während er gleichzeitig mit seinen inneren Adlerauge die Pläne für einen eventuellen Gesamtaus-und Umbau von seinem Musentempel entwirft, um den er, wie es heute ausschaut, sowieso nicht herumkommen wird, weil ihn zwar weiterhin keine von den rassigen Schönheiten dieser Erde auf ihrem Gabentisch unter dem Christbaum vorfinden möchte – was sein heimlicher Weihnachtswunsch wäre –, ihn aber die depperte Bundesregierung nicht und nicht aus dem Staatsdienst entlassen will, also Frage an Stararchitekt Wollatz:

„Was kann man tun?"

Der Biermösel überlegt, ob er den Zittergreis Wollatz nicht gleich anrufen und mit ihm möglichst noch vor Weihnachten einen Termin in Hinblick auf Planung von Um- und Ausbau von seinem Musentempel vereinbaren soll. Mit seinen 98 Erdenjahren auf dem Buckel wird bei dem dann auch nicht mehr die Hebamme schuld sein, wenn er vielleicht schon bald das Zeitliche segnet, keiner kann schließlich sagen, ob der hektische und nervöse Hochrisikolenker Wollatz bei seiner Fahrweise den Jopi Heesters noch überlebt.

Der Biermösel hätte dem Kurvenakrobaten seinen Führerschein schon längst abnehmen müssen, aber „eine Hand wäscht die andere" ist seine bewährte Devise in Fragen der Führerscheinabnahme. Also will er dem Stararchitekten seinen Lappen trotz Alzheimer und Parkinson gerne lassen, wenn er ihm dafür beim Preis für den Um- und Ausbau vom Scheißhaus ein bisserl entgegenkommt und er ihm ein Billy-Regal hereinstellt für die Lagerung von den Spirituosen und eine geblümte Ausziehcouch gleich mit dazu, auf der er dann seinen Rausch ausschlafen kann. Das täte zwar auch noch keinen wohlduftenden Musentempel aus seinem Scheißhaus machen, räumt der Biermösel gerne ein, aber er täte wenigstens den ganzen Winter über nicht mehr hinaus müssen in die immer gewaltigeren Schneestürme, die jedes Jahr mit immer noch stärkerer Kraft über das Ausseerland hinwegfegen wie früher der schnelle Besen von der Anni über seinen Scheißhausboden. Wie das Eichhörnchen im dicken Baumstamm könnte er es sich da herinnen gemütlich einrichten und den langen Winterschlaf halten, der täte ihm so gut.

Der Biermösel steckt schon fast tiefer mit dem Arsch in der Muschel als die Kugel in der Kanone, als er noch einmal den abschlägigen Bescheid von der Frühpensionsversicherungsanstalt aus seinem Wetterfleck herauskramt, den er heute Früh vom Postler in Empfang genommen hat anstelle von einem sich erklärenden rosaroten Liebesbrief von der Anni, auf den er insgeheim gehofft hätte.

Den gewissen Ehrgeiz als Gendarmerie, der ihn früher stets ausgezeichnet hat (nebst allem anderen, das ihn stets ausgezeichnet hat),

hat der Biermösel mit diesem Schreiben natürlich verloren. War es ihm in der Herbstsaison noch ein Anliegen, dass er Täter um Täter dingfest macht und solcherart doch noch Erwähnung in „Der Kriminalist“ findet, wäre es ihm jetzt ehrlich gesagt lieber, wenn das „Sex ohne Zensur“-Magazin über ihn als unumschränkten Beglücker der Frauen in Aussee berichten täte, über den Weiberhelden durch und durch, der auf dem weichen Schaffell von der Anni vor dem offenen Kamin herumliegt wie früher der Burt Reynolds. Aber gut, überlegt der Biermösel jetzt mit der gewissen Einsicht, den die Befunde vom Doktor Krisper und der gelegentliche Blick in den Spiegel mit sich bringen: Er ist halt nicht der Burt Reynolds, und die Anni hat auch keinen offenen Kamin, weil sie immer noch eine Putzfrau ist, wenn auch leider nicht mehr bei ihm. Also wird ihm auch dieser Traum nicht in Erfüllung gehen, weil natürlich auch jede andere Dame in Aussee lieber in den brennenden Christbaum hineinhüpft, bevor sie sich mit ihm vor den Kamin auf das Schaffell legt und fotografieren lässt.

Für den depperten Staatsdienst aber wird sich der Biermösel in Zukunft nicht mehr zerreißen. Vielmehr wird er die nächsten Jahre bis zur endgültigen Pensionierung danach trachten, dass er sich wie das Mikadostaberl überhaupt nicht mehr bewegen muss, und bis heute hat die moderne Architektur noch keinen Ort entworfen, in dem es sich so gut und ungerührt verweilen lässt wie auf der so genannten Herrentoilette, da muss er die moderne Architektur schon auch einmal loben.

Das Verbrechen, richtet der Biermösel daher einen mahnenden, wenn auch ungehörten Appell an die Verbrecherwelt da draußen, das Verbrechen soll ihm also jetzt lieber nicht blöd kommen und ihn zwingen, dass er seinen Musentempel verlassen und den Außendienst antreten muss. Er ist ja, damit das auch einmal klar ist, kein UNO-Radpanzer, der sich dauernd in die dreckigsten Höhlen der bürgerlichen Kleinfamilien hineinwagt und dort mit der Glock im Anschlag den Weihnachtsfrieden wiederherstellt. Er ist weiters kein UNO-Blauhelm, der vom Gebirgskamm herunter mit der angelegten Doppelläufigen über die Randale vor der komplett aus dem Ruder laufenden Punschhütte vor der Kirche wacht. Vielmehr ist der Biermösel nach all den schlechten Erfahrungen mit Weihnachten insgesamt der Meinung, dass keine Volksarmee der Welt die Verheerungen jemals wieder beseitigen wird können, die die Menschenkinder Jahr für Jahr zu Weihnachten anzurichten imstande sind, nicht einmal die Anni mit ihrem Putzfetzen und dem inneren und äußeren Furor könnte diese Verheerungen jemals wieder beseitigen, „Herrgottnocheinmal“, seufzt der Biermösel jetzt mit einer Träne im Knopfloch und dem Duftbaum in der Hand: „Anni! Anni! Warum hast du mich verlassen?“

Nach dem gewaltsamen Tod vom Mallinger im Spätherbst, der weiß Gott kein Heldentod war, hat der Biermösel sich in den buntesten Frühlingsfarben ausgemalt, dass er heuer zu Weihnachten auf ihr landen wird können, gerne auch für immer, als Held, der er war, nachdem er die herbstlichen Ermittlungen so erfolgreich zu Ende gebracht hat.

Allerdings ist ihm auch diese Hoffnung auf einen friedlichen Weihnachtsabend zu zweit so schnell zerstoben wie der Schweif hinterm Kometen. Während er selbst nämlich die Wochen seit dem verheerenden Überschlag im Krautacker auf seinem Musentempel verbracht und im schleichenden Dämmerzustand gelbe Tabletten in sich hineingefressen hat, hat sich über den Umweg Eislaufplatz unten am zugefrorenen See ein gewisser ortsbekannter Tunichtgut und Zahlenakrobat von der Ackerbau- und Viehzuchtbank mit Namen Kaltenböck Karli alias Jackpot Charlie zwischen ihn und die Anni geschoben, und wenn der Biermösel was überhaupt nicht leiden kann, dann sind das Zahlenakrobaten von der Ackerbau- und Viehzuchtbank, die Eislaufen können und sich zwischen ihn und die Anni schieben und jetzt statt ihm mit ihr auf dem Schaffell liegen und Lebkuchen essen, wohingegen er auch diese Weihnachten wieder alleine dastehen wird wie der Nordstern oben am weiten Himmelszelt in der winterklaren Abenddämmerung, das kann er wirklich überhaupt nicht leiden.

Wehmütig und immer wehmütiger schaut der Biermösel jetzt immer wieder den Duftbaum an, den ihm die Anni zum Abschied auf den Musentempel hereingehängt hat. Fehlt nur noch, dass sie ihm auch ein Schneegestöber mit der Staumauer in Kaprun als Weihnachtsgeschenk in den Ort seiner größten Niederlage hereingestellt hätte, kränkt er sich jetzt bitter, damit er sich auch zu Weihnachten und darüber hinaus jeden Tag daran erinnert, dass bei ihm damals der Damm gebrochen ist und er sich angebrunzt hat, wie er sie im Herbst am Scheißhaus hat packen wollen.

Freilich, nicht zuletzt wegen diesem kleinen Malheur versteht auch der Biermösel, dass ihn die Anni nicht haben will. Er täte sich auch nicht freuen, wenn er sich selbst unter dem Christbaum als Geschenk vorfinden täte. Er ist ja kein neuer Föhn oder eine fesche Strumpfhose, mit der man einer Frau eine Freude machen könnte, vielmehr gleicht er einem Indianerkanu mit 1000 Löchern drinnen, die bald auch der Doktor Krisper nicht mehr wird stopfen können.

Zufrieden aber ist er nicht mit sich, dass er neuerdings alles versteht und sich mit allem abfindet, dass er zu allem ja und amen sagt und ein richtig verweichlichter „Ich bin okay, du bist okay"-Typ geworden ist, seit er die Tabletten vom Doktor Krisper frisst, die dann noch nicht einmal imstande sind, seine gewaltigen Zahnschmerzen zu lindern.

„Aua!", schreit der Biermösel auf einmal und hält sich die schmerzende rechte Wange. „Aua! Das tut so weh!"

Die ganze gesundheitliche Malaise wird nämlich noch zusätzlich durch ein besonders ungustiöses Schmankerl abgerundet. Was früher ein Eckzahn in seinem Mund war, ist heute eine Ruine, und in der stecken die Grammeln von den ganzen Schmalzbroten, die ihm die Roswitha in den letzten Tagen zwar ebenfalls immer distanzierter, aber ansonsten doch der häuslichen Routine folgend als Jause in den Rucksack gepackt hat. Sobald nämlich in dieser Gegend die Temperatur im Spätsommer auf unter 15 Grad fällt, lässt sich der Biermösel von der Roswitha immer die dreifache Ration Schmalzbrote einpacken, weil wie der Eisbär im kalten Polar natürlich auch er bei der klirrenden Kälte während der langen Fahrten auf seiner Fips durch das bitterkalte Ausseerland mehr Fettreserven verbrennt als die Giraffe unter der hoch stehenden Sonne des Südens. Er und der Eisbär sind sich halt überhaupt in vielem sehr ähnlich, vergleicht sich der Biermösel gerne mit den Kronen der Schöpfung, nur dass er persönlich den Lachs ablehnt und das Schwein vorzieht, da sieht er wirklich keine Ähnlichkeit zwischen sich und dem Eisbären, da bleiben sie sich auf ewig fremd und unversöhnlich.

Wie der Biermösel auf seinem Musentempel schon ganz in der Muschel zu versinken droht; wie ihm schön langsam auch die Äuglein zufallen, weil ihn die Last der Erinnerung an die schönen Zeiten mit der Anni gar so niederdrückt; wie er sich langsam seinem ganz persönlichen Gefrierpunkt samt Gefriertod nähert, der allerdings laut dem Doktor Krisper mit einer der schönsten Abgänge überhaupt sein soll; wie er sich also im Prinzip schon darauf freut, dass er von den

Zehenspitzen herauf langsam einfriert und als Eisskulptur das Zeitliche segnet, da poltert es schon wieder an der Tür, und der Biermösel fragt besorgt:

„Wer klopfet an?"

Sind es die Sternsinger, die ihm heuer in kompletter Abweichung von der weihnachtlichen Routine schon vor dem Heiligen Abend auf die Nerven gehen wollen? Das kann er sich dann eher nicht vorstellen, weil die verlässlich immer erst nach Heiligen Drei Könige auftauchen und ihm erst dann auf die Nerven gehen, bevor er sie ebenso verlässlich wieder hinausschmeißt, „Dort ist die Tür!"

Dann die Zeugen Jehovas vielleicht, die ihm wieder erklären wollen, dass auch für ihn noch alles gut ausgehen kann, wenn er sich nur ja bei der nächsten Operation kein neues Blut einfüllen lässt? Kann er sich auch wieder nicht vorstellen, weil die seine Nähe überhaupt meiden, seit er ihnen gepredigt hat, was er von ihrer Zeugenschaft hält und wie konfessionslos er durch und durch ist, also hat er auch bei ihnen seine Trompete ertönen lassen: „Dort ist die Tür!"

Vielleicht und hoffentlich ist es also doch die Anni im weißen Engelskostüm, die sich bei ihm entschuldigen will für ihren Fehltritt und spät, aber doch noch mit ihm wegfliegen möchte in Richtung gemeinsames Glück? Eine schöne Weihnachtsüberraschung wäre das, denkt sich der Biermösel, die erste in seinem Leben, über die er sich wirklich freuen täte.

Aber wie er schon die Mon Chéri aus dem Schreibtisch kramt und sich erwartungsvoll der Tür nähert und sie aufmacht, steht da draußen natürlich nicht die Anni, eingehüllt in ihren Citrus-Duft, sondern schon wieder die depperte Seebachwirtin, umweht von ihrem Zwiebelduft, und bevor er ihr die Tür auf die Nase schlagen kann, kommt die blöde Kuh schon wieder hereingeschneit und richtet mit dem vielen nassen Schnee an ihren Stiefeln wieder so eine Sauerei bei ihm an, dass er sich erst recht wieder nur nach der Anni sehnt.

„Meine Goldhaube!", schreit die Depperte. Und wie er sie fragt, was mit ihrer Goldhaube ist, erzählt sie ihm, dass sie gestohlen worden ist, dass sie den Fetzen aber unbedingt braucht, und zwar am Heiligen Abend, weil sie da im Kirchenchor an vorderster Front „Stille Nacht" singen muss, also soll er sich jetzt darum kümmern, „ich hab auch schon einen Anfangsverdacht, Biermösel!"

„Und zwar?“, schreit der Biermösel sie an.

„Die Jennifer, das eine Rotzmäderl von der Anni.“

„Und wieso die Jennifer!“

„Die hat eine Schnupperlehre als Zwiebelschälerin bei uns gemacht.“

„Und weiter!“

„Aber nur einen Tag lang.“

„Und dann!“

„Dann ist sie verschwunden.“

„Und jetzt?“

„Jetzt will ich, dass du dich darum kümmerst, Biermösel!“

„Dort ist die Tür!“, schreit der Biermösel, wie er sie mit der gebotenen Grandezza und dem harten Griff in den Nacken hinauskomplimentiert. Und nur weil er in der gewissen vorweihnachtlichen Geberlaune ist, schickt er ihr noch ein nettes Wort hinterher:

„Depperte!“

Verweichlichung

„Wer durch der Missgunst Brillen schaut, sieht Spinnen selbst im Sauerkraut“, denkt der Biermösel abschließend noch einmal nur negativ über die depperte Seebachwirtin, bevor er dann aber nur noch positiv über eine Schüssel voll mit Sauerkraut und einen Teller mit geselchtem Schweinefleisch dazu samt ein paar Grießknöderl denkt, das ist halt auch was ganz was Einmaliges.

Was ein Gendarm von seinem Format, mit seiner Erfahrung, mit seiner Brillanz und seiner Bilanz aber gar nicht brauchen kann, das ist eine radikalkatholische Wirtin, die untertags ungestraft Schnitzel mit Reis serviert, am Abend aber auf Forensikerin und Täterpsychologin macht und ungefragt Anfangsverdachtsmomente äußert, immer sind die Katholischen die Missgünstigsten, das weiß auch ein jeder, der sich wie er gerne ein bisserl mit dem Katholizismus beschäftigt und zum Beispiel Weihnachten nicht ohne Besoffene Kapuziner feiern möchte, je besoffener, desto besser, ganz ohne katholische Symbolik kommt halt in diesem Land auch er nicht aus.

„Greifst du den Scheißhaufen nicht an, dann stinkt er auch nicht“, hat ihm der alte Biermösel als erstes Gebot der Gendarmeriearbeit mit auf den weiteren Karriereweg gegeben, also wird er jetzt mit der Goldhaubenproblematik entsprechend verfahren und den Akt schließen, noch bevor er ihn überhaupt angelegt hat.

Jedoch muss er sich dabei schon ein bisserl ärgern, dass er der Erzkatholischen nicht gleich eine betoniert hat, „Ritsche-ratsche eine Watsche!“ wäre ein weiterer guter Rat vom Alten gewesen, den er aber leider nicht beherzigt hat!

Irgendwie hat er seit der Bruchlandung im Krautacker vom Brunner-Bauern und der anschließenden Behandlung beim Doktor Krisper den Punch verloren. Die äußerliche Umsetzung von der inneren Rage lässt seither gehörig zu wünschen übrig, aber ohne Extremrage macht das Leben überhaupt keinen Spaß!

Der Biermösel fragt sich also besorgt, wie er langsam vom Musentempel aufsteht und hinausgeht zum Schreibtisch: Ist denn der Liebeskummer alleine wirklich imstande, dass er ein gestandenes Gendarmenmannsbild wie ihn, einen Haudrauf und Rübezahl, wie nur noch der Don Camillo einer war, einen Zornbinkel der allerersten Güte und

Abkömmling vom King Kong ganz und gar niederdrücken kann wie der späte Schnee im Frühling die ersten Knospen der Blumenwiese, ist denn das möglich?

Der Biermösel mag sich jetzt gar nicht mehr mit sich selbst versöhnen, weil er die Jennifer nicht gegen das Geschnatter von der Seebachwirtin und ihren Anfangsverdacht verteidigt hat wie die Löwin in der Savanne ihr Löwenbaby gegen die gierige Hyäne.

Er schämt sich tief in den Boden hinein, weil er der missgünstigen Drecksau nicht gleich gesagt hat, dass die Zwillinge von der Anni trotz gewisser Auffälligkeiten im Spätherbst, während der sie sich überraschend als Handtaschendiebinnen entpuppt haben, bei ihm sowohl für die Alarm- als auch für die Rasterfahndung tabu sind und sicher nicht als Verdächtige für einen Goldhaubendiebstahl in Frage kommen. Selbst wenn der Ede Zimmermann oben in Mainz sie zur Treibjagd freigeben täte, täte der Biermösel sie herunten in Aussee nicht jagen, weil er von ihrer Unschuld zutiefst überzeugt ist, das Wichtigste im Leben ist halt einfach die tiefe Überzeugung.

Was, bitte, hätte er sie fragen sollen, können denn die heutigen Jugendlichen dafür, dass ihnen keiner mehr unter die Arme greifen mag, außer der Doktor Krisper vielleicht, der schon den Lindbichler bei der Straßenmeisterei (dickes Plus!) und den Jackpot Charlie bei der Ackerbau- und Viehzuchtbank (dickes Minus!) untergebracht und auch den beiden Zwillingen nach ihrem Hinauswurf aus der Hotelfachschule drüben in Ischl infolge Ecstasy-Missbrauchs gerne und bereitwillig eine Schnupperlehre vermittelt hat. Die Manu sägt und schweißt heute brav und vorbildlich beim Eckert-Schmied im männerdominierten Beruf vom Werkzeugmacher am Metall herum, dass es eine Freude ist und die Funken sprühen und sie dabei hoffentlich was lernt, was sie einmal fürs Leben brauchen kann. Nur für die arme Jennifer ist dann leider nur der Bodensatz übrig geblieben, die Zwiebelschälerei bei der Seebachwirtin nämlich, vor der schon ganz andere Kaliber geflüchtet sind (wie im Spätherbst der Scheinasylant Mao Tse Tung nicht verwandt, nicht verschwägert). Aber für die Tochter von einer lustigen Putzfrau ist in diesen Tagen scheinbar nicht mehr drinnen, wo die Heuschrecken aus der Wirtschaft die Sonne verfinstern und jeden entlassen, der nicht Vorstand oder Aufsichtsrat oder Gesamtbetriebsrat heißt. Nur ihn alten Trottel will der Gesetzgeber nicht und nicht aus dem Staatsdienst entlassen. Einmal mehr bereut er mit den bitteren Tränen von denen, die komplett an der richtigen Berufswahl vorbeigegangen sind, dass er nicht mehr aus seinem Leben gemacht hat und Bierfahrer geworden ist.

Der Biermösel hat sich den Wetterfleck übergeworfen und steht jetzt noch ein bisserl beim Fenster herum. Er schaut aber nicht mehr deppert auf den See hinaus, wie er das früher immer getan hat. Das Fenster ist nämlich mit schweren Eiszapfen verhangen, die von der Dachrinne herunterwachsen und ihm die Sicht hinaus versperren. Dick wie die Gitterstäbe in den Straflagern jenseits vom Ural sind sie, mächtig wie die Stalagtiten drüben in den Eishöhlen vom Dachstein, auf die er als Radikalpatriot natürlich auch sehr stolz ist.

Aber der Biermösel braucht sowieso schon lange keine freie Sicht mehr beim Fenster hinaus, damit er sich ungefähr vorstellen kann, was ihn draußen an Eiseskälte und Winterstürmen alles erwarten wird, wenn er gleich die mächtige Nase und dann alles Übrige von seinem gequälten Körper in die steife Nordwindbrise hinaushalten wird, die sich mittlerweile freilich zu einem gewaltigen Schneesturm ausgewachsen hat, wie der heulende Kojote streicht er über das vorweihnachtliche Land.

Was das Wetter betrifft und seine Vorhersagen, verlässt sich der Biermösel seit langem auf seine eigene persönliche Wetterwarte, die er an seinen Unterschenkeln mit sich herumträgt, wo die Krampfadern ein einmalig schönes Flussdelta ergeben. Die schöne blaue Donau unten in Rumänien hätte ihre ausgesprochene Freude, wenn sie sich durch so ein herrliches Delta ins Schwarze Meer wälzen könnte, vielleicht, denkt er sich jetzt, wie ihn die schwarzgallige Melancholie immer noch weiter niederdrückt, vielleicht, dass er ja das Zeug zum Flussdelta gehabt hätte? Dick wie die Pipeline im Nordkaukasus und verstopft wie der Abfluss im Slumviertel unten in Kalkutta sind seine Venen. Jede minimalste Veränderung in Temperatur und Luftdruck ruft dort unten verlässlichst die verheerendsten Schmerzen hervor, darum will der Biermösel jetzt gar nicht verstehen, warum der Staatsfunk nicht schon längst ihn als einzig verlässliche Wetterfee in die Abendnachrichten gestellt hat und ihm so die Verehrung durch die Volksmassen als Wettergott vergönnt wäre, muss er denn wirklich erst eine Religion gründen, damit auch ihn die Volksmassen endlich verehren?

Seine Venen haben sich jedenfalls zu perfekten Kündern der hiesigen Wetterkapriolen ausgewachsen, und heute melden sie ihm, dass er die Heimreise bitte nicht ohne seinen sicheren Führer Lindbichler antreten soll, so ein Sauwetter hat es beisammen.

Der Biermösel macht die Augen zu, wie er immer noch beim Fenster steht und darauf wartet, dass sich die Dämmerung über das weite Land legt, und dann hört er endlich den Lindbichler in seinem Unimog draußen in der winterlichen Natur herumfahren, und seine Schaufel hört er über den Asphalt donnern, und er weiß, dass er jetzt beruhigt in den unwirtlichen Abend hinaustreten und mit der Fips durch die lange Gerade im Silbertannenwald hinüber in Richtung Auerhahn fahren kann, wo das Nachtmahl von der Roswitha auf ihn wartet. Der Lindbichler täte ihn nämlich finden, falls es ihn irgendwo herstreut, so wie er ihn schon zu Allerheiligen drüben im Krautacker vom Brunner-Bauern gefunden hat, und er täte ihn retten wie der Erlöser den Sünder, bevor es ihn zuschneit, was bei diesen Straßenverhältnissen und in letzter Zeit nur allzu oft passiert.

Bis vor kurzem aber ist der Biermösel noch wie der böse Bruder vom Django ohne Wetterfleck und mit offenem Flanellhemd durch die Winterstürme Richtung Auerhahn hinübergeritten und hat dabei zur Not die Rollen sogar umgedreht und die Fips geschultert und ist mit ihr querfeldein durch den brusthohen Schnee gestapft wie der Eisbär durch die Arktis. Aber seit seinem Unfall im Krautacker und nach der sonnengelben Medikamentierung durch den Doktor Krisper ist er jetzt allzu vorsichtig geworden. Und er setzt sich heute sogar die gestrickte Pudelhaube mit den Ohrenschützern auf, die ihm die Roswitha jedes Jahr wieder zu Weihnachten schenkt, heiliger Bimbam, er erkennt sich selbst nicht wieder!

„Deine Gesundheit steht auf wackeliges Bein", hat der Doktor Krisper während der letzten Untersuchung zu ihm gesagt, „sprich: In klirrende Kälte lauert endgültige Tod auf dich, falls du nicht dich einpackst wie Schnitzel in Panier, sprich: Schon das normale Mensch besteht aus Wasser zu 90 per cent, du aber, Biermääsel, bestehst aus Bier zu 100 per cent, also setzt lieber Pudelhaube auf, sonst bist du schneller eingefrorenes Bierfass, als du kannst schauen."

Warum, bitte, fragt sich der Biermösel innerlich, ist ihm denn nicht früher schon aufgefallen, was der Herr Doktor dauernd für einen Blödsinn daherredet.

Wie der Biermösel dann mit seinen gewaltigen Bergschuhen die ersten tiefen Spuren in den jungfräulichen Schnee vor dem Gendarmerieposten draußen pflügt, findet er die Fips erst nach langem Suchen und bis über beide Bremskabel hinaus eingeschneit vor, nur der Rückspiegel ragt noch ein bissen aus dem ganzen Schneechaos heraus wie der lange Stiel von der vergessenen Schneeschaufel neben der Almhütte. Er schiebt und zerrt die Fips mit der verbliebenen halben Kraft aus dem Schneehaufen heraus auf die geräumte Straße und wischt mit der flachen Hand schwach über den Mopedsitz. Dann steckt er seine gewaltigen Pratzen in ein Paar gewalkte Fäustlinge, was ihm früher auch nie in den Sinn gekommen wäre, und rüttelt sanft wie ein Engel am Rückspiegel, anstatt dass er wie früher stark und rücksichtslos mit der nackten Faust dagegenschlägt, sodass der Rückspiegel zittert wie der Delinquent vorm Genickschuss und sich selbst vom Schnee befreit.

Wie der Biermösel dann aber den Windschutz an seiner Fips anschaut, kann und will er sich dann doch noch nicht mit der breiten verweichlichten Volksmasse verbünden und zu allem ja und amen sagen. In einem kurzen äußerlichen Aufbäumen drischt er mit der Faust dagegen wie früher der Ali gegen den Kiefer vom Joe Frazier, und dann wackelt der Windschutz endlich eine halbe Ewigkeit lang wie der Zitteraal und beruhigt sich erst wieder, wie der Biermösel ihn zufrieden mit dem ausgestreckten Zeigefinger stoppt.

„Herrlich!", denkt sich der Biermösel. Dieses kurze Aufflackern von nackter Gewalt hat ihm jetzt gut getan und ihn an vergangene Kraft und Größe erinnert. Aber kaum hat er den rechten Haken platziert, gähnt er schon wieder wie das Nilpferd im Okawango-Delta, und er fragt sich:

„Verweichlichung, Verweichlichung, bin ich denn überhaupt schon der König der Verweichlichung?"

Was ist denn eigentlich los auf der Welt, hadert er mit sich und der Welt, dass die Verweichlichung gar so um sich greift und er sich als Gendarmerie nur noch mit gestohlenen Goldhauben herumschlagen muss, während das Kapitalverbrechen, der Eifersuchtsmord, der Raub und die Stammesfehde aus niedrigen Beweggründen außen vor bleiben? Was sind denn das überhaupt für Leute, die Goldhauben stehlen, fragt er sich fassungslos. Schleichen sie jeden Tag unter seinem Fenster vorbei oder grüßen sie ihn sogar jeden Sonntag mit dem Gamshut von der Kirche her, wenn er auf der Fips daran vorbeituscht, weil er die Kirche ebenso meidet wie die Punschhütte davor?

Sind ja alles Hypochonder heutzutage, ärgert sich der Biermösel immer wieder über alle anderen. Sind doch vom Verhalten her alle verweichlichte Bürgerstöchter in dieser Gegend. Anders bei ihm! Bei ihm sind die Probleme ehrlich und hausgemacht, da ist nichts gespielt, da ist nichts vorgetäuscht, da gibt es kein falsches „Au!“ und kein verlogenes „Weh!“, nur ehrliche und grundsolide Selbstvernichtung ohne Hang zur gesunden Ernährung. Gemüse? Geh, hör auf. Obst? Schnell in den Kübel! Milch und Brot macht Wangen rot? Ist doch ihm wurscht!

Nur mit dem depperten Windschutz haben sie ihn am falschen Fuß erwischt, wie er vor zwei Wochen ein Packerl vom Innenministerium mit schönem Gruß von der Bundesregierung bekommen hat samt dringender Aufforderung, das rot-weiß-rot gestreifte Teil auf seiner Fips zu montieren, aus Gründen der Vorbildwirkung im Straßenverkehr, wie sie geschrieben haben, weil nämlich ein Gendarm kein Gartenzaun ist, der sich zuschneien lässt beziehungsweise kein Vogelhäuschen mit einer dicken Schneehaube drauf. Aber Herrgottnocheinmal, müssen sie ihm deswegen gleich einen Windschutz schicken und ihm jeden Spaß bei der Mopedfahrt verleiden?

Wie eine komplett verweichlichte Religionslehrerin schaut er seither aus, wenn er irgendwo überraschend auf der Fips mit dem Windschutz vorne drauf um die Kurve biegt! Wer, fragt er sich, soll denn noch einen Respekt vor ihm haben, wenn er so deppert daherkommt? Mit einem Windschutz auf seinem Bronco vorne drauf hätte auch der John Wayne keinen Indianer in die Hose scheißen lassen! Der hat sich auch nur seinen Schnäuzfetzen vor den Mund gehalten, wenn er gegen den stürmischen Wind angeritten ist, das hat genügt, das hat genügen müssen. Also für was bitte braucht einer wie er einen Windschutz, wenn der John Wayne auch keinen gebraucht hat?

Da zieht der Biermösel die orange Schibrille von der Ackerbau- und Viehzuchtbank, Modell Lake Placid ’80, aus seinem Hosensack heraus und stülpt sie sich über die Pudelhaube auf die markante Nase. Er hat jetzt einfach keine Kraft mehr, dass er gegen den Windschutz rebelliert und vielleicht als Speerspitze den Kampf gegen die Verweichlichung anführt. Die Fußtritte, die Negerbussis und Gnackwatschen, die immense Komplettrage samt der Biermöselschen Extraspezialpädagogik hinten am Schießstand vom Auerhahn, die ihn früher ausgezeichnet hat – all das fällt auch ihm immer schwerer, sodass der heroische Kampf gegen die immer weiter um sich greifende Verweichlichung der Volksmassen jedenfalls bis auf weiteres ohne ihn auskommen wird müssen. Ihn treibt es nach Hause in den Auerhahn, wo er sich heute Früh bei der Roswitha drüben den Besoffenen Kapuziner als Nachspeise für das Nachtmahl bestellt hat. „Aber schon mit viel Schlag, du Trampel!", hat er sie noch angeschrien, wie er schon bei der Tür draußen war. Heiliges Kanonenrohr, denkt sich der Biermösel und legt endlich den ersten Gang ein, bei seiner Schwester hindert ihn nicht einmal die fortschreitende Verweichlichung am allzu lauten Wort. Hoffentlich kommt ihm die nicht auch noch abhanden!

Zitternd fährt er durch die Gassen, alles sieht so festlich aus. Aber wie es ihn schon nach kurzer Fahrt trotz Windschutz wieder komplett zugeschneit hat, sinniert der Biermösel kurz sehr grundsätzlich und sehr negativ über die nördliche Hemisphäre, in die er als kleiner Biermösel hineingeboren worden ist, also zu der ganzen depperten Sache mit dem Wetter in dieser Gegend von ihm jetzt vielleicht ein paar sehr grundsätzliche Worte:

Der Mensch soll zwar keine Meinung haben zu dem ganzen Wahnsinn mit den vier Jahreszeiten, lehrt in diesem Land die katholische Kirche. Er soll sich bitteschön nicht aufregen über das dauernde Hin und Her mit den Temperaturan- und -abstiegen und dem Erblühen der Bäume im Frühling und ihrem Verwelken im Herbst. Der Mensch soll „Ja!" sagen zum Hitzestau im Sommer und „Nur her damit!" zum Permafrost im Winter, weil der Herrgott alleine weiß, was wettermäßig zu tun ist. Aber der Winter geht dem Biermösel so furchtbar auf die Nerven, dass er seinen Wetterfleck um die Erde hauen könnte, wenn er nur an die Frau Holle denkt.

Jedoch! Sosehr er auch als Privatier den Winter ablehnt, sosehr favorisiert er ihn als Gendarmerie, weil im Winter infolge der klirrenden Kälte auch bei den Panzerknackern der Langfinger einfriert, weil beim gewaltigen Schneesturm auch der zielsicherste Amokläufer nicht einmal mit der Schrotflinte trifft, und weil im Winter sogar die seit Jahrzehnten verfeindeten und nur noch im gegenseitigen Hass verbundenen Eheleute das unausweichliche Massaker bis weit in den Frühling hinein verschieben, weil sie sich bei der Saukälte dann doch lieber noch einen letzten, einen allerletzten Winter in der Schlafkammer aneinanderschmiegen und wärmen, bevor sie dann bei den ersten Strahlen der Sonne im Überschwang der Frühlingsgefühle mit Küchenmesser hier und Husqvarna-Kettensäge da endgültig aufeinander losgehen und das in Gendarmeriekreisen besonders gefürchtete kombinierte Küchenmesser-Kettensägen-Massaker anrichten, nie haben der Ede Zimmermann oben in Mainz und der Biermösel herunten in Aussee weniger zu tun als im tiefsten Ausseer Winter, also eins zu null für die Saukälte, wenn man die damit einhergehenden Vorteile für die Gendarmerie bedenkt.

Der Biermösel lenkt die Fips im tiefen vorweihnachtlichen Unfrieden mit sich selbst durch das Ortsgebiet, und ganz gegen seine Gewohnheit und seine heimliche Leidenschaft – die Eisspeedwayfahrerei! – lenkt er sie jetzt im viel zu dosierten Schritttempo. Wie die Oma ihr Einkaufswagerl, hat er sein Dienstfahrzeug vorher immer wieder anschieben und den ersten Gang einwerfen müssen, und erst nach gefühlten fünftausend Metern Schinderei ist der Motor dann endlich angesprungen, es nützt halt einfach nichts: Die Fips, der Windschutz und er ergeben keine harmonische Dreifaltigkeit, er kommt mit dem Windschutz vorne drauf einfach überhaupt nicht mehr in die Gänge. Der Windschutz hemmt das Fahrerlebnis, er raubt ihm die Sicht für die gewagten Fahrmanöver und lässt seinen Wetterfleck nicht wie gewohnt im Fahrtwind flattern. Vor allem aber verunmöglicht er die gewisse Aerodynamik, ohne die das Mopedfahren einfach keinen Spaß macht. Hat er sich früher wie der Eisspeedwayfahrer in die Kurven gelegt, kriecht er heute dahin wie der Sieche in Richtung Tod, und je öfter er in seinem Leben dem Weihnachtsfest mit seinen ganzen Verheerungen insbesondere auch im visuellen Bereich entgegenrobbt, desto mehr verlässt den Biermösel die Kraft und desto öfter wünscht er sich, dass er mit dem Alten drüben im Sterbeheim in Goisern tauschen könnte, wo sie seinen Körper nach und nach abräumen wie einen Christbaum und ihm alles abschneiden, was früher an ihm dran war, es ist einfach furchtbar.

„Weihnachtsbeleuchtung, Weihnachtsbeleuchtung!“, flucht der Biermösel jetzt innerlich mit schwacher Stimme, „gibt es denn bei den depperten Leuten und auf ihren furchtbaren Architekturjuwelen überhaupt nichts anderes mehr als immer nur noch mehr Weihnachtsbeleuchtung?“

An, vor, auf und über den grauslichen Häusern von den ganzen grauslichen Leuten sieht der Biermösel neuerdings fliegende Rentiere, leuchtende Christbäume, blinkende Autos und kreisende Fußbälle, es hängen Schleifen und Girlanden um das ganze Haus, es stehen Schneemänner davor und Kutschen hinten im Garten und was weiß der Teufel noch alles, was sich der Vati unbedingt für einen Jahreslohn aufs Einfamilienhaus draufmontieren hat müssen, nicht selten mit einem glatten Genickbruch extra bezahlt, wenn ihn die Dachlawine vom Dach heruntergeholt hat, noch bevor er den Schalter überhaupt umlegen und sich sein Weltwunder hat anschauen können. Milliarden und Abermilliarden von Sternen stehen oben am Himmelszelt, und herunten in Aussee stechen Milliarden und Abermilliarden von Glühbirnen wie kleine Nadeln ins Auge vom Betrachter, und immer muss es das ganze Programm von A bis Z sein, sonst gilt es nicht.

„Gibt es denn so was?", fragt sich der Biermösel verzweifelt und haut sich gegen den Schädel. „Gibt es denn so was?" Schon überlegt er wegen der schmerzenden Augen, ob er sich nicht von der Roswitha zu Weihnachten eine Schweißerbrille vom Werkzeugmacher Eckert schenken lassen soll anstatt einer weiteren Pudelhaube, das wird er tun müssen, wenn er auch den nächsten und den übernächsten Winter den Wahnsinn mit der immer weiter um sich greifenden Weihnachtsbeleuchtung halbwegs unbeschadet an der Netzhaut überstehen will.

Schnell weg von hier, wimmert er, weg, weg, weg von den ganzen Einfamilienhäusern und ihren putzigen Kleinfamilien!

Aber der Biermösel kommt überhaupt nicht mehr richtig vom Fleck, so schwer fällt ihm alles, so schwer. Zusätzlich zu den dicken Schneeflocken auf seinem Wetterfleck hat sich der späte Liebeskummer um seine alte und ungeschützte Seele gelegt wie die Dornenkrone um die Rockerfrisur vom Gekreuzigten. Am liebsten täte der Biermösel heute drüben im Auerhahn seine Seele herausnehmen und über Nacht in die Selchkammer hineinhängen, damit er sie morgen in der Früh gut eingeselcht und also unempfindlich für die Verletzungen der Weihnachtszeit wieder herausnehmen und zurückstecken kann in seine Seelchenkammer. Aber das geht natürlich nicht, wie auch ein jeder weiß, der sich wie er ein bisserl mit der gut abgehangenen, harten, geselchten Schweinswurst beschäftigt, Herrgottnocheinmal, er hat schon so einen Hunger beisammen!

Er hat schon so einen Hunger beisammen, dass ihm während der Fahrt das Wasser aus den Mundwinkeln herausläuft und auf die Straße unter ihm tropft, wo es augenblicklich gefriert. Er hat so einen Hunger, dass die Wassermassen richtig herauslaufen und eine Eisbahn unter seiner Fips bilden, leerer Magen fährt nicht gerne! Also darf sich der Biermösel gar nicht wundern, dass ihm auf einmal das Hinterrad wegrutscht, wie er die Kurve beim Fleischermeister Brunner mit leichtem Engagement nehmen will, damit er nicht hineingeht und den Sauschädel stiehlt, der da in der Auslage liegt, und – hoppala! – jetzt geht es los: Der Biermösel fällt zum ersten Mal unter die Fips.

Noch ist es nicht wirklich dramatisch, versucht er sich selbst zu beruhigen, weil er die Fips noch nicht im hohen Gang dahingejagt hat wie das gesunde Volksempfinden den Depp durch das Dorf. Aber im Prinzip ist natürlich jeder weitere Sturz auf die rechte Hüfte und den rechten Ellenbogen mit anschließender Abfederung vom ganzen übrigen Körper durch die ungeschützte und sowieso schon weitgehend ruinierte rechte Schädelhälfte einer zu viel. Poing-poing-poing schlittert er Schädel voran noch ein paar Meter dahin, bevor er an der Auslage vom Fleischermeister mit dem Sauschädel drinnen beinahe zerschellt – großes, schmerzhaftes Poing!

Kurz glaubt der Biermösel, dass er im Paradies gelandet ist und endlich für den ganzen Blödsinn entschädigt wird, der ihm die ganze Zeit widerfährt. Was nämlich dem Muselmanen die Jungfrau, das ist dem Biermösel das Schwein, auf das er sich freut und von dem er jetzt inständig hofft, dass es ihn dereinst auch im Paradies erwarten wird wie seit 35 Jahren jeden Abend im Auerhahn, also „bitte, lieber Gott", fleht der Biermösel, „nimm es nicht vom Speiseplan, nur weil neuerdings alle verweichlicht sind und der Ali Baba die Weltherrschaft anstrebt!"

Die Augen von dem Schweinderl da drinnen in der Auslage sind wirklich einmalig, denkt sich der Biermösel. Sie schauen ihn verständnisvoll an und trösten ihn über die Schmerzen hinweg, die er fortwährend erleidet, sie zwinkern ihm zu und sagen: „Nimm mich!"

Eine unsanfte Schaufel Schnee aber, die man über ihm ausleert, reißt ihn wieder aus seinen Träumen.

„Bist deppert?", schreit er in das undurchdringliche Schneetreiben hinein.

Weil er Bruchpilot mittlerweile im Hinfallen aber so geübt ist wie der Vietnamveteran im Dschungelkrieg, kann er sich noch einmal ohne fremde Hilfe aufrappeln. Er schüttelt sich den Schnee von den Wollstutzen und vom Wetterfleck, schnappt seine Fips, schaut noch einmal das Schwein im Schaufenster an, verabschiedet sich mit Wehmut und Knurren im Magen, und gemma gemma, Biermösel, aber leider keine Aerodynamik mehr, seit ihn die schweren Gedanken und der depperte Windschutz daran hindern!

Mit seinen eingefrorenen Bergschuhen als Stützkufen kann er dann den kompletten Kontrollverlust über sich und die Fips auf den nächsten paar Metern zwar verhindern, aber unruhig geht es dahin, sehr

sehr unruhig, unruhiger noch als auf einem Fischkutter in der allzu unruhigen Nordsee. Kaum dass der Biermösel dann auf seiner ganz persönlichen Via Dolorosa zwanzig Meter zurückgelegt hat, hat es ihn trotz rot-weißrotem Windschutz von der depperten Bundesregierung schon wieder von oben bis unten angezuckert wie den Faschingskrapfen vom Meisterbäcker, und noch bevor er die Kirche erreicht, ist er zugeschneit wie ein Vogelhaus, obwohl das Ministerium genau das hat verhindern wollen.

Der Biermösel nähert sich im Schritttempo der Punschhütte vor der Kirche. Die Punschhütte versammelt die gesamten Sir-Irisch-Moos-Trotteln und Haartaft-Trampeln um sich herum. Sie ist das neuzeitliche vorweihnachtliche Gotteshaus von den ganzen parfümierten Versicherungsmaklern und blondierten Pelzträgerinnen, der Biermösel denkt sich jedes Mal, wenn er an der Punschhütte vorbeifährt: Wie oft hab ich schon darauf hingewiesen, dass sich das mit den Punschhütten einerseits und Weihnachten andererseits einfach hinten und vorne nicht ausgeht!

Kaum brennt am Adventkranz nämlich die erste Kerze, leuchtet sie auch schon das unausweichliche Familiendrama aus, und spätestens nach dem zweiten brennenden Kerzerl auf dem Adventkranz ist der ganze abfahrende Zug in Richtung Blutbad am Heiligen Abend nicht mehr zu stoppen. Der rauschige Vati, wenn er heimkommt; die ausgerutschte Hand, wenn er dann durchdreht; die weinenden Kinderaugen, wenn die Watsche wieder so wehtut – das alles folgt unweigerlich auf den Besuch bei der Punschhütte wie der Unfalltod auf den Geschwindigkeitsrausch.

Wie sich der Biermösel jetzt möglichst unauffällig und unerkannt an der Punschhütte vorbeimanövrieren will und wie er dabei die ganzen Besoffenen dort vor und zurück wanken sieht wie die Birken im Frühlingssturm, da denkt er weiters: Nach dem Rausch ist vor dem Rausch! Also gilt auch: Nach Weihnachten ist vor Weihnachten! Das vorweihnachtliche Besäufnis hört ja heutzutage das ganze Jahr über nicht mehr auf. Bei einer russischen Zuhälter-Hochzeit kann es nicht grauslicher zugehen als jedes Jahr zu Weihnachten an den Punschhütten im Ausseerland! Wenn heute zwei Japaner aus Sapporo in Österreich einen Haufen Depperte aus Österreich anschauen wollten, denkt sich der Biermösel oft, weil das Land ja gerade auch diesbezüglich sehr viel zu bieten hat, dann täten sie nicht mehr extra in die Nervenheilanstalt nach Linz hinauffahren müssen. Da täte es genügen, wenn er sie an der Hand nimmt und mit ihnen einen kurzen Abstecher zur Punschhütte am Hauptplatz macht, dann hätten sie Depperte genug gesehen, aber wirklich mehr als genug!

Die Punschhütte, denkt sich der Biermösel, macht die Leute gleicher als jede kommunistische Gesetzgebung, aber unwürdiger und geistesgestörter macht sie die Leute leider auch. Also lebt er in unversöhnlicher Feindschaft zur Punschhütte und will jeden Abend nur unbeschadet an ihr vorbeifahren, aber – hoppla! – schon rutscht ihm das Vorderrad seitlich weg, weil er sich gar so über die Punschhütte und die ganzen Depperten davor ärgern muss, und der Biermösel fällt zum zweiten Mal unter die Fips.

Es haut ihn so gewaltig auf den Schädel, dass er Sternderl sieht, wo gar keine sind. Und wie er so daliegt mit seinen Schmerzen, die seinen Körper martern, wie er sich fragt, wie sehr er in seinem Leben eigentlich noch leiden muss und ob vielleicht doch einmal das Ende von der Fahnenstange erreicht sein wird, da muss er sehen, dass alle Augen von der Punschhütte her auf ihn gerichtet sind, dass aber unter all den Augen weit und breit keines ist, das ihn einfühlsam oder gar mitleidig anschaut. Der Biermösel spürt vielmehr, dass dort am Wegesrand keiner steht, der sich seiner erbarmen und ihm das Schnäuztuch reichen möchte, damit er sich den Schnee aus dem Gesicht wischen und wieder Mensch werden könnte anstatt Schneemann. Hoffentlich, denkt der Biermösel im Angesicht dieser geballten Kaltblütigkeit, hoffentlich ist von denen keiner bei der Freiwilligen Feuerwehr oder gar beim Roten Kreuz!

Besonders bitter und schmerzhaft: Der Biermösel sieht insbesondere auch keine Sünderin, die ihn an der Hand nehmen und ihn in ihre warme Stube samt offenem Kamin und Schaffell davor führen wollte, damit er ihr die Absolution erteilt. Auch sieht er keine mitfühlende Mutti weit und breit, die zu ihm herüberkommt und an seiner Seite niederkniet und ihn tröstet in dieser Stunde der Anfechtung. Statt einer mitfühlenden Mutti und einer heißblütigen Sünderin hört und sieht er bei der Punschhütte nur blondierte Weiber in ihre Pelzjacken hinein kichern, die bis unter ihre gezupften Augenbrauen besoffen sind, und er atmet den furchtbaren Gestank vom Punschgesöff, der sogar noch den Gestank vom Sir Irisch Moos zu überdecken vermag. Er sieht und riecht Bankangestellte vom Schlage eines Jackpot Charlie, der neuerdings in einem futtierten Rauledermantel mit Pelzkragen steckt, der ihm bis zu den genagelten Schuhen hinunterhängt. „Da schau her!“, denkt sich der Biermösel. „Wieso kann sich denn die depperte Sau auf einmal einen futtierten Rauledermantel mit Pelzkragen leisten?“

„Erkennt mich denn keiner?“, schreit der Biermösel innerlich unter seiner Schneedecke hervor, „hat denn keiner mehr Respekt vor mir, nicht einer, der Mitleid hat?“

Da merkt der Biermösel, dass sie ihn alle sehr wohl erkennen, und dann merkt er auch, dass sie alle genau deswegen keinen Respekt vor ihm haben, weil nämlich die Gendarmerie der natürliche Feind von einem jeden Punschhüttenbesäufnis samt anschließender Heimfahrt im PKW durch den Schleichweg im Silbertannenwald ist. Der Biermösel spürt, wie sie sich daran ergötzen, dass der ansonsten furchteinflößende Gendarm schwach und ausgesetzt vor ihnen auf der Straße im Schnee liegt, und er sieht die nackten Finger, mit denen sie auf ihn deuten.

„Lacht's nicht so deppert!“, schreit der Biermösel mit schwacher Stimme. Aber die lachen trotzdem alle deppert. Und sie lachen sogar immer noch höhnischer und immer noch depperter, je länger er vor ihnen herumliegt. Da fängt ausgerechnet der Jackpot Charlie in seinem gefütterten Ledermantel an, als Erster sein leeres Punschhäferl nach ihm zu werfen, und schon schießt ein Zweiter mit seinem vollen nach ihm, und bald brechen überhaupt alle Dämme, und alle schießen ihre Leergebinde oder vollen Behältnisse nach ihm.

Da macht der Biermösel die Augen zu, damit er sie alle miteinander nicht mehr sehen muss, und er presst die riesigen Pratzen mit den gewalkten Fäustlingen gegen seine Lauscher, damit er sie alle miteinander auch nicht mehr hören muss. Aber er hört sie nur umso lauter schreien und lachen, wie aus den Tiefen der Hölle klingen ihre Stimmen, metallisch und fern.

„Was bin ich?“, fragt sich der Biermösel jetzt in Anlehnung an den Robert Lembke, den er noch gerne im Staatsfunk angeschaut hat, bevor auch der Staatsfunk zur kompletten Irrenanstalt verkommen ist. „Bin ich denn überhaupt schon tot?“

Die ganzen Besoffenen, die sich in Massen hinter der Punschhütte entleeren, kommen auf einmal immer näher, und auch die, die sich dort den ganzen hinuntergeschütteten Punsch noch einmal durch den Kopf gehen lassen und sich von oben bis unten das Lodenkostüm (die Weiber) oder den Jägerrock (die Trotteln) vollspeiben, torkeln jetzt langsam auf ihn zu wie eine Kompanie Untoter aus den finstersten Ecken der Hölle. Als zäher, träger, brauner Strom wälzen sich die Ausscheidungen von der breiten besoffenen Volksmasse in seine Richtung. Zwar wird ihm der unwürdige Tod in Einsamkeit früher oder später sowieso nicht erspart bleiben, wie es seit längerem ausschaut, einsam und verzweifelt wie der Jesus oben am Kreuz wird er sterben, verlassen und von allen vergessen.

Aber inmitten von den ganzen Ausscheidungen von den Dreckschweinderln will der Biermösel jetzt doch nicht sein Leben aushauchen, den Gefallen will er ihnen nicht tun, dass er vor ihren Augen stirbt und sie ungestört weiter saufen und weiter wüten können, also „Reiß dich zusammen, Biermösel!“, feuert er sich selbst an, „Steh noch einmal auf, schnapp deine Fips, und gemma, gemma, flott, flott, flott!“

Mit letzter verbliebener Kraft noch einmal dem furchtbarsten aller Tode entronnen, richtet sich der Biermösel dann sofort an den Herrn Jesus Christus in seiner Kirche drinnen persönlich, wie er die Fahrt fortsetzt und die Punschhütte mitsamt der Kirche hinter sich lässt:

„War denn das alles wirklich so geplant?“, schreit er ihn mit innerlicher Verzweiflung an, „wie du dich drunten in Bethlehem in den Stall mit dem Ochs und dem Esel hineingelegt und Weihnachten erfunden hast? Idee gut, Ausführung schlecht!“, muss der Biermösel das Jesukind in der Krippe drinnen nach seiner jahrelangen Erfahrung mit dem Weihnachtsfest leider auch einmal ein bisserl schimpfen. „Wäre es nicht überhaupt gescheiter“, fragt der Biermösel den Jesus, „wenn du das Weihnachtsfest nach all den leidvollen Erfahrungen überhaupt streichen und vielleicht das Oktoberfest in den Dezember hinein verlegen könntest, meinen Segen hättest du! Und mit dem ganzen anderen Zinnober fängst du halt noch einmal ganz von vorne an oder wirst vielleicht überhaupt Bierfahrer, sag selbst, wäre das nicht gescheiter?“

Aber der Jesus antwortet nicht, und so kündigt der Biermösel für demnächst einen Besuch in seiner Kirche an, wo er das alles mit ihm auf Augenhöhe besprechen wird müssen. Jetzt hat er nämlich nicht mehr die Zeit, dass er dem Jesus erklärt, wo bei seiner Idee genau der Hund begraben liegt und wo exakt man die Hebel ansetzen müsste, damit aus der vielversprechenden Knospe Christentum vielleicht doch noch eine wohlduftende Blume wird. Nach dem ganzen ungeplanten Zeitverlust bei der Punschhütte muss er nämlich schauen, dass er endlich in den Auerhahn hinüber kommt, weil sein Hunger minütlich stärker wird, „also nicht mir böse sein“, verabschiedet sich der Biermösel vom Jesus, „dass du auf meine Verbesserungsvorschläge für heute verzichten musst!“

Stattdessen auf zur dritten Station, die ihm auf seiner tagtäglichen Heimfahrt leider auch nie erspart bleibt. Der Biermösel fängt schon zum Blutschwitzen an, wenn er nur an das Gebäude von der Ackerbau- und Viehzuchtbank denkt! Es zittern seine gewaltigen Pratzen wie ein Lammschweif, sodass er den Lenker kaum mehr richtig halten kann und dahinschlingert wie der besoffene Rodeoreiter auf seinem Bronco in Texas. Wenn er sich dann aber noch genau vorstellt, wie es auf seinem Konto im Gebäude drinnen ausschaut, dann öffnen sich ihm überhaupt die Wundmale unter den gewalkten Handschuhen und in den schon lange nicht mehr gelüfteten Bergschuhen, und schon haut es ihn wieder auf den Scheißer, und er fällt zum dritten Mal unter die Fips, diesmal sind es Hinter- und Vorderrad gleichzeitig, die ihm seitlich wegrutschen, weil er mit Vollgas möglichst schnell von der Ackerbau- und Viehzuchtbank mit ihrem Bausparvertragsterror hat wegrasen wollen.

Wie er jetzt wieder so daliegt auf seinem Scheißer und wie es ihm wieder den Schädel dutzende Mal geprellt hat, da fragt sich der Biermösel, warum sein Leben neben dem sexuellen Desaster auch noch von seinem finanziellen Debakel als Zugabe begleitet werden muss, und leider kann er auch in diesem Bereich dem Jesus Christus drüben in seiner Kirche den gewissen Tadel nicht ersparen, weil:

Zumindest Landvogt hätte er werden können, wenn nicht die vom Herrn Jesus Christus gegründete und seither alles dominierende katholische Kirche sein Geschäft mit dem Rotbuchenholz komplett ruiniert hätte, seit sie die Silbertanne ohne Not zum allein seligmachenden Weihnachtsbaum erklärt hat anstatt der Rotbuche, was bitte kann denn die Silbertanne als Christbaum leisten, fragt er sich, was seine Rotbuchen nicht auch leisten könnten?

Nicht zuletzt wegen dieser einsamen Entscheidung der katholischen Kirche ist der Biermösel komplett an einer Vermögensbildung vorbeigegangen, weil sich ja heute keiner mehr eine Rotbuche als

Christbaum in seine eigenen vier Wände hineinstellt, die Rotbuche als Christbaum ist ja heute ganz aus der Mode gekommen, dabei hätte er weiß Gott genug davon!

Natürlich war gerade auch die Roswitha einige Male ein bisserl sehr eingeschnappt in den letzten 35 Jahren, wenn er ihr auseinander gesetzt hat, dass ihm keine Silbertanne als Christbaum ins Haus kommt, weil er die Silbertanne als Christbaum meidet wie der Muselmane das Schwein. Und solange die Silbertannenmafia von der katholischen Kirche im Verein mit den Bundesforsten das Christbaumgeschäft monopolartig beherrscht, hat er seine Schwester angeschrien, wird er bis in die eingewachsenen Zehennägel hinein unversöhnlich bleiben. Was nämlich die Christbaumfrage betrifft, findet der Biermösel, ist die Trennung von Kirche und Staat noch immer nicht weit genug fortgeschritten.

Jetzt aber, wo der Biermösel im Todeskampf liegt, gibt er mit der gewissen Rest-Einsicht gerne zu, dass es auch andere Gründe für seine fortschreitende Verarmung gibt. Dass er Zeit seines Lebens die feinen Rädchen der Weltwirtschaft nach Kräften am Laufen gehalten und das meiste von seinem Geld für Schweinehälften, Bierfässer und Marillenschnäpse ausgegeben hat, wird auch eine Rolle gespielt haben, während er den Rest einfach verprasst hat, das gibt er ja auch gerne zu.

Warum die Weltwirtschaft aber trotz all seiner Bemühungen im Argen liegt, das versteht er nicht. Er selbst und die Weltwirtschaft kommen aus ihrem tiefen schwarzen Loch einfach nicht mehr heraus, in das sie vor geraumer Zeit hineingefallen sind.

Es ist jetzt aber nicht nur der beklagenswerte Zustand von seinem Konto, der den Biermösel so zittern und Blut schwitzen lässt wie den Todeskandidaten drüben in Kalifornien vor der schlechten Laune vom Schwarzenegger. Es sind auch und vor allem die Gedanken an den Schalterbeamten Kaltenböck Karli alias Jackpot Charlie, wie der Trottel sich selber nennt, Gedanken der Eifersucht, die den Biermösel niederdrücken.

Warum, fragt er sich noch einmal bitter, hat der einen Ledermantel mit einem Pelzkragen dran, und warum er nicht?

Wo hat denn der das Geld dafür her, ermittelt der Biermösel jetzt innerlich, wo doch jeder im Ort weiß, dass ihm die Schulden um die Ohren pfeifen, weil er ein lupenreiner Spielsüchtiger ist?

Schwach ist der Biermösel, und immer noch schwächer wird er. Den Gefallen aber will er jetzt auch und gerade der Ackerbau- und Viehzuchtbank nicht tun, dass er ausgerechnet vor ihr sein schwaches Fleisch über seinen noch schwächeren Willen obsiegen lässt und vor ihrer prunkvollen Kathedrale des Bösen verendet wie ein von besoffenen Jägern angeschossenes Rotwild.

Also weg von hier, ist sein Impuls, weg, weg, weg, bevor der Jackpot Charlie von der Punschhütte herübergetaumelt kommt und ihm die angedrohte Pfändung als eingeschriebenen Brief persönlich in die Hand drückt. „Ihr kriegt nichts von mir!“, ist dem Biermösel seine entschiedene Haltung zu seiner Hausbank, „weder den Auerhahn noch meinen Wetterfleck, weder mein Moped noch meinen Schnapskeller, also weg mit euch, weg, weg, weg!“, fantasiert sich der Biermösel jetzt das Näherkommen von den gierigen Blutsaugern zusammen, die nach ihm greifen wollen wie die Besoffenen nach dem Laternenmast. „Lasst mich in Ruhe mit euren Bausparverträgen und Umschuldungen und Finanzierungsplänen!“, schreit er in die finstere Nacht hinein, und verzweifelt schlägt er um sich, bevor es dann endlich wirklich so weit ist und er sich einbildet, dass er die Stimme vom Herrn Jesus Christus selbst hört:

„Scheiß dich nicht an, Biermösel, scheiß dich bitte nicht an“, sagt der zu ihm. „Steh lieber auf, schnapp deine Fips und hopp hopp, gemma gemma, was ist denn los mit dir, bist du denn überhaupt schon komplett metrosexuell?“

„Sicher nicht!“, schreit der Biermösel verzweifelt und strampelt mit Händen und Füßen gegen die Mauer der Ackerbau und Viehzuchtbank. „Ganz sicher nicht!“

Silbertannenwald

Es war dann aber natürlich nicht der Herr Jesus Christus selbst, der den Biermösel der Metrosexualität geziehen hat, sondern der Fleischhauerschnupperlehrling Pepi auf dem Heimweg von der Arbeit, beide praktisch ohne jede Ähnlichkeit und sicher nicht miteinander zu vergleichen. Der eine ein Religionsstifter und von Grund auf friedlich, der andere ein tätowierter Rocker und Radaubruder. Aber selbst der tätowierteste Rocker tritt nicht auf einen Gendarmen ein, wenn er zuvor seine Wut über die schlechte Bezahlung als Schnupperlehrling an den Schweinen und Kühen ausgelassen hat und nach einem 20-Stunden-Tag rechtschaffen müde ist. Stattdessen hat der Pepi dem Biermösel sogar auf die Füße geholfen und ihn auf die Fips gesetzt, aber nicht ohne Hintergedanken, weil:

„Das rechnest mir hoch an, wenn du mich das nächste Mal von der Zündapp herunterholst, weil ich mir den Auspuff aufgebohrt habe!", hat er gesagt.

„Wenn ich dich das nächste Mal von der Zündapp herunterhole, zeig ich dir meine Venen, du Rotzbub!", hat der Biermösel zurückgeschnauzt, und da ist der Pepi vor ihm auf die Knie gefallen und hat gebettelt:

„Nicht die Venen, Biermösel, bitte nicht die Venen!"

So ist es recht, hat sich der Biermösel gefreut, die schlichte Androhung der Pädagogik funktioniert also doch noch. Dann hat er den Pepi mit einem Arschtritt nach Hause geschickt, und ihn für dieses eine Mal lebend davonkommen lassen, in seinem Alter muss man nicht mehr überreagieren.

Wenn der Biermösel dann seinen täglichen Kreuzweg im Ortsgebiet hinter sich gelassen hat, taucht er ein in die komplette Finsternis der voralpinen Winterlandschaft, und je weiter er sich vom Ortskern entfernt, desto kälter wird die Luft und desto höher türmen sich die gewaltigen Schneemassen entlang der Bundesstraße vor ihm auf. Statt der furchtbaren Einfamilienhäuser samt furchtbarer Weihnachtsbeleuchtung begleiten ihn dann immer dichtere Reihen von Baumriesen rechts und links der eisigen Straße, und sie wirken mit jedem Tag, an dem der Biermösel die gelben Tabletten vom Doktor Krisper schluckt, immer noch bedrohlicher und feindseliger.

Der Biermösel schaltet dann sogar in die Zweite, wie er an der Abzweigung nach Goisern von der Bundesstraße abbiegt hinein in die lange Gerade im Silbertannenwald, die von den ganzen ortsbekannten Schnapsdrosseln und Sexsüchtigen als so genannter Schleichweg missbraucht wird, auf dem sie von ihren Alkoholexzessen an der Punschhütte in Aussee hinüber zum Sexexzess im Puff von der gachblonden Discowirtin in Goisern schleichen, gerade vor Weihnachten sucht der besoffene Mann ja den Sexexzess verzweifelter als das Kleinkind die Liebe der Mutti. Manchmal sucht er ihn nach der Weihnachtsfeier bei seiner Sekretärin auf dem Firmenklo, meistens aber macht er es sich einfach und sucht ihn im Puff drüben bei der gachblonden Discowirtin, wo neuerdings die Preise purzeln, wie ihm der Grasmuck erzählt hat. Und wenn sich die Punschhüttensteher dort drüben schändlich befriedigt haben, dann geht es wieder retour zum häuslichen Unglück und husch husch und komplett besoffen hinein unter die Bettdecken von ihren verhassten Gattinnen respektive aufs Schaffell von der Anni, wie das beim Jackpot Charlie der Fall ist, der einer der häufigsten Gäste im Silbertannenwald ist.

Der rechte Straßenrand von der langen Gerade im Silbertannenwald ist in Fahrtrichtung Goisern hinüber zum Puff von der Discowirtin mit Sir-Irisch-Moos-Flascherln und Viagra-Schachteln verseucht, mit dem sich die ganzen Experten einsprühen beziehungsweise in Form bringen wollen, bevor sie den verschwitzten Kontakt mit den leichten Damen suchen. Der linke Straßenrand und Weg zurück vom Puff zu den Filzpatschen ist mit Mundsprayflaschen und zusätzlich noch mit Blumenpapier verseucht, mit dem sich die Sünder zusprühen beziehungsweise den Ablass von der Mutti erwirken wollen, von den Tonnen Hundescheiße und Hundepisse will der Biermösel gar nicht reden, die die Straßenränder an der langen Gerade im Silbertannenwald zieren, am liebsten täte er die ganzen Hundsviecher alle miteinander über den Haufen schießen, wenn er mit der Fips wieder einmal auf einem schönen Hundstrümmerlhaufen seitlich wegrutscht und mit dem Schädel in einem weiteren sehr schönen Hundstrümmerlhaufen landet, das Land ist einfach so zugeschissen!

Wenn der Biermösel mit sich selbst und der Welt unzufrieden ist, dann stellt er sich in die lange Gerade im Silbertannenwald und wartet. Gefühle, hat er oben in der Gendarmerieschule in Linz gelernt, haben zwar bei der Ausübung vom Beruf nichts verloren. Vor Weihnachten darf er sich aber wohl auch einmal Gefühle erlauben, und bis heute hat der Mensch kein besseres Gefühl erfunden als die nackte Freude über das Unglück der anderen. Richtig gefühlsselig wird er, wenn er daran denkt, wie viele Rauschige er schon aus dem Auto herausgeholt hat wegen ihrer geschäuen 4–6 Promille, was ein verlässlicher Durchschnittswert in dieser Gegend ist, und wie viele Führerscheine er schon mit auf den Posten genommen und sie erst wieder im Rahmen vom BiermösePschen Tatausgleich ausgehändigt hat, nach der gewissen Bedenkzeit natürlich, während der die Besoffenen beim Fahrradtreten auf dem Weg zur Arbeit Zeit zum Nachdenken gehabt haben.

„Kommt Zeit, kommt Tatausgleich", hat ihn der alte Biermösel gelehrt. Nur keine unnötige Hast, wenn einer seinen Führerschein wieder zurück haben will. Je länger er danach giert wie nach dem nächsten Schnaps, desto mehr ist er bereit zu geben.

Im Sommer ein beschaulich-idyllischer Streifen Forststraße, erinnert sich der Biermösel mit Wehmut an den Sommer und an die beschauliche Idylle, ist die lange Gerade im Silbertannenwald im Winter die sprichwörtliche weiße Hölle und eine nur sehr schwer zu befahrende und noch schwerer zu räumende Herausforderung. Nur weil der Bürgermeister selbst wegen seinem persönlichen sexuellen Interesse an der gachblonden Discowirtin eine entsprechende Verordnung erlassen hat, muss der arme Lindbichler sich darum auch noch kümmern und die Forststraße als Schleichweg immer blitzblank sauber halten.

Wenn dem Biermösel dann inmitten der ganzen gewaltigen Schneemassen immer wieder der Motor abstirbt und er ganz alleine und ausgesetzt in dieser tiefen finsteren Nacht herumsteht, hört er auch noch seltsame Geräusche, unheimlich und bedrohlich sind sie, wie aus den Tiefen der fernsten Zeiten. Keine Besoffenen aus der breiten Volksmasse schauen ihn dann mit geröteten Augen an, dafür aber Rehe aus halbverhungerten Augen heraus, wie verarmte Waisenkinder schauen sie, die zu Weihnachten immer leer ausgehen, traurig und immer trauriger schauen die Rehe ihn an.

„Schaut's nicht so traurig!", schreit der Biermösel sie an.

Die schauen aber trotzdem traurig, und es geht ihm mitten ins Herz hinein. Was wollen sie ihm denn mit ihren traurigen Augen sagen, fragt sich der Biermösel. Dass die depperte Seebachwirtin doch Recht hat und er an ihrer traurigen Lage schuld ist, weil er ihren Anführer, den 18-Ender, über den Haufen geschossen hat?

„Sicher nicht!", schreit der Biermösel dann und wehrt sich verzweifelt gegen diese bisher ungekannten Gefühle von Schuld. Hört doch endlich alle miteinander auf mit dieser alten Geschichte, wehrt sich der Biermösel weiter gegen diese blöden Gedanken, die immer noch blöder werden, je öfter es ihn herstreut und auf den Schädel haut. Es kommt doch bitteschön nichts dabei heraus, wenn man Vergangenes immer wieder aufwärmt. Die Vergangenheit muss man doch auch einmal ruhen lassen können wie eine gute Schweinswurst in der Selchkammer, ist seine feste Überzeugung, und das Wichtigste im Leben ist halt die feste Überzeugung.

Der Biermösel schlingert durch die immer finsterere Gerade, vorbei an immer noch mehr Verheerungen der nächtlichen Fahrten. Früher, erinnert sich der Biermösel mit einem auf einmal warmen Gefühl im eingefrorenen rechten Abzugfinger, war das außerdem ganz normal, dass er einmal in der Woche die Doppelläufige gegen ein Stück Rotwild gerichtet hat. Immer nur auf Schnapsflaschen auf dem Schießstand hinter dem Auerhahn zu ballern ist nämlich auf Dauer auch keine Befriedigung.

Da entdeckt er hinter einem „Vorsicht Wildwechsel!"-Schild die Hirschkuh Bernadette, die ihren Schädel aus dem Wald herausreckt und ihn eingeschnappt anschaut wie die Ballkönigin, mit der keiner tanzen will. Und wie der Biermösel den Blick von ihr abwendet, da schaut ihn von der anderen Straßenseite her auf einmal das Rehkitz Bambi mit noch viel traurigeren Augen an, weil ihm der 18-Ender-Vati fehlt, der es immer zum Fressi Fressi in der Wildfütterung geführt hat, damit es nicht verhungert. Wie ihn Mutter und Tochter mit ihren verweinten Augenpaaren in den Zangengriff nehmen, da reißt der Biermösel seine Hände vors Gesicht, weil er das ganze Elend im Rotwildmilieu nicht mehr erträgt, und er kracht ungebremst in die linke gefrorene Schneewand, wo es ihn abrupt abstoppt und – hoppla! – Kopf voran gegen eine Silbertanne katapultiert, von der es ihn wieder zurückschleudert auf die Straße, und dann ist es so weit: Der Biermösel fällt – ganz gegen den Brauch – zum vierten Mal unter die Fips, und er fragt sich ganz deppert im Schädel: Gibt es denn so was?

Wie der Jesus am Ölberg liegt er jetzt unter seiner Fips herum, von allen guten Geistern verlassen. Seine Pudelhaube hängt ihm ins Gesicht herein, seine Augen darunter sind nach oben verdreht, die Zunge hängt ihm heraus fast bis zu den Schuhen. Der weiße Nebel Atemluft züngelt nur noch schwach aus seinen Nasenlöchern wie der heiße Rauch aus der Selch drüben im Auerhahn. Bald ist es vorbei mit ihm. Fehlt nur noch, denkt er im Todeskampf bei sich, dass der Grasmuck mit ein paar schwer bewaffneten Jägern aus dem Silbertannenwald herauskommt und den Judaslohn einsackt, bevor er ihm ein Bussi auf die Wange drückt und sagt:

„Der da war's! Der hat im Herbst den Hirschen über den Haufen geschossen!"

„Grasmuck!", schreit der Biermösel in die Stille hinein, aber der hört ihn natürlich nicht. Der sitzt wahrscheinlich bei der Discowirtin drüben im Puff und bekämpft dort seine Einsamkeit mit teuren Weibern, die er sich nicht leisten kann. Er macht sich mit den ganzen Besoffenen gemein, die bald über ihn hinwegrasen werden, wenn er noch lange so deppert da herumliegt.

„Grasmuck", schreit der Biermösel noch einmal. „Du Judas!"

Hilft ihm denn gar keiner, jammert er weiter. Leuchtet denn nirgendwo ein Stern, der ihn hinausführt aus der finsteren Hölle?

Es ist still um den Biermösel herum, wie nach einem alles klärenden Schuss aus der Doppelläufigen. So still ist es, dass er sogar leise den Schnee auf die Silbertannen rieseln hört, und so reglos liegt er da, dass er jede einzelne Flocke in seinem Gesicht spüren kann, die sich auf ihn legt wie der Streusel auf den Lebkuchen, Herrgottnocheinmal, denkt er mit immer größerem Hunger, auf den Lebkuchen mit Streusel in der Keksdose, die ihm die Roswitha immer auf sein Nachtkasterl stellt, hätte er sich auch schon so gefreut!

Advent, Advent, kein Lichtlein brennt. Der Biermösel kneift die Adleraugen immer noch weiter zusammen, aber er sieht nichts, weil die Bundesregierung neuerdings sogar an den Glühbirnen für die Straßenlaternen spart. Hauptsache, denkt der Biermösel jetzt nur negativ über die Bundesregierung, sie schicken ihm einen rot-weiß-roten Windschutz für die Fips, für so was ist dann immer Geld da! Wenn man aber gerade kein rot-weiß-roter Windschutz ist und kein sündteurer Abfangjäger, wenn man kein Werbeplakat in eigener Sache ist und kein Weihrauch zur Selbstbeweihräucherung, dann lässt die Bundesregierung in Wien kein Geld mehr aus. Sollen die Leute sich in der Finsternis ruhig den

Schädel einschlagen und dann mit ausgebreiteten Armen daliegen, denkt sich die Bundesregierung, sollen sie ruhig verkehrt herum gekreuzigt auf einer Vogelscheuche im Krautacker verenden – Hauptsache es schaut katholisch aus! Oder sollen am besten überhaupt alle daheim bleiben und Kinder kriegen, gibt die Bundesregierung die Parole aus, von uns kriegen die jedenfalls keine Straßenbeleuchtung, die ihnen dann vielleicht noch den falschen Weg von der Punschhütte bei der Kirche in die Disco von der gachblonden Wirtin hinüberleuchtet, wo sie dann blöd herumtanzen und herumschmusen, aber „Kruzifixnocheinmal!", schreit der Biermösel in die komplett unbeleuchtete Winterlandschaft hinein, „ich will ja gar nicht in die Disco hinüberfahren und herumtanzen und herumschmusen, ich will ja nur heim in den Auerhahn!"

Schon muss sich der Biermösel wegen der ganzen Verzögerungen und Selbstfaller auch um sein noch relativ gutes Verhältnis zur Roswitha Sorgen machen, die sich umgekehrt hoffentlich auch schon ein paar Sorgen um ihn macht. In den 35 Jahren geschwisterlichen Zusammenlebens und häuslicher Routine ist er ja nur eine einzige Nacht nicht nach Hause gekommen, und da hat er an ihrer rasenden Eifersucht gemerkt, dass sie ganz und gar nicht auf ein Leben ohne ihn eingestellt ist. Das hat ihm dann schon sehr gut getan, auch wenn er neuerdings das blöde Gefühl hat, dass sogar die Roswitha den Kopf in den Wolken trägt, wenn sie ihm am Abend den Schweinsbraten serviert. Sind denn auch ihre Gedanken bei einem anderen, fragt er sich besorgt.

Kann ja sein, dass er manches Mal sehr streng mit seiner Schwester umgeht und das Regelwerk der häuslichen Routine vielleicht manches Mal ein bissen zu eng schnürt, das kann schon sein. Vielleicht könnte er da und dort in Zukunft die eine oder andere Schraube wirklich ein bisserl lockern, allerdings ist das jetzt nicht der richtige Zeitpunkt und ganz sicher der falsche Ort, um Schrauben zu lockern, der Gefriertod kriecht ihm schon zu tief ins Knochengebälk hinein, als dass der Mensch noch gute Vorsätze fassen könnte.

„Gibt es denn keinen Gott da oben bei den Sternen, der mich rettet?", schreit er verzweifelt.

Da ertastet er prompt inmitten der ganzen schwarzen Tinte, in der er sich zu verlieren droht, die Satteltasche von seiner Fips, und wie dem Jointler das Haschisch fährt dem Biermösel die Hoffnung zurück in die Venen.

„Also doch?“ fragt er sich kleinlaut.

Wenn nämlich jetzt die mitgebrachte Schnapsflasche in der Satteltasche noch unversehrt ist, und wenn er mit der jetzt eine weitere Schachtel von den Pillen vom Doktor Krisper hinunterspülen kann, die ihm immer besser schmecken, dann will er vielleicht doch noch an einen Gott glauben, und – Simsalabim! – schon ertastet er die unversehrte Flasche!

Kaum dass der Biermösel seinen neu gefundenen Gottesbeweis umfasst, schlägt er dankbar das Kreuz und schreit aus voller Kehle zum Himmel hinauf:

„Danke, lieber Gott! Bist ein klasser Bursche!“

Ganz ohne spirituellen Halt kommt der Mensch nämlich in so einer ausweglosen Situation dann doch nicht aus, und bis jetzt hat Gott (und die Spirituosenindustrie) noch keinen besseren Halt im Todeskampf entwickelt als die wohlgeformte Schnapsflasche.

Nachdem der Biermösel die Schnapsflasche ratzeputz geleert und die Pillen dazu mit steigendem Genuss geschluckt hat, werden ihm die Augen ganz schwer, und mit „Schlafe, Kindlein, schlafe süß, und jetzt deine Ruh genieß“ singt er sich selbst in den Schlaf, bis ihm der Sabber aus den Mundwinkeln auf den Wetterfleck rinnt. Mit einem Kinderlied auf den Lippen stirbt es sich einfach leichter. Schön warm wird es ihm von den Füßen herauf, so gut ist es ihm schon lange nicht mehr gegangen.

„Gute Nacht, schöne Welt“, verabschiedet er sich in seiner kompletten Verweichlichung. „Du warst nicht immer gut zu mir. Aber drauf wird jetzt auch geschissen.“

Falsches Fest

Lange war der Biermösel noch nicht halbtot, da reißen ihn schon wieder näher kommende Motorengeräusche aus dem wohligen Dämmer der tiefen Finsternis, in die er abgetaucht war, und stoßen ihn zurück ins Leben. Nacheinander rasen sie auf einmal alle wie die gesengten Säue an ihm vorbei – der Bürgermeister, der Seebachwirt, der Landtagsabgeordnete von der „Hilf dir selbst, wir helfen dir nicht!"-Partei samt dem Gebietsvertreter von der Knochenbruch-Versicherung am Beifahrersitz, und als Nachhut gewissermaßen, aber immer noch mit weit über 100 Sachen, sogar der alte Wollatz in seinem Puch 500. Wie der geölte Blitz donnert er knapp an ihm vorbei, mit einem Karacho, das den Hirschen im Wald die Paarhufe auszieht. Kein Wunder, denkt sich der Biermösel, dass der so schwer zu erreichen ist.

Nachdem die Karawane der „Kreuzritter vom Sir Irisch Moos", wie er sie nennt, an ihm vorübergezogen ist und die Abgase sich im Schnee zum anderen Dreck dazugesellen, ist es wieder still um ihn herum, und der Biermösel verliert bald jedes Gefühl dafür, wie lange diese Stille schon anhält. Liegt er seit drei Minuten da, oder sind es schon 300.000 Jahre?

„Mir doch wurscht!", denkt er sich jetzt, wo er dem Erfrierungstod immer mehr abgewinnen kann. Leicht wie ein Baby im Wasser fühlt er sich, und obwohl ihm eigentlich immer kälter werden sollte, wird es ihm immer wohliger und wärmer, „Danke, lieber Gott", wendet sich der Biermösel in einer Art Dankgebet an den da oben, „der Erfrierungstod ist eine wirklich erstklassige Einrichtung."

Dann taucht er ab. Langsam sinkt er hinunter in ferne, ungekannte Welten. Seltsam, denkt er sich, dass es hinuntergeht und nicht hinauf. Seltsam, denkt er sich auch, dass er nicht fliegt, sondern schwimmt. Aber wurscht, denkt er sich, Hauptsache warm ist es. Und wie er den schweren Brummschädel schwach zur Seite legt, da sieht er – das Licht.

„Das Licht", stammelt der Biermösel glücklich wie das Kleinkind, das zum ersten Mal den Christbaum sieht, „das schöne orange Licht."

Von einem orangen Licht war aber in den Nahtoderfahrungsberichten im Nachmittags-Staatsfunk nie die Rede, also hätte der Biermösel skeptisch sein müssen, wie er das Licht näher kommen sieht. Der Biermösel ist aber nie skeptisch, wenn er besoffen ist. Und jetzt ist er schon so besoffen und so sehr auf den nahenden Erfrierungstod eingestellt, dass er erst gar nicht sieht, dass es sich beim näher kommenden Licht um den als U-Boot verkleideten Unimog vom Lindbichler handelt. In jahrelanger Kleinarbeit hat der sein Dienstfahrzeug von der Straßenmeisterei mit tausenden Glühbirnen in eine täuschend echte Nachbildung der Nautilus verwandelt, besser als der Windschutz auf seinem Dienstfahrzeug schaut das aus, und darum sieht ihm der Biermösel diesen Weihnachtsbeleuchtungsexzess auch gerne nach, wie er dem Lindbichler überhaupt alles nachsieht. Er ist ihm jetzt nicht einmal böse, dass er ihn aus seiner wohligwarmen Nahtoderfahrung zurückholt!

„Servas Biermösel, was machst denn du da?“, fragt der Lindbichler deppert, wie er aus seinem Unimog herausspringt und den Biermösel aus seinem weißen Grab schaufelt.

„Nach was schaut's denn aus?“, fragt der Biermösel deppert zurück, die Chemie zwischen ihnen beiden stimmt einfach.

Wie die Anni früher sein Scheißhaus, räumt der Lindbichler dann schnell, schnell alles zusammen, was nach dem Durchzug der „Kreuzritter vom Sir Irisch Moos“ auf der Straße herumliegt – Bierdosen, umgerissene Hinweisschilder, den einen oder anderen Hirschkadaver, Zigarettenschachteln, hochhackige Schuhe, hochprozentige Schnapsflaschen, alles kommt auf die Ladefläche vom Unimog. Und dann schnappt er endlich mit seiner rechten Hand, die den Biermösel neidvoll an die seligen Zeiten denken lässt, wie er selbst noch ein Rübezahl war, ihn selbst und wuchtet ihn auf seine linke Schulter, bevor er mit der linken Hand die Triumph greift und sie auf seine rechte Schulter wuchtet, genau so, wie er es schon zu Allerheiligen getan, als er den Biermösel nach drei Tagen Todeskampf endlich im Acker vom Brunner-Bauern gefunden und von der Vogelscheuche heruntergepflückt hat wie die reife Frucht vom Baum, nachdem zuvor der halbe Ort an ihm vorbeigefahren ist, ohne ihn zu retten.

Fast wie der Bodybuilder seine zwei gebräunten und blondierten Weiber trägt der Lindbichler den Biermösel und die Fips jetzt auf seinen Schultern zurück ins Leben und stellt sie hinter seinem U-Boot wieder auf. Und weil er aufs Saubermachen trainiert ist, wischt er dem Biermösel auch gleich noch den Sitz trocken, guter Mensch, der er ist, und setzt ihn in Fahrtrichtung darauf Hauruck schiebt er ihn an wie ein olympischer Zweierbob-Bremser in Innsbruck-Igls seinen Bob, eins-zwo, eins-zwo, und endlich springt der Motor von der Fips wieder an, gemma, gemma! Es gibt, denkt sich der Biermösel immer wieder, auf der ganzen Welt keinen besseren Menschen als den Lindbichler, wenn der endlich eine Religion gründen täte, er täte ihm ungeschaut nachfolgen!

Wie das U-Boot durch die kalten Gewässer der arktischen See, pflügt der Lindbichler dann mit seinem Unimog durch die ungeheuren Schneemassen vom Ausseer Land, und wie der Moses das Meer, teilt der Lindbichler die weiße Flockenpracht, während der Biermösel im Windschatten hinter ihm herrast, Erste, Zweite, Dritte, Vierte und endlich zumindest Windschatten, wenn schon keine Aerodynamik, herrlich ist das, es ist einfach immer wieder unbeschreiblich!

Auf einmal erinnert sich der Biermösel mit dem neu gefassten Lebensmut, dass er ja neben dem Gottesbeweis auch noch irgendwo ein Schmalzbrot haben müsste, das er vorgestern zunächst verschmäht und in der Satteltasche zwischengelagert hat, weil die Roswitha in der Früh zwar brav die Grammeln und die Zwiebeln auf das zentimeterdick geschmierte Schmalz draufgelegt, dann aber vergessen hat, dass sie es noch mit der Prise Salz extra veredeln muss, damit ihm das Ganze auch perfekt schmeckt. Der Biermösel holt jetzt das Schmalzbrot aus der Satteltasche heraus und hält es kurz unter den großen Salzstreuer, der hinten am Unimog dranhängt, und dann verschlingt er es mit einem einzigen Bissen. So ein gesalzenes Schmalzbrot nach der unverhofften Auferstehung ist fast besser als ein Schwamm mit Essig.

Was aber ist mit seiner Schwester los, fragt er sich wieder, dass sie in letzter Zeit einen Fehler nach dem anderen macht und dauernd aus der häuslichen Routine ausschert wie jetzt der Lindbichler mit seinem U-Boot, der beim Christophorus-Marterl abzweigt und nach Goisern hinüberfährt ins Puff, wo er die Franzi Kubelik besuchen wird, die dort Einläufe mit Zwetschkenkompott verabreicht, obwohl sie lieber Liftboy geworden wäre (aber versuch Liftboy zu werden in diesem Land!).

„Servas Biermösel!“, hört er den Lindbichler schreien, wie er mit seinem U-Boot in die Tiefen der Wälder hinein verschwindet.

„Servas Lindbichler!“, schreit ihm der Biermösel hinterher, mit einer tiefen Dankbarkeit im Herzen, weil er ihn schon wieder gerettet hat.

Ganz ohne seinen Stern von Bethlehem vor sich wird der Landeanflug auf den Auerhahn jetzt aber kein Kinderspiel, weiß er aus einer gewissen leidvollen Erfahrung heraus. Hinter welcher immensen Schneeverwehung könnte er sich denn heute ungefähr verstecken, lautet die alles entscheidende Frage.

Wie der Jumbojet-Pilot im dichten Nebel beim Anflug auf die Arktis kommt er sich vor, „Biermösel, Biermösel an Roswitha, erbitte Landerlaubnis. Biermösel, Biermösel an Roswitha, wo bist du denn, häng doch bitte endlich die Laterne heraus!“, funkt er gegen den pfeifenden Nordwind an. Aber natürlich, wenn man sie einmal brauchen könnte, hört man nichts von den Weibern. Zeit wird es, denkt er sich, dass er endlich ein Zeichen setzt und beim Auerhahn eine 100 Meter hohe Rotbuche als Christbaum aufstellt und sie mit 1.000 Blaulichtern behängt, das ganze Jahr über, als Rache für den Silbertannenbaumwahnsinn der katholischen Kirche einerseits, als Orientierungshilfe für ihn andererseits. Aber für heute muss er den Weg noch ohne finden, also reißt er sich – wieder einmal ganz auf sich allein gestellt–, die Schibrille herunter und hängt sich seitlich auf die Fips wie der Indianer auf sein Halbblut. Er hält den Riechkolben in den Wind und stellt die Lauscher auf Empfang, aber da ist nichts. Der furchtbare Lärm aus der Gaststube, der sonst seine entzundenen Ohren quält; der liebliche Schweinsbratenduft aus dem Bratrohr, der ihn normalerweise die Witterung aufnehmen lässt; der Rauch aus der Selch, der ihm für gewöhnlich von weitem in den Augen brennt – die ganzen verlässlichen Koordinaten, mit denen er sich an normalen Tagen orientiert, sind verschwunden, Kruzifixnocheinmal, was ist denn heute los?

Auf einmal merkt der Biermösel mit einem gewaltigen Schnalzer, dass er gar nicht mehr so weit vom Zielflughafen weg gewesen ist, wie er geglaubt hat. Unverhofft staucht es ihn gewaltig zusammen. Heute aber nicht deshalb, weil er willentlich und wissentlich die Schleife um den Buchenscheiter-Nordturm auf seinem Schießstand hinter dem Auerhahn gezogen hätte und dann dagegengekracht wäre, sondern weil er überraschend in der kompletten Orientierungslosigkeit gegen die schwere Eingangstür vom Auerhahn gekracht ist und sich schon wieder so unglaublich den Schädel angehaut hat, dass ihm bald auch die gelben Tabletten vom Doktor Krisper nicht mehr helfen werden.

Der rot-weiß-rote Windschutz hat natürlich auch nichts von der gewaltigen Energie abfedern können. Und wie der Biermösel dann endlich in seiner Schreckensstarre in Kombination mit der Kältestarre wie ein Fischstäbchen seitlich von seiner Fips hinunterfällt, da fragt er sich schon, warum sein Leben ausgerechnet vor Weihnachten immer zum Kreuzweg wird. Aber pass auf, Biermösel, falsches Fest! Du tanzt die ganze Zeit am komplett falschen Fest!

Versuchung

Wie der Biermösel dann knapp vor Mitternacht im dichtesten Schneetreiben und steifsten Nordwind über eine Viertelstunde lang halb verhungert und fast ganz erfroren von draußen gegen die Holztür poltert, wie er dabei immer wieder mit der Schulter und mit der Faust und mit dem breiten Kreuz dagegenrennt wie der Esel gegen den Zaun, da ist es einzig und alleine die immense Vorfreude auf das späte Abendmahl, die ihn noch die Kraft dafür finden lässt, weil: Wie der Jesus drinnen in seinem Grab auf seine Auferstehung, so freut der Biermösel sich jeden Tag auf sein Nachtmahl, das natürlich auch heute wieder ein Schweinsbraterl sein wird, genauso wie am Heiligen Abend die Weihnachtsgans und am Ostersonntag das Osterlamm ein Schweinsbraterl sein werden; was gut ist, soll eben gut bleiben!

Und wie der Biermösel dann endlich doch noch die Tür zur Gaststube im Auerhahn mit seinem gewaltigen Dickschädel aufstößt wie der Ritter im Mittelalter mit dem Rammbock das Burgtor, wie er dann halbtot hereinstolpert in die Wirtsstube und die eisigen Stürme ihn herumwerfen wie die weggeworfene Zeitung im Windfang, da ist es wiederum nur der Gedanke an den Besoffenen Kapuziner, der ihn sich der Selbstaufgabe widersetzen lässt, weil die Roswitha das Gottesgeschenk hoffentlich wieder im Most geradezu ertränkt und im Schlagobers praktisch erstickt hat, bevor sie es ihm verspätet, aber doch gleich servieren wird.

Und wie er sich jetzt mit der allerletzten verbliebenen Kraft doch noch von innen gegen die Tür stemmen und sie zudrücken kann, bevor der Nordwind den ganzen Schnee von der Frau Holle meterhoch hereinbläst und ihm dann auch der gute Mensch Lindbichler in seinem Unimog nicht mehr helfen kann, da ist es nur die gewaltige Vorfreude auf den Lebkuchen mit Streusel, den ihm die Roswitha immer in die Keksdose auf seinem Nachttisch als Betthupferl hinstellt, die ihn die Kraft dazu finden lässt.

Aber wo den Biermösel sonst die harte Faust der Buchenscheiter-Hitze aus der Küche empfängt, wenn er aus der Kälte nach Hause kommt, da packt ihn heute ganz ungewohnt nur die eisige Zugluft aus der zugefrorenen Hölle am Schlafittchen, es ist so kalt da herinnen, dass der Biermösel den Wetterfleck erst gar nicht in die Ecke schmeißen und „Roswitha! Das Schwein!“ rufen kann. Die lose Glühbirne im Hirschgeweihluster flackert in ihren letzten Zügen, die Buchenscheiter im Kachelofen sind eingefroren, eine dicke Schicht Raureif hat sich über die gesamte Möblierung gelegt, aber am schlimmsten und wirklich beängstigend: Kein Schweinsbraterlduft umweht heute seine empfindliche Nase, sondern nur der furchtbare Gestank von faulen Eiern. Da kann er seiner Schwester die Frage wirklich nicht mehr ersparen:

„Roswitha! Bist denn du deppert?“

Verdächtig hätte es ihm schon seit Tagen vorkommen müssen, sinniert der Biermosel jetzt, wie er sich den Wetterfleck über den Schädel zieht und die Pratzen noch tiefer in den Säcken von seiner Lodenhose bunkert, dass die Roswitha seit ein paar Tagen so fröhlich ist, so fröhlich, so fröhlich, so fröhlich war sie nie. Wie wenn sie 16 wäre und sich in einen Jungbauern vom Jungbauernkalender verliebt hätte, der bei ihr in der Küche herumhängt (und den er ihr heute noch herunterreißen wird!). Ein, zwei Tanzschritte hat sie immer wieder eingelegt, wenn sie aus der Küche herausgekommen ist und ihm der häuslichen Routine folgend das Nachtmahl aufgetischt hat, so weit war alles vorschriftsmäßig. Aber wenn sie dann brav und folgsam abgeräumt hat, dann hat er sie in den letzten Tagen immer wieder beschwingt mit dem Arsch wackeln gesehen, und das sicher nicht wegen ihm.

„Richtig!“, hört der Biermösel auf einmal eine tiefe Bassstimme, tief wie aus dem Loch in seinem Zahn hört sie sich an, und da zuckt sogar er hart gesottener Ordnungshüter zusammen wie die Jungfrau in der ersten Nacht. Aber selbst mit den zusammengekniffensten Adleraugen vermag er dann in dem diffusen Licht keinen zu erkennen, dem diese Stimme gehört.

„Wird doch nicht der geschnitzte Herrgott im Winkel mit mir reden“, fragt er sich besorgt.

„Geh sei doch bitte nicht so deppert, Biermösel!“, hört er wieder den tiefen Bass antworten, obwohl er den gar nicht gefragt hat. „Was soll denn der Jesus Christ Superstar mit dir reden, der spielt in einer anderen Liga, andere Augenhöhe, andere Wellenlänge, das ist ja Hoffart, wenn du glaubst, dass der mit dir redet!“

Da endlich entdeckt der Biermösel am Stammtisch, wo sonst die Vertreter der unwürdigen Berufe sitzen, drei Jäger. Scheinbar unorganisiert und ohne jede Absicht sitzen sie da, aber such einen Jäger, der unorganisiert und ohne jede Absicht dasitzt, es wird dir nicht gelingen! Schon mit ihrer schlichten Anwesenheit signalisieren sie ihm, dass sie den Schweinsbraten zurückdrängen und das Wildbret salonfähig machen wollen, also Alarmstufe Rot.

Der Biermösel behält die drei seltsamen Gesellen aus den Augenwinkeln heraus im Auge, wie er sich endlich auf sein Schafwollpolsterl im Herrgottswinkel setzt, das zwar auch eingefroren ist, aber das braucht er jetzt sowieso nicht. Er braucht den gußeisernen Aschenbecher, den er jetzt auf Verdacht aus der Hüfte heraus in Richtung Stammtisch hinüber feuert, bevor das depperte Gerede von dort drüben zur schlechten Gewohnheit wird, und zack! Schon sitzt der Wortführer wie von ihm beabsichtigt mit gespaltenem Schädel da, aber entgegen seiner Absicht fällt er nicht auseinander, der blöde Hund sitzt einfach nur weiter ruhig da und stopft sich mit deppertem Grinsen seine Jägerpfeife. Sapperlot, denkt sich der Biermösel, so was hat er dann auch noch nie gesehen!

Da wird sich die Roswitha was anhören können, macht der Biermösel jetzt die Roswitha für die seltsamen Ereignisse verantwortlich, wenn er ihr am Heiligen Abend den alljährlichen Beschwerdekatalog vorträgt, erweitert um die heutigen Abweichungen von der häuslichen Routine, „Herrgottnocheinmal, Roswitha!“, schreit er, „wo bleibst du denn heute, und wo bleibt das Schwein?!“

Dass die drei Jäger dort drüben am Stammtisch heuer ihre Weihnachtsfeier bei ihnen abhalten wollen, das schließt der Biermösel nach einer ersten Adhoc-Einschätzung der gefährlichen Lage eher aus. Im Auerhahn gibt es nämlich keine Weihnachtsfeiern, das weiß auch ein jeder, der sich ein bisserl mit Weihnachtsfeiern in der Gegend beschäftigt. Gott sei Dank waren er und die Roswitha nämlich so gescheit und haben sich den Wahnsinn mit den verlässlich aus dem Ruder laufenden Weihnachtsfeiern und den damit einhergehenden Verwüstungen und ruinierten Ehegemeinschaften erst gar nie angefangen. Versicherungsmakler, Bankkaufleute vom Format eines Jackpot Charlie, Orthopäden, Architekten, Geistliche und politische Versager, alle haben sie schon bei ihnen angefragt, ob sie das Schweinsbraterl in seiner weihnachtlichen Reinheit im Rahmen einer Feier bei ihnen verschlingen dürfen. Aber der Biermösel hat es immer abgelehnt, dass sich die Roswitha zum Erfüllungsgehilfen dieser Unart namens Weihnachtsfeier macht, weil er es im Grunde immer komplett abgelehnt hat, dass er das Schweinsbraterl mit anderen teilen muss. („Aber weher, hat er die Roswitha dann einmal angeschrien. „Wehe wehe, wenn einmal der Schlachthof oben in Wels, Unterabteilung Schwein, anruft und seine Weihnachtsfeier bei uns veranstalten will, dann machst du gefälligst eine Ausnahme, verstanden, weil mit denen könnte ich mich auch einmal gut unterhalten, mit dir weiß ich ja oft genug überhaupt nicht mehr, was ich reden soll!")

Halleluja, denkt sich der Biermösel und kratzt sich verschämt hinterm Ohrwascherl, manchmal hat sich die Roswitha schon was anhören können!

Jetzt sitzen also Jäger dort, wo noch nie Jäger gesessen sind, muss sich der Biermösel mit der neuen Situation abfinden, obwohl diese fehlgeleitete Bagage normalerweise das Schwein meidet und den Tempel vom Schwein erst recht. Drei besoffene Jäger also anstatt dreier Besoffener Kapuziner, auf die er sich schon so gefreut hat. Geduckt sitzen sie dort drüben unter ihren Gamsbarthüten, hinterfotzig paffen sie an ihren gebogenen Pfeifen, das Schießgewehr immer in Griffweite. Still wie in einem Gemälde sitzen sie da und schauen ihn aus ihren toten Augen heraus an, sodass es dem Biermösel auf einmal einen kalten Schauder über den Rücken jagt, wie er ihn nicht mehr gekannt hat, seit ihn der Ausbildner in der Gendarmerieschule oben in Linz im Winter bei offenem Fenster und minus 30 Grad Außentemperatur kalt duschen geschickt hat, er und der Grasmuck waren nämlich die einzigen zwei Aufrechten inmitten von 120 anderen Schweinderln im Schlafsaal, die ein Nachthemd getragen haben anstatt einen Pyjama, der Mensch kommt im Nachthemd einfach schneller aufs Klo, um den selbsternannten Ästheten im Ausbildner haben sie sich mit ihren ganzen Problemen unten herum wirklich nicht kümmern können! Und auch um das Gekichere und Gelächter der Kameraden nicht, das genauso höhnisch war wie jenes, welches er jetzt von den drei Jägern herüber hört.

„Lacht's nicht so deppert!", schreit der Biermösel sie an.

Die lachen aber trotzdem deppert, und sie zeigen sogar mit ihren verdorrten Fingern auf ihn.

„Ein Nachthemdträger!", hört er sie lachen.

„Na und!", schreit der Biermösel sie an und öffnet langsam das Halfter von seiner Glock, jetzt wird es nämlich persönlich. Er hält vorsichtig die Hand drauf und zieht mit der anderen die Doppelläufige langsam zu sich her. Dann riskiert er einen kurzen Blick durch die Schwingtür hinein in die Küche, wo normalerweise die Roswitha hinter dem Herd steht, aus dem wiederum normalerweise der heiße Saharawind herausströmt und ihm den Duft vom Schweinsbraterl in die Nase weht, sodass ihm jedes Mal wieder das Wasser im Mund zusammenläuft, wenn er nur daran denkt.

Aber heute ist alles anders, muss er feststellen. Heute lodert im Herd nicht einmal das Feuer, was die letzten 35 Jahre noch nie vorgekommen ist, und jetzt muss er endgültig ein bisserl lauter werden:

„Roswitha, du Trampel! Wo bleibt denn heute das Schweinsbraterl?"

Aber auch dieser verzweifelte Schrei wird von der Roswitha nicht erwidert. Nicht einmal ihr lautes Schnarchen hört er, das ihm sonst oft den Schlaf raubt und das in seinem Beschwerdekatalog ganz oben steht. Wie es ausschaut, ist der Biermösel mit den drei Jägern ganz alleine da herinnen in der Wirtsstube, und schön langsam scheißt er sich ein bisserl in die Hosen, wenn er sich die Situation vor Augen führt. Wie die NATO und der Warschauer Pakt stehen sich unversöhnlich die zwei Blöcke einer natürlich gewachsenen Feindschaft gegenüber, die auch vor Weihnachten keine Aussicht auf Versöhnung kennt, wie der gesetzliche Mindestlohn und der freie Markt stehen die Jäger und die Biermösels zueinander.

Es gibt nämlich auf der Welt keine feigere Brut als die Jägerschaft, ärgert sich der Biermösel jedes Mal wieder, wenn er einen Jäger sieht. Lauern, tarnen, täuschen, aus dem Hinterhalt heraus feuern, dann meistens nicht einmal richtig treffen, dann das angeschossene Wild nicht finden und am Schluss jede Schuld von sich weisen – so sind die Jäger.

Jedes Mal, wenn der Biermösel auf seinen Streifendiensten an der langen Gerade drüben im Silbertannenwald einen Jäger aufspürt, juckt es ihn ganz ordentlich in der Schusshand, dass er ihn packt und 100 Meter von sich entfernt aufstellt wie der Charles Bronson im Wilden Westen den Peter Fonda. Dann täte er sich den Hut tief ins Gesicht ziehen, den Wetterfleck hinter das Halfter von der Glock ein bissen zur Seite schieben, mit den Bergschuhen langsam die Zigarette ausdämpfen, und dann – halleluja! – täte er mit einem eingesprungenen Biermösel die Glock aus dem Halfter reißen und aus der Hüfte heraus feuern, peng, peng, peng!

Daran denkt der Biermösel jedes Mal, wenn er einen Jäger sieht. Aber die Jäger sind immer sofort ganz Bambi, wenn ihnen der Biermösel über den Weg läuft und sie zum Duell fordern will. Da sind sie sofort mit ihrem Jägerlatein am Ende, wenn er ihnen mit seinen zusammengekniffenen Augen und seiner furchteinflößenden Aura ihren angestammten Platz in der Hundeecke zuweisen möchte, bevor er mit seiner unverhohlenen Verachtung die eindeutige Botschaft nachschickt wie normalerweise der Jäger den Jagdhund zum waidwunden Wild:

Ich bin der Herrscher über den Wald!

Heute aber ist gar nichts furchteinflößend am Biermösel, heute ist er nur müde und schwach. Auf einmal will er nur noch schlafen, was wirklich noch nie vorgekommen ist, wenn er nicht vorher das Schweinsbraterl verschlungen hat. Der Biermösel muss so furchtbar gähnen, und unverhofft hat er das sehr depperte Gefühl, dass seine Seele aus seinem geknechteten Körper heraustritt und hinüber zum Selchofen fliegt, und wie er dann seinen schweren Schädel hebt und hinschaut, sieht er, dass dort auf einmal „Seelchenofen" draufsteht anstatt wie sonst immer „Selchofen", und auf einmal sind ein vierter und fünfter Jäger auch noch da, und die räumen den gut abgehangenen Selchspeck und die harten geselchten Schweinswürste heraus und stattdessen das Wildbret hinein, und zwar direkt neben seine Seele, die da jetzt drinnen hängt wie ein Gefangener, der per Folter an das ganze Wildbretteufelszeug gewöhnt werden muss, kann denn das sein?

„Na sicher, du Hosenscheißer!"

Schon merken die Jäger am Stammtisch, dass es mit dem Biermösel körperlich bergab geht, wenn ihn seine Seele nicht mehr stürzt, und sie hoffen, dass er bald so weit sein wird und dem Schwein abschwört. Langsam stecken sie ihre Pfeifen in die Lodenjacken, sie richten sich den Gamsbarthut gerade und strecken ihre gierigen Pranken lockend nach ihm aus.

„Komm herüber zu uns, Biermösel!", raspeln sie Süßholz, „Komm, komm, komm!"

„Ist es schön bei euch?", droht der Biermösel dem Locken schon zu erliegen. „Und krieg ich dort was zu essen?"

„So viel du willst!"

Der Biermösel richtet sich schon auf und will hinübergehen. Aber weil er so schwach ist, kann er die Gase nicht mehr an sich halten, und ein Junggesellenlied fährt ihm in die Hose, so ordinär und laut, wie auch er es nur selten schafft. Durch den nachhallenden Donner aber ist er auf einmal wieder hellwach, und er hört, wie der Anführer von den Teufeln ihn wütend anschreit: „Im Jenseits wird aber nicht gefurzt! Das mögen sie weder im Himmel noch in der Hölle, wenn dort drüben aus allen Löchern geschossen wird!"

„Aber wenn dort drüben nicht gefurzt wird, dass der Luther vor Freude springt", schießt der Biermösel aus allen Rohren zurück, „dann bleib ich sowieso lieber da, damit das auch einmal klar ist!"

Da ist es auf einmal noch stiller als still, und der Biermösel kann sehen, wie die drei Jäger ihre Köpfe zusammenstecken und sich furchtbar ärgern über den einen, der das Maul zu weit aufgerissen und so dem Biermösel wieder Kraft eingeflößt hat, und mit bloßen Händen zerreißen sie ihn, Himmelmutter hilf!

Erst jetzt fällt dem Biermösel auf, dass er bei den vier verbliebenen Jägern den heißen Atem nicht sieht, der normalerweise wie bei der Kuh im Stall als weißer Nebel aus den Nüstern in die kalte Luft hinausströmt, und er fragt sich besorgt:

Sind denn das überhaupt Jäger? Oder sind das vielleicht die lebenden Toten, von denen er im Nachmittagsfernsehen vom depperten Staatsfunk schon so viel gehört hat? Und wenn ja, was wollen die von ihm?

„Komm endlich herüber zu uns", folgt postwendend die Antwort, und er sieht sie mit ihren grauslichen Pratzen nach ihm greifen. „Komm herüber, herüber, herüber, und wir reden nicht mehr über deine Sünde."

„Welche Sünde denn?", fragt der Biermösel und stellt sich blöder, als er ist.

„Der kapitale Hirsch im Spätherbst."

„Und weiter!", schreit der Biermösel.

„Na, du hast ihn über den Haufen geschossen, und das tut man einfach nicht!"

Der Biermösel greift nach der Doppelläufigen und will auf sie ballern, aber da sind sie schon wieder schneller: Wie von Zauberhand serviert, steht auf einmal ein Rehrücken vor ihm auf dem Tisch, und wenn er nicht so einen Hunger hätte, täte er sich sofort anspeiben. Aber unter diesen Umständen? Er schämt sich fürchterlich, dass ihm jetzt wegen einem Rehrücken das Wasser im Mund zusammenläuft, und nur mit einem übermenschlichen Kraftakt kann er sich mit seiner gewaltigen Pratze eine runterhauen und sich selbst vor dem Fehlgriff bewahren, und mit Tränen der Wut in den Augen schreit er die Jäger an:

„Führet mich nicht in Versuchung! Bitte, führet mich nicht in Versuchung! Den nächsten Hirsch werde ich schultern und auf der Fips ins Landeskrankenhaus bringen, ich schwöre, aber führet mich jetzt bitte nicht in Versuchung!"

Da haben die drei Jäger ein bisserl die Schnauze voll von seiner Resistenz. Sie packen ihre Pfeifen zusammen und rücken ihre Gamsbarthüte zurecht. Dann stehen sie auf, langsam wie Zombies, und wie sie in seine Richtung herkommen, sieht der Biermösel, dass sie alle trotz Sauwetter gar keine Bergschuhe tragen, sondern nur Hufe, und jetzt kapiert er endlich, dass das gar keine Jäger sind und auch keine lebenden Toten, sondern nichts weniger als eine Abordnung von Teufeln direkt aus der Hölle.

„Komm mit uns, Biermösel", locken ihn jetzt alle fünf Teufel mit süßlicher Stimme, wie Vertreter von der Ackerbau- und Viehzuchtbank betteln sie, die ihm dauernd einen Bausparvertrag andrehen wollen. „Dir hängt doch eh schon der Magen bis zu den Knien hinunter, also sei doch nicht so stur und hau dir endlich einen Rehrücken hinein oder ein Hirschragout mit Blaukraut oder was immer du willst, Hauptsache ein Wildbret!"

„Sicher nicht!", wehrt sich der Biermösel verzweifelt und versucht sie mit schwachen Tritten zu vertreiben. „Sicher nicht!"

„Jetzt sei doch nicht so stur und folge uns nach!", säuselt der sechste Jäger, der auf einmal auch wieder da ist, obwohl sie den gerade vorhin zerfetzt haben, und er erzählt ihm, dass sie ihn hinaufführen werden zum Gebirgskamm und ihn von dort oben auf das stille Örtchen Goisem im braunen Gatsch drüben hinunterschauen lassen wollen, wo sie ihm drüben im Puff von der Gachblonden alle verfügbaren Weiber auftischen könnten ...

„Ich will die Anni!", schreit der Biermösel.

„Also gut, dann kriegst halt die Anni!", sagt der Anführer schon ein bisserl angespeist. „Du wirst mit ihr auf dem Schaffell vorm Kamin neben einer als Christbaum geschmückten Rotbuche für die Weihnachtsnummer vom „Sex ohne Zensur"-Magazin fotografiert werden, wenn du das unbedingt willst, kurz: Wir erfüllen dir jeden von deinen peinlichen Wünschen, wenn du nur endlich ..."

„Wenn ich endlich *was?*", fragt der Biermösel schwach.

„Ja wenn du halt in Teufels Namen endlich auf unsere Seite herüber wechselst, dem verdammten Schwein abschwören und zu Weihnachten als Zeichen deiner Umkehr einen Hirschschlögel oder wenigstens den geschmorten Hasen verschlingen tätest, jedenfalls keinen Schweinsbraten!"

Da streckt der Biermösel erschöpft die Flügerl aus und klammert sich mit seinen beiden Pranken an die Lehne von der Holzbank hinter ihm. Er wirft den Schädel zurück und schaut hinauf zum gekreuzigten Herrn Jesus Christus, der über ihm hängt, im Prinzip in derselben blöden Lage wie er. Und wie er sich jetzt seine Pratzen links und rechts anschaut, sieht er sogar schon die Löcher in seinen Handflächen und das dicke rote Blut herausrinnen, bald ist es wirklich so weit, dass er dem Schwein abschwören und „Es ist vollbracht!" schreien wird.

Stattdessen aber richtet er sich noch einmal mit letzter Kraft auf und schreit die Bande an:

„Ich widersage! Habt ihr mich verstanden? Ich widersage! Ich widersage!" Und wie wenn er vom Doktor Krisper medikamentös endlich richtig eingestellt worden wäre, springt er in die Selchkammer hinein, reißt seine Seele heraus und schluckt sie wieder hinunter. Dann greift er nach zwei ordentlich geselchten harten Schweinswürsten, die er aber nicht in den Mund hineinstopft und mit Genuss verschlingt. Er kreuzt die zwei Trümmer vielmehr und hält sie der verteufelten Jäger-Bande vors Gesicht, und dann schreit er „Harte Würste!" anstatt richtigerweise „Weiche, Satan!". Das genügt, die teuflischen Jäger haben seine Botschaft verstanden. Sie lösen sich in einer gewaltigen Stichflamme auf und ziehen durch den Rauchfang vom Holzofen ab, in dem die Roswitha sonst dem Schwein noch einmal Vollgas einheizt, und der Biermösel schreit in seiner immensen letzten Erleichterung, die den ganzen Auerhahn erzittern lässt:

„Herrgott, Roswitha! Wo bleibt denn heute das Schweinsbraterl? Musst du es erst erfinden?!"

Die Nacht dann natürlich furchtbar! Die Roswitha ein einziger eiskalter Fisch drüben in ihrer Kammer, der kein einziges Mal sehnsuchtsvoll „Kommst du dann?" geschrien hat, wie er noch alleine unten in der Gaststube gesessen ist und gegen die furchtbaren Jäger-Teufel angekämpft und sie endlich heldenhaft zurückgedrängt und besiegt hat. Soll ihm ja keiner mehr daherkommen und von ihm verlangen, dass er dem Schweinsbraten abschwört, da ist er dann trotz Verweichlichung immer noch ganz der Bud Spencer.

Die Roswitha aber hat ihm nicht geholfen, das wird notiert. Die Tür zu ihrer Kammer war verriegelt wie der Tresor von der Kirche in der Ackerbau- und Viehzuchtbank, sodass er sich das „BITTE NICHT STÖREN!"-Schild gleich selbst mit dazu hat denken können. Keinen Spalt breit war sie geöffnet, wie er mit letzter Kraft und schwer angeschlagen heraufgekrochen ist in den ersten Stock, aber weiter als bis Untergeschoss Fegefeuer hat er es dabei leider nicht geschafft, von der Himmelstür ist er heute weiter entfernt denn je.

„Das ist ja wirklich nicht normal!", ist der Biermösel jetzt endgültig ein bisserl sehr angefressen auf die Roswitha, „wie sehr du dich in letzter Zeit zum Schlechteren verändert hast!"

Seit die Roswitha nicht mehr pariert und springt wie ein Gämslein, wenn er nach ihr schreit, seit sie ihm nicht mehr alles zum Arsch trägt, was er von ihr verlangt, kurz: Seit sie ein bisserl sehr deppert geworden ist und sich mehr an der Neuzeit orientiert als am Alten Testament, ist ihm zusätzlich zu seiner sowieso schon komplett verfahrenen Lebensplanung auch noch seine bis dato wenigstens halbwegs verlässliche Tagesplanung entlang am Schweinsbraterl zu Hause im Auerhahn verloren gegangen.

Der Biermösel hat sich nach dem ganzen Chaos mit den Teufeln unten in der gefrorenen Hölle die Bergschuhe erst gar nicht ausgezogen, weil die Schuhbänder komplett vereist waren. Früher, muss er sagen, wie noch alles in Ordnung war zwischen ihm und seiner Schwester, ist halt sie immer bereitwillig in der ihr zugedachten Demutspose vor ihm in die Knie gegangen und hat ihm die Schuhe ausgezogen, wenn er selbst nicht mehr können hat, und auch die unvermeidliche Geruchsattacke hat sie dabei immer anstandslos akzeptiert (und wenn sie es nicht anstandslos akzeptiert hat, dann hat er sie halt angeschrien und ihr auseinander gesetzt, dass ein Gendarmenfuß kein duftendes Kräuterbeet ist, „du Trampel!").

Heute aber hat er sich nur schnellschnell selbst die Hose aufgeknöpft und selbstverständlich genau dort hinuntergelassen, wo er gerade gestanden ist, weil das auch ein eingespielter Usus zwischen ihnen beiden war, dass die Roswitha immer hinter ihm her rennt und alles wegräumt, wohingegen er überall stehen bleibt und alles fallen lässt, wie und wo es ihm gerade passt, ein echter Pluspunkt ist das bisher gewesen für die Roswitha. Dann hat er ein Flanellnachthemd vom Stapel mit der gebügelten Flanellwäsche draußen am Gang heruntergerissen und den ganzen restlichen Haufen hinuntergeschmissen, als Wink mit dem Zaunpfahl gewissermaßen, weil der Stapel auch immer kleiner wird, seit die Roswitha das Bügeln genauso vernachlässigt wie den zuvorkommenden Umgang mit ihm, ganz ganz dickes Minus! Und weil dann eh schon alles wurscht war, ist er ohne falsche Scham im Nachthemd und mitsamt den Bergschuhen an den Stinkem in die Kiste gehüpft. „Sind die Füße warm, ist alles warm!", hat ihn der Alte auch gelehrt. Außerdem gibt es ja sowieso weit und breit keine, für die es sich lohnen täte, dass er die Schuhe auszieht (und sich wäscht), schon die vierte Nacht liegt er einsam in seiner Kammer herum wie der Jesus Christus am Karsamstag in seinem Grab, der Jesus Christus und er sind sich halt wirklich in sehr vielem sehr sehr ähnlich, auch wenn sie sich in manchem gar nicht treffen – kann es denn wirklich sein, dass er der Sünderin verziehen hat?

Eingeschnappt auf den Herrn Jesus und seinen Hang zur Nachsicht mit den Weihern, schiebt der Biermösel seine Erstkommunionsbibel auf dem Nachtkasterl zur Seite. Weg mit dem irreführenden Ratgeber und seiner verweichlichten Linke-Backe-rechte-Wange-Weltsicht! Lieber klammert er sich an die Kekserldose auf seinem Nachttisch, die neben der wohlgeformten Schnapsflasche das einzig wirklich probate Mittel gegen die weihnachtliche Einsamkeit ist, allerdings nur dann, wenn sie gut gefüllt ist, „Roswitha", schreit er in ihre Kammer hinüber, „Wo sind denn heute die Lebkuchen mit den Streuseln dran, die du mir ansonst immer verlässlich als Betthupferl herstellst, die sind doch viel tröstlicher als jeder Psalm!"

35 Jahre lang, ärgert er sich über die Roswitha, hat er sie jeden Abend in die Spur geschickt, damit sie den Schweinsbraten holt und

ihm die Keksdose auffüllt, und immer hat sie pariert. 35 Jahre lang hat es keine wesentlichen Abweichungen von der Norm gegeben, einmalig, vorbildlich und brav war sie. Und heute?

Leise rückt der Biermösel das Nachtkasterl ein Stückerl zur Seite und findet in der Wand – Weihnachtsüberraschung! – ein Loch, das er gleich am Anfang von ihrem Zusammenleben dort hineingebohrt hat, damit er immer den prüfenden Blick in ihre Kammer hat werfen und die Schrauben enger hat ziehen können, wenn vielleicht früher schon alles aus dem Ruder gelaufen wäre und sie – Gott behüte! – ihren eigenen Schädel entwickelt hätte. Was die gelungene Zweierbeziehung anbelangt, schwört der Biermösel immer noch mehr auf den Kontrollzwang als auf die lange Leine.

Was der Biermösel aber jetzt beim ersten prüfenden Blick hinüber in die Nachbarkammer erkennen kann, macht ihn nicht wirklich schlauer. Er sieht, wie die Roswitha in ihrem Bett liegt, vier Honigwachskerzen anzündet, irgendwas in ihren Kellnerinnenblock hineinkritzelt und dann das Transistorradio ganz eng an sich schmiegt, und dann hört er mit ihr – Hölle auch! – den Shubidu Jack in „Schmalzmusik auf Bestellung“, einem nachmitternächtlichen Special für die einsamen Herzen auf Sender *Radio Schmalz,* das er gar nicht leiden kann, weil es ihn an seine eigene Einsamkeit erinnert.

Der Biermösel glaubt jetzt in ihren verweinten Augen eine gewisse Sehnsucht nach einem erfüllteren Leben als dem an seiner Seite zu erkennen, so wie er sich immer nach einem erfüllten Leben in der Bierfahrerei und Vielweiberei gesehnt hat, und er fragt sich ein bisserl bitter:

Was passt ihr denn nicht an ihm, dass sie sich nach einem anderen Leben sehnt, wo doch für eine Frau letztlich nichts erfüllender sein kann, als an seiner Seite für ihn da zu sein?

Bis heute hat er ja das Gefühl, dass sie trotz seiner naturgegebenen männlichen Überlegenheit im geschwisterlichen Haushalt nie ganz verstanden hat, dass sie den falschen Weg einschlägt, wenn sie nicht brav in seinen Furchen tritt. Aber du meine Güte, so sind halt die Weiber, eigensinnig und uneinsichtig sind sie, schwach und ohne festen Charakter. Er könnte weinen, wenn er an die Roswitha und ihre Schwächen denkt samt ihrem ungefestigten Charakter. Sag den Weibern, sie sollen den geraden Gehweg an deiner Seite marschieren, schon kratzen sie mit ihren langen Fingernägeln Serpentinen in die Landschaft, es ist einfach furchtbar mit den Weibern und ihrem Dickschädel!

Wie sich der Biermösel beleidigt mit dem Arsch zur Wand dreht, fährt die Roswitha natürlich erst recht die Lautstärke von ihrem Radio hoch, und jetzt kann er sich das Gewinsel vom Shubidu Jack auf Vollgas anhören, scheinbar ist ihr der ein bisserl ans Herz gewachsen, ihm aber gar nicht, weil: Was kann denn der Shubidu Jack, was seine Lieblingsband, die Radinger Spitzbuben, nicht auch können, fragt er sich beleidigt.

Natürlich, fällt dem Biermösel jetzt in seiner hilflosen Wut ein, war er für gewisse Vorschläge für ein gedeihliches Zusammenleben auf beiden Ohren taub, aber glauben denn die Weiber wirklich, sie scheißen Zimttörtchen, wenn sie scheißen? Und natürlich, fällt ihm Weiteres ein, war Weihnachten mit ihm und der Roswitha nicht jedes Jahr das romantische Dinner für zwei, er persönlich hält ja wenig von der Romantik pur, was die Romantik pur betrifft, ist er durch und durch schießwütiger Gendarm! Aber selbst für seine unromantischen Verhältnisse ist das Christfest mit der Roswitha das eine oder andere Mal doch sehr einmalig aus dem Ruder gelaufen, da war bei Gott nicht nur der Kapuziner besoffen, muss er gestehen, da war insbesondere und vor allem auch er angezwitschert und fett wie die russische Erde, oh du Fröhliche! Manchmal hat sich die Roswitha schon auch was anhören können, wenn der zehnte Besoffene Kapuziner in ihm die Zunge gelöst und ihn zur Beichte gedrängt hat, „jetzt sag ihr endlich, was sich bei dir über das ganze zurückliegende Jahr angestaut hat!", haben ihm die Stimmen von den Besoffenen Kapuzinern eingeflüstert, und ihr Rat war ihm immer Befehl. Zwar ist das alles entscheidende Schweinsbraterl, das sie zubereitet, perfektest, und auch die Knödeln dazu sind einmaligst, und vom warmen Kraut mit Selchspeck allein könnte er sich monatelang ernähren, so gut ist es. Aber darf man das vielleicht als Blankoscheck für all die anderen Verfehlungen missverstehen?

„Sicher nicht!", ist dem Biermösel seine entschiedene Haltung zum Blankoscheck und den damit einhergehenden Verfehlungen von den Weibern. Darum ist gerade in der funktionierenden Lebensgemeinschaft die Daumenschraube der einzige Kitt, der die Leute zusammenhält, eher jedenfalls als die rote Rose oder die Schachtel Mon Chéri, auf die scheißt er nämlich.

„Die Anni, du Trampel, ist aber ein anderes Kaliber als du!", hat er der Roswitha jedes Mal an den Kopf geworfen, wenn ihm das letztlich Unerfüllte an ihrer geschwisterlichen Zweisamkeit selbst sauer aufgestoßen ist und sie ihm vorgeworfen hat, dass er sich sowieso immer auswärts den Appetit holt und dann zu Hause nur den Schweinsbraten verschlingt und „nicht dich, du Trampel!". Du meine Güte, schüttelt der Biermösel den Kopf und gräbt sich noch weiter in seinen Polster hinein, hat er wirklich so oft „du Trampel!" zu ihr gesagt? König Alkohol macht aus wenig oft viel! Aber wer Sorgen hat, hat auch Likör, redet er sich dann gerne auf seine Sorgen heraus, und wer Schmerzen hat, säuft umso mehr.

Der Biermösel greift jetzt doch nach der Erstkommunionsbibel, wie er zutiefst besorgt daran denkt, dass ihm die Roswitha ja schon das eine oder andere Mal sehr deutlich zu verstehen gegeben hat, dass er sicher nicht der Mann ihrer Träume ist. Also an welche Hand denkt sie denn, fragt er sich jetzt mit aufkeimender Eifersucht, wenn er ihr die Politur gegen den furchtbaren Ausschlag auf das Arschgestell aufträgt, und nach welchem Finger sehnt sie sich, wenn er dabei öfter, als ihm selbst lieb ist, das Unsagbare tut und ins Schwarze hinein zielt, tiefer und immer tiefer?

Wie der Biermösel jetzt so mit seinem Schicksal und einem abermaligen Weihnachtsfest in Einsamkeit hadert, wie er sich wie ein Embryo in seiner Bettstatt zusammenkrümmt und die längst vergangene Geborgenheit im Mutterleib herbeisehnt, da hadert er auch wieder mit dem Religionsgründer selbst und mit seiner schicksalhaften Geburt drüben im Stall zu Bethlehem, weil natürlich die es war, die ihm das Weihnachtsfest in Einsamkeit erst eingebrockt hat. Und wo er schon dabei ist, hadert er auch gleich mit seiner eigenen Geburt, an die er sich jetzt wieder erinnert, beziehungsweise stellt er sich halt in etwa vor, wie das damals gewesen sein muss, weil letztlich nicht einmal er so perfekt ist, dass er sich an seine eigene Geburt erinnert, vorstellen aber kann er sich sehr gut, was damals alles schief gelaufen ist.

Zwar will er sich jetzt nicht eins zu eins mit dem Jesuldndi im Stall von Bethlehem vergleichen, auch und schon gar nicht, was die Dramatik der jeweiligen Geburten betrifft. Aber auch seine Geburt ist unter keinem sehr guten Stern gestanden, und auch er ist in einem Stall zur Welt gekommen, zwar ohne Esel und Ochs, aber mit vielen kleinen

Schafen drinnen, die der Alte damals gehabt hat und die sich furchtbar über ihn gefreut haben, „Mäh! Mäh! Mäh!", haben sie geschrien, das war dann schon auch sehr göttlich.

Es war zur Zeit der Regentschaft von der depperten Drecksau Hitler, erinnert sich der Biermösel jetzt wieder überraschend deutlich an die depperte Drecksau Hitler, und es war in einer furchtbar kalten, abweisendwinterlichen Vollmondnacht samt Bombenhagel, wie der alte Biermösel mit der Biermösel-Trümmermama durch das zerstörte Ausseerland herumgezogen ist, kein Nazi-Wirt hat ihnen Obdach gegeben, keiner eine Herberge, kein Krankenhaus hat sie aufgenommen und kein Kloster ihnen die Tür geöffnet, so waren sie immer und sind die Leute in dem depperten Land auch heute noch, engherzig und unbarmherzig sind sie, abweisend und böse.

Aber dann! Auf einmal! Aus dem Nichts heraus!, erinnert sich der Biermösel jetzt besonders dramatisch an die dramatischen Minuten, wie er noch eine Schachtel von den gelben Tabletten frisst, die ihm mittlerweile fast besser schmecken als der Marillenbrand: ein Stern oben am Himmelszelt und ein Stall in der Nähe vom Gebirgskamm, beides zusammen nichts weniger als eine Einladung, auf einem Haufen Stroh ein engelsgleiches, goldgelocktes Kind auf die Welt zu bringen, einen strammen Jungen, halleluja! Und so schnell hat der Alte dann zur Feier des Tages gar nicht die erste Flasche aufreißen können, waren schon die Heiligen Drei Könige da und haben ihm ein paar Sachen gebracht, einen Wetterfleck 0–3 Jahre, einen Schnapsnuki mit viel Honig drauf, und ein paar Kaugummizigaretten waren auch dabei.

Na gut, räumt der Biermösel jetzt ein, wie er die letzte Tablette verschluckt hat: Möglich ist es ja, dass er manches Mal ein klein wenig übertreibt und sich mit fremden Federn schmückt.

Aber auch wenn man den Stern und den Stall und die Könige und den Honig abzieht, war seine Niederkunft immer noch dramatisch genug! Und wenn der Mensch vom Liebeskummer und dem ganzen Leid der Welt niedergedrückt wird, dann darf er sich ja wohl ein bisserl interessanter machen, als er ist, oder ist denn das auch schon verboten?

Vielleicht wäre ja alles ganz anders gekommen, wenn der Ur-Biermösel sich damals drüben in Goisern angesiedelt hätte, wie es auch hätte passieren können, wenn er nicht der bindungsscheue einsame Viehhirt gewesen wäre mit den selbstgedrehten Sauerampfer-Zigaretten in der Pappalatur und dem Ur-Poncho, aus dem die Einheimischen dann den Wetterfleck geschneidert haben, jedenfalls:

1847, Goisern im braunen Gatsch:

„Dieses Goisern", hat der Ur-Biermösel zu einer gachblonden Saloon-Löwin gesagt, wie er bei ihr in der Schwenktür von ihrem Saloon gestanden ist und sich abgezeichnet hat, dass aus dem Haufen Scheißhäuser, die die Einheimischen in dem braunen Gatsch gebaut haben, vielleicht einmal so was wie eine Haufensiedlung werden könnte und die Gachblonde aus ihrem Saloon ein Puff machen wird, „dieses Goisern wird vielleicht irgendwann einmal ein ganz ein schönes stilles Örtchen", hat er gesagt, und sofort hat ihn die Gachblonde sehnsüchtigschmachtend angeschaut, und zwar so dermaßen sehnsüchtigschmachtend, dass man sich die Mundharmonika-Musik dazu gleich hat vorstellen können, und dann hat sie geseufzt:

„Goisern wartet auf dich."

Aber der Ur-Biermösel hat sich nur den braunen Gatsch von den genagelten Bergschuhen gestreift und den Blick nach vorne gerichtet, hinauf zu den Gämsen am Gebirgskamm, hinter dem Aussee gelegen ist, und er hat gesagt: „Irgendeiner wartet immer."

Damit war die Sache im Prinzip besprochen. Der Siegeszug der Biermösels herüben in Aussee war angetreten. Und ihm ist es Gott sei Dank erspart geblieben, dass er zum Grasmuck wird und sein Leben in Goisern fristen muss, darauf hätte er wirklich geschissen.

Der Biermösel will darüber aber gar nicht weiter nachdenken. Lieber greift er jetzt nach der Venensalbe auf seinem Nachtkasterl. Wenn er schon nicht der Roswitha das Hintergestell mit der Ausschlagsalbe einschmieren darf, dann will er sich heute einmal ein bisserl um sich selber kümmern und sich verwöhnen, zum Einschmieren gibt es ja auch bei ihm weiß Gott genug, kilometerlang ziehen sich die Krampfadern seine Wadeln entlang! Also fährt er halt mit der rechten Pranke geschmeidig in den Venensalbentegel hinein und fängt er halt an, sich von den Unterschenkeln herauf eine Krampfaderwurst nach der anderen einzuschmieren, erst den rechten Lauf, dann den linken, langsam und einfühlsam, von unten nach oben und dann immer weiter herauf bis zu den Kniekehlen. Aber hoppala, denkt sich der Biermösel, das tut jetzt richtig gut in den Kniekehlen! Ein Wohlgefühl übermannt ihn, wie es ihn immer in der Gendarmerieschule oben in Linz übermannt hat, wenn er alleine mit dem Grasmuck im großen Schlafsaal war, weil alle anderen übers Wochenende mit den jungen Damen ausschweifen gegangen sind, er und der Grasmuck aber bestenfalls an die jungen Damen im „Playboy" haben denken können, allerdings schon sehr intensiv.

Der Biermösel entspannt sich immer mehr, und es wird ihm ganz warm im Kreuz, wie wenn er in die hypnotisierenden Augen vom Doktor Krisper schauen täte, und je einfühlsamer er in seinen Kniekehlen herumschmiert, desto stärker holt er jetzt die Goldhaubenppoblematik ins Private herein und stellt sich das depperte Ding wahlweise auf der rassigen Mähne von der Annemarie Pröll vor, während sie ihrem Abfahrtsgold in Lake Placid entgegenrast, sehr schön, jawohl, fühlt sich gut an. Dann aber stellt er sich die Goldhaube lieber doch auf der Anni vor, wie sie bei ihm auf Knien herumrutscht und das Scheißhaus putzt, in ihrer engen Putzschürze selbstverständlich, in der sie ihm immer so unwiderstehlich vorgekommen ist. Und wie er sich dann sogar vorstellt, dass sie ihre Putzschürze dort fallen lässt, wo sie gerade steht, und dass er hinter ihr herrutscht und sie ihr nachträgt, und wie sich dann aber nach kurzem Süßholzraspeln herausstellt, dass sie die Schürze gar nicht mehr haben will, sondern „meinen kleinen Säbelzahntiger", wie sie ihn auf einmal nennt. Wie er sich dann weiters vorstellt, dass sie ihm in ihrer herrlichen Nacktheit den Salbentiegel wegnimmt und anfängt, an ihm herumzuschmieren, damit er sich zurücklehnen und ganz und gar entspannen kann, wie sie sich dabei nicht so lange bei den Kniekehlen und bei seinen Wetterstationen in den Unterschenkeln aufhält, sondern mehr die Problemzone entlang der Oberschenkel hinaufschmiert, da schmiert der Biermösel schon so intensiv und immer weiter heroben an sich herum, dass er sogar schon das Nachthemd bis über den Bauch heraufgezogen hat und dort herumschmiert, wo in den langen Nächten in Aussee nicht einmal der Gedanke Gottes hinkommt, und auf einmal – heiliges Kanonenrohr! – öffnen sich alle Schleusen wie bei der Staumauer in Kaprun, und alles, was sich seit der Gendarmerieschule oben in Linz bei ihm in den zwei Behältnissen angestaut hat, schießt heraus wie das Blut aus der abgestochenen Sau, und er denkt sich: Herrlich ist das! Gelobt sei Jesus Christus!

Nordstaulage

Der deutsche Konzernlenker sitzt auf der Bordtoilette der konzerneigenen Gulfstream und möchte sich gerne vor Angst in die Hosen scheißen, wenn er sich denn vor Angst in die Hosen scheißen könnte. Aber die schwarzen Briketts in seinem Bauch drücken nur gegen seine Darmwände, und das so schmerzhaft, dass er sich nun beinahe wünscht, der Polanski da vorne am Steuerknüppel möge den Ritt über den Wolken mit ein paar gepfefferten Manövern würzen, damit die Rakete in seinem Arsch endlich zündet. Nach all den Monaten, in denen ihm kein einziges kleines Mäusefürzchen ausgekommen ist, wäre das wirklich eine schöne Weihnachtsüberraschung, „Aua!", schreit er und krümmt sich auf der engen Muschel, „Aua! Mir tut es im Arsch so weh!"

Wie eine einsam verirrte Heuschrecke schwebt er hilflos über der dichten Wolkendecke Westösterreichs mit Zielflughafen Salzburg und blickt durch das kleine Fensterchen hinaus. Zwar hat er früher schon mal von der berühmtberüchtigten Nordstaulage entlang der Alpen gehört, doch glaubte er bisher, die hätte was mit seiner Domäne Autos und verstopften Verkehrswegen zu tun und nicht mit dem verdammten Haufen Wolken da unten, in dem sich einfach kein Loch auftun will.

Noch vor ein paar Minuten war er beim Wojtek vorne im Cockpit und hat ihm – gar nicht nobel! – seinen Mont-Blanc-Füller „Noblesse Oblige Collection" an den Hals gesetzt. Dann hat er ihm die Pilotenbrillen weggenommen und eine Lehrstunde in *management by drohing* erteilt, „Jetzt hör mir mal genau zu, du Spaßaffe, Jean-Dominique Raff-Kahn mein Name, dein Konzernlenker, dein Herr, dein Gott", hat er zu ihm gesagt und ihn zunächst noch bei seiner Ehre als König der Lüfte zu packen versucht, „wenn der beschissene Weihnachtsmann in einem Kamin landen kann, dann wirst wohl du blinde Sau endlich da unten landen können, geht nicht gibt's nicht!". Nur um dann doch ein wenig persönlicher zu werden: „Wo kommst du denn überhaupt her, du schnauzbärtiges Teiggesicht – ah, aus Polen, sagst du? Dann verpiss dich gefälligst mal wieder dorthin zurück, wo deine Mutti dem Kommunismus nachweint, bevor ich dir einen Arschtritt verpasse!"

Da freilich hat er nicht bedacht, dass sie noch 12.000 Fuß über jenem Gebirgskamm in Aussee schwebten, auf dem der Flachdachneubau steht, den er erst kürzlich über diesen kleinen Scheißer Kaltenböck

Karli von der Ackerbau- und Viehzuchtbank erworben hat. Also sagt der Wlatscheslav einfach zu ihm: „Musst du fliegen Flugzeug selber auf Sicht, großer Meister, weil habe ich kein GPS, was leitet mich auf sichere Wege, hab ich nur Rosenkranz." Und dann nimmt der tatsächlich die Flossen vom Steuerknüppel und lacht bis über beide Ohren, als würde ihn der Papst persönlich beschützen, er hält diese Polen mit ihrem zittrigen Karol wirklich nur schwer aus, also Frage an *Radio Vatikan:* „Do I run out of luck?", wie der Amerikaner in Detroit sagt.

Als Konzernlenker kann er zwar selbstverständlich alles lenken, nur halt leider kein Flugzeug. Das stand nicht auf seinem Stundenplan in der „Economic School of Montgomery Burns" in Springfield, wo er den Schnellkurs *Heuschrecking* belegte und als Klassenbester abschloss. Wenn du aber das Steuer auf einem Riesendampfer namens Autokonzern übernimmst, dann nützt es dir ohnehin nichts, wenn du zuerst Kurse belegst und anschließend mal hier an einem Rädchen drehst und dann dort einen Schalter umlegst. Du weißt einfach nie, was unten beim Arsch herauskommt, wenn du die Riesensau oben fütterst.

Also bleibt dir als einzige Möglichkeit nur die Axt, wenn du Manager des Jahres werden willst, soll heißen: Wirf möglichst viele von deinen stets jammernden, stets wimmernden, stets ängstlichen Arbeitern und Schnupperlehrlingen mit einem Arschtritt aus deinem Konzern hinaus und überantworte sie alle dem insgesamt völlig überflüssigen Staat mit seiner Sozialhilfe.

Allerdings wirst du selbst als „Schlächter" und „eiskalter Engel", wie er einer ist, diese verdammten Kletten nie vollständig los, und es tun sich immer wieder Nischen auf, in denen sie dir einfach überlegen sind, „also nimm das mal nicht so persönlich, Krasimir!", hat er dann zu ihm gesagt und seine Hände zurück auf den Steuerknüppel gelegt, „flieg mal schön du auf Sicht weiter". Dann hat er ihm noch die Pilotenbrille geputzt und „der Gattin auch frohe Weihnachten!" ausgerichtet, bevor er auf seinen dürren Beinchen im gebeugten Krebsgang aus dem Cockpit hinausgeschlichen ist, nie zuvor hat sich ein Konzernlenker vor einem Arbeiter mehr blamiert.

Als ihn vor einigen Tagen die ersten beunruhigenden Meldungen aus dem Qualitätsmanagement erreichten, dass es beim neu ausgelieferten Geländewagen MONTY gravierende Probleme mit dem GPS geben würde, hat er die Techniker angewiesen, dieses Teufelszeug zunächst aus der konzerneigenen Flugzeugflotte auszubauen und wieder auf Handbetrieb umzustellen, um die verunfallten Karren sollten sich die Vertragswerkstätten dann später kümmern.

Jetzt aber wird die Landung bei diesem Scheißwetter eine Frage des Vertrauens, und genau das hat er nicht, seit ihm Papi zu Weihnachten vor 43 Jahren den Arsch versohlt hat, weil er sich unter dem Christbaum in die Hosen geschissen hat, „aua, Papi", könnte er auch nach all den vielen Jahren immer noch schreien, „hör doch bitte auf, mir tut der Arsch schon so weh!"

War es am Ende ein wenig übertrieben, als er vor wenigen Tagen – anstatt eine Weihnachtsfeier auszurichten – noch einmal 6.000 (oder waren es 8.000?) von diesen Arbeitern in die freie Wirtschaft entlassen hat, weil die eingesparten Millionen in einem prima Gestüt in Dubai viel besser angelegt sind? Ach, seine Pferdchen, seine über alles geliebten Pferdchen!

Genau genommen reißt er nämlich immer ganze Wirtschaftszweige mit in den Abgrund, wenn er zur Axt greift, und einige Tausend Kauf- und Konsumgemeinschaften namens Familie gehen den Bach hinunter und können bald nicht einmal mehr bei Aldi Dosenfutter kaufen. Dann weinen die traurigen Kinderaugen, weil der böse Onkel Konzernlenker dem braven Papi Lohnsklaven den Strohhalm weggenommen hat, an den er sich sein ganzes beschissenes Leben lang geklammert hat. Und trotzdem geht seit Jahren alles ohne rote Fahnen und Trillerpfeifchen über die Bühne, sodass er sich oft genug selber fragt, was denn aus den einst so stolzen Arbeitern geworden ist?

Seit es das Sowjetreich in kleine Teilchen zerlegt und der Raubtierkapitalismus seinen verdienten Siegeszug angetreten hat (bis hinüber zu den wieselflinken Schlitzaugen), macht das mit den Gewerkschaften überhaupt keinen Spaß mehr! Diese verweichlichten Jammerlappen sagen einfach zu allen Schweinereien, die er ihnen zumutet, ja und amen, solange sie nur im Gegenzug ihre bescheuerte Arbeitsplatzgarantie kriegen.

„Die könnt ihr gerne haben!", ruft er ihnen dann immer frohen Herzens zu, denn morgen schon kümmert ihn sein Geschwätz von gestern überhaupt nicht mehr. Wenn die Konzernmutti nämlich Fett angesetzt hat, dann muss der Konzernvati mit dem Kärcher-Dampfreiniger hineingehen und ordentlich aufräumen, he just got to clear house, wie der

Amerikaner drüben in Sacramento sagt, immer schön das Häuschen aufräumen!

Da erinnert sich der Konzernlenker auch, dass er beim letzten Großreinemachen zu Ostern auch gleich die drei Piloten der konzerneigenen Flugzeugflotte samt ihren zusammen fünf Millionen unfallfreien Flugstunden gefeuert hat, weil deren Gehälter einfach unverantwortlich auf die Ausgabenseite gedrückt haben. „Das kann ein verarmter Akademiker aus der polnischen Putzkübeltruppe auch", war seine grandiose Management-Idee, und sofort hat er drei von denen mit dem Klobesen (= Steuerknüppel) und den ausgestreckten Armen (= Tragflächen) erklärt, was er von ihnen erwartet („Du fliegi fliegi!"). Anschließend hat er die drei Lernwilligsten in die Wüste von Arizona geschickt, wo er sie einen Pilotenschnellkurs absolvieren ließ, bevor er dem einen, der auch wieder zurückgekommen ist, die Schlüssel für die Gulfstream-Flotte übertragen hat.

An diese kolossale Fehlentscheidung will der Konzernlenker jetzt gar nicht mehr denken, und an die Probleme mit dem völlig missglückten neuen Geländewagen samt dem tödlich fehlerhaften GPS erst recht nicht. Lieber fokussiert er seine Gedanken auf den eigentlichen Grund seiner Reise, auf die Franzi Kubelik aus dem Hurenstall der blonden Discowirtin in Goisern, die ihm morgen und übermorgen den Extra-Special-Einlauf mit Zwetschkenkompott verpassen und ihn von seinen Qualen erlösen wird. Eieiei, freut sich der Konzernlenker trotz seiner gerade misslichen Lage schon sehr darauf, da läuft ihm gleich die Scheiße im Darm zusammen, wenn er nur daran denkt. Wie der Mustafa auf die Jungfrau im Himmel oben freut der Konzernlenker sich jetzt auf seine persönliche Erlösung, sobald ihn die Franzi Kubelik endlich behandeln wird. Er freut sich auf die kleinen, steinharten Bömbchen, die in seinem Arsch endlich zünden werden, erst eins, dann zwei, dann drei, dann vier, dann scheißt er endlich mit Plaisir. Einen gewaltigen Haufen Scheiße wird er morgen in die Muschel stellen, gewaltiger als der von Ochs und Esel im Stall von Bethlehem zusammen, und stinken soll er, dass die Hölle gefriert. Darauf freut er sich.

Als Konzernlenker fährt er ja insgeheim gerne zu den Huren, das gehört zum Geschäft wie der Arsch zum Darm. Neu ist nur, dass in letzter Zeit die Betriebsräte immer gleich mitkommen wollen, seit sie nämlich kapiert haben, dass jedes Jahr ein lecker Krümelchen vom

Konzernkuchen für Huren aller Art ausgegeben wird, mehr jedenfalls als für die betriebliche Altersvorsorge, sehr viel mehr.

Die Genossen setzen ihm seither nur noch das Messer an, wenn sie nicht selbst auf Konzernkosten die dreckigsten und perversesten Parties mit den besten und erlesensten Huren feiern können, und sie drohen nur noch mit Verstaatlichung, wenn sie nicht selbst mit den Bossen zu den Huren aufs Tigerfell dürfen, Avanti Popolo war früher mal, Avanti Popotschiarschi lautet die Parole heute. Gib einer roten Sau einen schwarzen Arsch zum Ficken, schon wird sie weich wie die teigigen Oberarme seiner Frau Irm, die er überhaupt als Erste hätte kündigen müssen, als er zum Konzernlenker aufgestiegen war und sie ihm plötzlich so hässlich vorkam wie ein französischer Kleinwagen.

Der Konzernlenker holt nun das Top-secret-Fax heraus, das ihn gestern aus der Controlling-Abteilung erreicht hat, und reißt es in kleine Stücke. Darin lassen ihn die im Konzern verbliebenen Herren Kontrollore (da fällt ihm ein: Arschtritt!) nämlich „mit Bedauern" wissen, dass „aufgrund der von Ihnen eingeleiteten radikalen Sparmaßnahmen äußerst relevante Sicherheitsmängel am neuen, für den scharfen Wüstenwind und den harten Wintersturm gleichermaßen geeigneten und alleinverantwortlich von Ihnen in Auftrag gegebenen Geländewagen MONTY aufgetreten sind ... (‚Bla Bla Bla!') ... wir empfehlen eine Rückholaktion samt ganzseitiger Entschuldigungs-Inserate in der „FAZ", der „Welt" und der „Financial Times Deutschland", (‚Bla Bla Bla!')"

Kann ja sein, dass es ein Fehler war, den serienmäßigen Einbau des GPS-Systems ein paar Lohnbuchhaltern aus Bangladesh zu übertragen! Aber eine Rückholaktion kommt für ihn nicht in Frage, und in der Zeitung werden sie demnächst unter Dies & Das vielleicht zu lesen bekommen, dass er sich nach Brasilien verabschiedet hat, aber gewiss nicht im Wirtschaftsteil, dass er sich für irgendetwas entschuldigt. Und in Brasilien dann wird sein einziges Orientierungsproblem sein, wo er unter den weit ausgebreiteten Armen des Herrn Jesus Christus oben am Corcovado schnellstmöglich den nächstgelegenen Bumsladen findet, in dem ihm irgendeine hartarschige Chica einen Einlauf verpasst, gerne auch mit Mango-Nuss-Marmelade, heilige Scheiße, er hat es dann wirklich sehr dringend nötig!

Wie Rumpelstilzchen hüpft der Konzernlenker nun auf der engen Flugzeugtoilette herum und hält fest die Arschbacken zusammen. Dann klammert er sich an seine schwarzen Lederköfferchen, die er als Marschgepäck immer mit sich herumträgt. Ein Haufen Schwarzgeld in dem einen, ein One-way-first-class-Ticket nach Rio de Janeiro samt Reisepass und Tropenapotheke im zweiten sowie sein über alles geliebtes kleines Schaukelpferdchen im dritten, das er damals von Mama geschenkt bekommen sollte, als er noch ein kleiner Junge war und niemand wissen konnte, dass er einst der eiskalte Engel, der Schlächter mit dem Kärcher-Hochdruckreiniger unter den Managern dieser Erde werden würde.

Wehmütig erinnert sich der Konzernlenker jetzt daran, wie er damals das Pferdchen im Kleiderschrank seiner Mama entdeckt hat, lange vor dem Heiligen Abend schon, und wie Mutti ihn dann eines Tages zwischen all ihren Negligés und Combinaigen und Strumpfhaltern (und den anderen heißen Sachen!) fand, als er auf seinem Pferdchen saß und darauf herumritt, wild und ungestüm, obwohl das natürlich vorm Heiligen Abend strengstens verboten war. Aber Mutti erlaubte es ihm gerne, wenn Papi (die Drecksau!) auf Geschäftsreise war, Mutti erlaubte ihm alles.

Als das Pferdchen dann verpackt unter dem Weihnachtsbaum stand, war es natürlich keine Überraschung mehr für ihn. Überraschung war nur, dass er sich trotzdem vor Aufregung in die Hosen schiss, bis hinauf zum Nackenhaar klebte die dünne Scheiße, was in den Augen von Papi (der Drecksau!) der reine Skandal war. Sofort zog er den Gürtel aus seiner Hose und prügelte ihm den Arsch so windelweich, dass er noch heute selbst beim Zahnarzt lieber stehen bleibt.

Als der Konzernlenker nun wieder durch das Fenster hinunterblickt, ragen die Gipfel der Alpen aus der undurchdringlichen Wolkendecke heraus, die wie ein glatter Ozean unter ihm liegt. Kein Airbag wird den Aufprall bremsen, kein Sicherheitsgurt ihn retten, wenn der Oleg da vorne im Cockpit die konzerneigene Gulfstream bald dagegensteuem wird, weil ihnen bei dem Sparprogamm, das er der Muttersau verordnet hat, gewiss bald der Sprit ausgeht. Hat er sich mit seinen Sparmaßnahmen sein eigenes Grab geschaufelt?

Ein möglicher naher Tod durch Flugzeugabsturz ängstigt den Konzernlenker nun aber gar nicht mehr, im Gegenteil: Schon sieht er sich endlich erlöst von diesen entsetzlichen Qualen in seinem Arsch zusammen mit den himmlischen Heerscharen und mit einer Posaune im Mund auf seinem Schaukelpferdchen um die Wette reiten. Wenn er dann tot sein wird und sie ihn dort unten finden, tröstet er sich, können sie ja im Angedenken an ihn mit den Granitblöcken aus seinem Arsch eine Basilika des freien Marktes bauen, die Kathedrale Raff-Kahn. Kein Puups kam ihm mehr aus, seit er den Konzern übernommen hat, nur allzu selten feuerte er ein kleines schwarzes Kanonenkügelchen aus seinem Auspuff, was dann aber schon jedes Mal ein Fest der Sinnenfreuden war. Neidvoll blickt der Konzernlenker noch einmal hinunter auf die weiße Wolkendecke, in der sich immer noch kein Loch auftun will und unter der sich das kleine seltsame Völkchen der Ösis tummelt. Richtige Scheißer allesamt, gute katholische Drecksäue! Jedes Mal, wenn er die Salzburger Festspiele besuchte und sich bei irgendeiner verdammten Oper den Arsch wund saß, fuhr er anschließend mit Freund Peymann (ein wesentlich kleineres Krümelchen des Gewinnkuchens geht für Kunstsponsoring drauf!) auf eine ordentlich gepfefferte Gulaschsuppe ins Tagescafé dieser gachblonden Discowirtin in Gössern (oder wie das Scheißkaff heißt!), und dann konnte er die Exzesse des Scheißens bewundern, erste Reihe fußfrei. Auch Peymann war jedes Mal ganz aus dem Häuschen, wenn sie gemeinsam die Herrentoilette aufsuchten, „so eine gesunde katholische Verdauung!“, schrie er jedes Mal ganz entzückt, „du hättest mal den Bernhard scheißen sehen müssen!“ Und wirklich: Bei den Ösis klebte die Scheiße buchstäblich an den Wänden, während er selbst auch nach einer Portion Chili extra mit seinem verklemmten Ärschchen stundenlang auf der Muschel sitzen musste, nur um irgendwann vielleicht einmal ein Stecknadelköpfchen schwarzer Scheiße zu sehen, wenn er sich dann geschwächt umdrehte und den Spülknopf drückte, mehr war da einfach nie als Stecknadelköpfchen schwärzester Scheiße.

Als er sich schon wünscht, dass endlich das Druckausgleichssystem auf der Bordtoilette versagen und der plötzliche und überraschende Unterdruck alles aus ihm herausziehen möge, was sich da drinnen während der letzten Jahre angesammelt hat, da tut sich überraschend doch noch ein Loch in der Wolkendecke auf, durch das der Krasimir da vorne im Cockpit jetzt hindurchsticht und sicher landet. Da klammert sich der allmächtige Konzernlenker an sein Schaukelpferdchen, und eine einsame Träne benetzt die Wange des Pferdchens, die er einst selbst mit einer kleinen Träne bemalte.

„Mein Pferdchen“, seufzt er und drückt es ganz fest an sich, „mein über alles geliebtes Pferdchen, dich lass ich nicht mehr los.“

Verlorener Sohn

Der Kaltenbück Karli alias Jackpot Charlie hat sich einen weiteren Tag Krankenstand genommen und steht jetzt im Wettcafé von der gachblonden Discowirtin neben dem angeschlossenen Tages- und Nachtcafé und friert sich den Arsch ab, weil die Discowirtin schon lange keine Gas- und Stromrechnung mehr zahlen kann, er selbst kann aber bald überhaupt nichts mehr zahlen. Der Jackpot Charlie steht inmitten seiner eklatanten Sir-Irisch-Moos-Duftwolke und redet auf den kleinen Plastikbaum ein, der auf der Bar steht und leuchtet (wie ein Christbaum). Der Jackpot Charlie sucht das Glück.

Seit dem frühen Vormittag schon platziert er Pferdewetten auf Rennen in Hongkong, immer tiefes Geläuf, immer regenverhangener Himmel, immer bonjour tristesse. Im ersten Rennen und zum Aufwärmen gleich flotte 1.000 Euro auf Boy George gesetzt, sichere Sache eigentlich, weil heuer schon zweifach Champ in Frankreich, aber was macht der Georgie Boy? Frisst das Gras von der Rennbahn und kommt erst ins Ziel, als die anderen längst duschen waren, Prost Mahlzeit. Dann Prix Seddouk Super – für ihn gar nicht super, weil die Fast Fury vielleicht zu den schnellsten in ihrer Familie gehört, aber sicher nicht zu den schnellsten auf der Welt, also detto Vollarsch. Und dann weiter mit Prix Fandango, Prix Lugolin, Prix Luis dingsbums, alle nix, alle nada, alle niente, alle completamente into the Hoso, also im geschmeidigen Shubidu-Walk schnell aufs Klo und dann auf einen kurzen Sprung hinüber ins Tagescafé, schwere Schlagseite schon inklusive, „Angelika, ein Stehachterl noch, eines fürs Glück!“

Und dann noch eines gegen das schlechte Gewissen, weil er der Anni eigentlich versprochen hat, dass er mit ihr heute am Abend zum Christkindlmarkt nach Ischl hinüber fährt, sich dort mit ihr bei der Punschhütte gut unterhält und anschließend Honigwachskerzen einkaufen geht, sie möchte halt für ihr Leben gerne Honigwachskerzen für die Badewanne haben, die sie sich vom Stararchitekten Wollatz in ihre bescheidene Wohnung einbauen lassen will, „jetzt hab ich ja endlich mein eigenes Konto, das du mir auf deiner Ackerbau- und Viehzuchtbank eingerichtet hast“, hat sie gesagt, „danke Charlie, danke, danke und immer wieder danke.“

„Bitte gerne.“

Seit ihr der Biermösel im Herbst nach einem von seinen speziellen Tatausgleichen zehn große Scheine in die Hand gedrückt hat, „kann ich mir Strumpfhosen kaufen oder einen neuen Föhn, ja sogar Honigwachskerzen!“, hat sie geschwärmt. Aber das mit den Honigwachskerzen wird nichts werden, Anni, und das mit dem neuen Föhn leider auch nichts, weil er gerade ihr ganzes Geld verwettet, „vorübergehend, Anni, ich hab's mir doch nur ausgeborgt.“

Vor zwei Stunden hat er sie dann endlich angerufen und ihr vorgeschwindelt, dass es heute terminlich leider überhaupt nicht geht mit der Fahrt nach Ischl hinüber, weil er überraschend – „überraschend auch für mich, Anni!“ – den sehr wichtigen Autokonzernlenker Raff-Kahn schon heute treffen muss, der hat sich nämlich auf seine Vermittlung hin den Flachdachneubau aus der Verlassenschaft vom Puffkaiser Schlevsky oben am Gebirgshang gekauft, „das ist wichtig für mich, richtig, Anni, wichtig für uns, du hast ja so Recht!“

Die Provision aber, die er dann wie vereinbart morgen von ihm bekommen soll, „die wird er nicht mit dir teilen können, tut ihm wirklich sehr leid.“

Dann schnell noch einmal aufs Klo und wieder hinüber ins Wettcafé, geschmeidig und immer geschmeidiger, in der ganzen Gegend von Goisern bis Aussee geht keiner so geschmeidig aufs Klo wie der Jackpot Charlie. Wer ihn von weitem beim Geschmeidiggehen sieht, der könnte meinen, der Jackpot Charlie ist der Shubidu Jack mit seinem berühmtgeschmeidigen Shubidu-Walk, „ja, Anni, so ähnlich wie der Moonwalk geht der, keine Ahnung, Anni, was du jetzt genau mit Mun-Sekte meinst, die tanzen den aber sicher nicht, ah, in der Zeitung hast du das gelesen?“

Als der Shubidu Jack nach schwerer Kindheit, schwerer fast als seine eigene, endlich groß herausgekommen ist, damals Anfang der 70er Jahre, als sie auf *Radio Schmalz* Tag und Nacht zuerst seinen Shabadab-Song und dann „Highway ho, highway he, highwayriders are okay!“ rauf und runter gespielt haben, sogar bei ihnen im Waisenhaus, da hat auch der kleine Karli den Shubidu-Walk probiert, und „ich war großartig, Anni“, hat er zu ihr gesagt, „ich war einfach der Wahnsinn, hör zu, Anni, wir müssen dann unbedingt einmal tanzen gehen, ach so, lieber gehst eislaufen?“

Dann geht er halt morgen eislaufen mit ihr!

Bei der Weihnachtstombola dann, er war noch ein Taferlklassler, haben alle Kinder im Waisenhaus die Maxisingle vom Shubidu Jack gewinnen wollen, was nämlich der Jackpot war, aber nur einer hat ihn gewinnen können, „und das glaubst du jetzt nicht, Anni, der eine, der war das eine Mal ich."

„Jackpot, Charlie! Jackpot, Charlie, haben sie dann im Waisenhaus alle miteinander geschrien, und seither heißt er halt Jackpot Charlie, „wie der Checkpoint Charlie in Berlin, Anni, nur halt Jackpot statt Checkpoint, geh Anni, das ist doch witzig, den Checkpoint Charlie in Berlin musst du doch kennen, nie was gelesen?"

Gewaschen, geföhnt, frisiert und voll elastisch in den Beinen ist er dann auf die Bühne hinauf, und „ich hab mich angebrunzt vor Freude, Anni, weil eins musst du mir glauben: Wenn du im Waisenhaus aufwächst, dann zählt jede Freude doppelt und dreifach, weil du einfach nie weißt, wie lange die Freude im Waisenhaus anhält."

Kommt nämlich sofort der Schuster Ronnie daher, schwarze Haare bis zum Arsch und einen Kopf größer als er, voll der Schlager-Feind und total der ärgste Fan von den Motörhead, „*Motör*head, Anni, ich weiß ja auch nicht, warum die Motor mit Ö schreiben!" Kommt also daher und gibt ihm eine Kopfnuss und ein Negerbussi, wie er es sich vom Biermösel in der Pädagogik-Stunde abgeschaut hat, und sagt: „Gib sofort her, du halber Arsch, oder ich dreh dir das Ohrwascherl aus dem Gewinde und spuck dir hinein!" Und dann nimmt er ihm die Maxisingle aus der Hand und springt darauf herum wie der volle Hardrocker auf dem leeren Bierbecher, und aus war es mit der Freude, „Anni, das glaubst du nicht, wie freudlos es im Waisenhaus sein kann, aber wenn dich die eigene Mutti weglegt wie ein altes Brot, dann ist das halt einfach sehr, sehr traurig, tut mir leid, Anni, aber manchmal muss auch ich immer noch weinen."

Fünf Jahre lang hat er sich dann die Motörhead aus dem Zimmer vom Schuster Ronnie anhören können und zu Ace of spade den Shubidu-Walk perfektioniert, „das kennst du auch nicht, Anni, na geh! – ‚I'm born to lose, und gambling is for fools!', singen die Rocker, hast das wirklich noch nie gehört, Anni, ich kann es leider auswendig, manchmal glaub ich, sie haben es für mich gescluieben."

Jetzt ist es auch schon wurscht, denkt sich der Jackpot Charlie, wie er auf die Uhr schaut, jetzt ist sowieso schon alles zu spät. Der Jackpot

Charlie kramt in den Innen- und Außentaschen von seinem eleganten Wildledermantel („Danke, Anni! Danke, danke und immer wieder danke!") und in den Säcken von seiner Bundfaltenhose. Er findet seine roten Marlboro und jede Menge verweinte Taschentücher, in die er immer hineinrotzt, wenn er an seine Zeit im Waisenhaus denkt. Er findet jede Menge Wettscheine, mit denen er vergeblich das Glück sucht, und die eine oder andere Telefonnummer von der Erni, der Irmi, der Trudi oder der Ursi – was sich herumtreibt, kommt herum! Dann findet er noch einen Tausender, den er sich von der Anni ausgeborgt hat, und wartet noch auf die späten Nachmittagsrennen in Wolverhampton, England, auch immer tiefes Geläuf, auch immer regenverhangener Himmel, auch immer bonjour tristesse.

Warum er auf Pferde wettet? „Pass auf, Anni", hätte er ihr die Sache irgendwie erklären können, wenn die Sache irgendwie zu erklären wäre: „Mit dem Autokonzernlenker Raff-Kahn aus Deutschland bin ich ja dauernd in Kontakt, dauernd, Anni, nicht auf gleicher Augenhöhe zwar, und schon gar nicht auf gleicher Wellenlänge, weil er ein Konzernlenker ist und ich ein kleines Angestelltenarschloch, aber immerhin in Kontakt – Schwarzgeld, Anni, richtig, was glaubst denn du?" Und der erzählt ihm vor fünf Jahren, dass sein Konzern einen gar nicht so kleinen Teil von seinen enormen Gewinnen in Rennpferde investiert, jedenfalls mehr als in die betriebliche Altersvorsorge, „das glaubst du nicht, Anni, wo die überall Pferde haben: in Dubai, in Hongkong, in Kalifornien, Dschibuti und Cincinnati, Ohio". „Und wenn es dich kleinen Scheißer interessiert", hat er zu ihm gesagt, wie ihm die Schulden schon gewaltig um die Ohren gepfeffert sind, „dann setz ein Monatsgehalt auf Rudy the Reindeer im dritten Rennen, und zwar auf der Rennbahn drüben in Santa Anita, California, gehört beides dem Konzern, das Rennpferd und die Rennbahn, hähä, und der Rudy ist schnell wie das neue von mir in Auftrag gegebene Sportcoupé, da kann überhaupt nichts passieren!"

Hat er gesagt. Aber dann!

„Ich hab doch auch geglaubt, Anni, dass ein Autokonzern keine langsamen Pferde kauft!" So aber war das erste Monatsgehalt durch den Kamin geschossen, und exakt seit damals versucht er mit immer neuen Wetten das Minus auszugleichen, was aber bis heute nicht gelungen ist, er hat nämlich nie wieder Glück gehabt und seit der Maxisingle vom

Shubidu keine Brunzschüssel mehr gewonnen. Und seither sieht er überhaupt nur noch den regenverhangenen Himmel mit den ganzen schwarzen Wolken über der Rennbahn, auch wenn draußen die Sonne scheint, „und das macht mich so traurig, Anni, glaub mir, es gibt auf der ganzen Welt nichts Trauriges als ein Wettcafé an einem verschneiten Nachmittag kurz vor Weihnachten, nicht einmal im Waisenhaus war es vor Weihnachten so traurig wie jetzt am Nachmittag im Wettcafé."

Als sich der Jackpot Charlie im Spiegel hinter der Bar anschaut, sieht er einen Blender, einen Selbstdarsteller, einen Schwindler und Tunichtgut. Er sieht alles Mögliche, nur nicht den kühlen Burschen, der er immer hat sein wollen, den wandelbaren Mister Cool, den Boogie King, den Disco-Gott. Er sieht auch nicht den Schuster Ronnie, der die Hardrockerei längst hinter sich gelassen und heute ein Gastro-Imperium namens BAHO-GASTRO mit Schwerpunkt Bahnhofsrestaurants führt, das hinten und vorne kracht wie eine Kaisersemmel, der aber immer noch lässig und super ist, immer blondiert, immer geföhnt, immer nach dem *dernier cri* gekleidet – „geh, Anni, letzter Schrei heißt das, ein bisserl Latein sollte man schon können!" –, und der für morgen drüben in Goisern – „das glaubst du jetzt nicht, Anni!" – ein Konzert vom Shubidu Jack angesetzt hat, ausgerechnet der ärgste Schlager-Feind holt sich jetzt den ärgsten Schlager-Fuzzi ins Haus, und er selbst hat jetzt nicht einmal das Geld für zwei Karten, „Anni, ich glaub fast, ich hab verloren!"

Irgendwann hat er dann nämlich angefangen, aus den Sparschweinderln von den kleinen Volksschulkindern Geld abzuzweigen, „kleine Menschen, kleine Summen, Anni, was glaubst denn du, da ist ja nix drin in so einem Sparschweinderl!". Damit hat er aber die Löcher nicht stopfen können, die sich bei ihm aufgetan haben. Also ist er dann manches Mal länger im Büro geblieben und hat sich die Konten von den Kunden angeschaut, „aber Anni, da war auch nichts! Die Hotellerie ist ja bis unter die Schnitzelpanier verschuldet, beim Pfarrer geht alles für die Alimente drauf, und der Biermösel, geht bitte, Anni, der Biermösel hält einen Hedgefonds für einen Mähdrescher, also was soll ich bei dem leer räumen?"

„Geh, Charlie", hört er auf einmal die Discowirtin sagen, die auf einen Sprung vom Tagescafé herübergeschaut hat, um die Wetteinsätze selbst zu kassieren, weil sie sich auch kein Personal mehr leisten kann.

„Hörst du bitte endlich auf, mit dem Plastikchristbaum zu plaudern, das ist ja wirklich peinlich."

Da erschrickt der Jackpot Charlie. Er schiebt verschämt das halb volle Fluchtachterl beiseite, das das eine zu viel gewesen sein mag, und stellt sich den Pelzkragen von seinem neuen Wildledermantel hoch, bevor er den Kopf tief hineinsteckt.

„Schreib alles auf, Angelika", sagt er kaum hörbar zur Discowirtin, „ich komm dann am Monatsende und zahl alles auf einmal."

„Jaja", murmelt die gachblonde Discowirtin, die immer nachsichtig war mit ihren verlorenen Söhnen, und mit dem Jackpot Charlie war sie immer am nachsichtigsten, weil der von allen der verlorenste ist.

Als er hinaustritt in die allzu kalte Luft, wird ihm auf einmal ganz schlecht. Schlecht wegen dem vielen Wein, den er gesoffen hat, und schlecht wegen seinem verpfuschten Leben, das hinter ihm liegt. Er bückt sich zur Mülltonne hinunter und bleibt dort ganz lange stehen.

„I'm born to lose", sabbert er den alten Motörhead-Heuler vor sich hin. Und dann fragt er sich, ob nicht trotz allem seine glücklichste Zeit die im Waisenhaus gewesen ist.

Schneeflöckchen, Weißröckchen

Nachdem die Roswitha letztlich doch noch das Düdldüdldü auf *Radio Schmalz* und das elende Schmachten vom Shubidu Jack abgedreht hat und er ihr „Zeit wird es, du Judas Ischariot!" hinübergeschrien hat, da ist es dann auch schon wieder halb fünf Uhr in der Früh gewesen. Und dann hat der Biermösel endlich weit draußen in, den tiefen Wäldern den Lindbichler gehört, der mit seiner großen Schaufel vorne dran über den rauen Asphalt gerattert ist und noch ein paar Tonnen Schnee zur Seite geräumt hat, bevor er seinen Unimog bei Einbruch der Dämmerung wie gewohnt hinauf zu seinem Kabuff oben am Pass gelenkt hat, wo er sich den ganzen Tag über vor den Strahlen der Sonne hinter dicken Vorhängen versteckt und an seinem U-Boot bastelt, jaja der Lindbichler, denkt sich der Biermösel immer wieder über den Lindbichler, der hat es auch nicht leicht.

Der Biermösel aber kann ihm nicht genug danken, dass er letztlich kein U-Boot-Kapitän geworden ist, sondern Schneeräumer. Wenn ihn nämlich in diesen eiskalten und pechschwarzen Winternächten voller Einsamkeit und Anfechtung der Liebeskummer und der Schmachtgesang vom Shubidu Jack aus dem Zimmer von der Roswitha im Bett rotieren lassen, dann ist es nur das ferne Donnern vom Lindbichler seiner Schneeschaufel, welches der Wind früher oder später zu ihm in die Kammer und dort an sein Ohrwascherl trägt, das ihn letztlich doch noch einschlafen lässt.

Nach all der Schlaflosigkeit und den bitteren Erkenntnissen, die Damenwelt betreffend, hätte er letzte Nacht aber sogar in Kauf genommen, wenn er überhaupt nicht mehr aufgewacht wäre, weil er sich im Grunde damit abgefunden hat, dass die Schöpfung halt ihn überraschend dazu auserwählt hat, dass er das Kreuz der Welt alleine trägt, aber Vorsicht, Biermösel, schon wieder komplett falsches Fest!

Stark übermüdet sitzt der Biermösel jetzt wieder auf seinem Musentempel am Gendarmerieposten in Aussee herüben und versucht, sich doch noch an die vorweihnachtliche Stimmung anzudocken. Er nimmt den Duftbaum von der Anni herunter und schaut ihn an wie der Urmensch das Feuer. Er dreht ihn und wendet ihn und beschnuppert ihn interessiert. Aber in die gewisse weihnachtliche Stimmung will ihn auch der nicht bringen, ein Duftbaum ist halt kein Christbaum, und speziell der von der Anni weckt sowieso wieder nur wehmütige Erinnerungen in ihm.

Er steckt sich den Duftbaum tief in die Tasche von seinem Wetterfleck und verabschiedet sich innerlich komplett von der Anni, man muss auch mit Würde verlieren können, und „Liebeskummer lohnt sich nicht, my Darling" singen nicht umsonst die Radinger Spitzbuben, die ein anderes Kaliber sind als der Shubidu Jack. Der Biermösel zwitschert eine Flasche Marillenbrand vom Tötschinger als Lebewohl auf die Anni, und dann schluckt er noch eine Schachtel mit den Tabletten vom Doktor Krisper, gelb wie die Sonne müssen sie sein. Aber selbst mit dem kombinierten Cocktail kommt bei ihm keine Stimmung auf, außer die vielleicht, welche der Eskimo oben im Norden empfindet, wenn er sich ein Loch ins Eis bohrt, eine Schnur hineinhängt und dann ein paar Monate darauf wartet, bis die Mitternachtssonne endlich untergeht, auch er und der Eskimo oben im Norden sind sich in vielem sehr ähnlich.

„Pass auf!", hat er der Anni damals noch nachgerufen, wie sie den Klobesen und alles andere zusammengepackt und gekündigt hat, „pass auf, wem du dein Herz schenkst und deine Kröten anvertraust!" Aber sie hat ihn nur ausgelacht und gesagt: „Geh, hör auf, Biermösel! Du kannst vielleicht mit der Glock aus der Hüfte heraus feuern, aber der Jackpot Charlie kann mein Geld vermehren (wie der Jesus die Fische)."

Da spätestens hat den Biermösel auch die drohende Komplettverweichlichung nicht mehr davon abhalten können, dass er dem Jackpot Charlie das denkbar schlechteste, mieseste, erbärmlichste, hundsgemeinste und unwürdigste Ende an den Hals gewünscht hat, das sich der Mensch nur vorstellen kann, allerdings möglichst drüben im Zuständigkeitsbereich vom Grasmuck in Goisern, bitte, weil so ein schreckliches Ende im Blutbad für die Gendarmerie natürlich immer gar nicht schön anzuschauen und immer auch mit sehr viel Arbeiten verbunden ist, und auf die scheißt er.

(Es gibt ja, schweift der Biermösel jetzt ein bisschen ins Reich der Arbeit ab, wie er es sich für den Vormittagsschlaf auf seinem Musentempel gemütlich einrichtet, es gibt ja im Prinzip keine gute und keine schlechte Arbeit mehr, es gibt nur noch die Arbeit, bei der man sich bis oben hin anfüllen muss, damit man sie erträgt, und die, bei der man mit relativ weniger auskommt, aber es gibt weit und breit keine Arbeit mehr, die man komplett ohne Tröster schafft, also konkret: Es gibt nur die Arbeit, die einem fünf, sechs Flaschen Brand abverlangt, und eine solche, bei der man mit ein, zwei Kisten Bier am Tag auskommt, darunter aber geht gar nichts mehr, die Arbeitnehmerseite hat da heutzutage nicht mehr viel Spielraum.)

Insbesondere seine Arbeit, kehrt der Biermösel wieder von der Theorie in die Praxis zurück, wird ja auch mit jedem Tag immer noch anspruchsvoller. Die furchtbare Tschinbum-Musik zum Beispiel, die den ganzen Tag vom Eislaufplatz am See unten zu ihm in den Musentempel herauf rieselt, setzt ihm neuerdings auch gewaltig zu. Also jetzt gleich noch eine Flasche Brand gegen die Musikberieselung, und dann die Frage: Wo hat er denn schon wieder die Doppelläufige hingestellt, mit der er die ganzen Rocker da unten endlich aus den Eislaufschuhen schießen kann?

Dabei, ärgert sich der Biermösel jetzt doch noch ein bisserl über die Anni und ihre allzu rosarote Brille, ist ja keinem im Ort entgangen, dass das falsche Gold an der Fassade vom Jackpot Charlie längst blättert, dass der Sockel, auf dem sein hohes Ross steht, gefährlich bröckelt, und dass die Luft, die er dort oben atmet, immer dünner wird, weil er weit über seine Verhältnisse lebt und in ihm ein lupenreiner Problemfall heranwächst, „Derrick, Derrick an Biermösel“, hört der Biermösel auf einmal die Stimme von dem Tränensackträger aus München, „das sind doch alles beunruhigende Zeichen, Hinweise, Fährten und Spuren – Mönsch, da ist doch ein Anfangsverdacht in Richtung Goldhauben-Diebstahl durchaus gegeben, oder hast du etwa Seife in den Augen?“

Dazu vom Biermösel vielleicht nur so viel: Er wüsste wirklich nicht, wieso er Seife in den Augen haben sollte!

Aber vielleicht sind das ja wirklich Zeichen, Hinweise, Fährten und Spuren genug, denkt er sich jetzt, die ihn den Jackpot Charlie als Goldhaubendieb unter Anfangsverdacht nehmen lassen sollten, weil der vielleicht wirklich aus der gewissen Überschuldung infolge Wettsucht heraus imstande wäre, dass er eine Goldhaube stiehlt und das Gold von der Haube trennt, möglich ist es, möglich ist schließlich alles.

Der Biermösel stellt sich jetzt zum Fenster, durch das er schon lange nicht mehr deppert auf den See hinausgeschaut hat. Er macht es auf und haut schwach mit der rechten Faust gegen den ersten Eiszapfen, sodass er mit einem schönen kleinen Donner auf die Straße hinunterkracht. Dann bricht er den zweiten und den fünften Zapfen ab und wirft beide hinunter, den sechsten von links aber holt er sich herein und fängt an ihn zu fressen. Langsam kaut er darauf herum, und schön langsam beruhigt die eisige Kälte den pochenden Schmerz in seiner Zahnruine, und einen kurzen Moment lang glaubt der Biermösel, dass er das erste Mal in seinem Leben überhaupt schmerzfrei ist, halleluja!

Aber dann sieht er dort unten auf dem vom Lindbichler freigeräumten Eislaufplatz am zugefrorenen See die Anni in niegelnagelneuen Schlittschuhen herumfahren, Schneeflöckchen hin, Weißröckchen her, und der Schmerz ist wieder zurück, in seinem Herzen diesmal und noch mächtiger und gewaltiger als zuvor in seinem Zahn, meine Güte, die Anni!

Elegant zieht sie ihre Runden, und das nicht etwa alleine, sondern zusammen mit ihrer Jennifer, die auch neue Eislaufschuhe hat und als arbeitslose Jugendliche noch sehr viel Tagesfreizeit mit dazu. Und wie er die beiden so sieht, da weiß der Biermösel auf einmal, dass die depperte Seebachwirtin überhaupt keinen Anfangsverdacht gegen die Jennifer gehabt hat, sondern dass sie nur eine astreine Eislaufmutti ist, eifersüchtig und missgünstig bis dort hinaus, weil ihre eigene Speckschwarte Elfriede – in etwa gleich alt wie die Zwillinge von der Anni und in etwa gleich schwer wie die beiden zusammen! – überhaupt nicht eislaufen kann und schon mit fünf Jahren 20 Mal pro Saison ins Eis eingebrochen ist. Heiliger Bimbam, erinnert sich der Biermösel an die regelmäßigen Rettungsaktionen, während derer er immer für das Walross sein Leben aufs Spiel gesetzt hat und bäuchlings hinausgerobbt ist, wo er die Fettsau heldenhaft aus dem jeweiligen Loch herausgezogen hat, in dem sie gesteckt ist, jetzt weiß er auch endlich, warum er es sich unten herum komplett vertan hat, aber wirklich komplett.

Ein paar von seinen Problemen verdankt er sicherlich der verwöhnten Fettwurst, die heute mit flotten Vierzehn immer noch lieber beim Futtertrog im Saustall von der Wirtshausküche liegt und dort ihren Schnabel aufreißt und sich von der Mutti vollstopfen lässt wie die Gans vor Weihnachten, anstatt dass sie endlich was arbeitet und vielleicht selbst als Zwiebelschälerin anfängt, wohingegen die Anni ihre Jennifer trotz bitterer Not immer noch dazu anhält, ein wertvolles Mitglied der Gesellschaft und vielleicht doch noch Eiskunstlaufolympiasiegerin zu werden.

Der Biermösel schaut sich das jetzt wirklich gerne an, wie die zwei da unten herumtanzen, schön ist das schon. Dabei ist das Eislaufen ja so gar nicht seine Lieblingsdisziplin, Biathlon auch nicht, Rodeln auch nicht, Skeleton auch nicht, eher schon kann er mit Eisstockschießen was anfangen, aber bitte ohne Besen! Seine Lieblingsdisziplin im Wintersport ist und bleibt aber der alpine Damenschilauf, obwohl: Die jungen Damen heutzutage, muss er sagen, die sind im Vergleich zu früher auch nicht mehr so seine Kragenweite, das sind ja alles gespitzte Bleistifte, außer die eine Kroatin vielleicht und die gestauchte Schwedin, an denen ist auch noch alles dran, was an einer Rennläuferin dran sein muss, damit sie kompakt auf dem Schi steht, aber schön und rassig ist natürlich was anderes, schön und rassig ist ein Haflinger gegen die eine Kroatin und die abgezwickte Schwedin, da schaut er sich heute lieber Postkarten von der Staumauer in Kaprun an, bevor er den Staatsfunk wegen dem Damenschilauf aufdreht, weder für den Damenschilauf noch für den depperten Staatsfunk kann er sich noch so richtig begeistern.

Dabei hat es der Biermösel ja selbst weder im Damenschilauf noch im Biathlon noch im Skeleton noch in der Bierfahrerei sehr weit gebracht, also hat er sich dann nicht wundern dürfen, dass er auch im Eiskunstlauf sehr früh in der Entwicklung stecken geblieben und nicht Olympiasiegerin geworden ist. Dabei reden noch heute alle Trotteln auf jedem Stammtisch im ganzen Tal von seinem eingesprungenen Biermösel, den er vor über 20 Jahren beim legendären Eisstock-Turnier Goisern vs. Aussee aufs Eis gelegt hat, und wer dabei war, kann seine Sprungeinlage noch heute genau beschreiben:

Sorgfältiges Aufwärmen mit reichlich Marillenbrand, bevor man schön angezwitschert auf wackeligen Beinen das Eis betritt. Dann Vorgleiten mit dem linken Huf, dadurch beginnender Gleichgewichtsverlust, daraus resultierend beginnendes leichtes Rudern mit der einen Hand, das sich ausweitet zu einem schon ein bisserl hektischeren Rudern mit der anderen Pratze, was schließlich den ganzen Arm erfasst, woraufhin das andere Flügerl nicht nachstehen will und also beide schwingen wie der Adler beim Start, was aber den kompletten Kontrollverlust über beide Trittwerkzeuge nicht zu verhindern vermag, im Gegenteil! Schuh, Fuß, Knie und Hüfte schieben sich sowohl gleichzeitig als auch nacheinander und gegeneinander nach vor und zurück, was die Pflicht abschließt und die Kür einläutet, die mit einem unfreiwilligen Felgeaufschwung ohne Reckstange anfängt, welcher in den gestreckten, extrem schmerzhaften Spagat übergeht, gefolgt vom abrupten Emporspringen infolge furchtbarer Schmerzen unten herum, bevor eine Arschbombe auf gefrorenem Wasser und der finale Aufprall auf dem Hinterkopf die Sache zu einem wirklich anspruchsvollen Kunstwerk abrunden, bravo! Wer dann noch die Kraft hat, der kann im Krankenhaus die anderen Leute mit seinen Erzählungen über den eingesprungenen Biermösel unterhalten, falls er irgendwann aus dem Dauerkoma erwacht.

Da schau her, denkt sich der Biermösel dann, wie sich auf einmal auch die Manu zum fröhlichen Schlittschuhlaufen dazugesellt, mit ebenfalls neuen Schlittschuhen an den Füßen und mit einem neuen Nagellack an den Fingern. Der neue Nagellack und das plötzliche Auftauchen von der Manu könnten, wenn er so negativ denken täte wie die Seebachwirtin, nichts Gutes bedeuten, wenn man nämlich berücksichtigt, dass auch für einen Schnupperlehrling in einer Werkzeugmacherbude noch längst nicht Feierabend ist.

Aber so negativ kann der Biermösel jetzt gar nicht denken, weil sich die Ereignisse unten am Eis immer noch düsterer gestalten, wie dann auch noch der Jackpot Charlie mit seinem Mazda zur geselligen Tanzrunde dazustößt, frisch von der Punschhütte, wie sich aus seinem geschmeidigen Seegang ableiten lässt, in seinem inegelnagelneuen Ledermantel mit Pelzkragen dran, den er hinter sich herschleppt wie der Herrgott die Sünden der Welt. Und sogar der JC schnallt sich jetzt ein paar Eislaufschuhe an, die nicht billig gewesen sein können, und der Biermösel fragt sich wieder einmal, wo denn der auf einmal das Geld her hat?

Wie der Chaplin im frühen Schwarzweiß-Film gleitet der Jackpot Charlie jetzt zur Anni hinaus, links-rechts, links-rechts, und unverhofft wird der Biermösel Zeuge, wie die falsche Sau hinter dem Rücken von der Anni die Jennifer aufs Gemeinste wegstößt, sodass die auf ihrem schmalen Scheißer landet, ganz so, wie wenn er sie aus dem Weg räumen möchte für seine hundsgemeinen Pläne. Dann greift seine eiskalte Hand die warme und zärtliche Tanzhand von der Anni, und was der Biermösel dann sieht, das ist bei allem gebotenen Ärger über den JC doch sehr beeindruckend, weil: Wie der Fred Astaire früher die Ginger

Rogers, führt der Jackpot Charlie die Anni geschmeidig über das Eis, und der Biermösel fragt sich, ob es vielleicht doch seine geschmeidigen kleinen Trippelschrittchen sind, die die Anni so für ihn eingenommen und ihr Floß so weit von seinem Ufer weggetrieben haben, muss er denn erst tanzen lernen, fragt er sich mit Tränen der Rührung in den Augen, damit er vielleicht doch noch bei ihr landen kann?

Der JC führt die Anni immer weiter hinaus, aber anstatt mit ihr einen weiteren Doppelaxel auf das Eis zu legen, greift er sie jetzt mit beiden Händen und schleudert sie mit einem gewaltigen Schwung in Richtung Seemitte hinaus, wo das Eis bedrohlich kracht, weil der Lindbichler zu oft verbotenerweise mit seinem Unimog dort herumsteht und der Franzi Kubelik von den Fischen unten in den Ozeanen erzählt, und wo die Anni jetzt nur deshalb nicht einbricht, weil sie leicht wie eine Feder ist, seine federleichte Anni.

Der Biermösel aber weiß jetzt, dass er gerade einen lupenreinen Mordversuch beobachtet hat. Der Jackpot Charlie freut sich nämlich gar nicht darüber, dass die Anni sich dort draußen einfach niederbückt und etwas aufhebt, und wie sie dann freudenstrahlend zu ihm zurückkommt und ihm das gewisse Etwas in die Hand drückt, dreht er sich einfach weg und lässt sie stehen wie den abgeräumten Christbaum nach den Feiertagen am Sammelplatz.

Bisher hat der Biermösel ja nicht so viel vom Eifersuchtsmord gehalten, weil der immer nur eine ungeheure Sauerei am Tatort anrichtet und wer weiß was für einen Dominoeffekt auslöst. Aber da hat er aus der Sicht von der allzeit ermittelnden, adleräugigen Gendarmerie gedacht. Aus der Sicht vom einsamen Wolf gedacht, kommt ihm der Eifersuchtsmord aber auf einmal gar nicht mehr so unpassend vor, allzu gerne täte er dem Jackpot Charlie jetzt mit der Doppelläufigen ein Loch auf die Stirn malen. Allerdings täten sich dann wieder alle ganz schön wundern, wozu er imstande ist, und wer weiß, ob er nicht eine Lawine lostreten oder gar eine Büchse öffnen täte, er will sich ja gar nicht vorstellen, wer in dieser Gegend aller wen aus Gründen der Eifersucht abknallen möchte und sich dann auf ihn ausreden täte: „Der hat damit angefangen!“

Der Biermösel hat jetzt aber sowieso weder Zeit noch Gelegenheit, dass er den Eifersuchtsmord ausführt, weil schon wieder die depperte Seebachwirtin hereingestiefelt kommt, aber nicht, wie er es eventuell noch ertragen könnte, mit ihrer wiedergefundenen Goldhaube am Schädel und einer Entschuldigung auf den Lippen für die Sauerei, die sie dauernd mit ihren zotteligen Stiefeln auf seinem Holzboden anrichtet, sondern mit einer neuen depperten Geschichte.

„Biermösel, hör zu", schreit sie hysterisch, „ich war gerade in der Kirche."

„Und dann?"

„Dort hab ich den Herrn Pfarrer getroffen."

„Und dann!"

„Der ist beim Opferstock gestanden."

Herrgott, denkt sich der Biermösel, bald geht ihm wirklich die Hutschnur auf, weil auch die so schlecht erzählen kann, also mit Nachdruck:

„Und weiter, Depperte."

„Der Opferstock war ausgeräumt. Aber nicht wie sonst vom Herrn Pfarrer selbst (Anm. Biermösel: der dann immer das ganze Geld in den Ausbau von seiner Schnapsnase investiert!), sondern von Unbekannten aufgeschweißt und aufgesägt."

„Und jetzt?"

„Jetzt musst du dich darum kümmern, Biermösel!" Da seufzt der Biermösel tief und denkt sich:

Eher wird er die Buche mit der Tanne versöhnen, bevor er mit der Seebachwirtin jemals auf einen grünen Zweig kommt, da trifft nämlich das (blöde) Schaf auf den (schwächelnden) Löwen, wenn die zu ihm hereingeschneit kommt, da ist der Mord in der Komplettrage nicht mehr weit, wenn die ihren Schnabel aufmacht, da kann er sich sogar vorstellen, dass er nicht nur den Eifersuchtsmord salonfähig macht, sondern auch das Massaker im Affekt, also wieder einmal:

„Dort ist die Tür, Depperte!"

Melancholie im Dezember

Schon ein wenig hinfällig, aber immer noch mit einem Hauch Grandezza, der von ihrem vergangenen Glanz zeugt, in ihren schwarzen Pumps und dem viel zu kurzen Ledermini, schreitet die gachblonde Discowirtin zur Ausschank in ihrem Tages- und Nachtcafés *Chez la Blonde,* wo sie sich einen weiteren Espresso mit einem weiteren Schuss Brandy genehmigt. Die Uhr an der Wand zeigt halb vier Uhr morgens, aus der Jukebox hört sie den Keith, wie er die ersten Akkorde anschlägt, und dann fängt der Mick „Angie" zu singen an, die wohl persönlichste Nummer, die er je für sie geschrieben hat, damals am Beginn vom Rock'n'Roll-Wahnsinn, als ihre schwarzen Strümpfe noch keine Löcher hatten und ihre Zehen noch nicht verknöchert und gefühllos waren, weil sie ein Leben lang das falsche Schuhwerk getragen hat. Aber soll sie jetzt noch auf Gesundheitsschuhe umsatteln, sie, die Königin der Nacht?

Die Zeit des Überganges ist ihr die liebste, die Zeit des Zwielichtes, wo die Nacht noch nicht weiß, wie sie abrechnen soll, und der Tag noch keinen Plan hat, welches Menü er den Menschenkindern auftischen wird. Aber heute fällt es auch ihr immer schwerer, die Augen offen zu halten, sie schläft ja nie, seit 30 Jahren nicht mehr. Wer rastet, der rostet, war immer ihre Devise, wenn sie schlafen wollte, hätte sie reich heiraten können. Also zählt sie noch einmal die Tageslosung in den Geldbörsen (es ist nicht viel) und gibt sie in den Tresor (er ist nicht groß). Dann holt sie ihr Säckchen mit dem schwarzen Afghanen hervor, das sie in ihrem Strumpfband bunkert, und denkt dabei ein ums andere Mal wehmütig an den Mick und an die Zeit, als noch der Glanz sie umgab und nicht die Patina. Melancholie also, jetzt im Dezember.

Die Discowirtin war immer Unternehmerin, sie war es gern. Heute freilich hat sie abgewirtschaftet, vorbei ist die Herrlichkeit des freien Unternehmertums. Sie kann ihre Gas- und Stromrechnung nicht mehr bezahlen, die Auftragsbücher in ihrem Puff sind leer, nur ab morgen Nachmittag bis einschließlich 25. hat der Konzernlenker Raff-Kahn aus Deutschland noch die Franzi Kubelik mit dem Zwetschkenkompott-Einlauf-Package um € 1.127,– all incl. als Hausbesuch in seinem Flachdachneubau am Gebirgskamm gebucht, ein richtiges Schwein ist der. Aber der Lindbichler wird seine Franzi im Unimog hinaufbringen und wieder abholen, da kann ihr nichts passieren. Dann wird sie die Franzi aus ihrem langfristigen Vertrag entlassen, und die zwei sollen glücklich werden, wie es ihrer beider Wunsch ist.

„Ach!“, seufzt die Discowirtin. „Das Glück!“

Ansonsten? In ihrer Disco *Blondi* geht wochentags gar nichts mehr. Die Wirtschaft befindet sich in der Talsohle, die Bundesregierung treibt den einen die Freude aus und die anderen in die Armut. Das Puff wiederum, erinnert sie sich, war früher ein Selbstläufer und hat ihr wenigstens die Fixkosten gesichert. Wenn alles andere den Bach hinuntergegangen ist – die Hurerei hat sich immer rentiert. Die schwarze Perle Trinidad aus Tobago für den Mann, der sich gern im Exotischen verliert; die samthäutige, alabasterfarbene Schönheit Danuta aus Polen für die wenigen Gentlemen, die es noch gerne klassisch lieben; die scheinbar gemütliche, grobknochigkorpulente, aber zupackende Gertrude aus Garmisch-Partenkirchen für die strenge Kammer sowie die zwergwüchsige Franzi Kubelik für den Einlauf mit Zwetschkenkompott (plus Ziegenbock Ulf für den Mann mit dem besonderen Gusto) – man möchte meinen, damit deckt ein Etablissement heutzutage alles ab, wonach den Herren der Schöpfung die Sinne stehen. Aber weit gefehlt! Die Trinidad und die Danuta sind nur noch bei ihr, weil man nicht legal ausreisen kann, wenn man illegal eingereist ist. Und die Gertrude hat ihre Arbeit erst gestern hingeschmissen, ausgezehrt, körperlich und nervlich am Ende, „Ich kann nicht mehr“, hat sie gesagt, „Ich ertrage es nicht mehr“, hat sie gejammert,

„Auch ich will zu Weihnachten Liebe und krieg doch immer nur Hiebe“, hat sie gereimt, und hat sie etwa nicht Recht?

Die Discowirtin merkt den Verfall der Sitten ja am eigenen Leibe, wenn sie sich hin und wieder noch selbst verschenkt, sie hat ja nichts verlernt seit ihren wilden Tagen und Nächten mit dem Mick. Immer wieder kommt es vor, dass sie einer „Stradivari“ nennt und „auch eine alte Geige spielt gut“ zu ihr sagt, das schmeichelt ihr dann schon sehr.

„Angie! Aaaaaangie!“, hört sie den Mick aus der Jukebox fragen, „what’s the sadness in your eyes?“

Eine tiefe Traurigkeit übermannt sie tatsächlich jedes Mal, wenn sie daran denkt, wie vor 35 Jahren alles begonnen hat, ihr persönliches kleines Wirtschaftswunder. Mit dem „Club“ (o.k., Puff) *La blonde Vlies* hat sie in Goisern herüben den Grundstein für ihr Gastroimperium gelegt, nachdem sie drüben in Aussee das *Honckeytonk* zusperren und vor dem fanatischen Rock'n'Roll-Hasser Biermösel hat flüchten müssen. Das Kamasutra hat sie damals aus Indien mitgebracht, wo sie mit dem Mick einen herrlichen Sommer der Liebe verbrachte, und das Haschisch und die Wasserpfeife gleich mit dazu. Ein paar alte Matratzen und Honigwachskerzen vom Adventmarkt in Ischl, mehr hat sie für den Anfang nicht gebraucht, ein Tempel der Wollust lebt ja vor allem von der Atmosphäre.

Dabei war schon in den Seventies alles gar nicht einfach, schon damals die Rahmenbedingungen sehr schwierig (die Erdöl-Krise!), und das gesunde Volksempfinden ist über sie hinweggefegt wie die große Pratze vom Biermösel über das Haupthaar der kleinen Rotzbuben, wenn er wieder einmal Pädagogik unterrichtet. Aber bald hat die Discowirtin gemerkt, dass die Wertkonservativen von der „Hilf dir selbst, wir helfen dir nicht!"-Partei, die am Stammtisch nach dem Besuch des Gotteshauses über ihr Hurenhaus hergezogen sind, während der Woche ihre besten Kunden waren. Schnell hat sie verstanden, dass erst der Arschfick kommt und dann die Moral.

In den 80er Jahren schließlich ihre unternehmerische und gesellschaftliche Glanzleistung, ihr kaufmännisches Bravourstück: Sie hat sich den „Stadl" dazugepachtet und die Bauerntrottelhütte in *Blondi* umbenannt, bevor die Discowelle verspätet über Österreich geschwappt ist. Mit dem *Blondi* hat sie sich ein wenig in den Sparstrumpf legen können, einem wie dem Jackpot Charlie auf der Ackerbau- und Viehzuchtbank würde sie nie nie nie ihr Geld anvertrauen. Erst letzte Woche wollte die Franzi Kubelik ihre ganzen Ersparnisse abheben, weil sie sich auf ein Leben mit dem Lindbichler gefreut hat, aber da war nichts mehr drauf.

„Wie geht denn so was?", hat sie den Jackpot Charlie von ganz tief unter dem Schalter hinauf gefragt, und der hat sie von oben herunter angebrüllt, als hätte er ein schlechtes Gewissen: „Das weiß ja ich nicht, und jetzt schleich dich, du Hurenfut!" Auch ein innerlich sehr verbogener Mensch, dieser Jackpot Charlie. Gar nicht zu vergleichen mit ihren ganzen früheren Freunden, die damals während dem Disco-Wahnsinn alle regelmäßig zu ihr gekommen sind, der Warhol Andy, der Deutscher Drafi, die Harry Debbie, der Reed Lou, der Bowie Vidl und natürlich der Mick.

Wehmütig streicht die Discowirtin jetzt mit ihren schlanken Fingern über die Bilder an der Wand, die vom vergangenen Glanz zeugen, jetzt in der Stunde der einsamen Herzen, die voller Erinnerungen ist. Heute sind sie nur noch Zucker, diese Erinnerungen, aber die Discowirtin hat auch geweint, geweint hat sie oft. Bei ihr ist die Liebe ja nie lange geblieben, ach, oft zog sie viel zu schnell wieder weiter. Und am Heiligen Abend war dann sowieso nie einer da, den sie hätte überreden können zu bleiben. Am Heiligen Abend waren dann immer alle zu Hause, die sie während des Jahres begehrt haben, all die Ehemänner, die zwar nach den Weihnachtsfeiern immer ihren Schwanz hineinstecken wollen, aber spätestens zu Heiligabend immer durch die lange Gerade im Silbertannenwald heim zu ihrer Waltraud (zur Gertraud, Edeltraut, Rotraut, zur Gisela, zur Annemarie, zur Ursula und wie ihre Konkurrentinnen alle heißen, die allesamt brave und duldsame und dumme langweilige Ehefrauen sind, freilich verheiratete Ehefrauen, was sie ihnen immer geneidet hat) in die heimeligen Refugien und verschworenen Trutzburgen der Eheleute geflüchtet sind, die sie nie hat kennen lernen dürfen, zu Weihnachten wollen auch die größten Schweine immer nur an den heimeligen Herd und zu den Würschteln mit Saft. So versaut können die Ehemänner gar nicht sein, dass sie nicht immer wieder selbst nach dem dreckigsten Rudelfick ihre Füße in die Filzpatschen zu Hause bei Mutti stecken müssen, und immer hört sie die gleichen elenden Ausreden: „Die Gattin zum Arzt! Die Kinder in die Schule! Das Auto in die Werkstatt! Den Rasenmäher zum Service!"

Die Discowirtin kann es nicht mehr hören, das Hohelied der glücklichen Familie. Sie möchte weinen, wenn sie daran denkt, dass sie als Königin der Nacht immer nur das fünfte Rad am Wagen war, und heute, auf den Monat genau 35 Jahre nach Altamont, steht sie auch nicht mehr da wie die blühende Pfingstrose. Außer den zwei unglücklichen Gendarmen sowie dem Bürgermeister und dem Jackpot Charlie sind ja keine Männer mehr auf dem Markt, und weder die zwei unglücklichen Gendarmen noch den Bürgermeister und schon gar nicht den Jackpot Charlie möchte sie haben, auch nicht geschenkt und nicht einmal zu Weihnachten. Also muss auch sie sich immer öfter den alten Polster zwischen die Schenkel legen und die Jukebox lauter drehen, damit sie einen Hauch von der Wärme und Geborgenheit einer Familie spürt, die ihr nie vergönnt war.

Die Stunden hin zum Erblühen eines neuen Morgens und erst recht die Tage um Weihnachten gehören überall auf der Welt den Familien. Da schlüpfen die kleinen Kinderlein in die Betten der Eltern, und man möchte meinen, dass die Familie doch noch nicht ganz verloren ist. Sie aber hatte nie jemanden an ihrer Seite, wenn die Weihnachtsglöckchen läuteten, seit der Mick sie nach der würdelosen Schlägerei mit dem Biermösel verlassen und für den Affenmenschen dann „Street Fighting Man“ geschrieben hat, sie hatte nie einen, der sie hielt und tröstete und ihr die schmerzenden Füße massierte und zu ihr sagte: Ich freu mich auf Weihnachten, mein kleiner Liebling, das Leben ist schön mit dir, wir wollen gemeinsam alt werden.

So wie das der Lindbichler immer zur Franzi Kubelik sagt, wenn sie sich für ihn schick macht und ihr Kleidchen anzieht, das sie schon zur Erstkommunion getragen hat, seither ist sie ja nicht mehr gewachsen. Wenn der Lindbichler dann kommt, hört sie ihn schon von weitem, und sie fährt mit dem Lift herunter und holt ihn zu sich hinauf.

„Welcher Stock?“, fragt sie.

„Erster Stock“, antwortet er.

Dabei steht die Franzi auf dem kleinen Schemel und drückt den Knopf, der den Lift knarrend in Bewegung setzt. Wenn die Franzi selbst nicht gebucht ist – und sie ist wie alle anderen auch praktisch nie gebucht –, dann darf sie im Etablissement der gachblonden Discowirtin Liftboy spielen, warum denn auch nicht?

Als das arme Kind das Zwergenweitwerfen und all die perversen Bondage-Spiele in einem Puff in der großen Stadt nicht mehr ertragen konnte, weil praktisch kein Stück ihrer einstmals makellos weißen Haut mehr ohne blaue Flecken und kein Knochen ungebrochen war, ist sie aufs Land zurückgezogen, hat ihre Ersparnisse zum Jackpot Charlie auf die Ackerbau- und Viehzuchtbank gelegt und bei ihr angefragt, ob sie in ihrem Dorfpuff vielleicht auf Einlauf umsatteln könnte, „geht das?“.

„Freilich!“, hat die Discowirtin geantwortet und wollte sie umstandslos als Kassierin ins Wettbüro neben dem Tagescafé hinüber setzen, weil die alte Kassierin gerade gekündigt und sie das mit dem Einlauf zunächst falsch verstanden hat, aber die Franzi hat geantwortet:

„Geh, Chefin! Ich red von Einläufen in den Arsch hinein, mit Zwetschkenkompott, das ist meine Spezialität.“

„Soll mir auch recht sein", hat sie, die Königin der Nacht, gesagt, die bis dahin alles gesehen hat, nur halt keine Einläufe mit Zwetschkenkompott. Und nach einem Schnuppermonat war die Franzi Kubelik, die eigentlich Liftboy werden wollte, bis hinauf nach Deutschland bekannt für ihre Einläufe mit Kompott. Nur dem Lindbichler macht sie keinen Einlauf, den Lindbichler hat sie lieb. Der trägt sie auf seinen kräftigen Schneeräumer-Armen in ihr Zimmer hinein, und dann streichelt sie seine gerötete Haut, wie die Discowirtin durch die tauben Spiegel in den Separees oft neidvoll beobachtet hat, zärtlich, ganz ganz zärtlich streichelt sie seine Haut. Sie schmiegt sich dabei an ihn, und dann sagt sie:

„Nemo! Erzähl mir von den Meeren!"

Und dann erzählt der Lindbichler ihr von den Meeren. Er erzählt ihr von den tiefsten Ozeanen und den gewaltigsten Rochen, von den schönsten Seesternen und den kleinsten Krebsen, von Walen und Haien und Delfinen. Am liebsten aber hört die Franzi Kubelik Geschichten von den kleinen Seepferdchen, die ihr von allen da unten die liebsten sind, weil sie so klein sind wie sie selbst, und dann fragt sie den Lindbichler immer:

„Nemo, wann fahren wir hin?"

Und der sagt: „Bald."

„Ach!", seufzt die Discowirtin. „Die Liebe!"

An die 90er Jahre und die Jahre danach erinnert sich die Discowirtin jetzt ganz ohne Wehmut. Die waren im Gesamten verschwendet und haben die verbogensten Menschen hervorgebracht. Kommt zum Beispiel eines Tages der Peymann mit dem Konzernlenker Raff-Kahn von den Salzburger Festspielen zu ihr herüber auf ein kleines Gulasch im Tages- und Nachtcafé und fragt sie, kaum, dass er Platz genommen hat, ob sie Nazifotzensau denn nicht wisse, dass der Hund vom Hitler auch Blondi geheißen hat wie ihre Bauerntrotteldisco, und ob sie verfickte Eva Braun der Berge den verschissenen Laden nicht schleunigst umbenennen möchte, bevor er ihn ihr abfackelt, auch ein innerlich sehr verbogener Mensch, dieser Peymann, richtig durchgedreht hat er, bevor sie ihn mit dem Kochlöffel vertrieben hat. Aber in den 90ern war einfach der Lack ab, die fette Torte war gegessen, good old Hollywood was dead.

Auch wenn ihr schon früher so mancher weh getan hat, so waren doch allesamt Gentlemen damals und hatten Manieren und Benimm!

In den 90ern aber, ein Hansi Hinterseer, ein Dieter Bohlen oder ein Thomas Gottschalk im Fernsehen, das ist ja fürchterlich! Allesamt ein Beweis dafür, dass alles den Bach hinuntergeht, wenn zu viele dasselbe wollen. Wofür, fragt sie sich, wofür muss denn ein Mann blond sein?

Jetzt also Schokotorte statt Haschischkuchen, und der Mick singt nur noch aus der Jukebox für sie „Angie“ „Aiiiingie!“, singt er, „With no lovin’ in our souls and no money in our coats, we can’t say we’re satisfied!“

Das kann sie wirklich nicht sagen.

Die Discowirtin hat nun schon ordentlich Schlagseite. Der Afghane drückt schwer auf ihre müden Lider und hält die Erinnerungen hinter einem diffusen Schleier. Aber genau deswegen raucht sie ihn ja!

Durch den leisen Dämmer hindurch merkt sie nur sehr langsam, dass ein kalter Luftzug sie umweht, und als sie endlich zur Eingangstüre blickt, fragt sie sich, wie lange diese schon offen stehen mag, und ob dieses wunderschöne, aber ein wenig verwahrloste Wesen im viel zu großen Wetterfleck, das zitternd darin steht, ein Engel ist.

„Nowaja Semlja?“, hört sie den Engel leise flüstern, und jetzt weiß die Discowirtin endlich, wie die Engelssprache geht.

Wie eine Sackhüpferin ohne Sack hoppelt der Engel zu ihr her und nimmt an der Theke Platz. Dort streift er die Kapuze vom Wetterfleck ab, und die Gachblonde sieht das verfilzte und einstmals platinblonde Haar des Engels, blond und gelockt, ungezähmt und ungewaschen, so wie ihres einmal war, als sie mit dem Mick in Altamont herumlag, damals, als es in ihrem Leben noch keine einsamen Weihnachten und schmerzlichen Erinnerungen gab.

„Melange? Kleiner Brauner? Einen Brandy vielleicht?“, fragt die Discowirtin den Engel, sie selbst wird sich jetzt auch noch einen genehmigen. Aber ihr himmlischer Gast antwortet nicht. Die jungen Leute reden ja heute nicht viel, weiß die Discowirtin, da machen die Engel keine Ausnahme. Ganz anders war es natürlich früher bei ihnen (ja, es war halt früher einfach alles besser!), als sie sich während der Hasch- und Sexorgien auch gut und vernünftig miteinander unterhalten konnten.

„Nowaja Semlja?“, fragt der Engel noch einmal mit flehend verzweifelter Stimme, und da ist sich die Discowirtin auf einmal gar nicht mehr sicher, ob ihr blonder Gast nicht doch eine verirrte Schwedin ist und kein Engel, weil nur die Schweden so reden, also fragt sie:

„Woher du? Du Helsingborgholmstock?“

Freilich hätte die Discowirtin gewusst, dass Helsingborgholmstock nicht die Hauptstadt von Schweden ist, sie hätte sogar gewusst, dass Helsingborgholmstock überhaupt nichts ist, wenn sie beim im Herbst unglücklich zu Tode gekommenen Lehrer Mallinger in die Klasse gegangen wäre und aufmerksam seinen Unterricht verfolgt hätte, anstatt schon mit 14 dem Rock'n'Roll-Fieber zu erliegen und jedem Konzert der Stones nachzureisen. Aber genau das hat sie ja damals nicht interessiert: Hauptstädte, Flussläufe, Weltkriege und Gliedsätze – „what the fuck for?!“, wenn man stattdessen der freien Liebe frönen und endlich den BH ablegen konnte.

„Ich Angelika“, sagt die Discowirtin jetzt. „Or better said: Angie, like ‚Angie‘ from se Rolling Stones, and you how?“

Aber die vermeintliche Schwedin antwortet nicht. Dann ist sie vielleicht einfach die Tochter von der Putzfrau Anni aus Aussee drüben, die ihr der Doktor Krisper wegen der Schnupperlehre vorbeischicken wollte, seit ihr der Zuckerbäcker Mario alles hingeschmissen hat, „ab in den Süden!“, hat er fröhlich gesungen, als er bei der Tür hinausgegangen und nie wieder zurückgekommen ist.

„Du Zucki Zucki backi backi?“, fragt die Discowirtin.

Aber die Schwedin kann kein Deutsch, so viel steht fest. Also:

„You sugar sugar bake bake, baby?“

Englisch detto Fehlanzeige. Dann vielleicht Französisch?

„Tu veux ... na, was heißt ‚arbeiten‘ schnell noch einmal auf français, traveller, tu veux traveller-check?“

Mon dieu, das Parlez-vous-français hat ihr auch der Afghane in dichte Nebel gehüllt, ihr ganz persönliches Fin-de-siècle dämmert langsam, aber sicher herauf, aber einen dreht sie sich jetzt noch, „tu veux jointln avec moi?“, fragt sie die Blonde.

„Ivana“, hört sie das Mädchen plötzlich sagen, und dann wieder „Nowaja Semlja?“, und sie deutet zunächst mit dem Finger auf ihre Brust und breitet dann fragend die Arme aus.

„Ivana“, flüstert die Discowirtin nachdenklich. Und plötzlich weiß sie, dass der Engel keine Schwedin, sondern eine Polin ist, weil nur die dort so heißen. Und sie erinnert sich, dass im letzten Herbst, als ein grausam verendender Hirsch die ganzen Jäger in ihrem Puff beschäftigt hat, auch der elendiglich zu Tode gekommene Puffkaiser Schlevsky mit einer jungen Blondine angereist war, mit der er eigentlich seinen Lebensabend oben am Gebirgshang hätte verbringen wollen, bevor dann alles ganz anders gekommen ist, so wie damals im Dezember '69, als die Stones drüben in Altamont ihr legendäres Konzert gegeben haben.

Kann es also sein, dass das arme Ding, das damals wie vom Erdboden verschluckt war, jetzt noch immer im Tal herumirrt und den Weg nach Hause nicht findet? „Nowaja Semlja", murmelt die Discowirtin nachdenklich. „Nowaja Semlja". Schön klingt das, denkt sie wehmütig, als wohnten dort die Engel.

Aber bevor die Discowirtin ihre schweren Beine in Bewegung setzt und vom Telefonapparat bei der Jukebox aus den Grasmuck anrufen könnte, um ihm zu melden, dass die gesuchte Blondine vom Schlevsky bei ihr sitzt, ist die auch schon wieder weg, hinaus bei der Tür, schnell und leise, wie sie gekommen war. Auch sie nur ein zu kurzer Gast in ihrer Einsamkeit.

Dann ist es still im *Chez la Blonde.* So bedrückend still wie damals in Altamont, California, während der Stunden des Übergangs von der Nacht zum Tag, als sie alle betreten in der Blumenwiese herumlagen und weinten und nicht wussten, ob nach dem völlig aus dem Ruder gelaufenen Konzert von den Stones ihr gemeinsamer Traum vom Rock'n'Roll-Wahnsinn nicht schon gestorben war, noch bevor er überhaupt geboren wurde.

Na gut, hat sich der Biermösel dann gedacht, wenn schon er selbst nichts arbeiten will, dann jagt er wenigstens den Grasmuck drüben in Goisern in die dortigen einschlägigen Absteigen und lässt ihn die Gästemeldungen nach weltweit agierenden, mutmaßlichen, von Interpol gesuchten Goldhaubendieben durchforsten. Der muss ja auch beschäftigt werden, bis er endlich im Puff von der Gachblonden andocken kann und dann nicht mehr herauskommt, bevor er nicht die schlimmsten Tage des Jahres im Komplettdelirium weggespült hat, „du hast ja die Roswitha!“, schreit er dann immer, wenn er, ihn fragt, warum er denn so was tut, „ich hab überhaupt niemanden!“

Aber da hat er vor allem keine Ahnung.

Einsam und immer einsamer, reißt der Biermösel das 23. Fenster am Adventkalender der Firma k. u. k. Schnapsbrennerei Tötschinger, Bad Ischl, auf, welcher auf seinem Musentempel hängt und hinter jedem Fensterl ein kleines Marillenschnapsflascherl für den gelungenen Tag als Überraschung bereithält. Eine sehr schöne Geste vom Lieferanten, wie er findet, die Schnapswirtschaft unternimmt heutzutage wirklich schon sehr viel in Richtung Kundenbindung. Allerdings vermag auch der Tötschinger mit seinem 23. Flascherl im Adventkalender den Schmerz in seinem Zahn und den in seinem Herzen nicht zu lindern, also warum bis morgen warten?

Der Biermösel reißt das 24. Fenster auch gleich auf und säuft den Jackpot hinterher, eine wirklich einmalig geformte 4-cl-Flasche vom feinsten Brand, ein weiterer Gottesbeweis, danke. Aber dass er jetzt vom Schmerz geheilt wäre, das kann er dann auch nicht behaupten, also wo sind denn jetzt wieder die gelben Tabletten vom Doktor Krisper, „gelb wie die Sonne“ müssen sie sein!

Nachdem sich der Biermösel gestern Nacht aus der Kammer von seiner Schwester wieder bis vier Uhr Früh den komplett verweichlichten „Club Lagrima – Wo keine Träne ungeweint bleibt!“ mit dem Shubidu Jack als Spezial-Gast hat anhören müssen, war er nicht nur nahe am Durchdrehen. Er hat sich auch gefragt, ob die Roswitha ihr Herz vielleicht doch an den öligen Sangesbarden persönlich verloren hat, weil sie den in letzter Zeit dauernd hört und er ja morgen in Goisern drüben ein so genanntes Kommbackkonzert gibt, für das die eine oder andere Freikarte vom Schuster Ronnie und seinem Gastro- und Veranstaltungsimperium zu gewinnen war, wer weiß denn schon, wofür seine Schwester zum Griffel greift? Füllt sie Teilnahmekarten aus, die neuerdings massenweise ins Haus flattern, weil sie ihn treffen will?

Aber dann war ihm schnell klar, dass sich eine fette Schweinsbratenwirtin aus Aussee in keinen schwabbeligen Schmusesänger aus Deutschland verlieben kann, so was Blödes gibt es vielleicht in den grenzenlos depperten Nachmittagssendungen vom grenzenlos depperten Staatsfunk, nicht aber in der grenzenlos depperten Wirklichkeit. Also hat der Biermösel auch diesen Anfangsverdacht zu den Akten gelegt wie die geselchte Wurst in die Speisekammer. Und wenn er sich doch in seiner Schwester irren sollte und in ihrem Herzen ein Flämmchen der Leidenschaft lodert, das nicht er entfacht hat, dann hat er ja neuerdings immer die Doppelläufige in der Satteltasche von der Fips gebunkert, nebst allem anderen, das er in seiner Satteltasche gebunkert hat, und nur für den Fall, dass ein Eifersuchtsmord unumgänglich sein wird. Den Fettfleck schießt er nämlich noch aus 500 Metern locker von der Bühne im Bahnhofsrestaurant in Goisern herunter wie das Hendl von der Stange, falls der wirklich in seinem Revier wildert und ihm die Roswitha abspenstig machen will.

Herrgott, die Roswitha!

Früher ist er beschwingt vom ausgiebigen Frühstück (harte Würste!) auf den Posten gekommen und hat sich für die anstrengende Fahrt hierher mit einer ersten ausgiebigen Jause und einem Flaschen vom Tötschinger belohnt, da war er ganz bei sich selbst, da ist er noch aufrecht in den Schuhen gestanden. Er war kräftig und wohlgenährt und hat zur Attacke geblasen, und ja, er ist auch vor harten Maßnahmen nicht zurückgeschreckt, wenn ihm ein Problem unter den Nägeln gebrannt hat. Dann ist er abwechselnd in das Kostüm vom King Kong oder in das vom John Wayne gestiegen, jedenfalls hat immer jeder gewusst, wer der Chef im Ring ist. Und wenn sich ein paar unerledigte Fälle bis in den Winter hinein gestapelt und sich ihre Klärung unnötig in die Länge gezogen hat, wenn die Täter einfach nicht und nicht aus ihren Höhlen herausgekommen sind, dann hat er alle, die er ins Visier genommen hat, in die aufgeräumte Wirtsstube vom Auerhahn bestellt und die Tür zugesperrt. Und sobald er den rechten Fuß auf einen Sessel gestellt und in die Runde geschaut hat, hat jeder gewusst, was jetzt kommen wird – „Bitte Biermösel, jetzt nicht die Venen!"

Aber da war es natürlich längst zu spät, und die Pädagogik hat ihren Lauf genommen. Er hat ruhig die Hand an die Wollstutzen gelegt und sie langsam hinuntergezogen. Da sind sie dann wahlweise alle miteinander herumgestanden oder sind gegeneinandergerannt oder haben geschrien und geheult oder mit den Zähnen geknirscht, wenn er ihnen die Wetterstation erklärt und die Krampfadern gezeigt hat, „nicht die Venen, Biermösel! Bitte nicht die Venen!", hat er sie jammern gehört, aber er war unerbittlich:

„Dann gesteht halt!"

Wenn einer aber justament den Mantel vom Schweigen nicht hat ablegen wollen, dann hat er der Roswitha den Hilfssheriffstern an die Küchenschürze gehängt und ihr gesagt, sie soll das Zwetschkenkompott aus dem Keller heraufholen und das Magazin von der Schlagoberspritze durchladen. Dann hat er den gewissen Verdächtigen mit dem Klammergriff im Nacken und ein paar Tritten auf den Arsch in die Küche geholt, und die Roswitha hat getan, was sonst nur die Franzi Kubelik drüben im Puff von der Gachblonden tut, heilige Scheiße, aber spätestens dann ist der Biermösel immer zu einem schönen Geständnis gekommen, auch wenn die Küche nach so einem jenseitigen Erlebnis natürlich immer gar nicht schön anzuschauen war, außer man sagt: Schön versaut ist auch sehr schön.

So und nicht anders hat der Biermösel vor seinem Unfall im Krautacker alle anstehenden Fälle zumindest in Richtung Anfangsverdacht umlenken können, und – da will er ehrlich sein – eine Riesengaudi hat er dabei natürlich auch immer gehabt, wenn er aufgeräumt hat wie die Anni den Saustall – Daumen rauf, Daumen runter, da war er ganz Nero. Die Braven vorne hinaus bei der Wirtshaustür in die Freiheit, die Bösen hinten hinaus Richtung Schießstand. So haben er und die Roswitha mit vereinten Kräften das Verbrechen in die Schranken gewiesen, und Aussee ist nicht Goisern geworden, wie sich die Roswitha noch um ihn gekümmert und ihn nicht dem Hungertod überlassen hat, während heute Goldhaubendiebstahl und Opferstockraub sein tägliches Brot sind.

Wie sich dann sein Gendarmerieposten langsam in eine Eishöhle verwandelt und er selbst sich in einen Eisbären mit gewaltigen Zahnschmerzen, da fragt sich der Biermösel, ob er sich nicht lieber gleich ins Krematorium drüben in Gmunden legen soll, bei der Arschkälte und bei seinen Problemen oben und unten herum wäre das vielleicht wirklich das Gescheiteste, wenn er sich noch heute der Feuerbestattung überantworten täte, Herrgottnocheinmal, er hat so einen Hunger, dass er die Ledertasche fressen könnte, in der er immer die Schmalzbrote transportiert, und er hat solche Schmerzen, dass er sich wieder einmal ein bisserl sehr über die moderne Zahnheilkunde ärgern muss, die ja leider bis heute keine Mittel und Wege gefunden hat (die moderne Zahnheilkunde selbst als Mittel und Weg lehnt er rundheraus ab!), wie sie die gequälte Kreatur von einem verfaulten Zahn befreien könnte, ohne dass die gequälte Kreatur dabei am Schmerz zugrunde geht oder sich vor Angst in die Hose scheißt.

Vielleicht, überlegt er jetzt, wie er sich wimmernd zusammenkrümmt und mit dem Schädel ein Loch in die Wand schlägt, vielleicht wird er sich heute nach Feierabend durch die meterhohen Schneewände hinter dem Auerhahn zum Schießstand hindurchkämpfen und sich dort vor den Rotbuchenscheiterstoß stellen. Vielleicht wird er dann der Roswitha wieder den Hilfssheriffstern anlegen und ihr die Glock in die Hand drücken, wenn die heute vielleicht gnädigerweise irgendwo zu finden sein wird. Und vielleicht wird er dann ihr die Verantwortung für die endgültige Lösung von seinem Schmerzproblem und allen anderen Problemen auch übertragen, „Schieß endlich! Sonst bist du mir ja eh keine Hilfe mehr!"

Wie der Biermösel vor drei Jahren den furchtbaren Schmerz oben auf L 6 zum ersten Mal gespürt und mit der Zunge ertastet hat, war ihm als erfahrenem Schmerzpatienten sofort klar, dass es sich bei dem Krater um ein Loch handeln muss, da macht ihm heute keiner mehr was vor, da ist er ganz fernöstlicher Chinese, wenn es um die Löcher in seinen wenigen verbliebenen Beißwerkzeugen geht. Wie sonst nur der Leguan im Affenbrotbaum, erfühlt und ertastet auch der Biermösel die Welt um sich herum mit seinem langen und empfindsamen Schlapfen, nur leider halt, dass er damit nie den Mund von einer rassigen Dame ertastet, das ist dann schon sehr bitter, weil gerade vor Weihnachten der Mensch besonders gern mit seiner Zunge in fremden Mäulern herumfuhrwerkt, er braucht ja nur bei der Punschhütte vorbeifahren und nachschauen, wer sich dort aller mit der Zunge gegenseitig die

Mandeln abtastet, und das alles unter dem Deckmantel „betriebliche Weihnachtsfeier“, er könnte sich Tag und Nacht anspeiben.

Mit schwerer Hand greift der Biermösel dann zum Telefonhörer, weil er endlich den Stararchitekten Wollatz erreichen und ihn wegen Um- und Ausbau vom Scheißhaus gleich auf einen Termin festnageln will. Aber der Wollatz ist seit Tagen verschollen und wie vom großen Loch verschluckt. Hoffentlich liegt er nicht als Schneeleiche irgendwo da draußen in der weißen Hölle herum, wünscht sich der Biermösel inständig, von oben bis unten durchlöchert von der wildgewordenen Jägermeute, nichts kann er jetzt weniger brauchen als eine von der wildgewordenen Jägermeute durchlöcherte Schneeleiche.

Wie der Biermösel aber die alte Drehwählscheibe an seinem Telefon anwerfen will, mit schweren Fingern und schwerem Haupte, wie er dabei fast einschläft, weil ihn die Last vom insgesamt misslungenen Leben so niederdrückt, da läutet das Telefon auf einmal bei ihm selbst, und insgeheim hofft er natürlich, dass es die Anni ist mit einem verzweifelten Schluchzen im Kehlchen und dem unbändigen Wunsch, dass sie sich ihm erklären und alles wieder gutmachen kann.

Aber wie der Biermösel abhebt, ist nicht die Anni dran, sondern der Doktor Kris:per, und der sagt in seiner unnachahmlichen Art „Serrrrvus Bierrrrmäsel, wie gäht äs dirrrr?“, du meine Güte, weiß der Biermösel sofort, jetzt kann er sich wieder was anhören, weil jeder vor Weihnachten seine eigene Art hat, die Einsamkeit zu bekämpfen, und beim Doktor Krisper heißt diese Art leider Reden und noch einmal Reden.

Normalerweise legt der Biermösel ja sofort auf, wenn ihn der Rattenfänger in seiner Funktion als willfähriger Parteisoldat wegen irgendeiner Aktion von seiner depperten Bundesregierung anruft. Aber diesmal hat er so ein gewisses Gefühl in den Venen, dass der langweilige Teil von seiner Ansprache – „Hörst du mir zu, Biermösel, es ist bitte Folgendes: Die Bundesregierung macht immer wieder viel super Aktion, diesmal Weihnachtsaktion, was nennt sich: ‚Lass dir in den Kamin schauen, auch Santa Claus tut es!‘, was will wiederum sagen: Prostata-Vorsorge-Untersuchung für den Mann ab 40, aber du bist 59 und mein schwierigster Patient …“ – noch von einer für ihn immens wichtigen Information begleitet werden könnte, und richtig: „… weil eigentlich ich warte auf das Stararchitekt Wollatz“, hört der Biermösel den Doktor Krisper weiter erzählen, „was aber kommt und kommt nicht daher, also magst nicht kommen du vorbei, solange ich warte auf Wollatz, kriegst auch Weihnachtsliedbuch von die Parteigranden als kleines Zuckerl, als Gusto, geh Biermösel, ist wirklich einmaliges Gesangsbuch."

„Drauf geschissen auf dein Gesangsbuch, und drauf geschissen auf deine depperten Parteigranden!", sagt der Biermösel.

Aber dass der Wollatz jetzt eigentlich zum Doktor Krisper in die Ordination kommen soll, das interessiert ihn dann schon sehr, also hakt der Biermösel mit dem gewissen Unterton nach, der normalerweise den Verdächtigen in die Enge treiben soll:

„Sag einmal ganz ehrlich, Krisper, baust du dir vielleicht auch das Scheißhaus um, oder was ist los mit dir?"

„Aber nein, Biermösel", kann ihn der Doktor Krisper mit seinem hysterischen Lachen beruhigen, „komme ich ja aus Bulgarien, wo Qualität von Scheißhäuser ist unter jede Sau, also bin ich anspruchslos total diesbezüglich."

Gott sei Dank bist du anspruchslos total diesbezüglich, denkt sich der Biermösel, und dann fasst er einen für seinen verlangsamten Dämmerzustand relativ schnellen Entschluss:

„Komme!"

Allerdings natürlich nicht, damit er sich vom bulgarischen Frankenstein den Kamin kehren lässt, sondern nur deshalb, weil er bei ihm vielleicht den Wollatz doch noch vor Weihnachten antreffen könnte.

Die Fahrt hinüber in die Ordination wird er aber nicht ganz ohne die Seelentröster schaffen, die ihm der Herr Doktor in seiner eigenen Hexenküche zusammengebaut hat. Also robbt er schwach und immer schwächer hinaus zum Schreibtisch, neben dem die Kisten mit den gelben Tabletten stehen. Aber wie er die erste aufmacht, muss er leider feststellen, dass weder in der noch in der dritten oder fünften noch irgendwelche Tabletteil drinnen sind, weil er in den letzten schwierigen Tagen die ganze Jahresration schon aufgegessen hat, jedoch die Ration für das übernächste Jahr, na bumsti!

„Ich geb dir die gelben, gelb wie die Sonne!", hat der Doktor Krisper zu ihm gesagt und ihm die Wiederkehr der guten Laune versprochen, wie er im Spätherbst wegen der gewissen Niedergedrücktheit (wie wenn sich ein Gebirgszug auf ihn drauflegen und es sich schön langsam auf ihm gemütlich machen will!) und dem Loch im Schädel nach dem furchtbaren Kreuzigungserlebnis im Acker vom Brunner-Bauern bei ihm vorstellig geworden ist.

Immer öfter spürt der Biermösel jetzt dieses gewisse Verlangen nach der reinen Chemie, das er früher nicht gespürt hat, weil ihm früher der doppelt gebrannte Marillenschnaps aus der Hexenküche vom Tötschinger genügt hat, wenn er schlecht gelaunt war, aber schön langsam will er von früher gar nicht mehr reden, so sehr hat er sich selbst zum Schlechteren verändert, dass er schon wieder eine Stimme hört:

„Derrick, Derrick an Biermösel, hörst du denn die Alarmglocken nicht, die da schrillen, und auch nicht die ungezählten Alarmsirenen, die da losheulen, hast du denn was in den Ohrwascherin, du bist ja schon hochgradig süchtig!"

Dazu vom Biermösel jetzt vielleicht nur so viel als Gruß nach München: „Was geht denn dich das an, was ich in den Ohrwascherin habe!"

Der geht ihm vielleicht auf die Nerven mit seinen dauernden ungefragten Ratschlägen, ärgert sich der Biermösel über den alten Trottel aus dem Freitagskrimi, das kann er brauchen wie einen eingewachsenen Zehennagel, wenn sich einer nicht und nicht aus seinem Amt verabschieden mag und immer wieder bei der Tür hereinschaut wie die Maus aus dem Loch, auch dann noch, wenn er längst und offiziell von allen für überflüssig erklärt worden ist.

Ganz anders, weil reibungslos, hat sich vor 25 Jahren der alte Biermösel verabschiedet, wie er an einem Donnerstag um Punkt 9 Uhr das letzte Mal den Dienst angetreten hat und um 9.01 Uhr schon wieder bei der Tür draußen war, aber damals war auch das mit dem Übertritt in die Frühpension noch kein Problem.

Der Alte hat einfach die Bleispritze aus seinem Halfter genommen und zusammen mit dem Sheriffsstern an ihn übergeben, und dann ist er Fliegenfischen gegangen, wie das in der Pension am Anfang jeder tut, weil er glaubt, dass er dabei die ruhige Hand wiederfindet, die ihm im Dienst abhanden gekommen ist.

Allerdings war auch der alte Biermösel nie der Siddharta. Das depperte Herumsitzen am Fluss unter einem Baum im Schatten war er einfach nicht gewöhnt. Also hat er bald aufs Fliegenfischen geschissen und sich noch am selben Tag ein kariertes Flanellhemd und ein paar feste Bergschuhe gekauft, dazu einen wirklich scharfen Tomahawk und eine Husqvarna plus ein paar Hektar Wald dazu mit tadellosem Rotbuchenholz drinnen, und dann hat er Rotbuchenholz geschlagen wie eine Maschine, Jahr und Tag, Tag und Nacht, Stunde uni Stunde, ganze zehn Jahre lang hat man im ganzen Tal den alten Biermösel Rotbuchen umhacken gehört, tak tak tak, und hinter dem Auerhahn beim Schießstand hat er die Scheiter dann eigenhändig gestapelt, eins auf das andere, einen Stoß neben den anderen, den Nord-und Südturm, den Ost- und den Westturm, und seither haben sie wirklich mehr als genug Rotbuchenholz, muss er sagen, du liebe Güte, Rotbuchenholz haben sie wirklich mehr als genug.

Ob er das Rotbuchenholz für die langen kalten Winter im Ausseerland zurechtschneidet, haben ihn dann einige vorwitzige Tratschweiber im Ort gefragt.

„Nein", hat er gesagt und sie mit dem gewissen Schaum vorm Mund angeschaut, „ich schneide das Holz für die Scheiterhaufen zurecht, auf denen ich euch Weiber alle miteinander verbrennen werde!" Bald war er nämlich psychisch nicht mehr auf der Höhe und auf das andere Geschlecht gar nicht gut zu sprechen, weil ihm die alte Biermöselin davongelaufen ist, auch das Leben vom Alten war keine einzige Erfolgsstory, was das Glück mit den Damen anbelangt.

Wahrscheinlich hätten sie heute noch viel mehr als genug Rotbuchenholz, wenn dem Alten dann nicht an dem einen sehr heißen Sommertag eine von vier Rotbuchen auf den Schädel gefallen wäre, die er immer gleichzeitig und reihum gekillt hat, da hat sich jeder was abschauen können. Wie der Biermösel dann den stark an der Kopfhaut blutenden Berserker mit einer komplett ruinierten Schädeldecke darunter gefunden hat, den Gamsbart am Hut komplett verbogen, die Zunge schon dick angeschwollen, die Augen groß wie Handgranaten, da hat der Alte zu ihm gesagt, er soll ihm den Gnadenschuss geben, „einmal mach dich nützlich!", hat er ihn angeschrien, „sonst bist du mir ja eh keine Hilfe!"

Das hat dann schon weh getan.

Aber der Biermösel hat es trotzdem nicht übers Herz gebracht. Stattdessen hat er den Alten geschultert und ihn auf der Fips ins Krankenhaus nach Gmunden hinauf gebracht, wo die Götter in Weiß ihm dann bei der Erstversorgung gesagt haben, dass sie ihm zwar den ruinierten Schädel samt dem austretenden Hirn wieder zusammenpicken, nicht aber all die Verheerungen bereinigen können, die sich für das äußere Auge unsichtbar in seinem Inneren abspielen. Zum Beispiel haben sie sich über seine wirklich einmalige Leber gewundert, die größer war als das Praterstadion in Wien, und über seine wirklich sehr außergewöhnlichen Zuckerwerte – Zucker, haben sie gesagt, Zucker hat er so viel, dass er damit ein halbes Jahr lang ein ganzes Kaffeehaus in Wien unten versorgen könnte, Zucker hat er wirklich mehr als genug.

Damit war die Sache besprochen und sein Schicksal besiegelt. Wie er dann aus dem Koma erwacht ist, war nicht nur sein Schädel bandagiert wie der von einer ägyptischen Mumie, sondern auch sein linker Huf amputiert, schnipp schnapp schnappi, aber die Amtsübergabe zuvor ist im Wesentlichen klaglos verlaufen.

Da schaut der Biermösel noch einmal mit Dankbarkeit das Gemälde vom Alten an, das über dem Schreibtisch hängt und das ihn mit den Insignien der Sozialdemokratie zeigt und mit der linken Faust zum Gruß erhoben. Der Biermösel grüßt ihn mit seiner schwachen linken Pranke zurück und kippt ein schnelles Flascherl auf sein Wohl. „Frohe Weihnachten!“, sagt er. „Und Freundschaft.“

Dann richtet sich der Biermösel endlich für den Arztbesuch her. Er kämmt und schnäuzt sich, wie er das immer tut, wenn er zum Doktor geht. Und wie er vor dem Spiegel steht, sieht er zwar mittlerweile alles ein bisserl doppelt, weil er schon so elendig schwach ist. Aber so sieht er halt zwei Löcher statt einem in seinem Schädel, und genauso doppelt sieht er das verschorfte Blut, das ihm über die Stirn geronnen ist. „Oh Haupt voll Blut und Wunden“, seufzt er und stellt sich den Dornenkranz dazu vor, den er sich jetzt um den Schädel wickeln könnte, weil das wirklich auch schon wurscht wäre.

Aber pass auf, Biermösel, schon wieder komplett falsches Fest!

Doktor Krispov

Wie der Biermösel schließlich mit seinen innerlich und äußerlich bedenklich verdreckten Bergschuhen das gesteckt volle und komplett überhitzte Wartezimmer vom Doktor Krisper betritt, sind seine Augen trotz Windschutz und Schibrille nach einer abermals sehr abenteuerlichen Fahrt, während der es ihn gezählte fünfzehn weitere Male abwechselnd auf den Scheißer und natürlich auch wieder auf den Schädel gehaut hat, so verdreckt mit Schnee und allem möglichen anderen Zeug (die Luft ist so schmutzig heutzutage!), dass er jetzt nicht nur alles doppelt, sondern auch noch alles verschwommen sieht, danke herzlich.

Ein erster verschwommener Rundumblick im Wartezimmer lässt ihn dann folgende Vorgehensweise wählen:

Bevor er jetzt lange herumscheißt und sich eine Wartenummer zieht, bevor er sich vielleicht hinten anstellt und der Sprechstundenhilfe dann des Langen und Breiten erzählt, was genau er doppelt sieht und was nur verschwommen, zieht er lieber die Glock und hält sie jedem unter die Nase, der ernsthaft glaubt, er ist auf der Warteliste vor ihm gereiht, welche namentlich sind: der freche Rotzbub vom Tischlermeister Rodriguez (Hals- und Beinbruch beim Eislaufen) und die Berger-Oma (künstlicher Darmausgang, zwar nur leicht verrutscht, aber schwer verdaulich für die Umgebung, wegen Geruchsattacke). Denen beiden schiebt der Biermösel die Glock so weit in die Nasenlöcher hinauf, bis sie endlich verstehen, dass er vor ihnen dran ist. Und weil er ja nicht nur zum Spaß da ist, sondern den Wollatz sucht, nimmt er gleich noch jeden anderen im Wartezimmer unter die Lupe und schaut ihn sich von oben bis unten genau an, aber der Wollatz, muss er leider sagen, ist nicht dabei, weder doppelt noch verschwommen.

Also weiter im Gefecht!

Der Biermösel täuscht mit der Glock in der erhobenen Hand und strengem Blick in den verdreckten Augen einen dramatischen Alarmeinsatz vor, bei dem alle ins zweite Glied rücken und ihn allein an vorderster Front agieren lassen müssen. Entschlossen wie der Texasranger sich dem Terrorkommando nähert, nähert er sich der Tür zur Ordination vom Doktor Krisper, „psst!“, sagt er dabei mit dem dicken Wurstfinger gegen den Mund gedrückt, immer wieder sagt er „psst!“, alles hat er ja nicht vergessen, was er oben in der Gendarmerieschule im Fach „Dschungelkrieg“ gelernt hat, und das Wichtigste beim Dschungelkrieg ist das „Psst!“-Sagen. Die schreienden Kinder und verängstigten Alten allerdings, über die er dabei hinwegsteigen muss, will er dann lieber schnell vergessen. Aber wie er endlich die Tür eintreten und dem ganzen Spuk ein Ende bereiten will, stellt sich ihm aus dem Hinterhalt der kleine Willi in den Weg, zielt mit seiner Plastikspritze auf ihn und sagt:

„Hände hoch, oder ich schieße!“

„Oder *was?“*, schreit der Biermösel zurück.

Wenn der Biermösel nämlich was überhaupt nicht leiden kann, dann ist das die Unart der jungen Leute, dass sie so undeutlich reden. Also stellt er die Trompete auf „Blizzard“ und bläst den kleinen Willi an, dass ihm die Ohren flattern:

„Hast du ‚ich schieße‘ oder ‚ich scheiße‘ gesagt, Herrgottnocheinmal, mach den Mund auf beim Reden!“

Da scheißt sich der kleine Willi vor Angst in die Hosen, und spätestens jetzt merkt er, dass er die Lage völlig falsch eingeschätzt hat und es mit einem deutlich überlegenen Gegner zu tun hat, obwohl alle im Ort über ihn erzählen, dass er komplett verweichlicht und kein richtiger Gegner mehr ist.

„Warst du denn im Frühjahr nicht in der Schule“, schreit ihn der Biermösel weiter an, „wie ich Pädagogik I und II unterrichtet habe, zum Zwecke der Abschreckung?“

Da zucken überhaupt alle zusammen, die im Wartezimmer sitzen und früher einmal in Aussee in die Schule gegangen sind, und jeder erinnert sich mit Schrecken in den Augen, dass der Biermösel jedes Mal im Frühsommer knapp vor Schulschluss in die Schule gekommen und der Frau Lehrerin gesagt hat, dass sie heute „Pädagogik“ auf den Stundenplan setzen soll. Und wenn sie dann seine schweren Schuhe draußen am Gang gehört haben, dann haben die kleinen unschuldigen Kinder drinnen in ihren Klassenzimmern schon nach Luft geschnappt, so wie jetzt alle nach Luft schnappen, die sich noch daran erinnern.

Der Biermösel hat den hoffnungsvollen Nachwuchs lieber besucht, bevor er was angestellt hat, und er hat sich die am wenigsten Hoffnungsvollen herausgeholt, die mit U-Hakerl geschossen und den Mäderln unter den Rock geschaut haben. Die hat er an den Ohrwascherin nach vor zum Katheder gezogen und ihnen seine Riesentrümmer-Fäuste unter die Nase gehalten und gesagt:

„Damit das ein für allemal klar ist: Die Linke heißt ‚SS-20', und die Rechte heißt ‚Pershing II', oder auf Deutsch und zum Mitschreiben in Schönschrift: Die Linke heißt ‚Krankenhaus', und die Rechte heißt ‚Friedhof'. Also immer schön aufpassen, dass ihr nicht in einen von den zwei Stahlbrechern hineinrennt, wenn ihr einmal größer seid und glaubt, die allgemein katastrophale Arbeitsplatzsituation abseits der Zwiebelschälerei ist der Freifahrtschein für ein Leben jenseits von Recht und Ordnung, das ist sie nämlich sicher nicht!" Und dann hat er ihnen den Strafenkatalog auseinander gesetzt:

„Fangen wir so an: Wer von euch den reichen Pfaffen stiehlt, der hat meinen Segen. Wer aber den Marillenbrand vom Tötschinger aus dem Supermarkt holt – ‚Krankenhaus!' Und wer überhaupt lebensmüde ist und vielleicht den Schweinsbraten bei der Roswitha zwar verschlingen, aber nicht bezahlen will – ‚Friedhof!"

Weil der kleine Willi aber wahrscheinlich Masern gehabt hat, wie er gelehrt hat, will der Biermösel ihn in einer Art Nachhilfestunde die versäumte Unterrichtseinheit nachholen lassen.

Schon hat er den einen Fuß am Sessel und eine Hand am Wollstutzen, schon schaut er ihn mit pädagogischen Augen an. Aber da hört er die verweichlichten Volksmassen hinter sich wimmern und jammern:

„Nicht die Venen, Biermösel! Bitte erspar ihm die Venen!"

Na gut, gibt der Biermösel dieses eine Mal dem Drängen der verweichlichten Volksmassen im Wartezimmer nach, dann halt nicht die Venen, sondern nur die Trompete ins Ohr vom „Dort ist die Tür!"

Da fällt der Willi in Ohnmacht, was dem Biermösel persönlich zwar leid tut. Aber jetzt weiß wenigstens jeder, dass der Biermösel zwar schwach ist, aber immer noch pädagogisch. Und nichts eignet sich besser als das Wartezimmer von einem Doktor, um die Nachricht möglichst schnell und vielstimmig in die ganze Welt hinaus zu tragen, „und jetzt gehet hin in Frieden."

„Der Wollatz?", fragt der Biermösel schwach, wie er schließlich die Ordination vom Doktor Krisper betritt und sich vor ihm in den gepolsterten Sessel fallen lässt. „Der Wollatz? Wo?"

„Der Wollatz!", sagt der immer fröhliche Doktor Krisper, und dann schlägt er die Hände über seinem Kopf zusammen. „Ist er gekommen zu mir vor zwei Tage, du eh wissen, seine Augen schlecht, sein Kreuz schlecht, seine Zähne schlecht, seine Knie schlecht, kurz: seine Ohren schlecht, seine Hüften schlecht, sein Magen schlecht, kurz: das Kreuz auch nicht gut, die Blutwerte auch nicht, der Blutdruck auch nicht, kurz: ..."

„Und weiter?", seufzt der Biermösel und denkt sich: Der kann wirklich ganz schlecht erzählen.

„Will der Wollatz haben Stempel von mir für Verlängerung von Führerschein", fährt der Doktor Krisper fort, „also sage ich: Bitte, Wollatz, kriegst du das Stempel für deine Lappen, aber bitte, zu Sicherheit von andere Leute in Aussee: Bitte bitte bitte kauf dir neue, sichere Auto! Sagt das Wollatz: ‚Certo, faccio io.' Was heißt wörtlich: ‚Sicherlich, mache ich'."

„Und weiter?", fragt der Biermösel, wie er schon fast am Einschlafen ist. „Und weiter?"

„Na hab ich ihm empfohlen: Kenne ich Händler oben in Nang-Pu, was heißt er Krispov und was ist Bruder von mir und gebürtig auch aus Bulgarien, und kaufst du dir von Vorschuss, was hast du kassiert von Autokonzernchef aus Deutschland für geplante Um- und Ausbau von Flachdachneubau oben an Gebirgshang, neue geländetaugliche SUV von Konzern von genau selbe Konzernlenker aus Deutschland, was ist groß wie ein Panzer und schwer wie ein Schiff und was hat 14 Airbags vorne und was hat Airbag oben, unten, hinten ..." –

„Und weiter!"

„Und was hat echt superspitzenmäßiges 1-a-GPS mit Stimme von Dagmar Koller drinnen, was lässt fahren Auto praktisch wie von alleine, kann nix mehr passieren."

„Da hast du", sagt der Biermösel müde und gerädert von den langatmigen Ausführungen vom Doktor Krisper, „da hast du leider nicht den Funken von einer Ahnung, was alles passieren kann, wenn ein 96-jähriger Zitteraal, Alzheimerpatient links, Parkinsonpatient rechts, blind wie eine Kuh, taub wie eine Maus, mit seinem Auto auf einer Straße im Ausseerland unterwegs ist, frag nach beim Heiligen Christophorus!"

Aber dann hat er nicht mehr die Kraft, dass er ins Detail geht. Er will nur noch wissen, wo der Wollatz jetzt ist, also fragt er: „Und weiter?"

„Ist er nicht gekommen seither, und kann ich ihm nicht geben seine Tabletten, was sind blau wie der Ozean und was haben beruhigende

Wirkung auf seine Hyperaktivität und Nervosität und Aufgeregtheit, ist er verschollen?"

„Verschellt!", korrigiert der Biermösel den Doktor Krisper mit dem strengen pädagogischen Blick, den er immer in der Schule aufsetzt, weil er gerne ein bisserl obenauf ist im Umgang mit denen, die zugewandert und der schönen heimischen Sprache nicht so mächtig sind wie er. „Verschellt heißt das, nicht verschollen!"

Dann schläft dem Biermösel endgültig das Gesicht ein. Er rutscht auf seinem Sessel immer weiter hinunter und schaut den Doktor an wie die Kuh das Tor. Er seufzt tief und atmet schwer, und auf einmal fällt ihm auf, was der für schöne eindringliche Augen hat und was für einen stechenden Blick, mit dem er ihn fixiert. Dem Biermösel wird auf einmal ganz warm auf seiner Stirn, wie er den Quacksalber wie von fernen Welten säuseln hört:

„Mach dich frei, Biermösel! Mach dich frei."

Dem Doktor Krisper reicht es nämlich schön langsam. Bis heute hat sich trotz intensivster Werbebemühungen der Bundesregierung kein einziger der hier registrierten Hochrisikopatienten bei ihm zum Kaminkehren gemeldet, und auch die Androhung der Zusendung des Weihnachtsliedbuches der Parteigranden hat keine Trendwende eingeläutet. Für einen frisch bekehrten Wirtschaftsliberalen wie ihn ist das natürlich keine gute Bilanz, da war es früher in Bulgarien besser, dort sind die Vorsorgeuntersuchungen notfalls in den Gefängnissen durchgeführt worden, in die alle geworfen worden sind, die sich ihr verweigert haben. Manchmal trauert auch der Doktor Krisper respektive früher Militärsportarzt Doktor Krispov den Segnungen des Kommunismus nach, aber das darf natürlich hier im Mutterland des Lodens keiner wissen, wo er erst vor kurzem der „Hilf dir selbst, wir helfen dir nicht!"-Partei beigetreten ist, „Hier ist es schön, hier ist es fein, komm in unser Häuschen rein" steht bei denen im Parteiprogramm, und er will ja in dieser Gegend nicht wie der Schneehase im grünen Feld herumhoppeln und sich als Kommunist outen.

„Mach dich frei, Biermösel! Mach dich frei!", sagt er wieder.

Das letzte Mal, dass sich der Biermösel frei gemacht hat, war bei der Untersuchung oben in der Gendarmerieschule in Linz, wo sie ihm aber nicht in den Kamin geschaut haben. Den kleinen Hammer aufs Knie schlagen und mit der Taschenlampe ins Ohr leuchten – das hat genügt, das hat genügen müssen! Aber auch die Medizin hat seither Fortschritte gemacht, und der Herr Doktor Krisper, stellt der Biermösel jetzt fest, trägt sogar schon Gummihandschuhe und schmiert sich die Hand ein, halleluja, da klemmt der Biermösel lieber instinktiv den Arsch zusammen.

„Mach dich frei!", hört er den Herrn Doktor wieder sagen. „Mach dich frei!"

Na ja, denkt sich der Biermösel jetzt, das macht er schon sehr gut. Im Verführen und Locken ist der Doktor Krisper gewiss besser als er selbst, und wenn er die Damen auch so lockend anschaut und mit seiner Samtesstimme auf sie einredet, dann Hut ab und allen Neid dieser Welt.

„Mach dich frei, Biermösel!"

Der Biermösel könnte jetzt schwören, dass er nicht will, was er tut, weil er von Natur aus schamhaft ist und sich aus Prinzip nicht auszieht, nicht vor der Roswitha, nicht vor dem Schlafengehen, und erst recht nicht vor einem Mann.

Aber er muss es jetzt tun, er muss, er muss, er muss. Er kann mit seinen sonst so gefürchteten Adleraugen dem hypnotisierenden Blick von seinem Hausarzt einfach nicht mehr standhalten, so verweichlicht ist er schon. Wie von einer fremden Hand gesteuert, fängt er an sich die eingefrorenen Schuhbänder aufzubinden und sich die Wollstutzen hinunterzuziehen. Und wie er sich im Grunde schon damit abfindet, dass ihm der Herr Doktor die Loden- und dann die Unterhose auch noch hinunterzieht und ihn dazu bringt, dass er sich vor ihn hinkniet und er ihm dann den Kamin kehrt, da reißt ihn auf einmal ein entsetzter Schrei vom Doktor Krisper aus der Hypnose:

„Aaaaah!", brüllt der wie am Spieß, und dann kann der Biermösel sehen, wie er verzweifelt auf seine Venen starrt und mit dem nackten Finger darauf zeigt:

„Aber Biermäääääsel!", schreit er und hält sich die Hände vor die Augen. „Warum hast du mir denn nie erzählt von deine Venen, wolltest du mich üüberrrrraschen?!"

Bravo, denkt sich der Biermösel zufrieden. Wenn du mich hypnotisieren willst, dann zeig ich dir meine Venen, und schon ist das Gleichgewicht des Schreckens wiederhergestellt, du alter Bulgare!

Nachdem ihm jetzt also auch der Doktor Krisper nicht geholfen hat, den Aufenthaltsort vom Wollatz zumindest einzugrenzen, damit er ihn in die Enge treiben und ihm die Fluchtwege versperren kann, steht der Biermösel langsam auf. Aber bevor er sich mit einem schönen Gruß von der Faust „Krankenhaus“ vom Herrn Doktor verabschiedet, fällt ihm ein, dass ihn ja noch ein anderes Verlangen hierher getrieben hat, der winterliche Hunger nach den Strahlen der Sonne.

Ein bisserl verschämt stellt er dem Doktor die leere Tablettenschachtel auf den Tisch und sagt mit dem gewissen drohenden Unterton und mit der Hand schon wieder an den Wollstutzen:

„Mehr, Krisper! Viel mehr!“

„Aber gerne, Biermösel“, sagt der Doktor Krisper, der selbst kein Freund der Apothekerwaage ist. „Sind ja genug dort in der Kiste, greif einfach zu!“

Der Biermösel geht zur Kiste und räumt sich die Säcke von seinem Wetterfleck voll. Dann schaufelt er noch ein paar Kilo in die Jausentasche hinein, und mit dem Rest geht er hinaus und schüttet ihn in die Satteltaschen von der Fips, die schmecken wirklich einmalig. Und dann schiebt er sich noch den Mund voll, wie er wieder zurückkommt zum Doktor Krisper und gleich die Jahresration für 2005–2010 auch noch ordert.

„Ich dank dir recht herzlich, Herr Doktor.“

„Keine Ursache“, sagt der Doktor Krisper feierlich, „der rechtschaffene Mensch ist gerade vor Weihnachten am glücklichsten, wenn er helfen kann.“

Drauf geschissen, denkt sich der Biermösel, auf den rechtschaffenen Menschen und insbesondere auf Weihnachten. Er ist am glücklichsten, wenn er die Tabletten fressen kann!

Wie er endlich hinausgehen will, mit den Hosen oben und dem Kamin ungekehrt, kommt ihm der Doktor Krisper aber noch einmal nachgelaufen. Er gibt ihm die warme Hand, schaut ihm tief in die Augen und sagt:

„Falls wir uns nicht mehr sehen, Biermösel: Frohe Weihnachten.“

„Dazu von mir vielleicht nur zwei Worte“, sagt der Biermösel: „Dir auch.“

Und weg ist er, hinaus bei der Tür wie der Weihnachtsmann durch den Kamin, hinaus in den Schnee, der schon wieder einen Meter höher liegt als noch vor gut einer halben Stunde.

Jetzt, wo der Konzernlenker dem Siechenheimgärtner Georgij aus Berg-Karabach, den er schon von der Konzernzentrale in Deutschland aus über eine heimische Arbeitssklaven-Vermittlungsagentur als Chauffeur für die konzerneigene Limousine organisiert hat (wer einen Rasenmäher lenken kann, kann auch eine Limousine lenken, war seine dazu passende grandiose Management-Idee), gesagt hat, dass er die Konzernlimousine in die Garage stellen und sich bis übermorgen frei nehmen soll, jetzt wo er die Ölheizung auf „Äquator" gedreht und sich auf dem Tigerfellbezugbett im Schlafzimmer der neu erworbenen Flachdachneubauvilla aufgebockt hat und auf die Franzi Kubelik wartet, jetzt hat er sogar noch einen kleinen Zeitpuffer, und die kleinen Zeitpuffer vertreibt er sich am liebsten mit analytischer und kühler Denke, nichts ist für einen Konzernlenker wichtiger als analytische und kühle Denke, erster Lehrsatz der Economic School of Monty Burns: Denk immer analytisch und kühl!

Hm, na dann Weihnachten also, denkt er. Was sagt mir Weihnachten (seit mich Mutti auf meinem Schaukelpferdchen in ihrem Unterwäscheschrank überrascht hat)? Nehmen wir zum Beispiel die Umsatzentwicklung jeweils zu Weihnachten, und rechnen wir das noch einmal durch: Weihnachten + Punschstände im ganzen Land + Selbsthass der völlig überschuldeten Arbeitnehmer + Verwandtenbesuche ohne innere Überzeugung in Verbindung mit abermals hohem Alkoholkonsum + schlechte Straßenverhältnisse, weil die von der Globalisierung getriebenen Regierungen an allem sparen müssen, auch an der Straßenbeleuchtung = extrem gute Umsatzentwicklung für den Konzern und auch für die konzerneigene Bank, weil die Unfallhäufigkeit enorm hoch ist, also Weihnachten = sehr gut. Wenn dann die Karre nämlich an irgendeinem Baum hängt, müssen sich die kleinen Lohntierchen mit dem wenigen verbliebenen Weihnachtsgeld („Runter mit den Lohnkosten, Gerd!", hat er dem Gerd immer geraten) und einem weiteren, einem allerletzten Kredit doch wieder einen neuen Wagen kaufen, weil sie sonst überhaupt nicht zu ihren hunderte Kilometer vom Wohnort entfernt gelegenen Billigjobs kommen würden, also ein dreifach Hoch auf Weihnachten, hipp hipp hurra!

Oder nehmen wir Weihnachten und betrachten das weltumspannende Festchen in Hinblick auf die Marke, auf die *Brand,* überlegt der Konzernlenker weiter analytisch und kühl und streichelt das Köpfchen seines Schaukelpferdchens, das er zu sich ins Bettchen gelegt hat. Nehmen wir weiters die ausgefeilte Markenpolitik und das Merchandising der für Weihnachten verantwortlichen Katholen, und schon können selbst wir Spitzenmanager noch was von den Pfaffen lernen. Was nämlich Markenpflege und Markenbewusstsein anbelangt, sind die RosenIcranzbeter unschlagbar, man denke nur: „Jesus". Das ist ja bis heute als Brand und als Marketinggag unerreicht! Was denen da eingefallen ist, Hut ab! Noch im Sommer hat er versucht, den Oberpfaffen in Rom für ein paar dutzend Millionen Euro Schwarzgeld die Markenrechte an „JESUS" für den im Frühjahr auszuliefernden gelbgrünen Retro-Hippie-Flitzer mit extrem kühlen Seitenstreifen und einer Lange-Zottel-Lackierung an der Motorhaube abzuluchsen, weil die Rakete dann ihren Weg zu den kleinen auszuquetschenden Kunden alleine gefunden hätte, ganz ohne beschissenes GPS.

Aber der Finanz-Oberpfaffe wollte ein paar dutzend Milliarden dafür haben, also blieben letztlich nur „Mao" und „Fidel" übrig, an deren Rechte er billiger gekommen wäre, aber nenn deinen Hippie-Sportflitzer „MAO" und die kleinbürgerliche Familienlimousine „FIDEL", schon hast du zwei Ladenhüter fabriziert und wirst bei der nächsten Aktionärsversammlung geteert und gefedert und dann vielleicht sogar entlassen!

Hm, denkt der Konzernlenker weiter analytisch, als ihm die lange Zeit des Wartens schon ein wenig zäh dahinfließt, Weihnachten als *Content* – in die Schrottpresse damit! Er setzt sich doch morgen an Heiligabend mit der Franzi Kubelik lieber in die mitgebrachte Konzernlimousine in der Garage draußen und dreht für ein paar Minuten die Nebelschlussleuchten auf und singt mit ihr eine halbe Strophe „Stille Nacht", bevor er nochmal einen Weihnachtsbaum aufstellt und vielleicht Kerzen darauf anzündet, lieber verbrachte er Weihnachten während der letzten Jahrzehnte immer am Verteilerkreis irgendeiner Autobahn als im Kreis seiner so genannten Lieben.

Wo bleibt denn die Franzi, denkt er nun schon weniger analytisch und kühl.

Zwar hat auch er heute als kleines Zugeständnis an Weihnachten ein paar Tannenzweige aus dem finsteren Wald da draußen hereingeholt, mit denen die Franzl ihn schlagen soll, bevor sie ihn mit dem Einlauf erlöst, und jetzt muss er schon sagen: Der Schnee rieselte leise, und unten im Tal ruhte still und starr der zugefrorene See und weihnachtlich glänzte der Wald und so weiter und so fort. Also da ging ihm ja beinahe wirklich das Herz auf, und kurz dachte er sogar, er spürt seine Seele wieder, die er während seiner gesamten erfolgreichen Manager-Karriere nicht mehr gespürt hat beziehungsweise nicht mehr spüren konnte, weil sich ein Manager keine Gefühle erlauben kann und er folgerichtig seine Seele überhaupt schon vor langer Zeit –

Nun, was genau hat er denn mit seiner Seele gemacht, fragt er sich gar nicht mehr kühl. Gerne würde er jetzt mit einem raffinierten Sprachbild ausdrücken können, was genau er vor langer Zeit mit seiner Seele angestellt hat, damit sie so völlig unempfindlich geworden ist, aber es fehlen ihm leider die Worte, sein Leben lang jonglierte er ausschließlich mit Zahlen. Dabei wäre er manchmal so gerne musisch begabt gewesen anstatt immer nur gefürchteter Schlächter. „Mein Seelchen entflog meinem schmalen Körperchen“, könnte er jetzt zu seinem Schaukelpferchen sagen, das neben ihm im Bettchen liegt, „und dann ... und dann – verdammte Scheiße, was tat denn mein Seelchen dann?!“, fragt er sich beinahe beleidigt, „wo genau flog es denn hin, um sich so kolossal zu härten?“. Flog es vielleicht in ein Stahlwerk und meldete sich zum Härten vermittels Elektrolyseverfahren an? Oder flog es eher in einen Backofen für Stahlgürtelreifen?

Das klingt doch alles nach nichts, das ist keine Poesie!, ärgert er sich, und plötzlich beneidet er all jene Tagediebe und Musenküsser, die Zeit und Ruhe haben, stundenlang in ihren Musentempeln herumzusitzen, sich sinnlos die Zeit zu vertrödeln und dabei vielleicht Sprachbilder erfinden (und all jene, die ordentlich scheißen können, beneidet er erst recht!).

Der Konzernlenker atmet sehnsuchtsvoll den Duft der Tannenzweige, mit denen ihm die Franzi Kubelik erst den Arsch versohlen soll, bevor sie ihm den Einlauf verpasst, heilige Scheiße! Er hat es dann wirklich nötig, denkt er mit sorgenvollem Blick auf die Uhr. Die Tannenzweigchen riechen so gut, bevor es dann bald gar nicht mehr gut riechen wird, wenn sich die Stauung im Darm endlich löst und die Rakete zündet.

Der Konzernlenker wird das stets freundliche „Hinauf?“ der Franzi Kubelik im Puff der Discowirtin vermissen, wenn er erst für immer nach Rio verschwunden sein wird, und ihr glückliches Gesicht erst recht, wenn sie auf ihrem Schemel stand und den Knopf drückte und sich die Lifttür hinter ihr langsam schloss. Diese Zufriedenheit im Kleinen! Selten, dass den stahlharten Manager noch etwas berührte und er die eingefahrenen Bahnen der analytischen Denke verließ, aber diese Franzi Kubelik und ihr lächerlicher Traum, einmal im Leben Liftboy zu sein, gehörten gewiss dazu.

Anders verhielt sich die Sache mit seiner Frau Irm!

Seine Gedanken sind finster wie dunkle Scheiße, wenn er nur an seine Frau Irm denkt. Das mit seiner Frau Irm war keine Erfolgsstory, und mit allen anderen Frauen, für die er nicht bezahlen musste und die er alleine mit seinem Äußeren und seinem Charme gewinnen wollte, auch nicht! Stattdessen schwerer Sigmund-Freud-Alarm bei ihm, seit ihn Mutti auf seinem Pferdchen reitend in ihrem Unterwäschekasten überraschte.

„Möchtest du mich hier berühren?“, fragte sie.

„Mami, bitte nicht!“, hat er geflennt.

Du lieber Herr Gesangsverein! Mutti zog sich aus und drückte ihn ganz fest an sich, und zwar genau dorthin, wo bei einem Auto der Auspuff ist. Dann versank er in einem Meer von Fleisch und Fett und konnte sich nicht mehr befreien, er bekam überhaupt keine Luft mehr zwischen ihren gewaltigen Arschbackenbergen und starb tausende qualvolle Tode, als sie ihn endlich in sich aufnahm, und zwar als Ganzes, wie es ihm vorkam.

„Gefällt es dir, mein Liebling?“

„Nein, das tut es nicht!“

Das war noch schlimmer als letztes Jahr in Detroit, Michigan, wo ihn einige Geschäftspartner eines Autozulieferers nach einem wirklich prächtigen Deal mit Prosecco sturzbetrunken gemacht und in eine finstere Hinterhofwohnung verschleppt haben, die definitiv kein heiterer Musentempel war, wie sie ihm zuvor irreführenderweise versprochen hatten, sondern ein so genannter *dark-room,* wie der Amerikaner sagt. Dort haben sie ihn schmalärschigen und weißhäutigen Arschfick-Novizen mit 39 schwarzen Holzfällern, die gerade ein halbes Jahr lang in einer abgelegenen Hütte in Kanada gelebt und dort Rotbuchen geschlägert hatten, alleine gelassen, und die haben mit ihren *monstercocks,* wie der Amerikaner ebenfalls sagt, in ihm herumgerührt wie der Stabmixer im Kartoffelpürree – „Aua!“

Als er blutender Klumpen Fleisch wieder zu sich gekommen war, draußen in der finsteren Straße neben einer Mülltonne, haben noch ein paar *brothas* mit ihm Straßenfußball gespielt und ihm die Scheiße heraustreten wollen, was aber auch zu ihrer Überraschung nicht funktioniert hat, das hat sonst immer funktioniert, wie sie sich gegenseitig versichert haben. Da spätestens hat er endlich kapiert, dass der zu feiernde Deal wohl nur für ihn und seinen Konzern ein zu feiernder war, nicht aber für seine Geschäftspartner in Detroit, Michigan, wo sie auch schwer an der Globalisierung zu knabbern haben.

Aber das mit Mutti im Unterwäscheschrank war schlimmer, viel schlimmer.

Seinen Hausdrachen Irm hat er sich eingetreten, als er noch Werkzeugmacherschnupperlehrling im Stammwerk war und sie Kartoffelschälerin in der Werksküche. Als noch niemand ahnen konnte, dass ihn zunächst seine Leistungen als Betriebsrat sowie in der Folge als Gesamtbetriebsrat und dabei wiederum sein Schweigen bei der einen oder anderen Beschneidung von Arbeitnehmerrechten durch den damaligen Vorstand über den anschließenden Umweg Economic School of Monty Burns an die Spitze des Unternehmens spülen würden.

Die verbeulte Schrottkarre Irm war schon zu Beginn seines Aufstiegs in den 70er Jahren unansehnlich wie ein Traktor neben einem Ferrari, aber als er dann zum Konzernlenker aufstieg, war es so richtig offensichtlich, dass er in die Scheißkiste gegriffen hatte, als er seine Frau Irm im Sommer der Liebe zum Traualtar führte, seine Frau Irm kann er heute brauchen wie der chinesische Wirtschaftsaufschwung die Sandalenträger von Greenpeace.

Wie hundert kommunistische Kader machte sie ihm in der Folge das Leben zur Hölle – „Ich will dies, ich will das, ich will dahin, ich will dorthin!" Und am schlimmsten und peinlichsten: „Benenn bitte endlich ein Auto nach mir!" Wenn er eines seiner Modelle Irm genannt hätte, oder noch schlimmer: Wenn eines seiner Automodelle jemals so beschissen ausgesehen hätte wie seine Frau Irm, wäre er dann jemals Manager des Jahres geworden?

Wohl kaum.

Ein Hintergestell hatte sie wie ein alter Elefant, breit und ausladend, und an jeder erdenklichen Stelle ihrer grandios misslungenen Karosserie bildeten sich mit den Jahren Airbags made by Fett, die an ihr hinunterhingen wie die ebenfalls katastrophal schlecht montierten Innenwandverkleidungen beim Monty, keine Karosseriespenglerei dieser Welt hätte ihre Sacktitten jemals wieder richten können, und nichts ist trauriger als Weihnachten mit einer Frau verbringen zu müssen, die einen an die Tränensäcke von Inspektor Derrick erinnert, wenn sie aus der Dusche kommt.

Dabei sieht er auch keinen Benz, wenn er sich selbst in den Spiegel schaut. Wie Unkraut im Rosenhain steht er da, gebeugt wie eine Brezel läuft er über die lärmgedämmten Flure der Konzernzentralen, und seine sündteuren Brioni-Anzüge sitzen selbst dann nicht perfekt, wenn 1.000 kleine pakistanische Schneiderlein jahrelang daran herumschnipseln, aber er ist wenigstens Konzernlenker!

Als die Franzi Kubelik dann bereits seit zwei Stunden überfällig ist, macht sich der Konzernlenker dann ganz unkühle Sorgen, und plötzlich entdeckt er auch die Blutspritzer an der Wand vor sich, die gewiss kein Weihnachtsschmuck sind. Auch sieht er Blutspritzer am Bettvorleger, der wiederum ein erlegter Tiger ist. Von welchem furchtbaren Ereignis zeugen denn diese Spuren, fragt er sich. Hat er sich in die falsche Immobilie eingekauft, in eine, über der ein Fluch lastet?

Das Blut an der Wand lässt ihn an die neuen beunruhigenden Zahlen denken, die ihn am Vormittag per Fax in seinem neuen Refugium aus der Zentrale erreicht haben, verbunden mit einem weiteren lahmarschigen Appell der Leute aus dem Qualitätsmanagement, den Monty zurückzurufen und endlich Inserate des Bedauerns zu schalten. Sie schreiben: Spanien 223 Tote, USA 185 Tote, Italien 194 Tote, alle wegen schadhaftem GPS.

Da kann man von keiner Häufung von Zufällen mehr sprechen, auch wenn die Spanier vielleicht wirklich ganz ganz schlechte Autofahrer sind.

Für das Ösi-Land liegen Gott sei Dank noch keine detaillierten Zahlen vor, hier wurde erst gestern das erste Modell ausgeliefert, in einem Örtchen namens Attnang-Puchheim übrigens, das gleich hier in der Gegend liegt, von einem Händler namens Krispov. Mal sehen, wie lange der Monty mit kaputtem GPS sich hier auf der Straße hält.

Aber wen kümmert's? Nicht mehr die sinnlose Jagd nach immer mehr Pferdestärken wird in Zukunft sein Leben bestimmen, sondern die beschaulichere Hege und Pflege seiner Rennpferdchen-Kolonie in Brasilien.

Ärgerlich jetzt nur, dass er nach Rio mit Linie wird fliegen müssen, weil er die Gulfstream während der Feiertage dem Gesamtbetriebsrat versprochen hat als kleines Dankeschön für die weggepackten Trillerpfeifchen und roten Fahnen während der letzten Massaker an den Arbeitnehmern. Der gute Mann fliegt über Weihnachten nämlich gerne nach Nepal, wo er kleine unschuldige Mönche vergewaltigt. Seit sie die Orgien immer zusammen mit den Betriebsräten feiern, ist zwar auch früher schon immer öfter alles aus dem Ruder gelaufen, und sie haben es in immer kürzeren Abständen wirklich übertrieben. Als sie voriges Jahr nach der zu feiernden Entlassungswelle die Franzi Kubelik an den Füßen gefesselt, ihr die Titten abgeklemmt und sie dann beim Fenster hinausgehängt und dann zum Spaß „Hoch die internationale Solidarität" gesungen haben, war das noch lustig. Aber kleine unschuldige nepalesische Mönche vergewaltigen? Der Mensch ändert sich eben schnell zum Schlechteren, sobald er nur die Möglichkeit dazu hat.

„Franzi?", fragt er, als er hinter sich endlich die Tür ins Schloss fallen hört und ihr erwartungsfroh den Arsch entgegenstreckt.

„Nix Franzi", hört er aber überraschend eine männliche Stimme hinter sich lallen, „Charlie mein Name. Jackpot Charlie."

Da scheißt sich der Konzernlenker auch ohne Einlauf von der Franzi Kubelik endlich bis zu den Nackenhaaren hinauf an, weil er diesen Idioten und die fällige Provision ja ganz vergessen hat. Und plötzlich ist er sich ziemlich sicher, dass ihm ausgerechnet dieser kleine Scheißer nach seinem großartigen Managerleben den Einlauf auf die Zielgerade seines Lebens ganz gehörig versalzen wird.

„Aua!", schreit er, als ihm der unerwartete Gast das erste Mal sein armes Schaukelpferdchen über den Schädel zieht.

„Aua, das tut so weh!"

„Schau, das Licht!"

Vor fünf Minuten, als der Jackpot Charlie in seiner japanischen Rostlaube die engen Kurven vom Gebirgskamm heruntergedonnert ist wie der olympische Rodler durch den Eiskanal, da hat er sich noch halbwegs orientieren können, weil er durch die Spaliere der schneebehangenen Mischwaldbäume hindurch immer wieder das Licht gesehen hat, „Anni, bitte schlag mich, wenn du glaubst, ich erzähl dir schon wieder einen Blödsinn, aber aus dem See heraus hat das Licht geleuchtet, hinauf in den Himmel." Und das war so schön, dass er sich fast angebrunzt hat.

Jetzt aber scheißt er sich vor Angst fast in die Hosen, obwohl er einen ganzen Haufen Bargeld neben sich auf dem Beifahrersitz liegen hat, samt einem Erste-Klasse-Ticket nach Rio, was einem hochverschuldeten Spielsüchtigen ein bisschen Sicherheit geben könnte. Auch lässt er die Serpentinen der Berge bald hinter sich, was gut ist. Aber die Mühen der langen Gerade im Silbertannenwald liegen noch vor ihm, und das ist schlecht. Denn die ist gefährlicher als die kurvigste Winterstraße, weil sie Biermösel-Land ist.

Dort wartet auf jeden flüchtenden Dieb eine von seinen gewaltigen Donnerfäusten, und auf jeden frischgebackenen Mörder, wie er seit kurzem einer ist, wartet er selbst ruhig und gelassen hinter irgendeinem Baum und hält die Pratzen schon an den Stutzen, „halt ein, Biermösel", schreit der Jackpot Charlie in seiner fiebrigen Angst, „bitte nicht die Venen!".

Als der Jackpot Charlie endlich in die lange Gerade im Silbertannenwald einbiegt, tanzen die Schneeflocken im Scheinwerferlicht mit jedem Wimpernschlag immer noch verrückter um seinen Wagen herum wie höhnisch lachende Hexen auf ihren Besen, und der Schnee liegt mit jedem Meter, den er immer langsamer zurücklegt, immer noch höher auf und entlang der Straße, sodass er sich schon besorgt fragt, was denn heute mit dem Lindbichler los ist, „als Waisenkind ist man halt immer besorgt, Anni".

Bilder des Schreckens drängen sich jedes Mal in sein Oberstübchen, wenn er den Schleichweg befährt, Bilder vom Biermösel, wie er regelmäßig im Herbst zu Schulbeginn dem Waisenhaus einen Besuch abgestattet hat. Seine Rede zur kriminellen Lage der Nation samt seiner

Vorschläge zur Prävention waren gefürchtet wie die hochgezogenen Augenbrauen vom Breschnew während der Maiparaden.

„Wer Ohren hat zu hören, der höre!", hat er zunächst immer ein bisschen weiter ausgeholt, bevor er dann vielleicht eine Spur zu philosophisch geworden ist:

„Manchmal genügt ein Tropfen und bringt den heißen Stein zum Überlaufen. Manchmal genügt ein Schmetterlingsdings und löst einen Bums aus, sprich: Kriminell seid ihr schneller, als ihr denken könnt. Wenn ihr dann aber hektisch werdet, weil ihr was angestellt habt, wenn ihr dann vielleicht sogar auf der Flucht seid durch die lange Gerade im Silbertannenwald, weil euch die ein willkommener Schleichweg zu sein scheint, dann schreibt euch Folgendes hinter die Ohrwascherl: Ich werde euch nicht jagen. Ich werde vielmehr ruhig wie der Fliegenfischer unter einem Baum im Schatten an der Abzweigung nach Goisern sitzen und dort auf euch warten, bis das Schicksal euch vor meine Bergschuhe spült, ich bin nämlich der Herrscher über die Zeit, wenn ich was habe, dann habe ich Zeit, Prostmahlzeit."

Du meine Güte, fröstelt es den Jackpot Charlie, wie er sich an diese Predigten erinnert und ihm auch jetzt wieder der Angstschweiß kalt den Rücken hinunterläuft, manchmal war der Biermösel selbst für einen Ausseer Gendarmen ganz außerordentlich besoffen.

Damals haben sie ihm natürlich nicht geglaubt und ihn mit Brennnesseln beworfen und ausgelacht, und er selbst war es, der jedes Jahr wieder die gleiche scheinheilige Frage gestellt hat, sobald er ins Klassenzimmer eingetreten ist:

„Was ist denn das, Herr Inspektor, was da so riecht?"

Nur um selbst und der Klasse dann immer die Antwort zu geben:

„Ist das vielleicht ‚Fuß', der neue Duft von Impulse?"

Und endlich hat dann mal die ganze Klasse gelacht, wenn auch er mal lustig sein wollte.

Aber was, fragt er sich jetzt besorgt, wenn alles doch genau so kommt, wie es die rechte und die linke Faust des Teufels prophezeit haben? Da wünschte der JC inständigst, dass er sich nicht immer mit diesen billigen Kalauern in die Unterrichtseinheit eingebracht hätte!

Schon am Nachmittag hat sich Jackpot Charlie an der Punschhütte gut abgefüllt. Mit ein paar schnellen Stehachterin im Tagescafé von der gachblonden Discowirtin spült keiner die Demütigung hinunter, die ihm heute früh auf den Schreibtisch geflattert ist: „Halbes Gehalt oder Arschtritt! Für die Luft, die du in unserer Filiale atmest, wirst du in Zukunft auch bezahlen müssen."

Das war im Wesentlichen der Inhalt von der mit formlosem Schreiben zugestellten Änderungskündigung von den Vorständen der Ackerbau- und Viehzuchtbank, und das nach zwanzig Jahren freudloser Zugehörigkeit zum Unternehmen (in dem er aber wenigstens vor drei Wochen dann noch die Anni hat kennen lernen dürfen, nach der ebenso freudlosen Weihnachtsfeier auf dem mehr als freudlosen Betriebsklo, wo er seinen Rausch hat ausschlafen wollen, „Anni, ich hab wirklich nicht gewusst, dass eine Putzfrau noch beschissener dran ist als unsereins und schon um zwei aufstehen und um drei zum Scheißhausputzen anfangen muss!").

Früher haben sie bei der Discowirtin drüben in Goisern gefeiert, bis der Christbaum gebrannt hat. Er hat Knopferlharmonika und die ganzen Schlager vom Shubidu Jack rauf und runter gespielt, und alle Weiber haben sich früher oder später von ihm auf die Turteln greifen lassen, das war wirklich einmalig. Aber heuer haben die Heuschrecken lieber im Osten dazugekauft und in der Heimat gespart, also war für sie nicht mehr drinnen als eine fade Weihnachtsfeier in der Filiale mit Rotkäppchensekt und ein paar selbst gemachte Lebkuchen, die die ganzen fettärschigen Kolleginnen mitgebracht haben, denen er eigentlich schon lange nicht mehr auf die Tutteln hat greifen wollen, aber das will vor einer Weihnachtsfeier eigentlich niemand.

Mit einer Änderungskündigung in der Tasche und einem Gehalt wie ein Schnupperlehrling hätte er sich am Punschstand ab morgen sowieso nicht mehr anschauen lassen können, also hat er sich wenigstens die ausstehende Provision vom Konzernlenker holen wollen, die er ihm noch wegen dem Immobilien-Deal schuldig war, damit hat er wirklich die Schulden bei der Anni bügeln und mit ihr heute endlich nach Ischl zum Honigwachskerzenkaufen fahren wollen, wo er ihr dann am Punschstand alles gestanden hätte, sein deppertes, patschertes Leben.

Er war also gut gelaunt, als er heute vom Punschstand aufgebrochen ist und die Anni diesbezüglich instruiert und informiert hat, „ich freu mich", hat sie gesagt, „ich freu mich auch", hat er geantwortet, wie der Lindbichler mit seiner Franzi Kubelik hat er mit der Anni Süßholz geraspelt, und wie er jetzt die lange Gerade entlangschlittert und -driftet und bald nicht mehr weiß, wo vorne und hinten ist, da wird der Schrei nach dem Lindbichler immer lauter.

Was soll er sagen? Die Tür zum Flachdachneubau war offen, Herr Kommissar, täte er im Freitagskrimi dem Herrn Kommissar die so genannten näheren Umstände der Tat erklären, ich wollte den Herrn Konzernlenker ja eigentlich nur höflich ersuchen, dass er mir die Provision aushändigt, die er mir schuldig war – Schwarzgeld? Aber Herr Kommissar! Das hätten sie den Konzernlenker selbst fragen müssen, ich sage nur: Ich war zur falschen Zeit am falschen Ort."

Oder auch zur richtigen Zeit am richtigen Ort, je nachdem, ob er den Ritt aus der weißen Hölle hinaus schafft oder nicht.

Wie er der Konzemlenkerdrecksau volley in den Kamin geschaut hat, war das natürlich ein Schock, Herr Inspektor, total nackt und mit gläsrigdurchschimmernder Haut ist er bäuchlings auf einem Tigerfellbezugbett gelegen, das aber alle Stücke gespielt hat – „wie ich Ihnen später gerne schildern werde!" –, den schmalen Arsch in die Höhe gereckt, ganz und gar nicht die unangreifbare Heuschrecke, vor der ich mich am Telefon immer so gefürchtet habe, ehrlich Herr Inspektor, „mach dies, mach das, mach mal halblang, mach dir keine Sorgen wegen deiner lächerlichen Provision", hat er gesagt, „du kriegst sie!".

Aber wie er dann „Franzi" zu ihm gesagt hat, ist ihm der Deckel weggeflogen, das wäre im Prinzip das Motiv, nach dem Sie fragen, Herr Kommissar, richtig, Inspektor gibt es keinen, das war der Tropfen, von dem der Biermösel immer geredet hat, der den Bums auslöst. Der Jackpot Charlie hat der elenden Gestalt dann den Bettvorleger übergeworfen und ihm ansatzlos mit dem rechten Shubidu-Walk-Tanzfuß einen Arschtritt verpasst, leider halt mit den spitzen Schuhen, der ihm die wenige Feuchtigkeit von seiner schwarzen Scheiße bei den Augen hinausgetrieben hat. Da hat er dann im Gesicht kurz ausgeschaut wie die parfümierten Weiber vom Punschstand, Herr Kommissar, nachdem sie hinten beim Rinnsal den Finger in den Hals gesteckt und ihr beschissenes Leben hinausgekotzt haben und verweint und mit verschmiertem Augen-Make-up zurückgekommen sind und gejammert haben: Charlie! Ich hab so eine Sehnsucht nach Wärme!

Bevor der Konzernlenker „aber hallöchen!" überhaupt nur hätte denken können, ist der Charlie dann gleich über ihn gekommen wie der

Sandsturm über Texas, und er hat ihm mit der Doppelfaust eine gegen die Schädeldecke gehämmert und ihn dann geritten wie der Jockey das Rennpferd, hühott, hühott!

Die jetzt komplett entwässerte schwarze Scheiße hat ihre Reise wieder retour in Richtung Kamin angetreten, und dann war da, wie soll ich sagen, Herr Kommissar, dann war da eine Stimmung wie am Weltraumbahnhof, bevor die Rakete endlich abhebt, Countdown und so, zwo, eins, zero und rumms!

Ein monolithischer, steinharter Granitblock unfassbar stinkender Scheiße ist – begleitet von einer Art Geburtsschrei vom Konzernlenker – hinten hinausgepfeffert und hat augenblicklich das gegenüber an der Wand hängende Hirschgeweih atomisiert, das war dann schon nicht schlecht.

Aber da hat es erst angefangen, dem JC richtig Spaß zu machen, und dann hat er den Sack geprügelt und den Esel gemeint, will sagen: einen Arschtritt für Mutti, die Drecksau, zwei Arschtritte für Rudy the Reindeer, den lahmen Gaul, zwanzig für den Schuster Ronnie, die stinkende Rockersocke, fünfzig für die Ackerbau- und Viehzuchtbank, das Hurenbeutelunternehmen, noch einmal achtzig für Mutti, die Drecksau – blöder hat dann jedenfalls noch kein Konzernlenker geschaut, weil ihm ein einfacher Angestellter die finale Kündigung per Arschtritt zugestellt hat, also dann noch neunzig für das blöde Schauen, wann hat man schon die Gelegenheit?

Bei hundert hat der Jackpot Charlie kurz Luft geholt und sich angeschaut, was er stellvertretend für die Arbeitnehmerseite am Wirtschaftslenker für ein Exempel statuiert hat. Die Arbeitnehmerseite hat ja heute sonst kaum noch Möglichkeiten, an den Wirtschaftslenkern ein Exempel zu statuieren, da muss man die Gelegenheit beim Schopf packen, Trillerpfeifen und rote Transparente haben ihnen ja die Gewerkschafts-Lulus selbst weggenommen, also eine noch für die ehemals roten Gewerkschafter.

„Aua! Das tut doch wehr, hat der Raff-Kahn immerzu gejammert, und der Jackpot Charlie hat jedes Mal geantwortet: „Ja hoffentlich!“

Dann hat er die Hydraulik vom Tigerfellbezugbett auf „Buckelpiste“ gestellt und ist auf der Sackratte herumgesprungen wie damals der Schuster Ronnie auf seiner Maxisingle vom Shubidu Jack, und bald hat es im Schlafzimmer vom Konzernlenker ausgeschaut wie auf dem

Scheißhaus vom Biermösel, „und ich hab dir nicht geglaubt, Anni, dass es so was Grausliches wirklich gibt!".

Der Jackpot Charlie hat sich dann den von Blut und Scheiße total versauten Rauledermantel ausgezogen wie der Fleischhauer seine Schürze, und nach einer letzten Rundumbesichtigung hat er sich dann ungefähr vorstellen können, wie lange die Konzernlenkerdrecksau nicht mehr geschissen hat.

In einem rührigen Hollywood-Schinken täte für den Jackpot Charlie jetzt im Silbertannenwald vielleicht eine Telefonzelle mit Fußbodenheizung und Würstelstand gleich nebenan bereitstehen, und er täte den Biermösel, der vom Michael Douglas gespielt wird, anrufen und ihm unter Tränen alles erklären, und dann täte der Michael Douglas als Biermösel nach ein paar schnell gezischten Bierchen sagen:

„Verstehe, verstehe. Die Umstände. Die Kindheit im Waisenhaus. Die fehlende Liebe. Verstehe, verstehe. Für dieses eine Mal will ich die Venen in den Stutzen lassen, werd du mit der Anni glücklich, geh hin in Frieden."

Aber wer da natürlich nicht mitspielt, das ist der Michael Douglas im Film und der Biermösel in der Wirklichkeit.

Der alles erklärende Anruf täte dem Jackpot Charlie vielleicht leichter fallen, wenn er nicht im Spätherbst drei Tage lang am Krautacker vom Brunner-Bauern vorbeigefahren wäre, und mit jedem Tag hat er mehr in sich hineingekichert, an dem er den Biermösel immer noch verkehrter herum und immer noch auswegloser auf seiner Vogelscheuche herumhängen gesehen hat, jedes Mal hat schon der Hahn gekräht, wenn er in der Dämmerung vom Wirtshaus nach Hause gefahren ist, damals noch nicht zur Anni, sondern zu irgendeiner parfümierten Blonden, bei der er nie die Wärme gefunden hat, nach der er sich immer so gesehnt hat.

Er hat beobachtet, wie die Krähen und Raben schon um ihn herumgehüpft sind und gierig darauf gewartet haben, dass sie ihm endlich die Augen auspecken können, das hätte dem Jackpot Charlie damals gefallen, er hat sogar schon die Pocketkamera eingepackt gehabt, um das alles auf Film festzuhalten. Wie der Ertrinkende hat der Biermösel immer um sich geschlagen, und geflucht hat er bis zum Schluss wie ein Bauarbeiter, was das Fluchen betrifft, war seine Konstitution einmalig. Aber am vierten Tag war die Vogelscheuche auf einmal abgeräumt wie ein Christbaum nach Weihnachten, und nicht zuletzt wegen seinem Spott und dem auf ihn geschütteten Punsch und dem blöden Spruch in der Schule wird der JC vom Biermösel kein gutes Wort zu erwarten haben, wenn er vor den Richter tritt, also jetzt lieber Brasilien als der ungeheizte Kerker unter dem Gendarmerieposten in Aussee.

Wie der Jackpot Charlie die Flucht aus dem Flachdachneubau ergreifen wollte, vor der ihn der Biermösel in seinen Predigten immer gewarnt hat, da hat sich der Raff-Kahn noch einmal gerührt, und der Charlie ist zurück zu ihm und hat gesehen, wie der Konzernlenker den Schädel von seinem Schaukelpferd streichelt, und dann hat er geflüstert, mit ganz entrücktem Blick:

„Rosblatt."

„Rosblatt?", hat der Jackpot Charlie ihn gefragt. „Was soll denn das heißen?"

Da aber ist sein Blick plötzlich auf den Haufen Geld gefallen, der in einem Schwarzgeldkoffer neben dem Schaukelpferdchen gelegen ist, samt einem Ticket erster Klasse nach Rio de Janeiro. Und der Jackpot Charlie hat sich erinnert, wie ihn die Anni am Eislaufplatz unschuldig angelacht hat, nachdem er sie eigentlich hat umbringen wollen. Anstatt dass sie auf dünnem Eis eingebrochen und abgesoffen wäre, wie es sein hinterhältiger Plan für sie war, hat sie sich einfach gebückt und ein verlorenes 2-Cent-Stück aufgehoben, und leicht wie eine Feder ist sie damit zu ihm zurückgefahren, mit ein paar eleganten Skaterschritten. Sie ist vor ihm abgeschwungen und hat ihm tief in die Augen geschaut, und dann hat sie ihm die Münze in die Hand gedrückt und ganz leise gesagt: „Gib es nicht aus, Charlie, behalt es immer bei dir, dann wird es dir Glück bringen."

Frage: So eine Frau soll man nicht lieben?

Der Jackpot Charlie hat das Geld an sich genommen und sofort gedacht, dass er der Anni alles doppelt und dreifach auf ihr Konto zurücküberweisen und sein Glück mit ihr teilen will. Aber je näher er auf seiner Flucht der langen Gerade im Silbertannenwald gekommen ist, desto klarer ist ihm geworden, dass er sie nicht mehr treffen wird können, auch wenn es jetzt im Silbertannenwald immer fürchterlicher stürmt und noch dichter schneit und er nichts lieber täte als zur Anni ins warme Bett zu kriechen, die Anni hat einfach so ein Talent für Wärme.

Aber es gibt ja Telefonzellen in Rio de Janeiro, und von dort aus wird er sie anrufen und sich ihr erklären. Und wenn er sich erst das kleine Wettbüro eingerichtet und die dazugehörige Lizenz vom Gangsterboss gekauft hat, und wenn ihm dann die ganzen braungebrannten, hartärschigen brasilianischen Chicas mit ihren wippenden Brüstchen beim Hals heraus hängen werden, wer weiß, fragt sich der Jackpot Charlie, ob er der Anni nicht nächstes Jahr zu Weihnachten die geschriebene Wahrheit und ein 1st-class-Flugticket in ein Kuvert stecken und ihr per Luftpost zukommen lassen wird, „danke, Anni", wird er ihr schreiben, „danke und immer wieder danke. Du warst die erste Frau, bei der ich Wärme gespürt habe." Aber bitte jetzt nicht mir böse sein, Anni, in Brasilien ist es auch sehr warm.

Gleich hat er es geschafft. Wenn er es jetzt noch durch den stetig stärker werdenden Schneefall hinüber zur Abzweigung nach Goisern schafft, dann ist er praktisch durch. Der Jackpot Charlie freut sich darauf. Er nimmt das Geld büschelweise vom Beifahrersitz und wirft es großzügig beim Fenster hinaus.

„Das ist für euch, Tiere des Waldes!", ruft er gutgelaunt. Ein Waisenkind wünscht sich ja immer, dass es den anderen auch gut geht, wenn man selbst gerade Glück gehabt und doch noch den Premium-Number-One-Super-Jackpot gewonnen hat, und er hat ja auch gehört, dass die kleinen Bambis im Wald jetzt allesamt Waisen sind, seit der Biermösel ihren Papa, den 18-Ender, umgenietet hat.

Aber da springt ihm die Hirschkuh Bernadette mit dem Arsch voran in die Windschutzscheibe, und wenn man sein Leben lang kein Glück hat, dann kommt halt auch noch Pech hinzu: Sie tut es auf der Fahrerseite, womit sein endgültiges Ende nur noch eine Frage von Millisekunden ist: Gleich wird er tot sein, weiß jetzt auch der Kaltenböck Karli alias Jackpot Charlie, und den Traum vom großen Jackpot wird er doch mit ins Grab nehmen müssen. Mit beschwingtem Shubidu-Walk wird er hinübertänzeln ins Jenseits, auf das er sich plötzlich freut, denn: Denn trotz allem fühlt er sich endlich glücklich und befreit wie ein Spinnradtreter im 19. Jahrhundert, der gerade einem Manchester-Kapitalisten das Licht ausgeblasen hat.

Dann sieht der Jackpot Charlie noch einmal das Licht in der Ferne, das aus dem See hinauf in den Himmel scheint, und er seufzt wehmütig:

„Das Licht Anni, schau, das Licht!"

„Also gut, lieber Herr Jesus", gibt der Biermösel ja gerne zu, wie er in seine Kirche hineinstolpert, „hin und wieder muss ich ja auch selber schmunzeln, wenn ich an dein Wiegenfest denke und an all die Fälle, wo zum Beispiel bei der lieben verarmten Familie der ganze selbstgebastelte Adventkalender auseinanderfällt, bevor das goldgelockte Kleinkind mit seiner Rotzglocke das alles entscheidende 24. Fensterl aufreißen kann. Und dann weinen die armen Kinderlein, und die überforderten Eltern weinen gleich mit dazu, und so was ist dann schon auch immer wieder sehr erheiternd, lieber Herr Jesus, das geb ich ja gerne zu!"

„Oder", erinnert sich der Biermösel an einen Fall, zu dem ihn der Herr Doktor Krisper routinemäßig hinzugezogen hat: „Die intakte Bürgersfamilie füttert die überflüssig gewordene Omama bis in die Zeit weit nach der Heuernte hinein noch mit den ganzen vertrockneten Weihnachtskeksen, bis sie dann endlich (endlich!) an den steinharten Bröseln erstickt, wie es der hundsgemeine Plan dahinter war, ohne dass die Omama aber im Testament die Fürsorge von der Schwiegertochter gewürdigt hätte, ein größeres Anliegen war ihr dann doch die Tierecke in der Blindenzeitung, halleluja, lieber Herr Jesus, da klopf auch ich mir vor Freude immer auf die Schenkel, Schadenfreude ist halt doch die schönste Freude!"

„Oder", und das gefällt dem Biermösel immer wieder besonders gut, „wenn weit nach Ostern die liebe Familie doch noch einmal die Kerzen am Christbaum anzündet – ein allerletztes Mal, Vati! Wegen dem Glanz in den Kinderaugen, Vati! –, und dann brennt der ganze verdorrte Kaktus und mit ihm der ganze auf Kredit finanzierte Eigenheimtraum ohne Feuerversicherung, einmal mehr leck ich mir alle zehn Finger ab, lieber Herr Jesus, dass ich auf den ganzen Wahnsinn mit den eigenen vier Wänden geschissen habe, du aber könntest es dir ruhig ein bissen gemütlicher einrichten da herinnen", schließt der Biermösel den ersten Teil seiner Predigt ab.

Zuvor hat der Biermösel eine weitere Halbjahresration von den gelben Tabletten gefressen, während einer weiteren sehr unwürdigen Rumpelfahrt weg vom Doktor Krisper hin zur rettenden Schlafkammer im Auerhahn.

Nach halber Strecke aber war er wegen der katastrophal geräumten Straßen so dermaßen parterre, so furchtbar niedergeschlagen, so komplett durch den Wind, dass er das bis dahin Undenkbare getan und vor den immer gewaltigeren Schneestürmen, bei Einbruch der Dämmerung, Zuflucht in den vier Wänden vom Religionsgründer gesucht hat, aber „Kreuzkruzifixnocheinmal", hat er sich gedacht, „mit dem muss ich ja sowieso einmal den ganzen Beschwerdekatalog durchgehen!"

Schon beim Weihwasserkessel aber kriegt der Biermösel den Mund nicht mehr auf und murmelt nur ein schnelles „Lieber Jesus, gib doch zu, dass ich klüger bin als du", wie er es vom Alten und bei den Roten Falken gelernt hat. Das vorschriftsmäßige „Im Namen des Vaters und des Sohnes und des Heiligen Geistes Amen" will ihm nicht über die Lippen kommen. Aber da ist der liebe Herr Jesus auch ein bisserl selber schuld. „Auge um Auge, Zahn um Zahn" ist nach wie vor dem Biermösel seine bewährte Devise, „Wie du mir, so ich dir!" mag ihm als Parole immer noch am besten gefallen. Bis in die eingewachsenen Zehennägel hinein ist der Biermösel alttestamentarisch, wenn er auf jemanden nicht gut zu sprechen ist, und auf den Herrn Jesus ist er seit seiner Geburt im Stall gar nicht gut zu sprechen, weil er ihm kein schöneres Leben als dem Burt Reynolds beschert hat, mit noch mehr Weibern auf ihren Schaffellen und Rotbuchenholzfeuer aus ihren Kaminen.

Stattdessen lässt er ihn das ganze Leid der Welt alleine tragen, „Herrgottnocheinmal!", schreit der Biermösel jetzt, „hättest du nicht dem Jackpot Charlie die Arschlochkarte zustecken können, dem Jackpot Charlie, dem Jackpot Charlie!"

Der Biermösel schüttelt unzufrieden den Kopf über diese kleine Eruption, wie er sich langsam weiter in Richtung Kreuz vorwagt. Früher hätte das Kirchenschiff gewackelt wie der in Seenot geratene Fischkutter, wenn er einmal tief Luft geholt hätte. Aber heute ist er der Einzige, der in Not geraten ist und SOS funkt. Mehr als ein laues Mailüfterl bringt seine einst so gefürchtete Trompete nicht mehr hervor, und anscheißen tut sich schon gar keiner mehr vor ihm, wenn er einmal ein bisserl lauter wird. Schön langsam fragt er sich, ob die gelben Tabletten wirklich die richtigen für ihn sind, oder ob er nicht lieber auf die blauen umsteigen soll, weg von der Sonne, hin zum Ozean?

Wie lebt der Jesus, wie denkt er, was treibt ihn um?, fragt sich der Biermösel, wie er einen ersten Rundum-Adlerblick riskiert. Als Sohn des Waldes sticht ihm natürlich sofort die alte Bestuhlung ins Adlerauge, und der Kennerblick zeigt ihm den gewaltigen Wurm, der da drinnen sein muss, halleluja, die Möblage schaut beim Herrn Jesus ja gar nicht viel anders aus als bei ihnen zu Hause im Auerhahn. Nach außen hin also Gotteshaus, nach innen hin Wirtshaus, groß ja, heimelig nein, so lässt sich der erste Eindruck zusammenfassen, begeistert ist er nicht. In den ewigen vier Wänden drüben am Friedhof in Ischl kann es nicht abweisender und kälter sein, denkt sich der Biermösel, „abweisender und kälter ist es nur noch in den Herzen von den Weibern, nicht wahr, lieber Herr Jesus, und trotzdem hängst du im Lendenschurz da oben am Kreuz herum, pass auf, dass du es dir nicht unten herum komplett vertust!" Was den Umgang mit der alles beherrschenden Kälte im Tal anbelangt, sind sich der Jesus und er überraschend fremd, muss der Biermösel leider sagen, da ist er dem Eisbären näher und der Jesus dem Tarzan.

Der Biermösel versinkt jetzt noch ein bisserl weiter in seinem Wetterfleck und rutscht in die steinharte Kirchenbank hinein, wo ihm augenblicklich der Schmerz in den Arsch fährt.

„Mit deiner Kirchenbank kann ich auch nicht zufrieden sein!", wendet er sich wieder direkt an den Herrn Jesus, „da bin sogar ich besser dran! Weil wenn ich auch sonst nichts mehr habe, so hab ich wenigstens mein Schafwollpolsterl auf meiner Ofenbank drüben im Auerhahn. Bei diesen harten Bänken brauchst du dich gar nicht wundern, wenn du am Stock gehst, was das Publikumsinteresse anbelangt! Sogar die Punschhütte draußen vor der Tür ist jeden Tag besser besucht als die Predigt von deinem Hochwürden, und die ganzen pafümierten Trotteln und Trampeln unter Vorsitz vom Jackpot Charlie führen sich dort jedes Mal ärger auf als deine Kreuzritter im finstersten Mittelalter, was sagst du dazu, keine entschiedene Meinung?"

„Ich aber sage dir", richtet sich der Biermösel in der Kirchenbank leicht auf und nimmt die Haltung der römischen Gelehrten im Senat ein, während er doch durch und durch Gendarm aus dem Ausseerland bleibt, mit einer Flasche Schnaps im Wetterfleck, die er jetzt anzapft: „Insbesondere das mit der immer weiter um sich greifenden Verweichlichung ist ja nicht mehr zum Aushalten und nur deine Schuld, was glaubst denn du? Du machst es dir einfach und schleimst dich bei der breiten Volksmasse mit Vergebung und Erlösung ein! Mir aber hängen sofort die Zottelträger von Amnesty International am Arsch, wenn ich an die Doppelläufige und eine dazupassende Stirn wie die vom Jackpot Charlie oder vom Shubidu Jack auch nur denke. So aber macht das Ermitteln überhaupt keinen Spaß!"

„Und erst die Weiber!", findet der Biermösel so sehr Gefallen an seiner Brandrede, dass er jetzt überhaupt aufsteht und den Wetterfleck zurückwirft wie der Anwalt im Gerichtsfilm: „Die Weiber haben dein Neues Testament gebraucht wie die empfindliche Haut den nässenden Ausschlag! Seit du der Sünderin alles vergeben hast, sind sie obenauf, und jetzt sag, lieber Herr Jesus, hast du das wirklich so gewollt mit den Weibern?"

Der Biermösel lehnt sich weiter nach vor und prostet dem Jesus mit versöhnlicher Geste zu.

„Wenn du Augen hast zum Sehen, dann sieh zu, dass das mit den Weibern in meinem Leben besser wird! Siehst du nicht, dass ich Liebeskummer habe, mehr als der einzelne Mensch ertragen kann? Dass ausschließlich Spott und Hohn meine treuen Begleiter sind und mir im Spätherbst sogar der Damm gebrochen ist, wie ich die Anni hab packen wollen, sag einmal, hast du was auf den Augen, dass du das nicht siehst?"

Der Biermösel lehnt sich noch weiter nach vor und schaut den Herrn Jesus mit seinem süßesten Lächeln an:

„Kannst du das mit der Anni nicht wieder in Ordnung bringen und den Jackpot Charlie über den Jordan schicken?", fleht er ihn an. „Du weißt doch als Einziger außer mir, wie einsam ein Mensch sein kann, du da oben am Kreuz, ich da herunten in Aussee, ungeliebt wie der eitrige Zahn sind wir beide, gemieden und verspottet wie der Nichttrinker am Punschstand, also häng dich ins Geschirr und tu endlich was für mich, sonst gründe ich meine eigene Religion, Prostmahlzeit!"

Der Biermösel schmeißt die leere Flasche weit ins Kirchenschiff hinein, dass er das Echo vom Aufprall am Heiligen Sebastian erst viel später hört, und fährt dann fort, mit dem Herrn Jesus ins Gericht zu gehen:

„Wenn ich mir nämlich anschaue, wie weit es die Christenheit und die Muselmanerei bisher gebracht haben, dann wird es Zeit, dass einmal einer mit der Husqvarna in den Menschenwald hinein geht und die schadhaften Bäume herausholt! Da gehört manches anders gedacht, vieles anders geplant und alles anders gemacht!

Nehmen wir zum Beispiel nur den Rock'n'Roll-Wahnsinn, lieber Herr Jesus! Warst du vielleicht eingejointelt, wie du den Blödsinn geschaffen hast? Oder denk an den Musikantenstadl mit dem depperten Moik – alles in deinem Sinn? Überhaupt der ganze Musikterror im BAHO-Supermarkt vom Schuster Ronnie und am Eislaufplatz unten am See? Herr Jesus, wenn du Ohren hast zu hören, dann hör dir den Scheißdreck einmal an, so viel Knoblauch kann gar nicht wachsen, wie ich mir jeden Tag und jede Nacht in die Ohren stecken könnte, wenn ich das höre!"

Der alte Pole unten in Rom mit seiner Verehrung für das Lamm und der Muselmane unten in Istanbul mit seiner strikten Meidung vom Schwein vermögen den Biermösel auch nicht aus seinem Musentempel herauszulocken, da ist nichts dabei, was ihm das Wasser im Mund zusammenlaufen lässt, vom stoischen Asiaten mit seinen rituellen Hundeschlachtungen und -verspeisungen will er erst gar nicht reden. Zeit wird es also, dass einer das Schwein in den Mittelpunkt der Verehrung und Anbetung stellt, das kann der Welt mit ihrer immensen Dauerkrise nur gut tun.

„Hör endlich auf zu jammern, du Pfeife, ihr kapiert das mit dem freien Willen einfach nicht!", hört der Biermösel auf einmal den Jesus vom Kreuz herunter sprechen. „Wenn ihr euch dauernd die Schädel einhauen müsst, dann geh halt du hinaus und versöhne die Welt!"

„Wie?", fragt der Biermösel.

„Lass dir was einfallen!"

„Was?"

„Na irgendwas! Israel-Palästina, Nord-Süd, Ost-West, Mann-Frau, Löwe-Schaf – hab ich vielleicht wissen können, dass ihr euch so blöd aufführt?"

„Geht auch Silbertanne-Rotbuche?"

„Von mir aus auch Silbertanne-Rotbuche!", sagt der Jesus schon ungehalten wie der Wirt, der seinen letzten Gast nicht los wird. „Aber kümmere dich endlich darum!"

Na Moment!, denkt sich der Biermösel, so schnell schießen die Komantschen nicht! Wenn ich dem jetzt den kleinen Finger gebe und mich um den Weltfrieden auch noch kümmere, dann will der das nächste Mal die ganze Hand von mir, sprich: Dann will er vielleicht, dass ich mir den Lauf von der Glock abschneide, zwei Löcher hineinbohre, mich als Mayr aus den Anden verkleide und ihm „El Condor Pasa“ vorpfeife, genau so ein Typ ist das nämlich!

„Bin ich nicht!“

„Was bist du dann für einer?“

„Ich bin, der ich bin.“

Na bumsti, denkt sich der Biermösel und kratzt sich hinterm Ohrwascherl. Was soll denn das jetzt wieder heißen?

Wie der Biermösel das Rätsel aber nicht und nicht lösen kann, steht er genervt auf, sodass nicht nur die wurmstichige Holzbank kracht, sondern auch sein morsches Knochengebälk, und er sagt:

„Eine Frage noch!“

„Eine letzte!, sagt der Herr Jesus.

„Die Roswitha, meine Schwester, die kennst du ja.“

„Was ist mit der?“, seufzt der Jesus.

„Wenn sie jetzt immer ohne mich in ihrer Kammer liegt und bis in die frühen Morgenstunden den *Club Lagrima* auf *Radio Schmalz* aufdreht, wenn sie dabei den Shubidu Jack hört und ihr die Tränen in Sturzbächen über die roten Wangen rinnen und sie geheimnisvolle Zeilen auf dem Kellnerblock notiert, von denen ich fast schon glaube, dass es Gedichte sind, sag schon, hat das was zu bedeuten?“

„Na, was glaubst du!“

Da ballt der Biermösel wütend die Fäuste in seiner Lodenhose und stellt sich vor, wie er die Nachtigall aus 500 Metern mit der Doppelläufigen von der Bühne herunterballern wird, wenn er morgen in Goisern auftritt, peng, peng, peng!

„Das schau ich mir an!“, hört er den Jesus lachen.

„Na gut“, zieht der Biermösel ein bisserl den Schwanz ein, „vielleicht nicht aus 500 Metern, aber mit der Gleitsichtbrille ...“

Wie es dem Biermösel in der Kirche doch ein bisserl langweilig wird und er sich zur Weiterfahrt bereitmachen will, wie er dabei hofft, dass er endlich das beruhigende Geräusch vom Lindbichler seiner Schaufel draußen hört, da fällt sein Adlerblick auf etwas, das seitlich im Kirchenschiff steht und wie ein holzgeschnitzter Musentempel ausschaut, oder besser gesagt: wie ein mobiles Scheißhaus aus Holz, wahrscheinlich für die ganzen Schäfchen vom Herrn Jesus, die es sich unten herum auch komplett vertan haben und die volle Länge Gottesdienst nicht mehr durchstehen, ohne dass ihnen der Damm bricht, sehr löblich im

Grunde. Aber es ist auch ein Scheißhaus, bei dem die Türen quietschen, wenn man sie aufmacht und eintritt, „schämst dich gar nicht?“, fragt der Biermösel den Jesus. „Und warum hast du es zweigeteilt? Und was soll das Fenster mit den Gitterstäben in der Mitte, die mich mehr an Sing Sing erinnern als an ein Plumpsklo? Und vor allem: „Wo ist denn da überhaupt die Muschel?“

Da schlägt der Biermösel dem Herrn Jesus gönnerhaft vor, dass er ihm einen Termin mit dem Wollatz vermittelt, damit der ihm das ordentlich herrichtet. Aber davon will der Herr Jesus nichts wissen, weder vom Wollatz noch von einem Komplettum- und Neubau von etwas, das von dieser Welt ist.

Der Herr Jesus ist vielmehr nahe daran, dass er vom Kreuz herabspringt und sich von seiner mäßig erfolgreichen Love-&-Peace-Politik endgültig verabschiedet, so sehr geht ihm der Affenmensch da unten auf die Nerven, dass er ihm gerne einen Finger ins Auge stechen möchte, oder irgendwas in der Art, er hat ja keine Ahnung, wie man sich prügelt.

Aber bevor er sich dazu hinreißen lässt, hören sie beide, wie hinten im Kirchenschiff das Tor aufgeht und die Seebachwirtin ungefragt hereingestiefelt kommt und gleich wieder eine furchtbare Sauerei anrichtet, so wie sie das auch bei ihm immer macht. Dann latscht sie einfach nach vor zum Jesus, wo sie sich bäuchlings auf den kalten Steinboden wirft, sich bekreuzigt und zum Jammern anfängt: „Jesus, du da oben am Kreuz, der du für uns geboren worden bist (und so weiter, ich hab nicht so viel Zeit heute), das glaubst du jetzt nicht, aber meine Goldhaube ist immer noch nicht aufgetaucht, und jetzt weiß ich nicht, wie ich dir morgen zur höheren Ehre gereichen soll, wenn ich ‚Stille Nacht, Heilige Nacht‘ ohne Goldhaube singen muss. Und dann ist überhaupt noch Folgendes zu vermelden, hör zu: Der Lindbichler, der eigentlich U-Boot-Kapitän hätte werden wollen und immer zu der dreckigen Hure hinüber ins Haus von der Frevlerin fährt, pfui pfui pfui, der ist zusammen mit seinem Unimog abgängig! Und jetzt schneit es schön langsam alle Straßen bis hinauf zu den Baumwipfeln zu, und wenn das so weitergeht, können deine Schäfchen morgen vielleicht nicht zu dir in die Christmette kommen und mir nicht beim ‚Stille Nacht, Heilige Nacht‘-Singen zuhören, weil der moderne Mensch ja heute nicht gerne zu Fuß geht, wenn der Schnee so hoch liegt, und jetzt bitt’ ich dich, Jesuldndi da drinnen in der Krippe, ich bitte dich inständig: Kümmere dich darum!“

„Seebachwirtin“, hört die Seebachwirtin auf einmal eine süßliche Stimme aus dem Beichtstuhl, von der sie glaubt, dass sie dem Jesus gehört. Und wie sie sich schon freut, dass er endlich mit ihr redet, und wie sie hingeht und ihm die Hand schütteln will, zittert auf einmal das Kirchenschiff doch noch wegen dem gewaltigen Donnergroll, der auf das furchtbare „Geh scheißen!“ folgt, das der Biermösel mit seiner Trompete hinausbläst.

Da scheißt sich die Seebachwirtin – wie ihr geheißen! – in die Hosen und läuft mit hinaufgezogenem Kittel schreiend aus der Kirche, und dann hört der Biermösel den Jesus, mit versöhnter und sanfter Stimme:

„Danke, danke, danke. Das hat mich selbst schon lange in den Fingern gejuckt, dass ich die Pharisäerin aus dem Tempel jage, aber was den gepflegten Wutausbruch betrifft, sind mir ja leider die Hände gebunden, wie du weißt, also hast du jetzt doch noch eine Frage gut, ich antworte dir.“

„Was?“, fragt der Biermösel kleinlaut.

„Du meine Güte, dir wird doch irgendeine Frage einfallen!“

„Mir fällt aber keine ein!“

Der müsste doch wissen, dass er nicht gut ist, wenn er unter Druck gesetzt wird, und dass dann manchmal sogar der Damm bricht, der sieht doch alles!

„Mir fallen hunderte ein“, sagt der Jesus jetzt ein bisschen von oben herab, „dutzende, meine Güte, einmal möchte ich Ermittler sein! Wo ist der Wollatz verblieben, zum Beispiel. Oder frag mich Folgendes: „Warum räumt der Lindbichler nicht mehr, ha, was glaubst du?“

„Räumt er nicht mehr?“

„Nein. Danke, das war’s.“

„Das gilt nicht!“

„Geh endlich!“

„Sicher nicht!“

Der Biermösel kommt langsam aus dem Beichtstuhl herausgekrochen, in dem er nach einem Holzwurm gesucht hat, den er vielleicht hätte essen können, er hat mittlerweile so einen Hunger beisammen, und einen Durst auch. Mit trockenem Mund steht er vor dem Jesus und schaut ihn an. Jetzt fällt ihm auch ein, was er ihn gerne gefragt hätte: „Erwarten mich viele Jungfrauen drüben im Himmel, wenn ich dann hoffentlich bald sterben werde?“

Aber der Jesus antwortet nicht mehr. Also will er ihn stattdessen bei seiner Ehre packen.

„Na gut“, sagt der Biermösel zum Jesus, „ganz glaub ich das ja immer noch nicht, dass es dich gibt.“

„Obwohl ich die ganze Zeit mit dir rede?“, fragt der Jesus beleidigt zurück.

„Das kann ja auch an den Tabletten liegen.“

„Und wann würdest du endlich glauben, du Spinner?“

„Wenn du den Weihwasserkessel da drüben in einen gut Gebrannten verwandeln kannst, dann schaut die Sache anders aus.“

„In einen vom Tötschinger, nehm ich an.“

„Ja sicher, was glaubst denn du?“

„Na dann: Simsalabim!“

Augenblicklich durchflutet den Biermösel ein ungekanntes Gefühl von wohliger Wärme, wie der Marillenschnapsduft endlich den lästigen Geruch vom Weihrauch im Kirchenschiff verdrängt, und er denkt auf einmal nur noch positiv über den Herrn Jesus Christus, der ihm bisher so fremd war.

Der ist ein anderes Kaliber als die ganzen Depperten, denkt er, die er vom Stammtisch und von den Punschhütten kennt und mit denen er es sonst immer zu tun hat. Mit dem kann man gut reden, vielleicht sogar besser als mit den Fleischhauern vom Schlachthof in Wels, Unterabteilung Schwein. Bei dem wird er jetzt vielleicht öfter auf einen Sprung vorbeischauen, nicht zuletzt deshalb, weil der Schnaps wirklich prima schmeckt, wie er nach einer ersten Probe sagen muss.

„Danke. Danke. Danke und immer wieder danke“, ruft er ihm zu. „Bist ein klasser Bursche, ehrlich, ich mag dich. Wenn du auch einmal was brauchst, weil die Leute wieder sündigen und dich beleidigen oder mit nassen Fetzen nach dir werfen – ruf 133, die Gendarmerie, dein Freund und Helfer.“

„Gracius“, sagt der Jesus.

„Pregus“, sagt der Biermösel, und dann denkt er sich:

Ja ja, wir zwei harmonieren halt schon sehr gut. Das passt einfach hinten und vorne zusammen mit uns zwei.

„Biermösel“, trübt der Jesus dann vom Kreuz herunter ein bissen das allzu voreilige Resümee: „Ich weiß, das muss ich auf meine eigene Kappe nehmen, aber sei so gut und roll deine Stutzen wieder hinauf, deine Venen sind ja wirklich nicht zum Anschauen.“

Wie der Biermösel seine Stutzen wieder hinaufgezogen hat und er sich klammheimlich ein bisserl darüber freut, dass sogar der Herr Jesus immensen Respekt vor seinen Venen hat; wie er sich mit einer tiefen Kniebeuge von ihm verabschiedet und sogar den Hut vor ihm zieht; wie er sich dann zur Stärkung vor der Weiterfahrt über den Weihwasserkessel beugt und den gesegneten Schnaps in einem Zug aussäuft, da prostet er ihm noch einmal zu und sagt:

„Falls wir uns nicht mehr sehen – Frohe Weihnachten! Oder anders herum ausgedrückt: Happy birthday to you!“

„Krispär, Krispär an Biermääääsel“, hört der Biermösel dann den Doktor Krisper nach ihm rufen, wie die Glocken am Kirchturm 7 Uhr läuten und er längst das Nachtmahl zu sich nehmen sollte, „Krisper, Krisper an Biermösel“, hört er ihn, wie er das Kirchenschiff endlich verlässt und hinaustritt in die stürmische See, „Krisper, Krisper an Biermösel“, hört der lästige Hund nicht auf, nach ihm zu funken. Aber er kann die Fips mit dem CB-Funkgerät daran einfach nirgends finden, weil die Straßen nicht geräumt sind und alles meterhoch zugeschneit ist, ganz so, wie die Seebachwirtin es angedeutet hat. „Krisper, Krisper an Biermösel“, orientiert er sich dann bei seiner verzweifelten Suche nach der Fips aber an der knarrenden Stimme vom Doktor Krisper, und endlich, nach einer halben Stunde, während der ihn ganze Schulklassen mit Schneeballsalven bombardiert und dabei höhnisch lachend gefragt haben, nach was es denn da riecht (und sich so für seine allherbstliche Pädagogik rächen), findet er endlich seine einzig treue Rosinante und nimmt den Funkspruch entgegen, „Krisper, Krisper an Biermösel, hörst du mich?“

„Was ist denn?“

„Hab ich entdeckt in langer Gerade in Silbertannenwald japanische Kleinwagen mit Hirschkuh drinnen, was sitzt auf Mann, was ausschaut wie Jackpot Charlie, sprich: wie Reste von Jackpot Charlie, weil ist er mehr Ragout als Mensch.“

„Komme!“

Wie der Biermösel dann auf der Fips über den Schnee dahinkriecht wie die Schnecke über den Salat, wie er herumschlingert und es ihn wieder alle zwei Meter abwechselnd auf den Scheißer und auf den Schädel haut, fragt er sich voll Angst und Schrecken: Wo ist denn jetzt wirklich der Lindbichler?

Schon nach kurzer Fahrt entlang der Uferstraße und dann hinaus aus dem Ort, hinaus auf die Bundesstraße und weiter in Richtung langer Gerade im Silbertannenwald, muss er die Fahrt aber schon wieder unterbrechen, weil die Tabletten zusammen mit dem ganzen Schnaps aus dem Weihwasserkessel so eine treibende Wirkung erzeugen und der vermeintliche Musentempel sich ja leider als Beichtstuhl entpuppt hat, in dem er sich nicht entleeren hat können, kleines, dickes Minus, lieber Herr Jesus.

Mit seinem tropfenden Bächlein segnet der Biermösel dann schnell, schnell den Schnee am Straßenrand und bohrt ein weiteres gelbes Loch hinein, neben all die anderen gelben Löcher und braunen Würste, die die Straßenränder zieren, seit jeder dahergelaufene Staatsschauspieler, der sich da einen Zweitwohnsitz leisten kann, sein Hundi zum Äußerin führt, da bleibt für die Bedürfnisse von den Einheimischen kein freies Platzerl mehr. Alles in der Gegend ist so zugeschissen und zugewischelt von den Fiffis und Waldis, dass nicht einmal mehr die Anni mit dem Meister Proper und seinem Bruder Wisch & Weg den Schnee noch weiß kriegen täte, „Herrgottnocheinmal", schreit er schwach in die Natur hinaus, „Anni, Anni, Anni!"

Wie mag es ihr gehen?

Der Biermösel erreicht endlich die Abzweigung nach Goisern und biegt dann in die lange Gerade im Silbertannenwald ein. Und dann sieht er schon den Doktor Krisper in seiner Lodentracht bei einem havarierten japanischen Kleinwagen stehen und mit dem weißen Taschentuch winken, und wie es ad-hoc-mäßig ausschaut, muss er sich dieses Mal gar nicht erst hinsetzen wie der Fliegenfischer und in aller Ruhe darauf warten, dass ihm das Schicksal seine Feinde vor die Füße spült.

Kaum hat er nämlich abgeschwungen wie die Eiskunstläuferin nach der Kür, sieht er schon den Jackpot Charlie mit der Hirschkuh im Auto, was wirklich deppert ausschaut, und im Umkreis von hundert Metern tanzen jede Menge Geldscheine im Wind herum, was dann eigentlich sehr gut ausschaut und zusammen mit dem Licht aus den Scheinwerfern, die ein bissen in die Höhe ragen, fast eine vorweihnachtliche Stimmung erzeugt.

„Tragisch", sagt der Biermösel zum Doktor Krisper, „sehr, sehr tragisch das alles."

Aber insgeheim denkt er natürlich: So tragisch dann auch wieder nicht. Schließlich ist es der Jackpot Charlie, der da unter der Hirschkuh Bernadette sitzt und dem er das denkbar schlechteste, mieseste, erbärmlichste, hundsgemeinste Ende an den Hals gewünscht hat, also kein Mitleid, wo kein Mitleid angebracht ist!

Mitleid eher mit sich selbst, schweift der Biermösel dann ein bisserl ab, wie er den Unfallort inspiziert, weil er jetzt endlich einmal vorm Doktor Krisper hätte glänzen können und ihm sagen, warum der Jackpot Charlie ausgerechnet ein Flugticket nach Rio de Janeiro mit am Beifahrersitz geführt hat, das ihm der Herr Doktor jetzt aushändigt und das auf einen gewissen Jean-Marie Raff-Kahn lautet, wer ist denn das schon wieder?

Er Kompletttrottel täte es wissen, und alles andere auch, wenn er dem Herrn Jesus in der Kirche die alles entscheidenden richtigen Fragen gestellt hätte und den einmaligen Jackpot nicht mit der Frage nach der Umwandlung von Weihwasser in Marillenschnaps verbraten hätte – der abgängige Chinese aus dem Spätherbst samt den zwei abgängigen deutschen Sexbestien; die abgängige blonde Russin, die der Puffkaiser Schlevsky ins Land geschleppt hat und die ihren Weg nach Nowaja Semlja nicht und nicht findet, „wo sind sie, was war ihr Schicksal, wie hast du alles aufgeklärt, Biermösel, erzähl, wie war es wirklich!", hätte ihn die schwarzhaarige Raubkatze von den Hauptnachrichten im Staatsfunk gefragt, ein Eintrag in „Der Kriminalist" wäre nur noch Formsache gewesen, um eine Fotostrecke mit ihm auf den Schaffellen von den Weibern vor ihren offenen Kaminen hätte das „Sex ohne Zensur"-Hefterl betteln müssen.

Aber so?

Weil er sich nicht erklären kann, was da passiert ist, kriegt er den Mund nicht auf und muss sich stattdessen das Allgemeinwissen vom Doktor Krisper anhören, „hab ich dir erzählt, Biermösel, dass ich habe Wollatz geschickt nach Nang-Pu zu meine Bruder um neue Geländewagen mit Spitzen-GPS?"

„Und weiter?"

„Damit er nicht mehr ist Gefahr für andere auf Straße?"

„Ist jeder in Gegend Gefahr auf Straße", redet der Biermösel schon genauso deppert wie der Doktor Krisper, der ihm weiters erzählt:

„Ist jedenfalls Geländewagen aus Autokonzern von Konzernlenker, was heißt Raff-Kahn wie Name auf Flugticket und was hat sich nach furchtbare Tod von Schlevsky oben in Flachdachneubau auf Gebirgskamm eingekauft, über Vermittlung von Jackpot Charlie."

„Und jetzt?"

„Hab ich gehört Gras wachsen, dass GPS in Geländewagen nicht funktioniert."

„Und weiter?"

„Ist Wollatz verschellt."

„Und Raff-Kahn?“, fragt der Biermösel, der bald wirklich an den gelben Pillen verzweifelt.

„Biermösel, bist du Inspektor oder bist du Bierfahrer?“, sagt der Krisper mitleidig. „Weiß ich wirklich nicht alles, kann ich nicht wissen alles, bin ich nur Doktor, also: Soll ich retten Hirschkuh, was lebt noch ein bisschen, mit Defibrillator. Oder soll ich lieber erläääsen Hirschkuh mit Spritze, sprich: mit Todesspritze?“

„Erläääse ich Hirschkuh lieber selbst mit Spritze, sprich: mit Bleispritze“, sagt der Biermösel zum Doktor Krisper, und für einen kurzen Augenblick der Vorfreude schießt ihm das warme Blut wieder zurück in die Venen. Dann zieht er mit seinen klammen Fingern die Glock aus dem Halfter und ballert die Hirschkuh aus der Hüfte heraus per Gnadenschuss über den Haufen, hinüber in die ewigen Jagdgründe zu ihrem Gatten, dem kapitalen 18-Ender, den er schon im Spätherbst vorgeschickt hat. Er feuert dabei gleich ein ganzes Magazin leer, weil er schon lange nicht mehr herumgefeuert hat, und bei jedem Schuss achtet er penibel darauf, dass die Kugel nicht nur die Hirschkuh Bernadette durchschlägt, sondern auch dem Jackpot Charlie darunter noch ein Loch in die Verkleidung reißt, „ein bisschen Spaß muss sein“, sagt er beinahe fröhlich zum Doktor Krisper, „dann ist die Welt voll Sonnenschein.“

„Glatte Durchschüsse, bravo, bravo, brave, bestätigt der diensteifrige Doktor Krisper anerkennend, als er die beiden Leichname inspiziert und ihnen gedanklich den Totenschein ausstellt.

„Da schaust du mit den Augen, was?“, sagt der Biermösel, und wie er sich am Arsch kratzt, weil er sich jetzt doch schon länger nicht mehr gewaschen hat, fällt ihm endlich ein, was er den Doktor Krisper schon die ganze Zeit fragen wollte:

„Was machst denn du überhaupt im Silbertannenwald, ha? Holst du dir auch eine Silbertanne wie all die anderen, und schmückst sie dir zu Hause, wie all die anderen, sei ehrlich, du Judas!“

„Aber nein, Biermösel“, kann der Doktor Krisper den Biermösel wieder halbwegs beruhigen, „bin ich ja ehemalige Kommunist und stehe ich Wahnsinn mit Weihnachten kritisch gegenüber wie du und Kommunistische Manifest zusammen.“

„Was dann?“

„Weißt du, Biermösel“, könnte ihm der Doktor Krisper die Wahrheit auftischen, „bin ich immer auf Suche nach frische Blut von Hirschkuhe, was ist aber nicht deswegen, weil bin ich Sohn von Dracula drüben in Rumänien, was bin ich nicht, sondern weil bin ich passionierte Sportmediziner und seit Neuesten auch Präsidente von Gewichtheberverband in deine scheene Land Eeesterrreich."

„Und weiter?", täte der Biermösel skeptisch fragen.

„Na, will ich irgendwann führen Land wieder zu lichten olympischen Höhen, was aber wird schwierig ohne Stimulans, weil in diese Land alle verwäääähnt und brustschwach, also mische ich blaue und gelbe Pillen mit viel rote Blut von Hirschkuh zusammen, was ich finde auf Straße, weil lange Gerade in Silbertannenwald in letzter Zeit ist mehr Schlachtfeld als Straße ..."

„Na und!", täte der Biermösel beleidigt schreien. „Was hab ich damit zu tun?"

„Na, gar nichts, Biermösel. Will nur sagen: Mache ich starke Popeye aus schwache Eeesterrreicher, sprich: Blutdoping, verstehst?"

Aber der Doktor Krisper sagt lieber nichts. Der Biermösel würde nämlich gar nichts verstehen, ist sich der Doktor Krisper sicher, nicht in dem erbärmlichen Zustand, in dem er sich befindet, seit er ihn wegen seiner Kreuzigung drüben im Krautacker vom Brunner-Bauern erstkontaktiert hat, um Allerheiligen herum muss das gewesen sein. Der einst so Wütende steht nur noch da wie ein Schlaganfallpatient und starrt ihn verständnislos an wie seine Arzthandschrift, „muss ich mir machen Sorgen um dich, Biermösel?"

„Musst du dir machen nicht!", verdrängt der Biermösel aber das Offensichtliche, während er fast im Stehen einschläft.

Stattdessen macht er sich selbst Sorgen darüber, was passieren wird, wenn sich die Seebachwirtin mit einem dauernden „Ich hab dir ja gesagt, dass im Silbertannenwald noch was Furchtbares passieren wird" als Prophetin darstellt, sobald sie von diesem Schlamassel erfährt. Und er fragt sich, wie das mit den Jägern weiter gehen täte, wenn sie ihm den Tod von der Hirschkuh auch noch in die Schuhe schieben wollen, tauchen sie dann jede Nacht bei ihm auf?

Der Biermösel entscheidet sich dafür, dass er die ganze Sache zwei, drei Etagen weiter oben ansiedeln und als Terroranschlag für die Texasranger vom Sondereinsatzkommando aufbereiten wird. Er erinnert sich an den Grundkurs „Arbeiten mit militärischen Waffen" in der Gendarmerieschule, in dem er weiß Gott nicht der Schlechteste war, auch wenn er in den meisten anderen Grundkursen schon der Schlechteste war.

Er schüttelt den Schnee von den zugeschneiten Schuhen und geht ruhig zu seiner Fips, wo er aus der Satteltasche eine schöne Handgranate herausnimmt, die er nebst allem anderen Zeug jetzt immer mit sich herumführt, seit ihn sogar die Teufel belästigen, nur mit ein paar gekreuzten harten Würsten wird sich die Drecksbagage das nächste Mal nicht mehr vertreiben lassen.

Wie er mit der Handgranate zurückkommt zum Unfallort, ist er aber zu schwach, als dass er das Feuerwerk noch selbst zünden könnte, also gibt er sie dem Herrn Doktor und sagt, freilich ohne dass er ihn vorher zum Hilfssheriff ernannt hat, wie er das bei der Roswitha immer tut, wenn sie die Schlagobersspritze in Anschlag bringt:

„Tu es!"

Das aber wundert den Doktor Krisper. Denn erfahrungsgemäß verzichtet der Biermösel äußerst ungern darauf, irgendwas selbst krachen zu lassen. Allzu oft hat er ihn schon nach missglückten Schießübungen hinten am Schießstand vom Auerhahn erstversorgt, wenn wieder irgendwelche Mörser und Granaten nicht richtig gezündet und ihm ein paar Löcher in weiß Gott welche Körperteile geschlagen haben.

Der Doktor Krisper schaut dem Biermösel daher mit prüfendem Blick tief in die Augen, und dabei sieht er, dass seine Pupillen enorm verengt sind, was unüblich ist bei einem so starken Alkoholiker, und wie er ihm einen medizinisch begründeten Arschtritt verpasst, der seine Reflexe prüfen soll, wackelt der Biermösel nicht einmal mit den Ohren, geschweige denn, dass er ihn mit seinen gefürchteten Totschlägern in kleine Stücke reißt.

„Bist du dir vielleicht manches Mal vorgekommen ein bissi verweichlicht in letzte Zeit, wie stinkende Ricotta-Streichkäse in Kofferraum von Urlaubsauto?"

„Wie was?"

„Wie Schwamm, was ist nass."

„So ungefähr, ja."

Das erhärtet jetzt leider seinen furchtbaren Verdacht. Dass er nämlich 60 Kilo Streichkäse der verweichlichten Sorte vor sich stehen hat. Und wenn sich jetzt nicht doch noch alles als böser Traum herausstellt, dann ist er leider einem einmalig kolossalen Irrtum erlegen und hat den Biermösel schlicht und einfach medikamentös falsch eingestellt, sprich: falsche Tabletten für falsche Patienten, sprich: hoffentlich reagiert der alte Schlauch jetzt nicht allzu alttestamentarisch, wenn er ihm gleich reinen Wein einschenken wird:

„Biermösel, muss ich dir was beichten, was fällt mir gar nicht leicht."

„Sprich", sagt der Biermösel gönnerhaft. Dabei baumelt er hin und her wie ein Pendel.

„Baue ich ja gelbe Tabletten wie Sonne, wie du weißt, und baue ich blaue wie Ozean, und auch rote für Papa, damit Mutti wieder quietscht, wenn liegen beide zusammen in Kiste, verstehst du?"

„Und weiter?"

„Blöd wie Ziege, das ich bin, muss ich haben verwechselt Sonne mit Ozean, sprich: Tabletten für dich mit Tabletten für Wollatz, sprich: Tabletten für Stimmungsaufhellung mit Tabletten für Stimmungsdämpfung, sprich: kleine Verwechslung, große Wirkung, bist du mir jetzt sehr bääse?"

„Dazu von mir vielleicht nur zwei Worte", sagt der Biermösel nach einer halbstündigen Schrecksekunde, die es gedauert hat, bis er endlich den gewaltigen Wurstzeigefinger der rechten Hand an die Nase vom Doktor geführt hat.

„Du tot!"

Bei einem solchen Delikt will der Biermösel die linke Faust „Krankenhaus" erst gar nicht als Vorhut ausfahren, da will er lieber gleich den Atomsprengkopf zünden. Aber sein rechter Hammer stürzt schon ab, noch bevor er die Koordinaten richtig eingestellt hat, und der Doktor Krisper fängt das Mäusepfötchen ohne Mühe ab.

„Biermösel, hörst du mir zu", sagt er und rettet sich in seine Dritt- oder Viertausbildung als Gesprächstherapeut, „hab ich gemacht Fehler, was tut mir wirklich sehr leid. Aber kann Mensch nicht immer nur auf Scheißhaus sitzen und anschauen, was er hat hineingestellt für schääääne Krapfen in Muschel, verstehst? Muss Mensch auch irgendwann drücken Spülknopf, sprich: Musst du können auch vergeben und vergessen, dass habe ich gemacht unverzeihliche Fehler."

Der Doktor Krisper merkt, dass der Biermösel langsam die Kontrolle über Situation und Körper verliert, als er nach einer weiteren halben Stunde noch immer reglos dasteht und sich zuschneien lässt wie ein Vogelhäuschen. Aber als er endlich den Mund aufmacht, merkt der Herr Doktor, dass sein schwierigster Patient einfach nur sehr, sehr langsam denkt.

„Apropos Verzeihen", sagt der Biermösel. „Was machen wir denn mit der Anni, der muss das ja beigebracht werden, dass der JC tot ist, schonend und einfühlsam, ich hab sie ja freigegeben."

„Kennst du den?", sagt der Doktor Krisper, der grundsätzlich im feinsinnigen Humor die beste Medizin sieht:

„Fällt das Gruber Franzi von Gerüst auf Baustelle herunter, ist er tot wie Arbeitnehmerschutz in Zeiten von Globalisierung, finden ihn seine Kollega, sagt der eine: Wer bringt es schonend bei Frau von Franzi? Sagen alle: Muss es machen der Siegi, was ist einfühlsamste von uns allen, sprich: Fast ist er metrosexuell. Fährt Siegi also zu Frau von Franzi, läutet er an ihre Tür und sagt er: Sind Sie die Witwe Gruber? Sagt die Frau: Gruber ja, Witwe nein. Sagt der Siegi: Was wetten?"

„Verstehst?"

„Verstehe nicht", sagt der Biermösel.

„Na, bin ich einfühlsam wie Siegi und muss ich fahren mit dir zu Anni und bringe ich ihr furchtbare Katastrophe schonend bei."

„Verstehe", sagt der Biermösel und nimmt dem Doktor Krisper die Handgranate weg. Dann schleppt er sich zum Wrack, reißt am Bügel und wirft sie endlich hinein.

„Genug geplaudert!"

„Deckung!", schreit der Doktor Krisper, der insgesamt mehr der vorsichtige Typ ist, und wirft sich theatralisch in seiner Lodentracht hinter einen Schneehaufen.

Der Biermösel aber hat nicht mehr die Kraft, dass er sich mit einem eingesprungenen Biermösel in Sicherheit bringt. Die Druckwelle erreicht ihn, wie er noch keine zehn Meter vom Wrack entfernt ist. Dann steht er da wie der Rauchfangkehrer, und seine Pudelhaube hängt ihm herunter wie dem Dackel die Ohren, und wie er all das brennende Geld und auch das andere Zeug vom Himmel herabfallen sieht, ärgert er sich wieder, dass er den ersten Grundsatz bei Autosprengungen komplett ignoriert hat: Immer zuerst in den Kofferraum schauen!

Wie Goldmarie steht er da, hält den Wetterfleck auf. Er lässt die ganzen und die halb verbrannten Geldscheine hineinfallen, und wie er ungefähr 10.000 Euro beisammen hat, packt er zusammen und weiß, wie er sich vielleicht doch wieder bei der Anni zurück ins Spiel bringen kann.

Genau in diesem Augenblick aber kommt leider das Schaukelpferd, das es bei der Explosion fast bis an den Rand vom Universum gefeuert hat, wieder von seiner Reisc zu den Sternen zurück und trifft den Biermösel volley am Schädel, sodass auch ihm eine Träne über die Wange läuft.

Da ist er endlich so weit, dass er die beleidigte Leberwurscht ablegt und den Doktor Krisper endlich fragt:

„Hast vielleicht eine blaue für mich, blau wie der Ozean?"

„Sicher", sagt der Doktor Krisper, und haut das Schaukelpferd weit in den Wald hinein. Dann nimmt er den Biermösel einfühlsam an der Hand und führt ihn zurück zur Fips. Dabei streicht er ihm den Schnee von den Schultern und sieht ihm aufmunternd in die Augen:

„Sag ich immer: Scheiß dich nicht an – lebe!"

„Soll heißen?"

„Ist Titel von Positiv-Denke-Ratgeber-Buch, an was arbeite ich in meine Freizeit seit über dreißig Jahre mindestens. Positiv Denke ist überhaupt sehr sehr wichtig für Kopf und Seele."

„Drauf geschissen", sagt der Biermösel.

Der Lindbichler, fragt sich der Biermösel besorgt, wie er den Doktor Krisper mit der Doppelläufigen in der Hand zwingt, dass er mit seinen nackten Händen die Fips freiräumt und fahrtauglich macht, warum räumt denn der Lindbichler den Schnee nicht mehr von den Straßen und leitet ihn sicher durch alle Stürme nach Hause, wird ihm doch nichts passiert sein?

„Musst du immer denken positiv, Biermösel", erinnert ihn der Doktor Krisper, der ja in seinem schwierigsten Patienten liest wie in einem offenen Buch. „Vielleicht ist Lindbichler ja nur gefahren in Tauchurlaub und räumt er nach Weihnachten gut erholt weiter Straßen leer?"

Aber das mag der Biermösel gar nicht, wenn einer in ihm liest. Also hebt er sofort den mahnenden Zeigefinger und sticht dem Krisper damit mitten hinein ins Auge, damit er nicht mehr so gut lesen kann. Dann befiehlt er ihm, dass er sich gefälligst niederknien soll.

Der Biermösel hat sich nämlich zu einem weiteren Akt der Selbstjustiz hinreißen lassen. Zwar könnte er die Sache wegen der falschen Medikamentierung auch mit Hilfe von einem Patientenanwalt regeln, aber warum sollte er das tun, wenn er stattdessen endlich einmal im Leben über eine menschliche Leiter die Fips besteigen kann? Also tritt er dem knieenden Herrn Doktor mit den schweren Bergschuhen zuerst auf die Füße, dann auf die Knie, dann auf die Schenkel, dann in den Schritt, bevor er – „hoppla!" – noch einmal abrutscht und er ihm – „aua!" – auf die zarten Doktorhände springt und dort stehen bleibt, „tut das weh?"

Ja!"

„Gut", sagt der Biermösel zufrieden mit der Wirkung der blauen Tabletten, und zum Drüberstreuen verpasst er dem Krisper gleich noch eine Kopfnuss. „Warum also Tauchurlaub?"

„Weißt du, Biermösel, hat Lindbichler ja sehr schlechte Haut, schlechter als Roswitha, sprich: Lichtkrankheit, was heißt: verträgt keine Sonne. Wenn Lindbichler sich bewegt, dann er staubt wie Bett von Frau Holle, aber hab ich mir zugelegt kleine Handstaubsauger, also kein Problem für mich als Herr Doktor, verstehst?"

„Und weiter? Kruzifixnocheinmal, du kannst wirklich ganz schlecht erzählen!"

„Hat Lindbichler oft gesagt: Doktor, deine Salbe ist keine Hilfe, deine Salbe ist eine Haufen Scheiß. Hilfe ist es nur, wenn Franzi Kubelik mich berührt ganz sanft mit ihre kleine, zarte Finger, dann liegt meine Seele auf Engelshaar, hat er gesagt."

„Das hat er gesagt?", wiederholt der Biermösel skeptisch, wie er endlich von der zerquetschten Hand vom Doktor Krisper heruntersteigt und ihm einen gewaltigen Arschtritt verpasst, der ihm signalisieren soll: Jetzt ist es an der Zeit, dass du mich die paar hundert Meter weit anschiebst, die wir bis zur Abzweigung nach Goisern hinaus brauchen, so lange wird das schon dauern, bis bei dem Sauwetter endlich der Motor anspringt.

„Und jetzt erzähl weiter!"

„Hat Lindbichler auch oft geträumt, dass er möchte fahren mit Franzi Kubelik in U-Boot mit Namen Nautilus hinunter zu Tiefen von Ozean, wo kein Licht mehr kommt hin und seine Haut nicht mehr verbrennt. Weiß jeder in Ort, dass er oft mit Franzi Kubelik in Unimog ist hinausgefahren zu Mitte von zugefrorene See, was ist verboten zwar, wo er aber hat mit ihr geträumt von bessere Leben in andere Welt in Wasser unten ..."

„In Wasser unten?"

„In Wasser unten, freilich. Und wo er ihr morgen, Heilige Abend, hat schenken wollen kleine Schneegestöber mit Eiffelturm von Paris drinnen, was hat höchste Lift von Welt und was hat er ihr gekauft auf Weihnachtsmarkt in Ischl drüben als Geschenk, sprich: Romantik pur."

Normalerweise lässt der Biermösel ja immer einen sehr schönen fahren auf das immer weiter um sich greifende Problem mit der Romantik pur. Aber jetzt kommen auch ihm die Tränen, wie der Doktor Krisper vom Lindbichler und der Franzi Kubelik erzählt, und je langsamer und beschwerlicher es durch die immer gewaltigeren Schneestürme vorwärts geht, desto stärker nagt auch in ihm die Gewissheit, dass dem armen Kerl was passiert sein muss und er die Straßen nie wieder wird räumen können.

„Ist Wollatz verschellt, ist Lindbichler verschellt, sind wirklich viele verschellt in letzte Zeit", leistet sich der Doktor Krisper keuchend eine kleine Spitze gegen die Ermittlungserfolge vom Biermösel, „muss ich mir machen Sorgen um gute Menschen in schäääne Gegend?"

„Musst du dir ausschließlich machen Sorgen um dich in tiefe finstere Wald drinnen", denkt sich der Biermösel nach weiteren zwei Kilometern auf der Bundesstraße, nach denen er endlich merkt, dass er den Doktor Krisper an der Abzweigung nach Goisern verloren hat, freilich nicht ganz ohne Absicht dahinter, sondern mehr aus Gründen der Pädagogik.

Der verwechselt keine Tabletten mehr, ist sich der Biermösel jetzt fast sicher, wie er sich endlich mit einem schönen Kreisel einbremst und auf den Giftmischer wartet.

Der Biermösel probiert skeptisch ein paar weitere von den blauen Tabletten, die ihm aber noch nicht ganz so gut schmecken wie die gelben, an die hätte er sich wirklich gewöhnen können, wenn sie nicht den genau gegenteiligen Effekt gehabt hätten, aber geschmacklich: einmalig!

Andererseits steht er mit jeder blauen Tablette wieder sicherer in den Schuhen, langsam füllt sich der leere Speicher wieder, und die Verweichlichung fließt ab wie das Überwasser aus dem Stausee in Kaprun, oder anders herum ausgedrückt: Der schlafende Riese streckt die Glieder weit von sich und gähnt schon wieder, bald ist er wach.

Wie der Doktor Kripser dann endlich auftaucht, mit seiner trockenen Zunge weit unten bei den Knien, mit ein paar wirklich schönen Blutblasen an den Füßen in seinen genagelten Schuhen und einem zerrissenen Hosenbein nach einer unfreundlichen Begegnung mit einer streunenden Kampfhundmaschine von irgendeinem depperten Staatsschauspieler, da lässt der Biermösel aber noch immer keine Gnade walten und ihn aufsitzen.

Stattdessen lässt er ihn über eine Strecke von gut drei Kilometern neben sich herlaufen, damit sein Kreislauf nicht allzu abrupt absackt und damit er auch wirklich versteht, dass man einen Gendarmen nicht falsch medikamentiert, „nie und unter keinen Umständen, verstehst?"

„Verstehe."

Wenn er jetzt ein Lasso dabei hätte, täte er es sogar machen wie der Indianer mit dem Ponydieb und den Doktor Krisper hinter sich herschleifen, bis ihm die Haut abfällt. Aber weil er gerade keins dabei hat und auch keinen Marterpfahl, an den er ihn mit dem Lasso fesseln und an dem er ihn anschließend mit der Husqvarna skalpieren könnte, gibt er ihm halt noch einen Arschtritt und erteilt er ihm halt nach einem weiteren schmerzhaften Negerbussi auf die Schenkerl doch die Absolution, allerdings nicht, ohne dass er ihm vorher mit zwei gestreckten Fingern in seinen Augen die Zusicherung abringt, dass er ihn lebenslänglich mit den blauen Tabletten versorgen wird, wenn er nicht den ganzen Kreuzweg noch einmal mit ihm gehen will. Und falls sich das mit der Anni doch noch irgendwann in Richtung Romantik pur einrenken sollte, dann will er auch die roten Tabletten für den Vati, damit Mutti wieder quietscht, „hast du mich verstanden, Krisper, und kannst du mir das versprechen?“

„Verstanden und versprochen.“

Nach all den Wochen ohne Aerodynamik, in denen sich der Biermösel vorgekommen ist wie der Lawinentote unter der Lawine, gleitet er jetzt mit dem Doktor Krisper am Sozius endlich wieder vergleichsweise leicht dahin wie die Nussschale über den stürmischen Ozean. Sie fliegen hinüber in Richtung Anni, auf der insgeheim natürlich immer noch seine ganzen Hoffnungen auf einen erfüllten Heiligen Abend zu zweit ruhen wie die sanften Finger von der Franzi Kubelik auf der geschuppten Haut vom Lindbichler, der noch immer nicht räumt.

Wie sie endlich das kleine Haus von der Anni erreichen und sich durch den hohen Schnee bis hin zur Haustür vorkämpfen, da hören sie von drinnen ein wirklich einmalig falsches „Stille Nacht, Heilige Nacht“, und dann fragt die Jenny die Mama, ob sie die zweite und dritte Strophe auch noch singen sollen, also Frage an Doktor Krisper: „Was ist denn da drinnen los?“

„Bitte nicht die zweite und die dritte auch noch!“, sind sich der Biermösel und der Krisper ausnahmsweise einig, und auch von der Anni hören sie dazu ein deutliches „Gnäd, pleaser, eine Putzfrau muss heutzutage auch Englisch können.

Die Anni sitzt weinend mit der Goldhaube von der Seebachwirtin auf ihrem Schädel in der engen Küche, und auf dem kleinen Tisch vor ihr liegt lieblos aufgetürmt der ganze Haufen Kleingeld aus dem Opferstock, mit einer kleinen Masche oben drauf, als Sahnehäubchen.

Nicht ausgeschlossen, dass sich die Anni über die zwei Geschenke irgendwann gefreut hätte, sind sich der Biermösel und der Doktor Krisper auch darin einig, morgen zum Beispiel, wenn der richtige Tag dafür gewesen wäre. Aber die Zwillinge haben sich komplett im Datum geirrt und stehen jetzt wie der Ochs und der Esel im Stall vor der Krippe bei ihrer Mama und sind so eingejointelt, dass sie gar nicht sagen könnten, ob sie die Anni jetzt einen Tag zu früh überrascht haben oder 364 zu spät, je nachdem, ob man positiv denkt oder negativ.

„Hört auf zu singen, ihr habt mir eh schon genug angetan", hören sie die Anni verzweifelt jammern, „Holt mir lieber den Biermösel und sagt ihm, dass er den Jackpot Charlie erschießen soll, auf den ich hineingefallen bin wie ein Teenager, und dann soll er bitte mich gleich dazu erschießen, ich bin einfach zu blöd zum Leben."

„Bin schon da", meldet sich der Biermösel überraschend für die Anni und ihre Zwillinge aus seinem Versteck hinter der Küchentür, „aber erschießen werd ich den Jackpot Charlie nicht mehr brauchen", sagt er gleich dazu, „der liegt schon tot unter der Bernadette."

Der Doktor Krisper kann dem Biermösel leider nicht mehr rechtzeitig in die Kniekehle treten und ihn so daran erinnern, dass immer der Einfühlsame reden soll, wenn die schlechte Nachricht überbracht werden muss, da schreit die Anni schon außer sich:

„Wer ist die Bernadette?"

„Eine Hirschkuh", zieht der einfühlsame Doktor Krisper die Sache an sich und versucht zu retten, was nicht mehr zu retten ist, „und nicht einmal eine besonders schöne, wie ich meine."

Aber da schreit die Anni erst recht wie am Spieß, und jetzt sieht auch der Doktor Krisper ein:

Hätte er geschwiegen, wäre er vielleicht im Viert- oder Fünftberuf Philosoph geworden.

„Zum Dienstlichen", drängt der Biermösel.

„Lieber sterben als Zwiebelschälerin", antwortet die Jenny ungerührt auf seine Fragen nach dem Warum, Wieso, Weshalb, „lieber ein Brandzeichen am Arsch, als dass ich noch weiter im männerdominierten Beruf vom Hufschmied mein Glück versuche", sagt die Manu, und dann streicht sie sich weiter die Fingernägel rot, nachdem sie wochenlang nur das Schwarze unter den Nägeln hervorgeholt hat.

„Motiv?"

„Na irgendwas haben wir der Mama ja trotzdem schenken wollen, auch wenn die Gesellschaft für uns keine Verwendung hat und wir deswegen arm sind und kein Geld haben!"

Sehr schön gesagt, denkt sich der Biermösel, und damit ist im Prinzip alles besprochen, da braucht er wirklich nicht mehr viel ermitteln.

Ein bissen enttäuscht ist er natürlich schon von den Zwillingen, dass er sich wieder so getäuscht hat in ihnen. Aber darüber tröstet er sich mit ihrer inneren und äußeren Distanz zur Arbeit hinweg, die ihm wirklich sehr gut gefällt und die ihn stark an seine eigene innere und äußere Distanz zur Arbeit erinnert, zumindest was das betrifft, sind ihm die zwei Mäderl wirklich sehr ähnlich, denkt er zufrieden, da ist er ihnen so nahe wie dem Jesus, der sich ja auch keinen Haxen ausgerissen hat. Also will er bei ihnen zwei auf die Pädagogik lieber verzichten, die Stutzen oben und die Venen eingepackt lassen. Soll doch der König der Einfühlsamen die mahnenden Worte an sie richten, und der Krisper kramt auch schon in der Innentasche von seinem Lodensakko nach einer entsprechenden Broschüre von seiner Bundesregierung, irgendwo muss er doch was Passendes finden, irgendwas Gschmackiges über das kulturelle Erbe von Goldhauben und Opferstöcken und dass man das alles nicht angreifen oder gar stehlen darf, weil der Goldhaubendiebstahl die Republik in den Grundfesten erschüttert, die Deppenrepublik, wie der Biermösel präzisieren täte.

Der Doktor Krisper findet dann mit seinen zerquetschten Fingern jedoch nur den Ladenhüter-Prospekt von der Prostata-Vorsorge, nicht ganz passend zwar, aber besser als gar kein Aufruf, „Also immer schön den Kamin kehren!“, feilt er mit dem vorhandenen Material schnell an einer passenden Parteirede, „immer lieber pflegen die Hausarbeit als suchen schnelle sexuelle Abenteuer in Dorfdiscostadel, pfui, pfui, pfui“, spannt er einen gewagten Bogen, „immer putzen fegen wischen kehren, lieber heiraten und sich vermehren“, reimt er sich dann sogar was zusammen, bevor er fragt:

„Okay?“

„Okay“, sagen die beiden und zeigen dem Doktor Krisper zufrieden ihre Fingernägel. Die sind röter als die Pille für den Vati, damit Mutti wieder quietscht, denkt sich der Biermösel bewundernd und hofft, dass sie wenigstens den Nagellack bezahlt haben.

Dann wendet er sich der Anni zu. Sanft zieht er ihr die teuflische Goldhaube vom Schädel und wischt ihr mit den Riesenwurschtfingern ein paar Tränen aus dem Gesicht.

„Anni, wir machen es so“, sagt er zu ihr. „Das bisserl Kleingeld sollen sich die Zwillinge bitte einfach behalten und sich dafür einen Nagellackentferner kaufen. Die Goldhaube aber gibst du mir lieber, die versenke ich gleich heute noch im See, dann gibt es keine Beweise. Ganz weit draußen werd ich ein Loch dafür bohren und sie hineinschmeißen, weil – darf ich ehrlich sein? – so was Klerikales steht dir überhaupt nicht, besser steht dir das blaue Kopftuch von den Kommunisten, mit dem schaust du einfach hundertmal besser aus."

„Finde ich auch", mischt sich der Doktor Krisper ein.

„Wirklich?", schluchzt die Anni.

„Aber freilich", sagt der Biermösel.

Dabei hat der Biermösel aus den Adleraugenwinkeln heraus den Kontoauszug von ihrem neu eingerichteten Konto auf dem Küchentisch liegen gesehen, und da hat er sofort kapiert, dass nicht nur die wirklich gelungene Überraschung von ihren Töchtern der Grund für ihre Tränen war. Wenn sie nämlich das Geld, das er ihr im Spätherbst gegeben hat, irgendwann auf das Konto gelegt hat, dann ist es jetzt ganz sicher nicht mehr drauf, dafür ist das Minus nämlich zu dick, das davor steht.

Bin ich froh, denkt sich der Biermösel jetzt bei diesem Anblick, bin ich wirklich froh, dass ich den Jackpot Charlie noch mit Blei extra betankt habe. Und wenn sich jetzt draußen die Schneeberge nicht minütlich immer noch weiter auftürmen täten, dann täte er jetzt sogar zum Unfallort zurückkehren und mit der Doppelläufigen noch ein paar Schäuferl nachlegen.

Aber da streckt ihm die Anni wieder ihre Hände entgegen, damit er sie verhaften soll, und sie erklärt sich wieder bereit, dass sie noch einen Kredit („noch einen!") bei der Ackerbau-und Viehzuchtbank aufnehmen wird, damit sie den Schaden beheben kann, den ihre Zwillinge schon wieder angerichtet haben, „ich tu alles für dich, Biermösel, wenn ihr die zwei nur in ein gutes Heim bringt, sie sind ja im Grunde keine schlechten Menschen, wie ich immer sage, sie leben nur in einer schlechten Welt."

„So ist es", sagt der Biermösel, und auch der Doktor Krisper nickt zustimmend.

„Jenny, Manu, kommt her und kniet euch nieder!", sagt die Anni. „Und jetzt wascht dem Biermösel bitte die Füße, damit er sieht, wie gut ihr seid."

Da mischt sich wieder der Doktor Krisper ein und lacht: „Falsches Fest, Anni, komplett falsches Fest!"

„Na und?“, denkt sich der Biermösel beleidigt, „wenn sie mir justament die Füße waschen wollen!“

Wie die beiden dann schon bei der Tür stehen und sich verabschieden wollen, da dreht die Anni *Radio Schmalz* auf, wegen der vorweihnachtlichen Stimmung, und sie hören den Weihnachtssuperhit vom Shubidu Jack aus dem Jahre Schnee, „Schleim, Schleim, Schleim, it's christmas time“. Und dann fragt die Anni den Biermösel mit treuherzigem Blick, ob sie nicht nach Weihnachten wieder zu ihm kommen und ihm das Scheißhaus putzen darf, jetzt wird sie das Geld nämlich dringender brauchen denn je.

„Aber freilich“, sagt der Biermösel und umfasst den Duftbaum, den er tief in seinem Wetterfleck mit sich herumträgt. „Und wenn der Wollatz doch noch einmal auftaucht aus seiner Verschellung, dann kannst du ab nächstem Jahr bei mir einen wirklich einmaligen Musentempel herauswischen, das wäre dann mein Weihnachtsgeschenk an dich, sozusagen.“

Da verpasst ihm der Doktor Krisper doch noch den Tritt in die Kniekehle, den er schon so lange anbringen wollte, und er erinnert ihn mit der gewissen Handbewegung daran, dass sie ja noch jede Menge Bares für die Anni im Silbertannenwald gesammelt haben, das hätte der Biermösel jetzt fast vergessen, so verliebt schaut er sie an.

Der Biermösel drückt der Anni also die 10.000 Euro in die Hand und noch ein bissen mehr dazu. Dann schaut er ihr tief in die Augen und umschließt ihre vom vielen Putzen geröteten und aufgerauten Finger mit seinen riesigen Pratzen, was ihr nach den manikürten Kugelschreiberhänden vom Jackpot Charlie einen wohligen Schauer der Geborgenheit und Sicherheit über den Rücken jagt.

„Kauf dir ein paar Honigwachskerzen darum“, sagt er, „drüben am Weihnachtsmarkt in Ischl.“

Da ist die Anni so beschämt, weil sie den Biermösel immer wieder so verkennt und falsch einschätzt, und mit einer Träne im Auge fragt sie ihn, ob er nicht überhaupt mit ihr und den Zwillingen morgen Weihnachten feiern will, „die Jenny hat weiß Gott genug Zwiebel geschält, sodass sich ein Zwiebelrostbraten für vier locker ausgeht, wenn auch vielleicht mit mehr Zwiebel als mit Rostbraten.“

„Mhhm!“, läuft dem Biermösel augenblicklich das Wasser im Mund zusammen, und fast ist er schon versucht, die Einladung anzunehmen, er hat dann wirklich schon sehr lange nichts mehr gegessen. Aber so viel weiß auch einer wie er über die Liebe, dass man nicht gleich in die hinterlassenen Hauspatschen vom Nebenbuhler hineinschlüpfen darf, kaum dass sie ungenützt im Vorzimmer herumstehen, schon gar nicht, wenn man die eigenen Schuhe schon ein paar Tage nicht mehr ausgezogen hat, das ist das eine Problem. Das andere ist – und das tut dann wirklich weh –, dass auch die Anni eine Silbertanne als Christbaum im Wohnzimmer stehen hat. Also sagt er mit Wehmut in der Stimme und Sehnsucht im Blick:

„Nächstes Mal, Anni, nächstes Mal feiere ich mit dir und den Zwillingen Weihnachten."

Da hat er Extremtrottel freilich nicht bedacht, dass nächstes Mal im Falle von Weihnachten erst in genau einem Jahr ist.

Beim Hinausgehen klopft ihm der Doktor Krisper tröstend auf die Schulter und meint:

„Biermäääsel! Always look on the bright side of life."

„Sagt wer schon wieder?", fragt der Biermösel und rennt mit dem Schädel gegen den Türstock, damit sich der Schmerz vom Herzen wieder in den Schädel hinauf verflüchtigt.

„Singt Shubidu Jack in seine Welthit."

„Und heißt was?"

„Mach es wie die Sonnenuhr, zähl die heit'ren Stunden nur."

„Meine Antwort kennst du ja", sagt der Biermösel.

Santa Klausi

Wie der Grasmuck dann im Auftrag vom Biermösel freudlos, aber routiniert und komplett besoffen aus dem Puff von der gachblonden Discowirtin in die Pension Goldenes Kalb herübergewatschelt kommt und dort mit seinen Bergschuhen alles nass macht und willentlich eine Riesensauerei anrichtet, damit die Faulpelze aus der Fremdenverkehrsbranche, die er allesamt aus Prinzip nicht leiden kann, endlich auch einmal was zu arbeiten haben; wie er den Sheriffsstern herausholt und damit den so genannten Portier einschüchtert, der ein komplett unqualifizierter, total verschreckter, astreiner Saisonniernigerianer auf der Flucht ist; wie er den Idi Amin Dada beim Krawattl packt und ihn anschreit, wo denn bitte bei ihm die seit geraumer Zeit weltweit gesuchten, von Interpol gejagten, vielleicht einzeln, vielleicht aber auch im Verbund agierenden Goldhaubendiebe einquartiert sind, da misst er bei Durchsicht des Melderegisters dem Namen Klaus Kastenberger mit der Nationalitätszugehörigkeit Deutschland zunächst keine besondere Bedeutung bei, er kann ja nicht wissen, dass sich dahinter der Shubidu Jack verbirgt.

Wenn er das aber wüsste, dann täte der Grasmuck trotz längst notwendiger, jedoch aus Gründen der Scheiß-Angst immer wieder verschleppter Hüftoperation selbst unter größten Schmerzen geschwind wie der Wind hinaufhüpfen auf Zimmer Nummero 4 im ersten Stock und sich ein Autogramm von ihm holen, weil er ein Fan vom Shubidu Jack ist, seit ihm sein besinnliches „Maus, Maus, zuckersüße Maus, ich bin dein Santa Claus“ schon als Teenager immer die Adventszeit versüßt hat, wenngleich er auch später während seiner gemeinsamen Zeit mit dem Biermösel in der Gendarmerieschule oben in Linz immer „Humpa Humpa Humpa, gleich wird's dumpa dumpa dumpa“ von den Radinger Spitzbuben hat hören müssen, gerade zu Weihnachten ist er ja mit dem Biermösel oft ganz alleine oben in Linz gelegen, während die anderen Schweinderl im Schlafsaal alle Familienurlaub gekriegt haben, sie beide aber nicht, weil sie keine Familie gehabt haben. Das, weiß vielleicht nur noch der Biermösel besser als der Grasmuck, ist dann gerade vor Weihnachten schon sehr bitter, daher vielleicht auch die Einsamkeitsgefühle vom Grasmuck, die er seither bevorzugt, wenn auch erfolglos drüben im Puff von der Discowirtin ersäuft, in das er jetzt am liebsten gleich wieder hinübergehen täte, weil ihm der Bimbo nicht und nicht sagen will, wo die Goldhaubendiebe sind.

Aber!

Das illegale Scheinasylantentum und die verschärfte Gesetzgebung bringen es Gott sei Dank mit sich, dass sich sogar ein zwei Meter hoher afrikanischer Baum in die Hosen scheißt, sobald er ein Ordnungsorgan auch nur sieht. Anders ist es nicht zu erklären, dass sich der Saisoniernigerianer auf einmal den Arsch hält wie nach einer schmerzhaften Prostata-Vorsorgeuntersuchung beim Doktor Krisper, und dass es auf einmal stinkt wie in der Hölle, wenn gerade alle Abflussreiniger auf Montage im Himmel oben sind. Das alles ist auf einmal höchst verdächtig!

Weil der Grasmuck jetzt aber um nichts weniger geschult ist als der Biermösel, wenn es um das Erkennen von verdächtigen Situationen geht, zieht er vorsichtshalber lieber die Glock und bohrt dem Portier in seinen großen Nasenlöchern herum. Dann prüft er mit Kennerblick und Lesebrille auf der Nase die Augenpartie vom schwarzen Mann, und wenig überraschend muss er feststellen, dass diese gerötet ist bis hinein ins Stammhirn, was nichts anderes heißt, als dass er eingejointelt ist, und das im Dienst!

Wie der feine Herr Portier auch nicht mehr aufhören will zu zittern, ist für den Grasmuck klar, dass er unerwartet doch auf die richtige Spur geraten ist, und er freut sich schon darauf, dass er dem Biermösel endlich einmal eine Freude machen und ihm die Goldhaube auf dem Silbertablett servieren kann, als Weihnachtsgeschenk ist das heuer sicher besser als schon wieder eine Flasche Schnaps vom Tötschinger, auch wenn der Schnaps vom Tötschinger wirklich einmalig ist.

„Was?", fragt der Grasmuck streng und lehnt sich weit zum Portier in die Portiersloge hinein, während er mit der Glock die enge Holzstiege hinaufdeutet. „Was geht da oben vor sich?" Ein Satz, den er schon oft im Freitagskrimi gehört hat.

„Ronaldo Schuster am Apparat", hörte der Shubidu Jack vor ein paar Tagen diese aufgedrehte, durch und durch unsympathische Stimme am anderen Ende der Leitung, als er einen überraschenden Anruf entgegennahm, „Ronaldo Schuster, immer locker, immer Vollgas!", schrie er ihm ins Ohr. Der Shubidu Jack hatte schon lange kein Management mehr, das ihm unseriöse Angebote vom Hals hielt. Genau genommen hatte er schon lange nicht einmal mehr unseriöse Angebote. Also wollte er nicht gleich auflegen, als der Kerl ihn mit seinem strengen Dialekt einfach duzte und sagte:

„Hör zu, Shubidu, Vorschlag: Comeback des Jahres! Was hältst du davon?"

„Wann?", war seine schlichte Frage. „Und wo?" „Zu Weihnachten in Goisern", war die nicht minder schlichte Antwort.

Bis dahin hatte der Shubidu Jack noch nie von einem Ort Goisern und einem Konzertveranstalter names Ronaldo Schuster gehört. Aber was sollte auf einen von der ganzen Welt verlachten Knallchargen und Pausenclown der Schlagerszene denn Schlimmeres warten als das, was er ohnehin hatte: ein einsames Leben in einem schäbigen Dauerquartier am Rande von Augsburg. Noch keine 60 Jahre alt, aber schon lange in den *Club Lagrima* auf *Radio Schmalz* abgeschoben, da soll keine Träne ungeweint bleiben?

Drei Tage zuvor hatte er einen Termin bei seinem neuen Arbeitsmarktbetreuer, der den Schweiß der neuen Zeiten ausdünstete. Ein junger Furzkissenfurzer, der noch nie von „Shubidu Jack" gehört hatte und ihn als Klaus Kastenberger in seiner Datei führte, erlernter Beruf: Keiner. Hautfarbe: Schwarz. Nationalität: Deutsch.

„Haha!", lachte der über ihn, „du willst ein Deutscher sein?", entsprechend respektlos behandelte er ihn, so wie die liebe Familie ihre überflüssig gewordene Oma behandelt. „Du bist am Ende, Kastenberger", sagte er, „aber ich geb dir noch eine Chance. Da wäre dieser Weihnachtsmann-Ein-Euro-Job im Einkaufszentrum von Augsburg-Süd, Santa Klausi sozusagen, aber oho", lachte er, „das geht ja gar nicht, du bist ja schwarz wie die Nase vom Schneemann, da würden die armen Kinder doch denken, hier sitzt der Schornsteinfeger, der für Santa Claus den Kamin kehrt, damit er darin landen kann. Mal sehen, was wir sonst noch haben."

Er hatte noch diesen anderen Ein-Euro-Job als Backgroundsänger für die Augsburger Puppenkiste, aber daraus wurde dann auch nichts, weil der Jack nicht mehr wollte.

Den ganzen Nachmittag über ist er nun in seinen Tighty Whities vor einem matten Spiegel gestanden und hat noch einmal die alten Posen geübt, ein Glas Rasierwasser in der einen Hand, ein Glas Möbelpolitur in der anderen, zu edlerem Zeug hat es nicht mehr gereicht, die Minibar war leer, bis auf die Mäusescheiße, die er darin gefunden hat.

Er probte die Kusshand fürs Publikum, das Fangen der Höschen, die ihm die Damen immer zuwarfen, den geschmeidigen Shubidu-Walk, der ihn zumindest in Deutschland und Österreich weltberühmt machte.

Aber das alte Gefühl wollte sich nicht mehr einstellen. Er spürte das Brennen der Scheinwerfer nicht und hörte nicht mehr das Tosen des Applauses.

Müde sank er in den einzigen Stuhl im Zimmer. Dort saß er dann und starrte auf den Spannteppichboden, der mit allen möglichen human fluids („wäääh!") bekleckert war. Er starrte auf die rot-weiß-rote Bettwäsche, die grünen Vorhänge, das Hirschgeweih an der Wand und ein Bild der hiesigen Bundesregierung darunter. Er dachte: How low can you go? Das Goldene Kalb in Goisern ist definitiv nicht das Mirage in Vegas!

Dann blickte er beim Fenster hinaus und beobachtete diesen besoffenen Gendarmen, der in dichtem Schneefall breitbeinig aus dem gegenüberliegenden Puff zum Goldenen Kalb herübergewankt kam, ähnlich diesem Spaßaffen Ronaldo Schuster mit seinem weißen Häkelkäppchen auf dem kahlen Schädel und seinem blondierten Klobrillenbart, der ihn heute früh am Bahnhof in Nang-Pu abholte und dabei mit dieser anbiedernden Karikatur eines Shubidu-Walk auf ihn zugestürmt kam. Dass dieser Idiot sein Comeback-Konzert ausgerechnet für den 24. Dezember, 22 Uhr in seinem Bahnhofsrestaurant vis-à-vis der Pfarrkirche von Goisern ansetzen würde, das hätte der Jack dann noch irgendwie ertragen, weil ihm alles lieber war als Augsburger Puppenkiste. Ein deutsches Nachkriegskind mit einem Besatzungsneger als Vater und einer Mutti, die sich für ihn schämte und ihn lieber gleich zu Omi gab, bevor sie ihn auch nur einmal an ihren Brüsten nuckeln ließ, hofft ja bis zum Schluss, dass alles irgendwie gut ausgehen wird.

Aber als ihm der Ronaldo Schuster diese eine Teilnahmekarte am großen BAHO-Gewinnspiel in die Hand drückte, mit der man ein Backstage-Treffen mit ihm gewinnen konnte, da wusste der Jack, dass nicht nur seine Karriere endgültig zu Ende war, sondern sein ganzes Leben.

Nun liegt er in der Badewanne seines Zimmers und klatscht mit der flachen Hand eine weitere Stubenfliege auf seiner imposanten Wampe tot, mit einem wehmütigen „howdy!" schickt er sie voraus ins Jenseits. Dann zieht er sich die goldene Duschhaube über, die da in der Dusche lag und die jetzt seinen gewaltigen Afro zähmt. Dann lehnt er sich entspannt zurück, während das Blut langsam aus seinen Adern fließt, die er sich an den Handgelenken aufgeschlitzt hat. Ein verweichlichter, weibischer Selbstmord, gewiss. Aber er wuchs bei Omi auf, also wo hätte er lernen sollen, was Männlichkeit ist? In der Schlagerszene vielleicht?

Der Jack hebt jetzt diese eine Teilnahmekarte vom Badezimmerboden auf und liest den Absender. Aus Aussee kommst du also, Roswitha, denkt er sofort mit zärtlichen Gefühlen, als er diese verschnörkelte, ganz und gar unsichere Handschrift liest. Das soll ja eine schöne Gegend sein, aber zurzeit schwer erreichbar, wie er im Radio gehört hat. Alles steht bis zu den Augenbrauen im Schnee, weiße Weihnachten, wie sie im Buche stehen, Kettenpflicht inklusive. (Da fällt ihm ein Witz ein, mit dem ihn die kleinen süßen deutschen Kinder immer gequält haben, wenn er schwarzer Neger mit ihnen im weißen Schnee spielen wollte: „Kennst du den Unterschied zwischen einem schwarzen Semperit-Stahlgürtelreifen und einem schwarzen Südstaatenneger? Nein? Also hör zu: Der schwarze Stahlgürtelreifen singt keinen Blues, wenn man ihm die Ketten anlegt!")

Sehr, sehr witzig, die Deutschen!

Der Jack betrachtet die Rückseite der Karte, wo der Veranstalter die Teilnehmerinnen am Gewinnspiel dazu einlädt, ein paar persönliche Zeilen über sich selbst zu verfassen. Er liest ein fantastisches Schweinebratenrezept, das ihm das Wasser im Mund zusammenlaufen lässt. Und dann liest er noch, ganz unten und ganz klein hingekritzelt, ein Gedicht:

„Sie ist so schön, die rote Rose
so lebendig und fröhlich immer
doch mitten auf der Steppe
das ist doch unfair!"

Und darunter:

„Verstehst, Jack?"

Mal sehen, denkt der Shubidu Jack und kratzt sich am Eiersack. Wenn ich das jetzt richtig verstehe, dann ist das ein Hilfeschrei. Also versucht er sich anhand des Gedichtes diese Frau vorzustellen, die solch wunderbare Zeilen zu schreiben imstande ist. „Schön wie eine rote Rose“ wird sie wohl sein, so viel ist klar, „lebendig und fröhlich immer“ ist sie vom Wesen her – mach es wie die Sonnenuhr, zähl die heit’ren Stunden nur, so ein Typ ist das.

Aber Obacht! „Mitten auf der Steppe“, schreibt sie dann weiter, das klingt gar nicht gut. Vermutlich steckt sie in einer unglücklichen Beziehung und ist sexuell unausgelastet. Ganz sicher lebt sie mit einem Schaf von einem Mann zusammen, mit einem Holzkopf, der sie nicht ordentlich zu nehmen vermag und obendrein ihre Gefühle nicht versteht. Daher verdorrt die wunderschöne rote Rose „mitten auf der Stepper, das ist ebenso gut formuliert, wie es „unfair“ ist, sehr gut! Besser kann man die Scheiße des Lebens nicht beschreiben, mein süßes Mädchen Roswitha.

Selbst in seinen besten Zeiten hatte ihm niemand solche eindrückliche Lyrik verfasst. Er kam ja über „Shubidu shabada“ kaum mal hinaus, „highway ho, highway hey, highwayriders are okay“ war da schon nahe an Dostojewski. Gestern hätte der Shubidu diesen Text noch gestohlen und dem Ronaldo Schuster vorgeschlagen, dass er „Red roses on steppe“ zur Melodie von dem beschissenen Song singt, den er ihm aus seiner persönlichen Feder andienen und mit dem er ihn groß rausbringen wollte, samt eigenem Text, und der ging so:

„Wenn Kerzenwachs die Hoden tränkt
Lametta an der Vorhaut hängt
Und Tannengrün die Eichel spickt
Hast du den Weihnachtsbaum gefickt!“

Und so einen Scheißdreck sollte er singen?

Hätte er die Karte dieser Roswitha früher gelesen, wäre er sofort aus der Badewanne gehüpft, in sein SchlangenlederhautJacket geschlüpft und zu dieser roten Rose in ihre Steppe im Gasthaus gefahren. Wer weiß, denkt er jetzt, ob nicht sie seine Miss Shubidu geworden wäre, the one arid only, nach der er sich sein Leben lang gesehnt hat? Er stellt sich ihr Lächeln vor, ihre zarte Hand, ihre stämmige Figur, das ausladende Becken, die strammen Beinchen – solides Schreinerhandwerk, eine richtige Muttersau mit prallen Brüsten voll dicker weißer Milch vorne dran und einem Schinken hinten am Arsch, in den er sich hätte verbeißen können.

Als sich der Shubidu Jack zurücklehnt, um zu sterben, blickt er noch einmal zum Deckenspiegel des Badezimmers hinauf, und plötzlich muss er sogar noch einmal lachen. Denn eingegossen in das weiße Email der Badewanne sieht er plötzlich die Farben Deutschlands: das Gold seiner Duschhaube, das Schwarz seiner Wampe, das Rot seines Blutes. Sollte der Neger, Neger, Schornsteinfeger am Ende also doch als Deutscher sterben?

Da kracht die Tür, und dieser Bulle, den er vorhin vom Puff herüberkommen sah, fällt in sein Zimmer herein wie ein Sack. Er stolpert über das Fauteuil und kracht auf die Nase, aus der augenblicklich das Blut strömt. Langsam rappelt er sich wieder hoch und blickt sich um, als müsste er sich erst orientieren. Der Kerl hat mächtig einen in der Krone, schüttelt der Shubidu Jack den Kopf, als er mit gezogener Knarre zu ihm herein ins Bad gestürmt kommt und ihm sofort sein goldenes Handtuch vom Schädel reißen will.

„Her mit der Goldhaube!", schreit der Penner ihn an.

„Meinst du die?", fragt der Shubidu Jack, zieht sich die Duschhaube herunter und reicht sie ihm. Er ist dabei im Angesicht des nahenden Todes ganz ruhig, er verspürt noch nicht einmal Gram gegen diese elend besoffene Kreatur, die ihn beim Sterben stört und ihn jetzt verdattert und mit großen strahlenden Augen und zitternder Hand anschaut.

„Gibt's denn so was?!", stammelt der Idiot plötzlich und schlägt seine Hände vor dem Gesicht zusammen wie ein elendes Waschweib. „Bist du vielleicht der Shubidu Jack?!"

„Persönlich", sagt der Jack betont kühl. Aber ein wenig ehrt es ihn schon, dass ihn der Affe erkannt hat, trotz des extrem unwürdigen Aussehens. Verlegen spielt er mit seinen Fingern, und plötzlich will er nicht mehr ausschließen, dass sein Leben doch noch versöhnt endet, vor Publikum nämlich, wie es immer sein Traum war.

„Kannst du bitte ‚Maus, Maus, zuckersüße Maus, ich bin dein Santa Claus' für mich singen?", fragt der Bulle und fällt vor ihm auf die Knie. Dann lässt er seine Knarre fallen und umfasst zitternd seine kalte Hand.

Als dann auch noch der andere Bimbo von unten in der Rezeption zu ihnen heraufgestürmt kommt und fragt, ob sie hier vielleicht eine Rolle Klopapier hätten; als der Grasmuck ihn stattdessen zu sich herwinkt und ihm erklärt, dass das der Shubidu Jack ist, da ist die sentimentale Runde komplett, und der Jack fängt „Maus, Maus, zuckersüße Maus, ich bin dein Santa Claus" zu singen an, ebenso einfühlsam wie inbrünstig. Nachdem er die erste Strophe beendet hat, fassen sich alle drei an den Händen und stecken ihre Köpfe zusammen, und jeder von ihnen verspürt in seiner Einsamkeit plötzlich die Wärme der Liebe, welche das Leben manchmal auch als Geschenk unter den Christbaum zu legen bereit ist, nur halt leider nicht bei ihnen.

„Soll ich jetzt noch ‚Alles hat ein Ende, nur die Wurst hat zwei' singen?", fragt der Shubidu Jack dann, nachdem er die beiden anderen zu Tränen gerührt hat.

Aber schon ihr begeistertes Klatschen hört er nicht mehr.

„Ich brauch mehr blauer, schreit der Biermösel auf der stürmischen Fahrt weg von der Anni zurück zum Doktor Krisper, der hinten auf der Fips sitzt und sich im dichtesten Schneetreiben ängstlich an ihn klammert. Was auch sonst reden, wenn man gerade gemeinsam das Tageswerk vollbracht und eine schwierige Prüfung für das Patienten-Arzt-Verhältnis hinter sich hat?

„Warum bist du überhaupt bei der ‚Hilf dir selbst, wir helfen dir nicht!'-Partei, wie kann ein studierter Mensch so deppert sein?", probiert es der Biermösel aus der gewissen Verlegenheit heraus politisch, und der Doktor Krisper gibt bereitwillig Auskunft:

„Hat folgende längere Geschichte", erzählt er begeistert. „War ich immer wertkonservativ und habe ich auch in Bulgarien schon immer getragen lieber Lodentracht und genagelte Schuhe als graue kommunistische Anzüge Marke Mao oder Hippiesandalen, was waren Einfluss von Westen, sprich: Hab ich immer gespielt lieber Cello in Hausmusik als Poker in Hinterhofbumsen und hab ich nie gehabt Säääähnsucht nach Rock'n'Roll-Wahnsinn wie gachblonde Discowirtin und Mick Jagger, sprich: Hab ich lieber immer getrunken Tee als gesoffen Bier kübelweise, verstehst?"

„Verstehe ich nicht", sagt der Biermösel fassungslos und verlangt nach mehr von den blauen Tabletten.

„Hab ich immer gehabt größere Vertrauen in freie Marktwirtschaft als in Planwirtschaft aus Politbüro", erzählt der Doktor weiter, während er fortfährt, seinen schwierigsten Patienten zu füttern, „sprich: Hab ich immer mehr bevorzugt Leistungsgedanke als Verteilungswahnsinn von Kommunistische Manifest, sprich ..."

„Warum du beigetreten bist?!", schreit ihn der Biermösel an, und diesmal funktioniert die Trompete schon wieder ganz ordentlich.

„Na, vielleicht allzu lange Rede kurze Sinn", schließt der Krisper seine Rede ab: „Hat mir letztes Jahr zu Weihnachten ‚Hilf dir selbst, wir helfen dir nicht!'-Partei sehr, sehr ansprechende Liedbuch von Parteigranden geschickt, sprich: War ich nicht mehr zu halten, hab ich Partei beitreten müssen! Verstehst?"

Der Biermösel ist jetzt auf die Uferstraße eingebogen und fährt mit dem Doktor Krisper hinten drauf ruhig dahin. Mit seinen Bergschuhen auf der Straße hält er das Gleichgewicht, und mit dem tiefen Profil in seinen Reifen, das er mit dem Taschenfeitel hineingeschnitten hat, gräbt er sich durch den immer höher liegenden Schnee wie die Baggerschaufel durch den Dreck. Soll er ihm sagen, dass er das nicht versteht? Dann hört er vielleicht überhaupt nicht mehr auf zu reden, also zieht er es vor zu schweigen.

Schon nach kurzer Fahrt aber klopft ihm der Doktor Krisper wieder von hinten auf die Schulter und deutet mit der rechten Hand begeistert hinaus auf den See:

„Biermösel, schau!“, schreit er wie das Kleinkind, das zum ersten Mal den Christbaum sieht. „Schau, das Licht, was leuchtet aus See heraus, hinauf in den Himmel!“

Da fährt der Biermösel den Ellenbogen aus und – hoppla! – schon liegt der Doktor Krisper ein paar Meter hinter ihm auf seinem Scheißer und schreit ihm „Biermääääsel! Frohe Weihnachten, falls wir uns nicht mehr sehen!“ nach, der ist wirklich ein durch und durch positiver Mensch.

Der Biermösel erreicht dann endlich die Birke ganz hinten am anderen Ende vom See, wo er normalerweise alle Sachen und Beweisstücke hineinwirft, die er nicht mehr brauchen kann oder nicht mehr sehen will. Eine Birke ist für seine Fips gerade noch gut genug, also lehnt er sie vertrauensvoll dagegen. Aber kaum steht sie dort, ist sie schon wieder bis oben hin zugeschneit, Aussee wird keine Wüstenstadt mehr werden.

Der Biermösel selbst war nie wertkonservativ, aber auch kein unbedingter Verfechter der Moderne, denkt er jetzt an die politische Ausrichtung vom Doktor Krisper. Was er wirklich mag ist die Doppelläufige einerseits und die Husqvarna andererseits. Er nimmt beide aus der Satteltasche von der Fips und schultert sie. Dann nimmt er noch die zwei harten geselchten Schweinswürste heraus, die er jetzt immer mit sich führt wie der John Wayne seine zwei Karotten für den Bronco. Langsam und ruhig, mit der neu gewonnenen Kraft in den Sohlen, macht er sich auf übers Eis wie der Eskimo zu den Fischgründen, immer weiter hinaus zur Mitte vom See.

Eine leise Sorge überkommt ihn dabei, wie er auf seiner Wanderung zum Gebirgskamm hinaufschaut, wo ja der Flachdachneubau vom Wollatz steht samt dem Musterscheißhaus, das er sich gerne mit ihm zusammen angeschaut hätte – was, wenn sich das vor Weihnachten jetzt nicht mehr ausgeht, weil er den Wollatz nicht und nicht erreicht?

Vielleicht kann er ja heute selbst noch hinauffahren und den neuen Eigentümer mit der vorgehaltenen Glock fragen, ob er über die Feiertage ein, zwei Tage lang Probe sitzen kann, man soll die Katze schließlich nicht im Sack kaufen, ein neues Scheißhaus ist eine Entscheidung fürs Leben. Und wer weiß, denkt er jetzt sogar sehr positiv in Anlehnung an den Doktor Krisper, vielleicht kommt er mit dem neuen Eigentümer ja sogar ins Gespräch und sie unterhalten sich gut auf gleicher Augenhöhe und selber Wellenlänge, vorausgesetzt natürlich, dass er kein komplett gestörtes Verhältnis zum Scheißen hat.

Andererseits sollte er natürlich vorher die Frage klären, warum der Jackpot Charlie ein Flugticket ausgerechnet vom neuen Eigentümer bei sich im Auto gehabt hat und so viel Bargeld gleich mit dazu, wo der ja nicht dafür bekannt war, dass er dem Papst seine Sorgen und dem Rothschild sein Geld gehabt hat. Es wird ihn doch hoffentlich dort nicht schon wieder ein Blutbad erwarten, wenn im Frühling die Gefriertruhe Ausseerland abtaut und ans Tageslicht bringt, was sich über den Winter an Schrecklichem zugetragen hat?

Der Biermösel ist jetzt weit genug draußen. Er nimmt die Husqvarna, zieht das Starterkabel, bringt sie auf Touren und schneidet ein ordentliches Loch ins Eis. Dann wirft er die Goldhaube hinein und alle schlechten Gedanken an die Anni und ihre verlorene Zeit mit dem Jackpot Charlie gleich mit dazu.

Aber so wie der eine oder andere Krapfen in der Klomuschel einfach picken bleibt und sich hartnäckig dagegen sträubt, dass er von den Fluten aus dem Spülkasten mitgerissen wird hinunter in den Kanal des Vergessens, so ist jetzt auch die Goldhaube störrisch und uneinsichtig. Sie treibt an der Oberfläche dahin, stolz und eingebildet wie die Weiber vom Singkreis, zäh und provokant wie die depperte Seebachwirtin selbst, sodass wieder einmal nur das Feuer aus der Glock helfen wird.

Ruhig zieht der Biermösel sie aus dem Halfter und montiert den Schalldämpfer vorne drauf. Heute will er nicht mehr Lärm machen als unbedingt nötig, sodass er nicht auch noch Schaulustige anlockt, die ihn dann wieder mit allem möglichen Zeugs bewerfen. Dann ballert er aus der Hüfte heraus eine schöne Ladung auf die Haube des Bösen, während er sich die Seebachwirtin darunter vorstellt und wie sich ein

Loch nach dem anderen in ihrem Schädel auftut. „Kümmere dich endlich um deine Löcher im Schädel!“, täte er ihr am liebsten zurufen.

„Derrick, Derrick an Biermösel“, hört er auf einmal den Klugscheißer wieder, von dem er gehofft hat, dass er ihn nie wieder hören wird, sobald er nur die gelben Tabletten abgesetzt hat. „Warum schneidest du Blödi denn extra ein kleines Loch in die Mitte vom See, wo doch zwei Meter weiter das große Loch ist?“

„Was geht denn dich das an, wo ich meine Löcher hineinschneide?“

Ganz scheint der Biermösel das finstere Tal der gelben Sonne mit seinen vielen Stimmen, die ihm aus den dortigen tiefsten Höhlen heraus zurufen und ihm mit ihren Ratschlägen den letzten Nerv ziehen, noch nicht hinter sich gelassen zu haben. Da wird er die Dosierung von den blauen noch deutlich erhöhen müssen, damit die gelbe Sonne endlich im blauen Ozean versinkt, bildlich gesprochen.

Dass er das riesige Loch gleich neben dem seinen gar nicht gesehen hat, das kann er dann aber eh nicht behaupten. Der Biermösel mag nur einfach nicht glauben, was ihm der Doktor Krisper erzählt hat und was eigentlich auch ein Blinder sieht, trotz dichtestem Schneefall und schwärzester Finsternis:

Dass da wirklich ein Licht aus dem See heraus scheint, hinauf in den Himmel.

Er will sich damit nicht beschäftigen, weil man ja nie weiß, was in einem Loch auf einen wartet, aus dem das Licht heraus scheint. Aber dann geht er doch die paar Schritte hinüber und stellt sich an den ausgefransten Rand und schaut hinein.

„Was sagst jetzt?“, fragt der Derrick schon wieder. „Das scheint ja wirklich ein einmaliges Rätsel zu sein, da kannst du jetzt mal zeigen, was du draufhast!“

Der Biermösel hofft insgeheim immer noch, dass da vielleicht der Stern von Bethlehem eingeschlagen hat und jetzt ganz weit unten im Todeskampf liegt und deshalb immer noch glüht.

Aber diese Hoffnung versiegt ebenso schnell, wie in den letzten Tagen die Hoffnung auf ein erfülltes Weihnachten zu zweit versiegt ist, als er ein kleines Packerl auf dem Eis neben dem Loch findet, mit einer schönen Masche drum herum und einem roten Herzerl dran. Der Biermösel hebt es auf, und obwohl es natürlich einen Tag zu früh ist, reißt er es auf und schaut hinein. Das Packerl ist aber nicht für ihn, weil er sich kein Schneegestöber mit dem Eiffelturm in Paris drinnen gewünscht hat. „Der Eiffelturm hat den höchsten Lift", erinnert er sich an die Worte vom Doktor Krisper.

Der Biermösel steckt das Schneegestöber in die Tasche von seinem Wetterfleck. Er will das alles immer noch nicht glauben. Vielleicht hat es der Lindbichler ja nur verloren, wie er das letzte Mal mit der Franzi da heraußen war und sie wild herumgeschmust haben?

„Und wieso dann das Loch, du Pfeife?", fragt der Derrick.

Kein Zweifel mehr, dass das die Scheinwerfer vom Lindbichler seinem Unimog sind, die da von unten heraus leuchten hinauf in den Himmel. Und kein Zweifel auch, dass der Unimog mit der ganzen Weihnachtsbeleuchtung drum herum jetzt wirklich wie ein U-Boot ausschaut. Du meine Güte, denkt sich der Biermösel, wie er sich endlich traut hinunterzuschauen. Er möchte sich heute gar nicht vorstellen, was das für Aussee bedeutet, wenn der Lindbichler nie wieder räumen wird.

Anders als der Jackpot Charlie ist der Lindbichler ein wirklicher Verlust für das Tal, bedauert der Biermösel den Abgang vom Lindbichler hinunter zu den Fischen. Die Welt wird um einiges ärmer sein ohne ihn, wenn sie auch voller sein wird, voller mit Schnee. Gut für ihn, denkt sich der Biermösel, dass er endlich U-Boot-Kapitän geworden ist, schlecht aber für die Menschheit. Oder anders ausgedrückt: Traum erfüllt, aber das Land in große Schwierigkeiten gestürzt.

Flugschnee, Pulverschnee, Nassschnee, Graupelschnee, trockenen, nassen, dreckigen, weißen, angeschissenen, angebrunzten, angespiebenen Schnee. Schnee, Schnee, Schnee – der Lindbichler war der Einzige, der ihn hat bändigen können. Er hat ihn gezähmt, gepfählt, gemartert, gestanzt, gestapelt, gehoben und geschimpft hat er ihn auch, aber verflucht hat er ihn nie, denn der Schnee war seine Rettung.

Der Biermösel erinnert sich, wie ihm der Doktor Krisper damals freudig erzählt hat, dass er den sehr schwierigen Problemboy Lindbichler, den nicht einmal seine Venen in der Schulpädagogik beeindruckt haben und der in der Folge immer mit einem Fuß im Kriminal gestanden ist und heute wahrscheinlich Goldhaubendieb wäre, dass er ihn endlich als Schnupperlehrling bei der Straßenmeisterei untergebracht hat.

Weil er so groß und stark war, dass der Schwarzenegger drüben in Kalifornien gegen ihn wie eine schmale Krawatte im Wind hängt, haben sie ihm gleich den schweren Magirus Deutz mit der Fünf-Meter-Schaufel weggenommen und (auch die Straßenmeisterei muss sparen!) ihm einen geleasten kleinen Unimog mit schmaler Schaufel hergestellt.

„Das muss genügen“, haben sie gesagt.

„Das wird genügen!“, hat der Lindbichler angeblich gesagt, und dann hat er angefangen zu räumen.

Der Biermösel hat ihn dann oft mit nacktem Oberkörper und bei offenen Fenstern im Führerhaus gesehen, weil die Kälte und der Schnee die Schmerzen auf seiner Haut gelindert haben, besser als die Salbe vom Doktor Krisper die Schmerzen am Arsch von der Roswitha lindert. Manchmal auch, wenn er zu lange bei der Franzi drüben im Puff Händchen halten war und ihm die Zeit knapp geworden ist, hat er dann einfach den ersten Gang eingelegt und den Unimog mit Standgas rollen lassen, während er selbst aus dem Unimog gesprungen ist und mit der Schneeschaufel die Gegenfahrbahn auch gleich geräumt und den Schnee hinaus in die Wälder gewuchtet hat, eins-zwo-eins-zwo, so war der Lindbichler, ein Heiliger war er.

Oder aber es hat sich die wohlige Routine bei ihm breit gemacht, wenn der Schneesturm mal pausiert und er ein bisserl kürzer hat treten können und er entspannt in seinem Führerhaus oben gethront ist und die lange Gerade im Silbertannenwald mit seinem Scheinwerfer hunderte Meter weit ausgeleuchtet hat. Dann hat er einfach die Augen geschlossen und sich vorgestellt, dass er die Hebel von seinem U-Boot betätigt und die Schnauze von seinem stählernen Koloss hinunterdrückt und damit die Wassermassen verdrängt, und los ist sie gegangen, die Reise hinunter in die ewigen Nächte der See, wo niemand ihn ausspotten und keiner ihm weh tun hat können, außer vielleicht der Haifisch mit seinen Zähnen, vorm Haifisch mit seinen Zähnen hat sogar der Lindbichler mit seinen Muskelbergen sich gefürchtet, das hat der Doktor Krisper ihm einmal erzählt, als seine Erzählungen noch ein bisserl Schwung und Pep gehabt haben.

Der Biermösel reißt sich jetzt ein paar gefrorene Tränenbäche von seinen Wangen, die an ihm hängen wie die Eiszapfen vor seinem Fenster am Gendarmerieposten, weil er jetzt daran denken muss, wie ihn der Lindbichler zu Allerheiligen aus dem Krautacker vom Brunner-Bauern gerettet hat, knapp bevor die Krähen ihm die Augen ausgehackt haben.

Als ewigen Dank dafür holt er jetzt die zwei harten Schweinsw ürste aus seinem Wetterfleck heraus und wirft sie zusammen mit dem Schneegestöber als Grabbeigabe hinein ins Wasser, wo sie – anders als die Goldhaube – gleich versinken und abtauchen zu dem, für den sie bestimmt sind. Auch wenn der Lindbichler und die Franzi Kubelik ganz sicher in den Himmel kommen: Wer weiß denn schon, will der Biermösel auf Nummer Sicher gehen, welche Teufel ihnen dabei auf dem Weg dorthin über den Weg laufen.

„Zeig ihnen die harten Schweinswürste!", ruft ihm der Biermösel zu. „Da scheißen sich sogar die Teufel bis zu ihren Hörnern hinauf an."

„Frohe Weihnachten!", ruft er dann noch, bevor er die Doppelläufige nimmt und zweimal auf die Scheinwerfer da unten feuert. Dann ist es endlich wieder finster, kein Licht ist mehr zu sehen, das aus dem See heraus in den Himmel hinauf leuchtet.

Wie er die Husqvarna und die Doppelläufige schultern und schnell von hier verschwinden will, weil er das Loch nicht mehr sehen kann, in dem der Lindbichler und die Franzi Kubelik eingebrochen und für immer versunken sind, hört er schon wieder den Derrick:

„Warum sind sie denn überhaupt eingebrochen und versunken? Und was ist deiner bescheidenen Meinung nach mit der zweiten Reifenspur, die zum Loch führt, ha? Die wäre doch eine sprichwörtliche Fährte, deren Spur du mit der Nase aufnehmen könntest, wenn du nicht so furchtbar unästhetische Nasenhaare hättest, die darin herumstehen wie deine Rotbuchen im Wald!"

Und was ist das jetzt für eine blöde Stimme, fragt sich der Biermösel auf einmal selbst, die da aus dem Loch heraus zu hören ist, seit er das Licht gelöscht hat. Hat er eine Büchse geöffnet, die sich dann wieder nicht schließen lässt?

„Jetzt nach links!", hört er die Stimme mechanisch und monoton zwitschern, „bei der nächsten Ampel nach links! Nach links!"

„Und weiter?", fragt der Biermösel, bis er endlich merkt, dass das die Dagmar Koller ist, die zu einem fehlerhaften GPS gehören muss.

Da entdeckt er mit seinen Adleraugen endlich den zweiten Wagen da unten neben dem Unimog vom Lindbichler. Ein riesiges schwarzes Ungetüm, groß wie ein Panzer, schwer wie ein Schiff. Und er erinnert sich wieder an die Worte vom Doktor Krisper, der ihm geschildert hat, wohin er den Wollatz geschickt hat, damit er sich genau so ein Geschoß zulegt. Im Nachhinein ist es vielleicht gar nicht so schlecht, dass der Doktor Krisper so viel redet, denkt sich der Biermösel.

„Du also auch, Wollatz?“, fragt er besorgt. „Komplett vom rechten Weg abgekommen und im Blindflug in den Unimog vom Lindbichler hineingedonnert, sodass ihr alle miteinander eingebrochen und abgesoffen seid, war es so?“

„So und nicht anders war es!“, hört er den Derrick zufrieden. „Darum würde ich meinen Harry nie um einen Wagen mit GPS schicken!“

Auch wenn der Biermösel jetzt alle Rätsel gelöst hat: Die Dagmar Koller da unten hört noch immer nicht auf zu reden. Es ist genau so, wie er immer sagt: Bei den Weibern musst du das Mundwerk extra erschießen, wenn du sie zum Schweigen bringen willst.

Also schiebt er jetzt langsam die 10-Millimeter-Munition in die Doppelläufige hinein, weil es bei der Koller ohne panzerbrechende Munition nicht gehen wird. Dann zielt er dem schwarzen Ungetüm da unten genau zwischen die Augen und endlich –

Stille Nacht.

Nur noch der Sternenhimmel thront über ihm, weit hinter den dicken Wolken verborgen, die nicht aufhören wollen, Schnee auf das Ausseerland zu zuckern, den der Lindbichler nie wieder wegräumen wird.

Wie der Biermösel langsam zurückgeht zur Fips, da ist er froh, dass er sich mit dem gewissen Weitblick eine von den 10-mm-Patronen aufgehoben hat. Er denkt nämlich besinnlich daran, dass morgen Weihnachten ist und heute Freitag. Und wenn er das Fernsehprogramm während der letzten Jahrzehnte richtig studiert hat, dann ist am Freitag auch noch nie was Gescheites im Staatsfunk gelaufen, im Gegenteil, der Freitag ist der schlimmste Tag von allen, weil da der Derrick ermittelt, und auf den scheißt er.

Heute aber kann es sehr gut sein, dass er sich den anschaut, wenn er nach Hause kommt und immer noch nicht die häusliche Routine zurückgekehrt sein wird. Heute kann es gut sein, dass er das Problem mit dem Derrick endgültig löst und ihn aus dem Fernseher herausschießt wie das Huhn von der Stange.

Darauf freut er sich, wie er die Birke erreicht und wieder alles in die Satteltaschen von der ausgegrabenen Fips packt. Darauf freut er sich heute wirklich.

Nowaja Semlja!

Nach einer weiteren sehr furchtbaren Nacht, während der die Roswitha die letzte Chance verstreichen hat lassen und ihm wieder nicht die Hand zur Versöhnung gereicht hat; während der sie stattdessen wieder nur in ihrer Kammer herumgetänzelt ist und geheimnisvolle Zeilen in ihren Kellnerblock geschrieben hat; während der sie ein paar saubere Unterhosen und harte Würste aufs Bett gelegt hat und dann einen Rucksack dazu, der ihm schon sehr viel über ihre Pläne verraten hat; wie er sich dann aus dem Bett geschält und die Vorhänge zur Seite geschoben, wie er dabei mit schwacher Hand den 24. Dezember begrüßt hat, wieder einmal und hungriger noch nach einem erfüllten Leben als die Jahre zuvor, hungrig nach Schwein, nach Bier, nach Schnaps und den Weibern und nach den blauen Tabletten in Kübeln, jedoch mit Schmerzen in den Füßen, in den Knien, im Arsch, im Magen, am Schädel und im Zahn. Wie er also insgesamt schon mehr Kadaver als Mensch war, mehr Gekreuzigter als strahlender Erlöser, da hat er gewusst, dass seine Reise ins Herz der Finsternis noch immer nicht zu Ende ist und die Götter noch eine letzte Nettigkeit für ihn bereithalten, und wirklich:

„Grasmuck, Grasmuck an Biermösel, Grasmuck, Grasmuck an Biermösel, hörst du mich, Grasmuck an Biermösel, hörst du mich?“, hat er den Funkspruch vom komplett besoffenen Grasmuck empfangen, der sich so angehört hat, wie wenn er gerade aus dem Puff herausgestolpert ist: „Seit gestern liegt der Shubidu Jack tot in der Pension zum Goldenen Kalb herüben in Goisern, und das glaubst du jetzt vielleicht nicht, aber der Narr hält eine Postkarte mit einem Gedicht von deiner Schwester in der Hand.“

Das glaubt der Biermösel jetzt wirklich nicht, aber er hat ja auch nicht geglaubt, dass der Jesus sein Weihwasser in den Tötschinger verwandeln kann, also:

„Lies vor!“

Und wie der Grasmuck das Gedicht vorgelesen hat – vorgestammelt hat! –, schlechter, als der Doktor Krisper je erzählen könnte, da hat der Biermösel endlich gewusst, was die Roswitha die ganze Zeit in ihren Kellnerblock geschrieben hat.

Was kann ein einzelner Mensch ertragen, hat er sich dann gefragt, nachdem er den Funkspruch mit dem Grasmuck beendet hat, weil der dann auch noch mit ihm zu streiten angefangen und den Bereitschaftsdienst nicht an seiner Stelle hat übernehmen wollen („Ich will wieder ins Puff hinüber!“, hat er geschrien. „Du hast ja eh die Roswitha, ich hab überhaupt niemanden!“).

Wie er dann beim Fenster hinausgeschaut hat, da hat er draußen im jungfräulichen Schnee die frischen Spuren entdeckt, die zu den Sulzfüßen von der Roswitha gehörten und vom Auerhahn weggeführt haben, und wie er durch das Loch in ihre Kammer hinübergeschaut hat, da war sie nicht mehr da.

Jetzt sitzt der Biermösel endgültig von allen verlassen auf seinem Musentempel in Aussee herüben und ärgert sich fürchterlich, dass er den Jackpot vom Adventkalender schon gestern ausgesoffen hat. Als Trost dafür hat er sich ein paar ausgesucht trockene, ausgesucht schöne Rotbuchenholzscheiter auf seinem Scheißhaus um die Klomuschel herum gruppiert, weil letztlich auch er jetzt nicht mehr auf die gewisse weihnachtliche Stimmung verzichten will, jetzt haben sie ihn endlich so weit! Kann ja sein, denkt er sich, dass er es ein bissen zu weit getrieben hat mit seiner Verachtung für das Weihnachtsfest und seine Symbolik, und dass das auch ein Grund dafür ist, dass ihm die Roswitha davongelaufen ist.

Also versucht er, auf seine Art und in letzter Sekunde doch noch auf den Zug in Richtung Gefühlsduselei aufzuspringen und aus den Buchenholzscheitern einen Adventkranz zu formen, obwohl das natürlich zu spät und nicht einfach ist und ohne Nadeln und Kerzen obendrein ganz schön deppert ausschaut.

Zum Trübsalblasen aber ist das ideal, wenn er die Buchenscheiter immer wieder umgruppiert und sich dann fragt, ob das vielleicht endlich wie ein Adventkranz ausschaut. Das tut es aber nicht.

Nach ein paar Stunden dann, während der er herumgruppiert hat und immer wieder herumgruppiert, da fällt ihm auf, dass er mit den bloßen Fingernägeln aus dem Rotbuchenholzscheit einen schönen Rotbuchenholzchristbaumständer mit einem schönen Loch in der Mitte drin geschnitzt hat. Und wie er nachdenklich aus der Tasche in seinem Wetterfleck den Duftbaum von der Anni hervorkramt, wie er das viel zu große Loch im Rotbuchenholzchristbaumständer dann anschaut und den viel zu kleinen Stamm vom Duftbaum dazu; wie er den Stamm dann zum Loch führt und das Loch zum Stamm, da erinnert er sich an die Anni und wie er sie im Spätherbst hat packen wollen. Und auf einmal fällt ihm ein, wie er vielleicht doch noch den Weltfrieden retten und die auf ewig verfeindeten Pole dieser Welt miteinander versöhnen könnte, so wie es ihm der Herr Jesus Christus aufgetragen hat, da fällt es ihm endlich ein!

Der Biermösel steckt sich den Weihnachtsständer samt dem Duftbaum in seinen Wetterfleck. Er sperrt den Posten zu und scheißt so wie der Grasmuck auf den Bereitschaftsdienst zu Weihnachten, zu dem immer die einsamen Junggesellen verdonnert werden, nie aber die glücklichen Familienväter. Er gräbt draußen vor dem Posten die Fips aus und schwingt sich darauf, und los geht die Friedensfahrt hinüber zum Silbertannenwald, wo vielleicht die Lösung von allen Problemen der Menschheit auf ihn wartet.

Weil der Biermösel sich dann aber nicht allzu lange freiwillig im Silbertannenwald aufhalten will, springt er während der Fahrt durch die lange Gerade nur kurz von der Fips herunter und hechtet mit einer flüssigeleganten Bewegung in den Silbertannenwald hinauf, während er die Fips im Leerlauf langsam weiterrollen lässt. Dann haut er mit einer hauruckartigen Bewegung und mit der nackten Faust die erstbeste Silbertanne um, schultert sie, gleitet mit ihr über den harten Schnee wieder hinunter in Richtung Straßenrand, hebt dort ab wie der Goldberger von der Schanze und kommt – genau wie er es geplant hat – nach nicht mehr als sechs Sekunden wieder auf der Fips zu sitzen, ganz sinnlos war es also doch nicht, dass er vor 35 Jahren in der Gendarmerieschule oben in Linz das Zusatztraining „MacGyver“ absolviert hat, ganz sinnlos ist im Prinzip sowieso nie was, wenn man es genau nimmt, vielleicht hat es ja sogar einen Sinn gehabt, dass ihn die Anni und die Roswitha verlassen haben, weil vielleicht sogar er durch das demütige Hinnehmen von diesen Windungen des Schicksals noch einmal an Statur gewinnt und endlich zum alles ertragenden Fliegenfischer wird?

Aber darauf scheißt er!

Wie er nämlich mit der depperten Silbertanne in der einen Hand und dem Rotbuchenholzchristbaumständer in der anderen wieder dahinfährt, hinaus aus dem Wald des Grauens, da denkt er mit großer Entschiedenheit, dass er gar kein Fliegenfischer sein will!

Also stoppt er die Fips noch einmal ab, rammt die Silbertanne in den Schnee und geht zurück hinauf in den Wald. Mit seinen zwei patentierten Fäusten „Krankenhaus“ und „Friedhof“ haut er noch paar Festmeter Silbertannen um und überantwortet sie dem Borkenkäfer im Frühling, aus Wut auf die katholische Kirche, aus Rache an den Bundesforsten. Und bevor er vollends zum laschen Friedensengel wird und seine Herkunft als Biermösel verleugnet, bevor er der Rotbuche vielleicht sogar abschwört und sich an einer Silbertanne aufhängt, damit das ganze Drama mit ihm endlich ein Ende hat, da haut er noch einen halben Wald heraus, aus Spaß diesmal, aus Freude an der zurückgewonnenen Kraft.

Weil endlich spürt er die innerliche und äußerliche Kornplettrage wieder in sich. Endlich haben die blauen die gelben Tabletten in seinem Körper so weit zurückgedrängt, dass er wieder er selbst ist und der Verweichlichung mit noch ein paar umgehauten Silbertannen endgültig widersagt.

Scheiß doch überhaupt auf ein friedliches Weihnachtsfest zu zweit! Scheiß doch auf die ganzen Schaffelle vor den Kaminen von den Weibern (die dann auch noch mit dem falschen Holz befeuert werden)! Hauptsache, seine alte Persönlichkeit fließt jetzt wieder zurück in seine morschen Knochen! Hauptsache, der Haudrauf in ihm hat wieder den Metrosexuellen verdrängt, halleluja!

Endlich hat der Biermösel den halben Gebirgskamm kahl geschlagen, sodass die Förster und Jäger aus der Hölle morgen Früh wieder schön blöd schauen und sich fragen werden: Ist denn da einer von uns mit seinem grün gestrichenen Geländewagen wegen fehlerhaftem GPS vom rechten Weg abgekommen und hat alles niedergemäht? Wer oder was könnte denn sonst so eine Schneise in unsere Wälder schlagen?

„Der Biermösel nach seiner Auferstehung!“, täte er ihnen zurufen. „Der steht jetzt wieder fest in seinen Schuhen!“

Und kaum steht er wieder fest in seinen Schuhen, da sieht er in der Ferne schon wieder ein Licht. Es ist die Roswitha, und die zieht mit ihrer Laterne, und ihre Laterne mit ihr, rabimmelrabammelrabumm.

„Der Autobus ist halt nicht gefahren“, flennt sie gleich Rotz und Wasser und versucht sich so in der Art der Weiber mit Tränen in den Augen für den Ausbruch aus der häuslichen Routine zu rechtfertigen.

Aber so leicht will der Biermösel sie jetzt trotz seiner Bemühungen um den Weltfrieden nicht davonkommen lassen! Also fragt er sie scheinheilig, wohin denn der Autobus hätte fahren sollen, „sagst du es mir endlich!?“

Wie die Roswitha aber nichts sagt, sondern nur melancholisch die Schneeflocken beobachtet, die sich auf den Biermösel legen, will er sie mit dem gewissen Wissensvorsprung, den ihm der Funkspruch vom Grasmuck verschafft hat, festnageln und ihr auf ewige Zeiten ein schlechtes Gewissen einbrennen:

„Wird dir vielleicht manchmal ein bisserl die Zeit lang, ha?", fragt er sie.

„Warum fragst so deppert?", schreit ihn die Roswitha an.

„Oder anders herum ausgedrückt", bohrt der Biermösel weiter in ihrer Wunde herum: „Schreibst du vielleicht manchmal Gedichte in deinen Kellnerblock hinein, kann denn das sein?"

„Was geht denn dich das an, was ich in meinen Kellnerblock hineinschreibe!", rotzt die Roswitha standhaft zurück. Und wie die im Nahkampf geschulte Doppelagentin verpasst sie ihm einen Tritt ins Knie und zieht ihm die Handtasche über, aus der ein Foto vom Shubidu Jack herausfällt, während sie ihm mit ihrem Blick signalisiert:

„Mit dir werd' ich sicher nicht über meine musische Ader reden, darüber, was meine Seele bedrückt, was mein Herz Tag und Nacht umtreibt, wohin meine Sehnsucht sich wendet und was mein Leid und mein Glück ist, kurz: über alles, worüber eine Frau Gedichte in ihren Kellnerblock schreibt, du Affe im Training!"

Dann lass es halt bleiben, denkt sich der Biermösel resigniert. Und anstatt dass er weiter mit ihr streitet, reicht er ihr dieses eine Mal lieber versöhnlich seine Pratze und hilft ihr auf die Fips hinauf. Dann fragt er sie:

„Fahren wir endlich heim, Roswitha?", und sie antwortet: „Ja, fahren wir endlich heim, Biermösel."

Wie er dann mit der Roswitha forciert über die Bundesstraße in Richtung Auerhahn dahinfliegt, da fragt er seine Schwester einfühlsam, ob ihr das Tempo eh passt, mit dem er unterwegs ist, oder ob sie es lieber hätte, dass er ein bissen Gas wegnimmt. Wie er sie weiters fragt, ob er die Kurven anschneiden und dann zwecks Schaudereffekt dahindriften soll, oder ob er lieber wie eine Pfarrersköchin fahren soll, die auch das Vertrauen in den Herrgott nicht davon abhalten kann, dass sie sich anscheißt, da klammert sich die Roswitha fest an ihn wie das Affenbaby an die Affenmutti und hüpft hinten auf dem Sitz auf und ab und schreit:

„Schneller, Biermösel, schneller, schneller, schneller!"

Als kleine Vorausleistung für den vielleicht doch noch geglückten Heiligen Abend zu zweit kramt der Biermösel dann sogar noch den Duftbaum aus seinem Wetterfleck heraus. Er steckt ihn sich in den Mund und kaut fest darauf herum, so ein eitriger Zahn ist nämlich kein Vademecumgum, da braucht man schon einen guten Magen auch für das Frohe Weihnachtsbussi, und wer weiß, was sich heute noch an unheiliger Zweisamkeit zwischen ihm und der Roswitha ergibt, wo er schon die Silbertanne und die Rotbuche miteinander versöhnt hat! Jetzt wird er wenigstens den ganzen Heiligen Abend von innen heraus gut duften.

Kaum dass der Biermösel dann die Tür zum Auerhahn zugedrückt und von innen versperrt hat, mit einer Leichtigkeit diesmal, die nichts mehr von dem Schwächling erahnen lässt, der er noch vor ein paar Stunden war, da zieht die Roswitha schon ihren Mantel aus, nimmt die gestrickte Pudelhaube ab, hängt sich die Küchenschürze um, facht das Feuer im Ofen an und schiebt das Schweinsbraterl ins Rohr. In einem Guss und mit einer Eleganz erledigt sie das, wie eine Eiskunstläuferin die Kür erledigt, und der Biermösel beobachtet zufrieden die Rückkehr der häuslichen Routine.

„Machst mir auch einen Besoffenen Kapuziner mit viel Schlag?", schreit er dann in die Küche hinein, während er den Stamm von der verhassten Silbertanne in das enge Loch vom Rotbuchenholzchristbaumständer hineinrammt, als weitere kleine Vorausleistung für einen gelungenen Heiligen Abend zu zweit. Und wie die Roswitha ihn dabei herumscheißen und den Baum immer brutaler ins Loch hineinschieben sieht, hinein und wieder heraus und wieder hinein, bis er die Rotbuche mit der Silbertanne beinahe spaltet, da freut sie sich schon auch ein bisserl darauf, dass er sie heute nach der Bescherung am Hintergestell einschmieren wird. Und weil die Vorfreude die schönste Freude ist, tut auch sie ihm einen Gefallen, um den er sie schon lange gebeten hat: Mit einem eleganten Schwinger aus der rechten Hüfte heraus stellt sie ihm die gusseiserne Bratpfanne ins Gesicht, sodass es ihm den Problemzahn endlich heraushaut und sich zusammen mit dem Zahn auch der Schmerz verabschiedet.

„Siehst du!", schreit er sie zufrieden an: „Wir harmonieren doch eh!"

Wie der Biermösel dann die Weihnachtsgans, die selbstverständlich ein Schweinsbraterl war, verschlungen hat und dann noch ein bisserl deppert in seinem Winkerl auf seinem Schafwollpolsterl herumsitzt und sich dabei zufrieden die Kerzen am Christbaum anschaut; wie er dabei ein gewaltiges Junggesellenlied nach dem anderen in die Stube hineinbläst, welche die Flammen an den Kerzen am Baum zum Lodern bringen und sie beide explodieren lassen, da hört er dann endlich wieder, was er die letzten Tage so schmerzlich vermisst hat, und jetzt ist er sich sicher, dass die häusliche Routine endgültig zurückgekehrt ist:

„Kommst du dann?“, schreit die Roswitha aus ihrer Kammer herunter. „Kommst du dann und schmierst mich ein?“

„Freilich komm ich!“, schreit der Biermösel zurück. „Freilich komm ich und schmier dich ein!“

Dann löscht er mit einem gewaltigen Trompetenstoß die Kerzerin am Christbaum und sagt zu dem depperten Kaktus mit seinen grünen Silbertannennadeln:

„Nur damit wir uns richtig verstehen: Morgen schon werd ich mit dir die harten Schweinswürste selchen!“ Und als kleinen Vorgeschmack darauf reißt er der Silbertanne auf der einen Seite alle Zweigerl ab und steckt sie in den Ofen, so dass es schön raucht.

Wie er dann in die Kammer hinaufkommt, steht die Roswitha in ihrem rosaroten Flanellnachthemd beim Fenster und schaut hinunter auf den Schießstand hinterm Auerhahn.

„Mhm“, denkt sich der Biermösel, und es läuft ihm das Wasser im Mund zusammen: „Wie eine Mon Chéri schaut sie aus. Nicht mehr fabriksneu zwar, aber auch noch nicht ganz abgelaufen. Da will er den Krapfen der Unversöhntheit in seinem Scheißhaus nicht mehr länger anschauen, sondern den Spülknopf der endgültigen Versöhnung drücken, ganz so, wie es ihm der Doktor Krisper geraten hat:

„Der Shubidu Jack ist tot“, sagt der Biermösel einfühlsam, „aber falls es dich tröstet: Er ist mit einer Karte von dir in seinen Händen gestorben.“ (Dass er sich mit Gedanken an sie umgebracht hat, das will er ihr dann aber lieber verschweigen, man muss im Leben nicht alles aussprechen, wie er seit seinem Debakel bei der Anni weiß – aus Schaden ist sogar er noch klüger geworden.)

Aber die Roswitha sagt nur verträumt: „Ich weiß eh.“

Dann winkt sie ihn zu sich und deutet mit dem Finger beim Fenster hinaus, hinunter zu den Buchenscheiterstößen.

„Siehst du den Engel da unten?“, fragt sie ihn.

Da sieht auch der Biermösel das blondgelockte Mädchen im grünen Wetterfleck da draußen, wie es zwischen den Türmen umherirrt, sie mit großen ängstlichen Augen anstarrt und immer wieder „Nowaja Semlja?“ flüstert. Dabei hebt es fragend die Hände, sodass es im schwachen Lichterschein wirklich ausschaut, als hätte es darunter Flügerl –

„Nowaja Semlja?“

„Geh Roswitha!“, sagt der Biermösel, ganz kühler Spielverderber und fantasieloser Holzschädel. „Das ist doch nur die platinblonde Russin, die der Puffkaiser Schlevsky im Spätherbst importiert hat und die jetzt ihren Weg nach Hause nicht mehr findet.“

Aber die Roswitha ist sich sicher:

„Das ist der Shubidu Jack in Engelsgestalt, der seinen Weg in den Himmel nicht findet, weil er lieber bei mir sein möchte.“

„Und was soll dann bitte ‚Nowaja Semlja‘ heißen?“, fragt der Biermösel blöd wie der Derrick und lästig wie die Seebachwirtin.

„Das ist Engelssprache und heißt ‚Frohe Weihnachten‘“, weiß die Roswitha.

Na bumsti, denkt sich der Biermösel. Vielleicht hat er seine Schwester ja wirklich komplett unterschätzt, und sie kann nicht nur Gedichte schreiben, sondern versteht sogar die Engelssprache, kann denn das sein?

Aber mit dem sicheren Instinkt von einem, der gerade seine häusliche Routine wieder zurückgewonnen hat und nicht mehr verlieren möchte, setzt sich der Biermösel jetzt einfach aufs Bett und will für dieses eine Mal lieber gar nichts mehr sagen, außer vielleicht noch so viel:

„Nowaja Semlja, Roswitha.“

„Dir auch, Biermösel.“

Dann ist die Nacht endlich still über dem Auerhahn, und heilig ist sie auch.

Scheiß dich nicht an – lebe!

Inhalt

Prolog

Einmal, Kruzifix, einmal nur, dass auch er im Frühling eine packen könnte und dass es ihr dabei bei den Ohren herausstaubt! Einmal nur, dass ihm dabei das Pulver nicht nass wird, bevor er feuert, und wieder alles im Magazin stecken bleibt, einmal nur, das täte ihm so gut!

Oder einmal wenigstens, dass auch er der Welt einen Haxn ausreißen könnte! Kann ja gut sein, dass auch er ein bisserl sehr am erfüllten Leben vorbeigegangen ist und mehr der Furchengeher war als der umtriebige Welteneroberer, das kann ja wirklich gut sein, dass er bisher nichts erlebt hat! Kann weiters gut sein, denkt er sich, dass auch er bis heute ein bisserl zu sehr mit angezogener Handbremse gelebt und das Dasein nicht aus vollen Krügen genossen hat, das kann vielleicht auch gut sein. Und möglich auch, dass er bis heute nicht alle Weiber gepackt hat, die er hätte packen können, und erst recht nicht all die vielen anderen, die er hätte packen wollen, das kann ja wirklich alles gut sein!

Einmal, Kruzifix, einmal nur, dass ihm nicht stattdessen der Föhn auf den Schädel drauffällt und ihn zu einer unsteuerbaren Bestie macht! Einmal nur, dass nicht wieder alles im unkontrollierten Amoklauf endet und er den Weg auf die Titelseite vom *Ländlichen Boten* schafft. Einmal nur, dass sie ihn dort als Helden feiern könnten!

Oder einmal wenigstens, dass er irgendwo eine Unterhose findet, die ein bisserl länger hält als 30 Jahre! Du meine Güte, was hat der Mann für eine Erwartung an eine Unterhose, was wäre seine Antwort auf diese Frage? Dass man sie nicht alle Jahre waschen muss wegen jedem Dreck, das wäre das eine. Und dass sie ein bisserl was aushält, bevor man dann sowieso früh genug wieder Windeln tragen muss, das wäre das andere.

So eine Unterhose wie die vom Superman halt, das wäre seine Erwartung.

Betriebsausflug

Der E. E. Biermösel sitzt an diesem schönen Frühlingsmorgen auf seinem neu ausgebauten Erlebnispark am Gendarmerieposten in Aussee herüben und blättert den internationalen Teil vom *Ländlichen Boten* durch, er blättert und blättert und schaut sich dabei ein paar sehr blutrote Fotos an, aber du meine Güte, was die da heute wieder zeigen, das macht ihm den Mund auch nicht wässrig und lockt ihn so gar nicht von seiner Muschel herunter – Kriege hier und Kriege da, Kriege, Pest und Cholera! Was die Probleme von der großen weiten Welt und der depperten Menschheit anbelangt, unterscheidet der Biermösel ja zwischen denen, die ihn gar nicht interessieren, und den anderen, die ihn überhaupt nicht interessieren.

Er selbst ist ja nicht viel herumgekommen in der großen weiten Welt, der Marco Polo unter den Landgendarmen ist er nicht geworden, Zeit seines Lebens ist er mehr ein Furchengeher geblieben, als dass er sich zum großen Welteroberer aufgeschwungen hätte. Na gut, will er sich jetzt nicht kleiner machen, als er ist, oben in Linz ist er früher natürlich schon öfter gewesen, wie er dort die Gendarmerieschule besucht hat und der Jahrgangsbeste in „Schießen aus der Hüfte heraus" war, aber das ist lange her. Und drüben in Gmunden kennt er sich auch ganz gut aus, seit er vom dortigen Krankenhaus den alten Biermösel hat abholen müssen, den er dann im Siechenheim in Goisern drüben abgegeben hat, wo er sich jetzt selbstverständlich auch ganz gut auskennt. Aber das waren sie im Wesentlichen, seine Erfahrungen mit den Überlandfahrten innerhalb der allzu engen Grenzen seiner wunderbar saftigen Heimat, zu mehr hat es nicht gereicht.

Sobald der Biermösel nämlich die Glocken von seiner heimatlichen Pfarrkirche nicht mehr gehört hat, hat er lieber umgedreht und ist wie der Hund in die Hütte sofort zurückgerannt und hat sich auf die warme Ofenbank in der Wirtsstube von der Roswitha drüben gelegt.

Allerdings, muss der Biermösel jetzt wieder einmal die guten alten Zeiten loben, hat man sich das Glockengeläute von der heimischen Pfarrkirche damals noch anhören können, was ja heute leider nicht mehr der Fall ist, seit der Hasenscharten-Ulf aus dem Glockenturm vom Pfarrer Hein verschwunden ist und der Biermösel gar nicht mehr weit genug davonrennen könnte, damit er das elende Dingdong aus seiner Bruchbude nicht mehr hören muss. Bei dem, was der Pfarrer Hein heute selbst zusammenläutet, kann es nämlich gut sein, dass der regionale Teil vom *Ländlichen Boten* sehr bald sehr voll sein wird mit Berichten über ihn, den Schießwütigen, der das Problem vom immer weiter um sich greifenden Wahnsinn vom Pfarrer Hein endgültig gelöst haben wird, und zwar mit der Präzisionsbüchse.

Aber gut, will der Biermösel der Geschichte nicht vorgreifen, noch ist es ja nicht so weit.

Noch freut er sich ja darauf, dass er nach 35 Jahren Flaute im Privaten wie im Beruflichen heuer endlich was erleben wird, Zeit wird es ja, dass die windstille See endlich ein bisserl auffrischt und seine kleine Nussschale, in der er im Meer des Lebens dahintreibt, ein paar Meter weit anschiebt. Zeit wird es wirklich, dass er mit der Anni nach Kaprun ins Gendarmerieerholungsheim hinüberfährt und sie endlich packen wird, lieber mit der Anni nach Kaprun hinüber und sie dort packen als noch einmal mit seinen Kameraden ins Ausland fahren, danke herzlich, so was Schreckliches will er kein zweites Mal erleben.

Vom Ausland insgesamt ist der Biermösel ja kein Freund mehr, seit er gleich am Beginn von seiner beispiellosen Laufbahn am sehr schlecht organisierten Betriebsausflug vom Innenministerium hat teilnehmen müssen, während dem sich die neu aufgenommenen Kameraden in der Gendarmerieschule hätten besser kennen lernen und miteinander anfreunden sollen. Daraus ist dann aber leider nichts geworden, so viel kann er gerne verraten, Freunde fürs Leben hat er am Betriebsausflug leider keine gefunden, und auf das Ausland scheißt er.

Was ist passiert?

Im rot-weiß-roten Gendarmerie-Autobus vom Innenministerium hätte die Reise eigentlich über das kleine deutsche Eck ins schöne Land Tirol hinüber zum Goldenen Dachl in Innsbruck gehen sollen, auf das er als Radikalpatriot natürlich auch sehr stolz ist, nur dass sie es leider nie gesehen haben, weil der Biermösel schon weit vorm Grenzübertritt nach Deutschland hinüber angefangen hat, wegen seiner brennenden Venen zu jammern, „Aua, meine Venen!", womit im Prinzip sowieso schon besprochen war, dass ihn die lieben Kameraden nicht in ihr Herz schließen werden.

Dabei hat der Ausbildner sogar ein paar Kisten Starkbier mitgehabt, was er ihm hoch angerechnet hat. Aber leider hat er auch die Noten für

„Gute Freunde kann niemand trennen" sowie eine Blockflöte für jeden von ihnen mit gehabt, womit er die Saat für das Kommende im Grunde selbst gelegt hat, weil der Biermösel schon das depperte Busfahren alleine nicht leiden kann, das fröhliche Singen und Blockflötengedüdel während dem Busfahren aber hält er im Schädel nicht aus, „Hoch auf dem Gelben Wagen" und „Ja so warn's die alten Rittersleut'!" im gemeinschaftlichen Chor – nein danke, lieber ohne ihn! Das ist er vom Typ her einfach überhaupt nicht.

Der Biermösel hat sich also lieber mit der frisch ausgefassten Dienstwaffe in der Hand die paar Kisten Starkbier alleine unter den Nagel gerissen und sich damit hinten im Bus verschanzt, während die lieben Kameraden dann alle in den vorderen Reihen gesessen sind und ohne ihn „Gute Freunde kann niemand trennen" gesungen haben, am Anfang noch sehr fröhlich, in der Folge aber mit immer schwächerer Stimme und immer stärker angeschissenen Unterhosen, weil er ihnen die leeren Bierflaschen auch noch um die Ohren gepfeffert hat, heiliger Bimbam, die lieben Kameraden haben ihn dann gleich von seiner allerbesten Seite kennen lernen dürfen!

Eine Abenteuerreise ins Ungewisse war der Betriebsausflug dann aber mit oder ohne Blockflöte nicht, außer vielleicht in der Folge für seine lieben Kameraden und namentlich für den Busfahrer Steinermeier, um dessen Freundschaft er sich noch gesondert bemüht hat:

„Habe die Ehre", hat er zu ihm gesagt, als er nach der fünften Kiste Starkbier dann doch schon leicht angedüdelt war. „Ich bin der Biermösel aus Aussee drüben, der E. E. Biermösel, um genau zu sein. Kannst du Trottelvieh von einem depperten Busfahrer deine Rostschüssel von einem Reisebus vielleicht kurz anhalten, damit ich austreten kann, Habe die Ehre!"

Du meine Güte!, muss er jetzt fast ein bisserl über sich selbst den Kopf schütteln, damals hat er es wirklich noch können. Aber er war jung, und es war Frühling, und das ist halt überall auf der Welt eine besonders explosive Mischung, wenn man sie noch mit ein paar Litern Starkbier anrührt und den Sonnenstich dazugibt.

Der Rotzlöffel von einem Busfahrer hat sich aber zunächst überhaupt geweigert, dass er mit ihm redet, weil er sich justament hat anschauen wollen, wer von ihnen beiden der Stärkere ist, es war, wie gesagt, Frühling. Also hat er sich lieber auf seine Kosten lustig gemacht und „Nur Bier, nie Möse" über ihn gespottet, womit er fürs Erste die Lacher noch auf seiner Seite gehabt hat, allerdings wirklich nur fürs Erste, sehr bald haben sie nämlich alle miteinander geweint.

Der Biermösel hat dem renitenten Busfahrer seine linke Faust „Krankenhaus" sanft auf die Schädeldecke gelegt und dann mit der rechten Faust „Friedhof" fest draufgedroschen, und weil der Steinermaier davon und wegen dem halben Genickbruch auf einmal bewusstlos bis dort hinaus war und der Biermösel dann halt wirklich schon sehr dringend hat austreten müssen, hat er ihn nach erfolgtem Grenzübertritt nach Deutschland hinüber bei den Ohrwascherln genommen und mitsamt der Tür weit ins Gemüse hinausgeschmissen, aber Kruzifixnocheinmal, manchmal muss halt einer zu den Beilagen hinaus, damit man selbst endlich aufs Scheißhaus gehen kann! Und wenn der Biermösel so dringend muss wie damals, dann ist ihm sowieso jedes Mittel recht, auch das äußerste Mittel der Geiselnahme.

Mitsamt dem Gestänge und dem halben Motorblock hat er dann einfach das Steuer an sich gerissen, wodurch der ganze depperte Reisebus aber zunächst ein bisserl ins Schlingern geraten ist, bevor er dann über den Umweg Böschung und nach einem zweifachen Überschlag doch wieder auf allen vieren zum Stehen gekommen ist, und zwar auf einem Parkplatz im benachbarten Ausland drüben, wo der Biermösel dann im kompletten Vollrausch einfach den nächsten Baum angesteuert hat, hinter dem er wie der Waldi endlich sein Geschäft verrichten hat können, und zwar das *große*, wie er abschließend berichten darf – halleluja, früher hat er es einfach wirklich noch können!

Nachdem er damit fertig war, hat er sich am Parkplatz auch gleich die schmerzenden Füße vertreten wie früher der Boogie-King nach der langen durchtanzten Nacht, während die Kameraden alle miteinander im Bus drinnen gesessen sind und mit den Zähnen geklappert haben – „Schieß uns bitte nicht auch noch über den Haufen!", haben sie gebettelt wie die Waschweiber, als er dann endlich entspannt und befreit von aller Last – breitbeiniger noch als der John Wayne nach einem langen arbeitsreichen Tag auf seinem Bronco! – zum Bus zurückgekommen ist – „Schieß uns bitte nicht über den Haufen!"

Aber da hat der Biermösel natürlich längst Blut geleckt gehabt, und an einer so genannten Deeskalation, wie sie in der Gendarmerieschule im Sinne einer komplett falsch verstandenen Friedfertigkeit auch gelehrt worden ist, war ihm in diesem Augenblick nicht mehr gelegen, eher im Gegenteil.

Auf einmal hat er nämlich gespürt, wie erhebend es sein kann, wenn sich andere vor einem in Todesangst verstecken, nur weil man ein bisserl außer Kontrolle gerät und mit der Glock in der Hand herumrennt und vielleicht ein bisserl herumballert, herrlich! Dann hat er noch zu allen „Spring, du Feigling!" gesagt, bevor sie einer nach dem anderen mit „La Montanara" auf den Lippen durch die von ihm zerschossenen Scheiben vom Bus herausgesprungen und in alle Richtungen davongerannt sind, peng, peng, peng!

Das war sie dann aber auch schon, seine erste und bisher einzige Erfahrung mit dem Ausland. Und dass er davon so begeistert gewesen wäre, dass er gleich einen Diavortrag gehalten hätte, das kann er eigentlich nicht behaupten. Recht viel mehr war ja nicht, als dass er auf Deutschland geschissen und ein bisserl herumgeballert und sich durch die überraschende Geiselnahme bei der Gendarmerie keine Freunde fürs Leben gemacht hat. Eine ausgedehnte Auslandsreise zu den nördlichen Nachbarn kannst du so was jedenfalls nicht nennen, ein mehrwöchiger Aufenthalt bei den Freunden der Weißwurst sieht mit Sicherheit anders aus.

Aber er hat wenigstens was erlebt damals. Und das war bei weitem mehr, als er heute über sich sagen könnte.

Frühlingserwachen

Der Biermösel zischt eine erste Flasche Osterbock, damit er nicht ganz austrocknet, und zupft dann sowieso lieber an den Blättern von seiner mitgebrachten Frühlingsblume herum, als dass er sich weiter für die große weite Welt im Ausland und ihre immensen Probleme interessiert. Er zupft und zupft und rückt dabei immer unruhiger auf seiner Muschel herum, und dann denkt er sich: Na gut, jetzt kann er ja endlich verraten, dass er auf gar keinem Erlebnispark sitzt, sondern auf seinem Scheißhaus, aber freuen tut er sich trotzdem sehr darauf, dass er heuer endlich was erleben und die Anni drüben im Gendarmerieerholungsheim in Kaprun packen wird, darauf freut er sich jetzt wirklich schon sehr.

„Biermösel, ich lass wegen dir alles liegen und stehen und flieg mit dir in Richtung Glück", hat die Anni zwar nicht gesagt, als er sie im frühlingshaften Überschwang und im Osterbock-Komplettrausch gefragt hat, ob sie sich von ihm endlich packen lassen will. Aber sie hat auch nicht „Nein" gesagt, und das ist bei weitem mehr, als einer wie er vom Leben erwarten darf, so wie er im Moment ausschaut – wie der Zottelbär im engen Gehege schaut er nämlich aus! Da kann er dem Herrgott schon danken, wenn eine nicht sofort den Kittel hinaufzieht und vor ihm davonrennt, also Dank sei Gott dem Herrn!

Wenn der Biermösel aber bei der Anni heuer wirklich landen will, dann wird er sich vorher noch ein bisserl säubern müssen, er muss die alte verrunzelte Haut abstreifen und die neue der aufsteigenden Sonne darbieten. Wie eine frische Mon Cheri will er sich vor der Anni auswickeln, wenn es dann so weit sein wird, gekämmt, geschnäuzt, gewaschen und frisiert will er sein, frisch wie der morgendliche Tau auf den saftigen Wiesen. Der Adler Biermösel soll sein schönstes Federkleid tragen müssen, wenn er die Anni anfliegt, „Also tu was, Biermösel!", feuert er sich jetzt selbst ein bisserl an, „Häute dich endlich!"

Nach einem allzu langen Winter wird sich der allzu lange hinausgeschobene Frisörbesuch nicht mehr viel länger hinausschieben lassen, auch wenn den Biermösel ein Frisörbesuch so glücklich macht wie den Delinquenten das Hackebeil vom Henker. Lieber geht er ja zum Zahnarzt als zum Frisör, und lieber springt er gefesselt in den Kanal hinein, als dass er zum Zahnarzt geht, also soll sich jetzt bitte ein jeder zusammenreimen, wie gerne er zum Frisör geht.

Da freut er sich ja – im Vergleich! – fast schon ein bisserl auf die gründliche Fußwaschung, die ihm nach mittlerweile schon zwei sehr langen Wintern auch nicht erspart bleiben wird, wenn er mit der Anni wirklich in die Kiste hüpfen will, Heilige Maria Muttergottes, da werden wieder alle schön deppert schauen, wenn sich die gewisse eklatante Duftwolke über das weite Land legen und es zum Stillstand bringen wird, sobald er seine Schuhbänder nur anschaut. „Wie kann er denn so was tun?!", werden sie wieder alle jammern, „Hat er denn keine Seife daheim?"

Und dann ist da natürlich immer die lästigste und schwierigste Frage überhaupt, die ein Mann beantworten muss, bevor er einer Dame gegenübertritt, die Oberbekleidung ablegt und die Winchester durchlädt – kurze oder lange Unterhose? Du meine Güte, nach all den langen Wintern braucht der Biermösel dann wirklich dringend eine frische und saubere Unterwäsche, aber woher nehmen, wenn nicht stehlen?

Gesundheitlich? Danke, an seiner Gesundheit wird es heuer jedenfalls nicht liegen, wenn er beim Anflug auf die Anni doch wieder abstürzt. Besser wird es ja nicht mehr werden in seinem Alter, „sauschlecht" ist bei ihm ja schon „recht gut". Als solides Unterfutter zu all den anderen Beschwerden quälen ihn seine Problem unten herum, aber die quälen ihn seit Anbeginn der Welt. Dazu kommt die Fettleber, die ihn heuer sogar noch ein bisserl stärker zwickt als letztes Jahr, weil ihm die Roswitha nur noch eingefrorene Schweinereien auftischt anstatt frisch abgestochener Sauen, die natürlich viel gesünder wären. Seit der Doktor Krisper ihr im Zuge von einer Notoperation nämlich den halben Magen und mit dem halben Magen auch gleich die ganze Lebensfreude mit herausgeschnitten hat, schlachtet sie ja nicht mehr, weil ihr zum Schlachten die Substanz fehlt, und der Biermösel leidet sehr unter der falschen Ernährung.

Dafür zerreißt es ihn heuer nicht mehr wie all die Jahre davor, wenn er im Frühling auch nur daran gedacht hat, dass er das Fenster einen Spalt breit aufmacht und einmal kräftig durchatmet. Den furchtbar hartnäckigen Heuschnupfen als Begleitmusik – „Hatschi!" – zur ständig steigenden Frühlingssonne hat er heuer endlich besiegt:

„Kann ich dir vermitteln Termin bei meine kleine Bruder Hristov oben in Hamburg-Altona, wo ist er Boxer in Talenteschmiede", hat der Doktor Krisper zu ihm gesagt, wie ihn der Biermösel wegen seinem

Heuschnupfen mit der eigenen rechten Faust auf eine Lösung hat festnageln wollen. „Sprich: Kann er dir zuerst mit linke Haken und dann mit rechte Gerade Nase so verbiegen, dass Heuschnupfen ist Probleme von gestern, sprich: Falls kleine Hristov einmal tut, was große Bruder ihm sagt, weil muss ich ehrlich sein, Biermösel: Kleine Bruder Hristov ist unverlässlich und böse, undankbar und blöde, muss ich spucken auf Boden, wenn ich rede über meine kleine Bruder Hristov oben in Hamburg-Altona."

Da hab ja sogar ich es einmal besser erwischt mit meinem kleinen Bruder, hat sich der Biermösel dann gedacht, auch wenn sein kleiner Bruder natürlich eine kleine Schwester ist und Roswitha heißt. Die ist zwar auch unverlässlich und undankbar, aber dafür mit einer gusseisernen Pfanne ausgerüstet, mit der sie ihm dann Gott sei Dank die Reise nach Hamburg erspart hat, wie sie noch die Substanz dazu gehabt hat – und prack!

Mit einer eleganten Rückhand hat sie ihn notoperiert, kaum dass er sie darum gebeten hat, und zwar so sorgfältig, dass es nicht beim einfachen Nasenbluten geblieben ist, sein Zinken ist jetzt innen drinnen so verwinkelt und verbogen, dass kein Heu mehr hineinkommt und kein Schupfen heraus.

Der Biermösel steckt dann seinen mehrfach zertrümmerten Riechkolben noch tiefer in die herrlich duftende Blüte von seiner Frühlingsblume hinein anstatt in die Druckerschwärze vom *Ländlichen Boten* und damit in Probleme, die ihn ja wirklich nichts angehen. Er zupft immer weiter an seiner Frühlingsblume herum – „Sie liebt mich, sie liebt mich nicht" –, während er den frischen Duft vom neuen Morgen atmet, mmmhm, denkt er sich, herrlich ist das! Er fühlt sich wohl wie die Laus in der Rockerfrisur vom verstorbenen Herrn Jesus Christus, seine Aussichten sind blendend, die traurige Vergangenheit hinter ihm interessiert ihn nicht mehr. Kein Gewicht beschwert heute seine vorösterliche Seele. Leicht wie der geölte Blitz durch die Pfanne gleitet er aus seinem früher so depperten Leben hinaus in Richtung strahlende Zukunft und gemeinsames Glück zu zweit, wie man es sonst nur aus dem grenzenlos depperten Liebesfilmfernsehen kennt. Nichts und niemand vermag ihn mehr aufzuhalten, denn es ist endlich Frühling geworden, halleluja! Und im Frühling ist der Biermösel einfach immer so gut drauf.

Im Frühling lacht er sich buckelig über die alten Weiber, die nach einem langen Winter ihre Zähne nicht mehr finden. Oder er scheißt sich überhaupt an vor Lachen über den Bauer Erwin zum Beispiel, der die lustige Magd Magda erschossen hat, nachdem sie ihm überraschend eröffnet hat, dass er es letztlich doch nicht ist für sie, „Erwin", hat sie im Überschwang der Frühlingsgefühle gesagt, „während dem Winter hast du mich ja ganz gut gewärmt, aber im Frühling juckt es mich halt woanders als in den kalten Füßen, da kann ich dich nicht mehr brauchen mit deinem impertinenten Silage-Geruch." Also hat der Bauer Erwin sie lieber gleich kaltgemacht, bevor sie sich von einem anderen wärmen lässt, und „Alter Bauer sucht neue Frau", ist jetzt halt aus dem Gefängnis heraus.

„Aaaah, der Frühling und seine herrlichen Düfte!", will der Biermösel dann nicht immer nur den ewigen Scheißdrauf spielen und insbesondere auch die herrlichen Düfte vom Frühling einmal ein bisserl loben. Ein wahrer Segen sind die frischen Düfte vom neuen Morgen, die ein gutes Stück die strengen Düfte von seinen alten Winden vertreiben, die er über den letzten Winter vom Erlebnispark aus in die Kanalisation hinuntergejagt hat, einen nach dem anderen, einer lauter als der andere – „Herrgottnocheinmal!", ist er von sich immer wieder aufs Neue begeistert, wie er ein weiteres sehr schönes Junggesellenlied hinausschmettert, er kann es halt immer noch, er hat ja nichts verlernt!

„Sie liebt mich nicht, sie liebt mich schon", zupft der Biermösel dann immer weiter an seiner Frühlingsblume herum und träumt sich sehnsüchtig wie die depperte Gutsbesitzerin im Liebesfilmfernsehen in eine glückliche Welt, „Sie liebt mich nicht, sie liebt mich sehr!", hofft er inständig, dass die Anni bei ihm den Gendarmerieposten bald wieder herauswischen wird, sobald er sie in Kaprun drüben erst ordentlich gepackt und glücklich gemacht haben wird. „Sie liebt mich", zupft er weiter und freut sich sehr darüber, dass die Anni ihn liebt, „Sie liebt mich nicht", ist er dann wieder ein bisserl mehr der Wirklichkeit zugetan, „Sie liebt mich doch, sie liebt mich nicht, sie liebt mich schon, ja-nein, hin-her." Du meine Güte!, muss der Biermösel sich dann doch wieder sehr über die Weiber und ihre ewigen Launen ärgern. Was ist denn los mit ihnen, dass sie einfach überhaupt nie wissen, ob sie einen jetzt lieben oder nicht, können die sich denn nie entscheiden?

Der Biermösel köpft zwei weitere Flachen Osterbock, damit er nicht ganz entwässert, während er weiter zupft, und er fragt sich, ob er sich die gute Laune jetzt wirklich von einer depperten Frühlingsblume verderben lassen soll, nur weil die sich nicht entscheiden kann? Mit seinem durch und durch schwarzgalligen Gemüt zieht er ja im Grunde sowieso die Herbstzeitlose vor, „Du depperte Frühlingsdingsbums mit deiner kunterbunten Blüte oben drauf bist ja noch komplett grün hinter den Ohren!", wendet er sich jetzt sogar persönlich an die Frühlingsblume, die hat ja im Unterschied zur Herbstzeitlosen zum Beispiel noch gar nichts erlebt, was weiß denn also der unnötige Kaktus schon von der Liebe?

Er jedenfalls ist bereit!

Na gut, gibt der Biermösel dann gerne zu, ganz bereit ist ein Mann ja nie, ganz bereit ist ein Mann ja immer erst, wenn er gekämmt und gebürstet im Sarg drinnen liegt. Noch schaut er ja wirklich nicht aus wie der junge Burt Reynolds, noch gibt es andere, die hübscher ausschauen als er und besser in Schuss sind.

Nach einem allzu langen Winter der Liebe gehören seine Scharniere da unten erst einmal ordentlich geölt, die Abschussvorrichtung muss noch justiert werden, die Granaten darunter gut gefüllt und der Zünder sorgfältig geputzt werden, da muss also noch einiges passieren, bevor er die Anni wird packen können.

Der Biermösel hat ja schon lange nicht mehr musiziert auf seiner Stalinorgel, muss er zugeben. Das gute Stück ist ein bisserl verstaubt in all den Jahren der Einsamkeit, während derer nur die Bettdecke seine treue Gefährtin war und es bei ihm in der Kiste immer nur dann heiß geworden ist, wenn er sich auch noch die Heizdecke darübergelegt hat, sonst war es ja immer bitterkalt bei ihm in der Kiste.

Sein Mörser hat also einiges an Gefährlichkeit eingebüßt, seit er ein hoffnungsvoller Zuchteber war und sein Himmel voller Knödel hing. Und mit seinen jetzt doch schon 60 Jahren am krummen Buckel hängt ihm auch keine Munitionsfabrik mehr zwischen den krummen Beinen in der leichten Frühlingshose herum und schießt er natürlich längst nicht mehr wie der Indianerpfeil aus dem hart gespannten Bogen heraus, aber Kruzifixnocheinmal, für das eine Mal auf der Anni wird es seine Winchester noch immer tun, sie muss es ja tun!

Na gut, denkt sich der Biermösel dann, lieber als mit seiner Winchester aus der Hose heraus hat er ja sowieso immer mit der Doppelläufigen gefeuert und in den letzten Jahren halt mit der Glock aus der Hüfte heraus. Und wenn er so wie heute einen weiteren komplett ereignislosen Vormittag auf seinem Erlebnispark verbringen muss, während dem sich über Aussee erst langsam die dunklen Wolken zusammenbrauen müssen, die sich dann am Ende entladen und ihn in die Schlagzeilen vom regionalen Teil vom *Ländlichen Boten* bringen werden, dann holt er am liebsten einfach den Flobert aus der Satteltasche heraus und ballert mit dem ein bisserl in der Gegend herum, für das sinnlose Herumballern zieht er den Flobert allen anderen Schießprügeln vor, und peng!

Der Biermösel ist ja um diese Jahreszeit immer schon sehr früh auf seinen schlecht durchbluteten Beinen. „Früher Vogel fängt den Wurm", sagt der Volksmund. „Wenn ihn nicht der Biermösel vorher vom Himmel ballert!", darf er hinzufügen. Fad ist es ja auch im schönsten Frühling, wenn man nicht gerade irgendwelche Weiber zum Packen hat, und irgendwie muss der Mensch sich ja zerstreuen, also peng, peng, peng!

Der Biermösel stellt sich im Frühling gerne zum weit aufgerissenen Fenster auf seinem Erlebnispark, er holt die Munition aus der Satteltasche heraus und lädt den Flobert durch. Dann stellt er die Kiste mit dem Osterbock zum Fenster, damit er nicht austrocknet, während er feuert. Und mit dem Adlerauge schaut er entspannt zum Gebirgskamm hinauf und hofft, dass er dort oben zum Aufwärmen vielleicht ein paar Gämslein erspäht, die gerade zum gewagten Sprung ansetzen und die er mit dem gezielten Schuss aus seinem Büchslein heraus auf ewig daran hindern kann, aber nein!

Die Gämslein kennen ihn und seine frühlingshafte Schießwut leider schon in- und auswendig. Die sind auf die andere Seite vom Gebirgskamm hinübergeflüchtet, wo sie sich hinter den großen Steinen verstecken und vielleicht darüber unterhalten, warum das Leben früher irgendwie besser war, als das Schwarzpulver noch nicht erfunden war und die blauen Bohnen noch nicht so tief geflogen sind.

Na und!, denkt sich der Biermösel und lässt sich nicht entmutigen. Wenn schon keine Gämslein, dann halt Reisebusfahrer!

Der Biermösel hält also Ausschau nach einem Reisebus samt Betriebsausflugsgesellschaft, der die Serpentinen vom Gebirgskamm drüben herunterschlingert und wegen der glühenden Bremsen vielleicht die letzte Kurve nicht mehr kriegt, oder genauer gesagt: Er hält Ausschau nach einem Reisebusfahrer, der seine Mitreisenden nicht austreten lassen will und den er dafür durch die Frontscheibe hindurch über den Haufen schießen könnte, als Strafe. Kann nämlich gut sein, dass er den Betriebsausflug von damals noch immer nicht ganz verdaut hat, wie ihm der Doktor Krisper gerne bescheinigt, möglich ist es ja, dass er zwar Knödel und Kraut und Schweinehälften gut verdaut, nur halt seine depperte Vergangenheit nicht.

Anstatt Motorengeheul dringt aber nur der liebliche Singsang von den ganzen kunterbunten Frühlingsvogerln durch die offenen Fenster zu ihm auf den Erlebnispark herein und lenkt ihn von seiner traurigen Vergangenheit ab. Der Biermösel mag ihr lebendiges Singen genauso gerne wie ihren jäh verstummenden Todesschrei, der ihnen natürlich nicht erspart bleiben wird, sobald sie seinem Fenster zu nahe kommen und er dann doch lieber wieder seine heilige Ruhe haben will, und peng!

Er stellt die Lauscher auf Empfang und horcht die erste Vogelschar in ihren Bäumen aus – Amsel, Drossel, Fink und Star, herrlich ist ihr lustiges Gezwitscher. Zwar ist ihm die furchtbar deprimierte Nebelkrähe in vielem viel näher als der grundlos fröhliche Singvogel, aber die herbstliche Nebelkrähe ist halt leider auch keine Herausforderung, wenn man sie durch das Zielfernrohr vom Flobert betrachtet und das Visier erst ordentlich eingestellt hat, die schwarz gefiederte Nebelkrähe schaut halt gar nicht so putzig und lebensfroh aus wie der bunte Frühlingsvogel und ist dann leider auch relativ leicht zu treffen, also eins zu null für den Frühlingsvogel, wenn es um das sinnlose Herumballern mit dem Flobert geht, jö schau, da sitzt ja schon wieder ein ganz ein lieber – und peng!

Die frische Frühlingsluft hat den Biermösel schon auf der allmorgendlichen Fahrt hierher zum Erlebnispark befeuert wie das Buchenscheit den Schweinsbraten im Wirtshausofen. Auf seiner Triumph Fips hat er sich in der gewissen Aerodynamik zuerst treiben lassen wie die Feder im Wind. Dann hat er sich seitlich rechts von der Fips hinunterhängen lassen wie der Indianer im Wildwestfilm, dann seitlich links, dann wieder rechts, dann wieder links. Mal ist er in der gewissen Schlangenlinie dahingeflogen, dann wieder schnurgeradeaus und freihändig gefahren, es war einfach unbeschreiblich! Und jedesmal, wenn es ihn dabei im Abzugfinger gejuckt hat, hat er einfach die Glock gezogen und übermütig zum Beispiel ein paar Froschis vor sich aus dem Weg geballert, die sich vom Gebirgskamm herunter über die Straße in den See hinübergequält haben zu den ganzen Froschiweibern, die sie dort gerne hätten packen wollen.

Aber nichts da! Wenn er nämlich selbst keine zum Packen hat, dann sei den Froschis und allen anderen auf der Welt auch keine vergönnt – und peng!

Kröten und Frösche, Fasane und Reiher, Hirsche und Kühe, Bienen und Wespen – alles ist eine sichere Beute für das Blei aus seinen Spritzen, sobald ihm halt danach ist! Umsonst haben sie ihn ja nicht Django genannt oben in der Gendarmerieschule in Linz, in „Schießen aus der Hüfte heraus wie der John Wayne" war er der Klassenbeste, wenn er auch sonst in allen Disziplinen die reine Enttäuschung war, was ihm der alte Biermösel natürlich immer ein bisserl übel genommen hat, du meine Güte! Lieber war dem Alten ja sowieso immer sein Zuchteber im Stall, mit dem er in seiner Beiwagenmaschine von einer Landwirtschaftsmesse zur nächsten gepilgert ist und der ihn dort nie enttäuscht hat, weil er als Besteiger der Sauen eine Medaille nach der anderen gewonnen hat, er selbst aber nicht. Das muss der Biermösel auch erst einmal verdauen, dass er daheim im Stall immer nur die Nummer zwei war, der Zuchteber aber mit seinem vielen Lorbeer am Schädel drauf die unumschränkte Nummer eins, da hat der Doktor Krisper schon Recht.

Dann, wie er heute in der Früh um den See herumgefahren ist, hat der Biermösel ein paar Rotzbuben von der Dörflichen Jugend getroffen, die mit ihren zusammengekniffenen Arschbacken in den doppelt und dreifach verstärkten Lederhosen herumgerannt sind. Was ist denn mit den Rotzbuben von der Dörflichen Jugend los, dass sie ihre Arschbacken gar so zusammenkneifen, hat er sich wieder einmal gefragt, und dass sie dazu noch die eine Hand schützend hinten am Hosenboden und die andere vorne auf dem großen Traktorreifen halten, den sie mit vereinten Kräften zum See hingeschleppt haben und auf dem sie dann herumgerudert sind, weil ja Gott sei Dank schon Osterferien sind und sie das Rudern am See sowieso dem Lernen in der Schule vorziehen, so soll es ja auch sein!

Allzu lange sind die Rotzbuben dann aber natürlich nicht herumgerudert, so viel kann der Biermösel gerne verraten. Das Herumrudern am See ist ja immens gefährlich, wenn man an ein schießwütiges Ordnungsorgan namens E. E. Biermösel gerät, das weiß aus der gewissen Erfahrung heraus keiner besser als er selbst, der als kleiner Biermösel oft genug an ein Ordnungsorgan namens alter Biermösel geraten ist, heiliger Bimbam! Nase blutig, Lippe fransig war dann immer das Mindeste, was ihm geblüht hat.

Dass er selbst den Rotzbuben von der Dörflichen Jugend dann einfach den Traktorreifen zerschossen hat, aus einer gewissen unreifen Wut heraus, weil er selbst nicht mehr der Jüngste ist und ihnen die

Jugend nicht vergönnt ist, das hätte er sich vielleicht sparen können, da war schnell viel Porzellan zerschlagen, und wer weiß, ob sie sich nicht bitter dafür rächen werden?

Die Rotzbuben haben ja ganz fürchterlich um sich geschlagen wie so manch anderer vor ihnen, der als hoffnungsvoller Mensch in den See hineingesprungen und später als hoffnungslos tote Wasserleiche im Kanalsystem wieder aufgetaucht ist, gar nicht zu reden von denen, die im See ertränkt worden sind. Der Biermösel ist jetzt wirklich schon sehr gespannt, wer heuer als Erster im See verschwindet und dann als Wasserleiche im Kanal wieder auftaucht, da darf man als Ordnungshüter schon ein bisserl gespannt auch sein, wo wäre denn sonst die Spannung im ansonsten so faden und depperten Leben?

Noch aber hält der Biermösel weiter Ausschau nach allerlei Getier, auf das er vielleicht ballern könnte. Dabei hört er aus seinem Kassettenrecorder „Fun Fun Fun“ von den Strandburschen drüben in Amerika, allerdings natürlich in der viel schöneren Version von den Radinger Spitzbuben aus Gmunden drüben, die nicht minder fröhlich singen, aber dafür halt auf Deutsch, was dann natürlich den feinen Unterschied ausmacht für einen, der das Ausland und seine fremden Sprachen insgesamt meidet – „Gaudi, Gaudi, Gaudi!“, singen die Spitzbuben also aus vollen Lungen heraus – und peng!

Schon freut er sich wieder über einen jäh verstummenden Todesschrei, im Frühling hat auch der Biermösel immer so eine Gaudi und schießt halt für sein Leben gerne mit dem Flobert auf kleine süße Frühlingsvogerln. Zusammen mit dem einen oder anderen verlausten Hundsvieh von dem einen oder anderen versoffenen Staatsschauspieler und zusammen auch mit dem einen oder anderen jungen Kätzchen von der einen oder anderen alten Witwe, das bei dem herrlichen Wetter seine Fähigkeiten völlig falsch eingeschätzt hat und dann leider den Weg vom Kirschbaum herunter nicht mehr findet (außer mit seiner Hilfe, und peng!), sind ihm die kleinen süßen Vogerln einfach die allerliebsten! Manchmal muss halt ein anderer sterben, damit man selbst wieder eine Freude im Leben hat, so ist das, was soll er denn machen – und peng!

„Die armen Viecherln!“, jammern dann die alten einsamen Weiber im Ort, „Wie kann er denn so was tun?“, regen sich die depperten Staatsschauspieler über ihn auf. Aber da haben sie natürlich noch gar nicht gesehen, wie er auf dem Heimweg in der Abenddämmerung die letzten Flugenten über dem See abschießt, weil das so schön „platsch!" macht, wenn sie ins Wasser hineinfallen, „platsch, platsch, platsch!", die kleinen lieblichen Entlein, die nach einem langen Winter unten in Afrika immer wieder gerne nach Aussee zurückkommen, was aber natürlich keine gute Idee ist. Das denkt er sich jedesmal wieder, wenn er am Seeufer von seiner Fips heruntersteigt und die Munition einlegt, dass er an ihrer Stelle jetzt nicht unbedingt nach Aussee zurückgekommen wäre, wo es sie doch gerade hier in der lauen Abendluft augenblicklich zerreißt, sobald er sie nur schief angeschaut hat – und peng!

Das fröhliche Herumballern ist einfach nie erbaulicher als in der wunderbar klaren Frühlingsluft. Da braucht einer wie der Biermösel weder die Gleitsichtbrille aufsetzen noch das Zielfernrohr einstellen, da schießt er auf 1.000 Meter einen Holzwurm aus dem morschen Dach vom Pfarrer Hein seiner baufälligen Bruchbude da drüben heraus, was er wirklich auch sehr gerne tut, und bald wird er den Pfarrer Hein selbst aus seiner Bruchbude herausschießen müssen, wenn der ihm weiter so auf die Nerven geht mit seinem Glocken-Dingdong, aber noch ist es nicht so weit, noch ist der Biermösel einfach so gut drauf. Er schießt im Stehen und im Liegen, er feuert aus der Hüfte heraus oder zwischen den schmalen Schenkeln hindurch, er schießt genauso gerne mit wie ohne Grund, er schießt einarmig, wenn ihm danach ist, und sogar einäugig, wenn ihm eine Mücke ins Auge fliegt, was ihm dann zwar immense Schmerzen bereitet, aber drauf geschissen! Der Biermösel ist im Frühling auch mit den Schmerzen immer noch sehr gut drauf –

und peng!

Einigermaßen begeistert von sich und der Welt, von seinen Schießkünsten und den durch sie verursachten Tränen der hinterbliebenen alten Weiberln und versoffenen Staatsschauspieler, die nicht und nicht über den Tod von ihren armen Viecherln hinwegkommen werden, verblättert der Biermösel dann den weiteren frühen Morgen im regionalen Teil vom *Ländlichen Boten* und sucht vielleicht eine Spur zu optimistisch nach einem Tatsachenbericht über sich, der ihn schon jetzt als den Superhelden ausweist, der die Anni heuer packen wird, über den wilden Hund, der nicht nur angekündigt, sondern auch vollendet hat.

Er sucht vielleicht eine Spur zu befeuert vom Osterbock nach einer Vorschau darüber, wie und wo er sie packen wird, und nach einer genauen Beschreibung von den Salven, die er abzufeuern gedenkt. Und er sucht letztendlich natürlich auch vergeblich nach einem mehrteiligen Fotoroman über seine zu erwartende Rückkehr aus Kaprun, wenn er mit der Anni am Sozius in Aussee einreiten wird wie früher der John Wayne nach den Indianerkriegen ins schmucke heimelige Westerndorf, hühott, aber nach der Wahrheit sucht der Mensch in dem Drecksblatt natürlich vergeblich, der Biermösel und seine vergangenen und zukünftigen Heldentaten sind der Lois Lehn einfach wieder keine Meldung wert.

Lieber verdirbt ihm die rasende Reporterin seine frühlingshaft gute Laune und wärmt in großen Lettern den alten Brei wieder auf – das Verschwinden vom Hasenscharten-Ulf nämlich, dem Glöckner aus der Bruchbude vom Pfarrer Hein drüben, oder besser gesagt: dem ehemaligen Glöckner.

„WEISS DENN DER BIERMÖSEL NICHT, WOHIN DER HASENSCHARTEN-ULF VERSCHWUNDEN IST?“, fragt sie ebenso wörtlich wie deppert, und der Biermösel täte ihr gern zurückschreiben, dass sie ihn doch bitte kreuzweise soll. Aber weil er im Schreiben so schlecht ist, im Schreien aber recht gut, lässt er es mit dem Schreiben lieber bleiben und spart sich den Schrei für später auf, für den Augenblick nämlich, wenn er die Anni packen und die Rakete zünden wird, das wird dann sicher nicht leise.

Das Verschwinden vom Hasenscharten-Ulf aber ist natürlich schon ein Problem, muss auch der Biermösel zugeben. Nicht so sehr aus kriminaltechnischer Sicht, auf die scheißt er. Ihm ist es nämlich wurscht, wohin wer verschwindet, solange er auch verschwunden bleibt und nie wieder auftaucht. Aber das Problem mit den ganzen Verschwundenen und Abgängigen ist ja, dass sie immer doch alle im Kanal wieder irgendwann auftauchen.

Seit der Biermösel die Fenster von seinem Erlebnispark zum Glockenturm vom Pfarrer Hein hin ausgerichtet hat (er Extremtrottel!), leidet ja er selbst am meisten unter dem Verschwinden vom Hasenscharten-Ulf, der vergleichsweise ein sehr guter Glöckner war. Verglichen jedenfalls mit dem Pfarrer Hein selbst, der ein elendiglich schlechter Glöckner ist, seit dem Verschwinden vom Ulf aber immer selbst läuten muss, weil er keinen Rotzbuben für die Nachfolge vom Ulf finden will.

So wie die umsichtige Köchin mit dem Schürhaken in der schönen Buchenholzscheiterglut schürt und damit das Schöne und Gute hervorbringt, schürt der Pfarrer Hein da drüben in seiner Bruchbude mit seinem furchtbaren Läuten das schlechte Gewissen in den armen Seelen von den ängstlichen Rotzbuben, die sich vor ihm in die Hosen scheißen, hinterhältiger und verschlagener als der Pfarrer Hein mit seinen depperten Glocken hat der schlitzäugige Vietcong nicht angegriffen, „Nein! Nein! Nein!“, jammert selbst der Biermösel mit jedem Tag schwächer und haut sich mit den Riesentrümmerfäusten jeden Tag stärker gegen die Ohrwascherl, „Hör endlich auf zu läuten!“

Aber der hört natürlich nicht auf!

Wie wenn er es speziell auf ihn abgesehen hätte, klopft der Pfarrer Hein ihn weich wie ein Schnitzel, auf dem Amboss seiner Mieselsucht drischt er auf ihn ein:

„Nehmen wir den Satansbruder drüben in Amerika!“, schreit er in jeder Predigt von seiner Kanzel herunter. „Selbst der ist ein Heiliger gegen den gottlosesten aller gottlosen Gesellen da drüben, gegen den Schweinfresser und Biervernichter, gegen den Feind alles Schönen, gegen den Biermösel! Zombie, Zorro und Zsa Zsa Gabor – alle sind sie Heilige gegen ihn! Wer Ohren hat zu hören, der höre: Warum stinkt es auf der Welt? Wegen dem Biermösel! Warum weht der Föhn im Tal? Wegen dem Biermösel! Wahrlich, ihr Saubande, ich prophezeie euch: Wegen dem Biermösel wird noch ein Flugzeug vom Himmel herabfallen, Prostmahlzeit, äh, ich meine: Jubilate Deo!“

So predigt der Pfarrer Hein.

Wie eine viel zu enge und steife Lederhose – nass vom Regen und dann zu schnell getrocknet in der Sonne – zwängt sich das mahnende Geläute vom Pfarrer um seinen Schädel und schnürt sich immer noch enger darum herum, sodass er bald nicht mehr normal schauen kann. Sein Glockendonner breitet sich in der lauen Frühlingsluft überallhin aus und drängt sich samt schlechtem Gewissen sogar schon in die abgehärtete, weil gut geselchte Seele vom Biermösel hinein, was für die wenigsten zu erwarten war:

„Ich geb es ja zu!", schreit er verzweifelt, „dass ich anders darüber denken könnte, wie ich die Anni packen will, aber hör endlich auf zum Läuten!"

Dabei hätte keiner je gemerkt, dass der Hasenscharten-Ulf überhaupt verschwunden ist, wenn nicht ab der vierten Fastenwoche auf einmal das Läuten so eine andere Tönung angenommen hätte, so eine furchtbare Färbung. Wie im Bierzelt, wenn dann nur noch die Besoffensten von den Rauschigen in die Hände patschen und klatschen, hat sich das Bimbambum auf einmal angehört, wie wenn vorher ein Mensch geläutet hätte und jetzt ein Affe.

Den Hasenscharten-Ulf kennt nämlich jeder nur vom Hören und Sagen, den hat ja nie einer lebend gesehen, außer der Pfarrer Hein selbst natürlich, der ihn in den Glockenturm hinaufgeholt hat, damals vor 15 Jahren, nachdem er ihn aus dem Siechenheim 0–5 Jahre drüben in Goisern zu sich herüber nach Aussee geholt hat, das weiß auch ein jeder, der sich ein bisserl mit Hasenscharten beschäftigt.

Der Biermösel kann also nicht einmal ein Phantombild von ihm anfertigen lassen und dann überall aufhängen, wie sie das im Wilden Westen immer gemacht haben, „tot oder lebendig". Niemand kann heute was Genaues über den Hasenscharten-Ulf sagen, außer natürlich, dass seine Lippen furchtbar gespalten waren („Ganz furchtbar!") und dass er die Glocken wirklich recht ordentlich geläutet hat („Respekt, Respekt!"), das muss sogar der Biermösel ihm zugestehen, auch wenn er natürlich mit zunehmendem Alter ein Ortsbild ohne Kirchturm samt Glocken drinnen vorziehen täte.

Solche Glocken im Kirchturm sind ja nicht einfach zu läuten! Mit Betglocke, Kreuzglocke, Taufglocke, Schiedglocke, Zeichenglocke, Sonntagsglocke und Festtagsglocke muss sich ein Glöckner herumplagen, und dann kommt in diesem speziellen Fall noch die neu gespendete und erst vor ein paar Wochen aufgehängte Riesenglocke vom Tripischowski drüben aus Ischl hinzu, die es natürlich erst recht in sich hat. Der Lodenkönig a.D. hat dem Pfarrer Hein sein Kunstwerk von einer Glocke mit dem Tieflader herüberbringen und dann mit dem Schwertransporterkran aufhängen lassen, kurz bevor der Ländliche Bote seinen vollkommenen und endgültigen Rückzug aus der Lodenproduktion bekanntgegeben und seine Hinwendungen zur Kunstfaser und zum amerikanischen Markt verkündet hat, deswegen das a.D. nach dem Lodenkönig.

Die Tripischowski-Glocke jedenfalls ist ein solches Monster von einer Glocke, steht in der Ausschreibung, die der Pfarrer Hein jetzt jeden Sonntag in schmetterndem Fiepsmäusebariton von der Kanzel herunter verteilt, dass der, der sie läuten will, schon von Gott gesandt sein muss, sonst geht es nicht! So groß, so massiv, so Furcht einflößend laut und mahnend Donner grollend ist die Tripischowski-Glocke, dass an ihr jeder scheitern wird, der nicht von Gott gesandt ist oder wenigstens 100 Kilo auf die Waage bringt, „Du Fettsau von der Seebachwirtin da unten!", hat er neulich von der Kanzel herunter gepredigt und auf die Fettsau Elfriede von der Seebachwirtin da unten gedeutet, „Du hättest vielleicht das Zeug dazu, aber du bist schon wieder zu fett, du kommst mir ja nicht einmal in den Turm hinauf, geschweige denn wieder herunter, also was hältst du von einer bis zwei ausgedehnten Fastenzeit, ansonsten ewiges Höllenfeuer, du wirst einmal schön brutzeln am Gartengrill vom Luzifer, so wie du Fettsau nämlich ausschaust, Prostmahlzeit, äh, Jubilate Deo!"

So hat er gepredigt.

Dass der Pfarrer Hein heute sogar schon ein Rotzmäderl aus der Dörflichen Jugend ins Visier nehmen muss, damit ihm irgendwer die Glocken läutet, liegt daran, dass sich von den armen Rotzbuben aus der Dörflichen Jugend justament keiner beim Pfarrer Hein wegen der Glockenläuter-Lehre anstellen will, kein Einziger, den der gewagte Schritt in die vielleicht sowieso allzu großen Fußstapfen vom Hasenscharten-Ulf reizen täte. Stattdessen rennen die armen Rotzbuben von der Dörflichen Jugend mit zusammengezwickten Arschbacken vorm Pfarrer Hein davon und halten schützend ihre Händen hinten gegen den Hosenboden, sobald er sie nur darauf anredet, ob der eine oder andere ihm zu Ostern vielleicht die Glocke läuten und so seinem Leben einen tieferen Sinn geben will, „Willst du deinem Leben vielleicht ein bisserl einen tieferen Sinn geben und mir das Glockenspiel läuten?“, fragt er, bevor er sich die schlecht durchbluteten Stenografenhände reibt und ihm der Sabber zwischen Lefzen herausrinnt, und Kruzifixnocheinmal, der Biermösel wird schon noch draufkommen, warum kein einziger von den Rotzbuben seinem Angebot folgen will, kein Rätsel bleibt ewig ungelöst, kein Apfel bleibt ewig am Stamm, und kein Osterbock bleibt für immer ungeöffnet, einen trinkt er jetzt noch, damit er nicht austrocknet!

Der Pfarrer Hein lehnt ja alles ab, was nach dem Scheiterhaufen im Mittelalter erfunden worden ist, den Flaschenöffner ebenso wie den Verbrennungsmotor. Da darf sich also keiner wundern, dass der für sein Glockenspiel einen Glöckner haben will, einen jungen und starken mit großem Herz und kleinem Arsch, wie auch ein jeder weiß, nur dass sich halt keiner von den Rotzbuben aus der Dörflichen Jugend dafür hergeben will, wie oft soll er es denn noch sagen?

Also hat der Pfarrer Hein froh sein können, dass er den geistesgestörten Hasenscharten-Ulf damals im Siechenheim drüben ausgegraben hat, und der hat wiederum froh sein können, dass ihn der Pfarrer zu sich geholt und zum Glöckner ausgebildet hat, so lautet jedenfalls seit seiner Aufnahme in den Glockenturm die allgemeine Einschätzung an den Stammtischen im Tal.

Wenn einer nämlich so deppert ausschaut wie der Hasenscharten-Ulf, haben sich die Leute in jahrelanger Kleinarbeit sein Aussehen zusammenfantasiert, wenn einer also so eine gespaltene Lippe hat wie der Ulf plus einen so furchtbar hässlichen Buckel und drei Augen – „Jawoll! Drei Augen! Vier Zähne und sechs Ohren und keine Nase, ich schwöre!“ –, wenn einer dazu noch eine pelzige Zunge hat, die ihm bis zu den Hufen hinunterhängt („Sehr richtig, Hufe! Keine Füße, was glaubst denn du!“), wenn einer also seit seiner Geburt so deppert ausschaut, dann bleibt ihm ja sowieso nichts anderes mehr übrig, als dass er von frühester Jugend an sein Gnadenbrot im Kirchturm von irgendeinem Gottesmann fristet, außer vielleicht, er schafft es gleich in den Spiritus hinüber im Museum in Salzburg.

Aber die Zeiten ändern sich auch im Land der Berge Land am Strome, und nicht jeder mit einer gespaltenen Lippe und den ganzen anderen Schmankerln als Beilage kommt heute sofort in den Spiritus in Salzburg hinüber, wo dann die Japaner aus Sapporo dafür bezahlen, dass sie einen im Spiritus anschauen dürfen, da muss man heutzutage schon mehr zu bieten haben als ein paar Ohren zu viel.

Dabei soll ja der Glockenturm selbst schon eine Sehenswürdigkeit für die Japaner aus Sapporo sein, sagen sie Leute. Der ist nämlich bis obenhin angefüllt mit der ganzen Hornhaut, die dem Hasenscharten-Ulf erst an den Händen gewachsen und dann von den Händen abgefallen ist, weil das dicke Glockenseil seine Handflächen komplett zerstört hat, aber komplett. Sooft er sich daran gehängt hat wie der Krug ans Brunnenseil, hat es ganz ordentlich gestaubt dort oben, weil selbst ihm das Seil dann unter der Last von der immensen Glocke immer fast entglitten ist und er es nur noch unter größten Schmerzen und lautesten Schreien überhaupt hat halten können. Nur mit den zwei Lederhandschuhen, in die seine Hände sich gewandelt haben, hat er das Seil überhaupt halten können, und dann hat der Pfarrer Hein immer gepredigt, dass dem Ulf das nur gut tut, wenn er ein bisserl leiden muss, „Oder glaubt irgendwer von euch Lümmeln da unten, dass der Ulf nur wegen einer Laune der Natur so behindert ist und wegen seiner Gene so deppert ausschaut, das ist schon eine Strafe Gottes, der Rotzlöffel muss sich seinen Platz im Himmel erst erkämpfen, Prostmahlzeit, äh, ich meine: Jubilate Deo!"

So predigt der Pfarrer Hein.

Wer im Frühling genauer hinschaut zum Glockenturm, so wie der Biermösel mit seinem Adlerauge, der kann dann sehen, wie der aufkommende Wind durch die Scharten in den Kirchturm hineinfährt und ein paar Schaufeln von der staubigen Hornhaut zusammenpackt und mitnimmt auf seine Reise.

Und auch jetzt, muss der Biermösel leider feststellen, staubt es auf einmal wieder ganz ordentlich da drüben um den Kirchturm herum. Da müssen weiß Gott noch ein paar Tonnen Hornhaut drinnen liegen, denkt er sich, wie ihm der Schmerz in den Schädel hineinfährt und ihn die Hornhaut vom Hasenscharten-Ulf augenblicklich gar nicht mehr interessiert.

Ihn interessiert jetzt nur noch der Wind, der Wind, das himmlische Kind, der sich die Hornhaut aus dem Kirchturm herausholt und sie über das ganze Tal verteilt.

Wer nämlich so wie der Biermösel ein bisserl wetterfühlig ist, wer so wie er die Wetterkapriolen und die Launen von den Einheimischen in ihrer Gesamtheit kennt, der braucht jetzt gar nicht mehr die Wolken am Himmel oben zu beobachten, damit er weiß, dass der Wind, der ihm jetzt vom Gebirgskamm herunter direkt auf den Schädel drauffällt, ein ausgewachsener Föhn ist. Der erste im heurigen Jahr, und als solcher wie immer der unheilvolle Künder einer finsteren und schmerzvollen Zeit, die jetzt vor ihnen liegt und über die dann sicher wieder besonders ausführliche Berichte unter „Bluttaten" im *Ländlichen Boten* stehen werden.

Da will der Biermösel selbst gar nicht mehr ausschließen, dass er es mit Hilfe vom Föhn heuer sogar in den internationalen Teil vom *Ländlichen Boten* schaffen wird, wegen der einen oder anderen Affekthandlung, gegen die er sich dann nicht mehr wehren wird können.

Der Föhn wird ernten, was der Pfarrer Hein gesät hat.

Kind des Frühlings

Vorige Woche ist er, Kind des Frühlings, überraschend sechzig geworden und in den Herbst von seinem Leben hinübergetreten, na gut, gibt der Biermösel dann gerne zu, vielleicht ist es ja sogar schon der Frühwinter, in dem er herumirrt. Es schneit jedenfalls ganz gewaltig in seinem Leben, wenn er ehrlich ist, kalt und trostlos ist es geworden, obwohl doch draußen der Föhn herumweht und die Vogerln durch die Gegend fliegen, jedenfalls so lange er sie nicht herunterballert – und peng! Eines geht halt immer noch.

Überraschend sechzig geworden deshalb, weil sogar er heuer darauf vergessen hat, neben allen anderen, die leider auch auf ihn vergessen haben, heiliger Bimbam, er und alle anderen vergessen einfach wirklich alles in letzter Zeit, er vergisst sogar schon seinen Namen:

„Biermösel, für meine Krankenakte: Kannst du mir vielleicht endlich sagen, wie du heißt mit deine volle Name?", hat der Doktor Krisper ihn neulich gefragt, nachdem er die Roswitha notoperiert hat, aber es ist ihm einfach nicht mehr eingefallen.

Vielleicht will sich der E Punkt E Punkt Biermösel aber auch gar nicht mehr daran erinnern, wie er in den ersten 60 Jahren von seinem Leben geheißen hat, die ein bisserl sehr verloren und verschwendet waren, er war jedenfalls kein Buchenholzscheit, das an beiden Ecken gebrannt hat, das war er leider wirklich nicht.

Nur die depperte Bundesregierung hat an ihn gedacht und ihn zu Tränen gerührt, das war dann wirklich zum Weinen, wie er ihr Packerl aufgemacht hat. Nach all den Jahren, in denen er sich für das Staatsganze zerrissen und aufgeopfert hat, war er ihnen eine Stabtaschenlampe wert, nicht einmal in den Farben des Frühlings gehalten, sondern in den rot-weiß-roten Staatsfarben vom depperten Land und obendrein natürlich nicht ohne Eigennutz:

„Alles Gute zum Geburtstag!", haben sie ihm geschrieben, „Und mit der Stabtaschenlampe bitte die drohende Gefahr durch den internationalen Terrorismus ausleuchten, die Stabtaschenlampe bitte nicht als Kerze auf der Torte verwenden, für eine Kerze auf der Torte war kein Geld mehr da, für die Torte auch nicht, leider, ansonsten Prosit! Insel der Seligen war gestern, internationaler Terrorismus ist heute!", schreiben sie weiter, und auch wenn sie ihm dagegen nicht viel anbieten können – eine Stabtaschenlampe ist auch nicht nichts im Kampf gegen die Bedrohung! Also soll er sich schnell, schnell Batterien kaufen und dann halt sehr genau hinschauen, wenn er irgendwo eine Bedrohung wittert, „und Habe die Ehre!“ (PS: „Bei der Gelegenheit: Stimmen die Gerüchte, dass du ein bisserl aus dem Lot geraten bist, Biermösel, du sollst dich ja seit dem Betriebsausflug damals nicht mehr ganz erholt haben, im Gegenteil, ist das richtig? U.A.w.g.!“)

Der Biermösel lässt den Begleitbrief langsam fallen und schaut dann ruhig wie der selbstmordgefährdete Elektroschock-Patient in der Nervenheilanstalt drüben in Gmunden sein Waffenarsenal an, und während er dabei ganz langsam die Augenbrauen hinaufzieht und sich die Spucke aus den Mundwinkeln wischt, die ihm immer unkontrolliert herausrinnt, wenn er sein Waffenarsenal anschaut, da sagt er ganz leise:

„Seien Sie unbesorgt, meine Herren! Die Gerüchte stimmen nicht.“

Und peng!

Schon schießt sich der Biermösel fast selbst den Schädel weg, als sich unverhofft ein Schuss aus der Doppelläufigen löst, „Kruzifixnocheinmal!“, muss er jetzt ein bisserl mit sich selber schimpfen, „Aufpassen musst du schon, wenn du die Anni noch packen willst!“

Der Biermösel will dann aber nicht ganz glauben, dass sein Stern oben am Himmelszelt vorbeizieht und vielleicht schon bald hinterm Gebirgskamm versinkt, ohne dass ihn die Lois Lehn vom *Ländlichen Boten* wenigstens unter „Vermischtes“ erwähnt. Er blättert das Käseblattl von letzter Woche noch einmal sorgfältig durch und sucht – diesmal mit der Gleitsichtbrille auf der Nase! – unter „Ehrungen und Auszeichnungen“, ob er den ganzseitigen Bericht über seinen Jubeltag vielleicht einfach überlesen hat, aber nichts! Dann blättert er geduldig weiter und fährt mit dem dicken Wurstfinger auf und ab, er freut sich mit den Verstorbenen der letzten Woche in den „Todesanzeigen“ – „Auf Wiederschaun!“ – und prophezeit den Neugeborenen in der gegenüberliegenden Rubrik „Geburten“ ein schweres und elendes Leben, trotzdem „Herzlich willkommen! Die Glücklicheren von euch werden als Wasserleichen im See enden, die Unglücklicheren als ewig Vergessene im Kanal!“

Aber über ihn steht natürlich nichts drinnen!

Kein „Auch eine alte Geige spielt gut“ unter „Kontakte“, und nicht einmal ganz hinten unter „Zu verschenken“ ist er ihnen hineingerutscht,

Kruzifixnocheinmal, sein verwegener Ritt in den Sonnenuntergang von seinem Leben ist der Lois Lehn einfach keine Zeile wert.

Aber auch das ist der Frühling!, weiß der Biermösel aus der gewissen eigenen Erfahrung heraus. Trotz der aufsteigenden Sonne und der frischen Luft ist der Frühling auch oft schmerzhaft und voller Gefahren. Kaum ein Frühling vergeht ja ohne Bienenstich in die Zunge hinein, keiner ohne Sonnenbrand am Knie bei den feinen blässlichen Damen mit den fleischigen Hüften, kein Frühling vergeht jemals ohne gerissene Bänder während dem Volkstanz, und selten einer ohne ungewollte Schwangerschaften nach dem Volkstanz.

Kein Frühling verstreicht ohne Dutzende zertrümmerte Bergtote! Der Biermösel kann gar nicht sagen, wie sehr ihm insbesondere die ganzen zertrümmerten Bergtoten jedes Jahr auf die Nerven gehen, vorher schon, wenn sie noch lebendig sind, hoch hinaus wollen, und erst recht nachher, wenn sie heruntergekugelt sind und dann mit ausgeschlagenen Zähnen und komplett verdrehten Haxen in irgendwelchen Löchern tot herumliegen, nichts mag der Biermösel weniger als die Berge und ihre Toten.

Kein Frühling vergeht schließlich ohne erste Ausfahrt mit dem frisch geputzten Zweitakter-Geschoss vom Vati, seiner heimlichen Geliebten, die ihn aber in der regennassen Rechtskurve an der Abzweigung nach Goisern gerne abwirft und ihn dabei nicht selten den Schädel kostet.

„Wann kommt denn der Vati wieder heim?“, fragen dann die kleinen Hosenscheißer in der Bauernstube die Mama, und der Pfarrer lügt beim Begräbnis, dass er ja eh jetzt oben im Himmel ist, mit der einen Einschränkung freilich: „Wenn er brav und rechtschaffen war!“ Ansonsten: „Ewiges Höllenfeuer für den Vati!“

Und schließlich vergeht natürlich kein Frühling ohne hoffnungsvollen Jungbauern, der sich im Überschwang mit seinem Traktor zigfach in der steilen Wiese überschlägt, weil der Bauerntrottel geglaubt hat, dass es sich heuer endlich ausgeht mit seinem neuen Traktor in der steilen Wiese! Stattdessen liegt dann das Jungbauernbaby mit den angeschissenen Windeln komplett zerquetscht unterm Jungbauern, der wiederum selbst komplett zerquetscht und auch angeschissen unterm Traktor vom Altbauern liegt, weil der Jungbauer den Erbfolger ja unbedingt hat mitnehmen und ihm alles zeigen müssen, was einmal ihm gehören wird, „Schau Vinzenz: die steilen Hänge, der große Traktor, die vielen Kuhlimuhs!" – Heilige Maria, denkt sich der Biermösel jedesmal wieder über das Trottelvolk der Bauern, können sie es nicht einmal so einrichten, dass der Vinzenz einmal mehr erbt als nur den frühen Tod vorm sowieso verschwendeten Bauernleben!

60 Jahre sind eine lange Strecke, seit der Biermösel selbst die große und einzige Hoffnung als Erbfolger vom alten Biermösel gewesen ist, neben dem Zuchteber im Schweinestall natürlich, der noch ein Stück hoffnungsvoller war, und muskulöser und stärker als er war er auch. Ein Zuchteber von ganz besonderem Format war das, von dem der Biermösel heute aber auch nicht mehr sagen kann, wie der genau geheißen hat, auch irgendwas mit E., glaubt er, also vielleicht Erwin?

Berühmt-berüchtigt in der ganzen Gegend war er, ein Sauenheld durch und durch, unbesiegt auf jeder Landwirtschaftsmesse, mit Hunderten Medaillen behängt und von Tausenden Lutschis verehrt und gepriesen. Nur Muskeln, nur Kraft, nur wildes, ungebärdetes Gebaren. Wie die Vorhut vom jungen Frühling hat er alles gepackt, was vier Schweinshaxerln und ein Ringelschwanzerl hintendran gehabt hat, und die Schweinderln haben dann alle vor Freude gequietscht wie die Säue, so einer war das, der Biermösel glaubt jetzt doch, dass er Elmar geheißen hat.

Und er selbst? Und seine Hoffnungen? Und sein erfolgreiches Leben?, kränkt sich der Biermösel jetzt, wie er den *Ländlichen Boten* in die Ecke schmeißt. „Oh süßes Schweinchen Jugend!", fragt er sich mit bitteren Tränen. „Wohin bist du entlaufen?"

Der Biermösel muss sich dann nämlich selbst ein bisserl wundern, wie fett er geworden ist. Nichts ist mehr übrig geblieben vom Glanz seiner Jugend, in der er dem Zuchteber im Stall in wenig nachgestanden ist, außer natürlich bei den Muskeln und im Erfolg bei den Weibern.

Wie die Kugel in der Kanone steckt er jetzt während der langen ereignislosen Tage oft stundenlang in seiner Muschel fest, die einfach nicht mehr zu seinem Riesentrumm von Arsch passen will.

Teils, und zwar großteils, weil er während dem letzten, abermals sehr einsamen und abermals sehr kalten Winter wegen der vielen Weihnachtskekserln gegen die Einsamkeit doch einiges an Gewicht zugelegt hat, er war einfach wirklich sehr einsam. Teils aber auch, weil der Aschermittwoch beim Biermösel normalerweise immer den

Anfang von seiner Radikalopposition gegen den komplett freudlosen Pfarrer Hein drüben einläutet, normalerweise!

Kein warmes dampfendes Blut mehr, das ihm Kraft gibt, keine frischen Därme, die er zerreißen kann, seit ihm die Roswitha auf seinem Kreuzzug gegen den immer weiter um sich greifenden Wahnsinn mit der Freudlosigkeit auch noch abhanden gekommen ist und sie ihn so ungesund ernährt. Ewig lange ist es her, dass die fetten, eingebildeten Säue erhobenen Hauptes, mit wackeligem Arsch und einem letzten verächtlichen „Quieeek" aus dem Rüssel gestorben sind, der Biermösel kann sich gar nicht mehr erinnern, wann die Roswitha das letzte Mal geschlachtet und wann sie selbst was gegessen hat, Heilige Maria Mutter Gottes, fragt er sich besorgt, was wird denn das für sein Osterlamm heißen, das selbstverständlich auch heuer wieder ein Schweinderl sein sollte, aber wird es auch eines werden?

Auf das tief gefrorene Zeug, das ihm die Roswitha seit der Magennotoperation aufwärmt, folgt dann oben in der Schlafkammer im besten Fall die Kolik, aber der angestrebte Besinnungsverlust herunten in der Gaststube bleibt natürlich aus, wenn man nur Schweinehälften aus dem Kühlraum verschlingt, die eigentlich nur als Notration für den Fall der Fälle dort gebunkert werden, nicht für den kleinen Hunger zwischendurch. Zwar bringt ihm die Roswitha nach wie vor das Schwein an den Tisch, aber sie teilt seine Freude daran nicht mehr! Stattdessen steht sie nur in der Tür, die von der Küche in die Wirtsstube heraus führt, und schaut ihm aus ihren schwarzumrandeten Augen heraus genau auf sein Bauchfleisch, ruhig und stoisch wie der Chinese an der Biegung vom Fluss steht sie da und schaut, und wenn der Biermösel sich nicht komplett täuscht, dann läuft ihr dabei das Wasser im Mund zusammen, und er kommt sich bedrohter vor als der russische Wildhüter, der nach einem allzu langen Winter vorm ausgehungerten Säbelzahntiger in der russischen Taiga steht, und er fragt sich besorgt:

„Kann es sein, dass ich nur noch das Zeug zur Hausmannskost habe?"

Der Biermösel sitzt dann schon ein bisserl länger als ihm lieb ist auf seinem Erlebnispark am Gendarmerieposten in Aussee herum und hat noch immer nichts erlebt, bald sind es 35 Jahre.

Über diese traurige Tatsache tröstet er sich mit einer vorösterlichen Flasche Marillenschnaps brutal aus dem Hause Tötschinger hinweg und mit einer Ladung Schmalzbrote, gewonnen aus den gottgegebenen Überresten der eigenen gesegneten Schweinderln. Aber viel Trost ist da nicht mehr. Sogar das Schmalz von seinen Schweinderln schmeckt heute nach Fastenzeit.

Wie der Biermösel über die Besorgnis erregende Entwicklung von seiner Schwester Roswitha und die damit einhergehenden Probleme mit seinen Schweinderln und seinem Speiseplan sinniert; wie er darüber in tiefe Traurigkeit versinkt und die Vogerln draußen gar nicht mehr zwitschern hört; wie er dann endlich über der zweiten Flasche vom Tötschinger fast einschläft, da reißt ihn ein erstes gegen die Fensterscheibe geworfenes kleines Steinderl aus seinem kurzen Anflug von Melancholie, und er denkt sofort wieder frühlingshaft beschwingt:

„Na hoppala! Vielleicht will ja doch noch wer mit mir feiern?"

Dann aber hört er das dazugehörige Geschrei der Rotzbuben von der Dörflichen Jugend unter seinem Fenster, und er weiß, dass er auf die Torte noch ein bisserl wird warten müssen. Eingeläutet wird der Angriff vom neuerlichen Glockengebimmel vom Pfarrer Hein, das mit jedem Schlag immer noch dunkler und mahnender wird.

Wie die Mundharmonikamusik den Spaghettiwestern, so untermalen die Glocken von dem Wahnsinnigen da drüben jetzt den Angriff der Dörflichen Jugend, nur dass sie bei weitem nicht so schön klingen wie die Mundharmonika im Spaghettiwestern, seine Glocken erzählen von Fegefeuer und Hölle.

„Mit der neuen Glocke werde ich euch zu freudlosen Büßern machen, die ihr euch noch in der Hölle nach dieser Glocke sehnen werdet!", hat er neulich gepredigt, „Dort wird es nämlich anders zugehen, ich sage nur: Heavy Metal! ZZ Top und Motörhead! Alle werden sie mit euch Saubande in der Hölle schmoren, und auch der Mick Jagger!"

„Jede Bierflasche aus dem Lagerhause von der Ackerbau- und Viehzuchtbank hat einen schöneren Deckel als unsere geheiligte Mutter

Kirche, also bitte einen tiefen Griff in die Hosentasche, wenn ihr das Himmelreich dereinst erlöst sehen wollt, und mit ein paar rostroten Eurocent wird sich der Herr Jesus Christus nicht mehr zufrieden geben, was ihm gefällt sind die großen Scheine, Prostmahlzeit, äh, ich meine: Jubilate Deo!"

Der Biermösel zieht die Hose erst gar nicht hinauf, als er vielleicht eine Spur zu freudig vom Erlebnispark hinausstürzt und dort eine schöne Sauerei zurücklässt. Wie der John Wayne über die sandige Straße im Westerndorf rollt er sich durch den Staub hin zur Garderobe, wo er sich erst einmal alle Bänder im Knie reißt – aua! –, bevor er in seinen Wetterfleck aus grünem Loden hineinschlüpfen will, der ihn während der letzten 35 Jahre im Dienst verlässlich geschützt hat.

Heute aber hat sein Wetterfleck tausend Löcher und eines, nicht zuletzt nach den zahllosen Havarien im zurückliegenden Winter, während der es ihn nicht nur einmal auf den Scheißer gesetzt hat. Sein Wetterfleck ist ein Fall für den Sondermüll, denkt der Biermösel, als er ihn eingehend begutachtet, und der Tripischowski ein Fall für das Standgericht. Da ist sogar der Pfarrer Hein einmal seiner Meinung:

„Nehmen wir diese Hundsfott, die einfach aus der Lodenindustrie ausgestiegen ist, Schande über ihn, oh Herr! Wer rüstet jetzt euch arme Schafe da unten aus, mit Hose, Joppe, Gamsbarthut und warmen Wollstutzen, wer soll das tun? Noch gibt es Loden, gewiss, oh Herr! Aber was wird, wenn die Vorräte erst einmal zu Ende gegangen sein werden, was dann?"

Seit der abtrünnige Tripischowski das Land verlassen hat und die großen Geschäfte samt Judaslohn drüben im Ausland bei den Amerikanern sucht, weiß auch der Biermösel nicht mehr, wo er neben einer neuen Unterwäsche einen neuen Wetterfleck herkriegen soll. Und während er sich so über den Tripischowski ärgern muss, fällt der depperte Wetterfleck überhaupt auseinander, und er erinnert sich an den letzten Besuch bei seinem Vertrauensarzt:

„Krisper", hat er zu ihm gesagt, wie er dem Lodenmantel schon nicht mehr ganz vertraut und für die letzten Jahre im Dienst nach einer Alternative gesucht hat, die ihn verlässlich zu schützen imstande ist, „Krisper, sei so gut und bau mir eine Pille, die mich unverwundbar macht! Trag mir eine Tinktur auf, an der alles abprallt! Mach einen unsterblichen Helden aus mir, damit ich noch ein bisserl leben und aufholen kann, was ich die letzten 60 Jahre versäumt habe!", hat er gebettelt, du meine Güte, manchmal hat der Mensch halt solche Anwandlungen, speziell, wenn man so am Leben vorbeigegangen ist wie er. Aber der alte Bulgare hat immer nur gelacht und gesagt:

„Kann ich dich nicht machen unverwundbar, Biermääääsel, ist ja nicht einmal gelungen liebe Gott oben in Himmel mit seine Sohnmann Herrn Jesus Christus von drüben in Kirche, Herr Jesus Christus Superstar hat auch geblutet aus Hand und Fuß wie Sau und auch aus Herz heraus, was war aber nur noch Sack voll mit Wasser, sprich: Ist Herr Jesus Christus auch erst einmal gelegen drei Tage in tiefe Koma, bevor er hat bewegen können wieder seine Zehen und Ohrwascherln und ist er hinausgelatscht aus Grab wie frisch aufgezogene Roboter, sprich: Unsterblichkeit ist gut und schön als Traum, aber ist Illusion aus Sicht von Medizinmann, Unsterblichkeit ist mehr Frage von Glauben als von Wissen, ist mehr Ostern als Western, verstehst?"

Das sind ja schöne Aussichten, hat sich der Biermösel gedacht, aber verstanden hat er natürlich nichts.

Gänzlich ungeschützt robbt er jetzt also weiter zum Fenster hin und riskiert einen ersten Rundum-ad-hoc-Blick nach draußen auf die bedrohliche Lage. Übermütig und noch voll im Saft stehen die Rotzbuben von der Dörflichen Jugend da unten, mit reichlich Spinat in den dünnen Ärmchen, mit Kalzium in den Knochen und mit nichts als blöden Gedanken im depperten Schädel. Die Dörfliche Jugend ist ihm lieber als die Städtische Jugend, die verweichlicht ist wie ein Industriehenderl aus dem Stall vom Bauern Ruprecht, ihr Fleisch ist wässrig und rosafarben, die Rotzbuben von der Städtischen Jugend haben keine Spannkraft in den Muskeln, weil sie nur noch in den Ferien aus den katholischen Internaten in den fernen Städten zurück ins heimatliche Dorf kommen, und sie heißen dann Anton-Maria zum Beispiel, du Heiliger Antonius, das kann der Biermösel überhaupt nicht leiden, wenn einer Maria heißt!

Dass der Biermösel die Rotzbuben heute früh versenkt hat, piratengleich, das verzeihen sie ihm natürlich nicht, jetzt wollen sie seinen Skalp. Nur geschlafen hat der Biermösel in der Gendarmerieschule ja auch nicht, als sie das Fach „Schuld und Sühne" durchgenommen haben, die Geschichten von der Schuld und der Sühne waren ihm sogar immer die liebsten, das ganze Blut, die Feuersbrünste, die abgeschlagenen und auf dem Silbertablett servierten Schädel – herrlich!

So alt ist er jetzt aber auch noch nicht, dass er sich kampflos den Schädel abschlagen lässt, nur weil er in der Früh ein bisserl übers Ziel hinausgeschossen hat. So verrostet hätten ihn die Rotzbuben gerne, dass er gleich die weiße Fahne hinaushängt und sich geschlagen gibt. Trotz Winterdreck und Schorf, trotz der Zottelhaare, die ihm ins Gesicht hängen, trotz all dem wird er seine alten Knochen noch einmal sortieren und den Nahkampf nicht scheuen:

„Ihr könnt euch das freche Grinsen schon aus dem Gesicht wischen!“, schreit der Biermösel in der gewissen Vorfreude beim Fenster hinaus. „Ich werde euren Muttis gerne sagen, dass ihr die Abkürzung in Richtung Säurebad genommen habt, wenn ihr dann leider nicht mehr nach Hause kommt und sie sich wegen euch Sorgen machen!“

Und dabei wird es ihm komplett wurscht sein, wenn dann wieder alle sagen werden: „Wie hat er denn so was tun können?“

Na im frühlingshaften Überschwang!

Der Biermösel säuft noch eine Flasche Schnaps, damit er während dem schweißtreibenden Kampf nicht ganz entwässert, und dann beobachtet er die weißhäutigen Rotzbuben da unten und schaut der Sonne zu, wie sie langsam rote Farbe über ihre dürren Schultern gießt; er sieht ihre schmalen Hühnerbrüste und aufgeschlagenen Knie, um die herum sich gierig die Fliegen scharen, und er denkt sich:

Wie ich seht ihr aus! Wie ich als der kleine hoffnungsvolle Biermösel, der ich einmal war, verwegen und rotznasig und wilder und depperter noch als der Dschingis Khan. Wie ich seht ihr aus!

„Oh süßes Schweinchen Jugend!“, jubiliert der Biermösel beim Anblick der Rotzbuben und strampelt sogar ein bisserl mit den Füßen, „Ich werd dich noch einmal einfangen!“

Er wird es den jungen ungezogenen Rotzlöffeln noch einmal zeigen, ist er jetzt überzeugt, wenn er die Anni drüben in Kaprun packen wird – Zielfernrohr einstellen, Stutzen füllen, Pulver zünden, und dann auf die Plätze, fertig machen, Feuer, los! Und jetzt, im Überschwang der Vorfreude, fällt ihm auch wieder ein, wie er mit vollem Namen heißt –

„Gestatten: Stalinorgel mein Name. Stalinorgel Biermösel.“

Oh süßes Schweinchen Jugend!

Wie der Biermösel dann weg will vom Fenster, um sich die Patronengurte umzuhängen und das Waffenarsenal in Stellung zu bringen, da bleibt er Zottelbär aber leider mit den Zottelhaaren hängen, und er verheddert sich im Holzboden wie der Zwerg im Märchen, na bumsti, denkt sich der Biermösel, ist denn auch bei ihm nicht mehr alles Gold, was schon früher nie geglänzt hat? Und wird er sich schon bald am Krückstock anhalten müssen anstatt an der Doppelläufigen?

Bald treffen ihn Pfeile und Dreckpatzen und immer größere Steine durch das geöffnete Fenster. Bevor sie ihn ganz begraben, brennt sich der Biermösel die eine Hälfte von seinen Federn weg und befreit sich im letzten Moment aus der Falle. Nur mit Glück kann er das Übergreifen der Flammen auf das Gesamtareal und womöglich noch auf die gesamte ausgetrocknete Region und vielleicht weiter auf das ganze rot-weiß-rote Bundesgebiet verhindern, angefacht vom immer stärker werdenden Föhn.

Die Vorstellung befeuert ihn, dass das ganze depperte Land abbrennen könnte, aber leichtsinnig macht sie ihn auch. Er kann nämlich nicht verhindern, dass ein von der Genfer Konvention verbotenes, rostiges U-Hakerl in seinem Arsch einschlägt, noch bevor er sich wieder aufrichten kann, abgefeuert von einem hinterfotzigen Rotzbuben, der sich gegenüber in einen Baum geschlichen und sich zu den Vogerln und Katzerln gesellt hat, die sich – interessant! – alle dort versammelt haben und mit nicht geringer Freude seinem drohenden Niedergang zuschauen, wer klatschen kann, der klatscht sogar, als er entsetzt aufschreit: „Aua!“

Das U-Hakerl hat ihn mitten am ungeschützten so genannten Gesäß getroffen, rechte Arschbacke Unterholz steckt es drinnen, tief hineingebohrt ins ranzige Fleisch, nicht mehr abgewehrt von der allzu runzeligen und durchlässigen Haut.

„Na gut“, schreit der Biermösel, wie er sich doch noch einmal aufrichten will und ihm dabei das Kreuz bricht, „Glaubt bitte trotzdem nicht, dass ich es nicht mehr draufhabe! Ihr habt die Jugend, ich hab die Glock! Ihr habt das Kalzium in den Knochen, ich hab das Blei in den Spritzen, also sucht es euch bitte aus!“

In der sicheren Deckung seiner Trutzburg am Erlebnispark fühlt sich der Biermösel nämlich noch immer unverwundbar. Die geschundene Kreatur im Biermösel rappelt sich noch einmal hoch, er will ihnen mit der Doppelläufigen die Ohrwascherln wegschießen und heißes Bratlfett über ihre dreckigen Skalps schütten.

„Ihr könnt mich nicht ausräuchern, nicht aushungern, nicht ewig belagern! Ich bin bis oben hin eingedeckt mit Schmalzbroten! Und austrocknen werde ich auch nicht, der Osterbock wird bis Weihnachten reichen!“

Und dann ein Blick in die fernere Zukunft:

„Ihr werdet schon über eure versauten Betragensnoten im Abschlusszeugnis weinen, da werde ich noch immer da herinnen sitzen, Kruzifixnocheinmal, die weiße Fahne werdet ihr von mir nicht sehen!“

Als der Biermösel aber einen vorsichtigen Blick hinaus in die Gegenwart riskiert, sieht er keine Rotzbuben mehr, denen ein bisserl fad geworden ist mit ihm.

Er sieht da unten nur noch die Zwillinge von der Anni, die links und rechts an ihren Händen in Richtung Bruchbude vom Pfarrer Hein huschen. Wie von einem bösen Zauber geleitet folgen sie dem unrhythmischen Donnern der Glocken. Gleich den Agenten im Nebel rennen sie gebückt neben der Anni her, anstatt ihm ein Ständchen zu singen, und das tut ihm dann im Herzen mehr weh als das U-Hakerl von den Rotzbuben im Arsch.

Das kann ja jetzt wohl nur an der sich ändernden Wetterlage liegen!, versucht der Biermösel ruhig zu bleiben und den davonschwimmenden Fellen erst gar nicht nachzuhüpfen. Woran soll es denn sonst liegen, dass die Anni in ihrer grauen Kommunistische-Putzfrauen-Tracht auf einmal in Richtung Bruchbude vom Pfarrer Hein huscht, wo doch dort sonst nur die Goldhaubenweiber herumknien.

„Anni!“, schreit er ihr gegen den immer stärker werdenden Wind nach, „Tu es nicht! Gib sie nicht in seine knochigen, kalten, schlecht durchbluteten Studienrathände. Einer, der so wenig isst, kann kein Guter sein!“

Und außerdem:

„Was soll denn der Pfarrer Hein können, was ich nicht auch kann!“

„Der Pfarrer kann Sünden vergeben“, schreit die Anni gegen den Föhn zu ihm herüber. „Und er kann Seelen heilen und ganze Ablässe erteilen, das hat er jedenfalls gesagt, wie ich ihn gefragt habe, und kosten tut es auch nichts!“

Na, wenn du dich da nicht täuschst!, denkt sich der Biermösel sofort. Die Bruchbude braucht schließlich ein neues Dach, seit ein gewisser Landgendarm ihm eine Schindel nach der anderen herunterballert und der alljährliche Föhn den Rest erledigt.

„Geh Anni!", schreit er ihr hinterher und zündet seine vermeintlich stärkste Waffe. „Ablässe kann doch jeder erteilen! Ich aber kann aus der Hüfte heraus schießen!"

Das aber interessiert die Anni nicht mehr.

Sie hat ihren Kittel längst hinaufgezogen und ist mit den Zwillingen vor ihm davongerannt.

Einsam und schwerst lädiert, schutzlos und ausgeliefert, liegt der Biermösel dann in seinem eigenen Blut herum, und durch das Fenster herein spürt er den immer stärker werdenden Wind, der ihn um den Schädel packt wie die Beißzange den Nagel, und der ihn jetzt nicht mehr loslässt.

„Der Föhn!", jammert der Biermösel, „Kruzifixnocheinmal, der depperte Föhn!"

Der Föhn trägt das Donnern der Glocken vom Pfarrer Hein nur noch klarer und noch lauter an sein Ohr herüber, kaum dass die Zwillinge in seinem Glockenturm verschwunden sind und die Aufnahmeprüfung beginnt. Und so wie der Biermösel jetzt da liegt, hat er all dem nichts mehr entgegenzusetzen. Der Pfarrer Hein mit seinen Glocken ist nämlich ein anderes Kaliber als die Rotzbuben mit ihren U-Hakerln, denkt er sich besorgt, bevor er wegen dem ganzen depperten Blutverlust ein bisserl in Ohnmacht fällt.

Erschöpft, aber zufrieden über einen weiteren sehr klaren Sieg in seinem Leben (na gut: froh darüber, dass er noch lebt!), sitzt der Biermösel dann nach ein paar schnell gezischten Osterböcken wieder auf seinem Erlebnispark am Gendarmerieposten in Aussee herüben und rutscht wie die waidwund geschossene Wildsau unruhig auf seiner Muschel herum. Den mächtigen Schädel samt dem wuchernden Gesteck oben drauf hat er in seine Riesentrümmer Fäuste gestützt, während er lange und interessiert seine Unterhose anschaut, der spätestens nach dem überraschenden Blutverlust endgültig alles Weiße fehlt. Er denkt sich: Wenn es die 90°-Kochwäsche nicht schon geben täte, dann müsste sie spätestens jetzt für seine Unterhose erfunden werden. Die ist nämlich kein Hingucker mehr, wie die deutsche Gutsbesitzerin im grenzenlos depperten Liebesfilmfernsehen gerne sagt, „Wer wäscht weißer als weiß?“ lautet die alles entscheidende Frage.

Der Biermösel rutscht dann immer unruhiger auf seiner Muschel hin und her und überlegt, ob er sich nicht doch für ein paar Tage ins Trockentrainingslager von der gachblonden Discowirtin drüben in ihrem Puff in Goisern begeben soll, bevor er die Anni packen wird. Wegen dem dringend notwendigen Grundkurs einerseits, und als weiteres deutliches Ausrufezeichen gegen den immer weiter um sich greifenden Wahnsinn vom Pfarrer Hein andererseits. Aber kann er sich mit so einer Unterhose im Puff überhaupt sehen lassen und dann vielleicht sogar noch den „Unschuldsengel-Rabatt“ verlangen, fragt er sich, wo er doch daherkommt wie der Schlächter in seinen Blutstiefeln?

Früher, als die Roswitha noch schön fett war und ideal fürs Trockentraining gewesen wäre, da hat sich der Biermösel auch vorstellen können, dass er auf seiner Schwester ein bisserl übt, bevor er die Anni drüben in Kaprun packen wird. Freilich war da immer viel Alkohol im Spiel und noch mehr Verzweiflung gepaart mit Einsamkeit. Aber bevor es dann drunter und drüber geht, sobald er die Anni anfliegt, bevor er dann gar nicht weiß, welches Knöpfchen er an ihr drehen muss, damit sie brummt wie ein Trafo, hätte er auch mit der Roswitha das Einmaleins der Liebe und das Alphabet der Zweisamkeit durchgehen können, als da wäre:

1. Das Aufrichten der Rakete
2. Das Anpeilen vom Zielobjekt
3. Das Zünden der zwei Triebwerke
4. Und Feuer!

Na ja, denkt er sich, alles das halt. Seit der Magennotoperation aber ist die Roswitha ja nicht mehr zum Anschauen und noch weniger zum Gebrauchen, wie ein Bleistiftstrich verschwindet sie in der Landschaft, und die Stimmung bei ihnen zu Hause in der Gaststube im Auerhahn gleicht einem Hochsicherheitstrakt, in dem er der Gefangene ist und das Schwesterlein fein der Wächter.

Die Roswitha bewegt sich nur noch schwach wie eine Kuh, die gerade gekalbt hat, und genau so schaut sie leider auch aus. Mit dem halben Magen ist alles Trächtige aus der Roswitha hinausgefahren wie der Dämon aus der Besessenen, und das Einschmieren vom Ausschlag auf ihrer Rückseite macht ihm – da will er ehrlich sein! – auch überhaupt keine Freude mehr. Die ausgedehnten, welligen Meere von Fett, in die er früher so gerne eingetaucht ist, die Berge von weißem Fleisch, in denen er immer so gerne herumgewühlt und herumgerührt hat wie der Bäcker im morgendlichen Brotteig, die hängen jetzt nur noch als Erinnerung unter den Hautlappen von ihren Knochen herunter wie nasse, vom Herbstwind gepeitschte Vorhänge hinterm offenen Fenster – „Krisper!", schreit er verzweifelt, „Sag, was hast du mit ihr getan?"

Wie zwei mächtige Traktoren mit ihren schweren Anhängern donnert das erbärmliche Läuten der Zwillinge, die hörbar ihren Schnupperlehrgang im Glockenturm begonnen haben, immer wütender gegen seine empfindlichen Ohrwascherln. Sein Schädel tut ihm mittlerweile so weh, dass er ihn sich ausreißen und hinten in den Kamin wieder hineinstecken möchte, allerdings tut ihm der Arsch leider auch sehr weh.

Als der Biermösel dann ohne Wetterfleck und mit seinem Loch im Arsch und einem weiteren in der Unterhose ganz unsicher hinaus auf die Straße tritt, scheint der Gebirgskamm ein paar hundert Meter nähergerückt, und es wirbeln nur ein paar Plastiksackerln im warmen Wind herum, sonst sind die Straßen leer. Die Einheimischen haben sich in ihren Häusern verkrochen und die Fensterläden geschlossen, sie haben sich eingesperrt, weil sie Angst haben, dass der Föhn sie wahnsinnig macht und das Glockenläuten vom Pfarrer Hein heuer den Rest erledigt.

Wenn er und die meisten anderen Einheimischen nämlich was überhaupt nicht vertragen, dann ist das der ausgewachsene Föhn, der sich jetzt um den schlecht durchbluteten Hirnlappen vom Biermösel legt wie der Kiefer vom Rottweiler um die schmale Wade vom Briefträger. Zwei Presslufthämmer drücken den Föhn mit aller Gewalt gegen seinen Schädel.

Nicht einmal der Alte drüben im Siechenheim in Goisern wird in Stalingrad damals nach dem Eintritt vom Schrapnell in sein Kleinhirn so gelitten haben wie der Biermösel bei Föhn, weil seine gewaltig dichten Haare damals einiges von der Einschlagenergie vom Schrapnell abgefangen haben, einen Biermösel-Schädel ruiniert ja normalerweise kein Volk, wissen die Einheimischen, nur der Föhn ist dazu imstande.

Der Föhn, kann der Biermösel schon ein bisserl von dem verraten, was jetzt vor ihnen liegt, der Föhn holt als Erstes den Gestank von der grauslichen Industriehendlscheiße vom Bauern Ruprecht aus seinem Hendlstall heraus. Mit dem zieht er dann durch die Kiefernwälder weiter zur Kanaldeckelstraße, wo er sich zuerst ein bisserl umschaut. Dann, kaum dass er das erste Kanalloch ohne Deckel gefunden hat, fährt er mit der großen Schaufel hinein und mischt sich den Gestank von der Hendlscheiße mit dem Gestank von der Menschenscheiße zu einer einmaligen Mixtur zusammen, danke herzlich. Und weil es ihm dann immer noch nicht elendiglich genug stinkt, heizt der Föhn dann einfach die öffentlichen Räume auf und holt sich den Schweißgeruch aus den Achselhöhlen von den so genannten einfachen und kleinen Leuten, nirgendwo stinkt es abgründiger und erbärmlicher als unter der Achsel von den so genannten einfachen und kleinen Leuten.

Erst dann ist der Föhn zufrieden, wie es scheint, erst dann ist sein Gebräu aus der Hölle eine wirklich runde Sache, wegen der ein jeder froh wäre, wenn ihm die Roswitha mit der gusseisernen Pfanne die Nase operieren täte, aber leider –

Die Roswitha ordiniert ja nicht mehr!

Der Gestank ist aber nur die Pflicht, die sich der Föhn auferlegt hat, und auf die Pflicht folgt die Kür. Der Föhn kriecht den Leuten durch alle möglichen Öffnungen hinein unters Schädelgebälk und macht sie zu unsteuerbaren Bestien. Keine Tanzveranstaltung in keiner Vollmondnacht samt Wolfsgeheul war jemals imstande anzurichten, was der Föhn imstande ist anzurichten. Und bevor es nicht zumindest einer auf die Titelseite vom *Ländlichen Boten* geschafft hat, hört der Föhn einfach nicht auf.

Der Biermösel hat bei Föhn schon Wirten gesehen, die zum Schnitzel ein Einlaufkompott dazu serviert haben. Er hat schon den Bierfahrer Ramzi aus Ägypten mit seinem Turban aus Seide gesehen, wie er auf seinem Bierwagen oben gekniet ist und den Arsch nach Mekka gehalten hat, und dabei hat er „Prost, Prost meine Herren!" geschrien anstatt seinen üblichen gedehnten Singsang, und alles nur wegen dem Föhn. Der Biermösel hat bei Föhn schon Jäger gesehen, die auf Hirschen geritten sind, und er hat Hirsche gesehen, die auf Jägern geritten sind, und zwar im gestreckten Galopp, hühott! Er hat Bauern gesehen, die sich in der Güllegrube ertränkt haben, weil sie die Mahnschreiben von der Ackerbau- und Viehzuchtbank nicht mehr ertragen haben, und Bauern, die sich im See ertränkt haben, weil sie auch einmal halbwegs sauber sein wollten, nur hat ihnen vorher keiner gesagt, dass man halt ein bisserl schwimmen können muss, wenn man ins Wasser hineinspringt – und alles wegen dem Föhn.

Der Biermösel hat schon seine Schwester unten im Keller im Blut für die Schweinswürste herumwaten gesehen, mit blutunterlaufenen Augen ist sie darin herumgestiegen, mit einem Riesentrumm Bauchfleisch zwischen den Mordstrümmern von Schenkeln, und dann hat sie geschrien wie eine kalbende Kuh:

„Bringt mir herunter den Shubidu Jack!", hat sie gebrüllt, „Ich mach ihn auf! Ich räum ihn aus! Ich salz ihn ein und mach ein Gericht aus ihm, das nenn ich dann Sauschädel!" Der Biermösel hat sich vor Schrecken in die Selchkammer gesperrt, weil er sich nicht mehr zu helfen gewusst hat, und wieso das alles? Wegen dem Föhn!

Er hat weiters feine Katzendamen (von unfeinen Staatsschauspielern!) gesehen, die sich mit räudigen Hunden (von Schrankenwärtern!) gepaart haben, und er hat leider auch gesehen, was dabei herausgekommen ist – Wellensittiche mit Goldhaubenhamsterköpfen, es war nicht zum Anschauen!

Am furchtbarsten aber, erinnert sich der Biermösel jetzt, wie er sich von seiner Muschel erhebt und die Spülung zieht: Er hat, wenn der Föhn dann lange genug gewütet hat, schon Wahnsinnige in den Kanal hineinspringen gesehen und dann gleich wieder heraus, weil nach dem langen Föhn der ganze Kanal schon voll war mit anderen Wahnsinnigen und sie keinen Platz mehr gehabt haben, heiliger Bimbam. Und mancher von den Elenden ist dann herumgerannt und hat geschrien, dass der Pfarrer Hein doch Recht hat mit seinen Prophezeiungen: Dass nämlich der Föhn in der Luft und der Gestank im Kanal nur die gerechte Strafe für diejenigen ist, die einerseits dauernd bei der gachblonden Discowirtin im Puff drüben in Goisern herumliegen (die Männer!), und die andererseits nur noch das Liebesfilmfernsehen anschauen und sich mit dem Polster zwischen den Schenkeln in so genannte ferne Welten hinweg träumen, in denen die stinkende Hornhaut, neben der sie jede Abend einschlafen müssen, nicht mehr ihr Mann ist, sondern der Stallbursch (die Weiber!).

Gar nicht wie der trittsichere John Wayne nach dem alles in allem berechtigten Lynchmord am Viehdieb wackelt der Biermösel dann auf der Straße herum. Die heiße Luft lässt ihn taumeln, als er sich nach seiner Fips umschaut, aber dort, wo er sie geparkt hat, steht sie nicht mehr. Der Föhn hat sie ein paar Häuser weiter hinauf zu den Plastiksackerln in den Windfang hinein getrieben, wo er sie im Schatten vom gewaltigen Kirchturm endlich findet, durchgebeutelt, voller Angst und in die Enge getrieben vom Wind.

Das einzig Gute am Föhn, denkt sich der Biermösel dann, wie er zum Kirchturm hinaufschaut, um den herum sich eine Wolke aus Hornhautstaub gebildet hat und von dem herab schon wieder ein wahrer Dachschindelregen auf ihn niederprasselt, das einzig Gute am Föhn ist vielleicht, dass er die Bruchbude vom Pfarrer Hein samt Glockenturm nach und nach ganz abträgt und so das Schandmal vielleicht irgendwann überhaupt aus dem Ortsbild verschwindet. Das wäre vielleicht das einzig Gute am Föhn, dass dann zum Schädelweh wegen dem Föhn nicht auch noch das Schädelweh wegen dem Glockengeläut dazukommt plus das Schädelweh extra wegen der Dachschindel, die ihm jetzt einen Mittelscheitel auf der Schädeldecke zieht, was seine Kopfschmerzen nicht lindert, im Gegenteil: „Aua!"

„Jede Bierflasche hat einen schöneren Deckel als unsere geheiligte Mutter Kirche", hat der Pfarrer Hein zum Thema gepredigt. „Also bitte einen tiefen Griff in die Hosentasche, wenn ihr das Himmelreich dereinst erlöst sehen wollt, mit ein paar rostroten Eurocent wird sich der Herr Jesus Christus nicht mehr zufrieden geben, was ihm gefällt sind die großen Scheine, Prostmahlzeit, äh, ich meine: Jubilate Deo!"

Nicht einmal sein gewaltig dichtes Haupthaar war noch imstande, dass es das Geschoss abgewehrt hätte. Aber ewig wird er das Gesteck sowieso nicht mehr auf seinem Schädel tragen können, denkt er sich jetzt, wie er im Todeskampf im Schatten vom Kirchturm herumliegt. Wenn er die Anni noch packen will, dann muss er sich die Federn endlich rupfen lassen!

Früher, wird er jetzt am voraussichtlichen Ende seiner Tage sogar ein bisserl wehmütig, früher hat ihm ja immer die Roswitha den Wildgarten auf seinem Schädel bestellt, jeden Frühjahr im März war es so weit:

„Vorne kurz, hinten fesch?", hat sie gefragt, aber die Antwort hat sie erst gar nicht abgewartet. Zwischen zwei Sauen, die sie mit der einen Hand abgestochen hat – ritsche ratsche! –, hat sie ihn mit der anderen in den Sautrog hineingelegt, wo sie ihn zuerst mit heißem Wasser übergossen und ihm dann mit der Saukelle den Körperpelz abgezogen und dann mit dem Schlachtermesser die Wolle auf seinem Schädel gestutzt hat. Und oft genug hat sie ihn dann auch noch am Haken zum Trocknen in den frischen Wind hinaus gehängt, weil sie ihn mit einer von den zwei Sauen verwechselt hat, die sie nebenher geschlachtet hat, dafür war die Substanz früher noch da.

Später, wenn ihn die Roswitha nicht überhaupt draußen am Haken vergessen und ihn der Bär aus dem Wald schon angeknabbert hat, hat sie ihn noch ein paar Tage hinein in die Selchkammer gehängt, sodass er bis in den Sommer hinein auch wirklich gut geduftet hat. Im März war der Biermösel jedenfalls immer bereit für ein neues aufregendes Leben, aber das neue aufregende Leben war leider nie bereit für ihn.

Und heuer?

Heuer fängt der Biermösel schon zu zittern an, wenn er an einen Frisör und seine Schere nur denkt. So war es schon als Kind, wenn der Alte zum reisenden Schlachterburschen Emmerich dem Älteren gesagt hat, dass er dem Rotzbuben doch bitte in Dreiherrgottsnamen auch den Nacken ausscheren soll, nicht nur die Ohrwascherl! Da hat er dann im Genick die Tod bringende Pranke vom Alten gespürt und vom Emmerich dem Älteren das kalte Messer der scharfen Guillotine. Im Stillen hat er sich jedesmal schon von dieser Welt verabschiedet, während ihn der Zuchteber im Kobel drinnen, von dem er jetzt glaubt, dass er Elmo geheißen hat, wie immer ein bisserl von oben herab und mit einem leisen verächtlichen Kichern angestarrt hat, weil er sich selbst mit seinen blondierten Hansi-Hinterseer-Borsten zwischen den Schweinsohren so gut vorgekommen ist:

„Was willst denn du überhaupt darstellen mit deiner Frisur, ha? Hast du heute überhaupt schon eine gepackt, ha?“, hat er ihm mit seinen kleinen Schweinsäugerln ausrichten lassen, bevor er dann nur mit den Klauen geschnippt hat und auf die nächste Sau draufgesprungen ist.

Und das alles vor seinen Augen!

Trotz der schlechten Erfahrungen mit Frisören in der Kindheit hat der Biermösel heuer das Terrain um den Frisörsalon *Bleich und Fön* vom Frisörmeister Manfred sorgfältig ausgekundschaftet wie der General vor dem Sturm die feindliche Anhöhe, aber den finalen Angriff hat er dann doch nie gewagt.

Stattdessen hat er immer nur die Lage sondiert, bis ihm die Augen vom vielen Sondieren schon herausgefallen sind. Er hat den Ort der Schlachtung ausgespäht und die Delinquenten beobachtet, die dort jeden Tag ein- und ausmarschiert sind. Aha, hat er dabei beobachtet, die meisten gehen unglücklich in den Frisörsalon hinein und kommen unglücklich wieder heraus, aha. Aber das war für den Biermösel natürlich nicht überraschend, einen Glücklichen hat er die ganzen 60 Jahre, die er jetzt schon auf dieser Erde wandelt, noch nicht gesehen.

Am genauesten hat sich der Biermösel aber natürlich den Frisörmeister Manfred selbst angeschaut, und nach der wochenlangen Beschau lässt sich über den Scharfrichter sagen, dass er die Hände in die Hüften stützt, wenn er den Kamm schwingt, das ist das eine Beunruhigende. Und dass er wie eine Balletttänzerin herumrennt und den kleinen Finger abwinkelt, sobald er seine Schere herausgeholt hat, das ist das andere Beunruhigende.

Warum hat er den eigentlich noch nie mit einer Frau gesehen, hat er sich dann gefragt. Und dann war er sich zusammengefasst sicher, dass der Frisör Manfred im Western wie die Waschweiber von den Cowboys seitlich im Sattel sitzen täte, wenn sie ihn dort mitreiten lassen würden, was er sich aber sowieso nicht vorstellen kann. Und dass er, wenn er ein Italiener wäre (was sich der Biermösel wiederum sehr gut vorstellen kann!), er bestimmt Andrea heißen täte.

„Bleib lieber ganz weit weg von ihm!", hat also der General im Biermösel zum Angstpatienten in ihm gesagt, „Halte dich auf ewig fern von dieser feindlichen Anhöhe!"

Aber dann war es der Lois Lehn vor ein paar Wochen auf einmal eine Doppelseite im regionalen Teil vom *Ländlichen Boten* wert, dass der Frisör Manfred als einer der Letzten an den Kanal angeschlossen wird. („Und die Biermösels drüben im Auerhahn NICHT!") In ein paar Tagen soll es so weit sein, und jetzt muss selbst er standhafter Verweigerer im Biermösel

sagen:

Das interessiert ihn dann schon am Frisör Manfred!

Kann also gut sein, denkt er sich jetzt, dass er zur Eröffnung als Überraschungsgast auftauchen wird und sich einmal anschaut, wie so ein Kanalanschluss ausschaut, das kann wirklich gut sein.

Gespalten von der Dachschindel, gequält vom Föhn und gepeinigt vom Läuten der Glocken des Pfarrers Hein, dreht der Biermösel dann eine schnelle Runde um den See herum und überlegt, ob er hineinspringen soll zu den Enten, weil er im Unterschied zu den Enten nicht schwimmen kann und das vielleicht die schnellstmögliche Art wäre, der einen oder anderen Qual ein Ende zu bereiten: das schnelle Absaufen im Wasser, nachdem er sich sein Leben lang vergeblich gegen den langsamen Untergang gestemmt hat.

Stattdessen nimmt der Biermösel die Witterung vom Kanal auf, und sobald er auf freiem Felde dahinreitet, orientiert er sich nur noch am Gestank der Welt und schwebt in Richtung Kanaldeckelstraße hinüber, die ihm auf seiner täglichen Heimreise leider auch nie erspart bleibt, erspart aber bleibt ihm ja scheinbar sowieso nichts im Leben.

Nach all den langen Monaten des Winters, während der er nur im ersten Gang durch den Schnee hat pflügen können, täte der Biermösel jetzt allzu gerne einen entspannten Mopedritt in ruhiger, einsamer Abgeschiedenheit samt dem gewissen Bronco-Erlebnis genießen. Der Frühling wäre die ideale Zeit, um die Fips auf unebener, unausgebauter Straße dahinzujagen, aber selbst ein Rodeoritt in Texas ist eine Stützradfahrt gegen eine Fahrt durch die Kanaldeckelstraße, die nichts für Muttersöhnchen und Bürgerstöchterln ist und schon gar nichts für kleine Anton-Marias, aber auch nichts für ehedem eisenharte Landgendarmen, jedenfalls nicht mit einem U-Hakerl im Arsch!

Freude hat der Biermösel also keine mit diesem Straßenabschnitt, aber Freude hat er sowieso keine mehr in seinem Leben. Darum macht ihm jetzt auch der Gestank nichts mehr aus, den der Föhn aus dem Kanal herausholt – „Wenn das deine Strafe sein soll“, lässt er dem Pfarrer Hein per erhobene Faust ausrichten, „dann musst du dir für mich was anderes einfallen lassen! Das halte ich lange aus mit meiner vierfach zertrümmerten Nase!“

Im Winter eine Abkürzung für die ganzen Pharisäer, die von ihren nächtlichen Ausschweifungen im warmen Puff von der gachblonden Discowirtin drüben in Goisern noch rechtzeitig in die kalte Kirche vom Pfarrer Hein schlüpfen müssen (bevor der vollkommene Ablass zu Ostern unerschwinglich wird!), verwandelt sich die Straße im Silbertannenwald nach der Schneeschmelze in eine 1a-Herausforderung für den Lenker mit dem besonderen Gusto, und unter der Straße macht es sich der Kanal gemütlich. Wie eine besonders verdauungsstarke Schlange, der ein Furz nach dem anderen auskommt, windet er sich dort unten dahin.

Wenn dann nach der Ostermesse wieder alle Pharisäer von Aussee über die Kanaldeckelstraße zurück in Richtung Tagescafé von der gachblonden Discowirtin zum Frühschoppen streben, dann spürt sogar der Kanal das Gewicht der Verfehlungen, die als Gesamtes über ihn hinwegrasen, und er droht darunter überhaupt zu zerbrechen beziehungsweise neigt er halt leider dazu, dass er sich übergibt – er quillt über, und sein Inhalt ergießt sich in warmen Strömen über die Straße, blubb blubb blubb. Die Schlange grunzt und pfaucht und würgt, eine launische Diva unter der Kanaldeckelstraße ist sie, gierig und unersättlich, aber auch abstoßend und wählerisch.

Der Biermösel muss dann, wie er in die Kanaldeckelstraße einbiegt, schon sehr aufpassen, dass er nicht selbst in einem von den Kanallöchern für immer verschwindet, was leicht möglich wäre, weil ja auf jedem zweiten Kanalloch der Deckel fehlt. Da ist der depperten Bundesregierung wieder das Geld ausgegangen respektive war ihr halt wieder einmal alles andere wichtiger als die paar Deckel für den Kanal, ärgert sich der Biermösel wieder einmal über die depperte Bundesregierung.

Eine Stabtaschenlampe für jeden Landgendarmen? Bitte, gerne! Damit sie das Böse ausleuchten können.

Einen Deckel für jedes Kanalloch? Sicher nicht! Für was denn?

Dabei gibt es natürlich gerade in dieser Gegend nicht wenige Zimttörtchenscheißerinnen, die ganz gerne ein paar Deckel mehr auf dem Kanal draufgehabt hätten, damit der Gestank schön unten bleibt, wenn man selbst gerade beim Frisör Manfred unter der Trockenhaube sitzt und das Osternest am Schädel für die Heilige Messe richten lässt. Es gibt genug von denen, die sich dann mit ihren Goldhauben auf dem Taftgestrüpp gerade im Frühling immer wieder fragen, wie denn der Mensch (die Menschheit!) imstande ist, so einen Höllengestank überhaupt anzurühren. Aber bevor sie sich vielleicht einmal selbst an der Nase nehmen und nach dem so genannten Stuhlgang – um den letztlich auch die Gutsbesitzerin im Liebesfilmfernsehen nie herum kommt! – umdrehen und nachschauen, was sie denn wieder angerichtet haben, greifen die Zimttörtchenscheißerinnen lieber zum Telefonhörer und fahren ihm mit dem Zuckerarsch ins Gesicht:

„Das warst alles du, Biermösel! Wie kannst du uns denn so was antun?"

Und immer wieder muss er ihnen dann die bittere Wahrheit mitten ins Gesicht hinein schleudern:

„Alles euer Werk! Der Auerhahn ist ja noch nicht einmal an den Kanal angeschlossen!"

Solange er nämlich auf die gut paprizierte, insgesamt gut gewürzte Schweinsgulaschsuppe „Feuerzange", mit der die Roswitha jeden Feuersuppenwettbewerb in Texas drüben gewinnen täte, nicht verzichten will, wird das mit dem Kanalanschluss bei ihm nichts werden, hat ihm die Landesregierung neulich ausrichten lassen, und auch die entsprechende Volksabstimmung ist leider eindeutig gegen ihn und die Roswitha ausgegangen.

Aber solange der Biermösel im Auerhahn mit der Sickergrube sein Auslangen findet, ist es ihm ganz recht, wenn er sich nicht mit den ganzen anderen einfachen und kleinen Leuten im Dorf vermischen muss, also von ihm zu der ganzen Problematik mit dem Kanalanschluss vielleicht abschließend nur zwei Worte:

„Drauf geschissen!"

Der Kanal nimmt und gibt, kann der Biermösel jetzt ein bisserl aus dem Nähkästchen plaudern, während er über den Kanal hinwegfliegt. Er verschlingt Dreck und spuckt Gestank wieder aus, das ist sein eines Hobby. Lieber aber noch verschlingt er Menschen und spuckt sie dann nicht mehr aus, das ist sein anderes.

Immer wieder ist es nämlich vorgekommen, dass der Biermösel heroben auf der Straße neben einem Kanalloch ein Fahrrad oder ein Moped oder einen Gehstock oder eine Handtasche oder die schwarze Sexmaske vom Bürgermeister gefunden hat, die Hinterlassenschaften jedenfalls vom jeweiligen früheren Besitzer, der im besoffenen Zustand, manchmal auch in selbstmörderischer Absicht, oft genug aber auch schlicht als Opfer von einem Verbrechen den Weg in den Kanal hinunter zwar gefunden hat, von dort aber nicht mehr den Weg zurück ans Licht.

„Spring, du Feigling!", schreit der Biermösel dann aus dem gewissen Reflex heraus, als er zwischen den Kanaldeckeln hindurch schlingert und unversehens einer weiteren Kollision in seinem Leben entgegensteuert. Gerade wenn man das gewisse Fahrerlebnis in der Abgeschiedenheit der Wälder sucht, rennen einem erst recht die unnötigsten Leute über den Weg!, ärgert er sich jetzt furchtbar über den kleinen Anton-Maria von der Städtischen Jugend, der ganz verzweifelt nach einem geeigneten Loch sucht, in dem vielleicht auch für ihn noch ein Platz wäre.

Aber es ist nichts frei!

„Da kann leider auch ich dir nicht weiterhelfen!“, schreit ihn der Biermösel an, außer vielleicht damit:

„Probier es im See drüben!“

Sofort aber ärgert er sich, dass er wegen dem Anton-Maria und seiner Selbstmordabsichten überhaupt angehalten und ihm taxfrei den guten Tipp gegeben hat. Normalerweise meidet der Biermösel ja den Kontakt zu allen anderen, insbesondere zu Rotzbuben, die Maria heißen und die während der Woche ihr Glück in den Denkschmieden der Städte suchen:

„Der Reiche geht studieren, der Arme produzieren“, weiß der Biermösel alles über die Reichen und die Armen. Und nur am Wochenende oder in den Ferien kommt der Anton-Maria dann aus der Stadt wieder zurück ins Dorf, wo er dann brav mit dem Staatsschauspieler-Papa in der Kirche neben den Bauern in der ersten Reihe sitzen muss, solange der Herrgott oben im Himmel durch den gesenkten Daumen vom Pfarrer Hein nicht von ihm verlangt, dass er sich niederkniet.

Neulich hat der Biermösel den Anton-Maria sogar außerhalb der Öffnungszeiten an der Hand vom Staatsschauspieler in Richtung Bruchbude vom Pfarrer Hein huschen sehen, wo ihn der Papa wegen der österlichen Glockenläuterei gerne untergebracht hätte – „Ein Ferialjob, welcher der Staatsschauspielerei nicht unähnlich ist!“, wie der Sprachkünstler dann am Stammtisch gemeint hat, „Wenngleich natürlich ohne große Bühne, wie ich sie genieße!“

Aber der Pfarrer Hein hat den schmalbrüstigen, weißhäutigen, sommersprossigen Rotzbuben mit den dicken Brillen und den dünnen Ärmchen nicht für befähigt gehalten, dass er in die großen Fußstapfen vom Hasenscharten-Ulf hineinsteigt, „Zu leicht! Zu blass! Zu wenig Schmalz! Nicht mein Typ!“, hat er ihn vor die Tür gesetzt, und der Papa hat geschimpft:

„Schäm dich, du Rrrrrotzbub! Wie kannst du denn unserrren Pfarrer so enttäuschen?“

Auffällig sofort für das geschulte Adlerauge der Gendarmerie im Biermösel, die ja zwischenzeitlich auch immer wieder ein bisserl ermitteln muss:

Dass der Anton-Maria gleich drei Lederhosen übereinander trägt, was seiner erblühenden Knospe in der Hose jetzt sicher nicht gut tun wird, wie sich der Biermösel die erblühende Knospe in der Hose vom Anton-Maria vorstellen kann. Aber das geht dann mehr den Doktor Krisper was an, nicht ihn!

Er selbst muss sich immer nachdrücklicher fragen: Was ist denn los mit den Rotzbuben in der Gegend, dass sie den Arsch so zusammenzwicken müssen? Aber noch kommt er nicht drauf!

Dann muss er ihn persönlich fragen:

„Wieso trägst du drei sündteure Lederhosen vom Tripischowski drüben in Ischl übereinander, wo ich selbst mir keine einzige leisten kann, ha?“

„Ddddddddddeeeeeeeee“, sagt der Anton-Maria, und jetzt wird es natürlich schwierig!

Die Städter reden ja oft ganz anders als die Einheimischen, und beim Anton-Maria kommt noch erschwerend hinzu, dass er stottert wie ein alter Traktor.

„Wegen dem übermächtigen Staatsschauspieler-Papa!“, wie ihm der obergescheite Doktor Krisper einmal verraten hat, „weil der nämlich so ein schönes Deutsch mit so einem rollenden ‚Rrrrr‘ spricht, mit dem er den Sohnemann erdrückt!“

Das hat der Doktor Krisper gesagt, und der Biermösel hat ihn gefragt, ob er vielleicht deppert ist.

„Dddddeeeeeee Pfpfpfpfpfpfpfpfpfpfaaaaaaaaaa“, nimmt der Anton-Maria dann einen neuen Anlauf, aber einfacher wird die Sache dadurch nicht.

„Der wer?“, fragt der Biermösel einfühlsam. „Kannst du vielleicht endlich aufhören zum Stottern?“

„Ddddeeee Ppppppfffffaaaaa Hhhhhhhheeeeeeiiiii!“, versucht es der Anton-Maria noch einmal, und der Biermösel bemüht sich redlich, dass er versteht, was er gesagt hat, aber verstehen tut er es natürlich nicht:

„De Pfa Hei? Das ist zu wenig für ein Protokoll!“, hat er gesagt, und dann noch einmal der gute Rat:

„Dort drüben liegt der See!“

Der Biermösel startet seine Fips, und kaum dass er die gewisse aerodynamische Haltung wieder eingenommen hat, greift er übermütig nach seiner Doppelläufigen, die Gelegenheit scheint günstig, im Wald gibt es keine Zeugen!

Wie der flüchtende Indianer auf seinem Pony richtet er den Schießprügel unter seiner linken Achsel hindurch nach hinten und feuert blind mit der rechten Hand knapp über den Schädel vom Zielobjekt hinweg, allerdings nicht zu knapp, sodass vielleicht das eine Ohrwascherl noch ein bisserl rauchen wird, falls es sich der Anton-Maria doch noch anders überlegt und lieber den Weg nach Hause einschlägt anstatt in den Kanal.

„Wie hat errr denn so was tun können?“, wird der Papa im schönsten Staatstheater-Deutsch wieder schimpfen.

„Aber wann hat man schon die Gelegenheit, dass man am lebendigen Objekt üben kann?“, rechtfertigt der Biermösel vor sich selbst seine Schießwut. „Noch dazu an einem, das zwei Beine hat und keine Flügerl?“

Also weiter, weiter, und immer schön flott gegen den Föhn hinüber in den Auerhahn, drei Meter in der Stunde wird er schon schaffen! Höchste Zeit, dass er endlich wieder frisches Fleisch zwischen die Zähne bekommt, sonst dreht er bald durch.

So ein Kleinkrieg gegen die Rotzbuben von der Dörflichen Jugend geht ja in seinem Alter nicht mehr ohne Substanzverlust vonstatten. Nicht umsonst haben im Krieg immer die gewonnen, die was Frisches zum Beißen gekriegt haben, und die haben verloren, die an Vitaminmangel gelitten haben, weil sie nur tiefgefrorenes Zeug zum Fressen gekriegt haben, Stichwort: Skorbut. Also schnell weiter, weiter!

Aber da vorne steht ihm schon wieder einer im Weg, einer mit seinem depperten Traktor diesmal, der aus dem Anhänger heraus verbotene Substanzen in den Kanal hinein leitet – ein Bauer! Und kaum hat sich der Biermösel neben ihm eingebremst, fragt er sich, an wen ihn denn die wurmstichige Visage von dem erinnert, aber noch kommt er nicht drauf.

„Wer bist denn du?“, fragt er ihn also.

„Ich bin der Bauer Ruprecht!"

„Der Bauer Ruprecht also, verstehe!", denkt der Biermösel sofort ausschließlich mit Verachtung über den selbst ernannten Bauern Ruprecht.

„Derjenige Bauer Ruprecht vielleicht, der bei den kinderlosen Bauersleuten Ruprecht als Knecht angefangen hat, nachdem die guten Menschen ihn aus dem Heim für schwer erziehbare Rotzbuben 10–15 Jahre in Goisern drüben herausgeholt und bei sich aufgenommen haben, der?"

„Genau der."

Und der sich dann langsam – und unter bis heute ungeklärten Umständen! – zum Bauern gewandelt hat, wie der Biermösel jetzt rekapituliert, nachdem die Bauersleute Ruprecht überraschend verschwunden sind und dann am Hof nur noch der Knecht Ruprecht übrig war, der sich in der Folge halt Bauer genannt hat anstatt Knecht. „Der vielleicht?"

„Ja genau."

Eine wirklich einmalige Erfolgsgeschichte, muss ihm sogar der Biermösel zugestehen, einmaliger jedenfalls als die Karriere vom Hasenscharten-Ulf, der ja auch im Siechenheim in Goisern drüben angefangen hat, der es aber mit dem Glockenturm vom Pfarrer Hein scheinbar nicht ganz so gut erwischt hat wie der Knecht Ruprecht mit dem Bauernhof von den Bauersleuten Ruprecht, „Sag einmal, weiß du vielleicht, wohin der Hasenscharten-Ulf verschwunden ist?"

„Geh Biermösel!", sagt der Bauer Ruprecht. „Ich bin ein Hendlbauer, kein Derrick!"

„Ein Hendlbauer!", wiederholt der Biermösel, und augenblicklich erfüllt ihn der ganze Ekel der Welt.

Da muss er sich umso mehr ärgern, dass er den „Aufstieg und bisher keine Spur von einem Fall des Knecht Ruprecht" damals nicht näher untersucht hat. Also will er ihm wenigstens jetzt ein bisserl auf die Zehen steigen:

„Jetzt hör einmal zu: Was tust du denn da überhaupt?"

„Nach was schaut es denn deiner Meinung nach aus, Biermösel?"

„Nach einer astreinen Sauerei schaut das aus, du Bauerntrottel!"

Die Bauerntrotteln haben so eine Art, zu glauben, dass man ihnen alles durchgehen lässt, nur weil sie Bauerntrotteln sind, denkt der Biermösel, und wirklich:

„Geh scheiß dich nicht an wegen der Hendlscheiße, Biermösel", sagt der ganz ruhig zu ihm. „Kümmere du dich lieber um den Hendldieb, der mir jeden Tag ein paar von meinen Kikkerikis stiehlt!"

„Ein paar von deinen grauslichen Industriekikkerikis!", korrigiert ihn der Biermösel. „Mit wässrigem Fleisch und hängenden Flügerln, lasch wie die Rotzbuben von der Städtischen Jugend!"

Mit Leuten wie dem Knecht Ruprecht muss der Biermösel in Zukunft anders verfahren, nimmt er sich fest vor, unnachgiebig und gnadenlos, so wie früher der John Wayne mit dem Viehdieb.

Aber noch weiß er nicht genau, wie er den Knecht Ruprecht die Schuld am Tod von den Bauersleuten, die er ihm erst gar nicht nachweisen will, büßen lassen kann. Der gezielte Schuss zwischen die Augen aus der Hüfte heraus scheint ihm bei Tageslicht nicht angebracht. Und ein freies Kanalloch, in das er ihn hineinschmeißen könnte, will er wegen ihm jetzt auch nicht extra suchen, dazu ist sein Hunger zu groß.

„Für das eine Mal lass ich dich also noch davonkommen", sagt er zum Ruprecht. „Allerdings prophezeie ich dir Folgendes: Du wirst noch in dem Dreck schwimmen, den du in den Kanal hineinlässt. Ohne Schwimmflügerl, dafür aber mit ein paar schweren Steinen in den Gummistiefeln!"

Weil: „Die Tage des Zorns werden kommen!", freut sich der Biermösel jetzt schon sehr auf die Tage des Zorns.

Mehr schon fast als auf seine Sau Trudi.

Zutiefst schockiert über die Auswüchse der menschlichen Natur, fragt sich der Biermösel dann:

„Wer ist denn bitte so deppert und stiehlt Hendln, wo es doch Schweinderln auch gibt auf der Welt?"

Er kann sich aber gar nicht länger bei den Abgründen der menschlichen Natur aufhalten, weil er genug andere Sorgen hat. Wenn das nämlich mit den Weibern eh wieder nichts wird, wie es heute ausschaut, wenn sich also eh wieder keine von ihm packen lassen will, dann konzentriert er sich halt auf die eine, die ihm vielleicht sowieso von allen die liebste ist, der Biermösel freut sich jetzt wirklich schon sehr auf seine Sau Trudi.

Als er sich auf seiner Fips vom Föhn Richtung Auerhahn hinübertragen lässt, schließt er in der gewissen Vorfreude die Augen und geht seine Schweinderln zu Hause im Stall noch einmal der Reihe nach durch – die Blotschi, die Sisi, die Seffa, die Nora, die Vera, die Edith, die Gigi, die Liesl, die Mizzi, die Willi. Er taxiert ihre Fettreserven mit dem inneren Auge und wiegt sie mit der inneren Waage ab, dann probiert er sie mit der inneren Zunge und muss sagen:

„Mmmhm! Alle miteinander wirklich einmalig!"

Allerdings:

So viel er auch probiert und wiegt und taxiert – am geblümten Teller vor seinem inneren Auge erscheint ihm dann letztlich immer nur seine Sau Trudi, und wie er sie so anschaut, da steht für den Biermösel fest, dass er sie heute abstechen und sie als Ganzes verschlingen wird, auch und gerade als weiteres sehr deutliches Ausrufezeichen gegen den immer weiter um sich greifenden Terror vom Pfarrer Hein mit seinen mahnenden Glocken und dem erhobenen Zeigefinger, auch und gerade gegen den!

Gott sei Dank waren er und die Roswitha ja so gescheit und haben sich den Wahnsinn mit den alljährlichen Fastenfestwochen samt Fastensuppe und vielleicht sogar noch samt Heringschmaus am Aschermittwoch erst gar nicht angefangen, 60 Jahre ist er ohne Gemüse ausgekommen! Und mit ihrer Gegenveranstaltung zur Fastenzeit, den Schweinsbraten-Exzess-Wochen „Fett extra fett", haben sie gerade in der Fastenzeit und gerade bei den Pharisäern immer wieder punkten können, wobei sie als

Zugeständnis an die Fastenzeit die allzu verführerischen Beilagen Knödel und Kraut gerne weggelassen und nur das reine Fett dazu serviert haben, ganz wurscht ist ihm die Fastenzeit ja auch nicht!

Nach Einbruch der Dunkelheit, wenn die Fastensuppensäufer nach einem Tag voll scheinheiligem Fasten immer einen Rückfall erlitten haben und sich auf einmal wieder ganz sicher waren, dass sie zwar die ewige Hölle ohne Eiswürfel aushalten werden, nicht aber die 40 Tage bis Ostern ohne Fett; wenn ihnen dann die Zunge schon bis zu den weichen Knien hinuntergehangen ist, auf denen sie wimmernd angekrochen gekommen sind und „bitte, bitte" geschrien haben („Bitte, bitte ein Stück von der Stelze! Bitte, bitte einen Kübel voll Fett!"), dann ist die Roswitha kurzfristig mit dem Preis in die Höhe gegangen und hat die halben und Drittel-Portionen vom Schwein zum doppelten und dreifachen Preis verkauft. Allerdings, muss der Biermösel jetzt ein Geheimnis verraten, bei Gott natürlich nicht das gesunde Fleisch von den eigenen Dörflichen Schweinderln, sondern das weiche, wässrige, rosarote Fleisch von den Industrieschweinderln aus der Großstadt, das die Roswitha nur mit Gummihandschuhen angreift und der Biermösel selbst nicht einmal mit den Maurerfäustlingen.

Dass gerade die Weihrauchfresserinnen vom Singkreis und die Kerzenschlucker aus der Katholischen Männerbewegung zwar nach außen hin gerne die Starken und Charaktervollen spielen, in Wahrheit und nach innen hin aber die Schwächsten und Charakterlosesten überhaupt sind, das hat dem Biermösel dann die Zeit vor Ostern immer wieder sehr versüßt.

„Sünder!", hat er mit den Worten vom Pfarrer Hein jongliert, und mit ermutigenden Klapsen hat er den Pharisäern dann noch gerne die Schultern zertrümmert, wenn sie sich in die Pfanne auch noch hineinlegen und mit den abgebissenen Fingernägeln die letzten Tropfen Fett herauskratzen wollten, bevor er dann den vermeintlich Allerstärksten von ihnen noch die entscheidende Frage gestellt hat:

„Einen Osterbock vielleicht, damit ihr nicht entwässert?"

Spätestens dann sind auch die Aufrechtesten umgeknickt wie die schwächelnden Silbertannen.

Weil die Roswitha aber nicht mehr schlachtet, fällt der Zusatzverdienst heuer weg, und der Biermösel muss das Blutbad an der Trudi heute leider selbst anrichten. Er wird sie an der eigenen Hand zum Teller führen müssen, auf dem sie ihn dann wahlweise als Schopfbraten oder Karree oder Blutwurst oder Bauchspeck oder gerne auch als Bruckfleisch glücklich machen soll – Hauptsache, es macht ihn wieder einmal eine glücklich!

Allerdings: So gerne der Biermösel auf Vogerln schießt und auf Hundsviecherln und Katzen und Staatsschauspielerrotzbuben namens Anton-Maria, so wenig Freude bereitet es ihm, wenn er einem Schweinderl den Bolzen in den Schädel jagen und dann den Säbel in den Hals stechen muss, nie macht es ihm weniger Freude, wenn eine andere sterben muss, damit er selbst leben kann, als wenn er eine Sau absticht.

Der Biermösel muss sich jetzt also erst die unruhige Hand mit ein paar schnell gezischten Osterböcken ruhigsaufen, mit mehr, als unbedingt nötig sind, und mit mehr vielleicht sogar, als ihm gut tut.

Mit dem kleinen Damenspitz in der Krone nützt er nämlich die Straße auf einmal in ihrer vollen Breite – holladiödilliö! – und manchmal sogar darüber hinaus. Und dann sieht er sogar zwei Straßen, wo nur eine ist, und er kann sich gar nicht mehr entscheiden, welche – hoppala, jetzt sind es schon vier! – von den ganzen Straßen er nehmen soll, während der Föhn ihn immer flotter in Richtung Auerhahn hinüber treibt, gemma, gemma!

Aber diese Hilfe ist natürlich trügerisch. Der Föhn tarnt sich gerne als dein Freund, weiß der Biermösel alles über den Föhn, und kann es dann nicht erwarten, dass du wegen dem Schädelweh endgültig durchdrehst.

Und wie dem Biermösel dann ein Reisebus mit einer lustigen Betriebsausflugsgesellschaft über die Hufe fährt, da hat er Gefühlsmensch wirklich das sehr blöde Gefühl, dass ihm die gewisse frühlingshafte Gelassenheit endgültig abhandenkommt und er zu einer vom Schädelweh gemarterten, von den Weibern enttäuschten, von den Osterböcken befeuerten und vom Föhn gelenkten unberechenbaren Bestie wird.

Kann ja wirklich sein, denkt er jetzt nicht nur positiv über sein Leben, dass er die längste Zeit eher zu defensiv war anstatt zu offensiv. Und möglich ist es, dass er jeden Zweiten, der ihm in seinem Leben über den Weg gerannt ist, sofort über den Jordan hätte schicken sollen und alle anderen gleich hintennach!

So wie sein Leben jedenfalls momentan ausschaut – mit dem Dreck in der Unterhose und den Schmerzen im Schädel, mit den Weibern, die sich wieder nicht von ihm packen lassen wollen, und dem Hasenscharten-Ulf, der sich einfach nicht finden lässt –, gibt es wenig, das einen Mann wie ihn noch davon abhalten soll, dass er mit einem schönen Amoklauf direkt auf die Titelseite vom *Ländlichen Boten* rennt, außer als letzte und einzige Chance vielleicht noch seine Sau Trudi.

Wie der Biermösel dann endlich die Talsohle erreicht hat und auf der Fips langsam in Richtung Auerhahn hin ausrollt, da nimmt er endlich ihre Witterung auf. Zwar nicht von ihrem frisch dampfenden, warmen Blut, sondern nur von ihrem Stallmist, der zwar auch einmalig ist. Aber mehr als nach ihrem Stallmist steht ihm heute natürlich der Sinn nach ihrem warmen und dampfenden Blut.

Als der Föhn ihn wieder freigibt und lachend seinem weiteren Schicksal überlässt, hat der Biermösel den Rubikon wie damals im Reisebus längst überschritten, er ist jetzt selbst für seine Verhältnisse und selbst für einen Gendarmen aus Aussee sehr besoffen. Es überschlägt ihn ein paarmal, bevor er Kopf voran das schwere Holz von der Stalltür durchbricht – „Aua!" – und dann auf dem glitschigen Stallboden mit dem Arsch voran zu den Schweinekobeln hin rutscht, wo er mit dem unsympathischen Zuchteber Archie kollidiert, der zunächst noch die Lacher auf seiner Seite hat, aber wirklich nur zunächst, bald werden sie wieder alle weinen.

Der Biermösel schaut dem Archie ein paar Minuten genau zwischen die Augen, während er noch ein paar Osterböcke zischt, damit er nicht austrocknet, während er ihm gleich ansatzlos mit der rechten Faust ins Gesicht fährt und ihm den Rüssel fast bis zum Ringelschwanzerl zurück schiebt, und dann legt er sich auf einmal nieder wie damals der Foreman in der schwülen Hitze unter dem Nachthimmel von Kinshasa, „Gute Nacht!"

Als sich der Biermösel dann umschaut, spürt er die gewisse Spannung und hört er die knisternde Stille, die ihn umgibt. Und er merkt, dass die ganzen depperten Schweinderln sich auf die Seite vom Archie geschlagen haben, und zwar nicht mehrheitlich, sondern ganz! Alle ducken sie sich unter seinen verächtlichen Blicken weg und suchen Schutz hinter der jeweils noch fetteren Sau vor ihnen, als der Biermösel sie fragt:

„Ihr also auch?"

Und er kann dabei leider nicht verhindern, dass auch er sich so anhört wie die Schwiegermutter im Liebesfilmfernsehen.

„Ihr also auch?"

Inmitten von dem ganzen Fettberg sucht der Biermösel dann nach seiner Sau Trudi, die vor einer Woche noch nicht ganz perfekt war, vor zwei Tagen dann schon fast, und heute in der Früh ohne jeden Makel, mit ihren speckigen Hüften, ihrem hängenden Bauch und mit ihren kurzen, stämmigen Stummelbeinchen, die unter ihrem Fett fast eingeknickt sind.

Heute wird er wieder was Frisches essen, hat er sich geschworen, als er ihr nach dem Aufstehen die Schlachtung für heute Abend in Aussicht gestellt hat, „Heute werden wir uns vereinen!"

Aber der Biermösel kann sie nirgends finden, also schreit er:

„Roswitha! Wo ist denn die Trudi?"

Aber die Roswitha kann er nirgends finden. Und das Schlachtermesser, das normalerweise über dem Sautrog an der Wand hängt, das sucht er ebenfalls vergeblich.

Na bumsti, denkt er sich, muss ich mir Sorgen machen? Und wenn ja, um wen?

„Wenn mir nicht bald eine von euch verschwiegenen Sauen sagt, wo die Trudi ist, dann wird sich leider nicht verhindern lassen, dass sich der Boden blutrot färbt!", richtet der Biermösel einen dringlichen Appell an die verängstigten Sauen in ihren Kobeln drinnen, die sich aber allesamt immer noch mehr Sorgen um den Archie machen als um ihn. Bevor er da also weiter den Zögerlichen spielt, reißt er einfach die Glock aus dem Halfter und durchlöchert ein bisserl den scheintoten Archie, wodurch sich aber endlich seine Krämpfe im Darm lösen und ihm hinten ein gewaltiger auskommt, wie dem Traktorreifen von den Rotzbuben am See geht dem Archie auf einmal die Luft aus, und seine ganzen Weiber fallen in Ohnmacht. „Du meine Güte!", schreit der Biermösel sie an, „So ist das halt, wenn sich der Geist vom Körper trennt, aber jetzt braucht er sich wenigstens nicht mehr tot stellen!"

Stolz ist er dann nicht auf sich, dass er schon wieder so überreagiert hat. Aber zum Fasten wird er deswegen auch nicht anfangen!

Dann endlich sieht er die Roswitha.

Schwach und mit eingefallenen Wangen schleppt sie sich aus dem Keller herauf, und schon auf allen vieren kriecht sie weiter aus dem Stall hinaus und hinüber ins Wirtshaus, wo neuerdings immer das Liebesfilmfernsehen läuft anstatt dem Volksmusik-Wahnsinn, den man nur mit dem ganzen Magen im Körper verträgt, mit dem halben Magen weniger im Körper aber reicht es bei der Roswitha nur noch für den Liebesfilm-Wahnsinn und ein bisserl noch für den alltäglichen:

„Wo ist die Trudi?", schreit der Biermösel, nachdem er den Archie mit einem gewaltigen Fußtritt zur Seite geschoben hat und dann der Roswitha hinterhergerannt ist.

„Die ist verschollen", beichtet ihm seine Schwester mit schwacher Stimme. „Auf und davon."

„Na bravo! Und hat sie wenigstens schön mit dem Arsch gewackelt und mit ihrem Ringelschwanzerl gewunken, wie sie davongerannt ist, Herrgottnocheinmal!", schreit der Biermösel sie an, weil er es halt einfach nicht leiden kann, wenn die Weiber vor ihm davonrennen, dafür aber umso mehr, wenn sie dabei mit dem Arsch wackeln, er weiß, das ist ein bisserl schwierig zu verstehen.

Aber, na gut, denkt er sich dann: So sind sie halt, die Weiber. Kommt der Frühling, kommt ihr Abschied. Irgendwann wird sich auch die Trudi gedacht haben, dass das noch nicht alles gewesen sein kann in ihrem Leben, da im Schweinekobel neben dem Archie. Irgendwo da draußen wird einer gewartet haben, der besser ausgeschaut hat als er. Kein Schloss der Welt kann die Weiber dann halten, nachdem du sie jahrelang durchgefüttert hast, undankbar und böse sind sie, unverlässlich und blöd, genau wie der Bruder Hristov vom Doktor Krisper.

„Möchte ich spucken auf Boden, wenn ich denke an Weiber!", täte der sagen. Und bevor die Roswitha in ihre Kammer verschwindet, kann sie sich vom Biermösel noch Folgendes anhören:

„Das heißt übrigens verschellt. Verschellt heißt das, und nicht verschollen."

Wie sonst sollte der Mann den Weibern zeigen, dass er ihnen letztlich doch in allem überlegen ist, wenn nicht durch das alles entscheidende letzte Wort?

Die Nacht dann natürlich – lau und voller Mond! Gerade recht zum Weiberpacken, wenn man Weiber zum Packen hat. Er aber hat keine Weiber zum Packen, also was soll er mit einer lauen Vollmondnacht? In den Kanal hineinspringen vielleicht und endlich allem ein Ende bereiten?

Der Biermösel ist dann erst gar nicht mehr in die Gaststube hineingegangen und hat heute sogar auf die tägliche Kolik verzichten müssen, das erste Mal seit 35 Jahren.

Stattdessen ist er hinaufgewackelt in den Dachboden, wo er Trost gesucht und gefunden hat, bei seiner leicht verstaubten, vielleicht einmal zu oft getragenen und einmal zu heiß gewaschenen rosaroten Schweinchen-Dick-Unterhose mit dem kleinen weißen Schwanzerl hintendran, die da oben herumgelegen ist neben den ganzen nie explodierten Fliegerbomben, da muss er in Zukunft vielleicht ein bisserl aufpassen, wo er hinsteigt – und peng!

Die Explosion hat das halbe Dach weggerissen und ein schönes Loch in den Boden hinein geschlagen, durch das er – Kopf voran! – hinuntergefallen ist in seine Kammer wie die Ente in den See, patsch patsch patsch! Muss es denn wirklich immer sein Schädel sein?

Nach dem depperten Krieg haben die Amerikaner ja alles getan, erinnert sich der Biermösel jetzt an die Zeit nach dem depperten Krieg, damit ihnen die widerspenstigen Einheimischen in den grünen Lodentrachten und mit den goldenen Hauben endlich zujubeln: Ein Schwarzer hat ihnen rote Kaugummis, blaue Zwetschken, gelbe Bananen und orangene Orangen zugeworfen, hurra, hurra und yippieeiyeah! Aber die eigensinnigen Einheimischen haben es ihnen nicht gedankt und lieber mit nassen Fetzen zurückgeschossen, weil ihnen so leid um die depperte Drecksau Hitler war und um die Autobahn, die er ihnen so fest versprochen hat und aus der dann leider doch nichts geworden ist.

Die Amerikaner haben sich also eine List einfallen lassen müssen, um die Herzen der Einheimischen doch noch zu erobern, und sie haben den Umweg über die Dörfliche Jugend gewählt: Sie haben ein original blaues Superman-Kostüm mit einer roten Unterhose dazu als Jackpot verteilt, das heißt: Zuerst haben sie es aus dem Hubschrauber abgeworfen, und dann haben sich die Rotzbuben von der Dörflichen

Jugend darum schlagen dürfen, Röntgenblick und Flugeigenschaften vom Superman im Hauptpreis inklusive.

Frage: Wer hat die größten Pratzen beim Raufen gehabt? Antwort: Der kleine Biermösel hat die größten Pratzen beim Raufen gehabt, und nach der kleinen Schlägerei auch gleich die wenigsten Freunde, heiliger Bimbam, viele Freunde hat er wirklich nie gehabt.

„Papa Biermösel!“, hat er kleiner Biermösel dann geschrien, als er mit der Trophäe am Körper nach Hause gekommen ist, breitbeinig und immer breitbeiniger, die Flügerln weit ausgestreckt wie der Auerhahn im Wald. „Papa Biermösel, schau bitte, was ich da gekriegt habe, bald kann ich fliegen und mit dem Röntgenblick schauen!“ Aber der Alte hat sich überhaupt nicht mit ihm gefreut!

„Den depperten Superman hast du dir andrehen lassen?“, hat er stattdessen geschrien, und dann hat er ihm eine Gnackwatsche verpasst, die ihm fast das Lamperl ausgeblasen hat, noch bevor er das Leben in seiner ganzen Gestörtheit überhaupt hat kennen lernen dürfen:

„Glaubst du vielleicht, ich tu alles, damit der da den Krieg überlebt? Und dann kommst du mit einer Superman-Unterhose daher, wo es doch auf der Welt auch Schweinchen-Dick-Unterhosen gibt?“, hat er ihn gefragt, nachdem er ihn an den Ohrwascherln in den Schweinestall zum Zuchteber hineingezogen hat, von dem er jetzt doch eher glaubt, dass er Ernesto geheißen hat, aber sicher nicht Ché.

Na gut, darf der Biermösel heute zur Entschuldigung vom Alten vielleicht anführen: Er war jung damals, und es war Frühling, als er vom extrem schlecht organisierten Betriebsausflug nach Russland zurückgekommen ist, und das war natürlich auch damals schon eine sehr explosive Mischung.

Nach den ganzen Stahlgewittern, die vorher über ihm niedergegangen sind, war der Alte am Ende so glücklich, dass sein Eber unten im Keller hinter den (leeren!) Krautbottichen alles halbwegs gut überstanden und auch nach dem Krieg noch einen schönen Fettranzen mit sich herumgeschleppt hat, weil der Alte der Biermösel-Mama aufgetragen hat, dass sie auch während der ganzen Kriegswirren lieber den Zuchteber füttern soll, bevor sie sich selbst was vergönnt und vielleicht beim Tripischowski eine neue Goldhaube kauft, und dass sie dem Zuchteber gefälligst auch die Milch aus ihren Dutteln geben soll, bevor sie seinen einzigen, ein paar Monate nach einem kurzen Heimaturlaub geborenen Rotzbuben daran nuckeln lässt, auf jeden Fall lieber den hoffnungsvollen Eber als den eigenen hoffnungslosen Sohn damit füttern! Entsprechend schmalbrüstig hat er kleiner Biermösel dann das Kriegsende erlebt, Stichwort: Spargeltarzan.

Der Alte ist dann also mit ihm zu den Amerikanern hinubergegangen und hat reklamiert, das heißt: Er hat sie alle miteinander hergedroschen wie der Knüppel den Sack. Und dann hat er Ohrwascherlrennen mit ihnen gespielt und sie gebeten, dass sie dem Sohnemann doch bitte eine rosarote Schweinchen-Dick-Unterhose besorgen sollen, und zwar flott. „Wenn schon Hollywood, dann Schweinchen Dick!", hat er sie angeschrien, und fast hat er damit den depperten Weltkrieg noch einmal um ein paar Wochen verlängert und den brüchigen Frieden samt Marshallplan gefährdet.

Für die Amerikaner aber war natürlich schon damals nichts unmöglich, auch wenn sie in Wahrheit alle miteinander waschechte Engländer gewesen sind und mit Hollywood gar nichts zu tun gehabt haben. Aber damit sich der Alte beruhigt, haben sie ein paar schwarze Südstaaten-Weiber einfliegen lassen, die ihm dann eine Schweinchen-Dick-Unterhose aus original rosaroter Südstaaten-Baumwolle gestrickt haben, in die der kleine Biermösel dann auch gleich hineingestiegen ist und lange Jahre lang nicht mehr heraus.

Mit seiner rosaroten Schweinchen-Dick-Unterhose hat er aber nur stark und unbesiegbar ausgeschaut, solange er damit nicht in den lauen Maienregen gekommen ist. Sobald er aber damit doch in den heimischen frühlingshaften Platzregen gekommen ist, ist ihm seine außen getragene Unterhose kiloschwer hinuntergehängt wie jetzt die Haut von der Roswitha, und die ganzen anderen Rotzbuben haben dann natürlich über ihn gelacht und ihn mit Brennnesseln beworfen, die Zeit der Jugend ist halt leider auch eine sehr bittere und böse, aber bitter und böse ist im Grunde das ganze Leben.

Der Biermösel versucht jetzt umso verzweifelter in seine alte Unterhose hineinzuschlüpfen, je aussichtsloser das Unterfangen ist. Er zwängt erst den einen Fuß hinein und dann den anderen, er fällt links hin und dann rechts, er fällt auf die Nase und dann auf die Ohren, bevor er wieder auf den Schädel fällt. Er will so gerne in seine rosarote Schweinchen-Dick-Unterhose hinein wie die Wurst in die Haut, aber sie passt ihm natürlich nicht mehr, und nicht nur wegen der paar Kilo zu viel, die er auf den Rippen trägt. Der Biermösel ist einfach hinausgewachsen. Seine Kindheit im warmen, wohlig duftenden Nachkriegs-Schweinestall liegt halt nicht nur ein paar Jahre zurück, muss er sich jetzt eingestehen, es liegt ein ganzes unerfülltes Leben dazwischen. Und er hat es nicht weit gebracht, vom hoffnungsvollen kleinen Hosenscheißer mit den Riesenpratzen und der gestrickten Untergatte, der er einmal war, zum alten versoffenen Sack, der er heute ist und der jetzt noch immer nicht weiß, wie er zu einer neuen Unterhose kommen soll, damit er die Anni endlich packen kann.

Verzweifelt und einsam verheddert er sich mit seiner Unterhose in der Feder von seiner alten Matratze, da spürt er das kleine Loch in der Arschnaht. In einem kurzen Anflug von Ermittlungseifer fragt er sich, was ihm denn ein kleines Loch in der Arschnaht von einer Unterhose im Hinblick auf das Verschwinden vom Hasenscharten-Ulf aus dem Glockenturm vom Pfarrer Hein sagen könnte, „was sagt mir denn das?"

Aber noch kommt er nicht drauf!

Er bleibt nämlich frontal mit dem Gesicht gegen die Wand liegen, wo es ihm das rechte Adlerauge gegen das Loch drückt, das er zur Kammer von der Roswitha hinüber gebohrt hat, damit er sie Tag und Nacht kontrollieren kann, wenig ist im Leben wichtiger als die totale Kontrolle über den Feind.

Jetzt aber erschrickt er selbst wie der Todeskandidat beim morgendlichen Appell, weil er auf einmal in das riesige Auge von der Roswitha hineinschaut.

Na bumsti!, denkt er sich. Muss es in beunruhigen, dass sie das Schlachtermesser zwischen den Zähnen trägt?

Endlich glaubt der Biermösel zu wissen, warum ihm die Roswitha in letzter Zeit beim Servieren vom aufgetauten Schwein immer mit der Schublehre den Daumen gemessen hat und warum sie dann immer wieder ganz leise „Bald ist es so weit" gesagt hat. Gerne täte er jetzt den Kasten vor die Tür schieben und alle Defensivwaffen in Stellung bringen, aber er kann sich einfach nicht mehr rühren. Alles Unverdaute aus seinem Leben lastet zu schwer in seinem Magen, sein Schädel wiegt schwer wie ein Kanaldeckel, und die Feder von der Matratze will ihn einfach nicht mehr loslassen, so gerne hat sie ihn.

„Bald ist es so weit", hört er die Roswitha da drüben in ihren Damenbart hineinmurmeln. „Bald ist mein Schweinchen dick genug."

Dass der Biermösel in dieser ausweglosen Situation noch sein Unterhosenproblem lösen wird, das kann er sich jetzt eigentlich nicht mehr vorstellen.

Außer natürlich, es passiert noch was Überraschendes.

„Bob spricht!"

„Hallo Lois, Bob spricht! Bob Woodward from the *Washington Post*, how do you do in your gummishoe?"

„Der schon wieder!", denkt sich die Aloisia „Lois" Lehn, die als Reporterin beim regionalen Teil vom *Ländlichen Boten* überraschende Anrufe ja gewohnt ist, auch spät nachts, wenn sie mit dem kalten Rotwein und den trockenen Keksen vor dem Fernseher liegt, mein Gott, sie hat die Kekse halt gerne trocken und den Roten am liebsten kalt, was soll sie denn machen?

Solcherart gut ausgerüstet, schaut sie sich wieder einmal „Die Unbestechlichen" auf der schon ziemlich ausgefransten Videokassette an, mit dem Robert Redford und dem Dustin Hoffman in den Hauptrollen und dem Holzfuß neben sich auf der Couch, den sie für heute abgeschnallt hat.

„Ist ja schnell wieder montiert!", sagt sich die Lois Lehn immer, falls draußen doch noch irgendwo der Blitz einschlägt und eine Feuersbrunst entfacht. Oder falls endlich wieder mal einer die Güte hätte, dass er sich beim Sankt Christophorus drüben an der Abzweigung nach Goisern überschlägt und dann an der eigenen Kniescheibe erstickt. Oder vielleicht findet der Biermösel ja doch noch heraus, wohin der Hasenscharten-Ulf verschwunden ist.

Ist aber leider viel zu selten der Fall, dass sie rasende Reporterin den Holzfuß zum Rasen braucht. Ihre einzige Hoffnung auf eine richtige Story ist der Föhn. Aber auch der hat sie bisher enttäuscht. Es tut sich einfach nichts in diesen Tagen vor Ostern.

Also legt die Lois Lehn auch nicht gleich auf, als der Bob Woodward, diese lästige Klette, sie schon wieder anruft, sondern fragt der Höflichkeit halber:

„Bob? Are it really you again, you beginner?"

Oder auf Deutsch und zum besseren Verständnis der sehr komplexen und sehr gespaltenen Persönlichkeit der Lois Lehn:

„Robertl, bist es wirklich schon wieder du, du Anfänger! Dauernd rufst du mich an, weil du mit deinen schwachbrüstigen Storys nicht weiter kommst!"

„I'm so sorry, baby", haucht der Bob Woodward ebenso beschämt wie sanft, sanfter hat dann später nur noch der Robert Redford als

Unbestechlicher „I'm so sorry, baby" gehaucht, aber darum haben sie ihn ja auch genommen.

„Also warum rufst du an?", macht die Lois Lehn Druck, „I don't have stolen my time!"

„Please listen jetzt very carefully Lois, it is the following etwas längere Story", sagt der Bob. „Schon mal was von einem Tripischowski from over there in Ischl gehört?"

„Der King of Loden?"

„The King of Kunstfaser, you must say nowaday!", korrigiert sie der Bob, und sofort schläft der Lois Lehn der Phantomfuß ein, weil der einfach nie zum Punkt kommen kann.

„Do you think I have interest in your Gespensterstorys", fährt sie ihm etwas strenger in die Parade. „I must finish meine eigenen two Storys, what do you think?"

Gerne lenkt sie im Gespräch mit dem Bob die Aufmerksamkeit auf ihre eigenen journalistischen Leistungen, aber das gibt dem Bob natürlich auch die Gelegenheit, selbst noch dazuzulernen, von der Lois Lehn kann schließlich jeder rasende Reporter nur lernen:

„What Storys, Lois?", fragt er so ein bisschen um die Ecke herum, aber die Lois Lehn ist natürlich auch nicht auf der steirischen Kürbissuppe dahergeschwommen und erkennt die Absicht dahinter. Sie will lieber nicht zu viel verraten von ihren Storys, also nur so viel:

„Der Frisör Manfred wird endlich ans Kanalnetz in Aussee angeschlossen, falls es dich interessiert, das ist die eine Story."

„Oh my god!", jault der Bob am anderen Ende der Leitung. „Is it the truth?"

„Na, was glaubst denn du!", gibt sich die Lois betont kühl und gelassen. „Und wenn du mich fragst: Höchste Eisenbahn, dass ein Frisör endlich einen Kanalanschluss kriegt, wegen dem guten Duft, you understand me?"

„Great Story!", brüllt der Bob. „Tell me more!"

„Na, immer schön langsam, nur keine unnötige Hast, so schnell schießen die Komantschen nicht!", nimmt die Lois Lehn gleich dreifach Tempo aus dem Reporter-Ping-Pong, „Und geh mir bitte jetzt nicht auf die Nerven mit deinem ‚Tell me more!', ich hab nämlich ein kleines bisschen Migräne im Oberstübchen, und zwar wegen dem Föhn, do you understand me?"

„I'm so sorry for that, baby."

„Ja ja! Du und dein ‚sorry, baby' könnt mir gestohlen bleiben! Aber falls es dich interessiert: Jetzt ist nur noch der Biermösel drüben im Auerhahn ohne Kanalanschluss, aber einer muss immer der Letzte sein, da erzähl ich dir ja nichts Neues!"

„Eine emotional Story also?", fasst der Bob die Story kurz zusammen und spinnt sie selbst ein bisschen weiter. „Erste Welt und fehlender Kanalanschluss, Wohlstand und bittere Armut, jaja, da könnte tatsächlich was drinstecken. Aber fehlt da nicht noch die Sahne auf dem Törtchen, Lois? Please tell me more!"

„Du bist aber wieder neugierig heute!"

„Investigativ, Lois. Ich frage nur investigativ."

„Die Sahne auf dem Törtchen ist die Schweinsgulaschsuppe, die der Biermösel immer verdrückt, falls es dich interessiert. Die ist nämlich scharf wie mein Puderdöschen im Frühling, und es kracht immer ganz ordentlich im Gebälk, wenn der eine Bombe zündet, in Kalkutta unten täten sie den sofort davonjagen, wenn der sich neben die Kuh an den Straßenrand setzt und dort sein Häufchen abstellt – habe ich Häufchen gesagt? Du meine Güte! Auf einem Parkplatz im small german corner – you understand? – steht eine Gedenktafel, dort hat er sich vor 35 Jahren mal die Füße vertreten müssen im Rahmen von einem Gendarmerie-Betriebsausflug, und dann hat er hinter einem Baum sein Geschäft verrichtet, the big one! Also der Baum, was soll ich dir sagen, der sieht jetzt nicht mehr aus wie die stolze Eiche im Lehrbuch, der sieht aus wie der Dornbusch in der Bibel, aber mehr erzähl ich dir nicht!"

Schon ärgert sie sich wieder über ihr loses Mundwerk. Für eine rasende Reporterin, die es auf den Pulitzerpreis abgesehen hat, redet sie einfach zu viel. Ein hämisches Kichern am anderen Ende der Leitung und das Geräusch eines Stenobleis auf einem Schmierzettel bestätigen ihr, dass der Bob schon wieder eine von ihren Storys stehlen und an ihrer Stelle den Preis abstauben will, damned! Aber bevor sie endlich auflegen kann, stellt der schon wieder die genau richtige Frage, das macht er wirklich sehr gut:

„Und wann ist es so weit, Lois? Wann fällt der erste Krapfen in den Kanal vom Frisör Manfred hinein?"

„Na morgen ist es so weit!", platzt es aus der Lois heraus, sie kann einfach keine Geheimnisse für sich behalten. „Ab morgen rinnt die

Scheiße endlich in den Kanal hinunter, und ich werde halt dort sein und ein paar Fotos machen, ‚Bitte lächeln!', für einen gut recherchierte Story ist ja heutzutage kaum noch Platz in so einer Zeitung, alle wollen nur Fotos und noch mehr Fotos, keiner interessiert sich mehr für die Story, das wäre jedenfalls die eine Story, an der ich gerade schreibe."

„Und die andere?"

„Die andere ist die, dass der Hasenscharten-Ulf verschwunden ist, falls dich das überhaupt interessiert, dingdong, der Glöckner vom Pfarrer Hein drüben ist ihm aus dem Glockenturm ausgebüxt."

„Holy shit!", schreit der Bob jetzt entfesselt in die Telefonmuschel hinein, „These are so great Storys, Lois! Stay focused!"

„Na, immer schön die Kirche im Dorf lassen, wenn wir schon davon reden!", rückt die Lois Lehn vom *Ländlichen Boten* die Verhältnisse mit dem Bob Woodward von der *Washington Post* wieder gerade. „Wie wenn ich von dir gute Ratschläge brauchen könnte, Bobby-baby! Wer ruft denn wen die ganze Zeit an, wenn er nicht mehr weiter weiß mit seinen Storys, you or I? Du könntest dich längst an deinen breiten Hosenträgern aufhängen, wenn du mich nicht hättest."

„I'm so sorry, Lois!"

„Und hör endlich auf mich Lois zu nennen, my name is Carl, Carl Bernstein from the *Washington Post*!"

„I am so sorry, Carl."

„Na siehst du, geht doch!"

Die Lois Lehn kippt zur Abkühlung eine halbe Flasche vom sauren Rotwein, und dann herrscht ein kurzes Schweigen zwischen den beiden Starreportern, aber nach zwei Sekunden ist es schon wieder vorbei.

„Und?", sagt die Lois endlich, sie hält die bleierne Stille nicht aus. „Willst du mehr wissen?"

„Much more!"

„Well", sagt die Lois, „viel mehr kann ich dir natürlich nicht über das Verschwinden vom Hasenscharten-Ulf verraten, aber es gibt da natürlich Gerüchte, da erzähl ich dir sicher nicht zu viel."

„Rumours?", läuft dem Bob endgültig das Wasser im Mund zusammen. Nichts liebt ein Pulitzerpreisträger mehr als Gerüchte.

„Tell me more, Lois, more, more, more!", fleht er geradezu. Und weil es der Lois doch ein wenig schmeichelt, dass sich der Bob Woodward von der *Washington Post* fast in die Hose scheißt, wenn er ihre Storys hört, wirft sie ihm noch dieses Häppchen zu:

„Na gut, wenn du mir vielleicht verraten kannst, was ‚Von hinten in den Arsch hineinstecken' auf Englisch heißt, dann kann ich dir mehr über den Pfarrer Hein und den Hasenscharten-Ulf erzählen, also wie schaut's aus, Bob, kannst du mir wenigstens sagen, was ‚Von hinten in den Arsch hineinstecken' auf Englisch heißt?"

„We call it ass fuck, Lois."

„Na dann weißt du ja, was ich ungefähr meine!", sagt die Lois. „Und jetzt erzähl du mal was!"

„Well, as I said before, Lois: Schon mal was von einem Tripischowski from Ischl over there gehört?"

„Der King of Loden?"

„The King of Kunstfaser, you must say nowaday!"

Und nicht nur die Lois hat jetzt das Gefühl, dass sie beide in einer Endlosschleife gefangen sind.

„Also was ist mit ihm, zackizacki!", sagt sie, und der Bob verrät ihr dann gerne noch so viel:

„Well, der Tripischowski aus Ischl drüben hat dem Mister Präsident aus Amerika drüben viele viele Unterhosen aus Kunstfaser verkauft, die für die boys unten in Bagdad bestimmt waren, you understand? Magic underwear! Absolutely unzerstörbar!"

„Holy Mary mother of the god upstairs in heaven!", hält die Lois die langweiligen Storys vom Bob nur sehr schwer aus. „Und die Story, Bob? Die Story!"

„Carl!", verzweifelt der Bob dann langsam an der Lois. „Ein zerstörtes Flugzeug liegt jenseits der Baumgrenze heroben am Gebirgshang in Aussee, mit jeder Menge Unterhosen drinnen, für die der Biermösel kilometerweit gehen würde, und du fragst mich, wo die Story ist?"

„Na, ich sehe sie halt nicht!", sagt die Lois und legt auf.

Endlich schnallt sie sich dann doch noch den Holzfuß an. Aber nicht, um vielleicht den beschwerlichen Weg hinauf zum Gebirgskamm anzutreten. Sie wackelt lieber gemütlich zum Kühlschrank, wo zwar keine Story auf sie wartet, aber dafür der kalte Rote und die trockenen Kekse, mein Gott, sie hat die Kekse halt gerne trocken und den Roten am liebsten kalt, was soll sie denn machen?

Warum aber kennt der Bob Woodward von der *Washington Post* den Biermösel?, fragt sie sich dann doch, als sie zur Couch zurück wackelt. Vielleicht ist ja das eine gute Story?

Der Biermösel hat dann noch länger als ihm lieb war das rollende „Rrrrrr“ vom Staatsschauspieler im Ohr gehabt, zusammen mit dem Gebimmel Gebammel der Glocken aus der Bruchbude vom Pfarrer Hein – die Zwillinge lassen ihn vielleicht auch mehr büßen, als er verdient hat!

Rollende Rrrrs hier, donnernde Glocken da, von allen Seiten, zu allen Zeiten setzen ihm die Lärmterroristen zu.

„Lärmterroristen! Lärmterroristen!“, hat der Biermösel dann geschrien, als er sich im verzweifelten Wunschtraum die Ohren ausgerissen und ein paar Kilo Bauchfleisch von der Trudi in die Muscheln hineingesteckt hat. „Gibt es denn auf der ganzen Welt nichts anderes als immer nur noch mehr Lärmterroristen?“

Das fragt er sich schon beizeiten.

Im frühmorgendlichen Vollrausch hat der Staatsschauspieler ihn aus der Kantine vom Staatstheater heraus angerufen und mit noch viel rollenderem „Rrrrrr“ als sonst gefragt, ob er es vielleicht war, der seinem Rotzbuben Anton-Maria neulich das halbe Ohrwascherl weggeschossen hat, sodass es zu Hause noch ordentlich geraucht hat. – Das mit dem Telefonieren nimmt auch ein bisserl überhand!, findet der Biermösel.

„Ich war’s nicht!“, hat er schnell gesagt und gehofft, dass er mit dieser kleinen Notlüge aus dem Schneider sein wird, aber der feine Herr war gerade ein bisserl in Streitlaune:

„Und hast du ihm das Ohrr vielleicht ohne Haftbefehl und ohne erkennbarren Grrund, ja, vielleicht überhaupt nur aus derr rreinen frrühlingshaften Laune herraus weggeschossen?“

„Hab ich nicht!“

„Dann schwörre, Insekt!“, hat er gedonnert. „Schwörre bei deiner Möhrre, sonst ...“

„Sonst was?“

„Sonst Rrübe ab! Und wenn nicht Rrübe ab, dann hinab mit dirr ins Inferrno, zapp zapp zapp, hast du deinen Dante nicht gelesen?“

„Wen?“

„Meine Fresse, dann schneide ich dirr halt ein Pfund Fleisch aus deinem Schenkel, diese Geschichte wirrst du ja wohl kennen?“

Der Biermösel kennt ein paar sehr schöne Geschichten, in denen ein gut abgehangenes Stückerl Fleisch eine Rolle spielt, das aus der Sau herausgeschnitten wird und dann über den Umweg Ofen auf seinem Teller landet, gute Geschichten allesamt. Aber diese spezielle Fleisch-Geschichte vom Staatsschauspieler kennt er jetzt gerade leider nicht, da muss er ihn enttäuschen:

„Nie gehört!"

„Herrrrrgott! Dann wenigstens ‚Schuld und Sühne'? Garrr nichts? Rrrrosegger Peterles Waldheimat? Auch nicht den Waggerl? Nicht einmal seine Weihnachtsgedichte?"

Der Biermösel hat dann einfach aufgelegt.

Er hat sich mit den Riesentrümmer Fäusten gegen die Ohrwascherln gedroschen und „Urlaub! Urlaub!" geschrien. Weil er aber selbst nicht der einfallsreiche Vielreisende ist, hat er noch ein paar Minuten auf die rettende Hand gewartet, die ihn aus seinem Elend herauszieht, und – Überraschung! – da war sie auch schon:

„Charles Lindbergh an Biermösel, Charles Lindbergh von jenseits der Baumgrenze an Stubenhocker Biermösel unten im Tal, bitte schnell kommen herauf in die Berge!"

„Aha", hat sich der Biermösel gedacht, „Das wird der Doktor Krisper in seinem Sechstberuf als Stimmenimitator sein!" Und wie der Pfeil aus dem Bogen ist er hinausgeschossen auf die Straße, kaum dass er das Funkgerät an seiner Fips hat anschlagen gehört. Wenn nämlich beim Doktor Krisper oben jenseits der Baumgrenze die Lösung für all seine Probleme auf ihn wartet, warum dann nicht hinauf in die Berge? Und außerdem:

„Wer immer nur im Tale sitzt
Zum Himmel schaut und Wasser schwitzt
Wer nie die Alpenwelt geschaut
Der bleibt ein Aff' trotz Menschenhaut
Holladiödülliö!"

Singen die Radinger Spitzbuben, seine Lieblingsband.

Der Biermösel hat dann schnell die Satteltasche geschultert und gehofft, dass er das rollende „Rrrrr" und das Donnern der Glocken oben in den Bergen für immer hinter sich lassen kann, Stichwort: Frische Luft! Die beschauliche Fahrt hin zum Einstieg in den Berg hat er dann auch nicht einfach vertrödelt. Vielmehr hat er hinter seiner General-Jaruzelski-Brille das Hirn arbeiten lassen und sich die eine oder andere dunkle Frage gestellt:

„Wo ist der Hasenscharten-Ulf?"

Und mit der bitteren Antwort darauf hat er auch nicht lange hinter dem Berg gehalten:

„Ich weiß es nicht."

Also hat er sich weiters gefragt, was um alles in der Welt den Tripischowski angetrieben haben könnte, dass er dem Pfarrer Hein so eine große Glocke in den Kirchturm hinein hängt, nachdem er die Lodenproduktion eingestellt und sich der Kunstfaser zugewendet hat. – „Wo bitte ist denn da der Zusammenhang?"

Und auch hier hat er nicht lange auf die richtige Antwort warten müssen:

„Wegen dem schlechten Gewissen, wegen was denn sonst!"

Der Biermösel macht sich rank und schlank und schaut, dass er jetzt schnell, schnell durch die Kanaldeckelstraße kommt. Dabei spürt er den Druck, der auf ihm lastet, weil selbstverständlich wieder er es sein wird, der ein Ausrufezeichen gegen den immer weiter um sich greifenden Wahnsinn mit dem schlechten Gewissen setzen muss, und – Überraschung! – schon bietet sich ihm eine sehr schöne Gelegenheit, aber eine wirklich sehr schöne!

In kaum hundert Meter Entfernung sieht der Biermösel nämlich schon wieder den Bauern Ruprecht in seinen Gummistiefeln bei einem offenen Kanalloch herumstehen und mit beiden Händen seine Hendlscheiße hineinschaufeln. Zuerst donnert der Biermösel ja noch knapp an ihm vorbei, weil man die forcierte Fahrt keinesfalls stoppen darf, wenn man ausnahmsweise einmal Rückenwind hat, schon gar nicht wegen einem Bauern!

Aber dann fällt ihm endlich ein, an wen ihn die wurmstichige Visage vom Bauern Ruprecht die ganze Zeit erinnert hat, und er denkt sich erfreut:

Endlich sind sie gekommen, die Tage des Zorns!

Was nämlich dem Chinesen das lange Warten an der Biegung vom Fluss, das ist dem Biermösel der ad hoc zurechtgeschnitzte Fall, oder andersherum ausgedrückt: Man muss es als Gendarmerie nur ein bisserl verstehen, dass man sich Kausalzusammenhänge zusammenschnitzt, wo es gar keine Kausalzusammenhänge gibt:

„Bist du vielleicht der Busfahrer Steinermaier von vor 35 Jahren, der mich nicht hat aussteigen lassen, wie ich so dringend müssen hab?", fragt er also den überraschten Bauern Ruprecht, nachdem er umgedreht und sich vor ihm eingebremst hat. Und er gräbt damit aus seiner ferneren Vergangenheit eine Sache aus, die ihm noch immer unverdaut im Magen herumliegt und die ihn vielleicht wirklich ein bisserl an einem so genannten erfüllten Leben gehindert hat, wie es die depperten Gutsbesitzerinnen im Liebesfilmfernsehen immer haben, freilich nur so lange, bis es sie mit dem Pferd überschlägt und sie sich das Kreuz brechen, die Überschläge samt dem gebrochenen Kreuz machen selbst dem Biermösel das depperte Liebesfilmfernsehen in letzter Zeit ein bisserl schmackhaft.

Der Bauer Ruprecht aber streitet natürlich alles ab, wie es die Art von den Bauern ist:

„Geh Biermösel, sei doch bitte nicht so deppert, ich bin der Bauer Ruprecht!", sagt er, und der Biermösel kontert elegant mit:

„Das lass ruhig meine Sorge sein, wer du bist!"

Dann stellt er kurz die Fips in den Schatten, damit er sie nicht halten muss und die gewisse freie Hand hat, wenn er zornig wird. Und breitbeinig und entsprechend langsam geht er dann auf den Ruprecht zu, der die Situation noch immer komplett falsch einschätzt, weil er im Biermösel noch immer einen Landgendarmen sieht, während er sich doch längst in den Django verwandelt hat.

„Kümmere dich lieber um meine gestohlenen Hendln, Biermösel!", sagt er ein bisserl von oben herab. „Jedes Hendl zählt, wenn man EU-Subventionsempfänger ist!"

„Damit du dann vielleicht noch mehr von dem Hendlscheißdreck in den Kanal hineinkippen kannst?", sagt der Biermösel mit dem gewissen zornigen Unterton in der Stimme und den gewissen hinaufgezogenen Augenbrauen hinter der General-Jaruzelski-Brille, die den Ruprecht jetzt hoffentlich an die gewisse angespannte Atmosphäre im Kalten Krieg erinnern und daran, dass beim Biermösel die Zeit der reinen Abschreckung endgütig vorbei ist, die Tage des Zorns aber gekommen sind – und hoppala!

Schon liegt der Bauer Ruprecht im Kanal unten in seiner Hendlscheiße drinnen, und keiner weit und breit, der ihm helfen täte.

Na gut, denkt sich der Biermösel dann, wie er in Schwerstarbeit einen Kanaldeckel von einem anderen Loch herbeischleppt und auf das eine Loch drauflegt, in dem der Knecht Ruprecht gerade auf sehr tragische Weise das Zeitliche gesegnet hat. Na gut, denkt er sich: Wer die Welt ein bisserl enger sieht, der wird jetzt vielleicht sagen, dass er gerade einen astreinen Mord begangen hat (nicht seinen ersten zwar, aber den ersten an einem Zweibeiner, der keine Flügerln hat).

Schlechtes Gewissen jedenfalls, wie vom Pfarrer Hein für solche Fälle verordnet, hat der Biermösel keines, und das war ja auch der Sinn der Übung, also bravo!

„Und außerdem, Euer Ehren!", plädiert der Biermösel gedanklich auf strafmildernde Umstände, „Wenn man sich die Sache genauer anschaut: Es ja nur ein Bauer, oder?"

„Freispruch!"

„Danke, Euer Ehren!"

Endlich befreit von der drückenden Last, dass er nicht damals schon den depperten Reisebusfahrer Steinermaier mitsamt den ganzen Kameraden sofort im Kanal versenkt hat, schraubt sich der Biermösel dann verwegen durch den Wald hinauf in Richtung Baumgrenze, wo die Luft klar und sauber ist.

Es geht dabei überraschend flott dahin, solange er auf der Fips sitzt und den Gebirgskamm über die Serpentinen mit Unterstützung vom Verbrennungsmotor in Angriff nimmt, da kommt er im niedrigen Gang trotz Übergewichtes ganz gut voran.

Freilich nur so lange, bis der Motor dann doch zu stottern anfängt und in der dünnen Höhenluft überhaupt abstirbt, hust, hust, hust. In letzter Zeit stirbt aber wirklich dauernd irgendwer oder irgendwas, denkt der Biermösel dann nicht nur positiv über das Sterben, bevor er die Fips an eine Rotbuche bindet und sich von ihr verabschiedet. Irgendwer oder irgendwas muss halt immer sterben.

Als der Biermösel dann endlich in den Berg einsteigt („Dass es so hohe Berge überhaupt gibt!"), muss man sich den Biermösel noch als relativ glücklichen Menschen vorstellen. Aber er Stubenhocker und Bankerldrücker ist schon länger nicht mehr zu Fuß gegangen, und in seinem Alter bleibt er halt am liebsten auf dem Erlebnispark sitzen, wo es keine Dornen gibt, die ihn stechen können („Aua!"), und keine großen Bären, die ihn fressen wollen („Hilfe!").

Sobald er also den ersten Höhenmeter bewältigt hat, fallen ihm die Lungen zusammen, und nach dem zweiten Höhenmeter ist er sich sicher, dass das jetzt nicht einfach wird.

Schon pflastern grüne und gelbe Schleimbrocken seinen Weg wie früher den Weg vom Django die eine oder andere Leiche gepflastert hat, und an den lange nicht mehr gelüfteten Füßen wachsen ihm Blasen, so groß, dass er sie am Jahrmarkt in Gmunden drüben als Luftballons verkaufen könnte.

Wie der Frisör Manfred um seinen Frisörsessel tapst der Biermösel vorsichtig um die Bäume herum, halb blind auch, weil er trotz der Finsternis die patentierte General-Jaruzelski-Brille trägt, die ihn, da er schutzlos und ohne Wetterfleck wandert und an der Wunde am Arsch sowieso schon lockendes Blut verliert, nicht nur vor der Schneeblindheit schützen soll, die ihn da oben mit Sicherheit erwartet, sondern hoffentlich und insbesondere auch vor dem einen oder anderen herumstreunenden Bären, der vielleicht gerade aus seinem Winterschlaf erwacht ist und sich mit knurrendem Magen auf das erste Schnitzerl im heurigen Frühling freut, ohne Reis zwar als Beilage, aber dafür mit General-Jaruzelski-Brille.

Solange er im Wald ist, halten die Bäume wenigstens den Hall von den donnernden Glocken im Tal fern. Kaum aber dass er doch noch seinen Schädel aus den Baumwipfeln hinausstreckt und die Wälder hinter sich lässt, hört er schon wieder das Gebimmel von unten, und er fragt sich, ob es nicht überhaupt das Beste gewesen wäre, wenn er anstatt dem Berg den Kirchturm bestiegen und ihn eigenhändig von oben bis unten abgetragen hätte, er fragt sich jetzt wirklich, ob das nicht überhaupt das Gescheiteste gewesen wäre.

Als der Biermösel die Baumgrenze endlich hinter sich lässt und seine einmalige Weißheit der tödlichen Höhensonne darbietet – schneller hat noch keiner einen Sonnenbrand gehabt! –, sieht er in hundert Meter Entfernung den selbst ernannten Charles Lindbergh gegen einen Felsen gelehnt. Wie ein trauriger einsamer Bär sitzt er da, der nichts mehr in seinem Honigglas hat, weil er alles alleine und vor allem viel zu schnell aufgefressen hat.

„Hoffentlich kann der mir jetzt einen guten Grund nennen, wegen dem ich ihn da heroben besuche", hofft der Biermösel inständig, bevor er kurz vor dem Ziel noch einmal zusammenbricht und – weil er so fett geworden ist! – wie ein Stein die ganze Strecke wieder hinunter rollt, poing poing poing, bevor er sich wieder sortiert und den Aufstieg von vorne beginnt.

Spätestens jetzt muss man sich den Biermösel als sehr unglücklichen Menschen vorstellen.

Dorthin, wo die äußeren Bedingungen selbst im Frühling kalt und abweisend sind, hat sich der Doktor Krisper in seinem Siebtberuf als Präsident des Österreichischen Gewichtheberverbandes zurückgezogen und alle seine Kandidaten für die Gewichthebermannschaft mit Ziel Olympia Peking 2008 für gestern vier Uhr früh (pünktlich!) zum Höhentrainingslager einberufen, die er nach folgenden Kriterien ausgewählt hat: Alter (jung!), Aussehen (gut!), Oberschenkelumfang (mächtig!) sowie Beschaffenheit ihrer Popotschiarschis in den tailliert geschnittenen Sporthosen aus Kunstfaser („Mmmhm, lecker!").

Und stark sollten sie natürlich auch sein!

Er hat also darauf gehofft, dass sich zum ersten Kennenlernen der lieben Kameraden einfinden würden:

Der Schlachterbursche Emmerich der Jüngere vom Schlachthof in Wels drüben, Abteilung Schwein, den er aus seiner ekelhaft blutigen Plastikschürze herausholen und in die sehr, sehr engen rot-weiß-roten Kunstfasersporthosen des österreichischen Nationalteams hineinstecken wollte. Mit ein paar Litern Fremdblut, ein paar Schuss Sauerstoff extra und ein bisschen Aspirin-C-Brause hätte er aus ihm einen unbezwingbaren Titanen geformt. Allerdings hat der Emmerich das Glas Hirschblut, das er ihm zur Begrüßung angeboten hat, rundheraus abgelehnt, als er gestern nach der Spätschicht auf einen Sprung vorbeigeschaut hat:

„Schweineblut ja, Hirschblut – nein danke!", hat er gesagt. Und dahin ging seine Hoffnung Emmerich, hinunter ins Tal, zurück in den Schlachthof. Nur die Aspirin-C-Brause hat er genommen, „Gegen den Föhn!"

„Ach!", seufzt der Doktor Krisper, „der Emmerich war doch perfekt!"

Dann hat er seine ganze Hoffnung in den auch sehr knusprigen Eisenbiegerschnupperlehrling Wilfried von der ewigen Baustelle Kanaldeckelstraße gesetzt, der dort im Auftrag der Bundesregierung seit Jahr und Tag Kanaldeckel von einem Loch zum anderen schleppt, damit es wenigstens so aussieht, als wären für alle Löcher genug Deckel da. Mit seinen mächtigen und mächtig behaarten Armen hätte der Wilfried unbedingt das Zeug für einen Podestplatz gehabt, aber der Wilfried hatte seine Nerven nicht im Griff:

„Ein abgestürztes Flugzeug? Genau wie es der Pfarrer Hein prophezeit hat, Hilfe!“ Und sofort ist er wieder aus seinen engen Shorts herausgeschlüpft und in die sonntägliche Tracht zurückgesprungen, dabei hat er „Jubilate Deo!“ geschrien und sich zigmal bekreuzigt. So stark der Wilfried auch war – seine Angst vor dem Pfarrer Hein war letztlich stärker!

Dass der Hasenscharten-Ulf, der mit seinen angeblich weinfaßdicken Oberarmen ein sicherer Gold-Tipp gewesen wäre, dann gar nicht aufgetaucht ist, das hat die grundsätzlich positive Stimmung vom Doktor Krisper auch nicht mehr getrübt. Er trägt ja immer sein Picknickkörbchen mit sich herum und in seinem Picknickkörbchen die Krankenblätter seiner Patienten zum Beispiel, die immer etwas sehr Tröstliches haben.

Er legt sie auf seine übereinander geschlagenen, sehr dünnen und sehr femininen Beine in den Lodenknickerbockern, mit seinen Beinen kann er wirklich zufrieden sein. Dann kaut er an seinem Stiftchen herum und fängt an, die Krankenblätter auf den neuesten Stand zu bringen:

„Was haben wir denn da?“, fragt er sich. „Mhm, D wie Dörfliche Jugend, du meine Güte!“ Augenblicklich schaudert es den Doktor Krisper, wenn er daran denkt, wie ängstlich die Rotzbuben von der Dörflichen Jugend bei jeder Schuluntersuchung das Arschfältchen zusammenkneifen. Sie leiden allesamt unter Verstopfung, notiert er, und stolpern von einem Schließmuskelkrampf zum nächsten. Wovor haben sie denn solche Angst, dass sie gar so dicke Lederhosen tragen und er ihnen nicht mit der Arzttaschenlampe in den Kamin hineinleuchten darf,

wovor denn?

Der Doktor Krisper weiß es, aber er sagt es nicht.

Er blättert weiter zu L wie Lois Lehn, seiner schwierigen Schizo-Patientin. „Weltweit größter Fan von Dustin Hoffman“, bringt er ihre Akte auf den neuesten Stand, wohingegen sie den Robert Redford überhaupt nicht leiden kann. „Glaubt neuerdings sogar, dass sie Carl Bernstein von der *Washington Post* ist!“, notiert er besorgt.

Als der Doktor Krisper das Flugzeug abstürzen sah, hat er sie sofort angerufen, um ihr rotes Weinnäschen auf eine Geschichte zu stoßen, die ihr endlich Ruhm und Anerkennung in der Welt der schreibenden Zunft einbringen sollte, aber sie hat immer nur gefragt: „Wo ist denn die Story?“

Es hat jedenfalls ganz ordentlich gestaubt letzte Sternennacht, als der Unterhosen-Bomber der US Air Force mit Ziel Bagdad hier heroben zuerst niedergegangen und dann auseinander gebrochen ist, nachdem der wackere Pilot zuvor ein paar Kilometer weit den Gebirgskamm entlanggeschrammt war und sich verzweifelt gegen den Föhnsturm gewehrt hat, der ihm aber letztendlich seinen Willen aufgezwungen hat wie der starke Arm vom Hasenscharten-Ulf der extrem schwer zu läutenden Glocke vom Tripischowski.

„Und die Story?“

Die Story ist die, dass die sicherlich auch sehr leckeren und gut trainierten *boys* drüben in Bagdad jetzt ohne Unterhosen in der Wüstenhitze herumstehen, während hier heroben in der Höhensonne ein paar zehntausend davon herumliegen, aus Kunstfaser und made by Tripischowski, dem er noch vor ein paar Monaten den Schrank leergekauft hat.

„Das wäre ungefähr die Story gewesen, Carl!“

Der Doktor Krisper blättert weiter zu B wie Biermösel. Was kann, was soll, was darf man als Arzt über so einen Menschen noch sagen?

Er hebt die mehrbändige Ausgabe der Biermösel’schen Krankenblätter von seinen schlanken Schenkeln und legt sie auf den bemoosten Almboden. Dann kritzelt er mit seiner Ärzteklaue geschwind, geschwind ein psychiatrisches Ferngutachten in eine letzte freie Ecke:

„Traumatische Kindheitserfahrungen mit sexuell extrem überlegenem Eber. Muss seither – aus Rache – alles Säuische vernichten, sprich: essen!“

(Exkurs: „Fühlt sich der Biermösel etwa auch Hopfen und Malz unterlegen, weil er zusätzlich alles Bier dieser Welt vernichten muss? Das wäre weltweit vermutlich das erste Mal, dass sich einer Hopfen und Malz unterlegen fühlt, aber möglich ist es. Möglich ist beim Biermösel alles.“)

Um den Biermösel wenigstens von einem seiner vielen Leiden zu befreien (von seiner unbeschreiblichen Unterhose!), hat ihn der Doktor Krisper heute früh angefunkt und hier herauf bestellt. Wem sonst könnte er mit einer Unterhose mehr Freude bereiten als ihm? und Geburtstag hat er ja auch gehabt!

Noch aber ist der geborene Faulsack nicht heroben angekommen und der Doktor Krisper hat noch ein bisschen Zeit für anderes.

Also widmet er sich in einer Art Endspurt seinem Jahrhundertprojekt, dem epochalen Positiv-Denke-Ratgeber-Schmöker *Scheiß dich nicht an – lebe!*, an dem er seit nunmehr 35 Jahren feilt und bei dem er endlich Licht am Ende des Tunnels zu sehen glaubte, doch auf der Zielgerade hängt der Karren wieder fest! Der letzte und entscheidende Satz will ihm einfach nicht gelingen, nicht einmal hier heroben in der klaren und frischen Bergluft fällt ihm etwas ein. Dabei hat er schon so ziemlich jeden denkbaren Satz als Schlusssatz versucht, von „Mach es doch einfach wie die durch und durch positiv eingestellte Sonnenuhr, lieber Leser, und zähl' in Zukunft, auch wenn es vielleicht manchmal schwierig ist, einfach die heit'ren, sorgenlosen Stunden nur!" bis „Always look on the bright side of life!". Aber das Eine klingt irgendwie zu kompliziert, und aus dem Zweiten ließe sich bestenfalls ein kleiner Sommerhit basteln. Ein Schlusssatz aber, der seine Leser mit dem nötigen Schwung auf die Reise schickt, ist das alles nicht.

„Luft!", hört der Doktor Krisper dann den Biermösel nach ein paar Häppchen dünner Bergluft schnappen, „Luft, bitte Luft!" In hundert Meter Entfernung taucht er aus dem Wurzelwerk der Wälder auf und ist dem Tod wieder einmal näher als dem ersten glücklichen Tag in seinem Leben.

„Mehr Luft!", bettelt er, nachdem er noch einmal zusammengebrochen und ein paar hundert Meter zurück in den Wald gerollt war. Dann kommt er zu ihm hergekrochen, auf allen vieren wie ein Feuersalamander, nur leider nicht so schön und behende wie der.

„Bitte viel mehr Luft!", fleht der Biermösel, bevor er dem Doktor Krisper die letzten Reste seiner hundertfach geteerten Lunge auf die genagelten Schuhe spuckt, „Pfui!". Das stößt dann sogar den Inbegriff des positiven Denkens an seine Grenzen, und er überlegt, ob er seinem unheilbar schwierigsten Patienten nicht einfach den Luftröhrenschnitt setzen und dabei

– hoppala! – seitlich abrutschen soll. Wenn er schon seinen Ratgeber nicht beenden kann, warum dann nicht wenigstens das Leben dieser elendsten aller elenden Kreaturen?

Der Biermösel aber entkommt noch einmal dem Luftröhrenschnitt. Er legt sich einfach in die Arme seines Vertrauensarztes, nachdem er aus einem vorübergehenden kleinen Koma erwacht ist. Während er dabei dreimal atmen muss, damit er einmal was davon hat, betrachtet er mit seinen zu Stecknadelköpfen geschrumpften Adleräuglein hinter der General-Jaruzelski-Brille neidvoll das lindgrüne Lodenjäckchen vom Doktor Krisper mit dem aufgenähten Edelweiß, und er mustert die tannengrüne Lodenknickerbocker aus der letzten, der allerletzten Kollektion vom Abweichler Tripischowski. Dabei fallen ihm die rasierten Bleistiftbeinchen vom Herrn Doktor auf, welche die hinuntergerollten Stutzen freigeben, und er denkt sich:

Na bumsti! Jetzt weiß ich endlich, warum mich der Doktor immer mehr an die Reitstallbesitzerin im Liebesfilmfernsehen erinnert als an den kernigen Stallburschen, jetzt weiß ich es endlich.

„Wieso schaust du eigentlich so deppert?“, versucht der Biermösel dann ein Arzt-Patienten-Gespräch in Gang zu bringen. „Hast du mich vielleicht da herauf bestellt, damit ich mir anschaue, wie deppert du schauen kannst?“

„Aber nein“, seufzt der Doktor Krisper, während er den Biermösel an sich heranzieht und ihm endlich doch noch die mobile Sauerstoffmaske anlegt, „Welt ist so traurige und ungerechte.“

Nach all den Jahrzehnten der Sauerstoffunterversorgung tut dem Biermösel die Frischluft überraschend gut, und er sagt: „Mehr Luft!“

Der Doktor Krisper dreht den Hahn auf wie der Russe die Ölpipeline. Und wenn es ihm gerade gefällt, dann dreht er ihn wieder ab und schaut sich an, wie der Biermösel in Ohnmacht fällt. Dann wieder auf, dann wieder ab, dann wieder auf. Endlich sagt er:

„Habe ich folgendes Probleme, Biermösel. Denke ich scharf nach über Schlusssatz für meine Positiv-Denke-Ratgeber-Buch mit Titel *Scheiß dich nicht an – lebe!*, was ist endlich fast fertig nach 35 Jahren, aber leider nur fast fertig, weil Schlusssatz ist immer schwierigste Satz von viele schöne Sätze, was machen Gesamtheit von dicke dicke Schmöker aus, sprich: dicke dicke Schmöker ohne Schlusssatz ist wie … na … wie …, ist wie … na, wie …, ist wie … na … wie …“

„Moment, Moment!“, sagt der Biermösel und fordert abermals mehr Luft. Bevor er sich das Gestammel noch ein paar Stunden lang anhören muss, macht er dem Doktor Krisper lieber selbst ein paar Vorschläge, wie ein Schmöker ohne Schlusssatz ist, und zwar „Wie ein Schweinsbraterl ohne Krusterl vielleicht? Wie das Kraut ohne Kümmel, das Bier ohne Krone und wie der Bauch ohne Speck – genügt das, du Griffelschwinger!?“

„Das genügt!", sagt der Doktor Krisper durchaus ein wenig eingeschnappt, weil dem Biermösel schneller als ihm eingefallen ist, was ein dicker Schmöker ohne Schlusssatz ist. „Bist du vielleicht auch unter Schwinger von Griffel gegangen und schreibst Ratgeber-Buche?"

Und zur Strafe dreht er den Hahn wieder ab.

Nach ein paar Minuten aber erkennt er endlich den möglichen Nutzen, der ihm aus dem sauerstoffdurchfluteten Gehirn vom Biermösel erwachsen könnte, und er verdreifacht die Zufuhr, sodass es seinem schwierigsten Patienten schon die Augen herausdrückt, solch gewaltige Mengen Sauerstoff pumpt er in ihn hinein. Vielleicht, so sein Plan, schlummert ja noch das eine oder andere brauchbare Sätzchen im normalerweise schlecht durchbluteten Oberstübchen vom Biermösel, das er mit ein bisschen Sauerstoffüberdruck aus ihm herausblasen kann? „Biermääääsel!", sagt er. „Fällt dir vielleicht auch Schlusssatz für meine Positiv-Ratgeber-Buch ein?"

„Na, pass auf!", sagt der im Sauerstoffüberschuss. „Was hältst du von dem:

„Immer lustig, immer froh
wie der Spatz im Haferstroh!"
Ist es das, was du suchst?"

„Du warst schon besser!", sagt der Doktor Krisper streng und erhöht noch einmal die Dosis, sodass es dem Biermösel schon die Schuhbänder öffnet, bevor er ihm gleich auch noch einen halben Liter Hirschblut injiziert, damit der Sauerstoff schön gleichmäßig überallhin verteilt wird und auch das bis dato dauerunterversorgte Stammhirn erreicht. – „Also was ist?"

Na gut, denkt sich der Biermösel, vielleicht war ich beim Dichten wirklich schon besser. Aber am besten bin ich noch immer im „Aus-der-Hüfte-heraus-Schießen". Wenn ihn der Doktor Krisper also nur wegen dem depperten Schlusssatz für sein deppertes Buch hier herauf bestellt hat, dann gnade ihm trotzdem Gott. Einen hat er ja auf dem Weg hierher schon im Kanal versenkt, und wenn einmal der Erste gefallen ist, dann fallen alle anderen wie von selbst. Das hat ihm der Alte verraten, der während seinem Betriebsausflug nach Russland hinüber auch den einen oder anderen gefällt hat, da haben weiß Gott ein paar andere sterben müssen, damit er selbst überlebt hat!

Der Biermösel versucht also die Schusshand zu seiner Glock zu führen, während der Doktor Krisper ihn mit immer mehr Sauerstoff und noch mehr Fremdblut auffüllt, „Blut von Hirschekuh!" Aber nachdem der Biermösel 60 Jahre ohne Sauerstoff im Hirn ausgekommen ist, fehlt ihm jetzt im Überfluss ein bisserl das sichere Gefühl für die schnelle und flüssige Bewegung in der Schusshand, oder andersherum ausgedrückt:

Er kann sich nicht mehr rühren!

Nur im Hirn oben spürt er auf einmal statt der furchtbaren Schmerzen dieses ungeahnte Surren und Brummen, und auf einmal kann der Biermösel gar nicht mehr anders, als dass er diesen einen, den allerletzten Schlusssatz hinaus in die Freiheit entlässt:

„Ich bin immer lustig
Ich bin immer froh
Ich versaufe mein Bettzeug
Und schlafe im Stroh!"

Und dann fragt er erschöpft:

„Meinst du vielleicht so was?"

„Das ist großartig, Biermääääsel!", jubiliert der Doktor Krisper und zieht ihm die Injektionsnadel heraus und hängt ihn vom Sauerstoffgerät ab, bevor er sein Manuskript vervollständigt und in das Picknickkörbchen zurücklegt.

„Schlusssatz von Biermääääsel ist praktisch wie aufgestoßenes Tor zu Himmel, sprich: ist Garantie für Bestseller, sprich: Danke, Biermösel! Bin ich endlich fertig geworden mit meine Jahrhundertprojekt!"

„Na dann", sagt der Biermösel noch, bevor er wieder ins Koma fällt.

„Und warum hast du mich heraufgeholt?", jammert der Biermösel dann schwach wie das alte Waschweib, zu dem die dünne Höhenluft ihn gemacht hat. „Nur wegen meinem Sprachgenie?" Und dabei vermittelt er dem geschulten Auge des Doktor Krisper den unbedingten Wunsch, hier heroben zu sterben und vom starken, trockenen Wind mumifiziert zu werden, sodass sich vielleicht in 5.000 Jahren noch wer an ihn erinnert, wenigstens in 5.000 Jahren!

„Aber nein, Biermäääsel", tröstet ihn der Doktor Krisper und holt eine kleine Kerze aus seinem Picknickkörbchen heraus. „Hab ich Überraschung für dich, Überraschung zu deine Geburtstage."

Dann richtet er sich gut gelaunt auf und streckt das Kreuz durch, das nach all den Jahren vorm Schreibtisch, während der er nach einem Schlusssatz für seinen Schmöker gesucht hat, endlich von einer gewaltigen Last befreit ist, und mit großer Geste deutet er hinunter ins Tal:

„Siehst du herrliche Landschaft da unten in enge Gebirgstal?"

„Sehe ich nicht", sagt der Biermösel, der durch seine General-Jaruzelski-Brille und den Schleier seiner Immer-wieder-Bewusstlosigkeit hindurch einfach gerade nicht so gut sieht. Also nimmt ihn der Doktor Krisper an der Hand wie der Gutmensch den Blinden an der Ampel und setzt seine schwungvolle Handbewegung fort, diesmal hinauf zu den Bergen:

„Dann siehst du auch nicht abgestürztes Flugzeug oben auf Gebirgskamm?"

Das sieht der Biermösel auch nicht, aber er kann es sich ungefähr vorstellen, und augenblicklich fährt ihm der Schrecken in die alten Knochen hinein:

„Ein abgestürztes Flugzeug? Genau wie es der Pfarrer Hein prophezeit hat, Hilfe!!"

Aber der Doktor Krisper schnürt ungerührt seine Wanderstiefel, und dann führt er sie zwei Wandersleute über den Kamm hinüber zur Absturzstelle. Keine leichte Wanderung, aber auch nicht schwierig. So lala halt.

Schwierig ist beim Wandern ja immer nur die Frage, was man miteinander reden soll, wenn man in einem ohnehin belasteten Arzt-Patient-Verhältnis gerade nichts miteinander zu reden hat.

„Nachthemd oder Pyjama?“, könnte eine Frage lauten, die dem Biermösel sowieso gerade auf der Zunge brennt, und befeuert vom allzu vielen Sauerstoff im Hirn spricht er sie auch aus. „Was trägst du, Krisper, wenn die langen und kalten Winter vorbei sind und die Nächte lau und voller Mond, Nachthemd oder Pyjama?“

Zwar schießt es sich vermutlich mit der Winchester aus dem Nachthemd heraus schneller als aus einem Pyjama, wenn man eine zum Packen hat, also lieber Nachthemd. Aber leider hat er nie eine zum Packen, also lieber Pyjama, „Was meinst du, Krisper?“

„Bist du depperte Idiot, Biermääääsel?“, droht der Doktor Krisper an seinem schwierigsten Patienten zu verzweifeln. Er versucht ihm Sauerstoff zu entziehen, indem er ihn in immer lichtere Höhen hinauf führt, aber der Biermösel trotzdem nicht mehr aufhören will zu reden.

„Seit den seligen Zeiten vom John Wayne und seinen Ganzkörperunterhosen ist ja sowieso nichts Besseres mehr nachgekommen, außer man nimmt die Ganzkörperbehaarung beim Affenmenschen, die war vielleicht überhaupt das Beste, was der Mensch je getragen hat, aber wo ist der Affenmensch, wenn man ihn braucht, Kruzifxinocheinmal, Krisper!“, schreit er jetzt schon verzweifelt: „Ich brauch dann wirklich dringend eine neue Unterhose, wenn ich die Anni heuer noch packen will!“

„Scheiß dich nicht an!“, versucht der Doktor Krisper den Biermösel zu beruhigen und tätschelt ihm die riesigen Pratzen. Und um endlich doch noch den überschüssigen Sauerstoff aus ihm abzulassen und ihn wieder zu dem schweigsamen Griesgram zu machen, der er immer war, sticht er ihm dann unauffällig mit dem Präzisionsinstrument in die Lungen hinein, sodass es schön pfeift, wozu sonst hat er es denn immer dabei?

„Für mich?“, fragt der Biermösel endlich enttäuscht, als sie die Absturzstelle erreichen. „Für mich zum Geburtstag? Ein komplett verbogenes Flugzeug? Danke, Krisper! Danke, danke und immer wieder danke!“

Aber seine Freude ist natürlich nur gespielt.

Zu sehr lässt ihn der Anblick von dem Flugzeug an die prophetischen Worte vom Pfarrer Hein denken, und er wendet sich kleinlaut an den Herrn Doktor:

„Krisper, sei ehrlich mit mir! Bin wirklich ich an allem schuld? Am Gestank in der Welt und jetzt sogar schon daran, dass Flugzeuge herabfallen?“

„Aber Biermösel", sagt der Krisper. „Bist auch du durch Dauerläuten von Glocke von Pfarrer Hein nicht mehr wilde Haudrauf, sondern Hosenscheißer geworden wie Eisenbiegerschnupperlehrling Wilfried?"

„Bin ich nicht!", sagt der Biermösel, aber er schaut dabei dem Doktor Krisper natürlich lieber auf die genagelten Schuhe als ihm direkt in die Augen.

„Muss ich spucken auf Hosenscheißer!", sagt der Krisper angewidert.

Und nachdem er einen sehr Ordentlichen abgesondert hat, versucht er dem mahnenden und die Seele zerstörenden Geläute vom Pfarrer Hein buchstäblich den Wind aus den Glocken zu nehmen:

„Pass auf, Biermösel. Absturz von Flugzeug auf dieser Seite von Gebirgskamm hat ausschließlich folgende Bewandtnis, hast du Zeit ein bisschen länger oder bist du in Eile?"

„Wenn ich was habe, dann Zeit", sagt der Biermösel.

„Also gut", holt der Doktor Krisper etwas weiter aus. „Ist nicht Schuld von Menschen, was hat Flugzeug herabgeholt von Himmel, ist Schuld von Föhnwind, was war stärker als starke Hand von Charles Lindbergh an Steuerknüppel von Transportflugzeug, sprich: Föhn war stärker als PS-starke Triebwerke sechs Stück, sprich: ist wirklich starke Föhn in diese Gegend von Welt."

Da ist der Biermösel sogar fast ein bisserl stolz auf den einheimischen Föhn, obwohl er selbst einer der Hauptleidtragenden ist. Aber neben dem Kraftwerk in Kaprun und dem Museum mit den Missgeburten in Salzburg drüben ist der Föhn vielleicht das Einzige, worauf der Einheimische ein bisserl stolz sein kann, also „Land der Berge, Land am Strome, Land der Äcker, Land der Dome und so weiter!"

Aber auch nach der zweiten Strophe Bundeshymne sind seine Zweifel noch immer nicht ganz ausgeräumt:

„Und was ist mit dem Gestank in der Welt, Kruzifixnocheinmal, bin daran wenigstens ich schuld?!"

„Will ich ehrlich mit dir sein", sagt der Krisper. „Was Gestank von Welt anbelangt, liegt Sache ein bissi anders. Habe ich schon alles gesehen und gerochen in meine Praxis, sprich: Socken von Bürgermeister und Strumpfband von gachblonde Discowirtin, eitrige Beinstumpf von rasender Reporterin Lois Lehn nach Notoperation und viele dunkle, schwarze Kamine von einheimische Bevölkerung, was alles sieht nicht gut aus und riecht auch nicht wie Steilküstenlandschaft in Liebesfilmfernsehen. Aber leider, leider Biermösel, du stinkst wie Furz von Teufel unten in Hölle, sprich: Deine Unterhose ist abgewandte Seite von Mond, ist sie glaube ich fast Achillesferse von ganze Menschheit."

Solcherart verabreicht der Doktor Krisper dem Biermösel also die Peitsche, bevor er ihn zum Heckruder vom abgestürzten Flugzeug zerrt, hinter dem sich dann aber doch noch das ganze Zuckerbrot der Welt für ihn ausbreitet:

„Biermösel, schau! Unterhosen!", sagt er, bevor er die Kerze für ihn anzündet. „Alles Gute zu Geburtstage in Nachhinein!"

„Für mich?", fragt der Biermösel. „Eine Ganzkörperunterhose Marke John Wayne?"

Endlich ist die Freude groß und die Rührung ist ehrlich.

Abwärts geht es dann überraschend flott dahin, aber abwärts geht es in einem Menschenleben immer flott dahin, da macht dem Biermösel keiner was vor.

Für den Nach-Hause-Ritt hat er den Doktor Krisper kurzfristig in einen Maulesel umfunktioniert, teils natürlich wegen dem gewissen John-Wayne-Gefühl in der neuen Unterhose, das er auf dem Rücken der Pferde genießen will, teils aber auch als Strafe. Ganz hat der Biermösel nämlich noch immer nicht verstanden, warum ihm der Depp die Unterhose nicht einfach mit hinunter ins Tal genommen und dort geschenkt hat, „Wieso eigentlich nicht?“

„Aber dann hättest du doch die Wanderung nie gemacht!“

„Ja genau!“

Mit seinen Blasen an den Füßen und den zusammengefallenen Lungen im Brustkorb hätten sie für ihren Abstieg bis Weihnachten gebraucht, allerdings bis Weihnachten 3024. Das hat dann auch der Doktor Krisper eingesehen, also hat er sich letztlich sogar gerne als Muli versucht, „Muss ich nur vorher trinken halben Liter von Blut von Hirschekuh und schlucken zwei Brause von Aspirin C, passt?“

„Passt!“

Mit einem eingesprungenen Biermösel hat er den bulgarischen Blutsäufer dann bestiegen und es sich hinten auf seinem schmalen Kreuz neben dem Picknickkörbchen halbwegs gemütlich eingerichtet, die Sporen an den schweren Bergschuhen hat er sich einfach dazugedacht – „hühott!“

„Wohin?“

„Nach Westen!“

Kaum waren sie wieder ein paar elegante Galoppsprünge weit in den gesunden Mischwald eingetaucht, war die Luft auch schon wieder dick genug für die tiefen Lungenzüge, herrlich! Mit ein paar schnell gerauchten Johnny ohne Filter hat der Biermösel den Sauerstoffüberschuss im Körper schnell wettgemacht und das Gleichgewicht im System wiederhergestellt. Den Rauch hat er dem Doktor Krisper ins Gesicht geblasen, teils aus Spaß, teils als Strafe. Aber der hat einfach die ganze Zeit „Don’t worry, be happy“ gesungen, in einer bulgarischen Version, obwohl er dann trotz Blutdopings immer wieder mit dem einen Knöchel umgekippt und mit dem anderen Knie eingebrochen ist. Seit er seinen dicken Ratgeber-Schmöker endlich fertig im Picknickkörbchen hat, freut er sich wie die Reitstallbesitzerin im Liebesfilmfernsehen über die zupackende Hand vom Stallburschen.

Schon bei der ersten Lichtung aber war sein Akku wieder leer, und er hat den Biermösel um ein kleines Päuschen ersucht, ohne Decke, ohne vorgekochte Eier, ohne Schwein und Bier, ohne Zahnstocher und Insektenspray, kurz: ohne allem, was dem Menschen bei einem Picknick normalerweise Freude bereitet. Nur sie beide und die schöne Gebirgslandschaft um sie herum.

„Darf ich machen eine Pause?"

„Darfst du machen eine kurze!"

Jetzt sitzt der Biermösel also alleine in der Almwiese herum und wartet auf die Ladung Osterböcke, um die er den Doktor Krisper noch hinunter ins Tal zu seiner Fips geschickt hat, bevor er ihn dann vielleicht wirklich seine Pause machen lässt. Und wie er dabei die General-Jaruzelski-Brille für den bösen Blick aufsetzt und die Glock gegen den hungrigen Bären in Anschlag bringt, der da irgendwo hinter den Bäumen gerade den Griller anwirft, auf dem er ihn gerne braten möchte, da ummantelt den Biermösel auf einmal die herrliche Natur in ihrer gesamten Saftigkeit, und sogar er gottloser Geselle muss jetzt einmal die Saftigkeit der Natur anerkennen, bravo, sehr, sehr saftig! Und wenn der Herrgott dafür verantwortlich sein will, dann soll er doch in Dreiherrgottsnamen dafür verantwortlich sein, denkt sich der Biermösel, die Freude will er ihm nicht nehmen, „Nur lass mich bitte, wenn ich noch einmal auf die Welt komme, als Biene auf die Welt kommen!", richtet er einen Appell in eigener Sache an den Herrgott, ihm ist nämlich aufgefallen, dass es im Frühling mehr Blumen gibt, die sich von einer Biene bestäuben lassen wollen, als Weiber, die sich von ihm packen lassen wollen, „Also bitte als Biene, okay?"

Zum ersten Mal in seinem Leben genießt der Biermösel dann den einmalig schönen Rundblick auf das Jammertal unter ihm, über das er seit 35 wacht und in dem ihm seit 60 Jahren das Leben zwischen den Fingern zerrinnt. Der Föhn hat den ganzen Dreck der letzten tausend Jahre hinweggeblasen und stattdessen Sauerstoff ins Tal hineingefüllt, einmalig! In der immens klaren Luft sieht der Biermösel jetzt sogar den Ausgang vom Tal, durch den er nie hinaus gefunden hat, nicht einmal nach Kaprun hinüber, das er jetzt auch sehen kann, hat er es geschafft, wo neben der Staumauer das Gendarmerieerholungsheim steht, in dem er die Anni gerne gepackt und bestäubt hätte, wenn die nicht auf das mahnende Läuten vom Pfarrer Hein hereingefallen wäre, da ist er dann doch wieder böse auf den Herrgott.

Der Biermösel kann sich gar nicht mehr genug über die mahnenden Glocken vom Pfarrer Hein ärgern, die er als lästiges Jucken sogar da heroben in den Ohren spürt, und wenn er ein Präzisionsgewehr von entsprechender Reichweite hätte, dann täte er ihm die Glocke jetzt aus seinem Kirchturm herausballern, den er bei der guten Sicht leider auch sehen kann – peng, peng, peng!

Heute aber ist die Sicht insgesamt so gut, dass der Biermösel das erste Mal in seinem Leben sogar bis nach Kärnten hinunter sehen muss, wo der Wörthersee in der Sonne herumliegt und die braune Kuhscheiße in den saftigen Wiesen, und auf einmal überkommen den harten Marlboro-Mann im Biermösel wieder die gewissen Selbstzweifel:

Er fragt sich, ob er der Anni vielleicht doch mehr hätte bieten müssen, dass er ihr also anstatt der Eisenbetten im Schlafsaal vom Gendarmerieerholungsheim in Kaprun drüben zum Beispiel eine Reise in den Süden hinunter zu den Freunden der Sonne hätte anbieten sollen, kann denn das sein? Und auf einmal juckt es ihn selbst ganz ordentlich in den Wandersfüßen, und das nicht nur wegen dem vielen Sauerstoff in den verstopften Venen. – „Aua!"

Es sind die Weite, die Freiheit, das Ungebändigte und Ungestüme, die ihn von da heroben zur Sommerfrische nach Kärnten hinunter locken wie die Glocken vom Pfarrer Hein die Anni in seine Bruchbude.

Du meine Güte, Kärnten!, ist er auf einmal ganz begeistert von Kärnten. Wenn man das Minimundus dort unten gesehen hat, dann hat man sowieso die ganze Welt gesehen, und einmal im Leben sollte der Mensch vielleicht schon die ganze Welt gesehen haben, bevor er sich dann nach einem Leben im Dienste vom depperten Staatsganzen sowieso wieder früh genug in die Windeln im Siechenheim in Goisern drüben hineinlegen muss, einmal im Leben sollte der Mensch sich das vielleicht gönnen.

Allerdings, schränkt der Biermösel den Wunsch nach einer Sommerfrische in Kärnten samt womöglich sogar einem Badeurlaub gleich wieder ein, allerdings war er natürlich nie der leidenschaftliche Wassersportler, das Wasser ist ihm insgesamt eine Spur zu nass. Und er fragt sich, ob er überhaupt die Badehose mit den Quasteln dran noch irgendwo findet, die ihm die alte Biermösel-Mama gestrickt hat, weil sie damals natürlich ein bisserl eifersüchtig auf die Südstaaten-Weiber aus Amerika drüben gewesen ist, die ihm ruck, zuck die Schweinchen-Dick-Unterhose gestrickt haben.

„Das kann ich auch!“, hat sie gesagt und ihm genauso ruck-zuck eine Badehose gestrickt, mit ein paar Quasteln daran, die vielleicht auch nicht mehr ganz modern sein werden, wenn sie ihn dann als Wasserleiche aus dem Wörthersee herausziehen, weil er natürlich ein Nichtschwimmer bis dort hinaus ist, nachdem ihn die lieben Kameraden in der Gendarmerieschule vom gemeinschaftlichen Schwimmkurs-Erlebnis ausgeschlossen haben.

Ungeduldig wartet der Biermösel jetzt auf die Osterbock-Vorräte, um die er den Krisper ins Tal hinunter geschickt hat, teils, weil er nicht austrocknen will, großteils aber, weil nichts das immense Hungergefühl besser beseitigt als der sättigende Osterbock.

Schon träumt er davon, dass ihn der Bär aus dem Wald heraus endlich anfallen soll und er ihn zusammenschlagen und dann gerne auch roh fressen kann, er hat jetzt wirklich schon einen Bärenhunger! Und bis der Krisper zurück sein wird, kann er sich bei der Gelegenheit auch gleich fragen, wie das bei so einer Überlandfahrt nach Kärnten hinunter wohl mit der regionalen Kost in der so genannten Erlebnis-Gastronomie ausschauen täte, und ob sie es überhaupt rechtfertigt, dass man den heimeligen Herd von der Roswitha verlässt?

Gott sei Dank haben er und die Roswitha sich den Wahnsinn mit der immer weiter um sich greifenden Erlebnis-Gastronomie erst gar nie angefangen, zur Erlebnis-Gastronomie mit der halben Gurke am Teller von ihm vielleicht nur so viel: Die halbe Gurke schälen, schneiden und dann beim Fenster hinaus!

Die Roswitha ist ja – mit einem ganzen Magen drinnen! – nicht geizig, sie ist nicht neidig, sie sagt: „Nur die fette Küche ist die gute Küche.“ Sie sagt: „Fünf sind geladen, zehn sind gekommen, gieß Wasser zur Suppe, heiß alle willkommen!“, so ein Typ ist die Roswitha. Und auch wenn sie heute immer öfter mit dem Schlachtermesser in der Hand seine Schlafkammertür belagert, muss er sich natürlich sehr genau anschauen, wie das mit der Logis im Erlebnis-Gastronomie-Paradies

Kärnten ausschaut, weil er ja trotz der Bedrohung am liebsten daheim schläft, und mit der neuen Ganzkörperunterhose wird das erst recht ein Erlebnis unter der Decke!

Der Biermösel wird also nach reiflicher Überlegung doch nur sehr schwer auf die lieb gewonnenen Heimat samt ihren Eigenheiten verzichten können, denkt er sich jetzt, wie er den Krisper endlich mit seinem Hirschblut im Körper wieder auftauchen sieht, und er kann es kaum erwarten, dass ihm die Roswitha wieder absticht und aufkocht wie früher, also schreit er ihm schon von weitem entgegen:

„Krisper! Hast du den Magen von der Roswitha noch irgendwo?" Und die Antwort bringt die Anni einer Überlandfahrt nach Kärnten nicht näher, weil:

„In der Garage muss er noch irgendwo hängen!"

„Was macht er dort?"

„Als Landarzt weiß man ja nie, wann beim Landarzt-Kombi der Keilriemen reißt!"

„Wieder einbauen!"

„Okay."

Kann also gut sein, dass der Biermösel die Überlandfahrt überhaupt bleiben lässt und dass er auf Kärnten scheißt, denkt er sich dann, wie er den leeren Tank vom Doktor Krisper mit ein paar Osterböcken auffüllt, bevor er ihn wieder besteigt. „Fahr nicht fort, bleib im Bierzelt!", ist ja seine entschiedene Haltung zur Überlandfahrt einerseits und zum Bierzelt andererseits. Und da wird sicher auch eine Rolle spielen, was ihm der alte Biermösel über das Ausland samt der Erlebnis-Gastronomie in Stalingrad zum Beispiel erzählt hat, das macht ihm den Mund auf eine ausgedehnte Auslandsreise samt Städtetourismus in Richtung Kärnten hinunter und dann weiter zum Ural hinüber auch nicht wässrig.

„Bist du deppert!", schreit der Krisper auf einmal, als sie schon fast bei der Fips unten angekommen sind, und dann wirft er den Biermösel ab.

„Bin ich depperte Idiot!"

Bis dahin ist er gesprungen wie ein Gämslein, der Osterbock hat ihm besser getan als das Hirschblut, aber das hätte er ihm gleich sagen können.

„Was ist?", fragt der Biermösel, als er sich aus dem Ameisenhaufen befreit, in dem er gelandet ist.

„Habe ich Manuskript für Bestseller mit Schlusssatz von Biermösel in meine Picknickkörbchen bei deine Moped unten vergessen! Und obwohl bin ich gottlose Kommunist, bete ich jetzt zu Gott: Hoffentlich ist keine große bääse Bär vorbeigekommen und hat gefressen meine Manuskript!“

„Hoffentlich ist keine große bääse Bär vorbeigekommen und hat *gelesen* deine Manuskript!“, korrigiert ihn der Biermösel, bevor er den Doktor mit dem Lasso einfängt, auch die letzten paar Höhenmeter wird er keinesfalls zu Fuß gehen.

„Hü Hott!“

„Wohin?“

„Nach Westen!“

Näher war der Biermösel dem John Wayne noch nie.

Na gut, denkt sich der Biermösel dann. Mit der neuen Unterhose am Gendarmenkörper wird das bei den Weibern ganz von alleine gehen, und er kann zwischendurch auch wieder einmal ein bisserl ermitteln, also: Wo ist denn der Hasenscharten-Ulf, warum ist er denn verschollen, wer könnte denn was wissen, so schwer kann das ja nicht sein, „Krisper, denk einmal ein bisserl nach!"

„Nix wissen!"

Wenn der lecke Kahn der Ermittlungen aber in Schieflage geraten ist, dann müssen die Leichtmatrosen von Bord und wieder die Männer mit Bärten ran. Der Biermösel hat dem Doktor Krisper also einen Tritt in den Arsch verpasst, nachdem sie endlich sein Moped unten im Tal gefunden haben und neben dem auch die Reste von seinem Jahrhundert-Seller gelegen sind. 35 Jahre Arbeit waren im Magen von irgendeinem dahergelaufenen Bären verschwunden, mit dem Schlusssatz vom Biermösel als Beilage, darauf deuten alle Spuren hin. Die Fetzen haben sich über den ganzen Waldboden verteilt, weiter verstreut waren nur noch die Unterhosen oben jenseits der Baumgrenze. Aber die harten Augen vom Landgendarmen haben dem Griffelschwinger mitgeteilt, dass er gegen den Bären nicht ermitteln wird, keinesfalls.

„Bau du lieber der Roswitha den Magen wieder ein, ich muss endlich schauen, wo der Hasenscharten-Ulf ist!"

Der Biermösel lässt sich jetzt vom Föhn nach Goisern treiben, auf und hinüber zum Alten ins Siechenheim, der ihm bei der – späten! – Gelegenheit sicher auch verraten wird können, wie er mit Vornamen heißt, „Geh Papa, kannst dich gar nicht mehr erinnern?"

Der Alte hat ja genug gesehen drüben in Russland, sodass er vor der Problemstellung „Verschollener Glöckner" nicht zurückschrecken wird. Er hat mit russischen Bären gerauft und in kalten russischen Wintern gefroren, er hat Pest und Cholera durchlitten und Leichen im Ganzen und Leichen in Teilen gesehen. Es wird ihm also nichts Menschliches fremd sein, wenn ihn der Biermösel mit seinem Fall konfrontiert, die Verschollenen und Abgängigen sind seine lebenslange Begleitung.

(Wie aber wird er reagieren, wenn ihm der Biermösel auseinandersetzt, dass irgendwo da draußen einer herumrennt, der Hendln stiehlt, wo es doch – er kann es nicht oft genug sagen!

– auch Schweinderln gibt auf der Welt? Wird diese Nachricht endlich schaffen, was der Russe nicht geschafft hat?)

Auf eine Antwort aus seinem Mund heraus aber wird der Biermösel vergeblich warten. Für die langen Antworten fehlt dem Alten nämlich die Zunge, seit sie ihm die auch noch herausgeschnitten haben.

Alles haben sie dem Alten schon weggesäbelt, nur seine Erinnerungen an den Russlandausflug haben sie ihm nicht wegschneiden können, die sind noch da und werden für immer bleiben. Die Erinnerungen an und die Wut auf die depperte Drecksau Hitler, die ihn für diesen Betriebsauflug gebucht hat, ohne dass er ihn vorher gefragt hätte. Und der dann die Rückfahrt so schlecht organisiert hat, dass sie dafür Jahre gebraucht haben, vergeudete Jahre in der Fremde, die er doch viel lieber daheim bei seinen Liebsten verbracht hätte, bei seinen Schweinderln im Stall.

Der Biermösel bedauert heute – trotzdem nicht immer alles nur schweinderlrosa war zwischen ihnen beiden! –, dass der Alte ihn nicht mehr mit der starken Hand durchs Leben führen kann wie früher, als er ein kleiner Rotzbub war und der Alte ihn am Ohrwascherl zum „So geht das!"-Anschauungsunterricht in den Schweinestall hinein gezogenhat, wo schon der Zuchteber, von dem er jetzt doch glaubt, dass er Edmundo geheißen hat, gelegen ist und neben ihm auf dem Stroh eine von seinen sehr aparten Zuchtsauen, die er dann gepackt und bestäubt hat, du heiliger Bimbam.

„So geht das!", hat er Alte gebrüllt.

„Wie?", hat der Biermösel gewinselt.

„Na so!"

„Na wie?"

Er war damals erst vier Jahre alt, und es haben ihn andere Sachen mehr interessiert als genau das – sein Schweinchen-Dick-Kostüm und die Quasteln an seiner Badehose zum Beispiel waren ihm näher. Aber auch wenn ihm diese Unterrichtseinheit noch heute schwer im Magen liegt, so täte er den Alten jetzt doch gerne fragen:

„Wie muss ich es denn anstellen, damit ich den Hasenscharten-Ulf wieder finde, wie geht denn das?

„Na so!"

„Na wie?"

Der Biermösel lenkt die Fips durch den weitläufigen Park vom katholischen Siechenheim in Goisern drüben, dann stellt er sie gegen einen Nussbaum und schaut sich ein bisserl um. Sehr schön alles, sehr sauber nach außen hin. Wie es aber im Innersten von so einem Siechenheim ausschaut, das weiß man immer erst, wenn man selbst wieder die Windeln anzieht und die Zähne dort abgibt.

„Wo ist denn der Alte?", fragt er einen Haufen vorbeirennender Klosterschwestern, von denen er jetzt nicht genau sagen kann, ob sie auf einen Sprung aus der Hölle vorbeischauen oder nur aus einem Speisesaal, in dem es seit Wochen nichts zu essen gibt, so verhungert schauen sie aus.

„Der Herr Biermösel", sagt die Rudelführerin, „ist jetzt mit seinem Kreisky-Bild auf dem Revers von seinem nie gewaschenen Lodensakko drüben im ehemaligen Siechenheimtrakt 0–5 Jahre untergebracht, wo es ihm besser geht, als es einem Kommunisten gebührt."

Dazu von ihm vielleicht nur drei Worte:

„Ein Schmalzbrot vielleicht?"

Und schon verhindert nur sein ausgestreckter Zeigefinger im Auge von der Schwester Oberin und der spitze Ellbogen in der Magengrube von der Novizin, dass sie ihn abstechen und essen, wegen dem unmenschlichen Hunger nach der langen Fastenzeit.

„Gib uns Schmalzbrote!", betteln sie auf Knien, und mit ihren abgebissenen Fingernägeln kratzen sie das Schmalz aus dem Leder von seiner Satteltasche und saugen daran wie das Kalb an der Mutterkuh, damit der Wasserfluss aus ihren Mundwinkeln vielleicht endlich nachlässt und ihre gierigen Augen wieder in die Augenhöhlen zurücktreten.

Aber er gibt ihnen keines. Er will ja nicht, dass sie wegen ihm sündigen!

Wie der heiße Föhn seinen Schädel, so trifft die harte Faust vom Verwesungsgeruch den Biermösel dann mitten auf die Nase und fügt ihm eine weitere schwere Fraktur zu, als er den Siechentrakt betritt.

Die Siechen und Teile von den Siechen stehen dort aufgereiht im Gang herum oder sitzen in ihren Rollwagerln. Die, die noch schauen können, schauen deppert auf die Mauer vor ihnen, weil sie die Fenster auf der anderen Seite vom Gang nicht gefunden haben und sie ihnen auch keiner gezeigt hat. Die anderen, die ohne Augen, weinen mit dem inneren Auge der verlorenen Zeit hinterher, die an ihnen vorbei rinnt, und nur weil sie keine Augen mehr haben, sieht man auch ihre Tränen nicht.

An der Wand hängen ein paar Bilder, merkt der Biermösel endlich, und die lebenden Toten, die daran vorbeihuschen, bekreuzigen sich davor.

Da bleibt er stehen und setzt sich die Gleitsichtbrille auf. Ein Siecher, der noch sehen kann, aber nicht mehr gehen, rutscht auf allen vieren zu ihm her und zieht ihn am Hosenbein, er fragt:

„Hast einen Euro für mich?“

„Da hast zwei vierzig!“, sagt der Biermösel. „Und jetzt lies mir vor, was da unter dem Bild steht!“

„Edler Spender Tripischowski, Lodenkönig“, sagt der Sieche.

„Da hast du noch ein Schmalzbrot“, sagt der Biermösel. Und dann schaut er sich an, wie der Sieche die Gottesgabe verschlingt – wie das Krokodil im Okawango-Delta den unvorsichtigen Fliegenfischer nämlich. Wenn das seine Zukunft ist, denkt er sich und kratzt sich hinterm Ohrwascherl, dann wird er sich noch sehr genau überlegen müssen, ob er nicht lieber in den Kanal hinein springt, bevor er sich im Alter da herein legt.

Als der Biermösel dann näher an den gemalten Ölschinken herantritt, verstärkt sich einerseits sein Hunger nach Schinken und Öl. Andererseits kriegt er aber auch endlich ein klares Bild über die Verhältnisse, die den Hasenscharten-Ulf und die Glocke vom Tripischowski in den so genannten Kausalzusammenhang bringen, und zwar ausnahmsweise in einen, den er sich nicht erst zurechtschnitzen muss:

Mit seinem Hundsviech sitzt der geheimnisumwitterte Spender auf seinem Sessel im Ölschinken drinnen, mit seinem Hundsviech, das ihm wahrscheinlich sein Leben lang lieber war als sein eigenes Fleisch und Blut, und nicht einmal die gewaltige Rotzbremse in seiner Visage kann die Hasenscharte verdecken, die sich darunter verbirgt.

„Weg mit ihm!“, wird er sich gesagt haben, nachdem er die Missgeburt das erste Mal gesehen hat, „Hinüber mit dem Ulf ins Siechenheim für 0–5-Jährige, bevor ich ihn mit meiner Alten heim in die warme gemütlich Bauernstube nehmen muss. Und wenn es kein Siechenheim für diese Altersgruppe gibt, dann lasse ich halt eines bauen, der Herrgott und der Pfarrer Hein werden es mir schon lohnen!“

Freilich sucht der Biermösel jetzt auf dem Ölschinken beim Lodenkaiser a.D. neben der Hasenscharte vergeblich den furchtbar hässlichen Buckel und die drei Augen – „Jawoll! Drei Augen!“ –, die den Hasenscharten-Ulf angeblich auch noch schmücken und die der Tripischowski dem Ulf vielleicht ebenfalls vererbt haben könnte. Aber auch so ist ihm jetzt komplett klar, dass der Lodenkönig der Vati vom Hasenscharten-Ulf ist, und wenn das schon keine schöne Überraschung ist (schön schaut anders aus!), dann ist es doch zumindest eine Überraschung.

Das „Wer ist der Hasenscharten-Ulf?“ hätte er also gelöst, bravo, aber das war ja nicht die Frage.

„Wo ist der Hasenscharten-Ulf?“, liest er auf einmal wieder die lästige Frage von der Lois Lehn auf dem Titelblatt vom *Ländlichen Boten*, der sogar hier im Siechenheim herumliegt, allerdings ist er drei bis vier Wochen alt. Im Siechenheim aber ist es wurscht, welches Datum eine Zeitung trägt, dort gibt es keine Zeit mehr, kein Gestern, kein Heute, kein Morgen. Im Siechenheim gibt es keine Vorfreude auf den kompletten Besinnungsverlust durch den Schweinsbratenexzess mehr und erst recht keine Hoffnung auf die Erlösung nach der schmerzhaften Kolik. Es gibt keine Zeit für den Rausch und keine Zeit für den Brummschädel, keine Zeit für das Kraut und keine Zeit für den Knödel. Nur ein Stückerl ebener, gerader Straße liegt noch vor den Siechen, beim einen ist sie noch zwei Zentimeter lang, beim anderen vielleicht noch drei. Dann die STOP-Tafel. Dann Aus. Dann Vorbei.

„Wo ist er denn, der Ulf?“, täte der Biermösel den Alten gerne fragen, aber die wichtigere Frage lautet jetzt: Wo ist denn der Alte?

In seinem Zimmer – in seinem Schweinskobel!, muss der Biermösel sagen, so dreckig ist es da – ist er jedenfalls nicht, nicht im Bett und nicht darunter.

Aber der gewisse Instinkt von der Gendarmerie, die weiß, dass man immer im Schrank nachschauen muss, wenn man etwas Wichtiges sucht, lässt ihn im Schrank nachschauen, und – hoppala!

Dort hängt zwar nicht der alte Biermösel drinnen, komplett erlöst von den Leiden der Welt, wie es der Biermösel schon erwartet hat. Aber dafür steht dort das Kalaschnikow-Präzisionsgewehr, das er sich als kleiner Biermösel immer so sehr gewünscht hat, sogar mit einer Masche dran und mit noch genau einer Kugel im Magazin drinnen, du heiliger Bimbam! Was soll denn das jetzt wieder bedeuten, dass da noch genau eine Kugel im Magazin ist? Ein Zeichen? Ein Wink mit dem Zaunpfahl?

Der Biermösel kann sich erinnern, dass der Alte sogar das Gewehr – trotz allem, was dagegen gesprochen hat! – immer für den Zuchteber aufgehoben hat, von dem er jetzt doch glaubt, dass er Earp geheißen hat wie der Revolverheld, dass er in „Schießen aus der Hüfte heraus" aber trotzdem schlechter war als er selbst, wenigstens in der einen Disziplin war er besser!

Der Biermösel aber kann den Schießprügel jetzt gut brauchen, fällt ihm ein, wie er die kleinen Fastenglocken von der Siechenheimkirche hören muss, die immer nur zum Gebet rufen und leider nie zum Essen. Er kann so ein Präzisionsgewehr mit nur noch genau einer Kugel drinnen weiß Gott sehr gut gebrauchen, und er weiß auch schon, für wen.

Endlich findet er den Alten draußen an der frischen Luft. Als Einziger von den Siechen sitzt er in der Frühlingssonne, wo er dem Siechenheimgärtner Georgij aus Berg-Karabach beim Rasenmähen zuhört – fürs Zuschauen fehlen ihm leider die Augen!

Er stößt mit seiner (halb abgeschnittenen) Nase schon gewaltig an die STOP-Tafel von seiner ebenen, geraden Straße. Der Große Reiseveranstalter da oben im Himmel hat ihn längst für die letzte große Überfahrt gebucht. Aber wie immer bei den organisierten Reisen ist auf den Busfahrer kein Verlass, irgendwo trödeln die Busfahrer immer herum oder weigern sich einfach, dass sie stehen bleiben und einen mitnehmen oder aussteigen lassen. Am Schluss dann, wenn es einem nicht mehr schnell genug gehen kann, wird es erst recht ein langes Warten.

Wie sich der Biermösel eine Tränen aus den Augen wischt wegen dem ganzen Leiden, da sieht er die zerfledderte Ausgabe vom *Ländlichen Boten*, die dem Alten in der Brusttasche von seinem speckigen Jackett steckt. „1951" liest er darauf, nachdem er langsam zu ihm hingegangen ist und ihm die Zeitung herausgezogen hat, so vorsichtig und leise, dass er es hoffentlich nicht gemerkt hat. Dann schaut er auf das Foto von dem preisgekrönten Zuchteber auf dem Titelblatt, wie er sich auf einer Landwirtschaftsmesse wieder einmal alle Medaillen abgeholt hat, als Beglücker der Sauen. Und unter dem Foto, sieht der Biermösel, ist wahrscheinlich einmal sein Name gestanden, aber heute ist er weg, trotz der Gleitsichtbrille kann der Biermösel nichts mehr erkennen. Zu oft hat der Alte das Bild angegriffen, und zu viele Tränen hat er darüber vergossen, als er noch die Augen dafür gehabt hat.

Der Biermösel aber kann jetzt nicht verhehlen, wie weh es ihm tut, dass er dem Alten nie eine Ausgabe vom *Ländlichen Boten* hat bringen können, die ihn am Titelbild zeigt, den Helden, der er nie war und auf den der Alte hätte stolz sein können. Er weiß ja nicht einmal, wo der Hasenscharten-Ulf ist!

Bevor er den Alten aber wieder mit seiner eigenen elenden Existenz belasten könnte, sieht der Biermösel die blonde Russin Ivana, die der Puffkaiser Schlevsky im letzten Herbst für seinen Lebensabend importiert hat und die dann ein paar Monate lang ohne jeden Plan in der Gegend herumgerannt ist und den Weg nach Nowaja Semlja hinauf gesucht hat. Den hat sie zwar nicht gefunden, aber dafür ein überraschendes Glück als Novizin, da schau her!

In ihrer flotten Nonnentracht kommt sie zum alten Biermösel und setzt sich ein bisserl zu ihm ins Rollwagerl hinein (worum ihn der Biermösel beneidet!), Platz haben sie ja genug, seit sie dem Alten die Haxen auch weggeschnitten haben. Sie streicht ihm durch das gewaltige Haargesteck, das sie ihm nie geschnitten haben, und nimmt dann mit ihren zarten Mäusepfötchen die eine riesige Pratze vom Alten, die sie ihm noch halb gelassen haben, und hält sie sanft, während der Siechenheimgärtner Georgij in der lauen Frühlingsluft friedlich seine Runden dreht.

Meine Güte, denkt sich der Biermösel und wischt sich eine Träne aus dem Gesicht. Wenigstens mit den Russen hat sich der Alte versöhnt, wenigstens mit denen.

Aber durch den Tränenfilm hindurch, der ihm in den Augen steht, hat der Biermösel auf einmal – trotz allem, was dagegenspricht! – das Gefühl, dass der Alte ihn anschaut, so wie er ihn früher angeschaut hat, wenn er was von ihm gewollt hat. Er hat das Gefühl, dass der Alte – trotzdem jetzt die sehr leckere Russin bei ihm sitzt! – die ganzen Jahre im Rollstuhl im Siechenheim nur darauf gewartet hat, dass sein Rotzbub endlich kommt, das Gewehr mit der einen Kugel im Kasten findet und endlich tut, was er selbst nicht mehr tun kann, weil ihm dazu die Finger fehlen – und peng!

Aber der Biermösel muss den Alten leider schon wieder enttäuschen, weil er die Kugel für einen anderen reserviert hat!

Zu gerne hätte er dann noch ein bisserl Zeit mit dem Alten verbracht, er ist ja keiner, der sich ein Kalaschnikow-Präzisionsgewehr unter den Nagel reißt und dann vor dem Leiden davonrennt. Aber seine eigenen Leiden unten herum haben ihn auf das Siechenheimscheißhaus getrieben, wo er die ganzen Tränen über das ganze Elend vom Alten in Ruhe und unbeobachtet vergießen hat können. Aber wie er sich dabei über die Klomuschel gebeugt und das Ohrwascherl tief hineingehängt hat, da haben sich unter die ganzen bitteren Tränen langsam auch Freudentränen gemischt, als er aus den Tiefen der Erde herauf deutlich das Grunzen und Quietschen von seiner Sau Trudi gehört hat, da soll der Mensch nicht vor Freude weinen?

Wie der Biermösel dann aus Goisern kommend in die Kanaldeckelstraße einbiegt, da bringt ihn die Sorge um seine Sau Trudi – er kann es nicht anders sagen als die hysterische Schwiegermutter im Liebesfilmfernsehen – fast um den Verstand, jawoll, um den Verstand! Und wie er dann in der Kanaldeckelstraße nach einem Loch sucht, das vielleicht noch nicht komplett überfüllt ist und durch das er hinabsteigen könnte, um sie zu retten, da macht ihn die Sorge um seine Sau Trudi schon fast blind, jawoll, fast blind!

Anders als mit seiner momentanen Blindheit kann sich der Biermösel jedenfalls nicht erklären, warum er auf einmal trotz 35 Jahren erprobter Kurvenakrobatik im Dienst weit neben der Straße dahingaloppiert und dann per Flugakrobatik überhaupt tief in das eiskalt dahinhüpfende Bächlein abtaucht, das im Winter tiefgefroren und ruhig ist, im Frühling aber unberechenbar und launisch (wie die rothaarige Modegeschäftsbesitzerin im Liebesfilmfernsehen!), und in dem er sofort mit der einen Schädelhälfte gegen einen gewaltigen Stein im Bachbett kracht, bevor er mit der anderen gegen einen noch viel gewaltigeren donnert, Frage an Radio Biermösel: Warum muss es denn eigentlich immer sein Schädel sein?

Eine erhabene Stille ummantelt ihn dann trotz der tosenden Stromschnellen, die ihm das Wasser in alle Öffnungen hineintreiben, und mit dem ganzen Wasser verschluckt der Biermösel auch gleich ein paar Bachforellen, du meine Güte, 60 Jahre ist er ohne Fisch ausgekommen, und jetzt weiß er auch warum: So ein Fisch ist kein Schweinderl, und seine Schuppen sind kein Krusterl. Dazu serviert ihm der Bach anstatt der sonst üblichen Beilagen nur Treibholz und Kieselsteine. Ein paar hundert Kilo mehr wird er also schon wiegen, falls er jemals wieder auftaucht, was im Augenblick unwahrscheinlich ist, weil dort unten schon das Mühlrad vom Meisterbäcker Finz auf ihn wartet, das ihn sofort ordentlich durchwalkt wie früher die Waschweiber im

Wilden Westen die Kochwäsche von den Cowboys.

Dann hat der Biermösel eigentlich genug erlebt für heute!

Aber der Bach mit seinen vielen Wellen will ihn einfach nicht hergeben, so eine Freude hat er mit ihm. Er reißt ihn immer weiter mit, weit weg von sich selbst und dieser Welt, in der er das Glück nie gefunden hat (wie das eingesperrte Wildpferd von der Gutsbesitzerin im Liebesfilmfernsehen!). Und nur die vielen Steine im Bachbett unten wollen ihn immer wieder zurückhalten, aua!, interessante Frage vielleicht, wer am Ende gewinnen wird: die Steine oder sein Schädel?

Kann jedenfalls gut sein, denkt sich der Biermösel dann, als er ein paar Minuten lang mit dem Schädel voran im Kiesbett drinnen stecken bleibt, kann wirklich gut sein, dass dieses Mal er es sein wird, der als Wasserleiche irgendwann irgendwo wieder auftaucht, oder andersherum ausgedrückt:

Elender Einsamer Biermösel
1943–2003

Aber noch sind natürlich längst nicht alle Tränen geweint! Der immer weiter anschwellende Bach reißt ihn auf einmal mit hinein in den Kanal, tief hinunter in die Ursuppe von der Menschheit, in der er sich aber überraschend schnell zu Hause fühlt, „Habe die Ehre!".

„Das warst alles du!", hört er zur unfreundlichen Begrüßung gleich ein paar Zimttörtchenscheißerinnen, die auf dem Weg zur Kirche oder von der Kirche weg zum Frisör Manfred da hereingefallen sein müssen und die trotz der misslichen Lage, in der sie ohne Stabtaschenlampe von der Bundesregierung den Weg zurück ans Licht nicht finden werden, ihre vermeintliche Überlegenheit nicht ablegen wollen:

„Wie kannst du uns denn so was antun?"

Aber immer wieder muss er ihnen die bittere Wahrheit mitten ins Gesicht hinein schleudern:

„Alles euer Werk! Da liegt Gemüse!"

Und peng!, feuert er ein paar Schüsse in die Dunkelheit hinein, um die frechen Gemüter fürs Erste zu beruhigen. Aber ganz ohne Licht macht das Herumballern auch keinen Spaß, also wo ist ein Licht?

Ausgerechnet inmitten von dem ganzen Scheißdreck fällt ihm jetzt natürlich die depperte Bundesregierung ein und die Stabtaschenlampe, die sie ihm anvertraut haben, damit er die Finsternis nach einer eventuellen Gefahr ausleuchte, danke, jetzt ist es endlich so weit, dass er das Glumpert gebrauchen kann!

Kaum biegt der Biermösel damit aber um die erste Ecke, liest er zunächst an einer Tafel an der Wand:

IHR, DIE IHR HIER EINTRETET, LASSET ALLE EINEN FAHREN!

Na bumsti, denkt er sich, was soll denn das jetzt wieder heißen?

Dann erst sieht er in diesem Inferno den Knecht Ruprecht in seiner Verkleidung als Bauer und in seiner Letztbestimmung als Wasserleiche im Dreck herumliegen, den er erst ein bisserl zur Seite schieben muss, damit er ungestört weiter seine Sau Trudi suchen kann, die Bauern haben so eine lästige Art, dass sie stören müssen, wo sie stören können, „Und weg da!“.

Ganz schön was los in dieser Ecke von der Welt!, denkt sich der Biermösel dann, als er ein paar Meter weiter in den Darm von der Schlange hineinleuchtet, wen haben wir denn noch?

Da schau her! Der Friedhof der eng umschlungenen Pärchen, möchte man meinen. Da wären zunächst die zwei deutschen Sextouristen Ende 70, die der depperte Seebachwirt im zurückliegenden Spätherbst als abgängig gemeldet hat, die aber gar nicht abgängig sind, wie sich jetzt herausstellt, sondern nur bei einem vermutlich als romantische Bootsfahrt gedachten Ausflug vom Herbstgewitter überrascht worden und im See ersoffen sind, „Habe die Ehre, Frau Schlevsky!“. Das ist halt die Strafe für die Sexsucht, ist sich der Biermösel sicher.

Er steigt über die zwei drüben und sieht dann das einstmals stolze Bauernehepaar Ruprecht mit den knochigen und gichtigen Bauernhänden, das gar nicht weit entfernt vom Ruprecht im Dreck herumliegt, abgestochen von seiner Mistgabel, zusammengebunden mit einem Strick und behängt mit einem Mühlstein – klassisch!

„Dort liegt der Knecht, der euch zuerst hingemeuchelt und dann beerbt hat“, sagt der Biermösel zu den einstmals stolzen Bauersleuten. „Aber falls es euch tröstet – erste Klasse Gendarmerieschule, Lektion Numero drei: Keine Bluttat bleibt ewig ungesühnt!“

Und peng!

Endlich geht auch dem ein bisserl aufgequollenen Ruprecht die Luft aus wie dem Archie im Schweinestall, nur dass halt jetzt keine Schweinderln um den Knecht herumstehen, die um ihn trauern.

Positiv darf der Biermösel dann nach seinen ersten paar Minuten in der Hölle vermerken: Schön ruhig ist es da herunten, keine Glocken, kein Rocker-Tschingbum, nichts! Negativ muss er anmerken: Leider nur, solange es nicht gerade irgendwo blubbert und kracht und aus irgendeinem Rohr heraus immer neue Ware bei ihm herunten ankommt, Kruzifixnocheinmal, muss es denn immer er sein, auf dem der ganze Dreck der Welt landet?

Da ist es ganz gut, dass er in der Ganzkörperunterhose aus Kunstfaser herumirrt, die den meisten Dreck von ihm abwehrt. Und er kann der Roswitha nicht genug danken, dass sie ihm noch rechtzeitig die Nase operiert hat. Aber trotzdem holt der Biermösel jetzt lieber die schwarze Gummi-Sexmaske vom Bürgermeister aus seiner Satteltasche heraus und zieht sie sich über. Bei dem Gestank da herunten täte der stärkste und verwegenste Herkules durchdrehen!

„Meint der mit stärkstem und verwegenstem Herkules vielleicht mich?“, hört der Biermösel auf einmal ein tiefes Donnern aus tiefster Kehle, und das ist natürlich Grund genug, dass er sich hinterm Ohrwascherl kratzt und kurz scharf nachdenkt:

Wer ist denn das schon wieder?

Jetzt wird es aber schön langsam wirklich interessant!

Augenblicklich fährt er mit der Glock in der Schusshand herum wie früher der John Wayne auf der Hauptstraße vor dem Saloon, wenn er sich nicht entscheiden hat können, welchen von den Viehdieben er als Ersten von welchem Dach herunterballern soll, peng, peng, peng! (Nur dass beim John Wayne natürlich immer die Sonne geschienen hat, wenn er den Diebstahl gesühnt hat, bei ihm herunten in der Hölle aber eine komplette Finsternis herrscht wie hinter tausend General-Jaruzelski-Brillen!)

Trotz der Taschenlampe sieht der Biermösel nämlich auf einmal überhaupt nichts mehr, außer vielleicht die zwei sehr schwachen Punkte da hinten, die jetzt immer näher kommen und die wie zwei Schweinsaugerln ausschauen, aber natürlich nicht wie die zwei einmalig schönen Schweinsaugerln von seiner Sau Trudi, die hat nämlich sehr viel schönere Schweinsaugerln gehabt als die, die jetzt auf ihn zudonnern.

„Ach so?“, hört er die Stimme sofort wieder, donnernd wie eine Postkutsche, brüllend wie ein hungriger Bär und beleidigt wie der vernachlässigte Haushund im Liebesfilmfernsehen. „Ach so? Schönere Schweinsaugerln als ich? Ach so?“

Und dann steht er vor ihm. Der größte und mächtigste Eber, den der Biermösel jemals gesehen hat. Das heißt: Dunkel erinnert er sich daran, dass er den Halunken schon früher öfter gesehen hat. Aber wo?

Wie der leicht gereizte Bademeister, der über die Ursuppe wacht, baut der sich jetzt vorm Biermösel auf, drei Sauschädel größer als er und wie der Bote aus einer komplett verschimmelten Zeit, mehr Vergangenheit als Zukunft. Und hinter ihm kommen nach und nach die schönsten Sauen einhergetrottet und stellen sich brav hinter ihn, alle seine Weiber, von denen er scheinbar mehr als genug hat, er selbst aber nicht.

Und dann sagt er so ein bisserl von oben herab:

„Wer bist denn du überhaupt, ha?"

Sofort beherzigt der Biermösel Lektion 134 in der ersten Klasse von der Gendarmerieschule, die da lautet: Einfach den Spieß umdrehen, wenn du nicht mehr weiter weißt. Also mit fester Stimme:

„Wer bist denn überhaupt du, ha?"

„Na das ist doch der Edgar Evenhoe Starr, erkennst du ihn nicht mehr?", quietschen all die kleinen Damenschweinderln ganz aufgeregt, und der Biermösel fragt ein bisserl sehr deppert:

„Nur für mein Protokoll: Edgar Evenhoe ist der Vorname, und Starr der Nachname?"

„Jaaaa freilich!", quietschen all die süßen Schweinderln.

„Und was soll bitte der Edgar Evenhoe Starr können, was ich nicht auch kann, oder andersherum ausgedrückt: Kann der vielleicht aus der Hüfte heraus schießen?", schreit der Biermösel, aber in dem Moment, in dem er das Fragzeichen setzt, weiß er natürlich, dass die Frage ein Selbstfaller ist.

„Hihi!", grunzen nämlich die ganzen Schweinderln zufrieden wie die Reitstallbesitzerin am Schluss vom ganzen depperten Liebesfilmfernsehen, wenn sie sich endlich hat packen lassen, „Und ob der aus der Hüfte heraus feuern kann! Schlecht ist er jedenfalls nicht!"

„Und wer seid ihr?", fragt der Biermösel die Schweinderln, aber er ahnt natürlich schon, was jetzt kommen wird, er hat ja auch schon Jäger aus der Jägerhölle bei sich in der Wirtsstube zu Gast gehabt:

„Wir waren Fleisch in deinem Fleisch", sagt die eine von den Sauen, die vielleicht das Zeug zur Frauenrechtlerin hat, und der Biermösel erinnert sich, dass ihr Name Emma war und dass er sie am 23. Mai 1974 nicht einmal zur Hälfte verschlungen und die andere Hälfte wieder ausgespuckt hat, weil sie so fad und zäh geschmeckt hat (wie die Frauenrechtlerin im Liebesfilmfernsehen).

„Und jetzt?", fragt der Biermösel.

„Jetzt sind wir wandernde Seelen, die ihren Frieden nicht finden, seit du uns ausgeschieden hast", jammert sie, und das macht sie dem

Biermösel natürlich auch nicht sympathischer, ihm wird ein bisserl viel gewandert in letzter Zeit, und peng! Aber die zähe Sau steht noch immer verbittert da und schaut ihn frustriert an, nachdem er mit einem gezielten Schuss aus der Hüfte heraus ihre Wanderlust hat stillen wollen, und einmal mehr bereut der Biermösel, dass er nicht Bierfahrer geworden ist.

„Und jetzt?", fragt er also noch einmal.

„Jetzt will dich der Edgar Evenhoe ... äh ... von hinten."

Da muss er zweimal schlucken, damit einmal was hinunter geht, und dann kratzt er sich ein bisserl verlegen hinterm Ohrwascherl. Er glaubt nämlich nicht, dass er den Edgar Evenhoe auch von hinten haben will. Aber Ausweg fällt ihm momentan auch keiner ein, außer vielleicht auf einmal der, dass er selbst ja auch Edgar Evenhoe heißt, heiliger Bimbam, jetzt fällt es ihm endlich wieder ein!

„Aber ich bin doch der Edgar Evenhoe!", wendet er sich an die ganzen Schweinderln und will sie so auf seine Seite ziehen. „Ich bin es! Nicht der da!"

„Du?", brüllt der andere E. E. vor Lachen. „Du willst sein wie ich? Come on, baby, jeder Japaner aus Sapporo brunzt sich doch an vor Lachen, wenn er uns beide anschaut und dann vergleicht, ich meine, wie viele Nachfahren habe ich gezeugt, Andrea?"

„3823", sagt sein Sekretär, der aus Parma in Italien stammt, wo sein Schinken jetzt an irgendeinem Haken herumhängt, während auch seine Seele noch immer ruhelos herumwandert. Da ist der Edgar Evenhoe Starr sofort ein wenig verunsichert und fragt:

„Aber schon pro Jahr, oder?" Und der Andrea kann ihn natürlich beruhigen: „Certo! Per anno!"

Du heilige Scheiße! Wie oft muss denn der Biermösel noch sagen, dass er es einfach nicht leiden kann, wenn einer Andrea heißt, und peng!

Aber auch der Schwulibert steht noch immer da und zählt die Stricherln auf der Liste von seinem Chef.

In den ganzen Ärger hinein sieht der Biermösel aber endlich seine Sau Trudi, die sich auf leisen Klauen nach vorne geschwindelt hat und jetzt fast ein bisserl verschämt direkt neben dem Edgar Evenhoe Starr steht – anstatt neben ihm, wo sie eigentlich hingehört!

„Du also auch?", fragt der Biermösel, und er kann ihr den gewissen vorwurfsvollen Blick und die abgefeuerten Blitze aus den Augen nicht ersparen, auch wenn sie ihm zuliebe gleich ein bisserl mit dem Arsch wackelt. Aber das genügt dem Biermösel diesmal nicht zur Versöhnung!

Er muss ihr schon die alles entscheidende Frage stellen, die sich bei ihm aber auch nicht weniger deppert anhört als bei den ganzen betrogenen Reitstallbesitzerinnen im Liebesfilmfernsehen:

„Der oder ich?"

Der mit seinen Hansi-Hinterseer-blondierten und in der Mitte gescheitelten Borsten zwischen den Schweinsohren, oder er mit seinem einmaligen Nest am Schädel? Der mit seiner „GTI"-Tätowierung auf dem Schinken, oder er mit seinem „MEHR(!)BIER"-Peckerl auf den Wurschtfingern. „Der oder ich?", fragt der Biermösel die Trudi noch einmal mit Nachdruck. „Der Edgar Evenhoe Starr aus der Hölle herunten oder ich, der Edgar Evenhoe Biermösel aus Aussee drüben, Kruzifixnocheinmal, ich hab nicht ewig Zeit!"

Dann ist es still.

So still, dass man oben in einem schmucken Einfamilientraum den Krapfen vom Vati in die Klomuschel hineinfallen hören kann.

Die Trudi wackelt ein paar Schritte nach vor und steht dann auf den Millimeter genau zwischen dem Edgar Evenhoe Biermösel und dem Edgar Evenhoe Starr. Sie schaut zum einen zurück und zum anderen nach vor, wieder zurück und wieder nach vor, sodass es dem Biermösel schön langsam ein bisserl fad wird, aber so sind sie halt, die Weiber. Lieber wackeln sie mit dem Arsch, bevor sie sich entscheiden.

Als der Biermösel schon nicht mehr damit rechnet, dass sich da noch irgendwas Entscheidendes tut, hebt die Trudi aber doch noch ihr Ringelschwanzerl und lässt in Richtung vom Edgar Evenhoe Starr einen Gewaltigen fahren, und zwar einen sehr Gewaltigen, der letztlich sogar mehr sagt als tausend Worte. Und dann hebt sie stolz ihren Sauschädel und trottet zutraulich (und mit wackelndem Arsch!) zum Biermösel her, wo sie sich eng an seine Venen schmiegt und ihn mit großen Augen von unten herauf anschaut.

„Quiiiek", sagt sie zu ihm.

„Grunz", sagt der Biermösel zu ihr, was bitte soll er denn sonst zu einer Sau sagen?

Am Ende jedenfalls hat er gesiegt.

Er hat den Dämon endlich niedergerungen, der ihm in allem überlegen war. Und wie er ihm aus der Hüfte heraus genau zwischen die

Augen ballert – peng! – löst sich der Edgar Evenhoe Starr, reinrassiger Schwarzwaldimport, nur Muskeln, nur Kraft, endgültig auf und verschwindet aus dem Leben vom Biermösel, und mit ihm hoffentlich die ganzen Magengeschwüre, die er sich wegen ihm angesoffen hat.

Als der Biermösel aber die Trudi im Siegestaumel hochheben und sich feiern lassen will, ist keiner mehr da, der mit ihm feiern will, außer die Trudi natürlich und halt schon wieder eine Leiche, da schau her!

Die Arme grotesk in der gewissen Leichenstarre nach hinten gebogen, liegt sie vor ihm. Die Hände noch immer schützend am Arsch, tellergroß, mit einer Hornhaut dicker als dreißig Lederhosen übereinander.

„Aha", denkt sich der Biermösel. „Aha."

Da braucht einer wie er nicht Leichenbeschau studiert zu haben, damit er den Unglückseligen sofort an seinen Glöcknerhänden erkennt. (Natürlich hätte er den Ulf auch an seiner Hasenscharte erkennen können, aber man will es sich als Landgendarm ja auch nicht immer zu leicht machen!)

Nach der Ad-hoc-Identifizierung tut der Biermösel dann das einzig Richtige, was ein Ermittler in einem Kanal mit einer verschollenen Leiche tun kann: Er zieht ihr die Hose hinunter und leuchtet sie mit der Stabtaschenlampe an. Dann schaut er ihr mit dem Primaren-Auge in den Kamin hinein und schreit entsetzt:

„Du meine Güte!"

Endlich sieht nämlich auch er die Gefahr, vor der das Innenministerium immer gewarnt hat.

„Nur jetzt keine Details bitte", sagt die Trudi, die als Sau ja einiges gewöhnt ist. Also für die Dorfchronik nur so viel: Im Kamin vom Hasenscharten-Ulf hätte die Glocke vom Tripischowski Platz gehabt, und zwar die ganze! Und für die Krankenakte vom Doktor Krisper vielleicht noch so viel: Mehr hätte eine Panzerfaust dort auch nicht anrichten können als der Pfarrer Schwein, von dem die ganze Gefahr letztlich ausgegangen sein muss!

Der Biermösel steckt dem Hasenscharten-Ulf ein Schmalzbrot für die lange letzte Reise in seine Jackentasche. Wer weiß denn schon, wie lange es bei ihm wieder dauern wird, bis der große Reisebusfahrer vorbeischaut und ihn zu sich holen wird. Da ist es gut, wenn man was zum Beißen hat.

„Gute Reise jedenfalls!“, sagt er. „Und nicht vergessen: Keine Schandtat bleibt letztlich ungesühnt!“

Der Biermösel zieht den Hut vorm Ulf und folgt dann seiner Sau Trudi, die in der Art der Weiber schon wieder davongerannt ist.

„Wohin rennst denn schon wieder?“

Ein paar hundert Meter trabt er ihr durch das Labyrinth hintennach, links, rechts, geradeaus. Und bald ist dem Biermösel klar, dass auch die Trudi – wie alle Weiber! – den Weg zum Frisör auswendig kennt.

Auf einmal nimmt seine Nase (trotz Zertrümmerung! Trotz Sexmaske!) nämlich die sehr starke Witterung vom Drei-Wetter-Taft und vom Sir Irisch Moos auf, und dann stehen sie direkt unter dem neuen Kanalanschluss vom Frisör Manfred, durch den herunter das Tschingtarassabum von der Blasmusik dringt und das erste Zimttörtchen, von dem sich mit Sicherheit die Seebachwirtin ausbedungen hat, dass sie es hineinscheißen darf, du meine Güte!

Natürlich freut sich dann nicht jeder, wenn man unter Anwesenheit vom Bezirkshauptmann, vom Landesparteisekretär der Ackerbau- und Viehzuchtpartei und von den ganzen Goldhaubenweibern samt Blasmusik (aber unter Abwesenheit vom Bürgermeister, der sich in der Nervenklinik seine Sexsucht behandeln lässt!), endlich den lange herbeigesehnten Kanalanschluss feiert, und dann reißt einer von unten die De-luxe-Klomuschel für den anspruchsvollen Gast aus der Verankerung und taucht mit seiner Sau im Arm und einer schwarzen Gummi-Sexmaske im Gesicht aus der Versenkung auf.

Da darf sich der Biermösel gar nicht wundern, wenn den ganzen Goldhaubenträgerinnen, die sich unter der Trockenhaube die Dauerwelle für die Ostermesse betonieren lassen, der Mund weit offen stehen bleibt, aber die Frage muss erlaubt sein: „Na, wie hätte ich denn sonst aus dem Kanal herauf ins Licht kommen sollen? Mit dem Lift vielleicht?“

Als sich der Biermösel dann kurz den Haarbesen vom Frisör Manfred ausborgt und sich damit den gröberen Dreck abstaubt, hört er endlich, wovon er so oft und lange geträumt hat, nur halt freilich in einer anderen, in einer heldenhafteren Situation:

„Bitte lächeln!“, schreit die Lois Lehn und richtet ihre Kamera auf ihn. Und peng!, hat sie ihn schon abgeschossen mit ihrem Blitzlicht.

Du meine Güte, denkt sich der Biermösel, jetzt aber schnell weg von da!

Die Trudi lässt er dann aber nur kurz an seinem neuen Ruhm und an der gemeinschaftlichen Heimfahrt teilhaben, nachdem er mit ihr den Frisörsalon verlassen hat (schneller als damals seine Kameraden den Reisebus!) und die Fips aus dem Bach herausgeholt, getrocknet, gewartet und gestartet hat, immer wieder ist er sehr froh, dass er in der Gendarmerieschule den Kurs „MacGyver I + II" besucht hat.

Wenn die Trudi nämlich geglaubt hat, dass er wegen Ostern in der gewissen Waschweiber-Stimmung ist, die alles verzeiht und noch mehr vergibt, dann hat sie sich leider getäuscht. Im Gegenteil!

Er ist sogar ein bisserl dünnhäutig geworden in den letzten Tagen, der Föhn lässt ihn schnell beleidigt sein, und der Glockenterror macht ihn nachtragend, die Rache ist ihm näher als die Vergebung.

Zwar hat sich die Trudi letztlich für ihn entschieden, das muss er ihr auf der Habenseite anrechnen. Aber andererseits hätte sie ja vorher nicht davonrennen müssen, den Umweg in den Kanal hinunter hätte sich der Biermösel bei aller Liebe zum Element wirklich gerne erspart!

Also lässt er die Trudi und ihre gefühlten 300 Kilo Fett in einer schönen Linkskurve einfach fallen, bei Gegenwind fährt es sich einfach leichter mit 300 Kilo Fett weniger. Im Rückspiegel sieht er dann noch, wie sie sich ein paarmal überschlägt. „Au!", denkt sich der Biermösel, das hat jetzt sicher sehr wehgetan. Aber redet auch einmal wer über seine Schmerzen?

Dann sieht er die Trudi noch ein paar Minuten am dicken Arsch sitzen und mit Dreckpatzen nach ihm werfen. Er hört sie jammern, wie das die Art von den Weibern ist, wenn alles zu spät ist, bevor sie dann eingeschnappt ins Unterholz hinein wandert. Dort wird sich der Bär im Wald über sie freuen, weiß der Biermösel, endlich kriegt er doch noch sein Schnitzerl, auf das er so lange gewartet hat. Ohne General-Jaruzelski-Brille als Beilage zwar, aber dafür stimmt diesmal die Hauptspeise.

Dann biegt der Biermösel ab in Richtung Aussee, und mit kundiger Pratze prüft er die Kalaschnikow-Präzisionsknarre in seiner Satteltasche. Dann sieht er schon den Glockenturm vom Pfarrer Hein seiner Bruchbude, und er denkt sich:

Auch für ihn wird es Zeit, dass er seine Beute erlegt.

Meisterschuss

Der Biermösel sitzt dann an diesem sonnigen Karfreitagnachmittag auf seinem Erlebnispark in Aussee herüben und hat für heuer genug erlebt, danke herzlich.

Er hat eine Bergtour hinter sich gebracht samt abenteuerlichem Ritt auf dem Doktor Krisper, aber hat er deswegen auch mehr Freude in seinem Leben? Er weiß jetzt endlich, wie er mit Vornamen heißt, aber hat er als Edgar Evenhoe auch mehr Freude? Er hat seine Sau Trudi gerettet und dann dem Bären im Wald geschenkt – aber hat er wegen dieser zwei guten Taten auch mehr Freude im Leben? Und ja, er hat endlich eine neue Unterhose, eine wirklich einmalige obendrein, eine aus Kunstfaser, um die ihn der John Wayne drüben im Westen beneiden täte, aber Kruzifixnocheinmal, hat er deswegen auch mehr Freude in seinem depperten Leben?

Nein, nein und noch einmal nein, lautet seine entschiedene Antwort darauf, mehr Freude hat er in seinem Leben deswegen leider nicht! Solange dem Biermösel nämlich der Föhn wie der halbe Himmel auf den Schädel drauffällt und der Glockendonner vom Pfarrer Hein ihm wie zwei Geschützpanzer gegen die Ohren fährt, wird das auch nichts werden mit der Freude im Leben, das ist er vom Typ her einfach überhaupt nicht.

Zeit wird es also, dass er der Freude in seinem Leben wieder Tür und Tor öffnet. Und bis heute hat die Menschheit für die Wiederherstellung der Freude im Leben kein geeigneteres Mittel gefunden als den immens schwierigen Meisterschuss aus der Kalaschnikow-Präzisionsbüchse heraus, Zeit wird es wirklich.

Nachdem der Biermösel vor zwei Stunden seine Sau Trudi im Wald ausgesetzt hat, sind ihm in der Kanaldeckelstraße gleich die ersten Wahnsinnigen und Elenden entgegengekommen, die der Föhn zuvor in den Wahnsinn und das Glockenläuten vom Pfarrer Hein ins Elend getrieben haben. Einer nach dem anderen hat sich ein freies Loch im Kanal gesucht und ist hineingesprungen, und wo kein Platz mehr frei war, da sind sie wieder herausgehüpft und haben sich mit den Kanaldeckeln gegenseitig die Schädeln eingedroschen, Hauptsache tot, werden sie sich gedacht haben.

Nur mit dem gewissen robusten Ellenbogeneinsatz hat sich der Biermösel also den Weg durch die Massen der Elenden und Wahnsinnigen pflügen können, bis er ganz am Ende von der Kanaldeckelstraße mit dem Vorderrad von seiner Fips zwischen zwei gewaltigen Arschbacken stecken geblieben ist wie in einem Fahrradständer, und dann hat er auch schon die gewisse vertraute Stimme gehört:

„Oh Finsterrrnis, ummantelst du mich als Tod?“

Na servas, hat sich der Biermösel sofort gedacht, das kann ja nur der schon wieder komplett besoffene Staatsschauspieler mit seinem rollenden „Rrrr“ sein, der zwar brav dem lockenden Gebimmel vom Pfarrer Hein gefolgt ist, der es dann aber nicht mehr ganz bis zur Kirche geschafft hat, weil er kopfüber in ein freies Loch ohne Deckel hineingefallen und darin mit dem Fettarsch auf halber Strecke hängen geblieben ist, „Herrrgott, hilft mirr denn wirrklich keiner?“, hat er gebrüllt.

Aber der Biermösel war natürlich dieses Mal nicht mehr so deppert, dass er sich mit dem Sprachkünstler auf ein Gespräch eingelassen hätte. Viel lieber hat er ihm selbstlos geholfen und von einem entsprechend ausgestatteten Kanalloch den Deckel geholt und auf seinen fetten Arsch draufgelegt, damit er nicht ewig da im Loch stecken bleiben muss – und hoppala! Schon ist er hinuntergefallen, und der Anton-Maria hat sich auf eine sehr schöne Waisenrente freuen dürfen, bravo! Eine weitere sehr gute Tat in seinem Leben, auf die der Biermösel jetzt ruhig auch einmal ein bisserl stolz sein darf.

Je näher er dann der Bruchbude vom Pfarrer Schwein gekommen ist, desto mehr aufgescheuchte Industriehenderln sind ihm entgegengekommen, außer sich vor Angst, das Bürzel ganz rot, Besorgnis erregende Boten des Kommenden.

Na bumsti, hat sich der Biermösel gedacht, jetzt aber Alarmstufe und gleich die Kirchentüre eingetreten. „Und wenn es bald ordentlich staubt, weil ich den Pfarrer Schwein ein bisserl gröber anfassen muss“, hat er zum Herrn Jesus Christus oben am Kreuz gesagt, „dann machst halt die Augen zu, okay?“

„Okay.“

Der Chef war also ganz auf seiner Seite, als der Biermösel auf den unnötigen Teil vom Freitagskrimi („Wieso? Warum? Weshalb?“) einfach verzichtet und den Pfarrer Schwein lieber gleich mit Faust „Friedhof“ durch das Gitter von seinem Beichtstuhl herausgewurstet hat, ein Ad-hoc-Blick auf sein Hosentürl, an dem noch die Hendlfedern gepickt sind, hat ihm sowieso alles gesagt – „pfui, pfui und noch einmal pfui!“, die Beweiskette war fertig geknüpft.

„Hättest du mit meiner Sau Trudi gemacht, was du mit dem armen Hasenscharten-Ulf und den kleinen Industriehenderln gemacht hast (und mit weiß der Teufel wem noch!), dann täte ich dich jetzt nicht mit einem Satz heißer Ohren davonkommen lassen!“ – prack, prack! – „Dann täte ich dir den Schädel ausreißen und hinten beim Kamin wieder hineinstecken!“, hat der Biermösel den Pfarrer Schwein dann ein bisserl ins Gebet genommen, bevor er ihn am Ohrwascherl zum Opferstock gezogen und um Folgendes gebeten hat:

„Einen kleinen Obolus aus deiner Dachschindel-Sammellade bitte, plus einen weiteren kleinen Beitrag aus deiner Kaffeekassa, aber jeweils einen sehr schönen kleinen Beitrag, danke! Und das Geld, das du der Anni weggenommen hast, damit du ihre Zwillinge zu Glöcknerinnen ausbildest, nachdem du ihr eingeredet hast, dass sie schlechte Menschen sind, das bitte auch noch, allerdings gut verzinst, da fällt mir ein: Wo sind denn die Zwillinge überhaupt?“

„Die hab ich heimgeschickt!“

„Und wieso?“

„Weil sie Sünderinnen sind und sich die Nägel rot färben!“

„Rot wie die Ärsche von den Hendln vielleicht, so rot? Und rot wie der Arsch vom Hasenscharten-Ulf vielleicht, meinst du so rot?“

Und genau wie es der Plan für solche Fälle vorsieht, ist der Pfarrer Schwein unter der ganzen Last von seiner Schuld kurzzeitig komplett zusammengebrochen, bevor ihn der Biermösel an den Ohrwascherln noch einmal hochgezogen und ihn sich für die kleine persönliche Retourkutsche aufgestellt hat – und prack, prack!

Als gerechte Strafe für das elende Glockenläuten hat er ihm mit beiden Fäusten gleichzeitig die Gehörgänge auf alle ewigen Zeiten verstopft, sodass er in der Hölle unten nichts mehr hören wird, wenn sie dort zur schwarzen Messe läuten und er als Einziger alleine zurückbleiben muss, während die anderen kameradschaftlich Blockflöte spielen und nach der Messe einen Betriebsausflug unternehmen, den ganzen Zinnober halt, der so typisch für die Hölle ist.

Weil der Pfarrer Schwein seine Fragen dann sowieso nicht mehr verstanden hätte, hat der Biermösel auch gerne auf ein Protokoll verzichtet und erst recht auf die ganze andere depperte Arbeit, die ein Gendarmenleben seit dem Ende der Kreuzzüge so freudlos macht – Verhaftung, Unschuldsvermutung, Überstellung ans Landesgericht – für was denn?

Er hat einfach nach außen hin den Nachsichtigen gespielt und den Pfarrer in der falschen Hoffnung gelassen, dass er ihn trotz seiner immensen Verfehlungen noch einmal davonkommen lassen wird, allerdings nur, „wenn du heute Nachmittag, pünktlich zur Todesstunde vom Herrn Jesus Christus, verlässlich die Glocke vom Tripischowski läutest, ding dong, immer schön laut!"

„Dann lässt du mich wirklich leben, großes Indianer-Ehrenwort?", hat sich der Pfarrer gefreut wie der Sehschwache über die neue Brille, und der Biermösel hat selbst im Angesicht vom Herrn Jesus Christus die kleine Lüge nicht gescheut:

„Ich schwörrrre!"

Kaum war er aber mit seinen Säcken voller Geld bei der (zertrümmerten) Kirchentüre draußen, hat er es sich wieder anders überlegt. Er ist ja kein Indianer, der sich an sein Ehrenwort halten muss. Er ist ja nur ein einfacher Landgendarm, der endlich wieder seine Ruhe haben will.

Der Biermösel hat die Todesstunde vom Pfarrer Hein dann insgeheim auf heute Nachmittag, exakt drei Uhr festgelegt, da hat ihn der Herr Jesus Christus auf eine sehr schöne Idee gebracht. Und in der gewissen Vorfreude darauf sitzt er jetzt auf seinem Erlebnispark herum und zählt die Minuten, bis es endlich so weit sein wird.

Während er noch schnell seine Präzisionsbüchse mit Schweineschmalz einschmiert, hört er schon die ersten kleinen Glocken anschlagen, ein letztes Mal läutet der da drüben seine Rasselbande zur Karfreitagsmesse zusammen, ein allerletztes Mal.

Da schau her!, denkt sich der Biermösel auf einmal, als er die Kalaschnikow wieder sorgfältig zusammenbaut. Das ist ja der edle Spender Tripischowski selbst, der jetzt in Richtung Kirche huscht. Gebückter, gebeugter und gebrochener noch als die Zwillinge von der Anni, verlorener Sohn bis dorthinaus, reumütiger Heimkehrer, der sich im Ausland versucht hat und genau das jetzt bitter bereut.

Was will er?

Vielleicht will er – zu spät! – vom Pfarrer doch noch wissen, wo seine eigene Missgeburt ist, nachdem er sie ihm vor Jahren anvertraut hat und es seit Wochen Gerüchte gibt. „Wo ist denn in Dreiherrgottsnamen der Ulf?“, wird er ihn vielleicht fragen wollen.

Wahrscheinlicher aber ist, dass der Pfarrer Schwein den Spieß sofort wieder umdreht und ihm anbieten wird, dass er die Kirchengeher wieder mit Loden ausrüsten darf, wenn er nur nicht mehr zu viel über den Ulf redet und ihm ein weiteres Riesentrumm von einer Glocke in den Turm hinaufhängt, vollkommener Ablass inklusive. Und wahrscheinlich wird er ihn mit der Aussicht locken, dass er mit ihm wieder lateinisch reden kann anstatt mit den Amerikanern amerikanisch, und dass er überhaupt wieder in den Schoß von der so genannten Mutter Kirche plus in die herrlich saftige heimische Gebirgswelt insgesamt zurückkehren darf, wo die Almröseln wachsen und der Enzian blüht, wenn er nur endlich zum Fragen aufhört, wo der Ulf hingekommen ist!

Aber sehr wahrscheinlich wird es für all das zu spät sein. Der Biermösel hat sich nämlich längst entschieden, dass er die stinkende Giftwolke, die den Pfarrer Schwein umweht, mit der Kalaschnikow endgültig aus dem Tal hinausblasen wird, damit die Leute endlich wieder frei atmen können und er wieder seine heilige Ruhe hat.

Der Pfarrer Schwein rückt also immer weiter auf die STOP-Tafel in seinem Leben vor, während der Biermösel den Präzisionsschießprügel langsam in Anschlag bringt. Dann kann er sich ungefähr ausrechnen, dass der Tripischowski exakt 23 Sekunden 14, nachdem er in die Kirche eingetreten ist, beim Pfarrer Schwein unter seiner Glocken stehen wird, das ist ein gewisser Erfahrungswert, der sich schlicht und einfach aus der gewissen Erfahrung ergibt.

„Und warum ballerst du jetzt nicht einfach durch das bunte Kirchenfenster hindurch dem Pfarrer Schwein die einzige verbliebene Kugel zwischen die Augen?“, fragt er sich selbst, weil die Lois Lehn in den großen Momenten der Menschheitsgeschichte natürlich wieder nicht da ist, damit sie ihn selbst fragen und über seine Heldentaten berichten könnte.

Antwort: „Der Meisterschuss aus meiner Büchse heraus täte die Spur sofort und ausschließlich auf mich selbst lenken, weil den Meisterschuss aus dieser Entfernung sonst keiner beherrscht, deswegen.“

Und dann täten sie wieder alle nur jammern und sich auf die falsche Seite schlagen, wie sich die Leute immer auf die falsche Seite schlagen. Und sie täten sich womöglich fragen: „Wie kann er denn einen Heiligen einfach wegballern wie die Vogerln und Katzerln und Entlein und Hundsis, wie kann er denn so was tun?"

Du meine Güte!

Darum wird der Biermösel jetzt die Gefahr, die vom Pfarrer Schwein ausgeht beziehungsweise ausgegangen ist, ein bisserl eleganter aus der Welt räumen und es lieber wie einen tragischen Unfall ausschauen lassen, das ist sein Plan.

Als die Tripischowski-Glocke dann endlich das erste Mal ordentlich scheppert und ihr fürchterlicher Klang das ganze Tal erfüllt, da setzt sich der Biermösel ruhig auf seinen Schemel hinter dem dicken Vorhang, wo er dem so genannten Auge der Öffentlichkeit verborgen bleibt. Dann zieht er die Kiste mit dem Osterbock näher zu sich heran und zischt gemütlich ein Flascherl, damit er die ruhige Hand für den Meisterschuss hat und während dem Meisterschuss nicht ganz austrocknet. Und noch bevor die Glocke zum dritten Mal donnern kann, wird der Biermösel die Gefahr, die vom Pfarrer Schwein ausgegangen ist, beseitigt haben, er hat ja genug geübt in letzter Zeit

– und peng!

Genau in dem Moment, wo die Strahlen der Sonne sich in der sündteuren Glocke brechen, exakt zur Todesstunde vom Herrn Jesus Christus, feuert der Biermösel seinen Meisterschuss ab. Dann ist es handgestoppte drei Sekunden zwölf komplett still, wie es die Tradition am Karfreitag vorschreibt, bevor es doch noch ordentlich kracht und das Beben der Erde die Tradition ein bisserl bricht. Und nur der Biermösel mit seinen patentierten Hochsensor-Ohrwascherln kann den kurz ausgestoßenen, dann allerdings jäh verstummenden Todesschrei aus den zwei Kehlen hören, die er dem Pfarrer Schwein einerseits und dem Lodenkaiser (jetzt komplett a.D.) Tripischowski zuordnet, „Gehet hin in Frieden!"

Was ist passiert? Der Biermösel kann es genau sagen: Das Glockenseil ist leider, leider gerissen, als er es mit der einzigen verbliebenen Kugel aus der Präzisionsbüchse durchschossen hat, und gemäß den Gesetzen der Schwerkraft ist die Glocke hinuntergefallen, so ein Pech!

Der Pfarrer Schwein und der Tripischowski haben unten beim Seil nämlich gar nicht so schnell hinaufschauen können, dass sie von der

Glocke nicht entlang dem Scheitel bis hinunter zur Arschfalte in der Mitte gespalten worden wären wie die Sauen vom Messer der Roswitha. Der Doktor Krisper wird ihm genau diese Todesursache bestätigen, sobald er die Leichen erst obduziert haben wird, und dann wird der Biermösel zwar der Höflichkeit halber den Überraschten spielen, aber wirklich überrascht wird er natürlich nicht sein.

Zur Feier des Tages säuft der Biermösel dann die restlichen Osterböcke auch noch aus und freut sich in seiner wiederhergestellten heiligen Ruhe auf den Tag und die Stunde, in der die Seebachwirtin mit ihrer Reserve-Goldhaube am Schädel bei ihm hereingeschneit kommen wird. Aufgeregt und hysterisch wird sie sein, wie es die Art von den Katholiken ist, die zwar an die Vorsehung glauben, aber dann doch immer wieder am meisten überrascht sind, wenn sie auch eintritt.

„Was ist passiert?", wird der Biermösel sie scheinheilig fragen.

„Der Pfarrer Hein liegt unter der Tripischowski-Glocke!", wird sie ihn anschreien, „Und der Tripischowski liegt bei ihm!"

„Beide gespalten vom Scheitel bis zur Arschfalte?", wird der Biermösel sie fragen.

„Und mit ausgebreiteten Armen!", wird die Seebachwirtin dann den Anfang von einer Legende stricken, und der Biermösel wird den Faden gerne aufnehmen:

„Wie der Herr Jesus?"

„Na genau!"

Der Biermösel kann sich schon jetzt das Lachen nicht verkneifen. Weil anders als der Herr Jesus Christus wird sich der Pfarrer Schwein mit seinem Sack voller Sünden am Buckel ein bisserl schwertun, dass er am Ostersonntag unter der Glocke wieder hervorkriecht und aufersteht. Also vom Biermösel zu dem für das kleine verbliebene Kirchenvolk vielleicht ein bisserl unerwarteten Ableben vom Pfarrer Schwein so knapp vor Ostern vielleicht nur zwei Worte:

„Pech gehabt!"

Wer jetzt kleinlich ist, der kann jetzt sagen:

„Das war aber schon wieder ein astreiner Mord, Biermösel! Wie hast du denn so was tun können?“

Aber die Leute sind immer kleinlich, und sie reden immer irgendwas daher. Und außerdem: Wie oft soll er denn noch sagen, dass halt manchmal ein anderer sterben muss, damit man selbst wieder seine Ruhe hat? Wer also Ohrwascherln hat zum Hören, der höre – dass die Glocken nicht mehr läuten, und dass der Wind nicht mehr pfeift, herrlich!

Einzig das Peng seiner Kalaschnikow klingt noch süß in seinen Ohren. Bedenkt man nämlich, dass er mit seinem Meisterschuss – nach allem, was dafür spricht! – auch gleich den Hendldieb mit erledigt hat, dann kann er auch dieses lästige Kapitel endlich abschließen und sich wieder den wichtigen Dingen in seinem Leben zuwenden. Mit den Taschen voller Geld und der neuen Unterhose am Leib ist es heute nämlich keine Frage mehr, ob er die Anni vielleicht doch noch packen wird, sondern nur noch: wann?

Da wird die Sache fast schon kitschig!

Der Biermösel ist jedenfalls besser drauf als das Pferd im Liebesfilmfernsehen nach der frischen Fuhre Heu, als er sich beschwingt vor ihrem Haus einbremst, Holladiödilliö, unterstützt von ein paar schnell gezischten Osterböcken natürlich, weil er ja nicht komplett entwässern will, wenn er sich bei der Anni wieder zurück ins Spiel bringt.

Als er vom Moped hinunterfällt und die Fips dann gegen die Hauswand lehnt, ist er zunächst noch beruhigt, dass die Anni ihre Bleibe seit seinem letzten Besuch nicht zu einer Kapelle samt Glockentürmchen zum Üben umgebaut hat, wie er schon befürchtet hat. Aber auf dem Weg hierher muss ihm irgendwo entfallen sein, dass sie neuerdings eine Polsterfabrik betreibt, was sonst sollten die ganzen Federn bedeuten, die da überall herumfliegen und herumliegen, du heiliger Bimbam, sind das vielleicht sogar Hendlfedern?

Na freilich sind das Hendlfedern!

Das raubt dem Biermösel jetzt natürlich ein bisserl was von seiner Ruhe, bedenkt man nämlich, dass er sich in den Zwillingen schon zweimal ganz ordentlich getäuscht hat! Also warum nicht einfach der Anni das Geld ins Postkasterl schmeißen und den bisher rundum gelungenen Tag mit ein paar heruntergeballerten Flugenten samt ein paar schnell gezischten Osterböcken ausklingen lassen, warum nicht einmal das Richtige tun im Leben?

Aber der Mensch muss gar nicht so besoffen sein wie der Biermösel jetzt, damit er lieber dreimal das Falsche tut anstatt einmal das Richtige. Also darf er sich nicht wundern, dass er sich auf einmal im Vorzimmerspiegel von der Anni sehen kann – „Habe die Ehre!" –, wo er sich aber nicht mehr erkennt, weil er seit neuestem ausschaut wie der geteerte und gefederte Schmetterlingssammler im Wildwestfilm, nur dass es bei ihm der Schweiß ist, der alles zusammenhält, und nicht der Teer.

„Pfffft!", spuckt der Biermösel die paar Federn aus, die er nicht verschluckt hat. 60 Jahre ist er ohne Hendl ausgekommen, und jetzt schaut er aus wie eines!

Ist das der Doktor Krisper?, fragt er sich dann, nachdem er seinen Autopiloten auf „Augen zu und durch" gestellt hat und nur noch hofft, dass das alles ein böser Traum ist.

Aber selbst im bösesten Traum kann keiner so falsch „Don't worry, be happy!" singen, wie das jetzt der Doktor Krisper aus dem Wohnzimmer von der Anni heraus tut, das hört sich ja schlimmer an als eine Kreissäge, wenn sie sägt! Die Angriffe auf seine Ohrwascherln hören einfach nicht mehr auf.

Als der Biermösel dann endlich mit der Wohnzimmertür ins Wohnzimmer fällt, sieht er den Doktor Krisper, der trotz manch erlittener Rückschläge in letzter Zeit schon wieder fröhlich sein Liedchen pfeift und dabei den Zwillingen die zerschundenen Hände zunächst mit der Hirschblutsalbe einschmiert und dann mit den dicken Faschen verbindet. Die Glockenseile haben ihre Handflächen komplett ruiniert, für eine Hornhaut wie beim Hasenscharten-Ulf hat es bei ihnen natürlich nicht gereicht, für das ganze verlorene Blut aber schon. Wenn der Biermösel noch eine so genannte Rechtfertigung für seinen Meisterschuss gebraucht hätte, dann hat er sie jetzt.

„Hat mich ereilt Noterufe von Frau Anni", sagt der Doktor Krisper dann fast schon entschuldigend zum Biermösel, weil er diesmal im Alleingang zur Anni gekommen ist, obwohl es sich die letzten beide Male bewährt hat, dass sie ihr die schlechten Nachrichten gemeinsam überbringen. Und auch jetzt wird es wohl wieder die Talente von ihnen beiden brauchen, um sie zu trösten.

Der Biermösel sieht die Anni in ihrem Büßergewand im Herrgottswinkel knien, wo sie sich vor einem Bildnis vom Pfarrer Schwein ein ums andere Mal in die ganzen Hendlfedern am Boden hineinwirft wie das Schnitzel in die Panier, „Alles meine Schuld!“, weint sie und hört nicht mehr auf zu weinen, „Alles meine große Schuld!“

Die Anni kann und will einfach nicht verstehen, dass der Pfarrer Schwein ihre zwei Mäderln nach Hause geschickt und sie für den Beruf der Glöcknerin als ungeeignet eingestuft hat, trotz der ganzen Barschaft, die sie ihm dafür überlassen hat.

„Was soll denn jetzt aus meinen Zwillingen werden?“, hört die Anni nicht mehr auf zum Wehklagen.

„Pass auf, Anni“, unternimmt der Doktor Krisper einen ersten selbstbewussten Anlauf in Sachen Trost und Rat, „Anni, pass auf. Habe ich Perspektive für deine Zwillinge, nämlich die: Wenn ist ihnen fad, dann ist Gewichteheben gut für Geist und Körper und für schöne Land Österreich, mit viel Hirscheblut kann ich machen zweimal Olympiasiegerin aus deine Zwillinge, müssen sie nur schlagen dreimal chinesische Kraftpakete mit viel Damenbart und tiefe Stimme, okay?“

„Wir gehen die Suppe umrühren!“, sagen die Zwillinge und verdrücken sich lieber in die Küche, bevor ihnen der Quacksalber das Hirschblut verabreicht, lieber ist ihnen ein Coca-Cola mit Rum.

Die Anni aber ist mit der Perspektive für ihre Zwillinge gar nicht zufrieden. Wieder wirft sie sich in die Federn hinein und schreit:

„Da sind sie mir ja mit den roten Fingernägeln und in den hohen Schuhen noch lieber!“

Zeit also, dass der Biermösel übernimmt. Er schiebt den Doktor Krisper zur Seite wie der Dicke den Doofen im anspruchsvollen Nachmittagsfernsehen und sagt: „Geh du in die Küche und hilf den Zwillingen beim Suppe-Umrühren, husch, husch!“

Er selbst kniet sich einfühlsam neben die Anni, bläst ihr ein paar Federn aus den Haaren und hofft, dass er jetzt nicht zu viel verrät, wenn er ihr seine Vorstellung von einer Perspektive für die Zwillinge eröffnet:

„Pass auf, Anni, es ist ja bitte Folgendes passiert: Der Anton-Maria, der immer furchtbar gestottert hat, weil ihm der Papa mit seinem rollenden ‚Rrrrr‘ so überlegen war, der stottert jetzt nicht mehr. Also könnten sich die Zwillinge vielleicht mit ihm anfreunden, der hat ja bald weiß Gott genug Geld, dass es für drei reicht, und du brauchst dir keinen anderen Mann mehr suchen."

„Und wieso stottert er nicht mehr?", eröffnet die Anni den Reigen der so beliebten „Wieso?"-Fragen.

„Na weil er jetzt Halbwaise ist!"

„Und wieso ist er jetzt Halbwaise?"

„Na weil der Staatsschauspieler so tragisch zu Tode gekommen ist."

„Und wieso hat mich nicht rechtzeitig ereilt Noterufe, damit ich kann helfen mit Defibrillator oder bissi Hirschblut?", kommt der Doktor Krisper wieder aus der Küche zurück, gerade rechtzeitig, bevor die Anni dem Biermösel dankbar für seine Perspektive um den Hals hätte fallen können, halleluja! Schön langsam kriegt er eine ungefähre Vorstellung davon, wie es dem Herrn Jesus Christus ergangen sein muss, als er dem Trottelvolk die allgemeine Erlösung verkündet hat und ihn dann wieder alle nur deppert „Und wieso gibt's kein Schnitzerl dazu?" gefragt haben, er und der Jesus sind sich wirklich in vielem sehr ähnlich, vor allem im Leiden an der Welt.

„Wer ist noch gestorben!?", gibt der Krisper dann keine Ruhe, und der Biermösel bedauert langsam, dass der Bär im Wald nur sein Manuskript gefressen hat, nicht aber den Krisper selbst.

„Wer noch!"

Bevor ihn der jetzt stundenlang quält, nimmt ihn der Biermösel kurz zur Seite und gibt ihm einen kurzen Überblick über die Leichen, die seit neuestem seinen Weg pflastern. Vielleicht lässt er ihn ja endlich mit der Anni alleine, wenn er ihn die Obduktionen machen lässt und so ein bisserl Kleingeld in seine leere Geldtasche spült, auch für einen bulgarischen Landarzt in Aussee ist das Leben nicht einfach, wenn man bedenkt, dass ihm zum Beispiel jederzeit der Keilriemen vom Landarzt-Kombi reißen kann, da fällt dem Biermösel ein:

„Hast du der Roswitha den Magen wieder eingebaut?"

„Schnipp schnapp fertig. Hält wieder 50 Jahre!"

„Also schreib auf!", sagt der Biermösel, den diese Nachricht natürlich sehr fröhlich stimmt. „Der Tripischowski ist auch gestorben, sehr tragisch."

„Wer noch?"

„Die Bauersleute Ruprecht."

„Hurra!“, freut sich der Doktor Krisper schon auf die ganzen Obduktionen. „Ist große Schwund von kleine Gemeinde! Wer noch?“

„Das war's“, lügt der Biermösel, dem aber der Schwund von der kleinen Gemeinde nicht groß genug sein könnte. „Und jetzt geh bitte endlich in die Küche und hilf den Zwillingen mit der Suppe, ich hab schon so einen Hunger!“

Meine Güte, der Biermösel hat jetzt schon so einen Hunger, dass er zur Not auch eine Rindsuppe mit den Fettaugen obendrauf essen täte, wenn es schon keine Schweinshaxensuppe ist, und bei sehr großer Not täte er zur Not sogar eine Gemüsesuppe essen, wenn das Gemüse nur nahe genug an einem Schweinestall gewachsen ist, Kruzifix! Er hofft einfach – trotz allem, was dagegen spricht! –, dass nicht sein wird, was nicht sein darf, als er dem Doktor Krisper noch hinterherschreit:

„Und schau vielleicht überhaupt einmal nach, was das für eine Suppe ist!“

Dann dauert es keine zwei Sekunden, und der Doktor Krisper serviert ihm die so genannte Hiobsbotschaft:

„Ist Suppe von Hendl!“, schreit er begeistert. „Ist sehr, sehr lecker!“

Der Biermösel könnte jetzt natürlich noch immer zusammenpacken und drüben beim See einfach ein paar Flugenten herunterschießen, der Tag wäre auch dann noch sehr gelungen, bedenkt man, was er heute schon alles erledigt hat. Aber es liegt halt leider auch in der menschlichen Natur, dass sie immer alles ganz genau wissen muss, anstatt dass sie Gras über die Sache wachsen lässt. Also steckt er seine Nase in die Küche hinein, und dort fällt er fast wieder ins Koma:

„Na bumsti! Das sind aber viele Hendln!“

Die Jennifer mit ihren roten Fingernägeln will dann auch gar nicht abstreiten, dass sie und ihre Schwester Manuela die Hendldiebinnen sind, allerdings nur im Auftrag des Herrn:

„Der Pfarrer Hein hat ja auch sehr viele Hendln gebraucht!“, sagt sie. „Der war ja unersättlich!“

„Und wieso?“, stellt der Biermösel jetzt selbst die „Wieso?“Fragen.

„‚Ihr seid Weiberleut!‘, hat er gesagt. Euch mit euren roten Fingernägeln rühr ich nicht an, ich will Hendln!“

„So hat er gepredigt?“, fragt der Biermösel.

„So hat er gepredigt!“, sagt die Jennifer. „Ich schwöre!“

„Bitte nicht schwören! Und weiter?“

„Na, die Industriehendln vom Bauern Ruprecht waren ja nicht schwer zu stehlen, wenn er uns um welche geschickt hat."

„Weil sie bieg- und fügsam und ohne Willen sind wie die Rotzbuben von der Städtischen Jugend, ja ja, ich weiß, ich weiß", gibt der Biermösel den Allwissenden, bevor er dem Doktor Krisper noch einen Namen für seine Obduktionsliste nennt:

„Schreib auf: „*Knecht* Ruprecht! Auch tot, auch sehr tragisch!"

„Danke", sagt der Krisper. „Wer noch?"

Wie aber die Zwillinge über das Erlebte hinwegtrösten? Soll er für sie die Schuhe platteln und sich dabei selbst Watschen geben?

„Nicht lustig!", sagt die Manu.

Dann soll er vielleicht lieber aus der Hüfte heraus das Bildnis vom Pfarrer Schwein aus dem Herrgottswinkel herausballern? – Und peng!

„Wie schmeckt euch das?"

„Hurra!", schreien die Zwillinge.

„Und dass der Gottesmann auch nicht mehr lebt, weil er vor kurzem unter sehr mysteriösen Umständen von einer Glocke bis zur Arschfalte hin gespalten worden ist, als Strafe für seine Schandtaten, wie schmeckt euch das?"

„Das schmeckt uns *très bien*", sagt die Jennifer, die die Dramatischere von den beiden Zwillingen ist und auch die röteren Fingernägel hat, und der Doktor Krisper schreit begeistert:

„Wer ist noch gestorben?"

„Und meine Perspektive?"

Der Biermösel aber muss sich jetzt um die Anni kümmern, greift in den Hosensack und eröffnet ihr damit die einzig interessante Perspektive, die für eine Putzfrau interessant ist. Er zählt ihr die Scheine herunter und legt sie in ihre vom vielen Geschirrspülen rissigen Putzfrauenhände. Dann umschließt er sie mit seinen eigenen riesigen Pratzen, sanft wie ein Reh. Er schaut ihr tief in die Augen und sagt:

„Nimm, Anni! Nimm es einfach und behalt es diesmal!"

„Biermösel!", seufzt die Anni, aufgelöst von den vielen Tränen und zutiefst gerührt von dieser einmaligen Geste und respektablen Summe.

„Anni!", sagt der Biermösel.

„Biermösel!", sagt die Anni.

„Anni!"

„Biermösel!"

„Anni!“

So geht das dann noch ein paarmal hin und her wie im depperten Liebesfilmfernsehen, sodass es dem Biermösel fast schon ein bisserl fad wird, und bevor das noch lang so dahin geht, hat er eine Idee:

„Pass auf Anni, sag vielleicht einfach Edgar Evenhoe zu mir. So heiß ich nämlich.“ Und im Hinblick auf die erwünschte Andockung im Gendarmerieheim drüben in Kaprun fügt er noch hinzu: „Wie früher der Zuchteber bei uns im Stall.“

Na bumm! Damit haben dann die wenigsten gerechnet. Sein Vorname entpuppt sich als wahrer Stimmungsaufheller, das ganzes Geld hätte nicht geschafft, was sein Vorname schafft. Die Zwillinge zerreißt es fast vor Lachen, sodass ihnen der Doktor Krisper die Prognose stellt, dass sie keine Psychiater brauchen werden. Und die Anni zerrinnt wie die Glasur auf der fetten Torte in der prallen Sonne, als sie das hört.

„Edgar Evenhoe“, seufzt sie.

Sie hat ja in ihrem Leben weiß Gott genug Liebesfilme gesehen, wenn sie nicht gerade irgendwelche Scheißhäuser herausgewischt hat, sodass sie alle schönen und wohlklingenden Namen von den ganzen Stars kennt, Ben Hur zum Beispiel oder Chuck Norris.

Aber „Edgar Evenhoe“ Biermösel, flüstert sie, das hört sich sogar noch besser an als das Hansi vor Hinterseer, das Clark vor Gable oder das Omar vor Sharif, du meine Güte: „Edgar Evenhoe Biermösel!“

Ich bin also wieder zurück im Spiel, denkt sich der Biermösel, und er malt sich schon aus, wie und wann er den Meisterschuss aus der Winchester heraus endlich auf sie abfeuern wird.

Aber es liegt halt leider in der Natur der Weiber, dass sie den glücklichen Augenblick nicht lange festhalten können und stattdessen sofort alles zerstören, noch bevor es überhaupt angefangen hat, warum sonst sollte sie ihn auf einmal fragen: „Magst vielleicht dableiben und eine Hendlsuppe mit uns essen?“

Da kann der Biermösel gar nicht anders, als dass er schon wieder einen Schlusssatz aus seinem Hirn herauslässt, einen Klassiker der Kinderliteratur diesmal:

„Ich esse deine Suppe nicht, nein, deine Suppe ess’ ich nicht!“

Und weg ist er. Hinaus und hinüber zu seinen Schweinderln im Stall drüben im Auerhahn, die ihm vielleicht sowieso von allen die liebsten sind.

Greatest story ever told

Der Biermösel sitzt jetzt schon den dritten Tag hintereinander in der Wirtsstube im Auerhahn herüben und wartet. Und während er wartet, freut er sich auf den kompletten Besinnungsverlust samt der anschließenden Kolik, die ihn hoffentlich bald ereilen werden. Und während er sich freut, zischt er ein paar Flaschen vom Osterbock aus der Kiste, die ihm die Roswitha unter den Tisch gestellt hat, damit er nicht komplett entwässert, während er wartet, „Sag einmal, Roswitha! Wird das heuer noch was mit mir und der Sisi?"

Die Roswitha ist in der Wirtshausküche verschwunden und bereitet sein Osterlamm vor, das früher Sisi geheißen hat und jetzt im Holzofenrohr drinnen liegt. Damit wird sie wahrscheinlich auch nicht gerechnet haben, dass sie einmal als Osterlamm endet, als sie als kleines Lutschi auf die Welt gekommen ist. Aber der Biermösel hat ja auch nicht damit rechnen können, dass sein Leben so deppert verlaufen wird, wie er als kleiner Biermösel vor 60 Jahren auf die Welt gekommen ist, „Also reg dich nicht auf, du Sau!"

Zwar hat sich die Roswitha nach dem erfolgreichen Einbau vom halben Magen körperlich überraschend schnell wieder erfangen, da muss der Biermösel den Doktor Krisper auch einmal loben. So schnell, dass sie die Schweinderln schon wieder eines nach dem anderen abstechen, zerteilen, würzen und in den Ofen schieben kann, in dem sie der Sisi jetzt noch einmal ordentlich einheizt, wegen dem Krusterl. Aber oft sind es ja sowieso nur Kleinigkeiten, die über Glück und Unglück in einem Menschenleben entscheiden, überrascht den Biermösel die positive Entwicklung von der Roswitha nicht: ein halber Magen mehr, ein ganzer Pfarrer weniger – schon schaut die Welt wieder anders aus!

Freilich wird es noch Wochen dauern, bis sie wieder die krankhaft fettleibige Wirtin auf der Höhe ihrer Kunst ist. Aber da braucht einer wie der Biermösel jetzt keinen Positiv-Denke-Ratgeber-Schmöker mit elegant gedrechseltem Schlusssatz von ihm selber lesen, damit er die folgende Prognose wagen kann:

„Wird schon wieder werden, Roswitha!"

Der Biermösel ist also – nach allem, was in den letzten Wochen dagegengesprochen hat! – wieder eingeschwenkt in die Umlaufbahn von seiner häuslichen Routine, und aus der sicheren Trutzburg der

Wirtsstube heraus, in der er es sich in seinem Winkerl auf dem warmen Polsterl unterm Arsch wohlig eingerichtet hat, rekapituliert er die zurückliegende Karwoche, du meine Güte! Eine so eine depperte Karwoche wie die zurückliegende will er nicht noch einmal erleben!

Natürlich wäre der Biermösel jetzt lieber in Kaprun im Gendarmerieerholungsheim drüben und täte dort gerne die Anni packen, ein ums andere Mal, immer und immer wieder – „Roswitha, das hättest sehen müssen, wie ich die Anni ein ums andere Mal gepackt habe, immer und immer wieder!“ (Der Mensch braucht immer zwei Wahrheiten.) Aber dann hat sie ihm ja unbedingt eine Hendlsuppe anbieten müssen, und er Hendlfeind hat die ganze Strecke weg von der Anni bis hinüber zum Frisörsalon *Bleich und Fön* nur noch geweint, weil er mit seiner strikten Ablehnung vom Hendl bei der Anni natürlich wieder komplett aus dem Spiel gewesen ist, aber muss sie ihn so quälen?

„Bist du depperte Idiot!“, hat der Doktor Krisper mit ihm geschimpft, als sie gemeinsam von ihr weggefahren sind, durch die ganzen Federn hindurch, die um ihr Haus herum gelegen sind. „Hast du Chance groß wie Eiersack von stärkste Zuchteber auf Welt, und dann geht alles hinunter den Bach, nur weil du magst kein Hendlsuppe, bist du deppert?“

Aber da reden natürlich immer die Richtigen!

„Und wieso hab ich dich noch nie mit einer Frau gesehen?“, hat der Biermösel sofort gekontert, wie es die Lektion 134 (sofort den Spieß umdrehen!) vorschreibt, und sein Gegenschlag hat die Wirkung nicht verfehlt.

„Ach, Biermösel“, hat er sofort angefangen den Blues zu singen, „muss ich ehrlich mit dir sein, wie du warst auch ehrlich mit die Anni: Bin ich homosexuell bis dort hinaus, sprich: bin ich schwule depperte Drecksau, was ist in diese Gegend schlimmer als Goldhaube auf Negerwolle. Bitte Biermösel, nimm deine Glock aus deine Halfter und schieße mich aus Hüfte heraus über Haufen, wie du alle über Haufen geschossen hast in letzter Zeit. Mag ich nicht mehr, kann ich nicht mehr, will ich nicht mehr einsam sein!“

Aber da hat ihm der alte Bulgare natürlich nichts Neues erzählt! Längst hat der Biermösel beobachtet, dass der Landarzt mit dem Hang zur schnellen Notoperation einer ist, der den kleinen Finger abspreizt, wenn er das Rezept ausstellt, und der die Hand in die Hüfte stützt, wenn er mit dem Hämmerchen die Reflexe im Knie prüft, längst hat er all das gewusst. Er hat ja lange und eingehend genug den Frisör Manfred samt Gestik und Mimik vom Feldherrenhügel aus studiert, und er hat genug Zeit gehabt, dass er Gestik und Mimik vom Frisör Manfred mit Gestik und Mimik vom Doktor Krisper vergleicht, sodass er eine ungefähre Ahnung davon gehabt hat, warum er die zwei noch nie mit einer Frau gesehen hat.

Damit aber in diesem Frühling wenigstens einer von ihnen beiden die Winchester abfeuern und das Magazin entleeren kann, hat der Biermösel den Doktor Krisper kurz vor Ladenschluss beim Frisörsalon *Bleich und Fön* abgesetzt. Dann ist er mit ihm hinein und hat dem Schnittmeister gesagt, dass er dem Herrn Doktor doch bitte den lichten Haarkranz ein bisserl stutzen soll („Aber schon die Ohren auch ausschneiden, nicht nur den Nacken!"). Und was die zwei dann gemacht haben, sobald der Haarkranz geschnitten und die Rollläden heruntergelassen waren, wer von ihnen beiden dabei die Biene war und wer die Blume, das hat ihn nicht mehr interessiert, nachdem er selbst längst wieder einsam auf seiner Fips dahingeritten ist, nicht alles geht jeden was an im Leben, ist dem Biermösel seine entschiedene Haltung zur Privatsphäre – „Roswitha, das hättest du sehen müssen, wie der Doktor Krisper den Frisör Manfred bestäubt hat!"

Der Biermösel kratzt sich jetzt ein bisserl am Arsch, an dem die Wunde schorft, die ihm die Rotzbuben im Häuserkampf zugefügt haben. Auf die freut er sich jetzt auch schon wieder. Nach den Osterferien, wenn sie wieder lieber am See herumrudern, anstatt brav in der Schule zu lernen, wird er dort auf sie warten. Zwar ist er ansonsten kein Süßer, aber bei der Rache will er eine Ausnahme machen. Bis dahin wird er auch sein Munitionsdepot wieder aufgefüllt haben, und dann schaut er sich an, wer von ihnen zuletzt lachen wird, sie von der Dörflichen Jugend oder er von der Ländlichen Gendarmerie – und peng!

Schon werden wieder alle Schlagzeilen ihm gehören.

Die neueste Ausgabe vom *Ländlichen Boten* hätte einen weniger gefestigten Charakter als ihn („Kruzifix, Roswitha! Ich stich dich gleich ab, wenn das nicht schneller geht mit der Sisi!") sicher zum Abheben gebracht.

„WER IST ER?", steht da in großen Buchstaben vorne drauf, über einem Foto, das ihn im Frisörsalon vom Frisör Manfred zeigt, und zwar genau in dem Moment, in dem er aus dem Kanal herausgekommen ist, na bravo!

Der Aufstieg aus dem Kanal heraus hätte unzweifelhaft seinen Eintritt in die Unsterblichkeit bedeuten können, er hätte sich damit seinen eigenen Betonsockel zementieren können, auf dem er dann in einer allzu schnelllebigen Zeit als bronzene Heldenbüste die Ewigkeiten überdauert hätte, wenn – ja wenn! – er Komplettrottel nur ohne Sexmaske am Schädel, dafür aber mit dem Hasenscharten-Ulf anstatt der Trudi unterm Arm aus dem Kanal heraufgekommen wäre. Um den Auftritt in den Abendnachrichten neben der dramatisch gewellten Schwarzhaarigen hätten ihn alle beneidet!

Nach wochenlangem „WO IST DER ULF?" hätte die Lois Lehn endlich „DA IST DER BIERMÖSEL!" schreiben müssen, und wenn er zuvor nicht Selbstjustiz am Pfarrer Schwein geübt hätte, dann hätte er der lästigen Reportermeute auch gleich einen Täter präsentieren können. So aber wird die Welt von seinen Heldentaten nie etwas erfahren, „Roswitha, das hättest du sehen müssen, wie ich Selbstjustiz am Pfarrer Schwein geübt habe – und peng!"

Der Biermösel gönnt sich jetzt noch einen Osterbock, damit die eine Kiste endlich leer ist und er die nächste anfangen kann (damit er nicht entwässert!). Bereuen tut er aber nicht, dass er Selbstjustiz am Pfarrer Schwein geübt hat, bereuen tut er allenfalls, dass er sie nicht schon früher geübt und den Meisterschuss abgefeuert hat. „Wie hat denn so was passieren können?", jammern jetzt wieder alle an den Stammtischen im Tal, „So eine schöne Glocke kann doch unmöglich einfach herunterfallen! Und wo sind denn bitte überhaupt die ganzen anderen hin verschwunden, die früher im Ort gelebt haben?"

Aber die ganzen Fragen nach dem großen Schwund von der kleinen Gemeinde werden natürlich auf ewig unbeantwortet bleiben, weil letztlich nur er alle verzwickten Zusammenhänge kennt, „Oder was glaubst du, wer den Ulf unten im Kanal von hinten gesehen hat? Und was glaubst du, was der Pfarrer Schwein für Federn am Hosentürl picken gehabt hat, Roswitha, glaubst du vielleicht, das waren keine Hendlfedern?", schreit er in Richtung der Küche.

„Nur ich weiß, wie das alles zusammenhängt! Der gespaltene Pfarrer. Die ruinierte Hinteransicht vom Hasenscharten-Ulf. Und die Hendlsuppe von der Anni! Nur ich kenn die ganze depperte Geschichte, Roswitha, hörst du mir eigentlich zu?"

„Great story!", hört der Biermösel auf einmal von ganz weit hinten in der Wirtsstube, und jetzt merkt er endlich, dass ihm ja eh schon die ganze Zeit einer zuhört, „Sag einmal, Roswitha, wer ist denn er?"

Einer von den Pharisäern vielleicht, denkt er sich, der den ganzen Wahnsinn der Fasterei bis jetzt durchgehalten hat und der jetzt hofft, dass die Schweinsbratenexzesswochen „Fett extra fett" nach der allzu freudlosen Zeit endlich nachgeholt werden, nachdem kein Pfarrer mehr da ist, der ihm über die Schultern schaut.

Der Biermösel leuchtet den Überraschungsgast mit seiner Stabtaschenlampe an, aber das Glumpert leuchtet natürlich nicht mehr weit genug! Und hinter seinem beunruhigenden Schleier aus Schwarz, der ihm vor den Augen hängt und einfach nicht mehr weggehen will, sieht er sowieso nichts.

„Great story!", hört er den Fremden immer wieder sagen. Aber da ist er beim Biermösel natürlich an den Falschen geraten:

„Red noch einmal so deppert mit mir, und ich schieß dich über den Haufen!"

Dabei hat er ja gar keine Kugeln mehr, denkt er sich müde. „Ein bisserl zu viel herumgeballert in letzter Zeit, und ein bisserl zu viele Leichen angehäuft, verstehst?", wendet er sich an den Fremden drüben persönlich, warum auch nicht, wenn ihm sonst keiner zuhört.

„Magst einen Osterbock?"

„Yeah!"

„Dann lass es bleiben!", sagt der Biermösel und schießt eine leere Flasche nach ihm.

Aber der Mensch hat halt so ein Bedürfnis, dass er erzählen muss, wenn er was erlebt hat. „Oder glaubst du vielleicht, der John Wayne hat nichts von den Viehdieben erzählt, kaum dass er von der Selbstjustiz an den Viehdieben nach Hause gekommen ist?"

„Great story!"

„Jetzt weiß ich auch, warum der Tripischowski letztlich wirklich so reumütig zurückgekommen ist in die saftige Heimat, interessiert dich das!?"

„Tell me more!", sagt der Fremde begeistert.

„Na dann nicht!", sagt der Biermösel beleidigt.

Wen es aber schon interessiert, der soll sich bitte draußen auf der Wäscheleine seine Ganzkörperunterhose anschauen, die er der Roswitha zum Waschen gegeben hat, weil sie zwar nach außen hin unbefleckt war, nach innen hin aber den ganzen Gestank der Welt aufgenommen hat, Stichwort: Achselschweiß!

Wenn der Kunstfaserdreck made by Tripischowski nach der Kochwäsche jetzt einer Maus passt, dann kann sich die Maus darüber freuen, er selbst kann die Unterhose nicht einmal mehr mit freiem Auge sehen! „Und weißt du warum? Wahrscheinlich hat der Trottel einfach vergessen, dass er ihnen sagt: Nicht zur Kochwäsche geben! Nur mit der 30°-Buntwäsche waschen! Verstehst?"

„Don't cook it!", kichert der seltsame Gast in der hintersten Ecke, und dann hört der Biermösel wieder den Stenoblei über den Stenoblock kritzeln.

„Fucking great story!"

Endlich kommt die Roswitha dann doch noch in die Wirtsstube, und kurz durchfährt den Biermösel noch einmal der kalte Schauder der Angst, weil sie das Schlachtermesser in der Hand hält. Ganz sicher ist er sich dann nicht, ob sie ihn nicht doch noch abstechen will, als sie ihn an den Haaren packt und ihm das Messer ansetzt:

„Vorne kurz, hinten fesch?"

„Uff!", denkt sich der Biermösel.

„So, jetzt schaust wieder wie ein Mensch aus, wie ein normaler!", sagt die Roswitha nach der kurzen Behandlung, und dann bringt sie endlich mit der Scheibtruhe die Sisi herein und in den zwei Kübeln das Kraut und die Knödel, und es ist dann doch noch ein würdiges Osterfest geworden.

Der Besinnungsverslust sitzt schon neben dem Biermösel und lächelt ihn freundlich an, als die Roswitha dann sagt:

„Ich geh schlafen."

„Ja, geh du schlafen!", sagt der Biermösel und macht die Fensterläden zu.

Die Frischluft hat wieder das Kommando übernommen nach all den Tagen des Leides, und statt der donnernden Glocken hört er jetzt die rollenden Donner, die durch den engen Taleingang hereinkommen, begleitet von den wilden Reitern, die mit ihren Blitzen den Gebirgskamm erleuchten, jetzt aber doch!

Da werden sich die ganzen Betriebsausflügler, die noch in ihren Autobussen unterwegs sind, ein bisserl in die Hose scheißen, wenn sie nicht rechtzeitig aus dem Tal hinausgekommen sind, da werden ihm morgen wieder einige verängstigte Autobusinsassen über den Weg rennen wie die Wahnsinnigen und Elenden ein paar Tage zuvor, wenn das kleine Bächlein nämlich über die Ufer getreten sein wird und ganze Reisebusse mit sich gerissen hat, herrlich!

Aber keine Sorge, Leute!

Es wird wieder die Sonne scheinen, und dann wird im Kanal unten wieder genug Platz sein für alle, weil so ein Gewitterregen alles aus dem Kanal wegspült hinunter ins Rote oder ins Schwarze Meer oder weiß der Teufel wohin, jedenfalls weg! Und dann wieder genug Platz im Kanal ist für die ganzen Depperten und Wahnsinnigen, die hineinspringen wollen, wenn es nach ihm geht, soll die depperte Bundesregierung die ganzen verbliebenen Deckel endlich auch noch wegräumen, damit mehr Platz ist für alle, ihm kann ja wie gesagt der Schwund nicht groß genug sein!

„Kommst du dann?", hört der Biermösel auf einmal die Roswitha aus ihrer Kammer herunterschreien. „Kommst du dann und schmierst mir meine Wunde am Bauch ein?"

„Ja!", schreit der Biermösel zurück. „Ich komme dann und schmier dir deine Wunde am Bauch ein!"

Er steht langsam auf und lässt ein paar von den überschüssigen Gasen entweichen, nach oben hin, sodass die Hirschgeweihe an der Wand ordentlich wackeln, und nach unten hinten, sodass der Dielenboden vibriert, so stark, dass man meinen könnte, draußen fahren die Amerikaner im Panzer vorbei und bringen ihm eine neue Unterhose.

„Ich brauch aber keine neue Unterhose von euch!", schreit der Biermösel, „Weder vom Superman noch vom Schweinchen Dick!"

Den seltsamen Gast aber haben die Vibrationen auf seinem Holzsessel ein paar Meter zum Biermösel hin geschoben, sodass er ihn jetzt endlich sehen kann:

Ganz schön breite Hosenträger!, denkt er sich. Und ein ganz schön weißes Hemd! Und eine ganz schön dicke Brille! Der ist sicher nicht von da, so viel steht fest!

„Weißt du eigentlich, warum ich keine neue Unterhose mehr brauche?", fragt ihn der Biermösel, als er sich die Hose hinaufzieht und das Hemd tief hineinsteckt.

„Ich bin das kleine Ich-bin-Ich, verstehst? Nix Superman, nix Schweinchen Dick. Nur der Edgar Evenhoe Biermösel, der Meisterschütze und Heilsbringer."

„Great story!", sagt der schon wieder, und jetzt geht er ihm dann wirklich auf die Nerven.

Als der Biermösel in die Kammer von der Roswitha eintritt, hat sie schon ein Nachthemd für ihn bereitgelegt, „Danke herzlich!", dann wäre die Frage auch gelöst.

Er schlüpft hinein und setzt sich zu ihr ans Bett, wo sie schon wie aufgebahrt daliegt, mit dem Arsch nach unten diesmal und der Wampe nach oben, du meine Güte! Da ist er wieder ganz froh, dass er schlecht sieht in letzter Zeit, mit dem schwarzen Schleier vor seinen Augen.

Unsicher greift er in den Hirschblutsalbentiegel hinein, den ihr der Doktor Krisper für die Wunde aufs Nachtkasterl gestellt hat, und fängt an, ihre Wunde zu suchen.

Da ist sie ja!

Nach einer ersten Ad-hoc-Abtastung kommt ihm vor, dass der Doktor Krisper gute Arbeit geleistet hat, sogar ein bisserl Fett hat sie schon wieder angesetzt, bravo! Nur den einen Faden da hat er vergessen zum Herausziehen, der stört jetzt ein bisserl beim Einschmieren – und hoppala!

„Sag einmal, bist du deppert!", schreit ihn die Roswitha an, als der Biermösel sie wieder aufmacht und ihr Innerstes nach außen kehrt, „Mach das sofort wieder zu, du Spinner! Und dann tu endlich deine depperte Brille herunter, ist ja kein Wunder, dass du nichts siehst! Glaubst du vielleicht wirklich, du hast das Zeug zum Filmstar, nur weil du jetzt Edgar Evenhoe heißt?"

Gott sei Dank ist die Roswitha der bodenständige und geerdete Typ, sonst hätte er womöglich früher schon abgehoben, denkt sich der Biermösel und nimmt endlich die General-Jaruzelski-Brille ab, jetzt braucht er sie wirklich nicht mehr, kein Bär weit und breit, der ihn fressen will.

Nur die Roswitha, zu der er sich jetzt ins Bett legt. Und als er dann endlich das Licht abdreht, da hört der Biermösel draußen vor der Tür noch einmal den seltsamen Gast vorbeigehen, der vom Gangklo in seine gemietete Kammer zurückhuscht. Der Biermösel hört noch einmal sein zufriedenes Kichern und den Griffel, der über den Block gleitet, und dann hört er ihn noch einmal zufrieden sagen:

„Greatest story ever told!“

„Wer ist eigentlich er?“, fragt der Edgar Evenhoe Biermösel seine Schwester Roswitha noch einmal, bevor er sich die Decke über den frisch rasierten Schädel schlägt.

„Na der Bob Woodward von der Post in Washington drüben.“

„Ein Briefträger?“, ist der Biermösel nicht sehr beeindruckt von ihrem ersten Gast seit 35 Jahren.

Dann dreht er sich auf die Seite und schnurrt zufrieden wie die Miezekatze im Liebesfilmfernsehen, weil er spürt, dass es nicht mehr lange dauern wird und ihm die Kolik alle Därme zerreißt.

Herrlich ist das, einfach herrlich!

56,3° im Schatten

Inhalt

Siesta

Der Biermösel liegt an diesem leidlich warmen Sommermorgen schon gut angefüllt und mit einem ordentlichen Blähbauch auf seiner Schwitzhütte am Gendarmerieposten in Aussee herüben und lässt einen sehr Ordentlichen fahren, dann noch einen, dann zwei, dann vier, dann zehn, dann hört er auf zu zählen.

Er freut sich sehr über die ersten gewaltigen Ausstöße des neuen Tages, an die er sich mit klarem Kopf erinnern kann, während er sich gleichzeitig an die ungezählten Bumsis, die er während einer weiteren versoffenen Nacht in seiner Kammer drüben im Auerhahn in die Atmosphäre hinaufgeschickt hat, natürlich nicht mehr erinnern kann. Das ist halt der Nachteil beim unkontrollierten Saufen, ärgert er sich immer wieder über die Nachteile vom unkontrollierten Saufen, dass man am nächsten Tag immer nur den schweren Schädel erbt anstatt die erhoffte Lösung aller Probleme, und dass man sich an die schönen Dinge des Lebens leider überhaupt nicht mehr erinnern kann.

„Ich mich aber schon!", stöhnt sein kleiner fetter Knödel von einer Schwester dann immer, sobald sie erschlagen von der Wucht seiner nächtlichen Eruptionen zunächst aus den Federn herausfällt und dann weiter die Stufen herunter in die Gaststube, zerrupft wie ein Hendl, im Gesicht ganz weiß und die Hände ganz nass, die Augen verdreht und mit heraushängender Zunge. Und der Biermösel, ganz Buchhalter seiner wilden Zerstörungswut und stolzer Vielleister, fragt dann immer mit der gewissen neugierigen Unschuldsmine:

„Wie viele?"

„Dreitausendundfünf!"

„In der ganzen Nacht?", zieht es ihm vor Enttäuschung den Arsch zusammen, bevor ihn die Roswitha mit immer neuen Rekordzahlen doch wieder zu beruhigen vermag.

„In der Stunde!"

Erst dann kann der Biermösel zufrieden auf eine weitere versoffene Nacht zurückblicken, und erst dann freut er sich auf den vor ihm liegenden Tag.

Der Biermösel zischt dann noch ein paar spritzige Weißbiere und schüttelt mit seiner Alkoholiker-Zitterhand die morgendliche Steifheit aus seinen müden Knochen, und mit der morgendlichen Steifheit streift er auch endlich die Handschuhe ab und wirft die Pudelhaube in die Ecke, ohne die er früher nie aus dem Haus gegangen ist, nicht einmal in den sogenannten Sommermonaten von Juli bis September. Stattdessen hat er mit jedem neuen Sommer, den er früher am Gendarmerieposten in Aussee herüben beim Fenster gestanden ist und deppert auf den See hinausgeschaut hat, immer nur den Wassermassen zuschauen dürfen, die zuerst als Dauerregen gegen sein Fenster geprasselt sind und sich dann unten im See gesammelt haben, wo sie schließlich als sommerliche Überschwemmung wieder über die Ufer getreten sind und die Einheimischen samt den Tagestouristen und Sommerfrischlern auf ewig in ihre Gummistiefel hineingezwungen haben. Und mit jeder neuen Überschwemmung hat er dann auch dem Verrinnen der Jahreszeiten und leider auch dem sinnlosen Verrinnen seiner wertvollen Lebenszeit zuschauen müssen, und das mit Fäustlingen an den Händen und einer Pudelhaube am depperten Schädel, mit der wattierten Unterhose um den knochigen Arsch herum und dem dicken Mantel um die müden Schultern. Und dabei ist der Biermösel in einer immer tieferen Verzweiflung und Einsamkeit festgefroren, aus der er sich erst jetzt zu befreien weiß, und hoppala, plus 34,2 ° im Schatten.

Lieber großflächige Verbrennungen als Frostbeulen, lieber einen gewaltigen Sonnenstich als einen vom Schnee bedeckten Schädel, das wäre im Wesentlichen seine Meinung zum Sommer, die Zeit der eingefrorenen Ohrwascherl auch im Sommer ist jedenfalls endgültig vorbei.

Nur aus der reinen Gnade heraus oder nur wegen ein paar zum Himmel geschickter Gebete von irgendwelchen Pfarrern und Bischöfen reißt in dieser Gegend aber natürlich keine Wolkendecke auf, damit sich der Biermösel endlich die Wildsau aus dem Wald herausschießen und sie im satten Abendrot über der selbst zubereiteten Kohle grillen kann, von alleine verziehen sich in diesen saftigen Breiten keine hartnäckigen Nebelschwaden und machen der glühenden Hitze Platz, da wird also einer ein bisserl nachhelfen müssen, damit sich die Erde endlich erwärmt, und zwar einer, der das entsprechende Talent dazu hat und auch den starken Willen mitbringt, und hoppala, kommt ihm schon wieder einer aus, du meine Güte!

Während das depperte Knechtsvolk in dieser Gegend die Zumutungen des Sauwetters auch nach 2.000 Jahren Lügengeschichten noch immer auf die schlechte Laune vom Herrn Jesus Christus schiebt

(Stichwort: Sünde!) und es sich lieber demütig unter der Knute und den Peitschenhieben vom ungerechten Leben einrichtet, hat sich der Biermösel heuer im Frühling auf die Hinterläufe gestellt und seine Windmaschine angeworfen. Er hat ja die Jahre davor weiß Gott genug Zeit mit dem *Ländlichen Boten* auf seiner Schwitzhütte verschissen, sodass er heute besser als jeder andere weiß, wie man so eine Erde ruckzuck erwärmt. Wenn die Menschheit bisher die Landwirtschaft und die ganzen Methan-Ausstöße von den vielen Kuhlimuhs für die leicht erhöhte Temperatur verantwortlich gemacht hat, dazu vielleicht noch die auftauenden Permafrostböden in Sibirien und mit Abstrichen die heimische, die östliche, die westliche und die südliche Industrie; wenn also bisher die ganzen furchtbaren Lastwagen und die Geländewagen von den Tagestouristen und Sommerfrischlern, die jetzt wieder im Schritttempo ins Tal hereinströmen, für den ganzen Schlamassel verantwortlich gewesen sein sollen, dann kann die Menschheit jetzt getrost ein neues Kapitel aufschlagen, bald wird die Erde nämlich glühen, und die Erinnerung an die ganzen verregneten Sommer wird eine süße sein.

Warum also nicht aus seinem landläufigen Makel eine Tugend machen, hat sich der Biermösel vor ein paar Wochen gefragt, als sich im Frühjahr wieder kein Azorenhoch aufgebaut hat, warum nicht einfach das Talent nützen, das ihm der liebe Herrgott schon mit in die vollgeschissenen Windeln hineingelegt hat? Der Biermösel musiziert ja seit den seligen Kindertagen, dass es eine Freude ist. Er flötet und trötet, er jubiliert und jodelt, er lässt den tiefen Bass hinten hinausrollen und versucht sich am hohen C, er bläst seine Arien in die noch sauerstoffgesättigte Luft hinaus und schmettert seine Junggesellenlieder in das warme Schafwollpolsterl hinein, wenn er am Abend auf sein Tageswerk zurückblickt, gerade wie es ihm gefällt.

Dass er genug Talent im Arsch hat, das hat der Biermösel schon gespürt, als er noch an den gewaltigen, weiß schäumenden Milchdutteln von seiner Biermösel-Mutti gehangen ist und mit seinen kleinen, süßen Bumsis die Windeln zerrissen hat wie der hungrige Braunbär das Rehkitz. Und auch später war er in allen Altersklassen und Gewichtsstufen immer der Jahrgangsbeste und herausragend in dieser Disziplin, er hat gebrummt wie der Dieselmotor vom Bierfahrer Ramzi, wenn er mit seinem Bierwagen die Steigungen der Gegend in Angriff genommen hat, und geröhrt wie der Hirsch während der Brunft. Als heranwachsender Rotzbub hat er es dann so weit getrieben, dass sie ihn schon am zweiten Tag vom Unterricht freigestellt haben (daher die Bildungslücken, die er nie wieder gefüllt hat), und auch in der Gendarmerieschule oben in Linz hat er schon nach dem ersten Semester kein eigenes Zimmer mehr gehabt, sondern einen eigenen isolierten Trakt, zusammen mit seinem Kollegen Grasmuck aus Goisern drüben, der zwar auch sehr talentiert war, aber halt lange nicht so ehrgeizig wie er.

Nach allem, was die Wissenschaft heute weiß, ist auf der ganzen Welt jedenfalls keiner berufener als er, das Klima nachhaltiger zu verändern und der Sommerhitze endlich zum Durchbruch zu verhelfen. Das hat ihm der Doktor Krisper neulich bei der eingehenden Unterleibsuntersuchung bestätigt, allerdings nicht mit freudigem Strahlen und großer Dankbarkeit, sondern mit der tief besorgten Miene mitten im Gesicht. Denn nach allem, was der Doktor Krisper nach dem Routinecheck leider auch sagen kann, gibt es weltweit keinen zweiten, der es mit seinen Ausstößen gleich so übertreiben muss wie er und die Erde nicht nur zu erwärmen, sondern überhaupt gleich zu vernichten imstande ist, „Biermösel, bitte halt ein!“

Aber wieso denn?

Die endgültige Vernichtung der depperten Mutter Erde wäre dem Biermösel doch ein angenehmer Nebeneffekt, wenn er nur vorher ein paar Tage lang seinen verdienten Urlaub auf der faulen Haut genießen und die aus dem Wald herausgeballerte Wildsau hinterm Auerhahn grillen kann, da nimmt er die Vernichtung der Welt gerne in Kauf, und hoppala! Plus 36,1 ° im Schatten.

Der Biermösel stellt sich dann eine weitere Kiste Treibstoff auf die Schwitzhütte herein, und damit das Bier beim Herumstehen nicht warm wird – was früher auch nie passiert wäre! –, zischt er lieber schnell eine Flasche nach der anderen und furzt dabei zufrieden wie der Brummelbär nach dem Glas Honig.

Dann schlägt er mit der neu gewonnen Entspanntheit der faulen Sau den *Ländlichen Boten* auf und schaut sich an, in welcher Bananenrepublik der Superagent Jason Castelli im Dienste seiner Majestät mit seinem Tropenhut auf dem Schädel und dem schweißsaugenden Pfadfindertuch um den Hals gerade wieder ermittelt, und „Da schau her!“, taucht der Biermösel gleich wieder tief ein in die Parallelwelten seiner Bildergeschichten, „in der sehr heißen Bananenrepublik Kongolien mit ihrer extrem hohen Luftfeuchtigkeit keucht und fleucht der Jason heute durch den Dschungel, na bravo!“ Einem astreinen Überwachungsstaat und durch und durch korrupten Schurkensystem, das es auszulöschen gilt, nicht ganz unähnlich jedenfalls der eigenen saftigen Heimat mit ihrem Chef vom Ganzen, den sich der Biermösel auch schon auf seiner Abschussliste notiert hat.

Der Biermösel erkennt also wieder viele Ähnlchkeiten zwischen sich und dem Superagenten, mit dem einen gravierenden Unterschied freilich, dass es dem Jason dort unten in seinem Suppentopf drinnen, in den ihn die Negerhäuptlinge am Ende von jeder Geschichte verlässlich hineinstecken, bald richtig kalt werden wird um die Zehen herum, im Vergleich zur Hitze jedenfalls, die der Biermösel in Aussee herüben zu entfachen gedenkt, die Einheimischen werden sich bald einen Ausschlag zwischen den Schenkeln schwitzen, während sich der Jason Castelli im Dschungel von Kongolien unten den Schnupfen holen wird, bildlich gesprochen.

Was dem Löwen in der Savanne sein stärkendes Antilopengulasch mit Nudeln ist, das ihm die Kraft für den gewaltigen Prankenhieb gibt, das sind dem Biermösel die zahllosen Kisten Weißbier von den Freunden der Weißwurscht drüben aus Bayern, mit deren Hilfe er zum gewaltigen Schlag gegen die depperte Natur ausholen wird, die ihn mit ihren Wetterkapriolen allzu lange an einem erfüllten Dolce far niente gehindert hat.

Nach dem frühen und traumatischen Verlust von seiner Biermösel-Mutti, die vor bald 55 Jahren mit einem Franzosen durchgebrannt ist, ist er ja zunächst von der weiß schäumenden Milch aus ihren gewaltigen Dutteln auf das auch stark schäumende einheimische Starkbier umgestiegen, das mit naturklarem und eiskaltem Wasser gebraut wird und weltweit natürlich unerreicht ist in Geschmack und Bekömmlichkeit. Wegen der angestrebten Erderwärmung hat der Biermösel in den letzten Wochen seine Ernährung aber noch einmal komplett umgestellt und ist vom einheimischen Starkbier auf das noch viel stärker schäumende ausländische Weißbier mit der Portion Kohlensäure extra umgestiegen, das ihm jetzt die gewaltigsten Blähungen seit Anbeginn der Welt verursacht, aber genau darum säuft er es ja, mit dem ungesunden Zeug im Magen kommen ihm bei allen geschmacklichen Nachteilen nämlich immer die Allerschönsten und Gehaltvollsten aus, und hoppala, plus 37,4 ° im Schatten.

Der Biermösel schüttet das bayrische Gold so unaufhörlich in sich hinein wie der Heizer den Koks in den Kessel, dass ihn seine Feinde an den Stammtischen im Tal schon Franz-Josef nennen, allerdings nur so lange, bis er ihnen den gut platzierten Leberhaken verpasst, ungestraft nennt den Edgar Evenhoe Biermösel keiner Franz-Josef. Er führt das Weißbier seinem Körper in so rauen Mengen zu und stößt die Gase hinten mit so gewaltigen Eruptionen wieder aus, dass mittlerweile nicht wenige in den Bürotürmen der Vereinten Nationen und natürlich auch der eine wahlkämpfende Umweltschützer von der Liste 4 die ganze Erderwärmung alleine ihm in die stinkenden Stiefel schieben wollen. „Biermösel, du Erderwärmer!“, hat ihm der Zottelbär heute früh schon bei der allmorgendlichen Herfahrt wieder zugerufen, als er ihn von seinem Wahlkampfstand aus erspäht hat und ihm auf seinem Fahrrad hinterhergestrampelt ist. Aber wegen solcher Unterstellungen zieht der Biermösel heute natürlich nicht mehr die Glock, dafür ist er zu bierselig. Stattdessen hat er ihm nur den Ruß aus dem Verbrennungsmotor seiner Triumph Fips in den Ziegenbart hineingeblasen, und dann hat er ihm einen weiteren sehr Schönen und Ergiebigen vor sein Fahrrad gestellt, keinen Totschläger zwar, aber einen Hundsgemeinen, der ihm ein paar Tage Zeit zum Nachdenken gegeben hat, und zwar im Gipskorsett drüben im Krankenhaus in Gmunden, bei mittlerweile plus 37,9 ° im Schattenreich.

Der Biermösel furzt und trinkt dann so entspannt vor sich hin wie der Gewaltherrscher im Dschungel von Kongolien vor den samstäglichen Exekutionen, und dabei steigt er immer weiter aus dem Fell des Eisbären heraus und schlüpft immer beschwingter in die faule Haut des Südländers hinein, die dem einheimischen Knechtsvolk ansonsten so gar nicht passen mag, weil das einheimische Knechtsvolk zu emsig und hektisch für die faule Haut des Südländers ist.

Dem Biermösel aber passt die faule Haut des Südländers wie angegossen, sie adelt ihn wie der Gestank den Vagabunden, obwohl er natürlich, anders als der komplett arbeitsscheue Südländer, während seiner Siesta nicht vollends untätig ist, sondern fleißig furzt und trinkt und dabei die Schleusen einmal weit öffnet und dann wieder ganz schließt, je nachdem. Nach fünfzig Jahren schweren Alkoholismus aber hat sich das natürlich eingespielt, dass die Hand ungefragt zum Bier geht und das Bier schleunigst zum Mund, von einer dramatisch schweren Arbeit kann dabei wirklich keine Rede sein, wenn der Biermösel dem System regelmäßig Treibstoff zuführt und die dadurch gewonnenen Gase wieder ausstößt, du meine Güte, so eine Erde zu erwärmen ist ja im Grunde keine Hexerei, es muss nur endlich einer tun.

Der Biermösel lässt dann einen weiteren sehr Schönen fahren und malt sich dabei die Zukunft des vor ihm liegenden Sommers in den buntesten Farben und erfreulichsten Düften aus, denn mit dem Fell des Eisbären hat er endlich auch das steife Korsett der Vorschriften und Gesetze abgestreift, die Interessen vom Staatsganzen mit seinen ganzen Vorschriften und Gesetzen vertragen sich immer weniger mit denen vom Biermösel, da will er ehrlich sein, der dünne Faden zwischen ihm und der Gendarmerie ist zerrissen, er hat eine dicke Mauer zwischen sich und dem Vorgesetzten aufgebaut, so dick, dass er sie nicht einmal mehr mit einer Rakete aus seinem Arsch heraus einreißen könnte.

Während der Jason Castelli also auch nächste Woche im *Ländlichen Boten* wieder im Dienste seiner Majestät herumrackern muss, wird sich der Biermösel aus dem Dienste seiner Majestät schön langsam verabschieden und lieber Urlaub machen, als sich ins schwere Geschirr der Ermittlungen zu hängen. Nach all den Jahren der Enttäuschungen, Demütigungen, Niederlagen und Missverständnisse zwischen ihm und dem Innenminister des heimischen Schurkenregimes; nach den Tausenden und Abertausenden Kilometern, die er auf seiner Fips durch den Schnee und Regen, über Glatteis und nebelverhangene Straßen dahingeflogen ist, um den Tunichtguten und Rotzbuben nachzustellen; nach all den Jahrzehnten der Frostbeulen an der flinken Schusshand und der Winterkirschen in der wärmenden Unterhose klinkt sich der Biermösel endgültig aus dem Staatsganzen aus und formt sich zum sonnenummantelten Faulsack.

Er wird sich nur noch die glühend heiße Sonne aufs Baucherl scheinen lassen, sobald er die Wildsau erst aus dem Wald herausgeschossen hat, dann wird er sich am Arsch kratzen, sobald sie sich auf dem Spieß über der Grillkohle dreht, und er wird dabei gar nicht erst versuchen, dass er die lästigen Fliegen, die seit ein paar Tagen seine geschwollene Nase umschwirren, mit langsamer, gelangweilter Riesenpranke zu Tode bringt wie der Löwe in der Savanne die lästigen Hyänen, die ihm sein Menü streitig machen.

Sollen sie doch leben!, denkt der Biermösel stattdessen großzügig über die neu aufgetretene Plage der Eintagsfliegen, die sich früher auch nie nach Aussee hereingetraut haben, weil es ihnen hier zu kalt war und das Fleisch von den Toten zu tief gefroren und zu wenig verfault. „Was soll ich mich um euer Ableben auch noch kümmern?“, seufzt er nachsichtig, wo er doch schon die ganzen einheimischen Schwächlinge mit seinen Eruptionen zur Strecke bringt und die depperten Fliegen doch sowieso schon bald ganz ohne sein Zutun von der Decke herunterfallen werden, also von ihm als Gruß an die lästigen Eintagsfliegen nur so viel:

„Schönen einzigen Tag noch!“

Und hoppala, plus 38,7 ° im Schatten.

Grillsau

Seit dem Zauberer Moses und seiner gewagten Meeresteilung drüben im Geheiligten Land hat jedenfalls keiner mehr so dramatisch in die Erdengeschichte eingegriffen wie der Biermösel heuer in Aussee herüben mit seiner Furzerei. Und seit der Komet den Dinosauriern auf den Schädel draufgefallen ist und die Viecher mit der im Handgepäck mitgeschleppten Eiszeit ausgelöscht hat, ist keiner mehr mit einem solchen Ehrgeiz darangegangen, das Klima in der heimischen Kühltruhe so nachhaltig zu verändern wie er, und das alles nur, weil er heuer endlich unter freiem Himmel grillen will, alles nur deshalb, und hoppala, plus 39,2 ° im Schatten.

Seit der Biermösel nämlich träumen kann, träumt er von einem lauen Sommerabend draußen in wilder Natur, wie ihn Superagent Jason Castelli im Dschungel von Kongolien nach seinen zahlreichen gelösten Fällen immer zu genießen versteht, sobald ihn irgendeine Einheimische mit ihrem futzikleinen Lendenschurz um den Arsch herum im letzten Moment aus dem Suppentopf der Negerhäuptlinge herausgeholt hat und ihm anschließend auf dem weichem Dschungelboden mit einem feuchten Lappen die heiße Stirn kühlt und mit ihrem nassen Zungenlappen den eingetrockneten Kaktus in seinem Schandmaul wieder in Schwung bringt, davon träumt der Biermösel. Aber seit er auf sein deppertes Leben zurückschauen kann, schaut er leider immer nur auf das grausliche Sauwetter und die Wolkenbrüche und Kaltfronten und auf die letztlich doch nie aufgebauten Azorenhochs zurück, die ihm die Sommer immer vermiest haben, und seit er sich ärgern kann, ärgert er sich darüber, dass er nicht in der Wüstenstadt Las Vegas drüben Sheriff geworden ist, sondern in der Waschküche Aussee herüben, wie soll er sich denn nicht darüber ärgern?

Der Biermösel hat also heuer seine übrigen Körperfunktionen und insbesondere die wenigen intakten Funktionen im Resthirn noch einmal um ein gutes Stückerl heruntergefahren und ist jetzt endlich komplett deppert geworden. Wie der Steinzeitmensch in seiner Höhle drinnen interessiert ihn nur noch sein Grillabend, und nichts und niemand wird ihn mehr davon abhalten, da ist er heute ganz Ötzi.

Wenn der Biermösel aber vom Grillen redet, dann redet er selbstverständlich nicht von ein paar im Supermarkt eingekauften und zigmal umgepackten Würsterln, die er grillen will, und auch nicht von irgendwelchen teilnahmslos abgeschlachteten Industriesauen, denen es letztlich wurscht ist, wer sie frisst. Der Biermösel redet, wenn er vom Grillen redet, auch nicht von seinen zahlreichen Schweinderln zu Hause im eigenen Stall, dem langweiligen Trottelvieh, das ja auch nicht richtig zu schätzen weiß, dass es auf seinem Grillteller landet, allzu langweilig und schicksalsergeben werden die Schweinderl, wenn sie zu lange im warmen Stall herumstehen, verwöhnt und verzogen sind sie, am Ende nicht mehr zum Fressen. „Schick sie auf Urlaub!", hat der Biermösel also zur Roswitha gesagt, als er seinen Grillabend geplant hat, zutiefst angewidert von der All-Inclusive-Mentalität seiner Hausschweine, die nur wie depperte Sommerfrischler in ihren Kobeln herumstehen und darauf warten, dass der Wirt kommt und ihnen alles zum Arsch trägt.

Wenn er, Biermösel, also von Grillen redet, dann redet er davon, dass er eine Sau grillen wird, die sich wehrt, bevor sie zu Boden geht, die widerständig ist und sich nicht einfach mit glasigem Blick den Bolzen ins Hirn jagen lässt. Er redet von einer Sau, die vor ihm davonrennen will, solange sie noch kann, und die seiner Schusshand alles an Schießkünsten abverlangt, weil sie dem Hasen gleich Haken schlägt, wenn sie zu türmen versucht, kurz: Der Biermösel redet von einer reinrassigen Wildsau, die er aus dem Wald herausballern und dann über der Feuerstelle hinterm Auerhahn brutzeln lassen wird, bis ihr eigener Saft das Feuer löscht.

Für diesen einen Zweck und ausgerichtet auf diesen einen gelungenen Grillabend hat der Biermösel natürlich auch längst seinen Urlaubsantrag sorgfältig formuliert („Bitte Urlaub!") und abgeschickt, er hat die Akten von den ganzen liegengebliebenen Mord-, Selbstmord- und Unfällen in den Keller hinuntergetragen zu den ganzen anderen Fällen, die ihn nicht interessieren. Und dann hat er auf seinen täglichen Fahrten durch die Eichenwälder entlang der Kanaldeckelstraße, die in Wahlkampfzeiten immer Straße der Sieger heißt, mit dem inneren Auge die eine Wildsau, die es letztlich sein wird, schon markiert, und zu Hause poliert er jeden Abend den Wildtöter für sie, mit dem er ihr das Licht ausblasen wird.

Längst hat er also the one and only im Eichenwald ausgemacht, mit ihrem ansprechenden Damenbart um die Steckdose herum, der ihn sofort an den Damenbart von seiner Mutti erinnert hat, und mit den einmaligen Milchdutteln, die ihn – Herrgottnocheinmal! – auch an seine Mutti erinnern, und zwar an ihre sahnigfetten Riesenmilchdutteln, ganz vergisst der Mensch die Milchdutteln von seiner Mutti ja nie. Und in seinem speziellen Fall erinnert er sich mit jedem gezischten weiß schäumenden Bierchen natürlich immer wieder aufs Neue an die zwei Totschläger von seiner Mutti, die nicht nur prallgefüllt waren wie ein dickes Fass Starkbier, sondern auch noch herrlich weiß schäumend wie die Krone, die ihm neuerdings aus dem Schädel herauswächst, seit er so unglaublich schwitzt – Herrgottnocheinmal! Das ist doch nicht unreif, wie der Doktor Krisper das immer nennt, das ist Mutterliebe.

Wenn der Biermösel an seinen ins Haus stehenden Grillabend denkt, dann ist er trotz seiner alles verzehrenden Einsamkeit sogar wieder ganz froh, dass er so einen elenden, verdorrten Stammbaum sein Eigen nennt, auf dem keine weiteren Blätter mehr herumhängen als sein eigenes und das von seiner kleinen Schwester Roswitha (plus dem schon weitgehend zerschnipselten von seinem Alten drüben in Goisern), auch wenn dadurch die dringend anstehende Urlaubsvertretungs- beziehungsweise die noch dringendere Nachfolgefrage natürlich immer weiter hinausgeschoben wird, weil es weit und breit keinen gibt, der während seiner Abwesenheit im Urlaub in seine Fußstapfen treten könnte, geschweige denn einen, der das nach seinem kompletten Rückzug aus der Ermittlerei im Hauptberuf tun könnte. Dann nämlich, wenn er selbst nur noch faul herumliegen und grillen wird, und zwar das ganze Jahr über, weil es dann nur noch eine Jahreszeit geben wird, und die heißt HEISS!

Um die Sicherheit vom Trottelvolk weiterhin zu gewährleisten, hat der Biermösel sogar schon eine Anzeige im *Ländlichen Boten* geschaltet, gleich neben den aufregenden Bildergeschichten vom Jason Castelli, um seine Arbeit den Leuten ein bisserl schmackhafter zu machen – die ganzen Hubschraubereinsätze, Überwachungskameras, Verfolgungsjagden und das ganze andere Geheimdienstzeug, von dem die Leute sonst immer glauben, dass es so was nur in einer Bananenrepublik wie Kongolien gibt und nicht in einem gut geölten Rechtsstaat wie dem heimischen:

„Große Fußstapfen suchen Füße“, hat er geschrieben, aber bis auf seine kleine Schwester, die mit ihren Sulzfüßen gerne die Stufen vom

Hilfssheriff hinauf zum Sheriff gestiegen wäre, hat sich bisher keiner bei ihm gemeldet, außer man zählt vielleicht noch den kleinwüchsigen und minderjährigen Juanito von der Flüchtlingsfamilie Bolivár aus den Anden drüben dazu, der zusammen mit einem halben Volk in der Fußgängerzone drüben herumsteht und die ganze Zeit „No nos moverán!" singt, aber der hat ein Mondgesicht aus Leder, in das ihm dauernd der Vertreter der Liste 3 – „Es war nicht alles schlecht früher!" – eine hineinhaut, und wie soll einer mit einem zerschlagenen Mondgesicht am Humtata-Sonntag zum Beispiel einen Volltrottel-Aufstand im Bierzelt befrieden, wie soll denn das bitte gehen?

Aber auch die Roswitha wird weiterhin mit ihrer Rolle als Schweinsbratenköchin von Geburt an vorliebnehmen müssen, der Biermösel wird sie trotz ihrer unbestreitbaren Verdienste als Hilfssheriff (Kompott-Einlauf für Verdächtige!) bis auf weiteres nicht für die Ermittlerei, sondern nur für seine ganz persönlichen niedrigen Zwecke verwenden können:

„Bau mich bitte zu einem einmaligen Windkraftwerk aus!", hat er ihr zu Beginn seiner Erderwärmerei Order erteilt, „mach eine furchtbare Windmaschine aus mir!"

„Noch mehr Winde?", hat sie mit zittrigen Händen und kaltem Schweiß auf der Stirn gefragt, aber wenn sie dereinst auf ihr beschissenes Leben zurückblicken darf, dann wird sie dabei gewesen sein, als der Biermösel die Erde erwärmt hat, und sie wird sich ein kleines Stückerl vom unvergänglichen Ruhm abschneiden können. Also war sie letztlich an seiner Seite, als er neben dem Grundnahrungsmittel Bier auch die feststoffliche Ernährung noch einmal komplett umgestellt hat. Für die Dauer der prognostizierten Erwärmung frisst er jetzt zusätzlich zum üblichen Schwein auch noch Bohnen und Kraut, Zwiebeln und Kohl und das ganze andere Zeug aus dem Garten draußen, das in der Erde drinnen wächst und nicht draußen im Stall, und das ihm zu einem unverzichtbaren Munitionslager geworden ist, und hoppala, plus 39,9 ° im Schatten.

Der Biermösel frisst Curry kübelweise, er verschlingt den Knoblauch in ganzen Knollen und führt sich die Pfefferoni in großen Bündeln zu, aber natürlich nicht die milden Krachpfefferoni, die der Frisör Manfred drüben in seinem Frisörladen mit weggespreiztem Finger „zu sich nimmt", wie die Frisöre immer zum Fressen sagen, sondern die

Kirschpfefferoni Marke Fuego vaya conmigo! aus Mexiko drüben, die selbst für die gut einbetonierten und gepanzerten Darmwindungen von einem Ausseer Landgendarmen eine anspruchsvolle Kost sind, du heilige Scheiße!

Der Biermösel wird also die Grillsau aus dem Wald herausballern und im Abendrot grillen müssen, ohne dass er vorher – nach allem, was man heute weiß! – eine Familie gegründet hätte, was natürlich einerseits sehr traurig ist, aber andererseits auch nicht, weil er ja in Ruhe grillen will.

Er meint nämlich, wenn er vom Grillen redet, nicht das oberflächliche, vom Freizeitwahnsinn verdorbene und von der Grillindustrie gelenkte Grillen mit Kugelgrill, qualitätsloser Holzkohle und einem sogenannten Gemeinschaftserlebnis, darauf scheißt er erst recht.

Er meint nicht das Grillen der Einfamilientraum-Besitzer mit dem Futzerl Garten vor ihrer Klobrille und dem großen Haufen Schulden bei der Ackerbau- und Viehzuchtbank, die einem dann am Weltspartag auch noch eine Grillschürze schenkt, als dezenten Hinweis darauf, dass der Vati bald komplett abgebrannt sein wird und das Haus praktisch schon der Bank gehört, danke und her damit!

Wenn der Biermösel vom Grillen redet, dann meint er insbesondere auch nicht die Großfamiliengrillfeier, bei der immer die ganze depperte Großfamilie versammelt sein muss mitsamt den kleinen putzigen Hosenscheißern, die dem Grillmeister dann immer zwischen den Hosenbeinen herum rennen und das Ketchup suchen oder das Coca-Cola, wenn der Biermösel vom Grillen redet, dann meint er: keine Kinder, kein Ketchup, kein Coca-Cola und insbesondere keine Weiber, die dann immer nur ein Stückerl gegrilltes Gemüse haben wollen, weil sie sich justament einbilden, dass sie für den kommenden Humtata-Sonntag wieder in ihre Ausseer Tracht hineinpassen müssen, heuer geht es sich endlich wieder aus, denken sich die Fettwurschtis jedes Jahr wieder, aber natürlich geht es sich jedes Jahr um ein paar Zentimeter weniger aus, was dann wieder ein Meer an Tränen zur Folge hat – also bitte um Gottes willen keine Weiber beim Grillen!

Wenn der Biermösel von Grillen redet, dann meint er nicht das Grillen während der einen Minute Sonnenschein in der Woche, die ihnen bisher vergönnt war, dann muss der Vati die Glut in der nassen Holzkohle mit dem Föhn anfachen, aber die Holzkohle ist auch deswegen nass, weil der Vati sie zuvor im Spiritus ertränkt hat, damit sich endlich was tut, wenn er den Flammenwerfer in Anschlag bringt, „Vati, pass auf!"

Nicht zuletzt die ganzen Brandwunden, die der Doktor Krisper schon erstversorgt hat, die vielen verkohlten Kleinkinder, die von der Spiritus-Stichflamme erfasst und in Brand gesteckt worden sind, die ganzen abgefackelten getafteten Kopfgestecke von den Weibern sowie die in die unterste Hautschicht hineingebrannten Grillschürzen aus Plastik zeugen von der komplett falschen Richtung, die die heimisch Grillschule nach Meinung vom Biermösel in den letzten Jahrhunderten genommen hat, also um Gottes willen: keine Grillschürze! Wie oft hat er im Wahlkampf selbst schon eine Grillschürze mit der Visage vom Chef vom Ganzen drauf geschenkt bekommen, und wie oft hat er sie sofort wieder weitergeschenkt, und zwar den Ratten in der Tonne. Wie oft hat er sich schon geschworen, dass er, wenn es denn einmal so weit sein wird, das Feuer für die Sau nur mit der Kraft seiner eigenen Raucherlunge entfachen wird, also wenn der Biermösel vom Grillen redet, dann meint er: keinen Föhn, unter keinen Umständen und niemals einen Föhn!

In weiser Voraussicht hat der Biermösel schon letztes Jahr, lange bevor er im Frühjahr seine Ernährung umgestellt und den Ofen auf Dauerfeuer gestellt hat, angefangen, selbst die Grillkohle zuzubereiten. Er hat einen halben Gebirgskamm aus seinen Buchenholzwäldern herausgemeißelt, dann hat er das Holz in kleine Teile zerlegt, teils mit der Hacke, teils aber auch mit der Hand, und zwar großteils, und dann hat er selbst Holzkohle daraus gemacht, als kleine Einstimmung auf das Kommende. Wenn der Biermösel also vom Grillen redet, dann meint er Grillen mit der eigenen Kohle und nach der verschlungenen Sau vielleicht ein, zwei Zahnstocher als kleines Zugeständnis an die fragwürdigen Errungenschaften der Zivilisation, ansonsten nur die Sau, das Feuer, ein Kübel Salz, eine Kiste Bier für jede Himmelsrichtung und sonst nichts!

Herrgottnocheinmal, wie unterlegen die anderen Kulturen mit ihrer Kochschule seinen Vorstellungen vom Grillen doch sind, hat sich der Biermösel in den letzten Wochen immer und immer wieder gedacht. Der Franzose mit seinen gekochten Froschschenkeln, der Chinese mit seinen Reissäcken, der Mafioso mit seinem Nudelzeug und der Nordländer mit seinen Fischstäbchen; dazu der Albaner mit seinen Krautwurzeln, der Bulgare mit seinen Tanzbärpfoten und der Ungar mit seinem Paprika – all das reizt den Biermösel *überhaupt* nicht, wer soll denn das bitte fressen, und noch viel schlimmer: Wer soll denn das ganze Glumpert verdauen?

Wenn der Biermösel nämlich vom Grillen redet, dann meint er auch und sicher nicht zuletzt die abschließenden Freuden der Verdauung draußen in freier Natur, wo einem die Ameisen hineinkriechen, auf die Freuden der abschließenden Verdauung freut sich der Biermösel jetzt wirklich schon sehr, und hoppala, plus 40,1 ° im Schatten.

Hat er schon erwähnt, dass es heiß ist?

Früher einmal war seine Heimat saftig wie die Riesentrümmerduttel von seiner Biermösel-Mutti, und wer nicht schon mit einem Wetterfleck auf die Welt gekommen ist, der war des Teufels.

Heute aber ist seine Heimat trocken wie die Unterhose von der Schwester Oberin drüben im Siechenheim in Goisern, und nur der Biermösel selbst läuft noch mit seiner nie versiegenden Wolke aus Wasserdampf und seinem Schaumkäppchen am Schädel herum, die sich aus seinem stetig nachgefüllten Depot im System bedienen, nicht wenige suchen seither seine kühlende Nähe.

Wenn der Biermösel die vom Knechtsvolk schwer keuchen hört, wenn ihre Autos sich durch die flüssige Lava auf der Straße quälen und der Bauer in der steilen Wiese verbrennt, weil er den Einfallswinkel der Sonne komplett falsch berechnet hat; wenn die Katze ihr siebtes Leben aushaucht, weil das Mutterl zu Hause seit Wochen tot ist und der Futternapf sich nicht von alleine füllt; wenn die Baumwipfel Feuer fangen und die Berggipfel von innen heraus glühen, dann ist neuerdings Biermösel-Zeit, und der bärige Hansi von Radio Saftige Heimat hat alle Hände voll zu tun, damit er sein Volk bei Laune hält:

„Jetzt noch ein kurzer verzweifelter Aufruf an die ganzen Winnetous in ihren Reservaten drüben in Amerika: Kennt vielleicht irgendwer von euch Falotten persönlich eine Rothaut, die einen Regenmacher kennt? Hinweise bitte unter 008056345, für einen Euro neunzig Cent pro Anruf bist du dabei, zu gewinnen gibt es einen Regenschirm, der praktischerweise auch ein Sonnenschirm ist, zur Verfügung gestellt von der Ackerbau- und Viehzuchtbank aus ihren reichlichen Regenschirmbeständen."

Du meine Güte, denkt sich der Biermösel dann und lässt einen Bärigen fahren. Es wird der Tag kommen, wo ihr alle miteinander die Gosch'n halten müsst!

Nach 12.000 Jahren Eiszeit ist endlich einer auferstanden aus der ewigen Kälte des Ausseerlandes und erhebt sich mit Donnern und Grollen in seinen Gedärmen gegen die Diktatur der warmen Ofenbank. Ansonsten eher der sibirischen Tundra verwandt, erfreut sich Aussee dank seiner Tätigkeit seit ein paar Wochen einer biblischen Hitzeplage. Die Wüstenwinde haben gedreht und wehen von Aussee hinunter nach Afrika und drängen die von dort heraufkommenden, vergleichsweise kalten Luftmassen zurück, in denen der Jason Castelli sich mit Bomben und Granaten gegen die dortigen Schurkenregime stemmen muss, während der Biermösel in letzter Zeit immer öfter die Dienstwaffe einfach überhaupt stecken lässt, wenn er es mit den bösen Buben zu tun hat.

So manchen eingerauchten Gesangsbarden aus der Volksmusikantenszene und den einen oder anderen selbstbewussten Verkehrsrowdy aus der Tagestouristenbranche hat der Biermösel schon zum Duell in die Sonne gebeten, sobald er auffällig geworden ist, ganz ohne Waffen und Adjudanten, nur nackter Schädel gegen nackten Schädel, mal schauen, wer schneller umfällt, du oder ich.

Schwarz gewandet wie der Pancho Villa steht der Biermösel dann auf gerader Straße im brennenden Asphalt. Er hat eine Kiste Weißbier neben sich stehen, damit er nicht komplett entwässert, und bietet dem Feuerball da oben seine ungeschützte Rübe dar, während zehn Meter weiter die Straße hinauf sein hilfloser und komplett überforderter Gegner steht, der zunächst „Das ist aber heiß!“ murmelt, bevor er feige um „Gnade!“ wimmert und schließlich mit heraushängender Zunge restlos kollabiert.

„Das soll heiß sein?“, hört der Biermösel nicht auf zu schreien, und während der andere nicht selten zu brennen anfängt, klettert er selbst zum Beweis seiner Widerstandskraft auf einen Baum hinauf, damit die Übung für ihn noch schwerer wird und die Tunichtgute und Verbrecher noch ein bisserl besser verstehen, dass einem wie ihm die Hitze nichts anhaben kann und es in diesen heißen Tagen keine gute Idee ist, sich mit ihm anzulegen.

„Interessanter Typ!“, hat er während der Führerscheinabnahme schon so manchen Tagestouristen sagen gehört, während er ihn mit einem Bierkrug verwechselt und mit dem nackten Finger den Schaum von seinem Schädel geholt hat. Der Biermösel muss sich dann immer erst ein bisserl schütteln, damit auch der Blindeste unter den Tagestouristen und Sommerfrischlern den blitzblanken Sheriffstern unter dem ganzen ausgeschwitzten Bierschaum sieht, und dann gibt es immer das große Jammern und Wehklagen, wenn er ihnen den Leberhaken verpasst, aber das Jammern und Wehklagen ist natürlich nur Musik in seinen Ohren, ebenso wie das dauernde:

„Feuer! Hilfe! Feuer!"

Seit Wochen hört der Biermösel das Tatütata von den kleinen Grisus, die gar nicht mehr wissen, wohin zuerst. Der Wind trägt den Rauch und den Ruß von den Bränden herum und malt die Luft damit schwarz an. Die Flammen nagen den Gebirgskamm langsam von Osten nach Westen und von oben nach unten ab wie die Heuschrecken den Affenbrotbaum, genau so, wie es sein Plan vorsieht. Und schon bald wird ihm von dort herunter keiner mehr mit seinen abendlichen Gesangsübungen auf die Nerven gehen, insbesondere nicht der Volksmusikgott Weiß Ferdl, der sich dort oben in einen Spitzgiebelaltbau zurückgezogen hat und sein Geld zählt, wenn er nicht gerade einen neuen Sommerhit schreibt, mit dem er dann wieder sein Geld verdient, wenn der Biermösel vom Grillen redet, dann meint er insbesondere: keine Musik und kein gemeinschaftliches Singen!

Das Schönste am neugeborenen Sommer und seiner heißen, trockenen Luft aber ist, dass der Biermösel von seiner Schwitzhütte aus jetzt jeden Morgen den tiefen, versoffenen Dieselmotor vom alten Bierwagen vom Bierfahrer Ramzi an sein Ohr dringen hört, dem er lauscht wie ein kleiner Rotzbub dem Glöckchen zu Weihnachten. Er kennt genau seine Routen und die Tageszeiten, zu denen er ausliefert. Er erkennt die Bruttoregistertonnen, die er aufgeladen hat, an den eingelegten Gängen, und den Ruß, den sein Wagen aus dem Auspuff herauswürgt, den kann er sogar schmecken. Mehr als seine mittlerweile neunzehn Kinder (darunter: neunzehn Knaben und mögliche Nachfolger!) neidet er dem Ramzi die Millionen an Kilometern, die er da oben in seinem Führerhaus schon hat sitzen dürfen, komplett ohne Qualifikation und Berufung, ohne jede Bindung zum goldenen Gold, weil er als Muselmane natürlich den Alkohol ablehnt und die Kamelmilch vorzieht, Kruzifixnocheinmal, vielleicht wäre ja alles ganz anders gekommen, wenn er hätte Bierfahrer werden können, wer weiß, ob er dann überhaupt hätte grillen wollen?

Seit er die Ernährung umgestellt hat und gemütlich vor sich hin furzt, kann der Biermösel jedenfalls berichten, dass die Sonne nicht mehr aufgehört hat zu scheinen. Nicht einmal in der Nacht lässt sie das

Tal aus ihrer Umarmung und legt sich mit ihrer schweren Hitze auf die Wiesen und Wälder drauf, sodass unter ihrer Last alles ächzt und krächzt. Wie Schmirgelpapier poliert ihm die heiße Luft die Visage, wenn er auf seinem Wüstenschiff dahinreitet. Wo früher Haut war, da schimmern heute schon die verfaulenden weißen Knochen durch. Seine Augenbrauen? Verbrannt! Die Wimpern? Komplett verbogen von der Hitze. Die Nase? Du meine Güte, seine geschwollene, eitrige Nase! Wenn er die Augen zusammenschiebt und auf seine geschwollene, eitrige Nase hinunterschaut, dann sieht er diesen Fleischklumpen, um den herum sich die Fliegen drängeln, die sofort jeden herumliegenden Kadaver in der Gegend links liegenlassen, sobald sie nur seine Nase sehen, und der Biermösel redet jetzt weiß Gott nicht nur von toten Kuhlimuhs im Stall, den Schafen auf der Weide und dem Rotwild im Wald, die dort herumliegen und zum Stinken anfangen, seit er feuert.

Auch jede Menge alte Witwen sind darunter, an die sich die Verwandtschaft erst wieder erinnert, wenn es das Erbe anzutreten gilt, „aber bitte nicht das vom Leichengeruch stinkende Haus, nur das Bargeld!" Dazu die ganzen Wetterfühligen, die vor der stehenden Hitze in ihren Häusern Kopf voran in den vermeintlich rettenden See gesprungen sind, in dem aber kein Wasser mehr auf sie gewartet hat, sondern nur der zupackende Tod auf glühend heißen Felsen, Stichwort: Schädelbruch.

Die Natur? Wo früher Bäume waren, da stehen jetzt Kakteen, statt springender Bächlein liegen nackte Steine in der Sonne, anstelle der vertrauten saftigen Heimat gibt es bald nur noch fremde Wüste. Brennende Schwere. Zunder, der nur darauf wartet, dass einer die Flammen des Zorns wirft, und der Biermösel kann sich gut vorstellen, dass dieser Flammenwerfer er sein wird.

149 Hitzetote alleine seit den Maifeiern, die er mit dem Alten zusammen drüben im Siechenheim in Goisern verbracht hat. Er hat ihn in schwere Decken gehüllt und im Garten herumgetragen, und dann hat er ihm versprochen, dass es bald besser wird mit den Temperaturen, seit seinem Aufenthalt drüben in Stalingrad war er ja von oben bis unten eingefroren und hat sich nichts sehnlicher gewünscht, als dass er den Phantomschmerz in seinen abgeschnittenen Haxen noch einmal in kurzen Hosen genießen darf.

149 Hitzetote also, darunter das Fidele Goldkehlchen-Trio, drei Schwestern von seltener Blondheit, die am Humtata-Wochenende

neben dem Weiß Ferdl im Frühschoppenprogramm hätten auftreten sollen, und die dabei wieder von Morgenrot und Regenbogen, von Wolke sieben und der Sehnsucht nach den Sternen gesungen hätten.

„Wo genau soll die Liebe wohnen?", hat der Biermösel sie vor einem Jahr im Bierzelt drinnen noch angeschrien, als sich wieder einmal abgezeichnet hat, dass er trotz Schunkeldi und Schunkelda wieder als Einziger alleine nach Hause gehen wird müssen, und sie haben zurückgeträllert:

„Dort auf Wolke sieben!"

„Geht's ein bisserl genauer, Kruzifixnocheinmal?!"

Aber na gut, denkt sich der Biermösel jetzt beinahe versöhnt, heuer wird ihm das ganze Theater erspart bleiben, weil die drei heuer im Sarg unten liegen, während er selbst gemütlich grillen wird.

Der Biermösel kann also durchaus zufrieden sein mit einer ersten kleinen Zwischenbilanz seiner Erwärmung. Aber noch ziehen am Abend einzelne Nebelschwaden durch das Tal und legt sich am Morgen der Tau auf die Wiese, sodass er mit einer Decke als Unterlage grillen müsste, aber wenn der Biermösel von Grillen redet, dann meint er natürlich: keine Decke! Noch hat er also einiges zu tun, und hoppala, plus 41,7 ° im Schatten.

Saftige Heimat

Solange es regnet und der Nebel von den Bergen herunterzieht, kommt der Mensch ja nicht auf die Idee sich zu fragen, was im Leben alles möglich ist. Und solange das Volk dicke Fäustlinge tragen muss, kann es gar nicht richtig zurückschlagen, weil ihm das Gefühl für die Visage fehlt, in die man hineinschlagen möchte.

Seit der Biermösel aber mit seiner Erderwärmung die Nebelschwaden vertrieben und für die gute Sicht auf das allgemein beschissene Leben gesorgt hat, tut sich endlich was in der saftigen Heimat:

Vorige Woche noch war Aussee sauber wie die Haut unter den Nägeln der Bürgerstöchterl. Aber seit einer Woche schaut es in der ehedem schmucken Landgemeinde aus wie in der südländischen Bananenrepublik Kongolien, und riechen tut es auch so, weil die kommunistisch dominierte Müllarbeitergewerkschaft den ganzen Krempel hingeschmissen und sich zur Flüchtlingsfamilie Bolivár in die Fußgängerzone dazugestellt hat, wo die Müllmänner mit ihnen „No nos moverán!" singen und ihnen umgekehrt „Avanti popolo" beibringen, was sie so lange tun werden, bis sie von der Politik endlich kurze Hosen zum Arbeiten kriegen anstatt der dicken Lodenanzüge, in denen sie auch bei der Hitze den Dreck wegräumen müssen. „Den Tagestouristen und Sommerfrischlern gefällt das so gut!", sagt der Chef vom Ganzen zum Thema, aber den kommunistischen Müllarbeitern gefällt es nicht mehr!

Überhaupt die Kommunisten!

„Pass auf, Biermösel!", hat ihnen schon damals der Ausbildner in der Gendarmerieschule oben in Linz im Fach „Politik heute, morgen und übermorgen – die großen Gefahren für das Land" erklärt: „Wenn ich könnte, dann täte ich jeden Tag einen Kommunisten mitsamt seinen Arbeitnehmerrechten fressen, heilige Scheiße, aber leider schmecken die gefüllten Paprika von meiner Mutti viel besser als jeder zähe Kommunist!"

Und weiter im Text:

„Was ist schlecht an den Kommunisten? Na, passt's bitte gut auf: Die Kommunisten kennen keine Zeltfeste, nur das Arbeitslager jenseits vom Ural; sie kennen kein Freibier, nur den gepanschten Erdäpfelschnaps; sie kennen kein Schuhplatteln, sondern nur Fußtritte in den

Arsch hinein, und zwar in ihren Arbeitslagern; keine Trachtenjoppen, nur die Kommunistenuniformen; kein Schnitzerl, nur die dünne Suppe der Arbeitslager. Muss ich noch mehr sagen?“

„Nein danke!“

„Leider habe ich von den vielen Schlaglöchern in unserer Straße so schlechte Zähne, dass ich sowieso keinen zähen Kommunisten hinunterbringen täte, selbst wenn ich einen zu fassen kriege, also lieber die gefüllten Paprika von meiner Mutti, alles war sicher nicht schlecht früher, die Autobahnen waren früher sicher besser, wie schaut es mit euren Zähnen aus?“

Vielleicht liegt es ja an den schlechten Straßen im Land, überlegt der Biermösel jetzt, dass heuer erst ein Bankdirektor mit sechs Autos und ein Tennislehrer mit Tennisarm, dafür aber gleich zehn Zahnärzte aus dem aufstrebenden Mittelstand mit ihren zusammen 27 schwarzen Geländewagen den dauerhaften Aufenthaltsstatus in der ehedem saftigen und sauberen Heimat Aussee erlangt haben, allesamt schnell mit dem Loden verwachsen, wie es die heimische Politik vorschreibt, und mit einem einmaligen Schädel ausgerüstet, dem der Gamsbarthut wie angewachsen steht.

Dazu noch – und das ist die Überraschung! – der Volksmusikkönig Weiß Ferdl als vielleicht prominentester Neuzugang, der zwar kein Zahnarzt ist, sich aber in den Spitzgiebelaltbau von einem leider tragisch an der Hitze zugrunde gegangenen Zahnarzt am Gebirgskamm drüben eingekauft hat, wo er jetzt bei offenen Fenstern vor sich hin trällert und neue Sommerhits bastelt, und zwo, drei:

„Sommer hier und Sommer da
Sommer ist’s das ganze Jahr
Irgendwo auf der Welt
Wo’s dem Sommer grad gefällt.“

Der macht es sich auch gerne einfach!

Der Biermösel kann also gar nicht sagen, wie sehr er den Tag verflucht, an dem der Weiß Ferdl hierher gezogen ist, mit dem ihn rein gar nichts verbindet, weder weltanschaulich noch musikalisch, weder bei offenen Fenstern noch bei geschlossenen. Er selbst hört sich auf seiner Schwitzhütte ja lieber zehnmal hintereinander „Duttelwatschen & Bier Vol. 6“ von den Radinger Spitzbuben an als einmal „Sommer Hits Vol. 26“ vom Weiß Ferdl, darauf scheißt er.

Die Einheimischen haben jedenfalls schön deppert geschaut, als unser berühmter Weiß Ferdl sich hierher zurückgezogen hat, wo er doch die längste Zeit woanders gelebt hat. Zwar weiß keiner genau, wo, aber man wird sich ja noch Gedanken machen dürfen:

„Ich hab unseren Ferdl schon gesehen, wie er eine Flasche Cognac aus Frankreich aus seiner Hosentasche gezogen und das Bier aus der Heimat von sich geschoben hat!"

Und ein anderer:

„Ich hab ihn schon auf Französisch singen gehört, und zwar ‚Frère Jakob, Frère Jakob', das war sehr schön!"

Dann der nächste, einer mit Schulabschluss:

„Und ich hab ihn schon auf Französisch sagen gehört: ‚L'Humtatá, c'est moi!'", aber wegen der vielen Schlaglöcher in den Straßen hat er einen Hirnschaden gehabt, und er hat dann nicht mehr sagen können, was das in einer richtigen Sprache heißt.

Was weiß das Volk noch über den Ferdl?

Einen kleinen Schnauzer hat sich der Ferdl zwischen seinen Auftritten in den Bierzelten der Welt wachsen lassen, aber keinen blonden, was die Vorschrift ist, sondern einen in schwarz, was verdächtig ist. Bald war er im Verruf, dass er überhaupt kein wirklicher Blondie ist, und das wäre dann schon bedenklich, wenn einer die Leute so zu täuschen vermag. Dann kann es nämlich auch gut sein, dass er überhaupt ein Franzose ist, wundern täte es jedenfalls keinen.

„Pfui Teufel!"

„Verräter!"

„Napoleon!"

„Holladiödülliö!"

Die Beschwerden über den Biermösel häufen sich dann.

Zart besaitete Bürgerstöchterl auf Sommerfrische, nach dem Spaziergang unter ihrem Sonnenschirm, während dem sie an seinem Gendarmerieposten vorbeikommen, rümpfen trotz der geschlossenen Thermofenster das Näschen über den einen oder anderen von ihm ausgestoßenen Andachtsjodler und greifen zum parfümierten und von der Großmutti geerbten Schnäuztuch, das sie sich vor das gepuderte Näschen halten. Noch einmal heil und halbwegs unbeschadet zu Hause angekommen, rufen sie dann im Rathaus an, aber der Bürgermeister ist leider nie an seinem Amtssitz, weil er, wie es auch heißt, die Nähe zum neu zugezogenen Ferdl sucht und bei ihm gerne singen lernen täte, jeder, der sich die genagelten Schuhe selbst schnüren kann, möchte heute schon ein Star werden.

Dem Biermösel ist es aber wurscht, wenn die Hallelujagänse vom Singkreis und die Zimttörtchenscheißerinnen vom Geldadel ihr Näschen rümpfen, mit denen will er ja sowieso nichts zu tun haben, also keine falsche Rücksichtnahme dort, wo keine falsche Rücksichtnahme angebracht ist, im Gegenteil: Je mehr es von denen unter der stetig zunehmenden Hitze dahinrafft, desto glücklicher wird er sein. Und hoppala, plus 41,8 ° im Schatten.

Das einzige Gute am Sauwetter ist ja, dass man von den depperten Nachbarn nicht allzu viel mitbekommt, außer vielleicht ihren Hausbrand in die Augen, wenn die Wetterlage wieder einmal entsprechend reversiv ist, das ist dem Biermösel seine Meinung zu dem immer weiter um sich greifenden Problem mit den Nachbarn. Ab einer geschätzten Temperatur von fünf Grad plus aber glaubt ein jeder, dass er das Fenster aufreißen und sein komplett uninteressantes Leben vor das ganz große Publikum nach draußen tragen kann.

Kaum hat es sich der Biermösel auf seiner Schwitzhütte halbwegs gemütlich eingerichtet und das Depot für seine ausgedehnte Ganztagessiesta samt Feuerwerk aufgefüllt, da reißt es ihm schon wieder die Ohrwascherl weg, weil der Erste von vielen die Gebote der geheiligten sommerlichen Ruhe bricht. Kaum stellt er in der Früh die Füße in seine Schlapfen hinein, dreht in diesen sonnigen Tagen schon wieder irgendwo irgendwer sein deppertes Radio Saftige Heimat auf Vollgas, und das natürlich bei sperrangelweit geöffneten Fenstern, sodass der Biermösel sich auf seiner sommerlichen Schwitzhütte bald vorkommt wie der Maulwurf am Campingplatz – jede gerissene Strumpfnaht kann er hören, jede abfallende Schuppe, jeden letzten Atemzug. Der Biermösel hört einfach alles in dieser flirrenden Hitze und verflucht den Tag, an dem einer das offene Fenster erfunden hat.

Kein Wunder, dass er seither immer öfter an die komplette Auslöschung vom Volk denken muss, wenn er an sein Volk denkt. Je weniger der Biermösel von den Menschen und ihren Eigenheiten mitkriegt, desto lieber sind sie ihm, das ist seine Meinung zu den Menschen. Aber leider fördert die Eigenheiten der depperten Leute nichts stärker zutage als der alljährliche, sinnlose Wunsch, als hoffnungsloser Einheimischer dann doch noch zu einem stilvollen Südländer zu werden und den immer vermuteten, aber verschüttet geglaubten Samba auszuleben, und zwar im eigenen Garten. Da muss der Biermösel leider auch ein bisserl mit sich selber schimpfen, dass er das den Menschen mit seiner Erderwärmung erst ermöglicht.

„Plus 42,3 ° im Schatten, Kreuzkruzifixnocheinmal und Halleluja!", jammert der bärige Hansi auf Radio Saftige Heimat, „was ist denn bitteschön los auf der Welt, dass sie uns so einheizen muss, was wird denn das für unser einmalig saftiges Humtata-Wochenende und unsere allzeit willkommenen Tagestouristen und Sommerfrischler heißen? ..."

„... Für die ganzen Elenden und Verdammten!", korrigiert ihn der Biermösel, die zum alljährlichen Zeltfest am Humtata-Wochenende ins Tal hereinströmen, in ihren überteuert gekauften Trachten, auf ihren allzu weißen Waden, in ihren viel zu hohen Autos und mit den allzeit lästigen Rotzlöffeln hinten auf der Bank. Die ganzen unbefriedigten und gierigen Weiber aus der Stadt, die sich ein Abenteuer mit dem Joe erträumen, der die Quetschenharmonika spielt, aber dann immer enttäuscht sind, dass der Quetschenharmonikaspieler lieber einen Joe raucht, der über die Balkanroute importiert wird, als dass er sich auf ein Abenteuer mit den depperten Weibern einlässt. Oder – wenn man vom starken Geschlecht spricht – die ganzen Affen aus der Stadt, die gar nicht mehr glauben können, dass das ganze Duttelzeug unter den Dirndln bei den einheimischen Milchkühen echt ist, und die das Naturprodukt dann unbedingt angreifen wollen, was dann natürlich unweigerlich zu gröberen Bierzeltraufereien führt, heilige Maria!

Der angenehmste Nebeneffekt an seiner Erderwärmung ist ja, dass sie auch unangenehm riecht!

Viel Kontakt haben er und die Roswitha im Sommer nicht mit dem übrigen Volk, und das übrige Volk nicht mit ihnen. Er und die Roswitha haben auch in früheren Sommern schon nie auf das Geschäft mit den Sommerfrischlern und Tagestouristen in ihren Reisebussen drinnen geschielt. Er selbst hat sich nie in der Lederhose hingestellt und für die Tagestouristen die Schuhe geplattelt oder in falsch verstandener Geschäftstüchtigkeit „Holladiri und Holladiro" gesungen, und die Roswitha hat sich in der Wirtsstube vom Auerhahn nie von den ganzen Bankdirektoren und Einzelhändlern an ihren Arsch greifen lassen beziehungsweise zwischen die Dutteln, wo es schön warm und saftig ist, das darf nur er!

Nur heuer wird sich schon so mancher Tagestourist, der im schlecht klimatisierten Reisebus auf der Strecke vom Missgeburtenmuseum in Salzburg drüben Richtung Aussee herüber am Auerhahn vorbeigekarrt wird, gedacht haben, dass er jetzt gerade an den Winnetou-Festspielen vorbeifährt, wenn der Biermösel nämlich wieder einmal dem Juanito von der Flüchtlingsfamilie Bolivár nachläuft, der in einem schwierigen Alter voller Wimmerl im Gesicht ist, ihm mutmaßlich seine Jason-Castelli-Hefterl vom Scheißhaus wegstiehlt (wer sonst?), und der gerne beim Fenster hereinschaut, wenn die Roswitha sich umzieht und vom Tageszelt ins Nachtzelt hineinsteigt. Dann applaudieren die Reisegruppen immer und schießen mit Geld nach ihm, und der Biermösel nützt die Gelegenheit und ballert zurück, aber natürlich nicht mit Geld, sondern mit Blei, das ist dann sein einziges Zugeständnis an den Sommertourismus, aber das macht ihn beim Volk auch nicht beliebter.

Alle, so scheint es, wollen um diese Jahreszeit in das vermeintlich saftige Aussee hereinkommen, sogar die Japaner aus Sapporo drüben mit ihren Krummsäbelbeinen ziehen jedes Mal Anfang August den Humtata-Sonntag im Bierzelt in Aussee herüben einem Besuch im Missgeburtenmuseum in Salzburg drüben vor, langsam muss man sich Gedanken machen, was die Tagestouristen und Sommerfrischler in den Einheimischen sehen, denkt sich der Biermösel oft. Sogar einen Inder hat der Biermösel neulich schon aufgebracht und in der heißen Sonne zum Duell gefordert, weil er ihm ungefragt Bierschaum vom Schädel gefressen hat, und sogar den hitzebeständigen Gandhi hat er erledigt, während der bärige Hansi im Radio in Erinnerung geschwelgt ist und sich aus irgendeinem geöffneten Fenster heraus wieder einmal an alle gerichtet hat, „die da draußen unter der Hitze leiden und sich noch an frühere Sommer erinnern können, als es jeden Tag wie aus Fässern geschüttet hat. Für die spielen wir jetzt vom Weiß Ferdl seinen ewig gültigen alten Sommerhit, zwo, drei – und gemma."

Und dann hat der Weiß Ferdl wieder angefangen zu singen, was ihn vor Jahren berühmt gemacht hat:

„Regen hier und Regen da
Regen fällt das ganze Jahr
Überall auf der Welt

Wo's dem Regen grad gefällt."

Und hoppala!

Der Biermösel jedenfalls leidet nicht unter der Hitze, da muss er den bärigen Hansi enttäuschen.

Mit der Hitze hat der Wind dann leider auch die Politik ins Tal hereingetragen wie die Katze den Dreck ins Haus, zur Politik im Allgemeinen vom Biermösel vielleicht für den Anfang nur so viel:

Stell einen wahlkämpfenden Politiker aus der Amtsstube zwischen zwei großdutteligc blonde Kellnerinnen aus dem Bierzelt, was sind dann die zwei großdutteligen blonden Kellnerinnen im Vergleich zum wahlkämpfenden Politiker aus der Amtsstube? –

Sicher nicht die Dümmsten!

So viel vom Biermösel für den Anfang vielleicht zur Politik im Allgemeinen. Und zur Politik im Speziellen dann noch so viel: Er hat weiß Gott schon genug Politiker kommen und gehen gesehen, meistens mit dem Bürgermeister ins Puff hinein und ohne den Bürgermeister aus dem Puff wieder heraus, weil der noch ein bisserl länger geblieben ist – selbstverständlich auf Staatskosten! –, dass er sich ein endgültiges Urteil über die Politiker anmaßen darf, und das lautet: Daumen runter, Rübe ab! Auf die Politik lässt der Biermösel einen fahren, wie er keinen mehr fahren hat lassen, seit er zum Reiten aufgehört hat.

Der Biermösel hat dann trotzdem ein bisserl über die Politik nachgedacht und dabei gemütlich vor sich hin gefurzt wie der alte stinkende Löwe in der Savanne nach dem von den Löwenweibern herbeigeschleppten festlichen Mahl, und hoppala! Je heißer es wird, desto mehr schwitze ich, hat er sich dann gedacht, und je mehr ich schwitze, desto nüchterner werde ich im Hirn, das ist besorgniserregend! Je nüchterner ich aber im Hirn werde, desto intensiver frage ich mich schön langsam, ob das ganze depperte Elend auf der Welt nicht doch ursächlich mit der Politik zu tun hat: Die ganzen Schlaglöcher in den Straßen, über die ich jeden Tag mein Wüstenschiff lenken muss; die schlechten Zähne, die ich wegen den ganzen Schlaglöchern in den Straßen habe; die Probleme, die ich mit den Weibern habe – nicht zuletzt wegen meiner schlechten Zähne! Dazu das nie angehobene „Sonderschule-Unterstufe"-Grundgehalt, das den Biermösel wiederum daran gehindert hat, dass er sich schöne neue Zähne kauft, damit er bei den Weibern einmal einen Lauf haben könnte, und so weiter.

Der Biermösel hat dann zum Denken aufgehört, sich stattdessen am Baucherl gekratzt und überall dort, wo es ihn sonst noch gejuckt hat, und dabei hat er lange gar nicht bemerkt, dass ihn die Politik schon bis ins Scheißhaus herein verfolgt, wo sein rotes Notfalltelefon angeschlagen hat, so sehr war er mit Produktion und Ausstoß der Gase beschäftigt, dass bald auch ihm die Luft ein bisserl stickig geworden ist und es ihm den Hals zugeschnürt hat, heilige Scheiße, wenn er nicht im letzten Moment die Fenster noch aufgerissen hätte, wer weiß, wie die ganze depperte Geschichte dann vorzeitig geendet hätte.

„Pass einmal auf", hat er dann den Innenminister persönlich im Halbkoma reden gehört, „bist du vielleicht der Biermösel aus Aussee drüben, der zu wenig von den Milchdutteln von seiner Mutti gekriegt hat, wie es der schöne Brauch in der saftigen Heimat vorschreibt, bist das du?"

„Yes sir!"

„Hast du dir eigentlich schon einmal überlegt, was du für das Staatsganze machen kannst, anstatt dich immer nur zu fragen, wann du in den Urlaub gehen kannst?"

heilige Maria, hat sich der Biermösel gedacht, die Politiker haben so eine Art zu reden, dass man überhaupt nicht versteht, was sie wollen, das Wort „Urlaubssperre" hat er dann nur noch ganz undeutlich vernommen, weil er sehr deutlich einen darauf hat fahren lassen, aber du meine Güte, da steht es ja eh!

Rot eingekreist war er ja auch heuer wieder auf seinem Kalender, der alljährliche Humtata-Sonntag samt Bierzelt und Frühschoppen, ein Termin, vor dem der normale Mensch schon mehr Angst haben muss als der Demokrat vor der schlechten Laune des Gewaltherrschers! Nur dass der Termin heuer sogar dunkelrot eingekreist war und auch noch das Wort „Neuwahlen" darunter gestanden ist, Kruzifixnocheinmal, da ist es ja eh gestanden!

Mit den ganzen Wein trinkenden Jazzern aus der Politik will der Biermösel nichts zu tun haben, schon gar nicht in den sogenannten Wahlkampfzeiten, wenn sie die Bierzelte überschwemmen wie die Scheiße aus dem Kanal nach dem ergiebigen Platzregen die Straße, und wenn sie den ursprünglichen Duft des einfachen Volkes suchen samt dem persönlichen Kontakt im Bierzelt.

Wenn dann einer von denen mit seinen Stenografenhänden die Vorschlaghammer-Hand vom Biermösel schütteln will, dann schüttelt der Biermösel immer gerne und kräftig zurück, und zwar so kräftig, dass der Doktor Krisper immer schon den Gips anrühren muss, noch bevor der Volksvertreter seine Hand überhaupt nach ihm ausgestreckt hat – und hoppala, Mittelhandknochenbruch!

Solche Wahlen hinterlassen ja bei den ganzen einfachen und kleinen Leuten immer eine große Aufgewühltheit und reißen tiefe Gräben in die ansonsten so harmonischen Kleinfamilien, wenn der Vati zum Beispiel wieder die „Es war nicht alles schlecht früher“-Partei wählen will, weil er sich für sein neu angeschafftes Auto endlich gescheite Autobahnen ohne Schlaglöcher wünscht und für die Fußgängerzone ein Stadtbild ohne Mondgesichter, die ihm einfach nicht blond genug sind, während die Mutti lieber einmal einen ohne zerschnittenes Gesicht als Chef vom Ganzen sehen möchte, einen Aparten vielleicht zur Abwechslung, der nicht dauernd drei Bier auf einmal bestellt, einen Kultivierten mit ein bisserl einem Niveau, der nach Möglichkeit ausschaut wie der Alön Dillon, das wäre der Wunsch von der Mutti, aber nicht vom Vati, und hoppala – doppelter Nasenbeinbruch (bei der Mutti, nicht beim Vati)!

Der Biermösel hat dann weiter gemütlich gegen die Politik angefurzt und sich überall dort gekratzt, wo er sich vorher nicht gekratzt hat, und dann hat er sich überlegt, wie er die Neuwahlen absagen könnte, damit er grillen kann und nicht den Wahlgang überwachen muss, deswegen die Urlaubssperre, weil die depperte Bundesregierung wegen der angespannten Wetterlage den einen oder anderen Radau fürchtet.

Der Biermösel glaubt aber fast, dass die Politik die Entschlossenheit mancher im Volke ein bisserl unterschätzt und dass sich die Politik nicht vorstellen kann, dass einer auf jeden Fall grillen wird, wenn er grillen will. Er jedenfalls ist keiner, der wegen der depperten Nationalratswahl auf seinen lange hinausgeschobenen Urlaub samt Wildsau am Spieß verzichten wird, das ist er vom Typ her einfach überhaupt nicht. Nur weil er in den letzten Wochen wie der alte Löwe in der Savanne auf seiner faulen Haut herumliegt und keinen kleinen Zeh mehr rührt, braucht noch keiner zu glauben, dass er nicht noch einen gewaltigen Hieb in seiner Pranke stecken hat (wie der alte Löwe in der Savanne). Zum Jason Castelli im Dschungel von Kongolien zum Beispiel sagt ja auch keiner ungestraft „Urlaubssperre!“, schlag nach in Folge 3298, als die königliche Majestät ungestraft per Telefon aus dem Palast heraus zu ihm „Urlaubssperre!“ gesagt hat, weil sie an diesem Tag justament reiten gehen wollte und er auf sie hätte aufpassen sollen, und als Dank dafür hat sie dann eine ordentliche Beleidigung geerntet. Also falls einer aus der heimischen Regentenschaft so deppert sein sollte und ihm in sein Revier hereinscheißen will, dann hat der Biermösel gewiss seine Mittel und Wege, dass die Wahlen nicht stattfinden werden, und er redet jetzt sicher nicht von einer Beleidigung oder so was.

Anders als das ganze depperte Knechtsvolk wird sich der Biermösel nicht mehr mit dem gedachten und erträumten Protest zufriedengeben, mit ein paar geschwenkten Fahnen oder dem Absingen von Protestliedern („Chef vom Ganzen! Chef vom Ganzen! Haut ihm eine in den Ranzen!"), mit einem sorgfältig formulierten Brief oder dem Umschmeißen von Wahlplakaten und dem anschließenden Draufscheißen.

Als Aktiven hat ihn die Politik ja nie gereizt, obwohl der Biermösel natürlich das Zeug dazu gehabt hätte – elend genug ist er, dreckig genug ist er auch, und die faule Haut als Gehrock steht ihm ganz ausgezeichnet. Aber in der Politik sind die Reihen vorne und hinten dicht gestellt mit den Dümmsten und Unfähigsten, das hat er auf der morgendlichen Fahrt hierher auf den Posten wieder einmal in der Straße der Sieger gesehen, unter der auch jetzt noch der Kanal und die Scheiße dahinrinnt. Die Reihen sind dort schon so dicht mit Plakatständern gestellt, dass er dort sehr leicht seinen erwünschten Nach- und Erbfolger in das Wahlfach „Schießen" hätte einführen können, nicht zu verwechseln mit dem Pflichtfach „Scheißen" natürlich.

Was für eine Verschwendung, dass er nicht weitergeben kann, was er weiß über das depperte Volk und das saftige Land, über die Flüsse und Seen (die keine mehr sind), über das Bier und die Zelte, über das Wirtshaus und die Schlägereien, über die Sonne und den Mond. Wie traurig, dass ihm keiner mehr zuhört, wenn er vom Grillen und den Säuen redet, von den Ackerbauern und Viehzüchtern! Was für ein Verlust, dass es – nach allem, was man heute weiß! – keinen Erbfolger gibt, den er zu einem hitzebeständigen Krieger mit stets offenem Visier hätte ausbilden können, zu einem widerständigen, eigensinnigen Denker, der sich auch zur Politik seine Gedanken macht.

Der Biermösel hätte seinen Kronprinzen in der Straße der Sieger von der Fips absteigen lassen, ihm die Doppelläufige in die Hand gedrückt und ihm „Politische Bildung" beigebracht:

„Da ist der Chef vom Ganzen, und jetzt schieß!"

„Wohin soll ich denn schießen?", hat er sich den Erbfolger als politisch leidenschaftlich interessierten Ballermann vorgestellt, und der Biermösel hätte ihm gerne mit Rat und Tat zur Seite gestanden:

„Auf die schmalen Lippen! Zwischen die gemeinen Augen! Entlang vom Scheitel! Kruzifix, ist doch wurscht, wo du den Jazzer triffst, Hauptsache, du haust ihn um!"

Der politische Mord ist nach Meinung vom Biermösel sowieso zu Unrecht ein bisserl aus der Mode gekommen.

Weil er aber keinen Nachfolger parat hat, jedenfalls nach allem, was man heute weiß, hat er wieder alles selber umschießen müssen, und jedes Mal, wenn er den Chef vom Ganzen mit einem gezielten Schuss zerfetzt hat, ist dem Biermösel zur Feier ein Schöner ausgekommen, und hoppala, plus 42,3 – plus 43,6 ° im Schatten, und das in einer halben Stunde.

Vielleicht ist ja doch noch nicht alles zu spät, denkt sich der Biermösel dann im Bierdusel, vielleicht geht sich ja noch ein Nachfolger aus, mit einer leichtbeschürzten Heldin, die ihn aus seinem Elend herausholt wie am Ende von jeder Geschichte irgendeine leichtbeschürzte Einheimische den Jason Castelli aus seinem Suppentopf?

Aber da könnte ihm genauso gut eine Märchentante erzählen, dass da draußen die ganze Zeit ein kleiner Bruder von ihm herumgerannt ist, den er ja auch hätte zum Nachfolger ausbilden können, wenn er nur rechtzeitig von ihm erfahren hätte, du meine Güte, das wäre dann genauso deppert, auf solche „Wunder hier, Wunder da, Wunder gibt's das ganze Jahr", wie der Weiß Ferdl sie auch besingt, kann und will der Biermösel wirklich nicht hoffen, das wäre ja unreif, da trinkt er lieber noch eines und lässt er noch einen fahren, und hoppala, plus 43,7 ° im Schatten.

„Und jetzt zur Abwechslung eine Ansprache vom Chef vom Ganzen zur beschissenen Lage der Nation", hört der Biermösel dann den bärigen Hansi von *Radio Saftige Heimat* durch irgendein Fenster aus irgendeinem Radio von irgendeinem aus dem Volk. „Gerichtet an sein Volk, jetzt bitte alle aufstehen, die Hand aufs Herz, die Lauscher weit aufsperren und nach der Bundeshymne gut zuhören, wir senden selbstverständlich live!"

Na dann, hat sich der Biermösel gedacht und sich als politisch Interessierter ein Bier zur Ansprache vergönnt, dann noch eines, dann zwei, dann vier, dann sechs, dann hat er aufgehört zu zählen, noch bevor der Chef vom Ganzen überhaupt mit seiner Ansprache hat anfangen können, weil die Bundeshymne so lange dauert. Gar nicht schlecht übrigens, hat er sich zu dem zähen „Heimat, bist du großer Söhne" gedacht, auch wenn ihm natürlich „Duttelwatschen & Bier Vol. 5" von den Radinger Spitzbuben besser gefällt, aber da sind die Menschen halt verschieden, der eine so, der andere anders.

„Liebe Landsleute, Manderl! Weiberl!", fängt der Chef vom Ganzen dann endlich an zu erzähen. „Die Probleme in der Mandschurei kriegen wir langsam in den Griff, bald wird wieder ein jeder eine Arbeit haben, das Weihnachtsgeschäft ist gut gelaufen, und den Roten Khmer werden wir nicht hereinlassen, das verspreche ich euch hoch und heilig – ähem – bei den gefüllten Paprika von meinem Innenminister – Hallo! – kann mir vielleicht irgendwer von euch Trotteln die richtige Ansprache bringen?“

Na gut, denkt sich der Biermösel, das geht sicher besser, das hätte er auch gekonnt, für so was muss man einen Mann nicht studieren lassen. Aber er will ihm natürlich noch eine Chance geben, während er sich als vorbildlicher Demokrat noch eine Kiste auf die Schwitzhütte stellt, das wird ja heute länger dauern, hat er bald erkannt.

Während im Radio drinnen peinliches Schweigen herrscht, während der Sekretär vom Chef vom Ganzen um die richtige Ansprache ins Amtshaus hinüberrennt, schaut der Biermösel interessiert den Rinnsalen an Schweiß zu, die seinen gequälten Körper verlassen, kaum dass er die Kiste hineingeschüttet hat, was da mit seinem Körper passiert, das ist bei weitem interessanter als die Ansprache vom Chef vom Ganzen.

Es sind geschätzte zwölf Liter reines Bier, die er da augenblicklich wieder herausschwitzt, das ist bei weitem mehr, als in früheren Jahren Regen gefallen ist.

Besorgt wie der Chef vom Ganzen, wenn er an die Mandschurei denkt, überlegt der Biermösel also, ob er mit seinem Schweiß nicht ein bisserl sorgsamer umgehen könnte, als nur mit seinen nackten Füßen darin herumzuspielen. Wenn man nämlich bedenkt, welchen gesegneten Volkskörper-Kreislauf der Schweiß bis vor kurzem noch durchlaufen hat, dann kann sich ein jeder mit einer Mindestfantasie im Volk draußen ausmalen, dass das Zeug noch genug Alkohol enthält, um eine Kompanie Zimttörtchenscheißerinnen zum Kippen zu bringen, wenn sie nur daran riechen, und diese Chance sollte er sich vielleicht nicht entgehen lassen, also wo ist denn schon wieder der Nachttopf, in dem er den Schweiß sammeln könnte?

„Die Probleme in der Mandschurei“, fängt der Chef vom Ganzen dann wieder von ganz vorne an, während der Biermösel ruhig in den Nachttopf hineinschwitzt, „werden wir raschest lösen, bald wird wieder jeder eine Arbeit haben – Herrgottnocheinmal, kann mir vielleicht einer meine Lesebrille suchen, jetzt habe ich zwar die richtige Rede, aber ich finde die Lesebrille nicht mehr!“

Immer diese Probleme in der Politik!

„Dann red halt aus dem Stegreif heraus, du Trottel!“, schreit der Biermösel ihn im Radio drinnen an, schön langsam ist er wirklich ein bisserl enttäuscht von den Qualitäten seiner Staatsspitze, aber wie von Zauberhand folgt er ihm:

„Dann rede ich halt aus dem Stehgreif heraus!", fährt der Chef vom Ganzen endlich fort: „Wer nicht mit uns ist, der ist gegen uns, ein langes Leben sei ihm nicht beschieden, darum am Humtata-Sonntag bitte Liste 1 ‚Die Ackerbau- und Viehzuchtpartei' wählen, gesegnet sei der Herr!"

Na dann, denkt sich der Biermösel, auf ein langes Leben sowieso geschissen. Dann trinkt er ein paar kräftige Schlucke vom guten 48-prozentigen Schweiß, den er im Nachttopf gesammelt hat, und schon rumort es – wie es der Plan war – gewaltig in seinen Eingeweiden, und er hat das Gefühl, dass sich aus den tiefen Windungen seiner Darmlandschaft heraus einer löst, der schon lange ans Licht der Welt herausdrängt und der den Chef vom Ganzen mitsamt dem Radio in die Klomuschel hineinbläst, da soll der Mensch nicht zum Saufen anfangen, wenn er sich so was anhören muss, und hoppala, plus 44,0 ° im Schatten!

Neulich hat ihn der Doktor Krisper nach dem alljährlichen Pflichtcheck für reifere Gendarmenkörper (Kamin, Kniekehle, Fettanteil sowie Groß-, Klein- und Nebenhirn – Nebenhirn?) unter vier Augen und mit besorgter Miene wieder einmal zum hoffnungslosen Alkoholiker erklärt, auch wenn er den Fragebogen an das Ministerium wieder einmal – ein letztes Mal! – geschönt und unter der Rubrik „Trinkgewohnheiten" nur die einheimische Durchschnittsnorm „regelmäßig" eingetragen hat, die genaue Mengenangabe dazu hat er aber netterweise „vergessen".

Die Wahrheit über sein Trinkverhalten, hat der Herr Doktor gemeint, täte wahrscheinlich seine umgehende Entfernung aus dem Staatsdienst bedeuten („Dann schreib die Wahrheit!") sowie seine sofortige Überführung in einen stillgelegten Salzbergwerkstollen irgendwo in Kasachien drüben, aus dem ihn dann auch der Superermittler Jason Castelli nicht mehr retten könnte. Aber dann wäre die Welt um ihn herum wenigstens für ein paar hunderttausend Jahre vor seinem rundum verseuchten Körper sicher, das war jedenfalls dem Doktor Krisper seine Prognose nach dem alljährlichen Pflichtcheck.

Aber da muss der Biermösel natürlich immer lachen, wenn einer, der studiert hat, so deppert ist und meilenweit an der richtigen Diagnose vorbeigeht. Das erinnert ihn in seiner Blödheit ja fast an den Ausbildner in der Gendarmerieschule in Linz oben, der ihn von der ersten Schulstunde an mit dem Thema belästigt hat: „Pass einmal auf, Biermösel“, hat er immer wieder zu ihm gesagt, „hast du dir eigentlich schon einmal überlegt, was du für den Staat tun kannst, anstatt dass du mich immer nur fragst, wann die nächste Pause ist, in der du dein Bier saufen kannst, ich glaube ja fast, du bist ein Alkoholiker!“ Und dann hat er ihn wieder zum Anstaltspsychologen geschickt und immer wieder, und der Herr Professor hat ihn dann gefragt, wie das bei ihm genau mit den Milchdutteln von seiner Mutti gewesen ist, ob er eh genug vom weißen Milli-Zeugs gekriegt hat, oder ob es bei ihm eher zu wenig war, Kruzifixnocheinmal, was hat denn bitte das eine mit dem anderen zu tun, und warum muss ihn denn eigentlich alles und jeder an seine Mutti und ihre Milchdutteln erinnern, das Kapitel in seinem Leben täte er schön langsam wirklich gerne verdrängen!

„Muss man ansetzten Hebel bei Zufuhre, nicht bei Ausstoße“, hat ihm der Doktor Krisper dann angeboten, als ihm der Biermösel nach dem Pflichtcheck ein paar harmlose, aber doch erwähnenswerte Zündaussetzer beim Ausstoß der Gase nach der ergiebigen Zufuhr gebeichtet hat, ein paar Minuten lang ist nämlich auf einmal gar nichts mehr gegangen, kein leises „Pffft“ und kein lautes „Trööööt“, worauf der Doktor ihm gleich vorgeschlagen hat:

„Baue ich dir gerne neue Leber ein von unlängst verstorbene, sehr leckere Novize aus Männerkloster drüben in Bad Ischl, was hängt bei mir in Garage herum. Wenn Saft von Gerste geht wieder hinunter wie Öl, dann läuft Motor von Biermösel wieder wie geschmiert, bravo.“

Aber der Biermösel hat es natürlich strikt abgelehnt, dass ihm der liebe Herr Doktor die Leber von einem Weihwasserschlucker einbaut, er ist ja nicht süchtig, er ist ja nur durstig. Zu sehr hat er sich außerdem an seinen eigenen bewährten Sauflappen gewöhnt, als dass er ihn im fortgeschrittenen Alter noch hergeben möchte, da wird der Mensch störrisch. Lieber will er zu ihm stehen in guten wie in schlechten Zeiten, er ist ja keiner, der sich wegen jedem kleinen Zündaussetzer gleich eine neue Leber einbauen lässt. Solange er nicht gelb anläuft wie ein Chinese, wird er mit seinem eigenen Fetzen weitersaufen, das ist seine Meinung zu den Chinesen. Trinke in der Zeit, dann hast du auch in der

Not noch einen gewaltigen Rausch, so hat er es sein Leben lang gehalten, und spätestens nach der Volksschulzeit ändert sich der Mensch ja nicht mehr.

Hätte er also anders gelebt, wenn ihm der Doktor Krisper schon früher gesagt hätte, dass das ganze zugeführte Bier ihn einsam machen und er deswegen die halbe Zeit von seinem ganzen Leben wahlweise auf der Schwitzhütte, dem Erlebnispark oder im Musentempel, jedenfalls auf seinem Scheißhaus verbringen wird müssen? Hätte er irgendwas anders gemacht, wenn er gewusst hätte, wie teuer das alles über das lange elende Leben gerechnet wird, und dass er schon den Gegenwert von einer halben Flachdachneubausiedlung versoffen hat, hätte er deswegen anders gelebt?

Dazu vom Biermösel vielleicht nur zwei Worte:

Sicher nicht!

Das Volk muss sich ja schließlich darauf verlassen können, dass es bei ihm in sicheren Händen ist, aber das ist es natürlich nur, wenn sein Motor wie geschmiert läuft und er die gewisse notwenige Dosis im System hat. Wenn er nämlich zu wenig nachgefüllt hat, dann wird er sprunghaft und unzuverlässig, er kriegt das Reißen in den Waden und spürt die gewisse unruhige Anspannung in der Seele, dann wird er launisch und deppert, er ist schnell eingeschnappt und nachtragend und verliert die Kontrolle über sich selbst sowie über die Dienstwaffe – und peng!

Also scheißt er auf den ganzen Wahnsinn mit dem Mineralwasser im Sommer und dem warmen Tee im Winter, er ist ja ein versoffener Wurm, seit er denken kann, und geht den Weg allen Fleisches halt ein bisserl weniger aufrecht als andere, aber das tut er dafür mit erhobenem Haupte.

Und hat am Ende der vielleicht mehr vom Leben gehabt, der alle Chancen genützt, aber dafür nie ein Bier gesoffen hat? Er glaubt wirklich nicht, dass er auf so eine depperte Frage irgendwem eine Antwort schuldig ist! Was herauskommt, wenn einer gesund lebt, das sieht er ja jeden Tag an den ganzen perfekt trainierten, mit Mineralwasser gespülten und mit Salat gequälten Körpern, die der stetig zunehmenden Kraft vom Himmelsgestirn nichts anderes entgegenzusetzen gehabt haben als ihr gelungenes Leben! In Sekundenschnelle sind sie alle miteinander entwässert, kaum dass sie ihren Schädel der Sonne dargeboten haben, weil sie ihrem Körper ein Leben lang zu wenig Elektrolyte zugeführt haben, und jetzt sind ihre Bäuche halt aufgebläht und ihre Kadaver geplatzt, aber Hauptsache, sie waren gesund!

Aber auch der Biermösel säuft dann einmal für ein paar kurze Augenblicke lang gar nichts, sondern hält den Schädel beim Fenster hinaus und bietet ihn zur Abwechslung der Sonne dar.

„Das soll heiß sein?“, schreit er, und als er das brennende Gestrüpp auf seinem Schädel dann wieder hereinholt, läutet es überraschend an der Tür, und er fragt sich:

Wer wird denn das wieder sein? Da wird doch hoffentlich keine politische Bewegung im direkten Gespräch mit ihm um seine Stimme werben wollen, so deppert kann und wird doch hoffentlich keiner sein?

Aber freilich!

Ausgerechnet die Abgesandten vom MOVIMENTO CONTRO IL ALCOHOL, DAFÜR PRO JESU – Liste 17 probieren es heute bei ihm, und er hat ihnen natürlich gleich ein einmaliges Bild von der heutigen Wählerlandschaft geboten, als er ihnen mit seinem rauchenden Schädel und der schon gewaltigen Schlagseite die Türe geöffnet hat, „Hereinspaziert!“

Die radikalkatholische Splittergruppe im Kielwasser des im letzten Frühling tragisch von seiner eigenen Glocke gespaltenen Pfarrer Hein ist dann zu ihm hereingekommen wie die Sternsinger, allesamt Weihwassersäufer der Letzten Stunden, die sich in ihrer vollkommenen Alkoholabstinenz zusammenfantasieren, dass die aufkommende Hitze im Tal in ursächlichem Zusammenhang mit dem weitverbreiteten Saufen auf Erden steht, und, will der Biermösel gerne zugeben, zumindest was seinen Beitrag anbelangt, haben sie damit gar nicht einmal so unrecht. Zum Beweis lässt er gleich einen Ketzerischen fahren, der sie noch nicht gleich aus den Socken hebt, aber die Ohren wackeln ihnen schon ganz gewaltig, als er noch einen nachlegt, und hoppala, plus 44,6 ° im Schatten.

„Worum geht’s?“

Die Weiber vom Movimento prophezeien ihm dann im Wesentlichen, dass ein jeder, der brav ist und nichts säuft und das auch durch seine Stimme für ihre Bewegung im irdischen Leben bezeugt, in den Himmel hinaufkommen wird, dass aber andererseit jeder die Hölle sehen wird, der trotz diesem Wissen weitersäuft und wen anderen wählt, „also was sagst du dazu?“

„Bitte Hölle!“

Na gut, haben sie sich gedacht, da sind harte Bretter zu bohren, den Biermösel müssen wir anders brechen. Also haben sie ihm ihre

Botschaft im vielstimmigen Singsang dargebracht, in der Melodie der Sommerhits vom Weiß Ferdl, und zwo, drei, gemma:

„Himmel hier und Hölle dort
Welches ist der bess're Ort?
Lieber Mann, sei gescheit
Wähl den Himmel, es ist Zeit!"

Sein Körper war und ist dem König Alkohol aber ein guter Gastgeber, seit er denken kann. Die beiden verstehen sich blind und haben eine große Freude aneinander, und das ist ihm persönlich schon ein Anliegen, dass wenigstens sein Körper eine Freude am Leben hat, wenn schon er keine Freude am Leben hat, also Gegenfrage:

„Könnt ihr mir auch nur einen Fall nennen, in dem das Bier keine heilende, sondern eine verheerende Wirkung gezeigt hat, wie ihr immer sagt, ich wiederhole: auch nur einen – hicks! – Fall?"

Der Biermösel hätte dann, wenn überhaupt, darauf gewartet, dass sie als Beispiel für den einen Fall vielleicht seinen alten Freund Grasmuck nennen, mit dem er neulich gut sicht- und hörbar durch den sterbenden Ort gedonnert ist, nachdem er ihn aus dem Puff in Goisern drüben herausgeholt und ihm die Erderwärmungs-Assistenz übertragen hat, damit es ein bisserl schneller geht. Er hat ihn hinübergebracht in den Auerhahn, wo er ihn an die Pipeline angeschlossen und oben am Dachboden aufgestellt hat, von wo aus er in die Atmosphäre hinausfeuert, und hoppala, waren es schon plus 44,9 ° im Schatten, kaum dass er ihn dort aufgestellt hat.

Aber an den Grasmuck haben sie gar nicht gedacht. Stattdessen haben sie alle miteinander den Biermösel von oben bis unten angeschaut, wie er so dagestanden ist und gewackelt hat wie der Mast einer Fregatte im Sturm. Dann haben sie sich alle miteinander (Anmerkung Biermösel: theatralisch!) die Nase zugehalten, und die eine von ihnen, die das Zeug zur Schauspielerin gehabt hätte, hat dann überhaupt den sterbenden Schwan gespielt, nachdem sie zuvor sehr theatralisch an seinem Mund gerochen hat, aber ein Beispiel für die verheerende Wirkung vom Alkohol, wie von ihm verlangt, haben sie ihm natürlich nicht nennen können.

Da hat ihn die eine von ihnen, die ihr Leben lang nur Kräuter und Wurzeln gefressen hat, ein bisserl um die Ecke herum heilen wollen und ihn vor der angeblich schädlichen Wirkung vom Alkohol in seinem Körper gewarnt:

„Und dass sich das Bier in deinem Körper in nichts anderes als Zucker verwandelt, was sagst du dazu?“

„Mehr Zucker!“

Selbst wenn er wollte, könnte er jetzt nicht mehr mit dem Furzen aufhören, weil er nicht mehr mit dem Saufen aufhören kann. Warum? Er hat schon so viel zugeführt, dass er immer mehr ausstößt, und je mehr er ausstößt, desto heißer wird es, desto mehr schwitzt er, und desto mehr muss er wiederum zuführen, Herrgottnocheinmal, wie oft muss er denn das noch erklären, das ist halt der Kreislauf des Lebens.

Die Frage lautet also schon lange nicht mehr: Wie heiß wird es heute, auf welchen Berg gehen wir? Die Frage lautet nur noch: Wen haut die Sonne mit ihrer zupackenden Faust als Nächsten aus den Schuhen, wo und wann ist es so weit?

„Wirst du sicherlich sein letzte Mann stehend!“, hat ihm der Doktor Krisper neulich auch gleich den Hitze-TÜV verpasst, als sie nach dem Routinecheck gemeinsam auch gleich den Erste-Hilfe-Plan für das ins Haus stehende Humtata-Wochenende samt den damit verbundenen Neuwahlen besprechen wollten, der Doktor Krisper war dabei äußerst besorgt, der Biermösel äußerst zufrieden, und zwar jeweils wegen der bedenklich steigenden Temperaturen und der ungewohnt vielen Hitzetoten.

Weil der Doktor Krisper aber mit dem Landarztköfferchen im Landarztkombi am Humtata-Wochenende nicht mehr alles alleine wird erledigen können, hat er vorsorglich gleich einmal seine Mannschaft erweitert und den Tischlermeister Benjamin Hurnaus als Notarzt zwangsverpflichtet, weil der Ben Hur in seinem Leben die meisten abgeschnittenen Finger im Tal gesehen hat und sich obendrein gut mit Tieren auskennt, namentlich mit dem Holzwurm. Da kann man in Zeiten der Not und mit sehr viel gutem Willen schon fast von einem Tierarzt sprechen, und vom Tierarzt wären es dann nur noch ein paar kleine Prüfungen bis zum Notarzt, die er ja im Herbst nachholen kann, das jedenfalls waren die medizinischen Überlegungen vom Doktor Krisper zum ins Haus stehenden Humtata-Wochenende.

Wer aber räumt den ganzen Dreck weg, die Leichen, die halb und ganz Verfaulten, die Verdurstenden und Ausgetrockneten, die auf halbem Wege Liegengebliebenen und die in ihren Autos Verbrannten? Wer schiebt die kollabierten Sommerfrischler und Tagestouristen an den

Straßenrand, sobald sie mitten auf dem glühenden Asphalt umgefallen sind, und wer bringt den Kindern der sonnenverbrannten Nordic Walker bei, dass ihre Sportskanonen-Eltern auch dann gestorben wären, wenn sie die vergessenen Schi mitgehabt hätten?

Die Erfahrungen der letzten Jahrzehnte, während der beim Humtata-Wochenende der Blutzoll jedes Jahr immer noch um ein paar hundert Liter gestiegen ist, haben den Doktor Krisper jedenfalls gelehrt, dass er mit der Erstversorgung der ganzen im Blutrausch angestochenen, vom Alkohol gefällten und im eigenen Erbrochenen Erstickenden sowie mit dem Schienen der gebrochenen oder verstauchten Knöchel der ganzen Tanzwütigen so viel zu tun haben wird, dass er sich zum Beispiel nicht auch noch um die Kaputten, Verletzten, Verblutenden und Zerrissenen kümmern kann, die anschließend an den Bierzeltrausch noch bei den zahlreichen Verkehrsunfällen zusammengeklaubt werden müssen, teils aus Eigenverschuldung (Alkohollimit missachtet!), teils aber auch wegen der vielen Schlaglöcher in den Straßen krachen dann immer alle gegeneinander, gut möglich, dass auch der heilige Christophorus sich schon in eine kühlende Stranddisco auf Kreta verabschiedet hat.

Als wäre so ein Humtata-Wochenende alleine nicht schon genug der Arbeit, kommt in diesem Sommer auch noch die sogenannte „unsägliche Hitze“ dazu, wie der Doktor das bisserl heiße Luft nennt, das selbst er nicht gewohnt ist, obwohl das schon eher ein Sommer war, was sie dort früher gekannt haben, als er noch Tanzbär in den bulgarischen Karpaten war und nicht Landarzt bei den heimischen Problemboys – „Biermösel!“, hat er immer wieder gerne erzählt, „wir haben bunte Kleider getragen, uns an den Händen gehalten und Ringelreiha getanzt mit unseren großen Schuhen samt Quasten vorne dran und den lustigen Hauben oben drauf, oh Biermösel, war das schön!“

Die unerwartete Hitze wird bei den regenverwöhnten Einheimischen zu Hitzschlag und Hitzestau führen, hat ihm der Doktor Krisper erklärt, und der Biermösel glaubt, dass der Doktor selbst schon betroffen ist. Dazu die Probleme mit den ganzen Touristen und Sommerfrischlern, welche die Hitze erst recht nicht gewohnt sind, weil sie ja immer wegen dem verlässlichen Regenwetter samt dem hereinziehenden Nebel hierhergekommen sind, also wer soll die bitte alle wegräumen?

Keine Armee der Welt kann die ganzen zu erwartenden Verheerungen beseitigen, da braucht es schon einen Profi, geschult und gestählt im täglichen Kampf mit den Klobrillen der engeren Heimat, mit den abgeschnittenen Zehennägeln der gehobenen Herrschaften und dem ganzen anderen Dreck, den so eine Gesellschaft anzurichten imstande ist.

Da braucht man vor allem einen guten Magen!

Vor den Toten und Elenden hat der Mensch ja obendrein eine gewisse natürliche Scheu, die sind ihm meist ferner als das nächste Bierglas. Wenn also schon beim Notarzt gespart wird, so hat der Doktor Krisper für die Aufräumarbeiten auf die diplomierte Putzfrau bestanden, und um die zu finden, hat er nur auf die one and only Fachkraft im Wegräumen zurückgreifen müssen, die Vertragsunterzeichnung mit der Anni war dann nur noch Formsache.

Im Sommer sind nämlich immer alle weg, die von ihr das Scheißhaus herausgeputzt haben wollen. Langjährige Stammkunden wie der Pfarrer Hein sind obendrein weggefallen, seit ihn der Biermösel im Frühjahr eliminiert hat, und die, die noch leben, haben entweder bei der Hitze kein Verlangen nach Sex oder drehen im Gegenteil durch und rennen den Tagestouristinnen und Sommerfrischlerinnen nach wie der Biermösel bei seinen privaten Winnetou-Festspielen dem Flüchtlingsrotzbuben Juanito mit seinem Mondgesicht aus Leder, und das heißt dann für die Anni natürlich: Flaute im Geldsack, Schulden bis über beide Ohren und Sorgen mit den Zwillingen, die gegen alles und jeden rebellieren, weil sie in einem schwierigen Alter sind und ihren Papa nicht kennen, der ihnen die Ohrwascherl langziehen könnte, wenn es denn einmal sein muss, du meine Güte, seine Anni!

Der Doktor Krisper hat sie also mit einer schönen weißen Rot-Kreuz-Uniform ausgestattet und mit einer Kühlkiste samt Eiswürfel drinnen, „was du schüttest bitte drüber über ganze Haufen von kaputte Leute, was du dann schiebst mit Fußspitze hinein in die Graben, damit nicht leidet schäääne Bild von schäääne Ort!“ Und für den unwahrscheinlich Fall, dass sich doch noch einer rühren sollte, hat er ihr auch gleich ein Notfallfläschchen mit eisgekühltem Bier für die Erstversorgung umgehängt wie dem Bernhardiner das Schnapsfass, „und wie die Mund-zu-Mund-Beatmung geht, das brauche ich dir ja wohl nicht zu erklären?“

„Nein, danke.“

Anstatt im Bierzelt drinnen aufzuräumen, wie sie es früher immer getan hat, wird sie heuer also mit der Taschenlampe ihre Runden um das Zelt herum drehen und Ausschau nach eventuell noch Lebenden halten, denen sie mit einem feuchten Lappen die Stirn kühlen soll und vielleicht sogar ihre schönen, feuchten Lippen auf andere draufdrücken, auf grausliche, nach Bier und Zigaretten stinkende Lippen, und ihnen dann vielleicht sogar – der Biermösel will gar nicht daran denken! – die Zunge hineinstecken, wie das die Weiber im Dschungel von Kongolien immer machen, nachdem sie den Jason gerettet haben, du meine Güte, wenn das passiert, dass die Anni einen Herzbuben mit ihrem Mund beatmet, dann dreht er durch.

Um nicht durchzudrehen, säuft der Biermösel dann noch eine Kiste Weizenbier und lässt einen Wahnsinnigen fahren, und weil er immer sentimental wird, wenn er an die Anni denkt, nimmt er „Duttelwatschen & Bier Vol. 62" von den Radinger Spitzbuben aus dem Kassettenrekorder heraus und legt „Schö Tem" vom Weiß Ferdl ein, seinen ewig gültigen Liebeshit. Das ist dann zwar ein bisserl peinlich für einen Django, wie er im Bilderbuch steht, aber es sieht ihn ja keiner.

Natürlich macht der Biermösel, der ja vom Wesen her ein Spitzbube ist, sich bei ein paar weiteren gezischten Bierchen zunächst einmal gehörig über den Ferdl lustig, der ja vom Wesen her ein Herzbube ist: So ein Blödsinn muss einem erst einmal einfallen! Und so einen Blödsinn muss man sich erst einmal zu singen trauen!

Jedoch muss man die Tränen auch erst einmal im Zaum halten können, Kruzifixnocheinmal, die einem aus den Sehwerkzeugen herausspringen wie das Bächlein aus der Quelle, sobald der Ferdl „Schö Tem" zu singen anfängt, so schön ist das, und zwo, drei:

„Schö tem hier und schö tem da
Ich liebe dich das ganze Jahr
Überall auf der Welt
Wo's mir Herzbub grad gefällt."

Und noch einmal!

Der Biermösel wischt das Tränenmeer vom Boden auf, das ihm aus den Äuglein herausgesprungen ist, während er den Blödsinn dreihundertdreizehnmal hintereinander angehört und dabei an die Anni gedacht hat. Dann reißt er das Fenster auf und sucht wieder einmal das Duell mit der Sonne, einerseits, um sich zu beruhigen, andererseits aus der reinen Laune des unterbeschäftigten und übellaunigen Einsamen heraus. Vielleicht, kommt ihm jetzt in den Sinn, erwärmt er die Erde ja sowie nur deshalb, weil er auch einmal auf der Straße kollabieren möchte, damit ihn die Anni mit dem Notfallfläschchen erstversorgen und ihm dann vielleicht sogar den nassen Zungenlappen in seinen Mund hineinstecken könnte, vielleicht ist er ja wirklich so unreif, wie ihm der Doktor Krisper immer einreden will.

Dort unten beim See, der nur noch einen Fingerhut breit ist, sieht er sie auf einmal, wegen der er die ganzen Tränen vergossen hat, größer als ein See. Wie ein Perle glänzt sie, wie Gold im Dreck, so würdig und schön ist sie, selbst bei der Hitze, wo alle anderen in ihrer Schwitzbrühe herumrennen, ist die Anni nur schön, schöner als in dieser flirrenden Hitze war sie noch nie, das ist seine Meinung über die Anni. Ihre Uniform ist makellos weiß, sie trägt keine Strumpfhosen darunter, wieso auch? Ihre Beine sind „formvollendet und aus Elfenbein", wie die depperten Herzbuben immer singen, aber wo sie recht haben, haben sie recht. Die ganzen Mon Chéris von ihren Kunden haben bei ihr nicht angeschlagen, jedenfalls nicht dort, wohin das Adlerauge vom Kenner reicht. Die Putzfrau Anni hat alles Schmutzige abgelegt, wie es ausschaut, das Scheißhaus als lebenslängliches Schlachtfeld liegt hinter ihr, vor ihr liegt das Schlachtfeld des Bierzelts am Humtata-Sonntag.

„Schö tem!", schmachtet der Biermösel und stützt seine Ellbogen auf dem Fensterbrett ab und seinen Schädel in seine Riesentrümmer Pratzen. „Schö tem!", seufzt er süßer und samtener noch als der Weiß Ferdl und Gott sei Dank unbeobachtet von allen, die ihn als Humtata-Feind kennen und als kompletten Anti-Romantiker schätzen.

„Schö tem hier!"

Er sieht sie da unten beim See, wo sie noch den Rettungsschwimmerschein hätte machen sollen, wie ihr der Doktor Krisper aufgetragen hat, „dürfen wir nicht vergessen solche, was immer heraus fallen aus Bierzelt und hinein mit Kopf voran in die See." Aber beides wird heuer nicht stattfinden: Die Besoffenen werden nicht hineinfallen, und die Anni wir ihnen nicht nachspringen – kein Wasser mehr!

„Und schö tem da!"

Der Biermösel weiß schon, warum immer nur die Anni die Mutter seiner Kinder hätte sein sollen, von den zwei strammen Buben, die er sich immer so sehr gewünscht hat und von denen er den Schwächling aussortiert und zur Roswitha in die Küche geschickt, den Stärkeren aber zum Nachfolger herangezogen hätte, Kruzifixnocheinmal, er weiß einfach nicht mehr genau, warum es sich letztlich einfach nie ausgegangen ist und sie nie ihre zwei Erbfolger an ihren Dutteln gesäugt hat, er weiß es einfach nicht mehr.

„Tu es nicht!", schreit er hinunter zum See. „Was können denn die Ertrinkenden, was ich nicht auch könnte?"

„Die können danke sagen, wenn ich sie rette."

Natürlich könnte er jetzt „Aber ich kann aus der Hüfte heraus feuern!" sagen, aber das kommt heute sogar ihm selbst ein bisserl deppert vor. Außerdem: Kommt die Hitze, geht bei ihm das Verlangen, da will er ehrlich sein. Bei der Hitze ist das Blut viel zu dick, als dass es noch in den kleinen Biermösel hineinfinden täte und der sich aufbäumen könnte. Bei der Hitze ist auch der Biermösel ganz einheimische Hornhaut und hat überhaupt nichts mehr von einem verführerischen Schonn Gabönn, da ist auch er mehr der Bergbauer als der einfallsreiche, romantische Franzose mit seiner samtenen Stimme und seinen interessanten, hochfliegenden Gedanken, trotzdem:

„Schö tem hier und schö tem da!", summt er leise mit dem Weiß Ferdl vor sich hin, „ich liebe dich das ganze Jahr!"

Meine Güte, hört ihm ja eh keiner zu, er ihn auslachen könnte.

Bierzelt

Die Spanier mögen Stiere durch die Straßen jagen, die Engländer mit Ruderbooten herumfahren, die Amerikaner Truthähne abstechen und die Franzosen ihre eigenen und jede Menge fremder Weiber verführen, worauf sich (Anmerkung: Biermösel: angeblich!) ihr einschlägiger Ruhm begründet –

Aber sie alle kennen das Bierzelt nicht!

Mehr allerdings kann ein Land nicht hervorbringen als das Bierzelt und seine ganzen Besoffenen, das ist die Meinung vom Chef vom Ganzen zum Bierzelt:

„Wer Augen hat zum Schauen, der schaue sich an: Frankreich zum Beispiel mit seinem Cognac“, hat er neulich in seiner dramatischen Rede zur Lage der Nation gesagt, nachdem sie ihm endlich den richtigen Zettel gebracht haben: „Und dann schaue er sich im Vergleich dazu an: Österreich mit seinem Bier! Mehr brauche ich ja wohl nicht zu sagen! Was wäre zum Beispiel die russische Taiga ohne ihren niedrigen Himmel, die schöne blaue Donau ohne ihr Delta, und schließlich: Was wäre euer Bierzelt ohne das Freibier, das wir von der gesegneten Bundesregierung euch am Humtata-Sonntag spendieren werden, versprochen ist versprochen und wird auch nicht gebrochen, aber wählen müsst ihr uns dafür natürlich schon, bitte, danke.“

Weniger im Umgang mit Volksmusikanten Geübte wie die Weiber vom Singkreis lässt schon die schlichte Erwähnung vom Humtata-Sonntag den kalten Angstschweiß auf die zerfurchte Stirn treten. Und zart Besaitete wie die Zimttörtchenscheißerinnen, die ihr Kaffeekränzchen überhaupt lieber in der Konditorei abhalten als im Bierzelt, appellieren an den Herrgott, dass er den Heizstrahler da oben vielleicht um zwanzig bis dreißig Grad herunterdrehen möge, weil die ohnehin aufgeheizte Stimmung im Bierzelt jetzt nicht nur wie üblich durch den Alkohol, sondern auch noch durch die ungewohnte Hitze komplett unsteuerbar wird und der ganze propere Ort im ausströmenden Blut zu ersaufen droht. Aber da klopfen die zart Besaiteten und Zimttörtchenscheißerinnen aus der Konditorei beim Herrgott natürlich an die komplett falsche Tür, weil er, Pancho Villa, herunten auf der Erde den point of no return längst überschritten hat und munter drauflosfeuert, und hoppala, und hoppala, und hoppala, plus 45,2 ° im Schatten.

Mit der gut gewürzten Bohnensuppe Fuego sharpo samt den Kohlrouladen Bomba la Bomba aber, die er bei der Roswitha jeden Tag in Auftrag gibt und sich von ihr als kleine zusätzliche Brennhilfe immer in der Picknickbox auf den Gendarmerieposten bringen lässt, wird sich heuer das zahlenmäßige Aufkommen im Bierzelt – zumindest was den schnell wachsenden Mittelstand betrifft! – sowieso in Grenzen halten, da kann er den Doktor Krisper und die Zimttörtchenscheißerinnen beruhigen.

Das mit dem schnell wachsenden Mittelstand ist nämlich nach Meinung vom Biermösel auch keine gute Idee, weil sich dadurch immer noch mehr Depperte einen schwarzen Geländewagen leisten können und damit auch über die schlechtesten Straßen mit den tiefsten Schlaglöchern noch ins Tal des Lichts hereinströmen wollen, womit der Biermösel gar keine Freude hat. Also hat er sie heuer erst gar nicht hereingelassen, sondern gleich ins Tal des Todes umgeleitet, wo sie jetzt in der Falle hocken und ihre leblosen Körper sehr bald von einer einheimischen Putzfrau mit Eiswürfel bedeckt werden müssen.

Warum?

Sobald in so einem schwarzen Geländewagen erst einmal die Klimaanlage ausgefallen ist, was verlässlich passieren wird (sobald der Sprit ausgegangen ist, was ebenso verlässlich passieren wird), hat man in so einem schwarzen Geländewagen keine Chance mehr, weil es in einem schwarzen Geländewagen natürlich noch um einiges heißer wird als in einem roten zum Beispiel, darum!

Wie aber kann er es überhaupt wagen, so verächtlich über den Mittelsand zu reden, und wieso weiß er, dass die in ihren Geländewagen im Tal des Todes in der Falle hocken, ist er denn unter die Seher gegangen?

Das natürlich nicht gerade. Aber neben dem Schießen aus der Hüfte heraus hat er in seiner Arbeitszeit immer am liebsten Verkehrspolizist gespielt, da hat er es mit seiner Verkehrskelle in der Hand ausnahmsweise sogar einmal besser erwischt als der Jason Castelli im Dschungel von Kongolien, der ja dort kein weitverzweigtes Straßennetz kennt, sondern nur Elefantenpfade.

„Wo ist denn bitteschön eure ehedem so einmalig saftige Heimat?", haben die ganzen mittelständischen Sommerfrischler und Tagestouristen heute früh ein bisserl verschwitzt aus ihren rußgeschwärzten

Gesichtern herausgeschaut, und sogar durch die getönte Windschutzscheibe hindurch war ihnen die gewisse Verstörung anzusehen, die immer dann einsetzt, wenn der Mittelständische sich fragt, ob er die Prämie für seine Rundumvollkasko-Versicherung gegen Schäden aus höherer Gewalt auch rechtzeitig einbezahlt hat, spätestens dann, wenn ihm auf einmal ein labiler Charakter wie der Biermösel in seiner schwarzen Verkehrspolizistentracht Marke Pancho Villa gegenübersteht, mit dem Haufen Bierschaum, der ihm oben herauswächst, und den zwei Patronengurten über die linke und rechte Schulter gelegt, ohne die überhaupt nichts mehr geht, weil ja heutzutage der erhobene Zeigefinger und der Tritt in den Arsch nicht mehr genügen, wenn man es gut mit dem Mittelstand meint:

„Um Gottes willen, zurück mit euch! Alles retour! Hinaus mit euch aus der saftigen Heimat!"

„Aber wir haben doch unseren Platz im Bierzelt bereits bezahlt!"

Dieser Hochmut im Angesicht des Todes! Der Biermösel versteht ihn nicht.

Also hat er halt das große UMLEITUNG-Schild an eine verkohlte Silbertanne gelehnt und mit Unterstützung seines elegant geschwungenen linken Armes und unter lauten „Weiter! Weiter! Schneller! Schneller!"-Rufen die Uneinsichtigen und Hochmütigen ins Tal des Lichts hineingeleitet, das er aber schon vorher in Tal des Todes umbenannt hat, weil es darin keine besondere weitere Sehenswürdigkeiten mehr gibt, außer vielleicht das KEINE-MÖGLICHKEIT-ZUM-UMKEHREN-Schild, das er rechtzeitig zu Beginn der Massentouristensaison dort angebracht hat.

Darum weiß der Biermösel also, dass der ganze Mittelstand in seinen Geländewagen im Tal des Todes drinnen in der Falle hockt, da braucht er gar kein Seher zu sein, er hört sie ja sogar schreien.

Dabei sind auch seine eigenen Erinnerungen an das Bierzelt weiß Gott nicht nur schlecht! Versuch bitte einmal einer eine Vermisstenanzeige bei ihm zu erstatten, die so geht: Der rechtschaffene und gottesfürchtige Vati ist ins Cognaczelt gegangen und von dort nicht mehr zurückgekommen! Oder eine Körperverletzungsanzeige: Der Vati war im Wodkazelt und hat eine Wodkazelt-Rauferei angezettelt. Oder, ganz schlimm: Der Vati war im Wasserzelt und hat ... na, was denn? Dem Biermösel fällt dann gar nicht mehr ein, was man mit Wasser alles machen kann, sachdienliche Hinweise bitte unter Kennwort „H2O“ an Biermösel, Aussee drüben.

In so einem Bierzelt kommt es ja nicht nur zu zahllosen ungewollten Schwangerschaften, sobald der einheimische Zuchtstier unter der Bierbank das Stadtröslein bestiegen hat. Es kommt auch regelmäßig zu bürgerkriegsähnlichen Zuständen, und so eine Bierzelt-Schlägerei (bitte ohne verweichlichten Mittelstand!) kommt seinen Vorstellungen von einem erfüllten Leben schon näher als das elende Bierzelt-Gedüdel von einem Weiß Ferdl oder dem Goldkehlchen-Duo oder den Shezuan Herzbuben. Der Biermösel erinnert sich, wenn er an das Bierzelt denkt, durchaus auch gerne an den einen oder anderen hochrangigen Politiker mit seinem über die Schultern geworfenen Jägerjopperl, den er mit einer Ladung Schrot in den Arsch von seinem Stimmenfang nach Hause geschickt hat, bevor er auch nur eine Hand hätte schütteln können. Insbesondere und mit großer Freude denkt der Biermösel auch an den einen oder anderen ungläubigen Blaublütler, der einfach nicht und nicht hat glauben wollen, dass sein Blut gar nicht blau ist, bis es ihm blutrot aus der Nase herausgespritzt ist, nachdem der Biermösel mit einem Nasenstüber den Beweis angetreten hat, daran erinnert er sich wirklich gerne.

Ein bisserl hat er ja auch selbst zum Event-Charakter vom Humtata-Sonntag beigetragen. Nicht zuletzt wegen dem Nervenkitzel, der von ihm ausgeht, stoßen zu den ganzen Volksmusikanten auch noch jedes Jahr die Abenteurer dazu, die es gerne ein bisserl körperbetont haben und nicht nur fidel.

Jetzt, in der Rückschau und mit dem Schädel draußen in der prallen Sonne, mit seinen leichten Seh- und schweren Denkstörungen infolge aufquellender Hirnmasse, erinnert er sich wieder durchaus gerne an die eine oder andere glorreiche Zeltfestveranstaltung, die er dem Trottelvolk vorzeitig mit der Doppelläufigen in der Hand abgedreht hat.

Immer, wenn die Duos und Trios und Enziane gerade am lautesten gesungen und gejodelt und die Stimmung gerade am Kochen war, immer dann hat der Biermösel als später Gast das Zelt betreten und hat einmal einen Ordentlichen fahren lassen, keinen, der den Krakatau drüben in der Sundastraße zum Explodieren gebracht hätte, aber einen Übelriechenden, der die Zelthaut hat welken lassen, gnade Gott. Dann hat er ihnen die Glühbirnen einzeln zerschossen, sodass nur noch die

Notbeleuchtung an war und der Verfolgerscheinwerfer, der ihn frontal angeleuchtet hat, und dann hat er sie in die Hosen scheißen gehört und in der Art über ihn reden:

„Make way for the bad guy! There's the bad guy coming through! Better get out of his way!"

Und ein Nächster hat gesagt:

„Say good night to the bad guy! Come on. The last time you're gonna see a bad guy like this again!"

Zwar hat er ihre komplett fremden Dialekte nicht wirklich verstanden, aber wie sie über ihn geredet haben, das war natürlich Musik in seinen Ohren, der Respekt, der dabei durchgeklungen hat, war allzu süß. Und wie sich die Massen dann vor ihm geteilt haben wie das Meer vorm Moses, da ist er hindurchgeschritten durchs Zelt nach vorne zur Bühne, und dann war es still, weil alle davongerannt sind, und finster, weil er alle Birnen zerschossen hat. Und nur die eine war noch da, mit der er dann im Tanzboden eingebrochen ist, wo er dann unter dem Tanzboden eine Minute dreißig in seinem Leben glücklich war, aber Kruzifixnocheinmal, er weiß einfach nicht mehr, mit wem!

Tanzen

Das Problem mit dem Humtata-Wahnsinn heutzutage ist:

1. Sogar dem Japaner hinter seinen Schlitzaugen wird auffallen, dass jedes Jahr beim weiblichen Wahlvolk die Dutteln wieder noch größer geworden sind und die Lippen immer noch dicker, und das kann nicht nur an der gesunden Ernährung in der Stadt liegen! Bei den ganzen blondierten und tiefer gebräunten Weibern wird sich schon so manche komplett überteuert eingekaufte Ausseer Tracht gefragt haben, warum sie ihre Bestimmung ausgerechnet als Quetschbock hat finden müssen, früher haben die Dutteln bei den Weibern jedenfalls anders ausgeschaut, bildet der Biermösel sich ein, aber er kann sich natürlich auch täuschen.

2. glaubt heute schon ein jeder, der in eine Lederhose hineinpasst, dass er das Zeug zum Weiß Ferdl hat, nur dem Biermösel selbst ist die Karriere als Weiß Ferdl auf ewig versagt geblieben, ihn haben sie ja schon bei der Gendarmerieblasmusikkapelle abgelehnt, weil er angeblich schwierig vom Charakter her war:

„Du kannst keine schwere Tuba blasen, weil dir nach allem, was ich mit freiem Auge sehe, die in der saftigen Heimat vorgeschriebene Mutterbrust gefehlt hat!“, hat der Gendarmerieblasmusikkapellen-Doktor festgestellt. „Und wegen der fehlenden Mutterbrust fehlt dir das Kalzium in den Knochen und der Halt im Leben, und ohne Halt im Leben kannst du natürlich unmöglich eine schwere Tuba tragen, da kippst du ja sofort aus den Schuhen!“

„Und eine kleine Flöte?“

„Abtreten!“

Während die anderen dann die schwere Tuba und das Jagdhorn getragen und geblasen haben, hat der Biermösel im Schlafsaal unter der Decke halt mit seiner kleinen Flöte gespielt, und während er mit seiner kleinen Flöte gespielt hat, hat er an seine Mutti und an ihre Dutteln gedacht, bis die kleine Flöte schön weiß gespritzt hat wie eine frisch geöffnete Weizenbierflasche, heilige Scheiße! Aber an wen hätte er denn sonst denken sollen, er hat ja damals wie heute keine anderen Weiber mit Dutteln gekannt außer seine Mutti und seine Schwester, an die er auch öfter gedacht hat, aber die Erinnerungen an seine Mutti waren und sind natürlich süßer, und hoppala! Fast spritzt seine Flöte noch einmal, aber natürlich spritzt sie in seinem Alter nur fast.

So schlecht er also in der Gendarmerieschule im „Tragen einer Tuba“ war, so unerreicht war er in „Ausharren und Standhaftbleiben im stärksten Scheinwerferlicht der Verhörspezialisten“. Erst wenn er mit beiden Schuhen im Ofen steht und ihm die Dackelohren als verbrannte Fetzen hinunterhängen und er die Haare als brennenden Dornbusch am Schädel trägt, dann erst ist der Biermösel halbwegs zufrieden mit der vorherrschenden Wetterlage.

Zum geborenen Südländer aber, der er heute ist, hat auch er sich erst entwickeln müssen:

„Wie iste dir gelungen große Kunstestucke?“, hat der Doktor Krisper neulich wieder einmal seine Nase in seine tiefste Wunde hineingesteckt, nachdem sie den Notfallplan für das Humtata-Wochenende besprochen haben und sich ihm – weil ein Patient für immer ausgefallen ist – noch ein Zeitloch aufgetan hat. Und so hat sich der zunächst harmlose Landarzttermin wieder zu einer Psychopathen-Sitzung ausgewachsen, während der sich aber der Doktor Krisper auf die Couch gelegt hat, weil es ihm zu heiß geworden ist, während der Feuerspender Biermösel die ganze Zeit aufrecht beim Fenster gestanden ist.

„Also erzähl!“

„Na pass auf!“, hat der Biermösel dann angefangen zu erzählen, was ihm seit Kindestagen am gebrochenen Herzen liegt. „Wenn der Alte Nachtdienst um Nachtdienst geschoben hat oder wieder einmal für ein paar Tage mit seinem Zuchteber Archie in der Beiwagenmaschine zur nächsten Landwirtschaftsmesse gefahren ist, dann hat mich die Biermösel-Mutti nicht zu sich ins Bett geholt und mich liebgehabt, sondern sie hat mich in die Selchkammer hineingesperrt, und zwar mit einer Kiste Bier gegen die Einsamkeit und einer zweiten gegen den Flüssigkeitsverlust!“

„Heilige Maria!“

„Bis zum Gabelfrühstück hat sie mich dann nicht mehr herausgeholt, weil sie die ganze Nacht lang auf dem Wirthaustisch getanzt hat und von Schonnson damur und Schonns elisee geträumt hat und vom Schonn Gabönn!“, erzählt der Biermösel mit sehnsuchtsvollen Augen, und der Doktor Krisper kann ihn nur mit einem „Schonnn gut!“ trösten, „ist ja schonnnn gut!“

„Was dem Alten seine Schweinderl im Stall drinnen und das Kraut unten im Bottich waren, das war der Alten das gerne geschwungene sulzige Tanzbein zu Hause am Wirtshaustisch oder gerne auch auf den Tanzveranstaltungen in den Bierzelten der saftigen Heimat. Gegen das dunkle Gemüt vom Alten hat sie ihren unzähmbaren Bewegungsdrang gestellt, und gegen seine Fliegenfischerei ihre Tanzwut, wegen der sie sogar ihren Duttelhalter verbrannt hat, als Erste überhaupt weltweit, weil der Duttelhalter beim Tanzen natürlich nur gestört hat.

„Revolutionär!"

„Du mich auch!"

In der Selchkammer drinnen hat der Biermösel dann weiß Gott Zeit genug gehabt, dass er sich an die Hitze gewöhnt, während die Alte draußen am Tisch die Amerikaner und Engländer mit ihren Tanzeinlagen unterhalten hat, und leider war halt irgendwann auch ein Franzose dabei, der ihr mit seinem Dackelblick zugeschaut hat, wie sie sich schwarz angemalt und aus gelben Kukuruzkolben einen Rock gebastelt hat, und so ist sie auf den Tisch gestiegen und hat getanzt wie die doppelt und dreifach Gestörte, daher dem Biermösel seine Abneigung gegen das Tanzen.

Zwar beherrscht er selbst auch alle Fortbewegungsmöglichkeiten, die in so einem Bierzelt nachgefragt werden: auf den Knien, am Bauch, im Kriechgang, im Krebsgang, rollend, wankend, schwankend, rückwärts-seitwärts-vorwärts und so weiter und so fort, er kann es bei der Fortbewegung wirklich mit allen im Bierzelt aufnehmen. Nur tanzen kann er halt nicht. Er hat ja mit seinen Gehwerkzeugen nie die Möglichkeiten gehabt, eine Frau um den Finger zu wickeln, zum Fred Astaire der Tanzböden hat er mit seinen Elefantenfüßen nicht heranwachsen können, seine Wut auf die davongerannte Biermösel-Mama und den französischen Hüftschwinger haben insbesondere immer die Zehen der angebeteten Damen zu spüren bekommen. Über den Tanzboden ist der Biermösel nämlich schon auch oft geflogen, aber halt nicht, weil er die Polka im Blut gehabt hätte, sondern den Marillenschnaps und den Zirbengeist. Seine Tanzschritte hießen „Rache" und „Wut", und sein Name war „Eisen". Der Doktor Krisper hat noch heute die Röntgenbilder von ein paar zertrümmerten und zertretenen Zehen bei sich in der Praxis an der Wand herumhängen, die auf das Konto vom Biermösel seinen zwei Mördern gegangen sind, Amputation inklusive. Und wer genau hinschaut, der sieht noch heute im Tal die eine oder andere in die Jahre Gekommene mit schmerzverzerrtem Gesicht herumrennen, und jeder kann sie an ihrem Holzstock als ehemalige Tanzpartnerin vom Biermösel erkennen, sobald das Wetter umschlägt, aber Gott sei Dank schlägt das Wetter jetzt nicht mehr um, denkt sich der Biermösel trotz allem zufrieden, und hoppala, plus 45,8 ° im Schatten.

Anders als der Alte, der nach dem Krieg langsam an der heimischen Schafskälte auf den Bergen und in den Herzen der Menschen verzweifelt ist und letztendlich Fliegenfischer geworden ist, hat sich die Biermösel-Mutti dann nicht mit der Aussicht auf seine Fische begnügt, sondern ist mit dem erstbesten Sommerfrischler durchgebrannt, der in der saftigen Heimat die starken ausländischen Zigaretten geraucht und ausgeschaut hat wie ein Franzose, und der dann halt sogar einer gewesen ist, so ein Glück muss man erst einmal haben!

Aber natürlich: des einen Glück, des anderen Leid.

Der depperte Franzose hat dem Biermösel nämlich nicht nur seine Mutti weggenommen, sondern auch gleich ihre gewaltigen Milchglocken, an denen er auch noch als heranwachsender Rotzbub, der er damals war, noch sehr gerne gehangen ist, das war dann natürlich schon sehr traurig.

„Erzähl weiter, Biermösel, wie war es genau?", wühlt der Doktor Krisper routiniert in den Wunden seines schwierigsten Patienten, aber zuhören tut er ihm natürlich nicht mehr, weil er den ganzen Scheißdreck schon ein paarmal gehört hat, und zwar ein paarmal zu oft:

„Humtata-Sonntag anno 52, ich war gerade einmal fünf Jahre alt und noch immer nicht von ihren Milchglocken entwöhnt, da bin ich unter dem Tanzboden im Bierzelt gelegen, wohin die Alte mich immer gesperrt hat, wenn sie zu Tanzveranstaltungen außerhalb von der Wirtsstube aufgebrochen ist, und von wo aus ich hinauf unter die Röcke von den Weibern habe schauen müssen, vielleicht daher meine Scheu vor dem anderen Geschlecht?"

„Möglich."

„Jedenfalls: draußen das Wetter schlecht, drinnen im Bierzelt die Stimmung aufgeheizt und schwül, stickig und voller Lust und Leidenschaft, sodass ich mich weiter an die Hitze habe gewöhnen können."

„Und weiter?"

„Dann ist der Franzose aufgetaucht und hat sie um den nächsten Tanz gebeten, aber was heißt hier Tanz? Der hat ihr während einer langsamen Polka einfach das Knie zwischen die fleischigen Schenkel gedrückt und das Ganze dann ‚Tango' genannt, und dann war da nur noch Sehnsucht nach den Sternen, und jeder mit ein paar Augen im Schädel hat sehen können, dass es nicht Tanzen war, sondern ..."

„Sondern was?"

„Körperliche Liebe. Schmutzige, alles verzehrende, dampfende körperliche Liebe ohne Punkt und Beistrich, Himmelmutter hilf!"

Am Anfang, erinnert sich der Biermösel weiter, haben noch alle Einheimischen über den ausländischen Trottel und seine neumodischen Tanzschritte gelacht, eine einheimische Polka schaut nämlich anders aus! Aber wie sie dann gesehen haben, was der mit der Alten aufgeführt hat und wie sehr ihr das gefällt, während ihre eigenen Weiber lieber an den baldigen Selbstmord gedacht haben als an den nächsten Tanz mit der eigenen Hornhaut, da haben sie ihn in seinem schwarzen Rollkragenpullover und mit seinem schwarzen Oberlippenbärtchen lieber mit den genagelten Schuhe zusammengetreten, weil er zwar kein Neger war, was sein einziger Vorteil war, aber natürlich auch kein Einheimischer, was sein großer Nachteil war:

„Nicht du tuen tanzen tun! Du tuen schauen, wie tuen gehen tanzen bei wir!", haben die Einheimischen zu ihm gesagt, und dann haben sie ihn zum nächsten Tanz aufgefordert, der natürlich Watschentanz geheißen hat. – Prack! Zack! Peng! Und als der kleine Biermösel in seiner angeschissenen Lederhose von unter dem Tanzboden hat mit anschauen müssen, wie seiner Biermösel-Mama die heißen Tränen über die roten Wangen geronnen sind, weil sie so tief für den fremden Gesellen empfunden hat, da war dem kleinen Biermösel klar: Lange wird er nicht mehr an ihren Dutteln hängen, denn „ihre Sehnsucht war die Freiheit", wie der Weiß Ferdl in seinem Superhit „Sehnsucht hier, Sehnsucht da, Sehnsucht hab ich's ganze Jahr" auch singt, und der Doktor Krisper hat sich dann noch einmal vergewissert:

„Ihr Ziel war die Ferne?"

„Na was glaubst du!"

Wie dann am nächsten Tag die ganzen Verheerungen zu besichtigen waren, erinnert sich der Biermösel weiter an die ganz Toten und halb Toten und an die mit den Knorpelschäden und die mit den gerissenen Bändern, da war die Mama weg, und der Biermösel hat sich den Boulevard vorstellen können, auf dem sie mit dem Franzosen ins Franzosenland eingeritten ist, auf ihrem Herren-Stangenfahrrad ohne Klingel, heilige Maria! Manchmal, wenn er sich seinen depperten Stammbaum mit dem inneren Auge anschaut, dann glaubt er fast, er kommt aus einer Zweiradfahrerfamilie. Jedenfalls sieht er auf seinem ganzen depperten Stammbaum nur Leute, die mit einem Fahrrad herumgefahren sind oder eben mit einem Moped, keinen, der es zu einem vierrädrigen Kraftfahrzeug gebracht hat, geschweige denn zu einem Kettenfahrzeug. Aber der Doktor Krisper sieht natürlich wie immer mehr:

„Sehe ich bei Biermösel große dicke Hund begraben in frühe Verluste von Muttidutti."

„Sehe ich nicht!", hat ihm der Biermösel mit dem Leberhaken beschieden, „sehe ich einfach wirklich nicht!"

Hey Joe!

Der Biermösel liegt dann – entspannt wie der Löwe in der Savanne nach der verschlungenen Grillantilope – auf seiner Schwitzhütte in Aussee herum und führt dem System noch ein paar kühlende Bierchen zu, im heurigen Sommer freilich um den vielleicht allzu hohen Preis, dass das ganze Bier im System ausschließlich für die Kühlung der Maschine draufgeht und gar nichts mehr übrig bleibt für die erwünschten Verwüstungen im Hirn.

Der heimische Dodeleffekt will sich bei ihm jedenfalls nicht mehr so richtig einstellen, seit er praktisch alles Zugeführte in Echtzeit wieder ausstößt. Viel zu klar sieht er seither das ganze Elend der Welt, sodass er mit jedem Tag mehr zuführen muss, damit er die Welt nicht so klar sieht, Kruzifixnocheinmal, das ist halt leider ein einziger Teufelskreis, aus dem der Biermösel nur mehr sehr schwer herausfindet, außer halt immer öfter mit seinem neuen Freund Joe, aber natürlich nicht mit dem Joe, der im Bierzelt die Quetschenharmonika spielt, sondern mit dem anderen.

„Was rauchst denn du eigentlich die ganze Zeit?“, hat er schon früher einmal den Posaunisten Mathias von den Fröhlichen Herzbuben gefragt, als er ihren Tourbus vor einem Puff gestoppt und die stinkende Rasselbande mit ihren geröteten Augen herausgeholt hat. Aber der Mathias hat ihm nur seine selbstgewuzelte Zigarette in die Hand gedrückt, die ihn in Form und Größe ein bisserl an einen Baseballschläger aus Amerika drüben erinnert hat, und dann hat er ihn damals noch komplett Ahnungslosen gefragt:

„Magst vielleicht einmal mein Zeug rauchen, Biermösel?“

Das also war sein erster Kontakt mit dem Verführer, aber damals hat er natürlich noch gesagt:

„Nein, danke! Mir genügt das Verbrannte aus dem Schweinsbratenofen im Auerhahn drüben, das ich jeden Tag einatme, das genügt mir. Und der Hausbrand aus den schmucken Einfamilienhäusern, der mir immer in die Augen hineinbläst, wenn ich mich im Winter jeden Tag auf der Fips Richtung Auerhahn quäle, der genügt mir erst recht.“

Als er dann aber in die sich im Kreis drehenden und in den schönsten Farben leuchtenden Sehwerkzeuge von dem Trottelbuben hineingeschaut hat und ihm sein deppertes Grinsen nicht einmal dann aus der Visage verschwunden ist, nachdem er ihm längst seinen blonden Schnauzer ausgerissen hat, da hat der Biermösel sich schon gefragt, ob ihm der Hausbrand in den Augen und das Verbrannte aus dem Ofen wirklich genügen, also noch einmal und schön langsam alles von vorne:

Der Biermösel liegt dann – entspannt wie der Löwe in der Savanne nach der verschlungenen Grillantilope – auf seiner Schwitzhütte in Aussee herum und führt dem System noch ein paar kühlende Bierchen zu, aber scheiß der Hund drauf! Für die erwünschten Verwüstungen im Hirn raucht er jetzt einfach die gewissen Substanzen, die er zum Beispiel neulich den Shezuan Herzbuben im Tages- und Nachtcafé von der Discowirtin drüben in Goisern während ihrer vielbejubelten, aber letztlich abgebrochenen Dreiländereck-Tournee abgenommen hat. Vielbejubelt deshalb, weil die ganzen Chinesen aus den Hotelküchen der drei Länder auf ihren Säbelbeinen dort zusammengerannt sind und getanzt haben, bis ihnen die Schnittlauchhaare davongeflogen sind. Und abgebrochen deshalb, weil sie ohne die gewisse Substanz, die ihnen der Biermösel abgenommen hat, nicht einmal mehr die Tuba alleine halten können, so süchtig sind sie.

Die seligen Zeiten jedenfalls, als man im Bierzelt mit ein paar schnell gekippten Vogelbeerschnäpsen sowie vielleicht mit ein paar wahllos ausgeteilten und eingefangenen Watschen auch eine Gaudi hat haben können, die sind leider endgültig vorbei, seit die depperte Bundesregierung das ganze Land an den Abgrund geführt hat. Zu groß ist heute das Loch im Geldsack, zu erdrückend die Last der Schulden, zu bitter der Blick zurück auf das komplett verschissene Leben, als dass man das Hirn mit einem bekömmlichen Zirbengeist und ein paar eingefangenen Watschen noch für ein paar Stunden Weltflucht in weiche Kissen betten könnte, aber auch die Weltfluchthelfer oben auf der Bühne kommen natürlich nicht mehr ohne aus.

Es glaubt ja hoffentlich keiner, dass so ein Herzbube, der in den Bierzelten zum Beispiel dauernd „Holladi und Hollado“ singen muss, das nur mit ein paar gezischten Bierchen aushält und aus dem Stand heraus beschwingt ist, kaum dass er „zwo, drei“ gesagt hat, das glaubt ja hoffentlich wirklich keiner! Aber warum sind die Humtatisten dann trotzdem immer so bärig drauf, so locker und so fröhlich?

Das liegt zum Teil an der stickigen Luft und der aufgeheizten Stimmung im Bierzelt, weiß der Biermösel aus der gewissen Erfahrung heraus, aber natürlich nur zum kleineren Teil. Zum größeren Teil liegt es am Starkbier, das natürlich immer noch als Grundlage untergemischt wird, mit der Qualität vom Starkbier steht und fällt im Bierzelt alles. Aber zum allergrößten Teil, kann er berichten, liegt es an den gewissen Substanzen, die der Biermösel immer aus den Tourbussen der Musikanten herausholt, sobald er sie aufgehalten hat, der einfache Mensch zu Hause glaubt ja gar nicht, was in so einem Tourbus alles Platz hat: großduttelige blonde Weiber einerseits, die da drinnen auf den Humtatisten oder unter ihnen herumliegen, jeweils natürlich auf der Suche nach den Sternen und dem Glück für die Ewigkeit; dazu Trompeten, Posaunen und weiß der Teufel was alles, wo man hineinblasen kann. Dazu Gamsbarthüte und falsche Bärte, Kreuzworträtsel und Rock-Rockenschaub-Hefterl, jede Menge Lederhosen und genagelte Schuhe. Dazu – pfui Teufel! – nicht aufgeblasene Luftballons, die von innen heraus so dreckig sind, dass es dem Biermösel immer so graust, wenn er sie vom Boden aufhebt und dann doch noch aufbläst, alles das findet sich in so einem Tourbus, aber eben nicht nur!

Vom Rasierwasser angefangen bis zur Möbelpolitur laben sich die Musikanten an allen möglichen Stimulanzen, vom verdünnten Benzin bis zum unter der Wärmelampe gezogenen Rauschmittel wie dem sogenannten Haschisch hat der Biermösel ihnen schon alles abgenommen, furchtbar zerstörendes Zeug alles miteinander, schädlich und in jedem Fall insbesondere von der heranwachsenden Jugend zu meiden.

Man sollte aber andererseits in seinem Leben möglichst alles ausprobiert haben, außer vielleicht das Grillen mit Grillschürze und das Schuhplatteln, das ist seine Meinung zum Leben. Daher hat der Biermösel letztlich keine Berührungsängste gehabt und war für alles offen, als er irgendwann den strammen Maxl von den Strammen Herzbuben getroffen hat, der in der Kanaldeckelstraße neben seinem Tourbus hinter einem Baum gesessen ist, mit der großen Rotzbremse im Gesicht und einer ganz kleinen Trompete im Schandmaul, in die er aber gar nicht hineingeblasen hat, sondern im Gegenteil:

„Sag einmal, was ist denn das für ein Zwutschkerl von einer Trompete, die du da unter deiner Rotzbremse im Mund stecken hast und in die du gar nicht hineinbläst?“, hat der Biermösel ihn gefragt, und dann hat der Maxl zuerst ein bisserl gelacht, dann hat er noch ein bisserl mehr gelacht, und dann hat es ihn eine Stunde lang vor Lachen fast zerrissen, bevor er sich dann mit den ganzen eingefangenen Watschen vom Biermösel doch wieder halbwegs erfangen hat, allerdings wirklich nur halbwegs:

„Geh Biermösel, sei doch bitte nicht so deppert! Das ist ja gar keine Trompete, das ist doch der Joe", hat er zu ihm gesagt, und dann zur Erklärung: „Aber jetzt mein ich natürlich nicht den Josef aka Joe, der bei uns in der Kapelle die Quetschenharmonika spielt, den meine ich selbstverständlich nicht. Hey, ich meine den Joe, verstehst?"

Kaum hat der Biermösel dem strammen Maxl den Joe in seiner Trompete abgenommen und inhaliert, da hat er schon mit ihm zusammen „La Montanara" geschmettert, und dann ist er auf einmal ganz langsam in eine ungewohnt tiefe Dunkelheit abgetaucht, während er doch gleichzeitig irgendwo ganz weit oben beim Licht herumgeflogen ist, alles in allem eine sehr interessante Erfahrung. Während er sich dann noch gefragt hat, ob er ein Manderl oder ein Weiberl ist, sind auf einmal zwei Versorgerschiffe aufgetaucht, haben die Ladeluken geöffnet und bei der Türe zwei gewaltig dimensionierte Riesenmilchdutteln heraushängen lassen, voll mit weißer, dick schäumender Milch, und alles für ihn alleine.

„Wo bin ich?"

„Na in der Milchstraße vielleicht, du Bauerntrottel?", hat ihm der Captain Gnochti Pochti gesagt, und dann: „Jetzt trink endlich aus, du Psycho, du hast ja – wie man hört – sowieso zu wenig gekriegt von dem weißen Zeug!"

Na bumsti, war der Biermösel sehr angetan, so was erlebt der Mensch ja sonst nur in Las Vegas!

Nachdem er sich dann an der Milch gelabt hat, hat ihn die Frau vom Captain in den Arm genommen und darauf gewartet, dass er sein Bäuerchen macht. Aber da hat sie ihn natürlich komplett falsch eingeschätzt, sonst hätte sie gewusst, dass ihm ein umso Gewaltigerer hinten beim Arsch hinausfahren wird, je heftiger und ungeduldiger sie ihn schüttelt, insbesondere, wenn ihn einer Bauerntrottel nennt, und hoppala, ist ihm eine Supernova ausgekommen, die das Weltall noch einmal um ein paar Kilometer weiter ausgedehnt hat, holy shit, minus 6.934.193 ° in den unendlichen Weiten des Weltraums, so entspannt war er nach dem Genuss vom Joe.

„Diesen Joe will ich aber auch haben, lieber jedenfalls als den Josef aka Joe, der bei euch die Harmonika quetscht, was der nämlich zusammenspielt, das ist gar nicht zum Lachen!“, hat der Biermösel dann zum strammen Maxl gesagt, nachdem er wieder gelandet ist, aber der ist nur komplett zerstört neben ihm gelegen, seine zwei Dutterlwarzen ganz zerbissen und die Nase weit nach hinten verschoben – irgendwas Supernovaähnliches muss ihn gestreift haben, sein Begräbnis aber war dann natürlich sehr berührend, weil der Joe für ihn „Ich hatte einen Kameraden“ gespielt hat, aber natürlich nicht der Joe, der den Biermösel nach Las Vegas geschickt hat, sondern der andere, der die Quetschenharmonika spielt.

Der Biermösel war dann von den drei bis vier Joes, die nicht Quetschenharmonika gespielt haben, noch ein bisserl sehr under the influence, als er mit seinem Hirn in der Hängematte und den gefährlich zusammengekniffenen Sehwerkzeugen hinter den General-Jaruzelski-Brillen hinausgetreten ist in die gierige Sonne, die mit ihren heißen Krallen sofort nach ihm gefasst hat wie der Kiefer vom Haifisch nach dem Schienbein vom Tauchlehrer: Heute werde ich dich einfach in Brand stecken wie früher im Bibelfilm der Herrgott den Dornbusch!, wird sich die liebe Frau da oben am Himmelszelt über ihn gedacht haben, aber da ist sie natürlich wieder einmal an den komplett Falschen geraten, er ist ja schließlich kein Dornbusch!

Stattdessen trägt er noch immer sein feuchtigkeitspendendes Schaumkäppchen mit sich herum, wenn auch – und das ist beunruhigend! – bei weitem nicht mehr so üppig und fremdenverkehrswirksam, dass ihn deswegen gleich ein paar Tagestouristen oder Sommerfrischler niederschlagen und auf ihn eintreten würden, um seinen Körper mit nach Hause zu nehmen, wo sie ihn zerreißen und alles Feuchte aus ihm heraussaugen wollen, was ist denn bitte los mit mir, fragt er sich besorgt, bin denn auch ich schon halb entwässert?

Mit äußerster Vorsicht und mit einem Adlerauge immer streng nach hinten gerichtet, tapst der Biermösel dann auf der heißen Straße herum. Seit er die Erde so stark erwärmt und die Rohstoffe in den Wirtshäusern und Supermärkten zur Neige gehen, sind nämlich überall Bierzombies unterwegs, untote Säufer, die sich in Erdgruben und Mauerspalten verstecken und von dort heraus ihre Alkoholiker-Zitterhände nach allen ausstrecken, die noch halbwegs besoffen ausschauen. – Hilfe!

Von den Schmarotzern hat der Biermösel dann aber keinen Einzigen gesehen, als er im gleißenden Sonnenlicht und in der fast vollkommenen Stille einer sich ausbreitenden Wüste sein Moped gesucht hat, aber dort, wo er die Fips in der Früh abgestellt hat, war sie nicht mehr. Dafür hat er überall streunende Hunde gesehen, die er schnell weggeballert hat, und die ersten Skorpione sind ihm über die Zehen gerannt, bevor er auch sie weggeballert hat, zwei Zehen inklusive. Ein paar Skorpione aber machen noch keinen Sommer, das ist jedenfalls seine Meinung zum Sommer.

Erst als der Biermösel dann dieses gefährlich nervöse Rasseln hinter sich gehört hat, da hat er dann endlich gewusst, dass der Sommer wirklich Einzug gehalten hat, weil es das gefährlich nervöse Rasseln von einer neu zugewanderten Klapperschlangenfamilie war, die den Einheimischen auf lange Sicht gesehen wahrscheinlich auch nicht viel sympathischer gewesen wäre als die alteingesessene Flüchtlingsfamilie Bolivár aus den Anden drüben mit ihrem dauernden „No nos moverán!" Aber wenigstens singen die Schlangen nicht, sondern rasseln nur nervös herum, werden die Einheimischen auch ein gutes Haar an den Schlangen finden, jedenfalls solange der Biermösel sie nicht aus der Hüfte heraus für immer beruhigt – und peng!

Hinter einer Plakatwand mit der Visage vom Chef vom Ganzen drauf hat er seine Fips dann endlich wiedergefunden, dort hat sich das ängstliche Drecksstück in einem kleinen Streifen Schatten versteckt. Feige und elend, wie der alte Biermösel sich damals hinter seinen Schweinderln versteckt hat, nachdem ihn die Nachricht ereilt hat, dass die Biermösel-Mama zusammen mit einem Schonn Gabönn aus Frankreich auf seinem Herrenfahrradl davongefahren ist und – nach allem, was man gesehen hat – eher nicht mehr zurückkommen wird, es hat nämlich nicht so ausgeschaut, wie wenn die zwei miteinander einkaufen gehen.

Um seinem alten schnaufenden Ross zu zeigen, wie man sich bei den ungewohnten Plusgraden richtig verhält, zieht der Biermösel die Schuhe aus und steigt mit den reinweißen Füßen in den heißen Asphalt hinein, der aber mittlerweile mit Vornamen Zähflüssige und mit Nachnamen Lava heißt, und das tut dann sogar ihm schmerzresistenten Alkoholiker so weh, dass die Fips im Schatten zusammenzuckt und gar nicht mehr hinschauen mag, als er herumspringt wie ein Silversterkracher, aber wenigstens hat er ihr beigebracht, dass man vor keinem Feind der Welt zurückstecken darf, und zwar niemals.

„Auuuuuuuaaaa!"

Mit einem schnell gezischten Bierchen aus seinen zur Neige gehenden Vorräten in der Satteltasche löscht der Biermösel dann zwar umstandslos seinen gewaltigen Durst, aber die Blase an seinem Fuß ist groß wie der Mond und wird es noch lange bleiben. Und zum Schluss dieser ganzen Demonstration männlicher Stärke hat er sich sogar gefragt, wie ein einzelner Mensch so deppert sein kann und dauernd den John Wayne heraushängen lassen muss, wo die Weiber doch sowieso mehrheitlich den einfühlsamen Franzosen mit seinen tiefen Gedanken hinter dem Dackelblick vorziehen, kann es also sein, dass die Sonne auch ihn schon zu einem selbstquälerischen Zweifler macht?

Zögernd holt der Biermösel dann seinen Esel aus dem Schatten in die Sonne heraus. Trotz der feigen Stunden im Versteck ist sein Ledersitz so heiß, dass sich das Aufsitzen wie ein Rodeoritt drüben in Texas gestaltet und die Fips ihn freudig immer wieder abwirft, wodurch sie ihm Elenden beibringt, dass man ein stolzes englisches Moped, das nur für den Dauerregen gebaut worden ist, nicht ungestraft aus dem Schatten in die Sonne herausholen darf, und zwar niemals.

Die kleine Rodeo-Einlage lockt dann sofort wieder ein paar unterhaltungssüchtige Tagestouristen an, die schön langsam einen besonders originellen und verdienten Event-Animateur in ihm zu sehen beginnen, freilich nur so lange, bis er ihnen aus der Hüfte heraus den Bleitanz beibringt, und peng!

Auf der Fahrt durch den Ort sieht er dann einen Haufen verzweifelter, nichtsdestoweniger uneinsichtiger Sommerfrischler, die noch immer nicht auf ihr im Voraus bezahltes Zimmer in der urigen Almhütte verzichten wollen, obwohl sie längst zum Hautarzt müssten, weil sie keine Haut mehr haben. Und weiter vorne sieht er die, die sich um den versprochenen Regen in der saftigen Heimat betrogen fühlen und mit voller Wanderausrüstung jeden Tag wieder in den bereits glühenden Berg einsteigen wollen, und zwar so lange, bis es endlich wieder regnet, das nehmen sie sich fest vor.

Einige andere robben verzweifelt vom Ufer des ausgetrockneten Sees weg und schwimmen vor ihm durch den flüssigen Asphalt, auf der Suche nach Wasser. Der Biermösel kann ihnen zwar gerne sagen, in welcher Richtung der nächste Bach liegt, nämlich „zweimal scharf links, dann immer geradeaus!"

„Danke!"

„Bitte!"

Aber er kann ihnen natürlich nicht verraten, dass auch der nächstgelegene Bach längst kein Wasser mehr führt, das täte ihnen doch jede Hoffnung rauben.

Zufrieden mit dem ganzen von ihm geschaffenen Elend, kurvt der Biermösel dann weiter die Uferstraße entlang und biegt endlich in die Straße der Sieger ein, die früher Kanaldeckelstraße geheißen hat und über die vor den Wahlen immer die ganzen Politiker ins Tal hereingedonnert kommen, oder anders herum ausgedrückt: Scheiße donnert über Scheiße hinweg.

Entlang der sich stapelnden Müllberge, die von den kommunistischen Müllarbeitern nicht mehr abgeholt werden, sieht der Biermösel dann ein paar Weiber vom „Movimento contro il alcohol, dafür pro Jesu“, die noch vor ein paar Tagen bei ihm auf der Schwitzhütte gestanden sind und den mahnenden Finger gehoben haben, heute aber selbst im Müll nach Resten von Alkohol in weggeworfenen Rumflaschen suchen, diese umdrehen und das Innerste nach außen stülpen, sie dann sogar zerschlagen und die Glassplitter fressen, weil vielleicht doch noch ein bisserl eingetrockneter Fusel daran kleben könnte. Kaum, dass sie ihn entdecken, rennen sie ihm nach, und im Rückspiegel sieht er, dass ihnen Vampirzähne gewachsen sind, die Hitze hat auch die Entsagenden und Salbungsvollen in herzlose Biervampire verwandelt, die sofort den Himmel gegen die Hölle tauschen würden, wenn sie nur die Schaumkrone von seinem Haupt schlecken und ihre Zähne in sein saftiges, vom Alkohol getränktes und gut konserviertes Fleisch hauen dürften.

Aber sie dürfen nicht!

Wie ein öliger Teig zieht sich das Asphaltband über die Straße der Sieger durch den Wald, unter der alles verschlingenden Sonne schmilzt das Band dahin, und nur er mit seiner störrischen Engländerin und nur er mit seinen Fahrkünsten und nur er mit seiner ihn ummantelnden kühlenden Feuchtigkeitswolke kann sich mit sehr viel Gefühl überhaupt noch motorisiert darauf bewegen, um kurz ein bisserl Nachschau zu halten, wie es dem Mittelstand in seiner Falle drinnen geht, nur er ist dazu noch imstande.

Nach ein paar Kilometern abenteuerlicher Fahrt entdeckt er endlich das von ihm montierte UMLEITUNG-Schild, und daneben sieht er schon den Eingang zum Tal des Todes, wo er wiederum den Arsch vom Stauwurm aus dem Tal des Todes herausragen sieht.

Die wenigen Vernünftigen befinden sich auf der Flucht aus dem Tal heraus. Sie haben ihren Geländewagen endlich zurückgelassen und täten heute ihre goldene Uhr samt dem ausverhandelten jährlichen

Unternehmensbonus gegen ein halbvolles Glas lauwarmes Wasser tauschen, aber der Biermösel will keine goldene Uhr, und auf den Unternehmensbonus scheißt er. Stattdessen sollen sie das Geld der Anni geben, die es weiß Gott brauchen kann, und sich von ihr ein paar Eiswürfel geben lassen und auf den Schädel drauflegen, das gibt er ihnen als guten Tipp mit auf den Weg. Und dann sollen sie so schnell sie können in das nächstgelegene Salzbergwerk hineinrennen, in dem es noch schön kühl und feucht sein soll, „oder sucht euch ein Plätzchen in einer Tropfsteinhöhle!", lässt er ihnen die Wahl, obwohl er natürlich weiß, dass es sich da wie dort schon gewaltig staut wie im Arsch vom Verstopfungspatienten.

Die Unvernünftigen aber kleben noch immer an den Fensterscheiben in ihren Allrad-Särgen, hinter denen sie gerade verbrennen, weil sich die mehrtonnigen Geschoße nicht mehr öffnen lassen, nachdem die Hitze ihre Karosserie komplett verbogen hat. Andere sieht er unbeirrt unter ihren geöffneten Schiebedächern dahinrösten, weil sich das elektrische Spektakel aus den gleichen Gründen nicht mehr schließen lässt. So viel gerösteter und verbrannter Mittelstand!, denkt sich der Biermösel zufrieden, dass er das noch erleben darf!

Er selbst treibt dann zufrieden auf seiner Fips weiter, nachdem er die Abzweigung nach Goisern passiert hat und in Richtung der Eichenwälder fliegt, wo die Wildsau auf ihn wartet. Die tief stehende Sonne blendet ihn wie früher das glühende Schwert vom Russen den widerständigen Kosaken, wenn er sich blöd gespielt hat und nicht kommunistisch genug war.

Dann stellt er sogar den Motor ab, weil er alleine mit der Kraft seiner Winde rhythmisch dahinfährt, Rückstoß um Rückstoß, Plusgrad um Plusgrad, hinein in einen mehr als sonnigen Abend samt glühendem Feuerball im Westen, der im flammenden Abendrot hinter dem Gebirgshang verschwindet, nachdem der Biermösel wieder einen ganzen Tag lang gute Arbeit geleistet hat, und hoppala, plus 46,2 ° im Schatten.

Da schau her, denkt er sich dann auf einmal, als er ruhig durch die Straße der Sieger gleitet, wo die Plakatständer mit der Visage vom Chef vom Ganzen mittlerweile so dicht gestellt sind, dass er dahinter keine verbrannten Bäume mehr zu erkennen vermag, das ist die schlechte Nachricht.

Die gute Nachricht aber ist, dass er auch die Visage vom Chef vom Ganzen nicht mehr zu erkennen vermag, weil sie von kommunistischen Extremisten verunstaltet worden ist.

Warum weiß er denn schon wieder, dass es kommunistische Extremisten waren?

Schon vor zwei Tagen hat ihn über das rote Notruftelefon ein zweiter Anruf vom Innenminister erreicht, verzweifelt und hektisch wie früher der Ausbildnern in der Gendarmerieschule oben in Linz, der auch immer sofort die Nerven weggeschmissen hat, hat er sich angehört:

„Jetzt pass einmal auf, Biermösel, das geht doch nicht! Die ganzen kommunistischen Extremisten bei euch dort unten! Bitte lass sie doch nicht die einmalig weißen Wahlkampfzähne vom Chef vom Ganzen schwarz anmalen, sodass er ausschaut wie einer von den Elenden aus dem Franzosenreich vom Hugo Victor, da sind wir uns ja hoffentlich einig, dass unser Chef vom Ganzen nicht so ausschauen darf, kein Mensch hat in Wirklichkeit so schwarze Zähne?“

„Mir doch wurscht, wie der Jazzer ausschaut!“

Jetzt steht er also vor den Plakaten und nimmt seine eigenen Zähne heraus, damit er sich einmal anschaut, wie richtige Zähne im Vergleich zu denen von einem Politiker ausschauen, und er muss sagen: Richtige Zähne sind nicht schwarz, aber auch nicht weiß. Sie sind braun und gelb, wie richtige Zähne halt ausschauen.

Der Biermösel tut seine Zähne dann wieder hinein und raucht einen gemütlichen Joe, dann zischt er ein spritziges Bier, dann noch einen Joe, dann noch ein Bier. Er steht dabei herum wie der Kunstkenner in der Ausstellung und weidet sein Auge an der Schönheit der aufgemalten Segelohren, die einen einmaligen Affen aus dem Chef vom Ganzen machen. Dann brunzt er sich sogar fast an vor Lachen, als er die aufgemalten Hasenzähne und das Vogerl entdeckt, das ihm aus seiner Jazzerstirn herausschaut, „gut schaust aus!“

Was für eine Begabung! Welches Talent!, zieht der Biermösel den Hut vor dieser Begabung und diesem Talent. Der Kunstliebhaber in ihm kann seine Sympathie für diesen Vandalenakt nicht verhehlen, auch wenn er dahinter nicht die Tat von Kommunisten zu erkennen vermag, sondern nur die von kalziumgestärkten, rebellischen Rotzbuben, hinter der er sein eigenes widerständiges Biermösel-Wesen erkennt, das sich immer lieber ein bisserl fern vom gesunden Volksempfinden aufhält und auf die Politik insgesamt und den Chef vom Ganzen im Speziellen lieber scheißt.

Und dann bedauert er wieder einmal mit den bitteren Tränen des Kinderlosen, dass sein Stammbaum – jedenfalls nach allem, was man heute weiß! – keine Früchte getragen hat, die solche Vandalenakte zustande bringen.

Schonn Gabönn

Der Biermösel besteigt dann sein bockiges Wüstenschiff ein bisserl zögerlicher als noch vor vierzig Jahren, als er ein hoffnungsvoller Junggendarm in der Nachfolge vom Altgendarmen war, muskulös, wendig, voller Hoffnung im Herzen und Träume im Schädel. Und er besteigt es sogar noch sehr viel zögerlicher, als vor bald 55 Jahren seine Biermösel-Mama das Waffenrad vom Franzosen bestiegen hat, der es dann nicht schnell genug hat gehen können, nachdem ihr der Schonn Gabönn das Knie zwischen die Schenkel geschoben und sie über den Tanzboden gejagt hat.

Der alte Biermösel hat sich zu Hause vielleicht wirklich ein bisserl zu viel um seine Schweinderl im Stall gekümmert und zu wenig um das verwelkende Gemüse hinten im Garten, das – bildlich gesprochen – seine Mutti war. Und es ist vielleicht überhaupt ein bisserl zu wenig gelesen und zu viel gefressen worden bei ihnen zu Hause in der Wirtsstube, „wo bleiben denn der Benimm und das Niveau, die Elegons und das gute Essen abseits von Kraut und Knödel, wo der jahrelang gereifte Cognac?“, hat die Alte bald angefangen, auch Fragen nach der richtigen Ernährung für Geist und Körper zu stellen, und die entsprechende Antwort ist ihr der Alte natürlich an keinem Abend schuldig geblieben: ein dreckig gedehntes Junggesellenlied ums andere hat er komplett besoffen in den Schafwollpolster hineingesungen, nicht genug, um die Erde zu erwärmen, aber weiß Gott genug, um das Herz seiner Mutti erkalten zu lassen.

In der Folge hat sie ihrem traurigen Trümmermama-Dasein mit der wässrigen Suppe während der Woche und den gehackten Graswurzeln als Nachspeise am geheiligten Sonntag jedenfalls immer weniger abgewinnen können, während der Alte die ganzen Schweinderl lieber alleine gefressen hat, „ich war ja auch alleine im Krieg!“, hat er immer gejammert, „und ich bin auch alleine mit dem Vitaminmangel nach Hause gekommen!“

So war es.

Noch bevor die Alte die Tanzböden in den Bierzelten als kleine Weltflucht für sich entdeckt hat, hat der Biermösel seine Mutti schon zu den zwei englischen Besatzungssoldaten, die Neger waren und die entsprechende Musik im Blut gehabt haben, sagen gehört: „The Ausseerland is too small for me!"

Aber die zwei Hosenscheißer haben sie wegen ihrer schlechten Erfahrung mit Ausbruch und Flucht aus der Sklaverei lieber gebremst und mit warnendem Zeigefinger und klapperndem Zungenschlag zu ihr gesagt:

„We can understand you very well, lady, this whole shit-valley is for the sausages! But before you want to run away, you must listen very carefully to our warning words, which we can sing for you, do you want to hear?"

„Yeaaaah!"

Und dann haben sie sich ein Waschbrett genommen und angefangen, den Blues zu singen, „And one, two, three:

Don't fly too high, my little friend
The sun up there burns so very very very hot hot hot!
Who wants to flyyyyyyy tooo high will diiiiie
in the skyyyy!"

Lieber ein Leben lang auf den Sklavenplantagen des Südens als ein Leben in Freiheit. Lieber zu Hause bleiben bei den Würschteln mit Saft als hinauf zu den Sternen, das war im Wesentlichen ihre Botschaft. Komische Leute hat es immer gegeben, schüttelt der Biermösel noch heute den Kopf über diese Gesangsvorstellung, aber die zwei Spinner waren wirklich einmalig.

Der Alten aber ist der Sinn trotzdem nicht mehr länger nach dem Pauli Hörbiger gestanden, sondern mehr nach einem Jean Gabin respektive einem Schonn Gabönn, wie die Einheimischen zu den Franzosen im Allgemeinen gesagt haben. Nach einer rauen Visage samt weichem Kern dahinter und mit einem Dackelblick hinter den hängenden Gardinen. Nach dem genauen Gegenteil vom Alten also, der zwar auch wie ein Franzose ausgeschaut hat, nachdem er mit dem Schrapnell im Schädel aus Russland heimgekommen ist, allerdings wie der alte Franzose Quasimodo in seinem Glockenturm in Paris drüben.

An das ganze häusliche Drama muss der Biermösel jetzt wieder denken, als er seine abendliche Fahrt fortsetzt, während der es noch immer respektable 46,4 ° im immer länger werdenden Schatten hat. Er öffnet weit sein schwarzes Hemd und zieht die General-Jaruzelski-Brille tief ins Gesicht, und mit seiner Doppelläufigen in der rechten

Schusshand, die er immer wieder in den Wald hinein richtet, schiebt er die aufgestaute, tonnenschwere Hitze vor sich her.

Nur ungern lässt sich die übermütige Luft von ihm verdrängen, sie will lieber mit ihm spielen wie der italienische Eisverkäufer mit den Gefühlen der sonnenverbrannten Touristin. Mit falscher Zärtlichkeit schmiegt sich die Luft an ihn wie das Nagelbrett an den verträumten Yogi, sie umschmeichelt ihn wie die Glasscherben die Fußsohlen, und bald tut sie ihm so richtig weh, diese depperte, depperte Luft! Als wollte sie justament Rache nehmen für das, was er ihr mit seinen Bumsis und Furzis und seinem erderwärmenden Donnergrollen angetan hat, mit dem er ihr alles Saftige ausgetrieben hat. Sie reißt ihm selbst dann noch mit brennenden Händen die Ohrwascherl ab, als die Wärmespenderin schon längst hinter dem Gebirgskamm verschwunden ist und die hereinbrechende Nacht mit ihrer schwarzen Ölfarbe die Landschaft grundiert, bevor dann auf einmal der Vollmond hinter dem Gebirgskamm aufsteigt und wieder ein wenig Gelb dazumischt, ein Vollmond, wie ihn der Weiß Ferdl in seinem berührenden Hit „Vollmond“ mit seiner Samtesstimme nicht poetischer hätte besingen können:

„Vollmond hier und Vollmond da
Vollmond ist's das ganze Jahr
Irgendwo auf der Welt
Wo's dem Vollmond grad gefällt!“

Naja, denkt sich der Biermösel dann, poetisch? Der hat es sich im Gegenteil vielleicht auch immer ein bisserl leicht gemacht mit seiner Dichterkunst, kommt ihm jetzt vor, viel mehr ist ihm nicht eingefallen als „da-Jahr/Welt-gefällt“, das hätte er selbst auch gekonnt, da muss der Mensch nicht Weiß Ferdl heißen.

Für seine eigenen Ziele aber ist der Vollmond natürlich ideal, für die Jagd auf die einmalig fette Wildsau mit den sahnigen Dutteln gibt es nichts Besseres als die brennheiße, einsame Vollmondnacht samt den bitteren Erinnerungen an die eigene abtrünnige Mutti. Zum Aufwärmen für das herbeigesehnte Herumballern, und um sich in die richtige Stimmung zu bringen, denkt der Biermösel daher vielleicht noch einmal an den Fragebogen, den sie ihm bei der Prüfung zur Zulassung zur Gendarmerieschule oben in Linz vorgelegt haben, „PSYCHO-

PATHENPROBLEME HEUTE UND MORGEN – bitte ehrlich und sorgfältig ausfüllen“:

„Sag einmal, Biermösel, stimmen die Gerüchte, dass dir die Milchdutteln von der Mutti gefehlt haben, weil sie mit einem Schonn Gabönn durchgebrannt ist?“

Dazu vom Biermösel damals wie heute vielleicht mit stierem Blick und Schaum vor dem Mund nur 987.654.321 wahlweise geschriebene oder gesprochene Worte:

„Seit meine Mutti mir ihre Milchdutteln weggenommen hat, Kruzifixnocheinmal ... weil sie mit einem charakterlosen Franzosen durchgebrannt ist ... Herrgottnocheinmal, hab ich so einen gottverdammten Durst ... Kruzifixnocheinmal ... so was tut man nicht ... Und ich Trottel bin ihr dann noch kilometerlang nachgerannt in Richtung Goisern hinüber, Kruzifixnocheinmal, wo sich ihre Spur dann aber verloren hat, Herrgott, daher aber die solide Grundkondition trotz jahrzehntelangem Missbrauch am Körper ... Kruzifixnocheinmal ... und so weiter ... keuch ...“

Und so fort.

Zumindest die Grundkondition kommt ihm jetzt zugute, als er nach vielen leeren durch den Wald gestreiften Kilometern den Wildtöter schon wieder einpacken will, weil er die depperte Wildsau einfach nirgendwo finden kann und er stattdessen immer nur noch weiter in den unheimlichen Wald hineinrückt, wo es schön langsam ein bisserl sehr finster und unheimlich wird, und das mag Pancho Villa dann gar nicht so gerne.

Zu oft war er als kleiner Biermösel alleine in der heißen und finsteren Selchkammer eingesperrt, als dass er sich jetzt in der heißen und finsteren Nacht von guten Mächten wunderbar geborgen fühlen täte, wie der Doktor Krisper das immer nennt, fast glaubt er, dass auch der ein Katholischer ist. Mit den schmerzhaften Gedanken an die Zeit in der Selchkammer steht der Biermösel dann jedenfalls schön besoffen und bis in die Haarspitzen eingeraucht alleine im Knusperwald herum, inmitten der ganzen großgewachsenen und sich weit verzweigenden Eichen. Es ist noch immer so heiß, dass es für die Tiere im Wald und den Biermösel mit seinem Wildtöter in der Hand keinen großen Unterschied mehr macht, ob der Mond da oben am Himmelszelt herumhängt oder die Sonne. Und wenn man jetzt das Licht des Mondes und die

Schatten des Waldes, die das Licht des Mondes wirft, berücksichtigt, und dann vielleicht noch die ganze erhabene Stille und alle anderen Sachen dazuzählt, die einem so auf- und einfallen, wenn man alleine im Wald herumsteht und einen der Joe exakt zur Geisterstunde von der Hängematte herunter in die Horrorfilm-Doppelvorstellung treibt, in der viele knickende Äste mitspielen und das „Uuuuuuhh" des Wolfes noch viel lauter zu hören ist als in Wirklichkeit, dann kann einem trotz des alles zerstörenden Wildtöters in der Hand schon ein gewaltiger Steinschlag in die Hosen gehen, und hoppala! Plus 46,8° im Mondschatten.

Der Biermösel zischt dann gegen die drohende Austrocknung noch ein paar schnelle Weißbiere aus den zur Neige gehenden Vorräten in seiner Satteltasche und raucht noch ein paar gemütliche Joes gegen die Angst. Dann erspäht er im Mondenschein doch noch das nasse Glänzen der Riesentrümmer-Zitzen von der Wildsau, die so voll und riesig und saftig sind, dass er vor lauter Zitzen den Fettbauch gar nicht mehr sehen kann, der ihr bis zur verbrannten Erde hinunterhängt, und dieser Anblick ist die ganze Angst und Einsamkeit wert!

Als die Sau dann in der Ferne um eine Baumgruppe herumbiegt, wackelt ein kleines Lutschi hinter ihrem herrlichen Fettarsch her in Richtung guter Stube zu Hause im sicheren Heim, muskulös, hoffnungsvoll, starke Hüften, deppert im Schädel und durstig wie ein Kamel. In seiner gierigen, nervös fordernden Art erinnert ihn der hoffnungsvolle Nachwuchs eins zu eins an ihn selbst und immer mehr an ihn selbst, je verzweifelter er versucht, an die Muttidutteln von der Alten heranzukommen, die aber die ganze Zeit vor ihm davonrennt, weil sie mit dem Schädel scheinbar ganz woanders ist, wie der Biermösel sofort bemerkt. Als die Sau sich doch noch zur Seite in den ausgetrockneten Dreck hineinlegt, kann der kleine Eber dann endlich der Reihe nach aus allen Dutteln das weiße Gold heraussaugen, bis ihm die Sauce bei den Ohren wieder herauskommt, herrlich ist das und beneidenswert.

Der Biermösel sinkt bei diesem Anblick tief gerührt zusammen. Vor ihm das unerreichte Glück riesiger Milchdutteln und über ihm nur noch der Mond und die Sterne der Milchstraße und noch weiter oben dann die unendlichen Weiten des Weltraums, in denen aber wahrscheinlich auch keine auf ihn wartet, die ihm ihre gewaltigen Milchdutteln darbietet, an die er sich lehnen und aus denen heraus er sorgenlos saufen könnte, nicht einmal, wenn er sehr viele Joes auf einmal raucht, sieht er dort oben eine, die das tun will. Er hat keine Zukunft, keine Weiber, keine Hoffnung, und jetzt hat er auch keine Grillsau mehr, die er aufspießen und verschlingen könnte, weil er sie in Dreiherrgottsnamen einfach leben lassen wird, jetzt ist er bald wirklich der einsamste Mensch der Welt:

„Lebe, du Sau! Lebe und lass den kleinen Hosenscheißer an deinen Muttidutteln saugen, bis er sich anspeibt!“

Beim Anblick von so viel kindlichem Glück kann er nämlich gar nicht anders, als dass er den Wildtöter wieder einsteckt und sich schamhaft zur Seite dreht, damit er das vollkommene Glück nicht mit seinen verweinten und neidvollen Augen stört. Aber dann kommen ihm leider immer mehr Tränen aus, zusammen mit immer noch mehr kleinen Furzis, Herrgottnocheinmal, zu groß ist seine Rührung und zu schwach seine Muskulatur unten herum, als dass er den Geröllschlag noch irgendwie zurückhalten könnte, und dann hoppala, 46,9 ° im Mondschatten, tut ihm wirklich sehr leid.

Zwischenmahlzeit

Nachdem die Wildsau ihren Stammhalter ins Bett gebracht hat, wartet der Biermösel dann nur noch darauf, dass auch sie – müde von eines langen Tages Werk und Müh' – das Licht abdreht und im Halbschlaf auf den treusorgenden Göttergatten wartet, der wahrscheinlich in irgendeiner Eichel-Konservenfabrik die Nachtschicht abspult und das dringend benötigte Geld nach Hause bringt. So brav und tugendvoll scheint ihm diese Wildsau, dass sich der Biermösel gut vorstellen kann, wen sie am Humtata-Sonntag wählen wird – den salbungsvollen Chef vom Ganzen nämlich, der nach außen hin zwar immer den Charaktervollen und Betfreudigen spielt, nach innen hin aber der eiskalte Engel ist. Also pass lieber auf, Biermösel, ob nicht irgendwo in der ganzen heimeligen Wirtschaftswunderland-Glückseligkeit noch der Hund begraben liegt, man kann in so eine Sau ja immer erst hineinschauen, sobald man sie abgestochen und aufgeschnitten hat, man weiß bei einer Frau ja nie, was noch kommen wird –

und richtig!

Kaum hat der kleine Hosenscheißer sein Bäuerchen gemacht und die Alte das Licht abgedreht, kommt sie auch schon wieder herausgewackelt und macht die Tür hinter sich zu, aber nicht für eine letzte im Mondenschein gerauchte Zigarette vielleicht, wie der Biermösel sofort sieht, sondern bis über beide Schweinsohren hinauf geschminkt und bereit für ein schweinisches Abenteuer, nach dem ihr der Sinn steht.

So kann man sich also täuschen!

Der Biermösel packt sofort den Wildtöter aus und schaltet im Resthirn wieder auf „Grame Gedanken über die davonrennenden Weiber" um, dann füllt er das Magazin nach und lädt den Schießprügel durch, „na warte, du falsche Sau!"

Aber dann kommt sie mit ihrem einmalig einladenden Fettarsch immer näher zu ihm hergetrottet und taucht den wankelmütigen Biermösel auf einmal in ein Wellental der Gefühle, das schon der Weiß Ferdl so treffend besungen hat („Wellen hier, Wellen da ..."), und in dem er lange nicht mehr gekannte Hoffnung schöpft:

Kann es denn sein, fragt er sich mit pochendem Herzen, dass die Sau zu mir herkommt und sich wegen mir so fesch hergerichtet hat? Und kann es sein, dass sie vielleicht sogar ... äh, körperliche Liebe von ihm will, fünfzehn Jahre nach der einen Minute dreißig unter dem Tanzboden im Bierzelt, in der er vielleicht am glücklichsten war in seinem Leben, auch wenn er nicht mehr weiß, mit wem? Tut sich bei ihm also doch noch ein spätes, unverhofftes Glück mit den Weibern auf, noch dazu mit einer, die solche gewaltigen Dutteln hat und so einen herrlichen Arsch?

Seltsame, lange verschüttete Gefühle steigen in dieser heißen Nacht im Biermösel auf, eine unbändige, lange nicht mehr gekannt Gier, aber nicht nach der alles verschlingenden, dreckigen körperlichen Liebe, die ihn bei der Hitze ja nicht interessiert, sondern nach sauberer, weißer, frisch schäumender Muttimilch!

Schon holt er eine Packung Mon Chéri aus der Satteltasche und wähnt sich endlich am Ziel, als er über einen Waldweg das Rattern von einem Waffenrad näher kommen hört, auf dem der Zuchteber Jean-Baptiste de Schonsondamur-Vogelschiss mit seinem astreinen Stammbaum voller Sieger auf Landwirtschaftsmessen angerauscht kommt, mit einem gefälligen Liedchen auf den Lippen, einem sauber gestutzten Bart über der Steckdose und einer schwarzen Kappe am Sauschädel, und dann passiert, was in solchen Fällen immer passiert: Die Depperte steigt einfach auf und fährt mit dem Arschloch davon.

Wie Superagent Jason Castelli auf seinen nächtlichen Streifzügen setzt der Biermösel sich dann aber die kombinierte Nachtsicht-Gleitsichtbrille auf die Nase und folgt den eiskalten Liebenden so lange, bis der Verführer die Sau zielsicher zur einzigen Waldlichtung geführt hat, auf der noch weiches Moos wächst und auf dem der Franzose sich an die Wildsau heranschmiegt, und dann saugt wieder nicht er an den Dutteln, sondern wieder ein anderer.

Als der Biermösel nach einer Schrecksekunde von geschätzten fünf Jahren wieder auftaucht aus seinem Wechselbad der Gefühle, lädt er den Wildtöter durch und ballert die Wildsau mit ihrem Franzmann zusammen über den Haufen, und zwar so gründlich, dass er sie nicht einmal mehr grillen kann, aber darauf scheißt er sowieso, Hauptsache, er fühlt sich unendlich erleichtert.

Dann holt er den Jungeber aus seinem Bettchen wie die Kinderdorfmutter das Waisenkind und nimmt ihn an sich.

„Ich werde für dich sorgen!“, verkündet er vielleicht allzu großspurig, denn nachdem er ein paar Meter mit ihm gegangen ist, kommt er drauf, dass er ja selbst gar keine Dutteln hat, mit denen er ihn großziehen könnte, und es überkommen ihn Gefühle des Mitleids, weil der kleine Hosenscheißer jetzt auch ohne Muttidutteln aufwachsen müsste, so wie er selbst, und das will er dann gar nicht.

Lieber macht er sich also ein kleines Feuer im finsteren Wald und legt dann eine kleine Mitternachtsmahlzeit ein, bestehend aus einem überaus saftigen und muskulösen Frischling, voller Hoffnungen im Herzen und Träume im Schädel.

Und Mahlzeit!

Jetzt, wo der Biermösel die meisten Mitglieder der Familie Schwein im Walde hat kennenlernen dürfen, fehlt ihm eigentlich nur noch der verzweifelte Ehegatte, und da ist er auch schon!

Während der nächtlichen Heimfahrt vom Eichenwaldmassaker springt er dem Biermösel in die Räder seiner Fips hinein, mit einer Angelrute in der Hand und ein paar Fliegen zum Fischen im Kübelchen, weinend wie eine räudige Squaw, allerdings nur solange seine Tränen reichen, denn auch er – Schwächling! – ist schon komplett entwässert. Dass er den verweichlichten Jean-Baptiste de Schonsondamur-Vogelschiss mit seinen gewaltigen Hauern aufgespießt hätte, bevor der mit seiner Gattin auf einem Waffenrad entfliehen hätte können, dafür hat es bei ihm kräftemäßig jedenfalls nicht mehr gereicht.

Der Biermösel überschlägt sich ein paarmal, dann kommt er zerdeppert auf dem glühenden Asphalt zu liegen und auf ihm drauf der Eber. Der erfahrene Ermittler im Biermösel spürt sofort, dass der Gehörnte mit ihm reden will, über das schreckliche Unglück mit den Weibern, das ihm widerfahren ist und von dem der Biermösel Zeuge war. Aber nachdem er ihn über den Sachverhalt aufgeklärt und ihm ein paar tröstende Worte gespendet hat („Ich hab sie beide erledigt! – Die Sau war es nicht wert!"), befreit er sich von dem Waschlappen, indem er ihm den Schweineleberhaken verpasst, der ihn dann oben am Himmelszelt ein paar Sterne mehr sehen lässt, als so eine brennend heiße Vollmondnacht normalerweise zu bieten hat, und weiter geht die nächtliche Reise.

Genügt es nicht, dass ihm die eigene Mutti mit einem Franzosen davongerannt ist, fragt er sich mit geballter Faust, während er sich langsam in eine Streubombe verwandelt. Muss ihm jetzt auch noch die anvisierte Grillsau mit einem Franzosen davonrennen? Wie viel Demütigung kann der Mensch ertragen, bevor er zur alles zerstörenden Terrormaschine wird?

Das fragt sich der Biermösel schon beizeiten.

Körperlich könnten die Voraussetzungen für einen vernichtenden Schlag gegen alles und jeden nicht günstiger sein als jetzt. Er ist zum Zerreißen gespannt, wie der Stier in der Arena schabt er zornig im Sand. Als denjenigen aus dem Trottelvolk, der sich gegen die Herrschaft der Tribune auf die Füße gestellt hat, soll ihn die sterbende Welt in Erinnerung behalten.

Der Biermösel könnte jetzt natürlich kindisch sein und auch einfach Plakatwände umwerfen und dann anmalen, wie er das auf der Heimfahrt durch die Straße der Sieger immer wieder gesehen hat. Aber sollen die mutmaßlichen Rotzbuben ruhig weiterhin ihre Malstifte in die Hand nehmen und dem Chef vom Ganzen Hasenzähne aufmalen oder Schweinsohren, er selbst hat andere Pläne. Die heißen Wüstenwinde, die er bereits auf die Reise geschickt hat, die Feuerwalzen, die schon über die Erde rollen bis weit hinter die Pyrenäen, werden ein laues Mailüfterl gewesen sein gegen die Flächenbrände, die er noch zu entfachen gedenkt –

Feuer, zieh mit mir!

Bevor der Biermösel losschlagen kann, muss er freilich erst noch ins Gewand des Terroristen hineinhüpfen und sich Brandmale des Terrors in den Arsch brennen lassen, die ihn als solchen erkennbar machen.

Während der Sommermonate aber, wenn die Sommerfrischler und Tagestouristen mit ihrer Erlebnisgier das Land überschwemmen, hält die Roswitha das Wirtshaus immer geschlossen, weil es bei ihr normalerweise nichts zu erleben gibt. Und heute ist der Auerhahn erst recht kein einladendes Ziel mehr, sondern nur noch eine von Waldbränden umzüngelte und von Halbverdurstenden belagerte Festung mit einer Schweinsbratenküche in der Mitte (für die sich niemand interessiert) und einem gut gefüllten Bierkeller darunter, der allerdings auch schön langsam zur Neige geht, weil sein Freund Grasmuck oben im Dachboden, wo er ihn als zusätzliches Geschoß aufgebockt hat, fast noch mehr Zufuhr für seine Ausstöße benötigt als er selbst.

Wie das fleißige Eichhörnchen hat der Biermösel sich dort unten auf dem kühlenden Erdboden und entlang des steinernen Gemäuers über Jahre ein gewaltig dimensioniertes Bierdepot eingerichtet, damit nicht eines Tages der furchtbare Fall eintritt, dass er nicht mehr könnte, wenn er muss, und er redet jetzt nicht von Nicht-scheißen-Können, er redet von Nicht-saufen-Können.

Das Wichtigste beim ausdauernden Ansaufen gegen die widrigen Umstände ist ja, dass es möglichst ohne Unterbrechung dahingehen muss, weil so ein Körper mit so einer Leber drinnen ja vieles verträgt, nur nicht die Abweichung von der Norm. Lieber also ein Leben lang gleichmäßig und auf höchstem Niveau dahinsaufen und sich zur Not aus einem bis oben hin angefüllten Vorratsspeicher bedienen können, als immer nur ruckweise und defensiv am Getränk zu nippen und das vielleicht überhaupt mit dem falschen Vorsatz, dazwischen immer wieder einmal kurz aufzuhören oder – noch schlimmer! – irgendwann überhaupt ganz aufzuhören, weil sich das Bier im Körper angeblich in nichts anderes als Zucker verwandelt, aber darauf sowieso geschissen!

Die Roswitha kann ihr Wirtshaus aber natürlich nicht unbewacht lassen und womöglich auf Kur fahren oder an den Sandstrand von Rio, nur weil sie über den Sommer die Pipeline nicht aufdreht, jedenfalls dann nicht, wenn draußen noch immer groß das BIER-Schild über der mehrfach (vom Biermösel selbst) zertrümmerten Eingangstür hängt, während sich gleichzeitig alle im Tal fragen, wer denn noch ein paar Flaschen vom goldenen Gold zu Hause haben könnte. In diesen schwierigen Zeiten wäre ein herrenloses Wirtshaus mit einem Bierdepot im Keller nichts anderes als ein offener, unbewachter Safe.

Also hat die Roswitha den Auerhahn in seinem Auftrag zu einer praktisch uneinnehmbaren Festung ausgebaut, und aus der feuert sie jetzt von ihrer Generalsanhöhe im Dachboden herunter auf alles, was sich im Umkreis von tausend Metern auf den Auerhahn zubewegt, Tag und Nacht. Bumm! Bumm! Bumm!

Ihr kommt heute jedenfalls keiner in die Wirtsstube hinein mit seinem schlechten Benehmen und den dreckigen Schuhen, kein Russe mit seinen vollen Taschen, kein Rumäne mit seiner Bande, kein Deutscher mit seiner Regenjacke und kein Busfahrer, der nur schnell, schnell dreißig Seniorenteller für seine Senioren aufgetischt haben will, schlicht und ergreifend: keiner!

Auch der Biermösel selbst nicht.

Vor ein paar Tagen hat er seine Schwester noch persönlich zum Freiwilligenkurs „Schießen“ verdonnert, nicht zu verwechseln mit dem Pflichtkurs „Scheißen“, sodass sie jetzt sogar schneller feuert als der Lucky Luke, „Roswitha, bitte hör auf!“ Aber die feuert natürlich unbeirrt weiter, weil sie trotz allem Talent für das Schießen ein launisches Weibsstück geblieben ist, welches das Gute nicht vom Schlechten unterscheiden kann –

„Herrgott, Roswitha, ich bin's!“

„Beweise!“

Angesengt wie die Grillsau, wagt der Biermösel dann im Kugelhagel endlich den entscheidenden Durchbruch. Bumm! Bumm! Bumm!, pfeift ihm das Blei aus den Spritzen von der Roswitha um die verbrannten Ohrwascherl, dazu heulen die Sirenen und verfolgen ihn voltstarke Suchscheinwerfer auf seinem gewagten Hasen-Zickzack durch die feindlichen Linien. Als ihr endlich doch noch die Munition ausgeht, schießt sie ein paar steinharte Knödel herunter und leert heißen Krautsalat über ihn, „Roswitha, ich bitte dich!", schreit er immer wieder, aber Generalfeldmarschall R. Biermösel hält unbeirrt Stellung und verteidigt das Bierdepot mit Händen und Füßen, wohl auch, weil sie ein paar offene Rechnungen mit dem unerfüllten Leben insgesamt zu begleichen hat.

„Ich will körperliche Liebe!", macht sie das Unsagbare zur Bedingung für seinen Einlass, aber auf so einen dreckigen Handel wird er sich natürlich nicht einlassen, wo ihn der Sex bei dieser Hitze doch am allerwenigsten interessiert, wenn er an seine Schwester denkt.

Als sie dann endlich für eine kurze Feuerpause aus dem Dachboden herunterkommt, um sich die schmerzenden Füße im Krautbottich unten im Keller zu vertreten, nützt der Biermösel diese Gelegenheit und stolpert in die Festung hinein, und noch in der Wirtsstube gibt er ihr ein paar ordentliche Watschen, bevor er sie dorthin schickt, wo sie seiner Meinung nach sowieso am besten aufgehoben ist:

„Geh sofort in die Küche und nimmt dort den Schürhaken!", schreit er sie an, „dann steck ihn tief in die Buchenholzscheiter-Glut im Schweinsbratenofen, und wenn er schön glüht, bring ihn zu mir in die Wirtsstube heraus, ich werde dann tun, was du sonst immer tust, wenn dir oben in deiner Kammer fad ist und du auf deinem Bett herumliegst: Ich werde mich aufbocken und dir meinen Steiß darbieten."

„Du heilige Maria, Mutter Gottes!", kommt der Roswitha ein überraschend Gehaltvoller aus, bevor sie sich ein paarmal bekreuzigt und in der Küche verschwindet, und hoppala, plus 47,1 ° im Schatten, 2.43 Uhr morgens.

Bald wird es dämmern.

Der Biermösel war ja schon in der Gendarmerieschule nicht der Schlechteste im Fach „Fallenstellen wie der Trapper John" – dem Feind das Freibier stehlen, ihn dadurch herlocken, die persönliche Konfrontation suchen und ihn am Ende vernichten –, nur dass er halt bisher nicht die Gelegenheit dazu gehabt hat.

Während die Roswitha die Glut im Ofen anfacht, öffnet der Biermösel seine Satteltasche und holt das schwarze Foltergeschirr aus Leder heraus, das ihm der Alte seinerzeit vermacht hat. Dann probiert er die schwarze Sexmaske, die er dem Bürgermeister neulich an der Kanaldeckelstraße abgenommen hat, auf dem Weg vom Puff in Goisern hinauf zum Spitzgiebelaltbau vom Weiß Ferdl, in dem er seine Gesangsstunden nimmt, wahrscheinlich als Gegenleistung für einen an der Behörde vorbei genehmigten Umbau. Dann, und mit besonders bitteren Gedanken, holt er noch eine schwarze Strumpfhose heraus, gekauft in einer Zeit, als noch der Permafrost das Land von unten herauf regiert hat, eine aus schwarzer Wolle mit reißfestem Elastan in den besonders beanspruchten Knieregionen, und eine von den vielen, die er sich der Anni nie zu schenken getraut hat.

„Kommst du dann endlich?“, schreit er dann ungeduldig zur Roswitha in die Küche hinein, „kommst du dann endlich und brandmarkst mich?“

Drei Uhr früh, denkt sich der Biermösel dann, als er die Kuckucksuhr an der Wand schlagen hört. Bald wird sich ein weiteres Teilchen in das Puzzle seines genialen Planes fügen, wenn der Bierfahrer Ramzi aus Ägypten mit seinem Turban aus Seide im finsteren Wald drinnen um die Ecke biegt und seinen Bierwagen an den Straßenrand stellt, so wie er das immer macht, wenn er sich zum Gebet niederkniet, nur dass der Bierwagen dieses Mal prallgefüllt sein wird mit Freibier, das die depperte Bundesregierung dem Trottelvolk versprochen hat, der Biermösel hat alles genau geplant.

Kaum ist die Roswitha mit dem glühenden Schürhaken zu ihm in die Wirtsstube herausgekommen, formt der Biermösel mit seinen Riesentrümmerpratzen schon zwei formvollendete „H“ daraus, selbstverständlich ohne Handschuhe, eines für „Herzloser“ und das andere für „Herzbube“.

„Wieso zwei ‚H‘, du Trottel?“, fragt die Roswitha.

„Gute Frage“, sagt der Biermösel, aber bei der Hitze weiß auch bei ihm die rechte Hand nicht mehr, was die linke tut.

Dann zieht er sich – und jetzt bitte alle die Augen zuhalten, die ein bisserl zarter besaitet sind! – die Strumpfhose wieder hinunter und macht den einmalig weißen, einwandfrei knochigen Arsch frei, dann bockt er sich auf und stellt sich vor, dass er das Rindvieh im Western ist und die Roswitha der Vorarbeiter auf der Ranch.

„Und jetzt?“, fragt sie, während ihr der kalte Schweiß auf die Stirn tritt und draußen eine fast vollkommene Finsternis den Auerhahn ummantelt, nachdem der Vollmond schon wieder hinter dem Gebirgskamm verschwunden ist und die Sonne im Osten noch in ihren Starlöchern scharrt, und nur der Todesschrei von im Waldbrand verendenden Mäusen durchbricht noch manchmal die heilige Stille.

„Zuerst links!“, sagt der Biermösel feierlich zur Roswitha, und sie brennt ihm zunächst zögerlich, dann aber beidhändig mit dem glühend heißen Schürhaken das erste „H“ in die linke Arschbacke hinein. Den darauf folgenden Schmerz vermag der Biermösel noch halbwegs zu unterdrücken, kraft seines Willens, aber auch dank der ganzen gesoffenen Biere, die seine Hirnhälften und -lappen in eine einmalig betäubende Tinktur gebettet haben. Das hilft ihm jetzt sehr, als der Dampf seiner verbrannten Haut an der linken Arschbacke den beißenden Geruch der verbrannten Wälder, der von draußen durch die Fensterritzen hereinströmt, verdrängt, heilige Scheiße, denkt er still bei sich, die Haut am Arsch stinkt halt wirklich immer am meisten!

„Und jetzt?“, fragt die Roswitha, mit ihrem empfindlichen Magen schon einem kompletten Zusammenbruch nahe.

„Jetzt rechts!“

Und dann tut es richtig weh. Keine gesoffenen Biere der Welt, kein reiner Alkohol und kein Joe in der Hängematte vermögen diesen einmaligen Schmerz im Arsch zu betäuben. Die Roswitha hat ihm das zweite „H“ bis zu den Knochen in den Arsch hineingebrannt, und sein furchtbarer Schrei tötet dann endlich alles Leben im Umkreis von drei Kilometern.

„Aaaaaaaaaaaaaaaaaaaaaaaaaauuuuuuuuuuuuuuaaaaaaa!“

Als neu gebrandmarkter Terrorist läuft der Herzlose Herzbube dann ein paarhundertmal um den Auerhahn herum, und die Flüchtlingsfamilie Bolivár aus den Anden drüben mit ihren Mondgesichtern aus Leder, die dem anhaltenden Schrei aus dem Wald herausgefolgt sind und jetzt begeistert „No nos moverán!“ singen, wird sich jetzt vielleicht denken, dass heute der Biermösel den Cowboy bei den Winnetou-Festspielen gibt und die Roswitha den verfolgenden John Wayne, der ihn mit dem Lasso in der Hand wieder einfangen will, weil sie ohne die kühlende Wirkung seiner ständigen Ausdünstung nicht mehr leben möchte.

Nach einer halben Stunde aber wird es ihr zu blöd, und sie fällt den neugeborenen Superterroristen einfach mit einem gut platzierten Ellenbogencheck. Dann schultert sie die Waffe eines ganzen unterdrückten Volkes und trägt sie in den Keller hinunter, wo sie den Superterroristen Arsch voran in den Krautbottich hineinsetzt, in dem sie sonst immer herumwatet, wenn es das schmerzende Brennen in ihren Venen zu löschen gilt, und dann fragt sie:

„Kannst du nicht einfach später grillen, du Trottel?"

Aber so sind halt die Weiber, denkt sich der Biermösel Arsch voran im Krautbottich sitzend. Sie haben einfach keinen Sinn für die Größe des Augenblicks.

(Dazu von der Roswitha vielleicht ein paar nachtschwarze und tonnenschwere Gedanken:

1. Als ihr Bruderherz noch kein Herzloser Herzbube war, sondern als vom Wetterfleck bedecktes, vom Alkohol betäubtes und vom Leben geprügeltes Mahnmal hinter irgendeinem Baum im Wald in der saftigen Heimat herumgestanden ist, war er ihr ehrlich gesagt lieber.

2. Damals hat er ihr wenigstens am Abend noch die Fettgebirge am Arsch eingeschmiert, und sie war nicht ganz so weit weg von den Freuden der körperlichen Liebe wie heute.

3. Und überhaupt Arsch: Dass ein einzelner Mann vom Arsch her so stinken kann! Einer Frau täte das nie einfallen. Sowieso die ganze Familie geprügelt von einer schlechten Nachrede, seit die Mutti mit einem Franzosen davongerannt ist, und dann stinkt der Biermösel auch noch wie ein komplett verdreckter Iltis, furchtbar!

4. Aber sagen tut sie ihm lieber nicht, was für ein Stinker er ist. Man weiß ja bei einem Mann nie, was herauskommt, wenn er als Kind zu wenig Muttermilch gekriegt hat und auch sonst schnell beleidigt ist, wahrscheinlich glaubt er, er riecht wie der junge Morgen. Am Ende löscht er noch alle aus, der Narr, am Schluss rächt er sich vielleicht noch an der gesamten Bundesregierung, und dann haben sie zur schlechten Nachrede auch noch die Staatskrise dazu. Also den Problemboy lieber schön seine Haschischzigaretten rauchen lassen und ihn erst gar nicht zurückhalten, wenn er gleich wieder in den Wald hinausgeht und in seine Parallelwelten abtaucht.

5. Bin gespannt, wann er endlich seine Jason-Castelli-im-Dschungel-von-Kongolien-Hefterl vom Scheißhaus wegräumt. Insbesondere Folge 5234, wo es um eine besonders abseitige Form von Kannibalismus geht.

6. Ich will körperliche Liebe!

7. Nein! Ich will lieber gleich richtigen Sex, zack bumm rambazamba, und zwo, drei, los geht's!)

Wieder im Wald draußen, inmitten der noch immer tintenschwarzen Nacht, ist der Biermösel aka Herzloser Herzbube dann sofort wieder in seine schwarze Wollstrumpfhose hineingehüpft, er hat sich das Foltergeschirr aus Leder über seinen nackten Oberkörper gestreift und als Letztes die Sexmaske aus Gummi über den Schädel gezogen, darunter war ihm natürlich entsprechend heiß, aber das war es ihm wert.

Wie eine abartige Bauerntrottel-Ausgabe vom Robin Hood drüben aus Nottingham hat er ausgeschaut, ganz in winterliches Schwarz gehüllt anstatt in ansprechend sommerliches Froschgrün. Geduckt und behände wie eine alte Kuh ist er durch die Wälder gehuscht, er hat sich hier an einem verdorrten Ast ein halbes Auge ausgestochen und hat dort mit seinem Arsch ein ganzes Ameisenvolk zerstört, als er hineingefallen ist, Herrgottnocheinmal, wenn er in einem früheren Leben schon einmal Terrorist gewesen sein sollte, dann hat er jetzt wieder alles verlernt!

Als schwerer Alkoholiker hat er dann natürlich schneller als alle anderen die Witterung vom Bierfahrer Ramzi aus Ägypten mit seinem Turban aus Seide aufgenommen, der irgendwo da draußen mit den ganzen Vorräten für den Humtata-Sonntag auf seiner Ladefläche im Wald herumsteht, Hektoliter und Aberhektoliter an Freibier hinten auf der Ladefläche drauf, mit denen sich die depperte Bundesregierung beim kleinen Rest vom Trottelvolk noch schnell lieb Kind machen will, bevor es in die Wahlurne gehen soll, allerdings haben sie dabei natürlich wieder nicht mit dem ausgeprägten Geruchssinn vom Biermösel gerechnet!

Als alter Religionswissenschaftler weiß er obendrein, dass der Ramzi spätestens zur Halbzeit seiner morgendlichen Ausfahrt – um exakt 3.33 Uhr und noch in der finsteren Nacht – das erste Mal seinen Bierwagen an den Straßenrand stellen und den Teppich zum Gebet ausrollen muss. Er wird den Arsch in die Höhe recken und die Spitznase tief in den Boden hineingraben, und zwar genau nach Mekka ausgerichtet. Eine einmalig depperte Gebetshaltung, wie der Biermösel findet, aber andererseits natürlich perfekt für seinen hinterhältigen Anschlag, er hat ja alles genau geplant.

Mit ein paar herbeigefurzten Plusgraden wird er dem Sohn der Wüste allerdings nicht am Zeug flicken können, das war dem Biermösel sofort klar, als er den Anschlag geplant hat, ein paar Plusgrade mehr werden den alten Pharao unter seinem Turban nicht fällen. Fällen wird den kompletten Antialkoholiker, der noch nie in seinem Leben ein Bierzelt von innen gesehen hat und daher den Gestank der Welt nicht kennt, letztlich nur die einheimische Geruchskeule, mit der er ihn gleich erschlagen wird. Diese unsägliche Mischung aus gut gewürzter Bohnensuppe und doppelt und dreifach gewickelten Krautrouladen wird ihm nicht schmecken, mit der die Roswitha seine Windmaschine noch zusätzlich antreibt und die sie ihm jeden zweiten Tag im Zwanzig-Liter-Kübel auf den Gendarmerieposten schleppt, wenn ihr daheim die Zeit lang wird, du heilige Maria, sehr gerne erinnert sich der Biermösel auch jetzt noch an die vollen Kübel, die sie dabei immer gegen die leeren ausgetauscht hat, aber nur sehr ungern erinnert er sich an den Tag und die Stunde, als sie das letzte Mal an seine Tür geklopft hat, so was Verletzendes will er nicht noch einmal erleben:

„Biermösel, tut sich denn bei dir überhaupt nichts mehr?", hat sie ihn gefragt, gerade, als er es sich auf der Schwitzhütte wieder einmal gemütlich eingerichtet hat, nur er, der Joe und das Weißbier. Der Biermösel hätte natürlich wissen müssen, dass die Hitze aus seiner komplett unbefriedigten Schwester eine alles verschlingende, gierige Bestie macht, also hätte er ihr die Türe erst gar nicht aufmachen dürfen, aber ein Mann, ein Fehler nach dem anderen:

„Ist denn bei dir gar nichts mehr los?", hat sie nachgehakt und ihm dabei auf sein Hosentor gestarrt. „Keine Vergewaltigungen, kein Missbrauch, keine Notzucht? Keine Nötigung, keine sexuelle Belästigung, gar kein Verbrechen im wilden, leidenschaftlichen Liebestaumel, das du aufklären müsstest? Ich möchte doch wissen, wieso du am Abend immer so müde bist und mich nicht einmal mehr am Arsch einschmieren magst, wenn sich bei dir doch eh überhaupt nichts mehr tut."

Während sie ihn mit Vorwürfen überhäuft hat, hat sie sich zum offenen Fenster gesetzt und den rechten fleischigen Arm der Sonne zum Fraß dargeboten, und dann hat sie gesagt, was er aus ihrem Mund nie hören wollte:

„Biermösel, ich will körperliche Liebe."

Und es hat sich angehört, wie wenn der ausgehungerte Löwe in der Savanne „Ich will ein Antilopengulasch" sagt.

Langsam, sehr langsam hat sie schließlich ihren rechten Fettarm wieder hereingeholt, und der Biermösel schwört jetzt bei allen gesoffenen Bieren, die ihm bitte bei den Ohren wieder herauskommen mögen, wenn er lügt, dass der Arm von der Roswitha auf einmal mit einem einmalig schönen Fettkrusterl überzogen war, das sie ihm dann mit dem gewissen Bling-Bling in den Augen dargeboten hat, als kleines Appetithäppchen für den Hauptgang.

„Nimm mich und friss mich auf!“

Als Hauptspeise hat sie sich dann als Ganzes auf ihn draufgelegt wie eine Lastwagendladung Schotter auf den unglücklichen Bauarbeiter. Dabei hat sie „Duttelwatschen & Bier Vol. Sex“ von den Radinger Spitzbuben in den Kassettenrekorder hineingeschoben und voll aufgedreht, und dann hat jeder, der ein offenes Fenster gehabt hat, an seinem Unglück teilhaben können, „Hiiiilfe!“

Je heftiger sie sich aber auf ihm bewegt hat wie die Wellen im Meer, desto stärker haben sich die Gase in seinen Därmen zum Ausgang hingeschoben, und hoppala! Wenn die Weiber beim Sex was überhaupt nicht mögen, dann sind das die gewissen Geräusche und Gerüche, die im Schlafzimmer oft für Entfremdung zwischen den Liebenden sorgen, aber Herrgottnocheinmal, gegen die Weiber und ihre Sexsucht gibt es halt letztlich kein wirksameres Mittel als den zur unpassendsten Zeit abgestellten Koffer!

Daran jedenfalls muss der Biermösel jetzt wieder denken, als er aus den Wäldern auf die Straße heruntergestiegen kommt, auf Samtpfoten, wie es das Handbuch für Terroristen vorschreibt, die Fips auf den Schultern und den tödlichen Furz schon fast in der Hose, so stürmisch drängt er in Richtung Ausgang.

Dann kommt ihm wieder einmal seine gute Schuldbildung zugute, nämlich erste Stunde, erster Lehrsatz in der Gendarmerieschule oben in Linz – Gelegenheit macht Diebe.

Der Bierwagen steht nämlich schon vorschriftswidrig geparkt herum, und der Ramzi kniet wie erwartet mit dem Wagenschlüssel in der Hand daneben. Der Biermösel braucht sich also nur noch selbst auf die maroden Knie werfen und sich Arsch voran dem Riechkolben des im Gebet versunkenen Lastenführers nähern, während er mit ein paar routinierten Kreiselbewegungen im Becken das stürmische Gas in Richtung Ausgang hin sortiert. Als der Betbruder dann endlich seinen Kopf hebt zur höheren Ehre des Herrn („Allllllaaaah!“), stößt er unerwartet mit seinem Zinken genau in die Arschspalte des Teufels hinein, die wiederum in einer schwarzen Wollstrumpfhose steckt und zum Biermösel gehört, der sich da genau vor ihm eingeparkt hat, und als der spürt, dass der Ramzi sich an ihn angedockt hat, sagt er nur kurz: „Rieche und sterbe!“

Der Gottesfürchtige glaubt dann zwar noch ein paar kurze Augenblicke lang, dass er einen schöneren Abgang verdient hätte als genau diesen, wo er doch ein Leben lang brav gebetet hat, aber da ist der Biermösel natürlich anderer Meinung. Schließlich war es der Betbruder, der ihm die erfüllte Arbeit als Bierfahrer weggenommen hat, also bläst er ihm mitleidlos ein hundsgemeines, aber gerade deshalb ausgesprochen wirkungsvolles „Pffffffffft“ in den Geruchskolben hinauf, mit ganz viel „Pffffffff“, aber nur ganz wenig „Ffft!“ im Abgang. Ein Ton, den die Vereinten Nation in ihrer langen Liste der verbotenen weapons of mass destruction schon lange ganz oben führen. Aber da kennen sie natürlich den Geruch noch nicht, der augenblicklich auf den Ton folgt – ein Gemisch aus verfaulten Bohnen, verfaulten Eiern, verfaulte Socken und ganz viel verfaultem Bier, alles zusammen gut angerührt und zusammen mit dem „Pffffffft“ hinausgeschleudert in eine sterbende Welt –

Gott ist groß!

Schon treten dem alten Kameltreiber die Augen weit heraus, bevor sie sich ein paarmal überschlagen und schließlich ganz im Schädelinneren verschwinden; seine Ohren verwelken; er verliert die Kontrolle über seine Zunge und bringt kein einziges unverständliches Wort mehr heraus, wo er doch vorher noch gerattert hat wie eine AK-47. Als er sich dann noch einmal in schöne Erinnerungen an die Märchen aus Tausendundeiner Nacht flüchten will, ist da nichts mehr, weil sich die graue Masse im Schädel zu einer kleinen Rosine zusammengezogen hat. Dann endlich sackt er zusammen. Er streckt alle viere von sich wie die vom Bolzen getroffene Kuh auf glitschigem Schlachthofboden, und nur den Arsch hält er immer noch vorschriftsgemäß in die Höhe, sodass es ausschaut, als täte er sogar im Schlaf noch beten, allerdings im sehr tiefen Schlaf der vollkommenen, ewigen Bewusstlosigkeit, „Amen!“

Der Herzlose Herzbube scheißt dann – sowieso Zeit für die erste morgendliche Sitzung! – noch zwei gut sichtbare „H“ auf die Straße, damit auch jeder sehen kann, wer das Freibier geraubt hat. Keiner von den rotwangigen Bauerntrotteln aus dem Bierzelt, die jetzt immer um den Auerhahn herumschleichen und vielleicht das Zeug zum Prohibitionsgewinnler gehabt hätten, wenn sie als Mafiosi drüben in Chicago auf die Welt gekommen wären und nicht als Bauerntrotteln in Aussee herüben, die nicht einmal einen Bierkeller ausrauben können, sondern:

„Ich, der Herzlose Herzbube!"

Wahrscheinlich hätte es erst gar nicht so weit kommen müssen mit ihm und der langsam verbrennenden Welt, denkt sich der Biermösel dann auf einmal nachdenklich, wenn die Umstände nur einen rundum glücklichen Bierfahrer aus ihm gemacht hätten, der erst gar nicht hätte zum Terroristen werden müssen, um endlich grillen zu können, weil er auf das Grillen dann auch geschissen hätte.

Sein Lebensunglück, muss er sich nämlich wieder einmal eingestehen, als er dem Ramzi die Wagenschlüssel aus der Hand nimmt und die Fips hinten zum goldenen Gold auf die Ladefläche dazuwirft, sein Lebensunglück sind ja nicht so sehr die untreuen und nie gepackten Weiber. Sein Lebensunglück ist ja vielmehr die komplett falsche Berufswahl, einmal mehr und immer wieder bereut er mit bitteren Tränen, dass er Gendarm geworden ist und nicht Bierfahrer.

Als der Biermösel dann das Führerhaus besteigt und endlich hinter dem Lenkrad sitzt und den Zündschlüssel herumdreht, erfüllt sich endlich sein Traum und er kriegt eine ungefähre Vorstellung davon, wie gelungen sein Leben hätte verlaufen können, wenn er das schon viel früher hätte tun können – so eine Freude hat er auf einmal am Leben, und das in einer so schwierigen Zeit!

Ein paar Minuten später dann, als die Sonne von ihrem kurzen nächtlichen Ausflug schon wieder zurückkommt und sich hinter dem Gebirgskamm mit seinen Spitzgiebelaltbauten und Flachdachneubauten streckt und dehnt für ihr kommendes, zupackendes Tagewerk, schlägt der Biermösel noch an der Lebensader der Volksmusikantenströme zu, um seine Botschaft durch ihren vielstimmigen Gesang auch weit genug in alle Welt hinauszutragen. Nicht abreißende Kolonnen von Glücksrittern, Gesangsbarden und Managern von Gesangsbarden, Seelenverkäufern und solchen von Lederhosen im Dreierpack, Dutzende Duos, Trios und Quartette sowie ganze Sträuße an Enzianen und Almröseln, die im Vorprogramm vom Weiß Ferdl hätten auftreten sollen, kurz: alles, was am Humtata-Sonntag eine Lederhose tragen kann, hat sich in den Tourbus gesetzt und auf den Weg in Richtung Bierzelt in Aussee herüben gemacht, um dann gemeinsam den Höhepunkt zu erleben, wenn der Weiß Ferdl – wie es der Plan war – spät in der Nacht seinen neuen Sommerhit hätte vorstellen sollen, der, wie man hört, ungefähr so gehen soll:

„Hitze hier und Hitze da
Heiß ist es das ganze Jahr ..."
Und so weiter.

Voll mit allen möglichen Noten und Melodien im Hirn, und vollgedröhnt auch mit allen möglichen Substanzen, haben die Volksmusikanten ihre Reise ins Glück angetreten. Aber voller Verzweiflung stehen sie jetzt natürlich Tourbusstoßstange an Tourbusstoßstange in einer nicht mehr enden wollenden Schlange, aus der es, wie der Biermösel ihnen ehrlichen Herzens versichern kann, kein Entrinnen mehr gibt, kein Vor und Zurück, nichts.

Da waren sie dann sogar fast dankbar für das bisschen Abwechslung, das ihnen der Herzlose Herzbube geboten hat, als er in seiner Terroristentracht auf die Straße gehüpft und dann weiter von Tourbusdach zu Tourbusdach gesprungen ist, die Arme weit von sich gestreckt und laut „Uh! Uh! Uh!" schreiend, um sie zu erschrecken, mehr fällt ihm auch als Terrorist nicht ein.

„Wer bist denn du?", haben sie ihn ehrfürchtig gefragt, und die kleinen Kinderlein hinten auf der Tourbusbank, von denen so ein Volksmusikant ja in jedem Ort ein paar hat, haben sich augenblicklich in die Lederhose geschissen, kaum dass sie ihn entdeckt und sein donnerndes „Uh! Uh! Uh!" gehört haben.

„Ich bin der Herzlose Herzbube!", hat er sie alle wissen lassen, und für die ganzen Japaner aus Sapporo und die Inder aus Kalkutta, die ja allesamt nicht Deutsch können und es auch nicht mehr lernen werden, hat er noch die schwarze Strumpfhose hinuntergezogen und ihnen seine Arschbacken gezeigt, auf denen sie das „H" für „Herzloser" und das „H" für „Herzbube" gesehen haben, du meine Güte!

Dann ist er davongerannt, Haken schlagend, wie der Hase im Kinderfilmfernsehen, auf und davon.

„Hilfe!", hat er sie dann alle miteinander aus der Ferne noch schreien gehört, und „Gendarmerie!", aber auf die werden sie natürlich lange warten.

Nachdem der Biermösel nämlich den schlecht sitzenden Anzug des Terroristen abgestreift hat, trägt er wieder die perfekt sitzende faule Haut des Südländers, und als solcher hat er dann natürlich Wichtigeres zu tun, als einem Terroristen nachzustellen, der so deppert ist und sich „Herzloser Herzbube" nennt.

Lieber wird er das ganze Freibier an einem sicheren Ort deponieren, damit es ihm niemand mehr stehlen kann, darauf freut er sich jetzt wirklich schon sehr, und „Prost, meine Damen und Herren! Ein Prost, ein Prost, ein Prösterchen, Prost!“

„Arschloch!“

„Sag einmal, Biermösel, die ganzen Dreckhaufen, die ich im ganzen Land vom Hubschrauber aus sehen muss, weil die kommunistischen Müllarbeiter jetzt schon flächendeckend die Arbeit niedergelegt haben; dazu die Ratten, die Maden, die Fliegen und nicht zu vergessen die besorgniserregende Zunahme von ausländischen Skorpionen und Klapperschlangen im Tal, die in unserem ursprünglich saftigen Klima doch normalerweise gar nichts zu suchen haben; dazu die ganzen verwesenden Toten und die im Trockenen fischenden Fliegenfischer; dazu der ganze Mittelstand, Sockel unserer prosperierenden Wirtschaft, den wir mit unseren Satellitenkameras in ihren mit Fleiß erwirtschafteten schwarzen Geländewagen in einer ungewöhnlich langen Schlage im Tal des Lichts ausgemacht haben, das jetzt auf einmal Tal des Todes heißen soll und aus dem es angeblich kein Entrinnen mehr gibt – Biermösel, was ist denn eigentlich los auf der Welt, hast du damit was zu tun?"

„Ich war es nicht!"

Der Biermösel hat sich dann überraschend für alle im Sonderverhörzimmer der Verhörspezialisten vom Innenministerium oben in Wels wiedergefunden, wo sie ihm die größte und voltstärkste Verhörlampe der Welt auf sein Gesicht gerichtet haben, heiß und verzehrend, sonnengleich.

„Aua! Heiß!"

Unter den Anwesenden, die um ihn herum im Kreis gestanden sind und ihn verhört haben, mit schwarzen Säcken über den Schädel gestülpt, wie es sich für ein Schurkenregime in einer Bananenrepublik gehört: der Karate Kid mit seinem schwarzen Gürtel sowie der Innenminister persönlich mit seiner Alkoholiker-Fahne, der noch vor ein paar Tagen „Urlaubssperre" zu ihm gesagt hat, und jetzt hat er den Salat.

Der Rasierwassertrinker hat ihn zuvor persönlich und schnell, schnell mit dem großen Gendarmeriehubschrauber vom Gendarmerieposten in Aussee herüben abholen wollen, nachdem er stunden- oder vielleicht sogar tagelang oben am strahlend blauen Himmel Rauten geflogen ist, aber schnell, schnell geht beim Biermösel natürlich gar nichts, wenn sich in seinem System der Joe und das Weizenbier um den Platz an der Sonne raufen.

„Biermösel, du Stinksack, komm endlich mit erhobenen Händen aus deiner Schwitzhütte heraus, wir haben ein paar Fragen an dich!“, hat ihm der feine Herr schon durch das große Megafon vom Hubschrauber aus zugerufen. „Es gibt für dich kein Entkommen mehr, du sitzt in der Falle!“

Na, na, na, hat sich der Biermösel gedacht. In der Falle sitzt vielleicht der Mittelstand im Tal des Todes drinnen, aber ich sitze am Scheißhaus. Und dann hat er gemütlich ein paar Joes geraucht und ein paar zischende Weißbiere getrunken, bis ihm der Karate Kid mit dem großen Verhörscheinwerfer durch das Scheißhausfenster herein in den Arsch gefahren ist. Also hat er letztlich doch die Spülung gezogen und das Handtuch geworfen, obwohl draußen vor der Tür die Mondgesichter aus den Anden immer lauter und schneller „No nos moverán!“ gesungen haben, weiß der Teufel, was die ihm immer sagen wollen.

Der Innenminister hat dann aber natürlich nicht mit dem Technikfeind im Biermösel rechnen können, der ja in keinen Hubschrauber hineinsteigt, solange er nicht versteht, warum der überhaupt fliegt. Also hat dann wieder alles ein bisserl länger gedauert, als der Boss bei gefährlicher Unterschreitung der Mindestgeschwindigkeit für Hubschrauber über die Straße der Sieger in Richtung Wels hinaufgeflogen ist, während es der Biermösel ein paar Meter weiter unter ihm auf seinem Moped gemütlich angegangen ist, Hauptsache gemütlich.

Um bei den ganzen anstehenden Problemen, die seiner depperten Bundesregierung seit Beginn der Hitzewelle um die Ohren fliegen, keine Zeit zu verlieren, hat der Innenminister schon aus dem Hubschrauber heraus mit dem Verhör begonnen, das lange Megafon in der Hand, die Fragen allesamt auf einem Spickzettel notiert und den großen Verhörscheinwerfer von oben herab auf ihn gerichtet:

„Biermösel!“, hat er geschrien, „jetzt hör einmal gut zu: Der ganze Saft aus der Heimat, der schöne See bei euch da unten, das ganze kostbare Nass – wohin ist denn das bitte alles verschwunden, hast du damit was zu tun?“

„Ich weiß es nicht! Ich war es nicht!“

„Sei uns nicht böse, Biermösel, aber vor den Wahlen müsst ihr doch mit ein paar Kübeln Wasser den dreckigen Ort endlich aufwischen, schön muss ein Ort ja nicht sein, aber sauber!“

Im folgenden Schauprozess vor dem Standgericht in Wels oben hat der Karate Kid dann die Verhörlampe erst wieder neu aufbauen müssen, was ihm schön langsam auch ein bisserl auf die Nerven gegangen ist – ausstecken, einstecken, ausstecken, einstecken, immer der gleiche Scheiß – dafür hat er Karate gelernt?

Aber dann sind sie dem Biermösel mit der Lampe immer dichter auf den sowieso schon komplett verbrannten Pelz gerückt, sodass seine sowieso schon komplett verbrannte Nase unter der brennenden Scheibe bald auf die sechsfache Größe angeschwollen ist. Dann hat sich der Herr Minister über seinen Zinken gebeugt und ihm mit seinen Stenografenhänden hineingepiekst – „Aua!" –, bevor er persönlich geworden ist:

„Biermösel, du Schweinderl, nimm endlich den Daumen aus deinem Mund heraus und hör auf, nach deiner Mutti zu rufen, das ist ja peinlich, wenn einer von unseren Rambos dauernd nach seiner Mutti schreit, du meine Güte, dich möchte man ja in den Arm nehmen und der sozialen Hängematte überantworten, wenn wir die nicht schon längst abgeschafft hätten, so elend, wie du daherstotterst, hast du vielleicht in deinem Leben zu wenig Muttermilch bekommen?"

„Ich nicht!"

„Und jetzt noch Folgendes: Die ganzen Tagestouristen und Sommerfrischler, die uns in Todesangst von einem Terrorpaten namens Herzloser Herzbube erzählt haben respektive von einem Hijo de Corazón sin Corazón, wie ihn dieses Mondgesicht genannt hat, das im Wald drinnen herumgestanden ist und die ganze Zeit irgendeinen Kommunistenscheißdreck gesungen hat, Biermösel, weißt du vielleicht, was das heißen soll, und hast du damit was zu tun?"

„Ich weiß es nicht, ich war es nicht!"

Sein Hirn schwimmt ja in einer trüben, schaumigen Bierbrühe, und wenn es nicht gerade schwimmt, dann liegt es in der Hängematte und ist von einem dichten Nebel umhüllt, der nach dem Joe riecht. Der Biermösel hat also gar nicht erst den Depperten spielen müssen, als er immer wieder „Ich weiß es nicht, ich war es nicht!" gesagt hat, das beste Mittel gegen die Verhörspezialisten in Schurkenregimen ist ja immer noch der ehrliche und komplette Erinnerungsverlust infolge Alkoholmissbrauchs. Jedenfalls hat er während des ganzen Verhörs das sehr schöne Gefühl gehabt, dass es sich neulich wieder einmal so richtig ausgezahlt hat, heiliger Bimbam, aber er hat natürlich nicht mehr gewusst, wo genau er sich den Brummschädel wieder eingefangen hat. Das Licht der Verhörlampe ist ihm wie brennende Nadeln durch die Augen hinauf ins Hirn gefahren und hat ihm dort nie gekannte, höllische Schmerzen bereitet, die ihn nach Gnade wimmern ließen und um die Rückgabe seiner tiefschwarzen General-Jaruzelski-Brille, „Bitte! Bitte! Bitte!"

Aber der Innenminister war gerade nicht in der richtigen Stimmung für eine Begnadigung, und die Sonnenbrille vom Biermösel hat ihm selbst sehr gut gefallen, „Danke!"

Der Kid hat dann also die Verhörlampe wieder ausstecken und zusammenpacken müssen, und dann haben sie den Biermösel in die Gummizelle geschmissen, die normalerweise für die komplett geistesgestörten Einheimischen als Zwischenstation auf ihrem Weg hinüber in den Spiritus in Salzburg reserviert ist, nur dass die Hitze mittlerweile auch die nicht wenigen Geistesgestörten im Land hinweggerafft hat und der Biermösel den ganzen Luxus einer Gummizelle für sich alleine gehabt hat, zusammen nur mit der voltstarken Verhörlampe, die der Karate Kid wieder hat anstecken müssen, und mit einem kleinen Transistorradio, in dem der Feindsender *Radio Saftiges Bayern* gelaufen ist, wahrlich die reinste Folter.

„Biermösel", hat der Innenminister gefragt, „weißt du eigentlich, was die Weißwurschtibrüder drüben in Bayern in ihren Bierzelten schon über uns singen?"

„Ich weiß es nicht!"

„Na dann hör einmal gut zu. Und zwo, drei:

‚Es gibt kein Bier in Aussee, es gibt kein Bier!

Es gibt kein Bier in Aussee, drum bleib ich hier!'", singen sie, und dann hat ihn der Innenminister wieder gefragt:

„Weißt du, warum es in Aussee kein Bier mehr gibt?"

„Ich war es nicht!"

Der Kid hat dann seine Lampe schön brav wieder ausgesteckt, und zusammen mit dem Biermösel hat er alles hinausgetragen vor die Tür, wo er ihn in eine Mülltonne hineingeworfen und die Lampe wieder neu aufgestellt hat. Sofort hat sich die heiße Tonne mit dem ganzen Schweiß aus seinem Körper gefüllt, und mit dem obenauf schwimmenden Bierschaum hat das dann sogar ein bisserl so ausgeschaut, als täte der Biermösel – ganz wie der Jason Castelli! – auch im Suppentopf von einem Schurkenregime herumschwimmen und das Süppchen schön kochen, näher war er seinem Helden noch nie.

Der Biermösel fährt dann hoch wie der Alptraumgeplagte aus seinem unruhigen Schlaf. Oft weiß er ja wirklich nicht mehr, in welch finstere Ecken des Lebens er sich zuvor verrannt hat, die Frage lautet dann immer: Sind es Tage gewesen, die seit seinem letzten großen Besäufnis vergangen sind, oder waren es Wochen? Jahre?

Dass er es wieder so hat übertreiben müssen! Entweder er hört jetzt wirklich ganz schnell mit dem Saufen auf, denkt er sich mit der Einsicht des Übernächtigen, oder er kriegt sehr schnell von irgendwo ein frisches Bier her, da wird er sich bald für das eine oder das andere in seinem Leben entscheiden müssen –

„Roswitha, bring mir ein Bier!"

Der Biermösel muss sich dann erst wieder ein bisserl sortieren und sich den Schlaf aus den Augen reiben, ehe er kapiert, wo genau er dieses Mal wieder zu liegen gekommen ist und seinen Rausch ausgeschlafen hat – da schau her!, denkt er sich. In einem komplett durchlöcherten, leeren und stinkenden Ölfass ist er die ganze Zeit gelegen, das seit Anbeginn der Welt auf dem Schießstand hinter dem Auerhahn herumsteht und auf das er neulich mit der Roswitha ein paar kleine Schießübungen veranstaltet hat, nachdem sie wieder einmal gesagt hat: „Biermösel, ich will Sheriff werden!" Bevor ihr dann doch wieder das andere lieber war: „Biermösel, ich will körperliche Liebe!" Die Weiber wissen halt einfach nie, was sie wollen, ist dem Biermösel seine abschließende Meinung zu den Weibern, aber das ist natürlich nur ein Problem mit ihnen, eines von vielen, „Roswitha, hol mir endlich das Bier!"

Der Biermösel ist ja Gott sei Dank mit einer blühenden Fantasie ausgerüstet, die ihn umstandslos in jede Parallelwelt abtauchen lässt, seit er ohne kleinen Bruder hat aufwachsen müssen, der mit ihm die Abenteuer aus Jason Castelli im Dschungel von Kongolien hätte nachspielen können, als da wären: die ganzen Suppentopfgeschichten, die Tigerbändigungen und Elefantenrennen, die rituellen Schlachtungen und – jawohl! – auch die ergreifenden Geschichten von abseitigem Kannibalismus, die er als kleiner Biermösel mit einer voltschwachen Lampe in seiner Selchkammer drinnen studiert hat und die ihm einen guten Vorgeschmack auf die Abgründe seines weiteren Lebens in Aussee herüben gegeben haben –

„Hol dir dein Bier selber!"

Mit dem kleinen fetten Knödel von einer Schwester, den ihm seine Mutti hinterlassen hat, war das Nachspielen der Abenteuer vom Jason Castelli natürlich unmöglich, weil die Weiber den ganzen Abartigkeiten und furchtbaren Brutalitäten in so einem Dschungel ja schon alleine wegen ihrem empfindlichen Magen, der ein weiteres Problem von den Weibern ist, nichts abgewinnen können und darum lieber „Gentlemanermittler Rock Rockenschaub löst auf alle Fälle alle Fälle" lesen. Aber du meine Güte, so sind sie halt, die Weiber! Sie lesen einfach lieber Bücher, als dass sie sich Comichefterl anschauen. Und lieber hören sie sich „Schö Tem" vom Weiß Ferdl an als „Duttelwatschen & Bier Vol. 1–69" von den Radinger Spitzbuben, das sind im Wesentlichen die Probleme mit den Weibern.

Das Rätsel um die voltstarke Verhörlampe war dann trotz Brummschädel im Kleinhirn für einen routinierten Ermittler wie den Biermösel rasch gelöst, und für die, die noch nicht selbst draufgekommen sind, hier die Lösung:

Es war natürlich nur die freundliche Mutter Sonne, die ihn vom Himmelszelt herab angeleuchtet und zu neunzig Prozent verbrannt hat, während er tagelang in der Heizöltonne herumgelegen ist und im Vollrausch fantasiert hat. Und der Karate Kid war gar kein Verhörspezialist, wie er die ganze Zeit geglaubt hat, sondern nur ein Schlitzauge aus Sapporo drüben, der es sich mit ein paar anderen halbverdursteten rotbackigen Holzfällern um sein Ölfass herum gemütlich gemacht und immer wieder gefährlich den Arm nach ihm ausgestreckt hat, mit dem er ihm dann den Bierschaum vom Schädel gepflückt und sich gierig in den Mund geschoben hat, freilich ohne dafür zu bezahlen, „mmmhm!", schreien sie, „lecker!"

Bedient euch ruhig und greift zu!, denkt der Biermösel dann großmütig, macht einen bayrischen Bierkrug aus mir und malt mich an! Er weiß ja besser als sie, wie es wieder ausgehen wird, sobald er den Hilfssheriff aktiviert und „Roswitha!" geschrien hat.

„Roswitha!"

Die Roswitha muss dann aber erst das halbe Waffenarsenal zur Rückseite vom Auerhahn schaffen, weil sie nur noch nach vorne hin überwacht, seit er den Grasmuck am Dachboden zur Unterstützung seiner Erderwärmung aufgestellt hat und dieser seine Gase nach hinten hin in die Welt hinausschleudert, wodurch diese Flanke normalerweise gut gesichert ist, weil den Gestank und den Lärm niemand überlebt. Nur dass der Biermösel jetzt nichts von ihm hört und riecht, da muss was passiert sein: „Grasmuck, was ist denn los, wieso feuerst du nicht mehr?"

Als dann endlich doch noch der Kugelhagel auf die Bierdiebe herniederprasselt, ist der Biermösel endgültig wieder aus seiner Vollrauschwelt aufgetaucht und heroben in der Welt angekommen, wie sie wirklich ist – gefährlich, stinkend, niederträchtig und voll mit gierigen Leuten, die sich an ihm laben wie der Wandersmann am springenden Bächlein. Geschätzte 24,3 Liter ausgeschwitztes Bier vermisst der Biermösel außerhalb seines Systems, und das werden sie natürlich büßen!

Das Blei aus den Spritzen von der Roswitha pfeift ihnen wahlweise knapp an den Ohrwascherln vorbei oder überhaupt gleich mitten durchs Hirn, je nachdem, ob seine Schwester gerade wieder Sheriff werden möchte oder sich doch wieder nach körperlicher Liebe sehnt.

Breitbeinig wie der John Wayne den Saloon am Viehzüchterkongress, betritt der Biermösel dann die Wirtsstube, in der die Roswitha jetzt hinter zugezogenen, schweren Vorhängen sitzt, ganz in sich selbst versunken, abgewandt von der Welt und, wie es ausschaut, mit einem furchtbaren Geheimnis schwer auf ihren Schultern lastend.

„Eh die ganze Familie schwierig!", bricht es aus ihr heraus, noch bevor er sie mit einem Fußtritt in den Arsch um ein Bier schicken kann. „Eh schon eine schlechte Nachrede im ganzen Ort! Und dann liegt der feine Herr auch noch tagelang in seinem Ölfass hinter dem Wirtshaus herum und schreit gegen eine Verhörlampe an, die es in der Wirklichkeit gar nicht gibt!"

„Und hat mich in der Wirklichkeit wenigstens eine gesucht in meinem Ölfass da draußen?", schreit der Biermösel zurück, aber da muss ihn die Roswitha natürlich enttäuschen:

„Nicht eine Einzige."

Da liegt er also tagelang in einem leeren Ölfass herum, besoffen bis über beide Ohren, verfolgt von Dämonen aus seinen Comichefterln und umstellt von Holzfällern und Bauerntrotteln, die Bierschaum von seinem Schädel herunterpflücken und von denen er wahrscheinlich einen für den Innenminister gehalten hat, und dann gibt es nicht eine Einzige, der er abgegangen wäre und die ihn deswegen gesucht hätte?

Das ist dann sogar im mit Tiefpunkten gepflasterten Leben vom Biermösel ein einmaliger Tiefpunkt an Einsamkeit, in den er sich da selbst hineingefurzt hat. Und kurzzeitig überlegt er beim Anblick der Roswitha und ihrem Schlachtermesser sogar, ob er nicht doch endlich den Sack zumachen und mit ihr in die Kammer hinaufgehen soll, sobald sie wieder einmal „Ich will körperliche Liebe!" gesagt hat, und er überlegt weiter, ob er sich dann von ihr dort oben nicht einfach missbrauchen lassen soll, und zwar noch gründlicher als vor kurzem am Gendarmerieposten, sodass die Segnungen ihrer körperlichen Liebe gleichzeitig auch seinen endgültigen Abschied von dieser elenden Welt bedeuten.

Aber sogar da war ein anderer schneller!

So wie der Jason Castelli in irgendeiner Ecke vom Dschungel in Kongolien immer die vom Löwenrudel zerfetzte Gattin vom Wildhüter entdecken muss, so entdeckt der Biermösel in einer Ecke der Gaststube auf einmal seinen alten Freund Grasmuck, den er ursprünglich zur Unterstützung seiner Erderwärmung oben am Dachboden aufgestellt hat, was aber – im Nachhinein betrachtet! – keine so gute Idee war. Komplett zerschunden und zerlegt liegt er herum, sexuell missbraucht bis dorthinaus, halb aufgefressen und halb wieder ausgespuckt, Opfer eines furchtbaren Aktes von abartigem Kannibalismus.

Zwar hätte der Biermösel jetzt auch eine voltstarke Verhörlampe draußen in der Garage stehen, mit der er seiner Schwester auf den Pelz rücken und ein Geständnis aus ihr herausquetschen könnte, aber sie hat das Schlachtermesser in der Hand.

„Hast du damit was zu tun?", fragt er sie daher nur aus sicherer Entfernung und ohne den sonst schneidigen Unterton, aber sie schneidet nur weiter an ihren Zehennägeln herum und sagt ganz ruhig:

„Ich war es nicht."

Das kann ein unerfahrener Ermittler jetzt glauben oder nicht, je nachdem. Dem Biermösel aber mit seiner ganzen Erfahrung im Beruf und dem jahrlangen Studium seiner Lieblingscomics hat alleine das Blut um ihre Lippen herum alles gesagt: dass ihr Magen gar nicht so empfindlich ist, wie er immer geglaubt hat. Weil seine Schwester nämlich doch nicht nur „Gentlemanermittler Rock Rockenschaub" liest, wie er immer geglaubt hat, sondern heimlich auch seine Comichefterln mit dem Jason Castelli im Dschungel von Kongolien und den ganzen schönen Geschichten vom Kannibalismus, die sie ihm vom Scheißhaus herunterstiehlt und nicht der Flüchlingsrotzbub Juanito, den er ursprünglich im Verdacht gehabt hat.

Der Biermösel hätte die Roswitha dann gerne um ein paar Eiswürfel für den Grasmuck in den Keller hinuntergeschickt, damit die Fliegen ihn nicht gar so schnell fressen und er ihn noch ein bisserl länger anschauen kann, schließlich war er sein einziger Freund.

„Selber schuld!"

Aber trotz der Schwere ihres Verbrechens und trotz der drückenden Beweislast bleibt der kleine fette Knödel hochmütig und uneinsichtig. Also wird der Biermösel die Eiswürfel selber holen und die Ermittlungen im Kriminalfall Roswitha Biermösel lieber heute als morgen einstellen. Als Schweinsbratenköchin von Geburt an wird sie ihm aber heraußen sowieso nützlicher sein als drinnen im Knast, also Freispruch, Euer Ehren, „aber leg jetzt endlich das Schlachtermesser weg!"

In der fast vollkommenen mittäglichen Stille liegt der Biermösel dann gemütlich auf seiner Ofenbank herum und schaut abwechselnd dem Grasmuck beim Totsein zu und dann wieder der Uhr beim Zerrinnen der Zeit, jawohl, beim Zerrinnen! Mittlerweile ist es nämlich so heiß, dass sogar die Zeit in der Uhr drinnen zerrinnt, heilige Scheiße, so heiß ist es mittlerweile, dass nur noch der Flügelschlag der Fliegen zu hören ist, und das bedeutet meistens nichts anderes als Endzeitstimmung, schlag nach im Handbuch für Spaghettiwestern, stimm ein in die langgezogenen Mundharmonikamelodien.

Die Einschläge kommen dann immer näher, und die Druckwellen seiner Zerstörungswut blasen überraschend sogar einen blühenden Ast von seinem Familienstammbaum herunter, von dem der Biermösel bisher noch gar nicht gewusst hat, dass es ihn überhaupt gibt. Jedenfalls hätte er in seinem Alter nicht mehr darauf gewettet, dass die ganze Zeit ja eh ein kleiner Bruder von ihm da draußen herumgelaufen ist, mit dem er hätte Jason Castelli spielen können, wenn er ihn nur rechtzeitig kennengelernt hätte, jetzt fehlt nur noch, dass ihm eine sagt, er ist schon die längste Zeit Papa.

Eher hätte er in diesen Tagen der Wut und der Glut stündlich mit einem Anruf von der Schwester Oberin drüben in Goisern gerechnet: dass nämlich dem Alten endgültig die Luft ausgegangen ist und er heuer endlich nicht mehr die Kommunisten wird wählen können, „gesegnet sei der Große Chef vom Ganzen oben im Himmel, in Ewigkeit, Amen!"

Aber die haben neulich nur angerufen, dass er ihn endlich abholen möge, weil der Betrieb eingestellt wird und sie lieber ein Siechenheim in irgendeiner Bananenrepublik in Afrika unten aufmachen, wo es vergleichsweise kühl und frisch ist und die politische Lage nicht so dramatisch wie in der eigenen saftigen Heimat.

Also hat er dann ein paar weitere Stunden lang darauf gewartet, dass vielleicht sein kleiner fetter Knödel von einer Schwester von selbst aus den Gesundheitslatschen herauskippt und er gar nicht nachhelfen muss – wegen der Einsamkeit, wegen dem Bluthochdruck, wegen der schieren Verzweiflung über die unerfüllte körperliche Liebe und vielleicht auch ein bisserl wegen der unerträglichen Hitze. Es hätte ihn jedenfalls nicht überrascht, wenn sie bei mittlerweile plus 47,4 ° im Schatten mit pelziger, heraushängender Zunge irgendwo herumgelegen wäre, erdrückt vom eigenen Fett, ersoffen im eigenen Wasser, das aus den gebrochenen Venen in ihren Klumpfüßen herausströmt, und womöglich am Schluss sogar noch geschändet von irgendeinem grobschlächtigen Holzfäller am Stammtisch, dem es dann – zu spät freilich! – doch noch eingefallen ist, dass er sie die ganze Zeit geliebt hat, immer nur sie.

Aber auch die lebt immer noch.

Also schickt er sie jetzt weiter in die Küche hinein um die gußeiserne Pfanne, weil er mit dem ganzen dicken Blut in seinen Venen selbst nicht mehr die Kraft hat, dass er den Arm hebt und mit schneller Hand die lästige Fliege zertrümmert, die sich seit einer Stunde um seine verbrannte, geschwollene und schön langsam komplett eitrige Nase herumtreibt.

Allerdings dreht das depperte Vieh auf einmal ab und fliegt dann einfach beim Fenster hinaus, noch bevor die Roswitha mit der Pfanne zum Rückhandschlag ausholen kann, mutmaßlich, weil es irgendwo da draußen frischeres totes Fleisch gibt als seine eigene abgestorbene Nase und den schön langsam zum Stinken anfangenden Grasmuck, den er wegen seiner abgestorbenen Nase aber Gott sei Dank nicht riechen kann.

„Apokalyptisch", sagt die Roswitha zu dem ganzen Schauspiel.

„Du mich auch", sagt der Biermösel.

Gemeinsam schauen sie dann der Fliege nach, wie sie über die Straße hinweg in die nahe gelegenen Kiefernwälder hineinfliegt, die aber alle schon verbrannt sind, und dann immer weiter mitten durch seine Buchenwälder hindurch, die natürlich widerstandsfähiger sind und zum Verweilen einladen. Aber auch dort hält sich das Fliegentier nicht lange auf, sondern schließt sich einem Verband anderer Fliegen an, der sich als dichte schwarze Wolke in Richtung Gebirgskamm hinaufschraubt, wo sie sich dann alle miteinander vor dem Spitzgiebelaltbau vom Weiß Ferdl in den zähflüssigen Verkehr einreihen, der dann vor der sperrangelweit geöffneten Eingangstüre überhaupt zum Erliegen kommt, so weit kann das patentierte Adlerauge vom Biermösel nämlich sehen, und spätestens jetzt denkt er sich:

Alarm, Alarm!

Wenn sich die Fliegenplage nämlich ausweitet, dann fressen ihm die Viecher am Ende noch das Fleisch vom Griller, und alle seine Bemühungen für einen gemütlichen Grillabend waren umsonst.

Also schnell den Auerhahn zugesperrt und rundherum noch ein paar kräftige Stinkbomben hingeschissen, in denen jeder umkommen wird, der sich dem Auerhahn in feindlicher Absicht nähert und es auf seinen Bierkeller abgesehen hat.

Der Biermösel wird der Ursache für die Fliegenplage dort oben im Spitzgiebelaltbau einfach selbst auf den Grund gehen, so wie der Jason Castelli immer den Ursachen für dieses und jenes selbst auf den Grund geht. Und weil die Roswitha seine kühlende Feuchtigkeit nicht mehr missen möchte, lässt sie sich auch mit dem gut platzierten Leberhaken nicht mehr abschütteln, als er endlich die Fips besteigt und den Kickstarter tritt, also nimmt er sie halt mit.

Nachdem seine treue Fips ihn mit dem schweren Ballast vorm Spitzgiebelaltbau oben am Gebirgskamm abgeworfen hat, nach einer abenteuerlichen Fahrt die Serpentinen hinauf, während der sie sich wegen der deutlich höheren Nutzlast die Lunge herausgehustet hat, schaut der Biermösel mit den ganzen zerfetzten Fliegen im Gesicht im Wesentlichen aus wie eine Autobuswindschutzscheibe nach einer längeren Ausflugsfahrt im schwülen Sommerwind, sodass ihn die Roswitha gar nicht mehr erkennen würde, wenn sie ihn denn anschauen täte.

Aber das tut sie nicht.

Stattdessen hat sie schon ihren Rezeptblock samt dem gut gespitzten Griffel gezückt, und dann geht es los: Wie der eifrige Ermittler im Freitagskrimi steht sie bei der Eingangstür vom Weiß Ferdl zwischen den ganzen Fliegen herum und notiert: „Obwohl Eingangstüre sperrangelweit offen, stauen sich einheimische Fliegen heraußen im Freien, warum?"

Böse Gerüchte hat es schon früher gegeben, aber böse Gerüchte gibt es immer. Dass der Weiß Ferdl gar nicht „unser" Weiß Ferdl ist zum Beispiel, sondern ein halber Ausländer, „der ist ja summa summarum mehr ein Franzose", haben sie gesagt, „mit seiner Samtstimme, seinem Dackelblick und dem dauernden ‚Schö Tem'!"

Die Ad-hoc-Außenansicht vom Spitzgiebelaltbau entkräftet aber zumindest in den Augen vom Biermösel diese Gerüchte vollkommen. Die Hülle glänzt wie vorgeschrieben in schwarzem Holzlack, der Spitzgiebel ist von einer einmaligen Spitzheit, die Schnitzkunst von Meisterhand ausgeführt, rot-weiß-rote Fensterläden, ein Hirschgeweih über der Tür sowie ein Wetterhäuschen, größer als die Garageneinfahrt vom Schwarzenegger drüben in Amerika, ergeben alles in allem einen vorbildlichen einheimischen Traumaltbau, an dem nichts auszusetzen ist, freilich mit der vorläufigen Einschränkung:

Nach außen hin! Wie es in so einem Spitzgiebelaltbau nämlich innen ausschaut, das weiß man ja immer erst, nachdem man eingetreten ist.

Ein erster Rundum-ad-hoc-Blick im Inneren der Höhle genügt dem Biermösel, um ihn erschaudern zu lassen: Der Weiß Ferdl wohnt allem Anschein nach nicht in einem Stammtischnachbau aus Holz, wie es für Volksmusikanten vorgeschrieben wäre, sondern in einer Denkerstirn-Bude aus Glas und Plastik, eine Knopferlharmonika suchst du bei dem jedenfalls vergeblich, dafür hat er sich ein Klavier hereingestellt. Wo das Auge auch hinstreift – es findet sich im ganzen Haus kein Herrgottswinkel und kein einziges Hirschgeweih, an dem eine Jägertracht hängen täte, keine rot-weiß karierten Deckchen liegen am Tisch und keine Dielen am Boden. Stattdessen ist alles in unpersönlichem Weiß gehalten, überall stehen Bücherregale und Chanson-Platten herum, und an der Wand hängt zwar das in den hiesigen Regionen vorgeschriebene Stickdeckerl, aber wo normalerweise „Hier ist es fein, hier kehr ich ein, hier wohnt mein kleines Herzilein!" draufstehen müsste, steht bei ihm nur „L'Humtatá, c'est moi!", Kruzifixnocheinmal, was soll denn das jetzt wieder heißen?

Schon in der Gendarmerieschule oben in Linz hat der Biermösel im Fach „Heimat, saftige Heimat" gelernt, wie ein Mensch auszuschauen hat, damit er als Einheimischer durchgeht. Der Ausbildner ist mit dem Musterkoffer vom Loden Friedrich in der Hand zu ihnen in die Klasse gekommen, und dann hat er ihnen vorgeführt, wie es geht.

„Zuerst das Grundsätzliche: Mit Schlitzaugen geht gar nichts, und mit einer Negerhaut samt Neger-Schlauchbootlippen im Gesicht erst recht nicht!“

Dann, mehr ins Detail gehend, hat er erklärt, wie in der saftigen Heimat die Wollstutzen getragen werden müssen und auf welcher Seite am Hut der Gamsbart zu stecken hat. „Ohne Gamsbarthut überhaupt nie hinausgehen!“, hat er sie angewiesen. „Oder kann sich von euch vielleicht irgendwer vorstellen, dass der Negerhauptmann ohne seine Negerwolle am Schädel hinausgeht, oder das Mondgesicht aus den Anden ohne seine gestrickte Pudelhaube in den grauslichen bunten Farben, kann sich das vielleicht irgendwer vorstellen?“

„Wir nicht!“

„Das will ich meinen! Wir von der österreichischen Gendarmerie im Besonderen und wir vom gesegneten österreichischen Volk im Allgemeinen danken ja mit stolzgeschwellter Brust praktisch jeden Tag dem Herrgott, dass wir Einheimische sind und keine Hugenotten oder Hottentotten oder sonstige Falotten, also was ist, hör ich vielleicht ein vielstimmiges Danke?“

„Danke!“, haben sie alle miteinander im Chor geschrien, außer der Biermösel natürlich, der in das ganze saftige Gebrüll hinein einen Ordentlichen hat fahren lassen, woraufhin wieder einmal alle kollabiert sind und die ganze Schule geräumt hat werden müssen, Alarm, Alarm. Aber damals hat er sein Talent noch nicht richtig einschätzen können und hat sich mit dem Kollaps der Mitmenschen zufriedengegeben, während er heute nach der Vernichtung der Welt strebt.

An diese Worte vom Ausbildner jedenfalls erinnert sich der Biermösel jetzt wieder, als er endlich den Weiß Ferdl auf seiner Chaiselongue (und nicht etwa auf seiner Ofenbank!) liegen sieht, und sein Anblick ist dann überhaupt die Enttäuschung des Sommers!

Ausschauen tut er nämlich – jedenfalls nach allem, was man nach dem ersten Ad-hoc-Blick sagen kann – wirklich mehr wie ein Franzose als wie ein einheimischer König, mit seinem schwarzen Rollkragenpullover und dem dünnen Bärtchen, das den Biermösel frappant an den Damenbart von seiner Mutti erinnert.

„Hat der nicht immer von der ewigen Liebe gesungen?“, kann er sich dann einen Seitenhieb auf die ewige Liebe nicht ersparen. „Wie kann denn so einer überhaupt sterben?“

Mit einem Staatsbegräbnis für den Ferdl wird es in diesem Franzosen-Aufzug jedenfalls nichts werden, da wettet er tausend weiße Rosen. Die Tränen vom Volk werden schneller versiegen als die Tränen auf seinen Wangen, nachdem er die Mutti und ihre Dutteln an den Schonn Gabönn verloren hat, und bei ihm war in neun Tagen, sieben Wochen, vierzehn Monaten und einem Jahr alles vorbei.

Nachdem der Biermösel in Überschreitung seiner Kompetenz beim Ferdl einen gewaltigen „Hitzschlag“ als Todesursache festgestellt hat, legt er ihn gedanklich einfach zu dem ganzen Haufen mit den anderen Opfern seiner Erderwärmung dazu, und dann sagt er zur Roswitha:

„Abmarsch! Ich hab ja auch noch einen gewaltigen Brummschädel!“

Der fette Knödel aber entwickelt ein überraschendes Eigenleben, mit dem der Biermösel nicht gerechnet hat:

„Zwar sehe ich Beweise, dass der Ferdl wie ein Franzose ausgeschaut und auch wie einer gestorben ist“, sagt sie gespreizt wie der Rock Rockenschaub in seinen blöden Romanen. „Aber fragt hier auch einmal einer nach dem Warum?“

Meine Güte, denkt sich der Biermösel, warum müssen die Weiber eigentlich immer nach dem „Warum“ fragen?

Während er sich dann ein weiteres Mal fragt, warum ihm die Mutti nicht einen kleinen fetten Knödel von einem Bruder hinterlassen hat können, hat die Roswitha schon längst den Briefkasten ausgeräumt und die ganze Fanpost vom Ferdl durchgeblättert, die sich bei einem König natürlich kistenweise stapelt – jede Menge Briefe von einsamen, vernachlässigten Hausfrauen, die sich nach ein bisserl körperlicher Liebe mit ihm sehnen und die an den „Weiß Ferdl, Spitzgiebelaltbau, Aussee“ adressiert worden sind, alle keine Überraschung, insbesondere nicht ihre eigenen Brief, die ihr jetzt ein bisserl peinlich sind.

Der wahlwerbende Brief vom „Movimento contro il Alcohol, dafür pro Jesu“ aber, der mit der Bitte um einen kleinen Obolus für die Wahlkampfkasse endet, ist nicht an den Weiß Ferdl gerichtet, sondern an einen gewissen „Ferdinand Blanc, Gebirgskammstraße, Aussee“, und jetzt fragt die Roswitha ihren großen Bruder:

„Warum ist das so?“

„Weil der Weiß Ferdl nicht alleine da gewohnt hat, sondern mit dem Ferdinand Blanc zusammen?“, mutmaßt der Biermösel, aber mit dieser Erklärung kann und will sich die Roswitha natürlich nicht zufriedengeben.

Als Schweinsbratenköchin von Geburt an schaut sie nämlich immer ein bisserl genauer hin, wenn irgendwo ein Stückerl totes Fleisch herumliegt, und so wie sie das Schweinsbratenfleisch immer hin und her dreht und her und hin, so wie sie es immer befühlt und von allen Seiten betatscht, bevor sie es in das Rohr hineinschiebt und den Ofen auf Vollgas dreht, so wendet und dreht sie jetzt auch den Ferdl ein paarmal hin und her, und schon überlegt sie, ob sie seinen Leichnam nicht einsalzen und später schänden soll, weil sie etwas sehr viel Versprechendes am Ferdinand bzw. im Ferdinand drinnen ertastet, etwas, das sich lang und steif und hart anfühlt in ihren Händen und sie sofort an die körperliche Liebe denken lässt. Aber dann merkt sie, dass es gar nicht sein kleiner Franzose ist, mit dem sie da spielt, sondern eine Trompete, die ihm in der Gurgel drinnen steckt und bis zum kleinen Franzosen hinunterreicht, und jetzt lautet die bange Frage natürlich:

„Warum ist das so?“

So eine Gurgel ist nämlich ein ungewöhnlicher Aufbewahrungsort für eine Trompete, findet der Biermösel, außer natürlich man sagt, dass der Ferdl in seiner Letztbestimmung ein Trompetenkoffer war.

Bei den Franzosen weiß man ja schließlich nie.

Der Biermösel hat dann den Schock noch nicht verdaut, dass einer Weiß Ferdl und Ferdinand Blanc gleichzeitig heißen kann, da kommt die Roswitha schon mit seinem Volksmusikantenbefähigungsausweis aus dem Schlafzimmer herausgerannt und nimmt den schnellen Datenabgleich im Großhirn vor, ohne Scanner, dafür mit Daumen mal Pi und einer Portion Hausverstand:

Als die Biermösel-Mama verschwunden ist, kombiniert sie, war der Krieg gerade ein paar Jahre zu Ende und der Mond noch längst nicht erobert, „richtig?"

„Richtig!"

Und als der Ferdinand laut seinem Volksmusikantenbefähigungsausweis geboren worden ist, war der Krieg ebenfalls gerade erst ein paar Jahre zu Ende und der Mond noch immer längst nicht erobert, freilich exakt plus neun Monate Schwangerschaft, das passt alles hinten und vorne zusammen. Dazu sein verdächtiger Damenbart, der dem von der Mama verblüffend ähnelt! Dazu der Rollkragenpullover, der auch den Biermösel gleich an den Schonn Gabönn von damals erinnert hat! Und sogar das Blut vom Ferdl, das sich die Roswitha genau angeschaut und mit ihrem eigenen verglichen hat, ist haargenau das gleiche wie ihres, nämlich blutrot bis dorthinaus, also sind sie alle ein Fleisch und ein Blut!

Der Biermösel findet dann aber nicht, dass das richtige Beweise sind. Noch will er nicht so recht glauben, dass einer, der „Schö Tem" singt und in so einer Bude wohnt, sein Bruder sein soll. Aber je schneller und sicherer die Roswitha kombiniert und ermittelt, desto kleinlauter wird nicht nur er selbst, sondern werden auch seine Bumsis, die sich jetzt fast ein bisserl schämen, dass sie die Luft verpesten dürfen, die der kleine fette Knödel atmet, immer dünner und leiser werden sie, bis sie endgültig verstummen.

Als sich dann aber endlich die erste Fliege bei der Türe hereintraut und sich auf den schon sehr geschwollenen Bauch vom Roi d'Humtatá draufsetzt, damit sie das Festmahl beginnen kann, kommt dem Ferdl unter ihrer Last so eine unverwechselbare Bombe à la Biermösel aus, dass sich die Erdachse mit nur einem einzigen Ausstoß gleich um ein paar Längengrade verschiebt und die Luft auf der Nordhalbkugel um ein paar Grade erwärmt – und hoppala, plus 47,7° im Schatten. Da spätestens ist dann sogar der Biermösel überzeugt, dass es sich beim Ferdl um seinen Bruder handelt, wer könnte sonst so furzen?

Für die ausgedehnte und tief empfundene Familientrauer bleibt dann aber natürlich wenig Zeit. Ein paar schnell gerauchte Joes, weil man inmitten der ganzen tief empfundenen Trauer auch ein bisserl lustig sein will. Dann mit den Eisenfüßen ein paar langsame Akkorde auf dem gläsernen Flügel gespielt, bis er komplett zusammengebrochen ist. Dann noch heimlich zur Feier des Tages still und leise an der französischen Cognacflasche genippt, damit man weiß, was man ein Leben lang nicht versäumt hat – pfui Teufel! So was Grausliches hat die Zunge vom Biermösel noch nie benetzt. Und dann halt selbst ein paar Eiswürfel aus dem Keller heraufgeholt und auf seinen kleinen Bruder draufgelegt, sogar ein paar mehr als von der Anni und der UNO für solche Fälle empfohlen, damit er ihn sich noch ein paar Minuten länger anschauen kann als vor ein paar Stunden den Grasmuck. Den, der sein kleiner Bruder war und der sein Nachfolger hätte werden können, wenn er ihn nur ein bisserl früher kennengelernt und auf den rechten Weg umgeleitet hätte – weg vom Erfolg im Bierzelt, hin zum Elend der Ermittlerei. Weg von den vielen Weibern, die so einem König nachrennen, hin zur kompletten Einsamkeit eines Ausseer Landgendarmen, der ein Leben lang komplett ohne Weiber auskommen hat müssen.

Hätte der Biermösel nur ein paar Jahre früher gewusst, dass er einen kleinen Bruder gehabt hat, dann hätte er den Ramzi schon damals am Ohrwascherl packen und aus dem Bierwagen herausholen können, so malt sich der Biermösel jedenfalls die Vergangenheit in den buntesten Farben aus. Und dann hätte er dem Ferdl alles erklärt, was er weiß über die Flüsse und das Meer, über den Fememord und das Abstechen im Blutrausch sowie über Sonne, Mond und Sterne. Und der Ramzi wiederum hätte sich getrost eine Lederhose anziehen und sich der Volksmusik zuwenden können, und wenn die anderen zwei nicht schon tragisch verstorben wären, dann …

Aber scheiß der Hund drauf!, denkt sich der Biermösel dann und entzündet die erloschene Glut an seinem Joe. Wenn er es sich nämlich recht überlegt, dann lehnt er einen Franzosen als jüngeren Bruder sowieso rundheraus ab, wurscht, ob als Volksmusikant oder als Nachfolger. Also ist er letztlich sogar wieder ganz froh darüber, dass die Eiswürfel auf dem Ferdl schneller dahinschmelzen als die Polkappen unter den Pranken vom Eisbären, neben einem Cognactrinker möchte er nämlich nicht in der Familiengruft liegen, das ist ganz ausgeschlossen.

Als er sich den Ferdl noch einmal genau anschaut, fehlt ihm schon jedes Mitleid, aber zusammen mit dem Mitleid fehlt ihm auch jede vernünftige Idee, wer seinem kleinen Bruder aus welchen Gründen auch immer die Trompete in die Gurgel geschoben haben könnte. Und mit jedem weiteren gerauchten Joe entfernt er sich immer weiter von jeder Vernunft und taucht stattdessen immer weiter in seine Parallelwelten voller Paranoia ab. Also wird er halt zur Probe seine kleine Schwester ein bisserl ins Geschirr der Ermittlungen einspannen und sie testen, ob sie sich neben dem Schießen aus der Hüfte heraus vielleicht auch im Kombinieren aus dem Schädel heraus bewährt, „also Roswitha! Wer war es, warum, wieso, weshalb? Was fällt dir zu dem ganzen Blödsinn ein?"

„Fangen wir so an", fängt die Roswitha an: „Siehst du den Cognacschwenker am Tisch?"

„Gut, dass du mich das fragst!", sagt der Biermösel ganz in der Art der Politiker, das gibt ihm jetzt nämlich die Möglichkeit, an die Roswitha das Wissen weiterzugeben, das er vom durch und durch unsympathischen Ausbildner in der Gendarmerieschule oben in Linz im Fach „Spirituosen – erkennen, vernichten, deponieren" erworben hat:

„Insbesondere der Franzose mit seinem Niveau und seinem Quatrevintdisneuf", hat der Ausbildner erzählt, „glaubt ja in seiner bodenlosen Selbstüberschätzung, dass er auf Französisch bis hundert zählen kann, aber was kann der Cognac in seinem Schwenker, was unser Starkbier in seinem Krug nicht besser könnte? Und was enthält sein Absinth, was nicht in unserem Wacholderschnaps auch drinnen wäre? Also hinweg mit allen Franzosen, ein langes Leben sei den Cognactrinkern nicht beschieden!"

So viel also vom Biermösel zum Cognacschwenker am Tisch, aber der interessiert die Roswitha natürlich nur am Rande.

„Interessant ist der Bierkrug neben dem Schwenker, du Depp, nicht der Cognacschwenker neben dem Bierkrug", belehrt sie ihn ruhig. Dann zündet sie sich eine Menthol-Zigarette an, die sie immer dann raucht, wenn ihr der Gestank in der Wirtsstube zu viel wird, und setzt sich neben den stinkenden Ferdl auf die Chaiselongue. Sie schlägt dynamisch die Schweinshaxen übereinander, sodass das Blut aus ihren brüchigen Venen herausspritzt, und dann legt sie los:

„Es war so: Biersäufer trifft auf Cognactrinker, rustikaler Einheimischer auf feingeistigen Fremden. Herrgottswinkellosigkeit und Absenz sämtlicher Insignien des Einheimischen stoßen Biersäufer sauer auf. Biersäufer hat zudem noch die Ansprache vom Chef vom Ganzen zur Lage der Nation im Ohr: Wer nicht für uns ist, ist gegen uns, ein langes Leben sei ihm nicht beschieden. Also was tut er? Er schiebt dem Abweichler seine Trompete in die Gurgel hinein, weil das Klavier, Krone des Abweichlertums, dafür zu groß war. Conclusio: Es war ein politischer Mord, wie er im Buche steht."

„Da wette ich tausend weiße Rosen, dass das kein politischer Mord war! Und überhaupt: Was soll denn das bitte sein, ein politischer Mord?"

Kaum hat es ihm die Roswitha erklärt und noch dreimal „politischer Mord" gesagt, läutet auch schon das elfenbeinfarbene Telefon am Nachtkästchen vom Weiß Ferdl, und der Biermösel weiß sofort, wer das wieder sein wird:

„Biermösel, da ist dein Innenminister persönlich, und jetzt pass einmal auf: Nur damit wir das wieder einmal von vorne bis hinten durchgehen, was ein politischer Mord in einem Unrechtsregime ist, und nur damit du ein paar Anhaltspunkte mehr hast, wer dafür infrage kommt: Sozialsten, Homosexuelle, Psychologen und Umweltschützer aus dem linken Lager, dazu Haschtrafikanten. Oder glaubst du vielleicht, ein anderer wäre imstande, unseren einheimischen Weiß Ferdl zu ermorden!"

Na bumsti, denkt sich der Biermösel, woher weiß denn der schon wieder, dass der Ferdl ermordet worden ist, und woher kann er wissen, dass er jetzt beim Ferdl ist? So was kennt er doch sonst nur aus den Jason-Castelli-Hefterln, wo das Drecksregime mit seinen Kameras und Abhörmikrofonen den ganzen Unrechtsstaat im Griff hat, wird doch nicht die saftige Heimat auch schon so weit sein?

„Du hast ja überhaupt keine Ahnung, wie weit wir schon sind, du Zwutschkerl!", kann der Innenminister sogar aus der Ferne die Gedanken vom Biermösel lesen und seine Fragen beantworten, so weit ist er schon. Aber dann lenkt er seine Aufmerksamkeit wieder auf den politischen Mord: „Und vergiss mir die Kommunisten nicht! Du meine Güte, schön langsam krieg ich wirklich einen Heißhunger auf die Kommunisten, die unsere Müllarbeiter jetzt schon flächendeckend zum Streik anhalten. Außerdem sind die gefüllten Paprika von meiner Mutti bei der Hitze ja wirklich nicht das Richtige! Und jetzt bring uns den Kopf vom Mörder vom Weiß Ferdl, aber flott, nächste Woche sind Wahlen, da können wir den politischen Mord für uns instrumentalisieren, sag einmal, Biermösel, hast du überhaupt schon einen Luftballon von uns gekriegt mit dem ganzen Wahlprogramm drauf, oder sollen wir dir lieber ein Feuerzeug schicken mit dem ganzen Wahlprogramm drauf, also Luftballon oder Feuerzeug? Und nimm endlich den Daumen aus dem Mund!"

Na bumsti, denkt sich der Biermösel, und es beschleicht ihn die unbestimmte Angst, dass die ihn während der letzten 35 Jahre im Dienst sogar beim Scheißen gefilmt haben und genau wissen, wie viele Haare ihm am Arsch wachsen. Und dass nicht der Jason Castelli in einer Bananenrepublik mit einem Schurkensystem ermittelt, sondern er selbst.

„Hilfe!"

„Roswitha, gehst du jetzt bitte in sein Schlafzimmer hinein und holst die Überbringer-Sparbücher, unsere Verwandtschaft muss ja eher zu viel Geld verdient haben als zu wenig mit seinem dauernden ‚Schö Tem'!"

Während die Roswitha dann alles zusammensucht, was unter den zurückgebliebenen Familienmitgliedern nach dem tragischen Ableben vom kleinen Bruder aufgeteilt werden muss („Vergiss das Bargeld nicht!"), legt sich der Biermösel noch für ein paar Minuten mit seinem Freund Joe in die Hängematte auf den Balkon hinaus, und was er dann dort unten im Tal sehen kann, das ist wirklich herrlich, einmalig, gigantisch ist das – alles brennt und glüht, alles stirbt und vergeht, und alles sein Werk!

Vor lauter Freude schmiegt sich der Biermösel noch näher an den Joe heran, und bald sieht er durch seine rosaroten Brillen überhaupt die Welt sich verdunkeln. Alles blubbert auf einmal ganz ordentlich, und die fett gewordene Mutter Erde nimmt endgültig Abschied von der Welt, weil sie sich – untreue Seele auch sie! – nicht mehr um die ganzen dreckigen Schweinderl kümmern mag, die auf ihr herumrennen, sondern lieber ihre Ruhe hat.

Nachdem sich der Biermösel mit dem Joe noch ein paarmal auf der Hängematte hin und her gedreht hat, sieht er dann endlich den neuen Morgen hinter dem Gebirgskamm aufsteigen, und er spürt den frischen Tau, der sich schon auf ihn draufgelegt hat, dann sieht er das neue Leben, das er herbeigefurzt hat – da schau her, ein kleines, unschuldiges Reh – und peng!

So ist das also, denkt er sich enttäuscht. In der neuen Welt gibt es gar keine Schweinderl mehr, weder untreue noch untadelige, weder alte noch junge. Wenn er es sich aber genau überlegt, dann war ihm die alte Welt mit den ganzen dreckigen kleinen Schweinderln drauf lieber, was soll ich denn bitte jetzt mit der ganzen Grillkohle machen, fragt er sich besorgt, die ich am Anfang der Geschichte in liebevoller Kleinarbeit selbst angerichtet und hinter dem Auerhahn gestapelt habe, damit ich darauf am Ende der Geschichte meine Wildsau grillen kann, „Roswitha, hast du vielleicht eine Idee?"

„Ich such' die goldenen Uhren!"

Warum aber tut sich der Mensch die ganze depperte Arbeit mit der selbstgemachten Grillkohle zum Beispiel überhaupt an, wenn er sich dann erst recht wieder selbst die Freude daran nimmt, sinniert der Biermösel bei einem weiteren gemütlichen Joe über die ganze depperte Menschheit, nur um sich gleich auch selbst die bittere Antwort darauf zu geben:

So ist sie halt, die depperte Menschheit!

Ein bisserl fehleranfällig und deppert ist sie, mit überraschenden Ausschlägen nach oben hin (siehe: Mondfahrt) und ebenso überraschenden Ausschlägen nach unten hin (siehe: er selbst).

Aber wenn er es schon nicht auf den Mond geschafft hat, wo ihm die Leute hätten zujubeln können, dann könnten sie sich jetzt wenigstens ein bisserl mehr in die Hosen scheißen vor ihm, dem großen Zerstörer und Weltvernichter. Warum sonst, kann er nicht aufhören, sich wie die Weiber nach dem Warum zu fragen, warum sonst hat er sich die ganze Furzerei und Weltvernichtung angetan? Warum ist er überhaupt in die schwarze Strumpfhose hineingesprungen und hat die furchtbaren Anschläge als Herzloser Herzbube verübt, wenn dann sowieso wieder nichts über ihn in der Zeitung steht und keiner eine Treibjagd auf ihn veranstalten mag, so wie das dem Jason Castelli zum Ende seiner Geschichten hin immer verlässlich passiert, ohne Treibjagd und Militäraktion gegen ihn, ohne Hubschraubervorfolgungsjagden und Folterei durch das Schurkenregime geht bei Jason vorm Happy End überhaupt nichts, da hat es der Jason wirklich besser als er.

„Kommst du jetzt endlich und bringst mich heim?", schreit die Roswitha dann ungeduldig nach ihm wie der Jäger nach dem Hund. Mit der ganzen unnötigen Hektik, die ein weiteres Problem von den Weibern ist, reißt sie ihn wieder aus seinen Parallelwelten heraus und katapultiert ihn zurück in die alte Welt, wie sie wirklich ist. Mit ihren angefüllten Säcken steht sie unten bei seinem Moped, sogar die Trompete hat sie noch aus seinem Bruder herausgeholt.

Der Biermösel ist dann in eine gewisse besorgte Melancholie hineingefallen, als er mit dem fetten Knödel von einer Schwester hinten am Sozius samt den prallgefüllten Säcken in den Satteltaschen die Serpentinen hinunterfährt. Wie eine sehr reiche Frau hat seine Schwester hinten auf dem Moped Platz genommen, aber wird sie ihn auch zu einem sehr reichen Bruder machen wollen?

Das Gewicht seiner kompletten Bedeutungslosigkeit – verglichen mit seinem kleinen Bruder! – lastet obendrein schwer auf ihm, sodass die Fahrt zurück dann fast noch langsamer dahingeht als die Fahrt hinauf. Das ist ein bisserl ärgerlich, wo er doch mit dem Joe als Beifahrer auf eine zünftige Abfahrt eingestellt war wie damals die Annemarie Pröll in Lake Placid, Innenschi, Außenschi, Hocke, Sprung – ein bisschen Spaß muss sein, dann ist die Welt voll Sonnenschein ...

Stattdessen muss er mit der angezogenen Bremse in der Hand und im Hirn fahren, weil bei diesen Verhältnissen jedes Kilo zusätzliche Nutzlast in den schwierig zu fahrenden Serpentinen sofort die Familienzusammenführung mit dem Ferdl drüben im Schattenreich bedeuten könnte. Ausschließlich mit der reinen Kurvenakrobatik kann der Biermösel die weichen Reifen dann überhaupt noch auf dem weichen Asphalt halten, während der Joe ihn die ganze Zeit drängt, dass er doch endlich ein bisserl Gas geben soll, damit sie aus der Kurve fliegen und sich wenigstens ein paarmal überschlagen, wenn sich schon sonst nichts tut in seinem Leben – „Und Action!" Die Roswitha aber hält dagegen und will mit dem ganzen neu gewonnenen Reichtum nur sicher und wohlbehalten unten im Tal ankommen und drängt ihn, doch bitte ein bisserl vorsichtiger zu fahren, „pass auf!"

Also was tun, welchem Einflüsterer soll er folgen? Action? Bremsen? Action! Bremsen!

So geht das die halbe Strecke dahin, bis er dann doch endlich die Freude am Fahrgefühl über den Schutz vom neu gewonnen Reichtum stellt. Er platziert einfach den hinterhältigen Ellenbogencheck gegen die Fettleber von der Roswitha, sodass sie nach hinten kippt („Action!") und sich ein paarmal ganz furchtbar überschlägt („Pass auf!"). Wenn er es sich nämlich genau überlegt, hat sie das Bargeld sowieso in seine Satteltaschen gesteckt, und sie wird mit dem ganzen anderen Zeug ihr Auslangen finden. Außerdem wäre er am liebsten sowieso als Einzelkind aufgewachsen, denkt er sich jetzt, weder ein kleiner Bruder noch eine kleine Schwester können ihn so recht überzeugen, einzig auf den Joe als treuen Freund hält er neuerdings große Stücke, freilich nur auf den, der nicht die Quetschenharmonika spielt.

Wieder ganz alleine auf seiner Fips, so wie er es seit Jahren und Jahrzehnten gewohnt ist, bei Wind und Regen, bei Hagel und Schnee, geht es dann auch bei der sengenden Hitze wieder ganz flott dahin. Der

Joe als Einflüsterer lässt ihn die Fips in den letzten Serpentinen wieder weit über die erlaubte Höchstgeschwindigkeit hinausbeschleunigen und sich mit Karacho in die Wälder hineinkatapultieren – Holladödiliö!" –, wo der Biermösel dann endlich doch noch die verdiente Aufmerksamkeit und Anerkennung für sein zerstörerisches Werk erntet und durch die Stahlgewitter rasen darf, nach denen er sich so gesehnt hat, seit er „Jason Castelli in den Stahlgewittern Südkongoliens" gelesen hat.

Je weiter und schneller der Joe den Biermösel dann nämlich durch die Straße der Sieger treibt, desto lauter vernimmt er dort das Propagandageschrei der depperten Bundesregierung, die jetzt nicht mehr nur die Visage vom Chef vom Ganzen plakatiert, sondern auch – Überraschung! – Fotos von ihm respektive von seinem einmalig weißen Arsch samt den falschen Versprechungen auf ein kühles Fass Freibier, das der Chef vom Ganzen persönlich demjenigen vorbeibringen wird, der ihm den Kopf vom „skrupellosen Bierdieb" bringt, den abgeschnittenen oder noch montierten Schädel vom Herzlosen Herzbuben – DEAD OR ALIVE!

Hast du keinen äußeren Feind, dann nimm dir einen von innen! So viel Jason Castelli hat der Biermösel längst gelesen, damit er versteht, wie das bei den Drecksregimen in den Bananenrepubliken funktioniert. Schon sieht er voll Freude den Belagerungsring, den sie um ihn herum aufbauen werden, und er hört die schweren Geschütze gegen sich auffahren und die Kugeln um seine Ohren pfeifen, die sie von den Anhöhen herunter aus ihren Bleispritzen gegen ihn abfeuern werden – was kann sich ein Mensch Schöneres wünschen, der nicht gerade in Las Vegas aufgewachsen ist?

Vor Aufregung hüpft der Biermösel furzend auf seiner Fips auf und ab und treibt es mit seiner Erderwärmung immer noch bunter. Aber gerade in dieser einmaligen Stunde, wo die ganze Welt auf ihn schielt, ist er ganz alleine. Keine Mutti nirgends, die ihn vor Freude zwischen ihre Milchsäcke nimmt und fest an sich drückt, keine Schwester, die ihm zur Feier des Tages alles zum Arsch trägt, noch nicht einmal sein alter Freund Grasmuck, der mit ihm ein paar Runden auf dem Moped drehen und dabei ein paar Übermütige fahren lassen könnte so wie früher. Gibt es denn überhaupt niemanden, mit dem er die Freude über sein gelungenes Vernichtungswerk teilen könnte, keinen, der ihn anschauen und zustimmend mit dem Kopf nicken würde als Zeichen seiner Anerkennung. Nur dieser eine, der ihm verzweifelt aus dem glühenden Asphalt heraus zuwinkt und zujubelt, mit seiner Sexmaske aus Gummi auf dem Schädel, die sich bald mit dem Asphalt vermischt, so heiß ist es.

„Sag einmal, Bürgermeister, wie viele schwarze Sexmasken hast denn du eigentlich?"

„Viele!"

„Und was machst du da mit deiner Sexmaske am Schädel?"

„Ich hab die Gemeindekasse ordnungsgemäß abgerechnet, das, was mir monatlich übrig bleibt, noch dazugelegt, und den Überschuss an die armen Kinder verteilt, aber auf dem Rückweg von meinen guten Taten bin ich hier zum Liegen gekommen, ich schwöre!"

„Und was machst du wirklich? Gestehe!"

Dann erzählt er, dass er beim Ferdl oben am Gebirgskamm war, bei dem er ja Gesangsstunden nimmt wegen der erhofften Katapultierung in den Humtata-Olymp.

„Aber dann muss ich sehen, dass der gar keiner von uns ist, sondern fast ein Franzose, dass er Cognac trinkt und kein Bier, dass er in Wirklichkeit Ferdinand Blanc heißt und nicht Ferdl, das hab ich als Bürgermeister der saftigen Heimat nicht verkraftet, da hab ich ihn gemeuchelt, wer nicht für uns ist, ist gegen uns."

Na prack, denkt sich der Biermösel, das wäre ja dann genau so, wie es die Roswitha ihm erklärt hat, ein astreiner politischer Mord, und wenn er es ehrlich gemeint hätte mit seiner Wette, dann müsste er ihr jetzt tausend weiße Rosen bringen, und wer weiß, wie es weitergeht, wenn er ihr erst einmal tausend weiße Rosen aufgetischt hat? Aus dieser Sackgasse des Lebens muss er sich dringend befreien, also:

„Und warum hast du ihn wirklich umgebracht?"

„Es war so, und ich bin froh, dass ich es endlich jemandem erzählen kann: Kaum fange ich an ‚Heia Popeia, was raschelt im Stroh' zu singen, sagt er schon, dass ich singe wie ...

„Na wie?"

„... wie du, wenn dir ein kleiner Pavarotti in die Hose geht. Da hab ich ihn gemeuchelt."

Das hört sich schon besser an, denkt sich der Biermösel zufrieden, da kommen wir einer Art von Wahrheit schon näher. Seiner Schwester ist jedenfalls ganz schön die Fantasie durchgegangen, als sie „politischer Mord“ gesagt hat, zu viel „Gentlemanermittler Rock Rockenschaub löst auf alle Fälle alle Fälle“ gelesen, aber Herrgottnocheinmal, ein Ermittler liest nicht, ein Ermittler ermittelt!

So viel dazu.

Der Bürgermeister jammert dann noch ein bisserl, weil er bald vom Asphalt verschlungen und von der langen Playlist im Bierzelt des Lebens gestrichen wird. Wenn es sich der Biermösel nämlich recht überlegt, dann hat er seinen kleinen Bruder doch sehr gerne gehabt, zumindest so gerne, dass er ihn nicht ungesühnt von einem dahergelaufenen Bürgermeister umbringen lassen will.

„Brudermörder!“

Und damit die Roswitha dereinst, wenn die Zeitungen darüber schreiben werden, endlich kapiert, was ein politischer Mord ist (ein Mord an einem Politiker nämlich!), fährt ihm der Biermösel mit der Fips noch ein paarmal über den Schädel drüber, sodass sich seine Sexmaske endgültig mit dem flüssigen Asphalt vermischt und damit auf ewig darin hängen bleibt, was ein furchtbarer und langwieriger Tod wäre. Also erlöst er ihn mit der einmaligen Mischung, die schon den Ramzi gefällt hat, und hoppala, plus 48,0 ° im Schatten.

Nur der bis auf den allernotwendigsten Körperrest zusammengeschnittene Alte drüben im Siechenheim in Goisern fällt ihm dann noch ein, der mit ihm seine Erderwärmung feiern könnte und der obendrein sogar weiß, wie sich so ein Belagerungszustand anfühlt, seit er vier Jahre lang am Betriebsausflug von der depperten Drecksau Hitler nach Stalingrad hinüber teilgenommen hat, während dem sie auch fast die Welt vernichtet hätten und ihm die Geschoße um die Ohrwascherl gedonnert sind wie dem Biermösel jetzt das Propagandageheul der depperten Bundesregierung, immer wieder und immer lauter hört er sie durch die tausendfach angebrachten Lautsprecher im Wald „Bringt uns den Kopf vom Herzlosen Herzbuben!“ schreien.

Der Alte hat ja nie wirklich verwunden, dass ihm die Alte mit einem Franzosen davongerannt ist, darum wird er ihm, wenn er ihn gleich besuchen wird, auch lieber nicht erzählen, was er über sie und den Weiß Ferdl in Erfahrung gebracht hat. Aber fast noch weniger hat er natürlich verwunden, dass ihn sein Rotzbub damals in ein katholisches Siechenheim gesteckt hat, weil im Siechenheim für verdiente Gendarmeriepostenkommandanten gerade kein Platz mehr frei war. Bis oben hin angefüllt war die Bude schon mit frühzeitig durchgedrehten Alkoholikern, Depressiven und Selbstmordgefährdeten aus der Gendarmenbranche, sodass für den alten Kommunisten und Fliegenfischer leider nur noch bei den Katholischen drüben in Goisern ein Bett frei war, wo sie ihm dann nach und nach den ganzen Kommunistenkörper weggeschnitten haben auf der Suche nach der freigelegten katholischen Seele, heilige Maria, Mutter Gottes, irgendwo muss doch auch bei einem Biermösel die Seele drinnen sein, werden sie sich gedacht haben, aber bei einem Biermösel ist da nichts, nur die nachtschwarze Galle neben der komplett zerfressenen Leber!

Seit seinem letzten Besuch drüben im Siechenheim hat der Biermösel ja ein behördlich verbrieftes Hausverbot ausgefasst, weil er während der letztjährigen Fastenzeit aus den Betschwestern einen Haufen besoffen herumrennender Henderl gemacht hat, als er ihnen nach den vielen Wochen braven Fastens ausgerechnet ein paar Tage vorm Ostersonntag und also ganz knapp vor dem Ziel den Osterbock angeboten hat, und heilige Maria, alle haben sie dankend angenommen!

Heute aber gibt es keine Verbote mehr, die ihn in die Schranken weisen könnten, weil es kein Haus mehr gibt, wie der Biermösel feststellen muss, als er im dichten, beißenden Rauch zwischen den ehemals schattenspendenden, jetzt allesamt verkohlten Bäumen herumkurvt, wo früher ein Siechenheimkomplex gestanden ist, findet er jetzt nur noch eine verlassene Westernstadt vor, in der die Skorpione und Klapperschlangen vorübergehend das Kommando übernommen haben, und jetzt übernimmt wieder er:

„Alles antreten zum Appell!"

Die ehemals herrschenden Nonnen aber liegen allesamt fein herausgeputzt für den vermeintlichen Höhepunkt in ihrem Leben brav aufgereiht und kniend wie der Bierfahrer Ramzi vor den Toren herum und warten auf den großen Abgang hinüber ins Schattenreich, Herrgottnocheinmal, dass immer alle glauben, sie entgehen der großen Axt, wenn sie nur auf die Knie fallen, der Biermösel versteht das nicht. Nachdem er ihnen aber beim Übertritt mit einem kleinen abgestellten Furzi und ein paar daraus folgenden Erstickungsanfällen ein bisserl nachgeholfen hat, wird von denen wenigstens keine mehr auf die Idee kommen, dass er der große Pott ist, mit dem man ein Fass Freibier gewinnen könnte, sobald man ihn an die depperte Bundesregierung verraten hat, „also gehet hin in Frieden!", und hoppala, plus 48,1 ° im Schatten.

„Hast du ein Bier für mich?", hört er auf einmal einen Siechen aus einer schattenspendenden Mauerspalte heraus fragen, wo er es sich neben den Eidechsen und Skorpionen leidlich gemütlich eingerichtet hat, während von irgendwoher die Flüchtlingsfamilie Bolivár mit ihrem immer dynamischer werdenden Gesang zu hören ist. Als der Sieche merkt, dass der Biermösel ein Guter ist und ganz ordentlich nach Bier stinkt, traut er sich aus seinem Verschlag heraus und kommt langsam auf ihn herzugekrochen, dann streckt er langsam die Zunge heraus wie der Betbruder, wenn es ihn nach der Oblate verlangt, und sagt: „Bitte."

„Bier hab ich leider keines", muss ihn der Biermösel zunächst enttäuschen, „aber ich bin eines."

So ungefähr muss sich der Herr Jesus Christus gefühlt haben, als ihm ein rätselhaftes „Ich bin, der ich bin" herausgerutscht ist und ihm dann alle nachgerannt sind. Und weil der Biermösel schon dabei ist, sich wie der Erlöser zu fühlen, beugt er sich auch gleich zu dem Siechen hinunter und lässt ihn von seiner Schaumkrone kosten, gütig und großzügig.

Seine Güte und Großzügigkeit lockt dann nach und nach alle Vergessenen und Weggesperrten aus ihren Löchern heraus, die schon lange keine Sonne mehr gesehen und noch länger kein Bier mehr gesoffen haben, der verführerische Geruch seiner Ausdünstungen lässt sie alle Angst überwinden und bündelt die letzten Reste an Lebenskraft in ihren müden Knochen, sie sammeln sich um ihn herum wie die Elenden um den Erlöser. Und als der Biermösel sich dann sogar demütig niederkniet, damit sie mit ihren gierigen Zungen besser an die nie versiegende Schaumkrone auf seinem Dickschädel herankommen, mischt sich unter das Nass seiner Bierströme das Nass ihrer Tränen, und den Biermösel täte es gar nicht mehr wundern, wenn jetzt auch noch die Engerl zum Singen anfangen, wie sie das im Jesus-Film immer tun, weil sie ihn auf einmal „Meister!“ nennen und ihn mit dem Jesus Christus verwechseln, welcher ein wirklicher Erlöser war, während der Biermösel doch der Zerstörer selbst ist.

Aber am Ende vom Leben sind die Leute jedem dankbar, der ihnen ein Bier auftischt, da ist es ihnen ganz wurscht, ob einer Jesus heißt oder Biermösel, ob er ein Erlöser ist oder ein Zerstörer, Hauptsache gut eingeschenkt, „prost, meine Herren!“

Je weiter der Biermösel dann auf der Suche nach dem Alten in die Hölle vordringt, vorbei an den gestapelten Müllsäcken und dem herumliegenden anderen Dreck, desto klarer erkennt er, dass das ganze Elend der Siechen gar nicht in seinem Darm gewachsen ist, die meisten von ihnen sind jedenfalls schon vorher verhungert und gar nicht verdurstet. Die depperte Bundesregierung hat den Elenden schon den Geldhahn zugedreht, lange bevor er zum Erderwärmen überhaupt angefangen hat. Lieber als ein bisserl Futter für die Siechen der Heimat haben sie Rotwein und Jazzplatten für sich gekauft und Luftballons und Feuerzeuge für das Trottelvolk, das sich von dem ganzen Glumpert auch noch blenden lässt.

Der Biermösel sieht dann beim Schwesternheim eine besonders Verwirrte mit ihren einstmals gewaltigen Ammenbrüsten herumstehen, die heute zu trockenen Säcken verschrumpelt sind, er erkennt ihren ehedem siebzehnjährigen Rassepferdkörper nicht wieder, der zu dem einer neunzigjährigen Bergbäuerin gealtert ist. Die abgelöste Lederhaut und das rotglühende Gesicht lassen den Biermösel sofort erkennen, dass es sich bei der Verzweifelten um keine gebürtige und an die Hitze gewohnte Südländerin handelt, sondern um die blonde Russin Ivana, die der Puffkaiser Schlevsky im letzten Herbst importiert hat und für die sich das Abenteuer „Westen" scheinbar gar nicht ausgezahlt hat. Dringender denn je sucht sie den Weg zurück nach Hause, wo sie bei ihrer Mutti auf den stählernen Atom-U-Booten der Nordmeerflotte aufgewachsen ist, in denen es schön kühl und frisch ist und wo sich ihre ehemals einmalig weiße Alabasterhaut vielleicht wieder ein bisserl von den schweren Verbrennungen erholen könnte, die ihr die Sonne hier in der Wüste Aussees zugefügt hat, wenn sie nur endlich den Weg nach Hause findet. Aus ihren hervorstechenden Augen liest der Biermösel nichts als nackte Verzweiflung, und zwischen ihren fransigen Lippen heraushört er immer wieder nur das gleiche Wimmern: „Nowaja Semlja?"

„Immer entgegen der ganzen Umleitungsschilder!", hat der Biermösel schließlich Mitleid mit ihr und lotst sie aus der Falle hinaus, in die er mit seinen sorgsam aufgestellten Umleitungsschildern alle anderen hereingelockt hat, und schon ist sie weg.

Als der Biermösel dann ganz hinten im weitläufigen Gelände ankommt, erkennt er den Siechenheimgärtner Georgij aus Berg-Karabach, der verhungert über dem Lenkrad von seinem Traktormäher zusammengesackt ist. Was einstmals ein Koloss von einem Mann war, ist heute nur noch ein Hautsack voll mit Knochen. Aber zum Mähen gibt es sowieso nichts mehr, weil der ganze einstmals saftige Rasen natürlich längst verbrannt ist und der Biermösel mit seinen Eisenfüßen auf einer leeren und toten Mondlandschaft wandert, auf der es – nach allem, was er jetzt sehen kann – kein Leben mehr gibt, nicht einmal ein Skorpion rennt ihm noch über die Füße.

Oder rührt sich da hinten doch noch was?

Im verbrannten Gras sieht er dann endlich den Alten neben seinem Rollstuhl herumliegen wie den besoffenen Deutschen im Sand von Jesolo neben seinem Handtuch, auf die Hälfte seiner einstmaligen Größe haben sie ihn zusammengeschnitten. Hätte der Alte noch zwei Haxen, täte er jetzt darauf herumspringen, und hätte er noch zwei Arme, dann täte er darauf Räder schlagen, so eine Freude hat er auf einmal am Leben. Nach all den Frostbeulen, die er sich in Stalingrad drüben geholt hat, und nach dem Paar kalter Füße, das er sich bei seiner Alten geholt hat; nach den ganzen kalten Fischen, die er in der Folge gefangen hat, und den vielen eiskalten Engeln, mit denen er sich als Landgendarm herumschlagen hat müssen, tut ihm die Hitze am Ende seiner Tage jetzt sichtlich und hörbar gut. Er schnurrt wie eine zufriedene kleine Katze und gluckst wie ein besoffenes Kind, als er wie ein Kugelblitz zum Biermösel hergerollt kommt und es sich bei seinen Füßen gemütlich macht.

Da ist der Biermösel zutiefst gerührt, dass er doch noch was zustande gebracht hat, womit er seinem Alten eine Freude bereitet, denn wenn er ihm auch – nach allem, was man heute weiß! – keinen Nachfolger gezeugt hat, mit dem er eine noch größere Freude gehabt hätte, so braucht er sich jetzt nicht mehr hinter den Leistungen vom Weiß Ferdl zu verstecken. In bleibender Erinnerung wird dem alten Biermösel und den Klapperschlangen und Skorpionen am Ende nämlich die von ihm befeuerte Hitze bleiben, und nicht der Weiß Ferdl mit seinem „Schö Tem", das Donnern und Grollen aus seinen Därmen wird länger nachhallen als die Harmonien und Melodien aus der Feder von seinem kleinen Bruder selig.

„Siehst du", sagt der Biermösel zum Alten, der jetzt wie ein kleines Kind in seinen Armen liegt, nachdem der Biermösel ihn aufgehoben hat. „Siehst du die ganzen brennenden Wälder, die verbrannten und aufgeblähten Katholiken, die Pharisäer und den Dreck und die Nonnen, die euch wie Dreck behandelt haben, siehst du sie? Alles mein Werk, das Werk von deinem ... Rotzbuben!"

Aber dann merkt der Biermösel, dass der Alte ja gar keine Augen mehr hat, um zu sehen, was er geleistet hat, und er darf noch erleben, wie der Alte ein letztes Mal zufrieden ausatmet und sich mit dem letzten Seufzer sein zerschnittener Körper so vollkommen entspannt, dass ihm hinten einer auskommt, wie ihn nur die großen Meister im Repertoire haben, und hoppala, plus 48,3 ° im Schatten, heilige Maria, näher waren sich Vater und Sohn noch nie. Froh, während seiner letzten Tage noch die Hitze des Sommers erlebt zu haben, ist dem zerschnittenen Körper nach ein Fliegenfischer gestorben, im Herzen aber war er ein hitzegestählter Sambatänzer.

Der Biermösel weiß dann aber natürlich genau, dass der Alte in dieser ehedem saftigen heimischen Erde, die heute trocken ist wie ein alter Schwamm, nicht begraben werden möchte, nicht in dieser bis oben hin mit verfaulten Katholikenknochen verseuchten Erde. Lieber soll seine Kommunistenseele hoch hinausfliegen und sich herumtreiben bis ans Weltenende, welches freilich nicht mehr lange auf sich warten lassen wird, das ist er ihm schuldig. Also packt er ihn in seine Satteltasche und macht sich mit ihm auf den Weg hinüber zur Grillkohle hinterm Auerhahn, diesen Gefallen will er ihm gerne tun.

Wie verhält sich Superagent Jason Castelli im Dschungel von Kongolien, wenn er wieder einmal vom Dschungelhäuptling persönlich mitsamt seinen Totschlägern im Käfig verschleppt, in einer abgelegenen Region gefoltert und anschließend im Suppentopf gekocht wird, tage- und wochenlang?

Er verlangt nach einer Handvoll Maggikraut und einer Prise Meersalz extra in der Suppe, wo er an Händen und Füßen gefesselt herumschwimmt. Und dann denkt er an irgendwelche Weiber in ihren futzikleinen Lendenschurzen um den Arsch herum, die er in irgendeinem Dschungelbaumhaus auf einem Tigerfell packen wird, sobald sie erst mit einem Messer zwischen den Zähnen von einer Liane heruntergehüpft sind und ihn befreit haben – was am Ende verlässlich passiert!

Bis dahin bleibt der Jason immer ruhig Blut, selbst wenn ihm die kochende Brühe schon bis zu den Ohrwascherln herauf blubbert, also was lernt der Biermösel vom Superagenten und seinen Abenteuern im Dschungel von Kongolien?

Nichts, was er nicht selbst auch schon wüsste!

Dem Biermösel ist dann also doch noch eingefallen, was er mit seiner Grillkohle machen kann: Er hat hinter dem Auerhahn den Griller angeworfen und den Alten darauf verbrannt, und seine kommunistische Asche ist dann, begleitet von seinen besten Wünschen und dem innigen Dank, dass er ihn in diese depperte Welt hineingeworfen hat, hinaufgeflogen zu den Geiern und zu dem Hubschrauber, der dem Biermösel von irgendwoher bekannt vorgekommen ist.

Schon während er mit dem Alten in der Satteltasche vom Siechenheim in Goisern drüben zurück in Richtung Aussee gefahren ist, hinweg über versteppte Landschaften und versandete Straßen, ist ihm das Luftmoped auf die Nerven gegangen und das dauernde „Biermösel, du Stinksack, komm endlich mit erhobenen Händen aus deiner Schwitzhütte heraus, wir haben ein paar Fragen an dich! Es gibt für dich kein Entkommen mehr, du sitzt in der Falle!", das ihm der Innenminister durch sein Megafon zugerufen hat (was ihm auch irgendwie bekannt vorgekommen ist).

In der starken Rauchentwicklung, die dann während der Feuerbestattung einerseits von den vielen Joes, die er dabei geraucht hat, und andererseits vom gut angefüllten Alten und der selbstgemachten und immer noch feuchten Holzkohle ausgegangen ist, hat der Biermösel den Angreifer dann zwar kurzzeitig aus den Augen verloren. Aber nachdem sich die Rauschschwaden wieder verzogen haben und sich sein Hustenreiz gelegt hat, hat er mit seinen eigenen Adleraugen mit ansehen dürfen, wie die Asche vom Alten dort oben im Hubschrauber in das Schandmaul vom Innenminister hineingeflogen ist, eine größere letzte Freude hätte ihm der Alte nicht machen können, so hat der alte Kommunistenfresser kurz vor seinem Ende doch noch einen Kommunisten zu fressen gekriegt – schmeck's!

Nachdem er noch ein paar schwerverdauliche Kommunistenbrocken herausgekotzt hat, hat er seine Verhörspezialisten von der Sondereinheit „Freibier" angewiesen, den Verdächtigen da unten auf seiner hakenschlagenden Flucht wie einen Verbrecher zu jagen, unterstützt von ein paar gut trainierten Bodentruppen, allesamt schwarz gekleidet und im Gesicht schwarz angemalt und angeführt vom Karate Kid, der ihm auch von irgendwoher bekannt vorgekommen ist, hinweg über verkohlte Baumstümpfe, durch meterdicke Asche, über Dutzende Verwesende und viele Hektar verbrannter Erde. Der Biermösel ist gerannt wie ein Gepard und gesprungen wie eine Antilope, aber als der Innenminister persönlich das große Netz über ihm abgeworfen hat, war seine Flucht vorläufig zu Ende. Die noble Art des Fliegenfischens, wie sie der Alte noch gepflegt hat, schaut natürlich anders aus, aber genau das war sein Plan.

Zwar hat das Hirn vom Biermösel instinktiv noch Befehl erteilt, dass die rechte Schusshand zur Glock greifen und aus der Hüfte heraus alles niederballern soll, was sich um ihn herumbewegt. Aber das Blut in seinen Venen war Gott sei Dank schon zu dick, als dass er es noch geschafft hätte, alle über den Haufen zu schießen und dem Spuk ein vorzeitiges Ende zu bereiten, noch fehlt ja der Chef vom Ganzen, also wird er das dramatische Ende erst später folgen lassen.

Der Karate Kid hat ihn dann aus dem Netz gewickelt wie der Fischer den Hering und mit einem Schulterwurf auf die Matte gelegt, die sich aber leider als steinharter Fels entpuppt hat – „Aua!" Dann hat er ihm zum Aufwärmen seine beiden Daumen in die Augen gedrückt und anschließend mit den flachen Händen gegen seine Ohren geschlagen, bevor er ihn noch hergeklopft hat wie ein Schnitzel und dann noch wie einen alten Teppich – so also geht der Staat mit einem treuen Diener um, der einmal im Leben grillen möchte, das nur als Warnung an alle, die heuer noch grillen wollen!

Als filetierten Dosenfisch haben sie ihn dann hinaufgezogen in den Hubschrauber, was er innerlich zwar kategorisch abgelehnt hat, aber äußerlich war er dazu natürlich nicht mehr in der Lage. Aber nach einem kurzen Rundflug hat ihn der Kid über einer Waldlichtung – die heute nur noch ein nackter Fels ist, umgeben von nichts anderem als nackten, spitzen und heißen Steinen sowie Skorpionen und Klapperschlangen auf nackten, spitzen und heißen Steinen – schon wieder bei der Hubschraubertür aufgestellt, freilich ohne dass er dabei die sonst üblichen Sicherheitsvorschriften (Helm aufsetzen! Fallschirm umhängen! Rosenkranz beten!) beachtet hätte, und dann war der Innenminister dran:

„Siehst du den nackten, spitzen und heißen Stein da unten? An dem werden wir dich zerschmettern, wenn du uns nicht sofort sagst, wo das ganze Freibier ist!"

Daher also weht der Wind!, hat sich der Biermösel gedacht, aber die haben seine Möglichkeiten natürlich noch immer falsch eingeschätzt:

„An eurer Stelle täte ich jetzt lieber schauen, dass ich nicht sterbe!", hat er gesagt, „schließlich weiß ein jeder Schulanfänger, was mit einem passiert, der gerade gestorben ist!"

„Und was passiert mit einem, der gerade gestorben ist?", haben sie ihn alle mit großen Augen angestarrt. Aber die Zeit, dass er ihnen die Geschichte vom Eintritt des Todes, der augenblicklich erschlaffenden Schließmuskulatur und den dadurch austretenden Gasen hätte erzählen können, haben sie ihm natürlich nicht mehr gelassen. Ungeachtet seiner gesundheitlichen Bedenken haben sie ihn aus 220 Metern Höhe abgeworfen, wodurch sich die Gase in seinem Inneren schon gefährlich in Richtung Ausgang verschoben haben, aber noch waren es nur tektonische Verwerfungen, the big one hat er sich für später aufgehoben. Er war ja sehr sparsam in den letzten Tagen und hat keinen mehr hinausgelassen, seit seine Bumsis sich ehrfürchtig vor der Roswitha versteckt haben. Es hat sich also ganz schön was angesammelt in seinem Darm des Todes, du meine Güte, der Kreole in der Karibik muss sich nicht so vor dem nächsten Tropensturm fürchten, wie sich der Innenminister jetzt vor den heranbrausenden Winden des Biermösel fürchten müsste, an ihrer Stelle täte er jetzt nicht landen, aber die kapieren noch immer nichts.

Der Innenminister schenkt dem Donnern und Grollen in seinen Därmen nach wie vor keine Bedeutung, als er ihm nach der Landung einen Extratritt gegen den Schädel verpasst, und dann fragt er ihn:

„Sagst du uns dann endlich, wo du unser ganzes Freibier deponiert hast? Das Wahlvolk wird nämlich jubeln, wenn sein gesegneter Chef vom Ganzen die rettende Medizin verteilt. Übrigens: Deine Rechte lesen wir dir selbstverständlich nicht mehr vor, du hast nämlich keine, solange es bei euch so unfassbar heiß ist, sag einmal, weißt du vielleicht, warum es bei euch so unfassbar heiß ist?"

Der Biermösel weiß es natürlich, aber er sagt es nicht.

„Du hast keine Ahnung, welche Mittel wir haben, um dich zum Reden zu bringen", droht der Innenminister dann, und er schlägt nach im „Folterhandbuch für Schurkenstaaten, Band 1, Kapitel 92 – Foltern mit der Lupe":

„Wer hat denn bitte schon wieder die Lupe, mit der wir ihm Löcher in die Haut brennen können?"

Der Karate Kid hat sie. Und dann versuchen sie einer nach dem anderen, ihm Löcher in die Haut zu brennen. Aber seine Haut rötet sich bei jedem Versuch nur leicht, und dann dampft sie halt ein bisserl, du meine Güte, er ist doch von innen her so nass, und seine Haut ist so feucht, dass ihm so ein kleiner gebündelter Strahl wirklich nichts anhaben kann. Eher vergehen Sonne, Mond und Sterne, bevor er austrocknet, und es wird schon wieder Schnee fallen, bevor er ihnen verrät, wo er ihr Bier deponiert hat.

„Das soll heiß sein?", fragt er lässig wie der Jason Castelli in seiner Nudelsuppe, und wenn er die Hände frei hätte, dann täte er sich jetzt die dreckigen Fingernägel säubern, so entspannt ist der Biermösel, dass er wirklich aufpassen und den Arsch zusammenhalten muss, damit die Bestie in seinem Inneren nicht vorzeitig von der Leine geht.

Wenn diese Anfänger ihn mürbe machen wollen, dann müssen sie jedenfalls ein bisserl früher aufstehen und sich herrichten wie früher der Breschnew mit seinen buschigen Augenbrauen, und dann müssen sie noch dreinschauen wie der russische Bär im Kalten Krieg, finster und böse. Der Biermösel liegt so fest und saftig in seinen stinkenden Schuhen, dass er keinen Feind zu fürchten braucht, schon gar nicht einen solchen Schmalspurfeind wie die depperte Bundesregierung mit ihrem einfallslosen Innenminister, der schon ein bisserl verzweifelt nach Band 2 vom Handbuch verlangt – Foltern im Gulag –, aber das haben sie ja gar nicht gekauft, weil da die Falschen gefoltert haben:

„Biermösel, das ist jetzt kein Spaß mehr", fährt er dann mit seinen Drohungen fort. „Wenn wir nicht bis spätestens zum Wahltag ist Zahltag unser Bier zurückhaben, dann wird die Sache womöglich noch eng für den Chef vom Ganzen, der die ganzen Feuerzeuge und Luftballons dann vielleicht umsonst verteilt haben wird, und das kann ja wirklich keiner wollen."

Der Biermösel aber will genau das!

Um nicht komplett aus der Übung zu kommen, lässt er dann zu Testzwecken einen kleinen Versuchsballon steigen, er öffnet die Schleusen nur minimalst, und eine leise und wohlschmeckende Vorspeise gibt ihnen eine ungefähre Ahnung vom fünfgängigen Menü, das er gerade in seinem Darm zusammenstellt, heilige Scheiße! Das kleine Bumsi lässt die versammelten Herrschaften um ihn herum dann zwar ein bisserl taumeln und die Schwächsten von ihnen kollabieren. Aber noch fehlt ja der eine mit seinen ganzen Feuerzeugen und Luftballons, wegen dem der Innenminister die Urlaubssperre über ihn verhängt hat und ohne den er die Bombe nicht zünden wird.

„Also gut!", spielt der Innenminister dann den Wilden. „Wer hat die Zigaretten, mit denen wir ihm Löcher in die Haut brennen können?"

Du meine Güte, denkt sich der Biermösel gelangweilt, als der Karate Kid seinem Minister die Stangen mit den Zigaretten bringt, von denen sie dann jede einzelne mit der Lupe entzünden und an ihm ausdrücken. Aber kaum berührt die Glut seine Haut, zischt und dampft es wieder nur ganz leicht, aber seine unteren, gut eingeweichten Hautschichten vermögen sie natürlich nicht zu erreichen.

Den Biermösel beneidet ja jede verrunzelte Bierzeltbesucherin mit ihren schweren Hautverwerfungen zwischen den ins Dirndl gequetschten Dutteln um seine einmalig geschmeidige Haut, für die er noch dazu nicht einmal eine NIVEA-Feuchtigkeitscreme braucht, das Geheimnis seiner Schönheit kommt von innen.

DNA-Abgleich

„Wie seid ihr überhaupt auf mich gekommen, ihr Saubande?“, fragt der Elendste der Elenden schließlich, damit endlich ein bisserl Schwung in die müde Folterbude kommt. Und weil es auch dem Innenminister schön langsam ziemlich fad wird und ihm die Ideen ausgehen, wie er ihn foltern könnte, plaudert er halt bereitwillig aus dem Nähkästchen und erzählt, wie er zu dem geworden ist, der er heute ist:

„Also ich lese in den goldgetäfelten Nassräumen der Ministerien ‚Der Spion, der aus der Kälte kam‘, wo es um einen Spion geht, der aus der Kälte kam. Aber noch lieber lese ich ‚Rock Rockenschaub löst auf alle Fälle alle Fälle‘“, gesteht der Innenminister, „da steht schon mal sehr viel drinnen über das Lösen von schwierigen Fällen. Und meine Mutti liest jeden Abend vor dem Zubettgehen ‚Ohne Krimi geht die Mimi nie ins Bett‘, nachdem sie mir vorher die gefüllten Paprika für den nächsten Tag zubereitet hat, in die sie mir dann immer ein paar gute Tipps hineinsteckt, mit sehr viel Hausverstand garniert und reichlich Menschenkenntnis gewürzt, ich bin also ganz gut gerüstet für meinen Job“, redet er in der Art der Politiker ein bisserl um den heißen Brei herum, aber wie sie letztlich auf ihn gekommen sind, das will er ihm nicht verraten.

„Wie seid ihr auf mich gekommen, Kruzifix?“

„Na pass auf“, wird der Minister dann doch ein bisserl deutlicher. „Wir haben ja überall im Land und sogar außerhalb unsere Überwachungskameras aufgestellt, und mit denen haben wir dich schon eine ganze Zeitlang unter Beobachtung, aus dem Weltall, aus den Flugzeugen, aus den Drohnen, kurz: Das total überwachte Volk darf sich in unseren Händen sicher fühlen, solange es uns wählt, ein Abweichler wie du aber muss natürlich aufpassen!“

„Das war nicht meine Frage!“

„Letztlich war es unser bewährter DNA-Abgleich, der uns zu dir geführt hat“, erklärt der Innenminister, und der Biermösel fragt:

„DNA-Abgleich also, Herrgottnocheinmal, was soll denn das jetzt wieder heißen?“

„Das heißt Der Nackte Arsch, du Landei!“

Da zieht der Innenminister ein Foto aus seiner rechten Lodenjoppentasche und hält es seinem Gefangenen vor die Nase. Es zeigt einen ausnehmend runden, braungebrannten und vom Sonnenöl glänzenden Arsch, wie ihn auch der Biermösel gerne einmal mit der Ausschlagsalbe von der Roswitha einschmieren täte, ein wirklich einmaliger Arsch, „danke und bitte her damit!"

Aber gerade, als ihm schon das Wasser im Mund zusammenläuft und sein Interesse an der körperlichen Liebe trotz der Hitze wieder zurückzukommen scheint, da nimmt ihm der Innenminister das Foto wieder weg. Es ist nämlich das falsche Foto, das er ihm gezeigt hat, das Foto vom nackten Arsch seiner Vorzimmerdame nämlich, peinlich ist das schon ein bisserl für einen Innenminister, in Zukunft muss er da vielleicht wirklich ein bisserl besser aufpassen, welches Foto er wem zeigt, sonst gibt es da am Ende noch einen Skandal.

Das Foto, das er dem Biermösel eigentlich zeigen wollte und das seine Verwicklung in den größten Terrorfall der jüngeren Erdengeschichte beweisen soll, steckt in seiner linken Sakkoinnentasche. Es zeigt einen einmalig kalkweißen und ausgesprochen knochigen Arsch, den sich der Innenminister sogar auf dem Foto nur mit den Forensiker-Gummihandschuhen anzugreifen getraut, so sehr graut es ihm davor.

„Biermösel, jetzt sag einmal, weißt du vielleicht, wem dieser unfassbar weiße und grausliche Arsch gehört?"

Der Biermösel windet sich in großer Abscheu vor diesem ekelhaften Arsch. Der Schmerz, den der Anblick von diesem Bild des Grauens verursacht, fährt ihm tief ins Hirn hinein, und er kann dann gar nicht mehr aufhören zu schreien:

„Bitte nicht diesen Arsch!"

Je mehr er sich aber windet und je furchtbarer er schreit, desto deutlicher brennen sich ihm die zwei „H" ins Gedächtnis, die jeweils eine der Arschbacken auf dem Foto zieren, und schön langsam dämmert ihm, dass es sich bei dem Arsch auf dem Foto ja um seinen Arsch handelt, den sie da fotografiert haben, und er sieht endgültig seinen furchtbaren Verdacht bestätigt: dass die Verbrecher wirklich schon in jedem Baum und in jeder Klomuschel eine Überwachungskamera installiert haben wie die Schurken im Dschungel von Kongolien, damit sie alles über ihr Trottelvolk in Erfahrung bringen, heilige Scheiße, in keiner Bananenrepublik der Welt geht es so elend zu wie in der eigenen sterbenden Heimat.

„Kann man in diesem Land nicht einmal mehr in Ruhe scheißen?"

Unbeeindruckt von der Beweiskette, die der Innenminister da gerade vor ihm geknüpft hat, versteht der Biermösel dann noch immer nicht ganz, wie sie eigentlich auf ihn gekommen sind.

„Also wie kommt ihr überhaupt darauf, dass ich euer Freibier gestohlen haben könnte?“

Natürlich könnte ihm der Minister jetzt auch einfach die Hose hinunterziehen und den DNA-Abgleich vornehmen, also den nackten Arsch vom Biermösel mit dem nackten Arsch auf dem Foto vergleichen. Aber stattdessen schaut er ihm nur verächtlich auf seinen Schädel drauf, wo ihm noch immer das Schaumkäppchen aus dem Kopf herauswächst und anschließend in der immensen Hitze verdampft.

„Schau dich an!“, sagt er voller Verachtung, „Ich meine: Schau dich doch bitte einmal an, wie du ausschaust. Wie ein bayrischer Bierkrug schaust du aus, pfui Teufel!“

Wie eine Atombombe, die sich als bayrischer Bierkrug verkleidet hat, könnte der Biermösel ihn jetzt verbessern.

Aber lieber wartet er entspannt wie der Jason Castelli in seinem Suppentopf auf das Eintreffen vom Chef vom Ganzen und denkt dabei an die kurzberockte Anni, die ihn schon sehr bald retten wird.

Nicht lustig!

Bekanntlich hat der Biermösel vor zwei Monaten, als er angefangen hat, konzentriert und willentlich Weißbier zu trinken und mit seinen Ausstößen aus dem Kamin heraus die Erde zu erwärmen, nur seine Grillsau im Auge gehabt und die Abendröte im Westen. Und natürlich hat er, als er in der Folge die Zufuhr zum Motor stetig erhöht und den Ausstoß an Gasen anfangs verdoppelt, dann verzehnfacht und schließlich vertausendfacht hat, nicht damit rechnen können, dass er als indirektes Resultat seiner Furzerei auch gleich den Chef vom Ganzen auslöschen wird. Aber der Komet hat ja während seinem Anflug auf die Erde auch nicht gewusst, dass er die kleinen Dinosaurier gleich mit ausrotten wird, sobald er erst eingeschlagen hat, also wird der Biermösel den Tod vom Chef vom Ganzen als kleines Abfallprodukt seiner Grillleidenschaft gerne in Kauf nehmen, da ist er ganz Demokrat.

Der Biermösel liegt jetzt schon den siebten Tag in der Sonne herum wie die Wurst auf dem Griller, und trotzdem spürt er noch immer die Saukälte früherer Tage während verregneter und nebelverhangener Sommer. Wenn er also die gute alte Quecksilbersäule nicht bald auf über fünfzig Grad hinauftreiben kann, dann wird seine Mission unerfüllt bleiben, also wo bleibt denn bitte der Chef vom Ganzen?

„Jetzt pass einmal auf, Biermösel", sagt der Innenminister dann. „Bis jetzt war alles mehr oder weniger ein Spaß, was wir mit dir aufgeführt haben, mehr Hüttenzauber als Spezialistenverhör, ab jetzt wird es ernst."

Na dann!, denkt sich der Biermösel. Ich warte!

Sie binden ihn in der Stellung an, in welcher der Ramzi neulich seinem Schöpfer gegenübergetreten ist, nachdem der Biermösel ihn erledigt hat. Sie richten seinen Steiß himmelwärts, und dann drücken sie seine geschwollene Nase auf den nackten, spitzen und heißen Felsen, die Arme hinter dem Rücken haben sie mit Kabelbindern gefesselt. Dann – Himmelmutter hilf! – ziehen sie ihm die Hose hinunter und bieten seine zwei kleinen, knochigen, kalkweißen Arschbacken der Sonne zum Fraß dar. Schön ist dieser Anblick nicht, aber explosiv. Und es fühlt sich an, als hätten sie seine zwei Arschbacken in einen Eierkocher hineingesteckt.

Mit züngelnder Gefräßigkeit schält ihm die Sonne seine zwei eingebrannten „H" aus dem Arsch heraus, so wie der erfahrene Viehdieb die

Brandzeichen aus den gestohlenen Kühen herausbrennt, damit sie kein John Wayne mehr als seinen Besitz erkennen kann. Oder wie der ehemalige Insasse von Alcatraz sich nach dem Ausbruch die verräterische Tätowierung aus der Haut brennt, damit ihn die blauäugige Reitstallbesitzerin als Stallknecht aufnimmt und nicht etwa wieder wegschickt, Herrgottnocheinmal, wie genau soll er denn noch erklären, was die Sonne mit ihm macht –

„Aua! Heiß!"

Dankbarer könnte er dem Innenminister aber gar nicht sein, dass er ihn selbst zur wütenden und alles zerstörenden Todeskanone umbaut. Vorräte für einen dreißigjährigen Gaskrieg lagern in seinen Därmen, die schleunigst aus ihm herauswollen. Es muss nur endlich der richtige Zeitpunkt kommen und der eine, der ihm in seiner Sammlung noch fehlt, endlich auftauchen, und bald, hört er, wird es so weit sein:

„Biermösel, oder von mir aus auch: Herzloser Herzbube, Volltrottel, Idiot. Noch einmal, ein allerletztes Mal die Frage an dich, bevor gleich der Chef vom Ganzen persönlich hier landen wird: Wo ist das Freibier?"

Um sich selbst ein wenig die Zeit beim Warten auf den Chef vom Ganzen zu vertreiben, setzt sich der Innenminister dann auf seinen mitgebrachten Campingsessel und fragt den Karate Kid neben sich als Einzigen, der bei der Hitze noch halbwegs geradeaus schauen kann:

„Kennst du eigentlich die Geschichte von dem da und seiner Mutti, die ihm mitsamt ihren Dutteln davongerannt ist, noch bevor er eine ordentliche einheimische Persönlichkeit mit Gamsbarthut, Stutzen und Lederhose hat ausbilden können?"

Da spitzt der Karate Kid gespannt die Lauscher, weil er hofft, dass in seinem tristen Verhörspezialistenleben (Verhörlampe einstecken und ausstecken; Lupe putzen und in die Sonne halten; Zigaretten kaufen nicht vergessen!) endlich einmal ein paar Minuten Spaß für ihn herausschauen, nach all den mit Handkantenschlägen erzwungenen Geständnissen und wimmernden Verdächtigen, gut und witzig erzählt vom Boss, der zwar ein sehr schlechter Boss ist, dafür aber ein in tausend Bierzeltreden erprobter, jovialer Erzähler (sowie ein streng riechender Alkoholiker, wie dem Biermösel bald aufgefallen ist: Enzian, Wacholder, Marille und jede Menge Rasierwasser hat er an ihm schon gerochen, wenn er sich mit der Lupe oder den brennenden Zigaretten über ihn gebeugt hat, allerdings zwei Sorten von Rasierwasser: eines, mit dem er den durch seine zittrige Alkoholikerhand im Gesicht angerichteten Blutfluss stillt, und ein anderes, das er säuft, um die zittrige Alkoholikerhand wieder zu beruhigen).

„Also willst du die Geschichte hören, Kid?"

Der Innenminister holt dann ungeachtet des mittlerweile schon bedrohlichen Grollens und Donnerns in den Gedärmen vom Biermösel seine in ein rot-weiß-rot kariertes Tischtuch eingeschlagene Geheimdienstakte vom Biermösel heraus und fängt schon zu kichern an, noch bevor er das erste Mal „Ausgerechnet mit einem Franzosen ist sie ihm durchgebrannt!" gesagt hat.

Bald hat er geschätzte 283-mal „Ausgerechnet mit einem Franzosen!" gesagt, während der Biermösel langsam ein kleiner Muskelkater im Arsch zu schaffen macht und er ein leises Ausströmen der Gase aus einem futzikleinen Loch nicht mehr verhindern kann. Augenblicklich entzündet die Sonne den leisen Furz zu einem kleinen lodernden Flämmchen, sodass ihn ein Japaner aus Sapporo, wenn denn gerade zufällig einer vorbeikommen täte, ohne weiteres für das nie erloschene Olympische Feuer von Sapporo 1972 halten könnte, und nur mit der allergrößten Willensanstrengung kann er das Loch wieder schließen und das Feuer löschen.

Der Innenminister hat dann noch ein paarhundertmal „Mit ihren zwei Dutteln ist sie ihm davongerannt!" gesagt, als dem Biermösel einfällt: Ein paar ordentliche Schlucke aus den Milchseen von seiner Mutti könnte er jetzt durchaus vertragen, und er würde gerne „Kann mir vielleicht endlich einer was zu trinken geben?" sagen, aber es geht nicht.

Die haben nämlich die ganze Zeit über vergessen, ihm Flüssigkeit zuzuführen, wie es die Genfer Konvention für politische Gefangene eigentlich vorschreibt. Und auch wenn in seinen Stinksocken noch genug Feuchtigkeit steckt, so wird es nach oben hin auch bei ihm langsam immer trockener, heilige Scheiße, seine Zunge ist nur noch ein pelziger Kaktus, der sich im Schandmaul kaum mehr bewegen lässt.

„War ich witzig?", hört er den Innenminister dann endlich fragen, aber der Karate Kid schüttelt nur mitleidig den Kopf und senkt den Daumen, bald dreht auch er durch: „Nicht lustig!"

No nos moverán!

Dann kommt endlich der, auf den der Biermösel so lange gewartet hat, und mit ihm sein ganzer Hofstaat. Der heiße Wüstenwind treibt den Dreck in seiner reinsten Form ins Tal herein, in Form eines Hubschraubers nämlich, in dem der Chef vom Ganzen auf einem weichen Polsterl sitzt. Neben ihm fliegen zwei weitere Hubschrauber einher, beide in den rot-weiß-roten Farben der Heimat gehalten, aus jeweils zwei gewaltigen Lautsprechern schmettern sie den „Schneewalzer" in die flirrende Luft. Im dem einen Hubschrauber sitzen drei Lipizzaner, im anderen der Chor der Wiener Sängerknaben. Scheinbar will der Chef vom Ganzen nicht alleine sterben, denkt sich der Biermösel, wofür sonst sollte der ganze Zinnober gut sein?

Nun aber ist der Biermösel kein weiß gekleidetes Mäderl mit Narzissen, das den Chef vom Ganzen mit einem Hofknicks empfängt, das ist er bei Gott nicht. Und falsch aufgestellt ist er obendrein, was dem Innenminister leider erst auffällt, als die Hubschrauber landen. Er hat den Staatsfeind Nummer eins ja nicht deshalb in der gewissen Demutshaltung festgezurrt, damit er die Sandkörner am nackten Fels zählen kann, sondern damit er vor dem Chef vom Ganzen kniet, um ihn anzubeten.

In der ganzen Hektik aber hat er ihn leider verkehrt herum festgezurrt, und so muss der Chef vom Ganzen, als er endlich aussteigt, direkt in den Kamin vom Biermösel hineinschauen, und das ist nicht einmal dann leichte Kost, wenn man alle Jason-Castelli-Hefte auf einmal gelesen hat!

Der Chef, ein blässlicher Typ, gänzlich unerfahren im Umgang mit der Sonne und heruntergelassenen Hosen, verlangt sofort nach dem bestickten und parfümierten Taschentuch vom Kaiser, als er diesen nackten Arsch sieht, und dann hüstelt er ein paarmal kaum hörbar hinein, bevor er den Innenminister fragt:

„Wer ist er?"

So ein Chef vom Ganzen hat nämlich viele Termine und kann sich nicht jedes Gesicht zu jedem Termin merken.

„Das ist der Biermösel aus Aussee drüben", sagt der Innenminister, „derjenige, der einfach nicht austrocknen will."

„Ach so, der."

Mit seinen schmalen Lippen und den gescheitelten Schnittlauchhaaren nähert er sich dem Biermösel langsam von hinten und bedeckt mit seinem Taschentuch den Arsch vom Biermösel. Dann steht er vor ihm.

Um den ganzen schiefgelaufenen Wahlkampf mit den ganzen umsonst verteilten Luftballons und Feuerzeugen doch noch zu retten, lässt er die Wiener Sängerknaben Aufstellung nehmen, und die armen Buben, jeder einzelne knapp vor dem kompletten Kollaps, fangen unter dem elenden Taktstockgeschubse vom Chef vom Ganzen persönlich zu singen an, und zwo, drei:

„Flieg nicht zu hoch, mein kleiner Freund
die Sonne brennt dort oben heiß
wer zu hoch hinauswill
der ist in Gefaaaaaaaahhhr!“*

Als sie aufgehört haben zu singen – als sie endlich aufgehört haben, Herrgottnocheinmal! –, beugt sich der Chef vom Ganzen über den Biermösel und fragt ihn mit seinem Flüsterbariton:

„Hast du verstanden, was sie dir damit sagen wollten?“

Der Biermösel kann aber nicht einmal mehr „Draufgeschissen!“ sagen, so trocken ist seine Zuge. Also winkt der Chef vom Ganzen einen kleinen Sängerknaben-Rotzlöffel herbei, zieht ihn am Ohrwascherl und befiehlt ihm im Ton der strengen Lehrerin, die er vom Wesen her ist, dass er es ihm erklären soll:

„Der Chef vom Ganzen will dir damit sagen, dass du dich zu weit aus dem Fenster gelehnt hast, als du dich mit der Bundesregierung angelegt und das Freibier gestohlen hast.“

Dann fällt der arme Kastrat tot um, und der Chef vom Ganzen schiebt ihn mit seinen gelackten Schuhen am Fuß beiseite, mit dem Tod will auch er nichts zu tun haben, obwohl er tausendfach dafür verantwortlich ist.

Dann fragt er den Biermösel:

„Wo?“

Aber auch der wartet vergeblich auf eine Antwort. Der weiß scheinbar überhaupt noch nicht, dass der Biermösel genug intus hat, um sie alle miteinander zu überleben. Auch die Hyänen und Skorpione, die schon hinter den Hubschraubern herangekrochen kommen und auf ihn warten. Und selbst den Geier, der schon gelandet ist und sich ein bisserl voreilig in der ersten Reihe aufgestellt hat für das baldige Leckilecki, das er in ihm sieht. Ihnen allen kann er ausrichten, ein für alle Mal:

Ich bin der Elendste der Welt, ich werde euch alle überdauern!

Sollte die depperte Bundesregierung also tatsächlich in einem Ausseer Landgendarmen, an einem, der furzt wie ein Weltmeister und einfach nicht austrocknen will, ihren Meister gefunden haben? Es sieht ganz so aus!

Aber noch wissen sie natürlich nicht, dass sie in ihm auch ihren verdienten Tod gefunden haben.

In der verzweifelten Hoffnung, den Biermösel doch noch für sich zu gewinnen, wirft ihm der Chef vom Ganzen ein Feuerzeug mit dem knappen Wahlprogramm drauf zu und lässt einen Luftballon steigen.

„Für den unwahrscheinlichen Fall, dass du es doch noch in die Wahlzelle schaffst, nicht vergessen: Liste 1 – ‚Die Ackerbauern- und Viehzuchtpartei' mit deinem Chef vom Ganzen."

Da wiehern sie alle wie die Lipizzaner über diesen gelungenen Witz, und dann steigen sie alle miteinander in ihre Hubschrauber ein, ein letztes Mal, wie in diesem Augenblick einzig der Biermösel weiß, ein allerletztes Mal.

Zwar hätte er sich auch gut vorstellen können, dass er dem Chef vom Ganzen mit der rechten Pranke einen auf seine gescheitelte Frisur draufhaut, sodass er mit seiner Jazzer-Visage zwischen den eigenen Rippen herausschaut wie der Affe im Zoo zwischen dem Gestänge, das hat er schon einmal beim Jason Castelli gesehen, Folge 1923, und es hat ihm sehr gut gefallen.

Aber das wäre natürlich nur Plan B gewesen, und an dem hindern ihn sowieso gerade die Kabelbinder, die seine Pranken hinter dem Rücken in Schranken halten wie die Beruhigungstabletten den Psychiatriepatienten.

Also entscheidet er sich frohen Herzens für Plan A, während der Chef vom Ganzen langsam mit seinem umgehängten Lodenjopperl im Hubschrauber Platz nimmt. So unangreifbar wähnt er sich noch immer, dass er beim Einsteigen nicht einmal den Schädel eingezogen hat und ihn trotz seiner geringen Körpergröße die Rotorblätter fast geköpft hätten. Gut, dass er noch lebt, denkt sich der Biermösel erleichtert, ihm schwebt nämlich ein ganz anderes Ende für Zwerg Bumsti vor.

Wie ein kreißender Berg hört sich an, was sich da im Biermösel zusammenbraut, wie ein blubbernder Vulkan kurz vor dem Ausbruch muss er auf die feinen Herren wirken. Die Feinfühligen von ihnen werden das drohende Beben bereits in ihren Zehenspitzen spüren, die unsensiblen Sparkünstler und Rotstiftakrobaten spüren gar nichts.

Während die Rotoren der Hubschrauber sich mit krächzendem Motor immer schneller drehen, bringt auch der Biermösel seine Windmaschine auf Touren und schickt eine kleine Vorhut hinaus. Augenblicklich erfasst der noch sanfte Windstoß die Hubschrauber, die sich endlich mit schweren, herabhängenden Flügeln, gepeinigt von der Hitze und niedergedrückt von der gnadenlosen Sonne, in die Lüfte erheben. Und während die ersten Stahltropfen zu Boden fallen, die sich von den langsam schmelzenden Ungetümen lösen, zündet der Biermösel Stufe zwei, und das bedeutet: So wild hat seine Mutti mit dem Franzosen nicht getanzt, wie die drei Hubschrauber dann unter seinen Winden in der Luft zu tanzen beginnen, zuckend und schnaubend, hin und her gerissen von seiner furchtbaren Musik.

In den Lärm der Rotorblätter und in das Donnern und Grollen aus seinen Därmen mischt sich dann zunächst kaum hörbar, schließlich immer lauter und sich zum vielstimmigen Choral ausweitend der widerständige Singsang der Flüchtlingsfamilie Bolivár aus den Anden, die mit ihren Panflöten und Mondgesichtern und in ihre bunten Strickjacken gehüllt immer näher kommen und ihr „No nos moverán!" singen.

Endlich einer, der sich nicht in die Hosen scheißt vor einem unterdrückerischen Schurkenregime samt folterndem Innenminister, werden sie sich bewundernd über ihn denken, sondern einer, der mit der ganzen Kraft seiner Gase dagegenhält, das gefällt ihnen.

Sie haben ihn, schätzt der Biermösel die Lage dann nüchtern ein, sogar schon zu ihrem Gott erkoren, weil sie sich vor ihm niederknien und seine furchtbar verbrannte Rückseite anbeten (oder jedenfalls anstarren), und das ist nach allem, was ihm in den letzten Jahren im Dienst passiert ist, endlich einmal eine erfreuliche Nachricht. Nach dem ganzen Ärger, den er in seinem Leben schon gehabt hat, lässt er sich jetzt wirklich gerne anbeten, da ist er ganz Jason Castelli im Dschungel von Kongolien.

Weil er aber ein gütiger Gott ist, wird er ihnen im Gegenzug anbieten, dass er noch heuer ein munteres Sommer-Festival für sie ausrichten wird, und zwar im bereitstehenden Bierzelt, das heuer sonst keine Verwendung finden wird, wo sie sich anziehen dürfen, wie sie wollen, und in dem es keine roten Spitznasen und blonden Schnauzbartträger gibt, die mit ihnen den Watschentanz aufführen, und erst recht keinen Chef vom Ganzen, der ihre Hand schütteln will, weil sie dann alle nicht mehr leben werden, denn jetzt endlich ist es so weit, Stufen drei, vier, fünf – Feuer! Feuer! Feuer!

Und hoppala, plus 56,3 ° im Schatten.

* Flieg nicht zu hoch, mein kleiner Freund; Musik/Text: Jean Frankfurter, Robert Jung (1981)

Du meine Güte, wenn er bedenkt, dass er nur grillen wollte!

Erschöpft wie die Elefantenkuh nach der sehr schweren Drillingsgeburt, liegt der Biermösel dann im Wöchnerinnenbett und atmet ein paarmal kräftig durch, eine leichte Geburt war das bei Gott nicht, die er gerade abgeliefert hat, aber eine sehr schöne.

Die drei Hubschrauber liegen weit verstreut in der Gegend herum, er sieht lodernde Feuer inmitten lodernder Feuer, bravo. Und er sieht den abgerissenen Kopf vom Chef vom Ganzen, der dort irgendwo herumliegt, gut schaut er nicht aus, aber gut hat er auch vorher nicht ausgeschaut. Und ist das da drüben nicht der Innenminister, fragt er sich, der im Todeskampf noch immer unverdauliche Kommunistenasche herauswürgt? Na freilich ist er das! Und jetzt, wo ihm kein schwarzer Verhörsack mehr über den Schädel hängt, fällt dem Biermösel auch wieder ein, woher ihm die Stimme von dem alten Kommunistenfresser so bekannt vorgekommen ist: Das ist ja der Ausbildner aus der Gendarmerieschule oben in Linz, der ihn schon damals in den Sondertrakt verbannt und ihm keine rosige Zukunft prophezeit hat, sondern eine traurige, „mit deiner ganzen Furzerei wirst du es nicht weit bringen!“, hat er gesagt, aber da hat er sich natürlich getäuscht. Nur dass er ausgerechnet mit seiner General-Jaruzelski-Brille am Schädel sterben darf, die er ihm beim großen Verhör abgenommen hat, das stört den Biermösel natürlich schon ein bisserl.

So wie der Biermösel sein Trottelvolk jetzt kennt, wird die ganze depperte Wahl erst einmal abgesagt werden, aber da sind die Herrscher natürlich auch ein bisserl selber schuld. Hätten sie ihn nur grillen lassen und auf das Wort „Urlaubssperre“ verzichtet, hätte einer von denen auf dem Weg Richtung Weltenende die Reißleine gezogen und ihm den Urlaubsschein unterschrieben, dann könnte das ganze verbliebene Trottelvolk jetzt wählen und sein Elend fortschreiben. Stattdessen werden alle den Weinkrampf kriegen, und die falsche Frage wird lauten: Wie hat denn so was überhaupt passieren können?

Anstatt dass sich einer die viel drängendere Frage stellt:

Wer rettet denn endlich den Biermösel aus seiner verzwickten Lage?

Er hat jedenfalls aufgeräumt wie die Anni die Scheißhäuser der Bürgerstöchterl und Herrschaften um drei Uhr in der Früh. Zwar ist ihm alles ein bisserl aus dem Ruder gelaufen, das gibt er ja gerne zu, und die Frage muss erlaubt sein: Was hat ihm sein Feuerwerk gebracht? Weder sitzt er heute vor der Grillsau, die über seiner selbstgemachten Holzkohle brutzelt, wie es sein Wunsch war. Noch gibt es irgendwo da draußen ein Volk, das sein Leben in Freiheit und ohne die Gutsherrenpeitsche der depperten Bundesregierung auf den Arsch genießen könnte, weil ausnahmslos alle tot sind. Also was hat die ganze Furzerei gebracht?

Lustig war es. Und ob es was gebracht hat, das weiß man ja immer erst später.

Nachdem ihn also keiner so schnell retten wird, wie es ausschaut, kehrt der Biermösel von seinem heroischen Kampf gegen die große Politik wieder zurück zu seinen eigenen kleinen Problemen. Wenn nichts Überraschendes mehr passiert, dann war's das mit ihm. Mit der Sonne im Westen versinkt auch sein Stern. In dieser unwürdigen Stellung endet sein Leben, das Leben des großen Edgar Evenhoe Biermösel aus Aussee herüben, der das Land in eine tiefe Krise gestürzt hat. Und mit ihm endet die ganze Dynastie der Biermösels, so wie sie gelebt haben – unwürdig und lächerlich, wie es immer ihre Art war, weggeworfen wie ein alter Schuh, am Ende zu nichts anderem gut als zu Aas. Ein einziger kleiner Windstoß noch, und sein verdorrtes Blatt wird vom Stammbaum des Lebens herunterfallen, darauf wartet er und wartet er noch immer, denn endlich ist auch er ausgetrocknet. Kein Tropfen Nass quillt mehr aus ihm heraus. Kein Bier, das ihm aus dem Schädel herauswächst und an dem er sich noch selbst laben könnte. Kein Schweiß, der seine Achselhöhlen zum Stinken bringt. Noch nicht einmal ein Tröpfchen Lulu, das ihm unkontrolliert ausläuft und seine Hose nässt. Nichts.

Stattdessen zieht er sich immer weiter zusammen wie eine Dörrzwetschke. Die Haut wird ihm langsam eng, und die Augen treten weit heraus, ausgerechnet seine messerscharfen Adleraugen, auf die es die Aasfresser immer als Erstes abgesehen haben.

„Da ... so ... hei ... sei ...?"

Er versucht sich noch einmal mit der Sonne zu messen, ein allerletztes Mal. Aber seine Zunge ist trocken wie Kohle, und die Sonne lässt sich von ihm nicht mehr verhöhnen. Nicht einmal verabschieden kann er sich von der depperten Welt, weil ihm ja die Hände gebunden sind und er kein Winki, Winki mehr machen kann. Am Ende seiner Tage zeigt er dem unerfüllten Leben nur seinen nackten Arsch, und das gefällt ihm dann fast schon wieder, einen schöneren Abschiedsgruß hat sich das Leben von ihm nicht verdient.

Der Biermösel weidet sich dann an der feurigen Abendröte im Westen und denkt dabei noch einmal kurz an die Grillsau, wegen der er den ganzen Zirkus veranstaltet hat, „du blöde, depperte, untreue Grillsau!" Er denkt auch noch einmal kurz an seinen Bruder, den er überraschend hat kennenlernen dürfen und der ihm schon vorausgegangen ist hinüber ins Schattenreich, „bis bald!" Und dann denkt er mit wirklicher Wehmut an den Alten, der auch irgendwo da oben herumfliegen wird, wo es schön ist, „Freundschaft!"

Und wo wird die Mutti sein?, fragt er sich dann.

Oben in der Milchstraße bei den vielen Außerirdischen, mit einem ewigen Versorger-Vertrag für das Mutterschiff ausgerüstet? Oder lebt sie vielleicht oben im Franzosenhimmel und strickt schwarze Rollkragenpullover für die ganzen Napoleons? Jetzt, in der beinahe schon ewigen Selchkammer seines Lebens, denkt er nur noch mit Wärme und schönen Gefühlen an sie, und trotzdem sie ihm damals davongerannt ist mit ihren zwei Muttiduttis, ist sie doch immer bei ihm geblieben, in seinem Herzilein, da wohnt sein Mütterlein.

Und wenn er bald wieder andocken wird an ihre gewaltigen Dutteln, so wie er sich das Sterben und den Himmel vorstellt, dann wird er sich auf ihren Schoß legen, sie wird ihn in den ewigen Schlaf wiegen, und er wird nicht mehr aufstehen, so müde ist er jetzt, so müde, „gute Nacht, Mutti, schö tem!"

Der Biermösel wartet dann darauf, dass die Sonne endgültig verschwindet und mit der Sonne auch er. Er wartet auf die finstere und abweisende Nacht, die ihn bald auffressen wird. Das gewaltige Angebot an verfaultem Fleisch, das er geschaffen hat, hat auch im Tierreich eine Goldgräberstimmung ausgelöst und jede Menge Abenteurer und Trittbrettfahrer angelockt, die sich nur den Magen vollschlagen wollen und bei der Abreise nichts als Dreck und unbezahlte Rechnungen zurücklassen, so wie die Tagestouristen und Sommerfrischler. Sie alle stehen jetzt um sein Fleisch an, Hyänen und Schakale, Würmer und Maden, und besonders vorwitzig der Geier, der oben am Abendhimmel seine Kreise immer enger zieht und nur noch darauf wartet, dass er die

Flügel einziehen und in den Sturzflug übergehen kann, die Koordinaten hat er genau auf „Arsch" eingestellt und den Schnabel auf „messerscharf" geschliffen, heilige Maria, Mutter Gottes! Sobald der seinen Geierschnabel in seinen Arsch hineinhackt, wird es so weit sein, weiß der Biermösel, und ratzfatz wird er ihm den Darm herausreißen und vor allen anderen Leckereien fressen. (Wenn er in dieser ausweglosen Situation noch einen Wunsch äußern dürfte, dann vielleicht den, dass er schon bewusstlos sein möge, wenn er ihm den Arsch aufreißt, dort ist er nämlich besonders empfindlich.)

Der Biermösel macht dann die Augen zu und wartet, und während er wartet, sieht er auf einmal nur noch Bierflaschen vor seinem inneren Auge vorbeiziehen, was am Anfang ein herrlicher Anblick ist, aber dann macht er ihn ein bisserl traurig. Wenn das nämlich noch nicht die große Abfüllhalle oben im Himmel ist, in die er eingeladen ist, dann ist es sein Leben, das da an seinem inneren Auge vorbeizieht, und er erinnert sich, wie er die Tunichtgute immer genau darauf aufmerksam gemacht hat, bevor er ihnen die Glock an die Stirn gesetzt hat, „Ruhe jetzt! Gleich fängt der Film an!"

Aber viel war da scheinbar nicht los bei ihm in seinem Leben. Ausgesoffene Bierflasche reiht sich an ausgesoffene Bierflasche, dazwischen sieht er Regen, der von Schnee abgelöst wird, und Nebel, der eisglatte Straßen einhüllt.

Die längste Zeit sieht er nicht mehr als das, bis es dann zum Schluss hin noch einmal ein bisserl spannend wird und ein Schuss Action hineinkommt, mit dem Pfarrer Hein, von dem er im Herbst das kleine Volk erlöst hat, und dem Chef vom Ganzen, von dem er gerade vorhin das große Volk erlöst hat. Zum Schluss hin hat er doch noch einmal Gas gegeben, mit dem Joe als treuem Begleiter, und wenn er auch die Jahre und Jahrzehnte davor genug Zeit vertrödelt hat, so hat er die Jahre und Jahrzehnte davor auch genug Bier gesoffen, und das war dann ja auch irgendwie sehr schön.

Halt!

Der Biermösel spult den Film dann noch einmal kurz zurück, als er zwischen zwei gesoffenen Bierflaschen eine Minute dreißig in seinem Leben ausmachen kann, in der er scheinbar ausgesprochen glücklich war. Aber der Film läuft dann einfach wieder viel zu schnell, und die Szenerie ist zu schlecht ausgeleuchtet, als dass er genau sehen könnte, mit wem er damals glücklich war. Also wird er halt auf den großen Rätsellöser in der anderen Welt drüben warten müssen, der es ihm verrät.

In dieser unwürdigen Haltung, in der er da aufgebockt ist, mit dem Arsch himmelan und der Hose unten, mit der Zunge pelzig und den Fingernägeln dreckig, mit den Augenbrauen unbehandelt und dem Haarstock komplett steif vom ganzen vertrockneten Bier, will er jetzt nicht einmal mehr von einer leichtbeschürzten Einheimischen gerettet werden, wie das dem Jason Castelli jedes Mal widerfährt. Irgendwie hat er sich immer gewundert, warum der auch nach seinen ganzen verschwitzten Abenteuern im Dschungel noch sauber ist und sogar dann noch gut riecht, nachdem ihn am Ende immer die Weiber gerade aus der Fischsuppe herausgeholt haben, da hat es der Jason besser als er, der jetzt in Einsamkeit sterben will.

Aber irgendwo da draußen ist scheinbar doch noch Leben. Ein seltsam verwirrtes Wesen treibt sich da draußen herum, angeschlagen vom Sonnenstich, das abwechselnd „Bruder Jakob" singt und dann wieder „plus 56,3 ° im Schatten, 23. Juli 2004" murmelt, das wäre nach ersten Berechnungen vom Biermösel drei Wochen her, oder sogar drei Jahre? Wem aber gehört die helle, fröhliche Stimme, zu wem das Klackern von Eiswürfeln.

„Biermösel! Steh auf!", hört er sie sagen.

Der Biermösel dreht sein Gesicht zwischen seine Haxen und schaut auf einmal in die sanften Augen von der Anni, die hinter ihm steht und ihn jetzt so sieht, wie ihn nicht einmal seine Mutti jemals gesehen hat – komplett unwürdig, komplett verbrannt und – ja! – letztlich auch komplett entwässert, letztlich auch er.

Und die Anni? So schön ist sie noch immer, ganz weiß und ohne Flecken, kein Schweiß, keine Anstrengung, keine roten Wangen in ihrem Gesicht. Wie ein Engel schwebt sie daher, seine Anni, wie ein Engel. Und so wie sie daherkommt in ihrer Rot-Kreuz-Uniform, ist sie ihm letztlich sogar lieber als die ganzen kurzberockten Weiber, die am Schluss immer den Jason Castelli retten.

„Biermösel, steh auf!"

Er schließt die Augen und hofft, dass sie ihn nicht sehen kann. Aber das hat schon als Kind nicht funktioniert, wie er sich erinnern kann, wenn er die Augen geschlossen und gehofft hat, dass er jetzt doch nicht in der Selchkammer sitzt.

Sie kniet sich neben ihm nieder und beträufelt ihm seine trockene Zunge mit ein paar Tropfen Wasser, aber der Biermösel wehrt sich mit aller Gewalt dagegen und presst seine aufgesprungenen Lippen zusammen, wie der Igel stellt er die Stacheln auf, was so viel heißen soll wie:

Kein Wasser! Unter keinen Umständen Wasser!

Er ist sein Leben lang ohne ausgekommen, da wird er auch jetzt am Schluss keines brauchen.

Dann stellt er sich tot, damit er der Anni die Entscheidung erleichtert, ihn wiederzubeleben. Aber bitte nicht mit einer Herzmassage, sondern mit der Mund-zu-Mund-Beatmung, in der sie der Doktor Krisper nicht umsonst geschult hat, wie der Biermösel sogleich merkt: Sie beugt sich über ihn und schiebt ihm mit aller Kraft ihre nasse, feuchte, glitschige Zunge in seinen Sprechkanal hinein und fuhrwerkt darin so lange herum, bis sich sein Kaktus wieder bewegen lässt und er ihrem Druck Gegendruck entgegensetzten kann, und dann kann man – wenn man wie er selbst fantasiebegabt ist – fast schon sagen, dass es sich bei dem Gerangel um einen richtigen Kuss handelt, Herrjemine, am Ende seiner Tage noch ein erster Kuss von der Anni, dass er das noch erleben darf! Und endlich kommt ihm über die Lippen, was ihm früher nie über die Lippen gekommen ist:

„Danke!“

Aber war es wirklich ihr erster Kuss?

Die Anni schneidet ihm die Kabelbinder durch, stellt ihn auf die Beine und zieht ihm die Hose hinauf. Dann nimmt sie ihn an der Hand und führt ihn weg.

Ihre Wanderung geht durch das verbrannte Land hinüber zur Straße der Sieger, wo mittlerweile alle Plakatständer mit dem Bildnis vom Chef vom Ganzen drauf umgeworfen sind, alle! Und unter einem schauen vier Haxen hervor, und zwei glashelle Stimmen schreien mit schwacher Brust: „Hilfe! Hilfe!“

„Bitte, Biermösel, hilf ihnen, sonst geht das nicht gut aus!“, sagt die Anni, und als der Biermösel die schwere Plakatwand hochhebt, sieht er zwei schwarz gewandete Terroristen mit schwarzen, löchrigen Punker-Strumpfhosen und Sexmasken, Nachahmer und Trittbrettfahrer eines der größten Terroristen der Welt, namentlich die Jennifer und die Manuela, die Zwillinge von der Anni, die wie zwei Nacktschnecken unterm Salat daliegen. Ein bisserl geplättet zwar, aber sonst ist noch alles dran an ihnen, auch das Widerständige und Depperte, „meine Güte, die sind ja so widerständig und deppert wie ich!“

„Die sind ja auch von dir, Biermösel!“, gesteht ihm die Anni endlich, „es sind ja deine zwei Mäderl.“

Und weiter: „Kannst du dich denn gar nicht mehr erinnern an die eine Minute dreißig in deinem Leben, in der du vielleicht einmal ein bisserl glücklich warst?“

Na bumsti, denkt sich der Biermösel, das wäre jetzt was für das Goldkehlchen-Duo!

Da schließt er die Augen und dreht den Film doch noch einmal zurück, und als er den Schinken noch einmal abspielt, in Zeitlupe diesmal, sieht er auf einmal wirklich die Anni, wie sie mit dem Putzkübel in der Hand vor bald sechzehn Jahren vorne bei der Bierzeltbühne gestanden ist und darauf gewartet hat, dass sie endlich den ganzen Dreck wieder wegräumen darf, den die anderen angerichtet haben. Und dann erinnert er sich wieder, wie er mit der Glock in der Hand eingetreten ist und alle vor ihm davongerannt sind – „Make way for the bad guy! Here's the bad guy coming through!“

„Anni!“

„Biermösel!“

Herrgottnocheinmal, es muss dann einfach wirklich alles gepasst haben mit ihnen beiden – der Vollmond, die stickige Luft, der Wacholderbeerschnaps und die laute Musik, die dann auf einmal abgebrochen ist, weil der Joe mit seiner Quetschenharmonika davongerannt ist und alle anderen ihm nach. Dazu seine beeindruckende Erscheinung als schwarz gekleideter Pancho Villa, welche die Anni betört haben muss, und ihre Sehnsucht nach den Sternen respektive nach ein bisserl Wärme in dieser eiskalten und verregneten Sommernacht; dann der eingebrochene Tanzboden, in dem sie gemeinsam verschwunden sind, und endlich ihre Meisterschaft in Fragen der körperlichen Liebe, mit der sie es letztlich geschafft hat, dass er nicht nur auf ihr liegen geblieben ist, so wie er auf sie draufgefallen ist, sondern dass er auch was zusammengebracht hat, aber du meine Güte, dass er in nur einer Minute dreißig gleich Zwillinge zusammenbringt, damit hat keiner rechnen können! Und wenn nicht auf einmal das ganze Zelt zusammengebrochen wäre und ihn der große Stahlträger gefällt hätte, wer weiß, ob er dann nicht Elflinge zusammengebracht hätte, jedenfalls hat er auf einmal nur noch Sterne gesehen, mehr Sterne, als die Milchstraße Milch hat.

„So war es also?“

„So und nicht anders“, sagt die Anni freudig.

Aber dann beschleicht sie die Angst, dass er wieder durchdrehen und vielleicht nicht zu ihr und den Zwillingen stehen könnte, weil sie so widerständig und schwierig sind (wie er selbst) und oft mehr Probleme zu bieten haben als Lösungen (wie er selbst).

In diesem speziellen Fall aber genügen dem Biermösel die zutraulichen Augen von der Anni, sodass er die Vaterschaft aus der Hüfte heraus anerkennt. Und damit er bei der Erziehung seiner zwei Rotzlöffel, die zwar keine Buben sind, aber widerständig und schlimm, keine Zeit verliert, zieht er sie unter der Plakatwand hervor und zeigt ihnen den mahnenden Finger und mit dem mahnenden Finger gleich seinen festen Willen, ihnen ein strenger, aber gerechter Papa zu sein.

„Brav sein, Kruzifixnocheinmal, immer schön brav sein!“

„Ja, Papa!“

„Und wirst du auch für sie sorgen?“, fragt ihn die Anni besorgt, als er ihr endlich die große Pranke auf die Schulter legt. Sie hat ja ein großes finanzielles Loch zu beklagen, seit so viele Stammkunden weggestorben sind. „Geht sich das mit deiner Mindestpension für uns vier aus?“

„Anni“, sagt der Biermösel und bastelt sich seine eigene kleine Wirtschaftstheorie zusammen: „Erstens wird das Leben nicht teurer, wenn nur noch wir vier auf der Erde herumrennen, sondern eher billiger.“ Und zweitens: „Überraschend ist ja der Onkel von den Zwillingen gestorben, mein überraschend aufgetauchter kleiner Bruder, und so ist mir überraschend eine kleine Erbschaft in den Schoß gefallen. Mit dem ganzen Schotter könntest du den Schaden dreimal begleichen, den meine zwei Rotzmäderl angerichtet haben, falls du nicht lieber überhaupt was Gescheites mit dem Geld anfangen willst und dir vielleicht ein paar warme Strumpfhosen kaufst, es werden auch wieder kalte Tage kommen, denn ewig werde ich das grausliche Zeug aus Bayern nicht saufen können.“

„Dann ist also doch noch alles gut ausgegangen?“, fragt ihn die Anni mit ihren großen, zutraulichen Augen.

„Schaut so aus“, sagt der Biermösel. „Schaut ganz so aus. Außer natürlich, dir fällt kurz vor Schluss noch ein, dass auch du lieber einen

Franzosen heiraten möchtest, einen mit Dackelblick und schwarzem Rollkragenpullover, der gut denken kann?“

„Schon. Aber es gibt keine mehr“, sagt die Anni.

„Alle ausgelöscht?“

„Man hört nichts Gutes aus den Pyrenäen.“

Dann schultert der Biermösel seine Zwillinge und nimmt die Anni an der Hand. Und so marschieren sie in den Sonnenuntergang hinein, in Richtung Abendröte im Westen.

THE END

Trautes Heim, Glück allein

Eine Biermösel-Geschichte

I

Er ist jedenfalls der neue Leader, seit er letztes Jahr die Partei im Alleingang umgekrempelt und in die Hilf-dir-selbst-sonst-hilft-dir-keiner-Bewegung („*Bewegung* heißt das! Sagt doch keiner mehr Partei!") umgemodelt hat, bevor er einen triumphalen Wahlsieg einfahren konnte, und zwar mit dem schlichten Versprechen, dass er die lange Gerade im Silbertannenwald im Alleingang schließen wird. Und was soll er sagen? Es hat funktioniert!

Als erste vernünftige Amtshandlung hat er sich dann auf Gemeindekosten beim Tripischowski in Ischl drüben eine schlanke Tracht an den damals noch schwammigen Leib tackern lassen, und dann ist es losgegangen: Er hat den Eigentumsausbau forciert; er hat die Wasser- und Abfallwirtschaft umgehend privatisiert; er hat weiters diese depperten und komplett unnötigen Naturparks wieder aufgelöst und stattdessen einem Verwandten die Schürfrechte für Kohle darin übertragen – und wer weiß, ob er nicht welche findet?

Er hat Investitionen angestoßen und nach vorne geschaut! Im Gegenzug hat er unnötige, das Gemeindesäckel belastende Ausgaben aus dem überbordenden Sozialbudget gestrichen und das insgesamt Rückwärtsgewandte früherer Bürgermeister gekappt: „Nicht immer nur die Armen, Faulen, Unnötigen unterstützen, die ja am Ende eh niemandem etwas bringen! Oder hat einer schon einmal einen Armen, Faulen oder Unnötigen gesehen, der irgendwem etwas bringt?" Er, der Bürgermeister, jedenfalls nicht!

Er hat Jobs, Jobs, Jobs geschaffen, und darunter Gott sei Dank überwiegend Billigjobs, weil Billigjobs die Wirtschaft ankurbeln (Oder sagen wir so: „Geht's der Wirtschaft gut, geht's der Wirtschaft gut!") Er hat die Gewinne der lokalen mittelständischen Betriebe in seiner Funktion als Investmentbanker bei der *Ackerbau- und Viehzuchtbank* entgegengenommen und zunächst auf die Osterinseln transferiert, bevor ihm jemand gesagt hat: Caymaninseln, du Trottel! Cayman!

Er hat ein Volksmusikantenmuseum eröffnet zu Ehren vom Weiß Ferdl, dem Volksmusikhelden aus dem Tal, und einen Volksmusikantenfriedhof initiiert, auf dem der Weiß Ferdl jetzt liegt. Und erst letzte Woche hat er eine Walkmaschine für hochwertige Nazistutzen angekauft und der Volksschule übergeben, damit die Kleinen es rechtzeitig lernen!

Er hat weiters das Versammlungsrecht ausschließlich den Kirchgängern vorbehalten, umgekehrt hat er die Langhaarigen und Rock 'n' Roller mit Hausarrest belegt. Gutmenschen und Umweltschützern hat er die Büros zugedreht, Zeit war's! Wenn anfangs ein Reporter von der linkslinken Systempresse wie der Himmelfreundpointner vom *Ländlichen Boten* zu ihm ins Rathaus gekommen ist, mit seinen langen Haaren und braunen Fingernägeln vom vielen Haschzigarettenrauchen, ein Lügner, der nur im Produzieren von Fake-News gut ist und in sonst gar nichts, dann hat er zu dem gesagt: „Jetzt hör einmal zu, du Stinktier: Ich habe die lange Gerade im Silbertannenwald im Alleingang geschlossen!" Aber gedacht hat er sich, nachdem er ihn mit einem Arschtritt hinausgeleitet hat, gedacht hat er sich mit einer inneren Abscheu und einem inneren Groll, der ihn im Geiste schon die ganzen konzentrierten Zentren bauen ließ, in die man diese ganzen Lausnester von der Systempresse endlich hineinschmeißen müsste: Dass die einfach nie aufhören können mit ihren haltlosen Vorwürfen, dass er ein Nazi ist, nur weil er die zwei Krüppel aus dem Stinkloch Rumänien da unten, die immer auf der Straße herumgesessen sind und gebettelt haben, eigenhändig aus dem Tal hinausgejagt hat. („Aber ich bitte Sie, meine Damen und Herren!", hat er gleich nach der Angelobung als Bürgermeister im Zuge der ersten Gemeinderatssitzung gesagt: „Sehr grundsätzlich ist es doch so: Nazis? Was soll denn das bitte sein? Kruzifixnocheinmal, es gibt doch gar keine Nazis mehr! Und ob es jemals welche gegeben hat, das ist noch längst nicht bewiesen, ihr Rocker! Und auch auf die Gefahr hin, dass ich mich wiederhole: Ich habe die lange Gerade im Silbertannenwald im Alleingang geschlossen! Das habe ich schon erwähnt? DANN SAGE ICH ES HALT NOCH EINMAL!")

An der langen Geraden im Silbertannenwald, durch die er die zwei Rumänen aus dem Tal hinausgetrieben hat, sitzen jetzt jedenfalls zwei Posten auf zwei braunen Pferden, die darauf achten, dass nur noch die hereinkommen ins Tal, die keinen türkischen Halbmond im Herzen tragen und keine Ziege mit im Handgepäck führen; die keinen Elefantenstoßzahn durch die Nase gebohrt und keine Schlauchbootlippen im Gesicht haben; keine Rumänen, keine Muselmanen, keine Turk-, Ar- oder sonstige -menen, nur der perfekte Mensch darf noch einreisen: der in seiner Lederhose, der in seinen Strümpfen, der in seinen eleganten Goiserern, der in seinem grünen Lodenhemd und der mit seinem einmaligen

Gamsbarthut am Schädel samt der richtigen Einstellung unter seinem Hut in seinem Schädel drinnen, und am besten natürlich auch im Herzen: Mia san mia! Und mia san wer! Und alle anderen sind nix, gar nix!

Und das alles hat er im schlanken Trachtenanzug getan. Der schlanke Anzug – und diese Meinung hat sich unter seinesgleichen praktisch weltweit durchgesetzt – ist das Um und Auf für einen neuen Leader. Er signalisiert Gesundheit und Selbstdisziplin; er signalisiert weiters, dass man jederzeit die Ausländer die Papierln von der Straße aufklauben lassen kann, wenn man das will; dass man die finanzielle Absicherung für die Rocker streicht und sie mit der dünnen Mehlsuppe abspeist. Der schlanke Anzug sagt ganz grundsätzlich: „Ihr, die ihr in eurem selbstverschuldeten sozialen Elend lebt und euch überall breitmacht, ihr geht uns so auf die Nerven! Also macht euch gefälligst schlank! Verzupft's euch! Haut's euch über die Häuser!, wie die roten Volltrotteln in Wien unten sagen. Wir wollen euch noch weniger als wir euch brauchen! Habt's uns verstanden?"

Dabei war das keine leichte Arbeit für den Tripischowski drüben in Ischl, als er ihm die Slimfit-Tracht an den damals noch durchaus schwammigen Bürgermeisterkörper genagelt hat, leicht war das nicht, denn: kaum war sie fertig, sind bei ihm die Kilos gepurzelt wie der Kurs von der türkischen Lira. Jede Woche hat er die Tracht enger schneidern lassen müssen, bis nur noch der eine Spitz rechts an seinem Bauch herausgeschaut hat, ein hartes Stück Innerei. Was ist denn da mit meiner Leber los?, hat er sich gefragt. Wieso steht denn die so heraus aus meinem Leader-Körper?

Gerade, als er einen Erlass erlassen wollte, der das Tragen von schlanken Trachtenanzügen untertags für alle männlichen Geschlechts ab drei Jahren aufwärts im ganzen Tal vorgeschrieben hätte – auch in der Automechanikerwerkstatt, auch in der Holzdielenwerkstatt, auch im Kindergarten für die kleinen Buberln –, ist er beim Faschingsumzug zusammenklappt, er hat jedenfalls geglaubt, er spinnt. Da hat er endlich den Bieranstich auch beim Faschingsumzug per Erlass durchgesetzt, und dann kriegt er die g'schissene Bierpippe nicht in das g'schissene Bierfassl hinein! So schwach war er, so verlassen von allen Kräften (fast wie ein acht Monate altes Negerkind, das gerade in den Fluten vom Mittelmeer ersäuft), dass er gedacht hat: Gibt's denn das? Wie kann ich denn so schwach sein, wo ich doch die Stärke selbst bin?

Der harte Spitz im schmalen Sakko hat ihn so gezwickt, dass er auf einmal keinen Durst mehr gehabt hat, und Durst hat er von Kindesbeinen an eigentlich immer gehabt. Stattdessen hat ihn furchtbar geschwindelt und haben ihm die Knie gezittert, sodass er überlegener Mensch sich hat hinsetzen müssen in der Hitze. Er hat den Bieranstichschlögel einfach nicht mehr halten können, die Hand ist ihm hinunter gesackt, und dann hat man ihm Wasser gereicht, ein Albtraum. Er hat *Wasser* getrunken vor den Wählern! „So jung, so schön, so strahlend, und schon so krank. Wie gibt es denn so was?“, hat er das Volk hinter seinem Rücken über ihn reden gehört.

Denn ein kleiner Teil vom Volk ist natürlich böse, er ist missgünstig und voller Neid und Niedertracht, sodass der Bürgermeister in der Folge wirklich gut zu tun hatte, die ganzen Meuchelfotos in den g'schissenen Sozialen Medien tilgen zu lassen, man stelle sich vor: Ein Foto, das ihn auf dem g'schissenen Twitter mit einem Glas Wasser in der Hand zeigt – kein Mensch wählt ihn mehr! Dazu furchtbar verleumdende Texte: „Du meine Güte, der neue Bürgermeister! So jung, und schon so ein Alkoholiker!“ So hat er die Leute hinter seinem Rücken im Internet über ihn tuscheln gehört, bis er die hämischen Selfiefotomacher alle zugeschissen hat mit Klagen, in deren Folge sie alle Fotos von ihm mit einer Halben Bier in der Hand auf ihren g'schissenen Profilen veröffentlichen mussten.

Die solcherart zugefügten Schmerzen im Inneren, die Demütigung, die Kränkung, die solche Bilder erzeugen, hat er aber freilich nur mit dem Staubzucker ertragen können, den er sich immer um ziemlich genau 17.10 Uhr nach getaner Arbeit beim Ali aus Anatolien unten an der Abzweigung nach Goisern drüben kauft. So einen guten Staubzucker hat der! Und dass man ihn durch die Nase einziehen muss, das hat er bis dahin gar nicht gewusst, aber das ist halt der türkische Brauch! (Der Ali, muss er sagen, hat sich ja insgesamt tadellos integriert. Er steht da drinnen in seiner Kebabhütte mit seinem Gamsbarthut am Schädel und mit seinen schneeweißen Zähnen unter seiner kohlpechrabenschwarzen Rotzbremse. Und wieso soll dann einer, der so gut integriert und so brav ist, nicht Staubzucker verkaufen dürfen, den man durch die Nase einzieht, wenn er sich dabei ordentlich benimmt und auch einmal einen Rabatt gibt, sprich: zu den drei Gramm Staubzucker, die er jeden Tag kauft, ein halbes Gramm gratis dazu?)

Den endgültigen Zusammenbruch hat er schließlich während des Bieranstichs drüben beim befreundeten Bürgermeister in Grundl am See erlitten, wohin ihn der Wolfi Ferstl von der *Gosse* begleitet hat, der einzigen Zeitung, der er noch vertraut, weil sie gratis ist und die Wahrheit schreibt. Der Wolfi versteht es wie kein anderer, ihn in seinem schlanken Anzug idealtypisch ins Bild zu setzen, fast ein bisserl riefenstahlmäßig legt er es immer an: sein Kinn kommt dabei stärker zu Geltung, als es ist, weil er ihn von unten fotografiert. Und den Spitz unter seinem Anzug sieht man nicht, weil er ihn einfach nicht zeigt. Auch das eine – am Ende wohl siegbringende – Wahlkampfplakat hat er den Wolfi gestalten lassen, wo neben einem Foto von ihm draufgestanden ist: DIE LANGE GERADE IM SILBERTANNENWALD IM ALLEINGANG GESCHLOSSEN! Und eine Kinderkrixikraxischrift hat dann mit Filzstift dazugeschrieben: „Danke, lieber Bürgermeister, jetzt habe ich keine Angst mehr."

Er hat wirklich fast weinen müssen, wie er das gesehen hat.

Dem Wolfi gewährt er daher natürlich auch ausgedehnte Interviews, in denen er dann wahrheitsgemäß zu Wort kommt, nicht verfälscht, nicht verbogen. Und im Austausch kriegt der Wolfi selbstverständlich ganzseitige Inserate für seine Zeitung von ihm in seiner Funktion als Bürgermeister oder von ihm in seiner Funktion als Filialleiter oder von ihm in seiner Funktion als Immobilienmakler, es kommen ein paar Funktionen zusammen, wenn man ein Leader ist. Und dann hat ihm der Wolfi einmal praktisch aus dem Nichts heraus, als sie gemeinsam im Dienstauto unterwegs waren und es kurzzeitig an Gesprächsstoff zwischen ihnen beiden gemangelt hat, weil er ihm hin und wieder doch eine Spur zu unterwürfig ist, erzählt: „Weißt du eigentlich, verehrter Herr Leader, dass ich letzten Herbst fast eine Geschichte geschrieben hätte mit dem Titel *Die Wunderleber*? Und dass die ausgerechnet in einem Ausseer drinnen steckt"

Und da hat er ihn natürlich interessiert fragen müssen: „In einem Ausseer drinnen? Eine Wunderleber?"

„Jawohl. Aber dann ist ja dein überwältigender Wahlsieg, oh Leader, dazwischen gekommen, und ich habe mir gedacht: Vielleicht willst du gerade nichts über eine Wunderleber lesen, weil du ja selbst schon ganz gelb im Gesicht geworden bist. Können wir dann kurz über das Volumen der nächsten Inserate reden, sagen wir drei Mille für zwei Monate?"

Und da hat er ihn fragen müssen: „Ich bin also schon ganz gelb im Gesicht?“

Die Leute begegnen ihm ja meist nicht mit Ehrlichkeit, ist er damals draufgekommen, sie begegnen ihm mit Furcht und auf Knien, so wie er es gerne hat. Sie sind praktisch schon in seinem Arsch drinnen, kaum, dass sie ihn sehen. Nur der Wolfi von der Gosse hat ihm damals ehrlich gesagt, dass er schon ganz gelb im Gesicht ist, und da hat er gewusst: Jetzt ist es aber wirklich höchste Eisenbahn, dass ich eine neue Leber kriege. Also hat er den Wolfi im Auto gebeten, dass er ihm alles über diese Wunderleber erzählt, die in einem Ausseer drinnen stecken soll, und der Wolfi hat den Zettel herausgenommen, auf dem er alles über die Wunderleber zusammengeschrieben hat, und dann hat er ihm vorgelesen:

Die Wunderleber

Von Wolfi Ferstl

Im zurückliegenden Herbst, in den Ausläufern der Festzeltsaison, als die Blätter sich grün, grünlich, rot, rötlich, orange, orange-gelblich, braun bis bräunlich, in Teilen zartviolett oder auch gerne lila …“

„Halt!“, hat er zu ihm gesagt. „Halt! Halt! Halt! Hast du das selbst geschrieben?“

„Ja, warum?“

„Wunderschön, wirklich. Die ganzen Farben, ich kann es mir richtig vorstellen, wie der Wald sich verfärbt hat …“

Und der Wolfi hat ihn angestrahlt, weil er im Tiefsten wohl auch seine Träume gehabt und sich als heimlicher Dichterfürst oder so was in der Art gesehen hat, bevor er ihn freilich am Haifischkragen packen und durchrütteln musste, so gut es halt noch ging:

„Komm endlich zum Punkt, du Trottel!“, hat er ihn angeschrien. „Wo bleibt denn in der ganzen depperten Geschichte die Wunderleber?“

II

Im Moment kann der Biermösel nicht recht sagen, wo genau er sich befindet. Manches erinnert ihn an letztes Jahr, als er oben in der Nervenheilanstalt in Linz gelegen ist, manches nicht. Das Netz über seinem Bett, das ihn wohl abermals am Ausbüchsen hindern soll – Geh bitte!, denkt er sich. Das zerreiß ich mit dem kleinen Wuzzifinger, sobald ich darin wieder die löwengleiche Kraft verspüre, die normalerweise in mir steckt. Ist das euer Ernst, dass ihr mich mit so einem Netz bändigen wollt? Mich, der ich mein halbes Leben auf der Triumph Fips verbrachte habe, die frische Luft durch die engen Nasenlöcher einziehend, den schweren Regen gegen das Gesicht entgegennehmend? Mich, der ich mich vollkommen besoffen jeden Abend beim Buchenscheiterholzstoß hinter dem Gasthaus zum Auerhahn einzuparken imstande bin, gerne auch einmal mit dem Schädel voran die ganze Energie abfedernd? Mich, der ich für meinen abendlichen Schweinsbraten im Gasthaus meiner Schwester Roswitha bereit bin, jeden aus dem Weg zu räumen, mit der handlichen Faustfeuerwaffe ebenso wie mit der todbringenden Winchester, mit der linken Faust nicht weniger gerne als mit der rechten? Mich, der ich den gesamten Ort seit Jahren unter Kontrolle halte, indem ich breitbeiniger dastehen kann als früher der John Wayne und böser dreinschauen als der Dschingis Khan beim Scheißen?

Der Biermösel muss ein bisserl in sich hineinlachen, als er das Netz über sich noch einmal angreift. Aber er belässt es vorläufig beim Lachen und bei den schönen Gedanken daran, das Netz schon bald wieder zu zerreißen wie der Haifisch den törichten Fischer. Bis er die unangenehme Situation, in die er da unversehens wieder hineingeraten ist, vollständig analysiert hat, will er sich ruhig verhalten; bis dahin will er sogar die rosaroten Tabletten entgegennehmen, die ihm jetzt eine wirklich sehr aparte, wirklich sehr blonde und wirklich sehr dicke Schwester mit dem Namensschild Ivana am linken Duttel in einem wirklich sehr engen weißen Kassak durch das wirklich sehr engmaschige Netz in seinen wirklich sehr hungrigen Mund hineinschiebt, ganz langsam, mit ihren wirklich sehr wurstigen Fingern.

Diese Ivana erinnert ihn in ihrer rosaroten Fleischigkeit an die bisher schönsten Momente in seinem Leben, die er in finsteren Wintermonaten mit seiner Schwester Roswitha zugebracht hat, nur dass diese Ivana, was ihre Fleischigkeit angeht, um einiges frischer ist. Er kann also wirklich nicht sagen, dass ihm diese Ivana wurscht wäre, aber er kann auch nicht sagen, wer sie ist. In ihren Augen erkennt er eine tiefe Zuneigung zur Kreatur, die er selbst ist, zum gefallenen Titanen, der er auch ist, eine gewisse Wärme und Vertrautheit, die ihn ganz zitterig werden lässt, es ist fast so, als ob sie ihn kennen täte und er sie. Aber warum, fragt er sich, warum muss er an den grauslichen Puffkaiser Schlevsky aus dem deutschen Osten oben denken, wenn er in ihre tiefgrünen (jawoll, tiefgrün!) Augen schaut, warum an den? Warum an das furchtbare Blutbad, das er vorgefunden hat, als er damals vor zehn Jahren seinen Flachdachneubau betreten hat, in dem er nach dem Tod seiner Gattin Jocelyn residiert hat? Mit einem Vollvisierhelm zu Tode geprügelt vom Deutschlehrer Mallinger in seiner Extremrage. Warum an den?

Die Ivana lässt ihre kleinen, süßen Wurschtifinger jetzt gerne ein wenig länger in den engen Maschen vom Netz über seinem Bett stecken, sodass der Biermösel daran saugen und zuzeln kann wie das neugeborene Kalb mit seiner verzweifelten Gier an den Milchglocken der Mutterkuh, was er auch gerne und mit Hingabe tut. Er schließt dabei die Augen und glaubt sich mit wohligem Schauer zu erinnern, dass er auch früher schon einmal so gierig an irgendwas gesaugt hat, aber er schließt die Augen noch fester, diesmal aus Angst und Abscheu, weil er auf einmal weiß, dass es die Milchquasten seiner Biermösel-Mutti waren, und an die erinnert er sich wirklich nicht gerne.

Also wer ist sie?, fragt er sich mit immer größer werdender Hingabe, und Herrgottnocheinmal, wenn jetzt die Maschen vom Netz nicht zwischen ihnen wären und er ein bisserl mehr Kraft hätte, um das Netz zu zerreißen, dann täte er die Ivana jetzt packen, auf der Stelle, sofort. Und so wie ihn die Ivana die ganze Zeit schon anschaut, während er an ihren Fingern zuzelt, täte sie sich auf jeden Fall von ihm packen lassen. Aber ihm fehlt die Kraft, also erzählt er ihr, während er an ihren Fingern zuzelt und saugt, wer er ist und was er alles schon getan hat in seinem Leben, und er hofft, dass sie ein bisserl was versteht von dem, was er an Heldentaten geleistet hat, von den Fällen, die er in seiner makellosen Karriere als Gendarmerieinspektor am Gendarmerieposten in Aussee ruckzuck und ohne Ansehensverlust geklärt hat, als da wären:

z. B. die unglaubliche Entführung der verrückten Frau Stein.
z. B. den Mord im Nang-Pu-Express.
z. B. die Sache mit dem Jakob Ripli.
z. B. die Sache mit dem einen im Sauerkrautkoma.
z. B. die Sache mit der anderen im Zwetschkendatschikompott.
z. B. das Kaiserschmarrndrama draußen in Bayern.

Aber was redet er eigentlich daher, fragt er sich auf einmal, wie er in ihre begeisterten Augen schaut, was fantasiert er sich denn überhaupt zusammen? Er muss wieder aufhören, die Tabletten zu schlucken, die sie ihm hier geben, er ist ja sowieso keiner, der ungeprüft Sachen schluckt, die nicht im Entferntesten nach Bier oder Schwein schmecken, das ist er vom Typ her einfach überhaupt nicht. Schon wie er das letzte Mal unter so einem Netz gelegen ist, erinnert er sich jetzt an jene dunklen Tage im letzten Jahr, hat er ja irgendwann angefangen, die Tabletten, die sie ihm gegeben haben, unter seiner Zunge zu verstecken, so wie er das im abendlichen Kriminalfilm einmal gesehen hat. Auch damals ist ihm durch den Verzicht auf die Medizin langsam wieder das Licht aufgegangen, das ihm zwischenzeitlich abhanden gekommen war, und ist ihm die Kraft wieder in den kleinen Wuzzifinger zurückgeschossen, mit dem er das Netz dann schlussendlich zerreißen konnte.

Jetzt, nachdem die Ivana gegangen ist (bevor sie ihre eigenen Wurschtifinger abgeschleckt hat, an denen er zuvor stundenlang gesaugt hat), und nachdem sie ihm ein Luftbussi zugeschmissen hat wie die Blondine im Liebesfilm, während sie das Licht abgedreht hat bei ihm herinnen im Zimmer, sodass er überhaupt nichts mehr sehen kann, ist er wieder ganz alleine da herinnen, und er fragt sich besorgt: Wo bin ich denn eigentlich, Herrgottnocheinmal? Und wenn ja, wie oft? (Gibt's denn das?, denkt sich der Biermösel gleich darauf, immer noch ein bisserl benebelt von den vielen Tabletten, die er zuvor geschluckt haben muss: Habe ich gerade wirklich so einen Blödsinn gedacht?)

Na gut, gibt der Biermösel dann gerne zu, als er sich im Gitterbett auf die Seite dreht und nachdenkt darüber, was in seinem Leben in den letzten Jahren so alles passiert ist: Das war schon ein ordentlicher Rausch, den er sich da letztes Jahr angesoffen hat, ein wirklich sehr ordentlicher Dauerrausch, aus dem er am Ende kaum mehr herausgefunden hat. Und das war in der Folge natürlich schon eine sehr schwierige Phase in seinem Leben, als er nach der Wahl vom Bürgermeister aus Protest gegen den Bürgermeister auf Weißbier umgestiegen und das Tal mit seinen Gasen an den Rand vom Wahnsinn getrieben hat; das war schon ein ordentlicher Rappel, in den er sich da hineingesteigert hat, befeuert noch von den steigenden Temperaturen und dem gewaltigen Sonnenstich, den er sich obendrein eingefangen hat; unterstützt noch dazu vom Haschisch, das er angefangen hat zu rauchen, nachdem er die *Fidelen Herzbuben* an der langen Geraden im Silbertannenwald aus ihrem Tourbus herausgeholt hat, die zuvor auf der Einweihungsfeier vom Bürgermeister gespielt haben und ihm ihre Haschischtrompeten angeboten haben im Gegenzug dafür, dass er sie nicht anzeigt. Und zum finalen Durchdreher gebracht durch den Staubzucker von dem Türkenbuben Ali drüben an der Abzweigung nach Goisern, den er keinesfalls auf den Kaiserschmarrn drauf tun darf, wie er ihm erklärt hat, sondern den er durch die Nase ins Hirn hinaufziehen muss. Und dann natürlich noch befeuert von der immensen Dichte an Gasen und der dadurch verursachten steten Abnahme frischer Luft bei ihm am Gendarmerieposten in Aussee herüben, die ihn zum Widerstand gegen den damals gerade erst neu gewählten Bürgermeister hat aufrufen lassen, weil der ihn einfach nicht überzeugt hat mit seinem komischen schlanken Trachtenanzug und dem ganzen Blödsinn, den er die ganze Zeit dahergeredet hat („Jedenfalls war ich es, der die lange Gerade im Silbertannenwald im Alleingang geschlossen hat!“)

Ein Biermösel und ein Bürgermeister, der so einen Blödsinn daherredet, das geht einfach nicht zusammen. Da kann der erste noch so viele Zeltfeste eröffnen und der zweite bei noch so vielen Zeltfesten randalieren, der zweite wird den ersten immer bekämpfen.

Kein Wunder also, dass er sich eines Tages in fremder Umgebung wiedergefunden hat, von der er irgendwann erfahren musste, dass es die besonders unappetitliche Bundesanstalt für geistig abnorme Allesmögliche in Kombination mit der Nervenheilanstalt in Kombination wiederum mit der Alkoholikerabteilung in Linz oben war. Mit der Grünen Minna und doppelt und dreifach eingewickelt in eine Zwangsjacke haben ihn die Götter in Weiß schließlich abgeführt, unter Einsatz ihres Lebens und unter Verlust von drei bis vier Erste-Hilfe-Schülern, denen vorher keiner gesagt hat, mit wem sie es da zu tun haben werden.

Ein Mensch mit seinem Freiheitsdrang, mit seinem Bestreben, die Triumph auszufahren und in die Vierte zu schalten und hinter ihm die Sintflut, ein Mensch mit einem so unangepassten Wesen wie seinem wird in diesem Land unter einem neuen Bürgermeister wie diesem natürlich sofort als besonders gefährlich eingestuft. Dazu ist wohl noch seine lange Geschichte als Haudrauf und Raufbold gekommen; dazu seine ebenso lange Geschichte als schwerer bis unkontrollierbarer Alkoholiker; und dazu natürlich auch noch seine Geschichte als unbeugsamer Ordnungshüter, als ausgleichende Kraft, als Zünglein an der Waage, als Abschrecker und Rächer; als Kenner aller, die sich je schuldig gemacht haben und die dafür büßen mussten, am besten vor ihm, noch besser auf Knien, am allerbesten mit heraushängenden Hosensäcken, in denen dann kein Geld mehr sein durfte, weil sie alles ihm haben geben müssen – plus einiges an Grundbesitz, den sie ihm überschreiben mussten, damit der Biermösel auf eine Anzeige samt Führerscheinabnahme verzichtet.

Darum ist der Biermösel jetzt ein Mensch im Wesentlichen ohne andere Menschen auf der Welt: Der Dr. Krisper, ein Leben lang sein Vertrauensarzt, der ihn mit grünen und gelben Tabletten versorgt hat? Tot nach Selbstmord durch rote Tabletten. Der Grasmuck drüben in Goisern, über Jahrzehnte sein Kollege und Pendant am anderen Ende der langen Gerade im Silbertannenwald, das Gewicht auf der anderen Seite der Waage, ein Aufrechter wie er? Tot nach Selbstmord durch Kopfschuss.

Und die Weiber? Herrgott, die Weiber! Mit seinen zerrissenen Venen unter den Stützstrümpfen und der Knickerbockerhose, die er schon länger trägt, als es das Ablaufdatum erlaubt, sowie in seinem grünen Jägerhemd unter dem grünen Wetterfleck hat er keine jemals so sehr angesprochen, dass sie ihn gleich hätte heiraten wollen. Eher hat er das Gefühl gehabt, dass ihn alle Weiber gemieden und abgelehnt haben, als Tanzpartner auf den Zeltfesten, aber erst recht als Lebenspartner über die Zeltfeste hinaus. Am Ende sogar die Putzfrau Anni, die ihm Zeit ihres Berufslebens den Gendarmerieposten herausgewischt hat, und die er Zeit seines Lebens hat packen wollen, am liebsten drüben in der kleinen Pension am Fuß der Staumauer in Kaprun, die er Zeit seines Lebens als Radikalpatriot schon sehr bewundert hat – auch sie ist verstummt.

Auch die Anni hat sich von ihm abgewandt, nachdem er ihr im zurückliegenden Winter eine schöne Fuhre Buchenholzscheiter vor die Haustüre gekippt hat, weil sie wegen der finanziellen Schieflage, in die sie als Putzfrau nach einem lebenslangen harten, aber unergiebigen Schuften und nach weiteren unmenschlichen Maßnahmen der depperten Bundesregierung unten in Wien kurz vor der Pension hineingeschlittert war, das Haus nicht mehr hat heizen können. Allerdings ist sie leider, wie er später erfahren musste, im Jahr davor auf eine Elektroheizung umgestiegen und hat sie gar keinen Holzofen mehr gehabt, in dem sie die Buchenholzscheiter hätte verfeuern können, aber dann halt den komplett unnötig gewordenen Haufen Buchenscheiter vor der Haustüre herumliegen. Also sind in der Folge auch die ganzen Mon Chéri, die der Biermösel für sie gesammelt hat, damit er sie ihr hätte schenken können an dem Tag, an dem er sie endlich packen wollte, längst abgelaufen. Steinhart sind sie geworden wie die Herzen von den Weibern.

Bleibt ihm am Ende also nur seine Schwester, die Roswitha, die ihm nicht davongerannt ist, weil sie ja mit ihren sulzigen Füßen und mit ihren fünfzig bis sechzig Kilo zu viel auf den Rippen weder rennen kann noch so gut ausschaut wie die Wetterfrau im Staatsfunk, die jeder heiraten will, und nach der er jetzt schreien will: „Roswitha! Kannst du mir einen Schweinsbraten bringen mit Kraut und Knödel, und dazu ein gut eingeschenktes Bier?“

Aber der Biermösel kann nicht schreien, weil er schon wieder einen Finger im Mund hat, diesmal seinen eigenen, und sich dabei endlich erinnert, woher er die Ivana kennt: Sie ist damals neben ihm gelegen in der Nervenheilanstalt oben in Linz, auch in einem Gitterbett und auch unter einem Netz, und damals war sie es, die ihm die Finger geleckt und an ihnen gezuzelt hat, die er ihr durch die Maschen vom Netz rübergesteckt hat, und er ihre. Und er erinnert sich an das wohlig warme Gefühl unter seinem Nachthemd, das er gehabt hat, während sie an ihren Fingern herumgezuzelt haben, also schreit er jetzt, wo er weiß, wer sie ist, lieber: „Ivana? Wo bist du?“

Der Biermösel hat auf einmal so eine Sehnsucht nach der Ivana und ihrer frischen Fleischigkeit, so eine Sehnsucht nach einer erfüllten Zweisamkeit mit ihr, dass er sich den Daumen vor Sehnsucht nach ihr schon ganz hineinsteckt und fast an ihm erstickt. Aber der Biermösel hört in seiner verzweifelten Sehnsucht natürlich nichts außer das leise Schnauben vom näher kommenden Tod, an den er auf einmal denken muss, als er im Licht des Mondes, das jetzt auf einmal durch das Fenster in sein Gitterbett hereinfällt, den langen, mit einem roten Stift hingemalten Strich auf der rechten Seite von seinem Bauch sehen kann, wo, wie ihm der Dr. Krisper einmal erklärt hat und später auch der Dr. Bradley Chukwuma-Onwuatuegwu, der sein Nachfolger geworden ist, beim Menschen die Leber sein soll. Und er fragt sich: Heilige Maria, was ist denn das? Will mich am Ende wer aufschneiden?

III

Die Roswitha erinnert sich, dass es schon Herbst geworden war, nasser Dreck überall, die Wälder schon ganz finster. Aber der Biermösel hat noch einmal das Licht gesucht und ein paar Festmeter Buchenscheiter herausgeschlagen aus seinen Wäldern, er hat den Holzhändler Stöger mit seinem Lastwagen herbeibefohlen und ihn – nachdem ihm aufgefallen war, dass seine Bremskabel defekt waren und die Reifen abgefahren – gezwungen, das Holz vor das Haus von der Anni zu leeren, als kleine, hoffentlich willkommene Überraschung vor einem abermals furchtbaren und erwartbar kalten Winter. „Brennholz!", hätte die Anni dann vor Freude schreien sollen. „Brennholz! Juhuu, Brennholz!" Und sich denken: Von wem? Von meinem Retter? Von ihrem Helden! Aber stattdessen hat sie sich dann wohl denken müssen: Welcher Trottel weiß denn noch immer nicht, dass ich auf eine Elektroheizung umgestiegen bin?

Das war es dann auch für ihren Bruder mit der Anni, und sie hofft, dass es das dann überhaupt war für ihn mit den Weibern, sie wäre offen gestanden ganz froh darüber, weil er dann regelmäßiger und früher nach Hause kommen täte und sie endlich angefangen könnten, sich seine Kammer oberhalb von der Wirtsstube geschwisterlich zu teilen und einzurichten. Die Roswitha hat sich ja schon öfter und in letzter Zeit immer öfter zu ihm gelegt, wenn es im Winter so kalt geworden ist, aber natürlich nicht bei ihnen im Auerhahn, weil sie ja wirklich genug Holz zum Heizen im Holzofen haben (wenn sie von was genug haben, dann vom Holz!). Und natürlich nicht bei ihnen oben in der Kammer, wo sie dann eng zusammen gelegen sind unter seiner Decke, die Roswitha und ihr Bruder, der Biermösel.

Aber jetzt? Wie soll es weitergehen, wo er nicht mehr da ist? Hat der Depp doch noch eine andere gefunden, zu der er sich lieber legt als zu ihr?

Die Roswitha ist ja Gott sei Dank nicht der vollkommen emotionale Mensch, der gleich durchdreht, wenn der Bruder einmal zwei Nächte nicht nach Hause kommt, und sie ist obendrein auch nicht ganz deppert. Sie hat im Gegenteil immer gut aufgepasst, wenn der Biermösel geredet hat an den langen Abenden, an denen er alleine herunten in der Wirtsstube vom Auerhahn gesessen ist und ihr über seine Fälle erzählt hat; wenn ihm kein anderer mehr zugehört hat außer halt sie, weil ihr nichts anderes übrig geblieben ist, wenn die Tageszeitung aus der Vorwoche von vorne bis hinten und wieder zurück nach vorne ausgelesen war und der Fernseher abgedreht und ihre Füße heiß waren und sie nicht hat schlafen können wegen der heißen Füße. Dann ist sie halt bei ihm in der Wirtsstube sitzen geblieben, und sie hat ihm halt zugehört und ein Bier gebracht und wieder zugehört und noch ein Bier gebracht, wenn er erzählt hat von seinen ruhmreichen Taten. Und da ist selbstverständlich Einiges hängen geblieben, was sie sich gemerkt hat an Schlechtem, zu dem die Leute imstande sind:

z. B. die unglaubliche Entführung der verrückten Frau Stein.
z. B. der Mord im Nang-Pu-Express.
z. B. die Sache mit dem Jakob Ripli.
z. B. die Sache mit dem einen im Sauerkrautkoma.
z. B. die Sache mit der anderen im Zwetschkendatschikompott.
z. B. das Kaiserschmarrndrama draußen in Bayern, von dem aber auch der Biermösel nur gehört hat, und über das sie ihn dann natürlich schon irgendwann aufklären musste: „Die Geschichte hab ich dir erzählt, du Depp, nachdem ich sie zuvor in einem Buch gelesen habe!“ Die Roswitha ist ja nicht nur Wirtin und Frau, sie ist ja auch Leserin.

Aber so besoffen, wie ihr Bruder dann immer schon war, wollte sie natürlich nicht päpstlicher als der Papst sein, also hat sie ihn halt reden lassen über seine Heldentaten, und hat sie halt irgendwann gesagt: „Ja, hast eh recht, sehr interessant, wirklich. Das Kaiserschmarrndrama drüben in Bayern hast also auch du gelöst? Bravo!“ Und da war er in seltenen Momenten froh und gelöst, ihr Bruder, wenn sie ihm recht gegeben hat, weil ihn das schon sehr beschäftigt hat, dass er keine Spuren hinterlassen wird in seinem Leben, außer vielleicht die Spuren der Verwüstungen, die er letztes Jahr nach der Wahl vom neuen Bürgermeister gezogen hat.

Aber wo ist er jetzt, ihr Bruder?

Natürlich ist sie einsam geworden während der letzten Tage, in denen der Biermösel nicht nach Hause gekommen ist, und sie hat die Einsamkeit mit noch mehr Essen bekämpft – isst sie so weiter, dann rollt sie bald herum wie eine vom Christbaum heruntergefallene Kugel in der Gaststube. In den letzten Nächten hat sie diese tiefe, ungewohnte Stille ummantelt, weil der Biermösel nicht neben ihr geschnarcht oder es ihn mit furchtbaren Albträumen aus dem Schlaf gerissen hat. Und in der Früh am Nassraum atmet sie jetzt diesen ungewohnten Citrusduft. Keiner mehr da im Auerhahn, seit sie das VORÜBERGEHEND-GESCHLOSSEN-Schild an die Türe genagelt hat. Stattdessen schleichen sie jetzt um das Wirtshaus herum, die Herrenmenschen, die in ihr das reinrassige, blonde Weib sehen, das ihnen gehört *von Geburt an,* und unter ihnen der Bürgermeister selbst.

Mit der Doppelläufigen in der Hand steht die Roswitha daher jetzt jeden Abend vorm Auerhahn und schaut der dunklen, finsteren Nacht dabei zu, wie sie immer noch dunkler und finsterer wird. Sie geht vor dem Wirtshaus auf und ab und hin und her, die Sehwerkzeuge geschärft, die auf jede noch so kleine Bewegung reagieren: Sie schaut auf, wenn die Lichter von einem Auto sich nähern, und bringt die Doppelläufige in Anschlag, sobald der Wagen sich anmaßt zu verlangsamen. Kaum gerät die Roswitha in den Lichtkegel von so einem Auto, kann der Lenker schon erkennen, dass sie in der gewissen Abwehrhaltung da steht wie der letzte Soldat auf den Hügeln der Normandie. Dann drücken sie alle wieder aufs Gas und fahren vorbei.

Nur die ganz Verwegenen halten weiter vorne an, steigen aus und melden sich dann aus der dunklen und finsteren, allerdings nur scheinbaren Geborgenheit des Waldes mit leisen Brunftschreien, so wie jetzt der eine: „Roswitha! Roswitha!“ Dann feuert sie das Schrot hinein in den Wald und schreit: „Schleich dich, du Trottelvieh!“ Die sulzigen Knie zittern ihr jetzt freilich, kaum dass sie am Todesschrei des Halberlegten den ehemaligen Teilzeitarbeiter Horst aus dem Lagerhaus drüben in Goisern erkennt, wo er Kraftfutter geschlichtet hat, bevor er für den Bürgermeister das Amt für „Abwasserwirtschaft“ übernommen hat, obwohl er sich mit „Abwasserwirtschaft“ überhaupt nicht auskennt. Ein durchaus gut gebauter, herkulesgleicher Bauernlümmel, der nie geheiratet hat, weil es ihm an Geld und Bildung fehlt, aber weiß Gott nicht an Kraft.

Die Knie zittern ihr, weil natürlich nicht jeder, der da vorstellig wird bei ihr, von vornherein schlechter als der Biermösel wäre, auch sie hat noch Träume, auch sie fantasiert noch. Es gibt ja welche, die besser ausschauen als er, und andere, die besser riechen; es gibt welche, die besser verdienen, und wiederum andere, die besser tanzen können, du lieber Himmel: Tanzen ist wirklich nicht die Stärke von ihrem Bruder!

Gut, die Roswitha selbst ist auch kein Jackpot vom Aussehen her, aber als Wirtin und Köchin und von ihren inneren Werten her ist sie einmalig, sodass sie als Gattin sogar für einen Bürgermeister eine gute Wahl wäre, wegen dem Renommee. Darum ist das auch schon auf der Tagesordnung vom Stammtisch gestanden: Die Frage, wen man denn bitte mit dem Bürgermeister verheiraten könnte, damit die Wahrheit über seine Vorliebe nicht an den Tag kommt, zuvor für kleine Knabenpopschis in Thailand unten, und seit dessen Dienstantritt in Aussee herüben für den lendenstarken Landarzt Dr. Bradley-Chukwuma Onwuatuegwu, die – so pfeifen es die Spatzen von den Dächern – eher schuld sein soll an seinem Leberschaden als das viele Bier. Antwort: Die Roswitha vielleicht?

Die Wähler mögen es ja nicht, wenn sich ein Politiker abhebt von der breiten Masse und die Auffassung teilt oder vielleicht sogar lebt, wonach auch Sodomiten Menschen wären. Die Wähler wollen lieber Ihresgleichen, Gleiche wählen Gleiche. Sie wollen, dass der Bürgermeister ein Mann aus dem Volk ist und mit einer aus dem Volk verheiratet ist, und die Roswitha mit ihren roten Wangen und den sulzigen Füßen an der Seite vom Bürgermeister, das täte den nächsten Wahlsieg praktisch garantieren. Man könnte obendrein schöne Wahlplakate machen, hat sie die Deppen am Stammtisch schon reden gehört, mit vielen Knödeln drauf und einer ordentlichen Portion Kraut dazu. Und der Altersunterschied zwischen ihr und ihm, der Wirtin und dem Leader? „Schau nach Frankreich!", hat sie die am Stammtisch auch schon sagen gehört.

Früher, wenn ihr die ganzen Deppen auf den Leib gerückt sind, hat sie einfach den Besen genommen und in der Gaststube an der Stelle gegen die Holzdecke gepumpert, wo der Biermösel oberhalb seine Kammer hat und wo er normalerweise um diese Zeit im Bett liegt. Und er hat immer sofort verstanden, dass sie Hilfe braucht und warum. Im Nachthemd, das er aus Gründen der Einfachheit – weil er ja jede Nacht öfter aufs Klo gehen muss als ihm lieb ist – trägt, aber mit der Gendarmenkappe am Schädel und natürlich mit den Bergschuhen an den Füßen, weil er Hausschuhe aus Prinzip ablehnt, ist er schweren Schrittes die Holzstiege heruntergekommen, tock, tock, tock. Er hat die Augerl kaum aufgebracht, weil er ja selbst zuvor oft bis nahe an die Sperrstunde herunten gesessen ist in der Wirtsstube und sich angesoffen hat. Aber dann ist er halt dagestanden mit der gewissen Entschlossenheit, und dann hat er geschaut. Und meistens hat sein Rundumblick schon genügt, dass alle verstanden haben: Der Biermösel ist der Herr in der Gaststube, und er verfügt über seine Schwester, er alleine. Die Roswitha gehört ihm.

Darum ist es auch so, dass die Roswitha noch nie einen anderen Mann gehabt hat als ihren Bruder, und er hat noch nie eine andere Frau gehabt hat als sie (hoffentlich). Aber so offen kann man das natürlich nicht aussprechen, weil man da schnell Probleme kriegt im Tal. Die Heldenhaftigkeit, mit der er sie immer gegen die gierigen Blicke der anwesenden Sir-Irisch-Moos-Träger am Stammtisch verteidigt hat, gegen die Autohändler und Versicherungsmakler, gegen die Jäger und die Bauern, die hat ihr schon immer sehr imponiert. Und dann war es manchmal wirklich sehr schön nach dem Abwasch, den sie halt immer sofort erledigt, weil sie halt vom Wesen her der „Was du heute kannst besorgen …“-Typ ist. Sehr viel öfter war es natürlich furchtbar, aber manchmal war es halt wirklich auch sehr schön, wenn er dann den Salbentegel genommen und sie am Steiß mit der frischen Salbe gegen den nässenden Ausschlag eingeschmiert hat, erst großflächig, dann immer näher zum Zentrum hin. Und dann hat sie seinen Geruch aufgenommen, der ihr weiß Gott nicht immer behagt hat in den letzten Jahrzehnten, aber manchmal eben schon. Und dann hat sie sich ihm hingegeben.

Und so nimmt sie den Geruch jetzt wieder auf aus seiner Bettwäsche, auf der sie jetzt alleine liegen muss, und sie schreit wie die Wölfin durch das offene Fenster hinauf zum Mond: „Mein Gott, Biermösel! Warum hast du mich verlassen, du mein starker Wolf?“ Und sie fragt sich, während sie die Hand an sich legt und das Fleisch öffnet und dabei an den Biermösel denkt und seinen Geruch atmet, da fragt sie sich abermals: Wo haben sie ihn denn hingebracht, diese Banditen von der Staatsgewalt? Wo versuchen sie ihn denn zu zähmen? Wo binden sie ihn ans Gitterbett, damit er seine heiß geliebte Freiheit nicht genießen darf: das Schießen im Wald; das Fällen vom Holz; das Abstechen der Schweinderl; das Sitzen auf der warmen Ofenbank; das Drangsalieren der Obrigkeiten und das Dingfestmachen von vom rechten Weg Abgekommenen. Wo ist er? Wo leidet er?

Dass so einer aus Afrika unten überhaupt Doktor in Aussee heroben werden darf, das wird der Bürgermeister nie verstehen! Herrgott, was für eine Demütigung, dass ausgerechnet sie in Aussee herüben den österreichweit ersten und einzigen Bantuneger als Landarzt gekriegt haben! Und noch demütigender ist es natürlich, dass ausgerechnet er, der Leader, gar nicht anders kann, als mindestens einmal in der Woche zu ihm zu rennen, weil er ihm ja die gelben Tabletten gegen die gelbe Haut geben muss, seit ihm der Wolfi von der Gratis-Gosse gesagt hat, dass er schon eine hat.

Gut, der Bradley ist im wesentlich wirklich sehr brav, und er versucht sich anzupassen an die örtliche, weit überlegene Leitkultur: Er trägt den Trachtenjanker auch im Sommer und den Lodenhut ganzjährig. Aber die Lederhose, die er auch jeden Tag trägt, schaut natürlich unpackbar aus an einem mit so dermaßen schwarzen Wadeln! Und scheinbar hat ihm auch keiner gesagt, dass die weißen Stutzen nur von den richtigen Nazis getragen werden, darüber hätte ihn jemand aufklären müssen, aber bitte: Wer klärt einen zwei Meter großen Bantuneger mit der Kraft von drei Löwen auf, wenn sich der einmal eingebildet hat, dass er weiße Stutzen tragen und als Trompeter bei der Volksmusikkapelle aufgenommen werden will?

Neben einem ordentlichen Landarzt hat ihnen ja seit ein paar Jahren auch ein ordentlicher Trompeter bei der Musi gefehlt, es ist ja mehr oder weniger zum Verzweifeln, dass die Jüngsten und Stärksten alle abwandern in die linksgrünen Städte und keiner von ihnen mehr Landarzt oder Trompeter bei der Blasmusik werden möchte. Manchmal fragt sich der Bürgermeister schon, was es ihm und dem Volk eigentlich gebracht hat, dass er die Partei in eine Bewegung umgewurstet und die lange Gerade im Silbertannenwald im Alleingang geschlossen hat. Bitte um Antworten an: Privatklinikum Goldene Leber (Name des Klinikums!), Am Gebirgshang 88, Aussee. Da heroben liegt er nämlich mittlerweile und wartet auf seine neue Leber, die Wunderleber.

Der Bradley hat nämlich sofort erkannt, dass sein Sauflappen nicht nur vom vielen Alkohol so dermaßen aufgequollen ist, sondern eben auch von der schweren Hepatitis, die er sich irgendwann in Thailand unten eingefangen hat und die er ihm anhand von seinem Blutbild nachweisen konnte, woraufhin er sich natürlich schon ein bisserl geschämt hat. Aber der Doktor hat ihn auch relativ schnell davon überzeugen können, dass er ihn als Landarzt nicht nur gegen Zecken impfen, sondern dass er auch die Prostatavorsorgeuntersuchung an ihm durchführen darf, und in seinem Fall auch gerne, nachdem das Vorzimmerfräulein Jennifer bereits gegangen war. Und so hat sich die Sache zwischen ihnen praktisch aus einer medizinischen Dienstleistung heraus entwickelt.

Hinzu kam, dass die schwere Lederhose vom Bradley seinen Schlauch, der zusammengelegt nicht einmal in seinen Bergschuhen Größe 52 Platz hätte, kaum bändigen konnte, als er ihn untersucht hat. Und er selbst konnte damals auch nicht behaupten, dass er das gewollt hätte. Also hat ihm der Bradley halt die Prostata mit seinem Schlauch abgetastet, und seither sind sie ein Paar. Aber natürlich weiß keiner davon, außer halt die Spatzen, die es von den Dächern pfeifen. Und seither schmieden sie gemeinsame Pläne – Safari, Mombasa, Lagerfeuer mit Medizinmanntamtam samt Besuch bei den Schwiegereltern in der Streusiedlung –, die aber zusammen mit dem ganzen Liebesglück natürlich in Gefahr sind, wenn er nicht bald eine neue Leber kriegt.

Damals hat der Bürgermeister den Gedanken an eine Spenderleber noch weggewischt, weil es ja im Prinzip lächerlich ist, wenn ein Leader aus Aussee herüben sich die Leber auswechseln lassen muss, bevor er einen Bantuneger aus Afrika unten zur Frau nimmt, weil: Wozu ist er eigentlich der Leader? Und hätten gegen die gelbe Haut nicht auch einfach die gelben Tabletten genügt, und gegen die zitternde Hand der Staubzucker vom Ali?

Aber der Bradley, der in ihrer Beziehung den Typ „praktische Hausfrau“ gibt, hat darauf bestanden, dass er etwas unternimmt, ja, etwas unternehmen muss. Aber was? „Soll ich vielleicht einem der vielen Hirntoten, die es mit dem Motorradl an der Abzweigung nach Goisern drüben aufstellt, die Leber herausnehmen?“ Gute Idee! Das freilich wäre noch die leichtere Übung gewesen, weil er das als Jäger ja selbstverständlich alleine beherrscht: Um die Brunftkugeln herum das Stück schärfen; dann den Schnitt hinauf bis zur Gurgel; und heraus mit dem ganzen Bruch, irgendwo wird die Leber schon dabei sein. Aber Frage: Wer baut sie ihm ein? Und wo?

Vom Bradley lässt er sich die Prostata mit dem seinen Schlauch abtasten, gerne auch jeden Tag; und er lässt sich von ihm auch die gelben Pulverl verschreiben, gerne auch die blauen. Aber aufschneiden will er sich von ihm nicht lassen, weil er nicht sehen soll, wie es bei ihm innen drinnen ausschaut, wie dunkel und finster es dort ist, wie teuflisch kalt. Und dann hat der „Schlauch“, wie er den Bradley im Vertrauen nennt, natürlich auch darauf bestanden – zu Recht darauf bestanden! –, dass er nicht irgendeine Leber kriegen soll, sondern die allerbeste: „Die perfekte Leber“, hat er ihn gelehrt, „ist ja nicht die, die noch nichts erlebt hat, sondern im Gegenteil die, die schon alles erlebt hat und trotzdem noch arbeitet. Das ist die perfekte Leber! Und du brauchst eine perfekte Leber, wenn ich deine Frau werden soll, Schluss, aus, basta!“ Und da hat er ihn gefragt: „Geht auch eine Wunderleber?“

Nachdem sich ihr Fleisch wieder geschlossen hat, geht die Roswitha noch einmal den Notfallplan durch für den Fall, dass: Noch zwei Tage, dann ist sie gezwungen, zu handeln, und das wird sie auch tun. Wenn der Biermösel bis dahin nicht zurückgekehrt ist, wird sie seinen Totenschein beantragen, und dann wird sie endgültig den Hilfssheriffstern abstreifen und den richtigen aus Gold anlegen. Sie wird sein Erbe fortführen, wie sie es mit ihm ausgemacht hat. Sie wird sich aus den Gesundheitsschuhen hinaus und in sein zweites Paar Bergschuhe hineinstellen, und dem einen oder anderen wird sie dann in die Augen schießen, damit er nicht mit ansehen muss, wie sie sich über sein Ableben freut.

Dieser Notfallplan war natürlich längst geschrieben für den Tag, an dem das Unmögliche eintritt: dass der Biermösel abtritt; dass er tatsächlich verunglückt, diesmal tödlich; oder dass er am Ende und letztlich doch von einem Stärkeren erschossen wird, von einem, der schneller gezogen hat als er; dass er vom Bierwagen überfahren wird, was jederzeit möglich war, weil er oft nicht mehr Herr über seine Sinne ist, wenn er hinter dem Bierwagen herrast.

Dass er an einer Fischgräte erstickt ist, das wird man hingegen nicht lesen über den Biermösel im *Ländlichen Boten*, weil er den Fisch ja seit der Geburt meidet. Dass er am Cholesterin zugrunde gegangen ist hingegen als Möglichkeit schon. Oder dass er sich schlicht und einfach aufhängt hat, weil er das alles nicht mehr ertragen hat: das ganze depperte Land und die ganzen depperten Leute. Möglich ist es, möglich ist schließlich alles.

Der Hilfssheriffstern liegt also seit langem im Nachtkasterl oben bei ihm in der Kammer, und die Munition für die Doppelläufige ist im Keller gebunkert. Der Schlüssel für den Gendarmerieposten im Kühlschrank, „und die Schuhe, in die du dann hineinsteigen musst, stehen beim warmen Ofen!“ Viel zu große Schuhe freilich, aber eben seine Schuhe und schön warm und mit dicken Socken drin.

Die hat die Roswitha jetzt also an nach einer abermals kurzen Nacht, in der sie seine breiten, starken Hände an ihrem Steiß vermisst hat. In der letzten Nacht sogar noch mehr als in der Nacht zuvor, weil es die Nacht nach dem Ersten vom neuen Monat war, an dem sie immer die frische Salbe gegen den nässenden Ausschlag an ihrem Steiß kriegt. Und zwar vom Bantuneger Dr. Bradley, der sie selbst nicht einmal einschmieren wollte, als sie sich ihm bereitwillig dargeboten hat. Und ja, das hat sie getan, weil wann hat man in dieser Gegend schon die Möglichkeit, sich von einem Bantuneger einschmieren zu lassen, vornüber gebeugt? Und da hat sie natürlich sofort gewusst, dass der mit seinem dicken Schlauch nur seinesgleichen liebt!

Die großen Schuhe und die warmen dicken Socken hat die Roswitha also jetzt an, als sie die Triumph Boss besteigt, die der alte Biermösel eigentlich dem Biermösel vermacht hat. Aber der fährt sein Leben lang halt lieber auf der kleineren Triumph Fips, der Herrgott alleine weiß, warum. Also fährt sie jetzt auf der Boss die lange Gerade im Silbertannenwald auf und ab, immer und immer wieder, nach vorne und zurück und hin und wieder her. Und dann findet sie endlich die Fips vom Biermösel im Straßengraben, sieht sie dort liegen unter Ästen und Zweigen, Laub und Dreck, weggeschmissen wie ein unnötiges Stück Fleisch. Und jetzt steht sie davor und rekonstruiert: dass der Biermösel nicht wie zuvor schon so oft von alleine da hineingefallen und dann darunter liegengeblieben sein kann, sondern dass ein gezielter Angriff auf ihn stattgefunden haben muss, weil sonst täte er ja noch unter der Fips liegen. (Oft genug ist er ja irgendwo herumgelegen, und sie hat ihn dann irgendwo aufgesammelt, auch im Winter, bevor er eingefroren wäre wie ein Fischstäbchen, und auch im Hochsommer, bevor er verbrannt wäre eine grobe Bratwurst am Zeltfestgrill.)

VII

Das geschulte Auge hat der Roswitha sofort gesagt, dass den Biermösel ein Transporter mit Zwillingsreifen hinten und einfacher Bereifung vorne dran weggebracht haben muss, in der Breite jeweils 16 cm und also nicht allzu breit, woraus sich ergibt, dass der Durchmesser der Reifen nicht allzu groß sein kann, eher im Bereich des kleinen Topfes, in dem sie die Knödel kocht, immer genau 40 Stück, nie mehr, nie weniger. Sofort geht sie im Kopf durch, wer aller in der Gegend so einen Transporter fährt: Der Bierfahrer Ramzi aus Ägypten unten mit seinem Turban aus Seide oben am Schädel vielleicht? Nein, nein, der fährt einen Dreiachser mit gewaltiger Doppelbereifung dran an jeder Achse und kommt also nicht infrage. Dann also der Betonmischer Bernegger drüben aus Nang-Pu vielleicht, der hier im Tal die ganzen grauslichen Flachdachneubauten mit seinem grauslichen Beton erst möglich macht, auf dass die Neuzugezogenen alle in diesen grauslichen Einfamilienhäusern leben können? So wie der Bradley aus Afrika unten an der gegenüberliegenden, der schattigen Seite vom Gebirgshang, oder wie dieser andere neue Doktor, na, wie heißt der schnell noch einmal, der aus dem Uruguay dort unten, welcher der Freund von dem ist, der früher ein Nazi war? Na, wurscht! Sechs Achsen mit noch gewaltigeren Zwillingsreifen an jeder einzelnen haben dem Bernegger seine Mischwägen, der kommt also erst recht nicht infrage.

Wer aber dann?

Der Baumschlager vielleicht? Ein Schweinebauer, immer unterwegs in einem Transporter mit genau 16 cm breiten Stahlgürtelreifen von Continental an der Hinterachse und mit den gleichen Reifen vorne dran, enttäuscht von der EU und auf der Suche nach einer neuen Aufgabe fündig geworden an der Seite vom Bürgermeister als sein zweiter Vize und zuständig für Abfallwirtschaft? Schaut so aus, denkt sich die Roswitha, schaut ganz so aus, dass der mit seinem Schweinderltransporter den Biermösel weggebracht hat!

Also sucht die Roswitha jetzt um die Reifenspuren herum nach Fußspuren, die ihren Verdacht erhärten könnten: Grobe Schuhsohlen, wie man sie von den Bergschuhen her kennt, die im Tal gerne getragen werden, und wer trägt Bergschuhe im Tal? Alle! Und wo kaufen sie welche? Im Lagerhaus! Aber wer hat Bergschuhe der Größe 52, und genau solche sieht sie jetzt als Abdruck auf der Straße? Der Bürgermeister!

Den Namen vom Bürgermeister notiert sie sich daher auf ihrer Zettelwirtschaft, auf der sie sich normalerweise notiert, was sie einkaufen soll. Also Moment bitte, was steht denn da drauf? Mehl? Ja, freilich brauchen sie Mehl, und Salz auch. Schmalz hingegen haben sie genug, Kümmel auch, Semmelbrösel auch, aber Bier können sie nie genug haben. „Bier!", hat ihr der Biermösel also vor jetzt genau zwei Tagen noch in der Früh aufgetragen zu kaufen, bevor er mit der Jause, die sie ihm mitgegeben hat, weggefahren ist. „Wir brauchen mehr Bier!" Aber sie hat ihm leider ausrichten müssen, dass er keine Ahnung vom Leben einer Wirtin hat, weil: „Das Geld, das fürs Bier hinausgeht, muss ja zuerst einmal hereinkommen, du Spinner!"

Dabei hat es ihm an Geld nie gefehlt, nur an Geld, das er herausrücken wollte. Aber als sie dann den *Fall der Fälle* besprochen haben, die Möglichkeit, dass er eines Tages verschwinden könnte, hat er auch das Thema Geld angeschnitten, sogar mit einer ungewohnten Zärtlichkeit in der Stimme: „Der Koffer mit dem Geld liegt unter dem Bett neben meinem Nachttopf." Die Roswitha hat sofort nachgeschaut, wo sie sonst nie nachgeschaut hat, und der Koffer war wirklich da, und im Koffer war wirklich Geld. Viel Geld sogar. Unvorstellbar viel Geld sogar.

Einen gewissen Sinn für das Wesentliche hat sich ihr Bruder nämlich sein Leben lang bewahrt, trotz seiner schwereren Alkoholprobleme, die ihn dann oft genug den Sinn für das Wesentliche auch wieder verlieren ließen: Die Dienstwaffe, der stiere Blick, die ruhige Hand – die Dreifaltigkeit seiner Ermittlungsarbeit – plus die Machtposition, die er im gemeinschaftlichen Zusammenleben der Gemeinde als Gendarm eingenommen hat, nachdem er den Alten beerbte, haben ihn gleich die Möglichkeiten sehen lassen, die so eine Machtposition natürlich auch mit sich bringt, sprich: Neben dem ehrlichen Wunsch, Gutes zu tun, hat er sofort auch die Möglichkeit gesehen, diese Machtposition für sich zu nützen.

Die enge Tallage mit der langen Geraden durch den Silbertannenwald, die herein führt ins Tal und hinaus, ist ihm gleich als geeignet erschienen für seine Zwecke – da hat er nicht von oben drauf schauen müssen, von einem Satelliten oder von so was auf das Tal herunter, um die Chancen zu erkennen, die so eine enge Tallage mit so einer langen Geraden für einen Gendarmen bedeutet: Wohnhäuser an beiden Enden, dazu das Puff von der gachblonden Discowirtin in Goisern drüben. Jeder Mensch hat ein paar Chancen in seinem Leben, hat er ihr einmal gesagt, und seine Chancen waren die Dienstwaffe, der stiere Blick, die ruhige Hand und die Machtposition.

Natürlich liebt der Biermösel den Staat, überhaupt keine Frage! Aber noch mehr liebt er die vollen Taschen von seinem Wetterfleck. Das Ziel, und da macht sich die Roswitha nichts vor, war natürlich anfangs, die Weiber zu beeindrucken – mit der Dienstwaffe, dem stieren Blick, der ruhigen Hand und dem vielen Geld. Aber am Ende blieb ihm trotz dem vielen Geld der Sprung in eine stabile Zweierbeziehung mit einem Weibsbild verwehrt, weil sie selbst, die Roswitha, zu gut gekocht hat und die Weiber den Biermösel auch dann nicht wollten, als er mehr Geld hatte als der gesamte depperte Mittelstand zusammen. So ist er halt bei ihr geblieben wie die Katze im Sack, und so hat er es letztendlich verabsäumt, mit dem ganzen erpressten Geld die Weiberleute zu beeindrucken, weil er ja auch gar nicht gewusst hat, wie das gehen soll, da war er defizitär (Du meine Güte, wenn sie nur an die vielen Packungen mit den Mon Chéri drinnen denkt, die er für die Putzfrau Anni gekauft hat, damit er sie ihr geben kann, wenn er sie endlich packen wird!).

Über die Jahrzehnte ist ihr Bruder jedenfalls zum wahrscheinlich größten Waldbesitzer in ganz Mitteleuropa aufgestiegen, und dann fällt ihm für die Weiberleut nichts anderes ein, als ihnen Mon Chéri zu kaufen anstatt Goldhauben, Goiserer, Dirndlkleider oder Motorboote! Gekostet hat ihn der ganze Wald freilich nicht viel mehr als Zeit, weil es meistens verzweifelte Großbauern oder nicht minder verzweifelte Gastwirte und Hoteliers waren, auf die er an der langen Geraden im Silbertannenwald gewartet hat und die ihm – nur um einer Strafanzeige wegen Alkohols am Steuer zu entgehen – im Gegenzug ein paar Hektar Wald mit sofortiger Wirkung überschrieben haben, Grundbucheintrag einen Tag später. Wenn man alle Geschäfte, die der Biermösel in all den Jahren getätigt hat, auf eine Waage legen täte, dann würde die Waage sehr heftig zu seinen Gunsten ausschlagen.

Der Wald hat ihn beruhigt. Der Wald ist seine Heimat geworden. Wenn er mitten durch die Wälder gefahren ist, wenn er winters den

Weihnachtsbaum geholt hat, wenn er den Lutschis nachgerannt ist, bevor er sie erschossen hat, dann hat er sich im Wald zuhause gefühlt, mehr als in der Schlafkammer im Auerhahn zusammen mit ihr, sie weiß es, sie weiß es ja eh. Viel mehr sogar als in der Wirtsstube im Auerhahn, mehr als am Gendarmerieposten, mehr einfach als irgendwo sonst. Der Wald hat ihn genährt, und er hat ihn auf seine Art sogar fit gehalten: Ein paar Festmeter Buchenholz herausschlagen mit der bloßen Hand, das hat ihm immer mehr gegeben als zu Hause vorm Fernseher zu sitzen und sich den heimischen Rundfunk anzuschauen. Soweit war er am Ende schon, dass ihn das Programm vom heimischen Rundfunk überhaupt nicht mehr interessiert hat.

Wenn also schon die beste Leber, dann auch den besten Chirurgen, hat sich der Bürgermeister schließlich gedacht, und darum hat er einen Plan entworfen, auf dem im Wesentlichen draufgestanden ist: Im Immobilien-Portfolio der Ackerbau- und Viehzuchtbank, der er hauptberuflich als Filialleiter vorsteht, befindet sich ja seit einiger Zeit eine praktisch unvermittelbare Immobilie, die Flachdachneubauvilla oben am Gebirgshang. Eine Bausünde ganz ohne Holz, die der Stararchitekt Wollatz dort hingebaut hat und in welcher als Erstkäufer ein deutscher Puffkaiser namens Schlevsky gewohnt hat (und der dort oben Gott sei Dank elendiglich verstorben ist!), zusammen mit einer illegal aufhältigen Russin, die er dann später oben in der Nervenheilanstalt in Linz, wo sein Bruder der Chef ist, wieder gefunden hat. Und in der Folge der heimische Volksmusikgigant Weiß Ferdl, ein Held – „Unser Held!" –, aber leider nicht sehr geschmackssicher, was Immobilien anbelangt (und leider auch dort oben verstorben, und leider auch sehr tragisch).

Wegen der vielen furchtbaren Todesfälle dort oben wollte diese Immobilie lange Zeit keiner haben, nicht einmal ein Chinese, nicht einmal ein Russe, und nicht einmal der Bradley als verschwiegenes Liebesnest für sie beide. Gott sei Dank aber waren seine Kontakte immer schon sehr gut gewesen, hinein ins Tal, aber auch hinaus aus dem Tal, wo er über den Opa sogar sehr gute Kontakte bis hinunter nach Südamerika gehabt hat. Dorthin sind ja einige aus seiner eigenen Familie (der Opa!) nach dem Krieg ausgewandert, ja, haben sie auswandern *müssen*, was bisher in der Dorfchronik vollkommen falsch dargestellt worden ist, bitte: Er hat seinen Augen nicht getraut, als er dort – nachdem er Bürgermeister geworden ist – von einem „alten Nazi Kurt Lang vulgo Schmalzbichler" gelesen hat, der angeblich (!) in einem angeblichen (!) Vernichtungslager während eines angeblichen (!) Zweiten Weltkriegs Leute vernichtet hätte. (Ein bisserl hat es ihn ja schon immer geärgert, dass die Leute auch heute noch nur von den Autobahnen reden, wenn es um die Leistungen im Dritten Reich geht, viel seltener aber von so einem wie seinem Opa und dessen Freund, dem Sepp.)

Also hat er die Immobilie in seiner Funktion als Bürgermeister von ihm in seiner Funktion als Immobilienmakler der Ackerbau- und Viehzuchtbank mit öffentlichen Geldern (weit überteuert) angekauft und in der Folge kliniktauglich renovieren lassen (über einen Parteifreund, der von der EU enttäuscht war und durchaus überhöhte Forderungen an den Gemeindesäckel gestellt hat, aber natürlich nach Absprache mit ihm – Fifty-Fifty ist die Zahl, die ihm von allen am besten gefällt!). Und dann hat er einen OP-Saal hineinstellen lassen, der alle Stücke spielt, und zehn Zimmer einrichten lassen mit Internetanschluss und Flachbild-TV, in denen sich die zahlungskräftige Klientel mit Leberschaden wird aufhalten können, während sie auf die Transplantation wartet. Plus einen großen Mistkübel vorm OP, in den dann die ganzen alten, löchrigen, verschimmelten und zerrupften Lebern hineinkommen sollen, die ja dann wirklich kein Mensch mehr braucht.

Anschließend ist er, der Líder, persönlich nach Montevideo in dem Uruguay da unten geflogen (1. Klasse, Gemeindereisebudget) und von dort weiter nach Brasilien, wo – hat man das erst einmal gesehen! – wirklich keiner wollen kann, dass ein einheimischer Kriegsheld dort alt werden und vielleicht sogar sterben und am Ende in fremder Erde begraben liegen muss. Dann hat er sich dort unten über Vermittlung vom Opa den Dr. Mengele persönlich angeschaut und sich ein Bild von ihm gemacht. „Schau!“, hat sein Opa zu ihm gesagt, „das ist der Sepp!“ (Nur die Allerdümmsten haben ja glauben können, dass der Sepp damals wirklich im Meer vor Brasilien infolge von einem Schlaganfall ersoffen ist. Aber die Insider – und er und seine Familie sind nicht nur Insider, sondern sogar Freunde vom Sepp! – haben immer gewusst: Ein Dr. Mengele stirbt nicht so schnell an einem Schlaganfall, weil deutsches Blut nämlich kein afrikanischer Hühnerhaxeneintopf oder so was Grausliches ist!).

Kurz und gut: An einer Rückkehr ins (Ost-)Reich war der feine Herr Doktor, der sich mit seinen 105 Jahren bester Gesundheit erfreut hat, natürlich in höchstem Maße interessiert, und erst recht an einem Job, bei dem er herumschnipseln kann wie früher, weil er für die Pension leider nicht vorgesorgt hatte. Als er ihm also angeboten hat, die Leitung des neu geschaffenen Klinikums für Lebertransplantationen oben im Flachdachneubau am Gebirgshang zu übernehmen, ist der Sepp fast durchgedreht vor Freude. Er musste ihm nur versprechen, dass er da nicht am Ende als normaler Hausarzt ordinieren wird müssen, den man über eine enge Stiege in einer engen Ordination im insgesamt engen ersten Stock konsultieren kann, vielleicht wegen einem Schnupfen;

dass es kein Wartezimmer mit Modehefterln am Glastisch geben darf; und dass man ihm eine Sprechstundenhilfe zur Seite stellt, die nicht nur blond ist und vorne dran gut bestückt wie eine deutsche Kuh (sein Typ!), sondern auch sonst alle Stückerln spielt.

Da hat der Bürgermeister nicht lange überlegen müssen! Er ist zu seinem Bruder hinaufgefahren in die Nervenheilanstalt nach Linz und hat ihn gebeten, ihm die Verrückte, die Wahnsinnige, die Gestörte zu borgen, die damals vor zehn Jahren zunächst als platinblonde Sexbombe mit dem Puffkaiser Schlevsky aus dem deutschen Osten hier oben am Gebirgshang gelebt hat, bevor sie nach dessen Ableben zunächst hoffnungsvoll, in der Folge aber immer orientierungsloser, verzweifelter, verwahrloster und mit zunehmend nasser werdenden Augen bei ihnen da in der Gegend herumgerannt ist und von nichts anderem mehr geredet hat als davon: „Pavel, oh mein Pavel. Wo sind sie hin, die Tage des Lichts?“

„Der alte Spinner Mengele merkt im Leben nicht, dass die keine echte Vorzimmerdame ist!“, hat er sich gedacht, aber er spart sich die Kosten für eine echte, und das war ihm wichtig, weil die Kosten für das Projekt „Eine neue Leber für den Leader“ doch ein bisserl aus dem Ruder gelaufen sind.

„Gibt’s denn so was?“, hat der Mengele also geschluchzt, nachdem der Vertrag unterschrieben war und die Ivana sich bei Vertragsunterzeichnung auf seinen Schoss gesetzt und ihm den Füllhalter geführt hat – aber nicht lange, weil sie ja mittlerweile wirklich sehr dick geworden ist durch die vielen Tabletten in der Nervenheilanstalt und der Mengele so dürre Haxen hat, dass ein Spatz, der sich darauf setzt, sie brechen könnte.

„Soll mein anfangs als Lagerarzt so erfülltes, in den letzten Jahrzehnten aber in so schwieriges Fahrwasser geratenes Leben am Ende doch noch zu einem glücklichen Showdown kommen?“, hat er gesagt. Und ja, er hat wirklich „Showdown“ gesagt! Und ja, er hat ihn dann natürlich trotzdem warnen müssen: „Sag lieber nicht so oft ‚Lagerarzt‘, Sepp. Sobald wir zurück in Aussee sind, wird dir die Systempresse jedes Wort im Mund umdrehen!“

Über seine guten Kontakte ins Innenministerium, wo man nach Jahren falsch verstandener Gutmenschlichkeit endlich auch auf den richtigen Zug drauf gesprungen ist und die Pferdepolizei forciert, hat ihm ein Freund der Bewegung für den Dr. Mengele einen österreichischen Reisepass ausgestellt und für die Ivana auch gleich einen. Und damit man den einen oder anderen hellhörigen linkslinken Journalisten nicht gleich mit der Nase auf ihn drauf stößt, hat man den Namen leicht abgewandelt, sodass der Sepp jetzt halt Dr. Josef Strengele heißt, was für einen, der so streng schauen kann wie er, eigentlich eh der passendere Name ist. Und falls – falls! – es in der Bevölkerung am Ende doch Vorbehalte geben sollte gegen den neuen Klinikchef im neuen Privatklinikum, dann hat er die passenden Worte ja schon parat: „Die Vergangenheit sowieso auch einmal ein bisserl ruhen lassen!"

Und nachdem der Strengele dann seinen Arztkittel bekommen hat, haben sie die Motorradfahrerfalle aufgestellt an der langen Geraden im Silbertannenwald: Sie haben ein dickes Seil von Buche zu Buche gespannt, und dann hat er die Telefonnummer vom Gendarmerieposten in Aussee drüben angewählt – „Hallo?"

IX

„Hallo? Hallo?"

Jetzt erinnert sich der Biermösel endlich wieder: Er legt ja normalerweise immer sofort auf, wenn ein Anrufer nicht unmittelbar nach dem Läuten vom Telefon zum Wesentlichen kommt. Aber schon anhand der nervösen Hektik in der Stimme vom Unbekannten hat er sich denken können, dass etwas Außergewöhnliches, ja, etwas Schreckliches passiert sein muss, und wirklich: Die Nachricht, dass der Bierwagen mitsamt dem Bierfahrer Ramzi aus Ägypten mit seinem Turban aus Seide umgekippt ist, und zwar an der Abzweigung nach Goisern am Ende der langen Geraden im Silbertannenwald, und dann auch noch ausgerechnet auf die Kebabbude vom Staubzuckerhändler Ali drauf, die war für ihn schon einigermaßen besorgniserregend, weil sowohl das Bier vom Ramzi als auch der Staubzucker vom Ali ihm über die Jahre doch sehr wichtig geworden sind. Und was hätte er jetzt ohne die beiden tun sollen? Das war die Frage, die ihn mit dem Telefonhörer in der Hand beschäftigt hat.

Mit dem verbliebenen Rest Bierruhe und dem verbliebenen Rest Staubzucker-Energie, erinnert er sich jetzt, als sie ihn in seinem Gitterbett unter seinem Netz einen langen Gang hinunter schieben, hat er es schließlich noch zur Bierkiste geschafft, die immer am Nassraum auf seinem Gendarmerieposten in Aussee drüben steht. Er hat sich ein Flascherl herausgenommen und mit dem Daumen der rechten Hand aufgemacht, sodass es schön gezischt hat, und dann hat er es in einem Zug hinuntergekippt, sodass es im Magen schön geschäumt hat. Weil ihm aber das eine Flascherl nicht genug war, hat er gleich noch ein paar weitere aufgemacht und gekippt, bis auf einmal die ganze Kiste leer war. Und da hat er beinahe einen weiteren sehr außergewöhnlichen Schock erlitten, als er gemerkt hat, dass es seine letzte Kiste war. In dem Moment hat er sich natürlich gefragt, wann er eigentlich gelernt hat, sich seine Vorräte überhaupt nicht einzuteilen?

Das war nämlich noch nie seine Stärke, hat er sich in der Folge eingestehen müssen, weil schon um halb zehn in der Früh nichts mehr übrig war von dem, was ihm seine Schwester als Jause für den Tag, an dem ihn später der Telefonanruf ereilen sollte, eingepackt hat, im Detail waren im Sackerl:

1 Stelze (ganz) fürs Frühstück
1 Stelze (ganz) für die erste vormittägliche Jause
3 Schmalzbrote (groß) für die zweite vormittägliche Jause
3 Stelzen (ganz) fürs Mittagessen
3 Schmalzbrote (groß) für die erste nachmittägliche Jause
1 Stelze (ganz) für die zweite nachmittägliche Jause
1 Stelze (ganz) für das vorgezogene Abendmahl am Gendarmerieposten vor dem eigentlichen Abendmahl anschließend zuhause im Auerhahn, wo er sich dann zum Drüberstreuen auch noch den einen oder anderen Besoffenen Kapuziner gegönnt hätte.

Aber na gut, hat er sich dann vorgenommen: Was die Gaben vom Schwein angeht, fahre ich halt einfach so bald wie möglich zurück in den Auerhahn, Schweine haben sie ja genug. Was aber das Geschenk des Bieres angegangen ist, haben sich seine Sorgen an dem Tag gewaltig verstärkt, weil sie seiner Erinnerung nach ja auch im Auerhahn drüben keines mehr gehabt haben. Und wie hätte das dann weitergehen sollen, wenn jetzt der Bierwagen auch noch verunglückt ist?

„Und der Ramzi?", hat er also besorgt ins Telefon hinein gefragt.

„Keine Spur vom Ramzi", hat er aus dem Telefon heraus hören müssen.

„Und der Ali?", hat er weiter und beinahe noch besorgter gefragt.

„Der liegt unterm Bierwagen."

Da hat der Biermösel besorgt aufgelegt, erinnert er sich jetzt, als sie ihn in seinem Bett um eine Ecke schieben und vor eine Türe stellen, auf der OP drauf steht. Und dann hat er besorgt die kleine Dienstwaffe in die Knickerbocker gesteckt, hat er besorgt den Gendarmerieposten zugesperrt und hat er sich besorgt auf die Triumph Fips gesetzt, die wie der Hengst vor dem Saloon immer vor dem Gendarmerieposten gestanden ist, bevor er sie besorgt gestartet hat. Aber da hat er natürlich noch nicht ahnen können, wie lange er nicht mehr im Auerhahn drüben den Schweinsbraten essen wird, weil er ja stattdessen da in seinem Gitterbett herumliegt mit einem Netz darüber. Und als er jetzt danach greift, um es zu zerreißen und wieder hinauszustürmen in die Freiheit, die ihm von allen Torheiten die liebste ist, da merkt er, dass sie während der Nacht ein zweites Netz aus Draht darüber gelegt haben müssen, durch das sie den Strom jagen, kaum, dass er dort hineingreift.

Und als er in das Gesicht vom Bürgermeister schaut, der jetzt auf einem Bett neben ihn geschoben wird und ihn ebenso erwartungsvoll wie schadenfreudig angrinst, da hat der Biermösel das erste Mal in seinem Leben das sehr ungute Gefühl, dass er sich aus dieser Lage nicht mehr alleine befreien wird können, sondern nur noch mit der Unterstützung vom Hilfssheriff.

Also prüft er mit dem gewissen Rundumblick und durch das geöffnete Fenster am Gang hinter sich, wie das Wetter sich heute wohl entwickeln wird, erkennt er zunächst, dass sie ihn im ehemaligen Flachdachneubau eingesperrt haben, der einst dem Puffkaiser Schlevsky gehört hat, und erkennt er weiters an der Gestalt der Wolken oben am Himmel und auch an den pochenden Schläfen an seinem Schädel sehr gut, dass der Föhn gleich an ihnen vorbeiziehen und sich hinunterstürzten wird ins Tal und dann weiter entlang der langen Geraden im Silbertannenwald bis hin zum Auerhahn und wer weiß, wo dann noch überall hin. Also wird er dem Föhn jetzt die gewisse geheime Waffe mit auf die Reise geben, die er mit der Roswitha vereinbart hat abzusetzen, sollten es die Umstände notwendig machen: eine gewaltige, selbst Ameisen vernichtende Duftwolke, welche seine Schwester schon eine Minute 30 Sekunden später erreichen wird, er hat schon alles genau berechnet im Hirn: den Wind, die Breite und die Länge vom Tal, die Beschaffenheit vom Asphalt und somit den Reibungsverlust der Wolke. Und natürlich Stärke und Umfang vom Duft selbst, der die Roswitha dann sogleich wissen lassen wird: Der Biermösel lebt! Und wie ein Hund wird sie sogleich die Witterung aufnehmen. Sie wird dahinrasen auf der Boss in der Vierten, mit der Doppelläufigen, die sie zuhause in der Ecke stehen haben neben dem zweiten Paar Bergschuhen, in der linken Hand, und mit dem Gashebel in der rechten, voll aufgedreht und hinter ihr die Sintflut.

X

Na gut, jetzt hat die Roswitha den Ort des Verschwindens von ihrem Brüderlein also ausgemacht, aber nicht den Verschwundenen selbst. Wohin wurde er gebracht? Die lange Gerade im Silbertannenwald nach vorne, oder die lange Gerade nach hinten? Nach rechts hinein, oder nach links hinein? Die Reifenspuren führen jedenfalls von der Fips weg, zurück auf den Asphalt und dann nach vorne in Richtung Goisern. Also fährt sie jetzt den 16 cm breiten Dreckspuren vom Baumschlager seinem Schweinderltransporter auf ihrer Boss hinterher, die Spur lässt sich fast bis zur Abzweigung nach Goisern verfolgen, aber irgendwo kurz davor hat das KFZ, das den Biermösel mitgenommen haben muss, den ganzen Dreck verloren und keine Spuren mehr hinterlassen respektive sind zu viele andere Autos schon über den Dreck gefahren, als dass sie die Richtung noch ausmachen könnte. Also steht sie jetzt da, wo es nach links hinauf zum Gebirgshang geht und nach rechts hinüber zum Schiederweiher Teich, wohin sie auch fahren könnte – also nach links oder nach rechts? Oder geradeaus? Oder überhaupt wieder zurück?

Für die Fälle der Unentschlossenheit hat der Biermösel sie gelehrt: Niemals etwas tun, was keinen Sinn ergibt. Lieber warten, bis der Sinn von alleine zu einem kommt, oder halt die Antwort auf eine Frage. Und die Frage lautet heute wie gestern schon und auch vorgestern: Wo bist du, Biermösel? Wohin haben sie dich gebracht?

Die Roswitha würde jetzt wieder zurück in den Auerhahn fahren, sich wieder in die Küche stellen und die Masse für die Knödel anrühren, sie formen, sie ins Wasser geben, sie fertig machen für den Tag, da ihr Bruder wieder zurückkommen wird nach Hause, genau 40 Stück, nicht mehr und nicht weniger. Aber auf einmal nimmt sie die Witterung auf, den speziellen Geruch, den nur er zu erzeugen imstande ist. Sie könnte jetzt sofort diesem Geruch folgen, weil sie ja weiß, dass er ihn nur genau zu diesem Zweck in die Welt gestellt hat. Aber er hat sie auch gelehrt, umsichtig zu sein. Daher gilt es, zuerst den Fluchtweg für die Saubande zu versperren, die ihn da oben irgendwo festhält, wahrscheinlich im Flachdachneubau, den sie in den letzten Monaten in ein Privatklinikum umgebaut haben; gilt es, ihnen die Flucht zu verunmöglichen und also den Weg zu versperren, damit sie sie dingfest machen kann, sobald sie erst ihren Bruder befreit haben wird. Daher spannt sie jetzt das Seil, das sie dort gefunden hat, wo sein Moped gelegen ist, an der Abzweigung, sie bindet es an dem einen Baum fest und geht mit dem anderen Ende in der Hand langsam hinüber auf die andere Seite, wo sie es an einem weiteren Baum festbinden wird. Und Gott sei Dank, dass sie das Ende gerade noch festbinden kann, bevor dieser Geruch, den sie jetzt schon eine Minute einatmet, sie ausknockt und es ihr ganz schwarz vor den Augen wird, sodass sie hinfällt wie ein Sack und nichts mehr mitbekommt von der Welt, die sie umgibt …

„Entschuldigung, was soll das genau werden? Ein Exklusivinterview? Für wen? Für so was Ähnliches wie den *Stürmer*? Aha, na gut, dann kann ich ja getrost ‚Heil Hitler' sagen zur Begrüßung? Also, gerne: Heil Hitler! Na dann passen's auf: In Hohenau in Paraguay, wo ich die letzten Jahre und Jahrzehnte verbracht habe, und in der Folge in Brasilien, habe ich ja keine Pensionsbeiträge einbezahlt, ich stand ja unter Stress. Und dann hat mir die Finanzkrise das ganze mühsam aufgebaute Vermögen unter dem Arsch weggerissen – vornehmlich Pharma-Titel, in die ich investiert hatte, bzw. weiß ich natürlich selbst nicht so genau, in was die Deutttttsche Bank, der ich mein Geld anvertraut hatte, die Kruppstahlbank unter den Deuttttschen Banken, investiert hatte, jedenfalls ist nichts mehr da. Wenn ich noch jemals einen höre, der von Vermögensaufbau redet, dann drücke ich dem eine Benzinspritze mitten ins Herz, genau so werde ich es machen!"

„Hätte ich das ganze Geld damals einfach in meinen Arztkittel gesteckt und am Abend in eine Sparbüchse, hätte ich das ganze Zahngold in einem Sparstrumpf gesammelt, dann täte ich heute besser dastehen und hätte ich mir zweimal überlegt, ob ich den neuen Job annehmen soll, so geil – sagt man das heute so? –, ... also gut, so geil jedenfalls hat der Name Aussee nämlich nicht geklungen in meinen Ohren: Aussee ist nicht der Obersalzberg, verstehen Sie? Aber wegen meinem missglückten Vermögensaufbau mit Aktien stehe ich jetzt da wie früher der ... naja, kann ich das so sagen? Nein? Aufpassen soll ich ein bisserl, was ich wie sage? Was sind denn das für Zeiten?"

„Sie fragen, ob mir das hier Spaß macht? Ich sage Ihnen eines: Spaß hat es gemacht im Vernichtungslager ... also, damals halt. Vernichtungslager soll ich ja nicht sagen, sagt der Bürgermeister, aber wir sind ja unter uns, nicht wahr? Allerdings: schon anschließend unten in Südamerika, als ich den weniger Finanzkräftigen aus den Slums die Organe entnommen habe für die sehr Finanzkräftigen, da hat es schon weniger Spaß gemacht, weil mir die Rückendeckung gefehlt hat, weil ... psst ... ich nicht mehr an *der Spitze* experimentieren konnte und nicht so, wie ich wollte. Und jetzt quäle ich mich da in Aussee herüben seit zwei Tagen mit einem, den sie alle Biermösel nennen, hören Sie zu: Mit dem stoße ich langsam wirklich an meine Grenzen! Schauen Sie, da vorne liegt er schon vor dem OP, dort gleich neben dem Bürgermeister, der auch davor liegt, alle zwei: Bald mache ich beide auf. Aber keiner hat mir jemals so viele Probleme bereitet wie dieser Biermösel – kein Jude, kein Zigeuner, keiner der Künstler, Landstreicher, Homosexuellen und anderen Entarteten, die ich für den noblen Herren aus Linz habe entsorgen dürften."

„Dabei ist seine Leber wirklich die weltbeste, fast so gut wie die vom Führer, der ja nichts getrunken hat, nie, keinen Tropfen, ein Vorbild auch, was das angeht! Aber das Problem mit dem Biermösel ist eben, dass er unfassbare Mengen getrunken haben muss, sodass mir der Rest von ihm, das um seine Leber herum, große Sorgen bereitet. Und jetzt passen Sie auf, Folgendes: Die Spenderleber von diesem Biermösel einfach herausnehmen, wie ich es bei vielen anderen schon gemacht habe unten in Paraguay, und den zerstörten Lappen vom Spendenempfänger umgekehrt einfach hineinschrauben in seinen Körper und dann soll er schauen, wie er alleine damit zurecht kommt – das sogenannte Switchen„ das kann ich mit dem Biermösel nicht machen, weil ich den nicht aufmachen kann, ohne dass er mir dabei wegstirbt. Und jetzt hören Sie sich das an, Folgendes: Das Zögerliche, das Verweichlichte, dieses Menschenrechtsfreundliche *im Allgemeinen* findet sich hier sogar schon beim neuen Bürgermeister, der ein Líder sein will, aber .... Hahaha ... selbst dem ist jetzt nicht ganz wohl dabei, dass ich den Biermösel nach der Transplantation einfach hinter dem Klinikum verbuddeln werde müssen neben den Motorrädern, auf denen die ganzen Trotteln zu Schaden gekommen sind, die in die Motorradfalle getappt sind, aber was soll ich denn sonst machen? Extra wegen ihm einen Verbrennungsofen bauen lassen?"

„Aber jetzt hören Sie zu ... – du lieber gütiger Himmel, riechen Sie das auch? Das ist ja unglaublich, wie das stinkt, ist das ein neues Vernichtungsgas, oder was ist das? Fenster zu! Oder auf? Zu? Auf? Hilfe! Hiiiilfe!!!"

XII

Der Bürgermeister traut seinen Augen nicht, als er den Dr. Strengele mit dem Himmelfreundpointner vom *Ländlichen Boten* an seiner Seite den Gang herunterkommen sieht, dieser linkslinke Geselle muss sich irgendwie Zugang zum Arzt verschafft und ihm die Zunge gelockert haben, vielleicht mit den weißen Nazistutzen, der speckigen Lederhose und dem karierten Hemd als Tarnung, die er heute trägt anstatt der Rocker-Jeanshose und dem Che-Guevara-Leiberl? Er möchte schreien und warnend rufen, aber da ummantelt ihn eine Wolke aus übelriechendem Gas, die sich auf ihn drauf legt wie zehn Fäuste der Marke Mike Tyson auf den Schädel des Herausforderers – er kann gar nicht mehr richtig atmen! Mehr als Schnappatmung ist nicht mehr möglich! Und als er dem Biermösel ins Gesicht schaut und der ihn nun ebenso erwartungs- wie schadenfroh angrinst, da weiß er, wem er den vernichtenden Schlag zu verdanken hat – dem Biermösel selbst! Nur der ist imstande – und das weiß er aus leidvoller Erfahrung, war er doch oft genug Gast in der Wirtsstube vom Auerhahn – solche Flatulenzen abzusetzen; nur der hat diese *Weapons of mass destruction* im Arsenal, die keine Menschenrechtscharta jemals verbieten kann. Aber was ist jetzt sein Plan dahinter, dass er sie einhüllt mit dem Hauch des Todes, wie geht es jetzt überhaupt weiter?

Und vor allem: Was macht die depperte Ivana da mit dem Kloreiniger in der Hand und dem Küchenmesser, und warum kommt sie so entschlossen daher, die sie nur Sprechstundenhilfe vom Strengele spielen soll, nicht aber OP-Assistentin, warum ist sie wütender als der Godzilla und entschlossener noch als der King Kong?

XIII

Die Ivana mag es selbst kaum glauben, dass ihr Leben vielleicht doch noch eine glückliche Wendung finden wird, mit einem guten Mann an ihrer Seite, der sie nicht zur Sexpuppe herabwürdigt wie der Schlevsky, sondern ihr nur die Finger abschleckt und auszuzelt; der sie ehrt und verehrt, nachdem ihr Leben so unvergleichlich depperte Wendungen genommen hat. Wo soll sie anfangen? Sie erinnert sich an den Tingeltangel in Strudelwasser an der Oder im deutschen Osten, wo sie vor vielen Jahren den feinen Herrn Puffkaiser Schlevsky kennengelernt hat, der gerade seine geliebte Frau Jocelyn an den Krebs verloren und ihr ein wehmütiges kleines Gedicht nachgeschickt hatte:

Deine Seele, Jocy, spannt
Weit ihre Flügel aus
Fliegt übers weite Land
Als flöge sie nach Haus,

bevor er sie, die sie damals Zuckerwatte dort oben verkauft hat, entdeckte und in der Folge den chinesischen Schießbudenverkäufer Tschu En Lei nicht verwandt nicht verschwägert, der sie auch begehrte, in einen Nahkampf verwickelte, der ganz furchtbar für das Gelbgesicht endete.

Mehr als der tote Chinese hat sie damals aber leider das Gedicht berührt: so viel Liebe, so viel Wärme! Wie könnte der kein guter Mann für sie sein? Und einen guten Mann konnte sie gebrauchen, nachdem sie ihren richtigen Mann, den Pavel, zuhause in Nowaja Semlja, von wo sie her ist, an den russischen Bären verloren hatte? Aber dann, angekommen in diesem Aussee, von dem sie noch nie gehört hat und wo er seinen Flachdachneubau besaß, in dem sie sich nun wieder befindet, hat er sie zur Sexpuppe trainieren wollen auf seinem hydraulischen Wasserbett namens Serengeti, während dem er ihr ihr das Große Würstel-Allerlei beim romantischen Candlelight-Dinner serviert hat, und was soll sie sagen? Sie musste ihm alles wieder in den Tigertanga hinein speiben, was ihn zum heulenden Wolf werden ließ.

Sie musste fliehen vor ihm, aber wohin? Zurück zu ihrem Mütterchen nach Russland? Zurück dorthin, wo sie die schönen Tage des Lichts verbrachte, ihre Kindheit und Jugend, während der sie mit Ken und Barbie spielte und die Träume süß waren, während der sie ihren Pavel liebte, ihren geliebten Pavel, nur ihn? Dieses herrliche Bild von einem Mann auf einem Atom-U-Boot der russischen Nordmeerflotte – 1994 Spartakiadesieger im „Rückenschwimmen über 1.000 Kilometer" durch die bitterkalte Nordsee bei minus zwei Grad ohne Gummianzug! Weiters Jahrgangsbester auf der Militärakademie unten in Rostow am Don in „Töten im Nahkampf wie ein russischer Bär", ein Kurs, von dem auch sie profitiert hat, weil er ihr in den seltenen Urlauben alles beigebracht hat. Und dann natürlich diese Uniform und diese riesige Kappe auf seinem Kopf, die im Durchmesser größer war als der Schreibtisch vom Obersten Sowjet! Summa summarum und grosso modo war der Pavel nicht nur ihre große Liebe damals, sondern auch eine erstklassige Partie mit Pensionsanspruch (ihre gemeinsame Hochzeit war nur noch eine Frage des gesetzlichen Alters – bei ihm wäre es ja gegangen, er war schon 45 damals, doch sie war erst dreizehn. Und das war sogar in den Chaostagen des Postkommunismus und in den Herrschaftsjahren des Verbrechens zu jung, um heiraten zu dürfen, trotz ehrlicher und aufrechter Liebe. Ach Pavel!).

Sie erinnert sich wieder an ihren Pavel, jetzt, da sie entschlossen mit Küchenmesser und Extremreiniger auf den Bürgermeister zugeht, der sie hierher geholt hat, wo sie nie wieder sein wollte, sie erinnert sich an ihren Pavel, der ihr an ihrem dreizehnten Geburtstag einen Pelzmantel schenken wollte, hergestellt aus dem Fell eines russischen Bären, der ihn aber während der Jagd auf ihn mit allem verspeiste, was damals an ihrem Pavel dran war, oh Pavel, du dummer, dummer, du heldenhafter dummer Pavel! Also wohin hätte sie gehen sollen, wo ihr Pavel nicht mehr lebte?

Zurück zu ihrem Mütterchen?

Mütterchen, oh Mütterchen!, hat die Ivana in den letzten Jahren immer wieder verzweifelt gerufen, als sie unter diesem engmaschigen Netz in diesem Krankenhaus gelegen ist, grüß mir meine Babuschka unten in Rostow am Don. Grüß mir weiters mein Schwesterchen Ninotschka, die die Jüngste, die Hübscheste, die Anmutigste von uns allen war, die einzig wirklich Blonde. Grüß mir meine beiden Brüder Wladimir und Iljitsch unten in Tschetschenien und sag ihnen, sie sollen endlich aufhören mit dem Krieg, oh Mütterchen, der Krieg bringt doch nur die Leute um! Grüß mir vor allem aber auch das Meer, Mütterchen, das ungestüme und wilde Nordpolarmeer, es ist so, wie mein Schatzkästchen einmal war: immer ungestüm und wild. Und Mütterchen, grüß mir auch unsere Heimaterde, die gute alte Neue Erde.

Bald werde ich wieder in einem russischen Bett schlafen, träumt die Ivana nun vor sich hin, als der Bürgermeister nur noch zwei Meter von ihr entfernt ist und der andere, der ihr immer die Finger gelutscht hat, einen Meter neben ihm, und bald werde ich in der Nacht, wenn ich aufwache, wissen, dass ich ja mitten in der Neuen Erde schlafe, daheim und zuhause. Und ringsum, da schlafen Millionen russische Herzen und pochen in einem fort leise: Daheim bist du, Ivana, daheim bei den Deinen! So wird es kommen.

Und es wird ihr ganz warm ums Herz, als sie daran denkt, dass sie auf der Krume des Ackers, auf einem Stück Lehm, inmitten der schwankenden Halme der Haselnussstaude und in russischem Korn liegen wird mit diesem Mann unter seinem Netz, das sie nun gleich zerreißen wird, um ihn zu retten, denn sie liebt ihn, er ist ein guter Mann. Sie wird ihn mit nach Hause nehmen nach Nowaja Semlja, wo sie selbst zugehörig ist zur russischen Erde, Nastrowje!

Die Ivana hat sich angewöhnt, die Putzmittel zu trinken, die sie hier findet, damit sich der Blick auf ihr ehemals so trauriges Leben trübt. Aber bald wird sie ihrem Mütterchen ja diesen Mann vorstellen, den sie aus seinem Bett retten und auf eines der Motorräder setzen wird, die sie da draußen sammeln zusammen mit den Hirntoten, denen sie zuvor die Leber entnehmen, oh Mütterchen, kannst du dir vorstellen, wie böse diese Menschen hier sind? Und dabei weiß ich noch immer nicht, wo ich eigentlich bin, wo dieses Aussee überhaupt liegt? Ist es in Libyen? Ist es in Disneyland? Oder liegt es vielleicht in der Mongolei?

Man hatte sie mit der grünen Minna weggebracht und sie mit Tabletten vollgestopft, bis sie so dick geworden war wie die Leute hier in der Gegend, und sie hatte schon nicht mehr geglaubt, dass sie aus ihrem Gitterbett je wieder herauskommen wird, bis sie dieser verrückte Bürgermeister in seinem viel zu engen Trachtenanzug abgeholt und sie in ein anderes Krankenhaus verbracht hat, wo er sie auf einen über Hundertjährigen mit nasser Hose und Windel drauf gesetzt hat, die sie ihm dann jede Stunde wechseln sollte. Aber auch in dieser schwierigen Zeit hat sie nicht aufgehört, von einem Mann zu träumen, mit dem sie glücklich werden kann, und jetzt endlich hat sie ihn gefunden, in seinem Gitterbett, mit seinen verzweifelten Augen und mit seinen Bergschuhen an den Füßen. „Gleich", schreit sie auf Russisch, „gleich, mein geliebter Mann, gleich werde ich dich befreien!"

XIV

Der Biermösel reitet nun in vollkommener Ruhe, wenn auch leider in keiner vollkommenen Bierruhe, am Sozius einer Ducati, welche die Ivana lenkt, dahin, er reitet als Beifahrer, wie er es in seinem Leben noch nie getan hat, weil ein Biermösel kein Beifahrer ist. Er reitet dahin im Nachthemd und ohne Bergschuhe an den Tretern, wie es auch noch nie der Fall war, während die Ivana vor ihm am Sattel die Krankenhauspatschen trägt. Sie beschleunigt jetzt sogar in die Vierte, als sie sich selbst und ihn hinunterstürzt ins Tal, entlang der engen und kurvigen und weiß Gott nicht ungefährlichen Straße, wo sie gleich um die enge Kurve biegen werden, die sie dann weiß Gott wohin führen wird, der Biermösel hofft inständig: in Richtung Glück.

Er ist jetzt vollkommene Gelassen- und Zufriedenheit, während die Ivana bald wieder in die Dritte zurückschalten, kurz Zwischengas geben, dann in die Zweite schalten, kurz bremsen, und die Maschine dann in die Kurve legen wird, sodass er mit dem rechten Knie, das unter seinem Nachthemd hervorschaut, den Asphalt abschleifen wird. Und dann wird die Ivana aus der Kurve hinaus wieder beschleunigen, hinein in den Wald, der selbstverständlich ihm gehört, und seine Kniescheibe wird frei liegen und das Blut wird sprühen im Fahrtwind, den die Ivana mit ihrem Höchstgeschwindigkeitsrausch erzeugt, während sie wieder in die Dritte beschleunigen wird, dann in die Vierte, und dann überhaupt Vollgas. Der Biermösel wird sich dabei immer fester und mit immer größerem Vertrauen an ihren Dutteln festhalten, damit er nicht hinunterfällt vom Sozius und sich am Ende auch noch den Schädel freilegt zusätzlich zur Kniescheibe. Nie hätte er sich träumen lassen, dass es so herrlich sein kann, am Sozius von einem Weiberleut dahin zu reiten und sich an ihren Dutteln festzuhalten, es ist unbeschreiblich.

Die Ivana wird das Pferd treten, bis sie an der Stelle verlangsamen werden, wo seine Fips liegt, mit der er sich abrupt überschlagen hat, jetzt erinnert er sich wieder, dass er ja nach dem mysteriösen Anruf mit Höchstgeschwindigkeit weggerast ist vom Gendarmerieposten, vor er weiß nicht mehr wie vielen Tagen, weil man ihn informiert hat, dass der Bierfahrer Ramzi aus Ägypten unten mit seinem Turban aus Seide oben am Schädel verunglückt ist. Und er war so blöd und hat es geglaubt, worüber er sich jetzt, im Nachhinein, furchtbar ärgert, mehr noch als über den kapitalen Überschlag, den er dann geliefert hat, als er in der Vierten und in der gebeugten Rennhaltung in eine Motoradfahrerfalle hineingerast ist, die ihn augenblicklich abgestoppt hat, sodass es ihn weiß Gott wie weit geschleudert hat, bevor er an einer Buche zu liegen kam, halbtot. Da ist ihm das Licht ausgegangen, und er ist erst wieder aufgewacht, als er unter dem Netz gelegen ist in seinem Gitterbett und ihm die sehr aparte, sehr blonde und wirklich sehr verlockende Ivana die sehr rosaroten Tabletten gereicht hat zusammen mit ihren herrlichen Wurschtifingern.

Aber na gut, denkt sich der Biermösel jetzt, da die Ivana wirklich in die Dritte zurückschaltet und dann in die Zweite, da sie gleich die Abzweigung erreichen werden, von wo aus sie in Richtung Glück weiterrasen werden, na gut, denkt er sich, das ist jetzt alles Geschichte, hinter ihm die Sintflut. Er lebt im Hier und Jetzt, und die anderen sind tot, die ihm nach dem Leben trachten bzw. nach seiner Leber greifen wollten. Die liegen jetzt oben in der Klinik in ihrem Blut, nachdem die Ivana sie mit ein paar Ruckzuck-Nahkampfbewegungen, die ihm schon sehr imponiert haben, erledigt hat, und er denkt jetzt an den vollkommen verängstigten Ausdruck sowohl im Gesicht vom Bürgermeister als auch im Gesicht von diesem Gott in Weiß, den er zuvor noch nie gesehen und der auf seinem Schild am Arztkittel „Dr. Strengele" stehen gehabt hat: Er denkt an das Weiße, das Fahle in ihren Gesichtern, als die Ivana sein Netz zerrissen und ihm das Küchenmesser gereicht hat, mit dem er dann den Bürgermeister aufgemacht hat, um seine Leber zu entnehmen und der Ivana in die Schwesternhosentasche zu stecken, weil er an seinem Nachthemd ja keine Hosentasche gehabt hat. (Stolz denkt er auch an den Himmelfreundpointner vom *Ländlichen Boten*, den Rocker, den er zuvor schon oft von seinem Elektrofahrrad heruntergeholt und ihm mit Strafe gedroht hat, falls er die Geschwindigkeitsbeschränkung nicht einhält, und der sich ängstlich davonmachen wollte mit den Worten: „Ich habe nichts gesehen! Ich habe mich doch nur mit falscher Identität eingeschlichen, um den Kriegsverbrecher Mengele zu enttarnen und der Welt zu berichten, dass er noch lebt!" Stolz ist der Biermösel darauf, dass er ihn am Genick gepackt und ihm tief in die Augen geschaut hat, bevor er ihn mit den Worten nach Hause geschickt hat: „Schau dir das alles genau an, schau es dir sehr genau an als Zeuge für spätere Generationen. Und dann erzähle der Welt, dass man einen, der die Freiheit liebt, nicht ungestraft ins Gitterbett mit einem Drahtnetzt drüber legt, ungestraft bleibt das nicht!“)

Dann hat er das Gitterbett genommen und mit den zurückgekehrten Bärenkräften durch das Fenster hinausgeschmissen, sodass es schön gekracht und der Himmelfreundpointner noch depperter geschaut hat als zuvor, und dann sind er und die Ivana hinunter gesprungen auf das Gitterbett drauf, das dem immensen Druck von der Ivana ihrem Gewicht fast nicht standgehalten hat, eine sanfte Landung war das nicht. Aber immerhin hat er dann da unten auf dem Bett noch ein bisserl in ihren Armen liegen und an ihren Fingern saugen können, bevor sie die Ducati bestiegen haben, auf der sie jetzt endlich die Abzweigung nach Goisern erreichen, noch immer in Höchstgeschwindigkeit: Dann nach links, dann nach rechts?

Die Ivana dreht sich um zu ihm und lacht ihm mit breitem Grinsen ins Gesicht, dann hört er sie sagen: „Nowaja Semlja“? Er sagt: „Du mich auch!“, weil ihm wurscht ist, wohin sie fährt, Hauptsache, sie nimmt ihn mit, und Hauptsache, er kann sich dabei an ihren Milchglocken festhalten, was ihn so glücklich macht wie noch nichts zuvor auf der Welt, nicht einmal das Bier hat ihn so glücklich gemacht, nicht einmal das Schwein, nicht das Kraut und auch nicht die Knödel.

Der Biermösel ist also so glücklich in seinem Leben, dass er springen könnte vor Freude, als ihre Fahrt abrupt stoppt und es sie überschlägt. Er sieht, wie die Ivana nach vorne katapultiert wird und mit ihrem immensen Gewicht gegen einen Buchenstamm prallt, während er selbst auf der Straße neben etwas zu liegen kommt, das wie seine Schwester, die Roswitha, ausschaut, und das nach näherem Hinsehen die Roswitha ist. Sie liegen sich jetzt Auge in Auge gegenüber, die Roswitha mit glücklichem, erleichtertem Gesichtsausdruck, weil sie glaubt, dass am Ende doch noch alles gut ausgegangen ist, er, der Biermösel, mit wütendem, ja verzweifeltem, in seinen Augen liest sie: WARUM? Und dann liest sie weiter: Warum hast du Spinnerin eine Motorradfahrerfalle aufgebaut, gerade, als ich einmal glücklich war in meinem Leben, warum? Aber die Roswitha antwortet nicht auf seine nie gestellte Frage, sondern sagt nur: „Biermösel! Ich hab 40 Knödel gemacht für dich, und die Trudi, deine Lieblingssau ...“

XV

Der Biermösel riecht den Zwiebel, den die Roswitha anröstet, und das Schweineschmalz, in dem sie das tut, und er trinkt das Bier, das sie ihm zuvor hergestellt hat, zuhause in der Wirtsstube im Auerhahn, und er denkt: Gleich gehe ich mit dem Lebergulasch hinüber zu den Schweinderln und schmeiß es ihnen in den Futtertrog. Mit dem Gulasch, das die Roswitha aus der Leber vom Bürgermeister herstellt, die er zuvor noch aus der Taschen von der komplett toten Ivana herausgeholt und der Roswitha in die Satteltasche von der Triumph gesteckt hat. Und die Trudi, seine Lieblingssau, die jetzt wirklich bald soweit ist mit ihrem ganzen herrlichen Fett am herrlichen Körper, wird es verschlingen als kleine letzte Mahlzeit, bevor er sie abstechen und ein schönes Stück aus ihr herausschneiden wird, das er dann in weiterer Folge der Roswitha auf die Anrichte legen wird mit den Worten: „Und jetzt mach mir einen guten Schweinsbraten draus, Roswitha, bitte sei so gut, dazu zu den Knödeln, die du ja schon gemacht hast."

Und sie wird es tun.

Und dann, nach dem Verdauungsschnaps, wird sie oben in der Kammer auf ihn warten. Und bevor die Uhr Mitternacht schlägt, wird sie herunterschreien zu ihm in die Wirtsstube: „Kommst du dann, Biermösel? Kommst du dann und schmierst mich ein?" Und er wird kommen, und er wird sie einschmieren, seine Schwester, die Roswitha, die ihm am Ende von allen die Liebste war.

Inhalt